Johannes K. Soyener
Wolfram zu Mondfeld

Der Meister
des siebten Siegels

Roman

Illustrationen von
Axel Bertram

BASTEI-LÜBBE-TASCHENBUCH
Band 12586

1. Auflage November 1996
2. Auflage Dezember 1996

© 1994 by Gustav Lübbe Verlag GmbH,
Bergisch Gladbach
Lizenzausgabe: Bastei Verlag Gustav Lübbe Verlag GmbH & Co.,
Bergisch Gladbach
Printed in Germany
Gesamtgestaltung: Axel Bertram, Berlin
Fotografie des Einbands: Andreas Henk, Düsseldorf
Satz: Kremerdruck, GmbH, Lindlar
Druck und Verarbeitung: Elsnerdruck, Berlin
ISBN 3-404-12586-x

Der Preis dieses Bandes versteht sich einschließlich
der gesetzlichen Mehrwertsteuer.

*Unseren Frauen Regina und Marietta
gewidmet*

zum Dank für viel Geduld,
Verständnis und Unterstützung,
während dieses Buch entstanden ist.

Inhalt

	Personen	8
	Bericht an Kardinal Montaldo	12
	Brief an Königin Elizabeth I.	13
•	Das Berggericht, Schwaz 1590 *Bericht William Davison*	14
1	Die Katastrophe, Schwaz 1574 *1. Tagebuch Adam Dreyling*	38
•	Das Berggericht, Schwaz 1590 *Bericht William Davison*	116
2	Der Herr auf Büchsenhausen, Innsbruck 1574 *1. Tagebuch Adam Dreyling*	122
3	Die sieben Siegel, Innsbruck 1578 *2. Tagebuch Adam Dreyling*	194
4	Die Feldschlange, Innsbruck 1579 *2. Tagebuch Adam Dreyling*	292
5	Die Schleusung, Südtirol 1579 *2. Tagebuch Adam Dreyling*	356
6	Der Palazzo de Diavolo, Venedig 1579 *3. Tagebuch Adam Dreyling*	404
•	Das Berggericht, Schwaz 1590 *Bericht William Davison*	500
7	Die Überfahrt, Atlantik 1579 *3. Tagebuch Adam Dreyling*	510
8	»Adam Dreyling made this piece«, England 1579 *4. Tagebuch Adam Dreyling*	526
9	Der Schiffskopf, Chatham-Mayfield-Plymouth-Deptford 1580–1581 *4. Tagebuch Adam Dreyling*	582

10 Blutgeruch, London 1586–1587
   5. *Tagebuch Adam Dreyling* 712

11 El Dragón, Plymouth-Cadiz 1587
   5. *Tagebuch Adam Dreyling* 772

• Das Berggericht, Schwaz 1590
   Bericht William Davison 812

12 Die unüberwindliche Armada, Ärmelkanal 1588
   6. *Tagebuch Adam Dreyling* 818

13 Piratenart, Ärmelkanal 1588
   6. *Tagebuch Adam Dreyling* 850

14 Gezeitenströme, Ärmelkanal 1588
   6. *Tagebuch Adam Dreyling* 870

15 Kanonenfutter, Sussex 1588
   6. *Tagebuch Adam Dreyling* 888

16 Der Halbmond bricht, Vor Flandern 1588
   6. *Tagebuch Adam Dreyling* 916

17 Königliche Dankbarkeit,
   Tilbury, Mayfield, London 1588
   6. *Tagebuch Adam Dreyling* 938

18 Der letzte Beacon, Mayfield, Rye 1588/1589
   6. *Tagebuch Adam Dreyling* 978

19 Der Orden vom Schwert, Krakau 1589
   7. *Tagebuch Adam Dreyling* 1014

20 Klementyna und Ysabel, Krakau und Mogilany 1589
   7. *Tagebuch Adam Dreyling* 1038

21 Der venezianische Spiegel,
   Leutschau, Kazimierz, Mogilany 1589
   Bericht William Davison 1054

• Das Berggericht, Schwaz 1590
   Bericht William Davison 1080

22 England und Tirol, Wattens 1590
   Bericht William Davison 1098

   Epilog 1105

   Karte 1110
   Danksagung 1112
   Quellen 1114
   Museen 1118

Personen

DAS BERGGERICHT

Erasmus Reisländer: Bergrichter
Leoman von Schiller-Herdern: Kanzler von Tirol, Ankläger
Adam Dreyling zu Wagrain: Angeklagter
Nicklas Findler: Fronbote
Markus (Marx) Fugger: Erster Gewerke in Schwaz
Dr. Johann Dreyling: Hofrat, Halbbruder des Angeklagten
Baron Hans Christoph Löffler: Geschützgießer zu Innsbruck
Katharina Endorferin: seine Tochter
Alexander Endorfer: Kanzleischreiber, ihr Gatte
William Davison: Beobachter Englands
Monsignore Umberto d'Angelis: Beobachter des Heiligen Stuhls
Zenon Querini: Beobachter Venedigs
Don Cristóbal María de Alvarez: Beobachter Spaniens
Karl Freiherr von Wolkenstein: Vizestatthalter zu Innsbruck
Georg Scherer S.J.: Hofprediger zu Innsbruck
Dr. Justinian Moser: Geheimer Rat, Visitator zu Innsbruck

SCHWAZ

Erzherzog Ferdinand II. Habsburg: Landesherr zu Tirol
Markus (Marx) Fugger: Erster Gewerke in Schwaz
Siegmund Fugger: Alchemist, sein Onkel
Erasmus Reisländer: Bergmeister
Adam Dreyling: Schiener
Maria Dreyling: seine Frau
Ulrich Dreyling: Schmelzmeister, sein Bruder
Dr. Johann Dreyling: Hofrat, sein Halbbruder
Regina Dreyling: seine verwitwete Stiefmutter
Peter Gstein: Schichtmeister am Falkenstein
Nandel Kunzmeier: Bergknappe
Korbi Brandhuber: Bergknappe

Jos Ammer: Bergknappe
Ambros Mornauer: Silberbrenner
Thomas Hasl: Schichtmeister am Falkenstein
Pater Conrad: Guardian der Franziskaner in Schwaz
Georg Scherer S.J.: Hofprediger zu Innsbruck
Willi Davido: Kupferhändler aus Meran

INNSBRUCK

Hans Christoph Löffler: Geschützgießermeister auf dem Gänsbichel
Elisabeth Löfflerin (Geizkofler): seine Gattin
Katharina Löfflerin: ihre Tochter
Max Löffler (Brettschneider): sein Bastardsohn
Alexander III. Endorfer: Kanzleischreiber zu Innsbruck
Alexander Colin: Hofbildhauer zu Innsbruck
Willi Davido: Kupferhändler
Toni Hebsteller: Altgeselle in der Gießerei
Pietro: Geselle in der Gießerei
Pantaleon: Geselle in der Gießerei
Bartlme: Heizer in der Gießerei
Lienhard: Schmelzmeister in der Gießerei
Antonia: Bedienstete im Haus Löffler
Franz »der Rosenheimer«: Bediensteter im Haus Löffler

VENEDIG

William Davison: Agent Walsinghams
Doña Ysabel: Agentin Walsinghams
Zenon Querini: Provveditore der Erhabenen Republik
Marcantonio Querini: Admiral der Erhabenen Republik, sein Bruder
Joseph von Furttenbach: Admiral Genuas
Antonio Giustinani: Gießermeister im Arsenal zu Venedig
Isaac Nieto: Davisons Verbindungsmann im Ghetto Nuovo
Rabbi Isaak Silbermantel: Gelehrter und Tarotmeister
Maria Cavallino: die teuerste Kurtisane Venedigs
Sir Richard Grenville: englischer Kapitän

ENGLAND

Elizabeth Tudor: Königin von England, Frankreich und Irland
Sir Francis Walsingham: Erster Staatssekretär der Königin
William Cecil, Baron of Burghley: Lordschatzmeister
Dr. Matthew Baker, Sieur de Rochester: Erster Schiffsbaumeister

Peter Pett: Schiffsbaumeister in Deptford
Phineas Pett: Schiffsbaumeister in Deptford, sein Sohn
Richard Chapman: Schiffsbaumeister in Woolwich
Charles Howard of Effingham, Earl of Nottingham: Lordadmiral
Robert Dudley, Earl of Leicester: Favorit der Königin
George Clifford, Earl of Cumberland: Höfling und Kapitän
Lady Margaret Simpson: seine Geliebte
Lady Joan Cranbrook: Hofdame der Königin, seine Nichte
Lady Susan Pocklington: Hofdame der Königin
Robert Ambros, Earl of Warwick: Verwalter der Artillerie
Sir Walter Raleigh: Kapitän der königlichen Garde
John Hawkins: Staatspirat, Schatzmeister der Marine, Vizeadmiral
Sir Francis Drake: Staatspirat, Entdecker, Vizeadmiral, sein Neffe
Martin Frobisher: Staatspirat, Entdecker, Vizeadmiral
Lord Henry Seymour: Vizeadmiral
Sir William Winter: Master des Ordnance Board und Navy Board
George Winter: Beauftragter für königliche Schiffe, sein Bruder
George Fenner: Kapitän
Thomas Fenner: Kapitän
Thomas Fleming: Kapitän
Lord Thomas Howard: Kapitän, Bruder des Lordadmirals
Sir Edward Hoby: Sekretär der königlichen Flotte
Samuel Clerke: Geschützmeister auf der ARK ROYAL
Lord Buckhurst: Verantwortlicher für die Küstenverteidigung
Federico Giambelli: Ingenieur für schwimmende Bomben
Samuel Owen: Geschützgießer
Henry Pitt: Geschützgießer
Thomas Orthmann: Altgeselle in Mayfield Furnace
Isaac Foulon: Former in Mayfield Furnace
Humphrey Pickfatt: Heizer in Mayfield Furnace
Jonathan Stanton: Schreinermeister in Mayfield Furnace
Vladyslav Graf Rzeszówski: Polnischer Gesandter in London
Jacobe (Jakob) Halder: Erster Plattnermeister
Richard Gibbes: Agent Walsinghams
Edward Alleyn: Direktor des ROSE-Theaters
Will Shakespeare: Dichter und Schauspieler
Maria Stuart: Exkönigin von Schottland
Philipp II.:   König von Spanien und Portugal
Alonso de Guzman, Herzog von Medina Sidonia:
   Spanischer Admiral
Alexander Farnese, Herzog von Parma: Statthalter
   der Niederlande
Juan Martínez de Recalde: spanischer Vizeadmiral
Diego Florez de Valdéz: spanischer Vizeadmiral

Krakau

Sigismund August Wasa: König von Schweden und Polen
Richard Meyerholdt: Kapitän der WITCH OF CUMBER CASTLE
Sven Larsson: Kapten des schwedischen Regiments Södermanland
Ulrich Dreyling, Baron von Novgorod Sjewersk, Adams Bruder
Jadwiga Dreyling (Bethman):   seine Frau
Klementyna Montelupich: Tochter des Post-Zaren
Levi Landau: Handelsherr in Kazimierz
Izaak Jakubowitcz: Bankier in Kazimierz
Israel Isserles Auerbach: Handelsherr in Kazimierz
Rabbi Joseph Kac: Rektor der Talmudischen Akademie in Krakau
Rabbi Nathan Spira: Kabbalist

Bericht an
Kardinal Montaldo

Lissabon,
April 1588

Bericht eines Sonderbeauftragten des Vatikans über das Gespräch mit Admiral Juan Martínez de Recalde, Führer der Biscaya-Flotte, an Kardinal Montaldo, Nuntius in Madrid...

Ich fragte ihn unverblümt:
»... und wenn Ihr im Kanal auf die englische Armada stoßt, erwartet Ihr, die Schlacht zu gewinnen?«
»Natürlich«, antwortete der höchste und erfahrenste Offizier der spanischen Flotte.
»Woher nehmt Ihr diese Gewißheit?«
»Das ist einfach genug. Es ist altbekannt, daß wir für Gottes Sache streiten. Wenn wir also auf die Engländer treffen, wird Gott es sicherlich so einrichten, daß wir an sie herankommen und entern können, entweder dadurch, daß Er uns plötzlich ein unberechenbares Wetter schickt oder – was noch wahrscheinlicher ist – den Engländern einfach den Verstand verwirrt. Wenn wir aneinander geraten, werden spanische Tapferkeit und spanische Klingen – dazu die Unmassen von Soldaten, die wir an Bord haben – uns sicher den Sieg einbringen.

Wenn Gott uns jedoch nicht mit einem Wunder hilft, werden die Engländer, die schnellere und manövrierfähigere Schiffe und vor allem Geschütze mit größerer Reichweite haben als wir und diesen ihren Vorteil ebenso kennen wie wir, sich auf keinen Nahkampf einlassen, sondern uns aus entsprechender Entfernung mit ihren Feldschlangen in Stücke schießen, ohne daß wir ihnen das geringste anhaben können.

Und so« – schloß der Admiral – »segeln wir gen England in der vertrauensvollen Hoffnung auf ein Wunder...«

Brief an
Königin Elizabeth I.

London,
den 6. März 1590

Euer Majestät!

Dank Euer Majestät und Gottes Güte bin ich heute in der erfreulichen Lage melden zu dürfen, daß der Fall des Geschützgießers Adam Dreyling in dem von Euer Majestät erwünschten Sinne abgeschlossen werden konnte.

Beiliegend erlaube ich mir Euer Majestät den Bericht zu überreichen, welchen Euer ergebenster Diener William Davison verfaßt hat, der, wie ich erinnern darf, Euer Majestät schon früher in heiklen Missionen vorzügliche Dienste zu leisten die Ehre hatte.

Erklärend habe ich, mit Euer Majestät gütigster Erlaubnis, Auszüge jener Geheimprotokolle beigefügt, die durch William Davison und seine Helfer für mich angefertigt wurden und die auf den umfassenden Aufzeichnungen besagten Geschützgießers Adam Dreyling beruhen. Euer Majestät mögen aus dessen eigenen Ausführungen am besten ermessen, wie wichtig die Besitznahme der Dokumente für die Krone und wie weise die Entscheidung Euer Majestät zur Person besagten Geschützgießers Adam Dreylings waren.

In tiefster Ergebenheit
Euer Majestät treuester Diener

Sir Francis Walsingham

Das Berggericht

Schwaz
1590

Bericht
William Davison

Sonntag,
der 4. Februar, 10.00 Uhr

»Benedicat vos omnipotens Deus, Pater et Filius et Spiritus Sanctus.«
Weit ausholend schlug der Hofprediger Georg Scherer S.J. in seiner scharlachroten Kasel das Zeichen des Kreuzes über der Gemeinde.
»*Amen*«, murmelte die tausendköpfige Menge.
Der Priester breitete die Arme aus:
»*Ite, missa est!*«
»*Deo gratias!*«
Nochmals beugte der Jesuitenpater tief das Knie, verließ gemessenen Schrittes mit seinen Ministranten den hohen Altar und schritt zur Sakristei.

Nach der Zahl des gläubigen Volkes und der anwesenden Bergknappen zu urteilen, hätte diese Messe zum fünften Sonntag nach Erscheinung des Herrn mindestens die Rangstufe »Duplex I. mit privilegierter Oktav 1. Ordnung« genau wie zu Ostern, dem höchsten Kirchenfest, verdient gehabt.

Ein Raunen und Murmeln, ein Scharren und Husten durchlief den Kirchenraum, doch niemand in der bis zum letzten Winkel gefüllten Kirche machte Anstalten, das Gotteshaus zu verlassen.

Die Männer und Frauen, die dicht an dicht in den Seitengängen und unter der aus rotem Marmor gemauerten Empore standen, sich gar in den Knappenchor hineindrängten, bereuten es nicht, den Weg aus Jenbach und Rattenberg, aus Brixlegg, Vomp und Wattens, aus Hall und sogar aus Innsbruck auf sich genommen zu haben. Auch wenn manch neidischer Blick die Bürger von Schwaz traf, die in ihren seit Generationen reservierten Kirchenstühlen hockten, die geschnitzten Türlein zu den Gängen gegen die Ortsfremden fest verschlossen.

Einen Trost freilich hatten sie, die Neugierigen aus der Umgebung: Wenn es erst zum Richtplatz ginge, würden sie vor den anderen aus der Kirche kommen, würden die Schnelleren sein, würden das blutige Spektakel, das Foltern und Schinden, das Reißen und Stechen und Hacken in vorderster Reihe verfolgen können.

Ein wenig seltsam mischte sich diese Vorfreude mit den verklungenen Pauluswortender Epistel:

»Brüder! Als Auserwählte Gottes, als Heilige und Geliebte, ziehet an mitleidiges Erbarmen, Güte, Demut, Bescheidenheit, Geduld. Ertraget einander und verzeihet einander, wenn einer über den anderen zu klagen hat. Wie der Herr vergeben hat, so sollt auch ihr tun.«

Doch der Jesuitenpater hatte in seiner girlandenreichen Predigt dargelegt, daß dies allein für wahre Christen gelte. Nicht aber für Teufelsdiener und Räuber, Sakrileger und reißende Bestien wie jenen, der heut und hier abgeurteilt werden solle, für das Ungeheuer, das Not und Tod von Tausenden auf seinem Gewissen habe.

Ebenso erwartungsvoll wie das Volk von außerhalb saß an diesem Sonntag die Gemeinde in zwei Chören säuberlich getrennt auf den Bänken. Der nördliche Leutchor war mit Bürgern, Kaufleuten, Handwerkern besetzt; im südlichen Knappenchor, wo das Gerichtsspektakel stattfinden sollte, drängte sich die Berggemeinde.

Zwischen beiden erhob sich ein mannshoher Bretterzaun.

Die Ursache für diese Teilung lag nicht bei Gott als kommendem Richter. Sie lag in der irdischen Gerichtsbarkeit. Es gibt in Schwaz nicht nur eine Gemeinde, sondern deren zwei: die Bergwerksgemeinde unter Aufsicht des Bergrichters und eine Bürgergemeinde aller Nichtbergleute unter dem Landrichter. Zwei rivalisierende Gemeinden unter einem Dach, getrennt durch eben jenen drei Ellen hohen Bretterzaun entlang der mittleren Säulenreihe – Gottes Wort und Lehre verhöhnend, aber notwendig, auf daß aus dem Gotteshaus neben geistlicher Erbauung nicht auch leibliche Blessuren davongetragen werden.

Ein Aufatmen ging durch die Menge. Franziskanermönche aus dem nahe gelegenen Kloster begannen die Bretterwand mit schnellen, geübten Griffen einzulegen.

Beifälliges Gemurmel durchzog den Leutchor.

Überraschend die Mächtigkeit des Langhauses, das wie ein weiter Saal wirkte, jetzt, wo der Zaun fiel. Drei Reihen massiver Rundsäulen gebändert und zusammengefügt aus rotem Marmor, schwarzem Kalk und gelbem Tuff, verliehen der Halle nach allen Seiten bis hinauf zum hohen Gewölbehimmel eine unvermutete Farbigkeit.

SCHWAZ 1590

Jedoch im selben Augenblick, als durch die großen, hellen Fenster das Sonnenlicht flutete, das die morgendliche Nebeldecke über Schwaz durchbrach, erzeugte das Licht einen gespenstischen Kontrast zu dem schwarzbraunen Leder und den spitzen, weißen Gugelhauben der Bergleute im südlichen Knappenchor. Wie ein stolzes Abzeichen für ihre Zugehörigkeit zum Berg trugen sie alle den schweren, ledernen Schurz, das *Arschleder*, um die Hüften gebunden.

»Von unten rädern – erst die Knöchel, dann die Schienbeine, die Knie...«, zischelte die Engensteinerin unterdessen aufgeregt in der Bank, neben meinem Standplatz.

Ein breitschultriger Mann mit schwarzem Haarschopf und einem ausgeschlagenen Schneidezahn beugte sich, nun nicht mehr von dem trennenden Zaun behindert, um die Säule herum:

»Gar nichts werdet Ihr sehen, Meisterin. Der Mann ist des Bergfrevels angeklagt. Und wenn man ihn richtet, dann werden nur die Knappen zugegen sein.«

»Aber für was wären denn dann die vielen Zuschauer hergekommen?« empörte sich die Engensteinerin.

»Na, besonders viel werden wir Knappen auch nicht davon haben«, grinste der Mann zahnlückig. »Bestenfalls einen langen Schrei, wenn er in den tiefsten Schacht zum Gapl hinuntergeworfen wird. Und vielleicht – *vielleicht* – wenn's ihn drunten zerbatzt.«

Auch mein nun ungehinderter Blick schweifte hinüber ins parallele Südschiff der Liebfrauenkirche, den Knappenchor: Im Chorgestühl die Häuer, Truhenläufer und Haspler, die Männer, die die schwere Arbeit unter Tage leisten, mit den Schienern und Schichtmeistern an der Spitze. Dahinter die Wäscher, Saigerer, Vorwäger, Röstmeister aus den Pochwerken und Schmelzhütten. In den Seitengängen die Säuberbuben, die Haldenscheider, Schlepper und Hüttknechte.

Wie ein Block standen und saßen sie da: hart wie der Stein, den sie schlagen, zäh wie das rote Kupfer und stolz wie das weiße Silber, das sie aus ihm schmelzen.

In ihren schweren Fäusten lag der Reichtum und damit die Macht und die Ehre von Schwaz. Sie, die Berggemeinde, die Bergverwandten, waren die Standesvertreter des Schwazer Bergbaus, »*Aller Bergwerke Mutter*« genannt.

Stolz und Entschlossenheit konnte man auf ihren Gesichtern lesen. Nur bei wenigen sah ich Unsicherheit und Sorge. Die Sorge kam nicht von ungefähr. Seit Jahren ging die Ausbeute an Kupfer und

Silber unerbittlich zurück. Die Zeiten, als bis zu zwanzigtausend Männer in und am Berg arbeiteten, waren längst vorüber – jetzt waren es noch zweieinhalbtausend.

Ihre Thesen sind in jeder Knappenschänke zu hören:

»Wir sind nicht irgendeine, wir sind *die* Bergstadt.

Wir sind, zusammen mit den Augsburger Handelshäusern, die Quelle des europäischen Handels.

Wir stärken mit unserem Erz das Habsburger Weltreich.

Wir sind das Fundament des europäischen Silberhandels.

Trotz unseres Hungers und Elends. Trotz des Silbers aus der Neuen Welt. Auch heute noch!«

Die im Mittelgang stehenden Männer wirkten wie drohende Marschkolonnen.

»Keine Strafe ist schwer genug für dieses Schwein!« hörte ich den stiernackigen Häuer Franz Prasch.

»Verraten und verkauft hat er uns an die Ketzer, an die Polacken und Gott weiß, an wen sonst noch!« stimmte Joseph Eiba, einer der Truhenläufer zu.

Ein weißhaariger Lehenhäuer winkte ab: »Was soll er denn verraten haben, was die anderen nicht längst wußten? Daß wir tiefer und tiefer graben und mehr Wasser fördern als Stein? Und mehr tauben Stein als Erz? Ist er vielleicht der liebe Gott, daß er mit einem Wunder das Kupfer und Silber aus dem Berg hat verschwinden lassen?«

»Aber gib doch zu«, erregte sich Franz Prasch, »damals, Anno '74, fing das Elend an! Just damals, als er Schiener gewesen ist!«

Der alte Lehenhäuer schüttelte den Kopf:

»Anno '74 – just in dem Jahr hab' ich mich als Lehenhäuer verdingt. Und er hat mich mitgenommen in den Berg, hat mir eine Ader gezeigt, ziemlich hoch oben. Hat gesagt: ›Korbi Brandhuber, reich ist die Ader nicht, aber dein Auskommen wirst du haben.‹ Ich hab' ihm vertraut – reich bin ich nicht geworden, aber gehungert hab' ich auch nie. Und ich muß nicht Tag um Tag wie eine halbersoffene Ratte aus dem Berg kriechen wie Ihr, die Ihr in den tiefen Stollen grabt. Ich sage: Gott segne ihn!«

»Du bist ein unverbesserliches Rindvieh, Korbi!« antwortete ihm der Berti Mader, ein langnasiger, strohblonder Häuer. »Weil er vielleicht zu dir tatsächlich anständig gewesen ist, willst du nicht sehen, daß er Tausende an den Bettelstab gebracht hat!«

»In den tiefsten Schacht mit diesem Saukerl!« bestätigte Joseph Eiba, der Truhenläufer.

»Und da wird er auch landen«, nickte Franz Prasch. »Wenn es schon die Hand oder gar den Kopf kostet, auch nur einen einzigen Stein aus dem Berg heimlich mitzunehmen, dann erst recht, wenn einer all unsere Geheimnisse verraten hat!«

»Und ich glaube es einfach nicht!« begehrte der Korbi Brandhuber auf.

»Dann laß es! – Aber red nicht so laut!« wandte sich der Schiener Ferdinand Kreitmayer in der Bank um.

»Ich red', so laut ich mag. Und das Gericht wird erweisen, daß ich recht hab'!«

»Das wird etwas ganz anderes erweisen«, stellte der Schiener fest. »Der gnädige Herr Marx Fugger hat es mir selber erst gestern gesagt: Alles ist wahr, was in der Anklage erhoben wird. Alles! Und beweisen läßt es sich. Ganz leicht, hat der gnädige Herr Fugger gesagt. Hat mit mir selber geredet, der gnädige Herr Fugger, und mit dem Zacharias Berner und dem Toni Grassel und dem Enzio Trescore auch. Magst sie ja fragen.«

In der Kirche wandten sich die Köpfe.

Von der Orgelempore polterten dumpfe Schritte herunter, begleitet vom Knistern und Rauschen schwerer Seide und starren Brokats und dem leisen Klirren von Degenscheiden, die gegen den Stein schlugen.

Die Blicke gingen hinauf zur Westempore. Es schien, als schwebte der spanische Modehimmel über den Chor: Herren in Wämsern mit weit vorgewölbten Gänsbäuchen, die Damen in hochgeschlossenen Leibchen mit Schneppe, Männlein wie Weiblein mit prächtig aufgepluderten Ärmeln, um den Hals die mit Reismehl gestärkte Halskrause, einem Mühlrad gleich an Umfang, der die Herbergen an den Poststraßen und auch so manchen hochherrschaftlichen Haushalt mittlerweile dazu gezwungen hatte, die Stiele der Löffel beträchtlich zu verlängern.

Zwar sah man von unten über die Balustrade hinweg nur knapp die Hälfte der Pracht. Doch es prunkten und funkelten die reich über die Kleidung verstreuten Edelsteine der Adeligen, der hohen Hofbeamten, der Kleriker und reichen Kaufleute, die Macht und den Einfluß ihrer Träger unterstreichend, auf das gemeine Volk herunter.

Der Einzug war auch für mich das Signal, meinen Beobachtungsplatz im Volk aufzugeben, um das Geschehen auf meinem zugewiesenen Emporensitz weiterzuverfolgen.

Oben angekommen, erblickte ich als erstes die Gestalt des beredsamen Herrn Marx Fugger. Ein kostbarer Zobelpelz betonte die breiten Schultern, über die Brust wallte ein Patriarchenbart, darüber sprang eine kühn gebogene Nase aus einem kantigen Gesicht mit dunkelblauen Augen und einer ungewöhnlich hohen Stirn.

Auch jetzt redete er auf zwei Herren ein. Links auf den Geheimen Rat Dr. Justinian Moser, Visitator zu Innsbruck; rechts auf einen schlanken, jüngeren Herrn in eleganter, schwarzer spanischer Hoftracht, auf dessen Brust ein großer, in Gold und Perlen gefaßter Smaragd blitzte. Sein modisch gestutzter Bart und die kurzgeschnittenen Haare waren brandrot, die Augen graugrün, der Mund voll, sinnlich, etwas weich. Ein Mann, der im Augenblick Sorgen zu haben schien, vielleicht sogar so etwas wie Angst.

»Beunruhigt Euch nicht, mein lieber, junger Freund«, tröstete ihn der Herr Fugger. »Wir alle wissen, daß diese Angelegenheit für Euch nicht angenehm ist.«

»Nicht *angenehm?*« fauchte der Angeredete, während ihm das Blut ins Gesicht schoß. »Sie ist einfach abscheulich! Widerwärtig! Schändlich! Obszön! Jawohl: Obszön!«

»Mein verehrter Herr Doktor von Dreyling...«

»Wie stehe ich da vor dem allergnädigsten Erzherzog?« lamentierte der junge Mann weiter, ohne zuzuhören, schlug die ringbeladene Hand vor die Augen. »Mein Halbbruder als Aufrührer vor Gericht gezerrt! Als Staatsfeind entlarvt! Als Ketzer gebrandmarkt! Als gemeiner Verbrecher öffentlich hingerichtet!«

»Um der Jungfräulichkeit der Mutter Maria willen, redet leiser!« zischelte der Geheimrat Dr. Moser von der anderen Seite. »Deshalb haben wir doch das Berggericht von Schwaz ausgewählt, damit nichts offenbar wird – weil das Berggericht dafür gar nicht zuständig ist.«

Ein unglaublich fetter, kurzatmiger Prälat mit einem schweren Goldkreuz auf der Brust, Monsignore Umberto d'Angelis, der römische Beobachter des Prozesses, war hinzugetreten.

»Herr von Dreyling, niemand – ich betone: niemand! – ist daran interessiert, daß Euer Bruder Adam als Hochverräter vor Gericht kommt. Ihr nicht – und wir erst recht nicht!«

»Man wird Euren Bruder...«

»Halb! Halb-Bruder!«

»... Halbbruder«, fuhr Herr Marx Fugger fort, »wegen irgendeines bedeutungslosen Bergfrevels verurteilen und hinrichten – und damit ist die ganze Sache begraben und vergessen für die Welt.

Die Rechtslage ist klar. Herr Leoman von Schiller-Herdern, der Anklagevertreter, ist einer unserer besten Juristen und wird spielend mit solch einem Tölpel von Bergrichter, der ja nicht einmal ordentlich Jurisprudenz studiert hat, fertig. Die Geschworenen – sind meine Leute…«

»Ihr habt sie doch nicht etwa bestochen?« entsetzte sich Dr. Justinian Moser. »Ich meine, weniger aus moralischen Gründen, Herr Fugger. Aber wenn da etwas aufkäme…«

Marx Fugger zuckte verächtlich mit den Mundwinkeln.

»Haltet Ihr mich für einen Narren, hochverehrter Herr Geheimrat? Die Leute sind einfach von mir abhängig. Und wie das Sprichwort sagt: ›Wes Brot ich eß, des Lied ich sing‹.«

Nach und nach kam so etwas wie Ordnung in das glitzernde Gedränge, als die edlen Herren und Damen endlich auf ihren Stühlen Platz nahmen. Die Damen waren auf den hinteren Stuhlreihen plaziert. Die aus Innsbruck und Rom, aus Wien, Venedig und Hall angereisten Herren ließen sich in den vorderen Reihen, direkt an der Balustrade nieder: Der quirlige Dr. Justinian Moser; der Monsignore Umberto d'Angelis; Jakob Pertolph, der fuchsgesichtige Münzmeister von Hall, dem man neben seinem unbestrittenen Können auch weniger rühmenswerte Eigenheiten nachsagte. Der feiste Vizestatthalter Karl Freiherr von Wolkenstein nebst seiner Gemahlin Johanna, einer Schwester des Herrn Marx Fugger. Daneben der Landrichter von Innsbruck, Augustin Strobele, dessen stets getragene Sorgenmiene fast schon Amtszeichen war. Auf dem übernächsten Stuhl der olivhäutige Messer Zenon Querini aus Venedig, ein Bruder des berühmten Provveditore Marcantonio Querini, der bei dem grandiosen Sieg der Christen bei Lepanto Anno '71 über die Türken mitgefochten hatte. Neben ihm der puppensteife Don Cristóbal María de Alvarez als Beobachter der Katholischen Majestät von Spanien. Daran anschließend der junge Herr Dreyling – mit vollem Titel: Herr Dr. Johann Dreyling von Wagrain, Hochaltingen, Ebbs, Oberndorf und Stumm, Hofrat des Erzherzogs Ferdinand. Zu seiner rechten Seite setzte sich gerade ein kleiner, leicht bucklig wirkender Herr in giftgrünem Brokatwams mit fuchsroten Haaren und kurzgeschnittenem Bart, schmalen Lippen und gletschergrünen, stechenden Augen nieder: sein Oheim Hans Christoph Löffler, der berühmte Geschützgießer zu Innsbruck, dem der Erzherzog erst vor wenigen Tagen Patent und Schwert eines Barons zu Büchsenhausen überreicht hatte.

DAS BERGGERICHT

Zu seiner Linken hatte der Jesuitenpater Georg Scherer Platz gefunden. Hinter ihm hatte sich ein höchst ungleiches Paar niedergelassen: Der magere, vom Alter gebückte Mann mit scharfer Nase und ein paar schlohweißen Haarbüscheln an einem mit fleckiger Haut überzogenen Schädel, der auf einem dürren Hals mit vortretendem Adamsapfel balancierte, erinnerte mich entfernt an einen Geier. Seine Kleider, die, obwohl reich und kostbar, wie alte Lappen um seinen ausgemergelten Leib schlotterten, hatten etwas von hängenden Flügeln. Das einzig Lebendige an ihm waren seine Augen, die jede Sekunde eine junge, auffallend hübsche, wenn auch ein wenig blaß aussehende Frau an seiner Seite fast hämisch beobachteten: Katharina, die Tochter Hans Christoph Löfflers und seine, des Herrn Alexander Endorfers, Gattin.

Sonntag,
der 4. Februar, 10.15 Uhr

Der Schlag der Uhrglocke drang aus dem Giebeldreieck der Kirchenfassade an jedes Ohr und schlug dort Alarm.

Alle Köpfe waren geradeaus gerichtet auf die Altarzone im Knappenchor und fixierten dort den Annen-Altar, hinter dem der Ausgang der Sakristei liegt.

Wie aus einer Felsenschlucht kamen die Geschworenen des Berggerichts hintereinander über die Ebene des Chores geschritten. Dreißig Fuß über Stein ging es bis zum endgültigen Standort – zur Geschworenenbank.

In der pelzverbrämten, kurzen aber weiten und dunkel gehaltenen Schaube mit farblich abgesetzter Hose, Wams und Barett der ehrgeizige Bergmeister Thomas Hasl. Als Aufseher über den Bergbau bekleidet er wohl das schwierigste Amt. Sowohl über die Technik der Grubenarbeit als auch über die Arbeitsmoral der Knappen hat er zu wachen. Der ständige Ärger hatte ihm tiefe Falten ins Gesicht gemeißelt. Seine Berichte an das Berggericht bildeten die Grundlage für einen Punkt der Anklage gegen Adam Dreyling.

Hinter ihm Abraham Schnitzer und Caspar Tanner, beide Schiener, Vermessungsingenieure am Falkenstein, Ringenwechsel und an der Alten Zeche. Viele Leute haben sich schon gefragt, ob die »Schienis« noch lachen können? Bei allen Neuschürfungen sind sie dabei, um die Richtung anzugeben, legen Grenzen fest, sind durch Genauigkeit bemüht, von vornherein zu vermeiden, zwischen den Ansprüchen der Gewerken – jener Gesellschaften oder Personen, die den Erzbergbau betreiben – aufgerieben zu werden. Bei den dauernden Grenzstreitigkeiten unter Tage, bei sinkendem *Bergsegen* wahrlich keine leichte Aufgabe.

Neben dem Paar saßen die »Heiligen Drei Könige«, wie sie von ihren Knappen beim Bier in der RATZENFALLE, gleich an der Alten Marktstraße, genannt werden: die Herren Schichtmeister Paul Hasselwarter, Hans Peer und Martin Posch, letzterer seit fünfzehn Jahren der Günstling des Bergmeisters Thomas Hasl. Sie überwachen den gesamten Bergwerksbetrieb bei Tag und Nacht im Namen des Landesherrn, Erzherzog Ferdinands II., durch Kontrollgänge und überzeugen sich vom ordnungsgemäßen Betrieb, der Pünktlichkeit der Knappen und der Qualität des gewonnenen Erzes.

Etwas abgesetzt von den ersten sechs Geschworenen kamen die restlichen fünf Männer auf die Bank zugeschritten. Sie nahmen einer nach dem anderen, beobachtet von tausend Augenpaaren, ihren Platz ein. Der gesenkte Blick verriet die Belastung, die der Fall Dreyling und die ungewohnte Öffentlichkeit auf die Männer ausübten.

Zyprian Gotzner. Scheu ging er, vom Rücken Haselwarters gedeckt, zur Geschworenenbank. Fast alle Knappen wußten, daß er als Bergschreiber seine Verpflichtungen überaus ernst nahm, jedoch Hemmungen hatte, mit ihnen ein Bier zu trinken.

Deutlich getrennt in der Bank – drei Ellen weg von Gotzner – der hitzige Silberbrenner Ambros Mornauer, der »Silberling«, wie er von den Knappen genannt wird. Bleich im Gesicht, und einen Kopf so blank wie eine frisch geprägte Silbermünze aus Hall. Die »Dämpfe«, so sagte er, hätten ihm das Haar genommen.

Als letzte der Prozession nahmen die Fronboten auf der Bank Platz. Asum Achner, Wilhelm Ygl und Caspar Clainer könnten Drillinge sein. Ihre Brutalität, mit der sie für Ruhe und Ordnung sorgten, war unter den Knappen und Wirten gefürchtet.

Erneut vernahm ich das Geräusch der sich öffnenden Sakristeitür.

Das Raunen in der Kirche schwoll ab, als hätte der Trennschieber den Wasserstrom auf ein Schaufelrad angehalten.

Zwei Gestalten schritten aus dem dunklen Altarraum ins Licht. Vorneweg Leoman von Schiller-Herdern, der Ankläger. Dahinter der altehrwürdige Bergrichter Erasmus Reisländer.

Leoman von Schiller-Herdern war eine Erscheinung, die sofort ein Gefühl der Abwehr hervorrief. Sein schwarzer Talar, von dem sich die kleine, weiße Halskrause deutlich abhob, verstärkte die Düsterkeit, die ihn umgab.

Seine Schriften und Reden, die er verfaßte, beweisen seine besonders leidenschaftliche Hinwendung zur Gegenreformation. Seine bekannt schroffe, kalte Art, Menschen zu behandeln, war gefordert bei dieser Aufgabe und gewünscht vom Hofe – besonders innig an jenem Tag. Seine juristische Ausbildung, die er bei den Jesuiten zu Ingolstadt erhalten hatte, machte ihn zur Speerspitze der Hoffnungen und zum loyalsten Vollstrecker der genauen Weisungen der Herren auf der Empore.

Seine kurzen Blicke zu uns herauf empfand Schiller-Herdern wohl wie einen Ringtausch zwischen ihm, der die Anklage vertrat, und den Politikern samt Geldadel, hoch über den blanken, kalten Steinplatten. Solch einer innigen Beziehung bedurfte es schon, um Hunger, Haß, Aufruhr, wirtschaftlichen Abstieg, die das ganze Tiroler Volk bewegten, auf einen einzigen Menschen vernichtend zu bündeln.

Sein Gesicht war scharf geschnitten, von einem dichten, schwarzen, am Kinn spitz zulaufenden Bart gerahmt, der den vollippigen, etwas zu groß geratenen Mund freiließ. Die schmale, lange Nase zwischen den eng stehenden Augen verstärkte das Stechen im Blick. Das Haar, so kurz wie der Bart, bedeckte den Schädel ebenso dicht wie jener das Gesicht. Die langfingrige rechte Hand umfaßte ein Bündel eng beschriebener Seiten: Protokolle aus Innsbruck, Aussagen des Angeklagten zur Person, vor allem aber die Anklageschrift. Die dunkel angelaufenen Tränensäcke waren die Quittung für das nächtliche »Talglicht-Abbrennen«.

Sichere Anklagepunkte wie beim Malefiz-Gericht, wo unter schwerer Folter alle geständig werden, wären eine wesentliche Erleichterung für die Anklage gewesen, besonders aber für die Urteilsfindung. Schiller-Herdern hatte es hier ein wenig schwerer. Bei Dreyling war kein Inquisitionsverfahren vorangegangen, bei dem das zur Aburteilung erforderliche Geständnis herausgefoltert werden konnte!

Bei Berggerichtstagen war es schon immer schwierig gewesen, über das Blut zu richten. Die Berggerichtsbarkeit ist ein von den *Bergverwandten* begehrtes und ein vom Bergrichter eifersüchtig gehütetes Recht. Sein Gerichtsstab schwebt nicht nur über den Köpfen derer, die mit dem Berg durch tägliche Arbeit zu tun haben, nein, er schwebt auch über den Frauen, Witwen, Kindern, und zwar im Leben und sogar im Tode – wie mir der alte Reisländer in seiner bestimmten Art vor vielen Jahren erklärte.

Nun, Leoman von Schiller-Herdern war deutlich gegen diese Gewaltenteilung. Die Zusammensetzung des Gerichtes an jenem Tag war freilich ein Sieg des Landgerichts. Der Bergrichter Reisländer hatte sich bis zuletzt gegen die Person Leomans als Ankläger gesträubt. Öffentlich warf er ihm Einmengung, Übergriffe, willkürliche Gefangennahme und den Versuch der Verurteilung eines *seiner* Untertanen vor. Am Ende hatte er aber doch zustimmen müssen, daß Leoman die Anklage vertrat.

Während dieser in dem großen, mit rotem Samt bezogenen Chorstuhl seinen Platz einnahm, schweifte der Blick des Bergrichters über den Knappenchor. Schnell prüfte er die Anordnung des Richtertisches, die Position des Anklägerstuhles, der nach seinen Anweisungen etwa sechs Ellen rechts vom Richtertisch aufgestellt war, sowie die Sitzordnung der Geschworenen.

Im gleichen Moment wurde ich überrascht durch das laute Getöse der sich von den Kirchenbänken erhebenden Menge.

Ich sah, wie Schiller-Herdern sich gequält aus seinem Stuhl erhob, auf den er sich vorschnell gesetzt hatte.

Erasmus Reisländer trat hinter den Richtertisch, wandte sich und stand voll in der einfallenden Sonne – unnahbar, ja majestätisch. Sein Kopf hob sich, seine Augen fixierten durch den Dunst hindurch die Männerreihe vor mir an der Balustradenkante.

Wir saßen! Ich war mir sicher, er fühlte den Unwillen und die Mißachtung, die ihm und seinem Bergrichteramt entgegenschlugen.

Mit dem Atem, der aus seiner Lunge gleichmäßig strömte, zitierte Reisländer langsam, tragend, aus dem Prolog des Johannes-Evangeliums:

»Im Anfang war das Wort ... nicht die Tat ... nicht die Macht, sondern die im Wort sich öffnende Wahrheit!«

Die Worte hallten zurück wie ein Echo am Berg.

Links von ihm stand der Gerichtsdiener, der auf beiden Händen den Richterstab trug. Der Stab wird *Keilhaue* oder auch *Judenhammer* genannt und ist aus purem Silber gegossen – einerseits Amtszeichen, andererseits Sinnbild der Gerichtsherrschaft. Wer ihn hält, hat die Macht und spricht das Urteil.

Reisländer wandte sich dem Gerichtsdiener zu, ergriff den Stab und intonierte die traditionellen Worte:

»Um allezeit der Gerechtigkeit hier Gehör zu verschaffen, übernehme ich zu dieser Stunde an diesem geweihten Ort die Berggerichtsherrschaft. Ich eröffne den Prozeß gegen Adam Dreyling, heute am Sonntag, dem 4. Februar im Jahre des Heils 1590.«

Daraufhin nahm er auf dem Richterstuhl Platz, lehnte sich zurück und blickte hinüber zur Bank der Geschworenen. Jedem einzelnen der elf sah er in die Augen, hielt den Blick, ließ nicht zu, daß einer ihm auswich.

Seine Augen herrschten und beobachteten, während die Hände zuerst das Pergament sicher sortierten und danach ausbreiteten. Der Richterstab lag rechts neben ihm. Das einfallende Licht betonte den Kopf und hob ihn aus dem Schatten hervor, machte ihn zum Zentrum auf der Altarebene. Auf ihn allein konzentrierten sich die Menschen beider Chöre. Von ihm wurden sie angesogen – ein Augenblick jenseits von Ort und Zeit.

»Diese frontale Darstellung ist allein dem Erlöser vorbehalten!« keuchte Monsignore d'Angelis. »Wer verschafft ihm diese Bühne? Der Tisch gehört rechts hinunter an die Wand – diese Pose an diesem Ort ist ein Frevel!«

»Ich kenne ihn. Er selbst hat die Position genau gewählt – er beobachtet seine eigene Wirkung – er hat einen Instinkt dafür, seine Richterrolle wirksam zu spielen. Ich war von vornherein dagegen, das so aufzuziehen!« erregte sich Dr. Justinian Moser.

Reisländer erhob sich wieder von seinem Stuhl, um die Besetzung des Berggerichts zu verkünden:

»Ankläger gegen Adam Dreyling: der Kanzler von Tirol, Herr Leoman von Schiller-Herdern.«

Schiller-Herdern schnellte gespannt wie eine Fidelsaite empor. Danach gab Reisländer die Namen der Geschworenen des Berggerichts bekannt. Die Keilhaue pochte zweimal auf den Richtertisch. Das Signal lockte die Aufmerksamkeit hinüber zum Westportal, dem Seiteneingang gleich gegenüber der Totenkapelle, in der Adam Dreyling auf seinen Prozeß wartete.

»Fronboten! Den Angeklagten!«

SCHWAZ 1590

Sonntag,
der 4. Februar, 10.25 Uhr

Abertausend Köpfe drehten sich seitlich zum Westportal, durch das der Delinquent nun hereinkommen mußte.

Das Portal öffnete sich.

Eisen klirrte.

Die Menschen davor wurden von den groben Fäusten der Büttel auseinandergeschoben. Von der Empore aus wirkte es wie eine Welle der Unruhe, die sich quer durch die Menge wälzte.

Voran stapfte der Fronbote Nicklas Findler, ein in die Breite gelaufenes, kurzbeiniges Mannsbild mit grellroten Pluderhosen, Brust und Rücken in blanken Stahl gepanzert, das stählerne Schützenhäubl auf dem runden Schädel über dem aufgedunsenen Gesicht, dessen Farbe die deutliche Liebe seines Trägers zu Bier und Branntwein verriet.

Dahinter, von vier Bütteln halb gezerrt, halb gestoßen – der Angeklagte.

Sehr verändert hatte er sich nicht in den bald 16 Jahren, seit ich ihm zum erstenmal in Schwaz begegnet war. Immer noch so schlank und geschmeidig wie damals. Immer noch dieser Hochmut in den dunkelblauen Augen, die im Zorn fast schwarz wirken können. Immer noch der spöttische, beinahe arrogante Zug um die Mundwinkel. Die Haare, der Bart waren nun der Mode gemäß kürzer geschnitten, und in das Schwarz mischte sich vereinzeltes Grau.

Was hatte er bewegt mit seinem Drang zur Perfektion, der alles überrollte, um nur eines zu erreichen: das gesetzte Ziel!

Auch in Ketten wirkte er noch immer wie der Mann, der wie selbstverständlich stets sich und anderen das Höchste abverlangte.

Auch Reisländer schien dies zu spüren. Zornig musterten die Blicke des alten Bergrichters die zerrissene, mit Stroh, Schlamm und eingetrocknetem Erbrochenen verschmutzte Kleidung des Gefangenen, die schweren, eisernen Handschellen, das Halseisen mit den rasselnden Ketten, die zu den Fußeisen herabhingen, die groben Stricke, mit denen die Oberarme an den Körper geschnürt waren, den langen, kaum verschorften Riß an der Wange.

Nicklas Findler, der Fronbote, stieß den Gefangenen zur vorderen Ecke der linken Bankreihe, wo aus dem Fußboden ein in weißen Stein gemeißelter Totenkopf heraufgrinst.

»Da! Knie dich hin, du Drecksack!«

Ein brutaler Stoß, ein Tritt.
Kettenklirrend stürzte Dreyling schwer zu Boden.
Der Hammerschlag des Bergrichters knallte wie ein Schuß durch den Kirchenraum.
»Gleich seid Ihr selbst in Ketten gelegt, Fronbote!«
Nicklas Findler zuckte zusammen. »'s ist allgemein der Brauch im Land, daß der Verurteilte seinen Spruch auf Knien hört.«
Die Stimme Reisländers war kälter als der Gletscher des Schrankogels, als er sich an alle in der Kirchenhalle Versammelten wandte:
»Merkt Euch dies: Das Berggericht ist kein Malefizgericht!« Und wieder zum Fronboten: »Und jetzt heb den Angeklagten auf und nimm ihm die Ketten ab!«
Findler winkte seinen Bütteln.
Doch Erasmus Reisländer fuhr dazwischen: »Das Gericht hat Euch etwas befohlen, Fronbote. Euch!«
Nicklas Findler bückte sich. Zerrte den Angeklagten am Arm auf die Füße. Kramte einen Schlüssel aus seinem Beutel. Schloß umständlich die Schlösser der Handschellen und des Halseisens auf. Mußte sich schließlich auf ein Knie fallen lassen, um die Fußeisen aufzusperren.
»Fronbote!«
Der Angesprochene drehte sich unwillig zum Richtertisch.
»Weshalb ist der Angeklagte in diesem Zustand?«
»Welchem Zustand?« versuchte sich Findler dumm zu stellen.
»Verdreckt, zusammengeschlagen, verletzt.«
Findler zuckte mit den Achseln. »Als man ihn in Krakau verhaftete, wird er sich vielleicht gewehrt haben.«
»Das ist viele Tage her. Die Verletzungen sind frisch!«
Nicklas Findler warf einen hilfesuchenden Blick zu uns herauf.
»Antworte, Fronbote!«
»Nun ... nun ja ... gestern abend... Da sollte er ein Protokoll unterschreiben...«
»Was für ein Protokoll?«
»Seiner Untaten.«
»Ein Geständnis also.«
»Ja. Man meinte, daß Euch das heute viel Zeit und Mühe ersparen würde.«
»Wer ist ›man‹?«
Wieder blickte er – diesmal ein stummer Hilfeschrei – herauf zur Empore.

»Antwortet!« herrschte ihn der Bergrichter an.

»Der ... der Herr Endorfer«, stotterte Findler, »und der Herr Baron Löffler ..., und der Herr Pater Georg Scherer war auch dabei, hat aber nur Protokoll führen sollen...«

»Weiter! Wer noch?« forderte Reisländer.

»Der Herr Kanzler Schiller-Herdern – war aber nur anwesend.«

»Und?«

»Der ... der ... der Herr ... Herr Marx Fugger.«

»Waren das alle?«

»Ja.«

»Hat der Angeklagte dieses Protokoll freiwillig unterschrieben?«

»Nein.«

»Und dann sind die Herren dazu übergegangen, ihn zu malträtieren?«

»Ja.«

»Und hat er dann unterschrieben?«

»Nein.«

»Ihr könnt gehen, Fronbote.«

Alexander Endorfer hob die Hände, daß die Ärmel wie Flügel wehten, ruckte mit dem Kopf und sah mehr denn je aus wie ein Geier, der bereit war, sogleich ins Kirchenschiff hinunter zu flattern. Hans Christoph Löffler krallte die starken Finger in die Armlehnen seines Sessels, daß die Gelenke weiß hervortraten. Herr Marx Fugger war erstarrt, sein Mund stand offen. »Eure Leute!« zischte Monsignore d'Angelis empört.

In den Augen der schönen Katharina Endorfer glomm so etwas wie Hohn. Und auch um die Mundwinkel des Angeklagten zuckte es spöttisch.

Reisländer lehnte sich in seinem hohen Stuhl zurück. Er fixierte den Gefangenen:

»Jeder hier weiß, wer Ihr seid, doch um dem Protokoll des Gerichtes Genüge zu tun, muß ich Euch fragen: Wer seid Ihr? Nennt uns Euren Namen, Eure Herkunft, Euren Stand.«

»Ich bin Adam Dreyling, Herr zu Wagrain, Ebbs, Oberndorf und Stumm, Ritter des Ordens vom Schwert.«

Seine Stimme klang für mich wieder vertraut. Ein weicher Bariton, nicht laut, und doch war sie hörbar bis in den hintersten Winkel der Liebfrauenkirche:

»Ich wurde am 13. September, im Jahr des Herrn 1549, hier zu Schwaz geboren. Mein Vater war Hans Dreyling, genannt der Ältere, von Steineck, Herr zu Wagrain. Meine Mutter Barbara war die Tochter des Hans Katzbeck von Winkel, Zollherr in Lueg am Brenner und seiner Ehegattin Anna Kaufmann, Gewerkentochter aus Schwaz.

Der Euch bekannte Hofrat Erzherzog Ferdinands, Dr. Johann Dreyling, Herr zu Wagrain, sowie Herr Kaspar Dreyling zu Wagrain und Hochalting sind meine leiblichen Brüder.«

Dr. Johann Dreyling auf der Empore wollte aufspringen, wollte brüllen: »Halb-! Halbbrüder!«

Die eisenharte Hand seines Onkels Hans Christoph Löffler auf dem Arm zwang ihn auf die Bank zurück.

»Ich war in erster Ehe verheiratet mit Maria Katzbeck, Tochter des Faktors Benedikt Katzbeck aus Schwaz, die am 2. Mai 1574 ermordet wurde.«

»Ermordet?« Die buschigen, weißen Augenbrauen Reisländers zogen sich zusammen. »Ihr gebraucht ein hartes Wort, Herr Dreyling zu Wagrain. Es wurde nie Anklage erhoben.«

»Von wem denn auch?«

Für einen Augenblick war es totenstill in der weiten Kirchenhalle.

Dann fuhr Reisländer ruhig fort: »Was ist Euer Beruf?«

»Ich habe bis zum meinem 16. Lebensjahr die Lateinschule der Brüder des heiligen Franziskus hier in Schwaz besucht und sollte dann an die Universität nach Ingolstadt gehen. Doch dann erschien es wichtiger, daß meine beiden jüngeren Brüder Johann und Kaspar, die Söhne meiner Stiefmutter Regina, Tochter des Gießermeisters Gregor Löffler zu Innsbruck, dieser Ehre teilhaftig werden sollten. Ich wurde in den Berg geschickt.«

»Erschien Euch das als Schande?«

»Nein, Herr, auch wenn die Universität meine Lehrjahre als Säuberbub und Truhenläufer vielleicht verkürzt hätte. Auch wenn ich nach Ingolstadt gegangen wäre oder wie mein Bruder, der gelehrte Dr. Johann, gar zu Padua studiert hätte, ich wäre immer gern in den Berg gegangen. Ich liebte den Berg. Ich verachte ihn nicht, selbst wenn er jetzt mein Grab werden sollte.«

»Und weiter...«

»Ich wurde Häuer, Schiener. Ich heiratete. Ich war zufrieden, ich war glücklich bis zu jenem Jahr des Unheils 1574.«

»Ihr habt in diesem Jahr Schwaz verlassen?«

»Ja.«

»Und später?«

»War ich Werkführer bei meinem Stiefonkel Hans Christoph Löffler, Geschützgießer zu Innsbruck. Ich habe zu Venedig versucht zu arbeiten, später in England und Polen, bis zu jener Nacht, in der ich überfallen, niedergeschlagen und in Fesseln hierher geschleppt wurde, um die Rolle als Sündenbock wieder aufzunehmen, die mir Anno '74 die Herren Fugger schon zugemessen hatten.«

Dreyling verstummte.

»Die Anklagepunkte!« befahl Reisländer.

Sonntag,
der 4. Februar, 10.40 Uhr

Leoman von Schiller-Herdern fixierte Adam Dreyling.

Dieser stand mit gesenktem Kopf auf der Totenplatte. Seine Haltung, wie auch seine Ausführungen zu seinem Lebenslauf, erweckte den Eindruck von Resignation.

Leoman trat zwei Schritte vor, ein Bündel Pergamente in der rechten Hand. Er hatte einen einzigen Auftrag, ein einziges Ziel: den Tod Dreylings.

»*In nomine Domini, Amen!*«

Leoman von Schiller-Herderns Stimme war schneidend, durchdringend, klar und vernehmlich; die Tonlage hell, metallisch:

»*Acta iudiciorum et alia quelibet negotia que tractantur in tempore...*«

»Bedient Euch unserer Sprache«, stoppte Reisländer den Beginn der Ausführungen des Anklägers, »damit jeder Euch versteht.«

»Nichts anderes, Bergrichter«, entgegnete von Schiller-Herdern schnell, »ist Ziel und Zweck meiner Rede. Den Tisch des Wortes, den ich wahrhaftig und reichlich zu decken entschlossen bin, wird jedermann verstehen, so wahr ich hier stehe!«

Er wandte sich ab und begann neuerlich:

»Edle, ehrwürdigste und gütigste Herren, Volk von Tirol, Berggemeinde von Schwaz.

Gerichtliche Handlungen und andere zeitliche Geschäfte müssen, damit sie nicht mit der Zeit vergehen, durch die Zunge der Zeugen und das Zeugnis der Schrift verewigt werden wegen des Gedächtnisses der Menschen, das schwach ist und hinfällig.

Im Gedächtnis geblieben ist uns allen, durch die Zungen der Zeugen, das schwere Jahr 1574.«

DAS BERGGERICHT

Er deutete mit ausgestrecktem Arm auf Dreyling und steigerte seine Lautstärke:

»Dieses unheilvolle Jahr mit seinen Auswirkungen auf uns alle ist mit seinem Namen verbunden. Unauslöschbar! Jeder weiß es.

Adam Dreyling! Knöpfe deine Ohren auf: Ich klage dich an, der alleinige Anstifter des Aufruhrs von 1574 zu sein, mit allen seinen Folgen, der kurz darauf zum Knappenaufstand führte, ja, sich zum Angriff auf unseren ehrwürdigen, durchlauchtigsten Landesfürsten und die Gewerken entwickelte, aber unter dem die Knappen mit ihren Frauen und Kindern, wie jeder sehen kann, noch heute leiden.«

Beifällige Töne durchsetzt mit Rufen: »Richtet ihn! – Sein Blut! – Sein Blut!« bestätigten dem Ankläger, daß er die Stimmung in der Kirche richtig erfaßt hatte.

Leoman von Schiller-Herdern hämmerte in die Kirchenhalle:

»Des weiteren klage ich dich an, wertvolle Bergbaugeheimnisse, besonders die von uns entwickelte *Wasserkunst*, an die Polen verraten zu haben, um uns dauerhaften Schaden beizubringen. Und das erst im vergangenen Jahr!«

»Verbrennen – an den Galgen – vierteilen – rädert ihn – in den Schacht!« kochte der Zorn aus der Menge hoch.

»Höre nun, Dreyling, höre Knappenvolk und du, Volk von Tirol!

Begründete Anklagen erfordern Maßstäbe, und gerechte Anklagen erfordern, daß alle mit gleichen Maßstäben verurteilt werden. Dem wird jeder zustimmen. Aufruhr ist keines Gerichts, keiner Gnade wert! Die Anstifter, und das ist der einzige Maßstab für diese Brut, sind sogar unter Heiden, Juden und Türken dem Tod überantwortet. Aufruhr wurde auch bei Luther – hörst du, Dreyling –, sogar bei Luther, dem Ketzer, ohne Gnade und Barmherzigkeit begegnet.

Darum ist hier nicht mehr zu tun, als Dreyling eilig zu richten, um damit Gottes Urteil zu vollenden.

Du hast der Berggemeinde und den Untertanen das Lärmen eingeblasen zum Aufruhr wider die Gewerken, wider die Obrigkeit, wider den Fürsten und Herrn.

Dreyling, du hast auch darin den Weg zum Knappenkrieg bereitet, indem du gerufen hast:

›Ein Christ ist frei von allen Gesetzen, und seinem Willen können weder Menschen noch Engel etwas auferlegen. Lasset eure Schwerter und Geräte nicht kalt werden, wärmt sie im Blut der gottlosen und bösen Obrigkeit! Wärmt sie im Blut der Tyrannen in den Gewerken und im Blut der mörderischen Fürsten!‹

Wer zu blutigen Anschlägen aufhetzt wie er, Volk von Tirol, Berggemeinde von Schwaz, ist einer Todsünde schuldig, die hier wie in der Hölle gesühnt werden muß.

Dreyling, die Wahrheit schwimmt wie Öl auf dem Wasser, für jeden sichtbar. Wer das nicht sieht, dem antworte ich, daß die christlichen, katholischen Fürsten notgezwungen sind, gegen den Aufrührer Dreyling mit aller Schärfe vorzugehen, wollen nicht die Berggemeinde mit all ihren Nachkommen, aber auch Land wie Leute, mit Leib und Leben, ja, gar um Gott und seine heilige Religion kommen!«

Adam Dreyling hob den Kopf. Seine geschlossene linke Hand öffnete sich. Sein Arm hob sich, so daß der Zeigefinger wie ein Pfeil auf den Kopf Schiller-Herderns zielte:

»Womit beweist du das, Ankläger?«

Diese Worte trafen Leoman völlig unvermutet. Und schon fuhr Dreyling fort: »Ist in dir noch ein Tropfen Redlichkeit und ein Funken der Ehrbarkeit, so beweise deine Geschichte!«

Der Zeigefinger zielte weiter auf den Kopf Leomans – genau zwischen die Augen.

»Beweise es, sage ich! Hörst du, Ankläger: Beweise es!

Lasse uns die verfälschten Worte deiner Zeugen hören!

Wie heißen deine Zeugen?

Wo wohnen sie?

Wer hat sie denn verhört?

Von wem ist das aufgeschrieben worden?

Warum machst du so ein Geschrei, Ankläger, als ob ein Mord passiert wäre? Oder willst du ihn durch dein Gerede wahr machen?

Ja, hättest du einen redlichen Zeugen gefunden, du hättest ihn nicht verschwiegen, sondern groß herausgestellt!

Ich aber habe 1574 meine geliebte Frau verloren und mein ungeborenes Kind! Ich! Nur ich! Nur ich habe gleich zwei Menschen verloren ... Durch Mord!

Warum redest du also so verschlagen und so verzwickt?«

Adam Dreyling stand breitbeinig auf der Totenplatte. In der Hallenkirche war es still geworden.

Langsam ließ Dreyling seine Hand sinken, mit der er Schiller-Herderns Kopf wie mit einem Pfeil festgeheftet hatte.

Der Ankläger streckte sich, donnerte von seinem Platz in beide Chöre:

»Seht hin und hört alle genau zu!«

Seine Hand wies nun seinerseits auf Dreyling, der sich mit der rechten Hand über Mund und Wange wischte.

»Seht genau hin: Dreyling wischt sich das Maul und leugnet! Er habe die Knappen keineswegs aufgewiegelt.
Er will das Opfer sein.
Er will die Fragen stellen, die er beantworten soll.
Er fragt nach Zeugen und Beweisen!«

Leoman von Schiller-Herdern stand auf den Zehenspitzen, ballte die Hand zur Faust. Seine Stimme hatte eine Lautstärke erreicht, die bei den Menschen Beklemmung hervorrief:

»Es sind seine Worte, seine unverschämten Fragen, mit denen er versucht, auseinander und vorüber zu reden! Genau eben diese Reden«, Leoman stieß im Takt zu seinen Worten die Faust nach oben und wiederholte: »Genau diese Reden – wir haben sie alle vernommen! Sind das nicht wahrlich Kostproben seines aufwieglerischen Könnens, Kostproben seines rebellischen Geistes?

Aber, Dreyling, höre, du hast nur eines nicht bedacht: Deine Reden beschuldigen und überführen dich! Nur wer diese Sprache kennt, wer so offen seine Art zu reden hier vorführt wie du, der hat in dieser Minute bewiesen, daß er den Frieden und die Wohlfahrt der Tiroler Nation zu gefährden weiß, ja gar aufzuheben versteht!

Was sollen wir aus deinen Worten anderes schließen...«

Dreyling fiel ihm zornig ins Wort:

»Schließen sollt Ihr daraus, daß Irren schändlich ist! Noch schändlicher ist es aber, den bewußten Irrtum zu verteidigen! Am allerschändlichsten ist es aber, den Irrtum, Ankläger, nicht abstellen zu wollen, sondern ihn zu mehren und aufzuhäufen wie taubes Gestein vor den Stollenlöchern am Falkenstein!«

Das Schlagen des Judenhammers lähmte alle weiteren Worte.

»Es ist genug!« unterbrach der Bergrichter ärgerlich die Auseinandersetzung. »Ankläger! Verzichtet auf Verdrehungen und Verdunkelungen des Streitpunkts, denn damit steht Ihr jenseits von Falsch und Richtig. Bringt die Wahrheit an den Tag – und nichts anderes als die Wahrheit! Ich wünsche eine ordnungsgemäße Befragung des Angeklagten!

Und Ihr, Angeklagter, beantwortet im Namen Gottes redlich die gestellten Fragen. Schwört ab den Angriffen und haltet Euch ebenfalls an die Regeln!

Ankläger, beginnt endlich mit der Befragung!«

»Angeklagter«, nahm Schiller-Herdern erneut Anlauf. »Da du ein

SCHWAZ 1590

frommer Zögling sein und kein Wasser trübe gemacht haben willst, dabei sogar protestierst, du hättest nichts Böses getan – so begehre ich von dir, Dreyling, drei Dinge zu wissen:

Warum warst du Anno Domini 1574 der Anführer des Knappenhaufens?

Warum hast du die Knappen nach Hall geführt in offenem Aufruhr, in den du auch noch die Bauern mit hereingezerrt hast?

Und schließlich: Warum hast du die Nacht davor das Haus unseres ehrwürdigen Herrn Markus Fugger gestürmt und verwüstet?

Antworte!«

Adam Dreyling, der bis dahin den Knappen, der Berggemeinde, den hohen Herren auf der Empore, dem Tiroler Volk seinen Rücken zugekehrt hatte, drehte sich langsam um:

»Knappen von Schwaz! Ich habe gehört, daß etliche unter Euch mir nach dem Leben trachten und begierig sind, ihre Hand in meinem Blut zu waschen. Euer Durst nach meinem Blut wird aber vergehen, wenn Ihr bereit seid zu prüfen, ob ich oder wir allesamt damals, Anno '74, tatsächlich zum offenen Aufruhr wider die Obrigkeit ins Feld gezogen sind oder nicht...«

I

Die Katastrophe

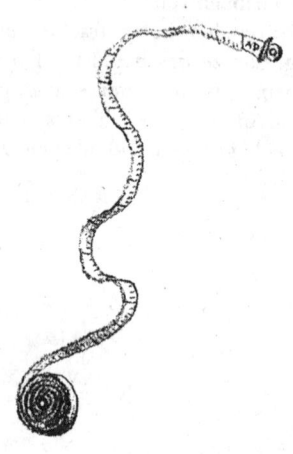

Schwaz
1574

1. Tagebuch
Adam Dreyling

Montag,
der 26. April

»Ich erwarte Euch dringend im großen Raber-Liegendbau!«

Die Nachricht von unserem »Bergschrat«, dem Schichtmeister Peter Gstein, verhieß nichts Gutes.

Gegen Mittag krieche ich durch den niederen Verbindungsstollen zu unserem reichsten Erzlager. Als ich mich tief gebückt durch den engen Gang zwänge, gurgelt mir das Wasser bis über die Knie. Schon jetzt zum Beginn der Schmelze, haben sich die plätschernden Rinnsale zu kleinen Wildbächen zusammengeschlossen. Das große Wasserrad kann den Schrägschacht gerade noch trocken halten. Die Arbeit der Männer ist noch schwerer als sonst, stehen sie doch teilweise bis zu den Hüften im eisigen Wasser. Dann bin ich durch, richte mich auf, atme mir die erdrückende Enge des Stollens aus der Brust.

Wie immer bin ich überwältigt von der Majestät dieser riesigen, einst mit Fahlerz gefüllten Kaverne, die sich schräg nach oben zieht. Der Berg ist an dieser Stelle schon vor mehr als sechzig Jahren buchstäblich von oben her ausgekratzt worden. Die Kluft über uns, mal enger, dann wieder sechs bis sieben Lachter breit, führt über fünfzig Lachter zum Eibelschroffen hinauf. Das flackernde Licht der blakenden, in Mannshöhe an den Wänden steckenden Kienspäne reicht gerade aus, uns hier unten den Weg zum neuen Schacht und Stollen zu weisen. In der Höhe verliert sich die gewaltige Spalte im Dunkel, während das flimmernde Licht der Grubenlampen auf die Wände und Felszacken tanzende Schatten wirft.

Die fünf Lachter breite Sohle, auf der ich stehe, ist mit Erz versetzt. Wir haben den weiteren Verlauf der Erzgänge, die sich hier in die Tiefe ziehen, aufgefunden und hoffen auf einen reichen Abbau ohne große zusätzliche Schwierigkeiten.

Linker Hand, keine dreißig Schritt vor mir, ein hell ausgeleuchteter Schacht am Ostende dieses *Verhaues*. Senkrecht fällt der Schacht in die Tiefe, hinunter in den Teil des Abbaus, in dem wir ein neues, gewaltiges Erzlager vermuten.

An seinem Rand vier Knappen, von denen zwei die hochgestemmten, vollen Wasserkübel in Empfang nehmen und hinter sich auf die Sohle ausgießen, wo wahre Bäche dem Gefälle zum Sigmund-Erbstollen folgend davongurgeln. Die anderen zwei Knappen befördern die leeren Kübel an einem Seil wieder in die Tiefe.

Die ledernen Kübel werden genauso weitergereicht wie früher vorne im Schrägschacht zu den *Tiefen Bauen*, den Stollen unter den Wassern des Inn, ehe das große Pumprad, unsere berühmte *Wasserkunst*, eingebaut wurde.

Wie nasse Ratten stehen sie, einer über dem anderen, mit dem Rücken gegen die Leitern gelehnt vom Schachtsumpf herauf bis zur Sohle des Schachtreviers Raber-Liegendbaue. Bei der gebotenen Eile vergießen sie genügend Wasser, auch wenn die Kübel und Kannen sich nach oben verjüngen. Das Wasser trieft auf die tiefer stehenden Knappen und Häuer herab, durchnäßt in Minuten auch das beste Lederzeug.

»Glück und Heil, Herr Schiener.«

Über dem Rand des Abstiegs erscheint der Kopf des »Bergschrats« Peter Gstein. Sein schwarzer Haarschopf besteht aus unzähligen Wirbeln, die seine breite Stirn verdecken, danach folgt eine schmale Nase zwischen blauen wachen Augen, dann ein voller schwarzer Bart.

Mit sicherem Schritt schwingt er sich über das Ende der Leiter – klein, stämmig, mit schweren Schultern, naß bis auf die Haut. Wir schütteln uns die Hände.

»Gibt es Schwierigkeiten, Peter?«

»Wasser!«

Ich zucke mit den Schultern. »Jetzt bei der Schneeschmelze auf den Bergen...«

Doch der Bergschrat schüttelt energisch den Kopf:

»Schaut es Euch selber an, Schiener. Das ist nicht nur Schmelzwasser. Das ist etwas anderes! Etwas Übles!«

Wir klettern zusammen die Leitern hinunter, vorüber an den Wasserträgern, stehen schließlich hüfttief im eiskalten Wasser am Ende des Stollens vor Ort.

Hier ruht die Arbeit.

Ich ziehe fragend die Augenbraue hoch.

Peter Gstein klopft mit dem Berghammer leicht gegen den Felsen.

SCHWAZ 1574

Es bröckelt, bröselt.

»Schiefer! Alles Bruch und Dreck!«

Niemand liebt die schwere Arbeit in dem harten Dolomit, der die Erzgänge führt. Aber wenn wir etwas fürchten, dann den weichen Schiefer. Er bröckelt, bröselt, schiebt in Platten unkontrolliert nach und ist naß wie ein Schwamm.

»Der Herr Siegmund Fugger meint, das Erz gehe hinter dieser Schicht mit Sicherheit weiter«, stellt Gstein fest.

»Und Ihr?« frage ich.

»Der Teufel soll mich holen, wenn ich's weiß... Das Erzband zieht sich von Nordosten hier nach Südwesten herunter. Nach Westen und Osten ist nichts mehr, das ist sicher. Und jetzt haben wir die Wahl: Entweder wir brechen weiter nach Nordosten durch den Schiefer und hoffen das Beste – oder wir müssen diesen Abbau aufgeben.«

Wir sehen uns nachdenklich an.

»Was würdet Ihr tun, Peter?« frage ich schließlich.

Der Bergschrat ist nicht nur ein erfahrener Schichtführer. Er kennt den Berg trotz seiner jungen Jahre wie kaum ein anderer. Hat dazu ein Wissen um die Gesteine und ihre Eigenheiten wie wenige und würde es gewiß in ein paar Jahren zum Schiener, wohl auch einmal zum Bergmeister bringen. Ich halte viel von seinem Rat, mehr jedenfalls als vom Wissen unserer hohen Herren Marx und Siegmund Fugger.

Um uns hat sich inzwischen ein Grüppchen von Häuern und Knappen versammelt. Ich erkenne die knorrige Gestalt des ehrlichen Korbi Brandhuber, den eifrigen Kunz Weidinger, der mit 17 Jahren erst letzte Woche seine Häuerprüfung abgelegt hat, den ewigen Spaßvogel Nandl Kunzmaier, das Sorgengesicht des Jos Ammer, der eine Schicht nach der anderen schiebt, um die hungrigen Mäuler seiner acht Kinder voll zu bekommen, daneben Adelwart Demmer, den vierschrötigen Vormann der Wasserleute.

Gstein läßt sich Zeit mit der Antwort:

»Also: Ich würde meine Finger von dem Schiefer lassen.«

»Den Abbau hier aufgeben?« vergewissere ich mich.

Ein Aufstöhnen geht durch die Reihen der Knappen. Der Schichtmeister nickt langsam: »Besser als ersaufen.«

»Wegen des Wassers im Schiefer?«

»Ich meine wegen des Wassers, das *hinter* dem Schiefer kommt. Schaut Euch die Platte an: sie ist schräg zu uns geneigt, zieht sich über unsere Köpfe nach oben weiter.

DIE KATASTROPHE

Die Situation ist die: Der Schiefer hält das Wasser zurück – und wir stehen hier auf der trockenen Seite.«

»Heilige Scheiße!« knurrt Adelwart Demmer. »Wenn du das *trokken* nennst, Peter, wie sieht dann *naß* eigentlich aus?«

Gstein fährt fort: »Sollte dahinter eine Wasserkaverne sitzen, dann saufen wir so schnell ab, daß wir nicht einmal mehr Zeit haben, das Kreuzzeichen zu schlagen!«

»Und wenn wir den Schiefer nicht durchschlagen und den Abbau hier aufgeben, hängt uns der Herr Marx Fugger eigenhändig am höchsten Galgen an den Eiern auf«, stellt Nandl Kunzmaier mit schiefem Grinsen fest.

»Bis wir wieder – falls überhaupt – solch ein Vorkommen finden, können Jahre vergehen«, klagt Jos Ammer entsetzt. »Und was wird dann aus unserem Lohn?«

»Dabei hab' ich erst zu Lichtmeß den Hutmann Karl Gerdolf mit zwanzig Dukaten geschmiert, damit ich hier arbeiten kann«, murrt Karl Viehbauer.

»Du hast was getan, Viehbauer? Du weißt doch ganz genau, daß derlei strengstens verboten ist...«

Der grauhaarige Häuer zuckt mit den Schultern. »Natürlich weiß ich's. Aber die guten Plätze bekommst du nun einmal nur, wenn du den Gerdolf schmierst. Ist doch wahr! Ich bin lange genug anständig geblieben, hab' mich an die Berggesetze gehalten – und dafür endlose Gänge durch totes Gestein gekratzt!«

Die Häuer murmeln zustimmend.

»Was machen wir mit dem verdammten Schiefer? Eure Entscheidung, Schiener!«

»Meine Entscheidung...«, wiederhole ich gedankenversunken.

Letztlich die Entscheidung des Bergmeisters Erasmus Reisländer, gewiß. Aber es ist mein Revier, also liegt ein Gutteil der Verantwortung auch bei mir...

Stellen wir den Abbau ein, ist bei den Herren Fugger der Teufel los. Lassen wir weitermachen, und es geschieht ein Unglück – daran wage ich nicht zu denken...

Ich muß mit unserem Bergmeister sprechen.

Für den Augenblick bestimme ich: »Bändigt vor allem das Wasser. Aber: Keiner rührt an den Schiefer!«

Ich bin bereits auf dem Weg nach draußen, als das Dröhnen der *Campana*, der großen Glocke, das Schichtende einläutet. Minuten später höre ich das Hämmern und Schlagen der Schichtführer am

SCHWAZ 1574

Holzwerk der Schächte, die das Zeichen in die Tiefe weitergeben. Obwohl ich schon seit Jahren im Berg arbeite, ist es auch für mich immer wieder ein eindrucksvolles Erlebnis, wenn mehrere hundert Männer in den Schächten und Stollen das Signal mit ihren Fäusteln durch den Dolomit des Falkensteins schicken, indem sie an die Felswände klopfen. Das dumpfe Klopfen wird durch den Berg verstärkt, als ob er antworten wolle. Auch der entfernteste Knappe im Stollenlabyrinth weiß, daß in diesem Augenblick die Frau, die Mutter, die Schwester oder der Bruder für ihn im Knappendorf die Mahlzeit auf den Ofen setzt.

Aber auch die Grubenlampen sind für viele eine verläßliche Uhr, nämlich dann, wenn der eingefüllte *Unschlitt* zu Ende geht. Aus den zahllosen, verwinkelten Gängen, die in den großen Sigmund-Hauptstollen münden, tauchen die kleinen Lichter der Bergleute auf. Durchnäßt, verdreckt, verschwitzt schlurft die Kette der Männer dahin, platscht durch das Wasser, das jetzt selbst die erhöhten Bretterböden in den Stollen Schwall um Schwall knöcheltief überflutet. Den pulsierenden Schwall verursacht die stierlederne Bulge der großen *Lasser-Maschine*, die alle sechseinhalb Minuten ihre 1400 Liter aus den Unteren Bauen in den nach draußen führenden Stollen entleert.

»Glück und Heil, Herr Schiener«, grüßen die Männer, die mich erkennen. Andere stapfen grußlos vorbei oder warten in den Stollenmündungen, bis sie eine Lücke in der Kette der Vorbeiziehenden finden, um sich selber einzureihen: zu müde, zu gleichgültig, zu ausgelaugt, um auf andere noch zu achten.

Meine eigenen Gedanken kreisen unaufhörlich um den verfluchten Schiefer. Wie immer wir entscheiden, das Leben der Männer ist mir in die Hand gegeben.

Für den Augenblick bin ich froh, aus dem Stollenmund ins Tageslicht hinaustreten zu können. Etwas erleichtert erkenne ich die hoch aufragende Gestalt des Bergmeisters unter den schon wartenden Knappen der Mittagsschicht.

»Glück und Heil dem löblichen Bergbau, Bergmeister!« – »Durch Christentum viel Glück und Heil, Schiener«, begrüßen wir uns.

Mit kurzen Worten schildere ich ihm die Schwierigkeiten auf der Sohle des Raber-Liegendbaues.

Der Blick seiner farblosen Augen scheint durch mich hindurchzugehen, doch dann nickt er:

»Ich werde den Leuten der nächsten Schichten sagen, daß sie den

DIE KATASTROPHE

Schiefer nicht anrühren. – Ihr habt heute Spätschicht, Dreyling? Dann treffen wir uns zur halben Schicht an der Krame vor dem Sigmundstollen. Und seid so freundlich, die Herren Fugger vorsorglich von der Lage im Raber-Liegendbau zu unterrichten. Von Euch daheim sind es nur ein paar Schritte zum Fuggerhaus hinüber.«

Ein kurzer, fester Händedruck.

Die Campana dröhnt zum Schichtbeginn, die Knappen der zweiten Schicht drängeln sich zum Stollenmund hinein, während ich mich auf den Heimweg mache.

Zu sehr hängen meine Gedanken im Berg, als daß mich der schöne Frühlingstag erfreuen könnte. So nehme ich nur beiläufig das Sonnenlicht wahr, das auf den Schneefeldern des Karwendels unter einem tiefblauen Himmel glitzert, wenig von den dunkel gepflügten Quadraten der Äcker und den frisch hellgrünen der Wiesen, von den blühenden Büschen und Bäumen und den grün gurgelnden Wassern des Inns.

Bei den Schmelzhütten hole ich meinen Bruder Ulrich ab. Er ist ein großer, breitschultriger Mann, der stets Gelassenheit ausstrahlt, in Wahrheit aber zu heftigen Temperamentsausbrüchen neigt, was ihm so mancher kaum zutrauen mag. Vielleicht scheint er deshalb nur Ruhe auszustrahlen, weil das Dröhnen der Erzpochwerke seinen Gehörsinn so sehr beeinträchtigt hat, daß man sich mit ihm nur noch halb schreiend verständigen kann.

Ich mag seine bullige, etwas bärbeißige Art, sein frühzeitig ergrautes Haar samt Bart, seine kühn gebogenen Nase und seine überraschend weichen, graublauen Augen, die mich immer an unseren vor knapp einem halben Jahr verstorbenen Vater erinnern.

Zusammen schreiten wir der Stadt zu, überqueren die Brücke des Lahnbaches, gehen am Totenhäusel und an der Liebfrauenkirche vorbei, die in neuer Pracht in den Himmel ragt. Etwas weiter biegen wir am Rathaus links in die Burggasse ein, erreichen wenig später unser Haus – unmittelbar gegenüber dem Franziskanerkloster. Zudem befindet es sich, wie unser Vater es immer ausgedrückt hatte, in Spuckweite des Fugger-Palais.

Auf der Gasse steht eine prächtige Kutsche, deren Pferde friedlich aus Futtersäcken Hafer kauen.

SCHWAZ 1574

»Unser teurer Herr Bruder scheint uns wieder einmal die Ehre zu geben«, bemerkt Ulrich bei diesem Anblick unwirsch.

Wir steigen die Stufen zum Eingang hinauf, stampfen uns die Stiefel ab, betreten das Haus.

»Ulrich? Adam? Wo habt Ihr Euch denn schon wieder so lange herumgetrieben?« schallt die Stimme Frau Reginas, unserer Mutter – genauer unserer Stiefmutter – aus der großen Stube.

Ulrich brummt nur etwas in seinen Bart und trampelt die Treppe zu seinem Zimmer hinauf.

Ich trete in die Tür. Der große Tisch ist mit feinstem Damast, mit Silber und Kerzen gedeckt. Und auf dem Ehrenplatz am Kopfende der Tafel – eigentlich dem Platz unseres verstorbenen Vaters – thront kein anderer als unser jüngerer Buder Johann.

»Wir warten seit einer halben Stunde mit dem Essen auf Euch! Der arme Junge ist halb verhungert nach der langen Reise von Innsbruck hierher!«

Ich verkneife mir eine bissige Antwort, etwa, daß der »arme Junge« einen so arg verhungerten Eindruck nicht mache und daß die paar Meilen von Innsbruck nach Schwaz ja wohl kaum eine Weltreise seien, zumal, wenn man sie recht gemütlich in seiner Kutsche sitzend hinter sich bringe. Ich könnte auch anmerken, daß das heftig prasselnde Feuer im Kamin dieser Jahreszeit nicht mehr ganz angemessen sei, daß es kein frostklirrender Januartag, sondern Ende April sei, daß die Sonne scheine und die Blumen und Bäume blühten.

Doch was soll's? Johann, Frau Reginas Erstgeborener, ist nun einmal ihr unumstrittener Liebling, da hilft es wenig, wenn man vernünftig zu erklären versucht, daß man im Berg und in den Schmelzhütten nicht beim Glockenschlag alles liegen und fallen lassen kann und daß wir heute ohnehin pünktlicher als an vielen anderen Tagen seien.

Ich murmle eine belanglose Entschuldigung und ziehe mich ebenfalls zunächst zurück, um mich zu waschen und umzukleiden.

Später sitzen wir am Tisch: Unser Bruder Johann nach wie vor auf dem Ehrenplatz. Ihm gegenüber Frau Regina, eine trotz ihrer vierzig Jahre und der schwarzen Witwentracht noch immer auffallend schöne Frau mit feuerroten Haaren, eisgrauen Augen und einem sinnlichen Mund. Ich konnte meinen Vater schon verstehen, daß er nach dem Tod unserer Mutter sich in diese Frau verliebte, ihr jeden Wunsch von den Augen ablas: Wünsche, die sich meist um das Wohlergehen ihres Johann drehten.

DIE KATASTROPHE

An den Längsseiten der Tafel sitzen Ulrich, ihm gegenüber meine hochschwangere Frau Maria und ich. Neben Ulrich unser jüngster Bruder, Frau Reginas Zweitgeborener, Kaspar, ein vierzehnjähriger, schmalbrüstiger Junge, der nebenan bei den Franziskanern auf die Lateinschule geht, während der Platz zwischen ihnen leer steht, seit unsere Schwester Margarethe, unsere Älteste, vor zwei Jahren den Herrn Albert Scheuchenstuel zu Weiching, Salzmeister zu Reichenhall, geheiratet hatte.

Unter den funkelnden Blicken Frau Reginas und unserer alten Beschließerin Kreszenz schleppen zwei Mägde ungezählte dampfende Schüsseln und Platten und Terrinen aus der Küche heran, schenken Wein in die hohen, kostbaren Kristallgläser, die unser Vater einst von einer Reise aus Venedig mitgebracht hatte und die sonst nur an den höchsten Feiertagen auf dem Tisch erscheinen.

Ulrich hatte bis jetzt geschwiegen. Doch als er den ersten Schluck Wein probiert, zieht er erstaunt die Augenbrauen hoch:

»Ist das nicht der teure Malaga, den Vater letztes Jahr bei dem spanischen Händler gekauft hat?«

»Du gönnst deinem Bruder wohl überhaupt nichts!« fährt ihn Frau Regina an.

»Daß ich meinem Bruder *alles* zu gönnen habe, habe ich breits vor Jahren begriffen«, brummt Ulrich in seinen Bart. »Ich gönne ihm sogar dieses Höllenfeuer, das da im Kamin lodert. Es wird ihn so sehr zum Schwitzen bringen, daß er sich beim ersten frischen Luftzug die ›Bergsucht‹ holen und daran eingehen wird.«

»Ulrich! Ich verbitte mir solche Reden an meinem Tisch!«

»An deinem Drittel kannst du verbieten oder erlauben, was dir gefällt. An den zwei Dritteln des Tisches, die Adam und mir gehören, red' ich gerade so, wie es mir gefällt!«

Frau Reginas Hände haben sich zusammengekrampft. Es sind elegante, schlanke, trotzdem gierige Hände.

»Dann nimm gefälligst dein Drittel des Tisches und verlasse meine Stube!«

»Wieso *deine* Stube? Zu einem Drittel auch meine Stube, und genau in diesem Drittel sitze ich«, hält Ulrich gereizt dagegen und spießt sich eine weitere Portion Spanferkel auf den Teller.

»Du weißt ganz genau, was ich meine, Ulrich!« zischt unsere Stiefmutter.

»So? Weiß ich das?«

»Ich werde dir folgendes sagen, Ulrich...«

»Bitte, Mutter!« mischt sich jetzt Johann ein. »Wir sollten uns dieses köstliche Mahl nicht verderben lassen. Wir wissen doch beide, wie Ulrich zu mir steht und daß er mir die Butter auf dem Brot nicht gönnt.«

»Solange es deine eigene Butter ist, Johann, gönne ich sie dir von Herzen und die Wurst und den Schinken dazu. Ich habe nur etwas dagegen, wenn du dir auch noch die Butter von Adam und mir dazuschmierst.«

»Ulrich, so wahr mir Gott helfe, ich habe nie irgend etwas beansprucht, was dir oder Adam gehört!« empört sich Johann.

»Natürlich nicht«, winkt Ulrich ab, »nicht einmal dazu bist du ja Manns genug. Du nimmst nur und nimmst und nimmst – und fragst lieber nicht danach, woher es kommt.«

»Ulrich! Du vergißt dich!« Frau Reginas Gesicht ist fast so rot angelaufen wie ihre Haare.

»Ich habe weder mich vergessen, noch habe ich sonst etwas vergessen! O nein, ich habe nicht vergessen, daß der junge Herr auf die Universität zu Ingolstadt gehen mußte, um Herr Doktor werden zu können, während Adam und ich im Berg und in den Schmelzhütten schufteten. Ich habe nicht vergessen, daß der Herr Doktor dann nochmals studieren mußte – in Padua!«

»Johann hat nur die Ausbildung erhalten, die seinem Stand angemessen ist!« fährt unsere Stiefmutter dazwischen.

»Und Adam und mir also wohl nicht angemessen schien!« grollt Ulrich. »Aber wir sind ebenso Herren zu Wagrain wie dein Liebling. Für uns war es durchaus angemessen, in den Tiefen der Berge herumzukriechen oder in der Glut der Schmelzöfen zu kochen und im Dröhnen der Pochwerke halbtaub zu werden, nur damit der junge Herr Doktor eine Protzenhochzeit halten konnte. Damit er Wagen und Pferde und Diener zum Angeben hat. Damit er am Hof herumscharwenzeln kann. Damit er für würdig befunden werde, sich ›Geheimer Rat‹ oder ähnlichen Unsinn nennen zu können.«

»Davon verstehst du nichts, Ulrich! Von Geschäften am Hof hast du noch nie etwas verstanden!«

»Davon will ich auch gar nichts verstehen! Mich ekeln nämlich die Hofschranzen und Speichellecker an! Was die können, das ist doch nur große Reden schwingen und das sauer verdiente Geld anderer Leute ausgeben!«

Johann glotzt unseren Bruder verständnislos an.

Ulrich beugt sich über den Tisch:

»Das begreifst du wohl nicht? Dann erkläre mir doch ganz einfach, was du heute hier willst?«

»Ich wollte Mutter besuchen.«

»Ganz einfach so?«

»Aber ja!«

»Und so nebenher ein paar hundert Gulden mitnehmen? Du kommst doch nie, es sei denn, du brauchst Geld.«

»Das ist nicht wahr!« mischt sich Frau Regina wieder in das Gespräch. »Johann hat nur die Baupläne für sein neues Heim mitgebracht, um sie mir zu zeigen. Im Gegensatz zu dir hält er nämlich auf meinen Rat!«

»Was für ein neues Heim denn schon wieder?« fragt Ulrich mißtrauisch.

»Ich habe beschlossen, mir neben dem alten Stollengut in der Wiltener Gemarkung ein vernünftiges Haus zu bauen«, läßt sich Johann vernehmen.

»Und was ist mit dem alten Haus, das du erst im Januar um 1830 Gulden erworben hast?«

»Das ist viel zu alt und feucht«, wirft Frau Regina ein. »Außerdem läßt es sich schlecht heizen.«

»Und was ist mit all den anderen Häusern, die du zu Innsbruck in den letzten Monaten zusammengekauft hast? Dem riesigen Ansitz am Pickentor beim Marktgraben? Und den beiden Kästen in der Rindergasse in nächster Nachbarschaft zum Goldenen Dachl, von denen jedes größer ist als das Haus deines Vaters hier?«

»Aber du wirst dem Kind doch nicht zumuten, Ulrich, daß es in dem Schmutz, dem Lärm und dem Gestank der Stadt leben muß?« empört sich Frau Regina.

»Und wozu hat er sie dann gekauft?«

»Ein Herr seiner Stellung muß über einigen Besitz verfügen. Er hat schließlich auf seine Reputation zu halten. Und um mir davon zu erzählen, um mich um meinen Rat zu fragen, ist er den ganzen weiten Weg aus Innsbruck hierher nach Schwaz gefahren.«

»Wie rührend!« höhnt Ulrich. »Und was kostet diese neue hochherrschaftliche Hütte wieder?«

»Kaum mehr als 1200 Gulden«, murmelt Johann.

»Die du natürlich nicht hast«, stellt Ulrich trocken fest. »Und die dir deshalb deine Mutter geben soll.«

»Nun, schließlich habe ich ein Anrecht...«

»Ein Anrecht? Ein Anrecht – worauf?«

»Auf mein Erbteil.«

Ulrich schlägt mit der flachen Hand dröhnend auf den Tisch:

»Dein Erbteil? Hast du eigentlich die geringste Ahnung, wieviel du von deinem väterlichen Erbteil inzwischen verbraucht hast? Alles, mein Lieber. Alles! Und das, was du von deiner Mutter irgendwann einmal zu erwarten hast, gleich dazu. Und von dem Erbe, das Adam und mir zusteht, gleich auch noch einen kräftigen Teil! Und wenn wir nicht Tag und Nacht arbeiten und schuften würden, dann wäre dieses Haus längst verpfändet und versteigert! So sieht es aus, werter Herr! Genau so!«

Frau Regina sitzt mit geballten Händen und zusammengebissenen Zähnen da.

Maria, meine Frau, ist ängstlich geworden. Ich lege ihr unter dem Tisch beruhigend die Hand aufs Knie.

Bruder Johann ist sichtlich fassungslos. »Das – das habe ich nicht gewußt«, stottert er.

»Natürlich nicht – du bist ja schließlich Hofschranze.«

»Aber – aber ich brauche das Haus unbedingt! Meine Reputation, meine Karriere, mein Ansehen bei Hofe... Was wird der Erzherzog denken, wenn ich jetzt plötzlich doch noch vom Kauf zurücktrete? Ich muß das Geld haben! Ich *muß!*«

»Du bekommst es auch!« stellt Frau Regina energisch fest.

»Na gut. Ihr habt es ja nicht anders gewollt...«

Ulrich steht ganz langsam auf:

»Und jetzt hört genau zu, was ich Euch sage: Ehe dieser windige Hofschranze auch nur einen einzigen Kreuzer bekommt, verlange ich die Auszahlung meines väterlichen Erbes. Und zwar jetzt! Heute! Hier! Und sofort!«

»Aber Ulrich«, versucht unsere Stiefmutter den Aufgebrachten zu beruhigen, »Kind...«

»Ich bin nicht dein Kind!« tobt Ulrich los. »Ich war nie dein Kind, und ich verbitte mir diese Anrede! Du bist die zweite Frau und jetzt die Witwe meines Vaters, und als dieser habe ich dir bis zum heutigen Tage Respekt erwiesen. Aber mehr warst du für Margarethe, Adam und mich nie! Für dich waren wir ein lästiges und notwendiges Übel, ohne das du unseren Vater nicht bekommen hättest. Und als lästiges Übel hast du uns behandelt.

Mutter – das warst du nur für deine eigenen verzogenen Bälger! Also werde glücklich mit ihnen! Aber ohne mich! Ich verlasse dieses Haus! Ich gehe! Für immer! Zum Teufel mit Schwaz! Und – mit

Ausnahme von Euch beiden, Adam und Maria – zum Teufel mit dieser Familie!«

Ulrich hebt den Kristallkelch vom Tisch, leert den blutroten Wein in einem langen Zug, schleudert das kostbare Glas in den Kamin, dreht sich um, stapft hinaus und donnert die Tür hinter sich zu, reißt sie einen Augenblick später wieder auf und brüllt:

»Und wenn ich Euch, Frau Regina, und Euren Bälgern alle Gerichte des Heiligen Römischen Reiches auf den Hals hetzen, wenn ich Euch das Hemd vom Leib pfänden lassen muß – das Erbe meines Vaters werde ich bekommen! Bis zum letzten, lumpigen Kreuzer!«

Dann kracht zum zweitenmal die Tür hinter meinem Bruder ins Schloß.

Meine Stiefmutter starrt mich wütend an:

»Hast du vielleicht auch noch irgendwelche Anwürfe gegen uns, Adam?«

O ja, ich hätte die Rede Ulrichs großteils Wort für Wort wiederholen mögen. Doch ich halte den Mund.

Ich denke an Maria. Mit einer hochschwangeren Frau wird ein Mann zahm, wenn er weiß, daß sie harte Worte zu fühlen bekommt, sobald er dem Haus den Rücken kehrt.

Frau Regina und Johann starren mich herausfordernd an. Aber ich beiße mir auf die Lippen. Helfe Maria aufstehen.

Draußen poltern schwere Stiefel die Treppe herunter. Dann schmettert die Haustür zu. Ulrich ist gegangen.

Wenig später eile ich die wenigen Schritte über den Platz hinüber ins Palais Fugger, hebe den bronzenen Ring des Türklopfers und lasse ihn gegen das Tor fallen.

Augenblicke später wird von einem servilen Subjekt in Livree geöffnet.

»Ihr begehrt, Herr von Dreyling?«

»Ich begehre«, äffe ich ihn nach, »die Herren Fugger zu sprechen.«

»Ich werde untertänigst nachfragen, ob die gnädigen Herren geruhen, den gnädigen Herrn zu empfangen.«

Das livrierte Subjekt wirft mir einen verächtlichen Blick zu und entschwindet. Fünf Minuten später erscheint es wieder:

SCHWAZ 1574

»Der gnädige Herr Markus Fugger besitzt die Güte, Euch empfangen zu wollen.«

Das Kontor des Herrn Markus – genannt Marx – Fugger hat die Abmessungen eines Ballsaales, getäfelt mit kostbarsten, geschnitzten Hölzern, an den Wänden ringsum Regale voll mit Büchern, Schriftstücken und Papieren.

Nachdem die Fugger in den letzten Jahrzehnten fast alle anderen Gewerken, die Tänzel und Fieger, Hang-Langenauer, Neidhard, Hörwart, Manlich und nicht zuletzt meinen Vater, ausgebootet, ja manche sogar ruiniert hatten, haben sie neben dem Erzherzog und der Jenbachgesellschaft fast allein die Verfügungsgewalt am Berg.

Herr Marx Fugger thront mit seinem mächtigen, altmodischen Patriarchenbart, ein Blatt in jeder Hand, hinter einem übergroßen, ebenfalls von Papier überfluteten Schreibtisch.

»Nein, nein!« tönt er zu einem dürren Männlein, seinem Privatsekretär Dionysius Bachleitner, der stramm vor seinem Schreibtisch steht. »Diese Venezianer glauben wohl noch immer, ihr Sumpfloch sei der Mittelpunkt des Welthandels. Nichts da! Entweder sie bescheiden sich mit dem halben Preis, oder sie können ihren Pfeffer den Türken verkaufen.«

Herr Marx Fugger zerreißt eines der Papiere mit großartiger Geste.

»Und das hier? Oh, ein Gesuch des Kurfürsten von Köln um ein Darlehen von 100 000 Gulden... Bachleitner, prüfe Er die Kreditwürdigkeit dieses Herrn.

Ah, mein lieber Dreyling! Setzt Euch! Ich habe hier nur noch ein paar Kleinigkeiten zu regeln – der Welthandel, Ihr versteht...«

Ich verstehe nur zu gut.

Welthandel! Der läuft im Kontor seines Bruders Anton zu Augsburg. Zwar ist das Silber und Kupfer aus Tirol ein wichtiger Pfeiler dieses Handels, doch ist das Schwazer Kontor gewiß nicht zuständig für Abschlüsse mit Venedig und schon gar nicht für die Kredite an Kurfürsten.

»Nun, mein lieber, junger Dreyling, wo drückt der Schuh?« wendet er sich schließlich an mich, nachdem er den Bachleitner mit einer Anzahl volltönender Befehle weggeschickt hat.

»Zuerst einmal ein korrupter Hutmann«, beginne ich. »Karl Gerdolf. Er vergibt nicht die Plätze vor Ort nach Alter und Können, wie es der Brauch ist. Er verkauft sie!«

Marx Fugger zuckt mit den Achseln:

DIE KATASTROPHE

»So etwas kommt immer wieder vor. Weshalb darüber ein großes Geschrei machen?«

»Weil es die Knappen verärgert.«

»Dann laßt sie doch verärgert sein...«

»Es rumort im Berg! Erst letztes Jahr sind zweimal die Pfennwerte heraufgesetzt worden.«

»Na und? Als Sohn eines ehemaligen Gewerken werdet Ihr doch wissen, daß es seit jeher Rechtens ist, den Lohn zum Teil in Naturalien statt in Geld auszuzahlen. Sollen wir das immer weniger werdende Silber, das wir aus dem Berg holen, gleich wieder in den unersättlichen Rachen der Knappen stopfen?«

»Wenn Ihr den Knappen statt Silber madiges Fleisch und mit Hafer oder gar Sägemehl gestrecktes Brot in den Rachen zu stopfen versucht, werden sie eines nicht zu fernen Tages nach Euren Fingern schnappen, Herr Fugger!«

»Soll es dieser miese Pöbel doch wagen!« winkt Marx Fugger ab. »Man wird ihn schon im Zaum zu halten wissen. Ist das alles, Herr Dreyling?«

»Nein. Wir sind beim Raber-Liegendbau auf eine ungewöhnlich nasse Schicht gestoßen, von der ich vermute, daß sie zum nördlichen Schiefer gehört.«

»In unserem ertragreichsten Abbau?« Fugger ist nun doch aufgeschreckt. »Und was bedeutet das?«

»Wenn hinter dem Schiefer auch nur annähernd so viel Wasser ist, wie wir vermuten, dann ersäuft uns der ganze Ort!«

»Das darf unter keinen Umständen passieren! Laßt das Wasser ausschöpfen!«

»Mit den vorhandenen Mitteln ist das unmöglich. Dazu brauchen wir zumindest ein großes Pumprad.«

»Ein eigenes Pumprad nur für diese Sohle? Obwohl Ihr nicht einmal Gewißheit habt, ob das Wasser hinter diesem Schiefer wirklich da ist? Nur so auf Verdacht? Wißt Ihr eigentlich, was solch ein Pumprad kostet?«

»Dann bleibt nur, den Ort aufzugeben.«

»*Aufgeben!?*«

Marx Fugger ist aufgesprungen, drischt mit der Faust auf den Tisch, daß die Papiere fliegen:

»Niemals! Ihr werdet dieser Fahlerz-Ader folgen, wohin immer sie Euch führt! Und sei es direkt in die Hölle! Ich bin der Mehrheitseigner dieses Bergwerks. Und ich befehle es!«

Auch ich bin jetzt aufgestanden:

»Ihr mögt der Eigner sein, Herr Fugger. Aber im Berg befiehlt nur einer: der Bergmeister!«

»Und der hat *mir* zu gehorchen!«

»Erst nach Gott und seinem Gewissen.«

»Ich werde dazu den Rat meines Oheims, des Herrn Siegmund, einholen. Niemand weiß mehr über den Berg, über die Gesteine und ihre Eigenheiten, mehr über ihre Beziehungen zueinander und zu den Gestirnen des Tierkreises und der Planeten als er!«

Ich schlucke. Herr Siegmund Fugger ist Legende. Auch heute noch geistert das »Berggespenst«, wie ihn die Knappen nennen, durch die Reviere Tirols, beratend, befehlend, taumelnd zwischen Altersschwachsinn und Genie.

Es gibt nichts mehr zu sagen.

Ich verabschiede mich höflich, lasse mich von dem livrierten Subjekt zur Tür geleiten.

Eine Stunde später überquere ich mit langen Schritten wieder die Brücke über den Lahnbach, der stark angeschwollen zwischen Geröll und seinen mannsdicken Ufermauern zum Inn hinabschäumt.

Mein Ziel ist diesmal nicht der Berg, sondern die einzig verbliebene Schmelzhütte. Auch sie hatten nach dem Bankrott der Stöckl und Tänzel die Fugger kassiert.

Ich muß Ulrich sprechen!

Als ich die Halle mit dem mächtigen Schmelzofen betrete, dreht sich Ulrich langsam um, das Gesicht glühend von der Hitze. Er grinst mir zu, aber seine grauen Augen bleiben hart:

»Ich ahnte, daß du kommen würdest.«

Ich bin nicht auf den Mund gefallen, aber diese Augen machen es mir schwer einen Anfang zu finden:

»Ulrich, höre mir bitte zu.«

»Nein!« schneidet mir mein Bruder das Wort ab. »*Mir* wirst du zuhören: Du hast viel von unserer Mutter geerbt, nicht nur das Aussehen, sondern auch ihren Ehrgeiz. Ich bin mehr unser Vater – vielleicht ein bißchen schwerfällig, dafür gründlich. Nur eines ist uns gemeinsam: unser manchmal dummer, auf jeden Fall aber unausrottbarer Stolz!

DIE KATASTROPHE

Ich weiß, weshalb du da bist: Du willst mich jetzt schimpfen lassen, bis mir die Luft ausgeht. Dann wirst du vernünftig mit mir reden. Wirst mir zugeben, daß ich ja voll und ganz recht habe. Wirst sagen, daß wir an die Familie denken müssen. An das, was unser Vater aufgebaut hat. Daß wir uns das alles nicht von einem eitlen Affen und seiner närrischen Mutter zerstören lassen dürfen.«

»Ulrich...«

»Verdammt: *Nein!* Ich will nicht mehr. *Nie* mehr!«

Wir sind aus der Glut der Schmelzhütte getreten. Ulrich starrt zum Falkenstein hinauf:

»Die Gesteinshalden dort oben, alles taubes, wertloses Geröll. Bald sind unsere Knochen auch dabei. Sieh es dir an, Adam! Diese Unmengen taubes Gestein! Von Schwaz bis zum Zillertal. Die Landschaft voller Narben – bis in die Ewigkeit. Der Bergsegen ist vorbei: von den Gewerken geraubt, weggeschafft – ohne Rücksicht auf die Zukunft. Um der Wahrheit willen, Adam, es hat keinen Sinn mehr, hierzubleiben.«

»Weißt du etwas Neues über den Berg?« frage ich aufgeschreckt.

»Mach doch deine Augen auf!« meint mein Bruder resignierend. »Siehst du das armselige Schmelzwerk dort, das kaum noch diesen Namen verdient? Die dreifache Menge an Silber und Kupfer ist hier noch vor fünfzig Jahren aus dem Erz geschmolzen worden. Erst vorige Woche hat mir der Vitus Fromml, der alte Silberbrenner, von den besseren Zeiten erzählt. Kannst du rechnen? Ich hab mir die Zahlen genau gemerkt: 2500 Zentner Silber zwischen 1520 und 1530. Die *Gottes Speis* war reichlich. Aber die letzte Dekade, 1560 bis 1570, sollen es nur mehr 1000 Zentner gewesen sein, und die letzten vier Jahre haben wir ganze 350 Zentner rausgeschmolzen.«

»So wenig?«

»Der Vitus hat mich sein altes Schmelzbuch einsehen lassen mit allen Produktionszahlen vom Jahr 1500 an. Spendier dem alten Vitus eine Flasche Südwein, und du kannst es selber nachlesen.« Ulrich packt mich am Arm: »Komm, ich will dir etwas zeigen.«

Während wir die knapp dreihundert Lachter zum *Alten Pocher*, gleich neben dem Eingang des Sigmund-Erbstollens, hinüberschreiten, redet Ulrich weiter:

»Vor mehr als fünfzig Jahren waren am Lahnbach fünf Schmelzhütten mit mindestens zehn Öfen gestanden. In Jenbach sollen es sogar 36 gewesen sein. Dafür die gleiche Anzahl an Pochwerken wie heute.«

»Jede Lagerstätte erschöpft sich irgendwann, dafür werden neue gefunden.«

»Unsinn! Das ist es doch gerade, was wir nicht sehen wollen. Der Abbau in den letzten vierzig Jahren war ein einziger Raubbau«, widerspricht mein Bruder ärgerlich. »Die Schuld für den gewaltigen Rückgang des Silbers und des Kupfers liegt bei den Gewerken. Ebenso beim Fürsten, der dem Raubbau tatenlos zugesehen hat und auch heute nur halbherzig die Sache am Berg verfolgt. Der fieberhafte Eifer, der Drang, schnell reich zu werden, die kaum beherrschbare Sucht nach reichen Erzkörpern, die Jagd nach dem raschen Erfolg, das ist es, was uns und den Berg ruiniert! Da wo das Erz leicht und dick hergeht, da wird rücksichtslos zugehauen. Auf das Hereingewinnen des Erzes an schwierigen, aber noch ergiebigen Stellen wurde bewußt jahrzehntelang verzichtet. Da sind heute höchstens ein paar brave Lehenhäuer am Werken, denen man die scheinbar schlechten Adern zugeschoben hat.«

»Ja, ich weiß. Erst letzte Woche habe ich dem Korbi Brandhuber solch eine aufgegebene Ader gezeigt. Am 1. Mai wird er dort als Lehenhäuer anfangen.«

Mein Bruder hört mir gar nicht zu. Er ist viel zu erregt. »Und ich sage dir auch«, fährt er fort, »warum das so ist: Mit der Zukunft wird nicht gerechnet. Die schauen nicht auf unsere Nachfolger und Kinder – die sind ihnen egal. Mit geringem Einsatz an Geld werden nur die ertragreichsten Adern, die fettesten Brocken, in aller Eile *hereingewonnen*. Für den Hoffnungsbau, der uns die Zukunft garantieren soll, wird schon jahrzehntelang kein Kreuzer mehr investiert. Damit sind die Reviere am Ringenwechsel, der Alten Zeche, am Zapfenschuh, aber vor allem unser Revier am Falkenstein tödlich getroffen. Der Berg ist in Unordnung geraten!« Ulrich zieht mich zu sich heran. Seine Stimme klingt drohend. »Schuld haben vor allem die ausländischen Gewerken. Merk dir das! Die Gesellschaft Manlich, die Firma Baumgartner, das Handelshaus Herbrot, die Jenbachgesellschaft – und wie sie alle heißen mögen. Aber allen voran die Fugger!«

»Sei vorsichtig, Ulrich, mit dem, was du da sagst!« versuche ich ihn zu bremsen. »Es sind schließlich nur Vermutungen von dir.«

Ulrich lacht wütend auf, zieht mich noch näher zu sich heran. »Vermutungen? Nein, mein lieber Bruder, Tatsachen!

Da, wo keine Fugger sind, ist auch kein Raubbau. Da steht das Bergwesen in schönster Blüte! Die Silbergruben in Freiberg sind schon an die 400 Jahre unerschöpft, die Bleibergwerke in Goslar – so hat es mir der Vitus erzählt – gar 600 Jahre. Er war dort. Er weiß es. Ein paar andere, die ich gesprochen und danach gefagt habe, konnten die Geschichte bestätigen: der Wenzl Tarik, der Karl Viehbauer, der Knorzen-Sepp, alles Leute aus deiner Schicht und noch etliche mehr. Frag sie!«

Ulrichs Atem geht jetzt stoßweise. »Adam, ich will meinen Zorn nicht auf die Metalle werfen! Mein Haß richtet sich gegen die Männer, die vorgeben, voller Lauterkeit, Unbescholtenheit und Redlichkeit zu sein, und uns doch zugrunde richten.

Auch unser Vater gehörte dazu ... machen wir uns nichts vor.«

Ulrich erstickt fast an diesen Worten.

Ich lege den Arm um seine Schultern. So gehen wir die letzten Schritte bis zum Alten Pocher.

»Was wolltest du mir hier zeigen?« frage ich vorsichtig.

Ulrich geht einige Schritte voraus, winkt mir: »Du kennst dich doch aus. Erfahrene Bergleute, die den Bergsegen aus den Stollen und Schächten schlagen, sortieren das Erz nach der Güte schon einmal vor. Als die Erzkörper fett, fertig und streichend im Berg leicht aufzufinden waren, wuchsen die Scheidhalden hier am Pocher nur sehr langsam. In den letzten fünf Jahren nahmen sie an Umfang so schnell zu wie in den ganzen zehn Jahren zuvor.«

Wir stehen vor mannshohen Halden mit unterschiedlichem, zerkleinertem Gestein. Ulrich deutet auf die Schuttkegel, als ob er sie abzählen wollte:

»Sand ... Gries ... Graupen ... taub. Alles taub!«

Das rhythmische Aufstampfen der schweren Pochstempel auf das Erzgestein in den Trögen, erschwert das Zuhören, obwohl nur zwei der fünf Pochwerke *Gottes Speis* zermalmen.

Wie immer, wenn ich hier vorbeikomme, gleitet mein Blick mit Bewunderung über die sechs sich hebenden und niederfallenden Pochsäulen – jede davon ein ausgewachsener Eichenstamm mit einer Länge von gut neun Ellen, die von dem mächtigen Wasserrad bewegt werden. Hier bringt das Wasser Erleichterung, dort im Berg aber kämpfen die Menschen Tag und Nacht, um es fernzuhalten.

Von oben wird das Gerinne auf die Schaufeln des Wasserrades geführt, dessen Wellbaum mit eisernen *Däumlingen* gespickt ist. Die sich mit dem Wellbaum drehenden Däumlinge erfassen die *Heblinge* in den senkrecht stehenden Pochsäulen, heben die Stämme hoch, klinken aus und lassen die Baumstämme wieder fallen. Da die Däumlinge gegeneinander auf dem Wellbaum versetzt sind, wird zunächst die erste, dritte und fünfte Pochsäule hochgehoben, dann folgen die zweite, vierte und sechste.

Pro Umdrehung des Wasserrades werden die Stämme zweimal angehoben, lassen ihre mit schwerem Eisen beschlagenen *Pochschuhe* auf das im Pochtrog liegende Gestein schmettern, um es für die Öfen zu zerkleinern. Sechs Männer sind damit beschäftigt, das Pochgut aus dem Trog zu schaufeln und diesen gleich wieder mit Erzgestein zu füllen.

Wir ziehen uns einige Schritte von dem Dröhnen zurück.

»Schlechtes Erz mit gutem Erz zu schmelzen ist schädlich, das wissen auch die Knappen, die Lehenhäuer, und du als Schiener solltest es eigentlich auch wissen... Trotzdem setzen immer mehr Knappen immer häufiger betrügerische Mittel ein, um an einen höheren Lohn zu kommen.«

Ich zucke mit den Schultern: »Meinst du, ich merke das nicht? Aber wo das gute Erz immer seltener wird, kannst du es ihnen da verübeln, wenn sie das gute Erz zerkleinern und mit armem Gestein vermischen, um es dadurch einlösbar zu machen?«

»Richtig, Adam. Und das wird weiter zunehmen. Hier der Beweis: Die Berge vor dir mit erzlosem Sand, Gries, Grauben und Geröll wachsen jetzt hier unten am Pochwerk wesentlich schneller als die Halden da oben an den Mundlöchern.

Und nun, Adam? Was glaubst du wohl, was die Gewerken dagegen machen werden? Was werden sie tun?«

Ein kurzes, lastendes Schweigen.

»*Dreifaches Scheidwerk*...«, antworte ich zögernd.

»*Dreifaches Scheidwerk!*« wiederholt langsam mein Bruder. »Mein Entschluß fortzugehen steht fest. Und auch du solltest dir sehr schnell überlegen, ob es nicht besser wäre, Schwaz den Rücken zu kehren.«

»Meinst du, es gibt Aufruhr?«

»Ganz sicher wird es den geben. Und du wirst dich da kaum heraushalten können.«

»Maria ist im siebten Monat. Wir können jetzt nicht weg. Und am Berg gibt es jeden Tag irgend etwas.«

»Adam, das ist nicht ein *Irgendetwas*, das da kommen könnte, das ist etwas ganz *Genaues!* Wir Hüttenleute und Silberbrenner merken das zuerst. Die Erträge sinken, die Kosten steigen, da wir die Schlakken umschmelzen müssen, weil beim ersten Schmelzen zu wenig Sil-

DIE KATASTROPHE

ber und Kupfer ausgebracht wird. Die Öfen betreiben und erhalten bei sinkendem Ertrag – da wird etwas geschehen! Der Herr Marx Fugger läßt sich jeden Tag genau berichten, was die Treiböfen an Silber ausschmelzen. Die Zentner der guten Zeiten fehlen ihm – der kann rechnen. Deshalb kannst du sicher sein: Die Pläne liegen fest. Er wird bald handeln.«

Das Dreifache Scheidwerk! Das Einlösen des Gesteins nach dreifacher Güte, mit danach unterschiedlichem, wechselndem Lohn. Das würde die Bergleute in den Ruin treiben!

»Das werden die Knappen nie hinnehmen. Sie werden mit allen, auch gewaltsamen Mitteln, versuchen, das Dreifache Scheidwerk zu verhindern! Das schnürt ihre Lebensader ein, nimmt den Familien das Brot. Es gibt jetzt schon Ärger wegen der Pfennwerte...«

»Willst du noch mehr wissen?« fragt mein Bruder in einem Ton, der mich bleich werden läßt.

»Ich glaube, es reicht!«

»Nur noch eins...« Er bricht mitten im Satz ab. Beginnt noch mal: »Denk an die Hungersnot vor drei Jahren Anno '71, als die Bayern die Getreidesperre gegen Tirol verhängt hatten. Da sind viele Knappen vom Berg gezogen, aber es war Ruhe am Berg, da die Not von außen kam. Jetzt aber machen wir die Not selber. Noch schlimmer: Sie wird uns aufgezwungen.

Bruder, überlege es dir. Ich habe Angst. Angst um dich und deine Frau. Ich will nicht, daß dir etwas zustößt! Du kannst doch frei wählen. Komm mit mir. Gehen wir zusammen. Du wirst sehen, wir kommen besser zurecht in Böhmen, in Sachsen oder in Polen. Ich will nur eines für dich: du sollst in Schwaz, *mit* Schwaz, mit der *Mutter aller Bergwerke*, nicht untergehen!«

Er nimmt meine Hände in seine schweren Pranken:

»Meine Vorstellungen vom Leben hier sind düster, aber ich bin noch nicht so weit gelähmt, daß ich es nicht ändern könnte. Das Schlimme gehört für mich nicht notwendig zum Leben, wie das Dunkel zum Licht. Darauf gründet sich meine Hoffnung.«

Eine kurze, harte Umarmung.

»Gott beschütze dich auf allen deinen Wegen, Bruder!«

Ulrich wendet sich ab. Stapft mit schwerem Schritt zur Schmelzhütte zurück.

Nach dem Abschied von Ulrich gehe ich die wenigen Schritte bis zum Eingang des Sigmund-Erbstollens so langsam, wie ich nur kann, um meine Gedanken zu sortieren. Was ist Erz? Was ist Sand?

Ich schaffe das Sortieren nicht, da einige Truhenläufer mit ihren vollen, erzgesteinbeladenen *Spurhunten* aus dem Stollengang angerollt kommen und mir zurufen:

»Durch Christentum viel Glück und Heil, Herr Schiener!«

»Glück und Heil dem löblichen Bergbau!« antworte ich den Burschen, die offensichtlich auf den letzten 500 Lachtern das Gefälle des Stollens wieder einmal wild genutzt hatten, um die bisher schnellsten gefahrenen Zeiten der zweiten Schicht zu unterbieten. Beim Bier am Sonntag schließen die *Huntstößer*, wie sie sich selbst bezeichnen, aller drei Schichten Wetten ab, wer wohl zur Zeit am geschicktesten und am schnellsten fahre.

Wenn das der Schichtmeister mitbekommen hätte – der Abzug von einem Kreuzer wäre ihnen sicher gewesen. Nicht wegen dem Spaß, sondern wegen des Materials. Das Leben eines Truhenläufers hatte es zudem im Herbst letzten Jahres gekostet, als der Spurnagel seiner Hunte bei der wilden Fahrt brach.

Die Hunten sind auf den Stollendurchmesser, der beim Sigmund-Stollen kaum viel mehr als eine Elle beträgt, maßgezimmert. Mit kaum einer Handbreite Abstand beiderseits vom Fels jagen sie dem Mundloch zu. Die voll beladenen Truhen bekommen ganz schön Fahrt auf den beiden Holzbohlen, die auf den Querhölzern an der Stollensohle befestigt sind. Zwischen den Holzbohlen, auf denen die Räder der Truhe laufen, wird ein Abstand von einem *Bergmannsdaumen* eingehalten, um dem Leitnagel unten an der Truhe den notwendigen Platz zu sichern. Ein findiger Schmied stülpte dem Nagel eines Tages einen rohrartigen Laufring über und bog den Nagel um. Damit war gesichert, daß die Geschwindigkeit in den Kurven beibehalten werden kann.

Seitdem gibt es Rennen im Stollen – und Tote!

Die Burschen fahren viel zu dicht hintereinander. Wenn der erste Wagen entgleist, kann der Läufer hinten drauf kaum noch Gott und die Heiligen anrufen – dann wird er durch die nachfolgende Hunte zermalmt! Den Jakobus, 16 Jahre war er alt, haben sie regelrecht von der Stollenwand abgekratzt.

DIE KATASTROPHE

Am Eingang des Stollens angekommen betrete ich die *Krame*. Sie ist die größte am Falkenstein und birgt neben vielen anderen wichtigen Dingen auch unsere Werkzeuge, das *Gezähe*. An den Wänden sind übersichtlich sortiert Bergeisen, Ritzeisen, Sumpfeisen, Fimmel, Keil, Plötz und Legeeisen. Gegenüber an der Mauer Ritzfäustel, Handfäustel, Treibefäustel, das zweihändige Treibefäustel, Großfäustel und die hölzernen Stiele passend für jedes Eisen. Unten in den Kisten liegen die Eisen zum Durchschlagen, das Brecheisen und die Brechstange. Weniger vorhanden sind die Geräte, die für das Aufschlagen neuer Stollen vonnöten sind, wie die Keilhaue, die Kratze und die Schaufel. An der Stirnwand, kunstvoll zusammengesteckt, stapeln sich Tonnen, Kübel, Körbe und Ledersäcke, eiserne Bügel, Reifen, Stäbe sowie Unmengen an eisernen Hacken und Förderseilen.

Ein Privileg, das ich durchaus zu schätzen weiß, sind die reichlichen Mahlzeiten, die uns Agatha, die Witwe eines Truhenläufers, täglich zum Schichtwechsel kocht.

Kein Privileg, aber besonders lieb von ihr, daß sie mir darüber hinaus mein Bergmannsleder pflegt. Mein Arschleder, die Lederschuhe, der Lederumhang, die lederne Gugelhaube, ausgestopft mit weichen Tüchern, damit der Kopf keine Beulen bekommt, glänzen vor Fett, als ich mich umziehe.

Zur halben Zeit der Schicht bin ich mit dem Bergmeister verabredet, dann, wenn alle Huntenläufer aus dem Sigmund-Stollen sind.

Die vierundzwanzig Tag- und Nachtstunden werden geteilt in drei Schichten zu je sieben Stunden. Drei Stunden sind zwischen den Schichten eingeschoben, in denen die Bergleute zu den Stollen und Mundlöchern kommen oder den Berg verlassen. Von 4 Uhr morgens bis 11 Uhr dauert die erste Schicht; die zweite beginnt um 12 und endet um 19 Uhr. Früh- und Mittagsschicht ergeben die Tagschichten. Die dritte ist die Nachtschicht, sie nimmt mit der achten Abendstunde ihren Anfang und endet um 3 Uhr früh.

»Im Berg gibt es nur die Nachtschicht«, hörte ich gestern einen Lehenhäuer sagen, als er auf dem Weg zur Siedlung seinen Nachbarn traf, der meinte, er hätte es mit der Tagschicht besser getroffen als er selbst, da er schon den ganzen Monat in der *Geisterschicht* arbeitete.

Bergmeister Reisländer ist an der Krame eingetroffen, gerade als ich meine Grubenlampe, voll mit Unschlitt, in die Hand gedrückt bekomme.

SCHWAZ 1574

»Glück und Heil, Schiener Dreyling!«

»Glück und Heil, Bergmeister«, grüße ich zurück.

Reisländer ist seit über 30 Jahren mit dem Berg vertraut. Er hat das Stollensystem im Kopf, als wenn das *Berggebäude*, wie er den Falkenstein oft nennt, von ihm allein aufgeschlagen worden wäre. »Der Fuchsbau hat 220 Eingänge«, berichtete er uns vor Tagen, da er die Mundlöcher unlängst hatte zählen lassen. Mit allen Stollen, Schächten und Gängen ergibt das ein Labyrinth von gut 53 Meilen, jede Meile zu 4430 Lachter, allein im Falkenstein. Von der Talsohle bis zur Gipfelkuppe des Mehrer Kopfes erreicht das *Grubengebäude* im Berg eine vermessene Höhe von 794 Lachter.

»Das Erz heil heimbringen«, das ist eine der Lieblingswendungen von ihm, wenn er mit den Knappen spricht.

Zweifellos steckt hinter dieser Aufforderung eine Strecke leidvoller Erfahrungen. Aber noch nie wurde ein Unglück abgewendet durch Zurückhaltung der Knappen beim Aufschlagen neuer Stollen oder beim Abteufen neuer Schächte; noch nie wurde ein Leben im Berg dadurch gerettet, daß man immerfort an die Möglichkeit des Todes dachte, damit das Erz heil *heimgebracht* wird.

Reisländer neigt von Natur aus zur Vorsicht und hat so alle Klugheit auf seiner Seite. Sein Wort, seine Entscheidungen werden uneingeschränkt von jedermann befolgt! Bei der Verleihung der *Bergbaurechte* für Grubenfelder, Fundgruben und Gruben jeglicher Größe blieb Reisländer fehlerlos, besonders auch bei der Vergabe von Adern an die *Lehenhäuer*, die im Gegensatz zu der Masse der Knappen, die als *Herrenhäuer* für die Gewerken arbeiten, gegen eine Art Pacht selbständig Vorkommen ausbeuten.

Seine Sicherheit, sein Scharfsinn, sein Instinkt für den Berg haben ihm schon vor langer Zeit den Ruf eingetragen, er könne Gefahren förmlich riechen... Und wenn er sich auch ruhig und zuversichtlich, ja sogar ein wenig locker gibt, so kenne ich ihn gut genug, um zu bemerken, daß ihm die Lage im Raber-Liegendbau ebenso unheimlich ist wie dem Bergschrat Peter Gstein und mir.

»Dreyling«, ruft er beim Eintreten in die Krame, »habt Ihr Eure Himmelsrichtungen dabei?«

»Gewiß, Bergmeister. Nur habe ich sie heute durch die Winde ausgetauscht...«

»Winde? – Durch welche Winde denn?«

»Subsolanus, Favonius, Auster und Septentrio...«, zähle ich mit gespieltem Ernst auf.

»Ich verstehe«, meint Reisländer mit dem Anflug eines Lächelns. »Ihr habt Euren Kopf mit den Quadranten kreisen lassen – und das im Wind. Sagt mir: Welcher Wind ist der Beste für uns?«

»Ja, hm, hm...«, ich setze mit dem Ton ganz unten an und sage in vollendeter Demut: »Der, der uns erleichtert!«

Schallendes Lachen erfüllt die Krame.

Reisländer lächelt maliziös in meine Richtung:

»Ich denke, Ihr wollt damit andeuten, daß ich im Stollen auf jeden Fall vor Euch gehen sollte. Aber das sind doch alles Zwischenwinde – ich dachte mehr an die Hauptwinde!

Aus meiner Sicht betrachtet, Schiener, streicht das Erz an der Stelle, die wir gleich aufsuchen werden, von Burns nach Caurus, wenn nicht sogar von Auster nach Septentrio.«

»Nach dem, was durch Vermessungen in letzter Zeit deutlicher herausgekommen ist, könnte es ein fallender, mächtiger Gang von zwei bis drei Lachter sein, der von Ornithias nach Etesiae streicht.«

Agatha beobachtet uns mit ihren wachen Augen, versucht an unseren Gesichtern abzulesen, wer nun als erster eingestehen muß, daß die Himmelsrichtungen gewissermaßen verlorengegangen waren.

Wir Schiener lernen die Himmelsrichtungen auf dem Bergkompaß weiter zu unterteilen, so daß jeder Quadrant von Nord nach Ost, oder von Ost nach Süd weitere sechs Gradeinteilungen erhält. Diese teilen die vier Quadranten, also den Kreis in 24 gleiche Teile – wie Agatha ihren sonntäglichen Kuchen.

Wie die Bergleute, so verfahren auch die Seeleute mit der Zahl der Winde. Die Römer gingen einst denselben Weg, wobei sie den Winden teils lateinische, teils griechische Namen gaben.

Wir Schiener, ich gebe es gerne zu, machen uns immer einen Spaß daraus, den Verlauf eines Ganges vor den Knappen im Berg nach Belieben durch die Namen der Winde zu bezeichnen, um Eindruck zu machen.

Nun, Reisländer versteht sie genau – wäre es anders gewesen, ich würde beginnen an der Ordnung des Kosmos zu zweifeln.

»Sind wir so weit, Dreyling? Dann können wir gehen.«

»Glück und Heil, Bergmeister.«

»Glück und Heil, Schiener.«

Während die frisch gefüllten Lampen mit einem fetten, übelriechenden Rauch brennen, verläßt Reisländer die Krame, und ich folge ihm ins Freie.

Ich sehe hinauf zur sechzig Klafter lotrecht aufsteigenden Felswand des Eibelschroffens. Die blendende Nachmittagssonne liegt auf der Wand und dem breiten Haldengürtel unterhalb des Steilabbruchs.

Dort oben war die Keimzelle des mittelalterlichen Bergbaus, hatte mir mein Vater noch erzählt. Nach den mächtigen Haldenflächen zu urteilen, muß dort oben die Vererzungsdichte groß gewesen, muß *reich* abgebaut worden sein. Die Zeit ist lange vorbei, wo droben am Geschröffe das Erz am Tage abgebaut werden konnte. Je höher die Stollen, desto älter sind sie. 1491 war dann die Talsohle erreicht. Der Herzog-Sigmund-Erbstollen vor uns wurde damals, vor 83 Jahren, feierlich angeschlagen.

Wie ein ungestümer Bergbach schwappt uns das Wasser aus dem Stollenmund entgegen, schießt weiter den Pochwerken zu.

»Ich werde wohl nie begreifen, wo all das Wasser herkommt.« Reisländer, der vor mir den Stolleneingang erreicht hat, wirft mir einen nachdenklichen Blick zu. »Der Berg weint unaufhörlich.«

Der Kampf zwischen den Mächten des Lichtes und den Mächten der Finsternis ist nach wenigen Klaftern zugunsten der Finsternis entschieden. Mit den Lampen, den flackernden Flammen in den Händen, kommt es mir vor, als ob wir mit jedem Schritt die Vergangenheit hinter uns ließen und gleichzeitig einen Schritt in die Zukunft täten – die von unseren winzigen Lichtern kaum erhellt wird.

Wir gehen hintereinander zwischen den gut schulterbreiten Felsenwänden. Der Sigmund-Stollen ist damit großzügig gebaut. Der Magdalenen-Stollen, etwa 18 Lachter über uns, ist noch wesentlich enger aufgeschlagen.

Bis zum harten Gestein des Dolomits liegen rund 210 Klafter Strecke vor uns.

Unter den Holzschwellen, auf denen die Bohlen für die Hunte befestigt sind, schießt zischend und rauschend das Wasser dahin, schwappt uns immer wieder über die Füße.

»Bergmeister, das Gurgeln unter uns, ist das in diesem Ausmaß noch normal? Könnt Ihr Euch noch erinnern, wie stark die Bergwässer vor 20 Jahren hier Ende April waren?«

Statt einer Antwort fragt Erasmus Reisländer zurück:

»Wieviel schätzt Ihr? Wie hoch fließt das Wasser?«

»Gut eineinhalb Fuß über der Stollensohle – und das jetzt schon. Dabei ist der Höhepunkt der Schneeschmelze auf den Bergen erst Ende Mai zu erwarten.«

Der Bergmeister nickt. »Das Bergwasser des Falkensteins hängt

DIE KATASTROPHE

ab von den Verhältnissen in den Hochkaren des Kellerjochs. Im September vor vier Jahren bin ich drüben auf das Vomper Joch gestiegen, habe mit Abstand auf das Kellerjoch geschaut. Da habe ich es begriffen...«

Er bleibt kurz stehen, als wolle er sich umdrehen.

»Dreyling, wir schlagen den Baum um, von dessen Früchten wir leben. Wir sind dabei, den Schwazer Bergbau zu zerstören. Wir! Wir selber!«

Ich erschrecke über die Endgültigkeit, die in diesem Satz und in seiner Stimme liegt.

Hatte nicht Ulrich das gleiche gesagt? Und nun Reisländer!

»Wir?« frage ich.

»Wenn ich das so sage, Adam« – zum erstenmal nennt er mich beim Vornamen –, »meine ich nicht dich und mich persönlich. Mit ›wir‹ meine ich drei Generationen Berggemeinde, gelenkt durch wenige ehrgeizige Handelsfirmen.«

»Mein Bruder, mein Bruder Ulrich, Bergmeister, sagte vorhin am Alten Pocher fast das gleiche...«

Wieder nickt Reisländer:

»Wir sind nicht viele, die die Zusammenhänge zwischen hier unten und tausend Klafter über uns zu sehen vermögen. Steige aufs Vomper Joch, und die Wahrheit liegt vor deinen Füßen, weshalb das Wasser von Jahr zu Jahr höher steigt.«

»Was meint Ihr damit?«

Für einen Augenblick scheint Reisländer zu zögern, doch dann fährt er mit ruhiger Stimme fort:

»Schuld an dem gesteigerten Wassereinbruch ist der Kahlschlag auf den Hängen des Kellerjochs. Die Wälder waren riesige Speicher, die Trockenzeiten im Tal überbrückten, Überschwemmungen des Lahnbaches verhinderten und auch hier, weit ab von der Oberfläche, dafür sorgten, daß sich nicht reißende Wildbäche bildeten.

Sieh dir die Berghänge an drüben beim Schneekopf, wo sie die Stämme nicht herüber bringen können – alles in Ordnung! Da aber, wo die Wälder fehlen, wie hier am Falkenstein und am gesamten Kellerjoch, sind wir den Wassermassen schutzlos ausgeliefert!«

Erasmus Reisländer hat ruhig gesprochen; die Gewißheit, die in seinen Worten liegt, klingt so sicher wie der Rhythmus seiner weit ausgreifenden Schritte.

»Ob im Nikolaus-Stollen der Alten Zeche, ob im Zapfenschuh, oder im großen System des Martinhütt-Stollens und erst recht in den

SCHWAZ 1574

Tiefen Bauen, überall verschwinden die untersten Stollen viel schneller als angenommen im Wasser.

Und die Ursache? Nicht einmal ein Fußdick fehlender Humus mit Bäumen darauf!«

Ich sehe im schwachen Licht der Flamme, daß er die linke Hand zur Faust geballt hatte.

Jeder Bergmann zu Schwaz weiß, daß Reisländer seit Jahren einen verbissenen Kampf mit den fürstlichen Beamten ausficht. Nun beginne ich auch den Grund dafür zu begreifen. Und so massiv, wie er vor mir den Stollengang mit seinem Körper ausfüllt, so massiv würde er sich auch weiter gegen Dummheit und Gier stellen.

Ist es denkbar, daß er mich zum Verbündeten gewinnen will? Ich wüßte niemanden, an dessen Seite ich lieber stehen würde.

»Ich habe drüben am Hang des Vomper Joches etwas ausgerechnet. Als die Bäume am Kellerjoch um ein Fünftel ausgedünnt wurden, schwemmten bereits Regen- und Schmelzwasser dreimal mehr Erde davon als normal.«

Wir sind an der einzigen Ausbuchtung des Sigmund-Stollens angekommen, an der man einer Hunte ausweichen kann, indem man sich in die ausgehauene Nische stellt.

Reisländer dreht sich um, und ich sehe sein ernstes Gesicht:

»Schwaz lebt, weil der Wald und der Berg stirbt! Niemand will die Anzeichen sehen. Allein der Lahnbach zahlte es in den letzten Jahren der Bevölkerung von Schwaz mit schlimmsten Verheerungen heim. Am schwersten betroffen war die Knappensiedlung. Und was haben sie getan? Eine Messe mit Fürbitten an die Jungfrau Maria!«

Er leuchtet mit seiner Lampe die Stollendecke ab und besieht die herabperlenden Wassertropfen.

»Auch hier schon. Das ist neu...«, bemerke ich.

Der Bergmeister schreitet wieder voran:

»Das Wasser steigt unaufhörlich. Noch ein paar Wochen Regen, zwei, drei heftige Gewitter kurz hintereinander, ein besonders sonniger Frühling – dann, Adam, kannst du sicher sein, wird der Berg hier und oben zu einem einzigen Wasserfall.«

»Können wir dem nicht zuvorkommen?« frage ich ihn.

»Können!?«

Dabei wendet er im engen Stollen seinen Kopf. Ich erschrecke. Reisländers Gesicht wird von unten her mit der Lampe zu einer Fratze ausgeleuchtet.

»Wir *müssen!* Noch liegen nur für wenige Reviere genaue Beob-

DIE KATASTROPHE

achtungen vor, doch wo immer das Wasser die Oberhand gewinnt, da ist der Stollen verloren. Das können, das dürfen wir uns nicht leisten. Das Wasser muß noch besser, noch schneller durch unsere *Wasserkunst* aus den Tiefen gehoben werden. Freilich darf es auch nicht viel mehr werden – wir liegen an der Grenze.«

Der Stollen verläuft stets schwach gekrümmt nach links, in südöstlicher Richtung. Das gelblich-rötliche Gestein um mich herum zeigt an, daß wir unseren *Schwazer Dolomit* erreicht haben. Gleich wird sich der Stollen teilen, wobei der Hauptstollen nach Osten abbiegen, das Kienberg-Revier im Norden umgehen und noch mal nach Osten weiterführen wird. Vom Mundloch bis zum Krummörter-Revier ist der Sigmund-Stollen 1235 Lachter lang. Das Ganze hatten wir Bergleute mit Schlägel und Eisen, in Schrämmarbeit, in 26 Jahren aus dem Felsen gebrochen. Ich kann mich noch an die Vortriebsarbeiten der letzten Jahre erinnern, die uns der Dolomit zugestanden hatte: einen halben, einen drittel Fingerbreit Stollen pro Tag in drei Schichten! Wir konnten gerade unsere Kappen damit füllen. Die Breite der Schrämmstollen ist recht einheitlich, liegt bei gut zwei Fuß. Die Höhe hingegen variierte zwischen zwei und elf Fuß – je härter der Fels, desto niedriger die Decke. Die Knochenarbeit ist mühselig genug.

Doch die Steigerung von mühselig heißt *abteufen* – den Stollen senkrecht in die Tiefe schlagen! Was hatten wir hier beim *Fürstenbau* geleistet...!

Im Fürstenbau, dem wir nun eilig zustreben, waren die Erze bis weit unter die Sohle des Sigmund-Erbstollens hinab als *reich* und *edel* zu bezeichnen. Die Gangmächtigkeit beträgt fast sieben Fuß, was nicht gleich heißt, daß es sich hierbei um sieben Fuß Derberz handelt. Nein, es sind neben- und ineinander verlaufende Erzbänder mit etwa je einem halben Fuß Derberz. Freilich – sie liegen weit unterhalb des Bergwasserspiegels. Seit 1515 waren die Knappen dabei, beim Fürstenbau den berühmten *Schrägschacht* weiter und weiter abzusenken, um dem Erz keine Chance des *Vergessens* zu geben.

Die Wasserwellen, die in regelmäßigen Abständen die Bohlen, auf denen wir laufen, zu überfluten drohen, sind das in Schüben gehobene Grubenwasser aus diesem Tiefenbau. Allein aus dieser Hölle hatten die Knappen in gut 60 Jahren ein Stollensystem von 4000 Klafter Länge herausgebrochen. Alle Stollen werden dort unten am Schrägschacht, der mit einer Neigung von 80 Grad in die Tiefe zieht, fördertechnisch in günstigen Abständen seitlich angesetzt.

SCHWAZ 1574

Wahrhaftig ein Abgrund im Berg! Er erreicht jetzt 125 Klafter Tiefe! Die Wässer aus den Stollen können so zum Schrägschacht hin abrinnen und von dort aus gehoben werden.

Die »Martyrien-Stollen«, wie sie insgeheim genannt werden, heißen in absteigender Reihenfolge: Mitterraindl, Sagstecher, Kaltenbrunner, Raber, Klausen, Neubau, Grandl und Gapl. Mühsal, Schinderei, Knochenarbeit, Hinfälligkeit, Krüppel, Siechtum, Krankheit und Tod hätte man sie genauso bezeichnen können, wobei jeder einzelne Stollen, der tiefer und tiefer aufgeschlagen wird, gleichzusetzen ist mit einer Verdopplung der Martyrien!

»Der Gapl-Stollen steht jeden Tag vor dem Absaufen!« klingt Reisländers Stimme wieder auf. »Das macht mir neben der neuen Situation im Raber-Liegendbau die größten Sorgen.«

In wenigen Schritten würden wir am Kopf des Schrägschachtes und beim *Wassergappl* sein, dann würden wir zumindest wissen, wie es mit dem Wasser im Tiefenbau ausschaute.

»Beim Raber wird's schwer werden mit der Entscheidung – wenn wir überhaupt noch entscheiden können. Ich meine wegen des Herrn Marx Fugger«, schneide ich das Problem vorsichtig an. »Der Herr Siegmund soll ja heute auch im Berg sein.«

Der Bergmeister schweigt.

Das *Wap-Wap-Wap* der oberschlächtig betriebenen Wasserräder dringt in dieser Pause aus der Radstube an mein Ohr. Wir sind am Tiefenbau angekommen.

Theobald Freitag, ein weiterer Schiener, kommt uns entgegengehastet. »Das Berggespenst geht wieder um«, raunt er uns im Vorbeieilen zu.

Reisländer runzelt die Augenbrauen.

»Der gnädige Herr will offenbar tatsächlich selbst verfügen«, bemerke ich ärgerlich, »ob wir den Schiefer durchschlagen sollen oder nicht.«

Wir betreten den Fürstenbau – unsere »Kapelle *im Berg*«, wie ich das Gewölbe getauft hatte.

Der mit herrlichem Trockengewölbe abgesicherte Schachtkopf hat eine Höhe von gut 13 Lachter. An dieser Stelle mündet auch die rechte Gabelung des Sigmund-Erbstollens.

Der Blick vom Schachtkopf zum in die Tiefe ziehenden Schrägschacht, über den allein die »Martyrien-Stollen« zu erreichen sind, wird abgelenkt hinüber zur hell mit Kienspänen befackelten Radstube.

DIE KATASTROPHE

Hier ist unsere berühmte *Wasserkunst* eingebaut. Zwei Stockwerke hatte man großzügig aus dem Dolomit herausgebrochen, zwei Rundbögen übereinander – wie Triumphbögen sehen sie aus. Überall in der Trockenmauerung sind große Grubenlampen eingemauert, die vollgefüllt mit Unschlitt, tagelang brennen können. Die Belüftung ist hier dank der Verbindungsstollen bis hinauf zum Eiblschroffen ohne Tadel; ansonsten wäre man an diesem Ort erstickt, und gleichzeitig hätte man wegen des Gestanks gewiß die Pest bekommen.

Beide Stockwerke hatten schon König Philipp II. von Spanien beeindruckt, als er 1551 an der gleichen Stelle das Wunder im Berg bestaunte.

Durch den oberen Bogen sieht man die beiden dicken Hanfseile, die, vom doppelten Haspelkorb kommend, über einen querliegenden Balken mit aufgelegten Rollen zum Schachtkopf geführt werden und dann mit Hilfe einer Umlenkrolle in dem schwarzen Schlund des Schachtes verschwinden.

Der Durchmesser des Schachtes löst bei mir immer Beklemmungen aus. Ich hatte einmal 14 mal 16 Fuß gemessen! Dort unten wird der Dolomit gehämmert, geschrämmt, gebrochen und gepulvert – doch nichts ist zu hören. Das fließende Wasser, das aus dem unteren Bogen in den Sigmund-Stollen abgeleitet wird, übertönt schon lange die Knappenarbeit…

Der Bergmeister scheint meine Gedanken zu lesen:

»Stell dir vor, Dreyling, 600 Mann waren hier mit dem Trockenhalten des Tiefbaues beschäftigt. Vier Stunden haben die Männer das durchhalten können.«

»Wahnsinn…!« nicke ich.

Ja, Wahnsinn. Sechs Schichten – Tag und Nacht. Das kostete, bevor der Salzburger Lasser 1554 die Wasserhebemaschine drüben eingebaut hatte, glatte 400 Gulden pro Woche!

Eine lebende Eimerkette. Nicht horizontal, vertikal, nach oben! Jeder Eimer gestemmt über den eigenen Kopf. Vier Stunden – endlos!

Ich schüttele den Kopf, sehe in den Schacht hinunter und versuche mir die vor Wasser triefende Menschenkette, aber auch den Schichtwechsel von damals vorzustellen. Eine Behinderung durfte ja nicht erfolgen! Wie war das damals überhaupt organisiert?

Der Schacht selber ist mit Bretterwänden dreigeteilt, doch über die Hälfte des Querschnittes dient der Förderung des Wassers. Ein

Drittel, ausgestattet mit hölzernen Leitern, bleibt für die Begehung hinunter bis zum Ende. Die restliche Öffnung ist den Transporteimern, die ebenfalls an Zugseilen festgemacht werden, reserviert.

90 Fuß weiter drüben in der *Radstube* steht das Wunder: Zwei oberschlächtig betriebene Wasserräder von gut 35 Fuß Durchmesser mit gegenläufig angebrachten Schaufeln, damit der Wellbaum in beide Richtungen gedreht werden kann, je nachdem die *Stangenknechte*, mit ihrem Hebelsystem wahlweise schaltend, das Wasser auf das eine oder andere Rad rinnen lassen.

»Wasser hebt Wasser!«

Zum erstenmal, seit wir im Berg sind, sehe ich Reisländer lächeln.

Die Wasserführung für die Räder, vom Rinnwerk außerhalb des Berges, durch verschiedene Stollen, bis herein in die Radstube, hatte ich mir schon vor meiner Prüfung zum Schiener genau angesehen: Vom oberen Rinnwerk wird das Wasser durch einen senkrechten Schacht in den Berg geleitet und durch einen extra dafür angelegten Querstollen von 165 Klafter Länge in den Martinhütt-Stollen geführt. Von hier fließt das Wasser hinab auf den Fürstenlauf und von dort, durch einen ausgeerzten Irrgarten, direkt zur Radstube. Es ist kaum zu glauben, doch für den Betrieb der Räder muß zusätzlich Wasser in den Berg geleitet werden.

Die *Lasser-Maschine* schafft 300 000 Liter pro Tag. Das bedeutet, daß die lederne Bulge, die etwa 1400 Liter Wasser vom Grund aufnimmt, am Tag 215mal fahren muß.

Die Bulge ist aus zwei Stierhäuten genäht. Gerade kommt eine hoch. Die Felle, aus denen die Bulge gefertigt ist, haben durch den längeren Gebrauch alle Haare verloren. Ein Leichentuch aus der Gruft dort unten, schießt es mir durch den Kopf beim Anblick der nackten, glatten, weißen, toten Tierhaut...

Reisländer legt seine Hand auf meine rechte Schulter:

»Sie muß ununterbrochen in Betrieb sein, sonst sind der Grandl und der Gapl da unten verloren. Komm, Adam, wir haben keine Zeit hier. Gehen wir hinüber zum Raber, wo unsere Männer auf eine Entscheidung warten.«

DIE KATASTROPHE

Auf dem kurzen Weg vom Fürstenbau zum Raber-Liegendbau kommen zwei Grubenlichter auf uns zu. Langsam. Unerbittlich.

Die Lichter gehören zwei jungen, stämmigen Truhenläufern, die eine ausgemergelte, einst wohl hochgewachsene, nun eher verschrumpelte Gestalt in ihrer Mitte mehr zu tragen als zu stützen scheinen. Die pechschwarze Kleidung verschmilzt mit der Dunkelheit des Ganges, und so ist es eigentlich nur ein kalkweißes Gesicht, das uns entgegenzuschweben scheint – ein fleischloser Totenkopf mit einer Nase wie ein gekrümmter Türkendolch, dazu haarlos bis auf ein paar weiße Fäden, die von Mundwinkeln und Kinn herabhängen, und in tief eingefallenen Augenhöhlen zwei brennende Augen: Herr Siegmund Fugger, der Alchemist, der Hexenmeister, das »Berggespenst«, wie die Knappen sagen.

»Reisländer – Dreyling. Ich wußte, daß ich Euch hier finden würde.«

Mit einer ungeduldigen Bewegung streift er die stützenden Hände seiner Begleiter ab, scheucht sie mit einer herrischen Bewegung in den Stollen zurück, kommt ein paar schlurfende Schritte näher zu uns:

»Kommt her. Die Dummköpfe brauchen nicht zu hören, was ich Euch zu sagen habe«, flüstert seine brüchige Greisenstimme. »Aber Ihr beiden, Ihr seid schließlich keine Dummköpfe.«

Klauenartige Hände packen unsere Arme:

»Ihr habt es noch nicht gefunden, das Kupfer, das Silber, das – *Gold?*«

»Nein, Herr Siegmund. Kupfer und Silber wohl, wenn auch von Jahr zu Jahr weniger«, antwortet der Bergmeister. »Und Gold hat es in diesem Berg noch nie gegeben.«

Das hohe Kichern des Greises wirft ein seltsames Echo von der Hallendecke zurück.

Reisländer richtet sich mit einem Ruck hoch auf. Auch ein Bergmeister widerspricht nicht so einfach dem mächtigsten und neben den Erzherzögen mittlerweile einzigen Gewerken in Schwaz.

»Herr, *Gottes Speis* sinkt und sinkt mit jedem Fuß, den wir in den Dolomit schlagen« beginnt Reisländer in beschwörendem Ton. »Herr, wir betreiben Raubbau! Wir gehen den erzreichen Gängen nach, aber wir treiben seit Jahren keinen Hoffnungsbau. Wir schürfen die vorhandenen Adern aus, doch wir tun nichts, um neue Adern zu finden. Wenn die *edlen* Gänge plötzlich erschöpft sind, stehen wir ohne jegliche Reserve an abbauwürdigen Vorkommen da. Wir benötigen sie aber, um die Schwankungen in der Ausbeute, die immer wieder vorkommen werden, wie Ihr sehr gut selber wißt, auszugleichen. Wir müssen verhindern, daß Tausende von guten Männern den Berg möglicherweise bald verlassen müssen. Und die, die wir noch halten können, werden unter unzumutbaren Bedingungen arbeiten.«

»Unzumutbar?«

»Ja, Herr«, mische auch ich mich jetzt ein, und deute auf den Boden, wo sich das Wasser zwischen unseren Beinen den Weg zur Ablaufrinne im Herzog-Sigmund-Stollen bahnt.

»Nichts ist unzumutbar!« zischt Siegmund Fugger. »Wenn das Pack nicht arbeiten will – werft es hinaus. Holt andere aus Italien, aus Polen, Ungarn, Sachsen – woher Ihr wollt.«

»Herr, wozu? Um demnächst mehr und mehr taubes Gestein zu schlagen?«

»Taubes Gestein? Ihr Narren! Um unermeßliche Schätze an Kupfer, Silber und Gold zu bergen!«

»Herr, wenn wir den Bergbau am Falkenstein retten wollen, haben wir nur eine Wahl: Wir müssen zwar jetzt aus den tiefen Schächten und Stollen das Erz hereingewinnen. Aber wir müssen über den Hoffnungsbau unser Glück wieder weiter oben suchen – möglichst über dem Bergwasserspiegel – allein wegen der Kosten, die die Wasserkunst verschlingt.«

Wieder dieses unheimliche Kichern. Siegmund Fugger packt uns mit seinem Klauenhänden an den Schultern, zieht uns näher zu sich heran:

»Das da oben, das ist lachhaft, ihr Narren! Wißt ihr, wo die wahren Schätze liegen? Da unten! Unter unseren Füßen!«

Reisländer schüttelt energisch den Kopf.

»Du glaubst mir nicht, Reisländer? Und du auch nicht, junger Dreyling? Ich werde euch etwas verraten. Ein Geheimnis. Aber redet es nicht aus – die Kirche hört es nicht gern, auch wenn es wahr ist:

Wißt ihr, wie die Erde entstanden ist? Aus Feuer! Schon der Philosoph Anaximandros von Milet hat das ein halbes Jahrtausend vor Christus gewußt.

Damals, zu Beginn, war alles flüssig: das Erz, der Stein.

Und was sinkt tiefer? Die leichte oder die schwere Flüssigkeit?

Und was ist schwerer? Das Metall oder der Stein?
Und was ist am schwersten? Das Gold!
Darum, nur darum habt ihr bis jetzt das Gold noch nicht gefunden! Ihr seid noch nicht tief genug.
Schlagt auf, brecht den Dolomit. Nach unten. Nach unten, sage ich euch! Und wagt nicht, mich zu betrügen! Nicht zu betrügen um die unermeßlichen Schätze, die unter unseren Füßen warten.
Ich sehe alles! Ich weiß alles! Ich kenne die Geheimnisse!«
Ein Wink. Aus dem Stollen tauchen die beiden Truhenläufer wieder auf, stemmen sich unter die Achseln des Greises.
»Herr«, mische ich mich wieder ein. »Heute nachmittag habe ich Eurem Neffen, dem Herrn Marx Fugger, berichtet, daß wir beim Raber-Liegendbau auf den nördlichen Schiefer gestoßen sind. Es steht zu befürchten, daß der ganze Ort absäuft, wenn wir weiter aufschlagen. Indes, wenn wir nicht aufschlagen, werden wir den Abbau dort einstellen müssen.
Herr Marx sagte, daß Ihr Euch selber die Stelle ansehen werdet, um dann zu urteilen...«
»Der Raber drüben?«
»Ja, Herr.«
»Der Erzgang ist *reich* und führt direkt hinab zum Gold.«
»Aber der Schiefer! Wenn wir aufschlagen und dahinter eine Wasserkaverne sitzt...«
Die Augen Siegmund Fuggers funkeln mich gehässig an:
»Ein paar ersoffene Häuer, wenn überhaupt, werden mich vom reichsten Bergsegen, der je gefunden wurde, nicht trennen!«
Halb getragen verschwindet der Greis im Dunkel des Sigmund-Stollens aus dem das Kichern noch zu uns zurückhallt.
Wir sehen uns an.
»Ist er ein Genie oder – ein Wahnsinniger?«
Reisländer zuckt mit den Schultern:
»Auf jeden Fall ist er der Mann, der neben seinem Neffen hier das Sagen hat.«
Wütend starrt er auf das Wasser, das reichlich zwischen unseren Stiefeln dahinfließt...
»Also zum Raber. Komm, es eilt!«
»Bergmeister«, frage ich, wieder hinter ihm hergehend, »warum habt Ihr gerade mich für diese Entscheidung ausgewählt?«
»Ich habe dich ausgewählt, weil ich drei grundlegende Werte benötige, nämlich Länge, Richtung und Neigung! Und das exakt! Ver-

stehst du? Ich werde gleich eine exakte Messung brauchen, die meine Entscheidung absichert. Und deine Messungen hier im Berg sind schon Geschichte! Du hast dich längst im Dolomit verewigt.«

»Geschichte? Verewigt?«

»Deine Verbindungen, die du mehr als einmal zwischen weit auseinanderliegenden Grubenteilen vermessen und durchschlagen hast lassen, gehen völlig nahtlos ineinander über. Daß da und dort ein Stollen durchgeschlagen wurde, ist in Ewigkeit nur noch durch die Gegenläufigkeit der Schrämmspuren im Fels erkennbar. Jeder Schiener wird an diesen Stellen bis in ferne Zukunft hinein bewundernd deiner gedenken.«

Ich nicke hinter ihm mit unverhohlenem Stolz:

»Danke, Bergmeister!«

»Und gleich brauche ich genaue, sichere Maße vor Ort. Heute mehr denn je!«

Als wir am Ende des Verbindungsstollens angekommen sind, dringen plötzlich Stimmen an unsere Ohren. Zwei junge Huntenschlepper mühen sich, ihre Hunten in Richtung Sigmund-Stollen zu zerren. Vorn am Körper ist das Brustbrett umgeschnallt, von dessen Enden die Seile zur Hunte führen. Um unsere Beine rinnt das Wasser Richtung Radstube.

Wir sind beim Raber angekommen.

Die Lage hat sich verschlechtert. Eine teuflische Arbeit ist das da vor uns. Stunden schon schöpfen die Kolonnen, die der Schichtmeister Peter Gstein inzwischen zur Verstärkung hierher gebracht hatte, unter der dröhnenden Stimme Adelwart Demmers das ständig zulaufende Wasser aus dem neuen Schacht.

»Dreyling!« Die Stimme des Bergmeisters ist schneidend. »Von diesem Meßpunkt aus sind es wieviel Fuß bis zum nördlichen Schiefer? Ich brauche das genaue Maß! Eil dich! Mach deine Triangulation. Die Richtung, die Neigung. Genau!«

Ich packe meine Winkelmeßscheiben, Bergwaage, Setzkompaß, Saigerlot, Schnur und Maßstab aus.

»Nun?«

Die wachen blauen Augen unter den wirren Haarbüschen des Schichtmeisters Peter Gstein schauen uns sorgenvoll an.

Reisländer hebt die Schultern, läßt sie wieder fallen. »Der Wille des Herrn Siegmund Fugger ist, daß der Schiefer aufgeschlagen wird.«

Der Bergschrat ist entsetzt.

»Beim Satan! Er sollte sich besser die Stelle ansehen, bevor er seinen Willen kundtut.«

»So gefällt mir das, Reisländer. Alle fleißig bei der Arbeit, wie ich sehe!«

Wie aus dem Nichts steht Marx Fugger plötzlich vor uns.

»Hier oben ist das Wasser wohl kein Problem. Wenn wir es unten im Fürstenbau im Griff haben, dann hier oben erst recht. So ist es doch, Bergmeister?«

»Es ist richtig, daß das Wasser im Schrägschacht gebändigt ist. 300 000 Liter am Tag – durch die *Lasser-Maschine*. Nur ein Drittel der Wassermenge hier oben, und wir benötigen auf die Dauer 250 Mann!« ist die ruhige aber bestimmte Antwort Reisländers.

»Bergmeister, wo soll denn das Wasser in diesen Mengen herkommen? Überlegt doch selbst. Da ist ein Wasserzufluß angekratzt worden, nun ja. Schöpft ihn ab, und der Schacht ist wieder trocken – hatten wir doch schon alles. Vor allem vergeßt das Erz im Berg nicht. Wenn das Wasser nicht schnell genug von den Männern geschöpft wird, gibt's bald keine Arbeit mehr und damit keinen Lohn. Ihr und Eure Berggemeinde sitzt wahrhaftig in einem Boot. Laßt es nicht kentern in diesem Schacht!«

»Das, was Ihr sagt, Herr Fugger, stimmt – bis auf eine Kleinigkeit. Erlaubt mir, daß ich sie ausspreche.«

»Nur zu. Nur zu, Bergmeisterlein! Sagt, was Ihr glaubt sagen zu sollen.«

»Ihr sitzt mit in diesem Boot. Ihr haltet das Ruder und bestimmt den Kurs. Verantworten aber muß diesen Kurs *ich!*«

»Das habe ich mir gedacht, Bergmeister. Euretwegen bin ich auch hier heruntergekrochen, weil mir Euer Schiener Dreyling heute mittag schon die Ohren vollgeheult hat. Ihr seid mir zu langsam in Euren Entscheidungen, und das kostet mein Geld. Hört gut hin: *Mein* Geld!«

Reisländer zwingt sich sichtlich zur Ruhe:

»Ich kann Euch nicht folgen, Herr Fugger, denn der Irrtum haßt die Langsamkeit. Im Berg ist die *Langsamkeit*, von der Ihr sprecht, ein Werkzeug, das Leben rettet und auch Euer Geld schützt. Was ist, wenn nun tatsächlich...«

»Wenn! Wenn! Alles Ausflüchte!« fällt ihm Marx Fugger brutal ins Wort. »Taten, Herr Bergmeister, und richtige Einschätzung! Ihr wollt ja hoffentlich nicht klüger sein als mein Oheim? Ich will wissen, ob der Erzstock da unten weiter *reich* abgebaut werden kann – und keine Bannsprüche gegen das Aufschlagen wegen unbewiesener, angeblich bedrohlicher Wasserzuflüsse.

Schaut doch hin, die Knappen schaffen das auch ohne Euch. Das Wasser, so scheint mir, ist in diesen Minuten, in denen Ihr mir die Gefahren der Verdammnis erzählen wolltet, schon merklich weniger geworden!«

Fugger wendet sich von Reisländer ab, geht zu den wasserschöpfenden Knappen und ruft:

»Häuer, Knappen, hört mir zu! Jeder von euch erhält einen halben Gulden, wenn ihr es schafft, heute noch aus diesem Schacht eine Erzstufe zu brechen. Ich will die Erzstufe noch vor Mitternacht sehen! Bringt sie zu meinem Haus...!«

»Das ist ja ein Anschlag auf unser aller Leben!« flüstere ich Reisländer entsetzt zu.

Durch die Knappen geht ein Ruck, als ob Siegmunds pures Gold auf der Sohle läge. Schlagartig weicht das Leiden aus ihren Gesichtern. Die Wasserkübel bekommen Flügel...

Marx Fugger wirft einen verächtlichen Blick zu Reisländer:

»Seht Ihr nun, welche Werkzeuge tatsächlich nutzen? Die angebliche Gefahr nehme ich auf mich. Der Herr wird mir Absolution erteilen, denn Er weiß, daß ich nur zum Wohl der Berggemeinde zu handeln pflege.«

»Herr Fugger, wir sollten die Messungen abwarten, ob der nördliche Schiefer bis herunter reicht«, wirft Reisländer hastig ein.

Er hätte sich den Atem sparen können. Herr Marx Fugger übersieht ihn einfach, schreitet an ihm vorbei und verschwindet nach oben in Richtung Martinhütt-Stollen, durch den er wohl auch den Berg betreten hatte. Nur seine Stimme schallt noch mal zu uns zurück:

»Meine Entscheidung bindet Euch, Reisländer! Wagt es nicht sie umzustoßen! Der Falkenstein ist *meine* Sache...!«

Ein leichtes Schaudern erfaßt mich, denn mir wird klar, daß Reisländer und Fugger zu einem Zweikampf angetreten sind, einem Kampf, der ohne Schwerter ausgeführt wird. Und ausgetragen wird er auf unseren Rücken, mit unserem Leben als Einsatz.

»Dreyling, messe den Berg. Schnell!«

DIE KATASTROPHE

»Der Herr Fugger versteht es, im richtigen Moment aufzutreten und uns Hoffnung zu geben. Empfindet Ihr das nicht genauso, Herr Bergmeister?« fragt Karl Viehbauer.

»Er soll auftreten, Hoffnung geben – ich wünsche mir nur, daß er auch recht behält! Gelobt sei der Herr.«

»So sei es«, sagt Viehbauer andächtig.

»Gstein, schöpft das Wasser aus. Haltet die Sohle einigermaßen trocken – aber wartet, um Gottes willen, mit dem weiteren Aufschlagen, bis wir genau wissen, wie der Schiefer verläuft!«

Der Schichtmeister schaut uns voll grimmiger Sorge an:

»Ihr habt es selbst gehört, Bergmeister. Die Männer sind nicht mehr zu halten, sie wollen den halben Gulden. Denkt nur – so großzügig ist unser Herr Marx. Einen halben Gulden!«

»Scheiß auf den halben Gulden!« bricht es heftig aus dem Bergmeister heraus. »Wir wissen auch ohne Messung, daß es für uns und den Berg besser wäre, von dort unten die Finger zu lassen! Fordert den Berg nicht heraus!«

Die Männer schöpfen bis zur Bewußtlosigkeit. Ich höre, wie sie sich selbst anfeuern indem sie ein Lied anstimmen.

»... *Das währet Tag und Nacht;*
durch die Mannschaft wird viel Erz gemacht.
Die Stollen sind gar tief erbauen,
durch harten Stein und Kämpf gehauen...
... schwere Arbeit und große Gefahr
erschrecken uns nicht um ein Haar...«

»Der Schacht ist bald trockengeschöpft, Meister«, ruft Peter Gstein, der den Kontakt zu den Männern ganz unten auf der Sohle hält.

Etwa 23 Lachter tief ist der Schacht abgeteuft. Von dort aus geht der neue Schrämmstollen mannshoch seitwärts, etwa elf Lachter in nördlicher Richtung.

»Ich bleib und schlag auf! Den halben Gulden brauch' ich dringend – und wenn der Teufel selbst hinter dem Schiefer hockt!« erklärt Jos Ammer, der direkt vor Ort im Stollen sein Ritzeisen gerade gegen einen schweren Pocher tauscht.

»Der Teufel ist wohl immer noch liebreizender als deine Frau, Jos, wenn sie nach Geld und Brot heult?« stichelt Nandl Kunzmeier, unser Spaßvogel, der hinter Ammer zur Ablösung bereitsteht.

»Hab du doch neun Mäuler zu stopfen«, schimpft Ammer.

»Ja, ja«, feixt Kunzmeier, »kein Vergnügen ohne Preis – auch nicht das Rammeln...«

»Laß den Jos in Frieden«, dröhnt die Stimme von Adelwart Demmer, der wegen seiner Bärenkräfte höchsten Respekt unter den Knappen genießt.

»Und der Herr Fugger hat gesagt, jeder bekommt einen halben Gulden?« erkundigt sich der 17jährige Junghäuer Kunz Weidinger aufgeregt.

»Schlagen wir also auf?« vergewissert sich Jos Ammer bei seinen Hinterleuten, die in einer Schlange im Stollen stehen, Wasser schöpfen, Arbeitsgeräte tragen, Lampen halten, gaffend nach vorne sehen.

Der Schiefer glitzert vor Nässe, kleine Rinnsale triefen herab.

Jos packt den schweren Pocher fester, setzt seinen größten Keil an den Schiefer und Nandl Kunzmeier beginnt zu singen:

»*Herr Fugger ist ein kluger Mann!*
Hau, Jos, hau!
Bietet 'nen halben Gulden an.
Hau, Jos, hau!
Er will das Erze heut noch schaun,
Hau, Jos, hau!
Wir jetzt drum auf den Schiefer haun!«

Das ›Hau, Jos, hau!‹ singen die Männer im Schacht lautstark mit.

»Dreyling, wie weit bist du?«

»Gerade beim Ausrechnen.«

Ich bin froh, daß hier unten meine *Pinmarch* angebracht ist. Sobald ein Grubenfeld festgelegt wird, bringe ich meine Meßhilfspunkte an. Damit brauche ich nicht mehr vom Mundloch weg vermessen, sondern eben von dieser Pinmarch, was die Schnelligkeit und Genauigkeit fördert.

»Das Ergebnis?« fordert Reisländer ungeduldig.

»Wir dürfen den Stollen keinesfalls aufschlagen! Wir sind dort unten noch gut zwanzig Lachter vom nördlichen Schiefer entfernt. Aber die Richtung des Schiefers hängt nach Süden und verkürzt die Strecke dort unten. Da wir aber den Schiefer schon kratzen können, haben wir es zusätzlich mit einer *Lettenkluft* zu tun. Sie ist wasserführend. Das bedeutet für uns, wenn tatsächlich größere Mengen an Wasser dahinter sind, wirkt diese Kluft, die in den Dolomit hineinragt, wie ein Trichter, dessen Ende mit Wachs verstopft ist!«

»... und wir gehen gerade daran, den Pfropf zu lösen!« schreit Peter Gstein entsetzt.

Reisländer brüllt dem Schichtmeister zu:

»Gstein, keinesfalls aufschlagen! Wir ersaufen sonst alle! Der Schiefer führt das Wasser direkt in den Stollen. Wenn eine Kaverne dahinter sitzt ... dann gnade uns Gott!«

»Bergmeister, macht Euch doch keine Sorgen. Herr Fugger übernimmt doch jede Verantwortung!« klingt die Stimme Viehbauers.

In diesem Augenblick hören wir von der Sohle herauf die ersten Schläge mit dem schweren Pocher.

Reisländer und der Bergschrat springen an den Schacht, schreien abwechselnd hinunter:

»Aufhören! Aufhören! Hört doch auf! Wir ersaufen alle und mit uns der Berg! Hört Ihr da unten? *Laßt das Hauen sein!*«

Die Männer, die auf den obersten Sprossen der Leitern stehen und mit verständnislosen Gesichtern heraufglotzen, brüllt der Bergmeister an:

»Los! Kommt, kommt! Schnell! Raus mit Euch!«

Die vor Nässe triefenden Knappen auf den Leitern kommen heraufgekrochen. Ihre Leiber dampfen. Sie haben ihre letzten Kraftreserven eingesetzt, um den Stollen trocken zu bekommen.

Reisländer, Gstein und ich zerren die Knappen, einen nach dem anderen, aus dem Schacht. Wir müssen nach unten! Müssen selbst vor Ort, um die Männer aufzuhalten!

»Aufhören! Wartet, bis ich komme, ihr Hurensöhne!« Reisländers Gesicht ist weiß vor Zorn.

Knirschen. Krachen. Ein Knall, als ob eine Kanone explodiert.

Unter meinen Füßen zittert der Berg. Hinter mir höre ich schwere Gesteinsbrocken niederbrechen. Ein Erdbeben? Zischen, Grollen, als ob eine Schneelawine auf uns zurollen würde. Gischt spritzt mir ins Gesicht.

Ein Luftschwall wie der Atem eines Riesen schmettert mich zu Boden.

Eine gigantische, weiß schäumende Wasserfontäne schießt aus dem Schacht, schleudert Reisländer, Gstein, die Knappen fort.

Die Lampen erlöschen. Nur die Kienspäne oben an den Wänden brennen im Luftzug wild flackernd weiter, beleuchten das Unfaßbare.

Es ist passiert! Es ist passiert! Ich ertrinke! Ich werde erschlagen! Mein Herz hämmert, als wolle es die Rippen brechen.

SCHWAZ 1574

Das Wasser reißt mich fort.
Felsen.
Wasser.
Schreie.
Ich werde herumgewirbelt. Pralle gegen Stein.
Irgendwie finde ich Halt. Kralle mich fest.
Die höllische Fontäne, so dick wie der abgeteufte Schacht, schleudert ein Gemisch aus Wasser, Menschenleibern, Kübeln, Gerätschaften, Felsbrocken und zerbrochene Leitern aus dem Loch bis an die Bergdecke zum ersten Felsvorsprung hinauf. Von dort abgelenkt, prasselt alles wie ein Wasservorhang wieder zurück auf die Sohle und bahnt sich seinen Weg in der Dunkelheit hin zum Verbindungsstollen...
Wasser, Unmengen von eisigem Wasser schießen an mir vorbei. Mit den Wassern kommen die Körper derjenigen, die sich auf dem glitschigen Fels nicht halten können. Häuer, Truhenläufer, Säuberbuben, Wasserknechte werden mitgerissen von dem Strudel, hinein in den Verbindungsschacht, der direkt zum Fürstenbau, zur Radstube und zum 125 Klafter tiefen Schrägschacht führt.
»Wassereinbruch! Wassereinbruch! Wassereinbruch!« hämmert es hinter meiner Stirn. Es ist, als hätte sich der Inn unterirdisch ein neues Bett gesucht.
Ich liege wie gelähmt, hilflos auf einem engen Felssims, der mich im Augenblick davor bewahrt, ins Ungewisse mitgerissen zu werden.
Der Druckschmerz in meinen Ohren droht mir den Schädel zu sprengen.
Der Berg grollt. Entleert sich. Gibt alles von sich.
Ich sehe Wasserwirbel an mir vorüberschießen, vermengt mit Menschenleibern. Entsetzliche Schreie gellen in mein Ohr.
Mein Gott, ich verliere den Verstand!
Die Menschen im Schrägschacht, im Tiefenbau! Wer warnt sie? Wer fängt im Fürstenbau die Leiber auf, vor dem Absturz in die Tiefe? Die noch Lebenden werden hineingespült, werden dort drunten ihren Tod finden...
Wasser über Wasser. Wasser und Verderben. Nichts als Wasser und Tod!
Weshalb klammere ich mich noch fest? Weshalb lasse ich nicht los, lasse mich nicht mitreißen, hinunter ins Bodenlose?
Dann wäre dieses Entsetzen vorbei. Endlich vorbei...
Jetzt... jetzt – hört es auf.

DIE KATASTROPHE

Friedhofsruhe.

Blub ... blub ... tönt es aus dem Schacht herüber. *Blub...*

Rülpser. Alles Rülpser.

Als wenn die Toten dort im Schacht schwer verdaulich wären.

»... vergib uns unsere Schuld, wie auch wir vergeben unseren Schuldigern...«

Ich liege auf dem kleinen Sims, der mich gerettet hatte, zitternd, unfähig mich zu bewegen.

Mein Gott, warum hast du uns so hart bestraft? Haben wir so schwer gesündigt? Haben wir dich so sehr versucht? Haben wir nur den Vorteil unseres Tuns gesehen und so deine Gnade verspielt?

Jetzt erst merke ich, daß ich immer noch meine Lampe umklammert halte – wie ein Stück Holz, das dem Ertrinkenden falsche Hoffnungen vermittelt.

»Hilfe! *Hilfe!* ... So helft mir doch! ... Hilfe! ... Hierher! ... Kommt hier her...!«

Stimmen.

Dort aus dem Verbindungsstollen zum Fürstenbau kommen sie.

Ich bewege mich. Rutsche von dem Sims herunter. Taumele, stolpere zum Stollen hin.

Vor mir zwei Leiber, zwei Knappen. Fast wäre ich über sie gefallen. Der eine stöhnt.

Ich stelle die Lampe ab, drehe den schweren Körper seitlich zu mir: Korbi Brandhuber. In diesem Augenblick fängt der Verletzte zu Husten an, erbricht sich dabei. Ich ziehe ihn mit dem Oberkörper aufrecht sitzend an die Felswand.

»Herr Schiener ... jetzt hätt' ich doch um ein Haar meinen Lehenstollen nicht mehr bekommen...«, keucht der Häuer mit verzerrtem Grinsen. »Mein rechtes Bein, verdammt! Das brennt wie Feuer, dabei ist hier bloß eisiges Wasser.«

Der zweite Knappe liegt reglos mit dem Gesicht auf dem Fels. Ich nehme ihn bei der Schulter, will ihn aufheben. Meine Hand zuckt zurück. Sein Schädel ist seitlich zertrümmert, das Gehirn quillt auf den nackten Fels. Seine Faust umklammert noch immer den schweren Pocher: Jos Ammer!

Ich kann nichts denken. Empfinde in diesem Augenblick nicht einmal Mitleid. Ich will nur raus – raus aus diesem Berg!

Ein Stöhnen läßt mich herumfahren. Da ist es. Deutlich, links seitlich, etwa einen Lachter über mir, kurz vor Beginn des engen Verbindungsstollens, aus dem die Schreie nach Hilfe gellen.

SCHWAZ 1574

Ein Mann hängt, beide Arme ausgestreckt, die Finger eingekrallt in eine Rinne, wie eine nasse Katze an der steilen Wand, die nach oben führt.

Ich hebe meine Lampe nach oben, sehe das Blut, das von seinem Kopf über den Rücken das linke Bein entlang auf den Dolomit tropft.

Ich stelle die Lampe ab, fasse den Mann um die Hüften:

»Ruhig! Nur ruhig, ich bin schon da. Langsam ... ganz ruhig! Laß los ... langsam ... jetzt!«

Ich merke, daß sich der Griff in den Fels lockert, sein Gewicht voll auf mich übergeht. Meine Hände gleiten unter seine Achseln. Er stöhnt auf, als ich ihn auf die Sohle herunterhole. Seine Füße knicken ein, von hinten umklammere ich seinen Leib. Behutsam helfe ich ihm beim Niedersetzen.

Dann erkenne ich im fahlen Licht sein Gesicht:

»Bergmeister! Gott sei gedankt!«

Es ist, als hätte ich nach vielen Jahren etwas überaus kostbares wiedergefunden.

»Adam, dem Himmel Dank, du lebst!«

Er greift nach seinem Hinterkopf, verzieht schmerzlich das Gesicht.

Ich knöpfe mein Lederzeug auf, reiße einen Streifen meines Hemdes ab, will ihm notdürftig die klaffende Wunde am Hinterkopf verbinden.

Reisländer wehrt ab:

»Wo sind die Knappen?

»Hört Ihr das Wimmern?«

»Es kommt aus dem Verbindungsstollen.«

»Was ist dort?«

»Ich weiß es nicht – ich wollte gerade nachsehen. Hinter uns liegt ein Verletzter, Korbi Brandhuber, und ein Toter, Jos Ammer. Mehr habe ich nicht gesehen, bevor ich Euch hier fand.«

Der Bergmeister richtet sich auf – taumelt. »Laß uns schnell hineingehen und helfen!«

Ich nehme die Lampe auf und krieche in den Stollen hinein. Reisländer folgt mir.

Am Verbindungstollen angekommen, schrecken wir zurück. Menschen – unsere Knappen, Gerätschaften, zertrümmerte Leitern, die wie Lanzen aus dem Haufen herausragen, Körperteile, Gesteinsbrocken – alles zusammen wie von einer Riesenfaust in den Stollen hineingestampft.

DIE KATASTROPHE

Zwei Köpfe, einer an der Decke ohne Nase, der andere knapp über dem Boden ohne Kopfhaar und Kopfhaut mit zerschlagenem Unterkiefer, wimmern nur mehr. Der vierschrötige Adelwart Demmer. Der Junghäuer Kunz Weidinger. Sie waren es wohl, die vorhin noch nach Hilfe schreien konnten – nun ragen ihre Köpfe aus dieser festgerammten Masse sterbend heraus. Hände, Beine, mehrmals grotesk abgewinkelt. Offene Brüche und Leiber. Die Körper der beiden Sterbenden sind nicht auszumachen. Sie sind so verkeilt im Stollen, daß wir, wollten wir sie herausbekommen, die Gliedmaßen einzeln herausschneiden müßten.

Das nachfließende Eiswasser staut kurz, findet jedoch irgendwie zwischen den Leichen einen Weg, sorgt dafür, daß das letzte Blut, bevor es gerinnt, weggewaschen wird.

Der Berg reinigt sich...

»Zurück, entsetzlich! Hier kann nur Gott noch helfen.«

Wir kriechen den Verbindungsstollen zurück.

Das Feld des Grauens, das Zentrum und der Sammelpunkt der Gier, widergespiegelt in Fels, Holz, Eisen, zerfetztem Fleisch, Schlamm und Blut liegt bis zum Tod ausgereizt wenige Fuß hinter uns.

Unsere Gesichter, unsere Gefühle verbirgt die Dunkelheit.

Dann sind wir wieder im Raber. Richten uns auf.

»Wir gehen über den Magdalenen-Stollen«, sagt Reisländer, der offensichtlich seine Fassung wiedergefunden hat.

»Sehen wir erst nach dem verletzten Brandhuber. Wir nehmen ihn mit – wenn er es schafft.«

Plötzlich dringen Geräusche an unsere Ohren.

»Sie sind alarmiert! Sie kommen, um uns zu retten!«

Das Schlagen und Klopfen im Berg ist ganz deutlich zu vernehmen. Außerhalb des Schichtwechsels gilt das Klopfen als Alarmzeichen für ein Unglück, gleichzeitig auch als Aufforderung an alle Knappen, sich am Ausgang des Sigmund-Stollens zu sammeln.

»Herr Fugger ist ein reicher Mann,
Hau, Jos, hau!
statt Erz jetzt Leichen haben kann!«

Mir läuft es eiskalt über den Rücken.

Ich sehe nach oben. Dort, auf halber Höhe des Rabers erkenne ich im Dämmerlicht eine Gestalt hastig nach oben klimmen.

»Nandl!«

Das Singen bricht ab. Steine kollern herunter, losgerissen, losgetreten von dem Kletternden.

»Nandl Kunzmeier! Wir sind hier!«

»Dann bleibt da auch! Bleibt in der Hölle – der Hölle des Herrn Fugger!« schallt es von oben herab, während der Häuer im Dunkel verschwindet.

Korbi Brandhuber ist von dem Platz verschwunden, an dem ich ihn zurückgelassen hatte.

Ein paar Schritte weiter entdecken wir ihn, wie er einem Toten die Augen zudrückt. Der Tote ist Peter Gstein, der Bergschrat. Der zersplitterte Holm einer Leiter ragt wie ein Speer aus seiner Brust, doch sein Gesicht ist entspannt.

»Kannst du laufen, Korbi?«

»Werd's müssen, Herr Bergmeister, auch wenn der Gottseibeiuns persönlich mit seiner glühenden Mistgabel in meinem Bein herumstochert.«

Wir nehmen Brandhuber in die Mitte und machen uns auf den Weg. Der Häuer stöhnt und flucht bei jedem Schritt.

»Willst du dich nicht hinsetzen? Wir schicken dir sofort Männer mit einer Trage.«

Brandhuber schüttelt nur den Kopf, beißt die Zähne zusammen und humpelt weiter.

Zu dritt erreichen wir das Mundloch des Magdalenen-Stollens. Treten ins Freie.

Wir sind wiedergeboren!

Die Dunkelheit ist längst hereingebrochen.

Die Glocken der Liebfrauenkirche läuten, versetzen die Knappensiedlung in Panik. Wir sehen unten im Tal viele kleine Lichter. Die Bevölkerung von Schwaz eilt mit Fackeln in den Händen zum Eingang des Sigmund-Stollens.

»Unsere Frauen sind sicher auch darunter. Wir sollten sie schnell aus ihrer Ungewißheit um uns erlösen«, meint Reisländer mit ruhiger Stimme, dabei schlägt er die Richtung abwärts über die große Halde zum Eingang des Erbstollens ein, den wir vor Stunden betreten hatten – um *unser* Problem im Raber zu lösen.

DIE KATASTROPHE

Korbi Brandhuber hatte sich neben dem Mundloch des Magdalenen-Stollens auf einen Steinhaufen fallen lassen:
»Keinen Schritt mehr heute. Keinen einzigen!«
Während des Abstiegs kreisen immer wieder die gleichen Fragen durch meinen Kopf:
Warum straft uns der Herrgott mit dieser Apokalypse im Berg, wenn wir an diesem Ort die Schätze göttlicher Geschenke bergen wollten? Und warum verschont er die Obrigkeit?
Oder sind es dämonische Gewalten, wie vom Annaberg in Schlesien berichtet wird, als ein Geist zwölf Knappen in einer Grube, die dazu noch den Namen *Rosenkranz* führte, durch seinen Hauch tötete? Hatte der gleiche Dämon diesmal die Knappen mit seinem Urin zu Tode geschifft?
Oder ist es die Unvernunft, das Machtbegehren, die Versuchung Gottes durch den Herrn Marx Fugger, dem es gelungen war, die Knappen mit einem halben Gulden in den Abgrund zu drängen? Gott hätte es doch sehen müssen, wer der Schuldige war!
Der Bergmeister bleibt stehen, sieht mich streng an:
»Wir zwei müssen jetzt unbedingt eines beachten, damit das Unglück nicht noch größer wird. Ermittlungen gegen gewisse Personen werden stets schnell und mit allen Mitteln von höchster Stelle unterbunden. Sagen wir die Wahrheit sofort, brennen heute nacht noch die Häuser – und vieles mehr. Keine Namen also! Du verstehst?«
Ja, ich verstehe!
Durch mehr als tausend Menschen, die sich inzwischen vor dem Stolleneingang drängen, bahnen wir uns eine Gasse.
»Bergmeister, Schiener – Ihr lebt!
Was ist passiert? Wodurch?
Wo sind die Männer? Gibt es Tote?
Wie viele sind tot? Wo ist mein Mann? Bruder? Kind?
Macht ihnen den Weg frei! Er ist voll Blut – seht nur!
Lebt mein Jos?
Jungfrau Maria und alle Heiligen, helft uns!
Ist der Berg dahin? Bergmeister redet!«
Fragen über Fragen drängen auf uns ein, als wir uns den Weg zur Krame hin freikämpfen. Ungewißheit. Angst. Tränen. Gebete.
Unruhe, schon in Bitterkeit umschlagend.
Reisländer steigt auf das Dach der Krame, hebt die Hände. Die Fackeln um ihn herum zucken wie die Flammen eines Scheiterhaufens.

SCHWAZ 1574

Das Gemurmel verstummt.

»Männer, Kinder, Frauen, Berggemeinde! Ein Wassereinbruch im Raber-Liegendgang...«

Reisländer stockt, spricht weiter:

»... Unmengen von Wasser wurden im neuen Schacht angeschlagen – brachten im Schacht und im Stollen vielen den Tod. Ich habe keinen Überblick. Wir müssen erst herausfinden, welches Ausmaß an Zerstörung das Wasser im Fürstenbau angerichtet, wieviel Leben es gekostet hat. Uns hat ein Wunder gerettet...!
Unsere Knappen brauchen Hilfe. Wir müssen in den Berg!«

Die Gemeinde hängt betroffen an seinen Lippen.

»Magister Conradinus, ist er hier?« ruft der Bergmeister.

»Hier! Hier bin ich...!«

»Bereitet im Spital alles notwendige vor: Betten, Instrumente, Wundverbände, Tücher – Ihr bekommt reichlich Arbeit! Frauen, helft mit! Männer, beschafft Tragen, Pritschenwagen für den Transport der Verletzten!«

Inzwischen hat meine Frau trotz ihres schwangeren Zustands den Weg zu mir durch die Menge gefunden. Ihre Tränen und ihr zitternder Körper mit dem jungen Leben unter ihrem Herzen finden Erlösung in meinen Armen. Umschlungen stehen wir da – ohne ein Wort zu sprechen.

»Es ist ja alles gut. Geh bitte nach Hause, denk an unser Kind!«

Sie ist nur mit einem dünnen Tuch um die Schultern über ihrem Hauskleid zum Stollen geeilt.

»Du kannst hier nichts tun, Maria. Es ist alles vorbei – keine Gefahr mehr im Berg. Es kann nichts mehr passieren«, beruhige ich sie.

»Geh jetzt! Das Entsetzliche darfst du nicht sehen! Es beginnt gleich.«

Ich höre, wie die ersten Hunten im Stollen heranrollen.

Agatha, die ich bis jetzt nicht wahrgenommen hatte, steht unerwartet neben uns. Sie drückt meine Hand, umfaßt meine Frau und zieht sie aus der Menge fort.

Ich wende mich dem Stollen zu:

»Platz da vorn! Packt mit an.«

Die ersten Hunten mit verletzten Knappen sind am Ausgang angekommen. Ich sehe, wie der Schichtmeister der dritten Schicht, Hans Grassberger, an Reisländer herantritt:

»Tote über Tote, Herr Bergmeister!«

Grassberger ist im Kreise der Schichtmeisterkollegen bekannt für seine trockene Art. Übertreibungen sind ihm fremd. Sein Vater war ein geachteter Arzt im Spital gewesen, der vor Jahren von Bayern nach Schwaz gezogen war. Auch jetzt berichtet er ruhig:

»Ich war am Schachtkopf Tiefenbau. Die Ketten des Kehrrades und die Radstube sind unversehrt, die beiden Stangenknechte leben. Die Knechte berichteten, daß das eingebrochene Wasser voll in den Tiefenschacht stürzte. Das Wasser kann noch nicht gehoben werden, da der Schacht durch Geröll, Holz und Leichen verbaut ist. Es müssen Millionen von Litern gewesen sein. Entsprechend steigt der Wasserspiegel im Tiefenbau unaufhörlich. Nur wenige haben sich vor dem Absturz retten können. Der Verbindungsstollen ist mit Material und Leichen verstopft. Überall zerfetzte Leiber...«

Die letzten Worte flüstert er, senkt dabei den Kopf, starrt auf den Boden.

»Die gesamte dritte Schicht«, fährt er fort, »ist dabei, den Abgang zum Tiefenbau und den Förderschacht freizubekommen. Die Verletzten und Toten aus dem Verbindungsschacht bis hin zum Tiefenbau werden gerade geborgen.«

Reisländer unterbricht ihn kurz:

»Was ist mit den tiefsten Stollen, dem Gapl und den Knappen dort unten?«

»Wir wissen es noch nicht. Wir hören zwar Stimmen, haben aber keine Vorstellung davon, wie es dort unten aussieht.«

»Wieviel Wasser ist eingebrochen?« bohrt Reisländer weiter.

Grassberger zuckt die Schultern. »Der Gapl scheint hinüber, bei den Millionen von Litern – wenn die Angaben der Stangenknechte stimmen.«

»Sie werden schon stimmen«, werfe ich ein und erinnere mich mit Entsetzen der vorüberbrausenden Fluten. »Der Gapl ist ein Blindstollen«, ergänze ich, »er hat keine Verbindung nach oben zum Grandl.«

Reisländer wendet sich zu mir:

»Dreyling, ich gehe mit Grassberger noch mal hinein, um mir ein genaues Bild zu verschaffen. Danach werde ich den Herren Fugger berichten, wie sie es wünschten.«

Er sieht dabei nach Süden in Richtung Schwaz, mit halb zugekniffenen Augen, als ob er auf etwas zielen wolle.

»Helft beim Abtransport unserer geschundenen Knappen«, ruft er den herumstehenden Männern zu; dann betritt er mit Grassberger zum drittenmal an diesem Tag den Sigmund-Stollen.

SCHWAZ 1574

»Elf Schwerverletzte haben wir geborgen«, höre ich eine Stimme. »Jetzt bringen sie nur noch die Toten!«

Das Schluchzen und Jammern um mich herum setzt verstärkt ein, da die Hoffnung den Vater, den Sohn, den Bruder lebendig wieder zu sehen, immer geringer wird.

Was sich schließlich eine Stunde vor Mitternacht sichtbar vor dem Sigmund-Erbstollen zusammenfügt, ist eine Schreckensbotschaft für ganz Schwaz:

Zweiundvierzig Bergleute liegen tot vor der Krame. Manche nicht mehr erkennbar für die Angehörigen, die ihre Männer noch vermissen. Der Berg verstümmelt aufs grausamste. Viele sehen aus, als sei eine Horde Steppenreiter mehrmals über sie hinweggaloppiert, als seien sie danach Stunden geschleift und schließlich vom Fels gestürzt worden.

Einige Tote werden noch im Gapl vermutet. Es wird Tage dauern, bis das Wasser so weit gehoben ist, daß eine Begehung und Bergung möglich wird.

Wir heben die toten Knappen auf drei schwere Pritschenwagen. Legen einen neben den anderen, die Körper schon steif – das Eiswasser hat ihnen die Wärme schnell entzogen.

»Zur Totenkapelle. Ruft den Pfarrer, er soll die Toten segnen, salben und den Menschen Trost spenden«, befehle ich den Gaffern, die seit mehr als drei Stunden der Leichenbergung zugesehen haben.

Der Zug setzt sich langsam vom Sigmund-Stollen aus in Richtung Schwaz in Bewegung.

Mit Fackeln in den Händen bilden wir links und rechts der drei vollen Totenkarren, die von Huntenläufern gezogen werden, das Geleit.

Vom Kirchplatz zu Unserer Lieben Frau dröhnt nicht mehr die mächtige Campana – es scheppert blechern das Totenglöcklein, in das das Gebimmel vom St. Martin am Knappenanger einfällt.

So rollen und schreiten wir etwa eine halbe Stunde vor Mitternacht durch die Knappensiedlung nach der Stadt: voran die Pritschenwagen, dahinter die Knappen und Angehörigen der Toten, zuletzt die Masse der Neugierigen.

»Heilige Maria, Mutter Gottes...«

DIE KATASTROPHE

Eine bedrückende Stille lastet auf dem Totenzug. Die gemurmelten Gebete, das leise Wehklagen der Trauernden werden übertönt durch das Rumpeln der Karren und das Schlurfen und Stapfen tausender Füße.

Das Entsetzliche hat die Menschen stumm gemacht.

»Heilige Maria, Mutter Gottes...«

Die Gruben sind unser Schlachtfeld – und ein Massengrab.

Wie leicht verkaufen wir eigentlich unsere Seelen? Ein halber Gulden war es, den Marx Fugger versprochen hatte – Händler des Todes! Sie waren keine Helden. Sie starben für Judas' Lohn, und Fugger wußte es, daß die Knappen dafür den Tod riskierten.

Verdammt wären sie allerdings auch gewesen, hätten sie sich geweigert!

An der Lahnbach-Brücke erwartet uns Pfarrer Stockbauer in einer weißen Albe mit schwarzer Stola und schwarzem Chormantel. Seine Augen weiten sich entsetzt beim Anblick der Pritschenwagen und ihrer grausigen Fracht. Tränen kullern über sein gutes, dickes Gesicht. Eine Schar Ministranten mit Weihrauch, Kerzen und Weihwasser drängt sich verschreckt um ihn.

Hinter ihm ragt die hagere, spitznasige Gestalt des Paters Georg Scherer von der Gesellschaft Jesu, des aus Schwaz gebürtigen Herrn Hofpredigers zu Innsbruck, auf, der uns von Zeit zu Zeit mit seinen wortgewandten Predigten von Hölle und Ewiger Verdammnis in der Liebfrauenkirche beehrt. Auch er trägt Albe und schwarze Stola.

Im Hintergrund sehe ich Pater Conrad, den Guardian des Franziskanerklosters, mit seinen Mönchen, deren schwarze Kutten mit dem Dunkel verschmelzen.

Der Zug hält an.

»*Requiem aeternam dona eis, Domine*«, betet Pfarrer Stockbauer mit zitternder Stimme. »Befreie, o Herr, die Seelen dieser Knappen von jeder Schuld. Deine Gnade komme ihnen zu Hilfe...«

Mit Weihwasser und Weihrauch umrundet der Priester die Pritschenwagen.

Da beginnt Pater Georg Scherer, der Hofprediger, mit schallender Stimme die Sequentia aus der Totenmesse, das ›Dies irae‹, anzustimmen:

SCHWAZ 1574

»Tag des Zornes, Tag der Zähren,
Wird die Welt in Asche kehren,
Wie Sibyll' und David lehren.
Welches Zagen, welches Beben,
Wenn, zu richten alles Leben,
Sich der Richter wird erheben!«

Ein Murmeln, halb erschrocken, halb ärgerlich geht durch unsere Reihen.

Der Jesuit schmettert unverdrossen weiter:

»Und das Buch wird aufgeschlagen,
Drin ist alles eingetragen
Welt, daraus dich anzuklagen!«

Da ertönt der volle Bariton Pater Conrads dazwischen:

»Aus der Tiefe schrei ich, Herr, zu dir;
Herr, erhör' mein Rufen.«

Und die anderen Franziskaner fallen ein:

»O schenke doch Gehör der Stimme meines Flehens.
Wenn du die Sünden nicht vergessen könntest, Herr,
Herr, wer könnte dann noch bestehen?
Doch du gewährst Verzeihung, Herr,
und dein Gesetz gibt mir Vertrauen.
Ja, auf dein Wort vertraue ich:
es hoffet meine Seele auf den Herrn.
Beim Herrn ist ja Barmherzigkeit,
bei ihm Erlösung überreich.«

Der Zug setzt sich wieder in Bewegung. Unter den Doppelklängen des 129. Psalms der Franziskaner und des ›Dies irae‹ des Jesuiten rollen die Pritschenwagen das letzte Stück über die Brücke und den Weg hinunter zum Totenhäusl neben der Liebfrauenkirche.

Dort angekommen drängen wir durch das Pförtchen in den Kirchhof, hinein auf den engen Platz zwischen Kirche und Totenhäusl. Die keinen Platz finden, stauen sich in der Gasse zwischen dem Hause der Katzbeck und der Friedhofsmauer.

DIE KATASTROPHE

Die Toten werden von den Wagen heruntergehoben.

Pater Georg Scherer hastet unterdessen mit schnellen Schritten vier Stufen die Arkadentreppe am Totenhäusl hinauf.

Man hat die toten Knappen vor der Kapelle in Reihen abgelegt, die Köpfe zum Vorplatz der Kiche hin, um alle Leichen einigermaßen trocken zu bekommen. Der Platz fällt zur Mitte hin leicht ab – zum besseren Ablaufen des Regenwassers. So kommt es, daß blutiges Lungenwasser vermischt mit den Magensäften der Toten sich in Rinnsalen über die offenen Münder und Nasenlöcher den gleichen Weg bahnt. Die Kälte des Bodens bringt diese rot und milchigweiße Flüssigkeit nach wenigen Fuß zum Stehen, gefriert sie zu Kristallen.

Nur die Fackeln in den unruhigen Händen der Bergleute lodern heiß, wie auch das Feuer in den Köpfen der Knappen heiß lodert, versteckt hinter eisigen Gesichtern.

Pfarrer Stockbauer beginnt den Verunglückten die Letzte Ölung zu spenden, kniet neben jedem der verstümmelten Körper nieder, segnet ihn mit dem Zeichen des Kreuzes, salbt ihn mit dem heiligen Öl, spricht über ihm die rituellen Gebete.

Georg Scherer, der Jesuit, blickt unterdessen über die toten Knappen, hebt die Hand zum Segen, nimmt die Gemeinde mit kirchlichem Blick gewahr, und beginnt mit ernsten Worten eine Leichenpredigt, von der sich in diesen schweren Stunden alle Trost und Zuversicht erwarten:

»Mitglieder der Berggemeinde, Bürger von Schwaz...«, hebt er mitleidsvoll an. Dabei faltet er seine Hände, wippt ein wenig auf den Zehenspitzen, als ob er damit eine weitere Stufe ausgleichen wolle. In seinem spitznasigen Gesicht liegt jene demutsvolle, seinem Orden wohl eigene Hoffart, die wir ebenso gut kennen wie seine langatmige, blumenreiche, predigtgeschulte Zunge.

»Brüder und Schwestern! Die Betrachtung des Todes bewegt das Herz eines Christenmenschen über die Maßen! Aber wie überaus kräftig und stark, ja sogar nützlich greift das Geschehene dem Menschen zum Herzen, vor allem, wenn der Tod, wie heute geschehen im Falkenstein, reiche Ernte einfährt.

Dann wird euch endlich klar werden: Wenn die Zeit des Todes gekomen ist, welchem keiner von euch weglaufen kann, wie heute nacht, dann geschieht euch das zur Vermahnung; da kann man das Ende aller Menschen mit leiblichen Augen sehen, mit beiden Händen greifen, mit äußerlichen und innerlichen Sinnen empfinden. Da habt ihr auf allen Seiten zu lernen.

SCHWAZ 1574

Nur wer Gott gefällt, der ist ihm auch lieb. Woher also, du leidiger Tod, du Menschenwolf, woher sage ich, hast du solche Gewalt, daß du ohne Respekt und Unterschied unter den Knappen tobst und wütest? Daß du alle, die Jungen wie die Alten hinwegschaufelst? Tust du solches aus dir selbst heraus? Oder hast du gar Lust und Kurzweil mit uns?

Nein, nein!

Nur Gott allein kann das Leben des Menschen abbrechen wie ein Weber, der aufhört sein Tuch zu weben. Gott allein kann den Menschen ablöschen wie ein Licht und zerreiben wie ein Erdwürmlein.

Seid gewiß: Der Tod ist durch die Sünde, also als eine Strafe Gottes über alle Adams-Kinder gekommen und ihnen natürlich geworden.

Und solcher Gestalt können wir mit Wahrheit sagen, daß der Tod eine Strafe wegen begangener Sünden ist!

So ein schrecklicher Tod kommt nicht von ungefähr, denn wenn man die Wahrheit zu Markte bringt, wird sich mancher unter euch anders besinnen und bekennen, daß es besser sei, öfter in die Kirche zu gehen, um zu büßen, als in die Trinkhäuser, um auszuschweifen.

Kröten, Eidechsen und Schlangen, als Symbole der Verwesung, wie ihr sie hier am Geländer eingemeißelt findet, lasset Euch als Mahnung dienen!

In diesen Häusern aber« – dabei zeigt Scherer in Richtung Alte Marktstraße –, »in diesen Häusern des Wohllebens, werden nur Gemeinheiten ausgetauscht, lächerliche Spiele vorgeführt, Völlerei, Sauferei, Rauferei gepflegt und Leichtfertigkeit geübt! Dort reizen fast alle Dinge das Fleisch, was normal genügsam ist, zu noch mehr Üppigkeit und Geilheit, bis es völlig verdorben ist. So hielten es auch die Toten dort, die diesen Weg oft bevorzugt haben!

Euch allen zum Gedächtnis gebracht: allesamt habt ihr Sünder zu lernen, daß es sich nicht lohnt, dem göttlichen Herrscher zu mißfallen…«

Erschrocken und beunruhigt, jedoch kaum fähig über die gesprochenen Worte des Hofpredigers nachzudenken, nehme ich seine Sätze auf. Zunächst bin ich nur tief enttäuscht. Wir hatten das Jüngste Gericht, die Hölle erlebt. Viele von uns haben Menschen verloren, die sie liebten – Söhne, Brüder, Männer, Väter, Freunde. Und der Mensch dort oben predigt von göttlicher Strafe!

Meine Enttäuschung schlägt um in Empörung. Ich sehe, daß viele ebenso fühlen. Doch die Predigt Pater Scherers nimmt ihren Lauf:

DIE KATASTROPHE

»Die Barmherzigkeit Gottes, des himmlischen Vaters, zu loben und zu preisen im Anblick dieses Jammertals dort vor euch, ja, von Grund eures Herzens anzurufen, daß ihr ab sofort umkehren und euer Leben gottgefällig führen werdet, das habt ihr reichlich zu tun. Denn nur so könnt ihr euer Leben christlich beschließen, wenn heute oder morgen das eigene Stündlein gekommen ist...!«

Meine Empörung wandelt sich in Zorn. Auch die Menschen sind aufs äußerste gereizt. Der aufgestaute Zorn wird verstärkt durch das Schluchzen der Frauen. Die frierenden Seelen aller Trauernden angesichts dieser Predigt schreien nach Gerechtigkeit. Warum muß der Jesuit die Nöte der Menschen, die sich Trost erhoffen, für seine Vorstellungen vom Verhalten Gottes ausbeuten? Seine verkrüppelten geistigen Krallen hat er in ihre Gehirne geschlagen – die meisten aber beginnen, diese Krallen wieder herauszuziehen.

Scherer fährt indessen fort:

»... nachdem es aber dem göttlichen Willen weiter gefallen hat, Leid und Traurigkeit über euch zu breiten...«

»Aufhören! Sofort aufhören, Ihr ungerechter Lügner!« kreischt eine Frau, wobei Tränen ihre Stimme gleich wieder ersticken. Noch einmal bekommt sie Luft und schreit in Richtung des Hofpredigers: »Mein Franzl war nicht so ... er war nicht so – mit 13 Jahr...«

Sie bricht ohnmächtig zusammen.

Das Maß ist voll – übervoll!

Ich zeige in Richtung Fuggerhaus, brülle:

»Warum, Prediger, versucht der Arm deines Gottes es nicht dort einmal? Warum wagt er sich nur an arme Knappen? Ist ihm das Schloß dort oben zu fest?«

Damit habe ich wahrhaftig eine Schleuse geöffnet.

»Ach was, warum lange zuhören? Haut ihm doch einfach eins auf sein Pfaffenmaul!« höre ich einen Mann rufen. An seiner Glatze erkenne ich den hitzköpfigen Silberbrenner Ambros Mornauer.

Scherer zetert indes über die Menge hinweg:

»Wollt ihr das Unglück im Angesicht eurer Toten noch verschlimmern? Wollt ihr Gott zum Lügner machen und sagen: Es ist nicht wahr, was Gott geredet hat und wie der Apostel Paulus an die Römer schrieb?«

»Was hat er denn geschrieben, du Lügenschmied?«

Blanker Haß schlägt Scherer entgegen.

Es wäre besser, wenn er den Rückweg ins Pfarrhaus anträte, schießt es mir durch den Kopf.

SCHWAZ 1574

Doch er ist scheinbar noch lange nicht fertig mit seiner Leichenpredigt. Dabei ringt er seine gefalteten Hände zum Nachthimmel empor.

»Was bedarf es vieler Fragen? Verscharren und vergraben wir nicht täglich mit unseren eigenen Händen Eltern, Mann, Weib, Kinder, Freund, Gesinde und Nachbarn? Haben sie nicht alle ihr Ende genommen und sind verfault? Liegen uns nicht ihre Gräber und Totengebeine vor Augen? Seid ihr mit Verblendung geschlagen? Was ist das für eine unmenschliche Blindheit, daß wir an dem vermeintlichen Reichtum, an den trügerischen Wollüsten, an den falsch scheinenden Ehren dieser elenden, unbeständigen Welt mit so starken Bindungen, mit so unmöglicher Liebe unseres Herzens verhaftet und verbunden sind?

Daß wir viel lieber alle Sünden wider Gott begehen…«

»Ja sollen wir den Tod etwa bitten«, schreie ich zu dem Schwätzer hinauf, »uns gnädig aus dem Berg zu spülen? Kein Gewerkenmitglied ist betroffen! Sie sündigen ganz besonders wider Gott, aber sie entrinnen immer wieder der Strafe! Wie kommt das, Pfaffenmaul? Erklär es uns!

Ihr, Berggemeinde! Seht ihr vielleicht einen der Fugger bei den Leichen? Haben sie etwa nicht die Männer in den Tod getrieben mit einem halben Gulden als Peitsche in der Hand?

Da droben auf der Tafel steht eingemeißelt: ›HIER LIEGEN WIR ALLE GLEICH, EDEL, RITTER, ARM UND REICH. 1506.‹ Hat Gott damals anders gedacht?

Prediger, wir haben darauf eine Antwort verdient – eine ehrliche Antwort!«

Doch die Antwort kommt überraschend von ganz drüben, von einem blonden, pockennarbigen Menschen, der auf der Treppe zum Torbogen durch die Kirchhofmauer nahe dem Nordturm steht:

»So ist es, Dreyling! Genau so!«

Ich schreie:

»Nur weil die Pfennwerte steigen, der Lohn geringer wird, und obendrein das Dreifache Scheidwerk eingeführt werden soll, wagen die Knappen ihr Leben für einen halben Gulden, damit ihre Familien nicht verhungern!«

Und wieder der Blonde:

»Wer verführt, wer treibt Euch an? Einzig und allein die Fuggerbrüder!«

»Recht gesprochen!«

»Wir lassen uns das nicht mehr gefallen!«

»Holt den Marx Fugger aus den Federn!« krakeelt Mornauer. »Er ist der Schuldige, der Obersünder!«

»Holt euch, was ihr braucht, zurück! Er soll bezahlen!« kommt das Echo aus der Menge.

»Tod der Obrigkeit! Weg damit!« – der Blonde.

Schlagartig wird mir klar: Ich hatte den Fehler begangen, vor dem mich Reisländer so eindringlich gewarnt hatte: ›*Keine Namen! Sonst brennen die Häuser und noch mehr.*‹

Ich hatte seine Worte mißachtet.

Ich muß etwas tun! Muß verhindern, daß es zum offenen Aufruhr kommt. Muß meinen Fehler gutmachen.

Doch Pater Scherer öffnet erst recht das Pulverfaß, in das der Funke jeden Augenblick fliegen kann:

»Das ist fein! Ihr wahnsinniger, gottloser Haufen fragt, warum kein Edler, kein Fugger hier zu liegen kommt?

Ja glaubt ihr denn, daß die Wohl- und Guttaten, die ihr von ihrer Hand jederzeit oft und dick empfangen habt, nicht durch Gott bestätigt werden? Ihre christliche Ehr' ist durch Gott bewiesen, indem er sie verschont! Sie sind dermaßen beschaffen, daß ihr euch mit aller Ehrerbietung und Dankbarkeit verpflichten, erkennen und bekennen solltet, ihrer im täglichen Gebet treu zu gedenken. Die höchsten Vergelter alles Guten hier zu Schwaz sind die Herren Fugger! Sie haben die Belohnung durch euch verdient, ihnen zeitlich und ewiglich Huld, Treue, Liebe und Ehrfurcht entgegenzubringen. Merkt euch: Den auserwählten Samen haben sie durch Gott erhalten.«

»Deine Mutter hat ihn direkt vom Teufel erhalten!« brüllt Mornauer dagegen.

»An den Galgen!«

»Vierteilt das Pfaffenarschloch!«

Schon fliegen die ersten Steine.

Jetzt muß ich handeln! Muß die Menge beruhigen:

»Genug, Prediger! Verschwinde in dein Pfarrhaus, sonst liegst du sehr bald auch dort unten!«

Ich springe auf die Treppe zu und kann gerade noch verhindern, daß Scherer von einigen Huntenläufern zu Boden gestoßen wird. Die wütende Menge würde ihn gewiß in wenigen Augenblicken zerstampfen.

Jetzt erst scheint er zu begreifen, in welche Gefahr er sich geredet hat.

SCHWAZ 1574

»Schnell durch das Tor, über die Straße zum Pfarrhaus!« fahre ich ihn an. Er aber klammert sich an meinen Rücken, und schreit über meine Schulter hinweg, daß mir die Ohren schmerzen:

»Frieden verkündet der Herr seinem Volk ... es begegnen einander Erbarmen und Treue.«

Seine Stimme überschlägt sich vor Todesangst, als er sieht, wie die Menschen im Nu Treppe und Tor abriegeln.

Während ich den Aufgang mit meinem Körper sperre, hastet Scherer rückwärts die Stufen hoch und plärrt unentwegt:

»Gerechtigkeit und Frieden küssen sich! Gerechtigkeit und Frieden küssen sich! Gerechtigkeit und Frieden.«

Als er die oberste Stufe erreicht hat, springt er mit einem Satz durch die Tür in die St. Veit geweihte Oberkapelle des Totenhäusels und ist so außer Sicht der Menge.

Ganz langsam beginne ich die Treppe wieder herabzusteigen bis zu der Höhe, von der aus Scherer seine Gemeinheiten von sich gegeben hatte.

Die Menge blickt auf mich.

»Beruhigt euch, Leute! Gott behüte uns vor solch falschen Propheten! Aber laßt uns vernünftig sein. Wir können keine Tätlichkeiten gegen einen Priester zulassen. Ich bitte euch: Keine Gewalt! – Wir haben unsere Toten zur Ruhe zu betten...«

»Wir holen den dreckigen Pfaffen da oben raus und verhauen ihm den Arsch – das hat er verdient!« tönt es aus der nördlichen Ecke herüber. Es sind die Hitzköpfe, die Querschädel, die sich dort zusammengerottet haben, an ihrer Spitze Ambros Mornauer, der »Silberling«, wie er genannt wird, der keinem Streit aus dem Weg geht, und der pockennarbige Blonde. Ich habe den Eindruck, gerade *er* ist wild darauf aus, das Feuer anzufachen.

»Holt ihn raus!« johlen sie, doch die Aufrufe zur Gewalt sind spärlicher geworden.

»Ruhe! Ruhe, Männer«, rufe ich. »Laßt uns beten für die Seelen unserer toten Knappen! Ihretwegen sind wir schließlich hergekommen!

Ich bin kein Prediger, aber ich weiß, daß unsere toten Väter, Söhne und Freunde durch ein vorhersehbares Unglück umgekommen sind. Doch sie sind auch von dieser knochenharten Arbeit befreit zur Herrlichkeit der Gotteskinder. Die Auferstehung der Toten ist in dieser Stunde unser einziger Trost.

Dafür laßt uns beten! ›Vater unser, der du bist im Himmel...‹«

DIE KATASTROPHE

Ich bin am Ende der Treppe angelangt, als ein Mann aus der Menge auftaucht und an mir vorbei ein paar Stufen die Treppe hinaufstürmt.

Nandl Kunzmeier, unser Witzbold.

Doch wie ein Spaßvogel erscheint er nicht in diesem Augenblick, als er wie segnend seine Arme hebt. Verdreckt, durchnäßt, mit einer verkrusteten Wunde an der Stirn.

»Ruhe! Still, Knappen!« kreischt er.

Das Gemurmel der Menge stockt.

»Ihr betet das Vaterunser falsch, Knappen! Ihr müßt es neu lernen! So müßt Ihr's beten:

»Vater Fugger, der du bist auf Erden,
geheiligt vom Pfaffen dein Name.
Bei uns ist dein Reich.
dein Wille geschehe in der Stadt und im Berg.«

Die Menschen auf dem Platz zwischen Kirche und Totenhäusl sind erstarrt.

»Unseren täglichen Pfennwert mißgönn uns heute.
Und vergib uns unsere Schafsgeduld,
wie auch wir vergeben deine Gier
und den von dir geschickten Tod.
Und führe uns in Versuchung,
und erlöse uns von diesem Leben.
Denn dein ist das Geld und der Mensch
und der Berg für diese Zeit. Amen!«

Ein unwilliges Raunen durchläuft die Menge.

»Amen!« echot Ambros Mornauer.

»Amen!« brüllt die Rotte an der kleinen Nordpforte.

»Amen!« geht ein Murmeln durch die Versammelten, wird lauter, zorniger.

Mit Entsetzen bemerke ich, daß mir die Situation zu entgleiten droht.

Ich hatte meine Wut auf die Geldgier und die Narrheit der Brüder Fugger, auf das frömmelnde Geschwätz des Jesuitenpfaffen hinausgebrüllt. Ja, ich hatte mich zur Stimme der Knappen gemacht, hatte zugelassen, für ein paar Augenblicke ihr Wortführer zu werden.

SCHWAZ 1574

Doch nun geht meine Stimme unter in dem wirren Geschrei des Nandl Kunzmeier, werden meine Worte von seinem blasphemischen Vaterunser weggefegt, wie eben ich noch das Geschwätz des Jesuiten weggefegt hatte.

»Halt dein dummes Maul, Nandl!« versuche ich den Tumult zu übertönen.

Ich werde niedergebrüllt.

Eine Hand legte sich auf meinen Arm. Ich wende mich um und sehe in die besorgten Augen Reisländers.

Er schüttelt leicht den Kopf. »Laß sie. Versuche nicht dagegen anzukämpfen. Ich hab' es mehr als einmal erlebt: die wollen jetzt Blut sehen. Oder zumindest Scherben. Wer sich denen jetzt in den Weg stellt, der wird zu ihrem Feind. Den hassen sie mehr als jenen, der ihr Unglück verschuldet hat. Ich will dich nicht auch noch bei den Toten liegen sehen!«

»Was ist das Leben eines Mannes wert?« kreischt Kunzmeier mit überschnappender Stimme. »Einen halben Gulden? Oder einen Gulden? Oder zehn Gulden?«

»Hundert!« ruft jemand aus der Menge.

»Und was ist das Blut eines Mannes wert?«

Nandl Kunzmeier steht breitbeinig vor den Toten, fuchtelt mit den Armen durch die Luft. Seine Kopfwunde blutet wieder leicht, verschmiert sein Gesicht mit den vorquellenden Augen zu einer grotesken Maske.

»Was ist das Blut eines Mannes wert?«

»Tausend?«

»Blut! Blut! Blut!!«

»Blut«, greifen einige Stimmen den Ruf auf.

Nandl Kunzmeier bückt sich, zerrt eine Leiche hoch, hält sie wie eine zerbrochene Puppe im Arm:

»Nehmt alle Toten mit.

Bringen wir ihnen den Bergsegen – den Bergfluch!

Der Marx hat doch gesagt, er will ihn noch heute nacht sehen, wir sollen ihn zu seinem Haus bringen!

Tun wir's! Soll'n sie ihn jetzt bezahlen!

Der Siegmund mit Gold!

Der Marx mit Blut!!«

Er entreißt einem der Umstehenden die Fackel, schwingt sie durch die Luft, daß die Funken stieben, stolpert auf den Ausgang des Kirchhofes zu, die Leiche mit sich schleifend:

DIE KATASTROPHE

»Blut für Blut!« höre ich ihn heulen.

»Blut für Blut!« greift der Pockennarbige den Schrei auf.

Und schon plärren ihm Dutzende Stimmen nach.

Die Meute beginnt auf die Straße hinauszudrängen, zerrt einige der Toten mit sich, teils auf Tragen, teils an Armen und Beinen geschleppt.

Schreiend und Fackeln schwingend wälzt sie sich den Alten Markt hinunter dem Rathaus zu.

Pfarrer Stockbauer, der sich dazwischen wirft, wird weggerempelt, verschwindet in dem wirren Haufen.

Der eiserne Griff auf meinem Arm zwingt mich zur Ruhe:

»Behalte sie im Auge. Besonders den Kunzmeier und den Mornauer mit seiner Bande. Versuche nicht einzugreifen, es sei denn, es kommt zum Äußersten. Ich laufe inzwischen hinten herum und warne die Herren Fugger. Wir treffen uns dort.«

Bergmeister Reisländer wirft mir einen letzten, warnenden Blick zu. Dann verschwindet er mit langen Schritten um die Ecke der Kirche hinein ins Dunkel des Friedhofes.

Ich lasse mich vom Menschenstrom mitreißen.

Ein Blick zurück zeigt mir Pfarrer Stockbauer, der mit heruntergefetztem Chormantel und einer blutigen Schramme auf der Backe zwischen den toten Knappen kniet und mit entsetzten Augen unseren Abmarsch beobachtet.

Der Haufen lärmt, darüber gellen die Schreie Kunzmeiers, verstärkt vom Widerhall der Häuser:

»Blut! Blut! Blut!!«

Jemand läutet die Totenglocke der Liebfrauenkirche, in deren Scheppern jetzt auch das Gebimmel der Franziskanerkirche und der Spitalkirche jenseits des Inns einstimmen.

Am Rathaus gerät der Zug für einige Minuten ins Stocken. Fronknechte mit Hellebarden haben die Straße gesperrt, angeführt von den Fronboten Hans Peer und Nicklas Findler.

Ein kurzer, heftiger Disput, dann werden die Ordnungshüter weggeschwemmt, von der Masse eingesogen, die sich nun über den Pfundplatz in die Burggasse hinaufwälzt.

Die Menschenmasse wächst, da die Wirtshäuser Trauben von Männern ausspeien, die dort beim Bier gesessen haben und die nun grölend und randalierend mitmarschieren.

Die Spitze hat unterdessen den Platz neben dem Franziskanerkloster vor dem Fuggerpalais erreicht.

SCHWAZ 1574

Als mich die Menge an unserem Haus vorüberspült, erkenne ich an einem der oberen Fenster das totenblasse Gesicht meiner Frau, einen Stock tiefer am offenen Fenster Frau Regina. Der Wagen meines Herrn Bruders Johann ist verschwunden.

Ich dränge mich nach vorn, bin nur noch wenige Schritte hinter der lärmenden Spitzengruppe, als diese das Fuggerhaus erreicht.

»Kommt heraus!« zetert Nandl Kunzmeier zu der von Türmen flankierten Fassade mit dem Spitzgiebel hinauf. »Marx und Siegmund, kommt heraus!«

Für einen Augenblick herrscht atemlose Stille auf dem Platz.

Keine Antwort.

Das Haus liegt stumm, wie ausgestorben. Kein Leben hinter den Fensterscheiben. Nur die roten und gelben Lichter der Fackeln tanzen über das helle Mauerwerk, werfen zuckende Schatten, brechen sich aufblitzend in den schwarzen Scheiben.

»Kommt heraus!« schreit Kunzmeier. »Wir haben Euch Euren Bergsegen gebracht!«

Mit einem Ruck schleudert er den Toten, den er mitgeschleppt hat, auf die Treppe vor dem Tor.

Auch die anderen Leichen werden herangezerrt, vor das Tor gelegt, geworfen, von den Bahren gekippt.

»Euer Bergsegen ist da!« gellt Kunzmeiers Stimme über den weiten Platz. »Holt ihn Euch doch!«

Im Haus rührt sich nichts.

»Die schlafen wohl«, lacht Ambros Mornauer, rafft einen Stein vom Boden auf und schleudert ihn in eines der Fenster.

Im nächsten Augenblick prasselt ein wahrer Steinhagel gegen die Fassade und durch die Fenster.

Triumphierendes Geschrei mischt sich in das Splittern des Glases – und verebbt, als immer noch keine Reaktion erfolgt.

Ich habe mich etwas seitlich durch die Menge geschoben, stehe nun mit dem Rücken an einen Bauernkarren gelehnt und beobachte aus nächster Nähe das Geschehen.

Wo ist Reisländer? Der Bergmeister muß diese Horde doch zur Vernunft bringen können.

Die letzte Scheibe ist eingeworfen, der letzte Stein von der schweigenden Hausfront abgeprallt.

Die Gruppe um Nandl Kunzmeier und Ambros Mornauer scheint für ein paar Augenblicke verwirrt, unschlüssig.

»Räuchert sie aus! Zündet ihnen das Dach über dem Kopf an!«

DIE KATASTROPHE

Der Rufer ist wieder jener pockennarbige Blonde, der mir auf dem Kirchhof bereits aufgefallen war.

Sofort kommt erneut Leben in den wüsten Haufen.

»Fackeln!«

Wo ist Reisländer?

»Fackeln! Brennt sie aus!«

Nein!

Ich schwinge mich auf den Bauernkarren, forme die Hände zu einem Trichter und brülle so laut ich kann:

»*Feurio!!*«

Der Schreckensschrei aller Städte reißt die Köpfe der Menge zu mir herum, läßt sogar Kunzmeier, der seine Fackel schon zum Wurf erhoben hat, erstarren.

»Wollt Ihr ganz Schwaz niederbrennen?«

Ein dumpfes Raunen läuft durch die Menge.

»Wollt Ihr Eure eigenen Häuser brennen sehen? Dann zündet dieses Haus an! Los, Nandl! Wirf die Fackel! Zünd' die Stadt an!«

Der Zorn schlägt um in Beklemmung.

Der Schmied Anzinger rempelt durch die Menge, reißt Kunzmeier den Brand aus der Hand, stampft ihn unter seinen Füßen aus.

Ich atme auf.

»Knappen! Bürger! Die Fugger sind weg, sind geflohen!«

»Ich will ihr Blut!« winselt Nandl Kunzmeier.

»Von den Steinen ihres Hauses wirst du es nicht bekommen«, brülle ich zu ihm hinüber.

»Was wollen wir also noch hier?« frage ich in die Menge.

»Pfennwerte abschaffen – Scheidwerk abschaffen!« schreien aufgeregte Stimmen durcheinander.

»Das werden wir nicht dadurch erreichen, daß wir die Stadt abbrennen!« halte ich dagegen.

»Gut gesprochen, Dreyling!« übertönt ein voller Bariton den Lärm. Nur wenige Schritte entfernt entdecke ich Pater Conrad, den Guardian des Franziskanerklosters, der beruhigend, begütigend auf die Leute einredet.

»Die Pfennwerte!«

»Der Fron!«

»Das Dreifache Scheidwerk!«

Erneut werden die Rufe laut.

»Müßt Ihr mit dem Erzherzog, mit den Herren Fugger verhandeln – nicht mit ihrem leeren Haus.«

»Und wo sind deine Herren Fugger?« poltert der Schichtmeister Thomas Hasl.
»Geflohen. Weg. Nach Hall, nach Innsbruck – was weiß ich?«
»Und wie sollen wir da mit ihnen reden?« höhnt Mornauer, der »Silberling«.
Erasmus Reisländer? Wo steckt Erasmus Reisländer? Der Bergmeister würde wissen, was zu antworten, was zu tun ist. Meine Blicke suchen verzweifelt nach seiner hohen Gestalt.
»Nun? Was also, Herr Schiener?«
»Eine – eine Delegation. Eine Delegation nach Innsbruck an den Erzherzog.«
»Und wer soll sie führen?«
»Adam Dreyling!« ruft die Stimme Pater Conrads. Geschickt klettert der Franziskanerguardian neben mir auf den Bauernkarren. »Herr Dreyling ist Schiener, ein Mann vom Berg. Und er hat Verstand. Herr Dreyling soll die Delegation führen!«
»Der Gewerkenbub!« grölt Mornauer. »Da wird etwas schönes herauskommen, wenn der mit Gewerken verhandelt!«
»Dann komm doch mit, Mornauer!« rufe ich wütend.
»Und ob ich mitkomme!« brüllt der Silberbrenner. »Wir alle werden mitkommen. Wir alle!! Los! Auf nach Innsbruck!«
»Nach Innsbruck!« greift die Menge den Ruf auf.
»Gemach, Leute, gemach!« ruft Pater Conrad dazwischen. »Es ist mitten in der Nacht. Solch eine Sache will in Ruhe beredet und vorbereitet sein.«
»Nach Innsbruck!«
»Leute, ich werde vor dem Rathaus ein Faß Freibier aufstellen lassen. Da könnt Ihr dann bei einem Trunk das weitere bereden.«
»Freibier!« johlt Nicklas Findler. »Ein Hoch dem heiligen Franziskus!«
»Alkohol?« frage ich leise den Guardian.
Er blinzelt mir zu. »Es ist fast zwei Uhr nachts. Um diese Zeit wird das Bier die Leute eher schläfrig als streitlustig machen...«
»Pfennwerte – Freibier – Dreifaches Scheidwerk – Innsbruck – Hoch, Franziskus – Nieder mit den Fuggern – Gold für die Toten« hallen die Rufe über den Platz, und immer wieder auch der Ruf: »Hoch, Dreyling!«
Die Menge beginnt abzuwandern; langsam fließt sie wieder in die Stadt zurück. Eine Gruppe von Knappen und Bürgern, umringt mich, schüttelt mir die Hände, klopft mir auf die Schulter:

»Ihr werdet das schon richtig machen. – Ihr werdet in Innsbruck für uns sprechen!«
Wir gehen zurück.
Ganz Schwaz scheint auf den Beinen.
Irgendwann stehe ich auf dem Bierfaß und predige Vernunft:
»Keine Gewalt, Freunde! Auch nicht gegen die Herren Fugger. Wir würden uns damit nur ins Unrecht setzen. Unsere berechtigten Forderungen beschmutzen.«
Immer wieder muß ich Hände schütteln.
»Das Dreifache Scheidwerk...«
»Werden wir mit allen Mitteln zu verhindern suchen!«
»Die Pfennwerte, Herr Dreyling...«
»Müssen gesenkt werden.«
»Mein Mann ist im Gapl ertrunken. Ich habe zwei kleine Kinder. Bekommen wir nun auch die Entschädigung wie die vom Raber, Herr Dreyling?«
»Ich weiß es nicht. Ich denke wohl schon...«
Nicklas Findler torkelt auf mich zu, Bart und Brustlatz des Wamses von verschüttetem Bier triefend:
»Ein Hoch unserem Anführer, dem heiligen Dreyling!«
Ich eile durch die Wirtshäuser, die ihre Pforten in dieser Nacht geöffnet halten. Ich rede, beruhige, versuche Forderungen auf ein vernünftiges Maß zurückzuschrauben, kämpfe gegen Gerüchte, die wie Pilze nach einem Sommerregen aus dem Boden schießen.
»Ist's wahr, Herr Dreyling, daß der Herr Fugger zehntausend Landsknechte in Marsch gesetzt hat, um Schwaz niederzubrennen?«
»Woher soll er denn über Nacht zehntausend Landsknechte nehmen?«
»Denkt an Neusohl Anno 1537! Da haben die Herren Fugger auch die Knappen mit Landsknechten und Waffengewalt wieder in die Stollen treiben lassen!«
»Ihr sprecht die Wahrheit. Doch 1574 ist nicht 1537.«
»Ist's wahr, Herr Dreyling, daß der Bergmeister Reisländer heute nacht hingerichtet worden ist?«
»Gott behüte! Und weshalb denn?«
»Weil er den Befehl zum Aufschlagen am Raber gegeben hat.«
»Er hat den Befehl nicht gegeben! Der Herr Marx Fugger hat den Befehl gegeben.«
»Ist's wahr, Herr Dreyling, daß jeder Hinterbliebene eines verunglückten Knappen hundert Golddukaten erhält?«

SCHWAZ 1574

Das letzte Gerücht ist besonders hartnäckig. Das Gefasel von Gold des Herrn Siegmund, der halbe Dukaten Prämie aus dem Raber des Herrn Marx, das wirre Geschrei des Nandl Kunzmeier vor dem Totenhäusl ergeben eine fatale Mischung. Die Höhe der Summe schwankt, doch in der Verzweiflung ihrer bedrohten Existenz klammern sich Witwen und Mütter der Getöteten an diese Hoffnung.

Unsere Forderungen an den Erzherzog haben wir nach langem Hin und Her zusammengestellt und schriftlich niedergelegt. Es sind deren drei:

> I. *Allen Wucher, mit dem der Proviant sowie alle anderen Waren merklich und schwer belegt sind, aufzuheben, verbunden mit der Bitte, ein Einsehen zu haben und den Pfennwert abzuschaffen.*
>
> II. *Zum anderen das Dreifache Scheidwerk nicht einzuführen, da die Knappen damit nicht überleben könnten.*
>
> III. *Den Fron, jeden neunzehnten Kübel von ungeschmolzenem Erz für den Landesfürsten, auszusetzen.«*

Hierzu kommt die Aufforderung an die Herren Fugger, den Familien der im Raber und Gapl umgekommenen Knappen eine Entschädigung zu zahlen.

Um die Höhe der Summe gibt es heftige Auseinandersetzungen. Dreißig Gulden erscheint uns schließlich angemessen – und durchsetzbar.

Mit gewisser Sorge sehe ich, daß eine Gruppe die Waffenkammer im Rathaus aufgebrochen, sich mit Schwertern, Hellebarden, Piken, Armbrüsten und sogar einigen Luntenbüchsen bewaffnet hat.

Und immer wieder bemerke ich diesen pockennarbigen Blonden, der auf dem Friedhof mitgehetzt, vor dem Fuggerhaus nach Brand und Feuer geschrien hatte. Er redet auf die Leute ein, spendiert Bier, Wein und Schnaps. Mir selber scheint er aus dem Weg zu gehen.

»Wer ist das?« frage ich einen der Umstehenden.

»Willi Davido aus Meran. Er ist Kupferhändler.«

Deshalb also ist er mir bekannt vorgekommen. Ich hatte ihn bei den Schmelzöfen gelegentlich gesehen.

Aber was, zum Teufel, hat er sich in die Angelegenheiten von Schwaz, in die Angelegenheiten der Bergemeinde zu mischen?

DIE KATASTROPHE

Dienstag,
der 27. April

Im Morgengrauen gelingt es mir mich von den Gesprächen loszureißen. Im Laufschritt haste ich über die Lahnbachbrücke und durch die nahezu menschenleere Knappensiedlung zum Haus des Bergmeisters Reisländer.
Ich klopfe. Nichts. Ich klopfe nochmals:
»Heda! Ist niemand daheim?«
Endlich! Eine leise Frauenstimme:
»Seid Ihr das, Herr Dreyling?«
»Ja, ich bin's.«
Ein Riegel klappert, die Tür öffnet sich:
»Kommt schnell herein.«
Ich trete ein.
Die Hand Giovanna Reisländers, einer schwarzhaarigen, südländischen Schönheit, zieht mich weiter in die vom Herdfeuer beleuchtete Küche. Sie ist totenblaß.
Auf dem Küchentisch liegt ein versiegeltes Papier und ein in Schweinsleder gebundenes Buch.
Frau Giovanna drückt mir beides in die Hand:
»Für Euch, Herr Dreyling.«
Ich erbreche das Siegel.

27. April Anno Domini 1574.
Mein junger Freund,
   ich schreibe diese Zeilen im Hause Fugger.
   Sofort bei meiner Ankunft ließ mich Herr Marx Fugger als Schuldigen an dem Bergunglück verhaften.
   Ich werde ihn und Herrn Siegmund nach Innsbruck begleiten. Was weiter geschehen wird, ich weiß es nicht.
   Wenn es mich den Kopf oder mein Amt kostet, so werdet Ihr wohl Bergmeister werden. Das beiliegende Buch mag Euch dabei eine Hilfe sein.
   Gott schütze Euch.
   Erasmus Reisländer.

SCHWAZ 1574

Ich öffne das Buch:

GEORG AGRICOLA.
ZWÖLF BÜCHER VOM BERG- UND HÜTTENWESEN.
ANNO DOMINI 1556

Wie betäubt laufe ich zurück. Nicht durch die belebten Straßen, wo ich wieder Dutzenden hätte Rede und Antwort stehen müssen, sondern hinter dem Friedhof herum.

Vor dem Fuggerhaus knirschen die Glassplitter unter meinen Stiefeln. Die Toten vor dem Tor sind fort, wohl von den Franziskanern zurück zum Totenhäusl getragen worden.

Die Tür unseres Hauses auf der anderen Seite des Platzes ist ebenfalls verschlossen und verriegelt.

Kreszenz, unsere alte Beschließerin, öffnet auf mein Klopfen.

Kaum im Flur, stürmt mir aus der großen Stube Frau Regina entgegen, zornrot, ein Pergament in der Rechten schwingend:

»Glaube bloß nicht, daß ihr damit durchkommt, du, Adam, und dein Bruder Ulrich! Ich werde es anfechten! Ich werde bis zum Hofgericht des Kaisers gehen, wenn es sein muß!«

»Was ist denn überhaupt los?« herrsche ich meine Stiefmutter an.

Langsam beginne ich die Geduld zu verlieren. Der bevorstehende Marsch nach Innsbruck – an Schlaf ist ohnehin nicht mehr zu denken. Ich will nur heraus aus meinem verdreckten, immer noch klammen Lederzeug.

»Der Notar Veit Anich hat diesen Wisch am Nachmittag überbringen lassen«, zetert Frau Regina.

Wortlos nehme ich ihr das Pergament aus der Hand.

»An Adam Dreyling, Herrn zu Wagrain.«

»Das Schreiben ist an mich gerichtet – wieso ist das Siegel erbrochen?«

»Das geht mich schließlich auch etwas an!« zischt meine Stiefmutter.

Ich überfliege den Inhalt:

... und somit überschreibe ich all meine feste und bewegliche Habe, so bis zu diesem Zeitpunkt in Schwaz und Tirol von mir erworben oder von meinem Vater, Hans Dreyling dem Älteren von Steineck, Herrn zu Wagrain, an mich gefallen, meinem noch ungeborenen Neffen oder Nichte, Sohn oder Tochter meines Bruders Adam Drey-

ling, Herrn zu Wagrain, und seiner Ehegattin Maria, Tochter des Faktors Benedikt Katzbeck aus Schwaz.
Unterzeichnet und gesiegelt den 26. April Anno Domini 1574.
Ulrich Dreyling, Herr zu Wagrain.

»Ich werde das niemals hinnehmen, daß meine Söhne bestohlen werden, daß man sie einfach wortlos übergeht! Bis zum höchsten Gericht werde ich dieses Papier anfechten!«

Ich drehe mich um, lasse meine Stiefmutter einfach stehen, steige die Treppen hinauf.

Maria empfängt mich zitternd, in ihren Augen schimmern Tränen: »Ich hatte solche Angst um dich.«

Ich drücke sie sanft an mich, streichele über ihr Haar bis das Zittern nachläßt.

Behutsam löse ich mich von meiner Frau, trete zu der großen, eisenbeschlagenen Truhe hinüber, hebe den Deckel, drücke eine verborgene Feder zurück und öffne das Geheimfach: ein Ledersäckchen mit hundert venezianischen Gold-Grossi und zweihundert Dukaten als Notgroschen, meine Bestallungsurkunden als Häuer, Schichtmeister und Schiener, der Heiratsvertrag mit Maria, eine Abschrift des Testaments meines Vaters, mein Tagebuch.

Hierzu lege ich nun das Buch Agricolas, den Brief Reisländers und die Vermögensüberschreibung Ulrichs an unser ungeborenes Kind.

Während ich Geheimfach und Truhe wieder sorgsam verschließe, bringt Kreszenz eine mächtige Platte mit Brot, kaltem Braten, Schinken und Käse herein.

»Ein Teller warme Suppe steht schon auf dem Herd und ein großer Becher Würzwein, Herr Adam.«

Schnell schiebe ich mir heißhungrig ein großes Stück Brot mit Schinken in den Mund.

»Schlafe noch ein wenig«, drängt mich Maria.

»Dafür ist die Zeit zu knapp. Ich muß nach Innsbruck zum Landesfürsten.«

»Wann?«

»In einer knappen Stunde.«

»Aber weshalb ausgerechnet *du*?«

»Die ganze Knappenschaft zieht los. Gib mir bitte etwas Trockenes und Sauberes zum Anziehen!«

Mit einer Hand essend schäle ich mich aus meinem verdreckten, feuchten Lederzeug.

»Du hättest dir den Tod holen können in den nassen Sachen!« entsetzt sich Maria, als sie das Leder in die Hand nimmt. Ich gebe ihr einen Kuß auf die Nasenspitze:

»Nun, wie du siehst, habe ich's überlebt. Wird nur in den nächsten Tagen ein großes Niesen und Husten geben im Berg. Wasser, kaltes Wasser und nasse Kleider sind wir schließlich gewohnt.«

Ich nestele mein Wams zu, schlüpfe in weiche, bequeme Stiefel, setze das schwarze Barett auf, greife nach dem Papier mit unserer Forderungsliste, küsse Maria zum Abschied, stopfe einen letzten Bissen Brot mit Käse in den Mund, haste die Treppe hinab und stehe wieder auf der Straße.

Die Fuggerbrüder waren noch vor Mitternacht, gewarnt durch Reisländer, nach Innsbruck geflohen. Soeben trifft die Nachricht ein, daß der Landtag zu Innsbruck eilig zusammengetreten ist, um das Bergunglück am Falkenstein wie die Unruhen in Schwaz und deren Ursachen zu beraten.

Die Herren *Gänsbäuche* und *Weißkrägen* zu Innsbruck wußten schon lange durch die Berichte des Bergmeisters an die Hofkammer, daß die Lage der Knappen mitsamt ihren Familien sich unaufhaltsam zum Schlechteren hin änderte. Sogar der landesfürstliche Faktor Zyprian Gotzner befürwortete jede Erleichterung für die Bergleute, forderte vornehmlich die Hofkammer auf, gänzlich auf die Abgabe des *Frons* zu verzichten.

Zudem wußten die Herren aus der Vergangenheit, daß es keinen Sinn machte, Beamte vom Regiment nach Schwaz zu senden, um dort verhandeln zu lassen. Schon vor 49 Jahren hatte sich der Erzherzog persönlich bemühen müssen.

Inzwischen sind etwa 1500 Knappen, teilweise gut bewaffnet, marschbereit. Auch an meiner linken Hüfte klirrt – ein bißchen ungewohnt – der Degen, freilich weniger als Waffe des Kampfes denn als Abzeichen meines Standes. Pater Conrad hatte mich zweifellos auch deshalb zum Sprecher des *Knappenrates* vorgeschlagen, da ich mit den Herren Hofbeamten von Gleich zu Gleich sprechen kann. Vor einem Adeligen, mag er noch so geringen Ranges sein, sind zumindest die juristischen Federfuchser eindeutig im Nachteil...

Der Marktplatz von Schwaz ist besetzt, alle Zufahrtsstraßen auf

DIE KATASTROPHE

eine Meile Weges im Umkreis gesperrt, alle Reisenden an der Weiterfahrt gehindert. Die Erfahrung aus der Vergangenheit lehrt, daß seitens der *Innsbrucker* auf dieses Vorgehen allemal vernünftig reagiert wurde.

Keine Gewalt anzuwenden ist das oberste Gebot! Aber bereit, entschlossen und geschlossen unsere Rechte durchzufechten, die herrschende Not zu lindern!

Das Bergunglück ist nur der endgültige Auslöser für längst fällige Forderungen.

Um neun Uhr vormittags ist es dann soweit. Im Haufen ziehen wir in Richtung Hall.

Ein Ausschuß von 15 Knappen, der die Verhandlungen führen soll, und zu dessen Sprecher ich ernannt worden bin, marschiert an der Spitze der Kolonne. Der Fronbote Hans Peer gehört ebenso zum Ausschuß wie der ehrgeizige Schichtmeister Thomas Hasl samt seinem Jasager Martin Posch und, sehr zu meinem Unbehagen, der hitzköpfige Silberbrenner Ambros Mornauer.

Auf dem Weg schließen sich uns aus allen Dörfern und Weilern die Bauern an. Bewaffnet mit Sensen, Dreschflegeln, Mistgabeln und mit Kirchenfahnen bilden sie schon in kurzer Zeit einen eigenen Haufen.

Gegen elf Uhr geht eine Welle des Jubels durch die Kolonnen. Wir erfahren durch einen Postreiter, kurz vor Wattens, daß unser Erzherzog Ferdinand auf die Kunde hin, wir wären im Anzug, sich entschlossen hat, persönlich nach dem nahen Hall aufzubrechen.

Wir rücken in zwei Haufen an, Knappen und Bauern getrennt, treffen zur Mittagszeit in Hall ein und nehmen auf der Gemeindewiese, nahe der Stadt – mit 90 Mann in einem Glied – Aufstellung.

So stehen insgesamt gut 3000 Mann im Feld, halb Knappen, halb Bauern. Die Bauern sind aus Verbundenheit zu den Knappen mit aufgebrochen. Umgekehrt können die Bauern jederzeit mit der Unterstützung der Bergwerksleute rechnen.

In solchen Stunden spielt die Macht der Einzelgehöfte, Dörfer, Marktflecken mit der Berggemeinde wirksam zusammen. Doch heute, das ist *unser* Tag, *unsere* Sache. Die Einigkeit, das Schauspiel der Aufstellung ist unsere einzige wirklich wirksame Waffe, mit der wir unsere Forderungen durchsetzen können.

Der Knappenrat bildet eine einzelne Gruppe als der Erzherzog erscheint.

Eine der wichtigsten Beobachtungen, die ich mache, ist das Streben der erzherzoglichen Verhandlungsdelegation nach *System und Ordnung*, das ebenso unübersehbar ist wie die Begabung der führenden Hofschranzen, sogar im Freien Voraussetzungen für sachliche Gespräche zu schaffen. Woher das Mobiliar wie Tische, Stühle, ja sogar Teppiche kommen, wird wohl ihr amtliches Geheimnis bleiben.

Erzherzog Ferdinand selbst ist ein großer, schlanker Mann mit schmalem Gesicht, mit hängender Habsburger Unterlippe und schläfrigen Augen. Er fühlt sich sichtlich unwohl; hinter seinem blasierten Auftreten scheint mir eine tiefe Unsicherheit hervorzulugen.

»Fürstliche Durchlaucht«, beginne ich meine Ausführungen, »wir kommen nicht in Ungehorsam oder gar in aufrührerischer Absicht, sondern wir kommen, um unsere Empörung über die Mißstände kund zu tun, wobei wir von jeder Forderung ablassen, deren Rechtmäßigkeit widerlegbar ist.«

Bei der folgenden Darlegung unserer Forderungen und deren schleppender Verhandlung mit dem Erzherzog und seinen Hofbeamten bleibt unklar, ob die Zähigkeit, mit der sich die Gespräche dahinwälzen, Absicht ist oder vielmehr ein Zeichen von Hilflosigkeit, Unverständnis und Ratlosigkeit auf der anderen Seite. Wer von den *Gänsbäuchen* und *Weißkragen* hatte denn schon einmal im Bergwerk einen Tag gearbeitet, geschweige denn für den kargen Lohn versucht, die Mäuler in den Knappenhütten satt zu bekommen?

Mir scheint, daß Aufrichtigkeit in der vorgebrachten Sache, unsere genauen Kenntnisse über den Bergbau die Unerfahrenheit im Umgang mit den ausgefuchsten Juristen der erzherzoglich Innsbrucker Verwaltung mehr als ausgleicht.

Doch am späten Nachmittag zeichnet sich der Erfolg ab. Er kühlt die Gemüter, besonders bei jenen Männern in unseren Reihen, die sich von einem offenen Aufruhr mit Brand und Plünderung viel mehr versprochen haben. Der Zulauf derer, die sich davon hätten beeindrucken lassen und mitgelaufen wären, um gewalttätig zu werden, wäre auch in unserem Haufen nicht zu unterschätzen gewesen. Vor allem den *Silberling* habe ich im Verdacht, daß ihm ein Scheitern der Verhandlungen so unlieb nicht wäre.

In vollständiger Ruhe läßt der Erzherzog durch den vorderösterreichischen Statthalter Blasius Reichsfreiherr von Khuen-Belasi antworten, daß alle drei Punkte angenommen seien. Die Entschuldigung wegen der *Versammlung* und *Empörung* unsererseits – niemand

DIE KATASTROPHE

von uns hatte sich entschuldigt – nehme Seine Durchlauchtigste Gnaden zur Kenntnis und lasse die Knappen wie die Bauern zu Ruhe und Gehorsam ermahnen.

Nun bestehe ich darauf, daß mir über die Zugeständnisse eine unter dem Siegel des Landesfürsten ausgestellte Urkunde ausgehändig würde. Die Hofschranzen hätten diesen Punkt nur zu gern umgangen. Doch nach einigem Hin und Her einigen wir uns auch hier. Der Reichsfreiherr von Khuen-Belasi überreicht mir im Namen des Fürsten mit gallenbitterer Miene das Dokument.

Wir haben unsere Ziele erreicht!

Erzherzog Ferdinand reitet erst an uns vorbei, dann durch die beiden Haufen, die sich inzwischen in 33 Glieder formiert haben. Wir huldigen und jubeln pflichtschuldigst laut und anhaltend, bis die fürstliche Kavalkade gen Innsbruck entschwindet.

Für diesmal hat sich der drohende Aufruhr verzogen. Wir haben gewonnen!

Die Nacht ist hereingebrochen, als wir uns, versehen mit allen Hoffnungen auf eine Verbesserung unseres Lebens, heim auf den Weg nach Schwaz begeben, beklatscht und bejubelt von den Dörflern unterwegs, als Helden und Sieger gefeiert in der Stadt.

Mittwoch,
der 28. April

Es ist weit nach Mitternacht, als ich neben Maria ins Bett falle.

Ich schlafe wie ein Toter bis in den Vormittag hinein. Nicht einmal das Läuten der Campana zum Beginn der Morgenschicht kann mich wecken.

Ich erwache von einem Rumoren draußen auf der Straße. Es klingt wie das Summen eines angriffslustigen Hornissenschwarms.

Dann splittert Glas. Und gleich noch mal. Schwere Fäuste hämmern gegen die Eingangstür. Die Stimme von Frau Regina zetert. Ich fahre aus dem Bett, als Maria hereinstürzt, schreckensbleich:

»Eine Rotte von Leuten steht vor dem Haus. Sie verlangen nach dir. Sie drohen, die Tür aufzubrechen.«

Ich schlüpfe eilig in Hose und Hemd.

»Geh nicht!« fleht Maria.

»Soll ich warten, bis sie hereinkommen?«
Ich stürme die Treppe hinab.
»Mach die Tür auf!« rufe ich Kreszenz zu.
Mit zitternden Händen zieht die alte Beschließerin die Riegel zurück.
Im nächsten Augenblick stehen wutentbrannt Ambros Mornauer, Thomas Hasl, Martin Posch und Nicklas Findler vor mir, getrieben von einer lärmenden Menschenwoge vor dem Haus.
»Verräter! Gewerkenschwein! Saukerl! Überläufer! Falscher Hund! Lump! Judas!« tobt es mir entgegen.
»Dreißig Gulden hast du versprochen!« schreit Thomas Hasl.
»Für dreißig Silberlinge hast du uns verkauft!«
»Was ist denn eigentlich los?« brülle ich dagegen.
»Beschissen hast du uns!« belfert Posch. »Beschissen und verraten!«
»Der Pfennwert sollte abgeschafft, die Qualität der Lebensmittel besser werden!« kreischt eine Frau dazwischen. »Und was ist das?«
Sie streckt mir ein halbes Brot entgegen:
»Mit Sägemehl versetzt!«
»Und die Pfennwerte steigen!« ergänzt einer der Männer zornig.
»In der Stadt und am Berg wird eben verkündet und angeschlagen, daß ab nächsten Montag das Dreifache Scheidwerk gilt!« tobt Hasl.
»Das ist nicht wahr! Das *kann* nicht wahr sein!«
»Und ob das wahr ist!« fährt mich Mornauer an. »Du hast es doch selbst mit den hohen Herren ausgehandelt!«
Ich packe den kahlköpfigen Silberbrenner am Wams:
»Die *Dämpfe* haben dein Hirn wohl gleich mit den Haaren aus dem Kopf gebeizt? Du warst doch selbst bei der Delegation. Du weißt doch, was geredet und abgesprochen und gesiegelt wurde!«
»Nicht, was du hinter unserem Rücken ausgehandelt hast!« röhrt Findler.
»Sag's noch mal, Nickl, und du hast keinen Zahn mehr im Maul!« donnere ich. »Droben auf dem Tisch in meiner Stube liegt das Pergament von gestern. Da könnt Ihr's nachlesen, was ich ausgehandelt habe – schwarz auf weiß. Unterschrieben und mit rotem Wachs gesiegelt vom Erzherzog persönlich!«
»Das woll'n wir sehn!« kräht Martin Posch.
Zusammen mit Mornauer und Hasl rumpelt er die Treppe hinauf, stößt Maria, die mir angsterfüllt ein paar Schritte nachgekommen ist, zur Seite.

Sie taumelt. Hält erschreckt die Hände und Arme schützend vor ihren Leib – verliert das Gleichgewicht – stürzt – rollt die Treppe herunter – schlägt auf – bleibt reglos mit seltsam abgewinkeltem Kopf liegen.

Im nächsten Augenblick knie ich neben ihr.

»Maria. Maria!«

Ihr Augen starren blicklos an mir vorbei.

Die Männer eilen die Treppe herab.

»Das... das haben wir nicht ... nicht gewollt«, stammelt Martin Posch.

»Raus!« brülle ich. »Raus mit Euch allen!«

Die Männer flüchten. Mornauer zerrt Posch hinter sich drein.

»Ruft den Bruder Severin, den Arzt vom Kloster. Schnell!« schreie ich ihnen nach.

Dann knie ich auf dem Boden – halte meine Frau in den Armen.

Ewigkeiten später sind dann Bruder Severin und Pater Conrad da. Sie bemühen sich um Maria.

Dann drückt Pater Conrad mit einer entsetzlich endgültigen Handbewegung ihre gebrochenen Augen zu.

Der abgewinkelten Kopf, die blicklosen Augen. Maria hatte sich beim Sturz das Genick gebrochen. Mein Gott! Warum gerade sie? Warum? Warum? *Warum!*

Ich trage Maria hinauf in unsere Stube. Lege sie behutsam auf das Bett wie ein schlafendes Kind.

Ich lasse meinen Tränen freien Lauf.

Pater Conrad betet leise: »Herr, gib ihr den ewigen Frieden, und Dein ewiges Licht leuchte ihr.«

»Du mußt fort!«

Ich begreife nicht.

Eine Hand zerrt an meinem Ärmel. Ich wende mich um. Vor mir steht meine Stiefmutter:

»Du mußt fort, Adam! Im Augenblick ist die Bande erschrocken geflüchtet. Aber die kommen wieder. Und dann schlagen sie im Haus alles kurz und klein. Und was sie nicht zertrümmern, das werden sie stehlen, die kostbaren alten Möbel, die Bilder, das Silber.«

»Warum soll gerade *ich* das Haus meines Vaters verlassen? Es war Mord!«

Pater Conrad tritt nah an mich heran:

»Ein Unglück, Adam, ein Unglück!«

»Mord ist es. Und ich werde die Mörder vor Gericht bringen!«

SCHWAZ 1574

Pater Conrad umfängt mich mit beiden Armen:

»Es stinkt nach Aufruhr! Lasse dich nicht hineinziehen. Du wirst dein Recht erst bekommen, wenn deutlich wird, daß du ab heute die Wahnsinnigen, die sich offen gegen das Land zu stellen beginnen, nicht mehr unterstützt. Sie suchen einen Sündenbock. Du darfst ihn keinesfalls abgeben!«

Mit seinen Armen klammert sich Pater Conrad an meinen Ärmeln fest.

»Nur so wird dir und deiner Frau Gerechtigkeit widerfahren. Bei allen Heiligen und Gott: Ich schwöre, daß ich deine gerechte Sache zu jeder Zeit an jedem Ort mittragen werde! Jetzt aber fürchten wir um dein Leben!«

»Ich helfe dir« drängt Frau Regina. »Nimm nur mit, was du unbedingt brauchst. Alles andere kann ich dir nachschicken lassen.«

Frau Regina reicht mir einen Zwerchsack.

Wie in einem bösen Traum öffne ich die Truhe und das Geheimfach, werfe Geld, das Buch von Agricola, die Dokumente, mein Tagebuch in den Ranzen. Auf dem Tisch liegt immer noch der vom Erzherzog gesiegelte Vertrag mit den Knappen. Ich stopfe ihn dazu. Mögen die Mörder doch sehen, wie sie ohne ihn zurechtkommen.

»Wohin? Wo soll ich hin, Pater Conrad?«

»Folge doch Ulrich nach Böhmen!« antwortet Frau Regina schnell.

»Zu weit für den Augenblick«, winkt Pater Conrad ab.

»Wohin dann?«

»Warum nicht nach Innsbruck?« schlägt meine Stiefmutter vor. »Für ein paar Tage würde dich vielleicht sogar mein Bruder Hans Christoph aufnehmen. Er hat großen Einfluß am Hof. Außerdem habt ihr euch doch immer gut verstanden. Versuch es auf jeden Fall erst dort, bevor du dich anders entscheidest.«

Wenig später schlurfe ich mit schweren Schritten die Straße nach Innsbruck entlang. Pater Conrad hatte mich durch das Kloster ungesehen aus der Stadt gebracht.

Und ich schwöre mit geballter Faust: Ich werde zurückkommen nach Schwaz.

Das Berggericht

Schwaz
1590

Bericht
William Davison

Sonntag,
der 4. Februar, 10.50 Uhr

... ja, er war zurückgekommen. Doch er hatte die letzten Jahre nie an eine Heimkehr nach Schwaz gedacht. Sein Glück hatte er zuletzt in Krakau vermutet. Hier in die Bergwerksstadt zog es ihn nie.

Diejenigen, die ihn gewaltsam zur Rückkehr gezwungen hatten, triumphierten in jener Stunde. Die Verleumdung wetteiferte mit der Rache, die langsam greifend zum Sieg über Dreyling führen sollte – bis ins Grab hinein.

Die gefährlich vergifteten Köder waren reichlich ausgelegt an diesem geweihten Ort. Ein verlockendes Fressen, gedacht für die Geschworenen.

Die Ansammlung der Köpfe um mich herum sind Euch, Sir Francis, gut bekannt. Meine ausführlichen Dossiers über die hohen Herren, angefertigt vor gut 13 Jahren, liegen Euch in London vor.

Manch einer von ihnen dachte eher an eine Komödie, die um Anerkennung beim Publikum betteln mußte, wobei noch völlig offen war, ob am Ende geklatscht oder gepfiffen wurde.

Nur wenige konnten die wahren Begebenheiten wirklich kennen. Fugger, Querini und Löffler kannten sie. Bei der Betrachtung der Reise Dreylings durch Europa bis zum Kreisschluß dort unten auf der Totenplatte aber wird deutlich: Unsere Macht reicht aus, die Begebenheiten nach *Wünschbarkeit* oder *Nützlichkeit* zu beeinflussen, bis hin zum gewollten *Irrtum*. Die Anklage zeichnete ein Bild, das die Wahrheit völlig überdeckte. Und Schiller-Herdern trug jedes Wort mit einer Überzeugung vor, als wäre es abgesiegelt.

Dreyling begann zu antworten:

»In eure Fragen gehört zuerst die Ordnung; daher die letzte an den Anfang:

Ihr fragt, warum ich das Haus der Fugger gestürmt und verwüstet habe?

DAS BERGGERICHT

Ich sage Euch: So oft der Jesuit Scherer, Gott unsern Herrn mißbraucht hat und so lange Ihr die Wirkung seines lästerlichen Mundes auf die Knappen im Angesicht der Katastrophe nicht einbeziht, so viele Male müßt Ihr nach verkehrten Maßstäben urteilen.

Viele unter uns erinnern sich genau an die Predigt des Jesuiten, der seine geistigen Krallen in unsere Gehirne schlagen wollte, indem er uns das Unglück als gottgefällig verkaufen wollte, als sei unser Elend eine Auszeichnung Gottes. Wir haben diese Krallen abgewehrt und aus unseren Köpfen herausgezogen.

Nun, Ihr wollt offenbar auch heute noch nicht anerkennen, daß jener Hofprediger damals, statt Trost zu spenden, absichtlich Furcht und Unsicherheit geschürt hat, und das nur, um den Verzweifelten, Erschütterten, in Not geratenen Menschen seine krank machenden Worte von Sünde, Verderbnis und Verdammnis noch stärker einzubleuen. Und das wiederum allein zum Nutzen der Fugger.

Aber seht doch selbst hin:

Die Ursachen zu bekämpfen ist Euch allen doch nie gelungen! Eitelkeit, Gewalt, Hoffart, vor allem die *Macht* sitzt unbeschadet nicht weit von hier.

Und wem verdanken sie das?

Wem verdankt Ihr, daß Schwaz '74 nicht zur Asche wurde?

Wem verdankt Ihr, daß Schwaz überhaupt noch existiert?

Der *Sünde* etwa, der *Verdammnis* oder der *Verderbnis*?

Ankläger, Ihr kennt die Namen genau, die damals ein noch größeres Unglück von dieser Bergwerksstadt abgewendet haben. Aus Eurem Munde klingen die Namen viel schöner. Nennt sie uns, Ankläger!«

Peng... peng...! meldete sich die Keilhaue.

»Ihr seid gefragt! Richtet Euch nach meinen Anweisungen! Ich werde diese Art von Gegenfragen nicht weiter dulden!«, unterbrach der Bergrichter gereizt.

»Entschuldigt meine Unbedachtheit...

Nein! Der Ankläger braucht sie nicht nennen, aber wissen wird er sie!«

»Angeklagter!« hakte der Bergrichter nach. »Beantwortet meine Frage: Wart Ihr in jener Nacht *im* Fuggerpalais?«

»Nein! Mein Zorn reichte damals wie heute nicht aus, ein Haus zu stürmen und zu verwüsten. Mit Billigkeit füge ich hinzu, daß Hunderte von Knappen gesehen haben müssen, daß ich abseits stand. Der Haß der Knappen, aus der Ohnmacht geboren, mußte gebremst werden. Gott sei gedankt; es ist uns gelungen! Der Weg nach Hall zu den Verhandlungen wäre sonst versperrt gewesen. Oder glaubt Ihr, die Obrigkeit verhandelt ernsthaft mit Aufrührern, die die Krone des Hasses, des Bösen, der Unseligen und Verfluchten oder gar der *Kistenfeger* und *Säckelleerer* auf dem Kopf tragen? Glaubt Ihr das?

Pater Conrad, unser Franziskanerguardian, kann bezeugen, daß ich damals kein Blut vergiftet und damit auch heute keine Scherben wegzukehren habe. Ich verlange, daß Pater Conrad zu diesem Punkt gehört wird!«

»Pater Conrad ist seit Jahren tot«, gab Reisländer zur Antwort. »Er mag vor Gott für Euch zeugen, vor diesem Gericht kann er es nicht mehr!«

»Ja, darf denn das widerwärtige, erbärmliche Geschrei dort unten so weit und breit unwidersprochen erschallen?« fuhr mit überschlagender Stimme Schiller-Herdern dazwischen. Sein Gesicht schien in diesem Moment wie mit Kalk gepudert.

»Kühlt Eure Glut und bremst Eure Ungeduld!«, stoppt Richter Reisländer den Ankläger, und an Dreyling gerichtet: »Fahrt fort! Warum wart Ihr der Anführer des Knappenaufstandes?«

»Anführer?! Als einer, der in feindseligen Gefühlen badete? Nein! Ich habe mich nicht danach gedrängt, die Verhandlungen mit den hohen Herren vom Innsbrucker Hof zu führen. Nur wer jenes unauslöschliche Entsetzen und jenes tiefe, eisige Mißtrauen gegenüber den Gewerken erlebt hat, das damals nach der Katastrophe herrschte, weiß, wie nahe in jener Nacht das Wüten, das Brennen und Morden gewesen ist.

Anführer bin ich geworden durch die Liebe zu unserer Stadt, zu unserem Land Tirol, aber auch gegen die um sich greifende Verarmung, gegen das drohende Dreifache Scheidwerk, gegen die Erhöhung der Pfennwerte und für das Aussetzen der Fron.

Ja! Den Anführer habe ich vor allem aus Ehrfurcht vor dem Frieden in unserer Berggemeinde angenommen, weil Brennen, Schänden und Mord das Ende für uns alle bedeutet hätte.

Ja! Gehandelt habe ich, und der Beweis: Nichts wurde niedergetreten, beraubt, weggeschleppt! Nichts wurde mit Blut geschrieben. Bis auf eins!«

Man merkte Dreyling an, wie er einen tiefen Seufzer des Schmerzes unterdrückte, da die längst vernarbte Wunde wieder aufzubrechen drohte. Beschwörend klang seine Stimme:

DAS BERGGERICHT

»Wie sich der Adler meist gegen und nicht mit dem Wind erhebt, so haben wir uns erhoben für die Erhaltung der Lebensfähigkeit unserer Familien und unserer *Aller Bergwerke Mutter*, Schwaz. Aber sichtbar für jedermann, geordnet und ruhig wie die Lämmer sind wir bis Hall gezogen mit nur drei Bitten auf dem Pergament an unseren Erzherzog Ferdinand. Dieser Zug unter meiner Führung war für keine Seite ein Verhängnis.

Unsere Verhandlungen endeten mit der erlösenden Billigung unserer Forderungen durch unseren gnädigsten Landesfürsten.«

»Lügen, alles gemeine Lügen! So tief könnt Ihr Euer Knie nicht biegen, damit man Euch glaubt!« platzte Leoman in die Schilderung herein. »Er will uns weismachen, daß die Lämmer den großen Raubvögeln gram sind und er selbst das gute Lämmlein war, dem die Herde folgte!«

»Seid Ihr mit Euren Ausführungen am Ende, Angeklagter?« überging die Stimme Reisländers den Einwurf Leomans.

»Ja! Nur so viel noch, denn das Bild des Anklägers ist unvollständig: Raubvögel lieben Lämmer, denn nichts ist bekömmlicher als ein zartes Lamm!«

Ein brausendes Gelächter, sogar in den Reihen der Herrschaften neben mir, löste die längst aufgestaute Spannung, brachte Bewegung in Gänge und Bänke, zwang bis auf zwei Ausnahmen alle zum Mitlachen.

Reisländer wollte in diesem Moment nicht eingreifen, statt dessen blickte er spöttisch auf Schiller-Herdern. Er war die eine Ausnahme!

Das Kichern und Grunzen verebbte langsam im Kirchenrund, und je länger es dauerte, desto deutlicher zeichnete das Mißfallen seine Züge in Leomans Gesicht. Die Komödie hatte ihren ersten Beifall erhalten.

»Ankläger!«, und mit diesem Wort des Bergrichters, das wie ein Peitschenknall ertönte, erstarrte die Belustigung. »Führt die Befragung weiter!«

Leoman sah aus, als ob er gleich die Unterwerfung der Welt befehlen würde:

»Wer richtig Geschichten erzählt, der erfindet auch; und wer erfindet, kann auch gut Geschichten erzählen.

Knappen, Bürger von Tirol! Wir sehen nichts, dafür hören wir um so mehr. Weiter so! Wohlan, hier ist der Blick offen, aber unsere Augen müssen sich erst an dieses trügerische Licht gewöhnen. Deshalb, Dreyling, fordern wir von Euch die Beweise.

SCHWAZ 1590

Was habt Ihr genau in Hall verhandelt? Was ist davon verbrieft? Stimmen Eure Forderungen mit dem überein was niedergeschrieben wurde? Zeigt es uns! Oder ist da etwas, was einst ausgeglichen wurde mit ungeheuren Zinsen in Gold, was Euch den Weggang aus der so heiß geliebten Berggemeinde erleichtert hat? Vielleicht habt Ihr Euch das Glück selbst ausgezahlt statt den Knappen!

Wir wollen nichts mehr hören, wir wollen die Beweise endlich sehen!«

»Alle Forderungen wurden verhandelt und zu unseren Gunsten entschieden! Alles wurde niedergeschrieben. Das Dokument existiert zweimal. Einmal in der Kammer zu Innsbruck, das zweite hatte ich bei mir.«

»Wo ist es geblieben? Wer hat es je gesehen, je gelesen?«

»Das in der Kammer ist sicher gut verwahrt. Fordert es an!«

»Schon geschehen, Dreyling! Nur, wie wir jetzt klar sehen, taugen Eure Argumente nichts.

Es gibt keinen Vertrag in Innsbruck!!

Wo habt Ihr das Papierlein, das Euch damals geziert haben soll? Wo ist denn das Siegkränzlein, das Ihr angeblich gewonnen und auf dem Kopfe heimgetragen haben wollt? Davon schweigt Ihr still!

Dabei liegen die Dinge so einfach: Wer nichts hat, der kann nichts geben! Es gibt halt keinen Vertrag, weil es nicht der Tag der unschuldigen Kindlein war, sondern ein Aufruhr der Knappen, die sich schadlos halten wollten. Durch Euch verführt!

Von dem aber bleibt durch den Triumph der Gerechtigkeit auf dieser Erde nichts mehr übrig. Weder das Unrecht, noch die Hoffnung auf Umsturz und schon gar nicht die Trunkenheit nach dem Silber der gottgefälligen Fugger. Nur Ihr allein seid noch übrig!«

Peng ... peng ... peng ... peng..., traktiert der Judenhammer den Richtertisch.

»Der Vertrag, Ankläger, und nach nichts anderem als nach dem Vertrag ist zu fragen! Solltet Ihr meine Anweisungen weiterhin übergehen, werde ich Euch von Eurem Amt entheben. Bringt die Wahrheit an den Tag. Findet den Vertrag!« keilte Reisländer zornig dazwischen.

»Es gibt keinen Vertrag!« verneinte Leoman trotzig.

»Doch es gibt ihn! Es *muß* ihn geben! Forscht nach ihm!« antwortet Reisländer das zweite Mal, und an Dreyling gerichtet:

»Was sagtet Ihr? Ihr hattet den Vertrag bei Euch?«

2

Der Herr auf Büchsenhausen

Innsbruck
1574

1. Tagebuch
Adam Dreyling

Donnerstag,
der 29. April

Ich wandere die Landstraße entlang.

Irgendwann bemerke ich, daß ich die Richtung Innsbruck eingeschlagen habe, jenen Weg, den ich noch gestern abend – war es tatsächlich erst gestern gewesen – wie ein Sieger heimgezogen bin.

Heute torkele ich die Straße entlang wie ein Verfluchter...

Gestern hatte ich alles gehabt, was ich mir wünschen mochte – heute habe ich nichts, nichts mehr – habe alles verloren: meine Frau, mein Kind, meine Arbeit, meine Zukunft...

Weshalb lebe ich noch?

Weshalb hat *mich* das Schicksal im Berg verschont?

Weshalb hat es *mich* nicht erschlagen, ersäuft wie die anderen?

Hat es *mich* aufgespart, um erst meine Seele zu zerschmettern, ehe ihm auch mein Leben anheimfällt?

Zu meiner Rechten rauschen die grüngrauen Wasser des Inns. Ich muß nur ein paar Schritte gehen – mich in die Fluten werfen – mich fortreißen lassen...

Ein Schauder durchfährt mich.

Wasser!

Die Bilder aus dem Raber wirbeln hoch...

Wasser. Nie, nie wieder im Leben Wasser! Nicht im Leben und nicht im Sterben!

Ich verlasse die Straße, gehe einige Schritte über ein Stück Wiese. Eine einzelne riesige Fichte steht dort. Wild, zerzaust, ein Baum, den die Jahre des Lebens, Stürme und Schnee, Sonnenglut und Regen und Blitzschlag gezeichnet haben. Doch er steht, dieser Baum!

Ich setze mich zu seinen Füßen nieder, lehne mich an seinen Stamm, berühre mit der Hand seine rauhe, zerklüftete Rinde, spüre die Kraft, die von ihm ausgeht...

»Bruder Baum... Was hast du empfunden, als die tosenden

Schmelzwasser deine Wurzeln zu unterwaschen drohten? Als die Stürme dich niederbrechen wollten? Als der Blitz wie die Lohe des Jüngsten Gerichtes dich umflammte?

Du hast alles überstanden, doch hüte dich vor dem Menschen mit seiner Axt! Hüte dich vor ihm, Bruder Baum! Er ist schlimmer als alle Stürme, Wasser und Blitze zusammen.«

Mein Blick gleitet über die mächtigen Wurzeln, zwischen denen ich sitze, ehe sie sich im Erdreich verlieren.

»Ja, Bruder Baum. Du hast dich festgehalten mit deinen Wurzeln. Breitgefächert verlaufen sie in die Erde, umklammern die Felsen unter dir, geben dir Halt und Sicherheit...

Auch Menschen brauchen Wurzeln! Wurzeln, die eingeschlagen sind in ihre Familie, in ihre Zünfte, ihre Städte und Gemeinden, in ihre festgefügte Welt. In die dunklen Ackerschollen die Bauern, in das harte Gestein die Bergleute...

Nur ich, Bruder Baum, ich habe keine Wurzeln mehr! Kannst du dir vorstellen, daß man keine Wurzeln mehr hat, daß sie abgetrennt, abgehackt sind?

Und wie kann man ohne Wurzeln stehen? Man kann es nicht! Du nicht – und ich nicht! Ohne Wurzeln kann man nur eines noch: sterben. Soll ich mich an deinen Ästen erhängen?

Ein Bauer mag sich erhängen. Nicht ein Dreyling zu Wagrain!

Vergiften? Ich habe kein Gift und ich verabscheue Gift als Waffe der Feiglinge.

Erstechen?«

Mein Blick fällt auf mein Bündel.

Obenauf hängt das Raufeisen.

Eigentlich ist es ein Linkhand-Dolch, mit seiner gut eine Elle messenden Klinge ungewöhnlich lang, wenn auch ein gutes Stück kürzer als Schwert, Degen oder Rapier. Beim Tod meines Vaters waren seine geliebten und gepflegten Waffen unter seine Söhne verteilt worden: Das Schwert hatte natürlich Ulrich als der Älteste erhalten, mir als Zweitem war der lange Linkhanddolch zugefallen, Johann hatte den kurzen Dolch, Kaspar das Messer erhalten.

Ich ziehe die Klinge aus der Scheide. Gefäß, Parierstange, Faustbügel und Knauf sind aus vergoldetem Stahl, eine hervorragende Arbeit aus Mailänder Waffenschmieden, das Griffholz mit lederumwickeltem schwarzem Samt überzogen. Das Besondere freilich ist die Klinge: schlank, federnd, scharf wie ein Rasiermesser. Auf ihrer Fehlschärfe ist mit Golddraht ein rennender Wolf eingeschlagen, ein

Zeichen so berühmt, daß es die bekannten Schwertfeger zu Solingen und Toledo kopiert haben.

Aber diese Klinge ist echt. Ein echter »Passauer Wolf«! Eine jener seltenen Klingen der Meister zu Passau, denen man sogar Zauberkräfte nachsagt.

Wird sie nun meinen Lebensfaden durchschneiden? Den letzten Schlag tun, der den entwurzelten Baum zum Stürzen bringt?

»Nun, Bruder Baum?« frage ich leise.

Mein Blick wandert hinüber zu den Schneefeldern, den Schroffen des Karwendels, die von der Abendsonne mit einem rosigen Schimmer übergossen sind, während drunten im Tal bereits die Schatten liegen. Der Südwind läßt mich am Ort verweilen.

Langsam schiebe ich die Klinge zurück in ihre Scheide. In meinem Rücken fühle ich die rauhe Rinde des Stammes.

»Nein, Bruder Baum. Ich werde nicht stürzen!

Meine Wurzeln mögen zerschnitten sein – aber ich werde mir neue Wurzeln wachsen lassen!

Wo? Ich weiß es nicht. Wie? Auch das weiß ich nicht. Ich weiß nur eines: Nie wieder Berg! Nie wieder Wasser! Nie wieder eine Stadt wie Schwaz, in der ›Hosianna‹ und ›Kreuzige ihn‹ so nahe zusammen liegen!«

Ich sitze lange Stunden unter der mächtigen Fichte, höre dem Südwind zu, der wie eine vertraute Stimme zu mir spricht, sehe die Nacht hereinbrechen.

Irgendwann schlafe ich ein, gelehnt an die rauhe Haut meines Bruders, beschützt von seinen mächtigen Ästen.

Freitag,
der 30. April

Ein linder Morgen. Während der Bergwind mich wieder mit seiner betörenden Lauheit umfängt, liege ich im Gras und schicke seit gut einer Stunde vom rechten Flußufer aus lange Blicke hinüber zur Salzstadt Hall. Ist es der samtartige Wind, der mich innerlich so aufhellt? Manche sagen bei uns auch *Sunnawind* oder *Türkenröster* dazu, weil er sehr schnell alles Feuchte trocknet.

Für mich ist dieser Morgen wie der siebte Schöpfungstag, an dem das Leben beginnt. Sogar die letzte Wintertrübnis hat der Fluß für mich heute abgelegt. Ein gutes Zeichen!

Flumen Aenus, der Inn – was stiftete er nicht alles für uns im Tal die Jahrhunderte hindurch? Das Volk von Tirol liebt ihn besonders als Warenvermittler für unsere Handelsleute, da er vor allem mit Ton, Kalk, Stein, Glas, Erz, Salz, Holz die gewünschte Arbeit liefert und damit im Gefolge Brot und Segen für die Menschen entlang seiner Ufer. Von Oberitalien nach Hall, danach auf dem Inn *nauwärts* bis Wien befördert er zudem Weine, Zitronen, Käse und Seide; zurück – quasi in die Höhe –, schwimmen für das getreidearme Tirol Korn aus Niederbayern und aus Ungarn. Zum Ärger der einheimischen Weinhändler auch noch ungarische und österreichische Weine, die lieber getrunken werden als die sauren welschen. Weniger geliebt wird er allerdings als Heerstraße für Truppen, durch die das Land entvölkert oder besetzt wird.

Die Herren der Innflotten, die Schiffsmeister, dagegen kümmert es wenig, da ihre Geschäfte allein auf dem Wasser liegen. Die Rosenheimer vor allem sind darin Meister. Im Frieden wie im Krieg, bei Pest oder während der Hungerperioden der letzten Jahre – sie sind immer gefragt, mehr noch als die Kufsteiner und Rattenberger Plätten. Sie beherrschen das Geschäft. Ihre Verbindungen reichen über Passau hinaus – die gesamte Donau entlang.

Wie ich sehe, bin ich nicht allein angekommen vor Hall.

Auf Gegenfahrt, also den Inn aufwärts, macht gerade auf der gegenüberliegenden Lände, genau vor der Holzbrücke, die nach Hall hinüberführt, ein Schiffszug fest, deren Vielzahl von großen und kleinen Begleitschiffen die glitzernde Wasseroberfläche ritzt.

Den gewichtigen Mittelpunkt bilden vier schwarz-weiß gebänderte Transportschiffe, Klozillen genannt, allesamt mit Fahnen geschmückt und von je einer Nepomukstatue, die auf dem Bug thront, bewacht. Die Schiffe selbst machen keinen Lärm. Wer diese herrliche ruhige Morgenstunde empfindlich stört, sitzt oben auf dem Dach des Kommandoschiffes, der *Hohenau*. Es ist die Stimme des *Sößstallers*, verantwortlicher Führer des Zuges, der sich hoch hinausreckt. Er brüllt Kommandos in verzinktem Erfindungsreichtum, ähnlich unverständlich wie das Lateinische in der Kirche und nur für die Zunftmitglieder verstehbar.

»*Las ahaiii...!*« meine ich zu hören; oder jetzt: »*Wondi! Hob über! Hoobn...!*« singt er für die letzten Meter hinüber auf das Ufer, von wo aus der Troß von mehr als 40 berittenen Zugrössern den Schiffzug wahrhaftig an der Leine führt. Sie ziehen und schleppen an *Buesen*, den Zugseilen, die an der Hohenau, dem Leitschiff, ihren Anfang nehmen, die Schiffe über Sandbänke und durch Flußauen hin. Auf teils befestigten, teils sumpfigen Treidelpfaden, die eng neben dem Flußbett entlangführen, eingehüllt in Wolken von stechenden und saugenden Insekten, quälen sich die Rosse dahin. Mit weiteren Seilen, wie ich erkennen kann, sind von Schiff zu Schiff Verbindungen hergestellt. Auch bei Schwaz gibt es eine Anlegestelle. Alle Kinder sind auf den Beinen, wenn ein Schiffszug naht. Sie überbieten sich, wenn es um die Bezeichnungen der Begleitschiffe geht:

»Das ist ein *Nebenbei!*« meint der eine und der andere behauptet heftig: »Nein das ist ein *Schwemmer*, und was du da siehst, ist ein *Schwemmer-Nebenbei!*«

»Stimmt nicht! Ein Schwemmer trägt das Hauptseil, der dort trägt keines ... siehst du das nicht?«

Die Bezeichnungen der Männer auf den Schiffen und deren Aufgaben kennen die Mädchen und Burschen genauso gut wie die der Bergleute am Revier Falkenstein.

Die Aufteilung der Aufgaben ist dort drüben genauso streng geregelt, wie die im Berg. Ich erinnere mich an eine Zeremonie, die ich an der Lände am Inn bei Schwaz vor vielen Jahren miterleben konnte: Die kleine *Zille* eines Seiltragers kam damals an Land und brachte einen *Plutzer* Wein. Er trat zu den Roßleuten, füllte deren Becher mit seinem Wein und rief: »Bring' euch den heiligen Johannessegen!«, trank fast aus, schwang den Becher hoch und goß den Rest rückwärts über den Kopf auf die Erde. Es folgten ihm spontan die Roßleute an Land, wenige Minuten später die Männer auf den Schiffen. Vom Sößstaller angefangen bis zum geringsten Kuchelbuben wiederholte sich das Schauspiel. Die Weiterfahrt war durch das heidnische Trankopfer gesegnet, und die Geister waren zufriedengestellt.

Nichts für mich, denke ich und erhebe mich aus dem Gras. Fünf Stunden dauert die Fahrt den Inn abwärts von Hall bis Kufstein, aber fünf Tage flußaufwärts, und auch das nur bei geringem Wasserstand, der die Treidelpfade für die Pferde freiläßt. Bald ist die Schiffahrt bis Juli wegen der Schneeschmelze sowieso eingestellt. Vielleicht war das der letzte Schiffszug, der Hall erreicht hat.

Nein, keine nasse Arbeit mehr! Tod und Knochenbrüche seien bei Hochwasser ganz normal, erzählt man sich, Pferdestürze und aufgehende Seile zu jeder Stunde. »Nein, nein und nochmals nein, Adam!« sage ich mir mit lauter Stimme.

»Was tun in Innsbruck?« frage ich mich, während ich die Straße am Flußufer entlang weiter westwärts schreite.

Drei Möglichkeiten stehen mir in Innsbruck offen:

Zum einen mein Bruder, der edle Doktor Johann? Nein! Und wenn ich in einer Pestgrube kampieren müßte! Zum anderen mein Onkel Hans Christoph Löffler, wie mir meine Stiefmutter riet? Oder wähle ich mir lieber ein ruhiges Gasthaus?

Inzwischen habe ich Hötting erreicht, von wo die Brücke, die der Stadt den Namen gab, nach Innsbruck hinüberführt. Eine schwere Rauchwolke zieht meinen Blick auf sich. Und daneben der grüne Kupferhelm eines Turmes, der über den Bäumen herauslugt.

Die Rauchwolke, der grüne Kupferhelm gehören zur Gießerei, zum Ansitz Büchsenhausen, wo der Bruder meiner Stiefmutter Regina, Hans Christoph Löffler, auf dem Gänsbichl residiert.

Weshalb eigentlich nicht? Ich hatte mich mit meinem Stiefonkel früher immer gut vertragen, und ein oder zwei Nächte würde ich dort schon unterkommen, bis ich mir etwas Passendes gesucht hatte oder vielleicht auch weiterzog.

Ich biege den nächsten Weg nach rechts ab, beginne den Hang hinaufzusteigen.

Nach einer kurzen Strecke öffnet sich vor mir das Gelände von Gießerei und Ansitz. An den letzten Hängen des Karwendels zum Inntal gelegen, bietet es einen einmaligen Blick über die Stadt Innsbruck und weit hinüber in die Bergketten Richtung Brenner. Vor mir ein offener Platz und daran die fest mauerten Gebäude der Gießerei aus deren Schornsteine dicke Qualmwolken emporwirbeln.

Rechter Hand das Herrenhaus – viergeschossig, wuchtig, selbstbewußt, ohne protzig zu sein. Die ockergelbe Fassade der Südseite, abgesetzt mit rotbraunen Steinen an Kanten, Giebeln, Fensterstökken, gestuften Gesimsestreifen und Lisenen, verfügt im Untergeschoß über drei Fenster. Im ersten und zweiten Stock sind es je vier, und rechts und links sitzen kupferüberkuppelte Erkertürme, unter deren breiten Gesimsestreifen unter dem Dach groteske Maskaronen reiche Fruchtgehänge tragen.

In der Mitte der Fassade, groß und unübersehbar, das Wappen der Löffler mit der Gans – kein Adelswappen; *noch* kein Adelswappen, wie meine Stiefmutter immer wieder zu betonen pflegte.

INNSBRUCK 1574

Im Osten ein rundbogiges offenes Tor in einem kurzen Mauerstück, dahinter eine Marmortreppe mit einer offenen Loggia darüber im italienischen Stil – leicht, fast elegant. Dahinter der hohe Uhrturm, dessen grünes Kupferdach eben meinen Blick eingefangen hatte.

Damals, als mein Großonkel Gregor Löffler, der Vater von Frau Regina und Herrn Hans Christoph, noch lebte, waren wir hier mehrfach zu Gast gewesen. Ich erinnerte mich gern an diese Besuche, an die Großzügigkeit der Küche und der offenen Weinfässer. Nach dem Tod Großonkel Gregors vor nunmehr fast zehn Jahren waren diese Besuche eingestellt worden. Onkel Hans Christoph besitzt wohl nicht den ausgeprägten Familiensinn seines Vaters. Auch an das geheimnisvolle Treiben in der Gußwerkstätte, das vor allem Ulrich und mich magisch angezogen hatte, erinnere ich mich, auch wenn es uns Buben nie gelungen war, das eiserne Tor in jene Hallen der Mysterien zu passieren.

Desgleichen erinnere ich mich, wie Onkel Gregor uns immer wieder voll Stolz die Urkunde gezeigt hatte, gezeichnet und gesiegelt von König Ferdinand, in der dieser dem »*getreuen Gregorien Löffler, genannt Layminger, Puechsengieser, und all seinen Erben in Ansehen seiner Getreuen diennst..., dieweil er sich hausheblich allhie nydergelassen hat ... in crafft diz briefs ... Unseren Paumgarten, im Falpach gelegen*« Anno 1538 käuflich überlassen hatte, um dort in der Folge die »*Löfflersche Behausung*« nebst dem »*Pichsen- und Guesshaus*« zu errichten, »*darin des hochleblichen Haus Österreich anbefolchen Guesswerk miglich ist.*«

Mein Blick saugt die Umgebung des Ansitzes ein. Den Hügel abwärts erstreckt sich ein Garten, der intensivste Nutzung verrät, übersät mit jungen Gewächsen, die den Frühling willkommen heißen. Die dunkle, frische, feuchte Erde dampft leicht in der Sonne und lädt zum Anfassen ein. Noch dominiert die schwarz-braune Farbe zwischen dem Spalier der Setzlinge, doch in wenigen Wochen wird das Grün den Boden verhüllen wie die saftig frühlingsfrischen Blätter die Äste der blühenden Sträucher und Bäume, welche die größten Beete umrahmen.

Im Vorüberschauen erfasse ich eine Gestalt.

Zwischen den Beeten, von niedrigen Sträuchern halb verdeckt, bemerke ich, wie eine junge Eva zu mir herüberblickt. Wie lange mag sie dort schon gestanden und mich beobachtet haben, als ich den Weg nach Büchsenhausen, den Fallbach entlang heraufstapfte? Sie dreht sich ab. Ich sehe sie mir an, mustere, lächle; jetzt sieht sie kurz zu mir herüber – lächelt sie zurück? Sie hat ein schneeweißes Gesicht unter einem flammend roten Haarschopf. Barfuß, wie ich erkennen kann, da sie den Garten durch ein Gattertürchen in Richtung Büchsenhausen verläßt. Sie überquert die Straße und strebt dem Torbogen zu. Ein Mädchen, einfach gekleidet, gleich einer Blume, die gerade zu erblühen beginnt.

Ich bin bis auf wenige Schritte am gewaltigen Herrensitz der Löfflers angekommen. Meine gesichtete Eva aus dem Garten hat den Torbogen erreicht; Magd, Tochter, Fremde...? Wer ist sie? Sie zögert unter dem Bogen, dreht sich um.

»Zu wem wollt Ihr, Herr...?« unterbricht sie meine Gedanken mit ihrer hellen Stimme.

»Dreyling...« Ich zögere. »Adam Dreyling aus Schwaz; und Ihr?«

»Katharina, Tochter Hans Christoph Löfflers.«

Ich räuspere mich. Darauf war ich nicht gefaßt.

»Das ist...«, beginne ich, etwas zu leise. »Das fügt sich gut, da ich gerade zu Eurem Vater...«

»Kathariinaaa...! Mit wem sprichst du da?« tönt eine weibliche Stimme neugierig bis vorwurfsvoll von links aus einem Fenster der untersten Reihe. Ich trete drei Schritte zurück, um zu sehen, wer Katharina zusammenzucken läßt. Mein Blick konzentriert sich auf ein Gesicht, das aus dem mittleren Fenster starrt und wie eine Mixtur aus Bitterkeit, Fürsorge, Kälte und Neugier wirkt – ein Stückchen Einöde in der sonst prächtigen Fassade des Hauses. Doch die Frauenzimmertracht macht den Standesunterschied sichtbar obwohl die zwei Ellen roten Tuches, die in der Tracht mitverarbeitet sind, zu einem verwaschenen Rosa verblaßt sind und somit das Ganze gerade noch zur Hausarbeit zu taugen scheint. Ich ahne wer sie sein muß.

»Grüß Gott, Frau Elisabeth. Adam Dreyling, ich will zu meinem Stiefonkel Hans Christoph Löffler!«

Sie stößt einen leisen Schrei aus, verschließt zugleich ihren Mund mit der rechten Hand und glotzt mich erstaunt an:

»Maria und Josef... Der Adam! Du bist es wirklich!?« Ihr Gesicht wirkt überrascht, nimmt aber sofort besorgte Züge an: »Ich komm' sofort.«

Und schon ist sie im Zimmer verschwunden. Kein Zweifel, das ist Elisabeth Geizkofler, angetraute Gemahlin meines Stiefonkels Hans Christoph.

Sie muß in Windeseile das halbe Haus durchquert haben, denn kaum stehe ich wieder unter dem Torbogen, als oben am Ende der steinernen Freitreppe Frau Elisabeth erscheint und auf mich herabsieht. Katharina steht schon oben und wird mit einem Blick, zusammen mit einer leicht angedeuteten Drehung des Kopfes, in das Haus verwiesen.

»Heilige Mutter Gottes!« sagt Frau Elisabeth, indem sie nun schon zum zweiten Male die Heilige Familie um Unterstützung bittet. »Ich habe heute schon alles in der Stadt auf dem Markt erfahren, was dir und deiner Frau...«, dabei schlägt sie hastig das Kreuz und blitzt kurz mit den Augen zum Himmel empor, »... in Schwaz widerfahren ist! Schrecklich, nein, so ein Unglück! Drecksäcke sag ich; Drecksäcke! Komm nur herein. Du wirst sicher Hunger haben, nicht wahr?«

Meine Antwort darauf ist unwichtig, denn schon wieselt sie an mir vorbei in das Haus. Sie geleitet mich in einen breiten Flur, der das Haus in seiner vollen Länge durchzieht und von dem aus man links wie rechts durch Türen in die verschiedenen Zimmer gelangt. Links befinden sich, nach dem Gerüchen zu urteilen, Küche und Eßzimmer, zu dem mich Frau Elisabeth zielstrebig lenkt. Sie stößt die Tür auf und führt mich in den großen, völlig in Zedernholz gearbeiteten Raum.

»Antonia!« ruft Frau Elisabeth lautstark in die Küche hinaus. »Ist noch etwas von dem wilden Hennele da?« Und zu mir gerichtet. »Du willst doch sicher auch ein gutes Dottersüpple? Setz dich dort nieder«, erhalte ich gleichzeitig ihren Rat, der mehr wie eine Anweisung klingt, bevor sie hinaus in die Küche verschwindet und die Tür hinter sich zufallen läßt. Das alles überdeckende Geräusch dort draußen ist das Zischen der Glut im Herde, in die wohl Wasser aus einem kochenden Kessel tropft.

Ich nehme auf der langen Seite der Eckbank Platz, da ich annehme, daß der Herr des Hauses die Stirnseite für sich beansprucht, auch wenn er nicht anwesend ist. Das ganze Zimmer ist erdbebensichere Handwerkskunst. Die Tischplatte vor mir, gleich vier Finger dick, aus einem Stück gearbeitet, bietet 20 Personen bequem Platz. Enthaltsamkeit ist nicht das Laster dieses Ortes. Die Küche kennt in Tirol keine Ruhe und in diesem großen Hause, das ist mir klar, gleich zweimal nicht. Es ist bekannt, daß die Lust am Fraße bei uns nicht gering ist: Fast jeder Anlaß des geschäftlichen oder geselligen Lebens wird mit einer reichlichen Schmauserei eingeleitet, begleitet und beschlossen. Man haut sich den Wanst voll an Todes-, Jahrtags-, Siebentner-, Dreissigster-, Handschlags-, Vertrag-, Kirchtags-, Haus-, ja und ... bei Willkommens-Mählern. Dabei sind der Anlässe noch um ein vielfaches mehr gegeben. Die bäuerliche Bevölkerung wie die Knappenfamilien kennen feinere Tafelgenüsse allerdings nicht, leisten aber dafür im Aufnehmen großer Mengen Gewaltiges. In Wagrain, so berichtete mir meine Stiefmutter, hatte zur glücklichen Niederkunft einer Base in Bereitschaft zu stehen: ein Kübel mit eineinhalb Zentner Schmalz, 1000–2000 Eier, zwei bis drei Star Weizen und ein Faß Traminer. Fünf Gänge – das war wohl das mindeste, was erwartet wurde. Die Trunkenheit ist zudem bei uns zu einer Tugend geworden; denn nur ein Schurke, so heißt es in den Trinkstuben, vermeidet es zu bechern, um seine Schlechtigkeit durch Ausplaudern nicht zu offenbaren.

Draußen höre ich Geschirr klappern, dazu die hohe durchdringende Stimme der Hausherrin, die unablässig Anweisungen an ihre Küchenmägde zu geben scheint.

Die Tür wird halb aufgestoßen; zunächst erscheint ein Brett mit einigen Schüsseln darauf, gehalten von zwei kräftigen Armen. Sie muß Antonia sein. Ich sehe ihr Gesicht von vorne – ein Ebenbild von strotzender Gesundheit und Lebensfreude.

Sie lächelt, »Gott zum Gruße«, mir voll ins Gesicht und zeigt mir ihre weißen, ja, wahrhaftig weißen, gesunden Zähne. Eine Ausnahme, eine Seltenheit, bei dem was man sonst zu sehen bekommt.

»Ja, Gott zum Gruße«, antworte ich. Auf ihren Armen perlt winzig der Schweiß, ebenso auf der braunen Haut die sich über ihre hohen Backenknochen spannt. Die vollen Lippen benetzt sie gerade mit ihrer Zunge, als ihre lustigen Augen beim Abstellen des Brettes länger als nötig meine eigenen suchen.

»Hierher mit den Sachen! Paß doch auf! Sei vorsichtig! Verschütte nichts. Nein, so stellt man das nicht hin. Schau her, so geht das. Schau hin, damit du es lernst! Am besten man macht alles gleich selber!«

Als ob eine Sense unvermutet in ein Blumenbeet gerät, fällt durch die lauten Bemerkungen der Herrin die freundliche Stimmung schnell in sich zusammen.

»So, jetzt mach, daß du wieder rauskommst, und geh an deine

andere Arbeit!« fährt sie fort, die weibliche Frohnatur mit großer Wichtigkeit herumzukommandieren.

Antonia scheint das gar nicht zu hören, da sie weiterhin intensiv aber verstohlen fröhlich zu mir blickt. Dann wendet sie sich um, und mit einem Hüftschwung geht sie hinaus.

»So, mein Adam, probier erst mal das Dottersüpple, mein eigenes Rezept ... hab' ich ganz allein ausprobiert!« blickt Frau Elisabeth stolz zu mir und reicht mir einen vollen Teller mit einem leuchtend gelben See darin.

»Die würden sich umsehen, wenn ich mich nicht um alles kümmern würde« fährt sie fort zu erzählen, während sie sich selber einen zweiten Teller füllt. »Siehst du, ohne meine Arbeit hier, würde vieles quer laufen. Nur zu dir gesagt.«

Unvermutet reckt sie ihren Hals, lauscht zu beiden Türen und beugt sich, gleich dem Kopf einer Schildkröte, der dazu aus dem Panzer herauskommen muß, weit über ihren Teller zu mir herüber. Mit flüsternder Stimme zischelt sie:

»Ich muß vorsichtig sein, denn *Er* kann jeden Moment rüber kommen... *Er* schleicht sich manchmal richtig heran, damit *Er* nur alles mitbekommt. Dann ist *Er* wieder beleidigt, wenn *Er* merkt das man über *Ihn* spricht. Bssssst..., da hab' ich doch was gehört!« steht auf, huscht an die Tür und blickt hinaus auf den Flur.

»Hab' mich doch getäuscht...«, reibt sich auf dem Weg zurück an den Tisch kurz und schnell die Hände.

Ich merke, daß sie sich diebisch darüber freut, daß alle Mitmenschen – aber ganz sicher ihr Mann – ihre Umsicht unterschätzen.

»Weißt du, ich darf ja gar nicht darüber reden, aber wenn ich nicht wäre, ging hier alles drunter und drüber. Was muß ich mich nicht um alles kümmern. Vom Dachboden bis zum Keller. Und wenn ich schon mal was sage, dann bin ich die Böse. Zeit meines Lebens nichts anderes als Arbeit, Ärger und keinen Dank!«

Dabei schlürft sie genußvoll ihre Suppe, während ich die meine am liebsten stehenlassen würde.

»Horch mal her, Adam«, beginnt sie aufs neue in verschwörerischem Ton. »Weißt du, allein das Haus, der Garten, das Gesinde – ist das wohl gar nichts? Sogar um die Gießerei könnt ich mich kümmern. Was ich da so alles sehe und mitbekomme! Schöne Zustände sind das da drüben.«

Die Stimme klingt nun fast schrill:

»Da würde *Er* sich aber umsehen! Ja dann würde *Er* es endlich merken, was *Er* an mir hat. Eine zweite Dumme wie mich, findet *Er* garantiert nirgends. Das nennt man ausnutzen! Mhm ja, ja!« bedauert sie sich in wahrhaftiger Vollendung.

»Von einer Sache muß ich dir unbedingt noch erzählen, und zwar, wie es damals war, als der Hochwohlgeborne Kaiser Maximilian II. meinen Mann vor – warte mal –, das war '67, also vor gut sieben Jahren, als Gießer nach Wien locken wollte. Das mußt du aber streng für dich behalten, hörst du?! Das mußt du mir versprechen.«

Sie zieht ihren Stuhl noch näher an den Tisch und beginnt im Flüsterton:

»Ich war es, die ihm die Entscheidung abgenommen hat. Ich und mein Geld!

Unser Erzherzog Ferdinand wollte ihn keinesfalls ziehen lassen, weil es keinen besseren weit und breit gab. Ich wußte gleich, daß er ihn nicht entbehren konnte. Aber was macht mein Mann daraus? Nichts! Adam, ich sage dir – *nichts!*

Hör zu! Schafft es doch Ferdinand mit seiner Regierung glatt, gleichzeitig mit der Befreiung von der Reise nach Wien einen Verweis an Hans Christoph auszusprechen, daß er in Zukunft ohne Wissen des Erzherzogs keine auswärtigen Aufträge mehr annehmen dürfe! Getrieben habe ich ihn Tag und Nacht, er soll sich ein Beispiel an seinem Vater Gregor nehmen, der sich das nie und nimmer hätte bieten lassen.«

Da sie in ihrem Eifer kaum zu bremsen ist, frage ich beiläufig: »Und, was ist daraus geworden?«

»Den Brief hab' ich ihm einblasen müssen – sonst wär' er die Hälfte seines Geschäftes los gewesen. *Ich* hab' ihm gesagt er soll schreiben, daß er bereit sei, auch die vom Kaiser gewünschten Geschütze in Innsbruck zu gießen. Außerdem hat er doch noch nie ein separates Dienstgeld von irgend jemand bezogen – was eh schon Dummheit genug ist! Schreib dem Erzherzog außerdem, hab' ich ihm gesagt, daß du das Glocken- und Büchsenhandwerk betreibst als unser *Handwerk, Pflug und Wagen*, mit dem du uns ernähren müssest! Der *Herr*, du wirst es nicht glauben, Adam, ist sich damals fast zu fein gewesen, diesen Brief zu schreiben. Mit dem Gießerlohn war es dasselbe, ebenso mit dem Abzug von nur einem Zentner Abgang im Feuer pro zehn Zentner Metall.«

»Was bedeutet das?« versuche ich ihren Redefluß zu unterbrechen. Vergeblich!

»Mein gutes Vermögen wär' heut schon längst dahin, angesichts der laufenden Münzverschlechterungen, wenn ich nicht ständig meine Augen offen hätte!«

Gleichzeitig leckt sie den Löffel gewissenhaft vorn wie hinten ab, wischt sich mit dem Handrücken den Mund, greift meinen inzwischen ebenfalls leeren Teller und trägt zu meiner Überraschung die Teller selbst in die Küche hinaus. Antonia stürzt ihr entgegen, wird aber mit der lauten Bemerkung: »Alles, aber auch alles muß ich selber machen!« zurückgescheucht.

Diese Offenheit habe ich nicht erwartet. Warum macht sie mich schon in der ersten Stunde unserer Begegnung mit den Zuständen von Büchsenhausen in dieser Art vertraut? Ist sie mit mir gleich von Anfang an so einverstanden, daß sie mich derart in ihr Vertrauen zieht?

»Neue Teller sind noch keine da!« keift Frau Elisabeth in der Küche Antonia an. Zurück ins Zimmer bleibt sie auf der Schwelle zur Küche stehen und redet weiter, als hätte sie nie aufgehört:

»Im Grunde hab' ich mir das alles selbst zuzuschreiben; geschieht mir nur recht. So, jetzt aber das Hennele. Schau mal, Adam, das hast du noch nie gesehen. Stimmt's? So was kriegst du hier nirgends. Mhm, das ist was ganz Feines!«

Sie zeigt mir Hähnchenteile mit Zwiebeln, die auffällig mit grünen Körnern bestreut sind. Das zerteilte Hennele schwimmt in einer Rotweinsoße.

»Das hast du noch nie gesehen – die grünen Körner, meine ich!« belehrt mich die Stimme der Herrin.

»Was ist das?« frage ich widerwillig zurück.

»Das sind Pfefferkörner!« lächelt triumphierend das Gesicht zu mir herab.

»Aha, Pfefferkörner...«, tue ich verwundert.

»Ich habe sie vom Markt mitgebracht. Nicht einfach, an das Gewürz heranzukommen. Weißt du, Adam, da muß man sich ganz genau auskennen. Ich habe von dem Gewürz schon seit längerem gehört und kenne da einen Händler; aber ohne mein Geschick wären die nie nach Innsbruck gekommen. Direkt aus Venedig hat er sie für mich mitgebracht. Ein Wunder, daß die überhaupt über den Brenner geschafft werden konnten, bei den Zuständen an der Grenze; zudem sind sie sehr, sehr teuer. Aber ich habe sie ihm günstig abgekauft. Man muß es halt nur können mit den Händlern. Pfeffer ist sehr rar, denn Räuberbanden fangen von Verona bis herauf zum Brenner alles ab – garantiert sind sie nächste Woche schon wieder teurer. Das weiß ich alles vom Händler; er hat es mir erzählt – mir ganz allein. Aber ich hab' ja immer Glück – für die *anderen*. Stell dir vor: Pfefferkörner von Afrika über Venedig nach Innsbruck.«

Frau Elisabeth teilt mir die Körner, die auf dem Fleisch liegen, genau zu, indem sie mit der Messerspitze versucht sie abzuzählen. Daß Pfeffer aus Indien kommt, verschweige ich höflich.

Das Essen ist wirklich gut. Mit dem Brot tunke ich den letzten Rest Soße auf, wische mein Messer am restlichen Brotkanten ab, trinke den letzten Schluck Traminer hinterher und sehe, wie Antonia mich durch den Türspalt beobachtet.

»So, Adam«, sagt Frau Elisabeth und hebt dabei energisch den Kopf. »Du bist sicher müde von der Reise. Leg dich hier auf die Bank und ruh dich ein wenig aus, bis es zum Abendbrot soweit ist. Ich habe Arbeit, bin schon wieder zu spät dran!«

»Danke!« sage ich zu ihr und merke, als sie das Eßzimmer zum Gang hinaus verläßt, daß ich mit Antonia plötzlich allein bin. Auch sie bemerkt die plötzliche Zweisamkeit, vermeidet es aber, mich anzusehen, als sie mir eine schwere Decke aus Roßhaar reicht. Auch mir fällt es schwer, sie anzusehen. Gerade in diesen Stunden sehne ich mich nach Geborgenheit, Zärtlichkeit – macht mich die Einsamkeit und der Verlust meiner Frau krank. Ich zwinge mich, wegzusehen, als sich das Tuch mächtig über ihre wohlgeformten Brüste zu spannen beginnt.

»Ruht gut, Herr. Ich hoffe, mein Essen hat Euch geschmeckt?« fragt sie und betrachtet mich dabei lächelnd.

»Das Essen war vorzüglich! Antonia, du bist eine gute Köchin! Du wirst ja rot«, sage ich zu ihr. »Wirst du oft rot?«

»Nein ... nie, das ist nur die Hitze in der Küche«, dabei nimmt sie schnell die Teller vom Tisch.

»Ein Mann muß sich glücklich schätzen, eine Frau wie dich zu haben.«

Sie schaut mich an und gibt mir ein leises Kichern als Antwort zurück. Mit einem Schmunzeln verschwindet sie in die Küche und schließt die Tür hinter sich.

Die Bank ist hart, aber ich befolge den Rat der Hausherrin und strecke mich auf ihr aus ...

INNSBRUCK 1574

Wie ein Kanonenschuß schmettert die Haustür zu.

»Lene! Franz! Antonia! Wo steckt Ihr Faultiere?« brüllt eine unbeherrschte Stimme.

Frau Elisabeth hastet ins Zimmer, die schmalen Lippen zusammengebissen.

»Verdammtes Saupack! Wo ist mein Hauswams? Wo sind meine Pantoffel? Wo ist mein *Bier?!*«

»*Er...*«, murmelt Frau Elisabeth.

Schwere Schritte trampeln durch den Flur herauf.

Die Tür wird aufgerissen, schmettert gegen die Wand:

»Was ist das für eine Sau- und Luderwirtschaft in diesem Haus?«

Das Gesicht meines Stiefonkels ist fast so rot wie seine wild zerzausten Haare. Seine grünen Augen blitzen vor Wut. Wie ein angreifender Stier stürmt er ins Zimmer, baut sich vor Frau Elisabeth auf:

»Und da hockt sie, frißt und säuft den lieben langen Tag, und rundum geht alles kunterbunt!«

»Aber Stöffel...«

Mein Stiefonkel drischt die Faust auf den Tisch, daß Becher, Teller und Platten, die noch unabgeräumt herumstehen, tanzen:

»Ich habe dir hundertmal gesagt, du sollst mich nicht Stöffel nennen!«

»Ich wollt' doch nur...«

»Was du wolltest ist mir scheißegal, Weib! Was *ich* will, das ist ein ordentlich geführtes Haus! Daß ein Mensch da ist, wenn ich vom Gußhaus herüberkomme! Daß ich etwas Frisches zum Anziehen bekomme! Daß man mir einen Schluck Bier vergönnt! Daß die Dienstboten nicht irgendwo herumschlampen! Daß die Gesellen nicht davonlaufen! Daß ich wenigstens annähernd wie ein Mensch behandelt werde! Nicht nur wie ein Arbeitsvieh, das das Geld heranschaffen und in die Hirne unfähiger Gesellen so viel Wissen einprügeln muß, bis sie glauben genug zu können und abhauen wollen!«

Er fährt herum, stapft auf die Tür zu.

»Aber Stöffelchen – wir haben einen Gast...«

»Ersäuf ihn im Inn, oder bewirt ihn am Köpfplatzl – ich will nichts mehr hören!«

Der Hausherr stockt, als sei er gegen eine Mauer gerannt. Dreht sich um, starrt mich böse an...

Seine Mundwinkel zucken plötzlich nach oben. Er breitet die Arme weit aus:

»Adam! Seit dem Tod deines Vaters das einzige brauchbare Exemplar der Dreyling-Familie!«

Er stürmt auf mich los, zieht mich hoch, umarmt mich, schlägt mir auf den Rücken, daß die Rippen knacken:

»Adam! Was verschafft mir die Ehre deines Besuches?« Er schiebt mich an den Armen ein Stück zurück: »Laß dich anschauen, Bub! – Heilige Barbara, du siehst ja aus wie ein Gespenst? Ist der Landrichter, der Gott-sei-bei-uns persönlich oder gar die Heilige Inquisition hinter dir her?«

»Unser Neffe...«

»Halt's Maul, Weib! Adam, Bub, was auch geschehen sein mag, du hast die richtige Tür gefunden! Komm, steh nicht herum, setz dich, erzähl, erhol dich, iß, trink!« Ein kritischer Blick schweift über den Tisch:

»Bei den Gebeinen des heiligen Ambrosius, Weib, hast du nicht gesehen, daß der arme Bub völlig am Ende ist? Aber du schnatterst und vergißt ihm dabei etwas anzubieten!«

»Aber ich hab' doch...«

»Raus mit dir, Weib! Sorg dafür, daß die Lene, das Hurenstück, ihre Töpfe und Pfannen in Bewegung bringt, und der Franz, das faule Schwein, ein paar Humpen Bier und genug Flaschen Wein aus dem Keller heraufschafft, sonst ziehe ich euch allen dreien das Fell über die Ohren, so wahr ich der beste Geschützgießer im Heiligen Römischen Reich und der bekannten Welt bin!«

Frau Elisabeth verschwindet fluchtartig.

Mein Stiefonkel läßt sich in einen mächtigen, gepolsterten Sessel fallen, legt mir schwer seine Hand auf den Arm:

»So, Bub, und nun erzähl, was passiert ist – oder wenn du dich erst erholen willst, dann hat das auch Zeit bis später.«

Nein, ich will erzählen. Je öfter ich erzähle, um so mehr Abstand bekomme ich von dem schrecklichen Geschehen. Mit den Worten, den Sätzen wird die grausige Wirklichkeit mehr und mehr zu einer Geschichte, meiner Geschichte zwar, aber doch einer Geschichte, die ich im Erzählen mit den Ohren eines Fremden höre...

Und Hans Christoph Löffler ist ein hervorragender Zuhörer. Hie und da nickt er, knurrt einen Kommentar, läßt mich reden, hilft mir mit vorsichtigen Fragen, wenn ich den Faden zu verlieren drohe.

Als ich ende, schnellt mein Stiefonkel hoch, geht vor mir auf und

INNSBRUCK 1574

ab, während die Dienstboten erneut Platten, Schüsseln und Teller heranschleppen. Mit ungeduldiger Handbewegung scheucht sie der Hausherr wieder aus dem Raum, kaum daß sie ihre Last abgestellt haben.

Als wieder Ruhe eingekehrt ist, baut sich Hans Christoph vor mir auf und zählt mir an den Fingern vor:

»Erstens! Du bist mein Neffe.

Zweitens! Du hast richtig gehandelt.

Drittens! Du wirst für die nächsten Jahre Schwaz meiden. Schwaz ist ein tückischer Sumpf von Armut, Gewalt und Ungerechtigkeiten, der von den Fuggern ständig umgerührt wird.

Viertens! Ich werde in der Kammer dafür sorgen, daß man dich unbehelligt läßt...«

»... und die Schuldigen bestraft werden!« ergänze ich den Satz.

»Nein! Das nicht. Jetzt noch nicht! Würde ich das morgen angehen, so müßtest du umgehend in den Schwazer Sumpf zurück. Du wärest im Augenblick damit schlecht beraten. Die Macht sitzt unten in Innsbruck, nicht in Schwaz. Laß mich das mit den Herren regeln...«

Frau Elisabeth, die auf leisen Sohlen den Raum betreten hat, wird wiederum verjagt:

»Sorge dafür, daß das Westzimmer für unseren Gast bereit ist!«

»Das *Fürstenzimmer?*« fragt Frau Elisabeth leicht entgeistert.

»Welches sonst?« blafft Löffler zurück.

Eigenhändig belädt er meinen Teller wieder und wieder mit Forelle und Fasan, mit Hirschgulasch und Knödeln, mit Blaukraut und Schweinebraten, läßt meinen Weinbecher nicht leer werden. Schenkt uns schließlich ein gutes halbes dutzendmal die Becher mit einem scharfen, jedoch aromatischen Schnaps aus Italien voll.

Wir sind wohl beide ziemlich betrunken, als ich am Arm meines Stiefonkels die Treppe hinauf ins »Fürstenzimmer« wanke und auf das überweiche Bett falle. Noch während er mir die Stiefel auszieht und die Decke über mich breitet, versinke ich in einen tiefen, traumlosen Schlaf.

Samstag,
der 1. Mai

Das Knallen einer Tür, die wutdröhnende Stimme meines Stiefonkels und das gehässige Zischen Frau Elisabeths reißen mich aus dem Schlaf.

»Verdammt! Ich mache dieses Schwein fertig, daß es nie wieder auch nur den Posten eines Handlangers in irgendeiner Gießerei bekommt! Was bildet sich dieser Gimpel eigentlich ein, wer oder was er ist oder was er schon groß kann? Meister will er werden! Selbständig will er sich machen! In Nürnberg, in Augsburg – der Teufel weiß wo.«

»So ist das eben nun einmal. Wer will schon sein Leben lang Geselle und Handlanger zu einem Hungerlohn bleiben? Du warst auch einmal Geselle und wolltest Meister werden.«

»Ich! Ich war der Sohn und der Enkel eines Gießermeisters! Natürlich wollte, *mußte* ich Meister werden!« fährt mein Stiefonkel dazwischen. »Wer ist er denn, dieser Toni? Ein Nichts, ein Niemand!«

Schwere Schritte poltern die Treppe hinab.

»Aber ich werde es diesem Saukerl schon zeigen, dieser Schlange, die ich an meinem Busen genährt habe, die sich vollgesogen hat mit meinem Wissen und Können, um es nun anderswo zu meinem Schaden – hörst du, Weib –, *zu meinem Schaden* verwenden zu können!«

Wieder schmettert eine Tür, die Stimmen verklingen.

Ich strecke mich, lasse meinen Blick durch das Fürstenzimmer schweifen. Ja, es verdient schon seinen Namen: Die Wände sind mit Nußbaumholz getäfelt. Ein Erker und zwei große Fenster bieten einen herrlichen Rundblick über das Gelände der Gießerei, hinüber zur Stadt und auf die Berge, die zum Brennerpaß hinaufsteigen. Das Bett, in dem ich liege, hat geschnitzte Pfosten, die den hölzernen Himmel tragen, von welchem grün-rote Samtvorhänge herabwallen. Den schweren Dielenboden bedeckt ein dicker Schafwollteppich, und an der Schmalwand ragt ein breiter, offener Kamin in die Höhe. Auf der eingebauten Bank im Erker liegen farbenfrohe Kissen, davor steht ein mächtiger Tisch mit zwei geschnitzten Stühlen. Meine Habseligkeiten liegen auf einer mit wuchtigen Eisenbändern beschlagenen, ebenfalls reich geschnitzten Truhe. Alles ist schwer, wuchtig, massiv, ganz und gar dazu angetan, einen vornehmen Gast von Reichtum und Bedeutung des Hauses Löffler zu überzeugen.

Ich will soeben aus den Federn kriechen, als die Tür aufgerempelt wird. Nicht die appetitliche Antonia, sondern Lene, die Köchin und Beschließerin, eine dicke, ältliche Weibsperson, deren Haare schlampig unter der weißen Haube hervorzupumpeln, knallt mir ein Tablett mit einem riesigen Teller Schmarren, Eiern und Brot auf den Hocker neben dem Bett, latscht dann zu den Fenstern, reißt die Vorhänge auf und murmelt etwas, das wohl ein Morgengruß sein soll.

Sie ist gerade wieder am Gehen, als ein junger Bursche neben ihr ins Zimmer schlüpft. Er ist klein, drahtig, rothaarig, vielleicht 18 Jahre alt mit blitzblauen Augen, einer frechen Stupsnase und einem dürftigen Bärtchen um Mund und Kinn:

»Einen wunderschönen guten Morgen, Herr Halb-Stief-Vetter!«

Ungeniert läßt er sich auf die Kante meines Bettes fallen, greift nach dem Löffel und beginnt meinen Schmarren zu futtern.

»Du wirst dich natürlich nicht an meine Existenz erinnern. Also: ich bin Max, das von Frau Elisabeth allerhöchst ungeliebte *Nebennauserl* unseres hochgestrengen Herrn und Meisters.«

Max springt auf, überläßt mir gütig Löffel und den Rest des Schmarrens und trabt zu dem großen Erkerfenster:

»Jetzt fangen sie drüben an zu arbeiten, die armen Schweine«, grinst er.

»Und du?«

»Ich habe heute frei – wofür ich mich alleruntertänigst bei Euch zu bedanken habe, Herr Halb-Stief-Vetter!«

»Gern geschehen. – Kannst du mir vielleicht auch noch erklären wieso?«

»Nun, zum einen bin ich mit Abstand der miserabelste Geselle in der Gießerwerkstatt – der mit den berühmten zehn linken Daumen. Kein Mensch vermißt mich, eher im Gegenteil. Wenn ich nicht zufällig eben der Sohn des hochgestrengen Herrn Hans Christoph Löffler wäre, hätte er mich schon vor Jahren im hohen Bogen vor die Tür geschmissen.

Zum anderen hat man festgestellt, daß das, was du so an Kleidung bei dir hast, keinesfalls zu einem Vertreter der allerhöchst und wohlgeborenen, ungemein adeligen Schwazer Verwandtschaft paßt, mit der insbesondere Frau Elisabeth sich so gerne schmückt. Ergo wurde mir der ehrenvolle Auftrag zuteil, dich in die Stadt zu schleppen und dort so auszustaffieren, daß man dich auch herzeigen kann.«

»Ich habe derzeit, weiß Gott, anderes im Kopf, als mich auszustaffieren oder gar herzeigen zu lassen!« bemerke ich bissig.

Max schüttelt mißbilligend den Kopf:

»Wenn du länger als drei Tage unter diesem Dach bleiben willst, dann solltest du dich an die Spielregeln dieses Hauses halten:

Regel 1. Brüllen und Türenschmeißen ist das Vorrecht des Herrn. Er ist ein Choleriker der schlimmsten Sorte und als Geschäftsmann ein gerissener Hund, der über Leichen geht. Ansonsten ist ganz ordentlich mit ihm auskommen.

Regel 2. Keifen, Dienstboten scheuchen, auf die Moral achten und mit der feinen Verwandtschaft angeben ist das Recht der Frau. Wenn du klug bist, gehst du ihr in ganz weitem Bogen aus dem Weg!

Regel 3. Widersprich den beiden nie! Sag ›Ja‹ – und tu dann, was dir paßt.

Alles andere ist in diesem Haus erlaubt...«

Vermutlich hatte Max recht, schließlich muß er ja die Eigenheiten des Hauses kennen.

Während ich aus dem Bett krieche und mich ankleide krachen draußen wieder einmal die Türen, höre ich meinen Stiefonkel erneut brüllen – langsam gewöhne ich mich daran.

Ich werfe einen kurzen Mantel über die Schulter und nicke Max zu: »Also, gehen wir in Gottes Namen...«

»Du hast dein Schwert vergessen«, stellt Max fest.

»Mein Schwert? Wir gehen doch in die Stadt einkaufen und ziehen nicht in die Schlacht.«

Max wirft einen verzweifelten Blick zur Zimmerdecke.

»Höchst verehrungswürdiger Herr Stief-Halb-und-sonstwas-Vetter! Wir sind hier in Innsbruck! Nicht in dem Knappenkaff Schwaz! Zu Innsbruck zeigt man, wer man ist! Und ein Herr von Stand zeigt dies dadurch, daß er ein Schwert trägt.«

Ärgerlich greife ich nach dem Raufeisen und befestige es an meiner linken Hüfte.

»Ist das alles?« fragt Max indigniert.

»Wieso *alles?*«

»Ich meine – ein richtiges Schwert ist doch erheblich länger, und, nun ja, ich denke...«

»Dann denke... Wenn ich unbedingt eine Waffe mit herumschleppen muß, dann diese! Verstanden?«

Max nickt.

»Kannst du wenigstens damit umgehen?« fragt er.

»Worauf du dich verlassen kannst!«

Mein Vater war zwar in erster Linie Kaufmann gewesen, Ulrich Schmelzer, ich Bergmann, aber auf einer gründlichen Waffenausbildung als einem unabdingbaren Teil der Erziehung eines Edelmannes hatte mein Vater eisern bestanden.

»Wenn du was hast, das Frau Elisabeth nicht unbedingt zu wissen braucht, dann sperr's in die Truhe«, meint Max, ehe wir das Zimmer verlassen.

»Schnüffelt sie?«

»Die lebt vom Schnüffeln«, grinst Max.

Ich drehe den mächtigen Schlüssel, hebe den schweren Truhendeckel.

»Da tu's hinein.«

Max zeigt auf ein abgeteiltes eingebautes, nochmals mit Eisen beschlagenes, und verschließbares Fach mit einem kleineren Schlüssel, an dem eine lange Lederschlinge hängt.

Ich öffne, verstaue das Buch von Agricola, meine Papiere, das Tagebuch in dem Fach, will das Geld hinzulegen, doch Max hält mich ab: »Leg das Geld vorn in die Truhe – in diesem Haus stiehlt niemand, so ihm sein Leben lieb ist. Das Laster hier heißt Neugier, nicht Unredlichkeit.«

Ich schließe das Fach, drehe den Schlüssel um. Max bückt sich, zieht ihn ab, hängt ihn mir mit der Lederschlinge um den Hals und schiebt ihn mir unter das Hemd: »Siehst du, *so* macht man das in diesem Haus. – Also komm!«

Als ich auf den Gang hinaustrete, stocke ich.

Natürlich muß ich mich irgendwo in einem der oberen Stockwerke befinden – dunkel erinnere ich mich, daß mich gestern abend Onkel Hans Christoph eine Treppe hinaufgeschleppt hatte, ehe ich ins Bett geplumpst war.

Max hat meine Unsicherheit bemerkt:

»Ach ja, du warst ja lang nicht mehr hier, und dank dem segensreichen Wirken von Frau Elisabeth hat sich auch so etliches verändert. Nun denn, laß dir die Cosmographie des Hauses kurz erklären.« Und im Ton eines Führers durch eine Kirche oder ein Schloß fährt mein Stief-Halb-Vetter fort:

»Der gnädige Herr befinden sich gegenwärtig im ersten Stock des Ansitzes Büchsenhausen auf dem Gänsbichel mit dem Rücken zum Fürstenzimmer oder, anders gesagt, der Prunkfassade nebst Gießerei und Ausblick auf die Brennerberge im Süden.

Rechter Hand befindet sich eine Treppe – wir werden ihr später unsere Aufmerksamkeit zuwenden.

Die Tür jenseits der Treppe führt in das östliche Erkerzimmer, genannt die *Protzenburg*, verwendet als höchst offizielles Empfangs-, Wohn- und Residenzzimmer unserer ehrfurchtgebietenden Herrschaften. So der Herr erlauben, werde ich ihm diese komprimierte Anhäufung Frau-Elisabethischer Geschmacklosigkeit und Geltungssucht ersparen – er wird sie früh genug zu Gesicht bekommen, und so zeitig am Morgen ist sie wahrlich nur schwer zu ertragen...

Das Türlein daneben mit Ausgang auf die Loggia über dem Hausportal führt zum bescheidenen Kämmerlein Eures allerergebensten Dieners Maximilian Brettschneider, gemeinhin als Max Löffler bekannt, auch wenn er dank seiner nicht ganz einwandfreien Geburt eigentlich ja den Namen seiner Mutter zu tragen hätte.

Hier, direkt Euch gegenüber, befinden sich die Waffen- und die Silberkammer, zu welchen der Herr die Schlüssel persönlich in Verwahrung hält. Um einen Ausgleich gegen dieses Mißtrauen zu schaffen, hält Frau Elisabeth die Schlüssel für die angrenzenden Räume mit Küchengeräten und Kleidern ebenso eifersüchtig unter Verschluß.

Den unteren Stock kennt Ihr ja: das Eßzimmer auf der Südseite in der Mitte, im Westen das Reich Antonias und ihrer reizvollen Hilfe Lene, die das Frühstück brachte. Im Norden liegen verschiedene Vorratsräume.

Zu beachten wäre noch der Raum auf der anderen Seite des Eßzimmers, Frau Elisabeths Lieblingsaufenthalt mit strategisch günstigem Blick über Hauseingang, Vorplatz, Zufahrt und Garten sowie auf das große Tor der Gießerei.

Offiziell ist besagter Raum als *Nähzimmer* geführt, weniger offiziell führt er die Bezeichnung *Drachenhöhle*.

Wenn der gnädige Herr nun mit mir die Treppe hinaufzusteigen geruhen...«

Ich folge Max in den zweiten Stock.

»Zunächst das Unwesentliche: auf der Nordseite die Zimmer der Kinder und ihrer Amme Hortensia«, fährt mein Führer fort. »Wenden wir uns also nach Süden:

Hier, über dem Fürstenzimmer, befindet sich das *Streitzimmer* – verzeiht, ich meinte natürlich das eheliche Schlafgemach von Herrn Hans Christoph und Frau Elisabeth.

Das Zimmer mit dem Osterker auf der anderen Seite bewohnt

meine hübsche Halbschwester Katharina, Herrn Hans Christophs erklärter Liebling.

Zwischen diesen beiden Räumen liegt das *Allerheiligste*, des erhabenen Gießermeisters persönliches Arbeitszimmer. Verschlossen, versperrt und verriegelt. Die Tür müßte eigentlich unten noch eine kleine Klappe haben, auf daß man sich gleich in der rechten Haltung dem Herrn des Hauses nähere: auf dem Bauche kriechend nämlich, wenn einem schon einmal die Ehre zuteil werden sollte, überhaupt ins *Allerheiligste* gerufen zu werden.

Noch versperrter, noch verriegelter freilich ist *Die siebte Hölle* dort am östlichen Gangende, genau über meinem Stüblein. Pläne, Entwürfe, Formeln und Schablonen für seine Geschütze, insbesondere für seine *Schlangen*, bewahre Herr Hans Christoph dort auf – sagt er. Viel wahrscheinlicher hat er seinen ganz persönlichen schwarzen Tempel für den Gott-sei-bei-uns dort etabliert, um ihm den Arsch zu küssen und dafür noch mehr Geld, Macht und Einfluß zu erhalten. Oder aber, er hat dort sein Buhlgemach mit irgendeinem satanischen Succubus. Wie auch immer, eins steht fest: Sollte Herr Hans Christoph Löffler je einen Menschen erwischen, der versucht, in diesen Raum einzudringen, wird er ihn eigenhändig in die siebte Hölle schleudern!«

Während des vergnüglichen Geplappers von Max bin ich näher an eine der Gangwände herangetreten.

Wie auch im ersten Stock ist alles dicht bedeckt mit gerahmten Stichen von Geschützen, dazwischen Kalligraphien und etliche Bronzeplatten.

FIRCHRT. GODT. SEI. WOLPEDACHDT. VND. PEDENCK. DAS. ENDT. ALZEIDT.

lese ich da. Oder:

ICH HEIS DER TRACHE. HÜTE DICH WEN ICH LACHE.

Oder:

EIN NACHTIGALL BIN ICH GENANNT
LIPLICH UND SCHÖN IST MEIN GESANG
WEN ICH SING KEIN STREIT IST LANG.

DER HERR AUF BÜCHSENHAUSEN

Ich bin erstaunt. Was sind das für seltsame Sprüche?
Daneben eine Bronzeplatte:

> DIE SCHOENE TAVBEN BIN ICH GENENT
> MICH NIT AIN JEDER RECHT ERKENT
> WANN AVS MEINEM SCHLAG IVNGEN FLIEGEN
> SO THUEN DAROB DIE MAVREN KLIEBEN
> HANNS CHRISTOFF LOFFLER HAT MICH GOSSEN
> VND AN DER PROB KVGLSCHWER BESCHOSSEN.

Das nächste Blatt bringt die Gewißheit. Der Stich zeigt ein langes Geschützrohr, prächtig mit Wappen, Ornamenten und Schriften und dem Bild eines Waldkauzes bedeckt, darunter der Spruch:

> ICH WERD GENENT DER KLEINE KAVTZ
> HAV MANCHEN SEHR HART VF DIE SCHNAVTZ,

und daneben ein ähnliches Rohr mit einem Kuckuck:

> ICH HEISS DER KUCKUCK
> DEMJENIGEN, DEN MEIN EI DRÜCKT,
> DEM GEHT DER BAUCH AUF.

»Hat manchmal schon einen recht skurrilen Humor gehabt, der Herr Gregor Löffler«, dringt die Stimme von Max an mein Ohr. »Schon allein die Namen der Geschütze wie LÖWE und LÖWIN, BUHLER und BUHLERIN, WURM, KROKODIL, STEINBOCK, DACHS, LINDWURM oder aber TOLLE GRET, SCHNURRHINDURCH, PURRHINDURCH und GREULICHER LEO. Oder wie gefällt dir WEIBLE IM HAUS, SCHÖNE KATL, PFAUENSCHWANZ, WECKAUF VON ÖSTERREICH, KEHRAUF VON ANBRUGGEN, WUNDERLICHER STRAUSS, FRAU HUMBSERIN, HUMMEL und NARR oder LAUERPFEIF, auf der folgendes Sprüchlein zu lesen stand:

> ICH SIEHE UND LAUR ALS DER HAGEL UND SCHAUR
> UND HAIS DARUMB DIE LAUERPFEIF, NIMB HINWEG WAS ICH
> ERGREIF.

Aber so langsam müssen wir los in die Stadt!«

Ich nicke. Mein Blick fällt dabei auf eine letzte Tafel mit einem schweren Mörser, auf dem sich ein feuerspeiender Drache windet und dem Spruch darunter:

Der Drach ist Teufels Bursgesell
Bringt manchen blutig für die Hell

Als wir die Treppe hinabsteigen, finden wir den Hausflur verlassen bis auf einen jungen, stämmigen Mann mit strohgelben Haaren und zerzausten Bart, der einige Papiere in seinen Händen aufmerksam studiert.

»Einen schönen guten Morgen, Toni«, begrüßt ihn Max. »Unser Altgeselle«, fügt er für mich hinzu.

Der junge Mann reagiert nicht, starrt weiter in seine Papiere.

Wir verlassen das Haus, steigen die Treppe hinunter und treten ins Freie.

Etwa zwanzig Schritte vor uns sehe ich die kurze, stämmige Gestalt meines Onkels der Gießerei zuschreiten.

In diesem Augenblick ertönt ein Schrei aus dem Haus.

Der Altgeselle Toni stürmt an uns vorüber:

»Meister! Meister!!«

Hans Christoph wendet sich um.

»Das – das könnt Ihr nicht machen! Das dürft Ihr nicht! Das kann nicht Euer Ernst sein!« schreit der Altgeselle.

Hinter dem Tor der Gießerei drängeln neugierig Gesellen, Lehrlinge und Handlanger.

»Was kann nicht mein Ernst sein? Was darf ich nicht?« poltert Hans Christoph.

»Das, *das*! Meister!« schreit der Altgeselle und fuchtelt mit den Papieren durch die Luft.

»Und was soll's damit? Du hast mich um deine Zeugnisse gebeten, damit du dich vor der Zunft zur Meisterprüfung anmelden kannst. Nun, da sind deine Papiere: Lehrlingszeugnis, Gesellenbrief, Wanderbuch...«

»Das, das mein' ich nicht, Meister. Ich mein' ... ich mein'...«

»Was denn meinst du?« schnappt der ungeduldig.

»Das, was darin steht – in meinem Zeugnis, Meister!«

»Die lautere Wahrheit, Kerl!«

Hans Christoph reißt dem Altgesellen ein Papier aus der Hand, liest laut vor:

»Anton Hebsteller aus Saalfelden in der Steiermark ... und hat fünf Jahr' bei mir allhier in der Gießerei auf dem Gänsbichl zu Hötting in Tirol gearbeitet, davon zwei Jahr' als Altgesell. Hat sich allzeit fleißig und willig gezeigt, insbesondere im geheimen und hinterlistigen Erkunden der Kenntnisse und des Wissens seines Meisters, um dieses alsbald auszunutzen wider seinen Meister und zu dessen Schaden, und hat ihn dergestalt hintergangen, betrogen und beraubt.

Hötting, den 4. Mai im Jahr des Herrn 1574.«

»Es ist nicht wahr! Das ist eine Lüge! Das ist nicht wahr, daß ich Euch hintergangen, betrogen und beraubt hätte, Meister!« zetert der Altgeselle.

»Und doch ist's wahr!« blafft Löffler zurück.

»Meister«, jammert Toni Hebsteller, »bitte ändert dieses Zeugnis! Bitte!«

Jener stößt nur ein unwilliges Schnauben aus.

»Bitte, Meister! Um der Liebe Christi willen!«

Der Altgeselle ist auf die Knie gesunken, rutscht meinem Stiefonkel durch den Staub nach:

»Mit solch einem Zeugnis nimmt mich nie wieder eine Gießerei, und zur Meisterprüfung werd' ich auch nicht zugelassen!«

»Das hättest du dir vorher überlegen sollen«, fährt ihn Löffler an und wendet sich ab.

Toni Hebsteller bleibt einen Augenblick fassungslos knien. Dann springt er auf:

»Nein! *Nein*! Nicht *so*, Meister! Ich werd' zur Zunft gehen! Ich werd' vor Gericht gehen! Ändert diese Zeilen, oder ich...«

»Was?« Hans Christoph beginnt zu toben. »Willst du mir drohen? Nun gut: Her mir dem Papier!«

Mit einem Ruck reißt er dem Altgesellen die Blätter aus der Hand:

»Melchior – Tinte, Feder, eine Unterlage!«

Ein Lehrling schleppt hastig das Gewünschte herbei.

»Postscriptum: und hat seinen Meister einen Lügner geheißen, ihn bedroht und schier tätlich angegriffen.«

Mit einem Ruck schleudert er dem Unglücklichen die Papiere ins Gesicht:

»Noch einer, der an seinem Meister etwas auszusetzen hat, der ihn einen Lügner nennen möchte?«

Die grünen Augen Löfflers funkeln, als er in die Runde blickt.

Dann bleibt sein Blick an mir hängen. Seine Stimme wird nachsichtiger:

»Adam! Verzeih diesen häßlichen Auftritt! Du bist auf dem Weg in die Stadt?«

»Ja. Max hat gesagt...«

»Vergiß, was Max gesagt hat. Tu immer nur, was dir Spaß macht, die letzten Tage waren schwer genug für dich, Bub.« Seine Augen mustern mich nachdenklich. »Ich weiß ja nicht, ob dir vorderhand nach derlei der Sinn steht, aber wenn du einmal nichts Besseres zu tun weißt, dann zeige ich dir die Gießerei«, lächelt er. »Schon als Bub hast du ja damals immer versucht hinter das eiserne Tor zu gukken – erinnerst du dich?«

»Oh, das würde mich schon interessieren!« falle ich ein. »Wann immer Zeit ist.«

»Das ist ein Mann nach meinem Herzen!« lacht mein Stiefonkel. »Und Zeit? Nun, weshalb nicht gleich? Weshalb nicht jetzt?«

»Mit Vergnügen«, versichere ich. »Mich rettet das – zumindest im Augenblick – vor dem lästigen Kleiderkauf.«

»Worauf warten wir dann?« Der Meister klopft mir auf die Schulter. »Zieh dir etwas Bequemes an, das auch dreckig werden darf, und dann komm in einer Viertelstunde herüber – ich werd' dich dann überall herumführen.«

Während ich ins Haus zurückkehre höre ich den Toni Hebsteller schreien:

»Du wirst mich nicht so bald vergessen! Lügner! Leutschinder!«

»Fenster und Türen schließen!« schallt die Stimme der Herrin durch die Gänge. »Der Schmelzofen drüben ist angeheizt, der Wind steht schlecht. O Gott, das kann ja wieder tagelang so gehen! Können die kein trockenes Holz zum Anheizen verwenden?«

Ich sehe aus meinem Zimmerfenster hinüber zu einem großen Gebäude, aus dem zwei rund gemauerte Kamine ragen, wovon der linke eine fette schwarze Rauchsäule herausbläst. Es sind die größten Kamine unter den sechs, die von meinem Platz aus sichtbar sind. Die Ursache, daß uns die Augen tränen, ist der Wind, der die Rauchsäule nach kurzer Strecke zersaust und die beißenden Schwaden direkt zu unseren Fenstern treibt.

»Soll ich mein ganzes Leben diesen Gestank ertragen? Können denn die Flammöfen, diese Dreckschleudern, nicht weiter unten an der Fallbachgasse errichtet werden? Wie oft hab' ich das jetzt schon sagen müssen... mein ganzes Leben lang muß ich das mitmachen!«, klagt lauthals Hans Christophs Frau.

Ich höre, ans Fenster tretend, wie in der Küche Lene zu Franz unvorsichtig laut sagt:

»Jetzt erzählt sie uns wieder den ganzen Tag, wie sie es drüben in der Gießerei einrichten würde, obwohl sie in ihrem Leben überhaupt höchstens ein- oder zweimal den Weg dorthin gefunden hat.«

»Aber was willst machen, wir haben's trotzdem noch besser als anderswo«.

»Vielleicht kennst das Anderswo nur zu wenig?«

»Adam?!« höre ich die Stimme Hans Christophs auf dem Flur.

Als ich die Tür zum Flur öffne, stülpt mein Stiefonkel sein Barett über die fuchsigen Haare.

»Gut, auf in die Gießerei!«

Der Herr will mir seine Macht und Bedeutung zeigen. Wir verlassen das Haus über die Treppe, gehen durch den Rundbogen und stehen auf der Straße, die von Hötting nach Mühlau führt und die den Ansitz Büchsenhausen vom Gießereigelände trennt.

»*Gänsbichl* sagen die Leut' zum Gelände vor uns, auf dem die Häuser stehen, weil seit jeher die Gänse von Innsbruck sich hier besonders wohl fühlen«, erzählt mir der Herr Stiefonkel.

Die Häuser sind mit einer Mauer rundherum abgeschirmt, und das größte Gebäude, genau vor uns, mit dem qualmenden Kamin, ist durch zwei schwere Eisentore gesichert. Die Tore sind in der Mitte der Mauer eingebaut. Exakt darüber befindet sich die große Dachgaube, aus der ein Kranbalken wie ein Galgen ragt. Ich fühle die Augen von Frau Elisabeth im Rücken, die uns durch das Fenster auf unserem Weg hinüber beobachtet.

»Ein großes Gelände«, bemerke ich.

»Ein großes Gelände und eine große Gießerei!« antwortet Hans Christoph.

»Seid ihr viele?« frage ich ihn.

»Etwa vierzig.«

Nach einigen Schritten bleibt er stehen, sieht mir in die Augen.

»Gib acht, was du redest, Adam. Die Arbeiter müssen nicht gleich alles wissen – ganz besonders nicht von dir. Sie sind neugierig. Lasse sie besser spüren, wer du bist! Du gehörst zu uns.« Und nach einer kurzen Pause: »Laß es dir gesagt sein – hier ist es anders als im Berg.«

Wir gehen einige Schritte auf die eisernen Tore zu, als mein Stiefonkel erneut stehenbleibt und mit seiner Hand auf die Gießerei deutet:

»Die Lust der Erzherzöge, Könige, Kaiser und auch Päpste an der Macht, Adam, so sagte mir schon mein Vater Gregor, läßt sich mit den Mitteln des Bronzegusses immerfort steigern. Was du hier vor dir siehst, dient dem Krieg wie dem Frieden und ist doch unvereinbar wie Feuer und Wasser. Ich lasse mich davon aber nicht beengen – ich steigere eher die Lust der Mächtigen, indem ich hinter diesen Mauern sogar das Feuer mit dem Wasser verbinde.«

Er zieht dreimal kräftig an einem dünnen Seil, kaum sichtbar rechts vom linken Tor angebracht. Schwach höre ich den hellen Ton eines Glöckleins dreimal hinter dem Tor erklingen, als ob es das Pfortenglöcklein zum Eingang des Paradieses wäre. Sofort wird das rechte Tor geöffnet, und gemeinsam betreten wir das Gußhaus, wobei wir eine kleine Rampe abwärts gehen.

»Das ist die große Werkstatt oder das Gußhaus!« verkündet mein Stiefonkel mit Stolz in seiner Stimme. »Hast du die Stärke der Mauern bemerkt? Mehr als zwei Schuh sind sie dick. Kein Erdbeben wird sie zum Einsturz bringen. Mit 271 Schuh hat es von allen Gebäuden auf dem Gelände den größten Umfang, und nebenbei – ich kenne keine größere Gießerei im habsburgischen Weltreich.«

Er bemerkt meine Bewunderung. Dazu bin ich verblüfft über die Ausmaße dieser Halle. Das Niveau des Hallenbodens liegt mindestens sechs Schuh unterhalb des Eingangs gleich einem offenen Keller, was dem Inneren zusätzlich eine ungewöhnliche Höhe verleiht. Der Boden aus gestampftem Lehm glänzt stellenweise im einfallenden Licht, das durch mehr als ein Dutzend große Kreuzfenster, versehen mit starken durchgeschobenen Eisengittern, reichlich hereinflutet. Meine Augen wandern hinauf zur offenen Dachkonstruktion. Der Qualm hängt wie ein schmutziger Nebel unter dem Dach, der auch die mannsdicken Balken, welche oben auf den Mauern aufliegen und an denen mehrere schwere Zug- und Hebevorrichtungen angebracht sind, teilweise verhüllt. Ergänzt wird das Zuggestühl durch Wellenbäume und beschlagene Räder. Aber den starken Kranbalken, der durch die Dachöffnung zum Ansitz hin auskragt, kann ich durch diesen Qualm nicht ausmachen. Es muß eine Leiter dort hinaufführen.

Mit einem Male wirkt diese Umgebung bedrohlich auf mich – besonders abstoßend die zwei riesigen, rußverschmierten, fettig glänzenden Öfen im westlichen Teil der Halle, von denen der eine, so schätze ich, einen Durchmesser von mindestens 50, der andere einen Durchmesser von 30 Schuh aufweist. Beide Öfen reichen etwa 13 Schuh direkt bis zum Beginn der hölzernen Dachkonstruktion hinauf. Von dort ab beginnen die aufgemauerten Kamine. Wie zwei schwarze fettgefressene Riesen ohne Gesicht hocken sie da, wobei ich mir die Kamine, die noch zirka 18 Schuh über das Dach hinausreichen, als deren Hälse vorstelle. Der Umfang der Hälse entspricht sicher der Gefräßigkeit an Heizmaterial. Mindestens 20 Schuh mißt der große Riese in der Höhe und 17 der kleine Bruder.

»Das ist das Herz der gesamtem Gießerei, meine zwei *Flammöfen!*« höre ich die Stimme meines Stiefonkels, die mich aus meinen Gedanken zurückholt. Sie klingt fast zärtlich.

Er zeigt auf einen Punkt knapp über dem Boden, direkt an der Stirnseite des großen Flammofens, eine Einkerbung, wie ich sehe. Ja, es ist ein Spundloch, ähnlich wie bei einem großen Weinfaß:

»An dieser Stelle, an diesem Abstichloch, stand vor 40 Jahren Kaiser Maximilian I. mit meinem Vater Gregor, als er einen Abstich mit dieser langen Eisenstange dort vornahm.«

Stolz deutet er an die Wand seitlich von uns, an denen verschiedene Arbeitsgeräte aus Eisen hängen. Unübersehbar in der Mitte der Mauer eine Eisenstange, die auf einem ebenso langen Holzbrett befestigt ist.

»Der Ofen für sich ist schon ein Kunstwerk. Wir haben die wichtigsten Mauerteile vor fünf Wochen wieder erneuert. Nur wer ihn selbst gebaut hat, versteht seine Funktion bis in die letzte Fuge hinein. Mein Bruder Elias, mein Vater – Gott hab' ihn selig – und ich, nur wir allein kennen die Bauweise und alle Feinheiten, die es uns ermöglichen, in diesem Flammofen 24 Tonnen Bronze und mehr zu schmelzen.«

»Vierundzwanzig Tonnen Bronze?« frage ich nach.

»Vierundzwanzig Tonnen!« bestätigt Hans Christoph. »An diesem Ort wurde die wirksamste Artillerie für Karl V. und Ferdinand I. geschaffen. Die beste Artillerie in Europa!« Dabei schlägt er seine rechte Faust in die linke geöffnete Hand. »Das war ein wesentliches Ziel meines Vaters. Er hat seine Pflicht erfüllt! Kein Gießer auf dieser Welt reicht an seinen Ruhm heran. Auch Jörg Endorfer, unweit von hier im oberen Gußhaus zu Hötting, mußte das anerkennen.

INNSBRUCK 1574

Es sind die besten Kanonen geworden. Der Feind weiß es! Seine Niederlagen führt er auf unsere Kartaunen, Schlangen und Falkonen zurück, die ihn die Schlacht verlieren und ob seiner vielen Niederlagen verzweifeln lassen. Geboren werden die Rohre aus diesen Öfen vor dir.

Und dennoch, Adam, der Flammofen dort ist nur ein kleiner Teil dessen, was den Erfolg unserer Kunst ausmacht.«

Seine Gesichtszüge verraten mir, daß er »*Ich glaube nur an mich selbst!*« zu seinem Bekenntnis erhoben hat.

Hans Christoph tritt überraschend nah an mich heran, legt seinen Arm auf meine Schulter, und sein Gesicht hellt sich dabei auf, als er ungewöhnlich leise, dafür um so eindringlicher mir zuraunt:

»Die von zahlreichen Feinden bedrohte Erhaltung und Sicherung des habsburgischen Weltreiches war ohne meinen Vater, ist nun ohne mich und insgesamt ohne Löffler-Geschütze nicht möglich!«

Seine Körperhaltung, sein gerader Blick sowie der Ausdruck seiner Sprache brennen mir die Bedeutung seiner Worte ins Gedächtnis.

Wir beobachten, wie ein Mann, dessen Kleider bestaubt, dazu halb vom Feuer verbrannt und von den scheußlichen rußigen Dämpfen geschwärzt sind, oberhalb des Ofens, aber seitlich vom Kamin, fünf Stufen erklimmt, einen flach aufliegenden Heizschieber zur Seite nimmt, um Holz in langen Scheiten einzuwerfen, die er mühsam hereingeschleppt hat.

Eine Flamme von mehreren Schuh Länge, dazu ein Schwall an Qualm schlägt ihm entgegen. Sein Kopf wäre geröstet, wäre er nicht rechtzeitig zur Seite gewichen.

»Bartlme!«, brüllt mein Stiefonkel hinauf, was dem Mann gleich den Schrecken in die Glieder fahren läßt. »Brenn ihn durch, aber gleichmäßig. Nicht zu scharf! Die Luft drosseln – hast du gehört!«

Ein Kopf mit dunkel umrahmten, tiefliegenden Augen nickt zu uns herunter, begleitet mit einem furchtsamen »Ja, Meister«.

»Wenn die Mauern des Schachtes oder gar des Herdes nur *einen* Riß durch deine Unachtsamkeit bekommen, schick' ich dich als Rauch durch den Kamin – du Nichtsnutz!«

Bartlme hebt beschwörend die Hand, als ob er dem lauernden Tod, der unaufhaltsam näher rückt, ins Auge blicken würde. »Wie soll ich das erkennen, Meister? Auch wenn die Temperatur eingehalten wird.«

»Kriech rein, dann weißt du's«, brüllt der Herr hinauf. »Außerdem trocknet deine Pisse in der Hose dadurch schneller! Dich kenn' ich doch, du Mißgeburt, du bist als Heizmaterial für den Ofen noch viel zu schlecht!«

Die verletzenden Worte des Meisters verfinstern das müde Gesicht von Bartlme, und der gekrümmte, geschundene Körper zuckt, als ob die Worte für ihn ebenso schmerzhaft sind wie körperliche Schläge.

Wir wenden uns ab, und ich beobachte, wie mein Onkel den Berg der Holzscheite mit seiner Handfläche prüft.

»Ich glaube, Ihr übertreibt, Onkel«, rutscht es mir heraus.

»Ich glaube nicht, daß ich darauf einen Gedanken verschwenden werde – aber wenn ich dich so reden höre, dann…«, dabei legt er seinen Kopf weit nach hinten in den Nacken und blickt mich lauernd an, »…dann regt sich wohl jetzt schon dein Mitgefühl?«

»Ich weiß nicht ob er deine scharfen Worte verdient.«

Mein Onkel sieht mich nun mit aufgerissenen Augen an: »Aha, da schau an…«, schüttelt den Kopf und bekräftigt mit einem boshaften Lächeln um seine Lippen: »Er verdient's!«

Sein Blick wandert langsam zum Holzstoß zurück. Daraufhin wendet er sich ebenso langsam, als ob er auf einer Gauklerbühne einen Fürsten spielen müßte, zum Ofen hin und betrachtet Bartlme oben auf den Stufen wie seine Beute:

»Verdammt noch mal, Bartlme, komm herunter!«

Die Lautstärke seiner Stimme läßt auch mich erbeben.

Der Heizknecht kriecht gebückt wie ein Hund, der die Prügel seines Herrn erwartet, die Stufen herunter. Die weit aufgerissenen, drohenden Augen meines Onkels zwingen ihn bis auf wenige Zoll heranzutreten.

Blitzartig packt ihn Hans Christoph an seinem linken Handgelenk wie ein Schraubstock. Aufrecht stehend, zwingt ihn der Meister rechts neben sich langsam zu Boden. Obwohl die Hand Bartlmes rußverschmiert ist, wird sie durch die eintretende Blutleere bleich wie Wachs.

»Hast du gar vergessen, welches Holz zu verwenden ist, du Schafskopf?« zischt er Bartlme an, der den Meister mit schmerzverzerrtem Gesicht von unten mit weit aufgerissenem Mund anstiert, der die völlig verfaulten Zähne freigibt.

»Hab' ich dir nicht gesagt, du Dreckskerl, daß nur das letztjährige Lawinenbruchholz zum Vorbrennen verwendet werden soll!«

»Jaha…, Meister«, wimmert von unten der Heizknecht.

Der Meister verstärkt seinen Griff, dreht gleichzeitig den Arm auf den Rücken des Geschundenen, so daß sein Gesicht fast den Lehmboden berührt.

»Das kostet dich deinen Lohn und beim nächstenmal röste ich dich wie ein Kaninchen! Verstehst du mich!«

»Jaaaa...!« ächzt vor Schmerz Bartlme, dessen Gesicht nun platt auf dem Boden aufliegt.

In diesem Moment holt der Meister mit seinem Fuß zum Schlage aus, löst den Griff und zieht den Stiefel voll über den Hinterkopf von Bartlme. In den dumpfen Ton des Aufschlags mischt sich ein Ton, der sich anhört, als zerbreche ein Hühnerbeinchen. Bartlme rollt langsam zur Seite und mit einem Stöhnen greift seine Hand in die Mitte des Gesichtes. Er wälzt sich hin und her, stöhnt vor Schmerz, indessen dick das Blut zwischen seinen Fingern hervorquillt.

»Hau ab und hol das richtige Holz herbei, anstatt herumzuliegen. Unverzüglich!«

Mit Jähzorn im Gesicht verpaßt ihm der Meister, während Bartlme versucht wegzukriechen, einen zweiten brutalen Tritt, diesmal ins Hinterteil, der ihn durch den Ausgang zum Innenhof hin beschleunigt.

»Der verdammte Kerl!« bemerkt der Meister und klopft sich den Staub von Ärmeln, Hemd und Wams. »Alles klar?« grinst Hans Christoph mir zu. »Hast du gesehen? Er verdient sich's täglich! Doch täusch dich nicht, Adam. Er ist mein bester Mann am Ofen. Er kann's mit dem Heizen und den Temperaturen am besten – aber nur, wenn die Angst ihn täglich trifft. Ansonsten ist er ein Arschloch!«

Stiefonkel Hans Christoph muß meine Gedanken erraten haben, denn er lacht mich lauthals aus.

»Schiff doch drauf, Adam!« Dabei legt er wieder den Arm um meine Schulter. »Hör mal, im Berg geht's doch auch nicht zimperlich zu. Du kennst doch die faulen Säcke nur zu gut. Davon hattet ihr doch auch nicht zu wenig?«

Grundsatz drei, schießt mir die Regelordnung von Max durch den Kopf, und mein Gefühl sagt mir ebenso: Widersprich jetzt bloß nicht!

»Gewiß, Onkel. Auch wir hatten welche«, erwidere ich ihm mit einer Stimme, die mir selbst fremd ist.

»Gut so, Adam. Endlich sprichst du es aus. Ich mag es überhaupt nicht, wenn mir einer widerspricht oder mir gar zu gescheit etwas anderes und Besseres über Arbeit und Menschen einzureden versucht. Du mußt nur die Wahrheit erkennen!« Dabei pocht er mit seinem Zeigefinger auf mein Brustbein als ob er es durchbohren wollte. »Du kannst das Glück selbst schaffen, wenn du Tag und Nacht darauf achtest, daß jeder fleißig seine Pflicht tut und jede Einzelheit gut gemacht wird. Der Erfolg wird dir dann nie zweifelhaft erscheinen. Merk dir das!«

In diesem Moment eilen drei Menschen vom Innenhof herbei, die Holz ablegen und gleichzeitig mit großer Eile die Scheite vom Stapel Bartlmes wieder mit hinausschleppen.

»So ist's recht«, grinst der Meister; knackt mit seinen Handknöcheln, schaut mich zufrieden an. »Es genügt nicht, daß der Ofen gut gebaut dasteht. Wir brauchen geeignetes junges, trockenes Holz, damit die Flammen, die Seele und die Triebfeder des Ganzen, heiß werden. Jetzt wirst du meinen Ärger verstehen: Wir brauchen Unmengen von Holz, das mehr zur Flammenbildung als zum Verkohlen neigt. Es darf keine überflüssige Feuchtigkeit enthalten. Von solchem Holz können wir nicht genug vorrätig haben. Ja wir müssen soviel aufgestapelt haben, daß wir Serien von Kanonen gießen können, ohne Mangel an Holz zu leiden. Aber zum Vorbrennen des Ofens genügt normal auch etwas feuchtes Holz.«

»Alles andere wäre wohl Verschwendung.«

»Verschwendung ist noch zahm ausgedrückt! Einem Verbrechen kommt es gleich, so gedankenlos drauflos zu feuern. Die weichen, porösen, leichten Hölzer wie Hagebuche, Weide, Pappel, Nuß und Tanne sind im Inntal rar geworden und immer schwerer zu bekommen. Euer Bergbau und die Sudhäuser in Hall fressen das meiste. Nur der Erzherzog selbst sichert mir da draußen den allzeit vollen Stapelplatz. Aber laß gut sein; sehen wir weiter.«

Zwei Dinge fallen mir besonders auf: Für die eine Beobachtung habe ich die Erklärung, zumindest zum Teil, für die andere nicht. Auffällig sind einmal die tiefen Gruben vor den Schmelzöfen, an deren tiefsten Punkt, so schätze ich, sich fünf Menschen bewegen können. Es könnten aber leicht drei Menschen in ihr übereinander stehen. Wie ein Pestgrab, in dem sie die Leichen stapeln.

Gleich beim Anstichloch des Ofens beginnt eine kurze, metallverkrustete Rinne, die sich verzweigt und vor jeder Grube endet. In diesen Rinnen lief das flüssige Metall nach dem letzten Abstich. Aber warum sind die Gruben so tief?

Die andere Besonderheit ist ein Balken, gut 15 Fuß über dem Boden, der die Halle etwa halbiert. An diesem Balken ist ein schwarzer, vor Schmutz starrender Vorhang aufgehängt, der zu lang geraten scheint, da er am Boden schleift. Die eine Hälfte ist jetzt zur Seite geschoben. Zu was eigentlich der riesige Vorhang in dieser Halle?

Jenseits des Vorhangs, im östlichen Teil der Halle, zeigt mir der Herr zwei begehbare *Brennöfen*, die der Trocknung von Lehmformen dienen.

»Drei Lehmformen von unseren größten und schwersten Kanonen haben in einem Ofen Platz; keine Gießerei hat mehr Kapazität!« erklärt Löffler, als ich ihm in einen der Brennöfen hinein folge. Die Längswand beträgt mindestens 25 Schuh und ebensoviel die Länge der Querwände, die aus Backsteinen und Kalkmörtel gemauert sind. Zusätzlich ist das Mauerwerk auf allen Seiten mit fettem Lehm bekleidet, damit es gegen die zerstörende Hitze des Feuers geschützt bleibt. Die Herdsohle ist ebenso gemauert wie über uns der Gewölbebogen, der in der Mitte die Abzugshaube trägt.

Mein Stiefonkel deutet auf einige Löcher in der Wand: »Die Besonderheit ist die Zuführung der Luft durch die fünf seitlichen Löcher dort in Bodennähe. Tag und Nacht wird der Brand von meinen Formern beobachtet.« Dabei ballt er seine Hand zur Faust, steigert seine Lautstärke, so daß die drei anwesenden Arbeiter, die Bartlme jetzt ersetzen, es deutlich mitbekommen. »Und wehe, es schläft einer dabei ein! Keine Minute länger hat er – weder hier, noch in Innsbruck, noch in Tirol – sein Auskommen! Tag und Nacht, sage ich, da sonst die Form schlecht gerät und der Guß womöglich gar mißlingt!«

Er legt eine kleine Pause ein, fährt dann leiser fort: »Das Dumme dabei ist nur, daß gute Former erst nach Jahren der Einarbeitung nützlich für mich werden. Sie wissen das natürlich nach dieser Zeit genauso wie ich und beginnen wie verhext liederlich zu werden. Ab und zu muß ich dennoch einen von ihnen entlassen – zur Warnung wie eine tote Krähe, die ich in meinen besten Kirschbaum hänge, zur Abschreckung gefräßiger Vögel.

Aber zurück zur Arbeit hier am Brennofen: Wichtig für die Trocknung der Formen ist, daß Brennholz ständig nachgegeben und die Temperatur langsam gesteigert wird, bis die Rotglut erreicht ist. Das kann bei großen Formteilen, wie bei unseren großen Kanonen, bis zu sechs Tage dauern. Danach werden alle Öffnungen des Brennofens sorgfältig abgedichtet, damit sich die Gußform ganz langsam abkühlt.«

Wir verlassen das Innere des Brennofens. Jetzt erst fallen mir die

Unmengen Holz rund um den zweiten Brennofen auf, dessen eiserne Tür geschlossen ist.

»Bist du gerade mit einem Guß beschäftigt, Onkel?« frage ich beiläufig, da mir die verschlossene Tür des zweiten Brennofens ins Auge sticht.

Ich ernte, kaum das meine Frage heraus ist, ein hohnerfülltes Gelächter:

»Mit einem Guß, *einem* Guß, fragst du? Du warst offensichtlich in deinen Stollengängen in Schwaz nicht nur vom Tageslicht, sondern noch von jeglichen guten Botschaften aus Büchsenhausen abgeschnitten, was?« Dabei schlägt er mir mit seiner flachen Hand voll ins Kreuz, so daß mir für den Moment die Luft wegbleibt.

Grobian, denke ich mir und möchte am liebsten zurückschlagen. Er hört, wie ich röchelnd Luft hole.

»Warte kurz; ich muß zum Abprotzen«, ist seine Reaktion darauf, und schon verschwindet er in der *Haimlichkeit*, einem kleinen gemauerten Viereck im linken östlichen Eck der Halle, gleich hinter den Holzstößen.

Ich bleibe mitten im Gußhaus stehen, das von der tiefstehenden Frühlingssonne durchflutet wird, welche nun ihr strahlendes Licht durch die zahlreichen Kreuzfenster der Süd- und Westseite zwingt. Auch durch das offen stehende Tor zum Innengelände fällt nun reichlich Licht – und trotzdem hat die Halle etwas Unheimliches an sich. Lediglich die drei Heizer, die den rauchgeschwärzten Schmelzofen stumm mit halben Baumstämmen füttern, beleben die Halle. Ansonsten herrscht hier ein brütendes Schweigen, das nur durch das knisternde Holz unterbrochen wird.

Während ich noch so dastehe, erzeugt ein Windstoß, der durch das offene Tor hereinbläst, im Innern des Ofens bis hinauf durch den Schornstein ein schauriges Geheul. Unbehaglich trete ich auf der Stelle – war nicht schon einmal so ein Schmelzofen zerborsten? Ich nutze die Pause und spaziere durch das offene Tor, das zu den Werkstätten führen muß. Die Luft ist warm und duftet herrlich, ich blinzle in das Licht, schnaufe erst einmal richtig durch und lehne mich an die Mauer, deren Ziegeloberfläche schon warm von der Sonne ist. Ich bin froh, die schwarzen fetten Riesen nicht mehr sehen zu müssen. Plötzlich kommt mir der Einfall, mich hier allein umzusehen. Vielleicht dauern seine Sitzungen länger – manch einer braucht doch eine Ewigkeit... Zu spät.

Mit ausgebreiteten Armen kommt Hans Christoph aus dem Gußhaus auf mich zu. »Ich fühle mich erleichtert wie ein abgeschossener Vierzigpfünder«, röhrt er, zupft dabei mit der Linken sein Wams, mit der Rechten seine Schamkapsel zurecht. »Wo ist Bartlme, mein bester Heizer?« tönt es an mir vorbei in das Innengelände.

Dort stehen in einiger Entfernung an einem Trog, gleich unter einer uralten Eibe, zehn Männer, deren Arme, Kleider und auch Gesichter von schlammigem Lehmbrei besudelt sind. Der Herr geht mit großen Schritten auf die Gruppe zu, die anfängt, sich unsicher hin und her zu bewegen.

»Ja was fehlt denn meinem Bertel? Laßt mal sehen, ihr Künstler!« Dabei drängt er zwei Männer zur Seite, die, über Bartlme gebeugt, Hilfe leisten. Was ich zu sehen bekomme, ist kein Gesicht mehr. Blau geschwollen, kann der Arme nicht mehr aus den Augen sehen.

»Das Nasenbein liegt offen, Meister«, sagt ein Former, der ihn um einiges überragt.

»Halb so schlimm, Männer. Stoppt das Blut, reinigt, verbindet und richtet seine Nase, gebt ihm einen guten Tropfen, und schon ist er gerettet!«

Zwei Stoffreste, zu kleinen Röllchen gewickelt, stecken Bartlme blutdurchtränkt in den Nasenlöchern. Ein wenig darüber sieht man den Knorpel offen liegen. Der Meister greift in sein Wams und zieht ein Tuch heraus. Er legt es hastig auf die Brust von Bartlme und tritt ebenso schnell zurück.

»Du hast für *heute* frei, Bartlme; geh hinüber in deine Kammer und laß es dir für *heute* gutgehen.« Das »Heute« betont er dabei besonders deutlich. Während Bartlme, gestützt durch zwei Helfer, weggeführt wird, wendet er sich den Männern zu, breitet seine Arme aus, als ob er sie alle im nächsten Augenblick umarmen wollte, grinst, bis sich seine Augen völlig schließen und singt hinaus:

»Ohne Euch sind meine Werke wie ein Samen ohne Frucht, ohne Eure Arbeit bleibt das Metall ein ungeformter Klumpen. Deshalb geht wieder an Euer Tagwerk, damit die Frucht nicht vertrocknet!«

Die Männer schlurfen langsam und schweigsam in ihre Werkstätten. Zurück bleibt das blutgefärbte Wasser im Trog.

Der Meister ist wahrlich nicht leicht aus der Fassung zu bringen. Er strotzt vor Selbstvertrauen, und die Selbstgerechtigkeit ist seine Krone. Selbstbeherrschung kennt er ebenfalls nicht – jedenfalls nicht hier innerhalb seiner Gießerei. Das Rohe und das Häßliche des Metallgusses und die vielen Plagen, die er bereiten mag, sind mir durch die wenigen Eindrücke an diesem Ort beklemmend nahe gerückt. So viele Geschwüre, Eiterungen, wildes Fleisch an den Händen, gefrorene Glieder und andere fressende Schäden habe ich nie zuvor gesehen.

Wir stehen allein mitten im großen rechteckigen Innengelände, das einem sanft zum Inn hin abfallendem Plateau gleicht. Vor unseren Augen erstrecken sich ringsum die verschiedenen Werkstätten und Materiallager.

»Von diesem Punkt aus hast du einen guten Überblick. Wie du siehst, dehnt sich das Gelände von Norden nach Süden hin aus.

Gleich an das Gußhaus schließen sich in drei Abschnitten die Formereien an. Kanonen-, Glocken-, Hafnerformerei, sowie die Formerei für verschiedene Bildwerke. Die Verfahren zur Herstellung von Formen für Relieftafeln, Figuren, Brunnen, Wasserhähnen aus Bronze oder Messing für die Schlösser und Burgen werden für uns zunehmend wichtiger, denn die Erzeugnisse gewinnen am Hofe immer mehr an Beliebtheit. In diesen Gebäuden arbeiten die meisten Männer für mich.

Die Seite zum Inn hin wird abgeschlossen durch das Wohnhaus für einige Handlanger, rechts davon schließen sich überdachte Nebengebäude für die Stampfen und die Lehmbereitung an.

An der südlichen Seite, am Fallbach entlang, stehen alle Einrichtungen, die den Wasserlauf nicht entbehren können. Das große Wasserrad dort vorn ist für den Antrieb der Stampfen und der Blasebälge in den kleinen Gießereien. Für das Schmelzen und Legieren der Metalle im Herd-, Tiegel-, oder Windofen brauchen wir verschiedene Anordnungen von Blasebälgen, um die Schmelztemperaturen zu erreichen. Aber was rede ich – von der Wasserkunst weißt du selbst genug zu berichten.«

Stolz dreht er sich auf der Stelle und zeigt auf die Gebäude auf der westlichen Seite. Der Schatten des Turmes der St.-Nikolaus-Kirche, der über die südlichen Gebäude am Fallbach hoch hinausragt, hat indessen das Innengelände erreicht und zeigt wie ein mahnender Finger auf unseren Standplatz.

»Ist die Ecke dort drüben nicht paradiesisch schön?« übertreibt mein Onkel. »Wenn der Türkenröster noch drei Tage anhält, dann sind die Blüten der Obstbäume übermorgen heraus.«

»Das ist die schönste Ecke auf deinem Gelände«, stimme ich zu, da er die Obstbaumgruppe in der Nordwestecke anspricht. Die Erdfarben sind gedämpft, Braun- und Grüntöne vermischen sich in der Nachmittagssonne, und schließlich entdecke ich dahinter, auf dem diesseitigen Ufer des Fallbaches, die graue Steinmauer. Wie eine Klammer hält sie die Gebäude fest.

Mein Stiefonkel geht abrupt einige Schritte auf das einstöckige größere Gebäude zu. Es ist das erste auf der Westseite, gleich an der Steinmauer, und ebenfalls mit einem hohen Schornstein versehen. Das Gebäude erweckt eher den Eindruck eines Wohnhauses. An der Fassade erfreut sich wildwuchernder Wein, der die Wand bis zum Dach hinauf erobert hat. Der Meister steht im Schatten des Hauses und bleibt einen Augenblick lang zögernd vor der Tür stehen.

»Ach was, wir gehen jetzt nicht rein; die Geschichte des Hauses erzähl ich dir heute abend beim Wein.«

»Was ist denn in dem Haus?« bohre ich.

»Es gibt jede Menge Leute, die nur allzu gern darin wohnen wollten.«

»Ist es bewohnt?«

»Es ist bewohnt!«

»Von wem?«

Christoph dreht dem Haus den Rücken zu und sieht mich streng an: »Hier wohnen meine wichtigsten Männer. Meine drei Gießergesellen! Unter meiner Anleitung führen sie den Kanonenguß aus – bis auf den letzten Moment.«

»Drei Gesellen bewohnen allein dieses Haus?« frage ich nach.

»Das hat seine Gründe – und nun laß mich damit in Ruhe«, beendet er schroff das Gespräch. Nach einer kurzen Pause scheint sich die Unzufriedenheit bei ihm zu steigern:

»Ja, es ist wahr, es sind meine besten Männer! Ich – *und nur ich* – habe sie soweit gebracht. Und was ist der Dank? Forderungen! Nichts als Forderungen!«

»Du scheinst unzufrieden mit ihnen zu sein«, versuche ich mehr von ihm zu erfahren.

»Gut beobachtet. Aber es ist nicht dasselbe wie mit meinem Heizer. Es ist keineswegs dasselbe. Absolut nicht. Und es ist nur einer von den dreien.«

Die wärmenden Strahlen der Sonne haben indes den Innenhof aufgegeben und sofort zieht Kühle ein. Mich fröstelt.

Nur undeutlich höre ich, wie der Meister von mir abgewendet sagt: »Wichtiger sind für dich rechts die drei Hütten. Was darin aufbewahrt wird, ist wertvoller als alles zusammen, was du an Gebäuden hier auf dem Gelände siehst.«

Mit wenigen Schritten stehen wir vor den Materialhütten. Zwei

Holztore und eine eiserne Rundbogentür mit zwei Flügeln und schweren Beschlägen führen in die Hütten. Die rechte äußere Eisentür ist sogar noch größer: Sie ist über sechs Fuß hoch, mindestens zwei Fuß dick und mit Messingbeschlägen verstärkt. Schloß und Kette hängen offen auf der Seite herunter. Ein Bau, in drei Abschnitte unterteilt, der die Lücke zwischen Wohn- und Gußhaus schließt. Nicht vollständig, denn eine Tür, die durch vier Stufen erreichbar ist, zwängt sich noch zwischen die Hütten und das Gußhaus. Sie unterbricht die Umfassungsmauer, wobei der große Schloßkasten unter dem Türgriff, versehen mit gleich zwei Schlüssellöchern, mir wiederum ein Rätsel aufgibt. Durch dieses Tor gelangt man auf kürzestem Wege hinüber zum Ansitz.

Meine Aufmerksamkeit kehrt zurück zur ersten Materialhütte, deren Holztor weit offen steht. Der Meister stützt sich gelassen mit dem linken Arm am Torflügel ab, kreuzt dabei die Beine, als ob er die Schwerkraft aufheben wollte:

»Hier bewahren wir die trockenen abgelagerten Stämme auf, über die wir das Modell und die Lehmform der Geschütze aufbauen. An dieses Holz ist noch wesentlich schwerer heranzukommen als an geeignetes Brennholz für meine Flammöfen. Die Hälfte davon ist schon vor zehn Jahren eingelagert worden.«

Er gibt das Tor wieder frei:

»Die Zusammenhänge sind nicht an einem Tag zu verstehen. Es würde Jahre dauern, bis du das Wissen darüber erworben hättest.«

Damit geht er einige Schritte weiter zum zweiten Holztor:

»Holz, Lehm, Form und Eisen braucht das Gußwerk – dann wird's was werden, und damit die Form gut hält ... *pssst!*«

Er streckt den Finger, sein Gesicht verfinstert sich, die Augenbrauen sind zu einem schwarzen Strich zusammengezogen. Ich halte den Atem an.

Auf Zehenspitzen schleicht sich der Meister vorsichtig wie eine jagende Katze an die dritte, die Eisentür heran. Dieser schmutzige, dicke, gedrungene, schmucklose Anbau mit seiner fensterlosen Mauer verbirgt wohl einen Drachen hinter seinem schweren Tor.

Der Meister lauscht angestrengt. Durch die Ritzen und den Spalt einer ausgebauchten Stelle zwischen Tor und Mauer hören wir Stimmen.

Der Boden steigt hier leicht an, und plötzlich stolpere ich, bis mir der breite Rücken meines Onkels Halt gibt. Wie eine lästige Fliege schüttelt er mich ab:

»Der Teufel wird dich schnappen, wenn du nicht aufpaßt!« zischt er mir durch seine Zähne zu, legt aber sein linkes Ohr eilig an den Ritz zwischen Tor und Mauer.

Das Licht einer Talglampe fällt durch den schmalen Spalt. Ich höre Wortfetzen:

»... wir können nicht gehen... Der Tyrann ... vernichtet...«

Ping, ping, ping..., schlägt Metall mit hellem Ton aneinander.

»... Das ist doch nicht das erste Mal... Toni schafft's...«

Zwei Personen scheinen Metall zu bearbeiten.

Ich blicke kurz zur Formerei hinüber und erkenne zwei Menschen, die zu uns herübersehen:

»Onkel, wir werden beobachtet...«

»Pssssssst!« zischt er wie Wasser, das glühendes Metall abschrecken soll.

Ping, ping, doooong, ping...

»... Nürnberg zahlt mehr...«

»... Spanien wär' richtig, glaub mir...«, *ping, ping-deng*.

»... Venedig ist näher; mit dem...«, *ping-ping*.

»... das mit dem Goldmachen hat Toni aufgeschrieben...«

»... mach' ich auch...« *Ping-ping, ping.*

»... Guß der Kanonen ... ganz genau hinsehen, was ... passiert...«

»... verfluchter Vorhang...« *Ping, ping-deng ... ping, ping...*

Ein dumpfer Schlag läßt uns beide zusammenzucken.

Mein Onkel späht schräg, ohne sein Ohr gleich vom Tor wegzunehmen, hinüber zur Formerei.

»Was war das?« frage ich.

»Ich weiß nicht...«, antwortet er zögerlich-bedächtig, aber ich merke, als er sich aufrichtet und in die Runde sieht, daß er es genau weiß.

»Verwesen sollen sie beim lebendigen Leib...«, kommt die Bestätigung. »Das war das Zeichen«, murmelt er leise.

Ping-ping-ping-ping-ping-ping..., läuft die Arbeit deutlich schneller hinter der Eisentür.

»Warte!« zwingt er mich zum Schweigen, wobei seine Augen angestrengt hinüberlauern. Nach einer Weile murmelt er: »Da ist ein Raubfisch in meinem Becken. Ich werde ihn angeln müssen; hast du ihn da drüben erkannt?«

»Nein, ich konnte sein Gesicht nicht ausmachen; er stand im Schatten.«

Mein Onkel nickt:

»Schon gut; ich wünschte, du hättest sein Gesicht gesehen!«
Was geht hier vor?
»Los, mach das Tor auf!«
Mit zögernder Hand ziehe ich am Tor, das sich überraschend ohne große Kraftanstrengung bewegen läßt. Das erwartete Knarren und Quietschen fehlt ebenso wie das Bestreben aller Tore, sofort von selbst wieder ins Schloß fallen zu wollen. Ein schwebendes Tor.

Ich habe eine Schatzkammer geöffnet.

Alles bewegt sich in ihr. Ein Glühen vom Boden bis zur Decke hinauf. Der Widerschein auf rötlich blankem Metall, hervorgerufen durch das unstet brennende Licht auf einem grauen Tisch aus Stein. Die von mir irrtümlich als baufällig eingestufte *Hütte* vermittelt die Illusion, als ob hin und wieder glühende Lava die erkaltete Kruste durchstoßen würde.

Auf der linken Seite sind Barren von Legierungen aufgestapelt. Es müssen Tonnen über Tonnen von Bronze sein. Ich nehme nur noch das Gleißen um mich herum wahr.

An der Stirnseite des Raumes blendet das Licht wie in einem Spiegel. Eine Mauer aus Kupferbarren! Ziegelstücke aus reinstem Kupfer. Glutrot, kalt wie Eis. Ich kenne es nur als Fahlerz, gefangen im Fels. Mein Atem beschlägt das Kupfer, macht es blind. Unmengen nacktes, glattes Metall, wie ich es noch nie gesehen habe. Wieviel Hitze hat es beim Schmelzvorgang verschlungen, und wieviel Hitze hat es bis zum Erstarren abgestrahlt?

Gleich daneben an der rechten Mauerseite gestapelte Zinnbarren. Sie sind um die Hälfte kleiner als die Kupfer- und Bronzebarren; dafür könnte jemand, der sich mit Metallen weniger gut auskennt, sie mit Silberbarren verwechseln. Ich rieche das Metall. Zwei offene Fässer entdecke ich im Halbdunklen, randvoll mit staubförmigem Zinnerz.

Das einzig Häßliche und Graue sind die drei Berge von Metallbruchstücken, die sich entlang der rechten Mauer türmen. Glockenbruch und zerborstene Kanonen. Dafür sind die Bruchkanten blank und scharf wie die Schneide einer Axt. Keine *Löfflerglocke* und kein *Löfflerrohr* ist darunter – da bin ich mir sicher! Der Haufen Metall zu meinen Füßen verursacht gleichsam ein Klanggewirr in meinen Ohren, als ob ich das letzte »Te Deum« oder das »Pro-pace«-Läuten, vermischt mit dem Kanonendonner hören würde. Im Flammofen drüben werden die Töne bald neu gemischt. Krieg und Frieden vereint...

INNSBRUCK 1574

Was sagte mein Onkel, bevor wir das Gelände betraten? ›In diesen Mauern verbinde ich sogar das Wasser mit dem Feuer!‹

»Pietro! Pantaleon! Meine Gießergesellen«, höre ich meinen Onkel sagen.

Pietro zieht meine Aufmerksamkeit an sich. Kräftig, untersetzt, dunkler Lockenkopf, schnelle flinke Augen und ein klassisches Profil. Keine Darstellung der Demut, eher sehe ich einen Funken an Überlegenheit an ihm. Ansonsten scheint alles rund an ihm zu sein. Besonders die linke Backe ist geschwollen, und die Unterlippe ist dick wie eine pralle Blutwurst. Der Schleim tropft ihm aus dem Mundwinkel. Seine Finger, die jetzt den Unterkiefer stützen, deuten auf heftige Zahnschmerzen hin. Der Meister geht auf ihn zu, nimmt Pietros Kopf in seine Hände und dreht ihn zum Licht. Seine Stimme klingt besorgt:

»Laß dir Medizin von der Herrin geben, sie hat die besten Rezepte. Melde dich morgen früh vor der Arbeit am hinteren Eingang. Hortensia soll dich damit behandeln.«

Mit einem besonderen Glanz in den Augen und mit erhobenem Finger wendet er sich mir zu:

»Jauchetropfen, die man mit Hilfe eines Stäbchens in den faulen Zahn träufelt, wirken wie ein Wunder; aber auch Asche aus Mäusekot ist ein gutes Mittel. Ja, ja, sie weiß vieles – sie kann Schmerzen wahrhaftig lindern.«

Nach einer kleinen Denkpause, die Augen zur Decke gerichtet, wiederholt er:

»Jauchetropfen unten und Mäusekot oben, so stimmt's«, fährt er begeistert fort. »Wenn die Kinderzähne durchbrechen, fängt Franz den *Schwarzen Ritter*, unseren besten Hahn auf dem Hof. Die Herrin schneidet ihm mit der Schere den Kamm etwas ein und Hortensia reibt mit dem austretenden Blut dreimal täglich das Zahnfleisch unserer Kinder ein. Kein Geplärre im Haus! Wichtig ist doch, daß die Nachtruhe ungestört bleibt!«

Der schroffe Gegensatz zu Pietro steht mehr tot als lebendig auf der anderen Seite am steinernen Tisch. Barmherzigerweise sollte er besser liegen als stehen. Sein weißes Gesicht und seine weit aufgerissenen, triefenden Augen lassen die große hagere Gestalt noch zerbrechlicher erscheinen. Von seinen Haaren ist nicht mehr viel zu sehen, dafür hat er links wie rechts oberhalb der Ohren bläuliche Knochenwucherungen, die sich bis zum Genick fortsetzen und seinen Kopfumfang erheblich vergrößern. Die sehnigen Hände sind übersät mit Warzen. Eine davon ist so groß wie der Haller Doppelguldiner.

»Pantaleon! Warst schon beim Warzenvertreiber in der Stadt? Hat wohl nichts geholfen? Immer gescheiter als alle anderen. Was?«

Wie ein Habicht, der seinen Schnabel gleich in sein Opfer schlägt, blickt Pantaleon den Meister ruhig an: »Man kann von dem, was man nicht versteht, nicht reden.«

Der Meister schnappt nach Luft.

»Aha, hört ihr es! Ausgezeichnet! Sprüche kann er auch! Gegen seinen Meister!«

»Meister, ich...«

»Sei still, *Pantallo*, unterbrich mich nicht schon wieder!« Pantaleon legt gelassen seinen Meißel und Hammer weg, mit denen er die groben Metallbruchstücke in stapelbare rechteckige Stücke zerschlägt, stemmt seine Arme in die Hüften und zieht seine Lippen in den Mund hinein. Der Meister sieht aus, als ob er gleich auf den Tisch springen möchte:

»Er hat die schwarze Galle«, sagte er, zu mir gewandt. »Sein rechter Fuß wäre bald im flüssigen Metall verdampft, wenn ich ihn nicht gerettet hätte. Beim Gießen hat er ständig Flatulenzen. Spulwürmern, Blasensteinen und eingewachsenen Zehennägeln gewährt er Unterkunft. Das einzige, was er nicht hat, ist die Gicht – aber die tritt ja erst nach der Ausübung des Koitus auf! Ist es nicht so, *Pantofflo?*«

Ich spüre, daß eine weitere Gewalttat in der Luft liegt, bevor der Tag vorüber ist.

Pantaleon antwortet: »Hat die angetraute Herrin keine wirksame Medizin gegen häßliche, rasende, ständig aus den Fugen geratende Warzen*köpfe?*«

»Was wagst du dich, du ... du Bastard!«

Pantaleon grinst nun breit und fährt fort: »Da hab' ich von einer gut wirksamen Medizin gehört. Wenn am Pestfriedhof unten am *Köpflplatzl* ein Grab ausgehoben wird, muß man hingehen und sich einen Knochen schnappen. Mit dem muß man seinen Kopf eine längere Weile fest reiben. Gleich danach wirft man den Knochen zurück ins Loch und geht ohne sich umzudrehen fort. Danach ist der Kopf von kranken Gedanken und Warzen befreit! Unten heben's gerade Gräber aus...«

»Ja warum jage ich dich nicht gleich zum Tor hinaus?« brüllt mein Onkel.

»Weil Ihr nicht könnt!« fällt Pantaleon ihm ins Wort. »Weil Ihr ohne den Toni, ohne mich und vielleicht auch ohne Pietro zusperren könnt! Leicht wird einer von uns entfernt, doch gehen zwei, wird für lange Zeit beim Löffler in Innsbruck kein Metall mehr zu Kanonen gegossen.«

Mein Stiefonkel erstarrt.

»Seid endlich still!« mische ich mich ein. »Nichts rettet uns vor dem Gift der Schmähsucht. Ihr reibt Euch die Wunden, statt einen Verband aufzulegen. Wie viele Meisterwerke sind durch Eure Hand entstanden? Wie viele werden noch entstehen? Euer Können darf nicht dem Spott und der Niedertracht geopfert werden. Unser Verstand ist ein Teil von unserem Glück. Wir sollten ihn nie verlieren!«

Mein Onkel, Pietro und auch Pantaleon sehen mich erstaunt an.

»Gut gesprochen, Herr...«

»Dreyling. Adam Dreyling.«

»Herr Dreyling, gut gesprochen!« wiederholt Pantaleon und fährt fort: »Toni, Pietro und ich wollen nichts als in Ruhe arbeiten und das gesamte Wissen der Gießkunst erfahren. Wahrheit und Gerechtigkeit fordern wir. *Meister* wollen wir werden!«

»Klar werdet ihr es!« antwortet mein Onkel plötzlich in versöhnlichem Ton. »Ihr habt viel gelernt, seid gut ausgebildet. Nur die Erfahrung fehlt euch noch in einigen Dingen. Bald ist es soweit! Nun arbeitet weiter.«

Schnell stößt er das Eisentor auf und drängt hinaus.

»Schluß damit! Es reicht für heute!«

Wir verlassen das Gelände durch die kleine Tür zwischen Lager und Gußhaus. Gleich über die Straße erreichen wir den Ansitz. Die Dämmerung läßt uns verstummen. Windstille. Senkrecht steigt die Rauchsäule über dem Gußhaus in den klaren Himmel. Schweigend erreichen wir den Aufgang, wo uns Katharina auf der obersten Stufe erwartet.

Der Tag, die Besichtigung der Gießerei – ich bin müde und würde mich nur zu gerne in mein Zimmer zurückziehen. Doch zunächst muß ich, wie in diesem Haus täglich üblich, das üppige Abendmahl mit meinen Gastgebern über mich ergehen lassen.

Zu fünft sitzen wir am Tisch:

An den beiden Enden Herr Hans Christoph und Frau Elisabeth, an der einen Längsseite habe ich meinen Platz, mir gegenüber Max und die hübsche Katharina, die als älteste Tochter mit ihren 13 Jahren bereits an der Tafel der Erwachsenen mitessen darf. Sie bleibt die ganze Zeit stumm, nur hie und da fange ich verstohlene, verschmitzte Blicke ihrer graugrünen Augen auf.

Das Gespräch plätschert friedlich und ein wenig mühsam dahin, vielleicht auch deshalb, weil Frau Elisabeth vor allem damit beschäftigt ist, wahre Gebirge an Speisen in sich hineinzuschaufeln. Schon beginnt der schwere Wein wieder sanft mein Gehirn zu umnebeln, als es plötzlich doch noch lebendig wird. Durch die sich öffnende Tür wimmelt eine Kinderschar, gefolgt von einer jüngeren Frau, welche die Grenze von drall zu dick bereits überschritten hat. Sie hat was von einer Milchkuh, schießt es mir durch den Kopf – nicht einmal ganz unpassend, denn Frau Elisabeth stellt sie als »unsere Amme Hortensia« vor.

»Wir sin' zum Gute-Nacht-Kuß 'kommen.«

Inzwischen ist auch in die Kinderschar etwas Ordnung geraten. Ein etwa einjähriges Mädchen sitzt auf dem Arm Hortensias, an ihrer Hand hängt ein zweijähriger Bub.

»Meine jüngste Tochter Magdalena und mein Sohn Ferdinand«, stellt Onkel Hans Christoph vor.

Die vier anderen Kinder haben sich daneben aufgereiht wie Orgelpfeifen oder, wie mein Onkel wohl sagen würde, wie die abgestuften Rohre einer Geschützserie, und die brandroten Haare würden dabei wohl als Mündungsfeuer gelten müssen: Rochus, fünf Jahre alt, Christoph, sechs Jahre, Alexander, sieben Jahre, und Barbara, zehn Jahre.

»Gute Nacht, Herr Vater! Gute Nacht, Frau Mutter!« tönt es im Chor, dem sich nun auch Katharina angeschlossen hat. Dann eine Prozession um den Tisch, Küßchen bei Onkel Hans Christoph, Küßchen bei Frau Elisabeth, Küßchen bei Max. Die vier Augenpaare der älteren Kinder schauen mich unsicher an, wissen nicht recht, was sie nun mit mir anfangen sollen.

Mein Onkel erlöst sie aus der Unsicherheit:

»Ihm dürft ihr auch ein Gute-Nacht-Küßchen geben, er ist Euer Vetter Adam aus Schwaz.«

»Der Herr Dreyling zu Wagrain!« stellt Hortensia fest und knickst ehrerbietig.

Also bekomme auch ich vier feuchte, etwas scheue Kinderküßchen, nur den beiden Kleinsten bin ich herzlich gleichgültig. Auch Katharina verabschiedet sich. Freilich hat ihr Blick, den ich gleich danach auffange, für einen Herzschlag lang gar nichts Kindliches an sich.

Der achtjährige Alexander hat unterdessen heftig mit der Amme getuschelt:

»Die Kinder meinen, ob s' dem Herrn Dreyling«, wieder knickst Hortensia ehrerbietig. »noch das Gedichtl aufsag'n dürf'n, das s' zu Eurem letztigen Geburtstag g'lernt ham, Herr?«

»Nur zu!« lacht Onkel Hans Christoph, während Frau Elisabeth ein säuerliches Gesicht schneidet:

»›Die Geschütze und ihre Geschosse.‹

Verfaßt von Max und den drei Kanonengießergesellen Pantaleon, Pietro und Toni«, verkündet Hortensia.

Dann im Chor:
»*Mit Kunst und Ehre gießt zumal*
Geschütze hier in großer Zahl –
Des Kaisers Faust im Schlachtgewühl –
Herr Löffler auf dem Gänsebühl.«

Katharina:
»*Das Maß heißt* canon *auf Latein,*
Kanone *muß der Name sein*
des größt' Geschütz aus diesem Grund,
die Kugel wiegt einhundert Pfund.«

Barbara:
»*Der Basilisk macht Feinde starr*
vor schweren sechzig Pfund fürwahr.«

Alexander:
»*Die* Singerin *mit kurzem Schlund*
speit fünfzig Pfund aus ihrem Mund.«

Christoph:
»*Die* Nachtigall *singt auch bei Tag*
mit vierzig Pfund auf einen Schlag.«

Rochus:
*»Der Mörser ist gar dick und kurz,
der Schuß gleicht einem Teufelsf...«*

Und weiter reihum:
*»Kartaune hält der Spießknecht Lauf
mit achtundvierzig Pfunden auf.«
»Halb- und Viertelkartaune schnellt
vierundzwanzig und zwölf Pfund in das Feld.«
»Notschlange bringt den Feind in Not,
mit zwölfen Pfund schlägt sie ihn tot.«
»Des Falken Kugel schneller Flug
zehn Pfund nur schwer, zum Tod genug.«
»Das Falkonett noch leichter schießt,
drei Pfunde wohl mit scharfem Biß.«
»Das Scharfentil ist zwar nur klein,
ein Pfund zerbricht der Feinde Reih'n.«*

Und nun wieder im Chor:
*»Die Feldschlang' ist das feinste Rohr,
wer sie nicht fürcht', der ist ein Tor,
bei dreißig Pfund die Kugel schwer,
der Guß geheim, den kennt nur Er,
Herr Christoph Löffler, Meister hehr,
er schafft dem Kaiser starke Wehr,
Ihm kommt als Gießer keiner gleich,
im weiten Heil'gen Röm'schen Reich!«*

Wir applaudieren. Onkel Hans Christoph, Max und ich begeistert, Frau Elisabeth verhalten, ehe sie kommandiert: »Und jetzt marsch ins Bett mit Euch!«

Nochmals knickst Hortensia, ehe sie mit der Kinderschar den Raum verläßt, gefolgt von Max, der, eine Entschuldigung murmelnd, ebenfalls entschwindet.

Auch ich suche nach einer höflichen Floskel, um mich unter die Seidendecken im Himmelbett des Fürstenzimmers verziehen zu können, doch mein Onkel vereitelt meine Absicht.

Als die Tafel aufgehoben wird, legt er fest die Hand auf meinen Arm und führt mich die Treppe hinauf in sein Arbeitszimmer, das *Allerheiligste*, wie es Max genannt hat, wo uns bereits ein lustig flakkerndes Feuer im Kamin und ein schwerer Silberkrug mit Wein auf dem mit Papieren überfüllten Tisch erwarten.

»Mach's dir bequem, Bub!«

Ich sinke in einen der schweren, mit Leder bezogenen Sessel. Mein Stiefonkel stopft mir noch fürsorglich ein Kissen in den Rükken, gießt Wein ein, prostet mir zu. Ein paar Minuten schweigen wir.

Ich fühle deutlich, daß Hans Christoph einen ganz bestimmten Grund hat, weshalb er mich in sein Heiligtum abgeschleppt hatte.

»Wie hat dir denn die Gießerei gefallen?« beginnt mein Stiefonkel schließlich vorsichtig.

»Ich bin beeindruckt!«

Ein breites Grinsen erscheint auf seinem Gesicht:

»Dachte ich mir's doch. Ein Mann mit technischen Verstand wie du. Was hat dich denn am meisten beeindruckt?«

»Die schwarzen Riesen!«

»Welche Riesen?«

»Na, die Flammöfen meine ich.«

»Ha, haha, ja so was ... *schwarze Riesen;* das ist gut, Adam!« Dabei klatscht er in die Hände. »Das dacht' ich mir doch gleich. Du kannst ja nur das Herzstück meinen. Es ist immer dasselbe, mit der Neugier wie mit der Lüsternheit. Jeder Kerl fängt genau am Ofen an zu poussieren, als ob er den Popo zweier Weibsen vor sich hätte, die sich den Betastungen zu fügen hätten. Spricht aber für dich, mein Bub!«

»Ja, welche Lust bergen sie denn in sich, Onkel, daß ein jeder gleich versucht ist, mit Entzücken unter die Röcke zu greifen?«

Er sieht auf mich herunter, dreht sich nach links und rechts, wobei ich den Eindruck gewinne, daß er seinen bequemen rotgepolsterten Stuhl sucht, der direkt hinter ihm steht

»Weißt du – niemand läßt sich ungefragt an den Schamhaaren zupfen, obwohl das ganz angenehm ist, wenn ich mir es wünsche. Doch unerlaubt werden meine Öfen von niemandem entjungfert.«

»Und wenn es einer doch versucht?« reize ich ihn.

»Dann balbier' ich ihm die Hoden und reiß ihm den Schwanz aus, wie dort an der Wand dem *Scherenteufel!* Komm mit.« Er nimmt den Kerzenständer vom Schreibtisch, und ich folge ihm an die südliche Zimmerwand, an der zwischen verschiedenen Bildern, Landkarten und Plänen ein schweres Bronzerelief in die Mauer eingelassen ist.

»Ein Geselle aus Sachsen brachte meinem Vater Gregor vor 40 Jahren diese Abbildung als Zeichnung mit. Mein Vater konnte es gar nicht glauben, daß eine Kanone vom Herzog Heinrich *dem Frommen* mit diesem gegossene Relief darauf durchs Land gezogen wird.«

Was ich zu sehen bekomme, ist scheußlich und grausam genug: Ein gebückt stehender Teufel, dessen Arme und Beine mit Stricken auf dem Erdboden angepflockt sind, erwartet entsetzt den Moment seiner Entmannung. Eine Frau die völlig nackt mit gespreizten Beinen, hängenden Brüsten und aufgelöstem Haar über ihm steht, reizt die Phantasie zum Ausschweifen. Der Rücken des Teufels ist eingeklemmt zwischen den prallen Schenkeln, sein Nacken hat sicher engsten Kontakt mit ihren Schamlippen und der gehörnte Kopf ragt zwischen den Arschbacken hervor. Wäre sein Mund nicht vor Angst und Panik weit geöffnet, gleichzeitig das lange gebogene Messer in der rechten Hand der Schönen nicht an der Wurzel seines steifen Gliedes wie der Hoden zum grausamen Schnitt angesetzt, so besäße die Darstellung alle Reize, die derartige Griffe durch Frauenhand auslösen. Eine wahrhaft meisterliche Verschmelzung der Gefühle von Lust und Schmerz.

Darüber lese ich die Zeilen:

ICH BALBIER DIR DIE
HODEN UND REIS DIR
DIE FEIFEL. DARUMB
HEIS ICH DER SCHEREN-
TEUFEL. MDXXXII

Meine seelische Ordnung ist für einen Moment ins Wanken geraten, da sich das Relief durch das flackernde Licht in der unruhigen Hand meines Onkels noch zu bewegen scheint. Oder macht er das mit Absicht? Es fehlt im Moment nur noch Blut, das gleich herausspritzen muß!

»Also, genauso geht es jedermann, der es wagt, seiner Neugierde keine Zügel anzulegen, oder der es gar wagt, meine Gußtechniken woanders als bei mir anzuwenden!« Mit einem trockenen Lachen beendet er den Satz.

»Komm, setzen wir uns wieder«, meint er, schiebt mich zu meinem Sessel, wirft mir einen scharfen Blick zu:

»Was meinst du, warum ich mit dir hier sitze?« Seine Frage läßt mich auf die Vorderkante des Sessels rutschen. »Ich will dir sagen warum: Es geht um dich und um deine Zukunft.

Du gehörst zwar nicht zu meiner engsten Familie, aber unsere Bande sind fest verknüpft. Wir Löffler verfügen über einige Macht, um unsere Pläne durchzusetzen. Vor allem gegenüber den Zunftmitgliedern, Regierungen, Klerikern und auch Monarchen.

Macht heißt in unserem Gewerbe Wissen! Wissen um den besten Kanonenguß seit drei Generationen. Das ist die große Verlockung für meine Gießergesellen! Je stärker unsere Macht und unser Einfluß ist, um so niedriger kann und muß das Interesse gehalten werden an dem, was wir in unseren Werkstätten anfertigen und gießen.«

Nach einer kurzen Pause fährt er fort:

»Ich glaube, wir müssen damit rechnen, daß die wachsenden städtischen Wirtschaften in Nürnberg, Wien, Augsburg, Trient oder Siena den Sog der Abwanderung aus meiner Gießerei noch vergrößern werden. Jede Stadt will heute ihre Geschütze am liebsten selber gießen. Die Handelsverbindungen lassen dazu die Städte enger aneinander rücken, was wiederum bedeutet, daß es immer mehr Wahlmöglichkeiten für meine Leute gibt. Nur die Pest richtet heutzutage noch unüberwindliche Mauern auf.

Und was machen wir in diesem Falle?«

Ich zucke mit den Schultern. »Auf was willst du hinaus?«

»Kein Geselle verläßt Büchsenhausen ungestraft. Wir werden uns behaupten und unsere Gießerei festigen bis ins übernächste Jahrhundert hinein! Meine Kinder sind noch zu jung, um jetzt schon voll dabei zu sein, und Max wird nie ein brauchbarer Gießer. Aber *du* bist in unserer Familie durch dein Schicksal zur rechten Zeit und am richtigen Ort aufgetaucht. Du wirst unseren und den guten Ruf deiner Familie erhalten und mehren, und weißt du wie?«

»Nein«,

»Es ist doch so: Du hast keine Heimat mehr, keine Sicherheit noch Aufgabe, noch Zukunft. – Dies alles will ich dir geben!

Kanonenguß schafft Früchte. – Bei mir wachsen sie besonders süß für dich!

Eine wahre Kunst, die dich aufrichten wird. – Ich lehre sie dich!

Außerdem solltest du dich an deinen guten Vater erinnern. Denke daran, welch große Verpflichtung du ihm gegenüber hast. Wir haben uns vor langer Zeit versprochen, mit all unseren Mühen darauf zu achten, daß aus unseren Söhnen Männer von Ehre und Schuldigkeit werden. Ich achte darauf, denn dein Vater hätte genauso bei meinen Söhnen darauf geachtet.«

»Habt ihr das wirklich so besprochen?«

»Ja, das haben wir. Außerdem, wo willst du hin? Wo ist ein neuer Anfang, der deiner Ausbildung, deinem Stande, deinem Können entspricht? Vor dir steht eine Aufgabe, die Verpflichtung bedeutet. Nimm sie an, nicht wegen mir, sondern vor allem für das Habsburgische Reich.«

Seine Worte scheinen der Ausgleich, eine Art Rückzahlung zu sein für Schuld und Leid, die ich erdulden mußte. Ich entspanne mich im Sessel, und seit langer Zeit spüre ich das Wohlgefühl der Geborgenheit, der Hoffnung, wie das der lockenden Ziele.

»Was muß ich tun, Onkel?«

»Erst mal nehmen wir das Glas, mein Bub.«

Seine Hand zittert leicht, als er mir sein Glas zum Klingen entgegenbringt. Mir ist, als besiegelten wir damit unser Einverständnis für ein Zusammenwirken ohne Mißtrauen und auf ein Leben, das für mich wieder schmackhaft geworden ist. Er hält sein Glas zum Licht der Kerzen hin, prüft mit spähenden Augen die Reinheit des Inhalts und bemerkt schmunzelnd: »Der Wein ist zwar der schönste Verführungsköder zu sanften Stunden, doch bis dahin ist noch etwas Zeit.«

Hans Christoph nimmt das Glas zurück, umfaßt mit beiden Händen den Kelch, als wolle er den Inhalt anwärmen, und obwohl er immer noch schmunzelt, entdecke ich in seinen Augen einen verdächtigen Glanz. Er beugt sich weit vor auf seinem Stuhl, und in jenem kurzen Moment spüre ich schon die Wichtigkeit der Botschaft, die er mir mitteilen will:

»Ich stelle mir vor, daß du morgen beginnst, dir das Wissen über *meine* Gußkünste, besonders das Wissen und Können über den Guß *meiner* Kanonen anzueignen; und zwar umfassend! Du wirst neben mir der *einzige* sein, der von der Form bis zum Guß alle Schritte beherrschen wird. Du wirst der *einzige* sein, der zu gegebener Zeit auch im Gußhaus hinter dem Vorhang arbeiten wird, und du bist ab morgen der *einzige* auf dem Gelände, der mein Vertrauen besitzt.

Meine Sorgen um dich sind groß. Darum habe ich heute mein Versprechen gegenüber deinem Vater eingelöst.«

Er sieht mich entschlossen an, wobei er seinen rechten Zeigefinger langsam auf mich richtet:

»Ich mache dich damit teuer! Enttäusche mich niemals. Niemals!«

Vielleicht bewirken der Wein, das knisternde Feuer im Kamin wie der matte Schein der Kerzen jene Illusion, die das keimende Gefühl von Dankbarkeit, Verpflichtung und tiefe Schuld in nur ganz kurzer Zeit zum Bersten in einem ansteigen lassen. Ich fasse seine freie Hand, küsse sie, empfinde aber gleichzeitig seine Abneigung, da er sie mir mit einem Ruck entzieht.

»Laß das, du bist kein Weib! Dankbarkeit ist keine schlechte Eigenschaft, Adam, aber nur dankbar sein wäre etwas wenig. Du kannst dir denken, daß ich manche Forderungen an dich habe.«

Ich halte es in meinem Sessel nicht mehr aus und erhebe mich.

»Ich werde jede deiner Forderungen erfüllen, Onkel!« Das war zu schnell, schießt es mir gleichzeitig durch den Kopf. »Aber wie sehen deine Forderungen aus? Was muß ich dir erfüllen?«

»Komm, setz dich wieder, Bub; sei nicht so unruhig. Dein Glas ist ja noch halb voll.« Dabei zieht er mich in den Sessel hinein, so daß sich unsere Augen wieder auf gleicher Höhe treffen.

»Trink aus! Ich hab' noch mehr davon«. Unerbittlich rinnt der Wein in mich hinein. »Was du ab morgen zu erfüllen hast? Also spitze deine Ohren. Ich will dir dazu eine Geschichte erzählen:

Die kleine Armbrust...

Sie war schon im 12. Jahrhundert eine geschätzte Waffe auf den Schiffen im Mittelmeer. Doch schon im 13. und 14. Jahrhundert, so berichtete mir mein Vater Gregor, entschied in Spanien die Herstellung schußkräftiger Armbrüste für die katalanischen Kompanien auch auf dem Lande manch denkwürdige Schlacht. So schlugen sie damit in Sizilien zu Fuß ein Ritterheer und mit dem gleichen Erfolg auf dem Balkan gleich mehrmals größere türkische Reiterhorden. Aus Genua und Barcelona kamen die besten Waffen. Beide Städte waren aber auch für jeden eine Verlockung, der mit Hammer und Eisen umzugehen wußte.

Für die Herstellung von Armbrüsten in großen Mengen waren besonders Schmiede gefragt, die von der Metallbearbeitung etwas mehr verstanden, als Sudpfannen herzustellen. Vermutlich waren damals schon die umherreisenden Schmiede das Verhängnis wie die Ursache für die Gleichmacherei auf den Schlachtfeldern. Irgendwann sollte die Armbrust sogar von Rom verboten werden, da man befürchtete, die Christenmenschen würden sich damit selbst ausrotten.«

Ein vergnügtes Glucksen entfährt seiner nassen Kehle: »Dann hätten die Pfaffen ihre Kreuzzüge selbst durchführen müssen. Stell dir das mal vor, Adam! Die Pfaffen..., unser friedloses Rom allein hä-hätte ... Jerusalem ... be-be-be-freit!« Der Rest ist ansteckendes Gelächter, das mich mitreißt, bis zu dem Moment wo wir bemerken, daß Frau Elisabeth, beide Hände in die Hüften gestemmt, in der geöffneten Tür steht. Ihr Gesicht mit den kaum vorhandenen Lippen kann nur eines bedeuten: *Strafe!*

»Muß das sein! So laut, wo gibt's denn so was?«

Ihre Stimme mit dem blechernen keifenden Klang, der leicht jedes dicke Kirchenportal überwindet, paßt zu ihrem Blick, der das Verderben schon einmal gewälzt haben muß. Schnell erfaßt sie die Gläser in unseren Händen:

»Aha! Feiern tun die feinen Herren; das ist mir eine schöne Besprechung. Die Kinder werden wach, und wer muß sich dann darum kümmern? Immer dasselbe mit diesem Mann.«

»Frau, sei friedlich«, meldet sich die Stimme meines Onkels. Hörbar befindet er sich im Zwiespalt. Soll er sie ordentlich zurechtweisen und ihr den Mund verbieten, oder soll er sich die Aussicht auf die *sanften Stunden* nicht verbauen, die ihm in der Schlafkammer winken?

Frau Elisabeth wird ihn eh zappeln lassen, bis sie alles weiß, schießt es mir durch den Kopf. Sie muß auf dem Gang gelauscht haben.

Die Tür fällt mit einem Schlag ins Schloß.

»So, jetzt ist sie zu. Diese Frau...« Der nachhängende Seufzer wird durch einen kräftigen Zug aus dem Weinglas abgekürzt.

»Wo waren wir denn stehengeblieben?«

»Bei den Pfaffen und den Kreuzzügen.«

»Richtig! Ja, also: Kurzum, die Katalanen hatten den Vorteil nur für eine kurze Zeit auf ihrer Seite; denn das größte Übel in der damaligen wie in unserer Zeit ist der Eifer, mit dem die Zünfte herumschnüffeln und überall Ausschau halten nach Verbesserungen in der Waffenherstellung.«

»Und warum ist dieser Eifer so groß?«

»Das will ich dir sagen: ... ja, mhm, der Eifer... Wir sind halt nur ganz wenige, die verstehen, den steinigen Boden mit Stallmist so gut zu verbessern, daß etwas aus ihm wächst. Wie der Bauer sich über den hohen Stand seines Getreides freut, weil er über den Boden seine Jauche gegossen hat, so haben wir, die Löffler den fruchtbaren Geist von unseren Vätern geerbt, damit man sich ab und zu einer neuen Waffe erfreuen kann. Aber kaum hast du was an einer Rüstung, an einem Schwert, Armbrust oder Hackenbüchse verbessert, schon versucht jeder Gekrönte und jeder Fürst in seinem Land das gleiche herzustellen.

Trink endlich dein Glas aus, Bub!«

Mit einem Zug leere ich mein Glas, das alsbald neu gefüllt wieder in meiner Hand ruht.

»Besondere Geilheit entwickeln die beim Auskundschaften von Gußtechniken für die Herstellung von Kanonen. Das wirst du bald merken. Die *Stierigkeit* wird nur noch übertroffen nach dem Wissen, wie aus Blei Gold gemacht werden kann.«

»Verstehst du was davon?«

Mein Onkel blickt zum Boden.

»Nnnein! Eigentlich nicht. Alles nur Zauberei und Magie. Darauf versteh' ich mich nicht.«

Ich erinnere mich an die Gesprächsfetzen zwischen Pantaleon und Pietro, die ich vor dem Metallager mitbekommen habe. »Hast du wirklich noch nie ein Rezept ausprobiert, Onkel?«

»Hör auf mit deiner Fragerei!« Seine Augen verengen sich gefährlich. »Rezepte, Rezepte, Rezepte! Jeder meint, wenn er die Schriften von Galenus oder Albertus gelesen hat, kenne er jenes Geheimnis, wie aus unedlem Metall reines Gold zu machen ist.«

»Ich habe nichts von diesen Leuten gelesen.«

»Sei froh, das verwirrt dich nur. Was für dich wichtig und gut ist, bestimme *ich* für die nächsten Jahre. Wenn einer aber hier das Rätsel schon lösen soll, dann bin *ich* es – und sonst niemand. Hast du das verstanden?«

»Ist schon gut, Onkel. Mich interessiert eben nur alles, was dich interessiert. Ich denke mir nur, wenn ich dein Vertrauen besitze, daß ich auch alles mit dir besprechen kann.«

»Das *kannst* du nicht nur, du *sollst* es sogar! Darauf will ich hinaus. Hör zu! Wie gesagt, als ob Hexen auf Besen unterwegs wären, verbreitet sich heute alles Neue, besonders vom Kanonenguß, mit außergewöhnlicher Schnelligkeit von Hof zu Hof, von Werkstatt zu Werkstatt, von Gießerei zu Gießerei und von einem Heerlager zum nächsten.

Und nun frage ich dich: Wer trägt es rum? Wer sind die feindlichen Kreaturen, die zum Schluß die fütternde Hand beißen? Na wer wohl? Mhm…?«

»Deine eigenen Männer...?« gebe ich vorsichtig fragend zurück.

»Na endlich!« ruft Hans Christoph und springt mit Zorn im Gesicht auf. »Sie, nur sie allein sind die Halunken. Ganz besonders Pantaleon und Pietro. Den Toni bin ich rechtzeitig los.« Hans Christoph dreht zwischen Kamin und Schreibtisch Kreise. »Ich gebe ihnen Arbeit, bilde sie aus, zahle sie gut, mache sie zu wertvollen Gesellen, aber das reicht ihnen nicht. Du hast es heute selbst gehört. Glaub mir, der Meistertitel, nach dem sie gieren, ist nur vorgeschoben. Sobald sie alle Zusammenhänge kennen, sind sie auf und davon nach Italien, Nürnberg, nach Polen oder gleich zu den Türken. Wenn sie nur ihr Wissen vergoldet bekommen. Denn wer vom Löffler kommt, erhält sofort den Vorzug mit allen Privilegien. Damit ist jetzt Schluß!«

Mit einem Male bleibt er vor mir stehen, blickt auf mich herunter, seine beiden Arme umgreifen die Lehnen meines Sessels und sein Kopf kommt näher, bis ich seinen schlechten, weinversetzten Atem rieche, der mir gleich das Schnaufen verbietet:

»Die Zuchtrute geb' ich ihnen ab morgen ... und du wirst mir sagen, wer sie verdient! Alles, aber auch alles wirst du mir berichten, was drüben innerhalb der Mauern meiner Gießerei vor sich geht. Alles! Täglich! Du wirst dich mit allen unterhalten und doch den Abstand wahren. Sei freundlich und hilfsbereit, mach sie vertrauensselig, laß dir alles berichten. Ich will wissen, über was sie schwatzen. Vor allem, was die Former mit den Gießern reden und umgekehrt.«

Er gibt mit einem Stoß die Armlehnen frei, richtet sich auf und beobachtet meine Regungen.

Ich habe endlich verstanden. Er hängt mich als falsche reife Frucht in einen seiner Obstbäume drüben auf, die in Wirklichkeit verfault, herb und sauer für jeden schmecken muß, der versucht ist, hineinzubeißen. Er mißtraut seinen Gesellen, und *ich* soll ihm den ruhigen Schlaf zurückzugeben.

Ich bin verpfändet! Er hat mich mit Honig bestrichen, nur zu dem Zweck, mich bei nächster Gelegenheit unter der brennenden Sonne den Fliegen und Bremsen zu überlassen.

»Eine wunderbare Aufgabe für dich. Ich weiß deine Dankbarkeit zu schätzen und spüre geradezu deinen Willen, das von mir geschenkte Vorrecht auszukosten«, höre ich seine säuselnde Stimme wie ein Ritzeisen an meiner Seele kratzen. »Warum bist du stumm? Sprich. Wie gefällt dir mein Plan, an die Blutsauger heranzukommen?«

Ein in der Falle Sitzender wird aufgefordert, seinem Fallensteller zu gratulieren.

»Meinst du, daß deine Gesellen mir gleich so viel Offenheit und Vertrauen entgegenbringen werden, daß es dir nützlich sein könnte?« frage ich.

»Argwöhnen werden sie alle. Also liegt es einzig und allein an dir, wie du dich hineinfügst. Du mußt es schaffen, ihr Vertrauen zu gewinnen. Es ist für uns von größter Dringlichkeit!«

Hans Christoph läßt sich auf den Stuhl fallen und ohne zu zögern sprudelt es ungewöhnlich hastig aus ihm heraus:

»Du beginnst deine Arbeit morgen bei meinem Former, dem Gesellen Melchior. Klug wird sein, daß du zunächst unten in der Hafnerei beginnst. Gleichzeitig erlernst du das Herstellen der Formen für verschiedene Bildwerke. Keiner darf Verdacht schöpfen! Habe aber sofort ein Auge auf den Altgesellen Wenzel. Er ist wahrlich ein Zauberer, wenn es um die Gestaltung meiner Kanonenrohre geht, aber ich vermute, er ist auch gleichzeitig einer meiner größten Schädiger. Beobachte ihn genau. Ich will wissen, wie er zu Pantaleon und Pietro steht, ob sie sich auch außerhalb meiner Mauern, unten in Innsbruck treffen.«

Die Gedanken jagen: Was gehen mich eigentlich seine Männer an? Sollen sie doch leben und gedeihen! Was schulde ich ihm denn bisher? Ein paar warme Mahlzeiten und eine Übernachtung; mehr ist es nicht. Zum Spitzel verkomme ich aber, wenn ich darauf eingehe.

Was ist, wenn ich mich weigere?

Nein! Ich gehe in keinen wilden, vogelfreien Zustand zurück.

Er will mich ja dafür an seine Geheimnisse heranlassen. Außerdem liegt es doch an mir, was ich ihm berichten werde. Was auch immer, es wird in *meinem* Sinne immer abzahlbar bleiben. Alles ist abzahlbar! Dafür will er mich teuer machen. Soll er sich dabei nur Mühe geben!

Doch woher kommt die panische Angst bei ihm und warum sind meine Spitzeldienste für ihn von *größter Dringlichkeit*?

Ich will es noch genauer wissen:

»Kein Schädiger wird mir entgehen, Onkel.«

Schnell erhebt sich Hans Christoph von seinem Stuhl, dreht mir den Rücken zu und blickt durch das Fenster in die Dunkelheit.

»Ich wußte, daß ich mich auf einen *Dreyling* verlassen kann. Einen schöneren Abschluß des Tages konntest du mir nicht machen!« redet er gegen das Fenster, die Arme hinter dem Rücken verschränkt und auf den Zehen wippend. »Ich sehe unsere Abmachung wie einen Vertrag, auf den du dich nun verpflichtet hast, Adam!«, und als ob er meine Gedanken gelesen hätte: »Ich bin ab jetzt dein Gläubiger. Trinken wir die Gläser aus; es ist spät geworden!«

Ich stelle, ohne zu trinken, mein volles Glas auf seinem Schreibtisch ab, drücke mich tief in den Sessel hinein und strecke meine Füße:

»Das ist der erste kleine Schritt in eine Richtung, die erfolgreich *von uns* beschritten werden kann. Daher sollte er wohl überdacht werden.

Wir hätten da noch einiges zu regeln, bevor ich drüben beginne. Oder willst du das Gespräch lieber erst morgen abend weiterführen? Dann gehe ich jetzt gern ins Bett.«

Totenstille ist eingekehrt, der sich, so scheint es, auch das Knistern der Holzscheite im Kamin unterwirft. Hans Christoph hat das Wippen eingestellt – ein untrügliches Zeichen dafür, daß ihn die Worte überrascht haben –, zögert auch etwas länger, bis er sich mir wieder zuwendet. Es scheint, als habe ihm meine kleine Dosis von Weisung das Blut in die Augen getrieben.

»Wie soll ich das verstehen? Ich denke wir sind uns einig?«

Ich sehe in Gedanken in kürzester Entfernung einen geladenen *Mauerbrecher* auf mich gerichtet; den brennenden Luntenstock über dem Zündloch hält mein Onkel in der rechten Hand.

»Du unterschätzt deine Gesellen«, beginne ich vorsichtig. »Oder willst du, daß wir schon morgen früh gemeinsam mit deinem Plan drüben scheitern? Ich benötige eine wesentlich bessere Unterrichtung von dir als deine geschilderten Vermutungen. Ich nehme deine Besorgtheit und Bürde sehr ernst. Aber wirksam wird der Plan erst sein, wenn ich ganz genau weiß, auf was es dir ankommt. Aber wie du willst...«

»Über was soll ich dich besser unterrichten!?« fährt er mich gereizt an.

»Die erste Frage deiner Gesellen morgen früh wird sein: Warum und wieso bekleckert sich ein Dreyling ausgerechnet mit Lehm? Wie lange wird er sich bekleckern, und was bezweckt der Meister damit? Wenn die Antworten darauf nicht sofort Vertrauen schaffen, höre ich von ihnen nichts mehr, worauf du Wert legst. Wir müssen die geeigneten Antworten jetzt genau festlegen, sonst entsteht Mißtrauen, das deine Halunken noch enger zusammenrücken läßt.«

Christoph kratzt sich am Kopf, reibt die Nase und zupft an seinem Bart.
»Du hast recht, so weit habe ich gar nicht gedacht. Du bist ein schlauer Kopf«, bemerkt er anerkennend. Der Luntenstock ist ausgeblasen, der Mauerbrecher zieht sich zurück. »Was schlägst du als Antwort vor, Adam?«
»Die Wahrheit!«
»Welche Wahrheit denn?«
»Das Gelübde der Väter! Das was du mit meinem Vater besprochen hast.«
»Natürlich! Du gefällst mir immer besser, Bub! Sehr gut..., sehr gut. Das werden, nein, das müssen sie einfach glauben.«
Ich nehme mein Weinglas wieder und proste mir innerlich selbst zu, da ich Hans Christoph dort hinbekommen habe, daß er mir dieses Feld überlassen muß.
»Wie lange wird meine Ausbildung deiner Ansicht nach dauern, bis zum Kanonenguß hinter dem Vorhang?«
»Das hängt von deinen Fortschritten ab.«
»Dann antworte ich auch einfach so, wenn sie mich danach fragen. Ich werde ihnen erzählen, daß der Zeitpunkt für mich etwa in ein bis zwei Jahren gekommen sein wird. Sie werden es natürlich *nicht* glauben. Dafür kennen sie dich zu gut. Das ist meine Chance! Du bist in ihren Augen, verzeih, unglaubwürdig. Aber das ist zugleich meine beste Trumpfkarte, ihr Vertrauen zu gewinnen.«
Seine faltenreiche Stirn sagt mir, daß er sich an diese Art von *Nützlichkeit* nur schwer gewöhnen wird.
»Also, wie du mit mir auf einmal redest...«
»Ich denke nur an die Dringlichkeit deiner brennenden Fragen, ob einer deiner Gesellen inzwischen dein Wissen eingeholt hat oder kurz davor steht, es sich anzueignen.«
Hans Christoph schweigt einen Moment, was mir Gelegenheit gibt, ihn aufzufordern: »Komm, unsere Gläser sind leer; schenk noch mal ein, denn etwas muß ich von dir heute noch wissen.«
Er greift zum Krug. Obwohl ich schon voll geladen bin, fühle ich mich frisch wie schon lange nicht mehr.
»Nur zu, frage mich«, lächelt Hans Christoph unsicher. »Ich wette, daß die Menge Wein gut für unsere Verdauung ist.«
Meine Augen beginnen ein wenig zu brennen, was möglicherweise von seinem kräftigen Furz herrührt, den er von sich gibt. Ich frage mich, wie es ihm gefallen würde, wenn ich ihm gleich erklärte, daß

ich ohne genaue Kenntnisse seiner Gußgeheimnisse nichts für ihn drüben tun könnte. Ich glaube, er würde mich im Kamin im mörderisch aufflammenden Feuer bei lebendigem Leibe verbrennen.

»Nun, Adam, die Gläser sind voll. Was für eine Lücke in deinem Wissen soll ich dir füllen?«

»Ich denke, es wird wenig herauskommen, was für dich von Wichtigkeit ist, solange ich nur erraten kann, ob bei den Gesprächen deiner Männer untereinander Blei oder Silber gemeint ist. Ich weiß einfach zu wenig über die Gießerwelt. Vom Silber- und Kupferbergbau drüben in Schwaz kenne ich alle Einzelheiten bis hin zur Wasserkunst, die ja, ähnlich wie bei dir, ebenfalls abgeschirmt wird, damit nicht ein jeder darüber schwatzen kann. Die ganze Entwicklung, bis in unsere Zeit hinein, könnte ich dir darlegen. Ich würde aber auch sofort merken, wenn mir einer Flausen vormachen würde.«

»Na gut, aber was nun weiter? Wie soll ich dich zum vertrauenswürdigen Beichtvater machen?«

»Ganz einfach. Fang an zu erzählen. Wie hat es dein Vater Gregor geschafft, das Beste an Kanonen zu liefern, mit dem die Kaiser und Könige des habsburgischen Weltreiches das letzte halbe Jahrhundert geschossen haben?«

»Das ist keine Kleinigkeit, was du verlangst.«

»Kleinigkeit oder nicht, unseren Plan soll ich ausführen. Dies erfolgreich zu bewerkstelligen ist momentan noch deine Sache. Der Verräter in deinen Mauern soll doch möglichst bald auf dem Richtblock landen!«

»Um diese Stunde. Du machst es einem wahrlich nicht leicht! Also, wo fang ich an?

Mein Vater war ganz anders. Er wurde immer jähzornig, wenn ich seine Anweisungen bei der Arbeit nicht genau befolgte, dabei war er keinesfalls kalt und abweisend. Nur bei der Arbeit, da hat er sich immer verwandelt. Seine Gedanken und sein Wesen erstarrten wie die Schmelze von Zinn und Kupfer in den Formen – als ob er selbst in die Grube hinein ausgelaufen wäre. Er war besessen von der Idee, Geschütze zu schaffen, die jederzeit auf Feldzügen mitgenommen werden konnten. Verteidigung mit schweren, unbeweglichen Geschützen hielt er für eine untaugliche Kampfführung. Der von ihm gegossene Geschützpark für die Zeughäuser verlieh den kaiserlichen Heeren im Kampf um das habsburgische Imperium die überlegene Feuerkraft. Davor, genau vor 74 Jahren, als Kaiser Maximilian begann, den Geschützguß hier in Innsbruck aufzubauen, waren Gießer am Werk, deren Namen ein Löffler nur vergessen kann...«; dabei macht er eine abfällige Handbewegung, als ob ihm allein der Gedanke daran Schmerzen im Kopf verursacht.

»Dennoch sollte ich sie zumindest kennen, Onkel.«

»Nur sehr, sehr ungern, mein Bub. Am gescheitesten ist es, du vergißt sie gleich wieder. Einige waren drauf und dran etwas zu werden, andere wiederum haben nur nachgegossen, was schon einigermaßen erprobt war.

Da war um die Jahrhundertwende ein Hans Appenzeller, ein wahrer Versager, sag' ich dir. Im oberen Gießhaus in Hötting wirkte etwa zur selben Zeit Alexander Endorfer und danach sein Sohn Jörg. Eine Gießerfamilie, die uns bis in unsere Zeit hinein nie etwas Aufregendes bieten konnte – außer zwei Söhnen auf dem jetzigen Heiratsmarkt. Alexander Nummer drei, ein noch lebendes Exemplar der einst berühmten Familie, ist nur noch ein Schatten seiner Väter und übt sich als Schreiberling unten in der Kanzlei. Immerhin gewann vor fünf Jahren sein Bruder Ludwig noch die 10. Preisfahne bei dem großen Freischießen zur Ehren Erzherzog Ferdinands. Alexander aber kann nicht einmal mehr die Hackenbüchse halten. Das ist übrig geblieben vom Endorfergeschlecht. Das Geld und die Bergwerksanteile ihrer Vorfahren sind das Beste an ihnen!

Da war noch einer: Hans Seelos, Liebling unseres Erzherzogs Sigmund. Ruht seit 1514 unten in der Michaelskapelle, die er sich selbst gestiftet hat. Er war schon ein wenig besser. Bemerkenswert ist seine Sammlung an Werkstätten zur damaligen Zeit. Aber was sollte Kaiser Maximilian auch machen, bei der geringen Auswahl an wahren Meistern. Seelos hatte wenigstens schon Hofstatt und Werkstatt am Höttinger Bach mit freiem Wasserbezug, die zudem vom Gerichtszwang befreit waren. Eine Mühle mit Hammer zum Büchsenbohren hat er sich gleichzeitig geschnappt. Aber die kaiserliche Pulvermühle an der Sill hätte ihm Maximilian nun wirklich nicht gleich auch noch nachwerfen müssen. Dafür ist er dem Kaiser noch als Büchsenmeister auf dem Schlachtfeld nachgelaufen und hat dabei sein Leben riskiert. Sein Bruder Jörg hat wenig Neues gebracht, ebenso wie Hans Schnee...

Namen, nur noch Namen, mein Bub, die auf Büchsenhausen und im ganzen Weltreich schon längst vergessen sind.

Ungewöhnlich aufregend bis traurig verlief das Leben der Gießerfamilie des Peter Burgundier und seinen beiden ältesten Söhnen Ulrich und Hannibal. Der Vater führte zwar den Titel *Meister*, übernahm die Werkstatt von Hans Schnee in Trient, belieferte auch das Zeughaus beim Etschtor mit Kanonen, dafür lief er seinem Sold – lächerliche 100 Gulden im Jahr – hinterher. Ehrenhalber durfte er auf dem Schlachtfeld im Kampf um Mailand 1528 als der »*fromme wohlgeschickte Meister*« mit weiteren 23 Büchsenmeistern verbluten.

Nachdem der letzte der maximilianischen Büchsenmeister den Würmern übergeben war, ließ unser Erzherzog, zum Trost der Witwe, verbunden mit dem größten Eigennutz, die Söhne auf seine Kosten zu Gießern ausbilden. Damals bahnte sich eine üble Sache an, die mein Vater Gregor mit viel Geschick vereiteln konnte. Er war unter seinen vier Brüdern der begabteste, denn mein Großvater Peter goß mit ihm 1510 die Uhrglocke für die Schwazer Pfarrkirche.«

»Die Turmglocke, die *Maximiliana*, stammt doch auch von deinem Großvater?«

»Richtig, das war aber acht Jahre vorher; du hast sie wohl oft gehört.«

»Einmal zu oft!«

Hans Christoph ist inzwischen auf seinem bequemen Stuhl tiefer und tiefer gerutscht, was ihn nötigt, sich mit einem Ruck wieder aufrecht hinzusetzen.

»Was bahnte sich damals zwischen deinem Vater und den Burgundier-Söhnen an?« nehme ich den Faden wieder auf.

»Also, Ulrich ging, soviel ich noch weiß, 1528 nach Wien zu Hans Türing in die Lehre, und Hannibal sollte 1537 bei meinem Vater seine Lehrzeit vollenden. Mein Vater war mit 20 Jahren bereits ausgebildeter Büchsenmeister und Gießer, so daß der Kaiser sich gezwungen sah, ihn in seinen Dienst zu nehmen, damit er nicht abgeworben wurde. 1522 übernahm er schon allein die Werkstatt meines Großvaters, der inzwischen seine Gesundheit drangegeben hatte.

In dieser Zeit kamen Angebote aus Trient und Augsburg. Wie er mir oft erzählte, wollte er immer in seinem geliebten Tirol bleiben, forderte aber 100 Gulden Sold, wie damals der Vater von Hannibal. Nur, mein alter Herr war allemal besser als dieser Gießer aus dem habsburgischen Burgund. In Trient sollte er für einen Hungerlohn von 40 Gulden gießen, dagegen stand das angemessene Angebot aus Augsburg. Ein zehnjähriger Vertrag mit 80 Gulden Sold, 50 Gulden Haussteuer und gutem Gießerlohn! Der Aderlaß auf den Schlachtfeldern, aber auch der Mangel an handwerklichem Geschick der anderen Gießer bescherte seit dem Tod Kaiser Maximilians meinem Vater glänzende Bedingungen.

Nur Erzherzog Ferdinand I., unser damals regierender Landesfürst, hat genau zu dieser Zeit keinen Gedanken an Krieg und Rüstung verschwendet. Nein, er war ganz verliebt in die von Maximilian vererbten Kleinodien des Hausschatzes und deren Registrierung. Noch mehr beschäftigte Ferdinand die korrekte Wiedergabe all seiner Titel, die er exakt auf den neuen Münzen prangen sehen wollte.

So kam es, daß der Feldzeugmeister Michel Ott meinen Vater 1524 in den Dienst der Stadt Augsburg treten lassen mußte. Der wahre Grund aber war der ausbleibende Gießerlohn, die der Innsbrucker Hof ihm und sogar noch meinen Großvater von früheren Arbeiten her schuldeten.

Das war einer der größten Fehler Ferdinands. Als ihm nämlich 1525 der Bauernkrieg den Arsch ansengte, befand er sich zu recht in schwerer Not.

Mein Vater jedoch zeigte es ihnen. Auf den Knien kamen sie herangekrochen. Im selben Jahr bestellte ihn der Imperator Carolus V. persönlich für 80 Gulden zu seinem Büchsenmeister.«

»Kaiser Karl selber hat ihn dazu aufgefordert?«

»*Aufgefordert* ist nicht ganz richtig. *Bestellt*, mein Bub, bestellt! In diesem Fall ist bestellt gleichzusetzen mit *gebeten*...«

Hans Christophs Augen, die schon während seiner Erzählungen strahlten, begannen nun wahrhaftig zu leuchten:

»Jedoch: Mein Vater lehnte die *Bestellung* glatt ab! Und nannte deutlich die Versäumnisse der Innsbrucker Hofschranzen:

›... *weil er verheiratet sei, bisher keinen Lohn erhalten habe, während des Krieges im Felde weder mitschießen noch dienen kann und mag*...‹

Mein lieber Adam. Nur ein Löffler kann sich das leisten!

Damit hat er zugleich Karl V. und Ferdinand I. den Schwachsinn ausgetrieben, Büchsenmeister und Gießer auf dem Schlachtfeld weiterhin einzusetzen. Wurden sie getötet, war auch die Geschützproduktion eingestellt. Eine Situation, die selbst der Kaiser nicht begriffen hatte. Die Macht läßt bei den Mächtigen den Verstand wahrlich verkümmern.

Das war aber noch nicht alles: Ab da hat mein alter Herr erst richtig gefordert. Er schrieb dem Erzherzog, ob er nicht bald den zugesagten Garten drüben am Fallbach rausgeben wollte. Die Zeilen müssen in Ferdinands Kopf gedröhnt haben, denn auch auf die Verweigerung des Felddienstes wußte der Erzherzog keine rechte Antwort. Mein Vater blieb bis 1540 in Augsburg. Selbst der Tod meines

Großvaters im Jahre 1530 konnte Gregor nicht zur Übernahme und zur Rückkehr nach Innsbruck bewegen...

Sogar der ehemalige Nabel des Geschützgusses, die Niederlande, begehrten meinen Vater. Margarethe, die Statthalterin der Niederlande, die Schwester des Kaisers, wollte ihn unbedingt entleihen. Mit dem Hinweis, er habe viele kleine Kinder und halte es für schwierig, das gesamte Werkzeug in die Niederlande zu bringen, lehnte er das Ansinnen ab. Auch so etwas kann sich nur ein Löffler leisten!

Erst 1540 war er bereit nach Innsbruck zurückzukehren, nachdem alle seine Forderungen von Ferdinand I. erfüllt worden waren.«

»Und welche Rolle spielte bei dem Ganzen jener Sohn des alten Burgundier«, führe ich das Gespräch auf die zuvor gemachten Andeutungen zurück, »der damals in Augsburg die Gießerlehre bei deinem Vater abschließen sollte?«

»Das war nichts anderes als die geplante Einschleichung von oben her. Erzherzog Ferdinand, der 1530 zu seiner Königswahl in Augsburg feierlich Einzug hielt, muß sich beim Anblick der eleganten Augsburger Geschütze, die ihm unter dem Befehl meines Vaters Salut schossen, so geärgert haben, daß er versuchte, meinem Vater mit Hannibal eine fette Laus in den Pelz zu setzen. Die Zeit der Ausbildung war aber äußerst kurz gewesen. Mit der Behauptung, daß er fast nichts mehr zu gießen habe, lehnte er die Bitte Ferdinands ab.

Nur ein Löffler kann sich das leisten!

Mein Vater hatte Gespür bewiesen, gerade im Falle Hannibal; denn der ging wegen der besseren Bezahlung nach Italien. Wie eine Hure verkaufte er seine Kunst in Ferrara und in der Republik Lucca. Zwischendurch erschlug er in einem Wutanfall seine ungetreue Braut und mußte nach Mantua fliehen, bis der Kardinal von Trient bei Ercole II. seine Begnadigung erreichte. Sofort hurte er mit seinem Wissen in der Republik Siena und entwarf 1554, heimatlos wie er war, sogar Geschütze für den König von Frankreich.

Ein Mann namens Biringuccio, hab' ich neulich gehört, hat gleich versucht, alles aufzuschreiben.

Das Gespür für Verrat hab' ich von meinem Vater geerbt. Deshalb bin ich gewarnt. Was wäre denn gewesen, wenn er Hannibal gestattet hätte an seiner Seite alles aufzuschlürfen was die Löfflersche Gießerkunst hergibt? Ferdinand I. hatte nicht einmal das Geld gehabt, um ihn zu halten. Er müßte umgekehrt meinem Vater für seinen Instinkt Kopf, Hände und Füße geküßt haben.

Aber so ist es halt mit den Kaisern und Königen. Karl V. hat vor

22 Jahren ein Geschützbuch anfertigen lassen, das von aller Welt nun abgezeichnet wird. Nur gut, daß es ein eitles Bilderbuch geworden ist. Das Ganze ist auch noch in spanischer Sprache verfaßt. Wie sie wohl den Spruch vom Scherenteufel übersetzt haben?«

Hans Christoph reißt seinen Mund weit auf, streckt sich auf seinem Stuhl und reibt sich mit beiden Händen den Anflug von Schlaf aus den Augen. Dann drängt er aufs Ende:

»Wir trinken jeder noch ein Glas, danach gehen wir zu Bett.«

»Morgen kann es in der Formerei schon lebendig werden. Ich will nichts überhören. Du solltest mir noch etwas über die Gestaltung der Löfflerrohre erzählen.«

»Nun also! Solltest du jemals das Geschützbuch vom Imperator Carolus in die Hand bekommen – vorausgesetzt, du kannst die Formen der Geschütze richtig deuten –, dann würdest du den Schlüssel zum Geheimnis mancher habsburgischer Kriegserfolge in der Hand haben. Es würde dir auffallen, daß um 1530 mein Vater für das gesamte deutsche Geschützwesen die verbindlichen Formen geschaffen hat.

Hast du noch das Gedicht meiner Kinderlein im Kopf? Nein? Also dann für dich das Ganze noch mal ein wenig einfacher:

Der große Vorteil der neuen Kanonen-Geschlechter liegt in der Reduzierung ihrer Vielfalt. Statt der acht maximilianischen Geschlechter gibt es nur noch drei Haupttypen:

Kartaune
Falkone
Falkonet

und drei Nebentypen:

Notschlange
Feldschlange
Scharfentinl

Seine und meine nach diesem Kanon aufgebaute kaiserliche Artillerie ist die neuzeitlichste und beweglichste der bekannten Welt. Die schlanken Formen kann man zwar kopieren. Aber bei den Wandstärken beginnt für die Kopisten schon das Ungewisse. Komm ich zeig dir das Wesentliche hier auf diesem Plan.«

Ich stehe mit ihm auf, und wir bewegen uns zu seinem Schreibtisch hin, auf dem ein Stapel von Plänen, Skizzen und Zeichnungen ruhen. Nach kurzem Suchen breitet er eine Zeichnung aus, auf der oben links zu lesen ist:

Entwurf Feldschlange ›Schöne Taube‹

»Schau her, Bub!«

Sein rechter Zeigefinger führt mit energischen, ungeduldig wirkenden Bewegungen über die Zeichnung.

»Die Form des Rohres bedingt die Schußweite und Durchschlagskraft. Optisch haben wir die Gliederung der Rohre in drei Abschnitte beibehalten: Vorder-, Mittel- und Hinterstück sind klar durch die Verstärkungsbänder erkennbar. Doch jedes Rohr ist konisch gestaltet und gegossen. Schau dir die plumpen Kartaunen von 1520 an. Wie häßlich die Verstärkungen der Mittelstücke heute wirken. Unsere Mittelstücke sind dagegen nur noch durch die Dekorationsgliederung angedeutet. Dafür haben wir den Stoßboden und das Hinterstück verstärkt. Damit können die Pulverladungen größer und reißender sein. Das Rohr wird nicht bersten. Durch das alles ergibt sich zwingend die konische Gestalt, die sich nun ohne stufenweise Verdickung zur Mündung hin verjüngt. Durch die schlanke Form bekommen wir zwangsläufig eine Verlängerung der Rohre, was wiederum bedeutet, daß der Pulverdruck länger auf die Kugeln einwirken kann.

Ich sage dir, das Meisterstück kann sich sehen lassen: Erhöhung der Durchschlagskraft, treffsicherer und daher kampfentscheidender. Ganz zu schweigen von der Gewichtsersparnis, was die Beweglichkeit im Feld wesentlich steigert. Unverkennbar ist auch das Dekor auf unseren Rohren.

Ein Löfflerrohr ist von daher unverwechselbar.

Der Tod kommt mit Eleganz daher!«

»Meister! Meister Löffler!«

Der Schrei drunten vor dem Haus unterbricht unser Gespräch. Es muß schon fast Mitternacht sein.

»Meister Löffler! Zeig dich! Mach dein Fenster auf! Frau Meisterin! Ihr Gesellen und Lehrlinge! Kommt! Kommt heraus!«

INNSBRUCK 1574

»Das ist doch die Stimme von diesem Toni Hebsteller«, fährt Hans Christoph aus seinem Sessel. »Was will denn der Saukerl noch hier?«

Mit zwei großen Schritten steht mein Onkel vor dem Fenster und reißt es brutal auf, so daß ich für den Moment glaube, das Glas fällt aus dem Rahmen.

Ich trete hinter ihn, blicke hinunter.

Mir stockt der Atem.

Im Licht einiger Fackeln, die in den Wandringen stecken, sehe ich das Giebeltor der Gießerei weit offen stehen.

Oben im Giebeltor, die Hände nach beiden Seiten waagerecht abgestützt, steht der unglückliche Altgeselle Toni, wie ein lebendes Kreuz.

Am vorderen Ende des herausragenden Kranbalkens ist ein Seil verknotet, und dieses Seil endet in einer Schlinge um den Hals Toni Hebstellers.

Jetzt sehe ich auch die Gesellen, Lehrlinge und Handlanger aus ihren Unterkünften herbeieilen. Im Haus werden Fenster aufgerissen.

»Michl, renn hinauf und schneid den Strick durch!« schreit einer der Handlanger einem Gesellen zu.

»Keiner kommt mir nah!« kreischt Toni Hebsteller.

»Dann häng dich gefälligst gleich auf und mach keinen solchen Lärm!« ruft Hans Christoph kalt hinüber.

»Ich tu's schon – Meister! Wollt' Euch nur noch einen frommen Wunsch sagen.«

»Toni! Toni! Bitte! Tu's nicht!« Nur ein Tuch um die bloßen Schultern geworfen, stürzt Antonia auf die Gasse, bleibt unter dem Giebeltor stehen.

»So, und jetzt ist Schluß mit diesem Unfung!« befiehlt Hans Christoph scharf. »Holt den Narren herunter.«

»Ich werd' gleich kommen!« bellt der Altgeselle zurück. »Will Euch nur noch etwas wünschen, Meister.

Und das ist's, was ich Euch wünsche: Daß Ihr den Toni Hebsteller nicht so bald vergeßt!

Den Toni, der Euch gedient hat, der für Euch gerackert und geschuftet hat!

Den Toni, der Euch immer treu gewesen ist!

Den Toni, den Ihr aus Macht, Gier und Eigensucht umgebracht habt, weil Ihr keinen Menschen und keinen Gott neben Euch duldet!

Und auch das wünsche ich Euch, Meister: Daß eines Tages einer kommt, der es wagt zurückzuschlagen! Einer, der nicht so brav und treu und dumm ist wie der Toni, der sich nun aufhängt, weil Ihr ihn ruiniert habt!

Lebt wohl, Mörder-Meister! Und vergeßt den Toni nicht!«

»Bist du endlich fertig?« reizt ihn Hans Christoph, unbeeindruckt von seiner Entschlossenheit.

Statt einer Antwort tritt Toni Hebsteller einen Schritt vor, einen Schritt ins Leere – fällt – baumelt – drei-, viermal zucken noch seine Beine.

Dann hängt er still.

»Schneidet das da ab und schafft es auf den Schindanger«, ruft mein Stiefonkel seinen Gesellen zu, ehe er das Fenster zuschmettert.

»Was für ein Narr!« Mein Stiefonkel schüttelt ärgerlich den Kopf. »Hängt sich auf, der Schwächling. Und so was wollte Meister werden!«

»Es war das Zeugnis, das du ihm geschrieben hast...«, wage ich einzuwerfen.

Mein Stiefonkel bricht in schallendes Gelächter aus:

»Das Zeugnis? Bub! Was hab ich dir gerade in den vielen Stunden versucht beizubringen. Na, so schnell vergessen? Die Augsburger wie die Nürnberger, die Venezianer wie die Spanier, ebenso die Franzosen und Türken alle ohne Ausnahme, wären auf den Knien angekrochen, um Toni zu bekommen. Auf dem Bauch wären sie angerutscht, denn er hatte tatsächlich ein winziges Eckchen meiner *Geheimnisse* ergattert!«

Vom Innsbrucker Stadtturm höre ich das Zwölfuhrschlagen und beim Hinausgehen höre ich den Meister sagen:

»Höre den reinen Klang! Höre den Klang der Löfflerglocke!«

Ich drehe mich noch mal kurz um und sehe in das breit grinsende Gesicht des Meisters:

»Immerhin! Ab heute, bei Anbeginn des Tages werden wir gemeinsam den Verrat aus unseren Mauern drüben tilgen! Schlaf gut, mein Bub!«

INNSBRUCK 1574

Der folgende Eintrag im Tagebuch des Adam Dreyling, obwohl drei Jahre später entstanden, ist hier angefügt, weil er in unmittelbarem Zusammenhang mit dem Vorangegangenen steht. W. D.

Mittwoch,
der 1. Mai 1577

Jene zweite Nacht, damals vor genau drei Jahren!

Schemenhaft sehe ich das grinsende Gesicht meines Stiefonkels noch vor mir, wie er mich aus dem Arbeitszimmer in mein Bett entließ. Sein säuselndes: *Gute Nacht mein Bub!*

Obwohl er den Selbstmord Tonis auf dem Gewissen hatte, war er in jener Nacht, da bin ich mir heute noch sicher, nur noch an einer geregelten Verdauung interessiert. Ich habe bei ihm in den ganzen Monaten und Jahren, die ich seitdem hier verbracht habe, nie so etwas wie *Gewissen* festgestellt. Er hat einfach keines.

In der siebten Stunde des Tages danach sagte er mir damals am Morgentisch, daß der Anfang alles Großen auf Erden, schon immer wenn nicht mit einem glückbringenden Opfertod begonnen, so doch wenigstens mit reichlich Blut begossen wurde. Worauf Frau Elisabeth meinte, sie hätte alles schon vorher gewußt als sie den langen Hals von Toni bemerkte. Als sie auch noch die schmalen Füße am Leichnam Tonis wahrgenommen hatte, waren die Neigungen des Toten für sie nachträglich offen abzulesen:

»... wer einen langen Hals und lange schmale Füße hat, ist verlogen, betrügerisch, neidisch, hoffärtig, einigermaßen gefällig aber dafür wetterwendisch!« hörten wir sie durch die Küchentür.

Nur Antonia hatte, ihrem Gesicht nach, lange in ihr Kissen geweint. Danach sahen noch monatelang feuchte, traurige Augen aus ihrem Gesicht. Ihr war es auch zu verdanken, daß Tonis Leiche statt auf dem Schindanger verscharrt, doch noch christlich beerdigt wurde.

Damals ahnte ich noch nicht, daß ein gutes Jahr später die Zeit anbrechen sollte, wo wir beide zitternd vor Begierde alle Fesseln ablegten, um die Stunden, Tage und Nächte auszuschöpfen, damit unsere Sinne aneinander satt wurden.

Für mich jedenfalls war der schreckliche Tod des Gießergesellen zugleich der Anfang meiner Arbeit für den *Herrn auf Büchsenhausen*.

3

Die sieben Siegel

Innsbruck
1578

2. Tagebuch
Adam Dreyling

Samstag,
der 13. September

Darnach sahe ich, und siehe, eine Thür ward aufgethan im Himmel; und die erste Stimme, die ich gehört hatte mit mir reden, die sprach: Steige her, ich will dir zeigen, was nach diesem geschehen soll.

Und alsobald war ich im Geiste. Und siehe, ein Stuhl ward gesetzt im Himmel, und auf dem Stuhl saß Einer.

Und der da saß, war gleich anzusehen wie der Stein Jaspis und Sardis; und ein Regenbogen war um den Stuhl, gleich anzusehen wie ein Smaragd.

Und um den Stuhl waren vier und zwanzig Stühle, und auf den Stühlen sahßen vier und zwanzig Aeltesten mit weißen Kleidern angethan, und hatten auf ihren Häuptern goldene Kronen.

Und von dem Stuhl gingen aus Blitze, Donner und Stimmen; und sieben Fackeln mit Feuer brannten vor dem Stuhl, welche sind die sieben Geister Gottes.

Und vor dem Stuhl war ein gläsernes Meer, gleich dem Crystall, und mitten im Stuhl und um den Stuhl vier Thiere, voll Augen vorne und hinten.

Und das erste Thier war gleich einem Löwen, und das andere Thier war gleich einem Kalbe, und das dritte hatte ein Antlitz wie ein Mensch, und das vierte Thier glich einem fliegenden Adler.

Und jedes der vier Thiere hatte sechs Flügel umher, und waren inwendig voller Augen, und hatten keine Ruhe Tag und Nacht, und sprachen: Heilig, heilig, heilig ist Gott, der Herr, der Allmächtige, der da war, und der da ist, und der da kommt.

Und ich sah in der rechten Hand deß, der auf dem Stuhle saß, ein Buch, geschrieben inwendig und auswendig, versiegelt mit sieben Siegeln.

Und ich sah einen starken Engel predigen mit großer Stimme: Wer ist würdig, das Buch aufzuthun, und seine Siegel zu brechen?

DIE SIEBEN SIEGEL

Das Gelübde der Väter, damit hatte er seine Macht an mir, dem Machtlosen auslassen dürfen. Ob das gegenseitige Versprechen der Männer jemals abgegeben worden ist? Ich werde meinen Vater erst im Jenseits darüber befragen können, ob mein Onkel mir die Wahrheit sagte.

»Du bist von gutem Stamm«, höre ich heute noch Hans Christophs Stimme in meinen Ohren. »Dein Vater ist im Paradies, schaffe ihm ein Denkmal, damit ein jeder sehen kann, daß er auch dort angekommen ist!«

Ich werde das Grabepitaph erschaffen, werde es in Erz gießen und in der Liebfrauenkirche zu Schwaz aufstellen!

Ob Hans Christoph je das Rätsel der Symbole, die im Epitaph versteckt sind, lösen wird? Die Geheime Offenbarung, Gott Vater mit dem Buch der Sieben Siegel.

Von Kindheit an hatte mich die Apokalypse, die Geheime Offenbarung des Johannes, mehr fasziniert als alle anderen Bücher der Bibel. Als ich dazu die visionären Holzschnitte Albrecht Dürers sah, fiel meine Wahl auf das vierte Kapitel dieses Buches.

Alexander Colin, der große Hofbildhauer der Erzherzöge und Kaiser, hat das Epitaph entworfen, mit seiner triumphbogenartigen Rahmenarchitektur über dem hohen Sockel, bekrönt von Totenkopf und Stundenglas und fackeltragenden Engeln nach dem Vorbild der Papstgräber des Andrea Sansovino in St. Maria del Popolo, wie er mir erzählte.

Alexander Colins blutunterlaufene Augen fixieren mich nun über den schwereichenen Wirtshaustisch in einer ruhigen Ecke des Schwarzen Adlers hinweg:

»Die sieben Siegel – sie haben es Euch angetan, Dreyling...«

Ich zucke etwas zusammen. Mitunter hat Colin einen fast hellsichtigen Blick, scheint mir unausgesprochene Gedanken hinter der Stirn hervorzuziehen.

Die Tischplatte, teilweise sogar der Fußboden sind übersät mit Papieren, Papierfetzen, voll von Entwürfen, von Skizzen: Anatomieteile, Architekturelemente, Brunnenfiguren, Ornamentik, Portraits, mitunter bis zur Karikatur vereinfacht, Grabmäler, Wappen, sakrale Geräte. Seine linke Hand mit einem Blei, einer Kohle, einer Kreide ist ständig in Bewegung, zeichnet, skizziert auf jeden freien Schnipsel Papier, notfalls auf die Tischplatte. Sie scheint ein eigenes Leben zu haben, diese linke Hand, wie auch seine Rechte ein eigenes Leben zu haben scheint, die unerschütterlich den Weinbecher umklammert und ihn mit der Regelmäßigkeit eines Schöpfrades zum Mund hebt.

Alexander Colin ist gut 50 Jahre. Auch wenn im Augenblick sein graues Haar wirr in die Lüfte steht, der Bart um den großen, etwas weichen Mund struppig, das Gesicht von der Hitze des Wirtshauses gerötet, die Halskrause zerdrückt, sein Wams voller Weinflecken ist, so ist er doch ein Herr – mag er auch noch so betrunken sein. In den dreieinhalb Jahren, die ich nun im Hause Löffler arbeite, und wo wir uns kennenlernten, habe ich ihn noch nie nüchtern erlebt.

»Die sieben Siegel...«, nuschelt er in seiner etwas schleppenden Sprechweise mit dem niederländischen Akzent seiner Heimatstadt Mechelen. »Ihr möchtet sie schon öffnen, die sieben Siegel, Dreyling.«

Ich nicke langsam:
»Ja, das möchte ich wohl...«
»Welche?«

Alexander Colins Stimme ist plötzlich klar, fast scharf. Er beugt sich über den Tisch, der Weindunst seines Atems schlägt mir ins Gesicht:

»Welche Siegel, Dreyling? Welche? Die kleinen oder die großen?«

»Alle!«

Alexander Colin läßt sich zurück auf seine Bank fallen, lacht leise:

»Jeder Mensch hat seine sieben Siegel! Eure Siegel, Dreyling, definiert Ihr derzeit wohl so: *Gewinnung des Erzes – Schmelze – Form – Formbrand – Schmelzofen – Metallmischung – Guß*. Ist es so?«

Ich nicke wiederum.

Die Linke Colins zeichnet einen Ofen, einen der schwarzen Riesen aus dem Gußhaus zu Büchsenhausen, verwandelt ihn in eine Kathedrale, deren Portal mit einem mächtigen Siegel verschlossen ist.

Mit der Rechten schüttet er aus dem schweren Krug Wein in seinen Becher – es tröpfelt spärlich. Colin linst in den Krug, winkt der Schankmagd.

Ich greife nach meiner Geldkatze.

»Nein«, knurrt Alexander Colin. »Ich hab' Euch angeboten, den Entwurf umsonst zu machen, und das hätte Euch tatsächlich nur ein paar Krüge Wein gekostet. Für das Geld, das ich Euch jetzt abnehme, hättet Ihr einen ganzen See Wein kaufen können, und bei Gott, schlechter wäre der Entwurf um kein Haar geworden, um kein Jota und kein Strichlein, wie die Bibel sagt!«

»Für mich ist dieses Epitaph eine Ehrensache, Meister Colin. Eine Ehrensache, bei der ich mir nichts schenken lassen will und darf!«

»Und deshalb hört Ihr in Eurer kargen Freizeit dem Geschwätz eines alten Säufers zu, schneidet eigenhändig nächtens das Wachsmodell, wollt die Gußform und den Guß selber ausführen und für das Material dem alten Gauner Löffler den dreifachen Preis bezahlen, als die Bronze tatsächlich wert ist...

Ihr seid ein Narr, Dreyling – ein hochherziger Narr von Ehre. Nun, hoffentlich begreift Eure saubere Verwandtschaft wenigstens den vornehmen Fußtritt, den Ihr da austeilt.«

»Fußtritt?«

Die Schankmagd hat einen neuen Krug gebracht; Colin gießt sich großzügig ein:

»Nein, natürlich seid Ihr viel zu ehrenhaft, um an so etwas zu denken. Aber hat Euer Vater nicht eine Witwe und vier Söhne und ein paar Töchter hinterlassen? Und wer davon bezahlt sein Epitaph? Der geschniegelte, raffgierige Hofschranze Dr. Johann; Euer Bruder Ulrich, der mittlerweile ein angesehener Schmelzmeister im Polnischen ist; oder Frau Regina, geborene Löffler; oder...?«

»So dürft Ihr das nicht sehen, Meister Colin. Mit Johann, nun, da mögt Ihr sogar ein wenig recht haben. Aber Ulrich, der lebt in einer anderen Welt, und Kaspar ist ein kleines Studentlein zu Ingolstadt.«

»Mit Pferd, Wagen und Diener, wie man hört.«

»... und Frau Regina lebt von dem, was ihr Ulrich und ich und manchmal sogar Herr Hans Christoph zustecken.«

Um dem mir unangenehmen Thema zu entgehen, habe ich ein kleines, weich mit Sägespänen gefülltes Holzkistchen auf den Tisch gestellt. Vorsichtig entnehme ich ihm die beiden Figuren, die in den Seitennischen des Epitaphs stehen sollen und die ich in den letzten drei Wochen abends und sonntags nach den Entwürfen Meister Colin aus Wachs geschnitten habe: Der Bergmann links erinnert in seiner Haltung und Körperdrehung an den Apoll Sansovinos an der Loggetta in Venedig, der Schmelzer rechts ist ihm ein würdiges Pendant. Nur die Haltung der inneren Arme habe ich gegenüber dem Entwurf verändert – was wird Colin sagen?

Er begutachtet die Stücke eingehend. Dann nickt er zufrieden:

»In die Hände auf der Innenseite sollen wohl bei Totenmessen Kerzen gesteckt werden?«

»Ja! Die Idee kam mir beim Anblick der großen Ahnenfiguren am Kaisergrabmal in der Hofkirche.«

INNSBRUCK 1578

Bei der Erwähnung dieser Figuren verfinstert sich das Gesicht Meister Colins schlagartig: »Erinnert mich nicht an das Kaisergrabmal! Das leere Grab, in dem nur mein Ruhm und meine Unsterblichkeit beerdigt liegt!«

Alexander Colin schüttet zornig einen Becher Wein in seine Kehle. »Mit diesem Grabmal haben sie mich hergelockt nach Innsbruck.

Ich, ich, Alexander Colin aus Mecheln, sollte das größte, das prunkvollste Grabmal der Welt, den ewigen Triumph des Hauses Habsburg vollenden. 40 große Statuen der Vorfahren des Kaiserhauses sollten gegossen werden und nicht weniger als 100 Statuen von Heiligen aus der Sippschaft des Herscherhauses. Mit dem fertigen Drittel verbanden sich schon Namen wie Dürer, Vischer, Godl und Sesselschreiber.

Und der, der dies zum Abschluß bringen sollte, das war ich. Ich! Donatello, Bramante, Michelangelo, tretet zurück hinter Alexander Colin!

Neunzehn Mitarbeiter hab' ich angeworben aus eigener Tasche, um diesen Auftrag ausführen zu können – nicht nur Gesellen, Meister!

Und wie ging es dahin in den ersten Jahren! Der Bau des Kenotaphs, bekrönt von der Erzstatue des knienden Kaisers, umgeben von den Kardinaltugenden *Temperantia, Fortitudo, Paedentia* und *Justitia* – Mäßigkeit, Stärke, Fürsorglichkeit und Gerechtigkeit – und am Sockel in 24 Marmorreliefs die berühmtesten Taten Kaiser Maximilians...

Und dann? Aus! Schluß! Und wem habe ich das zu verdanken? Niemand anderem als dem hochwohlgeborenen Herrn Hans Christoph Löffler zu Büchsenhausen!«

»Aber er hat doch ein paar der kleinen Figuren gegossen, und auch verschiedene Teile des Kenotaphs«, werfe ich ein.

Alexander Colin schnaubt verächtlich. »Als er erst einmal die geforderten 95 Zentner Metall, neun Zentner 70 Pfund Wachs und zwölf Zentner Gips für die Arbeit sicher hatte, schwand sein Interesse schlagartig. 1568 schrieb er dann dem Erzherzog einen Brief: Er habe das Bildgießen weder erlernt noch geübt. Sein Vater habe ihn vor den Gefahren und Beschwerlichkeiten des Bildgusses gewarnt. Der Erzherzog könne nicht von ihm verlangen, daß er sein junges Leben aufgäbe und eine Witwe mit fünf kleinen Kindern hinterlasse – seine Kraft und Gesundheit wären zu schwach.«

Colin bricht in ein wütendes Gelächter aus:
»Seine Gesundheit! Ausgerechnet seine Gesundheit! Habt Ihr Herrn Löffler schon einmal krank erlebt, Dreyling? Krank am Metalldampffieber, am Gießerfieber, an der Bronzemalaria oder wie immer man sie nennt. Ihr kennt sie doch auch: nach jedem Guß Schüttelfrost, Fieber, bohrende Kopfschmerzen, Muskel- und Gelenkschmerzen, Erbrechen...«

Ich winke ab: »Jede Arbeit hat ihre Krankheiten.«

»Ja, Dreyling, an denen man schließlich elend krepieren wird wie das arme Schwein Pantaleon – der macht es nicht mehr lange. Und Pietro zeigt auch bereits deutliche Anzeichen. Und Ihr werdet's auch in ein paar Jahren merken. Nur einer, einer wallt durch die heiligen Hallen seiner Gießerei seit vielen Jahren, unberührt von all den Unbilden: Herr Hans Christoph Löffler!«

»Mag sein, daß er gefeit ist.«

Colin prustet vor wütendem Lachen:

»Und wie gefeit!

DIE SCHÖNE TAUBE BIN ICH GENENNT
MICH NIT JEDER RECHT ERKENNT
WANN AUS EINEM SCHLAG JUNGEN FLIEGEN
SO THUEN DAROB DIE MAUERN KLIEBEN.
HANNS CHRISTOPH LÖFFLER HAT MICH GOSSEN
UND AN DER PROB KUGELSCHWER BESCHOSSEN.

Die ›Schöne Taube‹ – eine Prachtfeldschlange ist sie. Hab' für sie die Dekorationen entworfen und in Wachs geschnitten: Ornamentstreifen mit Vasen und Pferden und Akanthusblättern, Friese mit der Amazonenschlacht, Putten, Weinranken, Maskaronen, als Traube am Hinterende ein kniender Mann inmitten von Putten und Rollwerk, auf dem Vorderstück das Relief einer Taube in einem offenen Käfig. Ich war dabei, als man sie gegossen hat.«

»Hinter dem Vorhang?«

»Vor dem Vorhang! Als der Bartlme – er war damals schon erster Heizer – meldete, die Schmelze sei fertig, verschwand Herr Löffler hinter dem Vorhang, dann scheuchte er seine beiden Gehilfen, den unseligen Toni Hebstaller und den Pantaleon hinaus. Dann hörten wir ihn allein hinter dem Vorhang rumoren – vielleicht fünf, vielleicht zehn Minuten lang. Dann sein Schrei: »Anstechen!«. Der Toni und der Pantaleon flitzten hinter den Vorhang – und noch schneller schoß der Herr Löffler hervor, als sei der Gott-sei-bei-uns persönlich hinter ihm her. Raus und an die offene Tür. Hat eben noch gewartet, bis er das Geräusch der aus dem Ofen hervorzischenden Schmelze gehört hat, und weg war er – im Laufschritt!«

Ich muß grinsen. In den bald vier Jahren auf Büchsenhausen habe ich oft genug Gelegenheit gehabt, Onkel Hans Christoph derart eilig nach dem Abstich das Gußhaus verlassen zu sehen.

»Und während Herr Löffler also verschwand«, fährt Colin fort, »zischten hinter dem Vorhang die Dampf- und Staubwolken des Gusses empor. Dann kam der Toni heraus; geschwankt hat er wie ein Betrunkener und gekotzt wie ein Reiher. Als die Gußgruben voll waren, kam der Pantaleon; er ist nicht mehr gelaufen, er ist auf allen vieren gekrochen. Und ich – ich war drei Tage sterbenskrank.«

»Nun, Herr Löffler ist der Meister...«

»Ja, das ist er. Und weil er es ist, läßt er alle um sich herum verrekken – solange er nur seine eigene Haut in Sicherheit weiß. Alle, Dreyling! Den Toni, den Pantaleon, den Pietro – Euch!«

Alexander Colin trinkt einen langen Schluck.

»Den Hofschranzen und den Habsburgern war die Weigerung von Meister Löffler nur zu willkommen, die Arbeiten am Grabmal einzustellen. Die Virtutes hat noch Anno '70 der Münchner Hans Lendenstreich gegossen. Die Form des knienden Kaisers steht noch immer in der Gußhütte in der Mühlau – und ob sie je gegossen wird, das weiß der Himmel...

O ja, ich bekam weiter Aufträge: Brunnen, Holzmonstranzen, das vergleichsweise winzige Freigrab für die Eltern des Erzherzogs im Veitsdom zu Prag, Kruzifixe, Altarwände, Sakramentshäuschen für das Haller Stift – Firlefanz!«

Colins Hand umklammert meinen Arm wie ein Schraubstock.

»Warum hocke ich tagein, tagaus im Wirtshaus? Warum saufe ich wohl? Ein kaltes Weib zu Hause und eine ruinierte Unsterblichkeit, das kann man nicht nüchtern ertragen! Ich, Alexander Colin. Der Mann, der es einem Michelangelo gleichtun wollte...«

Der Künstler ruft nach einem neuen Weinkrug, und ich nütze die Unterbrechung, um wieder auf das Epitaph für meinen Vater zurückzukommen.

»Das Sockelband mit den Stifterfiguren auf dem Epitaph habe ich fast fertig«, lenke ich Colin vorsichtig auf unser eigentliches Thema zurück. »Die rechte, die Seite mit den Frauen: ganz rechts seine erste Gattin, dann Frau Regina, beschirmt und beschützt von ihrer Namensheiligen – das bin ich Herrn Hans Christoph wohl schuldig –, davor meine Mutter und vor ihnen schließlich meine Schwestern. In der Mitte das Wappen mit dem Stechhelm und dem Steinbock als Helmzier. Auf der rechten Seite wir Söhne dem Alter nach: Ulrich, ich und Johann, und klein daneben Kaspar, noch wie ein Kind. Auch die Figur meines Vaters mit seinem Schutzpatron, dem heiligen Johannes dem Täufer, dahinter ist soweit fertig, nur mit seinem Gesicht bin ich noch nicht zufrieden. Als ich ihn unter die 24 Ältesten im oberen Teil des Epitaphs versetzte, gelang mir das Portrait auf Anhieb, aber diesmal...«

Meister Colin klopft mir beruhigend auf den Arm:

»Versucht es nicht mit Gewalt zu zwingen. Derlei Dinge lassen sich nicht zwingen, da muß man Geduld haben!«

»Ich weiß, ich weiß!« stimme ich zu. »Aber ich will den Schlangen-Lehm und den Schlangen-Brand für die Bildtafel haben!«

Colin grinst:

»Das Feinste vom Feinen, das Herr Hans Christoph Löffler nur für seine geliebten Feldschlangen verwenden läßt.«

Gerade die erste und zweite ganz dünne Lehmschicht, die auf die Wachsform aufgepinselt wird – und sie ist es doch, die letztlich über die Feinheit oder Grobheit des Gusses entscheidet –, ist für die Schlangen sanft wie Samt und glatt wie Atlas. Wenzel, der Altgeselle der Kanonenformer, und Veit, der Glockenformergeselle hätten mich darauf seinerzeit gar nicht aufmerksam machen müssen, die Unterschiede waren offensichtlich.

»Der Lehm für die anderen Geschütze ist viel zu grob, der für die Glocken der reinste Sand und der für die Hafnerei Kies und Schotter! Veit und Melchior, die beiden zuständigen Formergesellen liegen nicht nur mir mit beständigen Klagen darüber im Ohr, sie haben sich sogar schon vor unseren Herrn und Meister gewagt!«

»Und der hat sie zum Teufel gejagt und erklärt, daß das Viehvolk den Unterschied ja doch nicht merke. Stimmt doch, Dreyling?«

»Ja, es stimmt. Und – bei Gott – es stimmt, daß es fast jede Woche Wutausbrüche des Herrn Hans Christoph in der Bild- und Hafengießerei gibt, weil Formen geplatzt, weil Güsse verdorben sind. Aber wie sollten sie nicht, wenn der dickere Mantellehm nur so kurz gestampft wird, daß er überall noch Klumpen hat, sich nicht gleichmäßig durchbrennen läßt, oder noch schlimmer, wenn der Brand der Formen durch minderwertiges Holz zu schwach oder ungleichmäßig ist?«

INNSBRUCK 1578

Jetzt greife ich nach meinem Weinbecher, trinke einen langen Schluck. Ich sollte so nicht reden, nicht einmal vor Meister Alexander Colin.

Als ich damals nach Büchsenhausen kam, in der Gießerei als rechte Hand meines Onkels zu arbeiten anfing, war ich, wie alle Welt, der Überzeugung, Hans Christoph sei der Gießer aller Gießer – und er ist es auch, vorausgesetzt, daß er es will. Aber dieses Wollen erstreckt sich allein auf seine Kanonen, und da in allererster Linie auf die Feldschlangen, jene langrohrigen, mittelschweren Geschütze von hoher Reichweite und Treffsicherheit, die, zugegeben, das beste sind, was je im Artilleriewesen entwickelt wurde. Auf allen anderen Gebieten, im Bild- und Glockenguß oder in der Herstellung von Gebrauchsgegenständen ist die Löfflersche Gießerei zwar immer noch besser als die meisten Konkurrenten, und doch betreibt sie der Meister, gemessen an seinem wahren Können, mit einer Nachlässigkeit, daß er seine Kunden regelrecht betrügt!

Und ich mit ihm. Denn seit zwei Jahren bin ich auch offiziell sein Werkführer mit der Oberaufsicht über alle Form- und Gußarbeiten auf Büchsenhausen mit Ausnahme des Geschützgusses. Voriges Jahr habe ich zusammen mit Lienhard, unserem bärbeißigen Schmelzermeister, praktisch ohne irgendein Zutun von Hans Christoph die Glocken für die Kirchen von Flaas, Tisens und Serfaus gegossen. Jetzt sind die Glocken für die Spital- und die Jesuitenkirche zu Innsbruck in Arbeit, und wenn Onkel Hans Christoph sich einmal in der Woche nach dem Fortgang der Arbeit erkundigt, ist das viel...

Mein Becher ist leer, und ich schenke nach.

An jenem Abend im Mai 1574 hatte mir mein Stiefonkel versprochen, mich nach ihm zum wichtigsten Mann auf Büchsenhausen zu machen. Er hat auch Wort gehalten, in gewissem Sinne – wie er stets und überall sein Wort in gewissem Sinne zu halten pflegt; denn, sei es seine Natur oder Berechnung, er wird nie irgend jemandem volles Vertrauen schenken.

»Veit scheint sich verzweifelt zu langweilen«, dringt Colins Stimme in meine Gedanken.

Ich werfe unwillkürlich einen Blick hinüber zur Ofenbank, wo Veit, der Glockenformergeselle vor einem Krug Bier vor sich hindämmert.

Wieder einmal scheint Alexander Colin meinen Gedanken in seiner schon unheimlichen Weise gefolgt zu sein.

»Der Spitzel für den Spitzel«, grinst er.

»Der Bewacher für Pietro, den zweiten Kanonengießergesellen«, bestätige ich.

»Und Pietro«, stellt Colin fest, »hockt hier im SCHWARZEN ADLER, weil er auf Euch aufpassen soll, während Ihr wiederum den Oberaufpasser in der Gießerei spielt ... zumindest glaubt das Euer Herr Oheim, wenn ich nicht irre.«

»Nein, Ihr irrt Euch nicht ... nur...«

»Daß Ihr eben kein Spitzel seid, Dreyling. Ihr habt dazu kein Talent. Was Menschenkenntnis anbelangt, so hat Euer Herr und Meister die Hellsichtigkeit eines Maulwurfs.«

»Nun ja, bespitzelt und verpfiffen wegen irgendwelcher Albernheiten habe ich gewiß keinen, aber daß niemand irgendwelche Geheimnisse der Gießerei ausplaudert, dafür habe ich schon gesorgt...«

Colins rechte Hand zeichnet einen Faun mit spitzen Ohren und spöttischem Grinsen und einen Weinbecher in der Hand – einen Faun, der seine eigenen Züge trägt – und ebenso spöttisch ist jetzt das Grinsen des Künstlers:

»Ihr habt verhindert, daß die Gesellen Geheimnisse Meister Löfflers ausplaudern? Welche Geheimnisse denn? Kennt Ihr denn selbst diese Geheimnisse? Wie viele der sieben Siegel der Gießerkunst habt Ihr denn in diesen vergangenen Jahren geöffnet?«

Alexander Colin beugt sich weit über den Tisch herüber. Sein weingeschwängerter Atem schlägt mir wiederum ins Gesicht:

»Die Siegel des Bergbaus und der Metallgewinnung habt Ihr schon mitgebracht aus Schwaz.

Und welche habt Ihr auf Büchsenhausen geöffnet?

Das Siegel der Form? – Ja.

Das Siegel des Formbrandes? – Auch dieses.

Das Siegel des Schmelzofenbaues?«

»Nun, ich kenne die Tiegel- und Windöfen...«

Colin wischt meinen Einwurf weg: »Um die Flammöfen geht es! Nur um die Flammöfen, Dreyling!«

»Das Prinzip ist mir klar...«

»Nicht das Prinzip, junger Freund! Die Maße! Die genauen Maße, der exakte Heizvorgang!«

Ich zucke mit den Achseln. »Onkel Hans Christoph läßt an seine schwarzen Riesen nur den Bartlme, seinen ersten Heizer heran, und den nur unter strengster eigener Aufsicht.«

»Und das Siegel der genauen Metallmischung? Und schließlich das siebte, das Siegel des Gußvorganges?«

INNSBRUCK 1578

»Ihr wißt selbst, daß niemand hinter den berühmten Vorhang kommt außer Pietro und Pantaleon – und selbst die müssen in den wohl entscheidenden letzten Minuten unmittelbar vor dem Anstich hinaus und dürfen erst wieder erscheinen, wenn der Ofen tatsächlich angestochen wird und sich Onkel Hans Christoph zurückzieht...«

Alexander Colin läßt sich auf seinen Sitz zurückfallen, leert den fast vollen Becher mit einem riesigen Schluck, schüttelt den Kopf:

»Nichts wißt Ihr also! Zwei Siegel also in fast vier Jahren – und die restlichen drei werden unlösbar bleiben, denn der Meister wird sie Euch niemals anvertrauen.«

Ich starre Colin fassungslos an.

»Ihr seid Herrn Löfflers Handlanger, Dreyling. Und Ihr werdet ewig Herrn Löfflers Handlanger bleiben.«

»Adam! Adam, wo bleibst du denn? Hast du unsere Verabredung vergessen? Wir wollten doch ins STANGELREITER!«

Ich drehe mich nach dem Rufer um. Max eilt zwischen den Tischen auf mich zu:

»Meister Colin, verzeiht, aber Adam und ich wollten...«

»Schon gut«, winkt der Künstler ab. »Geht nur, Herr Dreyling. Unser Gespräch können wir auch nächsten Sonnabend fortsetzen.«

»Einen Augenblick noch, Max, ich wollte Meister Colin nur noch eine Kleinigkeit zeigen.«

Sichtlich unruhig läßt sich Max an einem Nebentisch nieder.

Ich ziehe ein Stück Papier hervor: »Über die Inschriften waren wir uns einig. Aber unten am Sockel wollte ich noch dies anbringen:

MIR GAB ALEXANDER COLIN DEN POSSEN
ADAM DREYLING HATT MICH GEGOSSEN. 1578.«

Colin glubscht mich an, als seien mir soeben zwei Köpfe gewachsen:

»HANNS CHRISTOFF LÖFFLER HATT MICH GEGOSSEN.«

»Nein! Onkel Hans Christoph hat dieses Epitaph bis heute nicht einmal gesehen – und er wird es auch nicht sehen, bis es fertig ist! Ich allein habe es geformt, und ich allein werde es auch gießen!«

»Das spielt keine Rolle, mein Freund. Nur der Meister darf auf ein Gußstück seinen Namen oder sein Zeichen setzen!«

»Wenn die Tafel in der Kirche von Schwaz angebracht wird, werde ich Meister sein!«

»Ihr? Nie!«

»Und weshalb nicht? Ich bin seit zwei Jahren Werkführer zu Büchsenhausen. Ich habe Gebrauchsgerät, Bildtafeln und Glocken geformt und gegossen. Das einzige, was ich nie getan habe, ist eine Feldschlange zu gießen.

Gut, ich erkenne an, daß mein Wissen noch Lücken hat, etwa was die großen Flammöfen anbelangt, aber das ist kein Wissen, das sich nicht beschaffen ließe. Und wer will mich dann hindern, mich zur Meisterprüfung anzumelden?«

»Meister Löffler. Er kann, und er wird es tun! Er hat es immer getan! Immer! Denkt an den Toni Hebstaller! Er wird Euch eher umbringen, als daß er Euch als Meister aus seinen Mauern läßt! Es sei – es sei denn...«

Colins Linke zeichnet – knospende Brüste, eine schmale Taille, lange Schenkel...

»Es sei denn – was?« frage ich ungeduldig.

»Ihr pflückt endlich die Frucht, die sich Euch so offensichtlich anbietet.«

»Meister Colin, bitte, redet verständlich!«

Alexander Colin lacht leise, während er weiterzeichnet. Die ersten, leichten Linien nehmen immer deutlichere Formen an, werden rund, das Gesicht über dem nackten Körper ähnelt immer mehr dem Katharinas:

»Sie ist zu einer schwellenden Frucht herangewachsen. Schaut hin: Kelchblätter, zarter Flaum, spitze Knospen, Vorfrühling, rosengleiche Blüte von zartem Rosa, ein kydonianischer Apfel. Habt Ihr es noch nicht bemerkt? Die kleine Himmelskönigin würde Euer Schwanzgefieder mit Sternen bedecken, und ihr Feuer würde Eure Hand verkohlen, ohne daß Ihr es bemerkt! Auf meinem Aktäonbrunnen würde ich sie gerne als Nymphe sehen.«

»Ich kann das nicht glauben...«

Colin zwinkert mir zu: »Glaubt's nur – und schaut genau hin, junger Freund!«

Max drängt wieder an unseren Tisch:

»Adam! Wir müssen los!«

Nun denn. Ich stehe auf, verabschiede mich von Meister Colin.

Und während meine Rechte seine Hand schüttelt, läßt meine Linke die Zeichnung mit der nackten Katharina in die Tasche gleiten.

Minuten später stehe ich mit Max auf der Straße. Das Gespräch mit Alexander Colin schwirrt mir im Kopf herum. Das Epitaph –

mein Wunsch zur Meisterprüfung – Colins Reden über meinen Onkel – die sieben Siegel.

Die Dämmerung ist inzwischen hereingebrochen, und die Geschäftsleute und Handwerker beginnen ihre Läden zu schließen, während Max und ich am Goldenen Dachl vorbeiwandern, wo ein Habsburger, es war wohl Friedrich *mit der leeren Tasche* – was für ein bezeichnender Spitzname für einen Habsburger! – einen Erker mit Dukaten decken ließ, um zu beweisen, daß er noch Geld habe, was ihm trotzdem wohl keiner geglaubt hat...

Am Pickentor kommen wir am Ansitz Streitenegg vorbei, der meinem Bruder Johann gehört, und biegen zum Innrain ein.

Das STANGELREITER ist ein breit ausladender, dreistöckiger Bau mit halbrundem Giebel am Innrain, etwa in der Mitte zwischen dem Kloster der Ursulinen und dem Ansitz Albersheim gelegen.

Über dem scheunentorgroßen Eingang, durch den eine bunte Menge ins Innere drängt und schiebt, hängt an einem kunstvoll geschmiedeten Arm das blecherne Wirtshausschild: In kräftigen Farben reitet da ein Mann quer, das heißt beide Beine auf einer Seite herabhängend, wie es bei den Schiffsleuten der Brauch ist, auf einem schweren Zugpferd, die rot-weiß gestrichene Meßlatte wie einen Feldherrenstab in der Faust.

Ich habe sie oft gesehen in Schwaz, die Schiffsleute, wenn sie den Inn auf- und abwärts zogen. Während der Sößstaller als der eigentliche Verantwortliche für einen Schiffszug oben auf dem Hohenau thronte, wurde der Zug der Pferde von einem Vorreiter angeführt, eben dem *Stangelreiter*, der mit seiner Meßlatte, der *Marschalten*, von der er seinen Namen hat, die Wassertiefen der Seitenarme und jener Stellen, an denen die Pferde ins Wasser kommen, zu sondieren und alles Notwendige zu veranlassen hat, damit Mensch und Pferde – oder eigentlich nur die Schiffe – nicht zu Schaden kommen.

Die Treiber und Schiffsleute gelten als recht wilde Gesellen, die mit wüstem Gebrüll, Fluchen und Peitschenknall das Inntal durchziehen und abends in den Herbergen mit Saufen, Fressen, Huren und Raufen weit Überdurchschnittliches zu leisten pflegen. Und als die Ärgsten der Argen, wie könnte es anders sein, gelten natürlich ihre Anführer, die Stangelreiter.

DIE SIEBEN SIEGEL

Das Symbol des Stangelreiters scheint trefflich gewählt, denn das Wirtshaus am Innrain genießt ebenfalls einen reichlich wilden Ruf, und wenn auch die frommen Ursulinen-Schwestern links und der Herr Dr. Matthias Alber rechts die erzherzoglichen Behörden in schöner Regelmäßigkeit mit Beschwerden über das Treiben in und um das STANGELREITER bombardieren, so scheint die Behörde der Auffassung zuzuneigen, das Treiben – wenn es denn sein muß, und irgendwo muß es ja wohl sein – lieber außerhalb als innerhalb der Stadtmauern zu wissen.

Ich war in der ganzen Zeit noch nie in diesem Haus gewesen, doch Max hatte mich so bedrängt, mitzukommen, daß ich schließlich eingewilligt hatte. Es gebe etwas ganz Besonderes zu sehen.

Max zieht mich zielstrebig ins Innere, wo mir unter den mäßig beleuchteten Gewölben eine Woge des Gestanks, gemischt aus verschüttetem Bier und Wein, ungewaschenen Leibern, schlechtem Fett, Urin, Erbrochenem und Rauch entgegenschlägt.

»Schau, schau! Das Löffler-Mäxchen ist auch schon da!«

Ein Spitzbube mittleren Alters, hager, sehnig, aufgeputzt wie ein Gockel, mit öligen Haaren, mächtig vorstehenden Schneidezähnen und kalten Augen schiebt sich uns in den Weg.

»Einen schönen guten Abend auch! Ein wunderbares Wetter, das wir heute erwischt haben«, plappert Max los.

»O ja, so wunderbar wie die silbernen Guldinerchen, die du mir gleich zurückzahlen wirst!«

Max winkt hektisch ab: »Du hast gesagt, daß ich bis morgen nacht Zeit habe zu zahlen.«

Der Kerl grinst humorlos, wobei er seine mächtigen Schneidezähne noch weiter entlößt.

»Vielleicht habe ich das wirklich, aber für dich wäre es gesünder, wenn du es nicht darauf ankommen ließest, Löffler-Kegel!«

Der Lärm, der Gestank, die drängelnden Menschenhorden, die Unterhaltung ebenso wie der Bursche gehen mir auf den Geist. Im Grunde bedaure ich bereits, mit Max hierhergekommen zu sein.

»Wenn du dich unterhalten willst, dann bleib. Ich jedenfalls lasse diesen Krach und Gestank keine Minute länger über mich ergehen«, fauche ich Max gereizt an.

»Oh, wen haben wir denn da?« fragt der Mensch und mustert mich mit seinen kalten Augen.

»Das ist mein Vetter, Herr Adam Dreyling zu Wagrain«, beeilt sich Max zu erklären.

INNSBRUCK 1578

Der Kerl verbeugt sich devot: »Welcher Glanz in unserer Hütte! Seid willkommen, edler Herr Dreyling.«

»Und das ist«, fährt Max hastig fort, »Meister Bruno Deodatus, von seinen Freunden *der Hase* genannt.«

Wieder verbeugt sich der Spitzbube devot, zieht die Lippen noch weiter von den mächtigen Schneidezähnen zurück. »Darf ich die Herren zu ihrem Platz führen? Ihnen etwas zu essen, zu trinken und sonst etwas zu ihrem Wohlbefinden besorgen?«

»Nur zu – vorausgesetzt, ich komme hier endlich heraus!«

»Euer Wunsch ist mir Befehl, werter Herr!«

Der Hase wendet sich um, rempelt uns rücksichtslos den Weg frei, führt uns durch ein zweites, mächtiges Tor hinaus in den Garten.

Auch hier Tisch an Tisch, Bank an Bank, Mensch an Mensch, Fressen, Saufen, Gegröle, Gelächter, krachende Musik, Gestank – doch unter dem freien Himmel verliert sich wenigstens das Ärgste.

»Hier entlang, wenn ich bitten darf«, flötet der Hase und dirigiert uns zwischen den Massen hindurch zu einem der drei Dutzend kleineren Tische, die nahe einem Podium stehen, welches, von Fackeln beleuchtet, an der Rückwand des Wirtshauses aufgebaut ist.

Von den acht Plätzen am Tisch sind vier schon besetzt. Ein dicker, ungemein schwitzender Mann – bei verschiedenen Anlässen habe ich ihn unter den ehrenwerten Zunftmeistern gesehen – beschäftigt sich eifrig wechselweise mit seinem Bierhumpen und den halb entblößten Brüsten einer offensichtlich gelangweilten Hübschlerin.

Der andere Mann am Tisch ist aufgesprungen, streckt mir die Hand entgegen:

»So trifft man sich wieder, Herr Dreyling! Wir sind uns ja schon öfter im Hause Eures Oheims begegnet, auch wenn wir uns bislang noch nicht näher kennenlernen durften. Ich bin Kupferhändler und komme aus Meran, wie Ihr vielleicht noch wißt.

Davido. Willi Davido, mein Name, wenn Ihr Euch erinnern wollt.«

Die dünnen Blondhaare, die rauchgrauen Augen, die Pockennarben. O ja, ich erinnere mich sehr gut an ihn – und an jene Nacht in Schwaz, die unauslöschbar in mein Gedächtnis eingebrannt ist. O ja, ich erinnere mich an ihn, wie er auf dem Kirchhof vor dem Totenhäusl und später vor dem Palais der Fugger Gewalt, Brand und Mord gekreischt hatte.

»Nehmt Platz, Herr Dreyling. – Kathi!« ruft der Hase der Bedienung zu. »Einen Krug vom *Besten* des Hauses!«

»Ich habe Euch noch nie hier gesehen«, plaudert Willi Davido inzwischen weiter. »Im Gegensatz zu Eurem Vetter Max ist das hier wohl auch nicht so ganz die rechte Umgebung für Euch...«

»Und für Euch, Herr Davido?«

Der Kupferhändler kichert vergnügt.

»Ich bin überall zu Hause, in Palästen und Hütten, in Bürgerheimen und Hurenhäusern, in Kaufmannskontoren und eben auch hier. In einem Nest wie Innsbruck gibt es nicht viele Möglichkeiten, mich ungestört mit meiner Begleiterin zu treffen.«

Die Dame an seiner Seite ist in einen weiten, schwarzen Mantel gehüllt, hat die Kapuze über den Kopf gezogen und trägt zudem eine venezianische Maske, hinter der zwei dunkle Augen herausblinken und die sonst nur einen üppigen Mund freiläßt. Eine schmale, schwarz behandschuhte Hand hebt mir kurz grüßend den Weinkelch entgegen.

Unterdessen hat man um das Podest an der Rückwand des STANGELREITERS weitere Fackeln aufgestellt.

Unter dem johlenden Beifall der Zuschauer besteigt der Hase das Podest, bleckt seine mächtigen Schneidezähne, winkt um Ruhe:

»Hochverehrte Damen, hochgestrenge Herren...«, eine Verbeugung in die Richtung unserer kleineren Tische. »Meister und Meisterinnen! Liebe Freunde und Gäste!

Der heutige Abend, der Abend dieses 13. Septembers im Jahr des Herrn 1578, wird eingehen in die Geschichte!

Ein Schauspiel, wie es Euch erwartet, hat es seit Erschaffung der Erde nicht gegeben! Und es wird solch ein Schauspiel nicht wieder geben bis zum Tag des Jüngsten Gerichtes!

Nicht in Innsbruck! Nicht in Tirol! Nicht in Österreich! *Nicht auf der ganzen Welt!*«

Brüllender Applaus unterbricht den Hasen.

»Freunde! Nichts Geringeres erwartet uns heute – als der Wettstreit der stärksten Männer dieser Erde!

Aus Nord und Süd, aus Ost und West sind sie gekommen, um zu erfahren, wer von ihnen der Stärkste der Starken, der Gewaltigste der Gewaltigen sei!«

Der Hase macht eine kurze Pause, um den Applaus entgegenzunehmen, ehe er fortfährt:

»Hier, meine Freunde, liegen drei Steine, an die eiserne Ringe geschmiedet wurden – einen Zentner, zwei Zentner und – drei Zentner schwer!

Wer wird diesen Stein noch heben? Wer wird ihn am *längsten* halten können?«

Der Hase stolziert einmal das Podium auf und ab:

»Und nun, verehrte Gäste, liebe Freunde: Unsere starken Männer, die aus aller Herren Länder dieser Erde hierher nach Innsbruck geeilt sind, um vor unseren Augen den Stärksten der Starken, den Gewaltigsten der Gewaltigen zu ermitteln!

Beginnen wir mit: Giuseppe! Giuseppe aus Rom, der Stadt der Gladiatoren und Päpste!«

Breitbeinig stapft ein kleiner, viereckiger Mann auf das Podium, angetan mit einem kurzen Rock und einem Helm – sichtlich aus Leder – auf dem Kopf, auf dessen Kamm ein paar Straußenfedern wippen, wie auf dem Helm St. Florians in den Bauernkirchen.

»Der nächste ist der Schrecken des Nordens: Olav der Wikinger!«

Ein Riese von einem Mann, gehüllt in ein mottenzerfressenes Fell, mit einem struppigen Bart, der ihm fast bis zum Gürtel wallt, und hellblauen Kinderaugen.

»Und schon naht der dritte: der Leibwächter des Zaren aus dem fernen Rußland – Igor der Moskowiter!«

Ein Bursche, durch Pelze und Bauch fast breiter als hoch, poltert auf die Bühne, läßt furchterregend die Augen rollen und brummt wie ein Bär.

Die Menge, die bislang eher höflich Beifall geklatscht hatte, beginnt sich zu erwärmen.

»Aus dem tiefsten Afrika der Häuptlingssohn: Olumba aus Hubamba!«

Ein Neger springt auf das Podest, fuchtelt mit den Armen, rasselt mit einer Knochenkette, die er um den Hals trägt. Beim Anblick seines winzigen Lendentüchleins geht ein leises Aufstöhnen durch die Reihen der anwesenden Weiblichkeit.

»Diesmal hat sich der Hase aber mächtig ins Zeug gelegt«, flüstert mir Max zu. »Der Neger ist echt!«

»Der Stärkste aus den Reihen der gefürchteten Janitscharen des Sultans: Ali der Türke!« tönt der Hase weiter.

Ein Koloß in weiten Pluderhosen, mit nacktem Oberkörper und bis auf ein Haarschwänzchen kahlrasiertem Schädel, walzt auf das Podium. »Dafür heißt der wahrscheinlich Ferdinand oder Leopold und kommt aus der Wiener Neustadt«, raune ich Max zurück.

Der Hase bleckt zufrieden seine mächtigen Schneidezähne.

»Als vorletzter aus dem fernen, von Christoph Kolumbus entdeckten Indien der Kazike Fitzliputzli, dessen Vater noch ein echter Menschenfresser war!«

Eine ziemlich traurige Figur, herausgeputzt mit einigen Federn, Flitter, sehr wenig Textilien und viel roter Farbe.

Der Applaus bleibt mäßig.

»Und schließlich« dröhnt der Hase. »Aus Tirol! Unser Mann aus Innsbruck! *Alois Holzhauer!!*«

Wilde Begeisterung empfängt den stämmigen Mann in lederner Kniehose, schweren Stiefeln, blonden Locken, der zur Begrüßung die Finger ineinanderhakt und die gewaltigen Muskeln an Armen und Brust springen läßt.

»So, meine Freunde!« verkündet der Hase, als sich der Tumult gelegt hat. »Nun wird jeder von unseren starken Männern eine Probe seiner Kraft mit dem Ein- und dem Zweizentnerstein abgeben.

Dann werden wir die Wetten abschließen, wer den dritten Stein, den mit den drei Zentnern, heben und wer ihn am längsten halten kann!

Und nun beginnt!«

Während die Männer nun ihre Vorübungen mit den beiden leichteren Steinen absolvieren, dreht sich Max wieder zu mir:

»Nun, Adam, wem gibst du die beste Chance zu gewinnen? Ich setze auf Alois, unseren Tiroler!«

»Der Westinder, der Russe und auch der Neger sind Staffage«, stelle ich fest. »Der Nordmann hat auch keinen Rückhalt im Publikum – einen von ihnen gewinnen zu lassen würde das Volk verärgern.«

»Das gilt erst recht für den Türken!«

»Der Italiener – viele Leute haben hier Verwandte in Italien. Aber er scheint mir nicht kräftig genug...«

»Bleibt also nur Alois!« triumphiert Max im Aufstehen.

»Wohin?«

»Zu den Tischen, wo die Wetten angenommen werden!«

»Mußt du denn wetten, Max?«

»Verdammt, ja, ich *muß!* Ich schulde dem Hasen aus anderen Wetten 13 Gulden. Wenn ich jetzt zehn setze und gewinne, dann bin ich nicht nur diese Sorgen los, sondern habe auch noch schön etwas übrig. Und der Sieger steht doch praktisch schon fest! Da kann doch gar nichts schiefgehen!«

Ich ziehe den widerstrebenden Max auf seinen Sitz zurück:

»Der Sieger scheint wirklich schon festzustehen – und deshalb mißtraue ich der Sache. Der Hase macht das Ganze nicht nur, um das Volk zu belustigen, der will ein Geschäft dabei machen – ein dickes Geschäft. Und das macht er nicht, wenn dieser Alois siegt!«

»Also wer dann?« drängelt Max. »Doch der Italiener?«

»Wäre die zweite Wahl – und die wird auch einer Menge Leute einfallen.«

»Wer denn dann?«

»Der Wikinger oder der Türke.«

»Der Türke *nie!* Weißt du was, Adam? Ich setze auf beide: Alois *und* den Italiener!«

»Du bist verrückt, Max! – *Max!*«

Doch schon ist er weg, verschwunden in dem Getümmel um die Wettische.

»Wollt Ihr nicht auch einen Einsatz wagen, Herr Dreyling? Ich meine, Ihr liegt mit Euren Voraussagen nicht gar so falsch«, wendet sich Davido mir zu.

Ich schüttle den Kopf:

»Ich verdiene mir mein Geld zu hart, um es leichtfertig aufs Spiel zu setzen.«

»Wer im Leben nichts riskiert, der gewinnt auch nichts. Und Ihr seid ja mittlerweile hochbestallt und hochbezahlt. Im Gußhaus am Gänsbichel Meister Löfflers Hand und Kopf.«

Ich muß lachen. »Ja. Des Meisters Hand.«

»Und Kopf?« faßt Davido nach.

»Da gibt es nur einen: meinen Onkel!«

»Und Ihr? Hat es Euch nie gereizt, auch einmal Kopf zu sein? Oder seid Ihr auch da zu vorsichtig, wollt auch da nichts riskieren?«

Ein Trommelwirbel unterbricht unser Gespräch.

Der Hase besteigt erneut das Podium, während sich Max mit vor Aufregung gerötetem Gesicht wieder auf seinen Platz schiebt.

»Und nun: der Drei-Zentner-Stein!!«

Das Schauspiel läuft, wie ich es vermutet hatte.

Der windige Westinder, der angebliche Russe und der Norweger geben nacheinander rasch auf, der Neger fehlt – in der Pause hatte ich ihn mit einer verschleierten Dame der besseren Innsbrucker Gesellschaft im Innern des STANGELREITERS verschwinden sehen.

Der Römer hebt und zerrt unter dem schrillen Pfeifkonzert der Zuschauer – und läßt den Stein fallen. Max stöhnt auf.

Jetzt ist Ali der Türke an der Reihe. Er hebt den Stein hoch bis zur Brust und hält dort mit bebendem Leib. Schweißbäche rinnen an seinem fetten Körper herunter, sein Gesicht ist schmerzverzerrt.

Seine Arme und Beine wackeln vor Anstrengung, aber er hält den Stein, hält ihn, hält ihn – genau 30 Sekunden, ehe er ihn auf das Podium zurückkrachen läßt.

Und jetzt unser Mann: Alois Holzhauer.

Auch er wuchtet den Stein bis zur Brust hoch...

»A-lois! A-lois! A-lois!« skandiert die Menge.

Bis auf Davido, seine maskierte Begleiterin und mich sind alle aufgesprungen, schreien, fuchteln in der Luft herum, feuern ihren Helden an. Max kreischt wie ein Wahnsinniger. Selbst der Dicke an unserem Tisch hat sich vom Busen seiner Hübschlerin für einen Augenblick getrennt, hopst wie ein Ball auf und ab.

Ich fange einen spöttischen Blick aus den grauen Augen Willi Davidos auf.

»A-lois! A-lois! A-lois!!«

Die Menge beginnt zu zählen »15 – 16 – 17...«.

Mit schmerzverzerrtem Gesicht versucht Alios Holzhauer plötzlich den Griff zu ändern, ruckt – taumelt – kippt...

Dröhnend poltert der Stein auf das Podium.

Ein Entsetzenschrei aus hundert Kehlen kreischt in den Nachthimmel.

Max ist mit einem Schlag totenblaß geworden:

»Los, Adam! Wir verschwinden!«

Ungeduldig, fast panisch zerrt er mich am Ärmel, pufft die Umstehenden zur Seite, zieht mich dem Ausgang zu und auf die Straße hinaus:

»Mach schon! Los! Schnell!«

»Was hast du denn?« Ich reiße mich ärgerlich los.

»Ich habe eben noch mal zehn Gulden verloren«, keucht Max, während er die Gasse entlanghastet.

Im nächsten Moment bleibt Max stehen, als sei er gegen eine Mauer gerannt.

Um die Ecke biegen zwei Kerle. Der eine hält eine schwere Eisenstange in den Händen, eben noch hatte er mit roter Farbe beschmiert den westindischen Kaziken Fitzliputzli gespielt. Den anderen, großen, dicken hatte ich als Türken-Ali kennengelernt; er trägt immer noch seine Pluderhose.

Max dreht auf dem Absatz um – und erstarrt.

Am anderen Ende der Gasse erscheint der Hase, gefolgt von zwei weiteren seiner Spießgesellen.

»Wohin denn so eilig, Mäxchen?«

»Ich dachte ... ich wollte nur ... ich ...«

»Abhauen wolltest du«, stellt der Hase grinsend fest.

»Weshalb hätte ich abhauen sollen?« versucht sich Max halbherzig zu verteidigen.

»Weil du uns 40 schöne runde silberne Guldiner schuldest, Mäxchen!«

»Das ist nicht wahr! Mit heute abend sind es zusammen 28!«

»Irrtum! Ab sofort sind es 40! Und die wirst du zahlen, und zwar jetzt!«

»Du bekommst sie morgen nacht, so lange hast du mir Zeit gegeben!«

»Woher willst du denn bis morgen nacht 40 Gulden auftreiben?« frage ich Max leise.

»Keine Sorge, ich hab' da eine Quelle für den äußersten Notfall«, flüstert Max zurück.

»Also, was ist jetzt, Mäxchen?« drängt der Hase. »Rück die Mäuse heraus, dann kannst du verschwinden.«

»Aber ich habe das Geld *jetzt* noch nicht!«

»Schade. Jammerschade! Habt Ihr gehört, Freunde? Der Löffler-Kegel hat das Geld noch nicht!

Und morgen hat er dann das Geld vielleicht auch noch nicht. Es sei denn, wir sorgen dafür, daß er es nicht vergißt. Ich glaube, wir werden ihm erst einmal sein Näschen und seine Öhrchen abschneiden müssen. Und morgen dann die kleinen Eierchen. Und am Montag die Fingerchen. Und so lange weiter, bis er zahlt, das kleine Mäxchen.«

Feixend zieht der Hase ein Messer heraus, wetzt es am Handballen: »Also, Mäxchen: Geld – oder Nase und Ohren!«

Mit einem schnellen Griff grabscht der Hase nach Max.

Der springt zurück, reißt seinen Dolch aus der Scheide.

»Fred! Leo! Butzi!«

Die Kerle verteilen sich um uns. Der Hase schleift weiter sein Messer am Handballen.

Ich trete einen halben Schritt vor. Sofort richtet sich das Messer des Hasen auf mich.

»Ich glaube, das genügt«, sage ich betont ruhig. »Max hat versprochen, morgen abend zu zahlen. Und jetzt laßt uns durch!«

»Aber bitte, der Herr!« grinst mich der Hase an. »Mit Euch haben wir keinen Streit. Nur Mäxchen wird noch einen Augenblick dableiben, bis wir ihm Näschen und Öhrchen abgesäbelt haben. Wir versprechen dem Herrn, es wird ganz schnell gehen, und je weniger sich Mäxchen wehrt, um so rascher hat er es hinter sich.«

»Schon gut. Ihr habt Euren Spaß gehabt.«

»Erst den halben, Herr!«

Ich trete noch einen Schritt vor:

»Komm, Max!«

Zischend gleiten Waffen aus den Scheiden.

Fünf gegen zwei, wobei noch unklar ist, wieviel die Hilfe von Max wert sein mag.

Direkt vor Max, schräg rechts vor mir steht der Hase, der das Messer gegen ein Raufeisen ausgetauscht hat. Links vor mir Fred, in dessen Hand ein langer Dolch blinkt. Direkt links neben mir der Kerl, den der Hase Leo genannt hat; er führt eine Dusägge, eine halblange, schwere, gebogene Klinge ohne Handschutz und Parierstange, wie sie in Böhmen beliebt ist. Hinter mir steht der Türken-Ali, ohne Waffe, er scheint sich auf seine riesigen Fäuste zu verlassen. Und den Kreis schließt hinter Max der Butzi genannte Bursche mit der Eisenstange. Der Hase, Fred und Leo haben ihre Mäntel abgenommen und als eine Art provisorischen Schild um den linken Arm gewickelt – *deutsche* Fechttechnik, schießt es mir durch den Kopf.

Auch ich habe meinen Mantel gelöst, halte ihn aber offen am Kragen mit der linken Faust zusammengerafft – der *italienische* Fechtstil ist schneller, eleganter als der deutsche, bedarf freilich auch weit mehr Technik. Nun, diese hatte mir Enzio Corradi, der Fechtmeister meines Vaters von Jugend an gründlich eingebleut...

Noch ruht mein Passauer Wolf in der Scheide.

Wenn ich ihn ziehe, bin ich in eine üble Straßenschlägerei verwickelt. Wenn ich ihn stecken lasse, dann ist Max dran – und daß es die Burschen ernst meinen, daran gibt es keinen Zweifel mehr. Langsam beginne ich zu ahnen, warum er auf meine Begleitung gedrängt hatte.

Ich sehe den entsetzt flehenden Blick von Max zwischen dem Hasen und mir hin und her hetzen.

Der Hase hat die Spitze seines Raufeisens auf Max gerichtet. Fred und Leo halten mich im Auge. Türken-Ali und Butzi stellen offenbar die Reserve dar. Die Gefährlichsten sind zweifellos der Hase und Leo. Türken-Ali ist stark, aber langsam. Fred hat auf der rechten Backe drei Narben – offensichtlich deckt er rechts schlecht. Und Butzi scheint ein ziemlicher Anfänger zu sein.

»Wenn ich ›*jetzt*‹ sage, drehst du dich um und greifst Butzi an«, flüstere ich Max zu. »Weich seinem ersten Schlag aus. Er hat die Eisenstange ganz am Ende gepackt, wird also zwei, drei Sekunden brauchen, bis er sie wieder hochbringt. Versuche ihn am Arm zu erwischen!«

Max nickt.

»Schluß jetzt!« erkläre ich laut. »Wir gehen. Komm, Max!«

»Fangt sie ab!« schreit der Hase.

Mein Passauer Wolf fliegt aus der Scheide:

»*Jetzt!*«

Ich lasse meinen Mantel hochwirbeln, so daß er wie ein großer Fächer zu meiner Linken steht, Fred und Leo die Sicht raubt.

Ich selbst falle weit nach rechts aus, ziele auf den Arm des Hasen.

Dessen Angriff auf Max stößt ins Leere, denn Max hatte sich folgsam auf Butzi hinter sich geworfen. Der Hase sieht meine Klinge herankommen, versucht sich herumzuwerfen, die Klinge hochzuschlagen, schafft es nur halb.

Der Stahl streift über seine Schulter – und bohrt sich in seine Kehle.

Die Lippen weit über die mächtigen Hasenzähne zurückgezogen, starrt mich ein weit aufgerissenes Augenpaar an, ehe sein Blick bricht. Blut quillt aus seinem Mund.

»Adam!!«

Ich reiße den Stahl zurück, der Hase sackt zu Boden, und ich wirble herum.

Mein Mantel peitscht flach nach links, klatscht gegen die Beine Freds, bringt ihn zum Stolpern. Mein Passauer Wolf knirscht an der Dussäge Leos entlang, trifft seine ungeschützte Hand. Mit einem Aufschrei läßt er die Klinge fallen, während mein Wolf nach rechts zischt und eine blutige Furche über die rechte Backe Freds bis zum Kinn reißt.

»Runter die Waffen! *Runter!*«

Im Laufschritt, die Hellebarden halb gefällt, stürmen ein halbes Dutzend Stadtwächter in die Gasse.

»Auf den Boden mit den Waffen!« donnert ihr Anführer.

Die Dolche von Max und Fred und die Eisenstange von Butzi klappern auf das Pflaster. Grobe Fäuste packen zu, drehen Arme auf den Rücken.

»Die Waffe runter, Kerl!« schreit mich der Anführer an, als er sieht, daß ich meine Klinge noch immer in der Hand habe.

Langsam lasse ich meinen Wolf in die Scheide zurückgleiten.

»Einer ist tot«, meldet ein Wächter.
»Nehm das ganze Gesindel fest und steckt sie in den Karzer. Morgen kann sich dann das Blutgericht mit ihnen beschäftigen«, befiehlt der Hauptmann.
Mein Puls rast. Doch ich zwing meinen Atem zur Ruhe.
Bewaffneter Aufruhr. Totschlag. Das Tiroler Malefizgericht hat sehr wenig Verständnis für dergleichen.
Die Spitzen von zwei Hellebarden sind auf meine Brust gerichtet:
»Die Waffe her, du Arschloch!«
»Ich glaube, Ihr vergreift Euch im Ton, Hauptmann!«
»He?«
»Ich bin Adam Dreyling, Herr zu Wagrain, Ebbs, Oberdorf und Stumm, und das ist mein Vetter, Herr Maximilian Löffler.
Hauptmann! Wenn Eure vortrefflichen Wachen schon nicht in der Lage sind, ehrbare und hochgestellte Persönlichkeiten vor den Angriffen von derartigem Gesindel zu schützen, dann könnt Ihr nicht auch noch erwarten, daß wir uns berauben oder gar ohne Gegenwehr ermorden lassen?«
»Herr Löffler...«, stottert der Hauptmann verwirrt.
»Herr Hans Christoph Löffler von Büchsenhausen«, bestätige ich, »ist der Vater von Herrn Maximilian und mein Oheim. Wenn Ihr eine Klage gegen uns vorzubringen wünscht, dann mögt Ihr das beim Hofgericht oder besser noch beim Erzherzog persönlich tun.
Und nun gute Nacht. Wir sind lange genug aufgehalten worden dank der lückenhaften Sicherheit, die in dieser Stadt durch Eure Wachen jedem Bürger zuteil wird.«
»Verzeiht, Herr ... ich, ich meine, wir ... wir sind so schnell herbeigeeilt, wie wir konnten, kaum daß wir hörten...«
Ich antworte kalt:
»Ich mache Euch keinen persönlichen Vorwurf daraus, daß Ihr mit Eurer Aufgabe sichtlich überfordert seid.«
Die Wachen weichen ehrerbietig auseinander, als ich mit langen, ruhigen Schritten, gefolgt von Max, die Gasse hinabschreite.
»Und wenn Ihr mit dem Erzherzog sprecht, Herr, dann habt die Güte, Seiner Gnaden bitte zu sagen...«, verklingt die Stimme des Hauptmanns hinter uns.
Während wir dem Inn zuschreiten, atme ich tief durch.
»Das hätte verdammt in die Hose gehen können«, meldet sich Max. »Erst mit dem Hasen und dann noch mehr mit der Wache.«
»Halt den Mund, Max!«

Während ich die Tritte auf dem Pflaster spüre, die kühle Nachtluft in meine Lungen pumpe, beginnt mein Verstand langsam das Geschehene zu begreifen.

Plötzlich taucht das Gesicht des Hasen vor meinem geistigen Auge auf. Ich sehe wieder das starre Augenpaar, sehe sie blicklos werden, sehe das Blut aus seinem Mund quellen, sehe meine Klinge in seiner Kehle stecken...

Ich habe einen Menschen getötet!

Erst als wir die Fallbach-Gasse hinaufschreiten rückt Max, der still hinter mir hergetrottet war, wieder etwas näher auf:

»Adam. Du hast heute abend gleich zweimal meinen Arsch gerettet!«

»Vergiß es.«

»Nein, Adam! Ich werd's *nicht* vergessen! Ich weiß, daß ich ein menschlicher Dreck bin, für den man sich nicht einsetzen sollte.«

Ich bleibe stehen, fasse Max an den Schultern:

»Jetzt höre mir einmal ganz genau zu: Du bist stinkfaul, du bist ein Taugenichts, du bist leichtsinnig bis zur Gewissenlosigkeit, du bist ein Lügner, ein Betrüger, vielleicht sogar ein Dieb.

Aber das alles heißt noch lange nicht, daß du nichts wert bist. Und wenn du es ganz genau wissen willst: Wenn ich wieder vor der Entscheidung stünde, dich dem Schicksal zu überlassen oder dich herauszuhauen – selbst mit der Sicherheit, wieder einen Menschen töten zu müssen –, ich würde mich genauso entscheiden wie eben! Du aber laß es nie mehr soweit kommen!«

Sonntag,
der 14. September

»... a oarmer Sünder bittet um a kloane Gab'...«, klingt es wehklagend aus mindestens 25 Mündern, nachdem wir den Torbogen von Büchsenhausen keine drei Schritte hinter uns gelassen haben.

Vorneweg, wie immer am Sonntagmorgen, die schwebende Barmherzigkeit: Frau Elisabeth mit Hausknecht Franz als Korbträger. Ihr Gehabe verrät, daß sie das flammende Herz ebenso gern sichtbar in der Hand halten würde, wie's auf dem heiligen Bild dargestellt ist, das gleich neben dem Hausaltar prangt. Vielleicht sogar mit dem abgebildeten Pelikan auf dem Haupt, wenn er in den Innauen heimisch wäre. Dahinter folgt die anmutige kleine Prozession im besseren Gewand: Die Kinder Katharina, Barbara, Alexander, dahinter, mit Abstand, Antonia und einen Schritt hinter ihr – ich selbst. Wer fehlt, ist unser Herr, der zur Besserung seines Harnabgangs die Sonntagsmesse wieder einmal hat ausfallen lassen. Er war mit seinen vier Körpersäften nicht zufrieden.

»... a oarmer Sünder wui glei a kloane Gab! Gib mas sofort, wost für mia in deiner Daschn host, sonst triffst auf'm Kirchhof no an Sparifankerl seum – und auf'm Ruckweg trifft di glei no da Schlog...!« klingt es bedrohlich um uns herum, begleitet vom tumultartigen Chor der Bettlergilde, die sich vor der Kirche mit den Kranken aus dem nahe gelegenen Siechenhaus mischt.

Der Geruch von Aussatz hängt heute noch in dieser Umgebung. Erst vor fünf Jahren wurde hier in den Häusern am Fallbach, dessen braune, stinkende Flut wir gerade überqueren, heftig gestorben. Wenigstens hat die erzherzogliche Regierung die *Ausgießung der Unsauberkeit* für die Dauer des Kirchganges und der heiligen Messfeier abgestellt.

Wie dem auch sei, für das Gemüt unserer Frau Elisabeth wie für das leibliche Ungeziefer ist dieser Zustand geradezu eine Gnade. Ich sehe die Flöhe auf der Suche nach unserem Blut ungeduldig vom Bettlervolk zum Siechenadel hin und her springen, bis einige von ihnen endlich in unseren Wämsen, Röcken und Pelzen die juckende Abwechslung gefunden haben, was sich bei der darauffolgenden Messe in der Kirchenbank rasch bemerkbar machen wird.

Gleich sind wir an der Stelle angelangt, wo Frau Elisabeth regelmäßig trotz des dichten, aber heiß geliebten Gedränges um sie herum jeden Sonntag Gebäck aus vergangenen Tagen aus ihrem Korb verteilen läßt, ausgeführt durch Franzens vollendete Knechtschaft.

»Das *Triset* und die *Brandküchlein* sind vom letzten Sonntag übriggeblieben...«, flüstert mir Antonia zu, die mir im selben Augenblick erwartungsvoll ins Wams zwickt.

»Dafür wird sie gerechterweise die meisten Flöhe eintauschen...«, zwicke ich zurück.

»Für ihre *Heunele* ist das Honiggebäck nicht gut genug. Ich darf es dafür nicht verwenden«, tuschelt sie vor mir und reibt im Gedränge ihr pralles rundes Hinterteil unbemerkt von allen anderen, aufreizend an meinem Vorderteil.

INNSBRUCK 1578

O Antonia, mein wandelnder Lusttempel. Sündige Gedanken jagen sich hinter meiner Stirn.

Das Triset obenauf gestapelt, verteilt Frau Elisabeth immer erst an die Ältesten in ihrer Nähe. Dabei hören wir im Gedränge ihre hohe keifende Stimme die immer dann, wenn ein staubtrockenes Triset die gütige Hand verläßt, befehlsartig ertönt:

»... vier Vaterunser, drei Ave Maria! ... fünf Vaterunser, fünf Ave Maria!...«

Den Grund für die unterschiedlich bemessenen Gebetsauflagen können wir uns nicht erklären, und er bleibt daher für ewiglich der Herrin Geheimnis. Danach drängt, stößt und flucht die Menge hinüber, rechts neben die Kirche, zum gemauerten Rundbogen dem *Findlingstor*, das gleichzeitig das Tor zum Gottesacker ist.

Nun ist der Moment für unseren Franz gekommen, der als brutaler Raufbold als einziger in der Lage ist, durch Körpergröße und Kraft, aber manchmal auch durch wuchtige Faustschläge die Gasse zu bilden. Die Herrin liebt es, hinter seinem breiten Rücken einherzuschreiten.

Dort an dem Torbogen steht zum Erbarmen gleich im Rudel die junge Schande aus unbekannten Lenden. Der Platz ist den Kleinsten der Armen zugewiesen, wo sie, sobald sie die Hand aufhalten können, für ihr Überleben betteln müssen. Wo Brot, Butter, Wurst und Fleisch nötig wären, kommen nun die ranzigen Brandküchlein mit großer Umsichtigkeit – damit keines zerbricht, genötigt mit den gleichen religiösen Gebetsanweisungen, durch die ungewaschenen Pratzen von Franz an den verlorenen Haufen ohne Hoffnung zur Verteilung.

Das traurige Gesicht Katharinas angesichts des herrschenden Elends rund um St. Nikolaus, steht im Gegensatz zur freudestrahlenden Maske ihrer Mutter, die *ihr Werk* damit wieder einmal erledigt hat und unübersehbar auf die anerkennenden Blicke, Gesten und Worte der inzwischen eingetroffenen Nachbarn und Bürger hofft.

Die Schar der sonntäglichen Kirchgänger formiert sich vor dem Portal:

Die stille Übereinkunft sieht vor, daß erst die Mägde und Knechte die Kirche betreten und folgsam auf den hinteren Bänken ihren Platz suchen; auch Antonia und Franz schließen sich ihnen an. In der Herde, die sich jetzt vor dem kleinen Kirchenportal drängt, erkenne ich vertraute Gesichter, den Lohgerber, Faßbinder, Brauer, Fuhrmann und Drechsler. Dahinter den gichtigen Karrenschieber, daneben unseren Korbmacher mit seinem großen, schlanken Weib. Unverkennbar hintendrein mein Schneider Alois Herman aus dem Kerschental, begleitet von seinem Intimus, dem Bader Zankl vom JUNGBRUNNEN.

Unvermittelt zögert der Block Menschen vor dem Portal. Alle drehen sich um, irritiert, aber auch zugleich außerordentlich neugierig. Der Schlag von Pferdehufen, die keine Eile verraten, hält uns vom Eintreten ab. Ein wenig Staub wirbelt auf...

»Das kann nur der *Alex* sein, der kommt doch nie aus den Federn!« klärt einer der Umstehenden das Rätsel auf.

»O Gott o Gott, der Weg wird immer länger«, höre ich den Ankömmling mit zittriger Stimme klagen. Dazu gibt er eine überraschende Figur ab: Lange dünne Haare, dünn sprießender Spitzbart, hohle Wangen, und mit wenig Fleisch auf den Rippen verkörpert er irgendeine seltene Vogelart. Müde und gekrümmt schleppt ihn der Wallach auf seinem Rücken daher. Seine gepolsterte Oberschenkelhose, in dieser Form im Inntal äußerst selten getragen, weitet seine Hüften kürbisgroß aus, was die Länge seiner engbestrumpften mageren Beine noch betont. Beim Anblick seiner Kleidung drängt sich mir der Vergleich mit einem Pfeil auf, der in der Mitte einen Apfel durchbohrt hat. Alexander Endorfer!

Einige Male haben wir uns schon gesehen, doch in der Sonntagsmesse in der St.-Nikolaus-Kirche noch nie. Mein Stiefonkel verlieh ihm den Zusatz *Der Dritte*, da er seit 1430 der dritte Träger des Namens Alexander in der ehemals berühmten Gießerfamilie Endorfer ist.

»... *Der Dritte* ist noch nie ans Tageslicht getreten. Der hat doch schon ins Taufbecken gepinkelt, als er von seinem Vater darübergehalten wurde und den Auftrag erhielt, Ruhm und Ansehen seiner Familie wiederherzustellen. Sumpfpflanze, sage ich. Unreine Erzeugung – *Der Dritte!*«

Frau Elisabeth spricht dagegen immer anerkennend und geheimnisvoll vom Herrn *Kanzleischreiber*, der wertvolle Bergwerksanteile besitzt.

Sein Pferd findet beim Findlingstor seinen Standplatz.

INNSBRUCK 1578

»Guten Morgen, die Herren!«

Der Mann, der nun neben mir steht, richtet seinen starren Blick kurz auf mich, schließt die Augen, senkt den Kopf, als ob er das Verborgene, Unentdeckte aus seinem Kopf ans Licht befördern wollte.

Das Rudel Menschen schiebt uns mit in das Kircheninnere; dort löst sich das lebendige Knäuel auf und bewegt sich auf die leeren Plätze zu. Mein Blick schweift über die linke Seite der Bankreihen hinweg und bleibt am Kopf von Frau Elisabeth hängen. Mit halber Drehung beobachtet sie aus dem Augenwinkel den Einzug der Männer. Es sind wahrhaftig lauernde Augen, die aus ihrem Gesicht blicken. Warum weicht sie heute von ihrem Ritual ab? Ausdruckslos und starr, mit maskenhafter Miene starrt sie sonst auf irgendeinen Punkt vorn im Altarraum. Ein schwach angedeutetes Nicken von Alex, in die Richtung meiner Herrin löst das Rätsel. Auf ihn hat sie gelauert, ihn, der schon über dem Taufbecken...

Die Beobachtung veranlaßt mich, zwei Bänke hinter Endorfer meinen Platz zu suchen. So kann ich alles besser beobachten, was zwischen den beiden Bankreihen an Zeichen ausgetauscht wird. Vielleicht bekomme ich weitere Hinweise darüber geliefert, was die beiden auf einmal verbindet.

Woher wußte Frau Elisabeth, daß Endorfer heute am Gottesdienst, wenn auch fast verspätet, teilnehmen würde? Rechts von Frau Elisabeth sitzt Katharina, die soeben einen kleinen, fast unbemerkten Stoß von ihrer Mutter in die Rippen bekommt. Mit Unwillen, durch ein kurzes Hin- und Herwippen ihrer Schultern zum Ausdruck gebracht, beantwortet sie den Rempler.

Katharina...! Was behauptete Colin gestern?

Katharina ist zu einer schwellenden reifen Frucht herangewachsen? Schau hin: »Kelchblätter, zarter Flaum, spitze Knospen, Vorfrühling, rosengleiche Blüte.«

Wäre ich so von Sinnen? Würde ich es tatsächlich nicht bemerkt haben? Ihr schwarzes Gewand verhüllt den unberührten Garten. Ich sehe sie für einen Augenblick nackt – wie sie Colin gestern gezeichnet hat – auf meinem Leinentuch ausgebreitet, sehe das feine durchscheinende Adernetz unter der Haut ihrer Brüste, sehe, wie ein entflammter lüsterner Spatz in ihrem Schoß liegt... sehe, wie sie ihren Schoß öffnet.

Ihre Natur ist manchmal kühl wie der Wind aus dem Norden, öfter aber wie ein Gewitter aus dem Süden. Dann strahlen aus ihren

Augen Lichter verzehrenden Wahnsinns, grün und schamlos zugleich.

Eigentlich kokettiert sie mit mir seit Monaten, und das nicht schlecht. Läge meine Hand nicht auf dem bloßen Narzissenkleid meiner Antonia, sie hätte gewiß mehr Aufmerksamkeit von mir erhalten.

Endorfers Kopf steht wie festgeschraubt zu den Bänken der Weibsleut hin ausgerichtet. Seine Peilung steht genau nach *Circius*. Sie steht zu...

Meine Blicke fliegen überprüfend hin und her.

Nein!

... Katharina!!

Den Wachtelhahn zwei Bänke vor mir treibt wohl der Samendrang in die Kirchenbank von St. Nikolaus.

Klar doch, Bocksgeruch! Angenehme Zukost, in Form von Bergwerksanteilen, zum Glücke Frau Elisabeths, eingebracht durch geplante Kopulation mit einem Ziegenbock.

Bocksgeruch und Rosenduft. Warum muß er gerade diese Venus locken? Seine Flamme hat doch kaum noch Brennstoff. Der lockt doch nur noch die Toten nach oben.

So soll es bleiben – ewiglich. Amen!

»Vernehmet das Wort Gottes!« beginnt der Prediger. »Nur der Teufel legt mit Lust den Samen nieder in das Gefäß derer, die die Schenkel spreizen. Gesund, fein, fett und rot, die Haare locker glänzend, Brüste prall, mit gestärktem Untergewand rascheln und überhaupt alles dem Licht aussetzen, was den Mann locken soll, statt den Schleier zu tragen und sich schämen ob eurer Sünde die ihr allein in die Welt getragen habt. Für den Mann wäre es daher gut, kein Weib zu berühren.«

Ich traue meinen Ohren nicht. O welche Gnade, welch ein Spaß! Der Jesus-Jünger im Altarraum hat zur Selbstgeißelung für seine Predigt den Krieg gegen das weibliche Geschlecht gewählt.

»Was sagt uns Papst Pius II.: ›Wenn du eine Frau siehst, denke, es sei der Teufel, sie ist eine Art Hölle...‹

Ja, die Frau ist ein mit der Erde besonders verhaftetes Geschöpf. Verschlingend, heiß, schlammig und unrein.

Nur die Jungfräulichkeit und die Muttergottes diene euch Mädchen zum Vorbild. Zu recht beschäftigt sich daher unsere heilige Kirche seit der Synode von Macon mit der Frage, ob man nicht wenigstens die löblichen Frauen am Tag der Wiederauferstehung des

INNSBRUCK 1578

Fleisches zuerst in Männer verwandeln müßte, ehe sie das Paradies betreten könnten.

Chrysostomos bringt es ans Licht, indem er uns lehrt: ›Die Frau ist das Übel über alle Übel, eine Schlange und Gift, wider das es keine Arznei gibt, dazu eine Pein und Marter.‹

Das alles führt uns zu der Frage: Hat das Weib eigentlich eine Seele?«

Welch einen scharfsinnigen Jünger hat die Kirche da herangezüchtet. Ich vertraue ihm. Er versteht das Elend zu predigen. Und vor mir sitzt einer, der sich anschickt, ein Teufelein zu werden. Verhindere diese sittliche Verkrüppelung, predige ihm die Entsagung, die Zwänge, den Geschlechtshaß, die Pein der Eheschließung!

»Lasset uns beten: In Schuld bin ich gezeugt worden, und in Sünde hat mich meine Mutter empfangen. Wir wollen daher die unchristliche Befleckung verhindern und untersagen den ehelichen Verkehr an allen Sonn- und Festtagen, an allen Mittwochen und Freitagen, an Buß- und Bittagen, in der Oster- und Pfingstoktav, der vierzigtägigen Fastenzeit und der Adventszeit. Sieben Tage vor und nach der Kommunion, nach der Niederkunft eines Knaben sechsunddreißig, bei der eines Mädchens sechsundfünfzig Tage. Amen!«

»Amen!!«

In sein Wams scheint die Kälte eingezogen zu sein, da Alexander, von zermalmenden Segnungen über die Gnade der Enthaltsamkeit, die er eben empfangen hat, ganz in sich gekrochen aus der vorderen Bankreihe geradezu herausfällt. Wie sein eigener Wallach, wenn er voll Kleie gestopft wäre, schlurft er über die Steinplatten hinweg zum Kirchenausgang.

»Beim heiligen Gott, Ihr seid es, Herr Endorfer!«

Der Angesprochene dreht sich hastig um. Dort wo der Kragen das Kinn erreicht, blickt ein Gesicht in die Runde, als ob es gerade siebenmal gekalbt hätte.

»Ihr seid's wirklich, wahrhaftig! Welch eine Freude, daß Ihr doch noch den Weg nach St. Nikolaus gefunden habt!« Dabei greift Frau Elisabeth nach seiner Hand und zieht sie an ihren Busen.

»Gott zum Gruß, ja, doch. Es war mir vergönnt, Frau Löfflerin«, brabbelt er unsicher.

»Sieh nur, Kathi, der Herr Kanzleischreiber selbst hat heute die Messe mit uns gemeinsam gefeiert. Eine ganz besondere Ehre, die Ihr uns damit erweist, Herr Endorfer.«

Mit einem kleinen Schritt löst sie den Abstand zu ihm auf, blickt an ihm hoch, und mit weit aufgerissenen Augen, von einem Zwinkern gefolgt, gurrt sie: »... es gibt für uns doch nichts Wichtigeres als die Erbauungen durch die Worte unseres Herrn Pfarrers. Nicht wahr, Herr Endorfer? Wo kämen wir hin, wenn wir dem Teufel den Sieg lassen würden?«

Die Körpernähe ist ihm lästig, seine Hand will aus der Umklammerung flüchten, wird aber unerbittlich am Busen der Herrin gewärmt.

»Mhm, ja, nein, ganz recht; den Sieg sollte man...«

»Kaathiiilein! Schau doch! Komm her zu unserem Gast«, unterbricht sie ihn, ohne zuzuhören. »Kind, komm doch schon, zum Herrn Kanzleischreiber!«

Ihre Linke hält seine Rechte fest und stellt mit der Freien die Verbindung mit der Hand Katharinas her. Mit einem tiefen Atemzug vereinigt sie die widerstrebenden Hände.

»Denk dir nur, Kathi, der Herr Kanzleischreiber nimmt mit uns heute das Mittagsmahl ein. Ist das nicht eine feine Überraschung für dich?«

Die Brauen Katharinas runzeln sich.

Kupplerin! Was macht sie da? Auf der Stelle könnten alle Herumstehenden angesichts des Zusammenstöpselns gleich den Hochzeitsgesang anstimmen. Katharina soll mit diesem kastrierten Schreibknecht das Joch der Ehe umgehängt bekommen?

Colins Zeichnung steht wieder vor meinem geistigen Auge.

Wenn Colin recht hätte?

Habe ich geschlafen? Bin ich ein Narr?

Katharina und Endorfer?

Katharina und ich!

Schreiberling oder adeliger Gießermeister?

Welche Verbindung mein Stiefonkel lieber sehen würde, steht wohl außer Zweifel.

Im gleichen Moment blicke ich sie voll an. Ihre Augen ersetzen jede Antwort.

»Antonia! Was stehst du so aufgeputzt herum? Mach daß du rauf in die Küche kommst zu deiner Arbeit! Wegen dir warten wir womöglich noch und hungern dabei – oder sollen wir von der Luft leben? Franz! Nimm das Roß und füll ihm den Wanst.«

Am Tor zum Ansitz angekommen, flüstere ich Katharina zu: »Tu es nicht! Paß auf!«

Ihre leise Antwort, begleitet von einem Aufblitzen ihrer lebhaften grüngrauen Augen, läßt mich für einen Augenblick versteinern: »Du Unschuldiger! Dann hör *du* endlich auf, dir von Antonia ständig den nackten Hintern zeigen zu lassen, und vielleicht kannst *du* es auch vermeiden, daß sie täglich dein Ding zu fassen kriegt!«

»Was hast du denn, Adam! Was machst du nur für ein Gesicht!« ruft mir Max aus dem Gang entgegen, als im gleichen Moment Katharina an mir vorbei die Treppe hinaufeilt.

»Komm rauf ins Empfangszimmer, die Krüge werden gerade gefüllt...«

Meine Lähmung löst sich langsam; dafür meine ich, ich hätte kochendes Wasser im Kopf.

Sie weiß alles, sonst hätte sie so etwas nie über ihre Lippen gebracht. Wie hat sie das nur herausgefunden, wo wir doch so vorsichtig die Jahre über waren und viele Gelegenheiten ungenutzt ließen? Wir haben es im Haus nie miteinander getrieben – aus Rücksicht, obwohl wir viele Gelegenheiten dazu hatten.

Während ich die Schuhe wechsle, wetteifern die Gedanken: Frau Elisabeth? Mein Stiefonkel? Wissen sie es?

Nein, nein. Das kann nicht sein.

Frau Elisabeth würde mich ganz anders behandeln, wenn das *Kathilein* über mich und Antonia berichtet hätte. Und wenn schon, was ist dabei? Nach den neuesten Auflagen wäre jedenfalls der Kirchgang für Jahre hinaus gestrichen.

Wie war das, was hat sie gesagt? Wenn ich genau überlege, schwang da in ihrer Stimme noch ein ganz anderer Ton mit. »... dann hör *du* endlich auf...«, zischte sie wie eine Lunte. Bietet sie mir damit einen Handel an? Wenn du aufhörst, dann fang ich nichts an?

Oder soll ich verstehen, daß *sie* diejenige ist, die Anspruch auf Antonias Platz erhebt?

Ach, Weibergefasel! Dennoch hat sie mir ein dickes Seil zugeworfen, dessen eines Ende sie in der Hand hält, während sie mir das andere ins Gesicht schlägt. Soll ich es greifen? Soll ich Colins Rat befolgen?

Das wäre die Lösung für die Zukunft...

Die Schwierigkeiten in der Gießerei nehmen zu, so daß es fraglich wird, ob in den nächsten Monaten die großen Geschützgußaufträge aus Wien ausgeführt werden können. Auf mich kann der Herr nie und nimmer verzichten...

Als erstes muß da wohl der Kanzleischreiber entfernt werden.

Die Treppe hinauf in den ersten Stock auf dem Weg ins Empfangszimmer nehme ich einen Duft aus der Küche auf, der mir den Appetit nimmt. Das müssen die Nieren vom Wild sein. Nieren für die Mägde und Knechte, denn heute ist Freßtag. Hasen, Rehe, ein gut gemästetes Rind wurden geschlachtet, ein Dutzend Brathühner sind vorbereitet, Forellen hängen über dem Feuer, Bleche von Fleischpasteten spuckt der Backofen aus, Käseteller werden angerichtet, das berühmte Triset und Unmengen von Brandküchlein sind bis in die Morgenstunden hinein gebacken worden; Berge von Grünzeug wurden aus dem Herbstgarten geerntet, geputzt und zubereitet. Franz leistete schwere Arbeit indem er Bier und Wein bis spät in die Nacht hinein die Treppe hochschleppte. Mein Gott, was für ein Trubel, und alles wegen dem Taufbeckenpisser.

»Na, Herr Endorfer, Ihr habt, nach Eurem Wams zu urteilen, sicher die meiste Zeit gehungert, was?« wendet sich Hans Christoph an unseren Gast und bläst den Schaum vom Bier, der knapp an Endorfers dürren, dünnbestrumpften Beinen vorbei zum Teppich fliegt.

»Ihr scherzt, verehrter Herr, wir haben ebenso reichlich wie ihr. Doch ich bin überzeugt, Ihr seid nur deshalb dreimal so kräftig wie ich, da Ihr dreimal so kräftig Eure gute Küche probiert.«

»Dreimal nur Vater? Mit fünfmal läge er schon besser«, schmäht ihn Max frech, der neben mir steht.

»Was gibt es Neues im Auslande?« ermuntere ich ihn, ein anderes Gespräch zu beginnen.

»Das Ausland, ach ja...« Endorfer ist mit seinen Gedanken noch ganz in den Kochtöpfen versunken, und es scheint, als ob er Mühe hätte, davon loszukommen. Ist schon eine Tortur, herabzusteigen von jenen verheißungsvollen leiblichen Genüssen, die ihm Büchsenhausen heute bieten wird, hinunter in sein entrücktes Kanzleischreibergewerbe. »Das Ausland, natürlich. Das, was uns Sorge bereitet, ist die Bildung ganzer Gruppen von Übeltätern, die sich zusammentun, um uns die Sicherung des Verkehrs, der Personen und des Eigentums zu erschweren. Schon wenige Wegstunden hinter Innsbruck, den Brenner hinauf, ist die Erlösung vom Geld eine sichere Sache. Die Kammer wird in den nächsten Tagen wieder daran gehen zu befehlen, daß Hekken und Sträucher, welche die Straßen bis hinunter nach Italien umsäumen, vernichtet werden, damit wir den Strolchen die Deckung erschweren. Es darf nicht wieder so kommen wie vor vier Jahren, als in Kaltern eine Rotte Banditen die Christnacht stören konnten.«

»Das hab' ich genauso gehört...«, eifert sich Max mit leuchtenden Augen. »Im STANGELREITER wie in den Bädern wird ständig darüber geredet. In der Schweiz soll sich eine besonders große Gruppe von Dieben und Mordbrennern zusammengetan haben. 800 sollen es schon sein! Auch Namen wurden genannt. Habt ihr schon mal was von einem Görgele, Pusterer, Ripl oder Hupfinsnest gehört?«

»Ihr scheint im STANGELREITER die besten Kontakte zu pflegen«, lockt Endorfer und sieht Max dabei lauernd an.

»Ist schon gut, Max, laß nur unseren Herrn Kanzleischreiber berichten«, bremst Hans Christoph eilig seinen sprudelnden Max.

»Berichten ist zuviel gesagt, meine Herren«, dämpft Endorfer die Erwartungen. »Sonst wirft man mir noch vor, die Einhaltung strengster Diskretion im Amte zu mißachten!«

»Das ist richtig, das Bauernvolk will natürlich immer alles genau wissen; diesbezüglich ist die Wahrung der Amtsgeheimnisse streng zu befolgen. Nur seid beruhigt, von Büchsenhausen aus hat noch nie ein Geheimnis den Weg hinaus in die Welt gefunden«, erwidere ich freundlich, und blicke meinen Onkel dabei voll ins Gesicht.

»So war das nicht gemeint«, versichert Endorfer, »und glaubt mir, ich weiß die Einladung der einflußreichen und ehrbaren Familie Löffler zu würdigen, Herr Dreyling; ebenfalls will ich Eure Verschwiegenheit keinesfalls in Zweifel ziehen.«

»Gewiß, gewiß – doch sagt mir, was ist wahr an den Berichten, daß die Venezianer dabei sind, ein Arsenal in Rovereto zu errichten?« stößt Hans Christoph ungeduldig nach.

Endorfer blickt meinen Onkel erstaunt an, was nur bedeuten kann, daß er unseren Kenntnisstand unterschätzt hat.

»Ihr seid gut im Bilde«, erwidert er. »Der Hof ist wahrlich sehr beunruhigt, weil durch die Errichtung eines Waffenplatzes in Rovereto Riva unmittelbar bedroht wäre.«

»Ich habe das schon immer vorausgesehen!« poltert Hans Christoph los, anstatt unseren Gast, dessen Eitelkeit gerade aufblüht, plaudern zu lassen.»Ferdinand muß die Kardinäle und Bischöfe dort unten endlich zwingen, die Landesgrenzen sicherer zu machen. Wozu verleiht er ihnen das Zollrecht? Ich kann mir schon denken wo sie ihre Einnahmen hinstecken.«

Vor Aufregung rot angelaufen, beginnt mein Onkel, im Zimmer auf und ab zu marschieren.

»Peutelstein! Peutelstein muß befestigt werden. Und den südtirolischen Unterhauptleuten muß bei Androhung härtester Strafen untersagt werden mit den Venezianern irgendeine Kaufmannschaft zu treiben.« Und zu mir gewandt: »Kannst du dich erinnern, Adam, als ich vor drei Jahren meinen Unmut bei Hofe kund getan hab', als mir zu Ohren kam, daß Ferdinand seine Rüstkammer für Philipp II. öffnen wird, nur um wieder einmal seine freundliche Gesinnung dem spanischen König gegenüber zu beweisen? Ich hoffe, das diese Dummheit den Schaden nicht noch größer macht. 222 Geschütze hat Philipp bestellt. 59 gingen sofort weg, die anderen wurden in Partien zu je 40 Kanonen geliefert. Angeblich machte die Bestellung weit über 200 000 Gulden aus. Ich frage Euch, Herr Endorfer: Ist das Geld jemals in Innsbruck eingetroffen?«

»Das kann ich Euch beim besten Willen nicht sagen«, antwortet Endorfer mit zittriger Stimme.

»Aber *ich* kann es Euch sagen. Nie und nimmer! Sonst hätte ich mein Geld, das mir die Kammer und der Hof über Jahre hinweg schulden, schon längst erhalten. Über die Gießverträge möchte ich mich gar nicht äußern. Doch Großzügigkeit, Zuverlässigkeit und vor allem der Wehrwille, sind dort drüben über dem Inn schon lange zum Trugbild geworden. Dafür mausern wir uns zur kostenlosen Waffenkammer für den spanischen Kriegsdienst. Es ist einfach zum Haareraufen. Wenn wir auch heute Besseres gießen, morgen fehlen uns die verschenkten Kanonen in den südlichen Vorlanden. Sogar die Gäule treiben wir für den Spanier über die Berge.«

»Ja, mhm ... ich habe nur gehört ... aber bitte ganz im Vertrauen...« Endorfer winkt uns näher heran und blickt sich dabei um, als ob wir im Gedränge auf dem Kirchplatz stünden. »Ich habe also mitbekommen, daß Sprinzenstein gerade nach Madrid abgereist sei, um die ausständige Bezahlung der Pension an unseren Erzherzog, die ihm Philipp vor einem Jahr wohl eingeräumt hat, zu erlangen.«

»Es ist nicht zu glauben...«, bemerkt mein Onkel jetzt mit blasser Gesichtsfarbe. »Wieviel soll er denn vom Spanier bekommen?«

»Man spricht von 12 000 Taler im Jahr! Dafür soll Sprinzenstein dem König das Angebot machen, daß die Bestellung Philipps von 12 000 Reiter auf 20 000 Reiter erhöht werden kann, wenn er dafür endlich zahlt«, flüstert Endorfer.

»Warum verkauft uns der Deputationsgesandte nicht gleich für ein Paar ungeprägte Silberlinge. Nach den Kanonen schiebt er ihm auch noch Regimenter von Reitern hinterher und sieht doch kein Geld. Welche Klammer hält diese Narrheiten zusammen?« setze ich hinzu.

»Das könnt euch so passen, mit dem fröhlichen Feiern ohne uns anzufangen. Kaum sind die Herren unter sich, schon sind wir vergessen, Katharina!«

»Wenn wir es zulassen, Mutter!«

O je! Warum kommen sie jetzt schon?

Die Feldherrin, mit dem seltenen Juwel an ihrer Seite, zerkeilt mit ihrem lauten Auftritt unseren gerade begonnenen Austausch von Vertraulichkeiten.

Katharina in ihrem schwarzen Kleid, dessen Taille tief ansetzt, trägt heute mittag das engste Oberteil von ganz Tirol, das die reizvollen Rundungen ihres Oberkörpers augenfällig werden läßt. Der viereckige Ausschnitt des Dekolletés geht ziemlich tief hinunter bis zu den herrlichen angesetzten Wölbungen – eine hübsche Augenfalle. Rückwärts deckt eine hochstehende Kröse ihren Kopf schützend wie eine Mauer ab. Die goldene Kette um ihre Hüften, an der ein seltsames Amulett baumelt, spielt mit meinen Gedanken und mit meinem Herzschlag. Ich wette sie braucht kein Mieder für ihre Figur. Sie ist ein wandelnder Beweis dafür, daß Gott einst, als er der Jungfrau vor mir die Seele eingehaucht hat, gut gelaunt gewesen sein muß. Bei solch einer Venus kann man sogar die Mutter mit in Kauf nehmen.

Ihr Interesse lenkt sie sofort auf unseren Gast. Sie weicht meinen Blicken aus, während sie direkt mir gegenüber, gleich neben Endorfer, ihren Platz am gedeckten Tisch einnimmt. Eingeklemmt zwischen Mutter und Tochter wirkt Endorfer auf mich noch verlorener als auf seinem Wallach.

»Liebster, gnädigster Herr Endorfer«, meldet sich die Herrin wie von der Kanzel, »ist es Euch recht, wenn wir jetzt mit dem Mittagsmahl beginnen?«

»Ja, ein guter Vorschlag, Frau...«, kommt es zögernd über seine Lippen. »Ein guter Zeitpunkt«.

»Wir sind bereit«, antwortet Frau Elisabeth.

»Das Jawort zu geben?« entfährt es mir.

Als wenn ich sie für die Ewigkeit in Lehm gebrannt hätte, so erstarrt glubscht sie mich an.

»Zum Fressen und zum Saufen, ha-ha-ha«, löst Max ihre Erstarrung.

»Ja, zum Essen...«, sagt die Herrin erleichtert und klatscht zweimal knallend die Hände.

»Nein«, widerspricht überraschend Katharina, wobei nicht klar ist, was genau sie meint. Dabei tauschen wir unseren ersten Blicke am Tisch.

»Na ja, vermutlich von jedem etwas«, ertönt grimmig Hans Christophs Stimme dazwischen.

»Wollt Ihr mir nicht schon heute alle Glück wünschen?« fragt Katharina anstachelnd.

»Vortrefflich, Katharina! Darf ich den Anfang machen?« blase ich in die Glut.

»Aber Katharina!« setzt die Herrin an.

»Ruhe!« brüllt der Herr. »Laßt dieses Gerede bei Tisch, schließlich ist Herr Endorfer das erste Mal bei uns Gast.«

»Ja, was heißt denn das?« fragt Katharina keck zurück. »Deswegen kann mir doch jeder Glück wünschen – auch wenn ich meinen zukünftigen Ausgewählten noch gar nicht kenne?«

»Das freut mich aber, Schwester«, meldet sich Max neben mir. »Denn ich sehe, daß du nicht daran denkst, irgendeinen ausgesuchten Wallach zu heiraten.«

Endorfer zuckt zusammen und blickt irritiert in die Runde.

Hans Christoph starrt mürrisch zur Tür, durch die Antonia und Lene die Suppenterrine hereintragen.

»Na, warum schaut Ihr denn so griesgrämig an diesem herrlichen Tag und bei dieser vorzüglichen Küche?« muntert Katharina in fröhlicher Stimmung ihren Vater auf. »Wäre jetzt nicht ein Glas von deinem köstlichen toskanischen Wein angebracht? Laß uns ein wenig feiern!«

»Wo ist denn mein Rosenkranz?« versucht die Herrin abzulenken.

»Na, wo er immer ist – unter deinem Kissen« sagt der Herr zu ihr, über den Tisch hinweg. »Los, Max, schenk endlich den Wein aus.«

Antonia steht dicht neben mir und füllt großzügig meinen Teller.

INNSBRUCK 1578

Meine Augen bleiben derweil auf den Teller vor mir gerichtet, da ich die scharfe Beobachtung Katharinas geradezu spüre.

»Seid Ihr für heute mittag vom Dienst freigestellt?« wendet sie sich an Endorfer, während wir unsere Suppe löffeln.

»Ja, der Herr Hofkanzler hat mich heute von der sonntäglichen Kanzleistunde befreit, als ich ihn darum bat, die Einladung nach Büchsenhausen wahrnehmen zu dürfen.«

»Welche Bücher führt Ihr denn selbständig in der Kanzlei?«

»Noch mal ein herzliches Willkommen auf Büchsenhausen für Euch, lieber Herr Endorfer«, unterbricht unsere Herrin die Frage ihrer Tochter.

»Zum Wohl, und Gottes Segen für Ihr Haus«, bedankt sich der Schreiberling artig bei seinen Gastgebern. »Zu Eurer Frage, Jungfer Katharina, kann ich nur sagen, daß das langjährige Vertrauen den Ausschlag gibt, welche Bücher von wem geführt werden dürfen. Doch Euch zur Liebe und im Vertrauen, daß noch kein Geheimnis von Büchsenhausen aus den Weg in die Welt gefunden hat, verrate ich Euch, daß ich beim Eintritt vor Jahren begonnen habe das POST-JOURNAL zu führen. Doch seit geraumer Zeit führe ich das Copialbuch AN DIE FÜRSTLICHE DURCHLAUCHT, in dem die von der Regierung an unseren Erzherzog Ferdinand gerichteten Referate, Gutachten und Ratschläge gesammelt werden. Vor einigen Tagen hat mir aber der Herr Hofkanzler anvertraut, daß er es gern sehen würde, wenn ich ab Januar nächsten Jahres die Copialbücher MISSIVEN AN HOF, in denen die Berichte der Kammer an unseren Landesfürsten gesammelt werden, führen würde.«

»Welches – wie heißen die Dinger? – Copialbuch würde denn Euch krönen?« überfällt ihn der Meister mit schamloser Neugier, während Antonia und Lene schwitzend unter den strengen Blicken der Herrin den berühmten Löfflerschen Doppelschlag auftragen: Fischhügel von Forellen und Fleischberge vom Wild! Rundherum Salatschüsseln und Körbe voll von frischgebackenen Brotsorten.

»Sind es die Bücher TIROL?« verschaffe ich Endorfer eine kleine Denkpause.

»Nein, nein da stehen nur die Berichte über das Klosterwesen, Getreideversorgung, Handel und Gewerbe drin. Es gibt in der Hofkanzlei zwei Zimmer, die keiner betreten darf. Dort arbeiten nur Kanzleischreiber, die Jahrzehnte ihr Haupt in die Copialbücher VON DER FÜRSTLICHEN DURCHLAUCHT und GESCHÄFT VON HOF versenken konnten.«

Katharina nimmt einen kräftigen Zug aus ihrem Glas, setzt ab und sieht ihn daraufhin erstaunt an:

»Schrecklich, schrecklich. Was sehen die Herren eigentlich von der Geburt, Leben und Tod? Riechen sie noch den Duft der Veilchen? Fallen ihnen die nektarspendenden Rosenblüten oder die ambrosiaschwellenden Narzissenkelche überhaupt noch auf?«

Mit quälender Unentschlossenheit wetzt der Schreiberling auf seinem Stuhl hin und her.

»Greift zu! Es ist alles schön warm gehalten. Wollt Ihr erst Fisch oder lieber erst etwas vom Wild?« lenkt die Herrin die Aufmerksamkeit auf sich.

»Beides bitte!«

»Vielleicht ist das BUCH MIT DEN SIEBEN SIEGELN unten im Original vorhanden?«

»Ja, mit den sieben süßen Geheimnissen«, versucht Max meine Stimme nachzumachen.

Katharina zerlegt inzwischen die erste Forelle, und nimmt dabei den Faden wieder auf:

»Wo liegt der Genuß bei dieser Arbeit? Sagt es mir, Herr Endorfer.«

»Genuß?«

»Ja, welchen Genuß?«

»Ich schreibe gern. Die Stille, die Wichtigkeit des Geschriebenen. Weißes, makelloses Papier, Federkiel und Tinte...«

»...das warme sanfte Leder, die märchenhafte Pracht der abgelegten Copialbücher und ich mitten drin«, führe ich genauso ausdruckslos leise seine Gedanken weiter.

Mein Onkel, Katharina und Max brechen daraufhin in schallendes Gelächter aus. Katharinas Augen lächeln mich an und sprühen verheißungsvolles Feuer. Unser Gast stemmt die Arme in die Seiten:

»Herr Dreyling, Ihr treibt eure Possen mit mir!«

»Ist doch alles wichtig und angesehen«, verteidigt ihn die Herrin. »Möchte mal sehen, wie viele sich zu solcher Arbeit drängen würden und abgewiesen werden müßten, weil jegliche Befähigung dazu fehlt! Stimmt's, Herr Kanzleischreiber?«

»Herr Dreyling wäre sicher geeignet für das Postjournal. Dafür könnte ich ihn sofort anlernen!«

Außer dem übertriebenen Kreischen der Herrin schmunzelt und grinst alles am Tisch.

Katharina winkt ab:

»Halt, nein, nein ... dafür wäre unser Adam viel zu schade. Er der vieles unter seinen Händen formt, wie er zugleich den weichen geschmeidigen Lehm knetet. Seht nur seine Hände – wie glatt, wie geeignet Gefühle auszudrücken. Er formt alles! Besonders angetan bin ich von seinen Figuren. Colin hält ihn inzwischen für einen wahren Meister. Ich habe mich schon oft gefragt, woher er die Vorbilder für seine naturgetreuen Engel nimmt. Woher kommt diese Übereinstimmung mit der Natur, Adam?«

»Das ist ganz einfach, denke ich.«

Als Antonia meinen Teller tauscht, bemerke ich ein Zittern ihrer Hand.

»Meine Gedanken über den Körper eines Engels leben einfach in der Vorstellung, daß er mit dem natürlichen und wahrhaftigen Aussehen zur Übereinstimmung gelangen muß.«

»Du willst es so, weil du dir es so vorstellst?«

»Ich stelle es mir nicht nur so vor, sondern ich schreite damit vorwärts.«

»Was heißt hier Vorwärtsschreiten?«.

»Die Verbesserung, das Neue, aber immer das Bessere, die schönere Form – hin zum Ideal, hin bis zur Vollendung, dem Geschenk einer Venus«.

»Ah!« tönt es von allen Seiten.

Hans Christoph haut mit der flachen Hand auf den Tisch:

»Colin hat dich völlig verdorben! Wird Zeit, daß du an die Kanonen kommst. Weiberfiguren! Rohre wirst du gießen, bis dir schwarz vor den Augen wird«.

»Nicht unterbrechen!« ruft Katharina. »es ist doch gerade so unterhaltsam!« Damit wendet sie sich mich wieder an mich: »Eine Figur ist ein lebloser Gegenstand und denkt nicht, trotzdem empfinde ich bei der Betrachtung manch gut gelungener Figur heimliche Regungen, ein dumpfes Pulsieren in meinem Herzen. Woher rührt das, Adam?«

Der Herrin fallen fast die Augen heraus: »Katharina, wohin verirrst du dich!«

»Ich sitze immer noch hier im Raum und irre nicht umher, Mutter! Wenn du Kunst nicht verstehst, dann bemühe dich sie zu verstehen. Woher also ... Adam?«

»Vielleicht ist es eine Art magische Wirkung, die von einer schönen Figur oder Statue ausgeht. Colin lehrte mich, daß ich versuchen sollte, sie mit Tiefe und Klarheit, vor allem aber frei von menschlicher Schwäche oder Leidenschaft zu modellieren. Erst dann gelingen die...«

Mit Enttäuschung in den Gesichtszügen unterbricht sie mich: »Also doch wieder rein, frei, und erhaben über die Sünde – wie in der Wahnvorstellung unseres Pfaffen!«

»Nein! Nur der ungeformte Naturstein oder die glühende, ungegossene Bronze können so betrachtet werden. Die Verzückung oder die Verführung spüren wir erst, wenn sich der Symbolgehalt durch die Betrachtung der Figur in unserem Kopfe formt. Ausdruck, Gestik, Maße und Anmut sind die vier Eigenschaften, die eine Gestalt erst beleben oder überhaupt bewirken, daß wir eine Gestalt wahrnehmen und aufnehmen. Lebendig modelliert und danach gegossen oder aus dem Fels gehauen.«

»Wie schön du erzählen kannst, Adam...«, seufzt Katharina zu mir über den Tisch.

»Schau dir bei mir oben an der Wand den *Scherenteufel* an, da hast' Symbolik genug im Kopf!« fährt uns der Herr gefühllos dazwischen. »Über eurem Gerede wird ja gleich der Wein sauer! Max, schenk uns jetzt zum Braten den Roten ein und Ihr da, redet jetzt von was anderem.«

Katharina scheint das nicht zu stören.

»Katharina! Kathiii!« holt Elisabeth sie mit herrschsüchtigem Tonfall zurück aus ihren Gedanken. »Unser Gast ist sicher sehr neugierig auf deine Stickereien! Wißt Ihr Herr Endorfer, unser Kathilein verziert köstliches Gewebe mit eigener Hand. Kathi, erzähl doch unserem Gast was du gerade machst...«

»Ich will heute nicht über die Putzsucht reden, Mutter!«.

»Dann sag' ich es eben...!« klingt es wie eine Drohung. »Sie verziert gerade ein Kleid von himmelblauen Atlas mit einer Stickerei in Gold und Silber, die brennende Lichter und daneben Schmetterlinge mit versengten Flügeln darstellen sollen. Nach dem Essen – da bin ich sicher, Herr Kanzleischreiber – wird Euch Katharina ihre Kunst oben in Zimmer gern zeigen wollen.«

»Vielleicht ist er schon einer von den sterbenden Schmetterlingen, die nicht mehr fliegen können?« verteile ich mein Gift.

Der Herrin Lippen sind daraufhin nur noch ein Strich im Gesicht.

»Ihr legt das Beil gern auf den Block, Herr Dreyling!« sagt Endorfer.

»Nun, ja. So grauslich denk' ich nicht, und mir bricht auch nie die Geduld...«

»Wie könntet Ihr auch die Geduld verlieren in Eurer Stellung, denn wie ich höre, seid Ihr ein wertvolles Werkzeug in eines Mächtigen Hand.«

»Ihr habt es genau getroffen! Ich bin nur zur Strafe hier. Was aber den Sinn und Zweck meiner Strafe betrifft, so höre ich gespannt auf Eure Deutung!«

Endorfer zögert, da ihn die Antwort augenscheinlich irritiert.

»Bravo, Adam«, lächelt Hans Christoph. »Nur schade, daß du dabei so wenig unglücklich erscheinst. Und aufgepaßt: Wir wissen nicht einmal, welchen Zweck seine Strafe hier bei uns erfüllt, außer daß er sich gut ernährt und bald neben mir der ›Beste Mann‹ auf Büchsenhausen sein wird. Wohlgemerkt, der Beste nach mir – in der Gießerei! Dahin habe ich ihn geführt – das sollte er nie vergessen.«

»Dann hätten wir also die Antwort!« rufe ich befriedigt aus. »Darauf können wir die Gläser heben – zum Wohl, mein Meister!«

Katharina läßt ihr Glas sehr lange an ihren Lippen angesetzt, die den Rand des Glases hin und her streichen. Ihre grünen Augen wachen über meine Regungen.

»Herr Endorfer«, vernehme ich die Stimme Katharinas. »Bevor die Brandküchlein serviert werden, zeige ich Euch oben in meinem Zimmer gern die Schmetterlinge!«

Während sie spricht, lächelt sie mir voll zu, läßt aber ihre rechte Hand auf seinem Arm ruhen.

Die Herrin triumphiert:

»Das ist aber lieb, Kathilein, daß du den sehnlichen Wunsch des Herrn Kanzleischreibers erfüllst. Geht nur gleich und eilt Euch nicht – wir werden uns mit dem nächsten Gang Zeit lassen.«

Das Viperngift der Alten verursacht auf meiner Haut ein immer stärker werdendes Jucken, während ich beobachten muß, wie sie mit den Segnungen ihrer Mutter den Schreiberling an der Hand auf den Gang hinaus entführt.

»Für ein braves Mädchen ist es nicht leicht, einen anständigen, ehrbaren Mann kennenzulernen. Ein hochvornehmer Herr ist er – nicht wahr, Stöffelchen?«

Der trinkt sein Glas mit einem Zug aus und meint:

»Ich leg mich für eine kleine Weile aufs Ohr. Ruft mich, wenn's mit dem Essen weitergeht.«

»So, das hätten wir!« sagt sie voll Befriedigung, steht auf, sieht sich noch einmal kritisch im Zimmer um, wie sie es immer tut, wenn sie einen Raum verläßt, in dem sie vorher ihre *Zeichen* angebracht hat, um später festzustellen, ob jemand im Zimmer war, der während ihrer Abwesenheit nachschnüffelt.

Ich mache mir einen Spaß daraus, jedes ihrer Zeichen geringfügig zu verändern, zu komplizieren, aber vor allem weitere Zeichen hinzuzufügen. Wenn sie zum Beispiel einen Faden auf ein Kissen legt und ihn kunstvoll verschlingt, füge ich gern eine Schlinge hinzu. Die Zeichen sind im ganzen Haus angebracht. In der Speisekammer, in der Küche, hier oben genauso wie im Keller. Ja sogar im Geräteschuppen und in den Gemüsebeeten findet man beim genauen Hinsehen die Zeichen. Holzsplitter in bestimmten Winkelformen, kunstvoll hingelegte Kiesel, die eine geometrische Figur ergeben. Geräte und Gefäße, die in bestimmter Zuordnung zusammengestellt sind. Colin meinte dazu, daß ihr leidenschaftliches Interesse für die Zeichenmacherei darin bestehen müßte, daß sie daran einen bestimmten Genuß empfinde, gewissermaßen so etwas wie ein regelmäßiger Samenerguß beim Mann.

»Adam, komm, wir öffnen eine Flasche ganz für uns allein«, muntert mich Max auf, der mein grüblerisches Nachdenken bemerkt.

»Oh, Verzeihung, Ihr seid es«, flüstert die Stimme Antonias, die unbemerkt auf leisen Sohlen den Raum betreten hat, um erneut den Tisch frisch einzudecken. »Ich dachte, Ihr ruht Euch aus. Habt Ihr einen Becher für mich übrig?«

»Füll ihr mein Glas, Adam – ich muß zur *Haimlichkeit*.«

Wie abwesend hebe ich das Glas mit ihr, die es in einem Zuge leert.

Frisch gestärkt bückt sich meine Aphrodite – etwa für die Dauer eines Ave Marias – tief über den Tisch zu mir herüber, um die Schüsseln und Teller zu greifen. Meine Augen erfassen über den Spalt ihres Ausschnitts hinweg ihre mächtigen Sendboten der Liebe. Um ihren Hals hängt an einem dünnen Lederband ihr Talisman, der sonst zwischen ihren festen Brüsten klemmt und jetzt außerhalb des Kleides baumelt. Das Zeichen! Antonia hat heute Lust auf mich...

Mir ist, als erwache ich aus tiefer Dunkelheit zum prickelnden Leben. Sie glaubt felsenfest an die wohltätige Wirkung des Mondsiegels, das Toni damals aus reinstem Silber für sie an einem Montag im Lenz angefertigt hat. »Erst wenn du mich 369mal geliebt hast, werde ich satt sein«, hauchte sie mir ins Ohr, als sie mir die Seite ihres Talismans erklärte, auf der ein magisches Quadrat aus neun Spalten eingraviert ist, dessen Zahl 369 ergibt. Auf der anderen Seite ist eine Frau abgebildet, die ein langes fließendes Gewand trägt und

INNSBRUCK 1578

mit ihren beiden Füßen die nach oben offene Sichel des Mondes berührt. »Solange Luna auf dem Talisman in ihrer rechten Hand den zunehmenden Mond emporhebt und solange der Stern über ihrem Haupt schimmert, so lange wird meine Liebe zu dir brennen.«

»Nach dem Essen in der Laube?«

»Ich komme!« flüstert sie mir zu und ich spüre, wie ihr Vorschlag meine Phantasie beflügelt. Das ist die einzig richtige Antwort auf das Spiel Katharinas mit dem *Copialbuchpfleger*. Mit Leidenschaft werde ich Antonias Backen küssen ... jetzt erst recht!

Ich mache es mir bequem, lockere die neuen, drückenden Schuhe, löse den Messingknopf, der auf meinen Hals preßt, öffne mein Wams ein wenig und lege die Füße auf den freien Stuhl neben mir.

Ich höre Geräusche, Stimmen klingen abwechselnd näher und ferner. Beinahe wäre ich in tiefen Schlaf versunken, wenn mich nicht die Schritte, begleitet vom Knarzen und Knacken der alten Holztreppe, aufgeschreckt hätten. Sie kommen!

Eilig schnüre, knöpfe und ziehe ich alles an mir wieder fest, stehe auf, gehe zum Fenster und sehe hinüber zum Garten, der still im warmen Licht dieses Spätsommernachmittags liegt.

Man begibt sich wieder zu Tisch.

»Ich muß heute noch in die Kanzlei, einen Befehl ausschicken«, höre ich Endorfer sagen, »gegen einen Mann, der sich eine ziemlich merkwürdige Verirrung zuschulden kommen ließ.«

»Das ist sehr schade, denn wir dachten, Ihr habt für uns heute nachmittag unbegrenzt Zeit. Ist diese Angelegenheit für Euch so dringlich?« entgegnet Katharina.

»Ja, leider. Es ist ein Mann der seine Frau Fremden preiszugeben scheint. Die Familie der Frau fordert daraufhin mit Bestimmtheit, man möge den Mann endlich einsperren. Da ich bis heute für ein Mitglied unserer Kanzlei zusätzlich das Buch Causa Domini führe, muß bis morgen, bevor ich das Buch übergebe, alles eingetragen sein.«

»Ist diese Strafe nicht viel zu hart?« werfe ich ein, um mich an dem Gespräch zu beteiligen.

»Ich finde sie viel zu mild«, erwidert Endorfer. »In manchen Ländern sind diese Männer dem Tode geweiht.«

»Kann es denn sein, daß diese Frau ihre Tugenden absichtlich aufgegeben hat? Die Welt und auch Innsbruck ist doch erfüllt von solchen!« fragt Katharina.

»Es ist müßig, weitere Überlegungen anzustellen, verehrte Jungfer. Das Verhör wird die Wahrheit ans Licht bringen.«

»Ja, ja, die Tugenden – wie wird das Laster durch sie verschönt; man wird ganz trunken von ihnen!« rufe ich aus.

»Ihr überschreitet die Grenzen der Schicklichkeit, Herr Dreyling!« ermahnt mich der Schreiberling mit einem erlesen feindseligen Unterton in der Stimme.

Dann tritt er vor mich. Das ist die Situation, auf die ich gewartet habe. Mit einem Lächeln antworte ich ihm: »Schon lange wollte ich einen Menschen kennenlernen, der mir immer dann, wenn er kurz vor dem Samenerguß steht, in allen wichtigen Lebensfragen Lehre und Mahnung sein kann.«

Daraufhin schiebe ich ihn mit beiden Händen von mir weg.

Aschfahl im Gesicht, begleitet von einem leisen Kichern Katharinas, steht er wie angewurzelt im Raum.

»Ach, sieh mal an, da seid Ihr ja alle! Es ist, so glaub' ich, grad' der richtige Moment...«, tritt Max ins Zimmer. »Die Lene bringt gleich die ersten Brandküchlein herauf. Kommt, wir trinken noch schnell ein Glas Wein zusammen.«

Kurze Zeit später sitzen wieder alle vereint am Tisch. Die Brandküchlein, von Antonia frisch zubereitet und gebacken, schmecken heute besonders gut, was sich an den Mengen erraten läßt, die schnell in unseren Bäuchen verschwinden.

Die Herrin wendet sich plötzlich etwas unsicher an unseren Gast: »Vielleicht mögt Ihr unser Haus sehen?«

Zu Maxens Entsetzen stimmt Endorfer dem Vorschlag mit Begeisterung zu, bittet jedoch gleichzeitig, den Vorschlag auf übernächsten Sonntag zu verschieben, weil ihn jetzt die Kanzlei unwiderruflich dringend brauche.

»Das ist aber schade«, bedauert die Herrin. »Dann werdet Ihr Euch also erst übernächsten Sonntag ein wenig hier umsehen können. Dürfen wir Euch wieder zum Mittagsmahl erwarten?« flötet die Herrin und streckt ihm die Hände entgegen.

»Am übernächsten Sonntag müßt Ihr mir ein wenig mehr über die Pläne der Venezianer in Rovereto erzählen. Hört Euch ein wenig genauer um!« fordert ihn mein Stiefonkel offen zum Vertrauensbruch auf.

INNSBRUCK 1578

Die Herrin drängt unter Endorfers Arm, führt ihn zur Tür und trällert ihm ins Ohr:

»Es war doch viel zu kurz gewesen, Ihr habt ja fast nichts gegessen.«

»O nein! Nein, es war wundervoll. Aber ich muß nun wirklich...«, mit einer Verbeugung in den Raum hinein verschwindet er, verfolgt von Mutter und Tochter.

Auf der Treppe höre ich noch wie die Herrin unten in die Küche ruft, man solle das Triset für den Herrn Kanzleischreiber einpacken und das Roß vor den Eingang führen.

Der *Herr auf Büchsenhausen* verläßt pfeifend den Raum.

»Na, Adam! Wie denkst du über den ganzen Wirbel um Katharina?« fragt Max, legt mir seinen Arm auf die Schulter und führt mich zum Fenster.

»Da gibt's nichts zu denken – nichts! Außer daß da eine gottverdammte Schweinerei passiert.«

»Schon gut, Adam, ärgere dich nicht. Wir werden's zu verhindern wissen. Deine Zeit wird noch kommen. Denk an meine Worte...«

Von oben beobachten wir, wie Franz den Wallach vorführt und dem *Dritten* den Steigbügel hält. Die Herrin drückt ihm ein Säckchen in die Hand – das Triset...

Katharina sehe ich nicht mehr. Wahrscheinlich steht sie unten auf der Treppe und winkt.

»Ich leg' mich bis zum Abendessen aufs Ohr, Adam!« sagt Max, klopft mir leicht auf den Rücken und verschwindet gleich nebenan in sein Zimmer.

Gerade als ich die Tür zu meinem Zimmer öffne, um mir bequemere Sachen anzuziehen, höre ich den Herrn, wie er Frau Elisabeth befiehlt:

»Bring mir die *Matula*, ich spüre schon wieder meine Steine! Am besten wird sein, ich gehe heut noch mal ins Bad.«

»Heute noch – am Sonntag?«

»Ja, meinst du, ich liefere mich den umherziehenden Steinschneidern aus und laß mir einen Dammschnitt verpassen? Die Schmerzen kann ich dir ja leider nicht abtreten! Bring gleich morgen früh die Matula zur Harnschau der Wehmutter vorbei. Ich will wissen, wie die Urinkarte aussieht. Sie soll nicht vergessen, Dichte, Farbe, Geruch, Geschmack und die Contenta einzutragen, sonst kriegt sie keinen Kreuzer von mir. Wenn's so weiter geht, reise ich noch in diesem Jahr zu Ambroise Paré nach Paris.«

Der vertraute Knall der zugeworfenen Tür zeigt an, daß wir wieder unter uns sind.

Kurz danach verlasse ich den Ansitz, um in bequemen Kleidern mit Antonia die frische laue Luft im Garten gegenüber zu genießen...

Im Innern des Gartens, inmitten von Hecken, und dichten Stauden, überwuchert mit wilden Pflanzen, steht eingefügt zwischen einer Zeder und einer Steineiche – unsere Laube.

Niemand kommt mehr regelmäßig an diesen Ort, der auch bei Regentagen ausreichend Schutz bietet.

Der Weg dorthin ist kaum einsehbar, so daß wir sicher sein können, ungestört zu bleiben. Außerdem erschweren die Brombeersträucher das Vorwärtskommen eines jeden, der den Weg zur Laube sucht. Auch der einst mit Steinplatten ausgelegte Innenraum ist zu einer Art Garten geworden. Ein wilder Rosenstrauch wächst gleich am Eingang, Efeu bildet einen Teppich am Boden und zieht Girlanden bis hinauf unter das Laubendach. Die breite Eckbank aus Holz, der krumm gewordene Tisch laden uns ein zum Verweilen. Unser Nest!

Auf einmal ist mir, als zöge ein warmer Atem durch die Laube, so als ob jemand durchs Haar streicht und gleichzeitig ins Ohr flüstert:

»Wartest du schon lange auf mich?«

Ich drehe mich um. Aber niemand steht hinter der Laube.

Schon will ich mich zurückdrehen, da sehe ich weißen Stoff durch das grüne Gestrüpp leuchten. Nach wenigen Augenblicken steht sie vor mir am Eingang der Laube – Antonia.

Ein gutes Jahr hatte Antonia nach dem Tod des Gießergesellen getrauert; dann hatte sie den Verlust endlich überwunden. Und so hatten wir zueinander gefunden, getrieben von Einsamkeit und Leidenschaft. Diesen Lustgarten hatte ich erst später für uns entdeckt; dies war nun der dritte Sommer, in dem wir ihn aufsuchten, wann immer sich die Gelegenheit bot.

Ich breite meine Arme aus:

»Komm, laß dich pflücken!«

Mit zwei Schritten liegen wir uns in den Armen und liebkosen uns lustvoll.

INNSBRUCK 1578

Ihre Rundungen, die Nischen, das Haar, der feste Hals, rutschende Kleiderstücke, tastende, suchende Hände überall, ihr Rükken, samtartige Haut über festem Fleisch, endlich ihre Brüste, stehend fest wie Grenzsteine auf den Äckern, Knospen hart wie Hirschknöpfe, die Bewegungen ihrer Hüften, gebogener Rücken über meinem Arm, wieder die Lippen, spielende Zungen, keuchender Atem, Zartheit ihrer Wangen, Duft von Rosen, verwilderte Gedanken, Geilheit in den Augen, drehender Körper, Umfassen ihrer Brüste, Hohlkreuz, heben, senken, kneten, pressen, zärtlich streicheln, Haare wühlen, Grenzlinien von kastanienbraun nach weiß, abküssen, durchatmen...

»Ruhe, Liebster, Ruhe ... wir haben doch Zeit. Zieh mich ganz aus!« höre ich den zärtlichen Befehl. Ich schäle sie wie einen Granatapfel aus der Wäsche, blicke von unten nach oben. Zwei wundervoll gerundete Brüste wippen auf und nieder, angetan, ganze Klöster zu entmönchen.

»Setz dich hin, ich leg' mich über deine Beine, und du streichelst mich, mein Liebster.«

Antonia gleitet über meine Oberschenkel und legt sich mit dem Rücken darüber. Die Arme ausgestreckt, die Haare zurückgestrichen und auf der Bank ausgebreitet, dafür die Schenkel, die Beine angewinkelt. Ich bin entzückt von ihrem Reiz, von ihrer kleinen dickschaligen Feige zwischen ihren Schenkeln, die ich gleichzeitig mit ihren Brüsten beginne zu streicheln. Antonia spreizt ihre Schenkel, und ich empfinde einen Wollustschauer am ganzen Körper.

Ich fühle mich trunken, spüre die fließende Feuchtigkeit, sehe ihren vor Wollust aufbäumenden Leib, ihre prallen, gespannten Brüste die sich mir zum Saugen entgegenheben. Die Hingabe, das völlige Ausleben, das Spiel ihrer Schenkel, daß lustvolle Öffnen ihres Schoßes, das Drehen ihrer Hüften und das Lied, welches sie dabei singt, lassen mich das heiße Feuer ihrer Leidenschaft spüren. Ihre Schenkel sind voll angezogen, als ich an ihrem stockenden Atem und an dem Strom, den sie vergießt, erspüre, daß sie auf dem Gipfel der Verzükkung angekommen ist...

Entspannt liegt sie nach einigen Augenblicken des Auskostens vor mir und schenkt mir das verruchteste Lächeln, das unserem lieblichen Zeitvertreib zur Ehre gereicht. Haare kleben auf ihrer Stirn, als ob wir vierundzwanzig Stunden nur unserer Natur gefolgt wären.

»Gib mir deine rechte Hand, Adam«, fordert sie mich auf, »laß mich deine Finger küssen, die mir soviel Lust bescheren.«

Zärtlich liebkost sie meine Hand und betrachtet mich dabei mit halbgeschlossenen Augen...

»Na du? Laß dich verzücken, Liebster!«

Antonia richtet sich auf, gleitet sanft auf meine Schenkel, küßt meine Nasenspitze, beißt mir ins Ohrläppchen und singt: »Der Vogel wird sich heute besonders wohlfühlen in meinem Käfig.«

Begleitet mit einem spitzen Schrei, fängt Antonia mit einem einzigen Beckenschwung mein Glied, das sie mit einem genußvollen Absenken ihrer Hüfte in ihren Lusttempel gleiten läßt. »Ach, warum versündigen wir uns nicht täglich, Adam; ich brauche das öfter!« schmachtet sie auf mir und leitet mit diesen Worten die wohldosierten Kreisbewegungen ihrer Hüften ein.

Sie kreist mit geschlossenen Augen, biegt ihren Rücken durch, spannt damit atemberaubend ihre Brüste, so daß ich vor Erregung fast den Verstand verliere. Der lang gestreckte Hals und das Kinn – sie wirkt wie ein Schwan.

Ich treibe mit ihr dem Höhepunkt entgegen, da sie nun die Vor- und Rückwärtsbewegung mit ihren Hüften betont. Ich umfasse ihre Taille und unterstütze sie dabei. Meine Reiterin stöhnt auf meiner stoßenden Lanze.

»O Himmel, komm, Adam, komm, jetzt...«

»Ja, ja, ich bin...«, und in diesem Moment entlade ich mich so köstlich wie selten zuvor.

Ein leises Knacken hinter uns:

»Großer Gott, nein, neeeeeiiin...!« schreit Antonia plötzlich voll Entsetzen, und ich spüre, wie ein Zucken und Beben durch ihren Körper läuft. »Geht weg! Nein! Weg da!« kreischt sie, als ob ein Ungeheuer hinter der Laube stehen würde.

Da sie auf mir kniet, fällt es mir schwer, mich umzudrehen.

Antonia hat die Hände vors Gesicht geschlagen, als ich Frau Elisabeth wie versteinert außerhalb der Laube stehen sehe.

Antonia ist von mir heruntergerutscht und greift nach ihrer Schürze. Im gleichen Augenblick höre ich die Herrin toben, als ob sie angestochen wäre:

»Gott, du Gerechter, heilige Mutter Gottes und alle Nothelfer! Ja was seh' ich denn da? In unserer Laube!

Ihr Unzüchtigen! Hab ich Euch endlich erwischt! Der Fluch Gottes soll Euch treffen! Sofort! Seit verdammt ihr Verdammten. In alle Ewigkeit, sag' ich Euch!

Strafe! Strafe! Straaaaaafe!

Mein Gott! Strafe die dort, die dem Laster und der Begierde verfallen sind!«

Ich stehe Frau Elisabeth völlig nackt gegenüber.

Wie eine Wahnsinnige fängt sie an sich zu bekreuzigen, steht dabei auf den Zehenspitzen und äugt angestrengt durch das Geäst, fuchtelt mit ihrem ausgestreckten Finger:

»Heilige Maria! Strafe ihn dort! Er ist der Hund der weiter frißt, was er gespien hat!«, und auf Antonia gezielt: »Strafe die Hure, denn sie ist die Sau die sich nach der Schwemme wieder im Dreck wälzt… Malefitzdotschn! Verflucht bist du in Ewigkeit, da du Unzucht treibst in unserem christlichen Haus!«

»Haut ab, oder ich wünsch' Euch den Wurmfraß in die Gebeine!« brülle ich sie an. »Verzieht Euch, anstatt uns hier aufzulauern!«

»Was? Weißt du eigentlich, wo du dich befindest?« keift Frau Elisabeth schrill zurück. »Der Herr wird dich noch heute zur Rechenschaft ziehen, Adam! Du wirst aus Büchsenhausen verschwinden!

Und du, sündiges Hurenweib, wirst mein Haus nicht mehr betreten! In meinem Haus wird nicht rumgehurt!

Huuuuuure!

Du bist verflucht in alle Ewigkeit! Das Waschwasser der Aussätzigen wirst du trinken. Warum läufst du nicht gleich nackt durch Innsbruck, damit ein jeder sehen kann, was du für eine Hübschlerin bist? Der Teufel hat's dir eingeblasen, stinkendes Hurenstück! Dafür bekommst du den Mühlstein um den Hals gehängt, und man wird dich im Inn ersäufen!«

Wutentbrannt gehe ich, immer noch nackt, wie ich bin, um die Laube herum und brülle die Herrin an:

»Wenn Ihr nicht sofort Euer Lästermaul haltet und verschwindet, verheize ich Euch noch heute im Schmelzofen!«

Bleich vor Angst starrt sie auf mein Glied, weicht aber vor meinem Zorn zurück, dreht sich schnell um und läuft schimpfend den Weg zurück:

»Noch heute verläßt du und das Hurenweib mein Haus! Niemals werdet Ihr es wieder betreten! Verfaulen sollt Ihr am lebendigen Leib! So eine Schande! So eine Unzucht! Die Schlimmsten unter den Schlimmen unter meinem Dach!«

Als ich die Laube betrete, wird Antonia von Weinen gebeutelt.

Nach einiger Zeit habe ich sie so weit beruhigt, daß ich sie vollständig ankleiden kann. Immer wieder sagt sie zu mir: »Ich geh' nicht mehr zurück ins Haus. Ich geh' in den Inn!«

»Wegen so etwas geht keine Frau in den Inn! Dennoch, Antonia, die Herrin meint es ernst. Es wird daher besser für dich sein, Büchsenhausen zu verlassen. Wir gehen jetzt ins Haus zurück, und du wirst deine Sachen packen. Danach bringe ich dich zu meinem Schneider Alois Herman im Kerschental, der sucht schon seit langem vergeblich eine tüchtige Küchenmagd. Bei ihm wirst du es außerdem viel besser haben!«

»Glaubst du? Glaubst du wirklich, er nimmt so eine wie mich?«

»Ich wette meine Seele gegen ein ranziges Brandküchlein!«

Ein kleines Lächeln huscht über die noch tränennassen Wangen. »Was wirst *du* machen?«

»Ich rede das Ganze mit meinem Onkel aus. Nur mit ihm und mit ihm allein! Er kann auf mich nie und nimmer verzichten! Und zwischen uns bleibt alles so, wie es ist«, beruhige ich sie. Stumm verlassen wir den Garten.

Als ich das Gartentürchen öffne, blicke ich nach oben und sehe, wie Katharina von ihrem Zimmer aus uns beide beobachtet.

Mir ist, als würde ich sie lächeln sehen...

Franz, der Rosenheimer, verwehrt uns den Eintritt!

Die Füße gespreizt, Schenkel wie ein Stier, sperrig vom Kopf bis zu den Füßen, Antonia und mich verächtlich musternd, dazu provozierend die Arme vor der Brust verschränkt, verkörpert er die strafende Gewalt des Totschlägers. Noch nie ist der Sklave unserer Herrin auch nur einen Fußbreit zum Guten hin abgewichen. Noch nie hat ihn jemand aufgehalten, berichten die Zuschauer über die Opfer, an denen er sich ausließ.

»Franz, geh zur Seite. Antonia will ihre Sachen packen«, versuche ich es mit ruhiger Stimme.

»*Bergmandei!!* Stad bist! Mach di ned unglücklich. Ihr wart's jetzat vorm Haus, und Eier Zeigl kummt glei durchs Fensta noche!«

Seine Hände lösen sich langsam und bedrohlich aus der Verschränkung, bereit, meinen Körper in Empfang zu nehmen, damit er den Leichnam anschließend eigenhändig zu Grabe schleifen kann.

»Das entscheidest weder du noch Frau Elisabeth, sondern ganz allein der Herr auf Büchsenhausen! Mach Platz!« antworte ich entschlossen.

INNSBRUCK 1578

Der Bluthund öffnet zum Auftakt seine Schnauze, zum mörderischen Biß: »Wos wuist? Früchterl, jetza ziag i dir auf ewig d'Haxn weg!«

Seine Fäuste...

Meine Schnelligkeit, meine Kampfausbildung...

Noch im ersten Schritt treffe ich ihn mit meinem rechten Fuß mit voller Wucht zwischen seinen Beinen – ein Klang, als wenn das Schlachtbeil durch das Fleisch hindurch auf den Knochen trifft. Seine Augen wären gleichermaßen hervorgequollen, hätte ich ihm mein Raufeisen ins Herz gestoßen.

Ein kurzes, kehliges »*Auuuuh!*« läßt den Riesen auf die Steinplatten krachen. Mein zweiter Fußtritt würde Hans Christoph voll zur Ehre gereichen. Mit dem Fußspann treffe ich sein Gesicht und verhindere damit sicher, daß Franz die nächsten Tage Rache nehmen kann. Die große Warze, die seine Nase geziert hat, klebt nun wie ein Klumpen auf seiner Stirn.

Gleich darauf springe ich mit beiden Stiefeln auf seine rechte Hand, die unter dem Druck des Aufsprungs auf der steinernen Unterlage mehrfach knackt. Mein Blick darauf bestätigt, daß auf ewiglich Waffengleichheit herrschen wird, da er seine Rechte nie mehr wirksam zum Schlag wird einsetzen können.

»Versorgt ihn!« rufe ich in den dunklen Flur, hinter dessen Türen sich das restliche Hausvolk verkrochen hat, einschließlich der Herrin.

Drei Blutlachen bilden sich aus. Eine zwischen seinen Beinen, die andere nahe seinem Kopf, die kleinste läuft langsam unter seiner Hand hervor – sein Herbst ist endgültig angebrochen.

»Pack ohne Eile deine Sachen und mach dich danach auf den Weg«, sage ich zu Antonia, die immer noch ängstlich hinter mir nahe dem Haustor steht. Hastig springt sie über den gefällten Körper, der nun zu stöhnen anfängt. Ich steige ebenfalls über Franz hinweg und höre, wie Max die knarrende alte Holztreppe heruntergesprungen kommt.

»Adam, warst du das?« weidet er sich mit staunendem Grinsen an Franzens Schicksal. »Sag, braucht er die Letzte Ölung? Was ist denn passiert?«

»Nicht hier. Komm mit rauf in mein Zimmer!«

Dem Wenigen, was ich ihm erzähle, lauscht Max mit schmeichelhafter Aufmerksamkeit.

»Mußtest du sie ausgerechnet heute vögeln?«

»Rotznase! Das handle ich mit mir selber aus.«

»Großartig, was du mir da erzählst. Das mit dem Franz ist einmalig! Das mit Antonia auch. Aber mit der Herrin? Übel, übel...«, grummelt Max vor sich hin. Dann blickt er mich an: »Das hast du sicher Katharina zu verdanken!«

»Katharina? Wieso?«

»Bestimmt hat sie ihre Mutter auf den Weg gebracht, weil sie scharf auf dich ist. Ist doch ganz einfach: Antonia steht ihr im Weg, daher muß sie aus dem Haus. Du bist doch sonst so gut mit der Kopfarbeit, Adam. Denk doch mal nach – von selbst wäre unser Hausdrachen doch nie darauf gekommen.«

»Gut, gut, Max! Vielleicht hast du recht mit deiner Vermutung... und nun?«

»Weißt du wo unser *Gestrengen* heute nach dem Essen lustwandelt?«

»Ich denk, er ist krank mit seinem Wasser?«

»Dafür kuriert er sich im Wasser!«

»Was meinst du mit: ... *im Wasser!*«

»Er liebt schon lange die Lustbarkeit, die zuchtlosen Herzen der Weiber, den unzüchtigen Sinn seiner Saufbrüder, die alle ihre Weisheiten draußen lassen vor den Badstuben, dafür aber ihren Schwänzen alles gönnen!«

»Ach so!«

»Adam!« klopft mir Max tröstend auf die Schulter. »Ich bin dir einiges schuldig. Laß ihn uns besuchen gehen – im Wasser!«

Mit langen Schritten eilen Max und ich den Berg hinunter, an der Nikolaus-Kirche vorbei, schlagen nicht den gewohnten Weg über die Brücke zur Stadt ein, sondern eilen an der Mariahilfer-Kirche und den alten Gießerwerkstätten vorbei, wieder bergauf in Richtung der alten Pfarrkirche, biegen in eine kleine Nebengasse und halten vor dem Tor eines breiten, zweistöckigen Hauses.

Zum Jungbrunnen steht über dem Eingang. An einem schmiedeeisernen Arm aufgehängt, schaukelt ein schon leicht verrostetes Blechschild mit einer Badewanne und einer Barbierschüssel.

Max poltert gegen die Tür:

»Aufmachen! Aufmachen, Meister Zankl!«

INNSBRUCK 1578

Es erscheint mir eine Ewigkeit, ehe etwas hinter der Tür rumort, doch anstatt daß ein Flügel sich öffnet, geht nur ein kleines Guckloch auf, durch das ein stupides Auge mißtrauisch herauslinst:
»Was wuits is?«
»Wir müssen sofort zu Meister Löffler!«
Das Auge blinzelt:
»Na! Is seits kuine Gäscht nit. Na! Is kunnt nit eini.«
Damit beginnt sich das Guckloch wieder zu schließen.

Max flucht leise und rammt mit seiner Faust das Schieberloch wieder auf, bringt seinen Mund an die Öffnung und brüllt in das zurückzuckende Auge und den Gang dahinter:
»Meister Zankl! He, Meister Zankl! Kommt zum Tor! Schnell!«
»Saububen, elende!« kreischt eine Weiberstimme aus einem Fenster des gegenüber liegenden Hauses. »Ich werd' Euch helfen, hier so rumzugrölen!«

Eine Hand mit einem Gefäß erscheint, kippt den Inhalt in unsere Richtung und eine Ladung Unappetitlichkeiten klatscht knapp neben unseren Beinen auf die Gasse.
»Meister Zankl!« brüllt Max unbeirrt in das Schieberloch.
»Gottes Blut! Was soll das Gebrüll?« poltert nun der heisere Baß des Badermeisters hinter der immer noch geschlossenen Tür.
»Wir sind Herr Adam Dreyling und Max Löffler. Wir müssen unverzüglich meinen Vater, Herrn Hans Christoph Löffler sprechen. Unverzüglich! Dieser Kretin verweigert uns den Eintritt.«
»Zu recht«, grollt der Baß des Bademeisters. »Nach Einbruch der Dunkelheit können dieses Haus nur bekannte und angemeldete Gäste betreten.«
»Verdammt, Meister Zankl, Ihr wißt, wer wir sind! Ihr seht uns jeden Sonntag in der Kirche!«
»Ich seh' viele Leute in der Kirche...«
»Ihr müßt uns einlassen!«
Erneut und diesmal wohl endgültig beginnt sich das Guckloch zu schließen.
»Nun gut«, zischt Max. »Wenn Ihr glaubt, Meister Zankl, der Werkführer und der Sohn Herrn Löfflers laufen nur so zum Spaß hier herüber, dann ist das Eure Sache. Aber dann macht Euch darauf gefaßt, daß Ihr morgen früh von Herrn Löffler eine Klage auf Schadensersatz am Hals habt, die Euch nicht nur dieses Haus samt allem was dazugehört kosten, sondern Euch in den Schuldturm bringen wird. – Und nun, gute Nacht, Meister!«

Max wendet sich brüsk ab. Das Schieberloch hat im Schließen innegehalten.
»He, langsam! Ist's denn wirklich so dringend? Ich kann Herrn Löffler ja einmal fragen...«
»Ja, fragt ruhig und gemächlich! Wenn wir binnen zwei Minuten nicht vor meinem Vater stehen, dann ist gar nichts mehr dringend – für uns nicht. Und für Euch ist allenfalls noch dringend, den besten Advokaten von Innsbruck aus dem Bett zu holen! – Kommt, gehen wir, Herr Dreyling.«
Hinter uns klappern Schlüssel, Türangeln quietschen.
»So wartet doch!«
Max pufft mich mit dem Ellenbogen leicht in die Seite, als wir gemeinsam durch den schmalen Türspalt ins Innere des Hauses schlüpfen.
Feucht-heißer Brodem schlägt uns auf dem langen Gang entgegen, von dem rechts und links Räume abgehen, die mit Vorhängen verschlossen sind. Eine hübsche, junge Magd in einem dünnen, klatschnassen Hemd, das nichts, aber auch gar nichts verbirgt, hastet mit einem dampfenden Kübel in einen der Räume. Der linke Vorhang steht halb offen. Aus einem Holzzuber voll schwarzbrauner Moorbrühe ragt ein gewaltiger Bauch, an dessen unteren Ende eine andere Bademagd eifrig beschäftigt ist, während der Bauchbesitzer wohlige Grunzlaute ausstößt.
Meister Zankl mustert uns nochmals mißtrauisch. Er ist ein großer, dürrer Mann mit hungrigen Augen. Um den Kopf hat er ein Tuch geschlungen, wobei die Haut der nackten Arme und Schultern mich in ihrer teigigen Bleiche an jene augenlosen Grottenolme erinnern, die tief im Berg in manchen lichtlosen Wassern leben.
»Wenn Ihr mir folgen wollt...«
Meister Zankl dreht sich um – und ich muß beinahe vor Lachen losprusten. Der Meister trägt nur seine bleiche Haut unter seiner nassen Schürze, und von hinten gesehen sticht so ein zu klein geratener, schon etwas faltiger Po zwischen dem nassen weißen Stoff hervor, während er auf eilig platschenden Plattfüßen dem Ende des Ganges zustrebt.
Eine nackte Frau mit üppigen Hängebrüsten und noch üppigeren Fleischhügeln an Schenkeln und Bauch, die aus einer der Seitentüren tritt, prallt mit Max zusammen.
»Huch!« quiekt die Dicke auf und versucht ziemlich wirkungslos ihre Blöße mit den Händen zu bedecken.

»Manche Leute sollten wahrhaftig Feigenblätter verwenden«, bemerkt Max. »Um sie sich vor das Gesicht zu hängen.«

Der Bademeister ist vor der letzten Tür stehengeblieben, mustert uns erneut mit größtem Mißtrauen.

»Unser Salinen-Bad... Ich weiß nicht recht, ob ich...«

»Aber ich weiß!« unterbricht ihn Max und stößt die überraschend massive Tür auf. Ein Schwall an Gelächter und Musik schlägt uns entgegen.

Vor uns führen ein paar Stufen hinunter in ein gut zwanzig Schritt langes, etwa zehn Schritt breites Wasserbecken mit gemauerten Sitzen rundum, gerade so tief, daß die Badenden von den Hüften aufwärts aus dem Wasser ragen. In der Mitte des Beckens ein mächtiger Eichentisch beladen mit Bechern, Gläsern und Weinkrügen, Tellern, Platten und dampfenden Schüsseln. Drei Spielleute mit Laute, Zinke und Handtrommel sorgen für musikalische Untermalung des vergnüglichen Treibens der gut zwei Dutzend im Bade von ihren Leiden Heilung suchenden Gäste. Nun, *Gäste* sind es wohl nur knapp zur Hälfte, denn die anwesende holde Weiblichkeit dürfte in ihrer Mehrzahl zum Personal des Hauses gehören.

»Freunde, erhebt Eure Stimmen zum Hohen Liede unseres Meisters Hans Christoph – frei nach François Villon!« erschallt in diesem Augenblick der Ruf des Lautenspielers.

Der Chor der Musiker setzt ein, nicht wenige der Gäste singen mit:

»Mein lieber Noah, weil von dir der Wein
Erfunden ward, und du, Gevatter Lot,
Weil du in allerhöchster Not
Zu deinen Töchtern stiegst ins Bett hinein,
Damit nicht umkommt, was noch rüstig ist,
Ich bitt' Euch, schließt nicht eure Ohren zu:
Es sitzt ein Herr hier klug und reich,
Ach, nehmt ihn auf in Eueren Verein,
Er ist, weiß Gott, kein schwarzes Schwein.«

In der Mitte, nackt wie alle anderen, lediglich mit einem goldbestickten Barett auf dem Haupt, thront mein Oheim, prostet soeben mit einem schweren Pokal einer schwarzhaarigen Schönen zu, die außer einem eleganten Hut und einer Goldkette nur mit ihrer Haut bekleidet ist, während sich eine kleine Blonde an seinen Rücken schmiegt.

»*Es gibt von dieser Menschenart,*
Ich schwöre es beim großen Bart
Des heiligen Propheten Mohammed,
Nicht allzuviel. Die meisten haben wenig Hirn,
Dafür ein kapitales Brett vor ihrer Stirn.
Der große Herr reicht uns die Bruderhand.
Ach, nehmt ihn auf in Eueren Verein,
Er ist, weiß Gott, kein schwarzes Schwein.«

Max ist auf die schmale Umrandung getreten, die um das Becken führt, um zu seinem Vater zu gelangen.

Hans Christoph lacht unterdessen brüllend, singt die nächste Strophe johlend mit:

»*Ich will mich gerne splitternackt*
Noch einmal in ein rotes Mohnfeld legen.
Es ist so schön – der Fromme denkt: wie abgeschmackt! –,
wenn rudelhaft die Wolken durch den Himmel fegen.
Mir schmeckt nun einmal dieser Zug
Ins Tierbereich. Was drüber ist, das ist Betrug
An jedem Mark und Drüsensaft,
Der uns das himmlische Vergnügen schafft!
Ach, nehmt mich auf in Eueren Verein,
Ich bin, weiß Gott, kein schwarzes Schwein!«

Max kauert sich hinter Hans Christoph auf den Beckenrand, klopft ihn vorsichtig auf die Schulter:

»Vater...«

Der wendet leicht den Kopf. Erstarrt. Sein Gesicht wird für einen Augenblick totenbleich, dann feuerrot. Seine Augen schießen smaragdgrüne Blitze:

»*Max!!*«

Er fährt hoch und herum. Der Wein aus seinem Pokal klatscht seiner Begleiterin ins geschminkte Gesicht, trieft ihr über Hals und Busen.

»Aber Hänschen...«

»Max, du gottverfluchter Bastard...«

Seine Hand mit dem schweren Pokal holt für einen furchtbaren Schlag nach oben aus.

»Frau Elisabeth hat Adam aus dem Haus geworfen, Vater.«

Die Hand mit dem Pokal bleibt in der Luft hängen:
»Hat *was*??«
»Adam aus dem Haus geworfen!«
»Adam!?«
Hans Christoph Löffler scheint mich jetzt überhaupt erst zu bemerken. Langsam sinkt seine Hand herunter:
»Was ist passiert?«
»Frau Elisabeth hat Adam mit Antonia in der Gartenlaube erwischt.«
»Was? Dich?«
Ich nicke.
»Mit unserer sauberen Antonia?«
Ich nicke wieder.
»In der Gartenlaube?«
»Ja.«
»So richtig *erwischt?* Du oben und sie unten??«
»Na ja, eher sie oben und ich unten.«
Onkel Hans Christoph schluckt, seine Schultern beginnen zu zukken, sein Bauch zu hüpfen, und dann bricht es aus ihm heraus, er lacht, brüllt, kollert, johlt, schlägt sich auf den Bauch, Tränen laufen ihm über das Gesicht:
»Adam! Max! An mein Herz, Ihr Überbringer der schönsten Nachricht seit vielen Jahren! Das gönn' ich ihr! Das gönn' ich diesem fischblütigen Weib! Daß sie einmal gesehen hat, daß ein Mann und eine Frau mehr zusammen tun können als in kirchlicher Gottgefälligkeit Kinder zeugen!«
Hans Christoph ist auf den Beckenrand gesprungen, drückt uns an seine nasse, nackte Brust, klopft uns auf den Rücken, wo er große, feuchte Flecken hinterläßt:
»Freunde, das muß gefeiert werden! Wein! Musik!«
»Herr Vater«, wirft Max ein. »Frau Elisabeth hat Adam deswegen aus dem Haus geworfen!«
»Das hat sie gewagt? Hat gewagt, dich aus meinem Haus zu werfen? Dich, den ich brauche?«
Die Stimme meines Onkels wird gefährlich leise:
»Du bleibst und gehst zurück nach Büchsenhausen! Falls sie sich in den Weg stellt, sag Frau Elisabeth dies: *Wenn* jemand mein Haus verläßt, dann bist es *du nicht!«*
Ich wende mich um und gehe auf dem Beckenrand zurück zur Tür, während Max von seinem Vater mit einem Stoß samt Kleidern ins

aufplatschende Wasser befördert wird. Sein Abendvergnügen ist damit sichergestellt – und auch seine Verschwiegenheit.

Hinter mir dröhnt die Stimme meines Onkels:

»Der Herr auf Büchsenhausen bin *ich! Ich!* Und *nur ich!!*«

Das unregelmäßige schmucklose Gassennetz von Hötting liegt hinter mir. Erleichtert nehme ich die Steigung zum Ansitz hinauf, dessen schwache Umrisse den Eindruck erwecken, als wäre Büchsenhausen eine uneinnehmbare Burg auf einem steilen Hügel. Die Flecken auf dem Putz sind wohl der geringste Preis für all die tausendfachen todbringenden Kanonen, die hier schon gegossen wurden. Von hier aus wurde und wird geliefert in alle Winkel der Erde, egal ob es die neuentdeckten großen Erdteile sind, die entferntesten Königreiche, die höchsten Bergpässe, oder gar die feindlichen Armeen dieser Welt.

»... GOSS MICH!« ist überall.

Wie ein Leuchtfeuer weist mir das einzig erhellte Fenster Schritt für Schritt den Weg nach oben. Ich verweile, da ich einen Schatten an der hellen Decke des Zimmers wahrnehme, der sich hin und her bewegt.

Es ist Katharinas Zimmer. Sie ist noch auf.

Max hat recht – sie hat alles eingefädelt.

Das unablässig flackernde Licht wirft das Bild eines schnell größer werdenden, und wiederum schnell schrumpfenden Menschen an die Wand. Das Glanzlicht dort oben verursacht viele Schatten. Katharina ist wie ein unfertiges Relief mit unklaren Konturen, wie der unscharfe Schatten dort oben, und wohl nur der geschickteste Meister wird diese Form je vollenden können.

Federnd nehme ich die Freitreppe und öffne das Haustor. Das Licht der Öllampe beleuchtet schwach die Eingangshalle, deren Steinboden von der reinlichkeitsbeflissenen Lene vom Blut gesäubert worden ist. Das Knarzen der alten Holztreppe läßt sich nicht vermeiden, dient aber den gesamten Bewohnern zur Überwachung der ankommenden Nachtschwärmer.

Bevor ich mein Zimmer betrete, höre ich, wie oben eine Tür geöffnet wird. Ich setze einen Schritt zurück und blicke hinauf.

Am oberen Treppenabsatz erscheint im schwachen Kerzenschein

in ein weiß durchscheinendes Nachthemd gehüllt der Diamant des Hauses.

Mir stockt der Atem!

Ihre Augen starr auf mich gerichtet, beginnt sie mit der freien Hand langsam und elegant ihr Hemd von der Schulter zu streifen, bis es über ihren nackten Körper herabgleitet.

Im selben Augenblick spüre ich ihre lebendige Nacktheit wie einen Speer in meine Brust schlagen. Mir ist, als würde sie mir im selben Moment alle Waffen aus der Hand nehmen und jeglichen Zorn aus meinem Kopf herausschälen.

Das linke Bein leicht eingeknickt wie das Standbild einer griechische Aphrodite auf ihrem Sockel. Makellos wie weiß polierter Marmor mit darunterliegendem Adernetz. Die Aphrodite von Büchsenhausen.

Stumm hebt sie die Hand und winkt mich mit einer ruckartigen Armbewegung die Treppe hinauf.

Als wäre alles ein Traum, steige ich auf Zehenspitzen die Stufen empor. Mein Atem geht schwer, mein Herz pulsiert in meinem Hals. Bevor ich oben ankomme, bückt Aphrodite sich, schnappt mit der linken Hand ihr Hemdchen und huscht, mit der Kerze in der Rechten, voran in ihr Zimmer.

In ihrer Tür bleibe ich stehen und blicke zurück in Richtung hinteres Gangende, wo sich das *Streitzimmer* befindet. Alles ruhig! Nur mein gepreßter Atem ist zu hören.

Schnell trete ich ein und schließe die Tür lautlos hinter mir. Der kleine Riegel aus Bronze tönt wie ein Glöcklein.

Mit dem Rücken zur Tür blicke ich hinüber auf den schönsten Platz, den es in diesen Mauern gibt: Katharinas Bett.

Auf den karneolroten Laken, das ich noch nie bei der Wäsche gesehen habe, ruht die unbewachte Nacktheit in ihren Kissen. Ein großes rotes Becken, umgeben mit Porphyrsäulen mit Alabasterkapitellen und Atlashimmel, füllt den Raum zu einem Drittel und verleiht Katharinas Körperlinien eine reife weibliche Schönheit. Der Liebeshügel, auf dem sie liegt, der ist, weiß Gott, nicht nur für eine Person allein gemacht...

Gesicht, Busen und Leib wirken anziehend und zugleich verletzlich. Ihre spitzgeformten Brüste heben und senken sich schnell – sie ist hochgradig erregt. Kokett und herausfordernd wirkt der rechte, erhobene Arm, den sie hinter ihrem Kopf versteckt. »So lassen sich die besonders schönen venezianischen Kurtisanen malen«, höre ich

Colin, als er mir eine nachempfundene Skizze einer Frauengestalt von einem gewissen Giorgione zeigte, die sich in der Haltung mit der Katharinas vergleichen läßt. Katharina wirkt auf ihrem Bett in dieser Pose wie ein Modell aus dem besagten Kreis von Damen.

Ihr linker Arm winkt mir heute zum zweiten Male – jetzt allerdings zu ihr ins Bett.

»Komm!« haucht sie kaum vernehmlich.

Ich trete näher und spüre auf kurze Distanz, wie sie vibriert, wie ihr Atem kürzer wird, alles in ihr zu pulsieren beginnt. Sie richtet sich ein wenig auf. Der Blick verschleiert sich. Ihre Arme fassen nach meinem Hals, und mit einem Ruck zieht sie mich aufs Laken. Sie ist völlig aufgewühlt, umklammert mich. Ihr Atem ist heiß und keuchend. Die Finger der rechten Hand haben sich in meinen Haarschopf gekrallt, so daß mir der starke Zug daran fast Schmerzen bereitet.

Ihr Atem wird immer schneller, als ob sie kurz vor dem Höhepunkt stehen würde, und ebenso schnell reiben das Becken und ihr Geschlecht an meinem geschlossenen Wams. Ich spüre ihren festen Bauch an meinem und ihre kleinen runden festen Hinterbacken in meiner Hand, doch vermag ich keine Distanz zu schaffen, da sie sich fest an mich klammert. Doch würde ich es weniger stürmisch besser genießen können.

Ich versuche mit einer Rolle zum Fenster hin in eine andere Position zu gelangen, was aber nur zur Hälfte glückt; so kommt Katharina auf mir zu liegen. Ihr Kopf hat sich in meiner Schulter vergraben. Meine Lippen suchen ihren Mund, doch die Zuckungen und Schauer ihres Leibes erschweren das Anheben ihres Kopfes.

Immer noch hält ihre rechte Hand mein Haar fest umklammert.

Endlich glückt es mir, ihren Kopf anzuheben.

»Langsam, mein Engel...«, flüstere ich ihr zu und beginne sie zu küssen.

Ihre Zunge vergräbt sich sofort in meinem Mund und spielt genauso hektisch darinnen, wie sie an meinem rechten Schenkel auf und ab reibt, der zwischen ihren Beinen steckt.

Beide Hände wühlen in meinem Haar, als es mir endlich gelingt, meine rechte Hand zwischen ihre Schenkel zu schieben wo ich Weiches, Heißes und Feuchtes zugleich erfühle. Sie wirft sich auf die Seite; spreizt die Beine. Nur kurz gelingt es mir ihren aufgewühlten Körper zu betrachten:

Ihr Schoß ist eng – wie ich es erwartet habe, doch schon gelingt es mir, etwas tiefer in sie einzudringen. Ich kann von diesem jungen aufbäumenden Leib nicht genug bekommen, nie habe ich einen unschuldigeren, nie schönere Linien gesehen.

Ihre Verzückung steigert sich in dem Maße, wie es mir gelingt, mit meinem lüsternen Finger tiefer in sie einzudringen. Sie beginnt laut zu stöhnen, ja, in allen Tönen zu singen.

Gerade als sie wieder mit beiden Händen nach meinem Haarschopf greift, gelingt es mir, das Oberbett über uns zu werfen, damit die Töne gedämpft werden.

Wie in Ekstase krallt sich Katharina in meine Haare, so daß ich um meine Kopfhaut bange.

Als der Schmerz zu groß wird, lasse ich von ihr und versuche ihr Temperament zu bremsen. Behutsam hebt mein Arm das Oberbett und deckt ein Lächeln auf, welches ich zum ersten Male an diesem Abend zu sehen bekomme.

Katharina ist schweißgebadet. »Es ist das Vergnügen; du hast es geweckt, mein Adam!«

Wahrhaftig, ich habe sie aufgeweckt, zart und aufreizend.

»Zieh dich aus! Wir schwelgen erst vollkommen, wenn wir nackt sind«, schwingt ihre Stimme weiter. »Wenn ich dich errege, mein Geliebter...«, gurrt sie leise hinter meinem Rücken und krault mir schon wieder mein Haar – wenn auch etwas zärtlicher –, »dann möchte ich dein Herz spüren, wie es rast.«

»Laß uns tun, was *du* willst, Engel!«.

Erst prüft mich Katharina schweigend, dann tastet sie alles mit flinken Händen an mir ab. Nur mein Glied prüft sie etwas länger in ihrer Hand, dafür mit zunehmender Wollust. Der Blick aus ihren grünen Augen, mit dem sie mich betrachtet, zeigt, daß sie die Situation voll genießt.

Auch ich genieße den Anblick der Schönheiten, mit denen die Natur Katharina verschwenderisch bedacht hat. Erst ihre glatte Haut, auf der ich ebensowenig Haare sehe wie auf einem Ei, dann die köstlich gerundeten Hüften und Schenkel. Dazu die wohlgeformten spitzen Brüste, die ihr Gewicht nicht leugnen.

»Nun«, fragt sie mich. »glaubst du, daß ich dich zu erregen vermag?«

Die Kühnheit ihres Wesens erstaunt mich mehr und mehr. »Ich denke schon, wie du sehen kannst...«, erwidere ich nachsichtig.

»Du weißt viel mehr von der Liebe und den Freuden, die sie uns zu bringen vermag, Geliebter. Wie soll ich die Kunst kennen, dir Vergnügen zu bereiten? Antonia wußte sicher alles darüber!«

Gereizt packe ich sie an den Schultern und drücke sie in die Kissen. In ihrem Gesicht lese ich den Triumph, ihre Rivalin aus dem Feld geschlagen zu haben.

»Warum hast du das getan?«

»Weil ich dich wollte und sie mir im Wege stand«, kommt die entwaffnende Antwort. »Du sollst mein Erster sein; nur du mit deinen dichten und festen Haaren! Ich bin ganz wild auf deine Löckchen, die immer deine Schultern berühren. Hast du nie bemerkt, wie ich dich dafür ansah?«

Während sie spricht, spielen ihre Finger in meinen Haaren und wickeln sie auf, wobei sich merklich ihre Erregung steigert.

»Wie hätte ich dich sonst für mich haben können?« fragt sie unschuldig.

»Ja! Und was ist, wenn ich aus dem Hause fliege?« frage ich mit Grimmen im Bauch zurück.

»Mach dir keine Sorgen, Geliebter. Mein Vater braucht dich. Du wirst schon sehen, es war alles vorausbestimmt. Das ist jetzt alles vorbei. So ... und jetzt will ich dich endlich spüren!«

Ihr Körper gerät in Bewegung begleitet von Blicken, die die Wirkung auf mich abschätzen sollen. Wie ein Aal über Land windet sie sich auf dem Liebeshügel.

»Ich will die Gefühle deiner Wollust anstacheln, Liebster. Betrachte mich, ich bin dein. Erst wenn dein Glied die Härte eines Adlerschnabels hat, darfst du zwischen meine Beine kommen.«

»Dann laß den Adler landen, mein Engel.«

Ich liebkose ihre Brüste und berühre ihren bebenden Bauch.

»Bist du so weit, Liebster?« unterbricht sie mich erregt.

»Ich bin!«

»Ich will dein Haar in meinen Händen spüren. Komm auf mich. Bestell mir mein Äckerlein. Nur einmal zustoßen! Einmal, Liebster! Du mußt es mit einem Male schaffen!«

Mit weit gespreizten Schenkeln liegt sie unter mir und versenkt mein Glied mit ihrer Hand ein wenig in ihr Geschlecht.

»Beim ersten Stoß will ich meine Jungfernschaft los sein, Adam!« klingt es wie ein Befehl. »Du wirst es gut machen. Ich vertraue dir«, flüstert sie mir ins Ohr und ergreift mit der rechten Hand meinen Haarschopf. Ihr Atem geht sofort schneller, und ihre Brüste heben und senken sich rhythmisch, was wiederum meine Erregung steigert.

»Stoß zu! Jetzt!!«

Den Schrei erstickt sie mit einem Biß in ihren linken Handrücken.

Für einen Augenblick sind wir erstarrt. Doch dann jubelt ihre Seele:

»Aaah! Ooooh! Oh, ist das schön! Ich spüre dich!! Drücke mich! Hilf mir doch, Liebster! Küsse mich! Die süße Zunge! Gib sie mir!«

Ihre Hüften beginnen in rascher Folge mit einer Auf- und Abwärtsbewegung, die mich in eine solche Erregung versetzt wie selten in meinem Leben. Als ob mein Glied eingemauert wäre, wird es gleicherweise in ihr auf und ab bewegt. Ihre Erregung steigert sich zum Höhepunkt, und mit ihr zusammen entleere ich mich mit solch einem Gefühl der Wollust, daß ich zu vergehen drohe.

Unser Atem geht im Gleichklang wie unser Herzschlag.

Etwas beruhigt, will ich mich sanft lösen...

»Bleib in mir, Liebster. Ich will dich weiter spüren, solang es geht.«

Eng umschlungen liegen wir nebeneinander, als das Knarzen der Treppe die Heimkehr des Hausherrn ankündigt. Die schweren Schritte bis zum Schlafgemach sind deutlich auszumachen. Danach kehrt wieder die Ruhe ein.

»Liebster, glaubst du an die Tugenden?« fragt sie mich leise ins Ohr.

»Ja, ich glaube daran. Warum?«

»Ich glaube auch an die Tugenden, bin aber dennoch vom Elend allen Fleisches ganz durchdrungen. Die Wollust spricht mich täglich an; ich glaube, ich werde dich daher genauso oft brauchen.«

»Ich werde dasein, sooft es geht.«

»Täglich, Liebster!«

»Täglich!?«

»Ja, täglich!«

»Ich fürchte, es wird nicht möglich sein.«

»Weshalb? Warum? Wieso?«

»Wegen der Grenzen!«

»Was meinst du?«

»Die Grenzen der Familie, der Gelegenheiten, auch der Wollust!«

»Wir werden sie niederreißen, sooft wir können, Liebster. Versprich es!«

»Ich verspreche...«

»Gut! Gib mir ein kleines Pfand für dein Versprechen. Eines das mich immer sofort an dich erinnert.«

»An was denkst du dabei?«

»An dein Haar!«
»Mein Haar!?«
»Nicht alles. Nur ein wenig davon!«
»Na gut, wenn du es dir so sehr wünschst.«
»Ich hol' die Schere.«
Schnell krabbelt sie auf allen vieren aus ihrem Bett und nimmt drüben ein Kästchen aus der Truhe.
»Da hab' ich sie...«
Ebenso flink sitzt Katharina wieder neben mir und sucht sich die schönste Locke heraus. Kurz höre ich den Schnitt in mein Haar:
»So, jetzt kann ich zu jeder Stunde etwas festhalten von dir!«
»Ich habe schon bemerkt, daß dich mein Haar reizt.«
»Reizt!? Das ist zu wenig. Es erregt mich und steigert die Lust mit dir in schwindelnde Höhen. Ich werde noch mehr davon brauchen. Jetzt laß mich deine Locke schnell binden.«
Wiederum holt sie aus dem selben Kästchen einen Faden und bindet meine Locke wie einen kleinen Besen zusammen.
»Diese kommt unter mein Kissen, mein Liebster. Siehst du, jetzt kann ich gleich besser schlafen!«
»Ja, du hast recht, die Nacht wird kürzer und kürzer.«
»Komm noch mal, Adam.«
Ein zärtliches Anschmiegen, mit der unvermeidlichen Hand in meinem Haarschopf, folgt auf ihre Worte.
»Wenn das nicht Liebe ist, was fühl' ich dann?« säuselt sie mir ins Ohr.

Völlig leergesaugt, gleite ich um Mitternacht aus den karneolroten Laken.
Katharina hält mich sanft am Arm fest:
»Heute abend, Adam, setzen wir diese Nacht fort.«
»Ich werde kommen!«
Angezogen stehe ich neben unserem Liebeshügel, bereit, die wenigen Meter hinabzusteigen, als mir der große dunkle Fleck auf dem Laken auffällt. Katharina zwinkert unnachahmlich mit ihrem rechten Auge und bemerkt: »Nur Glück oder Kunst machen Flecken raus. Du weißt, beides befindet sich in meiner Hand!«
Auf Zehenspitzen erreiche ich die Tür zu meinem Zimmer. Was für ein Tag...

INNSBRUCK 1578

Montag,
der 15. September

Ein Schlag wie ein Kartaunenschuß reißt mich am Morgen aus den Kissen.

Die schweren Schritte Hans Christoph Löfflers poltern die Treppe herunter.

Ich höre, wie über mir die Tür des *Streitzimmers* wieder aufgerissen wird:

»Nein! Nein! Und nochmals *Nein!*« kreischt die Stimme Frau Elisabeths. »Keine Minute länger dulde ich diesen Hurenbock unter meinem Dach!«

»Es ist *mein* Dach!« brüllt Hans Christoph dagegen. »*Ich* bin der Herr auf Büchsenhausen! Und *ich* bestimme, wer unter meinem Dach lebt! Und ich sage: Adam *bleibt!* Er ist mein bester Mann in der Gießerei! Wer soll ihn ersetzen?«

»Wenn du ihn in der Gießerei brauchst, dann soll er auch drüben wohnen!«

»Drüben!?«

»Drüben im Gießerhaus«, zetert Frau Elisabeth. »Warum mußtest du ihn auch im Fürstenzimmer einquartieren?«

»Weil ihm das als meinem Neffen, einem Herrn von Stand, worauf du ja sonst so stolz bist, zusteht«, blafft Hans Christoph zurück.

»Dann steht ihm wohl auch zu, nach Herzenslust mit meinen Mägden herumzuhuren!? Demnächst macht sich der Hurenbock vielleicht auch noch an deine Töchter heran!« lamentiert Frau Elisabeth. »Und was soll der Herr Kanzleischreiber Endorfer von uns denken, wenn wir es dulden, daß ein Wüstling wie dein Adam nur wenige Schritte von seiner reinen Braut...«

»Was heißt hier eigentlich *Braut?*« kommt es von Onkel Hans Christoph zurück, während seine schweren Schritte weiter die Treppe hinuntertrampeln. »Du tust ja gerade so, Weib, als hätte ich den Taufbeckenpisser schon als Schwiegersohn auserkoren...« Seine Stimme verhallt in der Tiefe.

Ich höre die Röcke Frau Elisabeths die Treppe hinabrascheln:

»So warte doch, Stöffelchen! Herr Endorfer ist ein ganz hervorragender...« Auch ihre Stimme verklingt.

Hellwach geworden krieche ich aus den Federn. Als ich zum Frühstück die Treppe hinunter in den Hausflur Richtung Speisezimmer komme, höre ich durch die dicke Tür bereits meinen Stiefonkel weiter toben:

»Dann pack doch dein Zeug und deine Mitgift-Bergwerksanteile und zieh nach St. Nikolaus zu deinen Lieblingen, zu deinen Siechen, Aussätzigen, Lahmen und Stinkigen!«

Ich verlasse das Haus, überquere die Gasse und betrete das Gußhaus durch das große Hauptor. Während hinter dem berühmten Vorhang Grabesstille ist, herrscht auf der anderen Seite bei den Brennöfen bereits rege Betriebsamkeit. Und eine heftige Auseinandersetzung.

In Eisenwiegen an schweren Kettenzügen hängen schräg die Gußformen von vier mächtigen Kartaunen von der Decke. Die Mündungstücke nur wenige Spannen über dem Boden, das offene Ende der Kammerfelder mannshoch in der Luft, damit die Hitze eines Feuers, das vor den Mündungsstücken brennt, gut durch das Innere der Form ziehen kann.

»Gott sei gelobt, Herr Dreyling, daß Ihr kommt!« schreit Pietro, der zweite Gießergeselle, als er meiner ansichtig wird. »Der Bartlme, dieser Idiot, behauptet…«

»Und recht hat er!« brüllt Wenzel, der Altgeselle der Kanonenformer dazwischen.

»Behauptet, daß die Formen für die Kartaunen…«, versucht sich Pietro durchzusetzen.

»Nicht die Kartaunen, die Form für das siebenläufige Kunstgeschütz!« fällt ihm Waldi, der zweite Heizer ins Wort.

Ich hebe die Hände: »Langsam, langsam! Also um was geht es? So, jetzt bist du dran, Bartlme.«

Der erste Heizer mit dem zerschlagenen Gesicht grinst mich dankbar an, weil ich ihm als erstem das Wort erteilt habe.

»Die Formen für die vier Kartaunen sind trocken und können hinüber in den Brennofen gebracht werden – darüber sind wir uns alle einig. Aber ich traue dem Kunstgeschütz noch nicht.«

»Verdammt«, fällt ihm Pietro erneut ins Wort. »Es hängt wie die Kartaunenformen jetzt seit fast zwei Wochen hier und wird mit Luft und kleinen Feuern getrocknet. Es hat die gleichen Rohrdimensionen wie eine Kartaune. Es *muß* trocken sein!«

»Muß eben nicht!« widerspricht Bartlme. »Eine Kartaune hat *eine* dicke Bohrung, *eine* Seele, durch die die heiße Luft zieht und den

Formlehm auch von innen her trocknen kann. Das Kunstgeschütz hat sieben, jedoch wesentlich kleinere Seelen mit viel Material dazwischen. Ich glaube einfach nicht daran, daß es innen wirklich schon trocken ist. Und wenn der Lehm beim Brennen noch feucht ist, dann zerreißt es uns die ganze Form!«

»Und, beim heiligen Ambrosius«, mischt sich Wenzel ein, »ich möchte dieses Scheißding nicht noch einmal machen müssen. Abgesehen von Meister Löffler, der uns bei lebendigem Leib in Stücke reißen wird, sollten wir das Rohr verpfuschen!«

»Und was ist deine Meinung, Pantaleon?« wende ich mich an den Altgesellen, der unbeteiligt an der Wand gelehnt hatte.

Er sieht schrecklich aus: Die Wucherungen an seinem mittlerweile fast völlig kahlen Schädel sind im Lauf der letzten dreieinhalb Jahre immer größer geworden, seine Haut ist fleckig, mit Geschwüren bedeckt, die Kleider schlottern um einen ausgemergelten Körper. Seine stumpfen Augen versuchen mich für einen Augenblick zu erfassen, verschwimmen wieder:

»Nehmt mir diese rasenden Kopfschmerzen, Herr Dreyling, und ich werde Euch eine Antwort geben können...«, nuschelt er zahnlos.

»Ich bin der Auffassung von Bartlme«, entscheide ich. »Die Formen für die vier Kartaunen kommen hinüber in den Brennofen, die Form für das Kunstgeschütz bleibt hier und wird weiter getrocknet.«

»Aber wir brauchen den Platz für die Falkonen!« begehrt Pietro auf – und stolpert von einem mächtigen Fußtritt beschleunigt gegen die Wand.

»Hast du nicht gehört, was Herr Adam gesagt hat?« brüllt Stiefonkel Hans Christoph, der unbemerkt hinter uns aufgetaucht ist. »Willst du meinem Werkführer widersprechen, du Arschloch? Und was steht ihr hier alle herum und glotzt und haltet Maulaffen feil??«

Die Männer stieben auseinander.

Bartlme, Waldi und Konrad beginnen die Feuer unter den Kartaunenformen zu löschen, während sich Pietro mit einigen Handlangern an den Kettenzügen zu schaffen machen, um die Formen herunterzuholen und in den Brennofen zu schaffen.

»Was stehst du noch da, du Faultier? Beweg dich!« blökt der Meister Pantaleon an, der sich daraufhin wankend von der Wand abstößt und zu einem der Kettenzüge taumelt. Onkel Hans Christoph winkt mir, ihm zu folgen. Im Hof, wo uns keiner belauschen kann, wendet er sich zu mir:

»Du bist zu gutmütig. Du mußt dieses Gesindel treten, wenn du willst, daß sie arbeiten – ich hab' dir das schon hundertmal gesagt! Übrigens hat Pietro recht! Wir brauchen den Platz für die Falkonen und Serpentinl.«

»Die Entscheidung war richtig. Die Form des Kunstgeschützes muß noch weiter trocknen!« widerspreche ich.

»Scheiß-Kunstgeschütz! Adam, wir müssen diesen Auftrag für Schloß Ambras so schnell als möglich aus dem Haus bekommen! Wir können uns weitere Verzögerungen nicht leisten! Der Auftrag für Wien ist zwei Jahre alt! Acht Quartierschlangen, 20 Doppelfalkonen, 20 einfache Falkonen, sechs Haufnitzen. Dazu *hundert* kleine Falkonette – und wir haben davon kein einziges Stück gegossen!«

Ich zucke mit den Schultern.

»Wir können nur arbeiten. Wunder wirken können wir noch nicht.«

»O doch! Du mußt die faulen Säcke nur endlich richtig antreiben!«

»Wenn ich sie zu sehr treibe, dann machen sie Fehler – und von einer fehlerhaften Gußform haben wir weniger als nichts!«

»Dann hole zusätzlich die Männer von den Glocken herüber!«

»Rektor Walker von den Jesuiten wird das allerdings nicht gefallen, wenn wir seine Glocken nicht rechtzeitig gießen.«

»Den Klöppel kann ich ihm ja persönlich gießen«, faucht Onkel Hans Christoph. »Den kann er sich dann in seinen fetten Arsch stecken – wäre allemal was Kräftigeres als die Schwänzchen von kleinen Buben!«

Für einen Augenblick schmunzeln wir uns an. Wir können die Patres von der Gesellschaft Jesu beide nicht ausstehen.

»Wie weit sind die übrigen Geschütze für Schloß Ambras?«

»Die beiden 4pfünder Falkonen vom Typ MEERKATZE sind zum Trocknen bereit, auch die beiden Falkonette für den Grafen Balthasar Batthyanyi. Die vier PFAUEN-Serpentinl werden gerade dekoriert und eingeformt, die beiden Serpentinl vom Typ DRACHE sind fertig zum Abziehen – du müßtest also mit dem Formbrett kommen.«

»Wann?«

»In einer halben Stunde.«

Während der Meister zum Haus hinübereilt, wende ich mich der Formerei zu. Peter schicke ich in die Glocken- und Hafnerformerei mit dem Auftrag, alle Leute in die Geschützformerei herüber zu hetzen, und lasse Veit ausrichten, daß er sich um die Lehmstampferei kümmern soll, damit wir genug Material zur Verfügung haben.

Im ersten, kleineren Raum der Kanonenformerei, dem *Sumpf*, wie ihn die Männer wegen seiner beständigen Nässe nennen, kontrolliere ich die Arbeiten an den beiden DRACHEN-Serpentinl.

Vier Lehrlinge drehen die langen, hölzernen mit Tauen umwickelten Kernspindeln, die in Böcken gelagert sind, während Ottheinrich, der zweite Geselle, zusammen mit seinen Handlangern Schicht um Schicht Lehm aufträgt, bis die Stärke des zukünftigen Rohres erreicht ist.

Dann betrete ich die *Darre*. Lukas, unser Hafner- und Bildwerkgeselle ist hier bereits dabei, auf dem luftgetrockneten Lehmrohr eines der PFAUEN die Verzierungen anzubringen. Das neue Verfahren, die Ornamente mit Formkästen vorzufertigen, spart erheblich Zeit gegenüber dem alten Verfahren, bei dem die Ornamente aus Wachs noch aufmodelliert wurden. Für gleichartige Rohre brauchen wir jetzt nur mehr eine zeichnerische Vorlage, ein Formbrett und auch nur je ein Model für Wappen, Girlanden und Delphine.

Ein weiterer PFAU wird von einem Lehrling mit Kohlestaub als Trennmittel eingepudert, während Melchior mit dem Lehm bereit steht, welcher zunächst in feinsten, dünnflüssigen Schichten aufgepinselt, dann aber in immer dickeren Lagen für die eigentliche Gußform aufgetragen wird. Schließlich wird die Form von Sebastian, unserem Schmied, mit breiten Eisenbändern bewehrt, damit sie beim Transport zum Trocknen, zum Brennen und schließlich beim Einsenken in die Gußgruben nicht zerbrechen kann.

Eine hektische Betriebsamkeit herrscht in diesem Raum; nur einer läßt sich davon nicht anstecken: Wenzel, der Altgeselle der Kanonenformer. Er liegt vor einer hochgebockten Form eines der Falkonette für den Grafen Batthyanyi. Mit bedächtigen, sicheren Bewegungen kratzt und popelt er teils mit der Hand, teils mit langen Eisen die innere Lehmschicht aus dem Formmantel, jene Form, der man zunächst das Aussehen des fertigen Geschützes gegeben hatte, um sie dann ummanteln zu können. So wird aus der luftgetrockneten Form zunächst die Kernspindel und das um sie gewickelte Tau herausgezogen. Anschließend muß bis zu der Trennschicht aus Kohlenstaub der Lehm innen wieder herausgeputzt werden – eine heikle Arbeit, die viel Erfahrung und Fingerspitzengefühl erfordert. Denn bleibt auch nur das kleinste Lehmbröckchen zurück, hat das fertige Rohr an dieser Stelle Schrunden, Dellen oder gar ein Loch. Oder schlimmer noch, das Lehmbröckchen wird von der flüssigen Bronze eingeschlossen und bildet dort eine Schwachstelle, die zu einem Bersten des ganzen Rohres führen kann. Verletzt man andererseits bei diesem Herausbrechen den Mantellehm, hat der Guß an dieser Stelle häßliche Grate und Buckel, die zumindest ein mühsames Nacharbeiten erfordern.

Wenzel ist ein wahres Genie, wenn es darum geht, sich an jener hauchdünnen Schicht Kohlestaub entlangzuarbeiten, die Binnenform und Mantellehm trennt, und der Former-Altgeselle gehört zu jenen wenigen innerhalb der Löfflerschen Gießerei, die sich ihre innere Ruhe bewahrt haben und sich durch meinen Onkel weder unnötig treiben noch hetzen lassen.

»Ihr wollt gute Arbeit, Meister«, habe ich ihn einmal sagen hören. »Dann laßt mir auch die Ruhe, sie Euch zu liefern.«

Onkel Hans Christoph hatte geflucht wie ein Heide – und Wenzel nie wieder anzutreiben versucht.

»Eigentlich ein unglaublicher Aufwand!« knurrt Wenzel jetzt und angelt, den Arm bis zur Schulter in der Form, nach einem Lehmbröckchen. »Erst machen wir eine Kanone aus Lehm. Dann machen wir davon einen Mantelabdruck ebenfalls aus Lehm – und müssen die erste Form wieder herauskratzen und zerstören, damit wir überhaupt gießen können. Diese Form wird dann mit viel Mühe und Zeit durchgetrocknet, gebrannt, mit Bronze ausgegossen – und anschließend ebenfalls in Scherben geschlagen, um die Bronze ans Licht zu bringen.

Eigentlich ist Former ein Scheißberuf! Was immer wir mit viel Mühe, Arbeit und Liebe machen – wir müssen es nach kurzer Zeit wieder zerstören! Wißt Ihr, Herr Dreyling, wovon ich manchmal träume? Von einer Form, die man wieder verwenden kann – zweimal, dreimal, zehnmal. Müßte eigentlich gehen, wenn man die Form nach dem Guß nicht zerschlagen, sondern bloß aufzuklappen bräuchte.«

»Und wie machst du das mit den Hinterschneidungen bei den Delphinen? Wie willst du die aus deiner Klappform herausbringen?«

Wenzel grinst mich an:

»Wenn ich es wüßte, Herr Dreyling, wäre ich bestimmt nicht mehr in Büchsenhausen!«

Bartlme streckt seinen Kopf durch die Türe, die den Formereiraum mit dem Gußhaus verbindet und von wo das Klirren der Kettenzüge zu uns herüberdringt, da die schweren Formen der Kartaunen gerade in den Brennofen gewuchtet werden:

»Meister im Anmarsch!« zischt er uns zu.

Durch die offenen Tore sehe ich Hans Christoph, ein Brett wie eine Hellebarde geschultert, aus dem Haus über die Gasse und den Hof zum *Sumpf* marschieren.

Auch ich wechsle wieder in den ersten Raum hinüber, komme fast gleichzeitig mit meinem Onkel an. Als ob es zerbrechlicher als Glas wäre, so vorsichtig lehnt mein Onkel das Brett an die Wand, zieht einen Zollstock hervor und mißt zunächst die Stärke des aufgetragenen Lehms. Ein kurzes Grunzen signalisiert seine Zufriedenheit.

»Ganz langsam und gleichmäßig drehen!« weist er die beiden Lehrlinge an, welche die Spindel in Bewegung halten.

Dann winkt er mir. Vorn und hinten fassen wir das Brett an, fixieren es auf den Böcken und führen es längs an das rotierende Stück.

An der Kante ist das Brett mit einem geformten Blech beschlagen, und während wir es nun langsam heranführen, wird der Lehm abgedreht. Schon nach wenigen Umdrehungen erhält der Rohrrohling Konturen.

Und dann liegt es vor uns, das Rohr eines DRACHEN-Serpentinls. Noch ohne Verzierungen, Schildzapfen und Delphine, die ihm mittels der Formkästen aufgesetzt werden. Zuletzt wird ein rund sechs Kaliber langes Rohrstück vor dem Mündungskranz aufgesetzt, das sogenannte Angußstück, in dem sich nach dem Guß die leichten, verschmutzten Teile der Bronze sammeln werden und das schließlich abgesägt werden wird.

Wieder mißt Meister Löffler, prüft, mißt nochmals.

Die Lehrlinge stehen vor Angst wie gelähmt an der Mauer. Ein zufriedenes Schnalzen mit der Zunge löst ihren Bann.

Ein Schreien nebenan läßt uns zusammenfahren. Oswald, der zweite Heizer, stürzt atemlos herein:

»Meister! Meister, Pantaleon ist umgefallen!«

»Na und? Soll aufstehen, der Faulpelz!«

»Wir haben gerade eine der Kartaunenformen heruntergelassen. Der Pantaleon war am Kettenzug. Da ist er umgefallen! Einfach umgefallen!«

»Was ist mit der Form?«

»Er ist umgefallen und spuckt Blut, Meister!«

Hans Christoph packt Waldi am Hemd, schüttelt ihn: »Was ist mit der *Form*, du Scheißer? Ist sie beschädigt??«

»Nein, Herr. Nein!«

Der Herr stößt den Heizer grob zurück. »Dein Glück! Und was soll dann das Geschrei?«

»Pantaleon…«

Mit einem Sprung stehe ich auf dem Hof. Pantaleon wird aus dem Gußhaus getragen. Sein Gesicht ist aschgrau, das Hemd mit Blut besudelt.

»Konrad, Peter«, brüllt Hans Christoph über den Hof. »bringt ihn ins Wohnhaus der Gießer und stellt ihn wieder auf die Beine – die anderen, marsch zurück an die Arbeit!«

»Pantaleon ist hinüber!« stürmt er aus dem Gießerwohnhaus. Köpfe senken sich, Kreuze werden geschlagen.

»Ich halt's nicht aus! Nie und nimmer! Ausgerechnet jetzt muß dieser Schwächling verrecken! *Kruzitürken* nocheinmal!«

Die Sorge legt Hans Christophs Stirn in Falten. Der Meister ist in Bedrängnis.

In schönster Regelmäßigkeit hat der beste Gießer in diesen Mauern ausgehalten am *Schwarzen Riesen* und am Rande der Dammgruben, bis ihn die Hitze und die Dämpfe vom Leben endgültig abgetrennt haben. Die Knochenauswüchse rund um seinen Kopf reichten letztes Jahr schon herunter bis zu seinem rechten Ohr. Auf der gegenüberliegenden Seite war die deckende Kopfhaut zerstört, und wir sahen ein Knochengebäude hervortreten, das uns an ein Wespennest erinnerte. Außerdem litt er ebenso lange an bestialisch stinkenden pechschwarzen Entleerungen, die uns alle zwangen, entweder vor Pantaleon die *Haimlichkeit* aufzusuchen, oder uns nötigten, je nach Lage der Dinge, doch lieber den Fallbach zu benutzen. Dabei klagte Pantaleon nie über Schmerzen.

Der unheimliche Tod Pantaleons hat die Dinge in Bewegung gebracht: der Meister wird sich heute noch entscheiden müssen. Seine unruhigen Hände, die Finger allesamt gespreizt, verraten an ihm den rasch aufkeimenden Jähzorn:

»Adam! Pietro! Bartl! Oswald! Ottheinrich! Wenzel! Kommt noch mal her!« brüllt er in den Innenhof. Einen Augenblick später stehen wir im Halbrund vor dem Meister, direkt vor dem Eingang zum Gußhaus.

»Pantaleon ist eben verreckt!« Er entleert sein rechtes Nasenloch druckvoll vom eingelagerten Rotz. Damit ist der bedauernswerte Pantaleon abstoßend geräuschvoll zur vergangenen Sache erklärt.

»Das hätte er nicht tun sollen! Das bedeutet für Euch fürderhin

Verschärfung der vor uns liegenden Gußtage! Bedankt Euch bei ihm! Unterwirft sich wegen so einer windigen Krankheit gleich dem Tode. Er war halt für vieles zu schwach gewesen!

Doch nun zu Euch.« Seine Finger drohen jedem in der Runde und verstärken die Schwere, die der Tod des Gießergesellen auf allen Schultern abgeladen hat. »Die Zeit drängt, Männer. Ab heute geht es zügiger voran als je zuvor. Die ersten Aufträge unseres neuen Kaisers Rudolf II. stehen bevor. Wir werden daher ohne Verzug, wie vorgesehen, noch in dieser Woche die vier Kartaunen und die beiden vierpfünder Falkonen der Reihe MEERKATZE, wie die sechs halbpfündigen Serpentinl aus der Reihe PFAU und DRACHE für Schloß Ambras gießen, damit wir die Öfen und die Dammgruben schleunigst für Wien freibekommen! Es darf keine Verzögerungen geben!«

Den Kopf im Nacken, die Hände zur Faust in die Hüften abgestemmt, nimmt er Anlauf:

»Meine Entscheidungen: Adam ersetzt Pantaleon! Er übernimmt daher sofort die Arbeit an den Schmelzöfen und Formgruben!

Gleichzeitig wacht er über *alle* Arbeiten im Gußhaus bis zum Anstechen der Schmelze und wacht auch über *alle* Vorgänge während des Gießens!«

Nach einer kurzen Pause kommt die Ergänzung: »Allein und mit mir gemeinsam!«

Die Worte klingen wie ein Urteilsspruch. Seine Hand trifft hart meine Schulter. Unsere Blicke begegnen sich. In seinem entdecke ich den Ärger über den Zeitpunkt des Todes von Pantaleon der ihn zu dieser Entscheidung zwingt. Die Änderung ist nicht freiwillig, dafür ist der Weg zu den noch ungeöffneten Siegeln freigemacht!

»Adam! Du sprichst mit Wenzel den zeitlich richtigen Einbau der Formen in die Gruben ab! Sind die Formen fertig und geprüft, Wenzel?«

»Die Kartaunen sind trocken und ohne Mängel, die Scharfentinl sind spätestens am Abend zum Austrocknen bereit. Morgen früh werde ich sie prüfen.«

Christoph sieht ihn erstaunt an:

»Morgen früh? Habe ich richtig gehört? Morgen früh?« wiederholt er aufgebracht. »Heute noch wirst du die Formen prüfen! Mittwoch früh beginnt das Absenken und der Einbau in die Dammgruben! Du wirst deine Leute entsprechend dafür einsetzen. Außerdem erwarte ich, daß die Falkonen ebenfalls in kürzester Frist senkrecht stehen!«

Ein stummes Nicken von Wenzel beruhigt Hans Christoph, der sich den Heizern zuwendet:

»Bartl unterhält das Feuer mit Oswald und Konrad – und du, Pietro, stellst wie bisher die Metalle für die Öfen bereit! Die Mengen werden heute noch errechnet, die Art der Schichtung erfährst du morgen früh. Alles andere wird unser Adam nun in seine Hände nehmen! An die Arbeit, Männer, in vier Tagen läuft die *Schmelze*. Adam, komm mit mir – wir gehen rüber ins Haus!«

Er sieht mich lauernd an, befeuchtet die Lippen bis sie glänzen, indes seine Hände behutsam über ein mit Papieren prall gefülltes Lederfutteral streichen, das auf dem Deckel das Wappen der Löfflersippe trägt.

»In diesen Papieren ist einiges von meiner Gießkunst enthalten, von dem du nun auch etwas wissen solltest.«

Hastig beginnt er die Papiere auf seinem Tisch auszubreiten, um sie gleich wieder übereinander zu schichten. Ich sehe seitenweise Tabellen mit Zahlenkolonnen, die neben gezeichneten Kanonen geschrieben stehen und mit feinen Haarlinien mit dem Rohr an bestimmten Stellen verbunden sind.

»Es ist klar, Adam«, murmelt er leise hinunter auf den Tisch. »Was ich dir jetzt zeige, darf die Mauern von Büchsenhausen nie verlassen!«

Bedächtig hebt er seinen Kopf und blickt mich ernst an:

»Du erfährst in dieser Stunde die *Heiligung* des Löfflerschen Kanonengusses.

Doch ich warne dich – trotz unserer Blutverwandtschaft! Der Grad zwischen gutem Leben und Vernichtung ist für dich so scharf wie die Schneide einer Sense! Ob sie jemals etwas von dir abtrennen wird, hängt allein von deiner Verschwiegenheit ab. Setz dich hin! Ich sage dir erst mal, auf was du *nicht* zu achten brauchst:

Erstens! Die Temperatur des Flammofens regelt Bartlme. Braucht dich nicht zu kümmern! Also halt dich fern davon.

Zweitens! Um den richtigen Einbau der Formen in die Dammgruben, mit den Schmelzrinnen vom Einlaß in die Form bis zum Ofen, einschließlich der Berechnung des Gefälles, sorgt sich Wenzel mit seinen Leuten. Braucht dich auch nicht zu kümmern!

Drittens! Die Mengen der Legierungen stellt Pietro bereit...«

»... braucht mich ebenfalls nicht zu kümmern!« vollende ich den Satz.

»Du lernst schnell«, kommt wie selbstverständlich die Antwort.
»Ja, um was hab' ich mich dann zu kümmern?«
»Nur nicht so ungeduldig! Was glaubst du wohl ist das Wichtigste unter dem Besonderen? He? Na was wohl?«
»Die Zusammensetzung der Bronze, denke ich.«
»So, so...! Das denkst du dir also«, höhnt er. »Es ist schon was dran an der richtigen Mischung der Bronze. Aber das ist gleichsam so unscharf wie das Bild der fernen Gipfel im Morgendunst. Mein Vater Gregor verachtete alle Unbelehrbaren, die immer wieder versuchten, Reinkupfer zuerst zu schmelzen, bevor sie darangingen, in die zähe dickflüssige Schmelze das Zinn einzubringen. Auch wenn der Mut all derer sank, die ihre porösen schwammigen Mißgeburten von Kanonen vorzeigen mußten, sie wiederholten ihre Fehler immer wieder. Wir gingen dagegen eigene Wege und haben Ruhm geerntet. Damals wie heute werden bei uns in den Tiegel- und Windöfen Kupfer und Zinn zu Barren vorlegiert, was schon vieles erleichtert. Von den Mühen und Kosten haben wir uns nie verdrießen lassen; denn außer gutem Verstand, mein lieber Adam, ist halt noch vielerlei nötig.

Doch genaugenommen ist die Mischung zum Zeitpunkt des Ausfließens in die Form der zentrale Punkt aller Überlegungen!«

Ich spüre wie mir vor Erregung die Beine zittern. Träume ich, oder ist er tatsächlich dabei, mir selbst das sechste Siegel zu öffnen?

»Gehen wir an den Anfang zurück. Wir haben drei Kupfer-Zinn-Legierungen drüben in der Hütte in Barren lagern, die du nie und nimmer verwechseln darfst! Das *Beschauzeichen* muß vor dem Einbringen in den Flammofen von dir kontrolliert werden! Du trägst ganz allein die Verantwortung dafür! Ein Barren aus dem Haufen wird zur Nachprüfung von mir persönlich in Verwahrung genommen. Ich ziehe ihn aus dem Ofen, bevor die Hitze drüber geht. Gib gut acht, was ich dir sage! Es gibt drei Zeichen. Das eine kennst du vom Glockenguß, die anderen sind neu für dich.

Die Barren mit der Marke *Bischofskopf* sind für die Glocken, die mit der *Gans* sind für alle Typen von Kanonen gedacht und die Barren mit meinem Monogramm, einem ›CL‹ im Kreis, werden ausschließlich für die Feldschlangen verwendet, und, na ja...«, Hans Christoph stockt, grinst und wischt sich den Bart. »Wenn's Geld der Kaiser und Fürsten halt nicht reicht, kommt die Bastardmischung zum Zuge, das Bruchmetall von Glocken und Kanonen unbekannter Provenienz, mit dem wir nur den kleinen Riesen beschicken, weil mir mein *Großer Schwarzer* zu schade dafür ist. Aber auch daraus kann man noch etwas machen, vorausgesetzt, du erkennst die Zusammensetzung der Schmelze«.

»Erkennen? Die Schmelze erkennen? Wie ist das gemeint?« Meine Neugier quillt über.

Hans Christoph legt eine lange Pause ein, dabei habe ich den Eindruck, seine Barthaare sträuben sich wie bei einer Katze.

»Also denn«, seine Stimme klingt entschlossen. »Du erkennst es am *eigentümlichen Glühlicht* der Schmelze!«

Was? Wie...?? Das also soll es sein! *Das Glühlicht!* Macht er aus mir den Harlekin, oder habe ich tatsächlich eine Spur? Vielleicht legt er mir eine falsche, aber Augenblick! Sprach Panthaleon nicht tatsächlich einmal von verschieden leuchtenden Farben, die von schmelzenden Metallen unterschiedlicher Zusammensetzung ausgehen? Die Richtung scheint zu stimmen.

»Welche Farbe hat denn das *Glühlicht* bei der Legierung ›CL‹?« frage ich nach und reibe mir den Nacken, um meine innere Spannung abzubauen.

»*Blaugrünnuanciert* ist sie – mein angehender großer Gießer!«

»Gut – und wie ist die genaue Zusammensetzung der Legierungen von *Bischofskopf* und *Löfflergans?*«

»Glockenbronze, 100 Teile geschmiedetes Plattenkupfer und 20 Teile Zinn. Kanonenbronze dagegen hat auf 100 Teile Kupfer nur maximal zehn Teile Zinn!« erklärt Christoph ohne Schnörkel.

»Und sonst keine Zusätze?«

»Doch, doch! Manchmal bei den Glocken. Aber da kennst du dich ja aus. Merke dir: Den Aberglauben und den Unverstand hält die Glockenbronze aus, doch die Kanone fliegt dir mit Sicherheit um die Ohren.«

Christoph kramt in seinen Papieren, begleitet mit viel Schnaufen und Bartwischen:

»Hier hab' ich den Auftrag. Sieh nur, die mystische Steigerung für die beiden neuen Glocken der Spitalkirche. Der Pfaffe besteht darauf, daß er Gelegenheit erhält, selbst Blei von alten Kirchenfenstern in die Gießmasse eintragen zu dürfen, da er glaubt, daß seine Tat besonders gottgefällig sei. Außerdem will er eine besondere Münze in die Schmelze werfen, weil dadurch der helle Klang verursacht wird. Also, mir ist es gleich, solange der Gießerlohn den Firlefanz rechtfertigt!«

»Noch eines, Onkel, warum ist die Zusammensetzung der Bronze zum Zeitpunkt des Ausfließen der – wie sagtest du vorhin? Ja, du sagtest, es wäre *der zentrale Punkt aller Überlegungen.*«

»Du hast aufgepaßt, gut, gut, Adam, das lob ich mir. Also, warum geben wir überhaupt dieses Dreckzeug von Zinn hinzu, auf das ich am liebsten verzichten möchte?«

»Na, hauptsächlich wegen der Geschmeidigkeit und zur besseren Fließfähigkeit der Schmelze.«

»Nein!« unterbricht er mich lauthals. »Das falsche Denken kommt nur daher, weil du noch nie den Irrtum vor dir liegen sahst, geschweige denn Geld dabei verloren hast!

Der wesentliche Grund ist ein ganz anderer: Reines Kupfer bildet beim Gießen Blasen und Gruben, einfach das, was wir drüben *spratzen* nennen oder mit *Schweißporen* bezeichnen. Zinn, das verdammte Gift unter den Metallen, verhindert diesen Nachteil des Kupfers und liefert dadurch den dichtesten Guß. Nur brennt dieser Scheißdreck von Zinn leicht aus und *saigert*, wie du weißt. Ja, und dadurch ändert sich die Zusammensetzung der Bronze während des Schmelzens bis hin zum Zeitpunkt des Gießen.

Erst am *eigentümlichen Glühlicht*, wie ich schon sagte, in der stärksten Hitze des Schmelzfeuers, wenn die Schmelze so dünnflüssig wie Wasser ist, wirst du erkennen, wieviel Zinn ersetzt werden muß!«

»Ja gut, aber wieviel ist das in der Regel?«

»Das sagt dir die Erfahrung, dafür gibt es keinen genauen Anhalt. Oder glaubst du denn wahrhaftig, so was ließe sich in wenigen Sätzen mitteilen? Genau hinsehen und richtig beobachten – das ist der einfache Weg. Daraus wirst du die nächsten Jahre schon die richtigen Schlüsse ziehen! Und wenn du dich auch darin würdig erweist, wird dir Gott das gleiche scharfe Augenlicht geben wie mir, um das *eigentümliche Glühlicht* zu erkennen. Also, alles zu seiner Zeit.

Ich erwarte von dir erst einmal, daß du die neuen Aufgaben, die ich dir übertrage, fehlerlos ausführst und gleichzeitig mein drittes und viertes Auge im Gußhaus bist.«

Einen Augenblick lang herrscht Schweigen im Raum.

Dieser alte Fuchs mit seiner Macht des Wissens, wie geschickt er vorsorgt, damit keines der Siegel erbrochen wird. Ich bin lediglich dabei, die ersten Tropfen des sechsten Siegels abzuschmelzen. Wo liegt das Geheimnis um das er sich so elegant herumdrückt? Seine Bemerkung zum leuchtenden *Grünlicht* der Schmelze, klingt genial, martert aber zugleich meinen Verstand. Was mache ich, wenn er *zeisiggrün* meint statt *blaugrünnuanciert*?

»Da sind noch ein zwei Punkte, Onkel, die ich mit dir besprechen will.«
Er sieht mich an. Bleibt schweigend am Tisch stehen, nervös mit den Fingern auf die Papiere trommelnd.
»Ich will ja nicht wie Pantaleon enden«, sage ich und versuche zu lächeln. »Und du mußt jetzt auch mehr an dich und deine Gesundheit denken. Deswegen will ich deine Arbeiten ab heute von Anfang an übernehmen, in der Breite wie in der Tiefe, also vor dem Vorhang wie hinter dem Vorhang!«
Er weicht meinem Blick aus:
»Ich wäre froh, wenn du mir das abnehmen könntest. Aber so einfach opfert sich der Gläubiger seinem Schuldner nicht. Ich habe ein Prinzip, von dem ich auch bei dir nicht abweichen werde. Doch ich rate dir, sei nicht undankbar! Du hast bis jetzt alles erreicht bei mir. Du bist in all den Jahren an den Einsichten, die nur ich dir gewähren konnte, gewachsen wie nie einer zuvor. Willst du das widerlegen oder gar verleugnen? Sprich!«
»Nein, das leugne ich nicht, daher konnte ich auch für dich mein Bestes geben, ohne dich jemals zu enttäuschen. Gerade aus diesem Grund habe ich es mir verdient, etwas mehr über den Kanonenguß zu erfahren, als über das Leuchten der Schmelze!«
»So spricht nur einer, der sein Verlangen ungezügelt steigert!« hält er mir aufgebracht entgegen. »Was fehlt dir eigentlich? Habe ich dir nicht gerade das Geheimnis der verschiedenen Metallzusammensetzungen und deren Besonderheiten ohne Umschweife erzählt? Willst du dir deine Wege selbst verstopfen, nur weil du glaubst, du könntest alles nachlesen auf dem Pergament? Ich sage dir, die ganze Gießkunst ist von Anfang bis zum Ende die größte geistige und körperliche Anstrengung, die je von Menschen ersonnen worden ist, mit dem einzigen Nachteil, daß Ungeduld wie ein Übermaß an Eifer nie zum ersehnten Ziel führen werden. Kanonen sind keine Glocken. Merk dir das!«
Seine Worte dröhnen in meinen Ohren.
»Gut, Onkel, wenn es so ist, wie du sagst, dann kommt also in diesen Tagen vor dem Flammofen die wahre *Heiligung* des Kanonengusses in allen seinen Phasen über mich«, versuche ich einen versöhnlichen Ton anzuschlagen.
»Sie *beginnt* in diesen Tagen für dich! Erst wenn du das mächtige Feuer mit der Festigkeit der Stoffe wie die Schmelze der Legierungen in Einklang gebracht hast, wenn also alle Schwierigkeiten von

dir beherrschst werden, die diese Kunst hervorbringt, dann wirst du bald die Großartigkeit, der von dir ersehnten *Heiligung* im Herzen spüren. Doch bis dorthin ist noch ein weiter Weg! Du tust also gut daran dich erst mal zu zügeln, um dem Privilegium der Verantwortung, das ich dir hier und jetzt gebe, in allen Belangen gerecht zu werden. Was war dein zweiter Punkt?«

»Mein zweiter Punkt?« wiederhole ich. »Ja, meine Meisterprüfung. Wann…?«

»Mein Gott, sollen wir jetzt noch weiter disputieren? Oder können wir endlich daran gehen, die Metallmengen zu berechnen?«

Hans Christoph zieht aus dem Pergamentstapel vorsichtig einzelne Blätter heraus, die er wiederum behutsam ordnet. Zum erstenmal sehe ich ein erstaunliches System. Schnell erkenne ich, daß für jeden Geschütztyp ein Einzelblatt existiert. Vor uns liegen die drei Blätter der Geschütztypen Kartaune, Falkone und Scharfentinl.

»Hier haben wir die Kartaune. Auf diesem Bogen habe ich die genaue Zeichnung mit allen Messungen des Geschützes, einschließlich des Bedarfs an Materialien, beschrieben, und hier unten haben wir den Bedarf an Kupfer und Zinn stehen.«

Warum geht er so hastig über das Geschriebene wie Gezeichnete hinweg?

»Gib her«, möchte ich ihm am liebsten befehlen. Doch wiederum ein Zögern, ein halbherziges Herzeigen seiner *Siegel*.

Links unten sehe ich eine Tabelle, auf die Christoph mit seinem Finger hinweist. Ich versuche mir die Benennungen über den Spalten einzuprägen, ohne die Zahlen bewußt wahrnehmen zu können:

Gattung des Geschützes, Einsatz Kupfer, Einsatz Zinn, Abgang im Feuer, Gewicht des Rohres, Durchmesser der Rohrbohrung, Länge der Bohrung in Calibern, Gewicht der Kugel von Gußeisen, Tragweite der Kugel in Schritten.

Aus!

Mein Blick auf die obere Hälfte des Pergaments läßt mich gerade noch den *Heiligen Rest* erkennen. Darauf ist der gesamte weitere Materialienbedarf für die Kartaune angegeben.

Wachs, Eisenzeug, Baum für Spindel, Kernstange, Lehm von Teisendorf…

Gleich hinter jedem Punkt sind die Kosten in Gulden angegeben, und ganz unten in der rechten Ecke erblicke ich die verblassenden Buchstaben ›GL‹, was nur Gregor Löffler heißen kann.

Von den zahllosen Erinnerungen, die mir immerfort durch den

Kopf gehen, sobald ich auf den Namen von Hans Christophs Vater stoße, hat die Jahre hindurch eine Erzählung für mich besondere Bedeutung:

Damals saß ich noch im Dämmerlicht der Eindrücke und Geschehnisse der Schwazer Zeit, als Hans Christoph ein Werk von Wulff von Senfftenberg mit dem Titel KUNSTBUCH VON KRIEGSSACHEN gebracht bekam, das 1570 entstand und mit dem er am frühen Nachmittag sichtlich beunruhigt eilends in dieses Zimmer hier entschwand, doch erst am anderen Morgen mit geröteten Augen wieder herauskam. Gesteigert hat sich diese Unruhe ein zweites Mal Anfang 1576, als der Tiroler Karl Schurff von Schönwörth eine Handschrift FEUERKUNST- UND KRIEGSBUCH herausbrachte, das er ebenfalls sofort an sich riß, um in gleicher Manier zu verfahren. Beide Male kam er ohne Anzeichen von Sorgen wieder ans Tageslicht.

Ich fragte Hans Christoph was er von den Schriften hielte.

»Nichts Besonderes, Systemlosigkeit, wo man hinsieht. Mein Vater freut sich dafür noch im Grabe!« war die Antwort.

Später am Abend kam er von selbst darauf zurück. Er sprach davon, daß genaugenommen sein Vater, und nun er selbst, soviel Können besäßen, daß aus keiner Ecke der Welt mehr Neuheiten, Überraschungen, geschweige denn Offenbarungen über einen besseren Kanonenguß zu erwarten wären. Verbittert merkte er an, daß dafür jetzt unter der Regierung Erzherzog Ferdinands II. und der Wiedererrichtung der Selbständigkeit des Landes Tirol der Austritt aus dem Weltgeschehen vorgezeichnet wäre. Er werde, wenn es so kommen sollte, wie von seinem Vater prophezeit, auch handeln wie jener, der seine Geschütze, zur Erhaltung des habsburgischen Imperiums, auch in Wien, Prag, Augsburg oder Antwerpen gegossen hätte. Zudem habe ihm sein Vater schon frühzeitig gesagt, daß der Rückgang der Erträge des Silberbergbaues und der Kupferproduktion ein Übriges dazu beitragen könnten, die führende Rolle Tirols im mitteleuropäischen Raum abzuschwächen.

Das, was sein Vater gedacht und geplant hatte, wirkte machtvoll über den Tod hinaus, reichte von der Familiengruft bis in die Wohnstube nach Büchsenhausen herauf. »Die Hauptachse dreht sich! Die Achse der Vergangenheit *Tirol-Mittelmeer-Indien* wird von der neuen Achse *Europa-Atlantik* abgelöst!« wiederholte Hans Christoph eindringlich die Worte seines Vaters.

Er selber aber kam jetzt richtig in Fahrt. Erst wetterte er gegen die Schreiberlinge, die die Unterschiede zwischen Wissen und Unverstand nicht kennen, aber jedwedes Geschwätz über den Guß von Kanonen benutzen, um Pergament zu verschmutzen. Dabei ließ er am Schönwörther Schurff kein gutes Haar, bezeichnete ihn als Dieb, der an Kreuzwegen unterhalb Büchsenhausen auf die Gießergesellen lauern würde, um an sein Wissen heranzukommen.

Dann aber brach es heraus:

»Wir sind die Erfinder aller Kniffe und die Schöpfer des fortschrittlichsten Systems der Artillerie in ganz Europa. Mein Vater schuf die neuen Grundformen der Rohre und reduzierte damit wirksamt die kaiserliche Artillerie auf die erfolgreichsten Typen.

Er goß an die tausend Geschütze, die Rohre gingen in alle Welt.

Das Schicksal wie das Kriegsglück, ob gegen die Türken oder gegen Frankreich, lag in seiner Hand. König Ferdinand wie Kaiser Karl V. waren von seiner Gießkunst abhängig, und Kaiser Rudolf wird's von meiner sein!

Aber Kaiser Karl war oft blind. Er wäre in allen Schlachten wirksamer und kräftesparender gewesen, wenn er besser auf den Rat meines Vaters geachtet und die beweglichere Feldartillerie mit unseren 9- und 18pfündern oder die 12er und 24er Feldschlangen forciert ausgebaut hätte!

Aber da, wo es darauf ankam, die technische Seite zu einer Kunst zu entwickeln, in der der Kopf und nicht die Faust zählte, brach auch beim Kaiser das niedrige elementare Kämpferische durch, was sich im Feld oft in sinnlosen Kanonaden widerspiegelte.

Mein Vater war ein mächtiger, kraftvoller Mann, ein echter Tiroler, der seine Arbeit, sein Können wider alle Feinde des Hauses Österreich, bis zu seinem Grabe geweiht hatte.

Doch er vermißte eines im Leben! Er konnte es nicht verstehen, daß ihm damals, trotz seiner anerkannten Verdienste im ganzen Imperium, kein Adelsdiplom verliehen wurde! Dieser gottverdammte Klüngel hat es ihm verwehrt.«

Die Faust meines Onkels traf mit Wucht die Tischplatte:

»Mir wird das nicht passieren! Mein Vater hat Berufungen nach Trient, Italien, Frankreich und in die Niederlande abgelehnt und hat statt dessen aus unserer Gußhütte treu alle Reichstätte, bis hin nach Sachsen und die Pfalz, mit den besten Kanonen der Welt versorgt. Mit den Kriegen sind sie inzwischen um den ganzen Erdball verteilt.

Ich aber bin bereit, derartige Angebote zu nutzen, wenn in Tirol weiterhin nur noch prunkvolle Hofhaltung und Kunstsammlungen von Wichtigkeit zu sein scheinen.

Mit meinem Gießerlohn werde ich den Anfang machen! Statt zwei Gulden 45 Kreuzer werde ich jetzt fünf Gulden fordern. Mit seinen kleinlichen *Ergötzlichkeiten*, werde ich mich nicht zufrieden geben. Wenn nicht Ferdinand in Innsbruck, dann eben Wien, Mecheln, Toledo oder...!«

An diesem Punkt brach er ab.

Wo seine Eitelkeit befriedigt, seine Kunst nicht nur die höchste Anerkennung findet, sondern auch die meisten Gulden einbringen wird, dorthin wird er ziehen – dachte ich mir damals.

»Rechne in Wiener und nicht in Augsburger Zentner!« holt er mich aus meinen Gedanken zurück. »Sag Pietro, wir benötigen pro Kartaune 60 Zentner der Legierung *Gans*. Damit du dir leichter tust, kannst du gleich in Barren rechnen. Dazu mußt du wissen, daß ein Barren der gleichen Legierung genau 20 Pfund wiegt. Wieviel Barren werden wir also für die vier Kartaunen benötigen?«

»1200!«

»Gut so!« kommt die Bestätigung. »Nun, Adam, das ist aber noch nicht die vollständige Rechnung.«

»Warum?«

»Du hast den Abgang im Feuer nicht berechnet!«

»Was muß ich dafür in Anrechnung bringen?«

»Was glaubst du, geht – gerechnet auf 100 Teile, bei unserem Flammofen durch den Kamin?«

»Zehn? Fünfzehn? Oder gar mehr?« versuche ich mich heranzutasten.

»Du errätst es nicht«, lacht mein Onkel lauthals. »Wir bleiben erheblich unter zehn!! Das glaubt uns zwar keiner, dafür ist das besonders gut für meine Kostenberechnung. Also, berechne noch mal alles und vergiß nicht die Gegenprobe! Die Ergebnisse bekomme ich von dir auf diesem Pergament.«

Während ich die Unterlagen an mich nehme, überlegt der Meister. »Noch eins: Die Schichtung des Metalls im Ofen hätte ich fast vergessen. Sag Pietro, er soll die Barren weitläufig im Ofen aufschichten, und zwar möglichst quer zur Flammrichtung. Das Ganze auf Backsteinen aufgebaut, daß unten ein Raum von ⅛ Elle freibleibt. Die Ofensohle muß erst heiß sein, bevor die Bronze herabfließt. Bartlme kann danach, im Namen Gottes, den vorgeheizten Ofen voll anfahren. Nun an die Arbeit!«

Als ich die Tür öffne, ruft er mich zurück:

»Eine Sache hätte ich dir noch gern übertragen.«

INNSBRUCK 1578

»Was für eine?«
»Eine die dir zeigt, daß mein Vertrauen in dich noch nie erschüttert worden ist. Komm noch mal herein und schließ die Tür.«
Mein Onkel legt den Stapel Papiere in die Schublade zurück:
»Da hat sich für heute dieser pockennarbige Kupferhändler aus Meran angesagt. Davido, heißt er. Kennst du ihn schon?«
»Ja, ich sah ihn schon öfter…«
»Ich wollte mich mit ihm selbst unterhalten, hab' aber drüben bei den Tiegelöfen einen Versuch laufen, der mir wichtiger ist. Außerdem gelten meine Geschäftsbeziehungen zu den Handelshäusern in Augsburg und Venedig als zu ausgezeichnet, als daß mir günstiges Kupfer verlorengehen könnte. Angeblich hat er ein gutes Angebot zu unterbreiten. Sollte er dir allerdings vitriolisches Kupfer aus Taufers anbieten, schick ihn gleich wieder weg. Es ist nicht nötig, bei ihm zu kaufen; es genügt, ihn auszuhorchen. Laß dir die Preise nennen und berichte mir darüber. Er wird noch heute kommen.«

Er bekäme nie einen Platz in den Sammlungen von Porträts schöner Menschen, die in Venedig, Wien und anderswo gemalt und gesammelt werden. Und wenn ihn irgend jemand porträtieren würde, das Stückchen Leinwand könnte seinen Schatten nicht ertragen, wäre schnellstens zu Staub zerfallen und verweht. Er sieht mich an mit Augen, die einem um Mitternacht begegnen, denen das Blut fehlt wie die Farbe. Der Gedanke überkriecht mich, daß er als ein Gnom, der alle Mängel und Lasterhaftigkeit des Menschen verkörpert, eines Tages auf dem Jahrmarkt enden könnte. Wäre da nicht ein Lächeln, das ein vollständiges weißes Gebiß freilegt, mit dem echten Widerschein eines unbefangenen, arglosen Gemüts, welches das Zutrauen im Sturm gewinnt und bewirkt, daß plötzlich seine gesamte Erscheinung aus dem Schatten ins Licht zu springen scheint.
Vor mir steht Willi Davido, der Kupferhändler!
»Ah, Herr Dreyling. Ihr selbst? Gott zum Gruß. Welch eine Ehre, die Ihr mir zukommen laßt. Ich bin zu Meister Löffler bestellt.«
»Der Meister bittet, die Verhandlungen mit mir führen zu wollen. Ich habe alle Befugnisse. Kommt herein.«
Mit stampfenden Schritten über die Steinplatten folgt er mir zum Eßzimmer.

Der kleine scharfe Mann mit den kalten Augen, den lebhaften Bewegungen, dem lauernden Gesichtsausdruck, mit seinem fesselnden Lächeln, der seinen Platz am Tisch eingenommen hat, erscheint mir zudem wie ein Schwindelmönch, der den Menschen ihr Geld für falsche Reliquien und faule Ablässe aus den Taschen zieht. Wie will so ein Mensch je ein vernünftiges Geschäft hinter sich bringen?

Der Knall der Küchentür zum Gang hin wie das Knarzen der Treppenstufen zeigen an, daß die Herrin gerade noch den Schauplatz verlassen konnte.

Ich nehme Davido ins Visier:

»Wenden wir uns dem Ziel Eures Kommens zu und verständigen wir uns über das Einzelne wie über das Ganze. Was habt Ihr uns anzubieten?«

»Kupfer, Preise, Botschaften, verwertbare Nachrichten! Mit was wollt Ihr beginnen?«

Der angenehme Klang seiner Stimme unterstreicht den Eindruck, den sein unbefangenes Lächeln geweckt hat.

»Macht mich zunächst mit Euren Kupferangeboten vertraut!«

»Gern komme ich Eurem Wunsche nach. Wie Ihr wißt, richtet sich der Preis nach der Qualität des Metalls, wie nach der Menge, die Ihr benötigt. Wählen wir daher zuerst die Menge als Grundlage meines Angebots. Sagt mir kurz, wieviel Zentner benötigt Ihr bis zum Jahreswechsel?«

»Fünfhundert Zentner!«

»Fünfhundert ... Zentner«, wiederholt Davido; unbewegt zieht er ein kleines in Leder gefaßtes Büchlein aus seinem Wams, blättert ungezielt darin als wäre er auf einer Entdeckungsreise und als er das, was er sucht, gefunden hat, wendet er sich wieder an mich:

»Mit Verlaub, Herr Dreyling. Habe ich Eure Angabe richtig verstanden: Fünfhundert bis Jahreswechsel?«

»Ihr habt richtig verstanden! Erwartet Ihr mehr?«

»Ihr wißt, Herr Dreyling, daß das eine stattliche Menge ist.«

»Könnt Ihr die Menge nicht liefern?«

»Jede Menge ist zu liefern, doch die kurze Zeitspanne überrascht mich, zumal Ihr auf höchste Reinheit des Kupfers achtet. Nun, die Qualität die Ihr benötigt, ist in diesen wenigen Wochen nur noch an einem Handelsplatz zu haben.«

»Wo liegt dieser Handelsplatz?«

»Es ist Venedig!«

»Venedig ist weit. Damit wären wir wohl schon am Ende?«

»Von Eurer Zeitnot her, Herr Dreyling, kann ich Eure Schlußfolgerung verstehen, aber habt Ihr auch bedacht, daß weder in Augsburg noch in Nürnberg Mansfelder Kupfer in diesen Mengen, dazu noch in solch einer kurzen Zeitspanne zu haben ist?«

»Mhm, vielleicht gibt es noch weitere Gründe, die ich nicht kenne, aber ich denke, daß wir unser Kupfer trotz allem von den genannten Handelsplätzen erhalten werden.«

»Ich glaube, Herr Dreyling, es könnte sein, daß Eure Verbindungsleute Euch in die falsche Richtung gelenkt haben. Es gibt dort in den nächsten drei Monaten kein Mansfelder Kupfer. Die einzige nennenswerte Niederlegung von hochwertigem ungarischen Kupfer befindet sich in Venedig. Ich darf Euch daher Glück für Eure Bemühungen wünschen.«

Mit diesen Worten steckt er entschlossen sein Büchlein weg.

»Wenn Eure Nachrichten stimmen, dann habt Ihr Euch heute einen unschätzbaren Vorteil verschafft. Wenn allerdings...«

»Hier sind noch einige Fakten«, unterbricht mich Davido, »die Ihr vielleicht nicht kennt. Spanien hat sich durch seine pausenlose Kriege gegen die Türken und die niederländischen Protestanten so überanstrengt, daß der spanische Habsburger Philipp, genau vor zwei Jahren, seinen zweiten Staatsbankrott unterschreiben mußte. Das Finanzloch ist gewaltig. Auch mit allem Gold Amerikas kann er weder jetzt noch in den nächsten Jahren seine Staatsschulden verringern. Die Bankiers aus Genua und Spanien sind ausgeblutet und in den Ruin getrieben.

Und nebenbei, nur für Euch, Herr Dreyling: Denkt Euch, der schlaue Anton Fugger mit seinem Faktor Thomas Müller in Madrid brachte das Kunststück fertig und holte in jener Zeit rund zwei Millionen Kronen aus Spanien heraus!«

»Das verwundert mich nicht!«

»Ja, und nun könnt Ihr Euch ja denken, wie es in Venedig mit der spanischen Zahlungsmoral aussieht. Daher liegt dort das Kupfer und glänzt vor sich hin, während verschiedene Handelshäuser in Augsburg und Nürnberg aus unverständlichen Gründen ihr Kupfer nach Spanien vergeudet haben!«

»Aber warum sind die Kaufleute im Norden so blind in dieser Sache?«

»Ich kann mir die Gründe denken. Es war abgemacht, daß die Habsburger sich in Europa gegenseitig unterstützen, indem der spanische Hof im verstärkten Maße kaiserlich-ungarisches Kupfer aus

Venedig bezieht – gegen Bezahlung, versteht sich – und Deutschland sich umgekehrt für die Waren aus Amerika öffnet. Ich denke, daß Schweden der Grund dafür ist.«

»Schweden? Wo liegt da der Zusammenhang?«

»Die Schweden haben Pläne mit Deutschland. Ihre wichtigste Einnahmequelle ist die Ausfuhr von Kupfer. Um ihre eigene Wirtschaftskraft zu stärken, würden die auch an ihre Glaubensfeinde liefern, und das zu jedem Preis!«

»Und Spanien würde annehmen!«

»Annehmen, Herr Dreyling? Zupacken würden sie, und einen dummen deutschen Geldgeber würden sie obendrein finden, denn die wollen im Handel bleiben, um endlich an den täglich versprochenen Goldsegen aus der Neuen Welt heranzukommen. Da darf man nichts versäumen!«

»Das ist ja aufschlußreich und gibt zu denken, Herr Davido. Kein Kupfer im Norden, dafür aber reichlich im Süden!«

»So ist es!«

»Was kostet der Zentner bei Euch?«

»Würdet Ihr denn sofort kaufen? Könnt Ihr entscheiden?«

»Bei günstigem Preis werden wir uns rasch entscheiden!«

»In Anbetracht der komplizierten Lage, wie der Knappheit des Metalls in unserer Gegend, das Ganze bei einer Kaufmenge von 500 Zentner: 11 Gulden 30 Kreuzer pro Zentner!«

»Ein stolzer Preis, Herr Davido!«

»Ein gutes Angebot, wenn man die Qualität bedenkt. Keinerlei Beimengungen, beste Reinheit, kein Blei, kein Zink. Dann bedenkt den schwierigen Transport über die südliche Brennerseite!«

»Brixlegg wird Euch im Preis unterbieten.«

»Brixlegg schafft davon höchstens 50 bis 100 Zentner.«

»Woher habt Ihr alle Eure Nachrichten?«

»Die bekommt man dort, wo man arbeitet!«

Ich will ihn noch ein wenig aus sich herauslocken. »Und wie seit Ihr zum Kupferhandel gekommen?«

»Nichts einfacher als das, Herr Dreyling«, läßt er mich auflaufen. »Ihr müßt es nur günstig in großen Mengen kaufen können!«

»Kein besseres Angebot also von Eurer Seite?«

»Es ist mein Bestes an Euch!«

»Wir werden sehen, ob Euer Angebot überzeugt.«

»Herr Dreyling! Es macht Vergnügen mit Euch zu verhandeln. Es ehrt Euch, wie Ihr Eurer Seite dient. Noch besser wäre es, wenn Ihr einen guten Abschluß präsentieren könntet. Täusche ich mich in diesem Punkt?«

»Ein gutes Geschäft ist nur eins, wenn beide Seiten zufrieden sein können. Bis jetzt könntet nur Ihr es sein!«

»Ich verstehe Euch. Doch bedenkt, daß ich weder auf die Situation unter den Arkaden der Rialtobrücke noch auf die Haltung der Fuggersippe Einfluß habe und schon gar nicht auf die Entwicklungen in Holland, Portugal und auf das fernere Schweden.«

»Heißt das, daß Ihr kein besseres Angebot für mich habt?«

»Das heißt es nicht. Nein! Mir liegt daran, daß Ihr heute und in Zukunft erfolgreich seid. Aber darüber vielleicht etwas mehr zu einem anderen Zeitpunkt.«

»Ihr gebt mir Rätsel auf.«

»Wir können gern darüber sprechen.«

»Wann?«

»Seid Ihr heute abend in der Stadt?«

»Ich kann kommen. Doch wenn...«, mir stockt die Sprache, da mir die Stunden mit Katharina über die Zunge zu flitzen drohen.

»Wie Ihr wollt. Ich bin heute im SCHWARZEN ADLER für Euch da. Solltet Ihr Büchsenhausen verlassen können, erwarte ich Euch ab dem siebten Glockenschlag.«

»Ich werde kommen.«

»Gut! Ja, und sagt Eurem Onkel, Ihr habt mir meinen Gulden Verdienst pro Zentner Kupfer abgenommen! Das ist mein letztes Angebot, Herr Dreyling!«

»Ich denke wir werden kaufen.«

Wenige Augenblicke später gebe ich Pietro in der Gießerei im Bewußtsein meines Privilegiums der Verantwortlichkeit, meine ersten Anweisungen für die Bereitstellung der Bronzebarren.

Wieder dieses strahlende Lächeln, das wie ein Sonnenstrahl die Häßlichkeit dieses von Pockennarben entstellten Gnomengesichts fast zu Schönheit aufleuchten läßt.

»Auf Euch, Herr Dreyling!« Der Kupferhändler blinzelt mir über dem Rand des schweren Kristallglases zu.

»Und auf unseren Abschluß – mit dem wir wohl beide zufrieden sein können«, setze ich hinzu.

Ein Schluck. Ich stocke. Setze ab. Starre überrascht die dunkelrote, fast ins Schwärzliche spielende Flüssigkeit im Glas an. Schnuppere. Koste nochmals, lasse den Wein langsam, genußvoll über die Zunge rollen:
»Bei Gott, Herr Davido, ich ahnte nicht, daß der Wirt des Schwarzen Adlers einen derart edlen Tropfen in seinem Keller verbirgt!«
Willi Davido lacht:
»Ich bin kein Freund eurer Tiroler Weine, von denen man, wie man sagt zwei Gläser trinken muß, damit das zweite jenes Loch wieder zusammenzieht, das einem das erste in die Gedärme gefressen hat. Nein, von diesem Wein hier pflege ich mir stets selber ein paar Fäßchen aus Ländern mit besserer Lebensart mitzubringen.«
»Woher stammt er?«
»Er wächst auf den Hängen rund um die alte Papstresidenz von Avignon, gedüngt von der Asche der Inquisitionsfeuer. Vielleicht stammt daher der rauchige Hauch in seinem Bouquet. Er schmeckt Euch?«
»Es ist ein Göttertrank!«
»Dann werde ich mir erlauben, Euch morgen ein Fäßlein nach Büchsenhausen bringen zu lassen – zu Eurem persönlichen Genuß bis zu unserem Wiedersehen im nächsten Frühjahr...«
Ich verneige mich leicht im Sitzen:
»Ich weiß Eure Großzügigkeit zu schätzen. Nun, unser Kaufabschluß war für beide Seiten gut, erfreulich und reell, und so frage ich mich natürlich, weshalb Ihr mich nun trotzdem zu bestechen versucht?«
Die hellen, kalten Augen des Kupferhändlers blitzen spöttisch:
»Bestechen? Nicht doch, Herr Dreyling! Sagen wir lieber: ich investiere in die Zukunft, treibe, um in der Sprache der Bergleute zu sprechen, *Hoffnungsbau.*«
»Dann solltet Ihr Euren kostbaren Wein besser Meister Löffler schicken.«
Willi Davido winkt ab:
»Hans Christoph Löffler und die Gießerei zu Büchsenhausen sind eine bekannte Größe in meiner Gleichung. Ich kenne jeden Zentner Kupfer, jedes Pfund Zinn und jedes Gramm Antimon, das hinter den gewöhnlich so schwer verschlossenen Toren der Gießerei verschwindet, und kenne jede Glocke, jedes Geschützrohr, das aus ihnen wieder hervorkommt. Aufgrund seiner Materialkäufe könnte ich Euch

die Legierungsverhältnisse seiner Glocken und Kanonen fast aufs Lot genau vorrechnen. Und die Buchhaltung des Herrn Löffler kenne ich mindestens so genau wie er selbst.«

Davido zieht sein kleines, ledergefaßtes Büchlein hervor, blättert kurz, diesmal sehr gezielt, schiebt es mir dann herüber, deutet auf eine Stelle zwischen teils unverständlichen, teils offenbar verschlüsselten, teils auch durchaus klaren Aufzeichnungen:

12. Juni, Löffler zu Büchsenhausen.
Gußauftrag Wien wird fällig für Herbst-Winter-Frühjahr, zudem Auftrag Graf von Burgau spätestens Frühjahr. Wird 650 Zentner Kupfer kaufen. Bereitstellung ca. 400 bis 500 Zentner September/ Oktober, Rest März/April. Wird auf 11 Gulden 55 Kreuzer pro Zentner eingehen.

»Ihr seht, Herr Dreyling, ich bin Euch schon um 25 Kreuzer entgegengekommen.«

»Woher hattet Ihr die Information? Mitte Juni...«

»... wußte Herr Löffler selber noch nicht, wieviel Kupfer er brauchen wird«, vollendet Davido lachend meinen Satz. »Woher ich die Information hatte? Nun, ich sagte Euch doch, ich handle nicht nur mit Kupfer und Preisen, sondern auch mit Botschaften und verwertbaren Nachrichten. Lieber Herr Dreyling, Meister Löffler, der sich so gerne als der große Kenner des Weltgeschehens darstellt, steckt in Wahrheit zutiefst im Innsbrucker-Tiroler-Österreichischen Karpfenteich.

Ihr seid anders! *Ihr* seid wirklich ein Mann von Welt, dem es bislang nur noch nicht möglich war, seine Nase über Tirol hinauszustecken. Ihr seid eine Unbekannte in meiner Gleichung, in der Gleichung der Mächte dieser Erde – und ich liebe keine Unbekannten in diesen Gleichungen.«

»Ihr liebt allzu große Worte, Herr Davido! Wie sollte *ich* eine *Bekannte* oder auch *Unbekannte* in der *Gleichung der Mächte dieser Erde* sein? Selbst als Werkführer meines Onkels bin ich es nicht einmal in Eurer privaten Kupfer-Gleichung.«

Doch Willi Davido schüttelt nachdrücklich den Kopf:

»Ihr unterschätzt Euch, Herr Dreyling! Ein Geschützgießer Eures Könnens und Wissens ist ein ganz wesentlicher Faktor im Spiel der Mächte um diese Welt! Ob die Könige von Spanien oder Polen, die deutschen Fürsten oder die Könige von Frankreich, Dänemark und

Schweden, der Sultan der Osmanen oder die Königin von England, ja selbst die Kaziken in der Neuen Welt, der Zamorin von Kalikut und Goa, die Paschas von Algier und Tunis oder der Zar in Moskau: Wenn Ihr ihnen Eure Dienste antragen wolltet, sie alle würden Euch mit den lockendsten Angeboten überschütten, sobald Ihr Euren Fuß aus den Mauern von Büchsenhausen setzt.

Wer *Euch* hat, der verfügt über das Wissen von Gregor und Hans Christoph Löffler, über das Geheimnis der besten Geschütze der Welt – und wer die besten Geschütze der Welt besitzt, der wird diese Welt beherrschen. Ich wäre ein Narr, Herr Dreyling, wenn ich nicht versuchte mir diesen Mann gewogen zu machen!«

»Wobei Ihr voraussetzt, daß ich überhaupt den Wunsch verspüre Büchsenhausen zu verlassen, oder daß ich tatsächlich über das geheime Wissen der Löffler verfüge.«

Der Kupferhändler lehnt sich bequem zurück:

»Ihr *werdet* über das Wissen verfügen. Und Ihr *werdet* Büchsenhausen verlassen.«

Wieder blättert Willi Davido in seinem ledergebundenen Büchlein, schlägt diesmal weiter nach vorn zurück.

6. Mai 1574. Der ehemalige Schiener Adam Dreyling aus Schwaz tritt in die Gießerei seines Onkels Hans Christoph Löffler zu Büchsenhausen ein. Man muß ihn im Auge behalten!!

Und weiter:

14. August 1577. Adam Dreyling leitet die Formerei und den Glockenguß auf Büchsenhausen. In längstens drei Jahren wird er Herr seiner eigenen Gießerei sein!

Der Finger Davidos klopft nachdrücklich auf den letzten Satz:

»Und so wird es sein! Ihr seht, ich beobachte Euch schon lange. Ich kenne Euch – besser vielleicht, als Ihr Euch selber kennt. Ich weiß um Eure Dankbarkeit Herrn Löffler gegenüber, Eure Loyalität, Eure Treue. Aber ich weiß auch, daß Ihr keine Sklavenseele seid – doch auf Büchsenhausen seid Ihr ein Sklave.«

»Das ist Eure Sicht der Dinge«, werfe ich ein, doch Willi Davido läßt sich nicht beirren:

»Ihr werdet diese Ketten abstreifen! Und ich bin bereit darauf ein kleines Vermögen zu verwetten!«

Willi Davido beschreibt mit schneller Feder zwei Papiere, und schiebt sie mir über den Tisch:

»Wenn Ihr am 1. Juli des nächsten Jahres noch auf Büchsenhausen lebt und arbeitet, wird dieser Schuldschein über 10 000 Gulden zu Euren Gunsten ausbezahlt. Solltet Ihr, Herr Dreyling, allerdings Büchsenhausen vor dem 1. Juli nächsten Jahres verlassen, schuldet Ihr mir – *einen* Gulden.«

»Ihr seid verrückt!« platze ich heraus.

»Um so besser für Euch. Oder nicht?«

»Und was sollte mich daran hindern, wenn ich denn Büchsenhausen überhaupt verlassen wollte – was ich nicht will –, wenigstens bis zum 2. Juli zu warten?«

Willi Davido beugt sich weit über den Tisch. Er lacht, aber seine hellen Augen blitzen eiskalt:

»Habt Ihr es bemerkt, Herr Dreyling? Ihr habt eben bereits *wenigstens* gesagt.«

Ich schüttle energisch den Kopf:

»Herr Davido, Euer Spiel mag geistreich sein, aber worin steckt Euer wahrer Vorteil dabei? Ihr seid nicht der Mann, der 10 000 Gulden für Nichts setzt!«

»Das sagte ich Euch doch schon: Derzeit seid Ihr der mit Abstand interessanteste Geschützgießer Europas. Was ich will? Ein festes Fundament des Vertrauens und der Zusammenarbeit legen, ehe die anderen ebenfalls Euren Wert erkennen.«

Ich fasse Davido fest ins Auge:

»Wenn Euch wirklich an meinem Vertrauen liegen sollte, dann werdet Ihr mir ja wohl auch die Rolle erklären können, die Ihr in der Nacht vom 27. zum 28. April 1574 zu Schwaz gespielt habt – denn Ihr wart es doch, der vor dem Totenhäusl und vor dem Palais der Fugger die Bergknappen aufgehetzt, der nach Mord und Brand geschrien hat!«

Der Kupferhändler lehnt sich zurück, trinkt einen langen Schluck aus seinem Kristallglas, mustert mich nachdenklich:

»Ich habe diese Frage schon seit einer ganzen Weile erwartet. Und ich habe längst beschlossen, Euch die Wahrheit zu sagen: Ich habe in jener Nacht Mord und Brand gegen die Herren Fugger geschrien, weil die geringe Hoffnung bestand, die Knappen zu einer Unüberlegtheit aufzuhetzen; weil die winzige Chance bestand, damit ein Stück aus dem Imperium der Fugger herauszuschlagen.«

»Soviel ist Euch Euer Handel wert? Um vielleicht ein paar Zentner Kupfer mehr zu verkaufen, seid Ihr bereit eine Berggemeinde, eine Stadt, ein halbes Land in Aufruhr zu versetzen – nur um einem Konkurrenten zu schaden? Und Euch soll ich da vertrauen?«

Willi Davido strahlt mich mit fast unverschämter Liebenswürdigkeit an:

»Herr Dreyling, es wird wahrhaft Zeit, daß Ihr aus diesem Tiroler Froschteich herauskommt! Kupfer, die Berggemeinde von Schwaz, die Stadt Innsbruck, das Land Tirol – das alles sind doch nur Bauern auf dem Spielbrett. Das Fugger-Imperium – das ist ein Turm. Ich hatte damals geglaubt die Position dieses Turmes ein wenig schwächen zu können. Nur blockierte leider ein Bauer wichtige Felder. Damals ein Bauer, heute ein Springer, morgen mit Sicherheit ein Läufer – *Ihr*, Herr Dreyling! Das Pech dabei war eigentlich nur, daß Ihr nicht wußtet, daß wir auf der gleichen Seite spielen.«

»Ich glaube nicht, daß ich auf einer Seite spielen will, die so leichtfertig mit Leben und Wohlergehen ihrer Mitmenschen umgeht, wie Ihr das in Schwaz zu tun versuchtet.«

Willi Davido zuckt mit den Schultern:

»Es ist das Schicksal von Damen, Läufern, Springern und Türmen Bauern zu schonen oder zu schlagen, nicht wenn es ihnen beliebt, sondern wenn es die Notwendigkeit gebietet. Ich habe versucht die Knappen aufzuwiegeln, um den Fuggern zu schaden.

Die Fugger sind eine der wichtigsten Stützen des Hauses Habsburg. Und wenn das Haus Habsburg noch lange regiert, dann wird es diese Welt in nicht zu ferner Zeit in eine Katastrophe unvorstellbaren Ausmaßes stürzen! Bricht das Haus Fugger zusammen, besteht die Chance, daß das Haus Habsburg mit ihnen fällt – und dieser Welt Ströme von Tränen und Meere von Blut erspart bleiben.«

Ich starre den kleinen, häßlichen Mann gegenüber fassungslos an:

»Ist – ist Euch bewußt, daß das, was Ihr da eben gesagt habt, Hochverrat ist, Herr Davido?« stammle ich.

Er scheint mich nicht gehört zu haben:

»Habt Ihr Euch einmal die ungeheuren Ländermassen angesehen, über die das Haus Habsburg regiert?

Ja, wenn die Herrscher aus dem Hause Habsburg kraftvolle Persönlichkeiten wären, aber bis auf wenige Ausnahmen wie Maximilian I. oder Karl V. besitzen sie eine geradezu bemerkenswerte Unfähigkeit, ihre Länder oder gar das Reich zu regieren. Genaugenommen ist es überhaupt nur eine einzige Begabung, die ihnen ihr Riesenreich zusammenhält: ihre Kraft des Durchhaltens, die verwegene Zuversicht bloßen Aussitzens, der Mut, sich einfach nicht zu rühren und abzuwarten, bis sich aus scheinbar auswegloser Situation eben doch ein Weg findet. Und all dies gepaart mit einer bigotten Frömmigkeit und einer überragend entwickelten Phantasielosigkeit, welche die Herrscher dieses Hauses weder die ganze Tragweite ihrer Entscheidungen deutlich werden, noch sie wahrnehmen läßt, wer an ihrer Stelle tatsächlich regiert.«

»Und wer sollte das sein?«

»Ihr jeweiliger Beichtvater – bei dem man sich absolut darauf verlassen kann, daß er ein Angehöriger der Gesellschaft Jesu ist. So ist es also in Wahrheit der Jesuitengeneral in Rom, der die Macht in den habsburgischen Ländern besitzt. Sagt selbst, wie lange werden dieser Mann und seine Ordensbrüder etwa noch den Augsburger Religionsfrieden tolerieren? Und was wird geschehen, wenn sie ihn brechen? ›*Gebt mir einen festen Punkt im All, und ich hebe die Welt aus den Angeln*‹, hat der Grieche Archimedes gesagt. Herr Dreyling, Ihr und Eure Kanonen könnten jener feste Punkt sein, der die Macht der Jesuiten aus den Angeln hebt!«

Mir schwindelt.

»Falls es mir gelingt, die Sieben Siegel zu öffnen«, murmele ich.

»Die Sieben Siegel?« hakt Willi Davido sofort nach.

»Die Sieben Siegel der Geschützgießerkunst, wie sie mir Alexander Colin nannte: Gewinnung des Erzes, Schmelze, Form, Formbrand, Schmelzofen, Metallmischung und Guß.«

»Oh, ich habe darauf hoch gewettet, daß Ihr jene Siegel, die Euch im Augenblick noch verschlossen erscheinen mögen, öffnen werdet. Ihr werdet sehen, ich werde die Wette gewinnen«, lacht Willi Davido. »Aber es ist spät geworden, Herr Dreyling, und Ihr habt Angenehmeres heute nacht zu tun als weiter mit mir zu plaudern. Wir werden unser Gespräch fortsetzen – spätestens im nächsten Frühjahr... Grüßt mir den Herrn auf Büchsenhausen. Und unbekannterweise seine schöne Tochter.«

Ich zucke zusammen, will auffahren, beiße mir noch rechtzeitig auf die Zunge.

»Woher ich weiß?« grinst Willi Davido. »Wissen ist mein Geschäft, Herr Dreyling! Lebt wohl. Genießt, solange Ihr Zeit habt, denn spätestens der Sommer wird anderes für Euch bringen.

Und denkt an die Siegel – die des Herrn Colin und meine!«

4

Die Feldschlange

Innsbruck
1579

2. Tagebuch
Adam Dreyling

Mittwoch,
der 1. April

Schlange! Mythos wie Symbol!

Verführung, Sünde, List und Bösartigkeit. Entsprossen aus dem Schlamm der Erde – ohne Hals, Schulter, Arme, Füße, bar der Stirn und ohne Schamglied.

Kein Platz im christlichen Paradies für diesen unvollständigen Körper.

Verwirrung, Unberührbar, Haß, Zwiespalt aus Furcht und Bewunderung, Abscheu und Neugier.

Da sandte der Herr feurige Schlangen unter das Volk, und sprach zu Moses: Mache dir eine eherne Schlange und richte sie zum Zeichen auf. Wer gebissen ist und sieht sie an, der soll leben. Da machte Moses eine eherne Schlange und richtete sie auf zum Zeichen. Und wirklich, wenn jemanden eine Schlange biß, so sah er die eherne Schlange an und blieb leben.

Feldschlange! Täuschung der Sinne?

Das Zischen der heiligen Schlange wird durch Donner, ihr Beißen durch Zerfetzen ersetzt. Zischen und Donner – die Sprachen der Schlangen sind die Sprachen des Todes.

Dereinst wird gesagt werden:

Da sandten die Herren von Büchsenhausen viel donnernde Schlangen unter das Volk, und ein jeder, der von ihrer Kugel getroffen ward, suchte die eherne Schlange, um an ihr aufblicken zu können, sah aber nur den brennenden Luntenstock und starb!

Jedermann stirbt im Feld für Kaiser, König, Erzherzog, für Gottes gerechte Sache zur Ehre und zum Ruhme der Überlebenden – wenn sie die Sieger sind. Doch niemand, ob Feind oder Freund – nicht einmal Herakles –, wird die Feldschlange in Stücke schlagen! Denn sie erzeugt den Ruhm.

Nur der Mensch bleibt durch die Schlange sterblich. Sie aber häutet sich allenfalls, verjüngt sich und wird unsterblich.

Ich, Adam Dreyling, habe meine Füße endgültig in die Gießerei des Ruhmes gesetzt! Meine erste Häutung.

Zwar hat mich die Schlange den süßesten, dafür aber noch nicht den schönsten Granatapfel vom Baum der Erkenntnis kosten lassen, der mich zum Wächter über den Guß der Feldschlange werden läßt, doch ich lebe mit ihr vor dem Flammofen in Eintracht. Meine Schlange tritt als Wissende auf und verführt mich zum Wissen. Daher sammle ich Erfahrungen, reichere Kenntnisse an, speichere alles Gesprochene um mich herum und streiche nichts weg davon aus meinem Gedächtnis. Keine Handlung, Unterrichtung oder Kundgabe meiner Männer in der Gießerei heute ist mir weniger wert als das, was sie mir gestern darüber berichteten. Und ich glaube, daß die Kunst, ein Geheimnis aufspüren zu können, darin besteht, alles zu sammeln und nach den Zusammenhängen zu suchen. Es gibt sie immer – die richtigen Schlüsse daraus lassen die Siegel brechen! Schon im Traum kroch eine kleine kupferne Schlange aus meinem Nasenloch, die zinnernen Siegel am Schwanzende tragend, mit denen sie klapperte. Ist sie giftig oder nicht? Im Traum traue ich mich nicht, jemanden zu fragen. Auch ihr kleines Lächeln um die Augenwinkel vertreibt mir die Ungewißheit nicht.

Drei Siegel sind noch zu brechen! Eines davon ist nachweisbar, zwei davon nur erfahrbar, da über den Verstand nicht faßbar. Das hintergründige *eigentümliche Glühlicht* ist ein Mythos und führt hin zum Symbol der Schlange – einer Schlange aus Bronze, zum Edelguß der Feldschlange.

Flammofen, Metallmischung und Gußvorgang heißt die Reihenfolge – letztendlich ein einziges großes Siegel; denn die Siegel durchdringen sich gegenseitig, und wer eines herausgreift, wird merken, daß alle anderen Siegel mitschwingen.

Einen *denkenden Kopf* brauchte mein Meister in dieser Halle und stellte mir gleichzeitig verschiedene Hindernisse entgegen; diese konnte ich größtenteils schon überwinden. Das Ergebnis ist verheißungsvoll und schien den Meister zu beeindrucken, da er mehrmals seine Backen aufblies. 66 kleinere Geschützrohre haben wir binnen eines Monats gegossen. Eine gute Anzahl von neuen Hilfskräften hat dies ermöglicht, da sie uns nach meinem Plan die zeit- und kräfteraubenden Arbeiten abnehmen. Die Vereinfachung von Arbeitsvorgängen, verbunden mit dem intensiven Einsatz der jetzt zusätzlich vorhandenen Männer, beim Brand der Formen, beim Ausheben der Gruben wie beim Verdämmen der Gußformen und bei vielen anderen Arbeiten mehr, haben nicht nur höhere Gußzahlen erbracht, sondern mir vor allem Dank, Anerkennung, ja sogar die Zuneigung von Wenzel, Pietro und Bartlme eingetragen. Die Kräfte werden geschont, dafür arbeiten sie um so genauer und zuverlässiger. Meine Altgesellen stehen hinter mir! Gemessen an dem steigenden Gewinn, den unsere Gießerei dadurch hervorbringt, sind die metertiefen Dammgruben vor mir einer reichen Goldader gleichzusetzen.

In den nächsten Tagen werden sie zu reinsten *Schlangengruben* werden!

Zehn 12pfünder Schlangen und danach gleich noch mal sechs 24pfünder Schlangen warten bald senkrecht stehend auf ihre Geburt.

Zehn und noch mal sechs Rohre gleichen Kalibers und von gleicher äußerer Form, mit Verzierungen, die dank der fehlerlosen Abdrücke eine getreue Wiedergabe nach dem Guß garantieren. Die sorgsamen Abformungen der Modelle Colins reduzieren das Nachziselieren der Oberfläche unserer Rohre. Die reinste Freude für uns, da Colins schöpferische Leistung unmittelbar in den vollendeten künstlerischen Guß umgesetzt wird.

Löffler- und Dreylingrohre werden weder mit Meißel, Feile noch Stichel verschönert! Wir liefern keine zerkratzten Schlangen – dafür lassen wir die Punzierer brotlos, denn unsere Rohre sind ursprünglich, vollkommen und unverwechselbar, dafür untereinander absolut verwechselbar!

Ich denke, mein Name wird wie der von Gregor oder wie der Name meines Onkels eines nicht allzu fernen Tages auf dem versenkten Reifen des Bodengesimses einer Feldschlange stehen.

ADAM DREYLING GOSS MICH wird dort zu lesen sein. Natürlich nicht in Reliefbuchstaben, wie so oft zu sehen bei Rohren, die noch zusätzlich mit Wappen und heiligen Sprüchen mißgestaltet sind, womöglich noch in einem von Leisten und Girlanden umrandeten schräggestellten Rechteck – protzig auf dem großen Bodenfeld. Die Personifikationen der Rohre, in Relief, als Spruch, oder gar plastisch als Henkel, als Mündungskopf oder auf dem Stoßboden, breiten sich aus wie die Pest. Nein!

Nur der versenkte Reifen des Bodengesimses kommt dafür in Betracht. Wir sind zu Lebzeiten berühmt!
Schlangentage!
Wenzel beaufsichtigt gerade den Einbau der Stoßböden in der Gußgrube.

Jeder einzelne Stoßboden wird in den nächsten Stunden mit den fertig gebrannten Formmänteln der Feldschlangen fest verbunden. Der Stoßboden bildet nicht nur den tiefsten Punkt in der Grube, sondern ist auch der empfindlichste Teil einer Kanone, da er später dem Pulverdruck am schärfsten ausgesetzt sein wird.

Danach wird die Form ringsherum verdämmt, damit sie nicht durch den gewaltigen Druck der Schmelze bricht. Eine Arbeit, die uns in diesen Tagen alles abverlangt. Zusätzlich haben Wenzel und ich als erstes die gebrannte Form des Epitaphs zu Ehren meines Vaters seitlich zu den Feldschlangen in die Gußgrube gesenkt. Nur ›CL‹ ist mir gut genug dafür.

Hinzu kommt die strahlende Hitze der Öfen in unserem Rücken, die nur mit viel Quellwasser überlebt werden kann. Bartlme brennt die Öfen vor und wird heute nacht beginnen, die Temperaturen zu steigern, sobald die Barren darinnen gestapelt sind.

»Adam, deine Haut röstet ja schon!« ruft Wenzel aus der Grube.

Aber ich will sehen, wo und wie Wenzel den Stoßboden mit der Form verbindet.

»Ich hol' dich, wenn es wieder was zu sehen gibt.«

Wenzel ist klug genug, den Mund zu halten. Seine Art der Treue beweist sich darin, daß er wenig sagt zu dem, was er tut; dafür läßt er mich bei seinem geschickten Tun stumm zusehen. Meine Augen stellen die Fragen, und seine Hände geben die Antworten.

Pietro, der soeben mit seiner neuen Arbeitsgruppe die Gießerei betritt, scheint mit der Bereitstellung der Barren fertig zu sein.

»Hast du Bartlme gesehen?« frage ich ihn.

»Kommt gleich. Er prüft noch mal den Stapel Holz für das Hitzefeuer. Gleich wird das Holz hereinschwappen. Wie soll die Schichtung der Barren aussehen, Adam?«

»Quer, mit dem günstigsten Abstand zur Herdsohle. Ja, und ausschließlich ›CL‹ muß es sein! Stimmt das Gewicht?«

»Wir haben zweimal gezählt. Für die 12- und 24pfünder Schlangen zusammen 624 Zentner der Legierung ›CL‹. Macht genau 1560 Barren!«

»Und wieviel Barren als Ersatz für den Abgang im Feuer?«

Pietro zögert, blickt zum Dachgestühl hoch, verfolgt den großen Querbalken, als läse er von dort oben ab, was sein Kopf nicht hergeben will.

»Was ist? Wieviel?« reizt er mich zur Ungeduld.

»Der... der Meister...«

»Was ist mit dem Meister? Mann, Pietro! Leer dein Herz, und laß die Schwalbe singen!«

»Du sagst *so*, er sagt *anders*. Ich hab's *anders* gemacht, weil er der Meister ist!« bekennt er.

»Was ist *anders gemacht*? Raus damit!«

»Statt der von dir errechneten 125 Barren sollen es nur 78 sein!«

»Was sagst du da? Wieviel sollen nur rein? Achtundsiebzig!?!«

Es ist, als schüre jemand die Glut in mir.

»Es stimmt, Adam, glaub mir! Der Meister hat das schon immer so gewollt. Pantaleon hat das bloß nie gemerkt, und du bist der erste, der mich genauer danach fragt.«

»Zum gehorsamen Falken hat er dich herangezüchtet! Doch merk dir eins: Ich füttere dich, und für mich fliegst du auf Beute. Du bringst mir also nicht nur die Federn, sondern gefälligst die ganze Taube!«

»Doch, doch, ich hab' mir halt gedacht...«, murmelt er gequält.

»Pietro! *Alles* will ich von dir wissen! Jede Abweichung wirst du mir berichten!«

»Das ... macht er aber bloß bei den Schlangen, sonst nicht«, schiebt Pietro leise nach.

Ich umfasse Pietros Schulter und führe ihn neben den Flammofen, drehe ihn zu mir und blicke ihm auf kürzeste Distanz in die Augen:

»Was für eine Erklärung hast du dafür?«

»Er berechnet...«, flüstert Pietro mit gepreßter Stimmen, »den Abgang im Feuer mit nur fünf Teilen auf 100! Es muß am Feuer oder an der Legierung liegen.«

»Keine Veränderung und keine Zusätze zur Schmelze?«

»Nein, keine! Bis auf den Moment hinter dem Vorhang. Aber den haben wir bei den anderen Kanonen ja auch.«

»Fünf Teile auf 100? Es ist ein Wunder! Phantastisch! Warum verlieren wir bei dieser Legierung so wenig im Ofen?«

»Schmelzmeister Lienhard und sein Geselle Sebald müssen die Antwort kennen.«

Die beiden leben beinahe in einer anderen Welt als wir. Die einzigen, die kaum zu existieren scheinen, so wenig hört und sieht man von ihnen. Führt der Weg der Erkenntnis etwa über seine Tiegel-, Wind- und Schmelzöfen?

»Ich frag' den Sebald«, bietet sich Pietro an.

»Laß bloß deine Lippen trocken. Kein Wort – verstanden!«

Ich begebe mich durch das Tor in den Innenhof der Gießerei. Meine Schritte führen hinüber zur Schmelzerei. Auf halber Strecke trete ich an den Brunnen. Der Sockel des steinernen Aufsatzes mit dem kreisrunden Loch, das in die Tiefe führt, erinnert mich an den Tiefenschacht. Das Bild, gleich einer leeren Augenhöhle, läßt mich erschauern. Die 30 Schritte hinüber zur dunklen Türöffnung wage ich nicht zu gehen. Das würde nur Mißtrauen wecken. Immer wieder gehen meine Blicke verstohlen hinüber zur Schmelzerei, während ich in Gedanken alle Möglichkeiten durchgehe, die wohlverborgen in den Bronzemischungen erstarrt und unerreichbar liegen könnten. An den verborgenen Ort werde ich besser zurückkommen, wenn es dunkel ist.

Die Prozession der Männer, angeführt von Bartlme, beginnt im gleichen Augenblick. Das abgemessene Rundholz läßt er vom Stapelplatz zur Gießerei hinübertragen. Eine Prozession, die Holzkreuze zur Verbrennungsstätte schleppt.

»He, Adam! Was schaust du so betrübt. Auf, auf, mein Meister!« versucht Bartl mich zu ermuntern.

Ein schlechter Platz zum Grübeln, hier am Brunnen. Wenzel erscheint im Tor, und ich winke ihn heran:

»Sorge dafür, daß die Arbeit nicht unterbrochen wird. Freitag früh wird gegossen. Und Wenzel, ich muß dich noch etwas fragen. Du kennst unsere Leute am besten. Wer redet öfter mit Sebald und dem Lienhard?«

»Melchior kann's mit Lienhard wegen den Bildwerken am besten, und Sebald gießt für sich und Lukas manches unerlaubt. Auch die Herrin hat da oft ihre Wünsche an Melchior und Lienhard.«

Ich nehme Wenzel vertraulich beim Arm und ziehe ihn weg aus dem Hof in die Lehmstampferei hinein. »Wer kennt außer dem Meister die genaue Mischung von ›CL‹?«

»Lienhard! Er muß sie kennen. Er legiert vor.«

»Du weißt, Lienhard ist gegen mich, da er meint, die besseren Tage der Gießerei waren diejenigen, die vor der Übernahme des Gußhauses durch mich lagen.«

»Nun ja, der redet machmal, ohne zu wissen, was vor und danach passiert ist. Er fürchtet, an Einfluß einzubüßen. Du bist ihm zu jung.

Außerdem bist du ein Bergmann, der die Knappen geführt hat...«, klärt mich Wenzel auf.

»Und Sebald?«

»Was der weiß, kann Lukas feststellen. Ich red' mit ihm!«

Wir gehen hinaus, um in der Küche des Gießerwohnhauses etwas zu essen.

»Melchior! Ja, was bringst du denn da angeschleppt?« fragt Wenzel, der zuerst sieht, daß der Formereigeselle für Hafner und Bildwerke eilig den Hof in Richtung Schmelzerei überqueren will. Ein komisches Gebilde aus fertig gebranntem Ton hält er mit seinen Händen.

»Was hast du da, Melchior?« faucht ihn Wenzel an.

»Ist für die Herrin!« antwortet der mit dünner Stimme.

»Was ist das?« frage ich ebenso streng nach und verstelle ihm den Weg.

»Ein Bronzestab soll's werden mit zwei Schlangen dran. Ich kann auch nix damit anfangen. Hab nur den Auftrag, daß es bis morgen gegossen sein soll! Auch der Meister will es so. Lienhard wartet schon darauf.«

»Zeig mal her!« fordert Wenzel auf, ihm die Form zu übergeben.

»Seltsam«, murmelt er und dreht sie in seiner Hand hin und her.

»Warum hast du mir nichts davon gesagt?« herrscht er Melchior an. »Wenn das noch einmal passiert, badest du für den Rest deines schäbigen Lebens im feuchten Lehm!« Und an mich gerichtet. »Wie siehst du den Krampf hier?«

Bei näherem Hinsehen erkenne ich das Symbol in der Hand von Melchior, der die Form behutsam wieder an sich zieht. Es sind zwei Schlangen, die sich um den Stab winden und über seinem Ende mit den Köpfen genau gegeneinander ansehen. Ein Meisterwerk der Formkunst!

»Respekt, Melchior!« Seine Augen fangen sofort zu glänzen an.

»Was weißt du drüber?«

»Die Herrin sagt, es wäre, wenn der Guß gut gelingt, ein Zauberstab. Seine Berührung soll Träume, Segen und Reichtum bringen!«

»Noch mehr Reichtum? Und Träume auch?« bemerkt Wenzel.

»Melchior!« dröhnt die tiefe Stimme Lienhards herüber. »Bring mir endlich die Form herüber.«

»Wer ist der Schlangenanbeter?« wende ich mich grinsend an Wenzel.

»Darauf muß ich was trinken!« meint er nur und betritt das Gießerwohnhaus. »Wann willst du eigentlich deine Meisterprüfung ablegen?« fragt er mich.

»Wenn wir mit der Serie drüben fertig sind, werde ich damit beginnen. Nur der Meister weiß davon noch nichts. Die Schlange schieb ich ihm unter. Den *Beißwurm* lege ich ihm eigenhändig ins Bett, wenn der sich dagegenstellt!«

»Habt Ihr Euren Gulden schon bereit, Herr Dreyling?«

Ich fahre herum.

Vor mir steht im Türrahmen völlig überraschend Willi Davido, der Kupferhändler.

»Welchen Gulden?« frage ich überrascht.

»Ihr habt doch unsere Wette vom letzten September nicht vergessen – 10000 Gulden gegen einen, daß Ihr noch vor dem 1. Juli dieses Jahres Büchsenhausen verlassen werdet. Ich denke, ich bin dem Gewinn eines Guldens merklich näher gekommen. Oder glaubt Ihr noch immer verzeifelt an Treue und Anstand der Löfflersippschaft Euch gegenüber?«

Geschickt dirigiert er mich aus der Küche des Gießerhauses in die Mitte des Hofes dem Brunnen zu:

»Zugegeben«, plaudert er weiter, »sah es im letzten Herbst eine Weile etwas düsterer um meinen Gewinn aus. Doch nun, wo Eure Geliebte, die *Jungfrau* Katharina Löffler den hochehrenwerten Kanzleischreiber Alexander Endorfer ehelichen wird...«

»*Was*? *Was* faselt Ihr da??«

Willi Davido läßt sich auf die gemauerte Brunnenumrandung fallen, prustet vor Lachen:

»Auch darauf hätte ich eine Wette von zehntausend zu eins abschließen können, daß *Ihr* davon keine Ahnung habt! Aber es stimmt schon: Wenn kein Wunder geschieht – und es gibt keinen einzigen Grund, weshalb eines geschehen sollte – wird die schöne Katharina Löffler ab Samstag, etwa 11 Uhr, Frau Katharina Endorferin sein.«

Auch ich plumpse jetzt auf den Brunnenrand:

»Das ist nicht möglich! Das ist ein wenig guter Scherz! Ihr lügt, Herr Davido!!«

Der Kupferhändler zuckt leicht mit den Schultern:

»Weshalb sollte ich in einer Sache lügen, die gar so leicht nachzuprüfen ist? Halb Innsbruck spricht davon, und in zwei Tagen ist es so weit.«

»Ich habe nicht das geringste gehört!«

»Weil man Euch mit List und Kunst hier festgehalten hat. Sogar beim Aufhängen der von Euch persönlich gegossenen Glocke für die Jesuitenkirche hat man Euch ferngehalten. Dafür hatte Jesuitenrektor Walker in den letzten Wochen viel zu schaffen auf Büchsenhausen. Und dabei ging es in den Gesprächen mit Meister Löffler, der sich ja sonst kaum um den Glockenguß kümmert, seit er Euch dafür hat, selbstverständlich ausschließlich und allein um die Glocke.«

»Aber Onkel Hans Christoph nennt Endorfer selber...«

»Taufbeckenpisser und ähnliches«, fährt Davido unerbittlich fort. »Aber hat er nicht selbst Elisabeth Geizkofler wegen ihrer Kupferbergwerksanteile geheiratet? Weshalb sollte er dann seine Tochter nicht mit den Kupferbergwerksanteilen des Taufbeckenpissers verheiraten?«

»Aber Katharina...«

»Ist die Tochter ihres Vaters. Seht der Wahrheit doch ins Auge, Herr Dreyling! Sie haben Euch betrogen, Vater wie Tochter! *Sie* hat geschwiegen, Nacht für Nacht, als Ihr in ihrem Bett gelegen habt. Und *er* hat Euch mit Arbeit überhäuft, um Euch von der Jesuitenkirche, Eurem Freund Colin und sogar dem Herrenhaus von Büchsenhausen fernzuhalten, damit Ihr nichts von den Vorbereitungen für die Hochzeit merkt.«

»Ich werde das nicht hinnehmen«, keuche ich. »Ich werde...«

»Was werdet Ihr?« höhnt Davido. »Nichts werdet Ihr! Ihr werdet es hinnehmen, Herr Dreyling – weil Ihr es hinnehmen müßt. Was wollt Ihr denn tun? Herrn Löffler den Posten als Werkführer zu Büchsenhausen vor die Füße werfen? Und dann?? Könnt Ihr Euch eine eigene Existenz als Geschütz- oder auch nur Glockengießer aufbauen? Habt Ihr die letzten Siegel der Löfflerschen Metallmischung, der Öfen, des Gusses gebrochen? Seid Ihr *Meister*? Ihr seid es nicht! Und Herr Löffler wird Euch um den Rang des Meisters ebenso betrügen, wie er Euch um Katharina betrogen hat. Ihr seid sein Sklave! Nicht mehr. Nicht weniger. Und nach seinem Willen werdet Ihr das auch ewig bleiben!«

»Ich werde mit Katharina sprechen – und mit Onkel Hans Christoph«, antworte ich zornig.

»Vorsicht!« zischelt mir Willi Davido zu. »Er kommt! Solltet Ihr das Bedürfnis haben, noch mal mit mir zu reden: Am Freitag werden meine Kupferwagen über den Brenner nach Venedig aufbrechen. Bis dahin werde ich als guter Christ die Abendmesse in der Hofkirche besuchen...«

Mit dem Ruf »Welch eine Freude, Euch zu sehen!« springt Davido auf, eilt Hans Christoph entgegen, läßt mich wie betäubt auf dem Brunnenrand zurück.

In ihren Haaren hängt der Schweiß wie kleine Nebeltropfen, die mein Gesicht befeuchten. Die Augen hat sie sittsam geschlossen, dafür die Beine schön gespreizt. Ich beuge mich über sie und genieße ihren heftigen Drang, der mir den letzten Tropfen Saft gnadenlos aus meinen Lenden zieht. Nichts bringt ihre Liebe und Leidenschaft zum Stillstand. Ihre Wangen glühen und ihr liebliches Gesicht drückt Stärke aus.

»K-komm! Komm, Adam«, stöhnt sie vor Aufwallung. »Komm noch mal!«

Dabei wollte ich sie zuerst zur Rede stellen, wollte sie befragen – rasend vor Ungewißheit und Zorn. Doch bevor ich versuchte, zu Ende zu denken, entlud sich die gesamte Unsicherheit der vergangenen Stunden, kaum daß ich die Tür zu ihrem Zimmer öffnete und zu ihr ans Bett trat, in einer Lawine von Leidenschaft.

Katharina erwartete mich nackt.

»Mein Herz...«, hauchte sie, faßte mit ihrer rechten Hand ebenso erregt wie ungeduldig rasch nach meinem Haarschopf und stieß ihren warmen Atem in meinen Mund hinein. »Wie schön es heute glänzt, dein Haar! Ich brauche es ewiglich«, hörte ich noch und wurde überschwemmt von dem Gefühl, daß alles Geschwätz sei und ich allein triumphierender Gewinner sein werde, wenn es um die ehelichen Bande gehen wird.

»Mein Herz...«, wiederholte sie und ich fühlte es unter dem erregten Fleisch pochen. »Fester!« stöhnte sie ungeduldig. »Du und ich. Nur wir zwei. Diesmal werden wir einen neuen Gipfel erfahren...«

Wie die Spirale einer Muschelschale wand sich ihr schlanker, schlangenförmiger Leib unter mir und übertrug im Labyrinth ihres Schoßes die Vibrationen der Wonnen auf mich. Doch in den aufgewühlten Untiefen meines Gehirns tauchen die Nebel der Ungewißheit schnell wieder auf. Die Nebel nehmen Gestalt an. Hier an ihrer Seite soll der Schreiberling bald meinen Platz einnehmen? Ich betrachte ihre Bauchwölbung, die sich vor Erregung rhythmisch auf und ab bewegt, berühre die glatte Haut und bin verdammt nahe daran, wie wild hineinzubeißen. Der Federfuchser – es kann nicht sein!

»Nein, nein! Ich glaube das nicht!«

Mit aufgerissenen Augen blickt mich Katharina erstaunt an. Dann schiebt sie ihre Hüften etwas zurück und nun bin ich es, der sie wieder heranzieht und beide Hände fest in ihr Haar vergräbt.

»Was glaubst du nicht? Wovon redest du?«, fragt sie irritiert.

»Vom Endorfer und deiner Hochzeit mit ihm!«

Schnell löst sie sich aus meinem Griff, entläßt mich aus ihrem Schoß und rückt auf dem Bett etwas von mir ab. Trockenes Pulver liegt feinverteilt in der Luft, und ich bin dabei, die Lunte in Brand zu stecken.

»Stimmt das, was erzählt wird, daß schon am...«, lege ich los, werde jedoch durch ihre Hand, die sich schnell auf meinen Mund legt, gestoppt.

Sie kichert leise in sich hinein, erinnert mich dabei stark an ihre Mutter, und als ich sie frage, was denn daran so komisch sei, antwortet sie ärgerlich: »Spiel doch nicht den Ahnungslosen! Sag bloß, du hast bis heute davon nichts gewußt oder gar bemerkt?«

Mir ist, als würde mich ein Bergsturz vernichten.

Es stimmt also! Davido hat es gewußt und sicher auch Max. Alle haben es gewußt – nur *ich* nicht! Das plötzliche Begreifen lähmt mich für einen Augenblick. Langsam nur gewinne ich mein Gleichgewicht wieder. Mit ihren Pobacken auf den Fersen sitzend, des Liebreizes ihres Körpers bewußt, lacht sie leise auf, sieht mich an, ist ganz Unschuld.

»Ist es nur das? Oder bewegt dich noch etwas anderes?«

»Ein schlechter Traum ist hier in diesem Zimmer!« brause ich auf. »Wie kannst du nur in eine solche Verbindung einwilligen. Hat dich deine Mutter dazu gezwungen?«

»Quäl dich nicht«, sagt sie ruhig und legt ihre Hand auf die meinige, die ich schnell zurückziehe. »Sieh nur, das Leben zwingt manchmal zu solchen Entscheidungen. Man muß einfach weitermachen, so gut man kann.«

»Ja, aber warum? Warum nur? Sag mir nur warum?« fasse ich sie an den Schultern und schüttle sie heftig.

»Ich werde ihn heiraten, weil ich glaube, daß mein Vater sich immer Sorgen um mich machte...«

»... und deine Mutter nach den Bergwerksanteilen giert!« vollende ich den Satz.

»Und wenn schon. Kannst du das nicht verstehen?« Ihre grünen Augen leuchten verdächtig, aber es kommt keine erlösende Antwort über ihre Lippen.

»Nein, ich kann und will es auch nicht verstehen!« Meine Lähmung über die letzte Offenbarung flaut ab. Dagegen keimt mein Zorn auf: »Verdammt, Katharina! Du wirst in diese Verbindung *nicht* einwilligen!«

Auf Händen und Knien kriecht sie über das breite Bett zu mir und umfaßt mich mit beiden Armen zärtlich von hinten. Ihr Kinn liegt auf meiner rechten Schulter, ihr Mund nahe an meinem Ohr, so daß ich ihren Atem spüre.

»Es ist nicht so«, beteuert sie. »Ich habe in die Ehe, so wie du dir das vorstellst, nie eingewilligt!«

Schnell drehe ich mich ihr zu, um ihr in die Augen sehen zu können. »Ja, was soll denn dann die Hochzeit?«

»Hochzeit ja! Ehebett nein! Ich hab' es mir ausbedungen!«

Fassungslos starre ich in ihre Augen. »Du hast dir was!?«

»Er wird nie neben mir seine Glieder ausstrecken. Nie! Nur du!« kommt es kalt über ihre Lippen. »Daher habe ich dir auch nichts gesagt, denn zwischen uns wird sich – Hochzeit hin, Hochzeit her – nichts ändern.«

Katharina streift sich die Haare mit beiden Händen zurück und blickt mich mit feuchtglänzenden Augen an.

»Schon beim ersten Zusammentreffen«, fährt sie fort. »Erinnerst du dich an letztes Jahr? Damals schon habe ich ihm hier in meinem Zimmer, in guter christlicher Tradition, im Falle einer Hochzeit auf ewiglich das Bett verweigert. Nicht einmal im *Totstellreflex* würde ich ihn empfangen! Er hat einfach nicht das Haar wie du, Liebster!«

»Mein Haar, mein Haar! Was hat das mit dem Federfuchser zu tun?«

»Mit allem hat es zu tun, Liebster! Am meisten aber mit mir.«

Meine Haare scheinen auf sie magisch zu wirken. Bald wird mein kleiner Zopf, den sie seit Monaten liebevoll pflegt, den sie verehrt wie mißhandelt und der mir schon in den Nacken fällt, von ihr abgeschnitten werden.

»Ich werde das Schwänzchen zur richtigen Zeit ernten«, höre ich ihre zärtliche Stimme. Als ob dieser kleine Zopf ein unabhängiges Ganzes für sie wäre und ich lediglich bloßes Anhängsel. Ohne den Zopf wird sie nicht recht zufrieden, verriet sie mir eines Nachts. Ja, er verschaffe ihr die gewünschte Erleichterung im richtigen Moment unseres Beisammenseins, die sie sonst kaum so oft und lustvoll erlangen würde, meinte sie, als sie mich zu dem Wachstum eines Zopfes an meinem Hinterhaupt leidenschaftlich überredete. Sichtbar, berührbar, fest, dick und stabil soll er werden. Als wäre das »*Schwänzchen*«, das sie am Ende jeder Nacht inbrünstig bürstet, mit Juwelen von unschätzbaren Wert besetzt.

Mit etwas verträumten Bewegungen in den Hüften deutet sie mir an, daß in ihrem Schoß die Trommeln wieder anfangen zu schlagen.

»Laß doch den Endorfer, Adam, der taugt doch eh' nur fürs Äußere. Wir werden dagegen die wichtigen Seiten des Lebens zusammen genießen.«

Und schon kniet sie atemberaubend schön vor mir, wobei sich ihre Brüste im Takt ihres Atems heben und senken.

»Komm, gib mir deinen Zopf, ich verspüre schon wieder große Lust auf ihn!«

»Nein, Katharina!« packe ich sie hart am Handgelenk, bis sie vor Schmerz das Gesicht verzerrt.

»Laß mich!« keucht sie. »Was erlaubst du dir?«

»Erst will ich wissen, was hinter meinem Rücken alles passiert ist, und außerdem, wie oft du mit ihm schon zusammen warst!«

»Laß mich los! Bist du bei Sinnen?«

Ich lasse sie frei, ernte dafür vorwurfsvolle Blicke und während sie ihr Handgelenk reibt, erhebt sie anklagend ihre Stimme:

»Begreife doch endlich! Du bist der Mann meiner Lust! Und der Federfuchser steht für die Verbannung des Geistes der Unreinheit, für die Verbannung der nächtlichen Betörungen wie für die Glaubhaftigkeit meiner Keuschheit! Er ist der Ehemann, der die Reinheit garantiert. Mit Bergwerksanteilen dazu! Hast du das jetzt endlich begriffen?«

»Du bist ... bist durchsetzt von dunklen Kräften.«

»Nein, warte«, sagt Katharina, gerade als ich mir das Hemd in den Wams stecke. »Bleib bei mir. Geh jetzt nicht, Liebster! Ich bin doch *deine* Katharina. Du wirst dich doch nicht wegen *so was* aufregen und mich jetzt schon verlassen.«

»Du kannst ja bald mit dem Taufbeckenpisser zusammen Abschied von der Reinheit nehmen.«

»Kein einziges Mal! Kein einziges Mal wird das mit ihm geschehen – ich schwöre es. Kein einziges Mal! Es geht auch nicht mit ihm. Warum willst du das nicht verstehen?« fleht sie. »Und was die Hochzeit angeht, das hat meine Mutter alles besprochen. Damit habe ich nichts zu tun!«

»Wenn du nichts damit zu tun hast, warum gehst du dann überhaupt hin?« schleudere ich ihr entgegen.

»Überlege dir, was du sagst, Adam«, schlägt ihr Ton plötzlich drohend um.

»Dann sag die Wahrheit, warum du dich an ihn verkaufen läßt!«

»Ich gehe hin, weil du nur ein halbfertiger Kanonengießer bist, der vergessen hat, daß mein Vater ihn vor dem Untergang gerettet hat!«

»Merk dir eins, Katharina: Ich bin nicht das Werkzeug für deine Lust und schon gar nicht das Pfand in deinen Händen, von dem du glaubst, daß ich es selbst nie mehr werde auslösen können. Ich habe das Pfand damit ausgelöst. Es ist vorbei!«

»Adam, halt, geh noch nicht!«

Ihre Stimme überschlägt sich:

»Gib mir den Zopf!«

Die Hand noch auf dem äußeren Türdrücker, höre ich nach wenigen Augenblicken des Wartens, heftiges Schluchzen durch die Tür an mein Ohr dringen.

Max, dessen Zimmer nahe unter dem Katharinas liegt, muß unsere Entzweiung gehört haben, da er mich schmunzelnd, direkt bei meiner Zimmertür, abfängt.

»Max, was suchst du hier?«

»Brauchst du Hilfe?«

»Nein, und schon gar nicht von dir! Verschwinde jetzt!«

»Bravo, Adam«, lächelt er und betritt ungeniert mit mir mein Zimmer. »Nur schade, daß du mich nicht vorher gefragt hast – der Ärger mit Katharina wäre nur halb so groß.«

»Säusele mir nichts in meine Ohren. Was weißt du schon von meinem Ärger?«

»Alles!«

»Dann hätten wir also die Antwort!« rufe ich befriedigt aus.

»Leider nicht, lieber Adam. Du hast ein viel zu großes Vertrauen in die Weiber!«

»Vertrauen?« Etwas verwirrt schüttle ich meinen Kopf. »Meine Torheit besteht nur darin, daß ich vor lauter Arbeit in der Gießerei nichts von den Vorbereitungen zur Hochzeit mitbekommen habe und meine besten Freunde mit List und Tücke ebenfalls alles von mir ferngehalten haben.«

»Du siehst das alles zu einseitig. Kein schlechtes Gewissen verbrüdert sich mit dir, wenn es um Katharinas Hochzeit geht.«

»So? Dann heraus mit dem guten Gewissen. Was weißt du darüber?«

»Wenn du unbedingt darauf bestehst...«, meint Max mit gespielter Gleichgültigkeit und lümmelt sich auf mein Bett. »Nun ja, du strapazierst in meinen Augen dein Glück derart leichtsinnig, daß es schon verwundert, wie zuverlässig du deine Selbstzerstörung vorantreibst.«

»Erzähl mir keine Girlanden, Max! Wie kommt es zu dieser Hochzeit?«

»Die Hochzeit, die Hochzeit ... die Hochzeit! Vergiß sie schnell! Vergiß aber nie, worauf es ankommt, wenn der Taufbeckenpisser mit meinem allerkeuschesten, liebreizesten Stiefschwesterlein vor den Altar treten wird.«

Max setzt sich mit einem Ruck auf und blickt mich mit einer Entschlossenheit an, die ich bei ihm bisher nie gesehen habe.

»Also wenn du unbedingt von mir die Wahrheit hören willst, dann spitze fein deine Ohren: Du bist für die nähere Zukunft der Löfflerfamilie nicht eingeplant. Was hier geheiratet wird, hat nichts mit Glück und Zufriedenheit, nichts mit einer Herde Vieh, einigen Glocken, Kanonen, Webstühlen oder Meistertiteln zu tun, sondern mit der Vergrößerung und Mehrung des Familienerbes! Du hast einfach die Wohlhabenheit wie die Sippenmacht der Sterzinger Geizkofler zu Burg Sprechenstein unterschätzt, aus dessen Mauern unser Hausdrache nun mal entsprungen ist. Elisabeths Mutter, Barbara Geizkofler, Herrin nicht nur auf Burg Sprechenstein, hat den jungen Löffler damals genauso ausgespechtet wie Katharinas Mutter letztes Jahr unseren Endorfer. Bist du dir überhaupt im klaren darüber, daß ihre Brüder an den wichtigsten Schaltstellen sitzen, die Habsburg zusammenhalten helfen?«

»Davon hat mir bisher keiner erzählt!«

»Ihre Brüder sitzen mit an der Macht! Michael hält die goldene

Schreibstube der Fugger in Augsburg besetzt, Rafael betreut als Generalhofkassier die Geschäfte der Fugger in Madrid, und Gabriel tut das gleiche in Wien! Lukas hat sich in Paris in den Rechtswissenschaften schlau gemacht und wird bald die Prozesse des Hauses führen! Das Wenige sollte dir als Erklärung reichen.

Nein, eins noch: Im Winter '77 trat in Augsburg die Geizkoflersippe zusammen wegen eines neu zu schließenden Familienabkommens. Uriel, einer der jüngeren Brüder Elisabeths, verwaltet jetzt das Vermögen, welches von väterlicher und mütterlicher Erbschaft herrührt. Nichts wird geteilt, nichts verschrieben oder verpfändet. Das ist Fuggerart wie Geizkoflerart! Elisabeth lernte schnell von ihren Brüdern, und das heißt für die Löfflersippe, daß neben dem guten Ruf nächsten Samstag vor allem das Gut der Familien gemehrt werden muß. Über das Ausmaß hat man sich zwar nur vage geäußert, doch verglichen damit, bist du mein lieber Adam, nur eine *tote Hand!*«

»Ich eine *tote Hand?*«

»Jetzt bedaure dich noch selbst! Du stehst in Büchsenhausen mit den Windungen und Wendungen des Lebens für die kommende Zeit einfach nicht in Einklang. Wo selbst erzherzogliche Gefängnisaufseher und Wachtmeister versuchen, ihre Ämter den Söhnen zu sichern, damit sie Teil des Familienerbes werden, giltst du, als davongekommener *Knappenaufständler*, von vornherein als ein Verunglückter, Niedergeworfener und Zerbrochener!«

»Halt dein Schandmaul, sonst geb' ich dir eins.«

»Willst du mit mir auch noch brechen?«

»Nein, nein, Max. Vielleicht hast du ja recht, vielleicht habe ich jenen verhängten Blick, der mich nicht eingestehen läßt, daß mein Leben ein einziger Seufzer ist.«

»Ach was, hör auf damit, du bist doch sonst nicht so gefühlsduselig. Du hättest nur um *dein* Erbe kämpfen müssen. Du hättest dich teuer machen müssen, denn ein gutes Haus das geteilt wird, ist verloren! Und Büchsenhausen wird gemehrt und nicht geteilt.«

»Büchsenhausen soll also teurer werden.«

»Na klar! Von Jesses Stamm ist der Höttinger nicht, aber den klaren Sinn für die richtige Ordnung, erfüllt er allemal. Und damit solltest du dich endlich abfinden.

Denk an Katharina – sie gehorcht ihren Eltern und will dich doch nicht verlieren. Nicht einfach, was?«

»Teilung! Mehrung! Auch wenn ich's versteh', Max, es rettet mich nicht. Gut, ich bring nichts mit, doch ich mehre dafür die Guldiner drüben in der Gießerei Tag für Tag für den Meister säckeweise.«

»Das ist nicht das, worauf es ankommt, Adam. Doch ich denke, du hast mich verstanden.«

Ich kann keinen klaren Gedanken mehr fassen. Max erhebt sich von meinem Bett. Bei der Tür dreht er sich noch mal zu mir, dabei trägt er wieder sein ewiges Schmunzeln um die Lippen:

»Der Moment der Größe und der Entscheidung ist an diesem Samstag! Sieh ihn dir an – er dauert auch nur einen Tag!«

Tote Hand ... ich werde dich zum Leben erwecken!

Der Niedergeworfene steht auf, und der Zerbrochene fügt sich wieder zusammen, denn auf den Untiefen der Selbstverachtung ist noch nie ein Dreyling gestrandet.

Ich werde mich selber *teuer* machen! Das sechste Siegel, die Zusammensetzung von ›CL‹ – ich vermute, wo es zu öffnen ist!

Es ist immer noch derselbe Tag, dieselbe Nacht. Meine Müdigkeit, meine Anspannung, sie sind verflogen, hellwach der Kopf, um die Gedanken in die Tat umzusetzen.

»Alles in Ordnung, Bartlme?«

Bartlme sieht mich erstaunt an:

»Ich vermutete dich in den warmen Federn. Stimmt was nicht?«

»Stimmt alles! Was macht das Feuer?«

»Wird heißer und heißer – ›CL‹ wird bald tropfen.«

»Pssssst! Komm mit!«

Bartlme verstummt gehorsam, und ich ziehe ihn ein Stück in die Dunkelheit des Innenhofes.

»Adam, was...«, setzt Bartlme zu einer Frage an.

»Warte! Sind wir allein im Hof?«

»Alles schläft. Nur mein Helfer sitzt drin beim Ofen bei der Sanduhr. In drei Stunden erfolgt die Ablösung.«

»Gut! Ich will drüben bei Lienhard nachsehen. Bleib hier im Tor stehen, solange niemand kommt. Bring mir eine Lampe mit Zündzeug. Los, beeil dich.«

Mit der Lampe in der Hand überquere ich den Innenhof wie eine Lichtung, die vom Feind beobachtet wird – in geduckter Haltung, lautlos, wachsam.

DIE FELDSCHLANGE

Die ein Fuß dicke Holztür, verstärkt mit Messingbeschlägen, ist wie immer unverschlossen und läßt sich trotz ihres Gewichtes leicht in ihren Angeln bewegen, ohne zu quietschen. Der Blick hinüber zu Bartlme läßt mich die Tür schließen. Kurz darauf stehe ich mit flakkerndem Licht in der Schmelzerei.

»Die reinen Metalle werden an dieser Stelle verschmolzen, so daß sie mit größtem Nutzen für die menschlichen Bedürfnisse verwendet werden können«, dozierte Meister Lienhard, als wir uns das erste Mal an diesem Ort begegneten.

An der Mauer entlang stehen die aus Backsteinen gemauerten Tiegel-, Wind- und Schmelzöfen, und zwar sechs Öfen, je zwei von jeder Art.

Die Halle ist stark vom Ruß geschwärzt, so daß hier Tag und Nacht zugleich herrschen, wie in einem Grab oder Stollengang, durch den sich das *Rennfeuer* gefressen hat. In meine Nase steigen die erstickenden Ausdünstungen gequälter Glaskolben, Becher, Tiegel und Pfannen. Eine Mischung aus Saurem und Fadem, dazu metallische Miasmen aus Grünspan, Blei, Vitriol und Zink, die sich mit dem Atem der Herde mischen, da sie zu dieser Stunde kein Luftstrom stört. Dieses übelriechende Konglomerat müßte jeden Foltermeister inspirieren.

Die Bedrohung durch die ekligen Dünste, die tagsüber ergänzt werden durch geschmolzenen Talg, Schwefel, Borax, Salpeter, Salmiak, Laugensalz und scharfen Essig, hat den Verzehr von Butter seit Pantaleons Tod gesteigert, denn sie soll ein Heilmittel dagegen sein.

Alle Balken sind mit Lehm überzogen, damit sie durch das Feuer nicht gefährdet werden. Die Balggerüste an der Mauer, hinter der sich die Blasebälge befinden, wirken im Schein des unruhigen Lichtes wie bewegliche Galgen, die hungrig nach meinem Halse greifen. Alles scheint sich zu bewegen wie das ewig plätschernde Wasser vom Fallbach im Hintergrund.

Mein Gedächtnis arbeitet seit Verlassen meines Zimmers an der Öffnung des sechsten Siegels. Was ich in dieser Halle suche, ist eine schwarze speckige Fibel – das *Schmelzbuch* von Meister Lienhard.

Samstag, am Ende jeder Arbeitswoche, wandert er damit zu Hans Christoph, der sich ausgiebig Zeit nimmt, um darin zu lesen. Meine Neugier wollte schon immer wissen, was Meister Lienhard ihm so Wichtiges dort hineinschreibt. Es ist seltsam, doch alles was dort drin steht, habe ich bildlich vor Augen: Barren, Barren, Barren...

An der westlichen Seite der Halle befindet sich ein mit massiven

Mauersteinen abgetrennter Raum, der zwei stabil vergitterte Fenster zum dahinterliegenden kleinen Obstgarten besitzt. Ein idealer Ort, um den Dämpfen seines eigenen Metallgebräus zu entrinnen. Das Licht ist schwach, doch so muß es sein, denn unentdeckt bleiben ist besser als ein Entrüstungsgebell. Mein Gegner hat dem stillen Kampf vorgebeugt und die Tür zur geweihten Wissenschaft verschlossen. Eine abweisende Tür, eine, die dicht schließt, ohne Ritzen an den Seiten, die ein Drücken in den äußeren Ecken nicht zuläßt, glatt und vom Ruß ebenso geschwärzt wie alles in der Halle.

Tür, warum willst du mich durch deine Schranke hindern. Zwing mich nicht zur Gewalt! Ich will nichts stehlen, will nur Einblick nehmen – öffne daher deinen niedrigen Verschluß.

Doch sag, warum läßt sich deine Klinke nicht drücken?

Oft habe ich über das Prinzip des Schlosses und seiner einfachen Bewegung nachgedacht, doch nie darüber, wie ich es zu berechnen und auszubeuten habe.

Noch hält mich der Gedanke an das Recht auf Glück ab, den Aufbruch mit Brecheisen, Hebebaum oder mit Schaß-Klamoniß vorzunehmen, denn die Anfertigung einer im rechten Winkel gebogenen Eisendrahtstange, die sich leicht in das Schlüsselloch und durch die Besatzung hindurch gegen die Zuhaltung bringen läßt, um den Riegel zu bewegen, wird mich immerhin die Hälfte einer Stunde kosten.

Aber, was nützt mir der zurückschnellende Riegel, wenn sich die Falle durch Drücken der Klinke nicht bewegen läßt? Sie bewegt sich bei jeder Tür im Stulp und im Einschnitt des festgenieteten Hinterstrudels. Sie wird zwar durch eine flach am Schloßblech laufende Feder stets nach außen gedrückt und durch Drücken der Klinke nach der entgegengesetzten Seite geschoben, doch die Bewegung dieser Falle verbirgt im Innern des Schlosses scheinbar etwas besonders Künstliches – oder hat die Tür überhaupt keine?

Meine Hand geht ein zweites Mal zur Klinke. Langsam erhöhe ich den Druck, ziehe sie fest an, denn sie könnte ja schlecht eingepaßt sein. Keine Bewegung. Probiere die Tür am Drücker anzuheben. Da, der Drücker läßt sich nach oben bewegen, und mit dem Erklingen eines metallischen Klickens habe ich den Eindruck, als öffnete sich mir lautlos eine Grotte. Der kleine schlaue Wächter hat bei mir versagt – ich habe meinen Fuß in Lienhards wohlbehütete Alchimistenküche gesetzt.

Genau in der Stunde des schlechten Nachklangs, bei Verlassen von Katharinas Zimmer, am Ende des dritten Tages, im Herzen der

Nacht, die den vierten Tag gebären wird, betrete ich die ungebrochene Stille eines Raumes, der wie eine hohe rechteckige Kiste wirkt.

Meine erhobene Lampe erhellt zuerst die Wände ringsum, die zu meiner Überraschung hellweiß verputzt sind. Dabei zeigt sich, daß der Boden wie die Decke aus reflektierendem Material bestehen. Der rötlichen Widerschein der Decke läßt auf Kupferplatten schließen, der Boden allerdings auf hellen, weißen, makellosen Marmor. Ringsum kleben Pergamentblätter, die verschiedene technische Abbildungen zeigen. Neben dem Grundriß des Schmelzereigebäudes erkenne ich auf einem Pergament die Darstellung eines wohl neueren Blasebalgs in allen seinen Einzelteilen. Im gleichen Maße, wie ich den Arm nach links und rechts schwenke, erscheinen weiter Darstellungen, die alle meine Neugier anstacheln:

»Runder Probierofen...«; »Tiegelofen mit geschlossenem Auge...«; »Kleiner spanischer Zinnschachtofen und Giessen des Ballenzinns...«, und an der Stirnseite lese ich im flackernden Schein: »Die Scheidung des Goldes vom Silber im Guss mit Schwefelantimon...«; und darunter: »Antimonerz, Schmelzung. Eine Beschreibung...«

Überraschend auch die vielen verschiedenen Waagen, kupfernen Schalen, Mörser in den Regalen, die gleich daneben alle Legierungen in Barrenform in gleich großen Kästchen aufbewahren.

Aber, wo ist Lienhards Schmelzbuch?

Wo bewahrt er es auf?

Mein Blick gewahrt einen eisernen Tisch an der Stirnwand, unter dem ein Rahmengestänge mehrere hölzerne Schubladen trägt. An der obersten Schublade hängt ein viel zu großes Schloß in einer Öse, das anzeigt, daß ich mich auf der richtigen Spur befinde. Das ist kein Hindernis mehr auf dem Weg zur Erkenntnis.

Ich rücke den Tisch von der Mauer ab und sehe, daß ich nur noch das rückwärtige Brett zu entfernen habe. Einer der vielen eisernen Zinken, die draußen in allen Größen auf den Arbeitstischen herumliegen, helfen mir, das Einzelbrett geräuschlos abzuheben. Ein Griff in die nun von hinten geöffnete Lade läßt mich vier Bücher unterschiedlicher Dicke ertasten. Behutsam nehme ich eins nach dem anderen heraus und breite sie auf der Tischfläche aus.

Im Widerschein der Lampe sehe ich Prägungen auf den Deckeln, die mir die Auswahl erleichtern.

Das oberste und gleichzeitig das umfangreichste trägt die *Löfflergans*, das zweite spiegelt im spärlichen Licht der Lampe das heißersehnte Monogram ›CL‹ wieder, das dritte den *Bischofskopf,* und das dünnste von allen vieren trägt die Aufschrift *Gold!*

Ich rücke die Lampe näher an die Bücher heran und zucke zurück; denn ich erkenne auf dem Deckel von ›CL‹ drei Schlangen, die zusammen eine Spirale bilden. Sie verfolgen mich! Seit Tagen steht alles im Zeichen der Schlange – wie auch jetzt wiederum an diesem Ort. Ist die Schlange nicht listiger als alle anderen Tiere des Feldes? Es gibt so viele Schlangen...

Vorsichtig schlage ich den abgegriffenen, speckigen Deckel auf und lese die ersten Zeilen, die Lienhard von Hand eingeschrieben hat:

Ich will euch in ein Land führen,
wo Milch und Honig fließen,
und auf den Hügeln von Büchsenhausen
sollet ihr Feldschlangen gießen.

Manche Orte sind aufregender als andere – meine Hände zittern! Auf der nächsten Seite, die ausgefranst und mürb erscheint, und vom festen Einband nahezu abgerissen ist, lese ich:

PROBIERKUNST FÜR FELDSCHLANGENBRONZE

Als nächstes folgt eine ausklappbare Tabelle mit der Überschrift:

Auf hundert Teile gerechnet.

Kupfer. Zinn. Antimon!
Antimon!? stutze ich.

Danach schließen sich Zahlenkolonnen von 1 bis 100 an, die die zweite Seite füllen und zur vollständigen Übersicht ausgeklappt werden muß. In der Tat, die Gedankengänge des Alchimisten Lienhard lassen sich leichter verfolgen, als ich zu hoffen wagte. Sofort sehe ich, daß die verschiedene Kästchen von Zahlen unterschiedlich eingerahmt sind. Ich nehme an, der Alchimist hat alle Kombinationen in seinem Leben legiert. Die Übersetzung seiner Erkenntnisse hat er mit einem fetten Kreis umrahmt. Eine Zahl liegt am Ende, die beiden anderen am Anfang der Zahlenkolonnen:

87 – 11 – 2

Kupfer, Zinn, Antimon ist die Reihenfolge, die genaue Metallegierung von ›CL‹ – und ihre Mengen auf 100 Teile gerechnet.

Wer wird glauben, daß in diesen drei Zahlen die höchste Vollendung der Feldschlange begründet liegt? Wer wird glauben, daß ich mit dieser Marginalie ins Zentrum springe und die Mitte für den Meister damit verloren ist?

Die Metallmischung ist entschlüsselt. *Das sechste Siegel ist gebrochen!*

Donnerstag,
der 2. April

Wie eine Larve, gegürtet mit schweren Eisenbändern, als ob die Geburt eines Ungeheuers bevorstände, dessen Ausbruch um jeden Preis verhindert werden soll, senkt sich eine der gebrannten Formen von Feldschlangen, an schweren Tauen hängend, in die vorbereitete Dammgrube. Heute nacht, dafür wird Wenzel sorgen, werden beide Gußgruben vor den Flammöfen belegt sein. Seine Schlangen ringeln sich nicht – sie stehen aufrecht.

»Kannst jetzt runter kommen.«

Ich steige die Leiter hinab. Es ist soweit. Wenzel besorgt mit eigener Hand die Verbindung zwischen Form und Stoßboden.

»An dieser Stelle, sieh her«, beginnt er hastig, »werde ich jetzt mit diesen Drähten die beiden Teile fest verbinden. Die Verbindung muß ganz sicher und dicht sein. Sieh selbst! Mehr kann ich darüber nicht sagen!«

Vom tiefsten Punkt aus steigt die Schmelze nach dem Prinzip der Schwere in der Form von unten nach oben, drückt die gefürchteten Luftblasen mit allen Verunreinigungen als Schlacke aus dem Dunkeln dem Licht entgegen, bis in den Überlauf. Denselben nennen wir, wie der Henker unten auf dem Köpfplatzl, den *verlorenen Kopf*, dieweil auch er nach dem Erkalten, abgesägt wird.

»Wir gießen diese Serie nach dem *aufsteigenden Guß*«, wiederholt Wenzel dieselben Worte, die Hans Christoph vor wenigen Tagen gesprochen hat.

»Noch eines, Wenzel! Die Befestigung der Kernstange am Stoßboden – welche Vorrichtung ist die Beste?«

INNSBRUCK 1579

Die Frage quält ihn, da sie von unserem Ritus abweicht, doch das brechende Siegel vor Augen, will ich das Maximum von ihm fordern. Schwer atmend legt er los:

»Das beste Kerneisen ist der Ring mit vier Eisenstiften, die in vier Löcher hineinpassen und hier«, er deutet auf das Loch in der Form, welches jedem entgeht, der nicht mit der Nase darauf gestoßen wird, »somit den Ring genau in der Mitte halten. Was ich oben zur Fixierung der Kernstange verwende, kannst du spätestens am Nachmittag sehen – ich werde eine gelochte Lehmscheibe nehmen. Zufrieden?«

Wenig später stehe ich wieder am Rand der Dammgrube und versuche nachzuvollziehen, worin der bedeutendste Vorteil dieses Verfahrens liegen könnte.

Kein Zweifel, der vermutete Plan, der alles mit einbezieht, ist in diesem Gußwerk vorhanden. Gregor hat ihn entworfen und Hans Christoph hat ihn verfeinert und getarnt. Und es sieht so aus, als führe mich jede weitere Information zur Entdeckung einer vollständigen Karte.

Vor mir, im Zentrum dieser Halle steht der Ofen mit seinen glühenden Eingeweiden, ähnlich einem Vulkan. Das Maul gestopft voll, kurz vor dem Ausbruch, und die Fassade von einer Schwärze wie ein aufgeschütteter Berg von Ruß.

Pietros Augen sind seit den frühen Morgenstunden nur mehr für die Schmelze im Flammofen da, durch dessen seitliche Schiebeklappe aus Lehm und Eisen er den Schmelzvorgang der Bronzebarren beobachtet.

»Es legt sich um!« schreit er plötzlich vor Freude hinüber zu Bartlme, der mit seinen Helfern das Feuer im großen und kleinen Riesen stetig verstärkt.

»Sag' ich doch!« ruft dieser wohlgelaunt zurück. »Erst rot-, dann weißglühend, dann umlegend zur Schmelzung, bis es vergießbar wird! Wie bei einer schönen Dirn!«

Nach wenigen Schritten stehe ich neben Pietro.

»Sag warum ist der aufsteigende Guß der Beste für die Härte der Rohre?«

»Tja, wenn man das wüßte«, murrt er lustlos, ohne auch nur ein einziges Mal seinen Blick von der Öffnung zu lassen. Währenddessen beobachte ich, wie die Flammen und die Glut der Schmelze seine Augen röten. Ich nehme ihn am Oberarm, um ihn zum besseren Nachdenken zu zwingen:

»Komm jetzt, Pietro! Du hast doch die Erfahrung mit der Bronze, und ich hab' vielleicht eine Idee, wie wir die Farbe der Schmelze *veilchenblau* bekommen.«

»Was!? Veilchenblau? Wieso?«

»Jetzt bist du an der Reihe. Erst mal muß ich wissen, warum wir die Feldschlangen von unten her gießen.«

»Also, da gibt's nur zwei Gründe. Halt! Ich meine, zwei, die ich kenne!« schränkt Pietro ein.

»Und die besagen?« treibe ich ihn an.

»Die besagen, daß zum einen durch das langsame Aufsteigen der Schmelze die Dichte des Metalls wesentlich verbessert wird, was das Bersten der Feldschlangen gerade am hinteren Feld ausschließt. Von der Glätte und Porenfreiheit unserer Rohre will ich gar nicht reden. Ja, und zum anderen wird dadurch der Mündungskopf zäher!«

»Was meinst du mit *zäher*?«

»Da mußt du Meister Löffler fragen«, grinst er mich frech an. »Von ihm hab ich das so übernommen.«

»Gut, gut Pietro. Was noch?«

»Das ist alles, Adam!«

»Alles, was du dir denken kannst?«

»Ja, schon«, kratzt sich Pietro am Kopf. »Ich kann mir nur denken, daß durch den aufsteigenden Guß und bedingt durch die dadurch erzielte Härte der Bronze erst die schlanke, leichte Feldschlange gegossen werden kann. Wenn du überlegst, was wir hier an Gewicht einsparen, und das bei relativ großem Kaliber dieser Rohre...

So, und nun bist du dran. Wie war das mit der veilchenblauen Schmelze?«

»Ich dachte an den Zusatz von Schnaps oder Bier!«

»Du, du ..., du zahlst eine Runde, wenn wir im ADLER sind!«

»Eine Runde nur, Pietro? So bescheiden? Also – abgemacht!

Während Pietro wieder gebannt die Flammen durch sein Guckloch beobachtet, überwacht Bartl, auf der untersten Stufe der gemauerten Treppe sitzend, das Einwerfen der mannshohen Holzstämme in die gefräßigen Schwarzen Riesen. In deren Eingeweiden lebt Bartlme. Das fünfte Siegel, das des Ofenbaus hat er selbst darin eingemauert!

Ein glühender Gedanke überfällt mich: Wenn er stirbt, werden die Würmer unter der Erde mir nicht erzählen, was das fünfte Siegel verborgen hält. Bartlme hat seit langem schon den gleichen Weg beschritten wie Pantaleon. Seine Beschwerden erträgt er stumm. Ich brauche ihn. Ohne ihn werde ich das fünfte nicht brechen können.

Nur er begreift die Schluchten der brodelnden Vulkane – kennt den genauen Weg der Flammen, kennt alles Unbekannte daran. Bisher habe ich den Pfad, der nur über ihn zum Inneren des Flammofens führt, nie ernsthaft auf seine Gangbarkeit geprüft. Ich wollte Bartlme nie versuchen! Seine Angst garantiert, daß die Geheimnisse der Flammöfen Büchsenhausen nie verlassen werden.

Doch die Umstände drängen darauf, den Angriff auf die unterirdische Welt zu wagen.

»Bartl, wie fühlst du dich heute?« Gleichzeitig nehme ich neben ihm Platz.

»Was willst du von mir wissen?«

»Woher weißt du, was ich von dir will?«

»Kann's mir denken.«

»Hiervon die Einzelheiten, Bartl!«

»Nein!«

»Nein?«

»So ist es!«

»Warum so verschlossen?«

»Ich bin ein schlechter Musikant, ich habe kein Trompetenmaul, die Melodie spiel' ich nicht – also laß mir meinen kleinen Winkel.«

»Deinen *Winkel* nehme ich dir nicht! Warum ist dein Sinn manchmal Eisen und manchmal Samt?«

»Weil ich spüre und sehe, daß du dich in ein Schlänglein verwandelt hast, welches dabei ist, geschickt Vogelnester auszunehmen. Doch du hast übersehen, daß du dich in einen Adlerhorst verirrt hast!«

»Dann erahnst du auch das Drum und Dran! Also hilf mir, sonst häng' ich im Leeren.«

»Ich kann nicht!«

»Du kannst! Kennst du das *Patenwort* der Geizkofler- und Löfflersippe? ›*Tue einmal alles mit Kraft ohne Zögern. Strebe hinein in das Werden, das dir heute noch verborgen ist. Arbeite dereinst, verkaufe deine Arbeit, aber dich selbst nicht!*‹

Sollten diese Worte nicht auch für dich wie für mich gleichermaßen Gültigkeit besitzen?«

Bartlmes Trotz wächst zur heißen Flamme:

»Alles Worte nur. Schlag sie woanders zu Kapital. Nur bei mir, Adam, tu es nicht. Du kannst die Gießerei benutzen, als ob sie dir gehören würde, bei Tag und bei Nacht, doch laß uns nicht darüber sprechen!«

Regungslos sitzen wir nebeneinander. Unser Schweigen baut keine Brücke, und Bartlme hebt nur stumm die Hände zu einer Geste, die wohl sagen soll, daß er nicht anders kann.

»Laß die Sache auf sich beruhen, Bartl«, sage ich schließlich. »Ich werde dich damit in Ruhe lassen.«

Mit einem Male beugt sich Bartlme mit verzerrtem Gesicht tief vornüber und stöhnt gequält auf. Überfällt ihn wieder ohne jede Vorwarnung jener messerscharfe Schmerz in seinem Bauch, von dem er Pietro erzählen mußte, als er vor einigen Tagen plötzlich verschwunden war? Wie so oft in letzter Zeit verschränkt er fest seine Arme über den Leib, krümmt sich, um in dieser Haltung zu verharren.

»Er hat den bösen kalten Magen!« stellt Wenzel fest. »Da hilft nur Honig mit Branntwein!«

Langsam läßt Bartl seine rechte Hand sinken.

»Was ist mit dir?« versuche ich ihn erneut anzusprechen.

»Mich friert! Gebt mir eine warme Joppe«, hören wir seine Bitte, die durch heulende Tonleitern in allen Kaminen wie ein Flehen aus der Hölle klingt.

Wie der letzte Akkord springt die schwere Tür des Gußhauses auf, schlägt mit dem Flügel gegen die Wand und prellt ins Schloß zurück. Der Meister hat sich drüben vom Haus losgerissen. Übel gelaunt, wie die Tür zu verstehen gibt. Eine zornige, lawinenmäßig anrollende, gewalttätige Melodie rauscht auf. Heißen Auges erfaßt er Bartlme auf der Treppe. Des Meisters Flüche gleichen Bässen der Wildheit, seine Arie hebt an mit tückischem Diskant.

»Hund, fauler Köstling, aus dir mach' ich gemahlene Eidechse!«

Die ersten Schläge mit dem armdicken Knüppel aus bestem Kastanienholz, treffen die schützenden Handgelenke Bartlmes, ein weiterer trifft den unteren Rücken des hingestreckten Heizers. Mit dem nächsten Schlag, wird er Bartl den Schädel zertrümmern.

Ich springe dazwischen, versuche den Knüppel aus der Hand des Meisters zu winden. Grau im Gesicht, wühlen wir mit unseren Füßen, wie ein starker Brennersturm, den trockenen Lehm des Bodens auf.

Der Knüppel liegt in meiner Hand!

Starr blickt er mich keuchend an.

»Was ... was ... erlaubst ... du dir?«

Mit dem Knüppel auf Bartlme deutend, der mit offenen Handgelenken und Blutschaum auf den Lippen, auf allen vieren der mittleren Dammgrube zukriecht, halte ich ihm vor:

»Wer heizt die Öfen weiter? Wer repariert sie morgen? Wer baut sie neu, wenn sie verbraucht sind?«

»Ich brauch' ihn nicht!!« brüllt der Meister, packt Bartlmes Füße und befördert ihn, bevor ich es verhindern kann, vornüber in die Dammgrube. Dumpf schlägt er unten auf. Mit den Füßen Lehm nachschiebend brüllt Löffler in die Halle:

»Gießt ihn ein! Es wird ihn frisch halten!«

Das Belfern verklingt, der Ton verweht, als er Pietro, Wenzel, mich und ein Dutzend Helfer, mit verschiedenen Schlagwerkzeugen in den Händen, schrittweise näher kommen sieht.

»Was wollt ihr? Geht sofort an eure Arbeit ... oder...« Seine Stimme verhallt, als er den Ernst der Situation zu begreifen beginnt.

Verunsichert klopft er mit wenigen Schlägen den Staub von seinem Wams, während die Männer näher und näher rücken. Hastig wendet er sich ab und entwischt, vom Rauch umhüllt, durch die Tür hinter dem großen Flammofen aus dem Gußhaus.

»Holt Bartlme herauf...«

Wie Fledermäuse umschwärmen die Männer die Dammgrube. Ohnmächtig wird Bartlme ans Licht gebracht.

»Zwei Heizer, zwei Former – reinigt ihn am Brunnen und bringt ihn zur Behandlung ins Gießerhaus!«

Ich begleite den Zug, und nachdem man Bartlme auf sein Bett gelegt hat, bleibe ich allein mit ihm zurück.

Mit der Hoffnung eines an der Schwelle Stehenden, der den Erfolg nur aufzuheben braucht, sprach ich mit ihm noch vor wenigen Augenblicken. Mit der Verbitterung eines Zurückgestoßenen stehe ich nun vor ihm, und alles was mir bleibt, ist, seinen Peiniger zu strafen, wo es nur möglich erscheint.

Meine Hände falten sich von selbst, wie zum Beten.

Ruckartig schnaubt Bartlme ein paarmal durch die Nase. Seine Augen öffnen sich unerwartet weit und ich hoffe im selben Moment inbrünstig, daß der Knochenmann ausbleiben möge.

»Ich ... habe ... morgen ... Geburtstag...« Zwischen jedem Wort läßt er sich gebührend Zeit. »Ich hatte gehofft, ihn noch zu erleben.«

Bartlme versucht seinen Kopf zu heben. Mit müder und vor Erschöpfung heißerer Stimme preßt er heraus:

»Ich werde dir bei deiner Suche helfen. Gott allein wird darüber richten, ob mein Tun redlich ist. Komm näher! Unter mir, im Bettkasten findest du ein Modell, aus Lehm gebrannt. Du mußt nur das seitliche Brett aus der Halterung heben.«

DIE FELDSCHLANGE

Das fünfte Siegel ist rechteckig, aus Ton gefertigt und zerlegbar. Ein Meisterwerk der Formkunst. Das Modell unseres Flammofens ist quer geteilt, so daß ich das obere Teil abheben und in das Innenleben sehen kann. Mit einem Blick erfasse ich die Konstruktion, die mich in ihrer Einfachheit erstaunt. Der Feuerraum an der rechten Schmalseite entspricht in der Tiefe und Länge den Maßen des ganzen Ofens und fällt überraschend groß aus. Der Herd selbst hat fast die Gestalt einer Laute, die Fenster sehen aus wie Schießscharten, also außen weit und innen eng. Der Herd ist wie ein Löffel geformt, den eine grobe Hand nach vorn abgeknickt hat, so daß nichts in ihm bleibt, weil alles wieder von selbst herausläuft. Genau an der tiefsten Stelle sehe ich den konischen Eisenzapfen eingepaßt, der so steht, daß die dickere Seite nach der Schmelze gerichtet ist, sicher deshalb, damit die Last des Metalls dagegendrückt und den Herd um so dichter schließt.

»Die genauen Maße stehen auf dem Papier! Nimm es an dich – es liegt auf dem Boden des Kastens.«

Bartlme schließt die Augen und atmet schwer:

»Erkenne das Prinzip!«

»Welches Prinzip?« flüstere ich nah an seinem Ohr.

»Ich vermag es nur einmal zu sagen«. Mit geschlossenen Augen fährt er stockend fort: »Die wichtige Hälfte ist der obere Teil des Modells, den du in deiner rechten Hand hältst. Dreh ihn um! Der *Fuchs* – der Flammeneintritt – wie der Bau des Gewölbes vom Feuerraum bis zur Kuppel über dem Herd bergen das Geheimnis seiner Wirkung. Stell dir die Flammen vor, ihr Züngeln, ihren Drang, durch den Kamin nach draußen zu gelangen. Ich habe sie gebändigt in diesem Ofen. Sie züngeln nach meinem Willen!

Nimm deine Finger! Die Mauern des Heizraumes sind oben zum Flammeneintritt hin eingewölbt. Es ist eine Kunst, den Bogen richtig zu mauern, so daß alle dagegen schlagende Flammen in den *Fuchs* geschleust werden. Auch beim Flammeneintritt in den Herd ist das Gewölbe eng und erweitert sich nach hinten. Auf diese Weise treten die Flammen kräftig im geschlossenen Strom in den Herd ein.

Achte nun besonders auf die Kuppel über dem Herd! Sie senkt sich sehr niedrig zum Zapfen des Abstichloches hin, so werden die Flammen zurückgeworfen und fallen mit der Hitze wuchtig auf das Metall. Erst danach dürfen sie seitlich durch den Kamin den Ofen verlassen. Seh dir die Kuppel genauer an! Was siehst du?«

»Ich sehe aufgemalte weiße Linien im Kreis!«

»Alle Linien laufen nach dem Mittelpunkt zu. Das ist entscheidend! Laß dich nie zu einer ovalen oder länglichen Kuppel verführen, denn nur in einer Kuppel, die einem Kreis entspricht, wirkt das eingeschlossene Feuer ebenso wie die Sonne in einem Hohlspiegel, worin du bekanntlich Feuer entzünden kannst. Bei keiner anderen Form wirst du dies fertigbringen! Ich habe das Prinzip in den Flammofen eingebracht. Das Ergebnis: Weniger Holz, mehr Hitze und eine Schmelze – flüssig wie Wasser.«

Ich fühle mich wie eine züngelnde Flamme, die unentrinnbar den zwingenden Weg durch den Flammofen rast, für kurze Momente die ganze Erfahrung geordnet durch den Kamin mitnimmt, um dort oben mit dem Rauch zu entfliehen.

»Drei Hauptregeln solltest du dir einschärfen, wenn du mein Werk weiterführen willst:

Erstens: Nimm Tuffstein oder den schwarzen Stein mit weißem Glimmer! Du findest ihn im brescianischen Valcamonica oder zu Chiusdino im Gebiet von Siena.

Zweitens: Brenne gerade neue Öfen sorgfältig vor. Das kennst du von mir!

Ja, und drittens: Mache die Fugen so dicht, so daß niemals geschmolzene Bronze in die Fugen der Steine eindringen kann. Laß die Steine zuschleifen!«

Ich nehme seine eiskalte, schweißige Hand und drücke sie.

»Bartl«, flüstere ich. »Der Vorhang... Was macht Meister Löffler dahinter?«

»*Keiner* hat es bisher gewagt! Es bedeutet für jeden den sicheren Tod. Wage es nicht!« Und mit letzter Anstrengung preßt er heraus:

»Das Modell, stell es wieder an seinen Ort. Ich kann nicht mehr...«

»Antim...?« will ich fragen, da bäumt sich sein Leib auf, und Bartlme erbricht einen schwarzen Blutkuchen, dem hellrotes Blut aus seinem Munde nachläuft.

»Schnell, holt kaltes Wasser aus dem Brunnen!« vernehme ich hinter meinem Rücken eine befehlende weibliche Stimme. Bartlmes Schwester aus dem Siechenhaus zu St. Nikolaus wurde herbeigerufen. Ein Heizer führt ihre Anweisung aus, während ich den Entschluß fasse, Meister Löffler zu stellen.

»*Adam!*« Wie eine Fanfare dröhnt die Stimme Hans Christophs über den Hof, als ich aus der Türe trete.
Die Füße fest in den Boden gespreizt, wie ein Ritter auf dem Turnierplatz, steht er unter dem Eingang zu Lienhards Reich.
Wir gehen über den Hof aufeinander zu.
Am Brunnen stehen wir uns gegenüber.
»Setzen wir uns, Adam.«
Spielt er den Herold mit Verhandlungsangeboten?
Ich lasse mich auf dem Brunnenrand nieder, überschlage lässig die Beine. Auch Hans Christoph läßt sich auf die gemauerte Umrandung des Brunnens plumpsen:
»Vermutlich muß ich mich bei dir sogar bedanken. Wenn ich den Saukerl totgeschlagen hätte...«
»Auch wenn du auf Grund deiner Beziehungen und deiner Unentbehrlichkeit bald wieder freikämst«, hake ich nach, »wäre es wirklich nicht gerade passend, wenn bei Katharinas Hochzeit ausgerechnet der Brautvater wegen Totschlags in Ketten läge.«
Hans Christoph legt los:
»Du hast dieses Saupack in die Gießerei geschleppt, also sorge dafür, daß es unverzüglich wieder verschwindet!«
»Dann setze möglichst heute noch ein Schreiben an den Kaiser auf, in dem du ihm klarmachst, daß wir für den Guß seiner Geschütze einen weiteren, beträchtlichen Terminaufschub benötigen.«
Mein Lanzenstoß hat getroffen, und ich bohre die Spitze tiefer in die Wunde:
»Und hast du mit dem *Saupack* auch Pietro, Wenzel und die anderen gemeint?«
»Bring sie auf Vordermann!« brüllt er unbeherrscht.
»Und wie? Welche Position habe ich denn? Ich bin schließlich offiziell nicht mehr als ein Handlanger. Ich bin nicht Geselle, gar Altgeselle – wie soll ich Pietro oder Wenzel beispielsweise irgend etwas befehlen können?«
»Du bist meine rechte Hand!« unterbricht mich Hans Christoph heftig.
»Eine Hand, die genau so stark ist wie der Arm, an dem sie hängt. Und wenn der Arm, wie vorhin, für einen Augenblick schwach wird?«

»Mein Arm ist niemals schwach!« fährt er auf

»Wenn ich nicht nur als dein Anhängsel, sondern aus eigener Position heraus für dich in der Gießerei etwas tun und bewirken soll, dann wirst du mir, wie du versprochen hast, schon eine eigene Position geben müssen, als wirklicher Kenner der Gußgeheimnisse – als Meister!«

Hans Christoph starrt mich an, als hätte ich ihm mitten ins Gesicht geschlagen.

Blitzschnell windet er sich von meiner Lanzenspitze herunter:

»Ich werde dich Montag nach Pettau im Ahrntal schicken. Die Kupferbergwerke des Herrn Christoph von Wolkenstein-Rodeneck fördern jährlich um 1300 Zentner, und die Zahlen steigen. Seit letztes Jahr Katzbeck an die Fugger verkauft, die Firma Haug-Langenauer pleite und die Jenbachgesellschaft sich aufgelöst hat, haben wir neben den Fuggern nur noch Händler wie Willi Davido als Kupferlieferanten. Wir brauchen ein neues Standbein, und ich möchte, daß du dich in Zukunft weniger um die Gießerei, dafür mehr um den Kupferankauf kümmerst. Die Gießerei selber, das schaffe ich schon, wenn du mir das Drumherum abnimmst. Dann hast du auch mehr Zeit für deine gesellschaftlichen Verpflichtungen.«

»Gesellschaftlichen Verpflichtungen?«

Mein Onkel legt mir die Hand auf den Arm, senkt seine Stimme zu einem Flüstern, blinzelt mir verschwörerisch zu:

»Stell dich nicht harmloser, als du bist! Ich meine natürlich Katharina.«

»Katharina!?«

»Wenn sie am Samstag den Kopialbuchpfleger heiratet, wird sie dich nötiger brauchen denn je! Mache Katharina glücklich, aber *keine Kinder!!* Denn ein Kind, das den Namen Endorfer führt, würde schließlich nur zu Komplikationen führen! Und wenn Katharina nach dem Tod des alten Geiers die Bergwerksernte in unsere Scheunen eingefahren hat und du sie dann zur Frau nimmst, so hast du von Herzen meinen Segen dazu.«

Ich schnappe nach Luft:

»Du weißt!?«

Mein Onkel prustet vor unterdrücktem Lachen:

»Eher geht die Sonne im Westen auf, als daß auf Büchsenhausen etwas geschieht, das ich *nicht* weiß und billige!«

Hans Christophs Stimme wird noch etwas leiser, noch etwas vertraulicher:

»Ich weiß, daß ein Mann Kinder seines Blutes haben möchte. Und das Blut der Löffler und der Dreyling: Was für eine Mischung! Was für Kinder! Aber du wirst sie doch nicht unter dem Namen Endorfer aufwachsen sehen wollen. Laß dir ein paar Jahre Zeit; der Taufbekkenpisser wird nicht ewig leben.« Dabei klopft er mir auf den Rükken. »Du hast meine kühnsten Erwartungen übertroffen. Du hast selbst dafür Sicherheit und Geborgenheit im Schoß unserer Familie gefunden. Und ich in dir einen Werkführer, der, wenn er noch voll in das Metallgeschäft eingearbeitet ist, zusammen mit Lienhard, Pietro und Wenzel die Gießerei zu Büchsenhausen auf ihrem Stand halten kann, bis mein Ältester, Rochus, seine Meisterprüfung abgelegt hat und die Zügel in seine Hände nehmen wird.«

»Du hast es mir seinerzeit versprochen«, stoße ich noch mal vor.
»Was?«
»Den Rang eines Meisters!«
Hans Christophs Hand bleibt auf meiner Schulter liegen:
»Lüge dich nicht an! Mag sein, daß du es damals so verstanden hast, aber *gesagt* habe ich das *nie*! Und mittlerweile müßtest du doch auch begriffen haben, daß es auf Büchsenhausen niemals einen anderen Meister als einen Löffler geben kann und wird!«

Wieder das freundlich beruhigende Klopfen auf meinem Rücken:
»Und was willst du auch mit dem Meistertitel? Du bist kein Lump und Verräter, der sich von Fremden kaufen ließe, und hier auf Büchsenhausen, da hast du doch deinen Platz gefunden, da bist du doch alles, was du sein willst: mein Neffe, mein Werkführer in der besten Gießerei der Welt, mein Vertrauter, in ein paar Jahren vielleicht auch noch mein Schwiegersohn und Vater meiner Enkel!

Was willst du denn noch? Du bist doch ohnehin schon – *fast!* – ein Löffler!«

Ein letzter, bekräftigender Schlag auf meinen Rücken. Onkel Hans Christoph wuchtet sich in die Höhe:
»Ich muß noch mal nach den Dammgruben und der Schmelze sehen. Wir treffen uns später zum Abendessen. Und wenn du noch irgendwelche Zweifel oder Bedenken in deinem Kopf hast, dann komme nur immer damit zu mir.«

Ich bleibe am Brunnenrand sitzen, starre meinem davonstapfenden Stiefonkel nach. Ich war zu einem Zweikampf angetreten, doch Hans Christoph war nicht nur meinem Angriff geschickt ausgewichen, er hat gleich versucht, mir nicht nur die Rüstung, sondern auch noch das Wams auszuziehen!

INNSBRUCK 1579

Löffler, Löffler, Löffler...
Nur: Ich bin ein Dreyling – und eben *kein* Löffler!

Auf dem Brunnenrand hockend, beobachte ich das hitzige Treiben. Waldi, Konrad und Peter schleppen die schweren Buchenscheite zum Gußhaus hinüber, um die unersättlichen Mäuler der schwarzen Riesen zu füttern. Pietro mit glühendem Gesicht und tränenden, entzündeten Augen schüttet sich am Wassertrog ein paar Kübel Naß über den Kopf. Wenzel hastet für einen Augenblick ins Wohnhaus der Gießer. Lienhard, der Schmelzmeister, schlurft hastig vorbei, zerrt wenig später Hans Christoph aus dem Gußhaus, tuschelt wild gestikulierend auf ihn ein. Mein Onkel Hans Christoph nickt, schüttelt den Kopf, nickt schließlich wieder. Als Lienhard an mir vorbei in sein Reich zurückkehrt, mustern mich seine Blicke noch argwöhnischer als sonst.

In meinem Kopf dreht sich ein Mühlrad.

Der blecherne Uhrschlag der Nikolauskirche bringt es zum Stehen.

Halb sieben! Die Abendmesse in der Hofkirche muß eben begonnen haben.

Ich zwinge mich, gelassen zu wirken, schlendere zum Stapelplatz, umrunde den offenen Schuppen, überquere die Brücke, und dann, außer Sicht, eile ich im Laufschritt die Fallbachgasse hinab, über die Innbrücke der Hofkirche zu.

Nein, ein Dreyling ist kein Pantaleon, der sich zu Tode schinden läßt, kein Toni Hebsteller, der sich erhängt, kein Pietro oder Lukas oder Bartlme oder Wenzel, die sich, wenn auch grollend, ducken!

Wer, zum Teufel, glaubt Hans Christoph eigentlich daß er sei? Ist er der Kaiser des Heiligen Römischen Reiches oder gar der liebe Gott, daß er Menschen nach Lust, Laune und Gutdünken auf dem Spielbrett seiner Habgier und seiner Großmannsucht herumschubsen kann?

Keuchend erreiche ich die Kirche, drücke mich durch das Seitenportal hinein. Pralle zurück vor den übergroßen schwarzen Schatten der schweren erzernen Prunkmäntel König Albrechts II., der Böhmen und Ungarn für Habsburg erworben hatte, Kaiser Friedrichs III., des »Reiches Erzschlafmütze«, der Habsburg zur Weltgel-

DIE FELDSCHLANGE

tung verholfen hatte, einfach dadurch, daß er all seine Gegner überlebte, Leopolds III. von Babenberg, des ersten »Österreichers«, den der Papst auf massiven Druck des Kaisers zur Ehre der Altäre hatte erheben müssen...

Gottlob, die Messe ist noch nicht zu Ende! Ich wende mich nach links, umrunde die rote Marmorsäule – und bin wie immer, überwältigt von dem Bild, das sich mir eröffnet:

Ungezählte Kerzen glitzern auf Gold – nein, nicht Gold, auf meisterhaft gegossenem Messing, gemischt mit fast reinem Kupfer, das da und dort als rosige *Haut* verwendet wurde. Jede der mächtigen Statuen, die sich in imposanter Doppelreihe durch das Kirchenschiff zu beiden Seiten am Kenotaph des Kaisers vorbei bis zum Altarraum ziehen, hält eine schwere, brennende Wachskerze in der Bronzehand. Hier sind sie versammelt, die Großen aus der Verwandtschaft des Hauses Habsburg, vom englischen Sagenkönig Artus und dem Ostgoten Theoderich über Rudolf, den ersten Kaiser aus dem Haus Habsburg, bis zu dem faulen Friedrich III.: Könige, Kaiser, Herzöge, Fürsten, die Habsburgs und Europas Geschichte prägten, Männer und Frauen wie Maria von Burgund und Zimburgis von Masovien oder der Kreuzzugsführer Gottfried von Bouillon, Albrecht der Lahme und Leopold der Biedere, Sigmund der Münzreiche, Ernst der Eiserne, Albrecht II., genannt der Weise.

Während meine Augen über die wenigen Beter bei der Abendmesse in der Hofkirche, und dann unwillkürlich wieder an den Reihen der monumentalen Statuen entlanggleiten, fällt es mir deutlicher auf denn je: die *breiten Ärsche*, wie Alexander Colin einmal charakterisiert hatte.

Sie unterscheiden sich tatsächlich gewaltig, die Herrscher aus dem Hause Österreich und die Fürsten aus anderen Ländern, selbst wenn sie von den gleichen Meistern geformt und gegossen wurden. Der von dem Nürnberger Albrecht Dürer entworfene Ostgotenkönig Theoderich und der Britenkönig Artus sind von fast zerbrechlicher Eleganz. Aber auch die massiveren Figuren wie Philipp der Gute und sein Sohn Karl der Kühne von Burgund oder der bigott-skrupellose Ferdinand von Aragón atmen einen anderen Geist. Selbst Ferdinand von Portugal mit seiner geschlossenen Hundsgugel, von Peter Löffler, dem Großvater Hans Christophs 1509 als erste dieser Statuen gegossen, demonstriert bei aller Schwere weit mehr die Wucht des voll gepanzerten Ritters als die breite Behäbigkeit, das überentwickelte Sitzfleisch der Habsburger Fürsten.

INNSBRUCK 1579

Mich zieht es fast magisch zu Chlodwig, dem Frankenkönig, als letzte der Statuen für das Grabmal gegossen von Gregor Löffler, dem Vater Hans Christophs. Meine Finger gleiten über die Verzierungen des Gürtels, über die Wellen des bronzenen Pelzbesatzes am Waffenrock, zucken unwillkürlich zurück vor den Portraits der Löfflers – Gregor und Hans Christoph –, die auf dem Schwertknauf abgebildet sind.

Löffler – Löffler – Löffler...

Neben Chlodwig steht Philipp der Schöne, Sohn Kaiser Maximilians, der durch seine Heirat mit Johanna, der Erbin von Kastilien und Aragon, das spanische Weltreich an das Haus Österreich brachte. Gilg Sesselschreiber hat sich sichtlich die größte Mühe gegeben, dem Vater des damals regierenden Herrschers, König und Kaiser Karl V., Würde und Bedeutung zu verleihen – und würdig und bedeutend sind Harnisch und Krone in der Tat. Nur dem blasiertdümmlichen Gesicht Philipps war nicht beizukommen. Seine Stärke – seine einzige Stärke – liegt unter dem modischen Faltenrock verborgen; man hätte ihm wenigstens eine deutliche Schamkapsel verpassen sollen wie seinem Nachbarn, König Rudolf I., an dessen überblanker Schamkapsel Tiroler Frauen zu reiben pflegen, wenn sie schwanger sich einen Sohn wünschen.

Philipp der Schöne, was für ein Habsburger! Die Leistung seines Lebens: Er zeugte einen Sohn. Und er vögelte sich zu Tode, vergiftete sich selbst mit seinen Potenzmittelchen.

Seine Leistungen müssen freilich beachtlich gewesen sein, denn seine Gattin Johanna zog nach seinem Tod viele Jahre lang mit dem einbalsamierten Leichnam durch Spanien, sperrte sich Nacht für Nacht mit ihm ein, ließ den Sarg wieder und wieder öffnen, um nachzusehen, ob ihr Philipp immer noch so schön sei. Selbst hier in der Hofkirche starrt die erzene Johanna sehnsüchtig hinüber zu ihrem schönen Philipp, der seinerseits nur stupide geradeaus glotzt.

In Hans Christoph Löfflers – ja, und zweifellos auch in Katharinas – Weltplan ist mir nicht einmal die Rolle eines Philipp zugestanden. Im Gegenteil, ich soll der Garant sein, daß *kein* Kind mit Namen Endorfer mehr Ansprüche auf die Endorferschen Bergwerksanteile erheben kann.

Philipp dem Schönen hat man wenigstens eine Krone zugestanden. Ich soll nicht mehr als ein Lückenbüßer sein, bis das Endorfer-Erbe gesichert, der Meistertitel von Löffler zu Löffler weitergegeben ist...

Familie, Geborgenheit, Sicherheit!
»Agnus Dei, qui tolit peccata mundi...«
Heiße Wut und kalte Verachtung rieseln in Wellen meinen Rücken hinunter.
Die Messe ist gleich zu Ende.
Das tanzende Licht der Kerzen zaubert Leben auf die goldenen Gesichter. Oder macht es das Leben in den Statuen sichtbar? Sind das Tränen auf den Wangen der jung verstorbenen Maria von Burgund? Runzelt ihr Vater, Karl der Kühne, die Stirn? Blinzelt mir Zimburgis von Masovien verschmitzt zu und handelt sich dafür einen tadelnden Blick Margarethas von Österreich ein?

Ich kehre zu Chlodwig zurück, dessen Blick, von den Habsburgern abgewandt, in weite Fernen gerichtet scheint. Chlodwigs Mund ist unter dem Bart verborgen – ist er leicht verächtlich nach unten verzogen?

»Anfang und Ende eines großen Gedankens...«
Ich fahre herum. An der Säule neben Chlodwig lehnt Willi Davido:

»Vermutlich war er ein reichlich übler Bursche, dieser Frankenkönig Chlodwig, der sich mit Scheinheiligkeit und Wortbruch, mit List und schierer Gewalt sein über halb Europa ausgebreitetes Reich zusammengerafft hat. Aber er hatte auch eine große Vision: ein einiges, starkes Abendland, in dem sich germanischer Tatendrang mit altrömischer Staatskunst, levantinischer Händlergeist mit gallischer Lebensart mischen sollte. Ein Reich geistiger und religiöser Toleranz, ein Reich, in dem Wissenschaft und Kunst, Handwerk und Handel aus Ost und West, aus Süd und Nord sich gleichberechtigt gegenüberstehen sollten, frei, sich zu verbinden oder auch eigenständig zu bleiben.

Den Habsburgern wurde, mit Ausnahme von Frankreich und den britischen Inseln, dieses Reich Chlodwigs – und weit mehr noch als dieses – in den Schoß geworfen. Und was haben sie daraus gemacht? In Spanien und den Niederlanden wütet die Inquisition. Italien hat man in unzähligen Feldzügen ausgeblutet und seine Kultur zerschlagen. Im Deutschen Reich zeichnet sich ein Glaubens- und Machtkampf ungeahnten Ausmaßes ab.«

»Ich hörte Euch nicht kommen, Herr Davido.«
Das boshafte Grinsen um seine Mundwinkel ist nicht nur ein Spiel der Kerzenflammen.
»Was für ein Symbol für Habsburg!« flüstert er mir zu. »Da stehen

sie in langen Reihen, die Großen, die in den letzten rund tausend Jahren gut oder schlecht, glückhaft oder erfolglos aber doch immerhin den Traum Chlodwigs weiterzuträumen versuchten. Und was umstehen sie? Eine leere Hülse! Leer und hohl wie das Haus Habsburg! Was für ein gigantischer Aufwand! Und da, wo ein Herz in dieser Zurschaustellung der Größe schlagen sollte, wo zumindest die Symbolfigur dieser Größe ihren ewigen Schlaf schlummern sollte – da ist Luft, Leere, *Nichts!*«

Ich starre die goldschimmernden Reihen der mächtigen Figuren entlang. Es ist warm in der Hofkirche von all den Kerzen, dem Weihrauch, und trotzdem fröstele ich plötzlich, ziehe meinen Mantel fester um die Schultern.

»Nun«, vernehme ich die Stimme an meiner Seite. »Ihr seid wohl kaum gekommen, um mit mir über das Haus Habsburg und seine prachtvolle Hülse in dieser Kirche zu philosophieren. Oder seid Ihr in unverbrüchlicher, blinder Treue Herrn Hans Christoph und seiner schönen Tochter Katharina noch immer so sehr verbunden, daß Ihr nicht wählen könnt und wollt?«

»Wäre ich dann hier?« zische ich zornig zurück.

Willi Davidos Augen weiten sich freudig:

»Ich reise morgen nach Venedig, wie ich Euch schon sagte. Schließt Euch mir an.«

»Und weiter?«

»Die Welt ist groß, sehr groß für einen Geschützgießermeister aus Büchsenhausen!«

»Ich bin nicht *Meister*, wie Ihr zweifellos wißt, Herr Davido. Und ich werde es nach dem Willen meines Onkels nie sein«, füge ich bitter hinzu.

»Habt Ihr denn Eure sieben Siegel der Geschützgießerei geöffnet?«

»In der Nacht vom Freitag auf den Samstag werde ich das letzte aufgebrochen haben!«

»Dann *seid* Ihr Meister!«

»Dem Wissen nach wohl. Doch was gilt Wissen in dieser Welt ohne Pergament und Unterschrift und Siegel?«

Willi Davido bemerkt spöttisch:

»*Pergament* – die unvermeidliche Eselshaut für die Esel. Zum Glück sind Esel und Eselshaut auch sehr geduldig. Nun denn, laßt die Esel meine Sorge sein und seid am Samstag morgen bei Sonnenaufgang auf der Brennerstraße Richtung Matrei. Brecht nachts auf, zu Fuß und mit leichtem Gepäck – je weniger Menschen Euch sehen, um so besser. Versucht Eure Spuren Richtung Süden, wenn möglich, zu verwischen. Wir haben zwar einen guten Vorsprung, denn am Hochzeitstag Katharinas und am folgenden Sonntag wird die Löfflersippschaft Euer Verschwinden kaum bemerken. Doch der Weg ins Venezianische ist lang, und meine Kupferwagen sind langsam. Je später man Eure Witterung Richtung Venedig aufnimmt, um so besser für uns...«

»Dann wird es wohl Zeit, daß Ihr nun solch eine Eselshaut hervorzieht, mit einem Vertrag zur Unterschrift. Werde ich ihn mit Blut unterschreiben müssen?«

»Haltet Ihr mich für den Leibhaftigen, Herr Dreyling??«

»Möglich!?«

»Auch wenn ich zugebe, daß Bocksfuß, Teufelsschwanz und Hörner meiner Erscheinung nur von Vorteil sein könnten, kann ich leider damit nicht dienen. Und da ich wenig Ehrfurcht vor Eseln und Eselshäuten habe, begnüge ich mich mit einem Händedruck. Hier meine Hand. Schlagt ein!«

Ich starre die goldschimmernden Reihen der mächtigen Figuren entlang, blicke zu Chlodwig auf – erkenne, wie sehr das Metall schon gedunkelt, mit grünlichen, grauen, schwärzlichen Flecken bedeckt ist.

»Ich würde Euch gern glauben – aber...«

»Herr Dreyling, wie ich Euch schon einmal sagte, bin ich ein Springer auf dem Schachbrett dieser Welt – kein König, keine Dame, und schon gar nicht jener große Spieler im Hintergrund, der über unser aller Schicksal bestimmt.

Was ich Euch geben kann, ist ein Platz auf dieser Welt, wo man Euer so dringend bedarf – und darauf habt Ihr mein Wort!

Gewiß, wieder nur ein *Wort*. Doch böte Euch ein Pergament, eine geduldige Eselshaut denn mehr Sicherheit? Ich könnte sie Euch geben. Doch wer würde für ihre Wahrheit bürgen – außer wieder mein *Wort? Sicherheit*, Herr Dreyling, das verschafft Euch nur eins: Euer eigenes Wissen, Euer eigenes Können!

Sechs Eurer Siegel habt Ihr gelöst. Löst noch das Siegel des Gusses!

Und dann braucht Ihr weder mein noch irgendeines anderen Menschen Wort, *denn Euer Wert liegt danach in Euch selbst!*«

Es wird dunkel um uns, da Meßbuben begonnen haben, die Kerzen zu löschen.

INNSBRUCK 1579

Ich strecke die Hand aus. Willi Davidos Händedruck ist hart:
»Samstag bei Sonnenaufgang auf der Straße zum Brenner, Herr Dreyling! *Und mit allen geöffneten Siegeln in Eurem Kopf!*«
»Ich werde da sein!«
Seite an Seite durchqueren wir das Kirchenschiff, Davido öffnet die Seitentür.
Unwillkürlich werfe ich einen Blick zurück. Im Schein der letzten Kerzen ragen übergroß die nun düsteren, schwarzen Gestalten der Vorfahren des Hauses Habsburg auf, huschen ihre Schatten durch das Dunkel der Kirche, als warteten sie nur auf das Verschwinden der letzten Menschen, um zum Totentanz zu bitten.
Dazwischen ein letztes goldenes Funkeln, das Licht in der Hand Ferdinands von Portugal, das sich im Harnisch des Britenkönigs Artus bricht.

Komm zu mir – dringend.
Sofort!
Es geht um dich, mein Liebster!

Ein hartnäckiger Zettel um diese Stunde auf meinem Kissen, der verkündet, daß mir die Nacht schlecht bekommen wird, falls ich ihn ignoriere.
Was kann geschehen sein? In meiner zerrissenen Brust bläst unaufhörlich ein Sturm, der Himmelsteile ihrer Schönheit und Leidenschaft vorüberweht, vermischt mit Fragmenten schlimmster Ahnungen.
Der Zettel auf meinem Kissen – er zwingt mich!
Kerzenlicht, Nacktheit. Grüne Augen sind auf mich gerichtet. Geschmeidig läßt sie sich auf die Knie nieder. Ein Bild berechnender Geilheit.
Vollendet schmachtend streckt sie die Arme nach mir aus. Ihre Stimme klingt einfühlsam, als wüßte sie, daß sie eine unwiderstehliche Melodie singt:
»Endlich kommst du. Ich halte es ohne dich nicht aus.«
Schnell ergreift sie meine Hand und berührt sie mit ihrer Zunge. Doch die Zurschaustellung ihres makellosen Körpers läßt mich heute kalt. Er ist verkauft!

»Zieh dich aus«, versucht sie die Erinnerung von gestern wegzuhecheln.

»Dein Zettel, was ist damit?«

»Komm erst zu mir, danach erzähl' ich dir, was ich aus der Gießerei gehört habe.«

»Erst will ich wissen, was du weißt! Was ist drüben los!«

»Erst kommst du zu mir«, greift sie fordernd nach meinem Wams, die Augen auf mein Haar gerichtet.

»Erst höre ich!« mache ich mich von ihr los.

»Gut, dann erfährst du eben nichts«, reagiert sie trotzig.

»Gute Nacht, Katharina!«

»Bleib!« lenkt sie ein, wie ein Kind das spürt, daß seinem Willen Grenzen gesetzt sind.

Ich lasse mich auf den einzigen Stuhl im Zimmer fallen, Katharina rutscht mir gegenüber auf die Bettkante. Ihre überkreuzten Schenkel sind aneinandergepreßt, im Zucken der Mundwinkel zeigt sich die Konzentration.

»Du kannst dich verdient machen! Irgend jemand hat Lienhards Schmelzbücher ausspioniert. Ein Frevel, der für den Täter das Ende in Innsbruck und auch sonstwo bedeutet«, bringt sie mühsam hervor.

»Wer soll es gewesen sein?«

»Mein Vater verdächtigt Pietro und Bartlme. Aber auch dich will er auf die Probe stellen.«

»Was ist so Wichtiges dran an den Büchern?«

»Ein Blatt mit der genauen Anleitung, wie aus Blei Gold wird, wurde aus einem der Bücher herausgetrennt. Ein Rezept, dessen Besitz unschätzbar ist, sagt mein Vater. Hilf ihm, Adam! Denk an meine Hochzeit. Ich will ein ungetrübtes Fest, und Vater soll gute Laune haben.«

Ich sehe die vom Entsetzen verursachte Totenblässe in Hans Christophs faltigem, verwittertem Antlitz vor mir, als Lienhard ihm die Nachricht überbrachte.

Es hat also geklappt – schneller als ich mir dachte. Die falsche Spur war nötig, denn Lienhard hätte auch ohne die Buchseite bemerkt, daß sein Arbeitstisch verbotenen Besuch hatte. In der Dunkelheit und in der Eile, habe ich den Tisch sicher nicht genau wieder an seinen alten Platz gerückt. Ältere Menschen, die lange in ihren Verliesen und Katakomben wertvolle Schriften aufbewahren, wittern geradezu jede Veränderung. Goldrezepte auszuspionieren, bei denen sogar Fürsten und Könige vor Gier beben, ist naheliegender, als die

Zusammensetzung der Legierung von ›CL‹ – dafür aber riskanter für alle Verdächtigen.

»Natürlich werde ich deinem Vater helfen!« erkläre ich im Brustton der Überzeugung. »Ab morgen halte ich meine Ohren dafür offen!«

»Wenn du ihm den Schurken bringst, wird er sich sehr über dich freuen...!« stößt sie erleichtert hervor. »Und jetzt komm endlich zu mir, Liebster!«

»Nein, heute nicht! Ich bin zu müde! Außerdem bereitest du dich doch auf die Hochzeit vor. Ich gehe.«

»Du bleibst jetzt hier!« bäumt sie sich auf.

»Du bist einem anderen versprochen.«

»Wir haben darüber schon geredet, Adam!« versucht sie darüber hinwegzugehen. »Aber wenn du nicht willst. Gut! Dann gib mir jetzt endlich den Zopf. Danach kannst du gehen!«

Die Schere auf einmal in der Hand, starrt sie mit unverhohlener Gier auf meinen kleinen Zopf im Nacken, so daß mich die rasche Wandlungsfähigkeit von ihr frösteln läßt.

»Für dich existiert nur mein Haar!«

»Gib mir endlich das Schwänzchen! Her damit!«

Sie will mit der Schere auf mich los.

Ich klemme ruckartig ihren Arm unter meine Achsel, um sie zu entwinden.

»Schluß damit, Katharina!«

Rasend vor Enttäuschung wirft sie sich aufs Bett, schlägt mit der Faust in die Kissen, zieht ihr Hemd unter dem Tagestuch hervor, um endlich ihre Blöße zu bedecken.

Eine Weile starren wir uns durch das schummrige Licht der Kerzen an. Ein leises Schluchzen kommt herüber:

»Warum gibst du ihn mir nicht?«

Im gleichen Moment bringt sie mich auf eine wertvolle Idee: Die Schablonen!

»Du wirst ihn dir verdienen!«

Erstaunt blickt sie auf.

»Was soll ich...?«

»Du kannst mir helfen.«

»Ja, gibt es etwas, das ich für dich tun kann?«

»Es gibt!«

»Was ist es?«

»Ich brauche die beiden zwölf- und vierundzwanzigpfünder Schablonen für die Feldschlangen. Sie werden gleich nebenan aufbewahrt.«

Ihr Blick fixiert mich scharf.

»Was sagst du? Du bist wahnsinnig! Wie soll ich denn die Bretter ungesehen im Haus herumtragen?«

»Du sollst sie nicht tragen...«

»Nein! Verlang das nicht von mir. Ich werde doch nicht zur Verräterin an den wichtigsten Dingen unserer Kanonengießerei! Was denkst du eigentlich von mir?« Ihre Frage ist trocken, nicht ablehnend.

»Was für ein dummes Geschwätz – Verrat. Hast du nicht auch deine liebsten Ideale verraten?«

»He nun ... laß das sein. Zu was brauchst du die Dinger eigentlich?«

Ein frecher Gedanke überfällt mich:

»Ich will deinen Vater mit der besten Feldschlange überraschen, die je in seinen Mauern gegossen wurde, damit er mir guten Gewissens den *Meister* geben kann.«

»Lehrling, Geselle, Meister, ist doch wahrlich unwichtig bei dir – und warum fragst du ihn nicht selbst?«

»Hab' ich heute getan. Er will noch nicht. Ich bin mir aber sicher, wenn er das große Werk in Augenschein nehmen wird, wird er nicht anders können!«

»Ich weiß nicht, Adam. Wenn er es entdeckt?«

»Heute denkst du einmal an mich! Hilf mir, Katharina, so helfe ich dir!«

»Nein, nein – es muß auch anders gehen.«

Ihr Widerstand ist nur noch ungewisses Geflacker.

»Du kannst wählen. Zopf gegen Schablonen – oder lernen, ohne mein Haar auszukommen.«

Irritiert blickt sie um sich. »Also wenn du es unbedingt willst. Ich kann dir nur nicht versprechen, wann ich dazu kommen werde.«

»Ich wußte, daß du mir helfen würdest.«

»Jaahhhh, Adam«, haucht sie erlöst.

»Morgen abend werden du und ich deine Hochzeitsnacht zusammen feiern. Stell dir vor: mein leuchtendes Haar, frisch duftend, knisternd, gebürstet und griffig – bereit zum Abschneiden. Du darfst es ganz langsam tun. Dann tauschen wir Schablonen gegen Zopf und werden zusammen weißglühend verschmelzen...«

Schnell stehe ich auf und bewege mich zur Tür.

»Halt, halt, Adam, wie soll ich denn die Schablonen...?«
Die Hand am Türgriff, triumphiere ich innerlich:
»Laß dir was einfallen!«
Laut klatscht die Tür ins Schloß – ich habe in diesem Haus nichts mehr zu verbergen.

Freitag,
der 3. April

Die neunte Stunde des Tages. Die Flammöfen drohen vor Hitze zu bersten. Knappe Zeit bis zum Abstich!

Sechs Siegel werden zu einem vergossen – dem *siebten Siegel*.

Ein Siegel ist um so machtvoller und bedeutsamer, je vieldeutiger und verschwiegener es ist. Das *siebte Siegel* ist von dieser Güte.

In weniger als einer Stunde wird es angewendet von jenem Mann, der unter Todesdrohung ein Austauschen verschwiegener Gedanken innerhalb seiner Mauern bisher wirksam verhindern konnte. Unter den Meistern, die den Menschen bisweilen als gute Vorbilder dienen, ist der von Büchsenhausen dort einzugliedern, wo gläubige und wissensdurstige Schüler sich aus Angst vor dem Ungeist mit seinen grausamen Seiten nicht einmal trauen, die eigenen Erkenntnisse von Mund zu Mund weiterzugeben. Der *Unmeister* geht den todsicheren Weg. Wer Erkenntnisse hat oder sie im Übermaß wo vermutet, kommt irgendwann ins Gußhaus – und wird dort nach wenigen Jahren gezielt zugrunde gehen.

Niemand außer dem Meister weiß, wie sich die hellgleißende, flüssige Masse, die mein Auge durch das Fenster im Herde beobachtet, im Moment zusammensetzt. Die Offenbarung befindet sich direkt im Blendwerk.

Lienhard, unser Schmelzmeister, kennt zwar genau den Barren ›CL‹ in seiner Zusammensetzung, aber noch nie hat ihn seine Schmelze geblendet. Der Zutritt ins Gußhaus ist ihm verwehrt.

Das *siebte Siegel* und die heiße Sehnsucht nach dem, was es verbirgt, macht mich seit den frühen Morgenstunden fast wahnsinnig. Nur ein Gedanke kreist in meinem Kopf: Wie schaue ich dem Meister im rechten Augenblick über die Schulter?

Vor Monaten hatte ich nicht daran geglaubt, in die Fülle der Geheimnisse einzutreten. Doch heute ist mir klar: Wer das *Siebte* nicht begreift, dem nutzen die anderen wenig bis gar nichts!

Die schwimmende Schmelze im Herd schlägt mich in ihren Bann. Ich wünsche mir, daß die Stimme der Offenbarung selbst aus dem Bronzesee zu mir sprechen möge. Manchmal habe ich den Eindruck, daß die flirrende Hitze über der Schmelze sie mir zutreibt wie der Jagdhund dem Herrn seine Beute. Dazu grollt der Ofen unter der Arbeit der Blasebälge, als ob er den geistigen Angriff mit Getöse abwehren wollte.

Mit Hilfe der zwei großen Blasebälge wird jetzt die Temperatur noch einmal kurz gesteigert, bis die Schmelze dünnflüssig wie Wasser wirkt und das *eigentümliche Glühlicht* sich zeigt. Danach wird sich unser Flammofen übergeben müssen, und der Auswurf fließt in magischen Pfaden zischend in die Unterwelt. Aber dieses Schauspiel, dieser wichtige Augenblick, in dem zur Schmelze im letzten Moment Zinn oder irgendein anderer Zusatz beigegeben wird, wird mir auch diesmal verwehrt werden. Der Augenblick des Abstichs entzieht sich unseren Blicken. Der Meister hält ihn unerbittlich geheim. Bald ist der Zeitpunkt gekommen, an dem wir gnadenlos vor den Vorhang hinausgeschickt werden, mit stummen Fragen auf den Lippen.

Meine Gedankenkette wird gestört, denn Pietro will zum letzten Male vor dem Abstich die Schmelze kontrollieren und reinigen.

»Hat sich eine Haut oder Schaum auf der Schmelze gebildet?« ruft er mit voller Lautstärke gegen das Heulen im Flammofen.

»Nein, nichts gesehen. Die Hitze ist überschüssig, das Bad liegt rein und klar im Ofen!« schreie ich mit gepreßter Stimme zurück.

Schnell rührt er mit dem armdicken Prügel aus Kastanienholz aus sicherer Entfernung die Schmelze durch. Die Bronze leuchtet wie die Sonne aus dem Fenster, und beim Zurückziehen des Holzes entweichen weiße, rauchfreie Flammen.

»Pietro, ist das Kupfer mit Zinn noch genügend korrumpiert?«

»Sieht so aus«, kommt es knapp zurück. »Laß jetzt das Fenster zu, wir steigern die Temperatur zum Abstich.«

»Halt!« brülle ich und halte ihn fest. »Besinn dich, Mann!«

Der Schweiß fließt uns in Strömen herunter.

»Ist das Zinn genügend? Wir setzen doch sonst in dieser Phase zu. Warum nicht hier?«

»Laß mich los!« Er entwindet sich mit einer halben Körperdrehung meinem Griff. »Such dir doch dein Zinn woanders.«

INNSBRUCK 1579

Verdammt! Das Unsichtbare wartet auf Taten, was ist heute anders als sonst?

»Los, präge dir alles ein!« schreie ich innerlich.

Die Situation vor den Öfen. Die Kübel mit Zinnstaub, mit deren Inhalt die Fließrinnen zu den Formen schwach bestäubt sind, ein Geäst wie die Blutkanäle auf meinem Unterarm. Kurz nach dem Anstichloch teilt sich die Hauptrinne in vier Äste auf, die wiederum vierfach aufgefächert zu den Formgruben führen, aus denen als einziges sichtbares Zeichen die Kernstangen ragen, zentriert und festgehalten durch schwere Tonscheiben. Dasselbe Rinnengeflecht gleich daneben, dort wo die Kartaunen in ihren Gruben ruhen und vom kleinen Flammofen ihre Nahrung erhalten werden.

Nach dem Abstich werden wir für den gleichmäßigen Metallstrom in die Formen sorgen, eine Arbeit, die keineswegs in die geheime Ordnung der Dinge Einblick nehmen läßt. Das Mühlrad in meinem Kopf beginnt sich wieder zu drehen.

Was war mit dem Antimon? Zwei Teile nur auf hundert! Was bewirkt dieser Stoff?

Zurück zum Zinn. Die Lösung muß simpel sein. Ich spüre, daß ich der Wahrheit Löfflers näher bin als alle restlichen Meister, Doktoren und Magister auf dieser Welt.

Was kann Hans Christoph allein in der kurzen Zeit hinter dem Vorhang bewegen? Die Kübel dort unten, unweit der Hauptrinne. Ist es überhaupt Zinn? Mein Zweifel über das Pulver wird durch meine geschlossene Faust, die das Zinn rieseln läßt, zerstreut.

Zehn Kübel. Neun volle, ein Kübel halb voll.

Wird er sie in die Schmelze einbringen? Nein – das dauert zu lange. Pietro müßte mehrmals die Schmelze rühren. Außerdem, wer unterhält in dieser Zeit das Feuer? Was kann er tun in so kurzer Zeit und ohne Hilfe?

Und was ist, wenn der Meister tatsächlich über irgendeine geheime Tinktur verfügt, wie auf dem Rezept zu lesen, mit der angeblich Blei in Gold umgewandelt werden kann? Was soll die Kiste an der Mauer, die seit den Morgenstunden dort jemand abgestellt hat?

Vielleicht sind nach dem Guß die Kanonen statt aus Bronze aus purem Silber! Oder vielleicht fangen die gegossenen Schlangen an sich zu bewegen und entfliehen ihren Gräbern unter der Torritze hindurch ins Freie?

Das letzte Siegel, ich muß es brechen – mir bleibt nur noch das Heute!

DIE FELDSCHLANGE

Was passiert wirklich hinter dem Vorhang?
Wie komme ich heran?
Vor dem Vorhang lauern? Auch mein Loch im Vorhang wäre nur eines von vielen, die schon vorhanden sind. Keiner ist allein – jeder beobachtet jeden!
»Der Meister«, schreit mir Wenzel ins Ohr und wirft den Kopf in Richtung Eingangstor.
»Rinnen frei? Schmelze klar? Alles bereit?«
Seine Fragen kommen genauso kräftig heraus, passen sich wie von selbst seinem kurzen Hals, den breiten Backenknochen, der niedrigen Stirn und ebenso seinem roten, verwilderten Bart an.
»Ich werde dir beim Abstich helfen!« brülle ich dem Meister nahe beim Abstichloch meine Entschlossenheit in sein Ohr.
Sein Gesicht bleibt ausdruckslos.
»Ich hole für dich die Abstichstange von der Wand.«
Zurück damit, reißt er mir die Stange mit einem Ruck aus der Hand:
»Mach dich nicht lustig über mich! Mein Vertrauen in dich ist so groß, daß du vor dem Vorhang für mich die Aufsicht führen darfst. Hier brauch' ich dich nicht!« schreit er mich an.
»Hier ist mein Platz, hier will ich es *für* dich tun, nicht *gegen* dich.«
»Geh jetzt weg hier! Los, vor den Vorhang!«
»Vielleicht wäre es besser.«
»Vor den Vorhang mit dir! Troll dich!« dröhnt er mit einer Lautstärke, die mich zum Rückzug zwingt.
»Verdammtes Schwein!« zische ich ungehört meinen Zorn heraus.
Wie Schlangen im Bauch, die darinnen weiden, so zerfrißt mich seine Ablehnung und der Gedanke an das letzte ungelöste Siegel.
Übergießt ihn mit Pech und ... wohlan, eine Fackel.
Unaufhaltsam beginnt des Meisters Theateraufführung. Erst verlangt er von mir den Eintritt, dann schickt er mich raus und zieht den Vorhang vor der Kulisse dicht. Ich weiß bis jetzt keine Antwort.
Der Vorhang ist dicht!
Der unstillbarer Durst nach dem, was jetzt gerade hinter dem schwarzen, vor Schmutz starrenden Vorhang passiert, quält mich entsetzlich. Siedender Schweiß überströmt mich.
Ein höhnisches Siegel! Es hat sich mir entzogen. Der Triumph ist so weit...
Wie vom Blitz gerührt, entdecke ich hinter mir Meister Lienhard, der unbemerkt das Gußhaus betreten hat. Ich sehe auf seine Hände,

die er wie zu einem Gebet flach zusammenlegt – er ist es: der Justitiar des großen Planes! Dann nimmt er sie plötzlich auseinander und sagt mit seiner Baßstimme, die den Schall der Öfen überlagert:

»Bald könnt Ihr ohne Hast den Vorhang wieder öffnen und Euer Werk vollenden. Wartet bis ich mein Zeichen gebe.«

Grinsend zerfleischen sollen ihn die Geister der Hölle!

»Sag mal«, wendet sich Pietro an Lienhard, »mußt du nun bald die ganze Gießerei übernehmen?«

Die Frage legt einen Schleier um Lienhards Gesichtszüge, die zur Maske erstarren, hinter der sich das Antlitz eines gemeinen Spähers verbirgt.

»Nein, Pietro«, antwortet er. »Und auch von deinen Händen wird nur der geforderte Teil an Arbeit erwartet, der dir zugewiesen ist. Mehr wird der geringe Geist, der in dir wohnt, ohnehin nicht fassen!«

Obwohl die Worte an Pietro gerichtet sind, sieht er mich dabei an.

Die kreisrunde Narbe auf der linken Backe Pietros, die ein flüssiger Metallpfropfen hineingebrannt hat, fängt zu zucken an. Ein untrügliches Zeichen seiner inneren Erregtheit, die sich unkontrolliert zu befreien sucht.

Wie Tiere in ihrem Gatter gehen wir vor dem Vorhang auf und ab, als uns ein in diesem steten Lärm hörbares dumpfes Schlagen innehalten läßt.

Im selben Moment erstrahlt das Dachgebälk in gleißender Pracht wie unter einer richtigen Sonne und schiebt das Zwielicht der großen Halle beiseite.

Der glühende Kern ist aufgebrochen. Ein scharfer Luftzug begleitet ihn.

Der Abstich ist vollzogen!

Gebannt blicken alle auf Lienhard, als ob er ein römischer Tribun wäre, der uns gleich mit dem Daumen seine Entscheidung mitteilen wird.

»Stürzt Euch hinein!!« feuert er uns mit erhobenen Händen an.

Mit Gejohle ziehen zwei Heizer den Vorhang zur Seite, während sich der Rest tatsächlich kopfüber hineinzustürzen droht.

Der Anblick ist mitreißend und bannend zugleich.

Die glühende Masse hat ihren Kerker gesprengt. Der Höllenkessel hat begonnen, sich zu erbrechen. Das Schlangenblut ist heißes Gold und spritzt empor in Garben und Funken, ein ungeheures Brodeln, in tausend goldene Tröpfchen zerstiebend, als wenn die Welt darin untergehen soll. Der flammende Bach bewegt sich schnell gleitend auf die Verzweigungen zu, bis er in den Formen verschwindet.

Als ob das Pfeifen der entweichenden Luft aus den Formen uns warnen wollte, steigen Dämpfe auf. Wie schneebedeckte Winterröcke wirbeln sie rasch empor aus ihren Vulkankegeln.

Meine Augen verfolgen kurz ihren Weg ins Gebälk, bald wird die Gußhalle voll zerstäubter silberner Flitter sein.

Halt! Was liegt dort oben auf dem Balken?

Einen Moment bleibe ich stehen. Angestrengt starre ich nach oben. Ist da ein Mensch?

Und sollte es einer sein, dann...

Schnell bewege ich mich auf den Flammofen zu, bei dem Hans Christoph ungeduldig steht, da er die Halle verlassen will.

Ich übernehme die Eisenstange aus seiner Hand, die dazu dient, den Bronzestrom zu regulieren.

Schon hat er mir den Rücken gekehrt und ist um den Ofen herum entschwunden.

Im immer dichter werdenden Dunst und der steigenden Hitze erkenne ich deutlich, daß sich jemand an den Balken klammert, welcher sich genau vor den Öfen quer durch die Halle zieht.

Wie ein Geschoß fährt es durch mich hindurch: Bartlme!

Er muß wahnsinnig geworden sein; wie sonst könnte er sich in seinem Zustand dort hinauf begeben? Die silbernen Wölkchen sind dort oben wesentlich dichter als hier unten, dazu die tödliche Hitze, die rasch ansteigt. Schon sehe ich ihn nicht mehr, während uns ein Windstoß durch das Tor Dämpfe in die Nase bläst, so daß wir alle tränen und husten müssen.

Im silbrigen Nebel versuche ich Bartlme auszumachen. Meine Augen tränen stark – im selben Augenblick vernehme ich einen dumpfen Aufschlag.

Bartlme ist herabgestürzt – mit den Beinen voran, längs der zweiten Hauptrinne.

Sein Arm!! Zischend lodern Flammen an seinem linken Arm hoch, der quer über der Rinne liegt.

Mit einem Sprung bin ich neben ihm und ziehe seinen Arm von der Rinne. Schmorendes Fleisch meldet meine Nase, während ich mit dem Schweißtuch die Flammen seines Jackenärmels zu löschen versuche.

Meine Augen erfassen seinen Kopf, seinen Körper. Dort wo seine Beine sind, sehe ich einerseits nur noch unförmiges, mehrfach Geknicktes, andererseits sind zwei Teile erkennbar, die im rechten Winkel zueinander stehen.

»Bartl! Bartl, komm zu dir! Wach auf ... schnell!«

Ich nehme seinen Kopf in meine linke Armbeuge und knie mich dicht neben ihn. Seine Lippen bewegen sich lautlos.

»Bartl, ich bin's – Adam! Was hast du gesehen?«

Unerschrocken von der eigenen Erbarmungslosigkeit versuche ich ihn wach zu bekommen.

Wasser! Dort im Kübel ist Wasser.

Über sein Gesicht läuft kühles Brunnenwasser, ebenso in seinen Mund.

»Bartl, sprich! Ich bin bei dir. Ich bin's, Adam! Was hast du gesehen? Was macht er? Schnell gib Antwort...«

Seine Lippen ... Mein Ohr geht nahe an seinen Mund.

»Er macht ... *nichts!!*«

Mein Herz schlägt sichtbar unter den Bändern meines Wamses.

»Das Geheimnis liegt ... woanders.«

»Wo, Bartl, wo?«

»Die Formen ... in den Formen!«

»Weiter, Bartl, weiter!«

Sein wächsernes Antlitz droht das Geheimnis mit ins Grab zu nehmen.

Schweres Atmen – Stillstand!

Wasser, Wasser! Der Rest im Kübel entleert sich über seinen Kopf.

»Bartl, sprich, einmal noch. Gönne ihm seinen Triumph nicht!«

Kraftlos, mein Ohr auf seinen Lippen, stößt Bartlme im Todeskampf die letzten Worte aus sich heraus.

»Immer ... in der Nacht ... mit Lienhard ... vor dem Morgen, wird etwas Zinnpuder ... in die Formen. Durch die Einguß...«

»Wieviel? Wieviel – weißt du es?«

»Fast ... nichts...«, vernehme ich noch, da sehe ich plötzlich aus meinem Augenwinkel heraus Meister Lienhard aus dem weißen Rauch auftauchen, wie er die Eisenstange zum Speer gegen Bartlme richtet.

Im letzten Augenblick trifft ihn Pietro mit seinem Prügel auf den Oberarm, so daß er die Eisenstange wirft und sich vor Schmerzen krümmt.

Bartlmes rechte Hand ist flehend zu mir gestreckt, die Augen scheinen ihm aus den Höhlen zu treten. Gräßliche Krämpfe versetzen dem Geschundenen viehische Hiebe, ähnlich denen, die einen

Stier zusammenzucken lassen, wenn man ihn mit Schlägen auf den massigen Schädel schlachtreif machen will. Schwärzlicher Schaum quillt über seine wächsernen Lippen, aus denen erstickende Laute kommen. Ein trauriger Rest von Mensch, eine Hülle von blutleeren Schatten, voll von Miasmen die zum letztenmal salvenartig entweichen. Bartlmes Augen blicken erstmals in seinem Leben versonnen in die Ferne. Es ist das Ende.

Auf zitternden Knien krieche ich weg von ihm – sein Tod verschafft mir Erbschaft und Beute zugleich.

Ein totaler Sieg der Entmutigten, Entwaffneten, Verschnittenen, Zerrissenen, Unterschätzten. Die steif und leblos daliegende dünne Hülle ist nicht draußen geblieben, nein – Bartlme ist in den Plan hineingekrochen; denn wahrlich, er hat bewiesen, bevor sich ihm die Ewigkeit auftat, daß er sich von Siechtum, Tod und Verderben nie beeindrucken ließ.

Bartlme hat, indem er verlor, gesiegt.

Er ist als einziger hinter das *leere* Geheimnis gekommen, das mir vielleicht auf ewig entglitten wäre.

Die Augen tränen wie noch nie, indes ich mich erbrechen muß. Auf dem Rücken liegend steigt ein Gelächter von meinen Lippen empor und teilt sich an dem Balken unter dem Dach – den ich im weißen Rauch nicht ausmachen kann.

Auf allen vieren kriechend, versuche ich an die frische Luft zu gelangen.

Die siebte Stunde des Abends ist angebrochen. Ruhend liege ich auf meinem Bett. Lüsterne Freude steigt an mir hoch, denn der Gedanke an die ungeheure Macht, die ich nun erlangen kann, läßt meine Haut prickeln wie vorher das Bad oben in der frischen Quelle des Fallbaches. Es ist mir gelungen mein Ziel zu erreichen, bevor mein Leben hier erlischt wie das blakende Licht einer sich leerenden Öllampe.

In der elften Stunde des Morgens konnte ich das Gußhaus wieder betreten und mit verfolgen, wie die zweite Gruppe der Former und Heizer die Arbeit der ersten fortsetzten, indem sie damit begannen, die Formen, mit vorsichtigem Wässern des Lehmes, langsam abzukühlen. Weiß gepudert sieht die Halle aus; selbst die Flammöfen verstecken ihren Ruß unter der Decke von silbrigem Schnee. Mit

Übelkeit, Erbrechen und Luftnot werden die Männer noch die ganzen nächsten Tage zu kämpfen haben.

Dunkles Gemurmel beim Betreten des Gußhauses verriet, daß Ungewißheit darüber bestand, wie Bartlme zu Tode kam.

Am Nachmittag war es dann soweit. Meister Hans Christoph wollte wissen, welche Siegel verlorengegangen sind.

Deutlich wurde, abgeleitet aus unserem mühsamen Gespräch, daß Lienhard ihm schon angedeutet haben muß, was er wohl als einziger richtig vermutete. Doch allzu willig blieb er an meiner Erzählung kleben: Ich meldete ihm nie gehörte, wirre Wortfetzen aus dem Munde Bartlmes, die ich hastig aneinanderreihte, mit der Aufforderung an den Meister sie doch mitzuschreiben, bevor sie verblaßten, um sie nach den anstehenden Festlichkeiten gemeinsam in aller Ausführlichkeit ausdeuten zu können. Jeder Satz, den ich ihm diktierte, löste je nach Einfärbung Hoffnung, Unsicherheit und auch Panik aus. Vor allem meine Theorie, daß Lienhard und Bartlme zusammengewirkt haben könnten und daher die Gefahr bestand, daß vor allem durch sie die *allergeheimsten* Geheimnisse Büchsenhausen verlassen könnten. Warum wollte er sonst dem Sterbenden den Todesstoß versetzen? Wollte Bartlme mir anvertrauen, daß Lienhard ihn auf den Balken zwang? Pietro handelte doch allemal im Sinne des Meisters, Bartlme zu beschützen!

Ich ließ ihn barfuß über einen Teppich von Disteln laufen und sein Antlitz zur Ruine werden. Die Abwechslung von Neugier, Erregung, Enttäuschung, Wut, Spannung und Niedergeschlagenheit war nach kurzer Zeit für ihn zuviel. Mit meinem Urteil, daß alles anders gekommen wäre, wenn ich in die geheimen Arbeiten hinter dem Vorhang von ihm eingeweiht worden wäre, war mir, als würde er mich am liebsten in Rauch auflösen. Er befand sich auf dem Weg zu dem Ort, wo das Wahre stört, beim Falschen aber kein Zweifel nagt. Daher kann er auch kaum erahnen, daß die Macht seines Wissens geteilt ist und der Träger der einen Hälfte das Spiel bestimmt. Wenn nicht schon das Erbe, so doch die Macht! Das ist der Preis für die Neugier, die er weckte an einem Geheimnis, das er anzubieten hatte, das leerer nicht sein konnte, übertroffen höchstens noch durch das leere Kaisergrab unten in der Hofkirche.

Mir war es ein feiner Genuß, von Angesicht zu Angesicht, rundherum über die Ängste seiner Geheimnisse zu palavern. Jetzt erst, zur heranrückenden Stunde unserer »Hochzeitsnacht«, erschrecke ich erneut bei dem Gedanken an die Macht, die ich jederzeit erlangen

kann, wenn ich in Venedig Kanonen von der Qualität ADAM DREY-
LING gießen werde.

Es ist dunkel geworden. Die letzten Stunden meines Aufenthaltes auf Büchsenhausen laufen unerbittlich ab.

Über mir höre ich im Schlafzimmer eilige Schritte von zwei, drei Personen durchmischt vom gekünstelten Juchhei der Herrin. Kurz darauf poltert sie mit Gefolge die Treppen hinunter bis in das Erdgeschoß, wo das Gepolter von den verschiedenen Nischen dort unten verschluckt wird. Dafür produzieren unter meinem Zimmer die Sterzinger, die Sprechensteiner, die Mareiter, die Tumburger und sonstwo hergekommenen Familienmitglieder, die sich mit dem Essen zu dieser Stunde die Hälse weiten, ein lautes Brummen und Rauschen wie eine Rotte von Landsknechten im STANGELREITER. Der Geruch von Bären- und Wildsauenblut, das auf dem Hof ausgiebig geflossen ist, zieht streng durch Dielen und Bretter.

Langsam drehe ich mich vom Bett herunter und kleide mich für die wenigen Schritte leicht an.

Die Vorbereitungen für die Hochzeit haben im Hause die Schmelztemperatur erreicht – morgen werden die Blasebälge angesetzt! Die Zusätze sind ausnahmsweise nicht geheim. Der ganze Weg herauf zum Ansitz, der Aufgang, die ganze Südseite des Hauses ist zur Prunkfassade ausgestaltet und mit bunten Kränzen, Schleifen und Bänder behängt. Gleich nebendran harrt verschwenderisch geziert die Festtafel auf ihre Zerstörung. Der berühmte Silberschatz der Löfflersippe blitzt darauf, umrahmt von schlanklingen, opalisierenden Kelchgläsern und massigen Goldbechern, in denen Weine von Cypern bis zum Rhein funkeln werden.

Ob Katharina es wohl geschafft hat? Wenn nicht, fehlt mir zwar die Abrundung, doch was auch immer, das Formbrett läßt sich rekonstruieren. Das Original könnte jedoch ohne Zweifel den Triumph noch steigern.

Die Stunde ist gekommen. Meine Taube, ich komme dich besuchen in deinem Nest.

Vergnüglich begebe ich mich zu Katharinas »Hochzeitnacht«.

Das Zimmer liegt dunkel.

»Komm, schnell herein!« umweht mich heiß ihr Flüsterton. »Rate was ich auf dem Kopf trage. Wenn du es errätst, darfst du die Kerze entzünden.«

»Schlafhaube?«

»Nein! Mach mich nicht so alt!« vernehme ich ihre belustigte Stimme aus der Richtung, wo ihr Bett steht.

»Mhm, Turban?«

»Falsch! Hihih...«

»Ich weiß es! Eine Krone...«

»Adam, mein Liebster, viel zu stolz!« gurrt sie zurück.

»Einen Hochzeitskranz?«

»Viel besser. Du ahnst meinen heißen Wunsch.«

»Eine Hochzeitsglitzerbrokatsilberseidegoldundedelsteinbesticktehaube?«

»Jaaaaah! Komm zu mir. Aber nicht anfassen – noch nicht. Nur einen Kuß von dir.«

Das Mondlicht erhellt Zimmer, ersetzt in diesem Augenblick den Kerzenschein. Aus dem Bettuch, hochgezogen bis zum Hals, lugt ihr Kopf, dessen rotes Haar ein perlenbesetztes Goldnetz deckt. Ihre kühlen Lippen werden zum Flammpunkt meiner Lust. Wo sind ihre Arme? Überrascht vermisse ich den Griff in mein Haar.

»Keine Hände. Halt schön ruhig. Nur küssen!« säuselt sie in mein Ohr.

Heiß liebkose ich ihre Lippen, die meine Begierden auf diese Art und Weise scharf steigern. Das Funkeln in den Augen, wenn sich ihre Lider öffnen, gleicht dem Irrlicht auf der Oberfläche der Perlen, die ihr Haupt schmücken.

»So macht man's im Paradies!«, und mit der Zärtlichkeit und all ihrer Grazie küßt sie meine Gesicht an allen Punkten, die ich ihren Lippen nahe bringe.

»Erlöse mich, Liebster!« stöhnt sie plötzlich auf.

»Erlösen? Von was?« frage ich leise erstaunt zurück.

»Von dem Formbrett!«

»Wo? Was?«

Meine Arme greifen jetzt zu ihren Schultern. Völlig irritiert lasse ich sie wieder los. Das was ich weich erwartet habe, fühlt sich hart und steif an.

»Langsam erlösen...«, höre ich weiter staunend ihre Stimme. »Mach schnell die Kerze an!«

Wenige Augenblicke später trage ich das Licht nahe an ihr Bett.

»Zieh das Laken weg, Liebster!«

Langsam streife ich es von ihrem Körper.
Mein Staunen wird größer.
Sie ist gewickelt! Der ganze Körper ist eng in ein weißes Tuch gewickelt, wie eine Raupe die sich verpuppt hat.
»Katharina! Was bedeutet das?«
»Deine Formbretter, Liebster, mein Geschenk an dich. Wickle mich aus, ich bin schon ganz steif!«
»Wo ist der Anfang?«
»Such ihn?«
Schnell taste ich sie ab.
»Langsam. Ein wenig Zeit gebe ich dir noch. Mal sehen, wie geschickt du bist?«
»Ich habe den Anfang gefunden!« rufe ich leise im triumphierenden Ton.
»Dann schäle mich heraus.«
Langsam ziehe ich an dem weichen Leinentuch, das eng an ihrem Körper anliegt. Nach zwei Drehungen ihres Körpers halte ich an.
»Katharina, ich glaub', ich träume«, antworte ich völlig überrascht.
»Schau nicht wie ein Posaunenengel, sondern sieh mich an.«
Mit jeder Umdrehung wird meine kleine, verpuppte Raupe zum Schlänglein.
»Erkennst du es?«
»Ja, es ist wie ein Wunder – nein, du bist das Wunder!«
»Kein Wunder ... Arbeit!«
Ihre Drehungen im Bett werden aufreizender. Die eine Kante des Tuches, das ich von ihr abwickle, beschreibt eine exakte gerade Bahn, die gegenüberliegende Kante gibt die äußere Form der Feldschlange wieder, mit dem Stoßboden über die Gesimse und Felder bis zur Mündung. Sie hat die Leinenbahn offensichtlich auf die Schablone gelegt und danach sorgfältig ausgeschnitten.
»Du horchst überhaupt nicht auf den Atem deiner Schlange!« kommt es schmollend zurück.
Ich sehe, daß noch drei Umdrehungen fehlen, damit sie ihre Hände freibekommt, und vielleicht zwei, bis sie nackt ist.
Ihre Augen lauern. Katharina zuckt vibrierend, leise zischend auf ihrem Laken hin und her.
»Du hast die Schlange aus ihrem ewigen Schlaf geweckt, sie wird dich dafür tödlich beißen!«
Ihre Worte begleitet ein lauter werdendes Zischen. Ihr raffiniertes

Spiel, mit dem sie alle Sehnsüchte auszudrücken vermag, ist wundervoll anzusehen. O diese großen grünen Augen, die bald funkeln, bald schmachten. O Schlange der Wollust. Noch eine Drehung, und mit einer einzigen raschen Bewegung befreit sie sich genau von der Hälfte des enganliegenden Panzers, der die Anmut ihrer Schulter, ihrer Brüste bis zum Nabel verborgen hatte. Es müßte die 12pfünder Feldschlange gewesen sein.

»Jetzt umarme mich, du Schlangenanbeter!«

Ihre Zähne blitzen aus ihren schwellenden roten Lippen, wie die einer jungen Wölfin. Meinen kleinen Zopf fest im Griff bewegt sie ihre stramm gewickelte Hüften, preßt ihren Hügel vor, und treibt mich vollends in die Atemlosigkeit, dazu stürzt sie die Abstinenz der letzten Tage mehr und mehr in ein unstillbares Verlangen.

Meine suchenden Hände finden den Anfang der zweiten Schablone nicht.

»Der Zopf, er gehört mir«, seufzt sie, faßt ihn und schneidet ihn mir ab.

»Komm, laß dich gänzlich auswickeln«, keuche ich.

»Die 24pfünder Feldschlange gibt ihr Geheimnis nicht von selbst preis«, schlängelt sie sich hin und her. »Die schönste Schlange will erobert sein!« zischt sie wie echt. »Du mußt den Anfang finden. Gib dir Mühe, Liebster. Wenn du ihn findest häutet sich die Schlange nur für dich«, spüre ich ihren heißen Atem.

Die Kerze habe ich längst gelöscht.

Sie ist so eng geschnürt, daß ich nirgendwo einen Ansatz sehe.

»Vorn bist du nahe dran...«, streift mich der heiße Atem ihrer Wollust.

Vorbei an ihrem flachen Bauch, entlang ihrer Scham, finde ich zwischen ihren Schenkeln den Anfang und ziehe ihn zärtlich heraus.

Wenige Augenblicke später steht sie vor mir im bleichen Mondlicht, das durch die halboffenen Gardinen eindringt. Ihr Kopf liegt hocherhoben im Nacken und zeigt bis zu ihren Füßen ein Relief von bezaubernder Eindringlichkeit und fleischlicher Macht. Der Mond steht wie geronnen über dem Patscherkofel, als ob er den Auftrag hätte, die letzte Nacht im Hochzeitshaus aufzuhellen...

Sie ist aufregender, schöner, nackter als die Schlange die Adam verführte!

»Du bist wirklich ein Teil der Erbsünde, nicht wahr?«

»Ja, ich will sie sein. Liebe mich...«

Den Zopf hält sie in ihrer rechten Hand fest umschlossen!

DIE FELDSCHLANGE

Samstag,
der 4. April

Bäm-Bäm-Bäm-Bäm ... Bomm!
Durch die nächtliche Stille dringt der Uhrglockenschlag der Jesuitenkirche herauf – sie ist stets die erste, als ob sie den Führungsanspruch der Gesellschaft Jesu im Kampf der Gegenreformation verkünde. Schwer und langsamer gleich darauf der majestätische Schlag der Domglocken. Und als hätten sie auf die Erlaubnis dieser beiden Autoritäten gewartet, nun die Glocken der anderen Innsbrucker Kirchen in wirrem Durcheinander – *Bim – Böm – Bam – Bam – Bom – Bämm.* Wer jetzt noch eine Uhrzeit heraushören will, der muß scharfe Ohren haben.

Bem-Bem-Bem-Bem ... Bum! Als letzte, ein wenig nachhinkend, die Armen und Siechen: Sankt Nikolaus zu Hötting.

Behutsam gleite ich aus dem Bett, raffe die kostbaren Leinenstreifen und meine Kleider zusammen.

Unter der Tür drehe ich mich noch einmal um, lasse meine Blicke ein letztes Mal zu dem Lustaltar mit den Porphyrsäulen und dem Atlashimmel schweifen, auf dessen karneolroten Laken im schmeichelnden Mondlicht schlangengleich eingekringelt der alabasterweiße schlanke Mädchenkörper meiner Venus von Büchsenhausen ruht und friedlich, entspannt ihrem Hochzeitsmorgen entgegenschlummert.

Ich gleite hinaus. Schließe die Tür mit einem endgültigen Ruck!

Zurück in meinem Zimmer werfe ich die Kleider auf den Boden und öffne die schwere Truhe, ziehe den Zwerchsack, der mich einst aus Schwaz nach Innsbruck begleitet hat, hervor und beginne in fliegender Eile meine Habe zu sichten, auszuwählen:

Zwei Paar Strümpfe, zwei Leibhosen, zwei Leinenhemden und ein besticktes aus Seide. Welchen von meinen mittlerweile recht zahlreichen guten Anzügen? Den schwarz-samtenen mit der Silberstickerei und den Bergkristallsplittern? Den burgunderroten mit dem Perlenbesatz? Oder den hellgrau-brokatenen mit den goldenen Knöpfen und Kettchen? Oder ...? Ich entscheide mich für den schwarzen – in Erinnerung an meine Knappenzeit war Schwarz schon immer eigentlich *meine* Farbe.

Und der karneolfarbene Mantel – karneol wie der Lustpfuhl ein Stockwerk höher –, den Katharina gewiß nicht ohne Anzüglichkeit mir eigenhändig bestickt und geschenkt hat? Ich werfe ihn neben dem Zwerchsack aufs Bett.

Und nun meine persönlichsten Habseligkeiten aus der Truhe:

Das Geld. In den nun vier Jahren auf Büchsenhausen ist die Summe, trotz Kleider und sonstigem Aufwand, beträchtlich angewachsen. Man mag Herrn Hans Christoph manches nachsagen, doch daß er ein Knauser am falschen Ende sei, gewiß nicht.

Dann das Geheimfach mit meinen Papieren: meine Bestallungsurkunden als Häuer, Schichtmeister und Schiener – wie lange ist das her! Der Heiratsvertrag mit Maria und ihre Sterbeurkunde, an die ich ihren Ehering gebunden habe. Eine Abschrift des Testaments meines Vaters. Meine Tagebücher. Die Vermögensüberschreibung Ulrichs. Das Buch Agricolas über den Bergbau und der Brief Reisländers. Der einst zu Hall ausgehandelte Vertrag zwischen den Knappen und dem Erzherzog. Papiere, Dokumente aus einer anderen Welt...

Die Bestallungsurkunden, die beiden Dokumente von Liebe und Tod Marias stecke ich in den Zwerchsack. Dazu meine Tagebücher – sie sind Teile meines Lebens.

Das Testament, die Vermögensüberschreibung, der Vertrag zwischen den Knappen und dem Erzherzog – nichts, das mich noch berühren könnte. Es mag bleiben, wo es liegt.

Das Buch Agricolas? Der Zwerchsack ist voll, übervoll. Und ich habe es nächtelang wieder und wieder gelesen, studiert. Ich kann es auswendig. Mit leichtem Zögern lege ich auch das Buch in die Truhe zurück.

Während des Packens habe ich mich bereits halb angekleidet. Jetzt schlüpfe ich in Hosen aus weichem, blau gefärbtem Hirschleder und in bequeme Stiefel. Dann wickle ich mir das kostbare Schlangenleinen, ähnlich wie Katharina, um die Brust, stecke es fest und entdecke das Webzeichen der Fuggerschen Webstühle daran. Dank an die Herren Fugger, *ihr* Leinen pflegt Generationen zu überdauern!

Darüber ziehe ich eine Brigantine. Die Stahlknöpfe auf dem blauen Samt der Weste sehen aus wie Verzierungen, tatsächlich halten sie aber die leichten, beweglichen, doch für jede Stichwaffe undurchdringlichen Stahllamellen auf der Innenseite des Kleidungsstückes, das ich mir nach dem Zusammenstoß im Herbst mit dem Hasen auf Anraten von Max von dem Innsbrucker Plattnermeister Kaspar Riederer habe anfertigen lassen. In den Innentaschen der

Brigantine verschwindet auch der Großteil meiner Barschaft, der Rest im Gürtel, und nur Klein- und Wechselgeld kommen in den Geldbeutel. Eine Mütze aus blauem Feh auf den Kopf, meinen Passauer Wolf an die Hüfte. Ich bin marschbereit.

Nur eines bedaure ich: Das Epitaph für meinen Vater, das jetzt in der Gußgrube drüben langsam auskühlt, werde ich nie zu Gesicht bekommen. Der Guß ist makellos – ich weiß es!

Noch einmal setze ich mich an den Tisch, nehme Papier und Feder:

Herrn Hans Christoph Löffler zu Büchsenhausen.
Für Material, Guß, Transport nach Schwaz und Anbringung des Epitaphs für meinen Vater Hans Dreyling, Herrn zu Wagrain, in der Kirche unserer Lieben Frau dortselbst 30 Gulden.

Das ist weit, weit überbezahlt, aber es ist mir die Sache wert!

Abschied nehmend danke ich Euch, verehrter Oheim, für die Siegel, die ich in Eurem Hause öffnen durfte. Seid versichert, daß sie meinen weiteren Weg bestimmen werden! Seid aber auch versichert, daß einem Löffler zwar alles erlaubt ist – nur eines nicht: den Stolz eines Dreyling zu brechen!
So lebt denn wohl.
Adam Dreyling, Herr zu Wagrain, Ebbs, Oberndorf und Stumm.

Brief und Geld lege ich offen auf den Tisch.
Dann greife ich ein weiteres, letztes Mal zur Feder:

Katharina!
Zu der Ehe, die Du nun eingehst, wünsche ich Dir von ganzem Herzen, daß sie lange währen und Dir viele gemeinsame Stunden mit Deinem Gemahl bringen möge.
Auch wenn ich diese Deine Welt nun verlasse, bin ich mir Deiner treuen Gedanken sicher. Und so bin ich mir auch gewiß, daß Du mein Geschenk zu Deiner Hochzeit in Ehren halten wirst.
Adam.

Ich falte den Bogen zusammen, schneide mir eine letzte Locke ab, lasse sie in das Papier fallen, verschließe und siegle es, male »*An Frau Kanzleischreibersgattin Katharina Endorferin*« darauf und plaziere es ebenfalls unübersehbar mitten auf dem Tisch.

INNSBRUCK 1579

Bem-Bem-Bem-Bem – Bom!-Bom!

Ich werfe einen letzten Blick zum Ansitz Büchsenhausen hinauf, zu jenem Erkerfenster an der rechten oberen Ecke, wo immer noch das sanfte Kerzenlicht durch die Scheiben schimmert, hinter denen ich vor einer Stunde aus Katharinas Bett gekrochen bin.

Mit langen Schritten, den Zwerchsack auf dem Rücken, den Passauer Wolf an der Seite, den karneolroten Mantel, Katharinas Gabe, unter dem Arm, eile ich die nächtliche Gasse zum Fallbach hinab, blinzle im Vorübergehen den schweren Eisentoren der Gießerei zu, die für mich nun keine Geheimnisse mehr verbergen.

Auf der Innbrücke halte ich einen Augenblick inne, lasse den karneolroten Mantel wie beim Fechten über dem Geländer aufschwingen – und fallen. Wie ein riesiger Schmetterling flattert er hinunter, wird von den Wellen gepackt, fortgerissen.

Irgendwo flußab wird man ihn finden – und dann mag sich die Meisterin der geheimen Zeichen, Frau Elisabeth, den Kopf zerbrechen über die widersprüchlichen Zeichen, die da ein gewisser Adam Dreyling gesetzt hat...

Ich lache leise in mich hinein, während ich an der Stadt vorbei, allenfalls von einem verschlafenen Turm- oder Torwächter wahrgenommen, nach Süden wandere.

Während ich die gewundene Straße zum Berg Isel hinaufsteige holt mich die aufgehende Sonne ein.

Drunten in der Stadt beginnen Glocken zu läuten. Die hellen und mittleren zuerst, ein paar Schläge beim Anläuten zunächst noch wirr, dann zum harmonischen Akkord zusammenwachsend. Und dann fällt mit schweren, weichen Schlägen die größte Glocke ein, setzt die Kontrapunkte zu den Akkorden.

Ich kenne die Glocke. Ich habe sie selber gegossen. Es ist die Jesuitenkirche, deren Glocken den Hochzeitsmorgen Katharinas einläuten.

Zu meinen Füßen erwacht Innsbruck in den Strahlen der Sonne, die sich vom wolkenlosen Himmel über die Dächer und Türme ausbreitet. Wie auf einer Perlenschnur aufgereiht sehe ich hintereinander im Morgendunst die Kuppeln des Doms, dahinter das Türmchen der Nikolauskirche und darüber ausbreitend die zinnbestaubten Dächer von Büchsenhausen.

»Schaut nie zurück, Herr Dreyling!«

Ich fahre herum. Willi Davido steht schief grinsend vor mir.

»Ich dachte, Ihr wolltet erst bei Matrei auf mich warten.«

»Und ich habe ausgerechnet, wo Ihr um diese Zeit wohl sein müßtet, und bin Euch noch ein wenig entgegen gekommen – nicht, daß Euch in letzter Sekunde noch ein törichtes Heimweh übermannt!«

Ich schüttle langsam den Kopf:

»Kaum Gefahr!«

Ein Lächeln huscht über das Gesicht Davidos, dann reicht er mir eine flache Ledertasche:

»Hier Eure Reisepapiere.«

Ich öffne die Tasche. Obenauf ein Paß:

ADAM TERCIO, GEBÜRTIG UND BÜRGER AUS CREMONA, KUNSTGIESSER DASELBST.

»Nicht, daß dieses Papier einer Überprüfung durch die Signoria von Cremona standhalten würde«, erklärt Davido leichthin. »Aber bis Ihr die Grenze zur Erlauchten Republik von Venedig überschritten habt, wird es seinen Zweck, Euren Weg nach Süden zu verschleiern, erfüllen. Die Papiere, die Aufträge, Rechnungen und Dankesschreiben jener Herren zu Innsbruck solltet Ihr vor der nächsten Zollstation auswendig gelernt haben, falls man Fragen stellt.«

Dann entnehme ich eine zweite, schmälere, steife Ledertasche.

»*Die* solltet Ihr gut verbergen vor den Zöllnern – widerspricht doch ihr Inhalt arg dem Eurer Reisedokumente.«

Ich schlage die Klappe auf, entfalte den ersten Bogen:

Ich, Alexander Colin, Hofbildhauer Seiner Majestät Kaiser Rudolfs, Erzherzog Ferdinands von Tirol, Kurfürst Ottheinrich von der Pfalz etc. etc. bestätige und erkläre hiermit, daß ich Herrn Adam Dreyling zu Wagrain in der Kunst des Bildformens und Bildgusses ausgebildet habe und er sich zu recht als Meister dieser Kunst bezeichnen darf.

Ausgestellt, unterschrieben und gesiegelt am 3. April Anno Domini 1579 zu Innsbruck.

Alexander Colin.

»Und herzlichste Grüße und Wünsche läßt Euch Herr Colin noch übermitteln«, fügt Willi Davido hinzu. »Und dann und wann solltet Ihr einen Becher Wein auf seine Gesundheit leeren.«

Dann zwei weitere Dokumente, geschrieben auf schwerem, steifen Pergament:

MEISTERBRIEF

Hiermit bestätigen wir, die Zunftmeister der Hämmerlzunft zu Innsbruck, als da sind die Meister der Kanonen- und Glockengießer, der Gelb-, Rot- und Zinngießer, sowie der Metallkunstgießer

Adam Dreyling, Herrn zu Wagrain

daß er nach erfolgreicher Lehr- und Gesellenzeit, erfolgt bei dem Geschütz-, Kunst- und Glockengießer Meister Hans Christoph Löffler zu Büchsenhausen, daselbst vor den versammelten Meistern der Zunft die Meisterprüfung abgelegt hat und sich fürderhin als

Meister der Geschütz-, Kunst- und Glockengiesserkunst

benennen und dieses Handwerk in Meisterschaft auszuüben das Recht hat.

*Innsbruck
den 13. September
Anno Domini 1578.*

Eine Reihe eindrucksvoller Unterschriften und Siegel folgt, beginnend mit »*Hans Christoph Löffler zu Büchsenhausen*« und »*Alexander Endorfer*« – auch als Kanzleischreiber hat dieser immer noch Sitz und Stimme in der Zunft.

Das zweite Dokument ist eine hochoffizielle Bestätigung des Meisterbriefes durch die erzherzogliche Landesregierung zu Innsbruck. Auch sie geschmückt mit eindrucksvollen Siegeln und Unterschriften, darunter wieder der von Alexander Endorfer.

Fassungslos lasse ich die Papiere sinken, starre Willi Davido an.

5

Die Schleusung

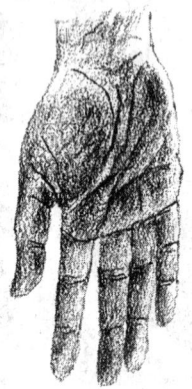

Südtirol
1579

2. Tagebuch
Adam Dreyling

Samstag,
der 4. April

Der *Meisterbrief!*
　Die landesherrliche Bestätigung!
　Die Unterschriften. Die Siegel!
　Mein Kopf dröhnt, als wäre er die Glocke der Jesuitenkirche und als schlügen meine Gedanken wie ein wuchtiger Klöppel darin hin und her.
　Ich starre auf die Papiere in meinen Händen, starre hinüber nach Büchsenhausen, starre Willi Davido an.
　»Woher...«, platze ich schließlich heraus. »Woher stammen diese Pergamente?«
　»Prüft sie, Herr Dreyling!«
　Und ich prüfe. Die Siegel und Unterschriften – ich kenne nicht alle, andere habe ich schon gesehen. Doch *eine* Unterschrift kenne ich wie meine eigene: die Hans Christoph Löfflers. Ich prüfe sie. Genauestens!
　Sie *ist echt!* Und doch *kann* sie nicht echt sein!
　Willi Davido ist in einem kleinen, leeren Heuschober verschwunden, aus dem ich das Stampfen von Pferdehufen vernehme. Als er zurückkehrt, hat er eine Satteltasche in der Hand.
　»Zufrieden? Ihr wolltet eine Sicherheit für Eure Zukunft haben – nun jetzt habt Ihr sie! Besser und amtlicher kann vor aller Welt Eure Meisterschaft als Büchsengießer wohl kaum noch dokumentiert und bestätigt werden.«
　»Ich kann mit diesen Dokumenten also überall hin?«
　»Nur nicht nach Innsbruck oder Tirol. Und auch den Rest des Habsburger Reiches würde ich lieber meiden.«
　Ich falte die Dokumente sorgsam zusammen, verstaue sie wieder in ihrer Ledertasche und berge diese unter der Brigantine an meiner Brust.

DIE SCHLEUSUNG

Willi Davido hat inzwischen die Satteltasche geöffnet und ein kleines Bündel hervorgeholt:

»Setzt Euch da auf den Baumstumpf. Die Verwandlung Adam Dreylings in Adam Tercio wird zwar mangels Zeit nicht sehr gründlich sein, doch es muß Euch ja nicht jeder auf den ersten Blick erkennen.«

Ein Tuch wird mir um die Schultern gelegt, und dann holt Davido Schere, Kamm und Rasiermesser hervor und beginnt eifrig zu schnippeln. Mein voller, deutscher Bart, wie ich ihn in Schwaz getragen hatte, war schon vor einiger Zeit auf Zureden von Max der modischen, spanischen Form zum Opfer gefallen, an den Wangen kurz geschnitten und nur mit einer ausgeprägten Spitze an Kinn. Jetzt schabt mir Davido die Wangen völlig glatt, läßt nur den Kinnbart stehen. Mein langes Haupthaar fällt in dicken Locken zu Boden – Katharina wäre ob dieser Beute in Verzückung verfallen. Am längsten und andächtigsten, leise vor sich hin pfeifend, schnipselt Willi an meinem Schurrbart herum, fummelt mit schwarzer und blauer Farbe um meine Augen.

Und dann hält er mir ein blankes Stück Metall als Spiegel vor.

Bin das wirklich *ich*? Die rasierten Wangen lassen mein Gesicht nackt erscheinen, der Kinnbart macht es länger. Das Haupthaar steht wie eine Bürste um meinen Kopf, nur über die Stirn baumelt eine schwere Locke fast bis zur Nase herunter. Meine vom Geschützguß und der durchwachten Nacht rotgeränderten Augen starren mir aus dunklen Höhlen entgegen. Und der Schnurrbart, wie zwei dünne Kohlestriche auf meiner Oberlippe. Ich sehe älter aus, verlebt – wie eine Mischung aus römischem Gigolo und Abruzzen-Räuber.

Willi Davido hat unterdessen ein Viereck Rasen mit dem Dolch herausgestochen, die abgeschnittenen Haare sorgsam eingesammelt und in das Loch gestopft, ehe er das Grasstück wieder einsetzt und sorgfältig festtritt. Auf Knien würde Katharina zu diesem »Grab« kriechen, wenn sie darum wüßte.

Ich schaue Davido zu, wie er seine Barbierutensilien zusammenpackt, dann in dem Heuschober verschwindet und zwei starkknochige Pferde herausführt, meinen Mantelsack dem Apfelschimmel hinter den Sattel schnallt.

»Seid Ihr so weit, Messer Tercio?«

Ich stehe auf, trete zu den Pferden, ergreife die Zügel des Apfelschimmels, will aufsitzen.

»Einen Augenblick noch! Einen Gulden bitte!«

»Einen Gulden??«

»Ich weiß nicht, wie man derlei in Tirol zu handhaben pflegt, doch im Rest der zivilisierten Welt pflegt man seine Spiel- und Wettschulden zu begleichen.«

Lachend greife ich in meine Geldkatze am Gürtel, überreiche dem Kupferhändler einen blanken, neuen Gulden.

Willi Davido berührt das Geldstück mit den Lippen:

»Möge er für Euch und mich ein Glücksbringer sein! Möge sie so glänzend sein wie dieser neue Gulden, unsere gemeinsame Zukunft, von der ich hoffe, daß sie zu einer echten Freundschaft werden wird, Herr Dreyling zu Wagrain!«

»So sei es, Herr Davido!« stimme ich von Herzen zu.

»Dann sollten wir vielleicht gleich damit beginnen, und die förmlichen Anreden ›Herr Dreyling‹, ›Herr Davido‹ streichen...«

»Mir soll es recht sein.«

»Willi.«

»Adam.«

Matrei.

Eine eher unbedeutende Zollstelle, mehr ein Übernachtungsplatz auf halbem Weg für die zahllosen Fuhrwerke zwischen Brenner und Innsbruck. Jetzt, gegen Mittag, dösen die Häuser, Geschäfte, Herbergen und Gasthöfe entlang der Durchfahrtsstraße in der Frühlingssonne vor sich hin. Die Fuhrleute, die hier hatten nächtigen müssen, waren zeitig am Morgen Richtung Lueg am Brenner oder Richtung Innsbruck aufgebrochen, und die Welle der Wagen und Karren in der jeweiligen Gegenrichtung würde erst am späten Nachmittag eintreffen. Was derzeit fast ausschließlich zu Fuß durch Matrei zieht – wandernde Handwerksburschen, Trödler mit mächtigen Kiepen auf dem Rücken, ein Schausteller mit einem Tanzbären, ein paar Nonnen, ein Postreiter, der in raschem Trab Richtung Innsbruck unterwegs ist – versprechen für die Händler und Wirte kein Geschäft. Nur ein Trüppchen Landsknechte mit wallenden Pluderhosen und grellbunten Straußenfedern auf den Hüten hat sich vor einer Schenke versammelt, säuft, grölt, sorgt für einen farbigen Fleck.

DIE SCHLEUSUNG

Strampede mi,
ala mi presente,
al vostra signori-i-i,
ala mi presenteeeee –
al vostra signori!

dröhnt das alte Landsknechtslied von den Mauern wider.

Aus einer Schmiede schallen Hammerschläge und das Fluchen eines Kärrners, der den morgendlichen Abmarsch dank eines gebrochenen Wagenrades verpaßt hat.

Auch in der Zollstation geht es ruhig zu. Die Reisepapiere werden eher nachlässig geprüft, mit einem Sichtvermerk versehen, der Wegzoll kassiert.

Doch mir hämmert das Herz bis zum Hals: der erste Prüfstein für meinen Paß als Adam Tercio.

»Ah, Herr Davido«, begrüßt der Zöllner meinen Weggenossen. »Eure Wagen sind doch schon heute morgen nach Lueg aufgebrochen?«

»Ich habe die Gastlichkeit von Matrei etwas länger in Anspruch genommen«, winkt Willi lässig ab. »Zu Pferd erreiche ich Lueg noch früh genug.«

Ohne hineinzublicken, reicht ihm der Zöllner seine Papiere zurück, streckt dann fordernd seine Hand nach den meinen aus:

»Einer Eurer Leute?«

»Nein, ein Freund und langjähriger Kunde – Adam Tercio. Wir haben uns in der Nähe des Bergs Isel getroffen...«

Fast eine Ewigkeit blättert der Zöllner in meinem Paß:

»Aus Cremona?«

»*Si.*«

»Bronzegießer?«

»*Fonditore di bronzo – si!*«

»Geschütze?«

»*No-no-no! Statue, monumenti sepolcrale...*«

Der Mann kritzelt etwas in meinen Paß.

»*Grazie.*«

Ich entrichte den Straßenobolus – dann traben wir aus Matrei hinaus.

»Wir haben uns in der Nähe des Berges Isel getroffen«, bemerke ich grinsend zu Willi hinüber.

»Sage stets, solange es irgend geht, die Wahrheit. Das schont dein

Gedächtnis. Lügen ist stets mit Mühe verbunden – man muß sich so viel merken.«

Ich summe die Melodie einer Canzone, leicht schmalzig aber einprägsam, die vor uns auf einer Flöte geblasen wird. Als wir um eine Wegbiegung kommen sehe ich auch den Spieler: Einen Riesen!

Nein, kein Riese, wie mir beim Näherkommen klar wird: es sind zwei Männer, der eine groß und schlank, mit einer mächtigen Kiepe auf dem Rücken und einem schweren Stock in der Hand, schreitet mit langen Schritten aus, klopft dabei den Takt des Liedes auf einer kleinen Handtrommel, die an seiner Hüfte hängt, während der zweite, der Pfeifer auf seinen Schultern sitzt und die von den Hüften abwärts lächerlich kleinen, verkrüppelten Beinchen um den Hals des Großen geschlungen hat. Sie winken uns lachend zu. Die gleichen hellbraunen Haare, die des Pfeifers schon mit Grau durchsetzt, die gleichen Nasen, die gleichen breiten Münder – Vater und Sohn, unverkennbar.

»Wohin des Wegs?« fragt Davido im Vorbeireiten.

»Nach Rom, nach Palermo, nach Madrid, nach Indien im Osten oder Westen – überall hin, wo man einen Pfeifer und Trommler gerne sieht«, lacht der Sohn.

Ich werfe ihnen ein Geldstück zu, das der Vater geschickt in der Luft auffängt, worauf er zum Dank seiner Flöte einen Triller entlockt:

»Vergelt's Gott, der Herr.«

»*Bon viaggio*«, ruf' ich ihnen zu.

»Es wäre vorteilhafter, Deutsch zu sprechen«, bemerkt Willi Davido im Weitertraben. »Die Leute mögen es, wenn ein Ausländer versucht, sich in ihrer Sprache – und sei es noch so mangelhaft – verständlich zu machen.«

»Enzio Corradi, der Fechtmeister meines Vaters, hat mir seinerzeit nicht nur den italienischen Fechtstil sondern auch ein lupenreines Florentinisch eingebleut. Mein Deutsch hingegen kann den Tiroler Akzent nicht verleugnen...«

»Adam Tercio hat in Innsbruck gearbeitet, und da hat er auch sein Deutsch gelernt – natürlich mit Tiroler Zungenschlag«, gibt Willi zu bedenken.

DIE SCHLEUSUNG

Schon vor Nößlach, es geht mittlerweile auf den Abend zu, wird der Verkehr in Richtung Brenner rasch dichter, während in Gegenrichtung nur noch einzelne, verspätete Wanderer und Reiter vorüberhasten. Am Ortsanfang von Gries ist kaum mehr ein Durchkommen. Zahllose Wagen und Karren verstopfen die zwischen den Berghängen immer enger werdende Straße. Stampfende Pferde, störrische Esel, fluchende Männer, bockende Maultiere, kläffende Hunde, kreischende Kinder, schimpfende Frauen, Almosen heischende Bettler, eine wimmelnde Schafherde drängen sich dazwischen.

Willi Davido treibt sein Pferd rücksichtslos vorwärts, läßt da und dort die Reitgerte auf querstehendes Vieh niedersausen.

»Sankt Jakob«, erklärt mir Willi und deutet zu einem kleinen, aus Feldstein gemauertem Kirchlein auf der Höhe über uns hinauf. »Und dort vorne, das ist Lueg.«

Die Zollstation wird beherrscht von einem burgartigen Gebäude und dem 1561 erbauten, langen Pallhaus, wo man die Frachtwagen für die Nacht unterstellen kann. Davor ein weiter, offener Platz, auf dem sich Menschen, Tiere und Wagen dicht drängen. Auf der anderen Straßenseite der behäbige GASTHOF AM LUEG, im Hintergrund, dem Brennerpaß zu, die Kirche St. Sigmund mit ihrem satteldachgekrönten, stämmigen Turm, wie St. Jakob auch sie aus schweren Feldsteinen gebaut.

Quer über das Tal und die Straße eine Mauer mit einem bewachten Tor, durch das sich nun eine ebensolche Flut an Menschen, Wagen und Tieren vom Brenner herab in das Areal der Zollstation drängt.

»*Hello, Sir William!!*« überdröhnt eine Stimme das allgemeine Getöse ringsum.

Davido schnellt wie von einer Wespe gestochen in den Bügeln hoch.

Ein Hüne mit strohblondem Schopf über einem pockensteppigen Gesicht, gehüllt in einen speckigen Büffelkoller, Lederhosen und fast bis zur Hüfte reichende Stiefel, ein breites, Ochsenzunge genanntes Kurzschwert an der Hüfte und eine schwere Fuhrpeitsche in der Faust, rempelt sich den Weg zu uns frei.

»Richard Bell, mein Zugführer. Er ist Engländer und nennt mich deshalb immer *Sir William*«, erklärt Davido.

Der Mann ist jetzt heran:

»And he's...«

»Brüll nicht so herum!« zischt ihn Willi an.

Hinter Richard Bell sind zwei weitere Männer herangekommen. Der eine krummbeinig, fuchshaarig mit verträumten Augen, auf dessen Rücken eine merkwürdig geformte, kleine, dreieckige Harfe hängt.

»Gael up Rhys, der für die Sicherheit meiner Wagen verantwortlich ist«, stellt Willi Davido vor. »Auch ein Engländer.«

»Waliser!« korrigiert der Mann indigniert.

»Und das ist Taddeo, unser Quartiermeister.«

Er ist breit, stämmig, mit einer mächtigen Knubbelnase und rotem Gesicht, das davon zeugt, daß er gerne auch einmal ein paar Biere, Weine und Schnäpse zuviel trinkt.

»Gut, daß Ihr kommt«, stellt Taddeo fest. »Wir sind schon fast bis zur Waage vorgedrungen.«

Wir sitzen ab. Taddeo greift nach den Zügeln unserer Pferde:

»Ich bereite dann alles im Gasthof vor und kümmere mich um das Gepäck.«

»Follow me, please, Sir«, knurrt der hünenhafte Zugführer und pflügt vor uns durch die Menschenmenge auf das Zollgebäude zu.

Sieben schwere Planenwagen, jeder von vier Pferden gezogen, nennt Willi Davido sein Eigen, jeder von einem Kutscher auf dem Bock und einem Bereiter auf dem linken, vorderen Pferd geführt.

»Jakl, Tonio, Filippo, Peer, Sebastian, Remigius, Umberto...«, prasseln mir die Namen um die Ohren. Dazu kommen die Männer der *Sicherheit*, die Tiroler Gallus und Ignaz, der Lombarde Alboin und der Venezianer Andrea unter dem Kommando von Gael up Rhys, allesamt beherrscht vom Zugführer Richard Bell.

Alboin hat eine häßliche Schramme auf der Backe. Peer ist Däne und hat ein blaugeschlagenes Auge. Auch Ignaz ist verletzt, denn er trägt einen blutigen Verband um die Linke. Willi Davido runzelt die Stirn.

»Nichts von Bedeutung«, winkt Gael up Rhys ab. »Eine Meinungsverschiedenheit mit einigen Rodfuhrleuten.«

Willi spuckt ärgerlich auf den Boden.

»Wer sind die Rodfuhrleute?« frage ich den Waliser.

»Früher war es ihre Aufgabe, den Wagenzügen sicheres Geleit zu geben.«

»Und heute«, fährt Willi fort, »sind es Pfründe. Kein Mensch braucht sie mehr wirklich, aber wenn du ohne sie fahren willst, mußt du ein eigenes Privileg dafür haben, zahlst aber trotzdem einen Obolus und mußt dich mitunter auch noch mit ihnen prügeln.«

So rasch, wie Richard Bell geglaubt hatte, sind wir ürigens noch nicht dran. Vor uns werden die Fässer und Ballen abgeladen, zur großen Waage geschleppt, gewogen, sorgsam von Zöllnern notiert und endlich wieder aufgeladen. Papiere werden ausgetauscht, Geld bezahlt – und dann und wann erscheint ein weiterer Beamter, läßt wieder abladen und die Prozedur von neuem beginnen.

»Zöllner und Gegenschreiber«, erklärt Willi Davido. »Der eine soll den anderen überwachen und beaufsichtigen. Siehst du die Kasse? Sie hat zwei Schlösser, und jeder der beiden hat dazu jeweils einen der Schlüssel. Nur gemeinsam können sie die Kasse öffnen. Auf diese Weise, meint man zu Innsbruck und Wien, könnten Bestechung und Unterschleif verhindert werden.«

»Und können sie?«

»Da man so zwei Beamte statt einem abschmieren muß, hat das Ganze zweifellos für die Wirtschaft der näheren Umgebung positive Auswirkungen.«

Schritt um Schritt rücken wir der großen Waage näher.

Mein Blick fällt auf einen großen Anschlag an der Mauer der Zollstelle mit den Tarifen:

Gold- und Silberwaren 13 Gulden der Wiener Zentner.
Seidenwaren 6 Gulden.
Tuche und Baumwolle, Leinwand und Garne 13 Kreuzer.
Ledersachen, Felle und Pelzwerk 50 Kreuzer.
Kupfer- und Messingwaren 50 Kreuzer.
Eisenwaren 13 Kreuzer.
Spezerei, Apotheggerei und Farben 10 Gulden.
Pech und Glaswerk 13 Kreuzer.
Öl, Honig, Wachs, Fleisch, Schmalz, Käse und Seife 13 Kreuzer.
Fisch 10 Kreuzer.
Holz, Horn und Beinwaren 2 Kreuzer.
Papier, Bücher, Federn und Roßhaar 2 Kreuzer.
Wein 2 Kreuzer.
Branntwein 1 Gulden.
Salz 1 Kreuzer.

Und so weiter und so weiter und so weiter, rund 250 Warenarten, wie ich schätze.

SÜDTIROL 1579

Am Ende der schier endlosen Liste:
Jeder Jud oder Jüdin zu Pferd 20 Kreuzer und zu Fuß 10 Kreuzer.

»Habe die Ehre«, knautscht der Zöllner in breitestem Wienerisch, als wir endlich an der Reihe sind und ihm unsere Pässe und Willi die Wagenpapiere und Geleitbriefe überreichen.

»Beehrt Ihr uns auch mal wieder, Herr *von*...«, ein langer Blick in den Paß, »Davido!« – er spricht es wie »Dovido« aus – »No, donn woin ma moi schaung, wos ma denn heit schengs aus unserm liabn Österreich dovonschlepp'n. Hähähä!«

»Quarzsand«, wirft Willi ein und deutet auf eine Stelle in den Papieren.

»Sond? Herr von Dovido! I bitt recht schön! An Sond! Wozu fohrn's denn on Sondo on'd Odrio? Hom's nimma gnua? Hähähä!«

»Quarzsand aus dem Pfahl im Bayrischen Wald, Rohmaterial für die Glashütten auf Murano.«

»A so! Glos! Mocht 13 Kreuzer pro Zentner.«

»Nicht *Glas*, Quarzsand, aus dem erst Glas gemacht wird.«

»Des steht net in do Listen! Glos is' Glos. Und jetz lod ma mol ob, Herr von Dovido, domit ma wiang könna. Oba lossn's d' Fossln glei steh, weil der Herr Gengschreib nacha a nomoi wiagt... Und jetz a bissl Hophop! S'werd Omd, und Überstunden mog i ned! Oiso 13 Kreuzer pro Zentner und 20 Gulden bauschol für die Conterbande.«

»Ich habe kein Schmuggelgut auf meinen Wagen!«

»A gengas zu! A Sond werd's fohrn! Wern hoit Arkebuser oder sonstwos im Sond sein. 20 Gulden bauschol. I mog Eana den Sond ned auskippen hier auf'm Plotz.«

Der knubbelnasige Taddeo, der Quartiermeister des Zuges, drängelt sich zu uns durch, zupft Willi am Ärmel:

»Es gibt Schwierigkeiten mit unserem Zimmer drüben im Gasthaus am Lueg!«

»Wieso?« antwortet Davido ungehalten. »Wir haben bereits vor über einer Woche reserviert und den Wirt zudem reichlich abgeschmiert. Ich *will* das Erkerzimmer haben!«

»Der Wirt brabbelt etwas von einer Eminenz, einem Kardinal und von Inquisition.«

Willi schlägt ärgerlich mit der rechten Faust in die linke Handfläche:

»Verdammt, ich kann hier vor einer halben Stunde nicht weg. Notfalls müssen wir eben mit einem der Zimmer daneben Vorlieb nehmen.«

»Die habe ich schon zu bekommen versucht. Sie sind alle belegt – ebenfalls längst reserviert. Der Wirt bietet uns das beste Zimmer auf der rückwärtigen Hangseite des Hauses an, gegenüber dem Erkerzimmer.«

»Das interessiert mich nicht! Ich brauche unbedingt ein Zimmer mit Blick auf die Kirchen St. Sigmund in Lueg und St. Jakob auf der Höhe! Versuche mit diesem Kardinal selbst zu verhandeln!« weist ihn Willi an.

»Ich?« fragt Taddeo unglücklich. »Mit einem *Kardinal?*«

»Soll ich mein Glück versuchen?« mische ich mich ein.

»Gut, versuche dein Glück. Ich komme nach, sobald ich hier weg kann.«

Zusammen mit Taddeo gehe ich die paar Dutzend Schritte hinunter zum GASTHAUS AM LUEG.

Das breite, ausladende, einstöckige Gebäude steht hingeduckt unter der steil ansteigenden Höhe der Tuxer Voralpen. Fenster und Simse sind mit reichen ockerfarbenen Einfassungen versehen, während der da und dort abbröckelnde Verputz die mächtigen Felsquadern freigibt, aus denen es erbaut ist.

Der Geruch von Bier, Wein und Essen samt ohrenbetäubendem Krach aus der Wirtsstube schlägt uns unter dem Türbogen entgegen, untermalt vom Quieken einer verstimmten Drehleier. Taddeo rempelt sich durch die auch hier dicht drängenden Menschen zur Treppe und wir steigen in den nur wenig ruhigeren ersten Stock hinauf.

»Das wäre das Zimmer«, brummt Taddeo und deutet auf eine verschlossene Tür.

Ich klopfe.

Die Tür öffnet sich, gibt den Blick auf ein scharfnasiges, schwarzgekleidetes Männlein mit stechenden Augen frei:

»*Che cosa?*« zischt es mich an.

»Ich bitte um Entschuldigung für die Störung«, beginne ich mit einer leichten Verbeugung, »aber Herr Willi Davido aus Venedig hat bereits vor einer Woche dieses Zimmer reservieren lassen und...«

»*Non comprende tedesco!*« fährt mich das Männlein an und versucht die Tür zuzuschlagen – vergeblich, denn Taddeo hat inzwischen seinen Beinpfeiler in die Tür gerammt.

Ruhig fahre ich fort:

»*Ancora una volta: Ser Guglielmo Davido da Venezia*...«, habe dieses Zimmer bestellt, habe dieses Zimmer für heute nacht bezahlt und bestehe darauf, in diesem Zimmer nun auch die Nacht zu verbringen.

»Ludovico, was ist los?« tönt eine etwas heißere Stimme in dem Zimmer.

Das Männlein katzbuckelt nach hinten: Irgend so ein deutscher Flegel beanspruche das Zimmer seiner Eminenz.

»Ein *deutscher* Flegel? Der Sprache nach wohl eher einer aus meiner geliebten Heimatstadt Florenz!«

Die Tür schwingt ganz auf und vor mir steht – ein Pilz.

Ein großer, runder, scharlachroter Kardinalshut, der mir etwa bis zum Kinn reicht, darunter ein glattrasiertes Gesicht mit Apfelbäckchen und schlaffem Mund, darunter eine scharlachrote Soutane mit weißem Spitzenchorhemd und einem schweren, edelsteinblitzenden Kreuz auf der Brust.

Das schwarze Männlein ist zu einem tiefen Bückling zusammengeknickt:

»Seine Eminenz Adriano Gessetto, Kardinal-Erzbischof von San Pietro in Vincoli, Mitglied der Kurie und des Heiligen Officiums, persönlicher Stellvertreter des Kardinal-Großinquisitors!«

Der Pilz bestätigt das Ganze mit einem Nicken, wobei sein riesiger Hut bedenklich schwankt, und streckt die Rechte mit dem wuchtigen Bischofsring zum Kuß vor. Ich sinke auf ein Knie, berühre den Ring mit den Lippen.

»Ihr seid aus Florenz, Eure Sprache verrät Euch!« stellt der Kardinal fest. »Wer seid Ihr? Gewiß kenne ich Eure Eltern, Eure Brüder, Schwestern und Verwandten!«

»Wohl kaum«, wehre ich ab. »Ich bin Adam Tercio, Bronzekunstgießer aus Cremona.«

»Ah! Ein Künstler! Ihr habt in Florenz gelernt, daher der Wohllaut der Sprache Dantes auf Euren Lippen. Nun, auch wenn Ihr das Unglück hattet, nur in Cremona geboren zu sein, in Florenz gelernt zu haben macht Euch zum Florentiner! Bei welchem Meister habt Ihr gearbeitet? Doch nicht etwa bei meinem Freund Sandro Cesarini? Aber kommt, kommt, setzt Euch! Wein, Ludovico!«

Beim heiligen Dominicus! Wie klein ist die Welt! Da werde ich

DIE SCHLEUSUNG

auf diese lästige Inspektionsreise nach diesem gräßlichen Deutschland geschickt, weil irgendein Narr sich über die Praktiken der deutschen Hexengerichte beschwert hat. Ich werde gezwungen, in dieser widerwärtigen Herberge zu nächtigen. Doch wen schickt mir der liebe Herr Jesus? Einen Landsmann und Schüler meines Gießermeisters Cesarini! Ihr seid doch hoffentlich nicht auch auf dem Weg nach Norden, Messer Tercio?«

»Nein. Ich komme aus Innsbruck.«

»Madonna! Ihr dürft nach Hause! Wie ich Euch beneide! Grüßt mir Florenz und küßt den Porcolino in meinem Namen auf die Nase – in längstens drei Monaten bin ich zurück. Habt Ihr denn schon neue Aufträge in Florenz, einen neuen Mäzen?«

»Nein...«

»Gelobt sei die Heiligste Dreifaltigkeit!«

Er packt meine Hand, hält sie fest:

»Ihr müßt, Ihr *müßt* zu mir kommen, *müßt* für mich arbeiten! Dieses Treffen hier und heute, das *kann* kein Zufall sein – das ist göttliche Fügung! Ludovico! Stelle Messer Tercio einen Sonderpaß aus. Er wird unter meinem Namen, unter dem Geleit des heiligen Offiziums nach Florenz und Rom reisen!«

Der Kardinal Vincoli rückt noch näher zu mir:

»In drei Monaten – nein, unter diesen Umständen in *zwei*, bin ich zurück, und dann werden wir zusammen arbeiten! Dann werden wir meinen großen Traum verwirklichen! O ja, ich fühle es, ich *weiß* es, *Euch* wird sie gelingen! Die *Vollendung!*

Ihr kennt natürlich die Figurengruppen, die Euer Meister für mich geschaffen hat: ›Die von Pfeilen durchbohrte Heilige Christina.‹ ›Die heilige Barbara auf der Folter.‹ ›Die heilige Afra auf dem Scheiterhaufen.‹ ›Die heilige Agata...‹, aber nein, die könnt Ihr ja noch gar nicht kennen, die hat Euer Meister ja erst vor zwei Wochen abgeliefert. Maestro Cesarini hat sich selbst übertroffen in der Gestaltung des nackten Mädchenkörpers, der sich vor Qual aufbäumt, hat jedes Härchen, jedes Blutströpflein herausgearbeitet, das Gesichtchen, verzerrt von Schmerz und Entsetzen. – Aber *das* ist *falsch!*

Ihr, mein lieber Maestro Tercio, müßt mir das Martyrium, die Kreuzigung der heiligen Lucia gestalten, in unvergängliche Bronze gießen: der Körper des Mädchens nackt auf dem noch liegenden Kreuz ausgestreckt. Einer der Henker schlägt eben einen Nagel durch ihre linke Hand, ein anderer zerrt ihr die Beine auseinander und ein dritter entblößt sich eben, um sie zu vergewaltigen, ehe ihr auch die Füße angenagelt werden – Ihr wißt doch, daß es bei den Römern verboten war, eine Jungfrau hinzurichten und daß deshalb all unsere heiligen Jungfrauen und Märtyrerinnen deshalb zunächst öffentlich vergewaltigt wurden.

Ja, *und über ihr öffnet sich der Himmel!* In ihrem Gesicht muß das zu sehen sein! Über all der Qual muß das Leuchten der Verklärung, der Ekstase auf dem Gesicht der Heiligen liegen, die Verzückung, für Gott zu leiden, sich ihrem himmlischen Bräutigam hingeben zu dürfen!

Das, genau *das* ist es, was Maestro Cesarini nie geschafft hat, und das ich von *Euch*, mein lieber Freund, erwarte! Hier ist Eure wahre Kunst gefordert!

Seit Jahren und Jahrzehnten suchen wir von der Heiligen Inquisition nach diesem Ausdruck wahrer Heiligkeit! Vergeblich! Ob Frauen und Männer im besten Alter, ob Greise oder gar Kinder – über kurz oder lang brechen sie alle zusammen, gestehen die absurdesten Verbrechen wie Teufelsbuhlschaft und dergleichen mehr.«

Der Kardinal schüttelt traurig den Kopf:

»Würde dies eine Heilige, ein Heiliger tun? *Niemals!*

Euch, *Euch*, Maestro Tercio, Euch hat Gott durch mich erwählt, der Welt wieder *das wahre Antlitz der Heiligkeit* zu zeigen!«

Ein kurzes Klopfen unterbricht den Redeschwall des Kardinals.

Ludovico, der Sekretär, wuselt zur Türe und meldet:

»Ein gewisser Davido...«

»Ah, der Freund meines Freundes!« tönt Kardinal Adriano Gessetto. »Herein mit ihm! Herein mit ihm!«

Mir entgeht nicht das leise Stirnzunzeln, als Willi das Zimmer betritt und den Kardinal und mich in so offenbar freundschaftlichem Gespräch vertieft sieht.

Kardinal Vincoli in seiner strahlenden Leutseligkeit, streckt Willi die dickliche Patschhand mit dem wuchtigen Ring entgegen, vor dem niederzuknien und ihn zu küssen diesem offensichtlich schwerfällt.

»Ihr seid also der Mann, der meinen Freund Adam Tercio mit dem notwendigen Material für seine Kunst beliefert! Brav, brav, mein Sohn! Ich hoffe, daß diese nutzbringende Verbindung auch erhalten bleibt, wenn Ser Tercio für mich in Florenz und Rom arbeiten wird!«

»Florenz? Rom?« echot Willi erregt.

»Ja, ich habe Ser Tercio nicht nur eingeladen, ich habe ihn bereits verpflichtet nach meiner Rückkehr aus Deutschland für mich eine

DIE SCHLEUSUNG

große Figurengruppe zu entwerfen und zu gießen – und wenn wir beide mit dieser Arbeit zufrieden sind, und daran zweifle ich nicht, so werden noch viele weitere Aufträge folgen! Mein lieber Ser Davido, ich vermag Euch gar nicht zu sagen, wie sehr ich der göttlichen Fügung danke in dieser zweifelhaften Herberge abgestiegen zu sein, um ausgerechnet hier in Maestro Tercio den Künstler zu finden, der meine Vorstellungen wahrer Heiligkeit für die Ewigkeit in Bronze gießen wird!«

»Nun, eigentlich wollte ich fragen...«, wirft Davido ein.

»Oh, wegen des Zimmers!« unterbricht ihn der Kardinal. »Kein Problem, kein Problem! Selbstverständlich könnt Ihr diesen Raum für heute nacht haben. Ludovico, sorge dafür, daß unser Gepäck nach gegenüber gebracht wird!

Und selbstverständlich seid Ihr, Ser Davido, und Ihr, mein Künstlerfreund, nachher zum Abendessen eingeladen.«

»Ich fürchte, wir können diese Einladung heute nicht annehmen«, mische ich mich eilig ein. »Wir haben einen langen, beschwerlichen Tag hinter und einen ebenso langen und beschwerlichen Tag vor uns und...«

»... wollt ausruhen«, fällt mir Kardinal Vincoli wieder ins Wort. »Ich habe dafür volles Verständnis! Nun, wir werden das in Rom in aller Pracht nachholen – und ich bestehe darauf, auch Euch, Ser Davido, dort begrüßen und bewirten zu dürfen!«

»Was ist das mit Florenz und Rom und diesem Pfaffen und irgendwelchen Gußaufträgen?« begehrt Davido zu wissen, kaum daß die Tür geschlossen ist.

Elegant überreiche ich ihm das persönliche Schreiben des Kardinals und den hochoffiziellen Geleitbrief das *Heiligen Offiziums*.

Davido vertieft sich in das Schreiben:

»Auf so etwas willst du dich einlassen? Das Heilige Offizium ist die Inquisition!«

»Ich habe uns nur auftragsgemäß dieses Zimmer verschafft. Dazu für Adam Tercio einen prächtigen Auftrag und einen Geleitbrief bis Rom, dessen Besitzer auch der grimmigste Zöllner mit allergrößter Vorsicht behandeln wird!«

»Dann reisen wir also zusammen nach Rom?« fragt Willi.

»Gott bewahre! Mein hoher Gönner, Seine Eminenz Adriano Gessetto, Kardinal-Erzbischof *et cetera*, ist ein perverser Irrer! Mir schaudert schon bei dem Gedanken, heute auch nur eine Nacht unter dem gleichen Dach wie dieser Mann verbringen zu müssen!«

Willi läßt sich mit einem Seufzer in einen Stuhl fallen: »Wir sollten das Angebot annehmen. Ich liebe Rom!«

Willi schiebt den Tisch in den Fenstererker und baut ein Schachbrett auf. Daneben legt er ein Blatt Papier:

»Laß uns eine Runde spielen, Adam. Bei der Gelegenheit kann ich ein wenig nachdenken.«

Drei Stunden später sitzen wir noch immer dort.

Willi spielt kühn, brillant, auch wenn er offensichtlich nicht recht bei der Sache ist. Immer wieder gleitet sein Blick hinaus in die Nacht.

»Hältst du Ausschau nach unseren Wagen?«

»Nach St. Sigmund und nach St. Jakob. Viel wird davon abhängen, wie schnell dich dein Stiefonkel vermißt.«

»Daß ich bei Katharinas Hochzeit fehle, wird ihn nicht weiter verwundern, und mittlerweile dürfte die ganze Hochzeitsgesellschaft so sturzbetrunken sein, daß überhaupt niemandem mehr etwas auffällt. Und morgen müssen sie erst einmal ihre Räusche ausschlafen.«

»Dein Wort in Gottes Ohr!«

Willis Leute haben unser Gepäck heraufgebracht, haben gegessen, sich dann auf Strohsäcken am Boden zusammengerollt. Bald schnarchen sie friedlich vor sich hin, während jeweils drei von ihnen drunten bei den Wagen Wache schieben.

»*Verflucht!!*«

Willi ist aufgesprungen, starrt aus dem Fenster.

Mit einer schnellen Handbewegung schubst er das Schachbrett zur Seite, greift nach dem Blatt Papier und beginnt hastig lange und kurze Striche darauf zu zeichnen während er weiter aus dem Fenster starrt.

Ich folge seinem Blick. Drüben, wo auf der Anhöhe das Kirchlein von St. Jakob steht, sehe ich einen Lichtschein in unregelmäßigen Abständen aufblinken und wieder verschwinden.

Und als mein Blick zum Kirchturm von St. Sigmund am Lueg fällt, bemerke ich, wie diese Zeichen dort wiederholt werden.

»Was ist das?«

»Ein beachtlich schnelles Signalsystem. St. Sigmund am Lueg bekommt die Signale von St. Jakob dort auf der Höhe. St. Jakob übernimmt es von St. Jodok und so weiter. Binnen Stunden können so Nachrichten von Innsbruck bis zur venezianischen Grenze durchgegeben werden und umgekehrt. Die langen und kurzen Feuerzeichen können Buchstaben, Worte, ganze Sätze bedeuten.«

Die Lichtzeichen bei St. Jakob sind nun erloschen, werden nur noch von St. Sigmund weitergeleitet.

Willi hat sich auf seinen Stuhl zurückfallen lassen, starrt das Papier an, schreibt, zählt, rechnet.

»Kennt Ihr den Code?« fragt Richard Bell.

»Einmal Blinken könnte E sein, der häufigste Buchstabe im deutschen Alphabet. Und zweimal S. Vier lang-zwei kurz muß ein seltenes Zeichen sein, nennen wir es vorläufig X. Dann sähe der Text so aus:

›.es...e....esse./..../..eX.../.../..e..e./..e..se....se.‹

Einfache Zeichen wie zwei Lange, drei Lange, ein Langer und ein Kurzer und ähnliche sind sicher ebenfalls häufige Konsonanten wie N, D, R und G oder es handelt sich um Vokale. Numerieren wir sie zunächst einmal. Dann hieße der Text:

›3es.45e..38esse2/676./72eX.813/.91/.9e...er/.5e.4se1465se1‹

Und nun spielen wir die Ziffern mit verschiedenen Buchstabenmöglichkeiten durch.«

Wenig später steht auf dem Papier:

›ges.hue..giesser/ada/.dreX.ing/.on/.oe...er/.ue.hsenhausen‹

Das seltene Zeichen, für das Willi ein X eingesetzt hatte, ist natürlich ein Y, und die Botschaft lautet:

›Geschuetzgiesser Adam Dreyling von Loeffler Buechsenhausen‹

»Die drei überlangen Zeichen am Anfang und Ende bedeuten mit Sicherheit ›gesucht‹ oder gar ›zu verhaften‹!«

Willi trommelt mit den Fingern auf der Tischplatte:

»Kennst du dich mit den großen Handelsstraßen zwischen Venedig und Augsburg aus?«

»Nun, ich kenne die Straßen von Innsbruck über Scharnitz, Patenkirchen und Schongau nach Augsburg, die Wasserstraße über Kufstein ins Bayrische hinaus und natürlich die Brennerstraße nach Venedig.«

»Das ist *eine* Möglichkeit«, stellt Willi Davido trocken fest. »Die Straße vom Brenner über Innsbruck und Scharnitz nach Augsburg ist ein Teil der sogenannten *Unteren Straße*. In unserer Richtung führt sie weiter über Sterzing, biegt vor Brixen ins Pustertal ab, und weiter über Bruneck, Cadore, Treviso nach Venedig.

SÜDTIROL 1579

Die *Obere Straße* führt von Venedig über Bassano und Valsugana nach Trient, Rovereto und Bozen und weiter über Meran, den Reschenpaß, Landeck, Imst, den Fernpaß, Reutte und Füssen nach Augsburg.«

»Aber weshalb die Umwege über das Pustertal oder über den Reschen- und Fernpaß? Man könnte doch direkt von Bozen aus weiter über Brixen, Sterzing und den Brenner?«

Willi schüttelt den Kopf:

»Seit eineinhalb Jahrtausenden haben Heere diesen Weg genommen, aber da das Etschtal zwischen Klausen und Bozen unpassierbar ist, muß man über die Höhen des Ritten – und diese Straße ist für schwer beladene Wagen eine einzige Schinderei! Nein, Adam, wer nicht zu Fuß oder zu Pferd, sondern mit Wagen unterwegs ist, der schlägt lieber einen weiten Bogen um den Ritten.«

»Und wie ist also dein Plan?«

»Unsere Wagen werden unter dem Befehl von Richard ganz normal auf der Unteren Straße weiterfahren. Wir beide allerdings werden uns unmittelbar nach dem Brennerpaß von den Wagen trennen. Ich werde noch die Zollabfertigung in Sterzing erledigen, und dann werden wir nach Brixen reiten – unser Ziel bis morgen abend. Brixen ist bischöfliches Territorium, und die Bischöfe von Brixen sind alles, nur keine Freunde Österreichs. Wir sind dort in Sicherheit. Dein Inquisitionspaß mag da, ebenso wie in Sterzing, sogar recht nützlich sein.«

»Und dann?«

»Warten wir ab. Bleiben die Feuerzeichen der einzige Versuch Löfflers, dich wieder einzufangen, holen wir unsere Wagen bei Bruneck wieder ein. Anderenfalls gehen wir über den Ritten und wechseln auf die Obere Straße. Und jetzt wird geschlafen! Der Tag war lang und anstrengend, und der morgige wird es wieder.«

Ich folge seinem Beispiel. Doch während Willis Atemzüge schon nach wenigen Minuten tief und ruhig werden, liege ich noch wach, beobachte das Huschen des Fackellichtes draußen vor dem Fenster, höre den Schritten, dem Pferdestampfen, dem Lärmen und Singen aus der Gaststube zu.

DIE SCHLEUSUNG

Sonntag,
der 5. April

Zwei ledergepanzerte Botenreiter, Gesichter schwarzbraun, bewaffnet, schinden ihre schaumbedeckten Rösser die Serpentinen hinunter und drängen alles zum Wegrand hinaus. Das Unbehagen beschleicht nicht nur mich. Es ist, als ängstigen sich Kaufherren, Landsknechte, Rodfuhrleute, Reisende und Pilger, die sich hier auf der Heerstraße zwischen Brenner und Sterzing befinden, ob nicht sie selbst Anlaß der hinabstürzenden Furie sind. Keiner wird aus der beklemmenden, finsteren Eissackschlucht herauskommen, sollte einer von uns gemeint sein.

Das Tor zum Süden zeigt sich überschwemmt, versumpft, von Geröllbrocken und Dickicht versperrt. Ich gewinne den Eindruck, daß die Ansammlung von Häusern zu unseren Füßen jeden Moment hinweggespült werden könnte.

Willi, der wortlos und ohne auch nur einen Blick zurückzuwerfen vor mir sein Pferd hinablenkt, scheint das alles nicht zu berühren.

Hinter Gossensaß, nahe der letzten Serpentine, wo die Schuppen der Schmiede, Rädermacher, Sattler, Wagenschmierer und der Fuhrleute stehen, spült die Eisack keine Edelsmaragde Sterzing entgegen; nein, sie ist eine einzige Abzugsrinne stinkender Materie.

Der erste Eindruck ist der einer äußerst gefährlichen Gegend, da an dieser Nahtstelle zwischen Auf- und Abstieg zum Brenner die Gärung in dieser Jahreszeit unablässig am Werke ist. Sterzing muß sich seit Hunderten von Jahren vollgesaugt haben, speichert die Produkte der Fäulnis in seiner Erde. Rückstände von Aas, überschwemmten Abtrittsgruben, verdorbene Flüssigkeiten und moderndes Wasser, verpesten die Luft. Eine riesige Ansammlung von Scheiße und Pferdemist tränkt den Boden, darunter, fußhoch festgestampft, die fauligen Exkremente der Vergangenheit.

An guten wie schäbig wirkenden Tavernen vorbei, das Hospiz passierend, aus dem mir widerwärtige aber beständige Geruchswolken aus Saurem bis Süßlichem entgegenschlagen, die mich an Schweiß und geronnene Milch erinnern, lenke ich mein Pferd über einen Schlammplatz.

Die Mittagssonne hat den Zwölferturm von Sterzing schon überquert. Auf dem ungepflasterten Stadtplatz sorgen die immerfort schlagenden Hufe der Pferde wie die quietschenden Räder der durchfahrenden Transportwagen und Karossen für die rechte Mischung und gute Verteilung, lassen den Schlamm unentwegt hochspritzen, verkrusten handtellerdick die Sockel der Häusermauern und schlämmen manch einen unvorsichtigen Menschen am Rande des Platzes ein. Die ungepflasterten Quergäßlein nach Westen und Osten scheinen um diese Jahreszeit unpassierbar.

Jetzt verstehe ich den alten Namen *Parpetuna* – »über dem Sumpfe« – besser, den das Schloß Straßberg, oberhalb Gossensaß, nicht umsonst trägt.

Ursache ist die von Augustus und Claudius erbaute Straße, mit der Errichtung eines Etappenorts zur Erholung marscherschöpfter Römer. Doch wer will heute an diesem Platz länger als nötig verweilen? Nicht nur mich drängt es so schnell wie möglich hinaus, da der Übelkeit auslösende Geruch meine Nase und Gehirn unablässig geißelt. Ja sogar die hungrigsten Wölfe – so sagte mir der Schmied – schlagen heute um das Sterzinger Moos einen Bogen. Im April müssen sie allerdings schwimmen.

Wir sind nicht so frei wie die Wölfe. Für mich, die Fuhrwerke Willis und für alle Warenzüge ist der Halt- und Handelsplatz Sterzing nicht zu umgehen. Die dritte Zollstation auf unserem Weg. Außerdem sind die enggeschlossenen Zünfte und Innungen, welche im wäßrigen Kloakenschlamm von Sterzing die Ehrbarkeit und Blüte des Handwerks fördern, von den abgetrotzten Kreuzern und Gulden ihrer Opfer längst verdorben. Die Preise an diesem Ort sind ein Miniaturbild der Politik. Münzkunde ist hier eine Wissenschaft. Wo sie aber in Massen den Kaufleuten abgenommen werden können, sind die Geldwechsler von Fuggers Gnaden berufen, dieser Pflicht nachzukommen.

Kaum haben wir das Tor durchschritten, tauchen wie Gespenster alte Namen auf. Ich bin auf der Flucht vor ihnen und finde mich doch ständig von ihnen umgeben.

Der Zwölferturm in der Mitte der Stadt trennt mit einem steilen Fingerzeig das arme nördliche Sterzing von der Aristokratie des Bergsegens im südlichen Teil. Drei Häuser zeigen vornehme Gegenwart und wirken gebieterisch auf alles, was sich die Straße rauf und runter bewegt.

»Die helle Fassade, gleich rechts, ist das Geizkoflerhaus! Den Michael trieb es genauso hinaus in die Welt, wie dich jetzt«, lenkt Willi meine Aufmerksamkeit auf ein Gebäude, dessen Fassade prachtvoll über schweren Rundbögen aufragt.

»Und hier«, Willi deutet auf das Haus schräg gegenüber, »das Rathaus, in dessen breiten Erkern Katharinas Großvater, Hans Geizkofler, sein Bürgermeisterauge für zwei Jahre auf die Hauptstraße warf. Wem das beste Haus in dieser Straße gehört, kannst du leicht erraten! Sie sind hier alle versammelt.«

Willis Hand winkt mich an seine Seite:

»Keine genauen Angaben über wohin, woher!« raunt er mir zu. »Wir machen in der besten Gastung von Sterzing – im Fuggerschen Zollwirtshaus – Rast! Geh inzwischen rein, ich kümmere mich um die Fracht und um den Zoll.«

Die Namen wirken wie Prankenschläge auf mein Gemüt. Wie weit reichen ihre Klauen?

Froh, meine Beine und mein Hinterteil bewegen zu können, steige ich vom Pferd und entscheide mich, vor dem Eingang zu warten, während ich mir das schlammige Treiben davor ansehe.

Ich schreite durch das Brixnertor und beobachte eine Condotta von mehr als 20 Frachtwägen, die von Süden kommend, auf den Platz vor das Zollhaus ziehen. Unweit davon ein abgebranntes Gebäude, das wohl wiedererstehen soll, da neue Mauern hochgezogen werden. Rodfuhrleuten, Auflegern, fremden Gutfertigern wird befohlen, mit allen Rod- oder Pallwagen ihren Standort vor dem Zollhaus, unweit meines Standortes, einzunehmen und über Nacht auch dort zu lagern.

Wie hat Willi es nur geschafft, daß er an das System der Rodfuhrleute über die Alpen nicht gebunden ist? Keine Kiste, kein einziges Faß, kein Ballen passiert den Brenner, ohne sich den Rodführern anvertrauen zu müssen. Sie bilden einen Sprengel innerhalb der Gerichtsgemeinde und bekommen vom Landesfürsten das Lehen darüber verliehen. Wahrlich, Willis Paßbriefe müssen von besonderer Güte sein...

Das Reisen ist ein Flügelaltar mit drei Bildern: Wer es sich leisten kann, reist zu Pferde; die anderen, die Armen, gehen zu Fuß; der edle Rest wird transportiert. Die Unterschiede werden auf dieser Strecke nach wenigen Tagen deutlich: Zu Fuß sind Pilger, Landsknechte, Scholaren, Handwerksgesellen und Kraxentrager. Kaufleute, Faktoren, Boten und Gesandte benutzen meist Pferde. Kaiser, Könige, Dogen, Fürsten und Bischöfe bevorzugen gepolstertes Reisen.

»Ihr seid Kaufleute?« reißt mich eine Frauenstimme aus meinen

Gedanken. Neben mir steht eine junge Frau mit lebhaften dunklen Augen, einem üppigen Mund und pechschwarzem Haar, das aussieht, als sei es angenehm zu berühren. Zögernd nicke ich.

»Was kauft und verkauft Ihr?« fragt sie mit einem Akzent, den ich für spanisch halte.

»Etwas von diesem und etwas mehr von jenem.«

An ihrem Gesicht lese ich ab, was sie längst weiß: Kaufleute erzählen nicht zu viel.

»Wohin reist Ihr?«

»Nach Bagdad.«

»Bagdad? Vortrefflich. Habt Ihr dort Sippschaft?«

»Nein!«

»Dann solltet Ihr wissen, was Euch erwartet. Gebt mir Eure Hand.«

»Die Zukunft aus meiner Hand? Dann werde ich sie wohl besser waschen gehen.« Daraufhin drehe ich mich um und gehe auf mein Pferd zu.

»In Eurer Rechten haltet Ihr ein langes Leben, in der Linken Reichtum und Ehre«, lockt sie geheimnisvoll.

»Also gut«, gebe ich allzu schnell nach. »Versuche dich!«

In ihren Augen spiegelt sich die Farbe der Erde wider: alles um sie herum ist graubraun und warm. Schnell nimmt sie meine Linke, spreizt sie mit ihren schmalen Händen und beginnt bestimmte Linien nachzufahren.

»Ihr tragt ein schönes Siegel in Eurer Hand. Ich kann darauf nur mit einem Siegel antworten!«

Sie sieht zu mir auf, sucht meinen Blick aufzusaugen und flüstert beschwörend:

»Das was Euch von Geburt an geschenkt ist, setzt ein, damit das Glück bei Euch bleibt, das Leben verlängert wird, und das Schicksal gnädig mit Euch ist. Ihr werdet nie Not leiden, daher gebt den Bedürftigen.«

»Was steht mir die nächsten Monate bevor?« unterbreche ich sie.

Sie nimmt meine rechte Hand, beugt sich tief darüber:

»Eure Rechte verwirrt mich!«

»Wieso? Was liest du da aus meiner Rechten?«

»Ihr geht weit weg! Dazwischen liegt viel Wasser. Eure Hand ist danach geformt!«

»Ja, du hast wohl recht, Bagdad ist weit weg ... und an einem Fluß.«

Ihre dunklen Augen weiten sich.»Ja, aber am Ende steht ein entwurzelter Baum!«

»Nein! Es ist genug. Dein Stundenglas ist leer. Es ist nicht deine Schuld, Kleine«, würge ich das Gespräch ab.

Der schnelle Griff in meine Börse ist mehr wert als das, was sie für mich erbracht hat.

»Ysabel! Laß den Herrn in Frieden«, ruft einer über die Straße, dessen großer schwabbeliger Bauch mich an eine Kugel erinnert. Etwas neidisch denke ich an den schmalen, schlanken Körper der jungen Frau, die zu ihm hinübereilt, und hoffe für einen Augenblick, daß er sein Glück zu schätzen weiß.

»*Aufgesessen!*« lärmen Stimmen vom Zollhaus herüber.

Ich sehe hinüber, und da sind sie wieder, sie – die zwei Botenreiter. Ein verwirrendes Knäuel Menschen wird auseinandergetrieben, während Männer, die ihre Wagen in eine Reihe einordnen wollen, protestierend brüllen. Zähe Schlammfetzen spritzen unter den Hufen der frischen Pferde, die die massigen Körper auf ihren Rücken eilig in südliche Richtung hinwegtragen.

Der Mann auf der anderen Straßenseite legt unbeholfen seinen dicken Arm um die Schultern der jungen Frau, die versucht ihren Arm um seine Taille zu legen – was sie nicht ganz schafft.

Kurz darauf kommt Willi aus dem Zollhaus. Er ist in sich versunken und ich spüre, wie er angestrengt im Kopf seine Pläne wälzt.

»Wie steht es mit unserem Troß?« frage ich Willi vorsichtig.

»Der Troß ist zur Weiterfahrt bereit.«

Er verstummt zunächst, dann tritt er nah an mich heran:

»Es ist besser, wir brechen nach dem Essen sofort auf. Je früher, desto besser.«

»Warum die Eile?«

»Wegen der Suche«, sagt Willi schlicht. »Irgendwo dort draußen und hinter uns. Ich spüre es; ich spüre den Jagdgeruch im Wind.«

Seine Antwort erstaunt mich, vor allem angesichts der stinkenden Schlammgemische.

»Unsere Wagen – was wird aus ihnen?«

»Unsere Karawane zieht durch das Pustertal. Und wir werden zwei frische Pferde nehmen. Wenn uns jemand fragen sollte – denk daran – Pustertal ist unsere Route.«

»Bis Bagdad...«, ergänze ich.

Die Geschichte mit der kleinen Wahrsagerin ist schnell erzählt. Stumm hört sich Willi meine Erzählung an, und ich habe den Eindruck, daß er der Angelegenheit mehr Bedeutung beimißt, als er zu verstehen gibt.

»Hatte sie ein schwarzes Kleid an?«

»Ja.«

»Spanierin?«

»Vermutlich....«

»Das muß Ysabel gewesen sein!«

Seine Hand klopft meine Schulter:

»Hopp-hopp, mein Magen knurrt, gehen wir endlich zu den Futtertrögen. Bagdad ist gut, Adam ... sehr gut! Bagdad gibt uns ein selbstbewußtes Gesicht. Dabei bleiben wir ab jetzt.«

Die Tür geht auf. Im nächsten Augenblick stehen wir in der großen Stube. Mit einem Blick über die drei langen Tafeln ist klar, die Personen, die daran sitzen, lieben mehrheitlich das gepolsterte Reisen, derweil die Begleitungen in den angrenzenden Tavernen über Fischköpfen auf ihren Tellern schwitzen.

Auf der Wand, die zur Straße steht, sehe und rieche ich, wie der Salpeter einen lockeren, fettigen, feuchten Schaum bildet, der den Raum langsam erobert. In den Wohnräumen längs der Straße wird es ähnlich sein. Auch die Holzböden zu ebener Erde verfaulen stetig vom Schlamm, der hereingetragen wird, wie durch Küchendunst, der sich oben an der Decke niederschlägt und Tropfen bildet.

Nur wer zwei oder drei Stockwerke über den Miasmen sein eigen nennt, wird daraus entfliehen können, ansonsten wird alles auf Frost und Schnee warten müssen.

Ungefragt steuert Willi auf eine Lücke an der Tafel zu, die am Tischende, übers Eck, zum Sitzen einlädt.

»Gott zum Gruß!« richtet Willi seine Anrede an einen Mann, dessen Gesichthaut vor Unreinheiten nur so strotzt.

»Genausoviel!« kommt es bedächtig zurück. Auf seinem Teller liegt das erste Grün: Farnschößlinge mit Speck. Das geschmolzene Fett tunkt er andächtig mit warmen knusprigen Brot.

»Nein! Kein Stierfleisch«, wehrt Willi die Lobpreisungen der Tischfrau ab und wählt statt dessen für uns aus dem Angebot der Küche Wildtauben und Hammel, dazu Käse, Brot und Wein.

»Ich werde froh sein, wenn wir wieder aus dieser Stadt draußen sind«, bemerke ich zu Willi hinüber. »Wer länger als zwei Stunden hier verweilt, holt sich unweigerlich die Pest!«

»Es sei denn, er verfügt über das rechte Gegenmittel!« tönt unser Gegenüber mit einer Stimme wie ein Chormönch. »Ich bin gegen den Schwarzen Tod unempfindlich – dem großen Gott sei Dank. Seine Barmherzigkeit ist unermeßlich!«

»Gegen den Schwarzen Tod gibt es keine Mittel«, widerspricht Willi.

»Oh, Ihr irrt. Es gibt davon. Auch wenn die Flecken und Beulen die Größe einer Linse oder gar die Größe einer Pflaume haben, kann der Mensch noch gesunden.«

»Erzählt uns!« fordert Willi den Mann mit stechenden Augen unnachgiebig auf, sein Geheimnis preiszugeben.

»Habt Ihr die Form der Beulen schon genauer betrachtet? Dann seht sie Euch genau an. Wenn die Beulen schlangenförmig sind, stammen sie vom Teufel. Dann helfen meine Reliquien!«

Und nach einigen weiteren Fragen Willis, ist der Grund für seine Reise offenbar: Der Mann handelt mit Reliquien. Erst jetzt bemerke ich auch einen abgenutzten Holzkasten, der neben ihm auf der Bank steht.

Während ich mich über die gebratene Taube hermache, lausche ich den Fragen und Auskünften zwischen Willi und dem Reliquienhändler. Paßstraßen, Namen von Unterkünften werden genannt, unter denen ich mir nichts vorstellen kann. Alles Zukunft. Zwischen Rovereto, Rom und Bagdad wogt das Gespräch hin und her. Willi hat wohl alles herausbekommen, was für uns von Bedeutung ist, denn im Moment spricht nur noch unser Gegenüber.

In kurzer Zeit sitzen an unserer Tafel einige interessierte Zuhörer mehr, die dem Reliquienhändler aufmerksam lauschen, da er gerade beginnt über die Heiltumverehrung in seiner Heimatstadt Landshut zu erzählen.

»Letztes Jahr«, so berichtet er, »stürzte unter merkwürdigen Umständen an der Via Salaria in Rom ein Weinberg ein. Durch diesen Fingerzeig Gottes, wurden jahrhundertelang vergessene Katakomben wieder freigelegt.« Er habe sofort seine Berufung gespürt, diese Katakomben nach *Heiligen Leibern* zu durchforschen, da es sich doch ausnahmslos um Märtyrer handele, die im ewigen Rom für den wahren Glauben gestorben waren. Endlich habe man die Helden gefunden, die in der heutigen Zeit der Ketzerei Garanten für die unumstößliche römische Lehre sind, und ein Bindeglied zu den Zeiten des frühen Christentum darstellen. Endlich können die ausgehungerten, leeren und verwaisten Altäre drüben im Bayerischen aufgefrischt werden durch die wahrhaftige Lebendigkeit der erhobenen Gebeine eines vollständigen Heiligen, der kniend, liegend, sitzend oder stehend, reich geschmückt auf die Gläubigen heruntersehen wird. Endlich ist nun auch Schluß mit den immer neuen Teilungen von Partikeln, die soweit geführt haben, daß elftausend heilige Jungfrauen Platz in einem Schrein finden, den man bequem auf einen kleinen Tisch abstellen kann.

Seine Aufgabe bestehe nun darin, Hand in Hand mit den Kurialprälaten in Rom dafür zu sorgen, das die Translation der römischen Märtyrer schnell den erwünschten Zuwachs an Reliquienbestände jenseits der Alpen erlange, damit die Gläubigen wieder in Scharen zu den *begnadeten Orten* strömen.

Drei Heilige transportiere er gerade mit seinen Gehilfen über den Brenner nach Landshut zu den Ursulinen, damit die Gebeine der *schönen Arbeit* zugeführt werden. Dazu noch das Haupt eines weiteren Märtyrers, der in dem Holzkasten neben ihm ruhe und aus dessen Schädeldach demnächst geweihter Wein den Bauern gereicht werde, zur Vernichtung der Engerlinge, die danach wie von selbst aus dem Boden flüchten würden.

Das Fassen der Häupter und Zusammenfügen der Gebeine zu einem vollständigen Skelett beherrschen die Frauenklöster am besten. Die Ursulinen in Landshut wären besser als Benediktinerinnen von St. Walburg in Eichstätt oder die Zisterzienserinnen von Gnadenthal, Eschenbach und Rathausen.

»Um welche Heiligen handelt es sich?« fragt Willi unser Gegenüber beiläufig.

»In der Authentik, der Echtheitserklärung«, führt der Reliquienhändler bedeutungsvoll aus, »wurde der Platz für die Namen freigelassen, damit ausgeschlossen bleibt, daß die Heiligen jenseits der Alpen demnächst doppelt auftreten! Keine einfache Arbeit. Schließlich kennt man inzwischen schon fünf Hände der heiligen Anna!«

»Alles tote Knochen, die niemand heiligen kann!« widerspricht ein Mann aufgebracht. Seine Faust hält einen Stock so fest, daß die Haut blutleer schimmert, seine Stimme überschlägt sich:

»Verbrennt die Knochen, und laßt ab vom Afterdienst, denn es kann genausogut sein, daß Ihr Nichtgetaufte über den Brenner tragt!«

Der anhebende Disput über Grabplünderungen, Fälschungen, Verwesung und Vergänglichkeit treibt uns an, eilig den Tisch zu räumen. Außerhalb der Szenerie, vor dem Eingang, warten rucksäcketragend mit entblößten Häuptern, wohl verängstigt von dem Geschrei, die drei Gehilfen des Knochenhändlers.

DIE SCHLEUSUNG

»Ihr seht aus, als ob ein zerteilter Pferdekadaver in Euren Rucksäcken läge«, rutscht es mir heraus.

Mein Blick zu Willi hin, läßt mir das Gesicht einfrieren. Als ich neben ihm, mein Pferd am Halfter führend, einhergehe meint er:

»Hab deine Zunge im Zaum und laß den frommen Menschen ihr Feld, aus denen sie sich die Inspiration holen. Es wird nicht lange dauern, dann haben sich auch in deinem Kopf Gedanken über die Vergänglichkeit des Menschen festgesetzt.«

»Ich hab' das nicht so gemeint – oder denkst du ständig über die Zeit jenseits des Lebens nach«, versuche ich abzuschwächen.

»Das sind keine müßigen Phantasien, Adam! Wir suchen alle, jeder auf seine Weise, nach Verbindungsstücken, die unseren Lebensfaden unendlich werden lassen, zurück in eine Zeit, wo noch alles heil war. Du wirst gleich ein Beispiel bekommen!«

Wir sitzen auf und verlassen Sterzing auf der Römerstraße in südlicher Richtung.

Der Brennerwind tut sein Letztes, um die weiten, vor uns liegenden Sumpfwiesen, von den Schneeresten des vergangenen Winters zu säubern.

Willi lenkt sein Pferd an meine Seite:

»Vor dir liegt, links oben, ein Verbindungsstück zu deinem bisherigen Leben!«

Links, hoch oben, sehe ich eine Burg mit tannenumgrünter Mauer und gleich gegenüber, etwas tiefer, schon fast in der Talsohle auf einem Felshügel stehend, der nahe beim Sumpf wie ein Ameisenhaufen aufragt, ein Gemäuer, das Trotz und Dunkelheit vermittelt.

»Dort droben im gastlichen Schloß«, beginnt Willi mit einer ungewöhnlich sanften Stimme, »sitzen, seelen- und blutsverwandt mit deiner Beinahe-Schwiegermutter, um ein paar große Fichtentische sicher einige Brüder von ihr und schmatzen ihren Teil von der Tafel weg. Vielleicht hättest du auf Sprechenstein, natürlich nur als Herzensherr von Katharina, zwischen Wacholder, Wohlverleih und Tausendschön, Farnkraut und Silberbirken süße Tages- und Nachtspiele erleben können – falls dich das wertvolle Geizkoflergeschlecht berufen hätte.«

»Hör auf damit, Willi! Ich bin schon ganz ergriffen. Die Wachskerzen, die du mir hier aufstellen willst, hab' ich schon längst ausgeblasen.«

Willis kaltes Auge blickt mich prüfend an:

»Das glaub' ich dir nicht so ganz! Sieh nur, du als stolzer Schloßherr und Katharina neben dir auf einem milchweißen Zelter, den Weg hinauf im Paßgang.«

»Laß es, Willi. Es ist vorbei. Außerdem reiten nur Jungfrauen auf einem weißen Zelter, Verheiratete lassen sich von dunklen Stuten tragen.«

»Ich bin beruhigt, wenn du versuchst, Abstand zu gewinnen. Und jetzt nach Brixen!«

Über Knüppeldämme hinweg queren wir die beiden Burgen. An der Stelle wo der wilde Gailbach, der seine Wiege im Ridnaun hat, der Eisack in die Arme läuft, kreisen Dutzende schwarzer Vögel. Zu meinem Entsetzen sehe ich aus dem schmutzigen, steindurchsetzten Rest einer Lawine den abgenagten Rumpf eines Menschen ragen.

Nach einem dreistündigen Ritt verengt sich das Tal. Gehöfte schmiegen sich an die Flanken der Berge, und die dunklen Wälder treten dicht an Straße heran.

Konnte man oberhalb der Strecke allen Fuhrwerken und Menschenknäueln noch leicht aus dem Wege gehen, so drängt sich auf diesem Abschnitt alles zusammen.

Eine Pilgergruppe kriecht gebeugt, murmelnde Gebete auf den Lippen, entlang des Straßenrandes das enge Tal herauf. Meine Müdigkeit ist für einen Moment wie weggeblasen. Kein Zweifel: Die Männer tragen das schwarze Leder. Knappentracht!

»Wo führt Euch Euer Weg hin?« frage ich einen Pilger neugierig.

Dieser zieht seine Brauen hoch:

»Nach Altötting, zur schwarzen Muttergottes!«

»Ein weiter Weg.«

Der Pilger nickt.

»Was erbittet Ihr?«

»Den Kupfersegen, reiche Adern für die Bergwerke in Taufers. Sonst werden unsere Familien im Winter verhungern.«

Willi drängt weiter. Ohne sich umzudrehen, lenkt er sein Roß zügig die Straße entlang und gibt mir zu verstehen, daß er Saumseligkeiten nicht wünscht. Zur Rechten wirbelt das kalte Wasser, das vom gegenüber liegenden steilen Ufer nagend und schleifend Erde abträgt, was zu einem riesigen Erdrutsch an dieser Stelle geführt hat. Unser Weg führt weiter abwärts und wir lassen die Pferde galoppieren, bis wir eine Gabelung erreichen, an der ein wesentlich breiterer Weg nach Osten abbiegt.

»Pustertal!« bemerkt Willi knapp. Die tiefen Furchen im Boden deuten darauf hin, daß die schwer beladenen Fuhrwerke den östlich weiterführenden Weg bevorzugen. Auch unsere Kupferwagen, die uns folgen, werden hier nach Osten abbiegen. Wir stehen allein auf diesem Gabelungspunkt und hören das Rumpeln von Wagen aus dem Tal näher kommen.

»Schnell, weiter!« hetzt Willi sein Pferd die Bergstraße in Richtung Süden hinunter. Frisch und rein weht die Luft, durchsetzt von herbsüßem Waldgeruch. Willi zügelt seinen Hengst im gleichen Moment, als ich durch das Geäst vor mir eine gewaltige, von Wasser umflossene Ringmauer erblicke. Zwei kräftige Türme ragen darinnen auf.

»Die Residenz von Brixen!«, beantwortet Willi meine stumme Frage.

»Wo werden wir übernachten?«

»Nicht dort unten. Wir gehen ins Kloster!«

Wir verlassen die Heerstraße, reiten ein Stück an der Eissack zurück, queren eine Brücke und stehen vor einer Anlage, deren wehrhafter Charakter eher einer Burg gleicht als einem Chorherrenstift. Zinnen, Schießscharten, runder Turm, hohe Mauern rundherum – mit Pechnasen. Das Bauwerk ähnelt einer Kaiserkrone.

»Meine Engelsburg! Zeugnis erstarkten Glaubens«, lächelt Willi stolz.

Das Tor steht offen. Ein Laienbruder kommt uns aus einem Torbogen entgegen, nimmt stumm unsere Pferde und führt sie in entgegengesetzter Richtung weg.

»Dort hinüber, Adam«, bestimmt Willi.

Wir passieren eine Mühle, die ebenfalls Schießscharten aufweist und begeben uns durch den Torweg auf den Stiftshof, bis wir vor einem Brunnen stehen. Mit tiefen Zügen löscht Willi seinen Durst.

»Chorherrenstifte haben offene Tore – in normalen Zeiten. Gastfreundschaft ist an diesem Ort keine leere Hülse. *Venit hospes, venit Christus*«, zitiert Willi mit Pathos.

»Gott zum Gruß! Willkommen im Kloster Neustift!« höre ich hinter mir eine Stimme, begleitet von schnellen Schritten über den Kies.

Der Probst des Klosters küßt Willi wie einen Bruder...

Montag,
der 6. April

Die vierte Stunde des Tages bricht an.
»Wenn nötig, kehrt um und wählt den Weg durch das Pustertal! Nehmt keine unbekannte Gefahren auf Euch«, beschwört uns der Probst.

Der kleine Mann wirkt in seiner schwarzen Kutte fast ebenso breit wie hoch. Sein Haar ist ganz kurz geschoren, so daß sein Schädel gegen die helle Wand sich wie eine Kanonenkugel abhebt.

Willi, der gerade sein Pferd übernimmt, antwortet gereizt: »Paßt mir zwar nicht ganz, aber wir müssen es eben passend machen!«

Darauf der oberste Chorherr: »Gut, bedient Euch dieses Platzes. Oh, und versucht nicht auf uns hinzuweisen, damit sie und wir nicht in Schwierigkeiten geraten. Und unter gar keinen Umständen ist den Leuten zu sagen, wie Ihr weiter vorgehen wollt.«

»Wir haben die Neutralität von Brixen nie verletzt! Eure Großzügigkeit und Nächstenliebe werden wir Euch danken bis in Ewigkeit«, fällt Willi ihm ins Wort.

»Ja doch, ich weiß, daß Ihr vorsichtig sein werdet. Diejenigen, die ich ausgewählt habe, werden Euch weiter reichen. William – Gott beschütze dich und deinen Freund! *Da pacem Domine in diebus nostris!*« Sein segnendes Kreuz kann ich in der Dunkelheit des Hofes nur erahnen.

William!?
Zum zweiten Mal höre ich zu früher Stunde diese Variante seines Namens.

Das erste Mal hörte ich ihn etwa zu Beginn der zweiten Stunde...

Der Ort, an dem mich mein Gedärm zu dieser Stunde trieb, war dunkel, nur die Altarlichter der Kirche, die ich durch das enge Fenster vom Abtritt aus erblickte, glühten schwach.

War es das Rumoren in meinen Eingeweiden gewesen, das mir immer wieder den gleichen Traum zurückbrachte, mit dem ich nichts anzufangen weiß? Kaum fallen mir die Augen zu, da stehe ich erneut auf einer Sandbank vor einer Steilküste, und vor mir führt eine Treppe viele hundert Stufen hinauf zum scheinbar höchsten Punkt der mächtigen Küste. Mit der kirchturmhohen Brandung im

Rücken, die von einem fürchterlichen Grollen begleitet wird, beginne ich zu laufen, doch jedesmal versinken meine Füße tiefer im Sand.

Ich glaube meine Verdauung ist schuld an diesem Traum, aus dem ich schweißnaß erwachte. Jedenfalls habe ich bisher weder die Küste erklommen, noch hat mich die Brandung überrollt und zerschmettert. Jedenfalls erwachte ich aus meiner hilflosen Erstarrung, verspürte den mächtigen Druck und stolperte dem rettenden Ort entgegen.

Von dort zurück, zwängte ich mich in eine kleine Nische, als sich von der Querseite des Ganges über die Holzbohlen eilige Schritte näherten. Egal wer auf mich zueilte, er hätte mich für ein Gespenst gehalten...

»*Master William!*« flüsterte der Unbekannte, und seine Hand klopfte dabei vorsichtig an die Tür neben meiner. Mit der dritten Wiederholung stellte sich der Erfolg ein. Willi öffnete.

Um im letzten Augenblick nicht doch noch entdeckt zu werden, preßte ich mich noch enger in die Nische hinein. Mir blieb ohnedies keine andere Wahl, und ich mochte auf einmal in der Nähe des Zimmers bleiben!

»*Come in!*«

Der Schatten verschwand ins Zimmer. Vorsichtig näherte ich mich der Tür. Die kalte, feuchte Luft im Gang reizte zum Husten, so daß ich gezwungen war, das Hemd fest auf meinen Mund zu drücken.

»Wer soll das schon wissen?« hörte ich gerade noch Willi fragen. Dann vernahm ich völlig verblüfft seine Worte. »Du hast einen Eid geschworen, mir zu folgen. Sollten es mehr als zwei sein, die uns in den nächsten zwölf Stunden folgen, kommst du selbst auf den Ritten nach.«

Die Person hielt dagegen:

»Die Männer dort oben machen nie mit den Innsbruckern gemeinsame Sache. Sie haben sich niemandem verschrieben. Euch wird daher der Durchbruch zum Landesstreifen gelingen.«

Willi fragte erneut, und ich bekam mit, daß er sich dabei eilig ankleidete: »Gab es noch weitere Schwierigkeiten mit den Innsbruckern?«

»Nein! Nur ihr Schweigen, mit dem sie vorhin abzogen, verheißt nichts Gutes. Der Posten auf der oberen Kreuzung behauptete gegenüber den Innsbruckern, er hätte Eure Bewegung nachmittags hierher zum Kloster wahrgenommen. Wir wußten durch unseren

Jäger sofort, daß sie Euch hierher folgen würden. Zum Glück haben wir noch andere Gäste drüben im Haus, und die Zahl der wenigen Pferde im Stall läßt sich auf ihre Köpfe mehr als überzeugend verteilen.«

»Na schön«, antwortete Willi. »Vierundzwanzig Stunden brauchen wir. Mehr nicht. Was meint der Probst?«

»Die Abneigung der Menschen gegen das klösterliche Leben macht ihm zu schaffen. Auch die Ordensdisziplin läßt zu wünschen übrig.«

»Das kann nur von Nutzen sein! Verstehst du?«

»Das ist die eine Seite. Die andere ist die: Bekommt er das Kloster nicht in den Griff, ist der Stützpunkt auch für uns für immer verloren. Der letzte bischöfliche Visitationsbericht läßt ihm immer weniger Spielraum.«

»Sag dem Probst, ich komme in wenigen Augenblicken.«

»Soll ich Terzio wecken?«

»Laß ihn noch ruhen bis zur dritten Stunde.«

»Keine Sorge, William! Ihr schafft es!«

Die Tür öffnete sich erneut. Schnell zog ich mich in die Nische zurück. Die Gestalt eilte den Gang zurück.

Kein Auge brachte ich mehr zu, denn ich wartete auf das erlösende Klopfen an der Tür. Die Zeit wollte nicht verstreichen. Am Fenster stehend, bewunderte ich den kantigen, kämpferischen Turm, der wie ein klotziger Wegweiser in den Himmel ragte. Der Kreuzgang bildete ein schwarzes Quadrat, dessen Fläche wie spiegelglattes Moorwasser wirkte. Menschen suchte man nachts darin vergeblich.

Die Hetzjagd auf mich ist offensichtlich in vollem Gange, das warme Bett verloren.

»Wir reiten, Adam!« weckt mich Willi aus meinen Gedanken.

»Nehmt das Tor durch die östliche Türkenmauer!« höre ich zum letzten Mal die Stimme des Probstes.

Ohne sich umzudrehen, lenkt Willi sein Pferd um die Kirche zum Tor, das sich wie von selbst öffnet, um uns hinaus und den Morgennebel herein zu lassen.

Schweigend reiten wir eine Weile nebeneinander her, als er nach etwa zweihundert Lachtern überraschend einen Saumpfad wählt, der vom Weg wegführt. Der Tau tropft wie Rinnsale von den Blättern, perlt über Schulter und Rücken, als wollte er uns baden. Wenn ich nicht wüßte, daß Willi vom Jagen nichts hält, läge der Verdacht nahe, er ginge einem Wildwechsel nach. Nach kurzer Zeit schon klebt mir das Wams vor Nässe am Leib. Willi führt sein Pferd den östlichen Bergrücken hinauf. Jedesmal wenn ein weiterer Pfad nach oben wegführt, benutzen wir ihn konsequent. Ein ganzes Netz von Saumpfaden scheint mir, überspannt die Alpen. Auch ohne Erklärung erahne ich, daß er hinauf will, um eine bessere Übersicht und Orientierung zu haben. Außerdem gehen wir der bunten Schar von Reisenden aus dem Weg, die eher auf der Heerstraße laufen, wenn nicht Hochwasser, Unterspülungen und Erdrutsche sie hinauf in die Höhe zwingen.

Nach gut einer Stunde hat es den Anschein, daß Willi mit der Höhe, die wir erreicht haben, zufrieden ist.

»Die Pferde haben eine Rast verdient!« Mit zusammengekniffenen Augen späht er hinunter in den Dunst des Tales, in dem die Eisack nun mächtig dahinbraust. Seine Hand zeigt nach Süden:

»Dort liegt Klausen. Wenn wir's nur schon hinter uns hätten.«

Aus seinem nassen Ärmel heraus krallt seine sehnige Hand ein Tuch:

»In weniger als einer Stunde sind wir in Klausen. Ich werde von da ab dieses Tuch in der Hand halten. Sollten sie uns festhalten, achte darauf, ob ich es fallen lasse. Wenn ja, dann versuche durchzubrechen – egal was passiert!«

»Wohin?«

Vor uns breitet Willi nun eine Karte aus, die mit einer geschwungenen Überschrift versehen ist: »*Das Land und Brixen mit den anstossenden Coherentzen*«.

Ich erfasse das Gebiet von Bozen im Süden bis Innsbruck im Norden. Reichhaltig ist das Inventar an Siedlungsnamen. Durch Flächenkolorit sind wohl die Besitzverhältnisse gekennzeichnet. Die Bergdarstellung erinnert eher an die gleichförmigen Maulwurfshügel in einem Rübenbeet als an die mächtigen Felsklötze rings um uns her. Da jedoch sowohl ein Meilenstab als auch eine Graduierung aufgetragen ist, scheint der Karte eine genauere Vermessung zugrunde zu liegen. Dem Zeichner kam es auch gar nicht darauf an, ein naturnahes Bild einzelner Berge und Gebirgsgruppen zu vermitteln, sondern eher auf die genaue Darstellung des Weges, den wir gerade benutzen.

»Präge dir diesen Punkt ein. Es ist unser Treffpunkt. Sollten wir getrennt werden, sehen wir uns direkt hier am S ULZNERHOF wieder. Die Ortsveduten sind präzis und perspektivisch genau dargestellt. Dieser Teil des Kartenwerkes«, dabei umkreist sein Zeigefinger den

SÜDTIROL 1579

Raum zwischen Klausen und Bozen, »ist überhaupt die genaueste Darstellung eines Geländes mit Straßen und Pfaden, die mir bekannt ist. Und nun zu den Heerstraßen mit den wichtigsten Merkmalen und den möglichen Saumpfaden zum Treffpunkt, falls...«

Mit seinem Zeigefinger fährt er langsam die mit rot gekennzeichnete Route ab.

»Klausen wirkt wie ein Riegel – ideal, um alles abzufangen, was sich nicht hinauf oder hinunter bewegen darf. Du brauchst nicht viel zu sagen und auch nicht viel zu tun – nur die Augen aufzuhalten. Das wichtigste ist, nicht aufzufallen. Ganz gleich, was passiert, achte auf meine Hand und das Tuch.«

»Verehrtester Meister, wie schön! Ich sehe es fallen und höre die Glocken vor Aufregung läuten. Ist es nicht endlich an der Zeit, mich ein wenig mehr auf das Kommende vorzubereiten? Was erwartet uns in Klausen? Sind wir ernstlich bedroht?«

Sein schlitzdünner Mund kommt in Bewegung:

»Die Ungewißheit existiert und regiert insgeheim die Welt. Aber...«

»Aber?«

»Auch ich möchte zu gern wissen, wer gerade zu dieser Stunde den anderen erfolgreicher an der Nase herumführt. Sind wir es, oder sind es die Häscher aus Innsbruck?«

Er schweigt ein Weilchen – überlegt:

»Es ist eine Frage von Zeit und Meilen! Vor Sterzing sind wir überholt worden. Die Nacht in Lueg traute man uns nicht zu. Ihren Berechnungen zufolge hätte es vor dem Pustertal noch klappen müssen. In Klausen sind wir nie gewesen, also jagten sie gestern noch zurück, wobei uns der Posten beinahe geleimt hätte. Ich hoffe, sie vermuten uns auf der oberen Straße und jagen immer noch durch das Pustertal. Ihre Erschöpfung eingerechnet, dürfte uns das Versteckspiel einen Vorsprung von 24 Stunden eingebracht haben.«

»Was ist, wenn sie nun ausgeruht die Nacht vor dem Stift verbracht haben?«

»Dann sind sie gerade zum zweiten Male von den Toren in Klausen aufgebrochen. Vielleicht begegnen wir uns sogar – allerdings getrennt durch einige Fuß Höhenunterschied. Wenn unsere Verfolger jedoch anders reagieren?«

»Was ist dann, was soll dann sein?«

»Ja, mein Bester, dann werden wir darauf achten müssen, daß uns das Leben nicht aus einer Wunde fließt.«

DIE SCHLEUSUNG

»Also, Willi, ich glaube, wir halten die Trümpfe in unseren Händen.«

»Mag sein. Doch nur ein einziger davon sticht.«

»Welcher?«

»Unsere Entschlossenheit im richtigen Augenblick, und danach die Flucht auf uneinholbaren Wegen bis zu unserem Rendezvous beim SULZNERHOF.«

So studiere ich Willis Karte, bis sie als Bild in meinem Kopf entsteht.

Alsbald streckt er die Arme nach den Zügeln, und starr vor sich hin blickend, sagt er leise:

»Auf – durch die Klause.«

»Die Wachen sind um mindestens fünf Mann verstärkt! Die Signalkanone oben auf dem Turm steht schußbereit«, flüstert Willi zu mir herüber.

Als wir am Tor ankommen, stoppt uns der Torwächter. Der Mann sieht aus wie ein Henker aus dem Volk der Steppenreiter. Geblähte Nasenlöcher, gerötete Augen, zwei mächtige, lederbandagierte Arme, die aus einem Kettenpanzer ragen.

»Absteigen. Los, runter von den Pferden!«

Das Tuch! Es bleibt in Willis Hand.

Ich sehe, wie sich sein Gesicht verhärtet:

»Mäßigt Euch. Wer ist Euer Kommandant?«

Dieser löst sich von der Treppe des Wachturmes.

»Werft den Grobian in die Eisack!« schleudert ihm Willi entgegen.

»Er folgt meinem Befehl!« kommt es scharf zurück.

»Was ist denn los auf der Strecke? Erst die Kontrolle vor Brixen und jetzt... Warum die strenge Überwachung des Tores?« fragt Willi scheinheilig zurück.

»Keine Fragen! Eure Order oder Reisedokumente!«

»Nehmt Einblick in *meine!*«

Erstaunt blickt mich Willi an. Es ist für ihn ungewohnt, die Maus statt die Katze spielen zu müssen. Doch ich will den wahren Wert des Geleitbriefes vom *Heiligen Officiums* wissen. Wenn nicht hier, wo sonst noch?

SÜDTIROL 1579

Der Kommandant reißt mir geradezu das Pergament aus der Hand und kehrt uns verächtlich den Rücken. Trotz seines knappen aber stürmischen Beginns nimmt er sich deutlich Zeit. Er liest das Dokument zweimal. Die Sekunden verrinnen unerträglich langsam. Sein Kopf blickt auf, wandert von einem Wachposten zum andern, ehe er, auf dem Absatz drehend, sich uns mit einem Lächeln wieder zuwendet.

»Verzeiht, Ihr edlen Herren! Ich nehme an, Euer Weg führt nach Rom?«

»Ja, er führt nach Rom!« wiederhole ich bedächtig und nehme den Geleitbrief gelassen wieder an mich.

»Der Weg nach Bozen ist gut«, bemerkt er beiläufig, während er Willi mit einem durchdringenden Blick mißt: »Wo und wann seid Ihr aufgehalten worden?«

»Gestern abend, in der Nähe von Neustift«, antworte ich, bevor Willi reagieren kann.

»Neustift?« Die Mine des Kommandanten wirkt wieder wie aus Stein.

»Was ist denn los, Kammandant?«

An seinem Gesicht lese ich ab, wie er die Stunden nachrechnet.

»In Ordnung!«

Seine Antwort bestätigt meine Vermutung.

»Was los ist?« greift er meine Frage nachträglich auf. »Ein Vorfall, der uns keine Freude macht.«

Eine weitere Frage, die ich auf der Zunge habe, schlucke ich gerade noch hinunter. Es ist sinnlos, länger mit der Gefahr zu spielen, obwohl sie die letzte Klarheit hätte bringen können.

»Passieren!« ergeht sein Befehl an die Torwachen.

Willi führt sein Pferd vor mir, dabei stapft es so munter, als spüre es genau, daß der Reiter darauf sich von einer drückenden Last befreit fühlt.

Willi hält sein Pferd vor dem Gasthaus zum Agnus Dei. Mein Lächeln steckt ihn an.

»Gut, Adam, das war guuuut! Das hast du glänzend gemacht. Der Humpen geht aus meinem Geldsack!«

Daraufhin steigt er ab, summt eine mir fremde, eigenartige Melodie, und nicht genug damit, hüpft er mit ein paar eleganten Tanzschritten neben dem Pferd hin und her, wobei er die eine Hand in die Hüften stemmt, die andere über seinen Kopf schwingt.

DIE SCHLEUSUNG

Unablässig führt uns jeder Schritt an der steilen Bergflanke wieder in die Höhe. Die Augen tränen, und in meinen Nasenlöchern und in der Kehle setzt sich Staub fest, der zum Husten reizt. Wo einst lückenlos Steinplatten lagen, wirbeln die Wagen und die Hufe der begleitenden Tiere Wolken von dichtem Staub auf.

Die Zahl an Saumpfade hinauf zum Ritten, die ein Reiter wählen kann, ist groß, doch sind sie vielfach steiler und wesentlich schlechter als der Verlauf und Zustand der alten Römerstraße. In einem Hohlweg, wenige Meilen weiter, sehe ich tiefe Rillen in den Steinplatten. Spuren, die das ewig drehende Rad hinterläßt, begleitet von einem Strom von Menschen, die mit ihren Wagen und Lasten den unpassierbaren felsigen Engpaß der Eisack mit seinen Steinschlägen vor Bozen umgehen müssen. Der Aufstieg ist zwar mühsam, doch ist er für Mensch und Waren ungefährlich. Zudem kann sich jeder auf ein engmaschiges Netz von Annehmlichkeiten verlassen. Jederzeit Wasser, ausreichend Nahrung, Unterkunft in kleinen und großen Steinhäusern sowie vollständige Angaben über den Zustand der Wegstrecke.

Am frühen Nachmittag haben wir den steilen Aufstieg hinter uns und sehen die ersten Bauernhöfe auf der beginnenden Hochebene. Wir steigen von unseren Pferden ab und wollen ein wenig den sonnigen, warmen Tag mit seiner klaren, würzigen Luft genießen.

»*Booooom!*«

Augenblicklich erstarren wir in unserer Haltung. Wie der Donner eines Blitzes rollt der Kanonenschlag das Eisacktal entlang, die Schlernwände hinauf und wieder zurück.

»Das galt uns. Die Pest wünsche ich ihnen an den Hals!« Eilig zieht Willi die Karte heraus: »Wir befinden uns nicht weit von den Erdpyramiden«, stellt er fest. »Wesentlich schneller, als ich gedacht habe. Die müssen durchs Pustertal zurück geflogen sein.«

Die Karte liegt im Gras, so daß wir sie unauffällig studieren können.

»Wir werden ausweichen und ab sofort wieder unseren rot markierten Pfad benutzen. Also, sitz auf!«

Da uns auf dem Weg bis zum ausgesuchten Saumpfad Menschen und Fuhrwerke begegnen, die untereinander heftig den Kanonenschuß diskutieren, halten wir unsere Zungen im Zaum, bis wir wieder außer Hörweite sind. Ich folge Willi bis zu der Stelle, an der ein durch Buschwerk verdeckter Pfad von der Straße abzweigt, auf dem wir zunächst leichter und schneller vorankommen als auf der Heerstraße.

Unterhalb einer Hügelkuppe, auf der gedeckten Bergseite macht Willi halt.

»Wollen wir noch bis zum SULZNERHOF?«

»Nein! Ich überlege noch. Die Pferde werden bis dorthin zu sehr strapaziert, und wir sind ebenfalls erschöpft. Nein, keine Hetzjagd. Das wäre ein Fehler, auf den unsere Häscher hoffen. Darauf sind sie spezialisiert. Wir machen das, was sie verzweifeln läßt. Wir lassen sie jagen, und wir werden ruhen. Doch wo wir die Nacht verbringen werden, muß ich noch überlegen.«

Der Pfad führt nun abwärts. Die Beschaffenheit des Bodens ändert sich so unmerklich, daß nur der veränderte Ton des Hufschlags der Tiere darauf aufmerksam macht. Wenig später traben die Pferde lautlos durch Sand. Seltsame Gebilde ragen vor mir auf. Runde Kegel, aus Erde und Sand geformt, die wie Türme mit unterschiedlichen Höhen nebeneinander stehen, beschirmt von Granitblöcken.

Willi blickt zurück, ruft plötzlich:

»Reiter kommen!«

Oberhalb des Pfades, den wir herunter gekommen sind, sehe ich nun auch eine Staubwolke, die von einer großen Zahl von Pferden herzurühren scheint. Wir lauschen angestrengt. Doch da kein Hufschlag zu hören ist, kann es sich nur um eine Sandwolke handeln, die der Wind aufgewirbelt hat. Wir atmen auf – beide!

Kurz hinter Lengmoos gibt Willi seinem Pferd die Sporen, reißt es nach rechts herum, galoppiert in einen kleinen Feldweg hinein.

»Hier entlang!«

Ich setze ihm nach. Augenblicke später entzieht eine Biegung uns den Blicken einer Menschengruppe, und Willi läßt sein Roß wieder in gemächlicheren Trab fallen.

»Wohin reiten wir?«

»Zu den Hexen und Wölfen.«

»Welchen Hexen und Wölfen, um des gütigen Himmels willen?« frage ich.

»Hinter Kemnaten haust auf dem GASERHOF die *Strióna*, die Oberhexe.«

»Und was suchen wir bei der?«

»Schutz und Nachtquartier und einen Schleichweg um die Zollstation von Bozen herum, mein Freund. Die Strióna hat mit den Boten, Häschern, Abgesandten und Dienern des kaiserlich-erzherzoglichen Hauses Österreich so wenig im Sinn, daß sie auch einen Flüchtling, der von deinem liebwerten Herrn Onkel gehetzt wird, bei sich aufnehmen wird.«

Als die Landschaft sich langsam ändert, karger wird, die hohen Buchen, Eichen und Tannen von Birken und vereinzelten Weiden abgelöst werden und sich vor uns ein weites Hochmoor ausdeht, späht Willi aufmerksam um sich:

»Hier irgendwo muß die Abzweigung zum GASERHOF sein.«

»Da drüben steht jemand; fragen wir.«

»Einen schönen guten Abend«, spricht Willi den hageren Mann an, der seine Ziegen in den winzigen Verschlag hinter seinem Bauernhäuschen treibt. »Könnt Ihr uns bitte den Weg zum GASERHOF zeigen?«

Der Kopf des Mannes ruckt zu uns herum. Er schlägt das Kreuz. Sein Blick huscht ein Stück den Weg entlang, zu uns zurück, dann wieder das Kreuz.

»Wir haben gefragt...«

Er streckt die Finger gegen den Bösen Blick gegen uns aus, springt in den Verschlag und drischt die Tür hinter sich zu.

»Ein ungemein höflicher Mensch«, bemerke ich.

»Den Weg hat er uns mit seinem Blick trotzdem verraten. Dort vorne ist er«, winkt Willi ab und trabt wieder an.

Der enge, verwinkelte Pfad führt uns zwischen nassen Wiesen, Riedgras, vereinzelten verkrüppelten Kopfweiden und Erlen hindurch. Die Sonne ist bereits untergegangen, erste Nebelstreifen steigen aus den Grund, schlängeln sich um die Hufe unserer Pferde.

Mein ganzer Körper schmerzt, meine Knie sind wund; ich hoffe, daß ich von dem Gaul bald absitzen kann, ehe ich herunterfalle.

»Da ist es!« ruft Willi.

Zwischen den ziehenden Nebenschwaden tauchen, etwa hundert Schritt auseinander, die Strohdächer von zwei großen Bauernhöfen auf. Wir halten auf den kleineren zu, als, wie aus dem Boden gewachsen, ein breitschultriger Kerl vor uns steht, mit einem wirren Bart und einer schweren, blankgeschliffenen Axt in den Fäusten:

»Wohin des Wegs?«
»Zur Strióna.«
»Hier gibt's keine Strióna!«

Willi gleitet aus dem Sattel, geht auf den Kerl zu, wechselt mit ihm einige Worte. Die Axt senkt sich langsam. Ein kurzer, leiser Pfiff. Aus dem jetzt schnell dichter werdenden Nebel taucht ein Bursche auf, greift nach den Zügeln unserer Pferde. Wir schnallen unsere Mantelsäcke los, werfen sie uns über die Schulter, während der Bursche die Pferde wegführt.

»Dort vorne«, sagt der Mann – und ist so plötzlich, wie er aufgetaucht ist, auch wieder verschwunden.

Das erste, was mir an dem Haus auffällt, sind die bunt bemalten Türstöcke in Form eines *laufenden Hundes* in den Farben weiß, rot und schwarz.

Unter der Tür steht eine kräftige Frau in einem rostroten Kleid. Dunkle Locken, in die sich erste graue Fäden mischen, umrahmen ein gebräuntes Gesicht mit vollen Lippen und dunkelblauen Augen.

»Willkommen, Ihr Herren«, begrüßt sie uns mit tiefer Stimme. »Ihr«, dabei richtet sie ihren Blick auf mich, »seid Adam Dreyling, der entsprungene Kanonengießer, nach dem landauf, landab gesucht wird. Und Ihr«, der Blick richtet sich nun auf Willi, »müßt demnach Davido, der Kupferhändler, sein. Tretet ein.«

Der Raum, in dessen hinterer Ecke über einem mächtigen Feuer ein Kessel vor sich hin summt, ist niedrig und mit einer schweren Balkendecke versehen. In der Mitte steht ein wuchtiger, blankgescheuerter Tisch mit ein paar rohen Holzbänken zu beiden Seiten.

Die Frau winkt zwei weiteren Frauen, die neben dem Herd stehen zu sich. Eine davon ist blond, die andere dunkelhaarig, beide schlicht gekleidet:

»Meine beiden Töchter. Setzt Euch – und zieht die Hosen aus!«

Willi und ich staunen uns an.

»Zieht die Hosen aus!« kommt die Aufforderung zum zweiten Mal:

»Herr Davido, Ihr habt Euch an den Knien wundgeritten, und Ihr, Herr Dreyling, könnt nicht mehr sitzen!«

Bei Gott, sie hat recht! Nach all den Jahren, in denen ich kaum mehr als ein paar Stunden dann und wann im Sattel gesessen habe, brennt mein Hintern wie das höllische Feuer, und meine Schenkel sind wundgescheuert.

Zögerlich schlüpfen wir aus Stiefeln, Hosen und Strümpfen.

»Legt Euch auf die Bank«, kommandiert die Frau, während sie von einem Bord einen Topf herabholt. Als sie den Deckel öffnet, zieht der würzige Geruch von hundert Wildkräutern durch den Raum. Mit sicherer Hand beginnt sie die Mixtur aus dem Tiegel auf unsere Wunden zu streichen. Sie wirkt kühlend und lindert augenblicklich den Schmerz und das Brennen.

Gleichzeitig reicht uns die Blonde einen Becher. Der Sud darin schmeckt nach einer stark alkoholischen Kräutermixtur. Er steigt mir augenblicklich zu Kopf.

Wenig später sitzen wir, in weiche Schafwolldecken gehüllt, am Tisch und genießen Fleisch, Knödel, Ziegenkäse und frisches Brot zusammen mit klarem Quellwasser.

»Kurz, ehe wir hierher abgebogen sind«, versucht Willi ein Gespräch in Gang zu bringen, »sahen wir Pyramiden, immer mit einem Fels- oder Steinbrocken obenauf.«

»Die *Venediger-Puppen*«, nickt die Frau. »Eine alte Sage...«

»Erzählt uns!« fordert sie Willi eifrig auf.

Die Augen der Strióna sind wie tiefe, dunkelblaue Teiche. Ihre Stimme wird zu einem Singsang, als sie zu erzählen beginnt:

»Vor langer Zeit, da hüteten Kinder auf den Almweiden die Schafe, Ziegen und Kühe der Bauern.

Da trat eines Abends, als die Kinder dabei waren, das Vieh heimzutreiben, ein alter Mann zu ihnen:

›Ich habe hier auf dem Platz mein Messer verloren. Habt ihr es gefunden?‹

›Nein, Herr‹, antworten die Kinder. ›Aber wenn wir es finden, dann werden wir es Euch bringen.‹

Auf dem Nachhauseweg sahen sie etwas im Grase blitzen. Ménega lief hinzu und hob das Ding auf. Es war ein Messer mit goldenem Griff.

Sie lief zurück, und beim Finsterbachgraben, wo heute die Erdpyramiden stehen, holte sie den Alten ein. Der war überaus froh, sein Messer zurückzuerhalten, und versprach dem Kind, einen Wunsch zu erfüllen.

Zunächst druckste sie herum, doch dann gestand sie, daß sie sich sehnlichst eine Puppe wünsche.

›Gut‹, versetzte der Alte, ›komm morgen mit den anderen Kindern hierher, alsdann werde ich euch eine ganze Schar von Puppen vorführen, und ihr könnt euch die schönsten aussuchen. Laufe zurück, denn es dämmert schon, denke an die böse Strióna, die große Hexe, die zu dieser Stunde von den Gaseräckern herüberkommt.‹

Auf dem Heimweg trat eine Frau zu ihr und redete so freundlich, daß Ménega von ihrem Erlebnis erzählte.

›Du Glückskind!‹ rief die Frau. ›Der Alte ist ein steinreicher Venediger, der in der Nähe des Sulznerhofes wohnt und dort Gold, Silber und Edelsteine aus dem Berg schürft und ungeheure Schätze sein eigen nennt. Auch Puppen hat er, und zwar von zweierlei Art: die einen tragen weiße, schwarze und rote Seidenkleider, die anderen aber brokatene Gewänder mit Perlengeschmeide und Goldkronen. Wenn der Venediger morgen also nur die billigen Puppen mit den Seidenkleidern vorführen will, dann darfst du dich damit nicht zufrieden geben, sondern mußt nach den Puppen mit den Perlen und Kronen verlangen.‹

Am nächsten Morgen begaben sich Ménega und die anderen Hirtenkinder zu der Schlucht, um zu sehen, ob der Alte sein Versprechen wahrmachen würde. Alsbald hörten sie ein seltsames Geräusch: Sie gewahrten, wie in den Wänden ein schweres Tor aufging, aus dem Tor aber wallte sogleich ein schier endloser Zug von Puppen hervor, die sich auf den Seiten des Finsterbachs in langen Reihen aufstellten. Alle Puppen trugen Seidenkleider von weißer, schwarzer und roter Farbe.

Starr vor Verwunderung betrachteten die Kinder das seltsame Schauspiel. Nur die Ménega machte ein mißmutiges Gesicht. Schließlich rief sie:

›Geiziger Venediger, zeig uns auch deine Puppen mit den Brokatgewändern, dem Perlenschmuck und den Goldkronen!‹

Da ging ein übermächtiges Pfeifen und Sausen durch den Berg, das Tor schmetterte mit einem dumpfen Krachen zu, und aus den Wäldern schallte das Hohngelächter der Strióna herüber.

Die Puppen aber erstarrten zu Stein, und noch heute kann man manchmal das Rot, Schwarz und Weiß der Seidenkleider erkennen, wenn die Sonne sie im rechten Winkel bescheint...«

Ich habe schon während der Erzählung empfunden, wie der Trank in meinem Kopf üppige Farben, seltsame Bilder aus dem Berg, Klänge, wie ich sie noch nie gehört habe, heranfluten läßt.

Wenig später liege ich ausgestreckt auf einem nach frischem Heu duftenden Lager, werde mir erst jetzt voll meiner Erschöpfung bewußt. Erneut wird mir ein Becher an die Lippen gehalten:

»Trink!«

Ein schneeweißer Mädchenkörper sinkt über mich. Streichelnde, fordernde Hände, die mich berühren, Arme und Schenkel, die mich umspannen, zärtlich, wild, der Duft von Heu und Kräutern, der Duft von Haut, Weiß, Schwarz, Vergangenheit, Zukunft, Lust, Gier, Erschöpfung wirbeln mich herum wie in einem Strudel, schlagen über mir zusammen.

Irgendwann in der Nacht erwache ich. Spüre in meinem Arm den glatten, kühlen Mädchenkörper, ihren leisen Atem auf meiner Haut.

Ein Sonnenstrahl, der durch eine Ritze dringt, weckt mich auf.

Ich will aufspringen, doch eine Hand hält mich sanft aber energisch zurück.

Meine schöne Schwarze kauert neben mir, wieder einen Becher in der Hand:

»Trink und schlaf!«

Und ich trinke.

Und ich schlafe.

Donnerstag,
der 9. April

»Auf! Auf!«

Die Strióna steht in der Kammer.

Ich wische mir den Schlaf aus den Augen, stemme mich vom Lager hoch und sehe, daß der Platz neben mir leer ist.

»Was machen Eure Schenkel?« fragt sie, schiebt unbekümmert die Decke zur Seite und untersucht die wundgerittenen Stellen. Sie sind über Nacht verheilt.

»Gut so«, stellt die Frau fest. »Das Frühstück ist fertig, und es wird Zeit, daß Ihr Euch wieder auf den Weg macht.«

Ich strecke mich, springe auf, fühle mich so prächtig wie seit Wochen nicht mehr:

»Ihr habt ein wahres Wunder vollbracht in dieser einen Nacht!« lache ich.

»*Eine* Nacht? Ihr irrt. Es waren *drei* Nächte.«

SÜDTIROL 1579

»Dann – dann wäre heute ja Donnerstag«, stelle ich verblüfft fest.
»Drei Nächte oder keine, so ist es Gesetz im Haus der Strióna.«
»Und überdies«, ruft mir Willi von der Tür aus zu, »suchen uns die Löffler-Häscher jetzt eher im Arschloch einer Filzlaus als noch irgendwo in Südtirol!«

Eine Stunde später traben wir weitab von der üblichen Route hinter unserem Führer her, dem Mann mit der Axt von gestern abend – nein von vor-vorgestern abend. Mir fällt es immer noch schwer, die verschlafenen zwei Tage richtig einzuordnen. Über Saumpfade und Waldwege geht es zunächst Richtung Oberinn und Wangen, dann über den Talfer-Bach; wir steigen die Hänge hinab ins Etsch-Tal, überqueren an einer Furt bei Terlan den Fluß, steigen jenseits die Hänge wieder hinauf und umgehen so in weitem Bogen Bozen. Stunden darauf schlängeln wir uns an Ortler und Adamello vorüber, schlüpfen bei Matarello knapp südlich von Trient wieder durch das Etsch-Tal, danach wieder hinauf in die Berge und über den Sommo-Paß. Wir werden von Hand zu Hand gereicht. Unsere Führer sind Waldhüter und Bergbauern, Geißbuben und Sennen.

Strióna, der Name wirkt wie ein Zauberwort, öffnet uns Hüttentüren, kaum erkennbare Pfade durchs Unterholz, versorgt uns wie die Pferde mit Proviant – und verschließt den Menschen scheu den Mund, läßt sie sogar die kleinen Geschenke, die Willi ihnen anbietet, ablehnen.

Samstag,
der 11. April

Auf dem letzten Stück benutzen wir eine Straße, und Willi, der sich nun wieder auskennt, hat unseren letzten Führer entlassen. Die Straße ist schmal und eng, teilweise aus dem Felsen gehauen, nur für Wanderer, Maultiere und allenfalls Reiter passierbar. Entsprechend gering ist der Reisestrom.

»Nach der nächsten Kehre liegt unter uns Lastebasse – und davor die Grenze zwischen dem Reich und Venedig«, erklärt Willi und zieht wieder sein Tuch hervor:

»Achte genau auf mich! Wir kommen hier aus einem Flaschenhals, und wenn ihn die Österreicher zukorken, sind wir verloren! Zudem müssen wir damit rechnen, daß, auch wenn wir aus Südtirol spurlos verschwunden scheinen, die Grenzstationen über uns informiert sind! Also, bist du bereit?«

Ich atme tief durch:

»Bereit.«

In gemächlichem Trab nähern wir uns der Zollstelle. Und schon quillt ein gutes halbes Dutzend Männer aus dem Zollhaus, Arkebusen mit brennenden Lunten in den Fäusten.

»Verdammt, man erwartet uns!«

»So sieht es aus – aber auch auf der anderen Seite!«

Und wirklich, auch aus den Unterkünften jenseits des Schlagbaums, über denen die rote Fahne mit dem Löwen von San Marco weht, eilen jetzt Bewaffnete hervor.

Davido kommt längs:

»Die Erhabene Republik von Venedig schützt ihre Söhne um jeden Preis. Jene Männer unter dem goldenen Löwen sind jederzeit bereit, ein paar Österreicher niederzuschießen und notfalls selber in den Tod zu gehen, wenn ein Bürger Venedigs in Gefahr ist!«

»Absteigen!« hören wir den Befehl eines vierschrötigen Mannes ehe wir noch ganz heran sind. Der Vierschrötige greift in die Zügel.

»Weg von meinem Pferd!« ruft Willi. »Ich bin Bürger der Erlauchten Republik!«

»Runter vom Gaul und die Hände in die Luft, sonst holen wir dich herunter!« brüllt der Vierschrötige.

Willis Tuch flattert.

Ehe es den Boden berührt galoppieren wir los.

Willi hat ein doppelläufiges Pistol aus dem Sattelholster gerissen, feuert einen Schuß über den Kopf des Vierschrötigen ab, der sich erschreckt duckt. Ich schwinge meinen Passauer Wolf.

»Für Gott und San Marco!« heult Willi.

Unsere Pferde fliegen über den Schlagbaum, im nächsten Augenblick sind wir von venezianischen Söldnern umgeben. Sofort zerren mich die Wachen aus dem Sattel und ein Offizier deckt mich mit seinem Körper.

Auch die Venezianer haben die Arkebusen angelegt.

Für einen Augenblick steht die Szene reglos.

»Geht langsam zurück und bleibt hinter meinem Rücken«, weist mich der Offizier an. Dann fühle ich die Stufen der Zollstation an meinen Fersen. Ein Schritt. Noch ein Schritt – ich bin drinnen. Bin in Sicherheit. Dann ist auch Willi da, grinst mich an.

SÜDTIROL 1579

»*Il documenti! Avanti!!*« herrscht uns der Offizier an und wir starren in den Lauf eines Pistols.

Obwohl ich noch weiche Knie habe, packt mich der Übermut:

»Die falschen oder die echten?«

Der Offizier zwinkert. Dann sinkt das Pistol herab:

»Am besten wohl beide, wenn ich bitten darf.«

Der Offizier studiert Willis Paß genauestens, murmelt dabei leise: »Kupferhändler ... Bürger Venedigs...« Nochmals eingehende Prüfung von Siegeln und Unterschriften, dann reicht der Offizier die Dokumente mit einer Verbeugung zurück:

»In Ordnung – und willkommen daheim.«

Dann sind meine Unterlagen dran. Erst mein Adam-Terzio-Paß, dann meine Adam-Dreyling-Dokumente, welche ich aus der Ledertasche ziehe, die ich unter meiner Brigantine hervornestle.

Der Offizier prüft lang, gründlich, pfeift schließlich durch die Zähne:

»Darum also war das halbe Haus Habsburg hinter Euch her! Gratuliere, daß Ihr es geschafft habt, Messer Dreyling. Die Erlauchte Republik von Venedig schätzt sich glücklich, Euch begrüßen zu dürfen!«

6

Der Palazzo de Diavolo

Venedig
1579

3. Tagebuch
Adam Dreyling

Sonntag,
der 12. April

Gemütlich führen wir die Pferde entlang der buschbestandenen Flußlinie, die wir schon von weitem gesehen haben, da sie die Ebene beherrscht.

Wir folgen dem Fluß, der am Ende in eine Lagune mündet. Feinsilbern glitzert das Wasser in den Augen, zieht meinen Blick hinaus auf seinen glatten, glänzenden Leib, bis er an gleichsam schwebenden Mauern hängen bleibt. Meine Augen beginnen zu schmerzen vom Gleißen des Wassers.

»Venezia, mein Freund! Neben Reichtum, Kunst, Handels- und Finanzzentrum, ist sie vor allem eine immerfort Gebärende von Galeeren. Ohne dieses Machtinstrument könnte sie sich gegenüber dem drohenden Halbmond nicht halten.«

»*Hey! Davison! Hey, William!*« höre ich Stimmen unterhalb des Steges.

»*Hello, Gordon!*« tönt Willi zurück.

»*Welcome...*«, den Rest verstehe ich nicht mehr.

Mein Blick driftet hinab bis drei Schritte unterhalb des Bootssteges, an dessen Pfählen zwei Gondeln festliegen, und ich beobachte die Begrüßungen, wie sie unter guten Freunden, die sich lange Zeit sehr vermißt haben, nicht herzlicher sein kann. Seine Freunde sind anders als die Tiroler. Das ist gut. Sie sind anders als die Habsburger. Das ist noch besser.

Willi kommt auf mich zu:

»Meine Garde!«

Als sie beginnen, unser Gepäck zu verstauen, frage ich Willi:

»William!? Warum heißen sie dich so?«

»Sie rufen mich so, weil ich Engländer bin! Mein richtiger Name ist *William Davison!* In Tirol sind Adlerhorste, Füchse und Geißblätter zur Anpassung verdammt. Dem bin ich gerecht geworden.«

»Davon hast du mir nie etwas erzählt! Warum die Geheimnisse vor mir?«

»So sehe ich die Sache nicht. Jeder einzelne der vier Männer, die du vor dir siehst, weiß besser über dich, dein Können und Leben Bescheid als beispielsweise Christoph Löffler zu Büchsenhausen. Du bist, bis hierher, vergleichsweise nur ein kleines Risiko eingegangen. Wir, die wir hier stehen, haben alles für deinen erfolgreichen Stapellauf von Innsbruck nach Venedig vorbereitet. Einschließlich Last und Risiko. Niemals werde ich meine Männer mehr als nötig gefährden!«

Langsam senkt sich seine Hand auf meine Schulter:

»Komm, freue dich lieber über die gelungene Schleusung, sonst tragen dich die Gondeln nicht. Laß uns unsere gesunde Ankunft drüben feiern. Außerdem, nach Venezia wird mit meinen Gondeln nur Frohsinn transferiert.«

Das Seil läuft um dem Rundpfahl ab, wo es festgemacht war. In Gedanken sehe ich das Durchtrennen einer Nabelschnur...

Mit langen, gleichmäßigen Riemenschlägen treiben unsere Gondolieri das Boot auf die Nordspitze der Inselstadt zu.

Ich hatte gehofft, daß mir William als erstes den legendären Canale Grande mit seinen Palästen vorführen würde, doch mein Freund hatte auf meine Frage hin abgewunken, dafür den schnellsten Weg zu seinem Palazzo angeordnet.

Wenn er mir mit der Geschäftigkeit, dem Handel, den sich schier endlos hinziehenden Hafenanlagen der Fondamente Nuove mit ihren schweren, grauen Kaianlagen und der wimmelnden Betriebsamkeit, dahinter Lagerhaus an Lagerhaus, davor Schiff an Schiff imponieren wollte, dann ist ihm das gelungen. Der hinten stehende Gondoliere wird nicht müde, die großen und kleinen, schnellen und schweren Typen zu nennen: hochseegängige Trabaccoli und Sciabecci mit ihren bunt bemalten Segeln unter dem Löwen von San Marco, Karacken und Galeonen mit den Flaggen von Spanien und Flandern, von England und Schweden, der nordafrikanischen Barbareskenküste, Griechenland, Frankreich, Sizilien, den Balearen, Schottland, Dänemark, der Deutschen Hanse im Topp, dazwischen sogar Schiffe mit dem osmanischen Halbmond, umwimmelt von

Küsten- und Lagunenfahrzeugen wie Batelle, Bragazzi, Topi, Burichie, Rascone mit Gaffeltakelage oder den dreieckigen lateinischen Segeln.

Mit elegantem Schwung tauchen wir in das Gewimmel, gleiten in einen Kanal, unter Brücken hindurch, biegen erneut ab.

»Der Rio San Lorenzo«, erklärt der Gondoliere. Wieder um einen Bogen: »Der Rio de Osmarin.«

»Dort vorne ist er!« strahlt mich Willi – William, wie ich ihn nennen soll – an. »Der *Palazzo de Diavolo!*«

Ich bin beeindruckt! Ein mächtiger Bau, größer als der Ansitz auf Büchsenhausen, doch er hat nichts Schweres, Plumpes, Protziges. Wie diese ganze Stadt scheint er mit seiner leichten, in rötlichem Ocker gehaltenen, mit weißem Marmor abgesetzten gotischen Fassade über dem Wasser zu schweben.

Im Untergeschoß vier schwer vergitterte Fenster und ein breites Portal zum Wasser.

»Dort unten und im hinteren Teil des Hauses sind die Warenlager«, erklärt William.

»Auf der Seite des Rio San Severo, gleich rechts um die Ecke des Hauses, liegen zwei weitere Wassertore«, bemerkt William bedeutungsvoll, »samt einem geschickten Knick in der Mauer, so daß man kaum beide Tore gleichzeitig einsehen kann. Ganz hinten gibt es noch ein großes Warentor. Man erreicht das Landtor über diese Brücke, die Ponte de Diavolo.«

»Woher stammt dieser Name eigentlich? Palazzo des Teufels? Brücke des Teufels?« frage ich.

Williams Antwort bleibt kryptisch. »Der Palazzo de Diavolo ist in Wirklichkeit ein Paradies. Zwar erschien der Teufel im Paradies Eva als Schlange, doch du wirst umgekehrt die *gute Schlange* ins Paradies bringen. Und dieser Palazzo ist das Ei, aus dem sie kriechen wird...«

William deutet hinauf zu den Stockwerken:

»Da oben im ersten Stock hinter den vier zusammenhängenden Fenstern liegen die Prunk- und Empfangsräume und ein Stockwerk höher, wo du die sechs Fenster mit den beiden kleinen Balkonen rechts und links siehst, unsere privaten Gemächer. Dein Zimmer wird das ganz linke mit dem leicht vorstehenden gotischen Erkerfenster sein an der Ecke der Kanäle Osmarin und San Lorenzo; meines ist hier gegenüber.«

»Und im dritten Stock?«

»Wohnen die Bediensteten. Ich darf dich bitten, wir sind da.«

Mit einem leisen, dumpfen Poltern macht das Boot am Wassertor fest, das sich in quietschenden Angeln drehend öffnet. Ein halbes Dutzend Männer und auch einige weibliche Gestalten empfangen uns, helfen uns aus dem Boot, verneigen sich tief:

»Willkommen zu Hause, Messer Davison!«

Wir betreten eine geräumige, marmorgepflasterte Halle, von der eine weit geschwungene Treppe mit fein ziseliertem Geländer nach oben führt. William schaut sich prüfend um, dann schreitet er voran, die Treppe hinauf. Im gleichen Augenblick wirkt er wie verwandelt. Es ist sein Palazzo!

Der Boden der Halle, die wir betreten, ist ebenfalls mit Marmormosaiken ausgelegt, die Wände mit silbergesticktem Samt bespannt, die Stühle sind mit Leder bezogen, die Lehnen mit vergoldeten Schnitzereien geschmückt. Aus einer fast mannshohen Silbervase in der Ecke quellen überreich gelbe Rosen.

»Du wirst müde sein«, wendet er sich an mich. »Tonino, bringe Messer Dreyling in sein Zimmer und erfülle ihm jeden Wunsch. Ich schaue später nach ihm.« Und weg ist er.

Durch Gänge, Zimmer, Treppen, ein Raum reicher und prächtiger eingerichtet als der andere, werde ich zu meinem Zimmer geleitet, wobei ich schnell jede Orientierung verliere.

Das Zimmer – Saal wäre angemessener – ist mindestens so prachtvoll eingerichtet wie der Rest des Hauses, den ich bislang gesehen habe. Brokatbespannungen an den Wänden, ein prasselndes Feuer im Marmorkamin, unglaublich weiche, orientalische Teppiche auf den Marmorfliesen, ein riesiges, überdimensionales Bett mit Seidenbezügen und seidenem Betthimmel. Der Tisch, die Stühle und Kommoden mit Intarsien eingelegt. Es ist das Eckzimmer, das mir William von unten gezeigt hat, und der Blick aus den Fenstern geht links auf den Rio de Osmarin, rechts auf den Rio de San Severo hinunter.

Tonino hat mein kleines Gepäck abgestellt, verstaut meine wenigen Habseligkeiten in Truhen und Schubfächern einer Kommode. Ein weibliches Wesen erscheint mit einem Imbiß auf einer Silberplatte: frisches, goldhelles Brot, Fleisch, Käse, Fisch und seltsam anmutendes Seegetier, Obst, drei verschiedene Karaffen mit Wein.

»Heiliger Himmel«, stöhne ich, als ich endlich allein bin, »und ich hielt Büchsenhausen schon für den Gipfel des Luxus und des Lebensstils!«

Ich esse, schaue dabei auf die Kanäle hinunter, sehe Gondeln und andere kleine, ähnlich gebaute Boote anlegen und wieder abfahren.

VENEDIG 1579

In dem Palazzo de Diavolo geht es offensichtlich zu wie in einem Bienenstock.

Und dann macht sich mein Harndrang bemerkbar. Wo kann man hier...?

Ich öffne meine Zimmertür – und stolpere über die Beine von Tonino, der dösend auf einem Schemel im Gang hockt, aber sofort aufspringt.

»O verzeiht! Ich suche nur die Haimlichkeiten«, versuche ich mein Problem zu erklären.

Tonino stutzt einen Moment, schiebt mich dann ins Zimmer zurück, geht zur rechten Wand, dreht an einem Knauf, der mir bislang nicht aufgefallen war – und siehe da, eine Tür schwingt auf und eröffnet einen gefliesten Raum, der nicht nur eine Toilette, sondern auch ein großes Waschbecken, ein Regal mit allerlei Flaschen und Tiegeln und sogar eine marmorne Badewanne enthält.

Ich habe mehr als zwei Stunden auf meinem Seidenpfühl geschlafen und bin jetzt frisch und unternehmungslustig. Da William bislang nicht wieder aufgetaucht ist, nehme ich an, daß er noch beschäftigt sein muß, und so beschließe ich, auf eigene Faust ein wenig diese Wunderstadt, von der ich ja kaum etwas gesehen habe, zu erkunden. Ich werfe einen leichten Mantel über die Schultern, schnalle meinen Passauer Wolf um, öffne die Türe, trete auf den Gang – und stolpere beinahe wieder über die Beine eines Menschen, diesmal nicht die Toninos, sondern eines aschblonden Individuums mit einem stachligen Bart und einer Narbe auf der linken Wange.

Wie Tonino ist er sofort auf den Beinen.

Ich erkläre ihm, was ich vorhabe, doch er nuschelt etwas wie »*Ei dont anderständ*«, und versucht mich in mein Zimmer zurückzudrängen. Als ich einfach an ihm vorbeigehen will, baut sich der Kerl mitten im Gang auf, versperrt mir den Weg. Ich werde ärgerlich:

»Bring mich zu Willi – zu William – William Davison! Sofort! *Avanti!!*«

Der Blonde brummelt etwas in seinen Bart, setzt sich schließlich aber doch in Bewegung.

Williams Arbeitszimmer, das ich wenig später betrete, hat ebenfalls die Ausmaße eines mittleren Saales, ist aber schlicht eingerichtet: mächtige Regale und Schränke aus dunklem Nußbaumholz, die geschickt den Eingang überbauen, geben dem gewaltigen Schreibtisch einen zentralen Punkt im Raum. Vor dem Tisch vier Stehpulte und vier Männer, die eifrig mit ihren Gänsekielen auf Papieren kratzen: Ein strohblonder, sommersprossiger Typ, offensichtlich im Norden beheimatet, ein schwarzbärtiger Orientale mit Turban und zwei, die ich nicht so einfach einordnen kann. Zwischen Tisch und Stehpulten William, auf und ab gehend, den vieren gleichzeitig diktierend, hie und da einen Blick in die Akten auf seinem Tisch werfend.

Als ich eintrete, läßt er gerade im Kamin ein Papierbündel in Flammen aufgehen. Dann nimmt er das Geschriebene vom Pult des Strohblonden, überfliegt die Zeilen, setzt seine Unterschrift darunter, faltet das Papier zusammen, drückt sein Siegel darauf:

»Übergib das dem Kapitän der ROSARIO.«

Der Strohblonde verschwindet.

»Nun, Adam?« wendet sich William ein wenig unwirsch an mich.

»Ich störe dich nur ungern, doch dieses Subjekt vor meiner Tür ist offenbar der Meinung, daß ich in der Stube zu bleiben hätte! Ich wollte mich nur ein wenig umsehen, vielleicht zum Markusdom gehen und...«

»Du kannst hier nicht einfach loslaufen!« unterbricht er mich.

»Ich will Venedig sehen und beginnen, es zu entdecken. Was spricht dagegen?«

»Heute ist das unmöglich, Adam. Ich muß heute abend zu einem Empfang in den Palazzo dei Camerlenghi, den Palast der obersten Finanzhüter der Republik. Ich habe keine Zeit und...«

»Aber das macht doch nichts! Ich kann doch selbständig...«

»Kannst du eben nicht. Du kennst Venedig nicht...«

»Dann gib mir Tonino als Führer mit; er ist Venezianer. Ich werde schon nicht verlorengehen!«

Doch William schüttelt energisch den Kopf und in mir steigt wieder Ärger hoch:

»Bin ich hier also ein Gefangener?«

»Natürlich nicht!«

»Dann gehe ich aus. Allein oder meinetwegen in Begleitung von Tonino, aber *ich gehe!*«

Damit wende ich mich um, doch William ruft mir nach:

»Warte, Adam! Na schön, wenn du so wild entschlossen bist, noch heute abend etwas von Venedig zu sehen...«

»Das bin ich!«

»Dann kannst du mich in Gottes Namen zu dem Empfang begleiten.«

VENEDIG 1579

Ich glaube mich in ein Märchenschloß versetzt. Aufgesteckte Fackeln beleuchten die dreistöckige Fassade in lombardischem Barock mit ihren Zierscheiben aus Porphyr, den gemeißelten Friesen und Simsen und den vielfarbigen Marmorinkrustationen.

Und das Innere, die Säle, Treppen, Gänge, Gemächer sind erleuchtet mit Abertausenden von Kerzen auf riesigen Lüstern und zarten Wandarmen, Kerzen, deren Licht sich in den Millionen Facetten geschliffenen Kristallglases spiegelt. Überall sind die Wände mit reichen Seiden- und Brokatdraperien oder mit goldbelegten Ledertapeten verkleidet. Tische, Stühle, Kommoden, alles aus erlesenen, seltenen Hölzern, eingelegt mit Elfenbein, Schildpatt, Silber, Gold, teilweise sogar Edelsteinen. Die Decken sind mit üppigen Gemälden, Portraits und Wappen bedeckt.

Bereits am Wassertor, wo unsere Gondel anlegt, nehmen uns livrierte Diener in Empfang, helfen uns aus dem Boot.

Drinnen wimmelt es von aufgeputzten Männern und Frauen, Seide, Samt, Brokat, Juwelen wirbeln durcheinander, dazwischen Menschen in den seltsamsten Landestrachten: Mauren und Sarazenen in Turbanen, edelsteinbesetzte Dolche und Schwerter in den breiten Schärpen; Griechen in kurzen gestickten Jacken und kurzen Röckchen über den Hosen; Juden in Käppchen und Kaftan; Araber in weißen Gewändern mit Kopftüchern; ein Mann, der ein buntkariertes Tuch wie einen Rock um die Hüften gewickelt und dann wie eine Art bauschigen Mantel über die Schulter geschlungen hat.

»Sir Alastair Cameron of Lochiel, der schottische Gesandte«, raunt mir William zu.

Über allem ein Lachen und Stimmengewirr aus Italienisch, Spanisch, Latein und einem Dutzend mir unbekannter Sprachen und Dialekte, vermischt mit den Klängen von Lauten und Flöten.

Ein Büfett von gigantischen Ausmaßen mit sinnverwirrend duftenden, aufs kunstvollste aufgebauten und drapierten Speisen ist dicht umlagert. Einer der unzähligen Diener drückt mir einen Teller aus hauchzartem chinesischen Porzellan in die Hand, dazu ein merkwürdiges Instrument, das mit einem Griff am Hinter- und zwei Spitzen am Vorderende versehen ist. William, der wie ein Fisch durch die buntschillernden Wogen der Gäste schwimmt, hier jemanden begrüßt, dort ein Kompliment austauscht, erkennt meine Ratlosigkeit:

»Das ist eine *forchetta*, eine Gabel. Fasse hier bloß kein Essen mit den Händen an, das gilt als Zeichen miserabelster Manieren!«

»Und was macht der dort ohne *forchetta?*« raune ich zurück.

Er ist ein ungeheuer fetter Mann mit harten Schweinsäuglein in einem prunkvollen orientalischen Gewand mit einem riesigen Turban auf dem Kopf, der sich mit vollen Patschhänden Essen von seinem Teller und in den Mund stopft.

»Ibrahim Mustafa Pascha, der Leiter der türkischen Handelsniederlassung, irgendeiner der hunderttausend Söhne aus dem Harem des Sultans.«

Langsam beginne ich zu bemerken, daß in dem scheinbar planlosen Gewimmel durchaus so etwas wie eine Ordnung existiert. Die bunte, glitzernde Gästeschar dreht sich langsam aber unaufhaltsam wie ein riesiger Mahlstrom um einen Mittelpunkt, den ich unter dem lichtersprühenden Kronleuchter des größten Saales ausmache. Dort steht eine Gruppe von vielleicht drei Dutzend Herren, etliche davon in den scharlachroten, braunen oder schwarzen wallenden Amtsroben. Es sind hohe Würdenträger der Serenissima. Locker plaudern sie miteinander, nehmen ein Häppchen oder einen Schluck, den ihnen eine ständige Stafette an Dienern vom Büfett heranschleppt und auf massiv goldenen Tabletts darreicht, ziehen dann und wann leutselig einen der sie umkreisenden Menschen mit ins Gespräch und entlassen ihn ebenso freundlich aber unmißverständlich nach einigen Sätzen wieder...

»Barbarigo, Pisani, Vendramin, Pesaro, Morosini, Mocenigo – die Gehirne, Herzen und Geldbörsen Venedigs«, klärt mich William auf, während wir uns in dem Mahlstrom näher herandrehen.

Einer der Herren in rot-schwarzer Robe bricht in schallendes Gelächter aus:

»Dem heiligen Markus sei Dank, daß die Völker der Welt Venedig nie begreifen werden!«

»Nun, Messer Balbi«, widerspricht ihm einer in Scharlachrobe »immerhin könnte man sagen...«

»Nein, man könnte eben *nicht!* Messer Morosini, hochverehrter Freund, ich weiß, daß Ihr die Meinung vertretet, der Rückzug aus der *Heiligen Liga* und der separate Friedensvertrag mit der Hohen Pforte nach dem Sieg von Lepanto sei ein Fehler gewesen. Aber nachdem Philipp von Spanien seinen Halbbruder, Don Juan d'Austria, aus Neid abberufen hatte, war die *Liga* doch am Ende!«

»Als ob Venedig nicht allein durchaus auch im Stande gewesen wäre weiterzukämpfen!« ereifert sich Morosini. »Die türkische Flotte war zerschlagen, vernichtet, und wenn wir auch ohne die Spanier weitergekämpft hätten, dann hätte der Krieg...«

»Unsummen verschlungen! 300 000 Zechinen hat uns der Frieden gekostet – ebenso viel, wie vier – nur vier! – Monate Krieg, lieber Messer Morosini!« Messer Balbi senkt freundlich die Stimme: »Seht es doch einmal so: Ein Krieg hätte jahrelang den Levantehandel blockiert – und für 300 000 Zechinen haben wir ihn voll zurückbekommen!«

»Außer Zypern!« räsoniert Morosini.

»Na gut, also: außer Zypern...«

»Für das sich Messer Bragadin von den Türken bei lebendigem Leib die Haut hat abziehen lassen!«

Der Mahlstrom treibt uns unerbittlich weiter, und schon bald stehe ich mit meinem Teller in der Hand wieder an seinem Rand und versuche mit der Forchetta, diesem *instrumentum miraculosum*, Häppchen aufzuspießen. Dazu ständig in der Angst, daß das Wenige, was ich damit erwische, auf den Boden oder gar auf einen Nachbarn fällt. Oder daß mir das Kristallglas und der Porzellanteller, die ich in meiner Linken balanciere, in Scherben gehen. Von den gewiß köstlichen Speisen schmecke ich bei diesem stillen Kampf fast nichts und bin heilfroh, als hinter uns helle Frauenstimmen laut aufklingen und ich meinen Teller unauffällig auf einem Tischchen deponieren und mich verdrücken kann.

In einem Nebensaal hat sich ein Ring um drei Damen gebildet. Auch William und ich treten näher.

»Laß Laura zufrieden, Giulietta!« fordert soeben die eine, ein mädchenhaft zartes Wesen mit dunkelblonden Locken und veilchenblauen Augen in einem silbrigen Seidenkleid mit überraschend wenig Schmuck – was ihre außergewöhnliche Schönheit nur noch mehr zur Geltung bringt.

»Misch dich nicht ein, Maria!« fährt sie eine üppige, stark geschminkte Weißblonde in einem mit Diamantsplittern übersäten giftgrünen Brokatgewand an. »Mit der Höllenkatze werde ich immer noch allein fertig! Kümmere du dich um deine Verslein und dein Lautengeklimper und deine bläßlichen Herrlein und überlaß die Männer uns!«

Die »Höllenkatze«, eine schlanke, große Frau mit pechschwarzen Haaren, olivfarbener Haut und auffallend schwarzen Augen, von der eine eigenartige Faszination ausgeht, welche von dem mitternachtsblauen, mit allerlei astrologischen und kabalistischen Zeichen bestickten Gewand noch verstärkt wird, lacht schallend:

»Recht so, Laura-Liebling! Was wüßte unsere heilige Maria denn mit einem *Mann* anzufangen? Er könnte sie ja verderben!«

»Zumindest habe ich es noch nicht nötig, mit Hexenkünsten und Schwarzen Messen auf Kundenfang zu gehen wie du, Giulietta!« stellt die Dunkelbblonde in dem Silberkleid fest, wobei ihre Veilchenaugen über die Umstehenden gleiten, auf mir hängenbleiben. »Und was dich angeht, Laura, bin ich glücklicherweise noch nicht so alt, daß ich überhaupt auf Kundenfang ausgehen müßte!«

Mit schnellen Schritten kommt sie auf mich zu, strahlt mich an: »Ich habe Euch leider bisher noch nicht kennengelernt.«

Ich verneige mich artig:

»Adam Dreyling zu Wagrain. Ihr konntet mich noch gar nicht kennenlernen, da ich erst heute in Venedig angekommen bin.«

»Ich habe heute abend leider noch eine Verpflichtung, aber ich würde mich glücklich schätzen, wenn Ihr mich in den nächsten Tagen auf meinem Landgut in Torcello besuchen würdet, Messer Adam.«

»Mit dem allergrößten Vergnügen!«

»Hoffentlich habt Ihr genug Geld, um sie Euch leisten zu können!« lacht die »Höllenkatze«. »Laura wäre mittlerweile bestimmt billiger – aber sie ist ja auch erheblich älter...«

»Meine Damen, ich bitte Euch...«

Ein mittelgroßer, schlanker Herr, in purpurvioletter Robe mit langen, schwarzen Haaren und einem kurz gestutzten, schwarzen Bart hat sich aus dem Kreis der Venezianer gelöst und ist zwischen die Streitenden getreten. Seine Stimme ist leise und gepflegt, doch unter dem dunklen Funkeln seiner Augen weicht die »Höllenkatze« Giulietta zurück. Augenblicklich herrscht Frieden.

»Ich sagte *Torcello!*« betont meine Schöne, wirft mir noch mal ein bezauberndes Lächeln zu und ist verschwunden.

»Ihr habt ein unglaubliches Glück, Messer Dreyling«, spricht mich der Herr, der eben Ruhe gestiftet hat, an. »Donna Maria Cavallino ist derzeit die teuerste und begehrteste Kurtisane Venedigs, die nur die erwähltesten Kunden akzeptiert – und ›Torcello‹ heißt bei ihr nicht weniger, als daß sie Euch privat, also ohne jede Gegenleistung, eingeladen hat.«

»Ich finde Donna Giulietta aufregender«, mischt sich William in das Gespräch.

VENEDIG 1579

Der Herr zuckt mit den Achseln:
»Satansmessen und dunkle Riten sind nicht mein Geschmack.«
»Meiner auch nicht unbedingt«, gibt William zu, »aber sie gilt auch als hervorragende Kartenlegerin und Wahrsagerin und...«
»Verzeiht, Messer Davison, ich habe mich Messer Dreyling noch nicht vorgestellt. Ich bin Zenon Querini.«
»Provveditore der Adriaflotte«, ergänzt William, »und Bruder des Helden von Lepanto, Marcantonio Querini.«
»Ein schlimmes Schicksal«, lacht Zenon Querini, »immer und überall ›der Bruder‹ eines bedeutenden Mannes zu sein!«
Ein Mann tritt hinzu. Er ist klein, schlank, auffallend schlicht gekleidet. In die kurzgeschnittenen, dunklen Locken mischt sich erstes Grau. Sein Gesicht wird beherrscht von einer mächtigen Nase und zwei klugen, warmen Augen. Sein Akzent ist eindeutig schwäbisch:
»Ihr kommt aus Tirol, Herr von ... Dreyling, wenn ich recht gehört habe. Furttenbach. Joseph von Furttenbach«, stellt er sich mit leichter Verbeugung vor.
»*Il Admirale*«, ergänzt Zenon Querini.
»Ihr seid Admiral der venezianischen Flotte, Herr von Furttenbach?« frage ich erstaunt.
»Nicht doch!« wehrt Querini mit gespieltem Entsetzen ab. »Ein venezianisches Kriegsschiff wird niemals ein anderer als ein gebürtiger Bürger Venedigs kommandieren! Messer Furttenbach dient Venedigs Erb- und Erzfeind: *Genua*. – Und außerdem ist er ein alter Freund und Kampfgenosse von Lepanto.«
Admiral Furttenbach hebt sein Kristallglas:
»Auf den glorreichsten Sieg der Christenheit!«
»Wenn ich recht unterrichtet bin«, merkt William an, »dann war Herr von Furttenbach ursprünglich Kupferstecher, wurde nach Genua geholt, um einen Stich von Hafen und Stadt anzufertigen, begann sich für Schiffbau zu interessieren und war bald so gut, daß ihm der Doria die Erneuerung der genuesischen Kriegsflotte anvertraute und ihn zum Kapitän, schließlich zum Admiral ernannte.«
»Alle Achtung!« bekenne ich.
Und der fette Ibrahim Mustafa Pascha, der sich zu uns herangedrängt hat, ereifert sich:
»Er könnte sogar jeden Tag Kapudan Pascha, Oberbefehlshaber aller osmanischen Flotten werden, wenn er sich endlich dazu entschließen würde, auf unser Angebot einzugehen, nach Istanbul zu kommen, anstatt sich mit dem Hungersold zufrieden zu geben, den

ihm die geizigen Genuesen zahlen. Wir könnten ihm, wenn er es fordert, seine neuen Galeeren mit Tauwerk aus Seide und Segeln aus Satin ausrüsten. Und wenn es um Reichtümer und Ehrentitel geht, ist die Hohe Pforte seit jeher großzügiger als alle europäischen Fürsten und Republiken zusammen! – Und wenn Ihr gar zum Islam übertretet, dann winkt ein Harem von Konkubinen! Das Vertrauen des Sultans! Die wahre Religion!«

Ein kleiner Mann in langem Gewand mit buschigem Bart und lang gedrehten Locken, die unter einem goldgestickten Käppchen vor den Ohren zu beiden Seiten seines Gesicht herabhängen, drängt sich zu uns durch, zupft William am Ärmel: »Messer Davison, kann ich Euch einen Augenblick sprechen?«

Während sich die beiden in eine Fensternische zurückziehen und sich dort heftig gestikulierend unterhalten, erzählt Herr von Furttenbach:

»Messer Querini und ich haben eine Wette abgeschlossen, genau gesagt, eine Wettfahrt einer venezianischen Galeere gegen meine: vom Markusplatz nach Chioggia und zurück. Der Start ist am Nachmittag der Festa della Sensa, am Himmelfahrtstag. Herr Dreyling, hättet Ihr nicht Lust, das Rennen auf meinem Schiff mitzuerleben?«

»Aber mit dem größten Vergnügen!«

»Seid Ihr geschäftlich in Venedig?«

»Sozusagen...«

»Arbeitet Ihr für die Fugger?«

»Nein! Gewiß nicht! Ich bin Bronzegießer – Geschützgießer – und suche nach einer entsprechenden Wirkungsstätte.«

»Und wo habt Ihr das Gießen gelernt, Messer Dreyling?« mischt sich Zenon Querini wieder ein.

»In Innsbruck, bei Hans Christoph Löffler.«

»*Löffler!?*« Ibrahim Mustafa Pascha quellen die Augen aus dem Kopf, und sein Turban wackelt bedenklich. Auch in den Augen von Zenon Querini sehe ich es mit Genugtuung aufblitzen:

»Löffler? Hans Christoph Löffler?«

William, kreideweiß, ist plötzlich wieder neben mir. Er sieht aus, als habe er eine schreckliche Nachricht erhalten.

»Wir müssen – wir müssen sofort...«

Sein Griff nach meinem linken Arm ist hart. Entschlossen dirigiert er mich zum Ausgang.

»Langsam, langsam!« dröhnt der Türke. »Dieser Mann ist ja ein Juwel, wenn er die Wahrheit sagt! Ihr könnt ihn uns doch nicht so einfach entführen! Wenn er eine neue Wirkungsstätte sucht, dann...«

Die dicken Patschhände des Paschas versuchen nach mir zu fassen. Dann ist Zenon Querini auf meiner rechten Seite. Sein Griff ist ebenso bestimmt wie der meines Freundes.

Und schon geht es die Treppe hinunter.

»Messer Davison«, sagt Querini. Sein Ton ist drohend. »Haltet um Gottes willen Messer Dreyling von dem Türken fern!«

»Worauf Ihr Euch verlassen könnt!« antwortet William gereizt.

Querini setzt nach: »Messer Davison, Ihr seid mir persönlich haftbar für die Sicherheit von Messer Dreyling! Die Erlauchte Republik von Venedig würde es als einen äußerst unfreundlichen Akt von Eurer Seite betrachten, wenn mir Messer Dreyling in den nächsten Tagen nicht zu einem ausführlichen Gespräch zur Verfügung stünde!«

Wir sind am Tor. Zenon Querini stellt sich vor uns hin:

»Ein unfreundlicher Akt nicht nur von Euch persönlich, sondern von *England!*«

William zuckt:

»Wie darf ich das verstehen, Messer Querini?«

»So wie ich es gesagt habe. England könnte im Mittelmeerraum den einzigen abendländischen Hafen, den es anlaufen kann, verlieren. Venedig! Ich wünsche Euch eine angenehme Nacht, Messer Dreyling – und Euch, Messer Davison!«

Mitternacht ist erst in einer Stunde vorbei. Wie auch immer, Patrizier, Diplomaten, Kaufleute, Fedelissimi und Circospetti, sie alle werden ohne uns das begeisternde Fest irgendwann in dieser Nacht zu Ende bringen. Ich war dabei, die ersten Tropfen des venezianischen Nektars zu kosten. Den Kelch hat mir William weggerissen. Es ist eine Schande!

Ärgerlich, enttäuscht, ja unwillig folge ich dem edlen Herrn des Palazzo Diavolo und trete mit ihm durch einen der vier beleuchteten Torbögen hinaus ans Wasser. Ein schriller Pfiff des Pagen fordert unsere Gondel. Wie ein Rudel angebundener schwarzer Hengste liegen sie nebeneinander im Canale Grande. Festgemacht zwischen Stangen, gleich neben der marmorumhüllten Mauer des Palazzo dei Camerlenghi, dessen Ausdruck steingewordener Prachtliebe die Bedeutung der Behörden hinter seiner reichverzierten Architektur wirksam zu verdeutlichen vermag.

In tausendfach verzweigten Lichtfingern verschwimmen alle Umrisse vor uns im schwarzen Wasser. Die Silhouette unserer Gondel löst sich geräuschlos gleitend aus dem Rudel, als wäre sie eine zäh auf der Stelle verfließende Strähne. Eine Stadt, in der alle Bewohner die Zügel durch Riemen ersetzt haben und dem Wind die Schuld geben, wenn ihre *Pferde* schlingern!

Ich verspüre Williams Unruhe, die sich wie ein Vibrieren auf die Gondel überträgt. Wo will er hin? Warum zerstört er so brutal die ersten angenehmen Stunden, die schon beginnen, sich rasch im feuchten Dunst dieser Nacht zu verlieren?

Die ersten Begegnungen stimmten mich glücklich. Die Damen schienen bereit und offen wie weiße Lilien, die Männer im Zentrum des Saales wirkten anziehend durch ihre Macht. Allzugern hätte ich noch weiter ihren Worten und Argumenten gelauscht. Gerade die verschworene Meute im Zentrum, um die alles kreiste, vermittelte mir den Eindruck, daß sie nur Geld und Macht als lohnendes Ziel kennt. Natürlich geht es dann auch Venedig gut – das habe ich klar verstanden.

Ich nehme als erster Platz in der engen Hütte auf unserer Gondel, die sie *Felze* nennen. William wendet sich kurz angebunden an Tonino, der auf dem Heck an dem *Remo da Poppa* steht.

»Den Kanal hinauf!«

»*Dove?*« fragt der Mann auf dem *Fiubono* zurück.

»Hinauf, sagte ich.«

Erst in der Mitte des Kanals, nach respektvollem Abstand vom Palazzo, wird William präziser:

»*Inoltre Ghetto Nuovo!*«

Unbemerkt und stumm sitzen Alamanno und Ugo vor der Felze – sie sind ohne Zweifel seine *fedelissimi*, ohne die er keine Bewegung in Venedig unternimmt. Am Bug, an dem *Remo da Pora*, steht Girolamo, unser zweiter Venezianer, den ich in der Dunkelheit nicht zu erkennen vermag. Der schmale Ausschnitt des nächtlichen Himmels, das Glucksen an der Bordwand, die Enge der Felze, pressen meine Gedanken wie in einen Trichter. Warum nur dieser hastige Aufbruch?

»Was bedeutet *Ghetto nuovo?*« durchbreche ich das Schweigen.

»Ein Serail für Juden!« kommt es knapp zurück.

»Ein Serail?«

VENEDIG 1579

»Ja, eine Insel als Serail! Tagsüber für jedermann offen, nachts allerdings wird sie abgeriegelt, und die Zugänge werden streng kontrolliert. Eine kleine unabhängige Republik für Juden – und das mitten im Herzen Venedigs.«

»Und was wollen wir da, wenn wir nicht hineinkommen?«

Die kleine Pause bedeutet, daß er nicht bereit ist, mich über die wahren Gründe seiner eiligen Mission ins Ghetto einzuweihen.

»Du wirst auf mich etwas warten müssen, denn ich besuche dort das *Purimfest*, den jüdischen Karneval! Die Glücksspiele gelten als besonders raffiniert, und ich bin schon den ganzen Abend wahnsinnig versessen darauf.«

Ich merke, daß William mich belügt. »Dem opferst du das Fest im Palazzo?«

Langsam dreht er sich auf der engen Sitzfläche zu mir, und rückt nahe an mein Ohr.

»Jeder der ankommt,« sagt er, »treibt irgendwann den Canale hinunter – du treibst allerdings schon sehr zeitig darin. Doch sieh dich vor! Manch einer kommt nie an, da er überall vorbeitreibt, weil er die richtige Treppe nicht finden kann. Neuankömmlinge wie du sind wie geblendet von der polierten Maske dieser Gesellschaft, hinter der nicht viel Ehrliches zu erkennen ist. Du bist wahrlich nicht der erste, der Gefahr läuft, der Serenissima zu verfallen. Berausche dich ruhig an ihrem herrlich gemischten Blut, doch lasse dich von ihrer reich geschmückten Verkleidung nicht hinwegreißen; denn es ist nur die Pflicht Venedigs, so prunkvoll wie möglich *auszusehen*. Liebäugle also nicht ständig, sondern prüfe, wann immer du kannst, die Durchblutung an der richtigen Stelle, und du wirst schnell merken, daß Venedigs Haut kalt ist. Zudem gleichen ihre Feste, ihre Wirtschaft, ihr Handel und auch ihre Macht in diesen Zeiten mehr kulissenartigen Scheinfassaden, die vorgeblendet sind wie die der großen Palazzi, an denen wir gerade vorbeigleiten.«

»Mir scheint, sie ist ausreichend durchblutet und ernährt jedes wichtige Organ!«

»Mein Gott, du bist wahrhaftig geblendet – ihr Stoffaustausch ist längst gestört! Die weiße Republik ist angegriffen. Sie steht allein im Seetang. Die Türken haben in Wahrheit bei Lepanto dem Löwen der Adria die Krallen gezogen! Er ist zwar noch nicht so mitleiderregend und ausgehungert wie der steinerne Löwe, der in der Nähe des Palazzo Franchetti steht, doch bald taugt er nur noch als Zierde auf Blumentöpfe und Türschwellen oder als trauernder Löwe am Fuße der Kreuze in Kirchen und Friedhöfen. Der Kampf fürs Kreuz schlug sich nur als Verlust in Venedigs Büchern nieder, die deutliche Spuren hinterlassen haben. Sie haben zwar eine teure Schlacht geschlagen, doch den Sieg über den Halbmond werden sie nie mehr erringen.«

»Vorhin, auf dem Fest sprachen alle von einem großen Sieg.«

»Für wen? Für Venedig? Für den Papst oder gar für Spanien? Für Juan d'Austria oder für das Goldene Horn? Nein, nein – weder hier noch in Rom, nicht in Genua und auch nicht in Spanien gibt es einen einzigen Grund, Jubellieder zu singen. Wenn sie es auch nach Lepanto ausgiebig taten, so hat sich die Liga dennoch nur geschwächt, und dem Löwen bluten immer noch die Tatzen. Der Kanonendonner ist seitdem verhallt und die Wellen der Meere werden von Venedigs Schiffen nicht mehr exakt geteilt...« Entspannt dreht er sich zurück und bemerkt geheimnisvoll: »Zum Nutzen einer werdenden Macht, was mich freudig stimmt. So können sich die Dinge ruhig weiterentwickeln. Die glänzenden Monde über diesem Teil der Erde sind vorüber!«

Seine Worte klingen endgültig, stehen jedoch nicht minder im Widerspruch zu dem Gespräch zwischen Morosini und Balbi im Palazzo dei Camerlenghi.

»Was sind deine genauen Anhaltspunkte für dein Urteil, das für Venedig so niederschmetternd ausfällt?«

»Aus Attilas Horden müssen einige zurückgeblieben sein, wahrscheinlich haben die Dogenfamilien der Cantarini oder der Parteciaci ihren Ursprung darin; denn anders ist die *Geißel Venedigs*, wie ihre Handelsniederlassungen in der Levante empfunden werden, nicht zu erklären. Zudem verbirgt eine Stadt, die nach außen hin immerfort mit Hochherzigkeit und durch Vollkommenheit glänzen will, die innerliche Fäulnis.«

»Hast du dafür ein Beispiel?«

»Nun, schon in der frühesten Entwicklung Venedigs stößt du auf genügend Fäulnisstellen. Wenn die so erfolgreiche Handels- und Finanzwelt Venedigs einen ihrer Dogen, weil er den Sklavenhandel unterband, in ihrer Unzufriedenheit erschlug und den Leichnam zusammen mit seinem Sohn, der sich noch im unschuldigsten Säuglingsalter befand, ins öffentliche Schlachthaus werfen ließ, so denke ich, daß dies dem Bild entspricht, das ich dir gerade entworfen habe.«

»Dann frage ich mich, warum zieht es dich immerfort hierher? Du mußt dich doch Tag für Tag miserabel fühlen?«

VENEDIG 1579

»Ich fühle mich wohl und bin manchmal viel zu kurz hier. Das hat allerdings nichts mit meinen Überlegungen, Eindrücken und Erlebnissen in dieser Stadt zu tun. Das Aufspüren von Wahrheiten bildet einen wesentlichen Teil meiner Aufgaben. Venedig fordert mich diesbezüglich voll und ganz. Ich genieße auch ihre Dekadenz – nur wird sie mir deshalb nicht den Verstand eintrüben.«

»Ich werde das Gefühl nicht los, daß du mir aus irgendeinem Grund Venedig madig machen willst.«

»Das wäre Vergeudung von Zeit und Kraft! Doch deine Zukunft hängt von der Ausübung deines Könnens ab, und dafür existiert nun mal an diesem Ort kein besonders guter Boden für dich. Das zu erkennen, dafür versuche ich dir die Augen zu öffnen.«

»Du meinst also, die Gießereien sind auf mein Können keineswegs angewiesen, und das Arsenal kann daher auf mich verzichten?«

»Das Arsenal nimmt dich, egal was du dort gießt. Aber Meister Löffler ist bekannt – du hast es heute abend selbst erlebt –, und noch bekannter sind seine Bräuche, wie er mit Gesellen umzugehen pflegt, wenn sie versuchen, auf eigene Rechnung zu gießen. Du würdest sie erstaunen!«

»Ich bin doch Meister!«

»Gewiß bist du Meister! Überall bist du Meister, doch was spielt das für eine Rolle? In Venedig bist du deshalb keineswegs sicher. Dein Leben wäre ständig in Gefahr. Allein Fuggers verlängerter Arm aus dem Deutschen Handelshaus heraus, gleich gegenüber dem Palazzo, in dem wir feierten, hätte dich heute abend schon lupfen können, und Habsburgs Männer sind allgegenwärtig. Du kannst nur unter meinem Schutz und unter dem Schutz meiner Männer deines Lebens hier sicher sein. Wärest du statt Kanonengießer in Innsbruck Glasbläser auf Murano geworden, wärest du umgekehrt ein gehegter Schützling der Regierung Venedigs. Wolltest du aber als Glasmacher an einem anderen Ort auf dieser Welt dein Glück versuchen, hätten Venedigs Agenten dich schon längst gegriffen und unerbittlich getötet, egal wo du dich auch aufhieltest. Du würdest es nicht einmal bis zur Gondel schaffen. Der Canale Orfano würde dein nasses Grab werden. Bedeutsam ist aber, daß auch andere Agenten den Canale für dieselben Zwecke benutzen.«

»Was hast du also vor mit mir?«

»Wir sind dabei, noch heute nacht genaueres darüber zu erfahren.«

Seine Worte beginnen in mir zu kochen. Geduld!

Ich hasse den Zustand, der mir die Mitte des Leibes zernagt. Warum ist nach Hans Christoph nun William der Träger einer Kraft, die mir bis heute verwehrt ist? Meine Lebensfreude droht ein ums andere Mal einzufrieren.

William überrascht mich mit scharfem Ton:

»Willst du dich über etwas Bestimmtes beschweren?«

Augenblicklich drängt der Ärger aus meiner Brust:

»Wenn sie erst gesehen haben, was für Kanonen ich gieße, wird Venedig genau das gleiche Interesse daran haben, mein Leben schützen zu wollen, wie du es tust!«

Die Enge der *Felze* ist unerträglich wie ein Sarg. Ich möchte mich bewegen, die Sitzposition wechseln. William starrt mich immer noch von der Seite her an:

»Raus damit! Was quält dich?«

»Also, ich wäre eigentlich noch gern im Palazzo geblieben – ob mit oder ohne dich.«

»Dann wird es Zeit, daß ich dir die Hindernisse aufzeige, die unüberwindlich sind«, murrt William. Sein Arm berührt leicht den meinigen. »Was ich dir sagen muß, mag bitter sein. Schlimmer noch, du wirst kaum Zeit haben, um die Fakten überprüfen zu können. Das, was du über Kanonengießen in Venedig wissen solltest, ist dies: Daß das Arsenal von Venedig dich und deine Kunst noch weniger vermißt als die Kenntnisse über bestimmte Eßgewohnheiten der Eingeborenen hinter dem Nil.«

»Was ich zu glauben habe...«

»Langsam, langsam! Das, was für dich zutrifft, gilt auch für viele andere Bereiche. Venedig kann gar nicht anders, denn ihr Doge befolgt eine Politik, die Venedigs eigenen Interessen zuwiderläuft, und der Provveditore Arsenale gehorcht dem Ducale. Die Machtbasis ist zwar die Organisation des Arsenals mit seiner gewaltigen Galeerenflotte, doch deine Kanonen kommen in den Sphären einer Galeere wenig zur Geltung. Das, was dort auf Interesse stoßen würde, wären umwälzende neue Erkenntnisse im Galeerenbau, der aber auch nur dann zur Anwendung käme, wenn die hohen Kosten damit wenigstens um ein Drittel gesenkt werden könnten. Da wird eisern gespart, denn man will sich schließlich weiterhin lieber mit Luxus und Vergnügen betäuben. Dafür werden Venedigs Waren zunehmend von erfolgreicheren Handelskonkurrenten transportiert. Das östliche Mittelmeer hat inzwischen aufgehört als *Venezianische See* zu gelten.«

»Davon möchte ich mich selbst überzeugen!«
»Ich befürchte, die Zeit wird dafür nicht ausreichen.«
»Sie wird ausreichen müssen, William!«
»Das kann ich mir kaum vorstellen. Doch laß uns nach vorn blikken. Unser Auftrag...«
Im gleichen Moment steckt Ugo seinen Kopf herein:
»Girolamo läßt melden, Sir, wir sind gleich durch den Rio di S. Marcuola.«
»Gut. Den Misericordia hoch, bis zur Einfahrt Rio del Battello.«
Es ist dunkler geworden, da wir den Canale Grande verlassen haben. Erst jetzt bemerke ich, daß unsere Gondel ruhig gleitet. In diesem Seitenkanal kräuselt wahrlich kein Windhauch die dunkle Wasserfläche. Die Besatzung ist bestens eingespielt.
»Fahr fort, du bist unterbrochen worden«, nehme ich das Gespräch wieder auf.
»Ja, Adam. Unser Auftrag verträgt keinen Zeitverlust. Wir werden Venedig daher sobald wie möglich wieder verlassen.«
»Unser Auftrag? Ich soll Venedig...?«
»Willst du endgültig scheitern? Dann ist Venedig der richtige Ort dafür«, überfährt er mich lautstark. »Deine Kunst ist dort begehrt, wo Menschen deines Schlages sich neu gruppieren, um dafür zu arbeiten, die etablierten Prinzipien und Methoden der Wirkungen zwischen Segelschiff und Kanone neu zu überprüfen. Entwickle an dem Ort dein Können, der es dir ermöglicht, alles was du an Erfahrung im Leben gesammelt hast, nutzbringend einzusetzen. Ist es nicht genau das, was du so heiß begehrst?«
»Ja, schon möglich. Wenn dein Plan ehrlich ist, kannst du an jedem Ort mit mir rechnen. Ich glaube aber, daß Venedig der Ort sein könnte, der mir alles abverlangt. Laß uns etwas mehr Zeit dafür.«
»Da er es nicht wird, gibt es auch keinen Grund zu bleiben.«
»Deine plötzliche Hast ist mir unverständlich. Ich sag' dir etwas, William: Über deinem Leben liegt eine undurchsichtige feine Schicht, wie auf einem stehenden Teich, und deine Prinzipien gleichen einem ausgebeulten Wams. Die Gefahren, die du mir aufzeigst, sind nie und nimmer der alleinige Grund. Ich vermute, daß der Kern aller deiner Gedanken anderen Ursachen entspringt.«
»Deine Vermutungen sind richtig. Sie setzen sich auch aus den gleichen Bausteinen zusammen wie die meinen und kreisen zusammen um denselben Mittelpunkt. Du schichtest deine Steine nur anders.«

»Ich sehe weder kreisende Steine noch einen gemeinsamen Mittelpunkt...«

»Also schön. Ich hoffe in deinem eigenen Interesse, daß wir bald aus Venedig herauskommen.«

Mir bleibt keine Zeit zum Rebellieren, denn kaum ist er mit seiner Antwort fertig, kommt die Meldung, daß wir in den Rio del Battello eingefahren sind.

Lautlos wie eine Katze erhebt sich William von seinem Sitz und zwängt sich aus der Felze. Draußen dreht er sich noch einmal um, steckt seinen Kopf herein und flüstert mir zu:

»Vermutungen kennen keine Grenzen, daher kann ein jeder seinen Phantasien freien Lauf lassen. In unserem Fall wäre das töricht. Du und ich brauchen Gewißheit!«

»Was suchst du hier wirklich?«

»Eine Nachricht!«

»Welche?«

»Wann ein bestimmtes Schiff eintrifft.«

»Wozu?«

»Damit wir Venedig verlassen können!«

»Wohin?«

»Nach England!«

Halb liegend versuche ich neben der Felze unauffällig das Geschehen zu beobachten. Meine Blick fällt auf drei Gestalten, die vor mir in der Gondel kauern.

»Löscht das Licht! Mehr Backbord! Eng an der Mauer entlang! Beim nächsten Sottoportico anhalten!« werden Anweisungen erteilt.

Langsam schleicht unsere Gondel unterhalb einer riesig aufragenden fensterlosen Mauer entlang, die eine gebogene Form aufweist. Das wird sie sein, die Insel Ghetto Nuovo. Bei einer schwarzen Öffnung halten wir. Die Steinmauer darüber reicht in ihrer Höhe über fünf Stockwerke hinweg. Die Öffnung hat das Aussehen eines regelrechten Stollens, in den von unserer Gondel aus ein schwarzer Schatten hineinspringt. Der leichte Rückstoß wird sanft aufgefangen.

»In einer Stunde auf der anderen Seite!«

Kein Zweifel, wir haben William abgesetzt. Aus dem Stollen heraus vernehme ich noch kurz die unterschiedlichsten Klänge, bevor

VENEDIG 1579

die Gondel wie von selbst auf der Stelle drehend zurückgleitet, in die Richtung, aus der wir gekommen sind.

»Schneller!« treibt Ugo, der nun das Kommando hat, die Gondolieri an. Wenig später erreichen wir wieder den Rio della Misericordia und fahren ein Stück weiter in die nördliche Verlängerung des Kanals, der ab dem Ghetto Rio San Girolamo heißt.

Ugo läßt die Gondel drehen. Ich vermute, daß wir so verweilen werden – eng mit dem Schatten der Häusermauer verschmolzen, bis zu dem Moment, den William bestimmt hat, ihn abzuholen.

Aus sicherer Entfernung beobachten wir ein seltsames Schauspiel. Vor uns kreuzen zwei Barken langsam ihren Weg und tauschen dabei irgendwelche Parolen aus. Sie kreisen wie Wölfe um den Pferch. Die eine verschwindet im Rio del Battello, die andere verschluckt die Dunkelheit. Ohne genau zu wissen, wie die genaue Lage des Ghettos ist, vermute ich, daß sie den südlichen Kreisbogen um das Ghetto nimmt.

Das Warten wird mir zur Ewigkeit...

»Jetzt!« gibt Ugo – nach gut einer Stunde – das Signal zum Ablegen. Ich fühle wie die Gondel lautlos Fahrt aufnimmt und der großen pechschwarzen Rundburg langsam entgegendriftet. Vorbei an der Einmündung des Rio del Batello, entlang der Häusermauer, biegen wir nach wenigen Minuten mit sicherem Abstand hinter der zweiten Barke, in den Rio di Ghetto Nuovo ein.

Die Gondel dreht bei, um aus dem dunklen Stollengang heraus William aufzunehmen. Aus dem Eingang löst sich ein Schatten.

»*Freedom!*« ruft die Gestalt herüber.

»*Wessex!*« antwortet Ugo, die Stimme der geringen Entfernung angepaßt.

Kaum in der Gondel, sitze ich, von Neugierde geplagt, mit ihm wieder in der Enge der Felze. Seine Kleider dünsten unangenehm nach Fett, Rauch und Branntwein.

»Verdammt noch mal!« beginnt er verärgert. Zweimal klatscht die rechte Faust in die linke offene Hand. Ein untrügliches Zeichen, wenn Ärger und Enttäuschung drohen, ihm die Kehle zuzuschnüren.

»Was ist passiert?«

»Ich fürchte, du wirst Venedig noch ein wenig länger genießen müssen«, antwortet er schneidend.

»Ich habe es erhofft«, füge ich sanft ein. »Was ist schiefgelaufen?«

»Ein Haufen von miserablen...! Schluß jetzt! Laß mich zufrieden.«

Die Brücke der Sprache ist damit für diese Nacht zertrümmert. Versehen mit der Sanktion des Schweigens, versuche ich nachzuvollziehen, was sich in der verborgenen Lenkung meines Schicksals geändert haben könnte. Ich komme auf nichts Brauchbares, dafür treibt mich sein eisiges Schweigen aus der Felze...

Donnerstag,
der 30. April

Himmelfahrtstag!
An diesem für Venedig so vielversprechenden Fest war ich schon früh morgens durch den Palazzo spaziert. Das Glück stand mir zur Seite, denn ich konnte mich unbemerkt und ohne jede Aufsicht in diesen Stunden durch Gänge, Zimmer, Hallen und Stockwerke bewegen.

Ugo, der inzwischen zu meinem leibeigenen Kämmerer aufgestiegen ist, trotz fehlender Ausbildung, war zur gleichen Zeit unfähig, sich zu rühren. Dafür hatte ihm in der vergangenen Nacht das Glück der Ruhe gewinkt. Er war an der Reihe gewesen, die Wache auf dem Gang zu übernehmen. Tat es aber nicht – denn als die abendlichen Schatten endlich zu dunkeln begannen, da vermählte er sich vorab auf seine Art, ganz besonders innig, mit vollen Weingläsern im Besucherzimmer und wurde eingeschlossen, ohne daß er es wußte. Der Herr des Hauses wäre über diesen Vorfall äußerst betroffen, wenn er davon Kenntnis erhielte.

Um die seltene Gunst des Glücks zu würdigen, öffnete ich ohne weiteres selbst das Tor zur Calle Preti hin, schlich um den Palazzo herum, erreichte über die Ponte de Diavolo den Ponte Osmarin, um auf dem Geländerpfosten sitzend darauf zu warten, daß mir die ersten Sonnenstrahlen das Haupt wärmen würden.

Trotz einiger Menschen, die meisten bewegten sich zum Rialto hin, fühle ich mich auf dem Osmarin unbeobachtet und kann so besser meine Gedanken sortieren.

Palazzo Diavolo! Nein, der Palazzo verdient seinen Namen nicht, auch dann noch nicht, sollte das Rot seiner Mauern ihn eines Tages entflammen und das krank aussehende safrangelbe Wasser, welches ihn heute umströmt, sich tiefschwarz einfärben.

VENEDIG 1579

Ich weiß nicht, doch der Name wird gleich beim ersten Blick auf diese Mauern durch eine poetische, ja heitere Stimmung gemildert. Lachenden Augen gleichen die Fenster, deren helle Marmoreinfassungen wie Birkenstämme leuchten, so daß auf dem Ganzen eine Wärme, eine Fröhlichkeit, eine sprudelnde Lebensfreude und ein nicht zu überbietendes Bild der Geborgenheit liegt.

Doch auch das Diabolische ist da – es liegt im Unsichtbaren. Wie ein Schleier umgibt es den Palazzo, entzog sich lange und geschickt meinem Blick, übte eine Macht aus, die jedem Versuch des Zerreißens standhielt.

Stunde für Stunde, Nacht für Nacht und Tag für Tag mußten entweder Ugo oder Alamanno, auf Anordnung Williams, auf jeden meiner Schritte außerhalb oder innerhalb des Hauses achten, was in mir eine zunehmend unerträglich düstere Stimmung verursachte. Unerträglich, weil sie mir immer und immer wieder vorbeteten, wie nötig ich ihren Schutz vor Mord, Entführung durch Häscher oder gar durch Vergiftung hätte. Aber wer konnte schon nachfühlen, daß in mir jede angenehme Empfindung zu ersticken drohte.

Dennoch hatte ich mir vorgenommen, unter den Schleier zu kriechen; war doch der Herr des Palazzos seit unserem Besuch im Ghetto scheinbar in eine Art geistige Zerrüttung abgeglitten, die ihn niederzudrücken schien und von dem Zeitpunkt ab, mich, seinen teuersten aber bedrohten Schatz, gleichsam in unsichtbare Ketten legen ließ. Auch meine Versuche, ihn wenigstens täglich einmal zu sprechen, in der Hoffnung, daß die Gesellschaft uns beiden Erleichterung verschaffen könnte, war ohne Erfolg geblieben. Er schien eingemauert wie St. Markus in seiner Kirchensäule.

Obgleich wir in der Zeit der Schleusung durch Südtirol vertraute Gefährten gewesen waren, so wußte ich über die wahren Verhältnisse meines Freundes doch nur sehr wenig. Zeigte er sich von jeher verschlossen, so hatte ihn der Palazzo die vergangenen zwei Wochen förmlich verschluckt.

Fürchtete er meine Fragen, mein Aufbegehren? Was passiert wenn...? Worin lag der Sinn seines Verhaltens mir gegenüber?

Immerhin hörte ich davon, daß er pausenlos Gäste empfing, auf Empfänge mußte, dringende Metallgeschäfte abwickelte und auch einige Tage Venedig zwischendurch verlassen hatte.

Alamanno und Ugo waren die Botenträger: »Der Herr will alles wissen. – Der Herr erkundigt sich täglich. – Der Herr ist auf Reisen. – Der Herr ist sehr beschäftigt – läßt grüßen – bedauert – wünscht uns fröhliche Stunden – wird sich viel Zeit nehmen ... Wann – ist ungewiß.«

Eine gewisse Zeitspanne, mit sehr geringen und schnell vorübergehenden Abweichungen, war dies stets so der Fall gewesen.

Ein Zeitvertreib von Ohnmacht, schleichender Resignation und Verachtung.

Teuflisch war nur eins, daß ich diesen Zustand zunächst ohne allzu große Gegenwehr hingenommen hatte. Da ich kaum in der Lage war, die Bedingungen um mich herum zu ändern, mußte ich Möglichkeiten finden, um nicht der völligen Orientierungslosigkeit anheimzufallen. Die dringende Notwendigkeit, die völlige Versklavung meiner Seele zu vermeiden, noch dazu auf diese lautlose Art und Weise, brachte mich auf den Gedanken, das stehende Heer in mir mit seinen Energien ebenfalls lautlos zu mobilisieren – jede sich bietende Gelegenheit auszunutzen, um hinter seine geheimen Aktivitäten zu kommen. Ich begann damit, seine Gewohnheiten, und hier besonders seine Arbeits- und Empfangszeiten näher auszukundschaften. Im Mittelpunkt meiner Neugierde stand der unbemerkte Zugang zu seinem Arbeitssaal, verknüpft mit der Hoffnung auf lesbare Hinweise. Das Hauptziel wollte ich dabei nicht aus den Augen verlieren. Es hieß *ARSENALE!* Ich sollte bald belohnt werden...

Vor genau fünf Tagen bat er mich noch vor dem Frühtisch überraschend in seinen Arbeitssaal, der im *mezzanino* des Palazzo liegt. Der Empfang konnte Gutes, er konnte auch Böses bedeuten. Meine ursprünglichen Absichten, sobald sich die Gelegenheit dazu bieten würde, auf die Ketten, die er mir angelegt hatte, heftig zu reagieren, waren beim Betreten des Saales wie weggewischt. War es seine Silhouette, die, genau im Gegenlicht eines im Spitzbogen auslaufenden Fensters stehend, sich langsam über einige Notizen auf dem Schreibtisch beugend, ihn geradezu unerreichbar für Anschuldigungen machten? Ich fühlte, daß ich eine Luft atmete, die von wichtigen Entscheidungen getränkt war, in der meine aufgestauten Probleme sich gleichermaßen bis ins Nichts hinein verkleinerten. Allein der Blick in sein Gesicht blies den Ärger in mir aus und überzeugte mich von seiner Aufrichtigkeit. Ich war in der Wirklichkeit angekommen.

Wir setzten uns, und nur mit Mühe konnte ich mir vorstellen, daß die Gestalt da vor mir identisch sein sollte mit dem Gefährten aus den Tagen auf dem Ritten.

Mit klaren Augen erkundigte er sich höflich distanziert nach meinem Befinden. Genausogut hätte er mich über das Befinden der Erbsünde befragen können.

Bald gab er zu erkennen, daß die Ursache unseres Gespräches in der erfolggekrönten Anstrengung lag, eine aus dem Ducale angeordnete Einladung zur anstehenden *Sensa* zu erhalten, zu der er mich als Ausgleich für erlittene Einsamkeiten einladen wollte. Ich erfuhr außerdem, daß bei dieser Gelegenheit oft Einladungen von verschiedenen Seiten her ausgesprochen werden, die allerdings wie bisher, auf meine Sicherheit hin geprüft werden müßten, bevor man sie annehmen werde.

Weitere Fragen lockten jedoch nur unbestimmte Andeutungen aus ihm heraus, welche sehr dunkel waren und bestimmte Personen umschrieben, die vor Gewalt nicht zurückschrecken würden, falls wir ihnen Gelegenheit dazu böten.

Während er sprach, trat Alessandro ein, dem die Türken auf Zypern die Zunge herausgeschnitten hatten, der aber dafür nun einen vortrefflichen stummen Sekretär abgab. Ohne meine Gegenwart zu beachten, meldete er William mittels eingespielter Handzeichen die Ankunft zweier Gondeln vor dem ersten Wassertor, was unwiderruflich das Ende unseres Gespräches bedeutete.

Als sich die Tür hinter mir geschlossen hatte, richtete ich unwillkürlich meine Schritte hinab zur Wassertorhalle. Mein Blick fiel auf drei Männer und eine Frau. Zweien davon war ich gleich zu Anfang hier im Palazzo begegnet. Ein Spanier, besser ein Maure, dessen brillierender Schwung seiner Töne und Worte die Aufmerksamkeit des byzantinisch gekleideten Herrn, der neben ihm die Stufen heraufkam, an sich zog. Der dritte Herr erinnerte mich an das Aussehen der Menschen, die im Ghetto Nuovo zu leben hatten.

Die Frau dagegen fesselte meine Aufmerksamkeit. Sie führte die Dreiergruppe die Treppe herauf. Als sie auf den ersten Stufen zögerte, erkannte ich sie wieder. Dunkle Augen, ein üppiger Mund, schwarzes Haar. Die Zigeunerin. Sie hatte mir aus der Hand gelesen. In Sterzing! William hatte sie Ysabel genannt.

Williams Notizen! Die Notizen, welche rechts in der Leiste der ledernen Schreibtischunterlage auf seinem Schreibtisch steckten, standen mit der Ankunft der Gäste in Einklang. Es war also kein Zufall, es war alles geplant.

Ugos Aufpassernächte und seine Vermählung mit dem Wein, die ihm folgerichtig genauso lange Träume bescherten, unterstützten mein Vorhaben an jenem Morgen besonders wirksam.

DER PALAZZO DE DIAVOLO

Im Erdgeschoß, worin ich mich wenig später einfand, war ein Lagerraum unmittelbar unter dem Flügel des Gebäudes gelegen, der auch den Arbeitssaal enthielt. Augenscheinlich hat er früher als Wohnraum gedient, denn er war ehemals mit einem offenen Kamin ausgestattet, von dem nur noch der Kaminabzug im Gewölbebogen zeugte.

Das Elsternest diente jetzt als Aufbewahrungsort für Metalle, Glaswaren, Tuchwerk, Baumwolle, seltenen Marmor, Porphyr und eine große Anzahl Fässer, deren turmartiger Aufbau an der Außenmauer direkt unter der Öffnung des Kaminabzuges bis dahin niemandem aufgefallen war. Da uns überdies der gehobene Geschmack lehrt, gute Zuhörer zu sein, um die Zuneigung der Menschen zu gewinnen, gab ich mich dieser höflichen Einstellung schnellstens hin und erklomm den Faßhügel...

Als sich mein Atem und meine Sinne auf die Hörweite eingestellt hatten, vernahm ich deutlich eine Stimme aus dem Arbeitssaal, die der obere Kamin einfing und bis an mein Ohr weiterleitete.

Auf diese Weise erhielt ich endgültig Aufschluß über alle Kunstgriffe Davisons, die dem Amalgam seiner Tätigkeit beigemengt war. So erlauschte ich, bar jeder zänkischen Moral, daß nach erfolgter Schlappe in Tunis Philipp II. nun Verhandlungen mit Istanbul führte, um einen Waffenstillstand im Mittelmeer zu erreichen.

Der Maure, ich erkannte ihn an seiner Stimme, berichtete weiter, daß König Sebastian von Portugal dabei sei, einen Kreuzzug gegen Marokko zu starten, was William wiederum zu mindestens zwanzig weiteren Fragen anregte. Der Kreuzzug und seine etwaigen Folgen für Portugal und Spanien ließen ihn keineswegs unberührt. Abschließend berichtete derselbe noch etwas über Einfluß und Verhalten eines Antonio Perez, des Sekretärs Philipp II. Wenig später schien ein Wind seine Gewalt zu entfesseln, denn in Richtung Kaminöffnung entstand ein starker Sog, der jedoch ebenso schnell versiegte, wie er angeschwollen war.

Wie einer Grille, die am Grund des Sandlochs sitzt und merkt, daß jemand vorüber geht, so stockte mir der Atem. William stand oben direkt beim Kamin, denn ich dachte einen Augenblick auf Grund seiner Stimmstärke, er stünde direkt neben mir.

Danach war nicht auszumachen, wer sprach. Jedenfalls berichtete nun jemand mit ländlichem und kargen Sinn, daß William Allen, ein englischer Katholik, in Douai ein Kollegium gegründet hatte, um Missionare für England auszubilden, was zu beachten wäre, da die

Vertreibung Elizabeths I. vom englischen Thron damit unterstützt werden sollte. Auch hier Fragen und Antworten hin und her.

William allein stellte die Fragen. Nie bezog er Stellung zum Gesagten.

Kaum waren die letzten Worte verklungen, verspürte ich wieder die kurze, starke aber unangenehme Zugluft an mir entlangstreichen. Als ein deutlich hohler, aber offenbar gedämpfter Widerhall an mein Ohr drang, wurde mir klar, daß William seine Zuträger einzeln empfing und wieder entließ. Das Öffnen der großen Tür oben im Saal verursachte den Luftzug.

Den dritten Besucher, den er Isaac Nieto nannte, forderte William auf, die Nachrichten aus Paris zu übermitteln. Dieser begann jedoch von einem Martin Frobisher zu berichten, der im Auftrag der englischen Krone einen neuen Seeweg, die Nordwest-Durchfahrt nach Ostasien, gefunden hätte. Williams unterbrach ihn sofort, als wäre das Gesagte eine Nebensächlichkeit, um ihn dafür nach der Abreise eines Schiffes, der PRIMROSE, aus Southampton zu befragen.

Allein das Wort *Schiff* verursachte in mir eine ungeheure Spannung, da das Geheimnis, warum das letzte Schiff ausblieb, noch nicht enthüllt war. Ich wußte aber nun, der Mann dort oben bei William war der Mann aus dem Ghetto.

Isaac Nieto informierte lückenlos über Abfahrt und Route, so daß William sofort feststellen konnte, daß die PRIMROSE spätestens nächsten Freitag in Venedig einlaufen müßte, vorausgesetzt, vor Gibraltar und in Algier sei alles normal verlaufen.

William rechnete mit einer gewissen nervösen Inbrunst die Tage der Reise nach:

»Neun Tage bis Algier und von Algier bis Venedig noch einmal gut sieben Tage. Alles, was Sir Francis Walsingham in London unternimmt, ist wirkungsvoll! Nur die Kapitäne taugen wenig! Diesmal werden wir klüger sein und schneller reagieren, sollte das Schiff, was Gott verhindern möge, wiederum auf See bleiben. Keiner der hohen Herren in England kann sich ausdenken«, fügte er hinzu, »wie schwierig die Verhältnisse hier sind, um Habsburgs besten Gießer heil aus Venedig herauszubringen, bevor seine Seele vergiftet wird.«

Nieto entschuldigte sich:

»Die Weiterleitung unserer Berichte und Anforderungen kann nur Cobham in Paris verzögert haben. Walsingham hat zu spät von uns erfahren, daß wir genau wissen müssen, ob überhaupt und wann unser Schiff in das Mittelmeer einläuft. Gut, daß Walsingham jetzt

Thomas Phelippes in Paris neu eingepflanzt hat. Auf seine Kuriere ist Verlaß, und er selbst ist der Beste, wenn es um die Entzifferung abgefangener verschlüsselter Nachrichten in Französisch, Italienisch, Lateinisch oder Spanisch geht. Auch wenn viele dagegen waren, Phelippes ist für uns und für die Achse Venedig-Paris-London ein Segen.«

»Gut, Isaac, zurück zur Primrose. Das bedeutet, daß parallel zu ihr unser Kurierschiff schon am Montag, von Algier kommend, in Genua eintreffen und spätestens Mittwoch der Kurierreiter mit allen Nachrichten hier im Palazzo sein könnte. Dann werden wir auch endgültig wissen, wo, wann und durch was unser anderes Schiff verlustig ging. Darüber hinaus werden wir sicher sein können, daß sich die Primrose in der Adria befindet. Weiß die Gegenseite in Paris schon von Dreyling in Venedig?«

»Bernardino de Mendoza? Baron de Sainte-Aldegonde berichtete mir, daß er alles wüßte.«

»Ahnt er auch unsere wahren Absichten?«

»Wohl kaum! Er sucht durch unseren verschlüsselten Brief, den wir gezielt durch einen seiner Agenten abfangen ließen, auf der falschen Route. Demnach warten sie irgendwo auf der Poststrecke Venedig–Brüssel auf unser Erscheinen. Wie geht es ihm denn eigentlich, unserem Gießer?« fragte Nieto zu meiner Überraschung.

»Er ahnt nicht, wie schwer es uns fällt, sein Leben zu schützen. Er ist die letzten Jahre nur verunsichert, betrogen und belogen worden. Das macht die Sache für mich nicht gerade einfacher. Trotzdem wäre es töricht anzunehmen, daß Offenheit ihm nützen würde. Daß die Mörder seinetwegen schon engere Kreise um den Palazzo ziehen, würde er als widersinnig abtun, und von seinen Möglichkeiten in Chatham weiß er nichts. Dafür glaubt er unerschütterlich an das Arsenal!«

»Laß ihn doch die Erfahrung machen.«

»Die Falken mit den Brüdern Querini an der Spitze haben ihn schon angefordert und hineinvermittelt. Sie werden Dreyling selbst am Himmelfahrtstag darauf ansprechen. Nach der Sensa, gleich am Montag, soll der Versuch gestartet werden.«

»Wie fühlst du dich dabei?«

»Gefühle kann ich mir nicht leisten. Doch es wird ihm nichts zustoßen! Beide Seiten werden auf ihn achten, als wäre er eine Kniescheibe des heiligen Sankt Marcus. Die Folgen, mein Bester, sind allerdings schwer vorauszusehen.

England und die Krone können auf ihn nicht verzichten! Und die Zeit drängt. Philipp II. von Spanien und der Papst wollen das katholische Kreuz nach England tragen.«

William machte eine längere Pause, die mir Schweißtropfen auf die Stirn trieb, da mir schlagartig bewußt wurde, daß jeden Moment Ugo meine Abwesenheit bemerken konnte. Mein Lauschplatz wäre dadurch aufs Höchste gefährdet, wie die weiteren Möglichkeiten, ihn aufzusuchen.

Im gleichen Moment vernahm ich wieder Williams Stimme:

»Was wir für unseren Schutz tun werden, liegt auf der Hand. Walsingham spielt dem Gesandten Venedigs in London einen Brief zu, in dem zum Ausdruck gebracht wird, daß wir uns in jedem Fall damit einverstanden erklären werden, daß Dreyling in Venedig bleiben kann, sollte er selbst den Wunsch hegen, auf Dauer im Arsenal für alle Welt Kanonen gießen zu wollen. Egal, was passieren wird, man wird uns nichts vorwerfen können.«

»Was wird er selbst wollen?«

»Mein guter Isaac, bete dafür, daß er im richtigen Moment seinen Verstand benützen möge!«

Mir war, als legte ein Dämon seine Hand auf mein Haupt was bewirkte, daß ich vorübergehend nicht die Kraft fand, meine starre Haltung auf dem Faßhügel zu verändern. Erst als ich hörte, daß ein Stockwerk höher über den schlechten Gesundheitszustand von Don Juan de Austria gesprochen wurde, der in Namur weile, wo ihn Sir Francis Walsingham im Auftrag Königin Elizabeth' bald in diplomatischer Mission besuchen würde, fand ich zurück aus meiner Vision, die mir eindringlich vorspiegelte, an einem großen Geheimnis gerührt zu haben.

Der Palazzo Diavolo war der englische Spionagestützpunkt in Venedig und William Davison der englische Agent, der die Fäden in der Hand hielt! Er hielt sie an einem Ort in der Hand, wo im Schnittpunkt des christlichen Abendlandes und des türkisch-arabischen Orients der Schlamm für geheime Aktivitäten besonders fruchtbar ist. Das Letzte, was ich noch mithörte, waren Anweisungen an Alessandro, der diverse Briefe verfassen sollte, wobei William ihn anwies, eine bestimmte Chiffrierscheibe zu benutzen.

Als ich den Platz verließ, um eilig über die breite gewundene, mosaikbelegte Treppe in mein Gemach zu kommen, empfing mich strahlendes Licht durch das offene Fenster, das mich blendete und gleichzeitig mit einer eigenartigen Zufriedenheit durchdrang. Während ich auf meinem Bett lag, ließ ich das Erlebte sorgfältig noch einmal vor meinem Gedächtnis dahinziehen. Je länger ich darüber nachgrübelte, desto stärker wandelten sich die unbestimmten Gedanken zu Klarheit…

Williams Tarnung war genial, sein Gewerbe als Kupferhändler bestens geeignet, um zu durchschauen, was jenseits der Alpen und an den Ufern des Mittelmeeres vor sich ging.

In Schwaz, Innsbruck und jetzt in Venedig war ich wohl sein bestbehütetes und wichtigstes Objekt, das er sicher nach England bringen sollte, um das Königreich mit der Kunst des Dreylingschen Kanonengusses aufzurüsten.

Das Joch der Unsicherheit fiel von meinen Schultern. Ich wußte nun unumstößlich, daß ich in Venedig wie in England begehrt sein würde. William war nun mir gegenüber im Nachteil, denn er konnte nicht ahnen, daß ich in der Lage war, mir den Ort meines Wirkens bald selbst aussuchen zu können.

Der Himmelfahrtstag beweist aufs Schönste seine Bedeutung.

»Adam!!« Der warnende Schrei Ugos reißt mich aus meinen Gedanken. »*Vorsicht!* – Hinter dir!«

Menschen erstarren in ihrer Haltung und bleiben auf den Platten stehen wie Schachfiguren. Ugos Schrei läßt mich zusammenfahren. Ich lasse mich von meinem Sockel herunterfallen, lande auf allen vieren wie eine Katze, während ich meinen Passauer Wolf aus der Scheide reiße. Geduckt kauere ich auf dem Steinboden. Breit wie eine Götterallee ist der Ponte Osmarin aus dieser Perspektive. Ich sehe zwei schwarze Diener auf mich zujagen, begleitet durch ein Stimmengewirr, das zum reinen Meergebrause anschwillt. Wie Amseln in schwarzen Umhängen fliegen sie heran.

»Adam! *Renn!!*« Ugos Stimme aus dem oberen Stockwerk überschlägt sich.

Mit ausgebreiteten Armen wirft er sich aus dem Fenster, klatscht in den Kanal.

Die schwarzen Amseln sind sehr groß, und in ihren großen Krallen haben sie große blanke Messer.

Im nächsten Augenblick fliegt ein Schatten über mich hinweg, der sich den unbekannten Amseln mit seinem Körper in die Füße wirft. Alamanno!

Alles stürzt übereinander. Am Boden liegend flattert den Amseln die Entschlossenheit aus den Leibern. Ugo stemmt sich über die Mauer aus dem Kanal. Ich bin schon auf den Beinen.

Die Amseln haben keine Zeit, sich das Aussehen ihrer fehlgeschlagenen Jagdmission anzusehen. Und sie wollen weg in die dunklen Gassen – dorthin, wo schließlich rechts und links keiner mehr Notiz von ihnen nimmt.

Stumm und hastig kehren wir zu dritt in den Palazzo zurück. Blut aus Alamannos Ärmel und Wasser aus Ugos Kleidern kennzeichnen unseren Weg.

»Hol' der Diavolo dieses Aufpasserleben!« flucht Ugo. Roh knallt er den Riegel vor die Tür der Freiheit: »In einer Stunde – zur Sensa, in gleicher Halle!«

Der Herr des Palazzos wartet schon vor dem Glockenschlag geduldig auf Ugo, Alamanno und mich in der Wassertorhalle. Mit einem Blick auf sein Verhalten ist klar, er hatte von allem nichts mitbekommen.

Zu viert stehen wir für einen Moment im offenen Kreis und mustern uns gegenseitig. Einfach auszumachen – wer stramme Beine hat, bevorzugt enganliegende Seidenhosen teuerster venezianischer Machart, während einer von uns Pumphosen bevorzugt, die so weit sind, daß man annehmen kann, er wollte darin sein Korn zur Mühle bringen. Nach Stoff, Schnitt, Aufputz und Farbe sehen wir teuer, aber auch kakelbunt aus. Allein unsere Ärmel zeigen zwölf verschiedene Farben. William mustert uns vom Nabel an abwärts und fügt mißfällig hinzu: »Sehr eng und knapp – was für ein überflüssiges Raffinement!«

Der letzte prüfende Blick in die Runde entlockt ihm ein: »Alles fertig? Dann auf zur Festa della Sensa!«

Auf dem Ponte de Osmarin hat jemand alle Blutspuren beseitigt. Auch Alamannos Arm muß jemand in aller Eile versorgt haben.

Was die Menge Menschen betrifft, die sich im endlosen Strom in Richtung Piazza San Marco wälzt, so scheint ganz Venedig vor Erwartung zu fiebern. Wir schwimmen mit dem Menschenstrom, doch sofort werde ich im Gedränge abgeschirmt. Alamanno vor mir, William auf der linken Seite und Ugo dicht hinter mir. Die Mauern der Gassen decken meine rechte Seite. In dieser Struktur eng umringt, lassen wir uns von der Menge vorwärtsschieben. Meine Aufmerksamkeit in der engen Gasse von S. Filippo e Giacomo gilt daher weniger der Zunft der Kürschnermeister, die sich verschwenderisch in Gewänder aus reichen Pelzen wilder Tiere gekleidet haben, sondern jedem männlichen Augenpaar, das länger als nötig zu uns hersieht. Kurz vor der Piazza formieren sich die Kürschner hinter dem mitgeführten Banner in Zweierreihen, begleitet von Trompeten, Trommeln und Mandolinen, um geordnet und festlich auf der Piazza zu erscheinen, von wo die ersten Rufe herüber schallen:

»*Viva, viva, nostre Signore Messer Nicoló Da Ponte il Doge!*«

William macht sich Luft:

»Lieber ginge ich zum Viola-da-bracio-Spiel einer Klosterschwester oder zum Tarocken in die Säle des Ridotto; ach, was sag' ich, das Vibrato einer alternden Primadonna könnte mich eher locken als dieses Fest.«

Spontan lege ich meinen Arm um seine Schultern und ziehe ihn zu mir heran:

»Messer William, genießt doch die Fülle des fröhlichen Lebens und der Sinnlichkeit. Seht doch dort oben, die junge Venezianerin mit ihren blonden Locken, in die sie kunstvoll Perlen eingeflochten hat. Erfreut Euch nicht ihr Dekolleté, das ihren Busen so sehr betont? Und seht, wie sie feurig zu Euch herabblickt.«

»Ja, mein Adam, zauberkräftig sind die hübschen Gesichter schon und vor allem die grazilen Leiber, doch ich halte es lieber mit der Vollblütigkeit. Mir ist mehr nach einem koketten Augustköpfchen mit Mailaune als nach einem Maiköpfchen mit Aprillaunen!«

»Nun, dann laßt uns gut gelaunt sehen, was dieser Tag für uns bereit hält!«

An der Ecke des Dogenpalastes stoßen wir auf eine Absperrung durch eine Kette höflicher und überaus bestimmter Beamter in blankpolierten Brustharnischen und Helmen.

William und ich zücken unsere Einladungsschreiben, werden ebenso schnell wie genau überprüft, durchgelassen und von einem weiteren Gehárnischten zu einer langen Holztribüne eskortiert, die man vor den Arkaden des Dogenpalastes an der Piazzetta aufgebaut hat und die bereits zu gut zwei Dritteln mit Ehrengästen gefüllt ist.

Unser Geleitschutz, Ugo und Alamanno, bleibt vor der Sperre zurück, der Zutritt wird ihnen, zu Williams größtem Mißbehagen, höflich jedoch bestimmt verwehrt.

»Herr Dreyling, Herr Davison! Hierher!«

VENEDIG 1579

In der Mitte der zweiten Reihe sehen wir Joseph von Furttenbach winken. Minuten später nehmen wir neben dem Admiral in genuesischen Diensten Platz. Ich links von ihm. William schiebt er rechts zwischen sich und eine dicke Venezianerin, die strahlende Begeisterung und Knoblauchdunst verströmt.

»O Messer«, schnattert sie sogleich auf William los, »ich bin ja schon so aufgeregt! Mein kleiner Marco ist dieses Jahr erstmals als einer der Träger des Altars der Glasbläser-Bruderschaft aus Murano ausgewählt worden! Ihr müßt wissen, mein Mann – also genauer gesagt, mein dritter Mann – ist ein Bruder meiner besten Freundin Sophia Crespi, deren Schwägerin Giannina mit Alberto Soria in zweiter Ehe verheiratet ist, der...«

Williams Gesicht erstarrt zunehmend, während mir Furttenbach zublinzelt. Die bronzenen Mohren auf dem Torre dell'Orologio schlagen die Glocke zweimal an: Halb elf Uhr.

»So langsam müßte die Prozession losgehen«, bemerkt Furttenbach und schaut sich um.

Auch ich lasse meine Blicke schweifen über die festlich geschmückte Menge, die sich hinter den Absperrungen drängt, über die Tribünen auf der Piazetta und großen Piazza entlang der Libreria Veccia und der Zecca, die wie auch unsere Tribüne von den Ehrengästen nun bis zum letzten Platz besetzt sind – und erstarre!

Die breiten Schultern, die kühn gebogene Nase, der wallende Patriarchenbart, die überhohe Stirn eine Reihe vor uns ganz auf der rechten Seite... *Marx Fugger!* Unverkennbar!

Mein Gott! Werden mich diese Schatten der Vergangenheit denn niemals loslassen?

»William!« Ich deute mit einer leichten Bewegung nach rechts.

Er nickt, hat Marx Fugger also offenbar schon vor mir entdeckt, macht eine beruhigende Bewegung mit der Hand: »Zur Sensa, *dem* Fest Venedigs, kommt alles in die Stadt, was irgendwie mit Venedig Handel treibt...«

»Ein Freund von Euch?« fragt Joseph von Furttenbach liebenswürdig.

»Ein Freund von der Sorte, die ich am liebsten hundert Meilen entfernt weiß.«

Furttenbach lacht:

»Die pflegt man hier auf Schritt und Tritt zu treffen. Ins langweilige Genua kommt nur, wer unbedingt muß, aber nach Venedig und gar zur Sensa...«

DER PALAZZO DE DIAVOLO

Langgezogene Fanfaren und das Geläute aller Glocken der Stadt unterbrechen uns. Aus dem Portal des Markusdomes beginnt der Festzug zu quellen. Unsere dicke Knoblauchvenezianerin erklärt und kommentiert begeistert die vorbeiziehenden Gruppen für uns. Allen voran ein Meer von roten Fahnen mit dem goldenen Löwen von San Marco.

Eine Hundertschaft Arkebusiere, die Büchsen geschultert, und Rontardschiere mit Faustschild und Chiavona, dem langen, geraden Schwert der Venezianer, alle von Kopf bis Fuß gepanzert in schwer stampfendem Paradeschritt.

Dann eine bunte, mindestens fünfzig Mann starke Musikkapelle, die nicht immer ganz klangrein, dafür laut und mit dem Dröhnen der Pauken und großen Trommeln den Schrittrhythmus des Zuges intoniert. Dann die Scuole, die Zünfte, alle in ihrer schönsten, farbenprächtigsten Festtagstracht. Die Meister mit schweren Ehrenketten um den Hals. Die oft übermannshohen, kostbar gearbeiteten Zunftzeichen – ich erkenne den Ochsenkopf über den gekreuzten Beilen der Metzger, eine mächtige silberne Schere der Schneider, einen gut klafterhohen gravierten, ziselierten Krug der Zinngießer, einen mächtigen vergoldeten Stiefel der Schuhmacher. Darüber pendeln die seidenen Zunftfahnen in allen Regenbogenfarben, dick mit Gold und Silber bestickt.

Und zwischen den Gruppen der Scuole immer wieder auch die Bruderschaften, die religiösen Vereinigungen der Handwerker und Kaufleute. Die Mitglieder, die ihre kostbar geschmückten Heiligenbilder und Tragaltäre umringen, oft in weißen, gelben, roten, blauen oder schwarzen Roben, fast mannsgroße, armdicke Bronzeleuchter in den Händen, auf denen brennende Kerzen oder Fackeln stecken. Und auch hier Fahnen, Fahnen, Fahnen, manche so groß und schwer, daß sie von drei, vier oder fünf Mann getragen und gestützt werden müssen. Und natürlich immer wieder größere und kleinere Musikkapellen, die verbissen gegeneinander antrompeten, -trommeln und -pfeifen.

In weitem Rund umschreitet der Zug die Piazza, biegt dann auf die Piazzetta ein, zieht an uns vorüber, teilt sich vor den Säulen mit dem Marcuslöwen und dem hl. Theodor und besteigt dann ungezählte, mit Blumen und farbigen Tüchern geschmückte Boote und Gondeln, aber auch größere Lagunenschiffe wie Burchi, Peate und sogar große Rascone, die sofort ablegen und ein Stück hinausrudern, um weiteren Booten Platz zu machen.

VENEDIG 1579

Ich beobachte, wie es nur wenigen Gruppen gelingt, die beiden Säulen auf der Piazzetta zu umrunden, ohne dabei in heillose Unordnung zu geraten.

»Weshalb marschieren sie denn nicht zwischen den Säulen hindurch?« frage ich.

Der knoblauchdunstenden, dicken Venezianerin neben William, die bisher ununterbrochen geredet hatte, verschlägt es die Sprache. »*Fremde!*« keucht sie schließlich und wirft mir einen Blick zu, den sie sonst wohl für Küchenschaben reserviert hat.

»*Kein* Venezianer wird jemals zwischen den Säulen mit dem Markuslöwen und dem hl. Theodor hindurchgehen«, klärt mich ein hinter uns sitzender Herr auf. »Es ist der Richtplatz – vornehmlich für Hochverräter an der Erhabenen Republik!«

Der Klerus, der nun an uns vorüberzieht, bildet eine eigene, in sich geschlossene Gruppe – Weiß, Gold und Scharlachrot: Hunderte von Kerzen, Weihrauchwolken, scheppernde Meßglöckchen, unter einem rotbrokatenen Tragehimmel der Erzbischof von Grado, der die mächtige, edelsteinschwere Monstranz aus purem Gold schleppt.

Und dann die wichtigsten, reichsten, mächtigsten Scuole und Vereinigungen: die Schiffbauer, die Glasbläser von Murano und die Männer des legendären Arsenals mit Fahnen, Tragaltären, Kerzen, Zunftzeichen – noch größer, noch prunkvoller, noch kostbarer, noch protziger als das, was bislang schon an uns vorübergezogen ist.

»Marco! Marco! *Marco!!*« Die Dicke neben William springt auf und nieder wie ein Ball, fuchtelt mit den Händen. »Seht doch, seht! Mein Marco!! Da! Da ist er!!«

Wir sehen Marco nicht. Aber der Tragaltar der Glasbläser, den er wohl an irgendeiner Ecke mit zwei Dutzend anderen jungen Männer stützt, ist in der Tat ein Wunderwerk: Die Madonna, der Himmel, die gedrehten Säulen, auf denen er ruht, die Blüten- und Blätterranken um die Säulen, der überreiche Blumenschmuck zu Füßen der Gottesmutter, alles ist aus farbigem Glas geformt.

Ich beginne zu ermüden. »Genug! Genug!« möchte ich rufen. Diese Zurschaustellung venezianischer Pracht, venezianischer Bedeutung, venezianischen Reichtums, venezianischer Macht beginnt unerträglich zu werden.

Langgezogene Posaunenstöße, und acht riesige Standarten, blutrot mit dem Löwen von San Marco, so dick versehen mit Goldstikkereien und Edelsteinen, daß sie nicht mehr wehen, sondern wie starre Bretter an ihren Stangen wackeln, verkünden den Beginn des eigentlichen Dogenzuges. Hinter den Standarten die Posaunen, massiv aus Silber und fast drei Klafter lang, so daß ihre Vorderenden von kleinen Jungen getragen und gestützt werden müssen.

Dann die Commandatori, die militärischen Befehlshaber der Republik, die Provveditori und die Galeerenkapitäne – wehende bestickte Mäntel, ziselierte, tauschierte, getriebene Prunkharnische, wippende Federbüsche. Ich erkenne Zenon Querini unter ihnen. Sein Harnisch ist aus dunkelblauem Stahl, überzogen mit halbplastisch getriebenen, vergoldeten Löwen, Maskaronen, Blüten, Delphinen und Rankenwerk.

Dann wieder Musiker mit Trompeten, Flöten, Zinken, Serpenten, die eine langsame, getragene, feierliche Weise intonieren, nach deren Takt sich der Dogenzug jetzt vorwärts bewegt.

Die hohen Beamten, die Camerlenghi de Comun und Avogadori de Comun, die obersten Finanzhüter der Republik, die Consuli und Sopra Consuli, die Cinque Savi alla Mercanzia, die Herren der obersten Handelsbehörde, ein jeder von ihnen in seine wallende Amtsrobe gekleidet, das runde Barett auf dem Haupt, gefolgt und umwimmelt von seinen Untergebenen und Mitarbeitern. Die Richter in flammendem Scharlach mit Hermelinbesatz, Zeichen der Souveränität der Justiz. Die Scudieri, die Kammerherren des Dogen, eine bunt schillernde Gruppe, an schweren Goldketten die noch schwereren, massiv goldenen Kammerherrenschlüssel um den Hals.

Der Caplano, der Beichtvater des Dogen, ein älterer Geistlicher, dessen von Sorgen gefurchte Stirn von seiner undankbaren Aufgabe zeugt, interner Vermittler zwischen dem Heiligen Stuhl und der ach allzu oft so arg aufsässigen Venezia zu sein, wenn der päpstliche Nuntius mit seinem Latein am Ende ist.

Ein hoher Beamter trägt feierlich den großen Corno, den seltsam geformten Dogenhut, auf einer goldenen Platte. Es folgen die Secretarii, die Sekretäre und Geheimschreiber des Dogen, in ihren streng schwarzen Roben. Danach wieder zwei hohe Beamte mit einem geschnitzten und intarsierten Klappstuhl und einem dick goldbestickten Kissen auf den Schultern, um jederzeit dem Dogen einen Sitzplatz zu gewährleisten.

Dann ein kleiner Abstand. Und dann die beiden mächtigsten Männer nach dem Dogen: Der Capitano Generale, der Generalkapitän der Flotte, ein hochnäsig wirkender Herr in gewichtiger Brokatrobe, den goldenen Kommandostab in der Rechten, den nachschleifenden Scharlachmantel auf der rechten Schulter geschlossen mit den berühmten goldenen Muschelknöpfen, die allein ihm und dem Dogen vorbehalten sind.

Und der Canzillier Grando, der Großkanzler, in Scharlach und Schwarz, der Mann, der, nicht von tausend zeremoniellen Bestimmungen eingeengt wie der Doge, die eigentliche Politik Venedigs macht – ich erkenne Messer Balbi, den ich auf dem Fest der Camerlenghi gesehen hatte.

Wieder eine kurze Pause.

Dann *Er!* Der Doge! Ein kleiner Mann, den die Last der scharlachroten, goldüberzogenen Prunkgewänder, des Mantels mit dem breiten Hermelinkragen, des goldenen Dogenhutes niederzudrücken scheint. Seit der Patriarch von Venedig die Dogenmütze mit den Worten »*Accipe coronam ducalem ducatus Venetiarum*« auf das Haupt des Neugewählten niedergesenkt hat, hatte er keinen Schritt mehr ohne Begleitung gehen dürfen, war es ihm nicht mehr erlaubt, Venedig ohne Genehmigung des Rates zu verlassen, war es ihm verboten, auswärtige Güter zu besitzen, direkt oder indirekt Handel zu betreiben, Personen, die nicht der Beamtenschaft oder dem Rat angehörten, ohne vorherige Erlaubnis zu empfangen, seine Kinder nach auswärts zu verheiraten oder auch nur aus den Grenzen der Stadt zu lassen. Er durfte ohne seine Räte keine Briefe öffnen, kein Gespräch, auch kein privates, mit Ausländern führen. Dabei hatte er nicht einmal die Möglichkeit, die Wahl abzulehnen oder ohne Zustimmung des Rates abzudanken. Selbst der Leib des toten Dogen mußte der Republik für die Bestattungszeremonien uneingeschränkt zur Verfügung stehen, auch gegen den Willen des Verstorbenen, und hielt ihn die Familie zurück, durfte der Staat mit Waffengewalt vorgehen. Der Doge gehörte der Serenissima – ganz und gar, mit Seele und Leib und ohne jede Einschränkung.

Ein massiv goldener Schirm, getragen von einem hohen Beamten, schwebt als Zeichen seiner Würde über seinem Haupt. Ihm folgt ein weiterer Beamter mit dem großer Zeremonialschwert, dem Symbol für die Macht des Dogen über Frieden und Krieg.

Und dann die endlosen Reihen der Räte, 1200 insgesamt, die Angehörigen jenes Gremiums, das die eigentliche Macht Venedigs verkörpert – und durch seine Zahl so schwerfällig geworden ist, daß man ihm all jene Anträge und Vorschläge und Gesetze zu überweisen pflegt, von denen man wünscht, daß sie niemals verabschiedet werden, während die wahre Regierungsgewalt längst vom Rat der Zehn, dem Rat der Dreißig und dem Kanzler wahrgenommen werden.

DER PALAZZO DE DIAVOLO

An der Piazzetta hat unterdessen der BUCINTORO, die über und über mit massiv vergoldeten Schnitzereien bedeckte Staatsgaleere der Erlauchten Republik von Venedig, festgemacht. Auf ihrem Galion kauert der geflügelte Löwe von San Marco, dahinter erhebt sich die Statue der Venezia mit Dogenmütze, Schwert und Waage. Das Deck ist mit Samt bezogen, die 25 Riemenpaare werden von Senatoren geführt, die Ruderpinne halten der Kanzler und der Generalkapitän in Händen.

Nur eines an diesem Staatsschiff der Erhabenen Republik ist schlicht, prunklos, goldlos, aus einfachem, dunklen Holz geschnitzt: der Thron des Dogen im Heck unter dem lang im Wasser nachschleifenden Baldachin aus rotem Damast.

Während der Zug der 2000 Räte noch an uns vorüberrauscht, zupft uns Joseph Furttenbach am Ärmel:

»Wir sollten auch an Bord gehen.«

Von den Ehrengästen auf der Tribüne, die nun alle aufgestanden sind und zum Ufer nach ihren Booten und Gondeln drängen, lassen wir uns mitziehen.

Ein Mann mit Kaninchenzähnen in weiß-roter Kleidung taucht aus der Menge auf, grüßt stramm vor Joseph Furttenbach:

»Hier entlang bitte, Eccelenza.«

Ein schmales Boot mit zwölf Mann wartet auf uns. Die Männer stellen grüßend die Riemen senkrecht, als Furttenbach mit uns im Heck Platz nimmt.

Ich bin noch dabei im Heck des schwankenden Kahns meinen Sitzplatz zu erreichen, als sich das freundliche Gesicht Furttenbachs schlagartig verfinstert. Ich wende mich um und sehe Ugo und Alamanno Miene machen, ebenfalls an Bord zu kommen.

»Wer sind die?«

»Meine Leute«, erklärt William kühl.

»Ihr braucht sie, Herr Davison?«

»Zur Sicherheit von Herrn Dreyling.«

Einen Moment fechten William und Furttenbach einen stummen Kampf mit den Augen aus, dann gibt Furttenbach nach:

»Nun gut, sie können mitkommen – aber wenn sie mir auf den Teppich kotzen, lasse ich sie über Bord werfen!«

»Sie haben auf mehr als einem Schiff ihre Seefestigkeit bewiesen«, versucht ihn William zu beruhigen.

»Nicht auf einer Galeere!« fügt der Admiral ironisch hinzu.

Während sich die Riemen wieder ins Wasser senken, das Boot ab-

VENEDIG 1579

legt und von Kaninchenzahn mit sicherer Hand durch die Hunderte von Gondeln und anderen Boote hindurchgesteuert wird, hat auch der BUCINTORO losgemacht und bewegt sich nun mit feierlichem Riemenschlag dem Arsenal zu.

Joseph Furttenbach reicht Willi und mir zwei Stöcke mit dickem Silberknauf am oberen Ende, wie auch er einen in der Hand hält:

»Die Kappe des Knaufes läßt sich öffnen.«

Ich mache sie auf – ein scharfer Geruch nach Salmiak schlägt mir entgegen. Schnell lasse ich die Kappe wieder zuschnappen.

»Wozu das?« frage ich verblüfft.

»Damit *Ihr* mir nicht auf den Teppich kotzt, Herr Dreyling«, entgegnet Joseph von Furttenbach mit ausgesuchter Liebenswürdigkeit.

Gefolgt von ungezählten Booten, war der BUCINTORO mittlerweile am Arsenal vorübergerauscht, wo die senatorischen Ruderer das wundertätige Bild Unserer Lieben Frau mit erhobenen Riemen nach Galeerenart grüßten, und hat vor der Insel Santa Elena festgemacht.

Der Patriarch von Venedig, in vollem bischöflichen Ornat, mit dem gesamten Klosterkapitel der Mönche von Monte Olivetta und dem Klerus der San-Pietro-Kathedrale besteigt ein flaches, goldbeschlagenes Boot, läßt sich dem BUCINTORO entgegenrudern. Unter Psalmengesängen und Gebeten weiht er ein großes Becken voll Wasser, das er dann in die Lagune leert, ehe er sich dem BUCINTORO anschließt, der nun Kurs auf die Porta de Lido nimmt.

Unter den Galeeren, die den BUCINTORO begleiten, kommt jetzt die genuesische Galeere Furttenbachs in unser Blickfeld. Lang, flach, schlank, gefährlich, wie ein geducktes Raubtier mit 32 Fußpaaren. Vom spornartigen Galion bis zum scharf eingerundeten Heck eine einzige, unglaublich elegante, harmonische Linie. Schneeweiß ist sie, sparsam mit ein wenig Rot und noch weniger Gold abgesetzt. Darüber die Masten mit den fast schwerelos wirkenden, endlos langen schrägen Ruten der beiden Lateinersegel.

Selbst William ist vor soviel Harmonie und Eleganz für einen Augenblick sprachlos.

FULMEN IN HOSTES – Blitz unter den Feinden – steht an ihrem Heck.

In scharfem Schwung biegt unser Boot zum Heck der Galeere, wo zwei Treppen zum Wasser hinabführen.

Und dann kommen wir in ihren Windschatten.

Ich klappe ganz schnell den Knauf meines Stockes auf und ziehe den scharfen Duft ganz tief in meine Nase und meine Lungen, sehe

William erbleichen und sehr hastig meinem Beispiel folgen, sehe Joseph von Furttenbach einen Herzschlag lang breit grinsen.

Der Gestank ist bestialisch! Dieses traumhaft elegante Schiff verströmt einen Geruch wie alle Scheißhäuser Sterzings zusammen!

Fast geräuschlos legt unser Boot an der Hecktreppe an, Kaninchenzahn hilft uns mit sicherem Griff hinüber. Dann stehen wir auf dem Achterdeck, dessen Boden tatsächlich mit einem weichen Teppich ausgelegt ist und über den sich ein weiß-damastenes Sonnensegel spannt. Und mein Blick gleitet über 32 Doppelreihen von je fünf Mann an einem Riemen. 320 Männer, splitternackt bis auf die verschiedenfarbigen Mützen auf ihren Köpfen, an den Füßen angekettet, etliche zudem mit Handschellen an die Riemengriffe geschmiedet, auf den Ruderbänken buchstäblich in ihrem eigenen Kot hockend, der eine dicke, braune Kruste auf dem Rumpfdeck bildet.

Hinter mir höre ich es würgen. Alamanno hängt über der Reling und speit sich schier die Seele aus dem Leib. Ugo hält sich neben ihm noch krampfhaft, freilich auch er schon mit glasigen Augen und hellgrüner Gesichtsfarbe.

»Gott«, stöhnt William leise, »kann man sich an diesen Gestank je gewöhnen?«

»Offiziere selten, Gäste nie, Ruderer, Matrosen und Soldaten müssen es«, gibt Furttenbach Auskunft, wobei er fast beiläufig den Knauf seine Stockes unter seiner bemerkenswerten Nase hindurchführt. »Aber wir sollten ein wenig nachrücken, sonst versäumen wir den Höhepunkt der Sensa.«

Ein Wink des Admirals. Kaninchenzahn, der nun einen langen Stock und eine Peitsche in den Händen hält und ans Hinterende des schmalen, erhöhten Laufganges zwischen den Reihen der Ruderer, der *Corsia*, getreten ist, damit ihn alle Ruderer sehen können, hebt seinen Stab:

»Riemeeen *vor!*«

320 Männer beugen sich vor.

»Riemeeen *ab!*«

Wie mit einer Schnur ausgerichtet senken sich 32 Riemenpaare ins Wasser.

»Und zieeeht!«

Wie ein einziger Körper werfen sich 320 Männerleiber zurück, ziehen die schweren Riemen durchs Wasser.

»Und *hoch* und *vor* und *ab* und *zieht* und *hoch*...«

VENEDIG 1579

Mit langsam majestätischem Riemenschlag folgt die FULMEN IN HOSTES nun dem BUCINTORO durch die Porta de Lido einige hundert Schritt hinaus ins offene Wasser der Adria. Die Riemen des Staatsschiffes liegen jetzt still im Wasser, und auch bei uns kommt das Kommando: »Riemen *aaab!*«

Und während die eingetauchten Riemen unsere Fahrt abbremsen, bleiben auch alle die Hunderte von Booten, Gondeln und Barken, die den BUCINTORO begleitet haben, reglos liegen. Eine feierliche Stille macht sich breit, bis nur noch das Glucksen der Wellen an den Rümpfen zu hören ist, das leise Rauschen der Brandung am nahen Strand.

Dann erscheint der Doge auf dem Heck des BUCINTORO.

Hoch hält er mit der Rechten einen goldenen Ring. Dann hallen seine traditionellen Worte weit über die Wasser:

»Mare noi ti sposiamo in segno del libero dominio sopra di te! – Meer, wir vermählen uns mit dir zum Zeichen unserer unbegrenzten Herrschaft über dich!«

Weit wirft der Doge den Ring hinaus; sein Gold blitzt auf, ehe ihn die Woge verschlingt.

Und dann bricht ein unbeschreiblicher Jubel los: Die Menschen schreien und winken, Trompeten und Posaunen blöken, Pfeifen kreischen, Trommeln und Pauken poltern, Salutschüsse krachen, alle Glocken der Stadt fallen dröhnend ein.

Der BUCINTORO dreht langsam, kehrt durch die Porta de Lido in die Lagune zurück und steuert nun die San-Nicolo-Kirche der Mönche von Monte Cassino an, wo der Abt des Klosters das zweite Hochamt des Tages abhalten wird.

Knapp zwei Stunden später liegen wir wieder am Bacino di San Marco, ein paar Dutzend Schritte von der Piazzetta entfernt, beobachten die triumphale Rückkehr des BUCINTORO, die Heimkehr des Dogen in seinen Amtssitz.

Neben der FULMEN IN HOSTES unseres Gastgebers Joseph von Furttenbach dümpelt die LA CAPITANA, das Flaggschiff des Provveditore der Adriaflotte, Zenon Querini. Die Venezianer jubeln der Galeere und ihrem Kommandanten begeistert zu, während immer wieder einmal junge Männer in schnellen Viperas an unserem Heck vorbeiflitzen und die FULMEN IN HOSTES mit faulen Eiern bombardieren. Der kaninchenzähnige Bootsmann kocht vor Wut, doch Joseph von Furttenbach lacht nur dazu:

»Was, glaubt Ihr, würde alles nach der LA CAPITANA geworfen, wenn die im Hafen von Genua läge!«

Auf den ersten Blick sieht die venezianische Galeere aus wie unsere, nur daß ihr Anstrich blutrot ist statt weiß. Doch dann macht mich Furttenbach auf eine Reihe von Unterschieden aufmerksam:

»Schaut Euch den Bug an. Er ist etwas runder, völliger als unserer, der schlanker und schärfer geschnitten ist. Der Venezianer kann dadurch auf der Back einen schwereren, größerkalibrigen *Corsiere* fahren – eine Cannone da 60, einen 40pfünder also. Die FULMEN hat dagegen nur eine Colubrina da 35, eine 24pfünder-Schlange als Hauptgeschütz, aber ich bin der Meinung, ein langer Arm ist besser als eine grobe Faust. Und der Venezianer ist dadurch natürlich etwas langsamer, weil er am Bug mehr Wasser auseinanderschieben muß als wir.«

Ich höre gespannt zu, als Furttenbach über die Unterschiede der Geschütze spricht, und auch William spitzt sichtlich die Ohren.

»Auch der Fockmast der CAPITANA ist etwas höher als unserer, und um dessen Gewicht auszugleichen, muß auch ihre Pupphütte ein wenig länger sein; sie ist zudem mit Holz gedeckt, wo wir nur ein Sonnensegel über einem leichten Stangengerüst fahren.«

Das war mir auch schon aufgefallen, doch ich hüte mich zu bemerken, daß mir die Pupphütte der CAPITANA, die elegant in der Schiffslinie nach oben schwingt, besser gefällt als die für meinen Geschmack ein wenig zu kurze, ein wenig zu eckige auf der FULMEN.

»Das Wichtigste aber ist der Unterschied im Verhältnis Länge zu Breite des Rumpfes!«

Joseph von Furttenbach senkt seine Stimme zu einem verschwörerischen Flüstern. »Die CAPITANA ist etwa 7,5mal länger als breit in der Wasserlinie – die FULMEN hingegen 8,5mal! Das ist der entscheidende Punkt! Je schlanker ein Schiff, um so schneller ist es!«

»Und desto schlechter segelt es«, brummelt William leise.

»Wer denkt bei Galeeren an Segel?« winkt Furttenbach ab. »Und selbst bei Segelschiffen ist das nicht so leichthin von der Hand zu weisen...«

»Messer Querini winkt uns«, meldet Kaninchenzahn.

Zenon Querini in seinem goldstrotzenden Harnisch, den roten Mantel um die Schultern, steht an der Reling der LA CAPITANA, gestikuliert herüber – Furttenbach gestikuliert zurück. Binnen Sekunden hat sich das wortlose Gespräch zwischen den Galeeren zu einem heftigen Armefuchteln und Fingerdeuten ausgewachsen, wird schließlich mit gegenseitigen Verbeugungen beendet.

»Was war los?« fragt William unseren Gastgeber.

»Messer Querini will mir als Gast die Ehre des Startschusses aufzwingen – die natürlich ihm als Gastgeber gebührt!«

»Und nun?«

»Feuern wir eben beide«, lacht Furttenbach und befiehlt seine Colubrina zu laden.

»Darf ich zusehen?« frage ich neugierig.

»Ich bitte darum!«

Mit raschen Schritten marschiere ich auf die schmale Laufbrücke, die Corsia, zwischen den Reihen der Ruderer hinaus – und werde mir plötzlich der Hunderte von Augenpaaren bewußt, die mich von unten anstarren, dumpf trotzig, verbittert, haßerfüllt.

Ich stehe jetzt hinter dem Großmast, muß um ihn herum – wenige Handbreit nur vorbei an diesen bösen Augen, diesen schmutzigen Gesichtern, diesen schwieligen, nur teilweise angeketteten Händen.

»Herr Dreyling!«

Ich wende mich um. Furttenbach winkt mich zurück. Hat er mein plötzliches Zögern bemerkt?

»Kommt zurück! Das Rennen beginnt gleich!«

Ich eile die Corsia wieder nach achtern, atme insgeheim auf, als ich die Sicherheit der Pupp wieder erreiche. Furttenbach steht am Hinterende der Corsia. Als ich an ihm vorbei bin ruft er seinen Ruderern zu:

»Das Rennen geht von hier bis Chioggia, 13,5 Meilen. Dort eine Viertelstunde Pause, und dann hierher zurück nach San Marco. Natürlich haben die Venezianer ihre besten Ruderer aufgeboten – aber wir haben das bessere Schiff!

Ruderer! Für jedes der beiden Halbrennen, das wir gewinnen, lasse ich einen Mann pro Ruderbank frei, wenn wir wieder in Genua sind. Darauf mein Wort!«

Ich habe keinen Jubel der Männer erwartet, es kommt auch keiner, kaum ein leises Murmeln, aber es geht ein unübersehbarer Ruck durch die 32 Doppelreihen nackter Männer vor uns an den Riemen. Kaninchenzahn nimmt nun die Stelle Furttenbachs ein, hebt seinen langen Stab hoch. Die Riemen liegen jetzt im Wasser, die Ruderer warten vorgebeugt auf ihr Zeichen.

Neben dem Corsiere, dem Hauptgeschütz, steht ein Unteroffizier mit brennender Lunte. Mein Blick ist auf ihn fixiert. Nur aus den Augenwinkeln bemerke ich, wie der Doge auf den Balkon seines Palastes tritt, winkt, ein Zeichen gibt.

Die Lunte zuckt abwärts.

Gleichzeitig mit der Cannone der CAPITANA brüllt unsere Colubrina auf, speit Feuer und Rauch, rast auf ihrer radlosen Schlittenlafette kreischend die Corsia herab, prallt mit dumpfem Knall gegen das schwere, lederne Schutzpolster des Großmastes. Ich taumle unter dem Ruck, den das Deck durch dem Rückstoß des Geschützes nach hinten macht.

In der gleichen Sekunde saust der Stab Kaninchenzahns abwärts: »*Zieeeht!*«

320 nackte Leiber werfen sich nach hinten.

Die Galeere springt nach vorn.

Ich plumpse hart auf meinen Hintern – zum Glück auf eine Bank, während sich William blitzartig an einer Stützspiere des Daches festkrallt. Furttenbach, der nicht um einen Fingerbreit geschwankt hat, amüsiert sich.

»Und *hoch* und *vor* und *ab* und *zieht* und *hoch* und *vor* und *ab* und *zieht* und *hoch* und *vor* und *ab* und *zieht* und...« Die Männer bewegen sich so gleichmäßig wie eine Uhrwerk, die Riemenblätter zischen wie mit der Schnur ausgerichtet durchs Wasser, schwingen Silbertropfen spritzend zurück, schlagen wieder in die Wellen.

»U' *hoch* u' *vor* u' *ab* u' *zieht* u' *hoch*...«

Kaninchenzahn steigert langsam und unerbittlich das Tempo der Schläge.

Hinter uns bleibt die Piazzetta und der Dogenpalast zurück, dann auch San Giorgio. Rechts neben uns fliegt mit gleichem Taktschlag die Galeere Zenon Querinis dahin.

»Eccelenza!« ruft der Steuermann, der hinter uns an der Ruderpinne steht. »Der venezianische Schuft versucht uns abzudrängen!«

Tatsächlich, die LA CAPITANA hält mit voller Fahrt so knapp auf die Insel San Servolo zu, daß sie eben noch an ihrem Westufer vorbeibrausen kann – doch wir, die wir auf ihrer linken Seite liegen, würden mit voller Fahrt auflaufen, wenn wir den Kurs beibehielten.

Joseph von Furttenbach peilt zu Zenon Querini hinüber und befiehlt dann:

»Drei Strich backbord!« und wenig später nochmals. »Zwei Strich backbord!«

Die FULMEN IN HOSTES schwenkt etwas, dann noch etwas weiter nach links, um auf dem freilich erheblich längeren Weg das Ostufer der Insel zu umfahren.

»U' zieht u' hoch u' vor u' ab u' zieht...«

Ich bin erstaunt.

Die Männer ziehen die Riemen keineswegs voll durch, schlagen überraschend kurz.

»Würden sie weiter ausholen«, erklärt Furttenbach, »so müßte der innerste Mann, der unmittelbar neben der Corsia, über seine Bank klettern, um den Weg des Riemens noch mitzumachen. Das würde mehr Zeit- und Kraftverlust bedeuten, als ein langer Schlag einbringen könnte.«

Als wir hinter San Servolo wieder hervorkommen, hat die CAPITANA gut drei Längen Vorsprung.

»Wäre es nicht besser gewesen, ihr die Vorfahrt zu lassen, und ihr unmittelbar zu folgen? Das hätte uns doch nur um eine Länge zurückfallen lassen.«

Doch Furttenbach schüttelt den Kopf:

»Die Ruderer sind jetzt im Takt. Hätte ich abgestoppt, um hinter Querini einscheren zu können, dann hätten die Männer bei zunächst langsamerer Fahrt erst neu ihren Rhythmus finden müssen. Gekostet hätte uns das mit Sicherheit vier oder fünf Längen!«

»U' zieht u' hoch u' vor u' ab u' zieht...«

Die Rufe der Schlagmeister auf der FULMEN und der CAPITANA klingen wie aus der gleichen Kehle. In den bestialischen Gestank nach Kot und Urin mischt sich nun noch der stechende Geruch nach Schweiß, der an den nackten Körpern herunterrinnt, die Rufe des Schlagmeisters werden von einem gleichmäßigen Keuchen aus 320 Lungen untermalt.

Doch die FULMEN IN HOSTES schiebt sich nach und nach wieder an das venezianische Schiff heran.

Bei Malamocco haben wir die LA CAPITANA eingeholt. Bei Alberoni liegen wir gleichauf. Als wir San Pietro in Volta passieren haben wir eine gute halbe Schiffslänge Vorsprung obwohl die CAPITANA nun ihre Schlagzahl erhöht hat, während wir unseren Schlagrhythmus nicht verändert haben...

Um Joseph von Furttenbachs Stirn spielen plötzlich Sorgenfalten. Während ein anderer Unteroffizier die Stelle von Kaninchenzahn einnimmt, winkt der Admiral ihn und zwei seiner Offiziere nach hinten zum Steuermann:

»Der südlichste Teil der Lagune ist reichlich mit Sandbänken und Untiefen durchsetzt. Wie gut kennt Ihr diesen Teil?«

»So leidlich, Eccellenza...«

»Traut Ihr Messer Zenon Querini zu, daß er einen Trick wie vorhin bei San Servolo noch mal probiert – diesmal mit einer Untiefe oder einer Sandbank?«

Einer der Offiziere kratzt sich bedenklich am Kopf, und Kaninchenzahn wetzt: »Einem Venezianer traue ich alles zu!«

Joseph von Furttenbach blinzelt Kaninchenzahn zu. »Dann laß die Männer langsam *ermüden* – und häng dich in das Kielwasser der CAPITANA.«

»Und *zieht* und *hoch* und *vor* und *ab* und *zieht*...«

Als wir an Pallestrina vorbeirauschen liegt die CAPITANA wieder in Führung, die FULMEN unmittelbar hinter ihr.

Vor uns hat man offenbar die Schlagzahl nochmals erhöht. Der Abstand zwischen der Spitze unseres Sporns und dem Heck Querinis beträgt erst eine Viertellänge, dann eine halbe Länge... Auf der Corsia laufen nun zwei weitere Unteroffiziere auf und ab, schreien die Ruderer an, lassen die langen Peitschen über ihren Köpfen knallen, doch Kaninchenzahn zählt unerschütterlich:

»Und *hoch* und *vor* und *ab* und *zieht* und...«

Chióggia liegt jetzt deutlich voraus, links kann ich bereits die südlichste Durchfahrt zur Lagune erkennen.

»Los! Zeigt es ihnen!« schallt in diesem Augenblick die Stimme Furttenbachs über das Schiff. Und sogleich erhöht Kaninchenzahn die Schagzahl:

»U' *hoch* u' *vor* u' *ab* u' *zieht*...«

»Drei Strich steuerbord«, kommt die Anweisung an den Steuermann.

»Los! Los!«

Mich hält es nicht mehr auf meiner Bank. Ich springe auf. Der Stock bleibt liegen – was kümmert mich jetzt der Gestank...

»*Hoch – vor – ab – zieht – hoch*...«

Wir holen auf! Aber auch die CAPITANA erhöht noch mal die Schagzahl.

Seite an Seite brausen wir an der Porta di Chióggia vorbei.

»*Hoch! Vor! Ab! Zieht! Hoch!*«

Fingerbreit um Fingerbreit schiebt sie die FULMEN IN HOSTES an der LA CAPITANA vorbei. Die Unteroffiziere brüllen. Ihre Peitschen treffen gezielt da und dort den Rücken eines Ruderers, der sich nicht genug anzustrengen scheint. Schweiß rinnt in Bächen an den nackten Leibern hinunter. Dumpfe, rhythmische Schreie aus 320 Kehlen untermalen jeden Riemenschlag.

»Los! Schneller! Schneller!!«

Joseph von Furttenbach steht breitbeinig auf dem Puppdeck. Seine Augen funkeln. Sein Atem geht stoßweise im Takt der Schreie, und plötzlich merke ich, daß sich auch mein Atem diesem Rhythmus angepaßt hat...

»Hoch! Vor! Ab! Zieht! Hoch...«

»Wir schaffen es! *Wir schaffen es!!*«

Die Riemen peitschen das Wasser.

Die LA CAPITANA fällt zurück – eine halbe Länge – eine ganze Länge...

»Hoch! Vor! Ab! Zieht! Hoch! Vor! Ab! Zieht! Hoch!«

Die schwere Cannone der CAPITANA kracht. Rauch zieht über ihre Back, während die Riemenblätter im Wasser liegenleiben. Einen Augenblick später antwortet unsere Colubrina.

»Aaaaaab!« dröhnt Kaninchenzahns Stimme. Die Riemen sacken herunter, fangen die Fahrt des Schiffes auf, während die Männer keuchend über den mächtigen Holmen zusammensinken. Wenige Minuten später treiben die beiden Galeeren ohne Fahrt nebeneinander her.

Vom Heck der LA CAPITANA löst sich das Beiboot, kommt herüber. Zenon Querini betritt unser Deck: »Ich gratuliere Euch und Eurem Schiff zu Eurem Rennen und Eurem Sieg, Admirale!«

Die beiden Kommandanten verneigen sich, schütteln sich dann freundschaftlich die Hände.

Ich beobachte, wie unterdessen Matrosen durch die Reihen der Ruderer klettern, den Männern Brot, Fleisch und vor allem Wein austeilen.

»Wenn Ihr gestattet, Admirale«, höre ich Querini sagen. »treten wir in zehn Minuten das Rennen zurück an – oder bedürfen Eure Männer einer längeren Verschnaufpause? Ich würde damit natürlich einverstanden sein...«

»Aber ganz gewiß nicht!« wehrt Furttenbach ab. »Wenn Ihr es wünscht, so können wir augenblicklich wieder ins Rennen gehen...«

»Nun, dann also in zehn Minuten.«

Querini steigt die Hecktreppe hinab zu seinem wartenden Boot. Plötzlich wendet er sich um, als habe er etwas vergessen, kommt zurück:

»Wenn Ihr gestattet, Admirale, würde ich Euch gerne einen Eurer Gäste entführen. – Messer Dreyling, hättet Ihr Lust die zweite Hälfte des Rennens auf der La Capitana mitzumachen?«

Ich verneige mich höflich:

»Es wäre mir eine große Ehre!«

»Dann kommt, wir haben nicht mehr viel Zeit – und wie ich diese Genuesen kenne, sind sie arglistig genug loszurudern, gleichgültig ob wir wieder an Bord der Capitana sind oder nicht!«

Als ich in das Boot steige höre ich hinter mir das schallende Gelächter Furttenbachs.

Und dann erregte, zornige Stimmen. Ugo und Alemanno stehen auf der Hecktreppe, doch ein breitschultriger Bootsmann versperrt ihnen den Weg ins Boot:

»Der Provveditore, Messer Zenon Querini, hat Messer Dreyling auf sein Schiff eingeladen. Ihn. Und *nur* Ihn!«

»Aber wir sind verantwortlich für seine Sicherheit und...«

»Die Sicherheit Messer Dreylings ist auf dem Schiff des Provveditore besser gewährleistet, als Ihr das je könntet!« schneidet den beiden der Bootsmann das Wort ab und gibt den Befehl: »Ablegen!«

Zenon Querini scheint das kurze Wortgefecht überhaupt nicht gehört zu haben, allerdings zuckt ein leicht spöttisches Lächeln um seine Mundwinkel.

Und oben sehe ich William ratlos mir nachschauen...

Zenon erklimmt als erster die Hecktreppe der Capitana. Auf dem Puppdeck angekommen, erlebe ich die erste Überraschung. Sanft am Ärmel geführt, stehe ich vor einer menschlichen Statue. Zenon Querini stellt mich vor:

»Messer Dreyling, mein Bruder Marcantonio Querini!«

Weißglänzend, wie eine tosende Brandung umwehen die Haare sein schmales Gesicht – ganz im Gegensatz zu den Wellen, die strandwärts streben und im grünen seichten Wasser sanft auslaufen.

Marcantonio Querini erwartet mich auf dem Hüttendeck seiner Galeere. Die elegante, ruhige Begrüßung bezeugt, daß der erste Abschnitt des Rennspektakels sein Blut kaum in Hitze zu versetzen vermochte. Sein kraftloser Händedruck, wie der eines Spielers, der seinen letzten Beutel Zechinen verloren hat, überrascht mich, da seine harten Augen, aus denen sich die freudigen Feste des Lebens schon herausgestohlen haben, eher einen Schraubstock erwarten ließen.

Der Mann vor mir, gleich einer lebendigen Säule, lebt für das Herz des Löwen.

Mein Erscheinen verursacht die eilige Räumung des Puppdecks. Harte, wilde Gesichter starren mich an, die einen dunkel, die anderen mit Signalfeuern in den Augen – stumm, doch freimütig, die Kleider, dem Tage angemessen, farbig herausgeputzt. Auch Zenon verläßt das Puppdeck.

»Sagt dem Kapitän, daß ich bis zum Ziel ungestört bleiben will.« Seine Stimme ist tief und weittragend.

Nachdem er die Wirkung seiner Worte kontrolliert hat, wendet Marcantonio Querini sich endgültig mir zu, und mustert mich wie einen Vertrauten. Das schnelle Verschwinden seiner Lachfalten deutet die Eröffnung an:

»Ach, Messer Dreyling«, vernehme ich die tiefe Stimme erneut, »ich denke, ich habe eine gute Nachricht für Euch.«

Querini bemerkt wohl, wie mir das bloße Wort *Nachricht* den Nakken steift. Stumm und ernst blicke ich ihn an...

»Das Arsenal erwartet Euch!«

Das *Arsenal!* Mir ist, als betete ich jeden einzelnen Buchstaben nach. Meine geheimsten Vorstellungen sind Wirklichkeit geworden. Ein Ruf wie aus tausend Kehlen möchte aus mir heraus, ein Losungswort, das im Kopf ein hundertfaches Echo auslöst.

Als überwache er meine Gedanken, stellt er zufrieden fest: »Ich sehe, Ihr seid am Ziel Eurer Wünsche angelangt!«

»Ich bin, will sagen ... kein Wunder, wenn von der Machtbasis Venedigs aus der Ruf erschallt, dorthin aufgenommen zu werden.«

»Ja, ich vernehme, Messer Dreyling, daß Ihr richtig verstanden habt.«

Das kleine Zögern in seiner Antwort und sein Entfernen mit wenigen Schritten nach links an das hölzerne Geländer bedeuten für mich die erste Einschränkung.

»Ihr habt das richtige Wort gewählt«, fährt er fort. »Ein Ruf ist an Euch ergangen! Ein Ruf – doch keine feste Berufung.«

»Ist das Arsenal überfüllt mit Meistern und Gesellen?«

»Ganz und gar nicht. Nein, das Arsenal ist nicht überfüllt. Doch wie Ihr wißt, bin ich nur für drei Jahre gewählt und bestimme im Arsenal nicht allein. Der uns gemeinsam unterstellte Admiral des Arsenals ist mit Eurer Einpflanzung einverstanden, denn Ihr stört weder die Familien der Zimmerleute noch die der Kalfaterer, der Mastenbauer und Reepschläger und auch nicht die Kreise der Riemenhersteller. Darauf zu hoffen, in diese Zünfte hinein aufgenommen zu werden, wäre schier aussichtslos.«

»Das erinnert mich sehr an meine Vergangenheit.«

»Dann sind wir uns also darüber im klaren, Messer Dreyling. Im Arsenal arbeiten Löfflers zu Dutzenden.«

»Wie stehen Eure Gießer dazu?«

»Weniger Einwände. Doch Bewährung, wenn Ihr mich danach fragt, ist auch in ihren Reihen erwünscht. Ich mache mir deshalb keine Sorgen. Bald werden wir Gießer von Eurem Schlage so nötig haben wie die besten Zimmerleute für die Galeerenrümpfe. Unsere Perfektion in der Fertigung, die schnelle Einsatzbereitschaft der Galeerenflotten wird von keiner anderen Macht erreicht. Darin wird uns auch niemand einholen können. Darüber dürfen wir aber nicht vergessen, daß es Entwicklungen im Bau von Galeonen gibt, von denen wir nicht überrollt werden dürfen.«

Querini deutet auf Chioggia. Im selben Augenblick folgen Schüsse. Von einem der Begleitboote aus ist soeben der zweite Teil des Rennens, zurück zum Lido, gestartet worden. Der überraschende, rhythmische Anzug der Galeere läßt mich auf dem Deck wieder stolpern.

»Ihr werdet den Rhythmus der Galeere schnell erlernen, wenn Ihr an die Nächte mit einer Schönen denkt. Sofort werdet Ihr wissen, wie Ihr Euch von Stund an auf Deck zu bewegen habt!« quittiert der Provveditore sichtlich vergnügt meine Ungeschicklichkeit. Gleich darauf winkt er mich noch einmal an das Heck der Galeere und deutet erneut auf Chioggia.

»Wir müssen verhindern, daß ein Feind es wagt, von dort aus, wie einst die Genuesen vor 300 Jahren, den Ruf erschallen lassen: ›*Auf nach Venedig! Auf nach Venedig!*‹ Pietro Dorias Flotte soll die einzige in der Geschichte gewesen sein, deren Schiffe es wagen konnten, sich in der Lagune vor Poveglia zu zeigen. Auch wenn wir ihn und seine Flotte unter Aufbietung unserer letzten Reserven vernichtend geschlagen haben, so wäre heute die giftige Welle aus Haß, Feindseligkeiten, Minderwertigkeits- und Neidgefühlen so hoch wie eine Sturzsee, die eine vollständige und endgültige Auslöschung des venezianischen Namens zur Folge hätte.«

»Verzeiht, Messer Querini«, unterbreche ich ihn, um nicht endlos mit ihm über das holprige Pflaster der Geschichte Venedigs schlendern zu müssen.«»Ich entnehme Eurer Rede, daß Ihr Euch Sorgen um Venedigs Zukunft macht, und ich frage mich, welche Aufgabe soll ich für Euch darin erfüllen?«

»Ihr wollt sehr eilig zum Kern der Sache kommen! Also gut. Mein Bestreben und das einiger Herren im Senat ist es, neben dem Galeerenbau endlich über das tastende Bemühen um den übrigen Schiffbau hinauszukommen. Unsere Gesandten in London, Brüssel und Antwerpen berichten übereinstimmend mit unseren Galeerenkapitänen, die Southampton regelmäßig anlaufen, daß durch neuartige Bauverfahren bei niedrigen Kosten am Atlantik ganze Flotten entstehen, die uns schon einen beträchtlichen Teil des Handels aus der Hand genommen haben. Sogar das holzarme Holland macht da keine Ausnahme!«

»Schiffbau ist nicht meine Kunst!«

»Die Zusammenhänge werdet Ihr leicht erkennen. Sollten wir uns entscheiden, werden wir statt einem gleich zwei Schritte voran gehen müssen. Was wir vermissen und daher benötigen, ist ein neuer Typ von Handelsgaleone, bei der die Möglichkeit gegeben sein muß, sie je nach Aufgabe und Anforderung verschiedenartig auszurüsten. Ich denke vor allem an eine wendige, stabil gebaute Galeone!« Querini stoppt mitten im Satz, hält aber mit den Augen weiter Zwiesprache mit mir. Nach wenigen Sekunden vollendet er bedächtig, was er begonnenen hat: »... *bestückt mit mächtigen Batterien* – von Löfflerscher Qualität!«

»Noch habt Ihr kein Schiff von dieser Güte! Was sollen dann die Batterien?«

»Noch! Die Entscheidung wird bald fallen müssen, denn die scharfe Konkurrenz, die auf allen Meeren zu befürchten ist, wird die Regierung dazu zwingen, die gesamte Stärke der venezianischen Wirtschaft für eine bessere Handelsmarine und deren Schutz einzusetzen. Galeeren spielen dann nur mehr eine untergeordnete Rolle. Große oder schnellere Galeeren für sichere Handelsfahrten sind in meinen Augen keine geeignete Antwort auf die Herausforderungen, die vom Atlantik drohen, und auch keine wirksame Abwehr gegen die Seeräuberei in und außerhalb der Adria. Seht Euch dieses Spektakel an! Was bedeuten drei Galeerenlängen Vorsprung, wenn ich dafür auf Arkebusiere verzichten muß, nur weil Furttenbach den Rumpf wieder etwas schmäler konstruiert hat. Eure Aufgabe wird es daher sein, mitzuhelfen, den Prozeß im Arsenal zu beschleunigen. Auch die Herstellung der geeigneten Schiffsgeschütze benötigt Zeit und Überzeugung. Mit Euch kommt vielleicht das Notwendige früher zum Tragen. Das Arsenal wird Euch aufsaugen, wie Ihr Euch das erhofft. Seit Ihr dazu bereit?« Um seinen Worten Nachdruck zu verleihen, klopft er mit einem langen Stab auf die Planken. Der Goldknauf blitzt im Sonnenlicht und verleiht so der Geste Nachdruck.

»Ich bin es, Messer Querini! Was erfolgreich ist, ist nachahmenswert. Laßt mich meinen Beitrag leisten, denn auch ich glaube, daß Venedigs Macht nur so erhalten werden kann.«

An dem augenblicklich veränderten Gesicht Marcantonio Querinis lese ich ab, daß er meine Worte als ungezügelt empfindet. Die zusätzliche Distanz, die er mit einem rückwärts gerichteten Schritt schafft, verstärkt meine Vermutung.

»Keine Anmaßungen, Messer Dreyling! Ihr mögt in einem Punkte günstig ausgestattet sein, aber merkt Euch dies: Ohne die hundert weiteren Attribute und mehr, die Euch fehlen, seid Ihr nicht komplett. Die Serenissima mit ihrem Arsenal ist komplett! Auch ohne Euch wird sie es immer sein.«

»Verzeiht, mein Herz ist aufgerührt, da Ihr mich selbst himmelan geführt habt...«

»Es ist gut, wenn Ihr erkennt, daß die Grenzen, die Euch umgeben, sehr eng gesteckt sind! Venedigs Macht und Imperium hängen an keinem Schiffstyp und auch an keiner noch so leistungsfähigen Batterie, sondern an unseren glatten Wegen zu unseren Zielen. Erwiesenermaßen haben wir sie oft erreicht, und die, die vor uns liegen, versuchen wir erfolgreich anzustreben. Ihr könnt uns dabei helfen, indem Ihr einige Gesteinsbrocken zur Seite räumt!«

Querini, aufrecht und stolz, in erhabener Pose, atmet tief durch.

»Ihr blickt drein, als hätte Euch die Pest befallen. Nehmt Euch meine offenen Worte nicht so sehr zu Herzen, ich wollte Euren guten Willen keinesfalls lähmen«, rückt er versöhnlich wieder etwas näher. »Montag um acht Uhr. Am vergitterten Fenster des Zahlmeisters. Wir erwarten Euch. Gleich links neben dem Portal des Arsenals wird Euch mein Bruder Zenon in Empfang nehmen!«

Der Lärm um uns herum wächst. Anfeuerungsrufe von zahlreichen Schiffen und Gondeln, die beiderseits die Rennstrecke säumen, fordern offenbar ein schnelleres Tempo. Marcantonio Querini im Schatten des Baldachins blickt gelassen in die Runde und meint:

»Schlecht oder gut – wer mag das ermessen?«

Gleich darauf dreht er sich um und beobachtet mit verschränkten Armen das Kielwasser. Die See glänzt wie flüssiges Metall, von einer schnurgeraden Allee durchschnitten, wobei die Wirbel und Strudel der Riemen eine dichte Bahn von Bäumen bilden. Im Moment der Besinnlichkeit sehe ich den geeigneten Augenblick für gekommen, Williams Thesen zu überprüfen:

»Wird Venedig den Mächten, die es umgeben, bedrohen und wirtschaftlich bekämpfen, standhalten können?«

Seine Arme stützen sich steif auf dem Geländer ab, den Oberkörper nach vorn gebeugt, starrt er ohne aufzusehen auf das streifige Geflimmer:

»Unsere Politik gleicht einem Spiel mit einer gläsernen Kugel, die man mit sanften, geschickten Stößen in der Luft halten muß – und das Spiel wird von Jahr zu Jahr schwieriger. Wir wissen dies und sind daher geübt. Deshalb wird uns niemand dazu zwingen können, uns im dürren Gras mit Schlangen zu paaren.«

Querini bewegt die Hände, stößt sich leicht ab und betrachtet mich nachdenklich:

»Mein Freund, ich sehe für die nächsten zweihundert Jahre keine Macht, der es gelingen könnte, den Pferden von Sankt Marco die Zügel anzulegen.«

Das Wasser gurgelt auf, und wie von selbst dreht sich der lange hölzerne Rumpf, eine funkelnde Linie im Wasser zeichnend, um die Achse. Auch die Wasseralleen mit ihren Bäumen schwenken halbkreisförmig herum, Sonnenstrahlen brechen im schäumenden Wasser der abbremsenden Riemen und lassen die gesamte Breitseite feurig aufglühen. Verzerrte menschliche Schatten liegen keuchend wie auf Elendsbetten über ihren Riemen...

Das Rennen ist gelaufen!

Die Piazzetta und der breite Riva degli Schiavoni und auch die Hunderte von Booten und Gondeln im Bacino di San Marco und in den Canale Grande hinein haben sich während unseres Rennens vollständig verändert. Eben herrschten hier noch Prunk und Pomp und würdiger Ernst der Selbstdarstellung der Serenissima in der Sensa, jetzt wimmelt es von ausgelassenen Menschen, Blumen, Federn, bunte Bänder und überall Masken, Masken, Masken – bizarr und lieblich, erschreckend und komisch, springende Harlekine und Bärentreiber, Feen und Gnome, antike Gottheiten, Könige und Bettler, überall Musikanten, Kaskaden von Seide und Samt und Brokat neben fast nackten Mädchenkörpern...

Marcantonio Querini hat sich in die Abgeschiedenheit der Pupphütte zurückgezogen, während sein jüngerer Buder Zenon wieder an meiner Seite auftaucht:

»Die Sensa ist auch der Beginn des Karnevals in Venedig – und keine Stadt der Welt versteht ihn so lang und so gründlich zu genießen wie die Königin der Meere. Aber Ihr müßt Euch beeilen, Messer Dreyling, Euer Boot wartet schon!«

Ich steige die Pupptreppe hinab. Drunten hat eine lange, schlanke *Vipera* festgemacht, eine jener mit sechs Ruderern besetzten offenen Renngondeln, die ihren Namen von den lang vorstoßenden Eisen am Bug haben, die aussehen wie die Zunge einer Schlange.

»Wo ist William Davison?« frage ich.

»Vermißt Ihr ihn so sehr?« lächelt Zenon Querini spöttisch.

»Nicht unbedingt...«

»Dann steigt ein!«

Einer der Gondolieri hilft mir in das schmale Heck des Bootes, wo statt der Felze ein bequemes, offenes Lager aus Kissen und Teppichen hergerichtet ist. Halb liegend, halb sitzend lasse ich mich in die Kissen zurücksinken.

Als wir ablegen, streift die *Vipera* beinahe eine andere Gondel. Etwas wird herübergeworfen, fällt in meinen Schoß. Ein goldener Schlüssel.

»Benützt ihn, wann immer Ihr Lust dazu habt, Messer Dreyling! Jeder Gondoliere in Venedig kann Euch das Schloß nennen, zu dem er paßt!«

Jetzt erkenne ich die Frau in der anderen Gondel, die mir den Schlüssel zugeworfen hat. Es ist Giulietta, die Höllenkatze, jene berühmte Kurtisane, die sich auf Magie spezialisiert hat und die ich auf dem Fest im Palazzo dei Camerlenghi an meinem ersten Abend in Venedig gesehen hatte.

Ein Feuerblick aus ihren kohlschwarzen Augen trifft mich. Ihre korallroten Lippen berühren ihre Handfläche, dann pustet sie den Kuß lachend zu mir herüber.

»Wollt Ihr Signora Giulietta folgen?« fragt mein Bootsführer.

»Oder...«

»Oder was?«

»Oder sollen wir den Anordnungen Messer Zenons folgen?«

»Und was besagen diese Anordnungen?«

VENEDIG 1579

Um den Bug der LA CAPITANA herum sehe ich die Gondel Williams biegen und eilig auf uns zurudern.

»Das, Messer Dreyling, ist ein Geheimnis«, antwortet der Bootsführer.

»Geheimnisse sind immer gut. Folgen wir also dem Geheimnis!«

Ein kurzer Ruf, die Ruderer stoßen ihre Riemenschäfte vorwärts, die Vipera schnellt wie von einer Bogensehne abgeschossen los, fliegt an Williams Gondel vorbei.

»Adam! Adam, wohin?«

»Ein Geheimnis suchen, William!« lache ich zurück.

Ich räkle mich in den weichen Kissen zurecht, lache aus vollem Hals, genieße das pfeilschnelle Dahingleiten der Vipera. Ein kurzer Blick zurück zeigt mir die Gondel Williams, die, obwohl mit aller Kraft gepullt, schon weit abgeschlagen hinter uns liegt.

Und dann verschwindet sie, während wir in das Gewirr der Kanäle einbiegen, unter Brücken durchgleiten und unvermutet im Norden, bei den Fondamenti Nuove, wieder in freies Wasser gelangen. Doch entgegen meiner Erwartung biegen wir nicht nach links oder rechts ab, sondern meine Vipera hält weiter geradeaus den Kurs, vorbei an San Michele, der Toteninsel mit ihren braunroten Backsteinmauern, über die die schwarzen Flammen der Zypressen emporragen, vorbei an der Glasbläserinsel Murano, die auf ihre Art kaum weniger streng bewacht und reglementiert ist als das Arsenal, vorbei an dem ländlich idyllischen Burano mit seinen niedrigen Häusern und den berühmten Fischergasthöfen. Langsam beginne ich zu ahnen, wohin die Fahrt führen soll.

»Torcello?« frage ich meinen Bootsführer.

Er nickt und deutet auf eine grüne Insel vor uns, beherrscht von der mächtigen, im byzantinischen Stil erbauten Basilika Santa Fosca.

»Hier stand die Wiege von Venedig. Einst, als am *Rivus altus* noch die Frösche quakten und allenfalls ein paar Fischerhütten standen, war Torcello eine Stadt, der Sitz der Regierung und Sitz des Bischofs. Politische Händel und wirtschaftliche Interessen verlagerten das Gewicht später mehr und mehr nach dem Rivus altus, bis in Torcello neben der einstigen Bischofskirche nur die Reichen und Reichsten zurückblieben – und eigentlich auch sie nicht, sondern nur ihre Villen inmitten der blühenden Gärten.«

Leise rumpelnd legt die Vipera an einem Bootssteg an.

»Wir sind da, Messer Dreyling. Folgt immer Euren Augen, Eurer Nase, Euren Ohren... Wir warten hier auf Euch«, lacht der Bootsführer und macht es sich auf dem Steg bequem, während einer der Ruderer aus dem vorderen Bugraum einen Korb mit Brot, gebratenen Hähnchen und Weinflaschen hervorzieht.

Am Ende des Bootssteges nimmt mich ein schmaler, von weißen, rosa, gelben und blutroten Rosen überwucherter Laubengang auf, führt mich in Schlangenwindungen an blühenden Buschgruppen, Blumenbeeten, kleinen Seerosenteichen vorüber. Vor mit taucht aus dem Grünen und Blühen dann und wann ein rotes Dach über weißen Säulen auf, doch wie einem Märchenschloß scheine ich ihm nicht näher zu kommen.

Aber etwas anderem komme ich näher, den zarten, verträumten Akkorden einer Laute, deren Klänge sich mit berauschenden Düften von Jasmin und Nelken und Geißblatt, dem leisen Glucksen von Wasser, dem sanften Streicheln der Luft mischen.

Wieder biege ich um eine blühende Buschgruppe, bleibe wie angewurzelt stehen, wage kaum noch zu atmen, um das Bild vor mir voll zu genießen. Inmitten eines kleinen Rondells in einem Meer von weißen, gelben, himmelblauen und violetten Schwertlilien ein schneeweißer Marmorbrunnen, und auf seinem Rand die Schöne meines ersten Abends in Venedig: Maria Cavallino. Die dunkelgoldenen Haare, nur von einem schmalen Silberreif gehalten, wogen weich auf ihre Schultern herunter, verdecken halb das ernst über die Laute gebeugte Gesicht.

Sie sieht auf. Ein Strahlen breitet sich über ihre Züge aus. Rasch legt sie die Laute beiseite, springt auf, fliegt mir entgegen:

»Messer Adam! Wie herrlich, daß Ihr endlich gekommen seid!«

Dann ist sie heran – und für einen Augenblick huscht etwas wie ein Schatten über ihr Gesicht, ehe sie sich auf die Zehenspitzen stellt und mir einen Kuß auf den Mund haucht.

Doch kaum steht sie wieder richtig auf ihren Füßen, da ist erneut etwas wie – wie Ablehnung, ja fast wie *Ekel*...

Und dann bemerke auch ich das, was mich den ganzen Weg vom Bootssteg hierher schon unbewußt gestört hat: Es stinkt...

Nein, *ich* stinke! Ich stinke gottserbärmlich! Das ganze grauenhafte Duftbukett der Galeeren hat sich in meinen Kleidern eingenistet!

»Verzeiht mir ... ich...«

Maria Cavallino lacht glockenhell auf:

»Ich verzeihe, Messer Adam! Aber wenn Ihr etwas anderes anziehen wollt, vielleicht baden...«

VENEDIG 1579

Ich stimme sofort begeistert zu. Maria klatscht leicht in die Hände, und wie durch Zauberei tauchen aus dem Grün vier blutjunge, bildhübsche Mädchen auf, verneigen sich tief.

»Messer Dreyling wünscht zu baden.«

»Ja, Signora«, klingt es im Chor. Nach ein paar Schritten stehen wir vor dem Zauberschloß, das vorhin so nah und doch zu unerreichbar schien, ein langer, luftiger, einstöckiger Bau mit einer breiten Säulenveranda, halb eingewachsen mit Klematis und wildem Wein.

»Hier entlang, bitte.«

Einen Raum, bis zur Decke mit Marmor ausgekachelt, einem Bekken, groß genug, um sogar ein paar Schwimmstöße zuzulassen, zu dem einige Stufen hinabführen, Regale an den Wänden, vollgefüllt mit seltsamen Tiegeln und Karaffen und einem breiten Ruhebett daneben – das hatte ich nicht erwartet. Kichernd schälen mich die Mädchen aus meinen stinkenden Kleidern, geleiten mich in das angenehm temperierte Wasser hinunter, seifen mich ab, übergießen mich mit wohlriechenden Essenzen, waschen meine Haare, trocken mich anschließend ab, lassen mich auf dem Ruhebett Platz nehmen, salben mich von Kopf bis Fuß ein, schnippeln an meinen Finger- und Fußnägeln herum, stutzen meinen Bart... Ich schnurre vor Wohlbehagen wie ein Kater, den man zusammen mit dem Sahnetopf allein gelassen hat.

Als ich, gehüllt in ein schwarzes, dick mit Gold besticktes orientalisches Gewand, auf die Säulenterrasse hinaustrete, erwartet mich Maria bereits:

»Ich hoffe, es hat Euch gefallen?«

»Signora Cavallino, sie haben mich verwöhnt! – Aber *ich* möchte mich noch einmal entschuldigen, daß ich mit meinem Gestank...«

Zwei schlanke Finger legen sich auf meinen Mund. »Kein Wort mehr davon. Wir sind hier in Torcello. Hier gibt es so etwas nicht. Hier ist mein Zuhause. Und deshalb, bitte, auch nicht: Signora Cavallino. Für Euch *Maria!*«

»Dann aber auch Adam!«

Die veilchenblauen Augen Marias strahlen mich an:

»Du ahnst nicht, wie glücklich du mich damit machst!« Dann nimmt sie meine Hand, zieht mich zu einer Ecke der Terrasse. »Die Sonne geht gleich unter. Ich liebe es, von hier aus zuzuschauen, wie sich die rotgoldenen Bahnen über das Wasser ziehen. Ich nenne sie meine Traumstraßen, und sie sind so schön wie die Silberstraßen des Mondes...«

Wir stehen eng aneinandergeschmiegt. Durch die weiche Seide ihres weißen, mit dünnen Silberfäden durchwirkten Kleides spüre ich die Wärme von Marias Körper. Schweigend sehen wir der langsam versinkenden Sonne zu, sehen den Himmel erst rot aufglühen, dann allmählich verblassen, rosa, violett werden...

Plötzlich schreckt Maria auf:

»Vergib mir, aber was für eine schreckliche Gastgeberin bin ich doch! Du mußt ja halbtot vor Hunger sein nach diesem Tag!«

In einer windgeschützten Nische des Gartens mit Blick hinaus auf das Wasser sind in bunten, geblasenen Gläsern Windlichter entzündet worden. In der Mitte steht ein zierlicher Messingtisch und dahinter ein weicher Diwan voller Kissen.

»Mach es dir bequem. Hier in Torcello versuche ich ein wenig die Lebensart der byzantinischen Herrscher nachzuempfinden, die jahrhundertelang über dieses Land geboten, als Torcello noch eine reiche, dichtbevölkerte Stadt war. Und in Byzanz, wie einst in Rom, pflegten die Herren beim Essen zu liegen. Versuche es, es wird dir gefallen!«

Also strecke ich mich auf dem Diwan aus, Maria stopft mir ein paar Kissen unter die linke Achsel – in der Tat, eine höchst bequeme Haltung.

»Und du?« frage ich.

»*Ich* werde dich bedienen. Außerdem liegt eine Frau nicht beim Essen – es sei denn, sie ist eine Hure. Und hier in Torcello bin ich *keine!*«

Ich fasse mit der Hand Marias Kinn, drehe ihr Gesicht zu mir:

»Sag so etwas nie wieder! Für mich bist du weder in Venedig noch sonstwo auf dieser Erde eine *Hure!*«

Ihr Mund preßt sich auf den meinen.

»Danke, Adam«, flüstert sie, als sie sich von mir löst, doch ich ziehe sie wieder heran.

Unsere Lippen finden sich erneut, öffnen sich, unsere Zungen umspielen einander, zärtlich, liebevoll. Doch dann geht es wie ein Schlag durch Marias Körper, sie drängt sich plötzlich an mich, ihr Atem beschleunigt sich, ihr Kuß wird heftig, leidenschaftlich, drängend – und bricht unvermutet ab. Maria richtet sich kerzengerade auf:

»Ich bin schrecklich, Adam! Du Ärmster wirst diesen Abend als den *Abend des knurrenden Magens* in Erinnerung behalten und nie, nie wieder kommen!«

VENEDIG 1579

Ich muß lachen, versuche erneut nach ihr zu fassen, doch Maria weicht mir mit einer leichten Drehung ihres Körpers aus:
»Was möchtest du essen? Fisch? Geflügel? Fleisch? Oder von allem etwas?«
»*Dich!*«
Wieder klingt ihr glockenhelles Lachen auf:
»Gut! Aber erst als Nachtisch! Und was vorher?«
»Fisch war früher für mich ein grätenreiches Fastenfutter, aber seit ich in Venedig bin...«
»Nun, an *Fastenfutter* hatte ich weniger gedacht...«
Ein leises Klatschen in die Hände, und schon tauchen aus der Dämmerung des Gartens die vier jungen Mädchen auf. Schalen, Platten, Karaffen in den Händen, bauen sie auf dem Tisch vor uns auf. Es ist Fisch, Meeresgetier, in allen möglichen Größen und Formen, das sich da auf der größten der schweren Silberplatten, gebettet in Eis und in großen, graugrünen Blättern von Wasserpflanzen, türmt: bizarre Krabben und Meerspinnen, dicke Kamm- und Klaffmuscheln, gepanzerte Einsiedlerkrebse, schwarze Miesmuscheln und kleine Meeresmandeln, die orangenen Keimdrüsen des Seeigels, delikate Seeschnecken, würzige Wollkrabben, graue und rosé Garnelen, obenauf eine prachtvolle Languste. Dazu leichtes, weißes Brot, zahllose Schälchen mit Saucen. Eine Auswahl an Weinen aus Deutschland, Italien, Frankreich, Dalmatien und Griechenland, wie ich sie selbst bei einem Weinhändler noch nie gesehen habe.
Doch was mich an dem Ganzen zunächst am meisten erstaunt, ist das Eis.
»Woher kommt das? Wir sind mitten im Frühling.«
»Woher wohl?« lacht Maria. »Von den Gipfeln der Berge natürlich, von wo es Eiltransporte nach Venedig herunterbringen.«
»Aber das muß doch ein kleines Vermögen kosten!«
Maria schüttelt lachend ihre goldenen Locken:
»Und wenn schon! Macht dich Geld jünger? Oder schöner? Oder klüger? Oder glücklicher? Wozu ist Geld also da, außer um dir das Leben angenehmer zu machen? Und sind diese Früchte des Meeres nicht schmackhafter eisgekühlt als lauwarm?«
Auf jeden Fall sind sie köstlich! Und wenn ich mit Schalen und Panzern Schwierigkeiten habe, stets sind die schlanken, geschickten Hände Marias zur Stelle, brechen auf, schälen das Fleisch heraus, legen mir vor, füllen mein Glas, während sie selber nur dann und wann zur Gesellschaft ein Häppchen zu sich nimmt.

Endlich sinke ich erschöpft in die weichen Kissen zurück.
»Und was möchtest du nun zum Nachtisch?«
»Ich sagte es schon: dich!«
Maria lacht wieder ihr Glockenlachen:
»Und *wie* möchtest du ihn haben, deinen *Nachtisch*?«
»Was hättest du denn anzubieten?« frage ich dagegen.
»Alles. Für *dich* wirklich *alles*, Adam. Was immer du dir noch so heimlich wünschen magst...«
»Ich habe gar keine so schrecklichen, heimlichen Wünsche. Ich denke, daß ich recht harmlos, bürgerlich und bieder bin.«
»Du hast Skorpion-Augen, und Skorpione sind nie ganz harmlos, bürgerlich und bieder...«
Während ich noch einen Schluck des letzten, schweren, süßen Weines schlürfe, spinnt Maria ihre Gedanken weiter:
»Ich glaube nicht, daß du dominierende Frauen magst. Nein, ganz bestimmt nicht! Außerdem wärest du dann bei Giulietta besser bedient. Eher schon: ich als deine Sklavin, vielleicht sogar deine *gefesselte* Sklavin, hilflos deiner Willkür ausgeliefert...?«
Ich wehre ab, doch in meinem Hinterkopf kichert ein Teufelchen, daß mir dergleichen sehr wohl und durchaus gefallen könnte.
»Oder«, fährt Maria fort. »wie wäre es mit zwei, drei Mädchen in deinem Bett?«
»Ich will *dich!* Dich allein!« beeile ich mich zu versichern, doch das Teufelchen in meinem Kopf kichert nur, nennt mich schamlos Heuchler.
Ehe Maria noch weitere, möglicherweise noch verfänglichere Angebote machen kann, ziehe ich sie zu mir, verschließe ihre Lippen mit einem heftigen Kuß während meine Hände über ihre Schultern, ihren Rücken gleiten. Doch ehe ich den Körper unter der glatten Seide weiter erforschen kann, löst sich Maria:
»Komm nach drinnen, ehe es heraußen zu kühl und feucht wird.«
Hand in Hand durchqueren wir den Garten, betreten durch eine Terrassentür einen luftigen Raum. Im weichen Licht zahlloser Kerzen, die auch hier hinter bunten Glasschirmen brennen, erkenne ich in der Mitte ein überbreites niederes Lager. Doch im Gegensatz zu Katharinas karneolroter Sündenwiese ist dieses mit mitternachtsblauen Seidenlaken, federleichten Decken und zahllosen Kissen ausgestattet. Ich muß leise lachen.
»Was amüsiert dich?«
»Ich dachte gerade nur daran, daß Karneolrot kein glücklicher

Hintergrund für rote Haare ist, während goldene Haare auf Mitternachtsblau...«

Maria wendet sich wie schmollend halb ab:

»Mußt du meine kleinen Tricks sofort durchschauen?«

Ich trete hinter sie, ziehe ihre Schultern an meine Brust, beginne ihren schlanken Hals zu küssen, während ich den Duft ihrer Haare einsauge. Maria steht reglos, und meine Hände werden kühner, muscheln sich um ihre kleinen, festen Brüste, beginnen ihr Kleid aufzunesteln, gleiten unter die weiße Seide, streicheln die glatte kühle Haut, folgen der weichen Rundung des Busens, gelangen zu den harten, kleinen Spitzen, streicheln, kneten, zupfen sie behutsam... Maria stöhnt auf. Wie ein Schauer läuft es durch ihren ganzen Körper, als sie sich gegen mich preßt.

»Küß mich, Liebster!«

Maria hat den Kopf gedreht, hält mir ihren leicht geöffneten Mund entgegen. Unsere Lipen finden sich. Und wieder geht jene seltsame Verwandlung vor in Marias Kuß – erst sanft, fast scheu, um dann urplötzlich in ungebändigte Leidenschaft, fast Gier umzuschlagen. Tief stößt ihre Zunge in meinen Mund, zieht sich blitzschnell zurück, stößt wieder vor. Wie eine Schlange dreht sich Maria in meinen Armen herum, preßt nun, weiter sanft reibend, ihren Unterleib gegen den meinen, hält meinen Kopf mit ihren Händen fest, bis ich, von ihrem Kuß halb erstickt und nach Luft schnappend, sie behutsam ein wenig von mir schiebe.

»Zieh mich aus, Liebster!« keucht sie. »Ich will dich ganz spüren, deine Haut, deine Hände, deinen Mund...«

Nur zu gerne käme ich dieser Aufforderung nach, doch meine Finger kämpfen vergeblich mit Haken und Nesteln...

»Komm!« lockt Maria ohne freilich meinen stillen Kampf mit den Geheimnissen weiblicher Kleidung zu unterstützen.

Ich verliere die Geduld. Ich packe den tückischen Stoff, ein kurzer, harter Ruck, reißende Seide, ein wegplatzender Verschluß...

Einen Augenblick bin ich fast erschrocken über meine Tat, doch dann nimmt mich das voll gefangen, was der weiße, gleitende Stoff nun enthüllt: weiße Schultern, kleine, feste Brüste mit rosigen Spitzen, ein glatter, flacher Bauch, ein zierlicher, ein bißchen schiefer Nabel, mädchenhaft schmale und doch weiblich weich gerundete Hüften, ein golden beflaumtes Dreieck, lange glatte Schenkel.

Mit ein paar ungeduldigen Bewegungen entledige ich mich meines schwarz-goldenen Gewandes, beuge mich etwas hinab, umfasse

Maria an Schultern und Kniekehlen, hebe sie hoch, trage sie zu dem breiten Lager hinüber und bette sie vorsichtig auf die mitternachtsblauen Laken. Mit einem langen Blick betrachte ich das Bild, die weiße Haut, die goldenen Locken auf dem tiefdunklen Untergrund, trinke diesen Kontrast, diese Harmonie in mich hinein, ehe ich mich hinabbeuge, um diesen Körper, halb Mädchen halb Frau, mit Händen, Lippen und Zunge näher zu erforschen, an den rosigen Spitzen der Brüste zu saugen, langsam den Bauch abwärts zu wandern, Maria ein leises Kichern zu entlocken, als sich meine Zunge kurz in ihren Nabel bohrt, mich langsam, genußvoll ihrem goldenen Dreieck zu nähern.

Langsam, ganz langsam lasse ich meine Hand über den goldenen Flaum ihres weich hochgerundeten Venushügels gleiten, schiebe behutsam die Schenkel auseinander, die gehorsam meiner leichtesten Berührung folgen, mir die wie das Innere einer kostbaren Muschel rosig schimmernde Scham öffnen.

Und dann, unvermutet, wirft mich Maria mit erstaunlicher Kraft herum, auf den Rücken. Während mein Gesicht zwischen ihren Schenkeln begraben bleibt, fühle ich ihre Hände, im nächsten Augenblick ihre Lippen, ihre Zunge, ihre Zähne, saugend, leckend, beißend.

Ich schreie auf, als sie mich hochjagt zu jener Grenze, an der Schmerz und Wollust ineinanderfließen.

Und dann gleitet sie, mit einer ihrer typischen, schnellen, schlangengleichen Bewegungen herum, ist über mir, pfählt sich selbst auf mein fast schmerzhaft erigiertes Glied, rollt uns beide im nächsten Moment herum, so daß ich über ihr liege, umklammert mich mit Armen und Beinen:

»Komm! Komm! *Komm!* Stoß zu! Stoß in mich hinein! Tiefer! *Tiefer!* Ich will dich! Ich brauch' dich! Liebster! Geliebter! Ja! Ja! *Komm!*«

Die Welt um mich versinkt. Ich sehe nur noch Marias riesige veilchendunkle Augen, ihren vor Erregung bebenden Mund, fühle nur noch unsere im vollkommenen Gleichklang schwingenden Körper...

»Adam! *Adam!* Ich ... ich ... ich liebe ... *ich liebe dich! Ich liebe dich!*« Wie ein Schrei bricht es aus Maria heraus, als mein heißer Samen tief in ihren Leib spritzt...

Später liegen wir eng aneinandergekuschelt, warm geborgen in der Nähe des anderen.

VENEDIG 1579

Was habe ich mir vorgestellt, was ich alles mit einer venezianischen Kurtisane anstellen würde, sollte ich je das Glück haben, mir einmal eine Nacht eine dieser Damen leisten zu können. Nichts, gar nichts war so, wie ich es mir ausgemalt hatte. Es war anders, ganz anders, und unendlich viel schöner, als ich je zu träumen gewagt hatte. Keine ausgefallen Stellungen und raffinierten Praktiken: nur Harmonie, Zärtlichkeit, ungekünstelte Leidenschaft und – ja – *Liebe*...

Und im Einschlafen weiß ich, dieser Abend, diese Nacht mit meiner Maria sind die schönsten meines Lebens...

Meine innere, unfehlbare Uhr weckt mich, als der Morgen zu grauen beginnt.

Einige Augenblicke liege ich ganz still, genieße die seidige Glätte der Haut, die Wärme des Körpers neben mir, lausche auf die leichten, gleichmäßigen Atemzüge.

Ich schlage langsam die Augen auf und begegne den veilchenblauen Blicken Marias.

»Du bist wach?« frage ich leise.

Maria lächelt mich an:

»Ich bin viel zu glücklich, um schlafen zu können. Ich träume...«

»Und wovon träumst du?«

»Ich träume davon, den Palazzo in der Stadt zu verkaufen, ganz nach Torcello zu ziehen.

Ich träume von zwei, vielleicht drei Kindern. Ich träume von einem Mann, einem Geliebten, den ich Abend für Abend, Nacht für Nacht verwöhnen kann, wenn er müde und abgekämpft und *stinkend* nach dem Rauch der Schmelzöfen im Arsenal nach Hause kommt.

Ich träume den Traum des kleinen Fischermädchens aus Cavallino, das ich vor vielen, vielen Jahren war, ehe mich Signora Veronica Franco kaufte...«

»*Kaufte?*«

»Meinen Eltern abkaufte, als ich acht Jahre alt war, mich in ihre Obhut nahm und mich ausbildete.«

»Aber das ist ja entsetzlich!«

Doch Maria schüttelt den Kopf:

»Es rettete meine Eltern und meine sieben Geschwister buchstäblich vor dem Hungertod. Und Signora Veronica war eine der ganz großen Kurtisanen.

Acht Jahre habe ich bei ihr gelernt: Tanz, Musik, Literatur und

Manieren, aber auch Politik, Natur- und Rechtswissenschaften, Staatskunde, Sprachen, Philosophie, Wirtschaft...

Signora Veronica pflegte zu sagen, es gäbe drei Kategorien von Männern:

Die erste will nur ihren Schwanz in den Bauch einer Frau stecken. Für sie sind die billigen Huren da, die nicht viel mehr können, als die Beine breit zu machen.

Die zweite Kategorie will vor allem unterhalten werden, will nach einem mühevollen, vielleicht sorgenvollen Tag entspannen. Für sie gibt es die Kurtisanen, die gebildet genug sind, um ebenso gut zuhören wie über alles vernünftig mitreden zu können, sei es das Auf und Ab an der *Loggia dei Mercanti*, seien es die Sandbänke vor dem Hafen von Alexandria, das ›Gastmahl‹ von Platon oder die Bewegung der Himmelskörper. Das Bett ist bei dieser Gruppe nur noch eine angenehme, erfreuliche Nebensache.

Und dann gibt es die *ganz* Anspruchsvollen. Sie rechnen es sich zur Ehre an, in den Zirkel aus Künstlern und Wissenschaftlern, höchsten Politikern und reichsten Kaufherren aufgenommen zu werden, die sich um die großen, die berühmtesten Kurtisanen versammeln.«

»Und was haben diese ganz großen, ganz berühmten Kurtisanen noch darüber hinaus gelernt als jene für die zweite Männerkategorie?« frage ich neugierig.

»Nichts. Ihre zusätzliche Kunst ist die des Gefühls, zu wissen, was ein Mann *wirklich* will – obwohl er das selbst manchmal nicht weiß!

Es kommen zwei Männer. Beide erklären im Brustton der Überzeugung: ›Ich kann heute das Wort »Geschäft« nicht mehr hören.‹ Beide wollen sich entspannen. Nun, den einen entspannt Musik, ein Gespräch über Kunst oder Philosophie, und den anderen entspannt nur, wenn er eben doch über seine Geschäfte reden kann, auch wenn er das Gegenteil behauptet. *Das* zu spüren ist die Kunst der großen Kurtisanen. Man kann sie nicht lernen, man hat sie oder man hat sie nicht.«

»Und die Königin der großen Kurtisanen bist *du!* Nun denn: Und was will *ich* in diesem Augenblick wirklich?«

Marias veilchenblaue Augen wirken sehr ernst:

»Du, Adam, willst die andere, männliche Hälfte im Traum des kleinen Fischermädchens träumen...«

Maria gleitet aus dem Bett, wirft einen hauchdünnen Seidenmantel über:

»Ich will dir etwas schenken, was ich noch keinem anderen Menschen je geschenkt habe!«

Ein wenig unwillig krieche ich aus dem mitternachtsblauen Seidenpfühl, schlüpfe in den schwarzen, goldbestickten Kaftan. Maria führt mich durch das schlafende Haus, eine Treppe empor, und dann stehen wir auf einer kleinen Dachterrasse. Ich halte unwillkürlich die Luft an: zu unseren Füßen breiten sich die blühenden Gärten von Torcello mit ihren weißen Villen aus, überragt linker Hand von der Basilika San Fosca. Dahinter schimmert das Wasser der Lagune; in der immer heller werdenden Morgendämmerung schält sich der schmale Landstreifen des Lido heraus, und dahinter wogt bleigrau das Meer.

»Jeder Mensch, Adam, braucht irgend etwas, irgendeinen Winkel, der ihm, nur ihm und ganz allein ihm gehört. Für mich ist das diese kleine Terrasse, dieser Blick hinaus...

Ich schenke sie dir. Ab jetzt gehört das uns beiden gemeinsam, dir und mir...«

Während der Himmel immer heller wird, erst blau, dann rosa, dann golden, greift Maria leise das Gespräch von vorhin wieder auf:

»Warum willst du nur träumen, Adam?

Der Posten eines Gießermeisters im Arsenal ist dir sicher. Nimm auch dieses Haus, diesen Garten und mich dazu!«

Ehe ich etwas antworten kann, hebt Maria abwehrend die Hand:

»Oh, ich weiß, daß du niemals eine ehemalige Kurtisane heiraten würdest, und sei sie auch die Königin der Kurtisanen gewesen. Aber würde es dir auch dein Stolz, dein Name verbieten, sie zu deiner Geliebten zu nehmen?

Adam, wenn du mich willst, dann gehöre ich dir mit allem, was ich bin, und habe – *dir ganz allein und so lange, wie immer du mich haben willst!*«

Wie Flammenpfeile schießen die ersten Sonenstrahlen in den Himmel, und wie eine glitzernde Woge aus Diamanten springt das Licht über das Wasser des Meeres und der Lagune auf uns zu, hüllt uns ein.

Eine Stunde später liege ich, gekleidet in meine über Nacht frisch gewaschenen, gebügelten und gestärkten Sachen, im Heck der Vipera, die mich, vom kräftigen Gleichschlag der sechs Ruderer getrieben, nach Venedig zurückbringt.

»Komm bald zurück, mein Geliebter«, höre ich noch immer Marias Stimme in meinem Ohr. Und auf meinen Lippen spüre ich noch immer ihren Abschiedskuß.

Meine Gedanken gleiten zurück in die Vergangenheit auf der Suche nach solch einem Kuß. Das war nicht der Kuß einer Kurtisane, nicht einmal der Kuß einer Geliebten, das war der Kuß einer liebenden Frau...

Ich bin froh, daß die Ruderer mit dem Rücken zu mir stehen, so können sie nicht sehen, daß mir offenbar etwas ins Auge geraten ist, was ich sehr heftig wegblinzeln muß.

Freitag,
der 1. Mai

Heimwärts fahrend entdecke ich an meinem steinernen Löwen, der jede Gondel beäugt, die den Rio di San Lorenzo herunterkommt und zum Palazzo Diavolo abzweigen will, ein zweites Gesicht. Seine rechte Seite zeigt ihn grimmig dreinblickend, doch nun von Norden kommend, erkenne ich an ihm einen äußerst zufriedenen und entspannten Gesichtsausdruck...

Ein verrücktes Spiel, denke ich mir, zumal sein zusammengerollter Schwanz, den er wie eine zornige Schlange aufstellt, den Verdacht reichlich nährt, die vergangene Nacht auf Torcello symbolisieren zu wollen.

Wenige Fuß trennen uns nur noch von der Ponte Diavolo, durch die wir hindurchgleiten, um am ersten Wassertor anzulegen. Die *Ponte* ist eine von jenen Brücken, deren Unterseite, sobald die Sonne scheint, von huschenden Spiegelungen gesprenkelt wird, als ob tausend kleine Teufelchen mit Spießen bewaffnet, fortwährend aus dem Dunkel ans Licht strebten. Den *Wahrhaftigen* allerdings erblicke ich zuerst im Wassertor, gekleidet in einen Rotfuchs! Davison zieht die Brauen hoch als wollten sie eine Brücke bilden, sieht mich, der Situation angemessen, eulenhaft an und grinst über das ganze Gesicht. Meine Hand geht zu seiner:

»Verzeih, daß ich dich habe warten lassen. Ich bin an Torcello einfach nicht vorbeigekommen.«

Davisons Augen glimmen mich an:

»Sie gilt als eine Frau, die es versteht, in der Männer Seelen ewig fortzuleben.« Doch dann verdüstert sich sein Gesicht und wir gehen ins Innere der Wassertorhalle.

»Unser Palazzo ist umlagert – deinetwegen!«

»Wer ist es? Kennen wir sie?«

»Natürlich! Und natürlich nicht...!« Davison sieht mich prüfend an. »Ich werde die Wachen verstärken müssen.«

»Hört sich an, als versuchten sie, mich hier rauszuholen!«

»Es wird zu keinen Übergriffen kommen. Jeder von ihnen, der das Wasser überquert, ist des Todes! Das wissen sie nur allzu gut. Nein, sie erhoffen sich eine günstige Gelegenheit. Dafür liegen sie auf Lauer. Ihr Leben werden sie uns nicht leichtfertig aufs Gewissen laden. – Und du wirst heute abend den Palazzo verlassen.«

»Ich?!«

»Einer, der so aussehen wird wie du!«

»Was willst du damit erreichen?«

»Sehen, ob wir sie nicht wenigstens für ein paar Tage von der Fährte abbringen können. Auf jeden Fall dünnen wir ihre Linien damit aus!«

Mit federnden Schritten jage ich einige Stufen die Treppe hoch.

»Das kann nur bis Montag gelingen«, rufe ich vom ersten Absatz hinunter.

»Ich habe erfahren, was man dir vorgeschlagen hat. Meine Männer werden dich an diesem Tag sicher zum Tor des Arsenals geleiten.«

Ohne ein weiteres Wort dreht er sich um und geht ohne Hast zurück.

Kurz darauf öffne ich die Tür zu meinem Zimmer, trete an das Erkerfenster, blicke hinunter auf den Osmarin und beobachte wie Tonino Williams Gondel mit einem einzigen Ruderschlag, wie auf der Spitze einer Nadel, herumschwingen läßt, um in den Rio San Severo einzufahren. Vielleicht ist er auf dem Weg zu den roten Hüten? Jedenfalls ließ er ein schweres Sediment in meinem Kopf zurück, das mich noch lange beschäftigen sollte. Doch in meinen Gefühlen liegt Torcello noch näher als der Tag des Arsenals.

Montag,
der 4. Mai

Die *Marangona* von San Marco befiehlt mit ihrem dumpfen Schlag die Menschen zur Arbeit. Ich gehöre zwar keiner der *Arti* oder *Scuole* an, dennoch folge ich, begleitet von ihrem Klang, mit Hunderten von Gestalten einer unsichtbaren Strömung. Sie fließt zur Macht, zum Rio dell Arsenale. Keineswegs versuche ich die Vorstellung zu bekämpfen, daß mich heute die Vorsehung durch die gewaltige Mauer zu ihr hineinspülen wird. Mein Gang wird schneller, und Williams Schilderungen von gestern abend während des Essens begleiten meine Schritte wie eine Ouvertüre:

»... das Tor zum Arsenal, durch das du morgen früh gehen wirst, zwingt jeden Menschen zur Erkenntnis, daß er damit Venedigs einzigartige Machtbasis betritt. Mit diesem Machtzentrum ohnegleichen gibt es für die Konkurrenten Venedigs nur zwei magere Aussichten: Entweder werden sie überrundet oder gebrochen! Die überschäumende Gesundheit seiner Handelseinkünfte über die Jahrhunderte hinweg ist auf die tragende Säule des geheimen Systems in seinem Inneren gebaut. Ich erahne, angesichts der Perfektion, mit der dort Galeeren, Schiffe und Waffen hergestellt werden, daß hinter den Mauern nur die Werte des Diesseits als Maßstab Geltung besitzen. Menschengruppen und ihre Kunst werden hinter den hohen Mauern eingeschmolzen zu *Arsenalotti* – ein Exil, das zwar die wenigsten von ihnen in weltabgewandter Disziplin ausleben wollen, woran das Gefühl der Zugehörigkeit und Einmaligkeit sie jedoch für ewig festhalten läßt. Ich bin mir sicher, daß ihre Arbeit und ihr Können die Klammer bilden, die Machtpolitik heißt, mit der Venedigs Sicherheit und Wohlstand seit jeher zusammengehalten wird. Leider habe ich keine umfassende Bestätigung, denn die Münder der Venezianer bleiben diesbezüglich fest verschlossen. Ich hätte es gern etwas genauer gewußt, wie sie die Leistungsfähigkeit hinter ihren Mauern in Kriegszeiten zur Verblüffung aller Gegner immer gewaltig steigern konnten. Mein lieber Adam, wie ist es möglich, innerhalb von einem Tag mehr als zehn vollausgerüstete Galeeren aufs Wasser zu setzen? Wie ist es möglich, daß über 100 Galeeren gleichzeitig gebaut werden können? Wie haben die Arsenalotti das organisiert?

VENEDIG 1579

Wir können zwar den schönen Körper einer frisch geborenen Galeere sehen und bewundern, aber der schnelle Zusammenbau ihres Skeletts, das sie trägt und formt, bleibt unsichtbar. Sieh dich um, wenn du hinter den Mauern der Macht weilst! Vielleicht werden sogar unter dem Ansturm der spanischen, portugiesischen und englischen Galeonen gerade die Herstellungssysteme grundlegend geändert, um wehrhafte, atlantiktaugliche Schiffe in großen Zahlen herstellen zu können? Sieh dich genau um! Alles andere ist für die Welt von geringerer Bedeutung.

Andererseits, so scheint mir, fängt die Engstirnigkeit hinter der Mauer als Quelle der Selbsttäuschung kräftig zu sprudeln an. Eine Vermutung zwar, genährt von verschiedenen Anzeichen, doch ohne Gewißheit darüber, ob sich daraus eine zentrale Schwäche der Serenissima herausbilden wird.

Und was deine Kanonen anbelangt, betrachte es so, wie es *ist*, und nicht, wie es *sein sollte*!«

Meine Gedanken brechen im Gedränge ab. Ugo, Alamanno und Tonino decken mich eng mit ihren Körpern nach allen Seiten, und Girolamo sichert zusätzlich, zehn Schritte hinter mir, unseren Weg. Die Strömung der Menschenmassen staut sich angesichts der hohen fensterlosen Ziegelmauer, platscht zornig auf – und bricht genau vor einem prächtigen Portalbau zusammen. Eine eigentümliche Aura von Geheimhaltung geht von dem hochaufragenden Steinwall aus. Über dem Tor steht wie auf einem Gipfel das Symbol der Republik, der Löwe des heiligen Markus. Jener dort hält ebenfalls das aufgeschlagene Buch in seiner Pranke, dessen steinerne Seiten zu meinem Erstaunen jedoch unbeschriftet sind. Der grimmige Löwe haßt wohl den Frieden des Evangelisten.

Wie durch einen mächtigen Sog eines Strudels schlüpfen die Arsenalotti durch den Schlund des Tores ins Innere.

Zenon Querini steht auf der linken Seite des Portals in Erwartung meiner Ankunft. Seine Geste öffnet eine Gasse zu uns hin, so daß wir auf kürzesten Weg das Portal erreichen:

»Willkommen im Arsenal, Messer Dreyling. Das *Haus der Geschäftigkeit* erwartet Euch.«

Mit schnellem Schritt bewegt sich Querini, der wunderbaren Einsaugkraft gehorchend, durch das Portal, so daß ich Mühe habe, mich seinem Tempo anzupassen. Kaum haben wir das Portal durchschritten, öffnet sich vor mir ein großes Becken, das nach außen nur durch einen einzigen Zugang zum Meer verbunden ist. Mir fällt auf, daß der Rio dell Arsenale, der hier ins Becken mündet, gerade so breit ist, daß eine einzelne Galeere ihn passieren kann. Die Masten der Galeeren und Lagunenfahrzeuge darinnen gleichen einem schwimmenden Wald. Bewundernd bleibe ich stehen und vergesse für einen Augenblick Querini, der eilig zu der schweren Barriere schreitet, die, flankiert von zwei hohen Türmen, den Rio dell Arsenale sperrt und gleichzeitig eine Brücke bildet, über die man in den südöstlichen Teil des Arsenals gelangt. Ziegel- und Steingebäude mit großen Öffnungen zum Wasser hin säumen das Becken ein.

»Sieh dich gut um!« höre ich William. Was ich erfassen kann, sind acht große Hallen auf der linken und fünf noch größere Bauten zur Rechten, das Ganze mit einer Brücke im Norden abgeschlossen, hinter der ich ein weiteres Wasserbecken vermute.

»Messer Dreyling, das Ergebnis am heutigen Tage hängt von einzelnen Gesprächen ab, die schon jetzt beginnen sollten. Die Herren Meister warten auf uns.«

»Verzeiht! Der Zauber dieses Ortes mit seinen Rätseln nimmt mich gefangen. Wie viele Becken umgrenzen die Mauern?«

»Wir müssen dort hinüber!« Seine Hand weist den Weg und übergeht gleichzeitig elegant meine Frage. Hinter ihm, über die Barriere, den Rio dell Arsenale querend, spreche ich Querini nochmals an:

»Verzeiht, ich glaube, Ihr hörtet meine Frage...«

»Ich habe sie durchaus verstanden. Nur, die Zeit drängt.«

Neben ihm einhergehend, fällt mein Blick auf ein Spalier von 6pfünder Kanonen, die entlang zweier hoher Mauern auf dem Boden liegen. Ein Blick macht klar, daß sie schon oft im Kampfe eingesetzt waren. Querini hastet geradeaus.

»Eure Frage«, beginnt er doch noch zu antworten. »Auch wenn ich den Rest meines Lebens darüber nachdächte, würde ich zu keiner rechten Antwort kommen, denn wir haben offene Becken und zahllos überbautes Wasser. Bis zum Jüngsten Gericht hätte ich zu tun, alles und jedes zu erklären, dabei würde ständig verändert und gebaut. Kein Mensch könnte daher erzählen, was die Mauern alles in sich bergen.«

Kaum daß er seinen Satz beendet hat, stockt mir der Atem. Vor uns öffnet sich ein riesiges Becken, voll belegt mit Galeeren, Galeassen und Coccas, dessen Ausdehnung mehr als das Fünffache gegenüber dem ersten Becken erreicht. Manche befinden sich scheinbar im Ausrüstungsstadium, andere wiederum werden offensichtlich repariert. Gewaltig empfinde ich die Hallen, die auch hier wiederum das Becken ringsrum einsäumen. Weit über zwanzig mögen es sein. Rechts vor uns sehe ich das Heck einer großen Galeasse aus einer überdachten Halle ein wenig herausragen. Ansonsten ist im morgendlichen Dunst kaum zu erkennen, was sie in ihren Schatten sonst noch verwahren.

Querini registriert mein Erstaunen wie meine Neugier, wobei ich den Eindruck habe, daß er sein Schrittempo nochmals steigert. Im gleichen Moment biegt er vor dem Becken nach rechts ab. Ich kann nicht anders und bleibe stehen, um den Anblick in mich aufzusaugen.

»Messer Dreyling! Die Zeit drängt. Später kommen wir hier noch einmal vorbei!«

Erneut bewegen wir uns auf ein Spalier zu. Diesmal sind es keine Kanonen, sondern eine Doppelreihe von schweren eisernen Ankern. Die Geburtsstätte für Anker muß hier ganz in der Nähe sein.

»Die Ankerschmiede befindet sich hinter jenen Mauern«, läßt sich diesmal der Provveditore zu einer Erklärung herbei. »Im übrigen, kein Arsenalotto arbeitet mehr unter freiem Himmel, sondern, wie Ihr gesehen habt, in Ziegel- und Steinhallen oder in entsprechend kleineren Häusern. Darauf sind wir besonders stolz, da wir somit von der Witterung unabhängig sind. Die Arbeiten brauchen auch nie mehr unterbrochen zu werden.«

Unwiderstehlich zieht mich nun eine Straße in ihren Bann, die uns zu einem größeren Verbund von Häusern führt, während Querini fortfährt, mir Belangloses zu berichten. So höre ich, daß in der Riemenhalle gleich 2500 Menschen Platz finden, Schiffbaumeister ihre Geheimnisse nur an ihre Söhne weitergeben und somit kleine Dynastien bilden und seine Sorge um das Pulvermagazin, das in der Nacht des 13. Septembers vor zehn Jahren in die Luft geflogen sei und dessen Druckwelle damals die gesamte Stadt erschüttert habe.

Als Querini abermals nach Osten in eine weitere Straße einbiegt, bleibe ich erneut wie angewurzelt stehen. Nicht die aufgehende Sonne, die mir ins Gesicht scheint, läßt mich innehalten, sondern eine Häuserschneise voll von Kanonen. Vor mir dehnt sich eine Straße, die, so weit mein Auge reicht, links und rechts eingesäumt ist von niedergelegten bronzeschimmernden Kanonenrohren.

Ein Paradies für Schiffsartillerie, das mir zuraunt: »Warte keinen Augenblick länger. Du wirst erleben, was es heißt, neue Systeme in Unmengen herstellen zu dürfen!«

Die Begegnung mit dem vielfachen Tod vor mir erinnert mich lebhaft an die Gedanken Katharinas während unserer letzten Nacht:

»Auf dem Weg des Lebens gibt es viele Gabelungen und Kreuzungen. Manch eine Richtung wählt man unbewußt und ohne Begründung, manch eine zwingt zum Nachdenken. Nur wenige Gabelungen zeigen einem deutlich, welch weiterer Weg der richtige ist.«

Gleich rechter Hand liegt hinter einem Gatter das Futter für die Rohre bereit. Rund und schwer, eiserne Vollkugeln, in schwarzen Haufen kunstvoll aufgeschichtet.

»Zwölfpfünderkugeln!«

»Ja!« bestätigt Querini »Kugeln für *mezza Colubrinas*.«

Der fette Rauch, vermischt mit Funken aus dem Höllenschlund der Esse, besiegt in mir die letzten Zweifel. In Innsbruck wurden Kanonen gegossen, die eisernen Kugeln kamen aber aus dem fernen Graz. Williams Schilderungen waren richtig, doch werden sie bei weitem übertroffen von der Konzentration der Anlagen und dem Ausmaß der Herstellungsmöglichkeiten, den das *Haus der Geschäftigkeit* in sich vereinigt.

»Nur Auserwählte kommen in diesen Teil des Arsenals, Messer Dreyling«, sagt Zenon. »Rund 800 zusätzliche Kanonen der gängigsten Kaliberstärken gehören zum normalen Bestand unseres Arsenals, der immer und jederzeit aufrechtzuerhalten ist.«

Querinis glänzende Augen, zusammen mit der Unterbrechung seiner Eile, verraten mir, daß die *Straße der Kanonen* auf mich besondere Wirkung erzielen soll. Meine Gedanken konzentrieren sich auf die erste Kanonenreihe. Ja, das ist die Macht. Büchsenhausen ade! Was haben wir dort in all den Jahren an Stückzahlen gegossen? Was meinte Querini mit zusätzlich? *Zusätzlich* kann nur bedeuten, daß die Feuerkraft aller Rohre, die im Arsenal oder auf den Schiffen vorhanden sind, die Bezeichnung *unermeßlich* verdient.

Es sind frisch gegossene Halbschlangen, »mezzo Colubrinas«, wie Zenon sagte – alles Zwölfpfünder! Während ich die Oberfläche der Langfelder genau betrachte, prüft meine Hand die Gußstärke eines Rohres am Mündungsschlund. Mir ist als würde mein warmes Blut gerinnnen, und ein tiefer Seufzer will aus meiner Brust.

Was für ein grober Guß! Es ist doch einfach unmöglich, daß die Gußqualität der Rohre in Verbindung gebracht werden kann mit dem wirklichen Können ihrer Meister. Ausgeschlossen! Gerade an diesem Ort. Die Geschützrohre sind zwar mit System gegossen, doch entsprechen sie weder in der Metallmischung noch von der Formgebung und schon gar nicht von der Gußtechnik den Anforderungen, denen ein Geschützrohr aus Büchsenhausen schon vor 60

Jahren genügen mußte. Warum? Warum gießt jemand Rohre in dieser Serie, von der er weiß, daß sie spätestens nach dem dreißigsten Schuß zerspringen werden?

Die mezzo Colubrinas geben ein stummes Zeugnis ab über ihre Gießer, und fangen an zornig zu mir zu zischen: »Schmelze uns ein. Gib uns deine Form. Eine bessere Legierung. Erschaffe uns neu!«

Der scharrende Fuß Quirinis, dicht neben mir, läßt mich zurückfinden:

»Ihr seht betrübt drein. Was verursacht Eure Versunkenheit?«

Sein Blick schürt meinen Zweifel. Mein nächster Schritt führt mich sehr nah an ihn heran:

»Ihr wißt, was ihr hier liegen habt?«

»Für die Galeeren sind sie gut genug. Lepanto ist der Beweis!«

»Was hat Lepanto mit Bastardieren zu tun? Warum wird Verschnitt hergestellt und geduldet?«

»Genau das ist der Anlaß, uns mit Euch zu befassen.«

»Dann nennt mir...«, Die weiteren Worte bleiben mir vor Befremden im Halse stecken. Mein Zustand wird durch ein fast ungeziemendes Entgegenkommen Querinis gesteigert, da er der hinter uns heranschreitenden Dreiergruppe den Weg freimacht, indem er zwei Schritte zurückweicht und sich zum Gruße anschickt. Ich traue meinen Augen kaum, doch je näher die Gruppe kommt, um so sicherer wird der Irrtum ausgeschlossen. Flankiert von zwei hohen Beamten wandelt ein Mensch durch die *Straße der Kanonen* heran, der nicht allein durch seine Kleidung unzweideutig als Türke zu erkennen ist. Fragend suche ich die Augen Querinis. Er ist keineswegs verblüfft. Im Gegenteil, sein ausgesuchtes Lächeln und sein vielsagendes Kopfnicken bestätigen, daß im Moment alles mit rechten Dingen zugehen muß.

»Seid gegrüßt in unseren Mauern, Jassafer Yhlal Ali!« höre ich wie von fern Zenons Stimme.

»Seid gegrüßt, im Namen Allahs und der Hohen Pforte!«

Der Ton ist so vertraut, als verbinde die Serenissima und das Goldene Horn eine nie erschütterte Zweisamkeit. In gehobener Stimmung eilt die Trias an uns vorüber.

Starr, als hätten sich Faßreifen um meine Füße gelegt, blicke ich der Gruppe nach. Querini toleriert den Turban, da er sich völlig unbeeindruckt zeigt.

»Sagt, was bedeutet der Halbmond an diesem Ort?«

Zenons Gesichtsausdruck maskiert jede Gefühlsregung. Eher

noch läßt sich die Gewalt eines Sturmes aus einer Entfernung von tausend Seemeilen beurteilen als diese Maske.

»Die Verständigung mit geschlagenen Rivalen sollte auf jedem Gebiet gepflegt werden, vor allem, wenn es in unserem Interesse liegt. Unsere Haltung wird verständlich«, fährt er ruhig fort, »wenn man, wie der Rat der Zehn, bereit ist, blasse Ritterlichkeit und christliche Frömmigkeit hinter die politischen Notwendigkeiten zu stellen. Die ungehinderte Fortsetzung unseres Handels mit der Levante ist eine dieser Notwendigkeiten.«

»Wird der Handel vom Rialto nun ins Arsenal verlegt?«

Die plötzlich an seiner Stirn zutage tretende Falte werte ich als Zeichen, daß die Angelegenheit es ihm verbietet, sich noch eingehender zu äußern. Seine Ehrlichkeit veranlaßt ihn jedoch zu der Antwort:

»In dieser besonderen Sache – ja!«

Vorbei an dem nicht enden wollenden Spalier von Bronzerohren größeren Kalibers, deren geflügelter Löwe sie als Eigentum der Republik ausweist, nähern wir uns am Ende der *Straße der Kanonen* einem eindrucksvollen Gebäudekomplex. Für mich bislang der größte im Arsenal. Die mächtigen Gebäude sind zusätzlich von einer hohen Mauer umschlossen. Die Wachen passierend, betreten wir durch einen Torbogen neuerlich eine kleine Straße, an deren linker Seite, gekennzeichnet durch marmorgefaßte Bogeneingänge, vier aneinander gebaute Häuser stehen. Ich vermute, daß darin ähnlich wie in Büchsenhausen die Meister und Gesellen, einschließlich aller Räume, in denen die Kopfarbeit geleistet wird, untergebracht sind. Rechts der Straße sehe ich Gebäude, deren Tore geschlossen sind. Doch gleich dahinter wieder ein eingezäuntes großes Areal aus dem die schwarzen Eisenkugelhaufen, in vielfachen Reihen aufgeschichtet, bedrohlich herüberglänzen. Der Abschnitt wird begrenzt durch eine querverlaufende Straße, die parallel zum großen zinnenbewehrten Steinwall verläuft. Wir haben die östliche Begrenzung des Arsenals erreicht. Entlang der querverlaufenden Straße – die nördliche Ausdehnung ist von meinem Standort aus nicht einsehbar – steht, lückenlos an die Mauer geschmiegt, Magazinhalle an Magazinhalle. Wie viele mögen sie an der Mauer entlang gebaut haben? Allein die sichtbaren fünf Hallen hätten halb Büchsenhausen bequem aufgenommen.

Mittlerweile treiben entlang der quer verlaufenden Straße Rauch und Funken. Auch der Himmel hat eine sonderbare Veränderung erlitten. Rundherum in südöstlicher Richtung zur Mauer hin wirbeln über die Dächer hinweg pechschwarze turmhohe Rauchwolken. Die Welt der Schwarzen Riesen, der Bronzegießer und Eisenschmelzer hat mich eingeholt. Ich versuche Querini zu fragen, ob er mir das Gußhaus zeigen kann, aber das Getöse hat so zugenommen, daß keiner mehr ein Wort versteht. Statt dessen begegnen sich unsere Blicke, und dieser eine Blick genügt, um anzuzeigen, daß der Eingang des dritten Hauses für unser Treffen mit den Meistern ausersehen ist. Über ein Steinpflaster hinweg queren wir eine Vorhalle und begeben uns in einen holzgetäfelten Raum, der ausgestattet ist mit Schränken voller Bücher, einer Sitzbank auf der Seite des hohen Fensters, davor ein großer Tisch mit Stühlen.

Vier Herren betreten unmittelbar nach uns den Raum.

Querini nennt zuerst meinen, dann die Namen der Meister: Angelo Bergamini, Oviedo Bertolio, Vittori Fausto und Antonio Giustiniani, die alle etwa 10 bis 20 Jahre vor meiner Zeit geboren wurden. Die Erscheinungen der bärtigen Meister mit ihren kragenlosen, rotbraunen, kuttenähnlichen Überwürfen fordern Respekt. Ein merkwürdiges stummes Zwiegespräch begleiten die abschätzenden Blicke. Bevor wir uns zum Tisch begeben, betritt noch Valentino Sebich den Raum, der für die Kielfeder und das Pergament zuständig ist.

Meine Platzwahl fällt auf die Bank, mit dem hellen Licht im Rükken, doch zielstrebig wird sie von der Schar der Rotkutten belegt. So nimmt Sebich an der rechten schmalen Seite und Querini an der linken Seite des Tisches Platz, so daß für mich der einzelne Stuhl in der Mitte des Tisches, genau gegenüber den Meistern, übrig bleibt.

Kühle legt sich über den Tisch. Sebich verteilt an die Meister aus seiner Ledermappe rasch jeweils ein einzelnes Pergamentblatt, in das sich die Köpfe wie auf Anweisung gleichzeitig beugen. Eine Minute des Schweigens breitet sich aus.

Endlich gibt ein Räuspern von Giustiniani das Signal für Querini, der versucht die Stimmung mit einem Lächeln freundlich zu beeinflussen:

»Meister der Gießkunst! Ich brauche Euch nicht zu sagen, wie erfreut wir sind, einen weiteren Meister dieser dünn gesäten Zunft fürs Arsenal verpflichten zu können, der zudem aus einer besonderen Gießerei jenseits des Brenner zu uns gestoßen ist. Ich bin überzeugt, daß wir in der Person Adam Dreyling keinen Nachbeter der Löfflerschen Gießkunst am Tisch sitzen haben, sondern den Schöpfer neuer

Rohre, die wir dringend benötigen, sobald die Entscheidung darüber gefallen ist, wann wir mit dem Bau der ersten venezianischen *Bertoni*, nach dem Muster der atlantiktüchtigen Galeonen der anderen seefahrenden Nationen, beginnen werden!«

»Und was sollen wir mit ihm bis dahin anstellen?« unterbricht Giustiniani seine Rede.

»Meister, morgen schon kann die Entscheidung darüber fallen. Wir müssen in der Gießerei einen Schritt vorausdenken, denn ganz bestimmte Arten von Geschützen werden an Bedeutung gewinnen. Wir sollten so rasch wie möglich handeln und mit dem Guß der neuen Serien zur besseren Armierung der neuen Schiffe beginnen!«

»Ohne die Entscheidung des Senats erhalten wir kein Material!«

»Diesen Punkt müssen wir jetzt weder berücksichtigen, noch hat er direkt Einfluß auf unsere Entscheidung.

Ich wiederhole also, Messer Dreyling ist hier, um sein Können diesbezüglich einzubringen.«

»Gut, Provveditore!«, fährt Giustiniani fort. »Meister Dreyling soll sein Wissen schriftlich niederlegen. Dazu bekommt er Sebich an seine Seite gestellt. Anschließend überprüfen wir gemeinsam im Gußhaus seine Kunst.«

»Haben wir nicht einen Engpaß wegen der türkischen Rohre?« fragt Zenon die Runde.

»Richtig! Meister Dreyling kann sich mit dem Türkenauftrag sofort befassen und bewähren.«

»Na, Messer Dreyling«, wendet sich Zenon zum erstenmal an mich. »Eure Aufnahme in den Reigen der Gußmeister unseres Arsenals ist ja schneller erreicht, als ich zu hoffen wagte.«

Selbst unter den besonnensten Menschen findet sich nur selten jemand, der sich vor der unbestimmten, quälenden Entscheidung unbewegt zeigt – vor allem angesichts jener auffälligen Aufforderung, zunächst alles Wissenswerte preiszugeben. Schnell gelingt es mir, mich von allem unbeeindruckt zu zeigen. Natürlich bleibt mir kaum eine andere Wahl, als in das Experiment vage einzuwilligen.

»Ich sehe durchaus die Ehre, die mir zuteil wird. Ein großer Tag für mich, da die Entscheidung gefallen ist, bei Euch und mit Euch für den Erfolg Venedigs meinen Beitrag leisten zu dürfen. Dafür schulde ich Euch allen Dank.«

Aus der Langeweile, die meine Sätze, außer bei Quirini, in ihre Gesichter zeichnet, errate ich, was in ihren Köpfen vorgeht. Mein nächster Gedanke zielt daher gnadenlos auf eine Vorleistung, die sie nur dann erfüllen werden, falls sie ehrlich bereit sind, mich als Meister anzuerkennen:

»Zu Eurem Vorschlag, Meister Giustiniani: Als erstes werde ich zu Papier geben, welche Vorbedingungen in der Formerei, in bezug auf die Metallmischungen, die Schmelzöfen und auch die Gußformen geschaffen werden müssen, damit die Rohre überhaupt in der geforderten Qualität gegossen werden können. Dazu sind meinerseits Einblicke in die hier geübten Arbeitsschritte notwendig. Meine Bestandsaufnahme darüber wird die Grundlagen bilden für eventuell erforderliche Änderungen und Ergänzungen. Diesen schriftlichen Bericht will ich über den Provveditore direkt zur Beratung an den Senat geben, mit dem Ziel, daß wir alles bekommen, um die besten Kanonen zu gießen, die das Arsenal je verlassen haben. Sodann benötige ich die volle Unterstützung erfahrener Gesellen, die ich mir selbst aus den Ofenbauern, Formern, Gießern bis zu den Heizern aussuchen möchte. Nur so – und nicht durch das Gießen von Kanonen für die Türken, das keinerlei höhere Anforderungen stellt – wäre es möglich, die Dinge voranzutreiben, die Venedig auf Dauer Nutzen bringen werden.«

In ihren glasigen Augen sehe ich, wie der Leichenzug meiner Träume sich in Bewegung setzt, sehe Ablehnung, ja Empörung, aber auch die Geübtheit ohne Zorn ungeliebte Forderungen anzuhören.

Querini zeigt sich überrascht von meinen klaren Vorstellungen. An ihm wird es jetzt liegen, seine Visionen über zukünftige Schiffe und deren Bewaffnung im Arsenal und im Senat durchzusetzen. Ich bin mir sicher, er wird meine Forderungen unterstützen.

»Es scheint mir«, ergreift er das Wort, »daß gegen die Annahme der Vorschläge Meister Dreylings Einwände bestehen – ich denke jedoch, daß sie überwindbar sein werden.«

»Qualität? Bestandsaufnahme? Was soll das?« antwortet ihm Vittori Fausto. »Es gibt die bekannten Ansichten des Admirals des Arsenals, dessen Vorstellungen über Schiffbau und Bewaffnung die gleichen sind wie die des Senats. Mit der Auseinandersetzung, was die Zukunft an Schiffen und geeigneten Waffen fordert, haben wir uns nicht zu beschäftigen. Wir erledigen Arbeiten, die unsere Kampfkraft erhalten, und auch Arbeiten, die das Arsenal mitfinanzieren. Wir brauchen vor allem Gießer, die nicht nach der Vollkommenheit des Materials streben, sondern mit dem Qualität erzeugen, was zur Verfügung steht!«

»Beide Ansichten sind vereinbar!« versucht Querini zu vermitteln.

»Nur vergeßt nicht, wir haben Zukunftsaufgaben, die wir schneller und kostengünstiger erledigen, wenn wir vorhandenes Wissen darüber schon jetzt nutzen. Wir werden daher einen gemeinsamen Weg finden. Ich fordere dazu auf, diesen einzuschlagen.«

»Einverstanden!« kommt prompt die Antwort aus dem Mund Giustinianis. »Wir beginnen mit dem Gießen der 70 Cannone da 50 für die Türkengaleeren noch Mitte dieser Woche. Der Auftrag genießt Vorrang, wie Ihr wißt. Die Türkengruppe benötigt Sachverstand wie eine führende Hand. Wann kann Messer Dreyling die Gruppe übernehmen?«, und an mich gewendet: »Wann beliebt es Euch?«

Die Kraft des Widerstandes gegen mich an diesem Tisch ist eine doppelte: eine momentane, getragen von allen vier Meistern, und eine endlos anwachsende, wenn die Entscheidung des Senats für die neuen Schiffe ausbleibt. Meine Antwort also, soviel ist mir bewußt, wird unwiderruflich sein. Daher keine Antwort, sondern dafür eine Frage:

»Wie ist die Zusammensetzung der Legierung für die Cannone da 50?«

»Sie wird Bronze geheißen!« antwortet Angelo Bergamini kalt. »Seht Euch den Kanonenbruch und das Blei an, das wir dafür bereitgestellt haben, dann seid Ihr Eurer Antwort hart auf den Fersen...«

Mein Instinkt sagt mir, daß jede weitere Frage die nimmersatte Ironie steigern würde. Würde ich mich allerdings den Bedingungen unterwerfen, wäre ich Opfer und Henkersknecht in einem.

»Meine Entscheidung, ob ich die Türkenrohre mitgießen werde, übermittle ich dem Provveditore spätestens Donnerstag. Danach werden wir weitersehen.«

Mit einem Ruck erheben sich die vier Meister, verabschieden sich eilig von Zenon Querini und deuten mit einer schwachen Verbeugung ihr Mißfallen mir gegenüber an, bevor sie den Raum verlassen. Querini steht starr da wie ein Toter, dafür von edelster Statur. Langsam nimmt er mich zur Seite und flüstert:

»Warum habt Ihr nicht gleich zugesagt?«

»Die Erfüllung meiner Bestimmung liegt in der Schaffung von Geschützrohren, wie Ihr sie ebenfalls wollt. Wenn aber alle Voraussetzungen dafür fehlen oder ich daran gehindert werde festzustellen, ob das, was vorhanden ist, ausreicht, um sinnvoll beginnen zu können, dann gewinne ich gegenüber Euren jetzigen Meistern keine Anerkennung und auch keine Überzeugung. Widerstände gegenüber

Neuerungen sind normal. Allein die Arbeit und die Qualität wird sie wieder daran erinnern, daß sie selbst *Meister* sind!«

Ein stummes leichtes Nicken zeugt von Übereinstimmung in der Form, doch als ich ihn genauer anblicke, bemerke ich etwas in seinem Ausdruck, das mich daran zweifeln läßt, ob er die Kraft aufbringen wird, im Senat seine Vorstellungen durchzusetzen.

Gerade als wir die Vorhalle betreten, verläßt vor uns ein kleiner dicker Mann das Haus, dessen Gesicht und Figur mir bekannt vorkommen. Querini ist sehr langsam geworden, so daß ich meinen Blick nur noch von hinten auf den Mann richten kann. Die Bewegung... Ja, wir sind uns schon begegnet. Ich bin ganz sicher. Es war in Sterzing. Er ist der Mann, dem jene Zigeunerin, die mir aus der Hand las, danach den Arm zärtlich um die starken Hüften schlang. Er gehörte zu Ysabel – und damit, kein Zweifel, zu der Garde William Davisons.

Inzwischen gehen wir die Straße der Kanonen zurück, und ich behalte meine Beobachtung für mich.

»Werdet Ihr Donnerstag mit der Arbeit beginnen?« fragt Querini trotz allem.

Harte Worte drängen sich mir auf der Zunge, nur mit Mühe kann ich sie unterdrücken. So beschließe ich die letzte Gelegenheit dafür zu nutzen, seine Ansichten über die wahre Situation der Serenissima auszuloten. Vielleicht kann er das Bestimmte vom Unbestimmten trennen und hilft mir somit indirekt bei meiner Entscheidung.

»Wenn wir einen wesentlichen Punkt klären können, fiele mir die Entscheidung leichter. Wenn es wirklich wahr ist, daß die venezianischen Galeeren den englischen, französischen, niederländischen oder spanischen *Bertoni* im Kampf unterlegen sind; wenn hinzukommt, daß diese Art von Schiffen seetüchtiger ist und einen größeren Laderaum besitzt und zu jeder Jahreszeit gesegelt werden kann, dann verstehe ich nicht, daß sich Venedig von dieser Entwicklung überrollen läßt.«

»So weit wird es nicht kommen. Keinesfalls wird der Rat der Zehn und der Senat einen Verfall zulassen. Wir sind dabei, uns neu zu formieren...«

»Wer formiert sich? Der Senat? Der Rat?«

»Wir sind dabei, sie zu überzeugen!«

»Wer ist ›wir‹?«

»Messer Dreyling, Ihr fragt mir zuviel. Seht Euch um! Glaubt Ihr wirklich, das Arsenal mit seinen Möglichkeiten kann ins Hintertreffen geraten, angesichts der großen Siege, die mit unseren Galeeren und Galeassen erst vor wenigen Jahren errungen wurden?«

»Wenn es so ist, wird nichts die jetzige Situation verändern können. Wer hat eigentlich ein Interesse daran, daß alles so bleibt, wie es ist? Wer hat größeren Einfluß auf den Schiffbau in diesen Mauern? Sind es die Handelsleute, oder sind es die Flottenbefehlshaber?«

»Ich denke, noch sind es die Flottenbefehlshaber.«

»Ihr denkt...«

Am Portal angekommen, verabschiede ich mich von Messer Querini. Unser Abschied ist höflich, fast freundlich, aber unbestimmt. Meine Bewachung nimmt mich sogleich in Empfang, und so bummle ich absichtlich langsam mit ihnen durch die Gassen.

Die Marangona schlägt zwölf, als wir durch das Straßenportal den Palazzo betreten. William steht wartend vor mir. Stumm begegnen sich unsere Blicke und halten aneinander fest:

»Wie war es?«

»Die ›diesseitigen Werte‹ hinter den Mauern hätten mich umgebracht!«

»Ich wußte es...«, gibt William zurück, und nachdem er einmal tief durchgeatmet hatte: »England erwartet uns!«

Langsam bedächtig, getragen von dem Gefühl, gleich zu denken, gleich zu handeln, gleich zu entscheiden und endlich auch gleichwertige Partner zu sein, gehen wir im Gleichklang der Schritte die Treppe empor. Der stumme Bund wird gekrönt durch seinen Arm, den er zum erstenmal, seit wir uns kennen, um meine Schulter legt. Ich weiß, daß es weiß, und William weiß, daß ich mir bewußt bin, daß für ihn die Ereignisse der letzten Stunden im Arsenal keine Geheimnisse darstellen.

Vor dem Arbeitszimmer angekommen, öffnet William die Tür und bittet mich einzutreten. Im Raum stehend, fällt mein Blick auf das schwarze Rechteck der Kaminöffnung, die mich ein wenig zu irritieren beginnt.

Kurz danach sitze ich auf einem der Stühle vor seinem Schreibtisch, während sich William seinen Lehnstuhl heranzieht. Von einer mitleidsvollen Regung über meine Mission kann keine Rede sein,

VENEDIG 1579

aber William ist kein gefühlloser Mensch, und wie er in seinem bequemen Lehnstuhl Platz nimmt, sagt er offen und ungeziert:

»Adam, ich hätte meinen Arm dafür gegeben, nur um dich für immer an meiner Seite zu haben.« Er macht eine kleine Pause. »Bist du umgekehrt, weil sie deinen Ansprüchen nicht genügten?«

»Ja! Sie wollten keine Änderungen in der Gießerei und begründeten dies mit fehlenden Voraussetzungen im Schiffbau, die erst durch den Senat und durch den Admiral geschaffen werden sollen.«

»Hättest du ihnen sonst dein Wissen anvertraut?«

»Ich will deiner Frage nicht ausweichen, obwohl es für mich sehr schwer ist, darauf eine Antwort zu geben. Der Provveditore wollte sie aus ihrer Reglementierung reißen, damit in Zukunft bessere Kanonen gegossen werden können. Sie wollten davon aber nicht befreit werden. Auch wollten sie keine technischen Verbesserungen in ihren Gießereien dulden und auch keine Vorschläge hinsichtlich meiner Neuerungen akzeptieren. Was sie dagegen wollten, ähnelt einem gierigen Falken, der seine Beute mit abgespreizten Flügeln mißtrauisch mantelt. Ich sollte für die Meister alles schriftlich niederlegen, mit anschließender *Meisterprüfung* beim Guß von 50pfünder Kanonen für Venedigs Todfeinde. Auch wenn ich darauf eingegangen wäre, sie hätten immer nach dem Grundsatz gehandelt: Ein Falke darf nicht stärker sein als der Adler und der Elefant nicht stärker als der Löwe. Sie besitzen zuviel der menschlichen Neigung von Neid, Eigennutz, Bosheit, Zweifel und Angst, als daß ich alles hätte besiegen können.«

»Was hast du hinter den Mauern gesehen?«

»Die Ausmaße der Wasserbecken wie die Konzentration der Anlagen für den Bau von Galeeren mit allem, was dazugehört, sind wahrlich gigantisch. Doch konnte ich keine Halle direkt einsehen. Außer den Unmengen von Material entlang den Straßen gab es wenig Einblicke für mich, was den Galeeren-, Galeassen- und sonstigen Schiffbau anbelangt.«

William überlegt, blickt zur Zimmerdecke, als wollte er mit seinen Augen die Fläche ausmessen. Meine Antwort scheint ihn nicht zufriedenzustellen, daher fahre ich fort:

»Nun, aus allem, was ich dir gesagt habe, formt sich doch wie von selbst die wichtigste Antwort. Sie werden noch lange bei ihren Galeeren bleiben.«

»Was meinte der Provveditore dazu, nachdem Euer Gespräch mit den Meistern beendet war?« unterbricht er mich.

»Zenon glaubt an die Größe des Arsenals und weiß den richtigen Weg, denn er befürwortet den Bau venezianischer *Bertoni*. Ich fragte ihn, wie der wirkliche Entscheidungsweg im Machtgefüge des Arsenals verlaufe und wer die Entscheidung für deren Bau tatsächlich treffen könne. Seine Antwort war gleichzeitig die Entscheidung für mich, endgültig vom Arsenal Abschied zu nehmen, da sie vor allem Querinis geringen Einfluß widerspiegelte. William, es gilt für mich als erwiesen, daß es ohne das Wollen und ohne die Zustimmung der Admiräle und Galeerenkapitäne auch keine Schiffe mit starker Bestückung geben wird. Querinis Worte waren in diesem Punkte klar: Die Admiräle haben bis jetzt nichts entschieden! Die Quelle der Engstirnigkeit, wie du richtig erkannt hast, sprudelt nicht nur kräftig hinter den Mauern des Arsenals, sondern besonders ergiebig auch im Palazzo Ducale. Wäre über den Bau einer einzigen *Bertoni* entschieden worden, ich könnte schon morgen beginnen, meine Vorstellungen vom Feldschlangenguß im Arsenal erfolgreich durchzusetzen.«

»Dann ist dies die wichtigste Nachricht in diesem Jahr!« kommt es wie mit einem Peitschenhieb von William.

»Und was ist, wenn wir uns dennoch irren sollten?«

»Das tun wir nicht, denn deine Erkenntnisse vervollständigen nun das komplizierte venezianische Mosaik.« William erhebt sich aus seinem Stuhl, tritt freudig erregt vor mich hin. »Ich bin sicher ... absolut sicher! Sie werden das Problem damit lösen, indem sie die nächsten Jahre versuchen werden, Kanonen und Ruderkraft zu verbinden. Das ganze mit entsprechender Prunkentfaltung, ohne die unsere Serenissima ja nicht überdauern kann. Unser Vorsprung wird damit uneinholbar!«

William formt aus seinen Händen einen spitzen Keil und betrachtet ihn eine Zeitlang.

»Wann hast du Querini zugesagt, ihm deine endgültige Entscheidung zu übermitteln?«

»Donnerstag.«

»Donnerstag! Ich fürchte, er wird sie nie erhalten.«

»Wie das?«

»Weil wir zu diesem Zeitpunkt bereits das Knarzen von Schiffplanken unter unseren Füßen hören werden.«

»Auf dem Weg nach England? Auf See?«

Meine Reaktion klingt glaubwürdig, obwohl mich im selben Moment die schwarze Öffnung des Kamins magisch fesselt. *Freitag* war der Tag! Freitag hatte ich unten im Gewölbe erlauscht, als William

VENEDIG 1579

mit Isaac Nieto die Ankunft der PRIMROSE in Venedig errechnete, die aus Algier kommen sollte. Das Kurierschiff sollte am Montag in Genua einlaufen, demnach konnte der Botenreiter erst Mittwoch in Venedig sein...

Mit einem kräftigen Schlag auf meine Schulter und einem »So ist es!« geht William zurück hinter seinen Schreibtisch, um mit einem Schlüssel ein Fach zu öffnen. Er entnimmt eine kleine Pergamentrolle und verschließt das Fach andächtig.

»Wann werden wir aus Venedig absegeln?«

»Ich habe erst einmal auf dich gewartet. Doch der Weg nach England führt über das Ghetto. Um Genaueres zu erfahren, werden wir uns alsbald dorthin begeben.«

William kommt auf mich zu und deutet mit einem zufriedenen Lächeln auf die Pergamentrolle:

»Ich habe Alessandro noch eine Nachricht zu übergeben, die er auf den Weg bringen muß. Ich bin gleich soweit. Warte bitte unten auf mich. Wir legen mit der Gondel in fünf Minuten ab.«

Unten in der Halle möchte ich am liebsten brüllen: Lob und Ruhm dir, Diavolo, in deinem Palazzo. Doch warum mußt du immer einen Schritt voraus sein?

Mit der Erkenntnis, daß sich Zukünftiges erst offenbart, wenn es Gegenwart wird, wollte ich mich nicht zufrieden geben. Für unsere Gondelfahrt zum Ghetto – diesmal bei hellem Tageslicht – hieß es daher, in William die Lust zu wecken, mehr über das zu erzählen, was uns auf der Insel erwarten würde.

Unsere Fahrt bis zur Landung an den hohen fensterlosen Mauern ist zusätzlich durch eine zweite hinter uns folgende Gondel abgesichert. Beide Gondeln tragen eine Felze. Um unsere Sicherheit zu erhöhen, losten wir unsere Gondel vorher aus und bestiegen so, von Häschern auf dem Ponte oder auf dem Rio völlig abgeschirmt, die erste von beiden. Sanft dahinschaukelnd höre ich William zu:

»Das Volk der Rothüte, früher waren es die Gelbhüte, hat bisher nur durch wahre Wunder überlebt. Die *Giudecca* wie das *Ghetto Vecchio* von damals und das *Ghetto Nuovo* der Juden von heute, sind nur einige davon...«, beginnt er seine Erzählung.

Überall, wo sie auch hingehen, sind sie die Verlassensten, dazu

Gegenstand des Hohnes, des Abscheus und des Hasses aller Völker. Er sei indes nicht dafür geschaffen, sagt William, über die ewig Geächteten auf dieser Welt ein Urteil abzugeben, weder für ihre Ehre, noch für ihre Gräber und auch nicht für die goldenen Möglichkeiten, die sie sich verschaffen, sobald man sie nur ein wenig gewähren läßt. Nur der Umstand, daß die Serenissima – Rom zum Trotz –, zwar düster und mit Grenzen versehen, eine Hoffnung hinter abgeschlossenen Mauern für ihr sicheres Überleben geschaffen hätte, sei für ihn bewundernswert. Bewundernswert auch deshalb, weil das, was daraus geworden sei, jenseits menschlichen Einflusses liege. Die kleine Oase inmitten einer Wüste von tödlicher Ablehnung ist somit ein besonders wichtiger Teil der Karawanserei Venedigs geworden. Da sie so oder so als verlorene Seelen gelten, beschimpft als Ungläubige, Spione, Wucherer und Geizhälse, wird die Stellung ihrer Bewohner zwischen Unersetzlichkeit im Geldhandel und Verfolgung von allen Seiten geschickt ausgenutzt. Gut, daß daher ein Ghetto existiere. So mußte ein Joseph Nasí für den Brand im Arsenal vor neun Jahren herhalten, oder Türken und Juden werden in bedrohlichen Zeiten als verbündete Feinde gegen die Serenissima betrachtet. Die einen mit ihren Galeeren, die anderen mit ihrer Ungläubigkeit und mit ihrer Kundschafterei. Explosionen, Getreidemangel, die Pest, Handelsaktivitäten, die manche Verarmung von Patrizierfamilien zeitigten, überall vermutete man den schlechten Einfluß der Juden. Allein, es gab keine Beweise.

Dagegen gebe es Beweise dafür, daß der Separatfrieden nach Lepanto mit der Hohen Pforte, vor gut fünf Jahren, ohne Rabbi Salomon Aschkenasi, der ein einflußreicher Arzt am Hofe des Sultans ist, nicht zustande gekommen wäre. Zusammen mit dem Bailo Marcantonio Barbaro und Senator Soranzo, der Bailo in Konstantinopel war, kam er nach Venedig und bewirkte neben dem Zustandekommen des Friedensvertrages auch die Annullierung des Ausweisungserlasses, der wohl das tatsächliche Ende des jüdischen Ghettos bedeutet hätte.

Wäre es so gekommen, der Rat der Zehn hätte seine besten Verbündeten vernichtet, mit verheerenden Auswirkungen am Rialto und damit auf alles, was Venedig ausmache.

Der Name Ghetto allein sei Bezeichnung und zugleich Symbol. Ganz besonders für mich, da ihr fester Grund auf dem Schlamm der Lagune durch Schlacken von Gießereien entstanden wäre, die ehedem auf der Insel existierten. Das venezianische Wort für Gießerei

VENEDIG 1579

hieße *Getto*, was von *gettare*, gießen, abzuleiten wäre. Zwölf Öfen, die Geburtstätte aller vergangener venezianischer Kanonen, hätten also jenes Gelände urbar gemacht, auf denen dann Häuser errichtet wurden, in welche dann vor zweiundsechzig Jahren Juden ihren Fuß hineinsetzten. Das Besondere wäre aber seine Vereinbarung mit dem Unbewußten, die er schon vor seiner *Mission Dreyling* mit dem Ort eingegangen wäre. Und nun käme die Bestätigung, daß für mich der einzige gangbare Schicksalsweg als Gießer genau über das Ghetto führen würde. Unsere Verabredung an diesem Ort wäre also ein einziges symbolisches Ereignis, und das in Symbolform festgelegte Ziel würde entsprechend erreicht werden.

Eine großartige Vorstellung, mit Überlegungen, die für William lückenlos zusammenpaßten.

Der sanfte Stoß an eine Stange erinnert an unser Ziel, das wir soeben erreicht haben. Der Felze entstiegen, orientiere ich mich erstmals bei Tageslicht. Im Gegensatz zu unserer nächtlichen Fahrt haben wir am großen nördlichen Gebäudekomplex, der dem Rio di San Girolamo benachbart ist, festgemacht. Schräg gegenüber, gleich hinter dem Kanal, der das Ghetto einsäumt, entdecke ich die Mauer, an der wir damals auf William warteten und die Kontrollrunden der Ghettowächter auf ihren Barken überwachten.

Der hohe festungsähnliche Charakter der Anlage sticht ins Auge, wirkt abstoßend und bedrohlich. Es gibt nur zwei Mauern von dieser Höhe. Die Mauern des Arsenals und eben diese. Beide fensterlos. Zahlreiche Gärten, dafür wenige Häuser mit Straßen voller Morast umgeben das *Serail der Juden*. Über die Zugbrücke werden wir in einen der schmalen Gänge, der Sottoportici, verschwinden und wie William – heute allerdings legal, das Innere der Anlage betreten.

»Shalom! Willkommen im *Chatzer*«, werden wir von Isaac Nieto auf dem Fondamenta degli Ormesini in Empfang genommen. Ich bin für einen kurzen Moment nicht imstande, ihm völlig unbefangen entgegenzutreten. So zu tun, als würde ich ihn nicht kennen, ebensowenig seine Funktion und innige Verbindung zu William, legt mir wahrhaftig eine Lehrstunde der Verstellkunst auf. Der Mensch wird stufenweise verdorben, und es geschieht meistens auf diese Art.

Das Aufgebot auf dem Fondamento wirkt massiv. Sechs Wächter kümmern sich um die wenigen Meter bis zur Zugbrücke. Ugo zahlt für alle das geforderte Brückengeld. Wenig später erreichen wir durch den Stollen, der unter die hoch aufragenden Häuser hindurchführt, einen weitläufigen kreisrunden Campo.

DER PALAZZO DE DIAVOLO

Der äußere gefängnisartige Mauerwall löst im Innern des Kreises die Grenzen auf. Die Fensterreihen der bis zu neunstöckigen Häuser wirken wie Galerien, da sie alle auf den Mittelpunkt des Campo ausgerichtet sind. Im weitläufigen Rund der gewaltigen Häuserwand kreisen unablässig die unterschiedlichsten Klänge.

Nur auf türkischen Galeeren mag man ein ähnliches Babel von Sprachen finden. Griechische, spanische, türkische, levantinische und portugiesische Mundarten mischen sich mit hebräischen Gesängen, die überlagert werden von verschieden italienischen Dialekten oder slawischen und deutschen Stimmen.

Der große Platz ist der absolute Mittelpunkt des Lebens, der alles anbietet und nichts verhüllt. Rund um den Platz, zu ebener Erde, entdecke ich offene Lager, in denen Unmengen an Gebrauchtwaren aufgestapelt liegen, vor denen die Händler neben den Käufern stehen, dazu die Schlangen vor den Leihbanken mit den Farben schwarz, rot und grün. Dazwischen weinende, plärrende, lachende und spielende Kinder. Besonders anziehend empfinde ich die jungen, reich gekleideten, hübschen Frauen, die auf dem Campo ihre Kreise ziehen. Kein Zweifel, die pulsierende Menschenansammlung überbietet das Gedränge am Rialto bei weitem.

Wie viele Menschen mögen hier untergebracht sein? Meine Fragen bleiben ungestellt, denn unsere Beschützer schieben uns mehr und mehr an die linke Hälfte des Häuserkranzes heran.

Bei einem kleinen arkadenartigen Vorbau schlüpfen wir unter und zwängen uns durch eine enge Tür. Unser Gefolge bleibt zurück, dafür geht Nieto voran, gefolgt von William und mir.

Schlagartig tut sich eine Welt auf, die uns nicht nur die beengten Raumverhältnisse sichtbar macht, sondern deren Anblick weh tut. Was für ein enger alter Bau ist das!

Auf einer schmalen Treppe, deren Winkel steil nach oben führt und deren Ende nicht abzusehen ist, zweigen Nischen und unbegreiflich viele enge Unterabteilungen ab, die ersten voll mit Waren und nach einigen Schritten weiter nach oben vollgedrängt mit Menschen.

Es fällt mir jetzt schon schwer, mit Sicherheit zu sagen, auf welchem Stockwerk wir uns befinden. Acht bis zehn Personen mögen eine winzige Zelle bewohnen, doch unerwartet sehe ich nur freundliche Gesichter, die uns höflich grüßen. Neben der Enge nimmt nun der schreckliche Gestank zu, je höher wir das Treppenhaus emporsteigen. Auch gibt es zahllose, unübersehbare Seitengänge, aus denen uns die unterschiedlichsten Gerüche entgegenwallen. Die gesamte Innenstruktur, angefangen von der Treppe bis hin zu den Trennwänden der Räume, ist aus Holz und weit entfernt von einem soliden Bau mit festen Mauern, starken Decken und Wänden.

Unsere kleine Karawane nach oben stockt. Die Treppe kommt mir noch schmaler, dazu entsetzlich niedrig vor und endet hier oben an einem zwei bis drei Fuß breiten Verschlag. Nieto hämmert ein Klopfzeichen darauf, worauf sich der Verschlag wie von selbst öffnet. Ein frischer Luftzug verschafft mir ein tiefes Durchatmen, und das freundliche Licht besagt, daß wir das Dach erreicht haben.

»Folgt mir!« vernehme ich vor mir die Stimme Nietos, der als erster das Dach betritt. Wir entdecken, daß dem Dach links und rechts, getrennt durch eine Altane, zwei winzige Wohnungen mit niedrigen Decken aufgesetzt sind.

»Wer ist alles da?« richtet William ohne Umschweife seine Frage an Nieto.

Mit einer angedeuteten Kopfwendung nach links antwortet er mit: »Marcuzzo und Samson Pescaruol«, mit der gleichen Kopfbewegung nach rechts: »Rabbi Silbermantel!«

William sucht meine Augen und deutet auf die kleine Ecke am Eingang. Eng neben ihr stehend flüstert er mir zu:

»Das Gebot der Stunde verlangt, daß wir unsere Kuriere dadurch schützen, indem wir möglichst wenig Kontakte untereinander knüpfen. Ich muß dich daher um Verständnis bitten, wenn ich meine Gespräche ohne dich führe, damit wir uns nicht eines Tages durch Unvorsichtigkeiten selbst mattsetzen. Nieto wird dich mit Rabbi Isaak bekannt machen. Laß dir von ihm die Karten legen! Sobald wir fertig sind, hole ich dich drüben ab. Also, gehen wir nun hinein!«

Während William die linke Seite wählt, beginnt Nieto auf mich einzureden:

»Rabbi Isaak stammt aus dem hochberühmten Gelehrtengeschlecht der Silbermantel. Seine Vorfahren lehrten an der Universität von Montpellier, ehe diese im 13. Jahrhundert vom Ketzer-Kreuzzug niedergebrannt wurde. Die Silbermantel gingen dann nach Salamanca – bis auch diese Universität, als Brutstätte jüdisch-maurischer Magie, von Königin Ysabel der Katholischen bis auf die Grundmauern niedergerissen, der Boden mit Weihwasser getränkt und sie unter dem Zeichen des Kreuzes neu aufgebaut wurde. Soviel der Vorrede.«

Als Nieto die Tür öffnet, springt unser Rabbi auf und verbeugt sich höflich. Auch wir verneigen uns. Mag sein, daß ich aufgrund der Schilderungen einen weißhaarigen, langbärtigen Patriarchen erwartet habe, vielleicht sogar Chronos persönlich – doch vor uns steht: *Apoll!*

Rabbi Isaak Silbermantel ist schlank, elegant, kaum Mitte Zwanzig. Goldene Locken ringeln sich unter einem reichbestickten Käppchen hervor. Sein Profil mit der geraden Nase, den geschwungenen, vollen Lippen, dem Bart, der kaum mehr als ein goldener Flaum auf Wangen und Oberlippe ist, hätte einen Praxiteles zum Schwärmen bringen können.

»*Shalom!*« begrüßt er uns noch einmal, läßt seine dunklen Augen über uns gleiten, bleibt mit dem Blick an mir haften: »Wenn Ihr mir nach nebenan folgen wollt, Messer Dreyling...«

Das zweite Zimmer, das wir betreten, ist bis zur Decke hinauf mit Regalen voller Bücher und Schriftrollen angefüllt, doch der breite Tisch ist mit edelsten Hölzern eingelegt, die beiden Sessel mit pflaumenfarbenem Samt bezogen, die Kerzenleuchter aus schwerem Silber, der Boden mit einem hochflorigen Teppich bedeckt.

»Nehmt bitte Platz. Welche Sprache bevorzugt Ihr? Deutsch, Italienisch, Latein, Griechisch...«

»Deutsch würde mir völlig genügen.«

Der Rabbi hat aus einem silberbeschlagenen Kasten ein Päckchen Karten hervorgeholt, handbemalt und mit allerlei seltsamen Zeichen, Bildern und Symbolen geschmückt.

»Zunächst müssen wir die Karte für Eure Person finden. Was seid Ihr für ein Sternzeichen?«

»Jungfrau.«

»Und kennt Ihr auch Euren Aszendenten, das Zeichen, das in der Minute Eurer Geburt im Osten aufging?«

»Ja, es soll der Skorpion sein.«

Rabbi Isaak hat fünf Karten aus dem Spiel gezogen, fächert sie nun auf und hält sie mir mit der Rückseite nach oben hin:

»Zieht eine davon für Euch selber.«

Ich ziehe und lege die Karte auf den Tisch: Ein Mann in rotem Mantel, eine liegende Acht, das Ewigkeitszeichen, über dem Kopf, die eine Hand erhoben mit einer Art Zauberstab, während die andere auf vier Gegenstände weist, die vor ihm auf dem Tisch liegen: einen hölzernen Stab, einen silbernen Kelch, ein Schwert und eine goldene Münze.

Rabbi Isaak nickt:

VENEDIG 1579

»Der *Magier!* Ich dachte es mir schon fast, daß das Euer Zeichen sein würde. Der Herrscher über die vier Elemente wie in Euren Sternzeichen. Jungfrau, der luftige Merkur herrscht über das Element Erde, und Skorpion, der feurige Mars herrscht über das Element Wasser. Hier in den Karten habt Ihr sie wieder: Schwert, das Zeichen für das männliche Element Luft, Münze für das weibliche Element Erde, Stab für das männliche Element Feuer und Kelch schließlich für das weibliche Element Wasser.«

»Und – ist das gut oder schlecht?« frage ich neugierig.

»Gut – vorausgesetzt, Eure männlichen Elemente, die Energie des Feuers und der Verstand der Luft, behalten die Oberhand über das Gefühl des Wassers und die Materie der Erde.«

Der Rabbi hat unterdessen meine Karte, den *Magier*, in die Mitte des Tisches gelegt und die anderen Karten in seiner Linken breit aufgefächert:

»Zieht bitte.«

Ich ziehe Karte auf Karte, und die schlanken, festen Hände Isaak Silbermantels verteilen sie in einem mir undurchschaubaren Muster um den *Magier*, mal über, mal unter ihm, mal recht und links, einzeln oder in Gruppen. Schließlich schiebt er den Rest der Karten zusammen, legt ihn auf die Seite, stützt den Kopf in die Linke und beginnt zu erklären:

»Der *Magier* in der Mitte, das seid Ihr. Die Karte, die über Euch liegt, die Euch beherrscht, ist die *Acht der Münzen*, die Karte der Kunstfertigkeit, der Arbeit, des Könnens. Und die Karte unter Euch, die Karte, die Ihr beherrscht, ist die *Kraft*, symbolisiert durch eine nackte Frau, die einen Löwen bändigt. Eure Kunst, Herr Dreyling, wird stets Euer Leben bestimmen, und Ihr selbst habt die Kraft, Eure Kunst auch durchzusetzen, gleichgültig, ob man Euch fördert oder zu hindern versucht. Hier«, seine Hand gleitet hinüber zu der linken Kartenreihe, »liegt Eure Vergangenheit: Die *Zehn der Münzen* – Zeichen einer großen Familie. Doch dann folgt der *Tod*. Der *Tod* des Tarot ist nicht der leibliche Tod, aber er ist eine radikale, schmerzhafte Umwandlung, und sie führte zur dritten Karte der Reihe, der *Acht der Schwerter*. Seht selbst, da steht ein Mensch, gefesselt und mit verbundenen Augen inmitten von Schwertern – eine böse Situation, aus der Ihr Euch nur schwer lösen konntet.«

Als ich aufschaue, sehe ich, wie mich Isaak Silbermantel beobachtet:

»Ihr traut mir und den Karten nicht so recht?«

Ich will schon antworten, da stellt er fest:

»Mir sind schwer zu Überzeugende lieber als dumme Gläubige! Aber weiter: Die Karte, die hier direkt auf Euch liegt, Euren augenblicklichen Zustand anzeigt, ist die *Acht der Kelche*. Nun, Ihr seht hier im Vordergrund acht Kelche und dahinter einen Mann, der sich abwendet, davongeht: Ihr seid dabei, etwas Gutes wegzuwerfen.«

»Venedig?« frage ich und grinse provozierend.

Doch Isaak Silbermantel läßt sich nicht beirren: »Durchaus denkbar...«

Silbermantels Hand gleitet die drei unteren Karten der rechten Reihe empor:

»Ihr werdet auf eine weite Reise gehen – *Sechs der Schwerter* –, was Ihr mitnehmt, ist Euer Wissen – *As der Schwerter* –, und wovon Ihr träumt, was Ihr Euch erhofft, ist der große Erfolg – die *Sonne*.«

Ich höre nur noch mit halbem Ohr zu. Um das, was mir dieser Rabbi erzählt, zu wissen, braucht es keine geheimnisvollen Tarotkarten, da genügen wahrhaftig ein paar Auskünfte und ein bißchen Menschenkenntnis. Das Wort »Schwindler« will über meine Lippen.

»Auf Eure Zukunft habe ich sieben Karten gelegt. Die Reihe beginnt mit der *Herrscherin* – eine Frau, eine mächtige Frau wird Euer zukünftiges Leben beherrschen. Ihr werdet aufsteigen – der *Wagen* –, erreichen, was Ihr Euch vorgenommen habt – *As der Münzen* –, und nach den Sternen greifen – der *Stern*.«

Die Hand Isaak Silbermantels verläßt plötzlich die Zukunftsreihe, gleitet hinüber zu den vier Karten an der Spitze der rechten Kolonne:

»Das Ergebnis Eures Lebens ist gewaltig, Herr Dreyling: Was Ihr schaffen werdet – *Drei der Münzen* –, wird die Welt verändern – das *Rad des Schicksals*. Ein gewaltiger Sieg – *Sechs der Stäbe* –, wird zur Weltherrschaft führen – das *Universum*!«

Worte! Nichts als große Worte, bin ich versucht zu entgegnen.

»Aber *Ihr*, Messer Dreyling, habt *keinen* Anteil daran!«

Die Stimme Rabbi Isaaks wird zu einem Flüstern. Sein Finger trommelt auf den letzten drei Karten meiner Zukunftsreihe:

»Ihr werdet stürzen – der *Blitzschlag*, die vorletzte Karte – und gewaltsam ums Leben kommen und vergessen werden – *Zehn der Schwerter!*«

Ich starre auf die letzte Karte. Sie ist schwarz, am Boden liegt ein Mann, durchbohrt von zehn Schwertern.

»Warum...?

»Nichts: *Warum*!« Silbermantel zieht unter der vorletzten Karte mit dem Blitz, der in einen Turm einschlägt, eine weitere Karte der Reihe hervor, wirft sie verächtlich vor mir auf den Tisch – sieben Kelche in grauem Gewölk, gefüllt mit Edelsteinen und Lorbeerkränzen, Drachen und Schlangen:

»Jeder Mensch stirbt seinen eigenverschuldeten Tod. *Ihr* werdet sterben an Euren Illusionen und Wunschträumen! Ihr werdet dem Wasser des Gefühls erlauben, das Feuer der Energie zu löschen, der Erde des materiellen Erfolges gestatten, das Schwert der Klugheit zu vergessen. Euer Griff nach den Sternen macht Euren Tod zur Notwendigkeit!«

Der Rabbi weckt meinen Zorn. Humbug! Schwindel! Mir bleiben die Worte im Hals stecken. Ich fahre hoch, stürme hinaus, schlage hinter mir die Tür zu, hole tief Luft, um mich zu beruhigen.

Humbug! Schwindel! entscheide ich endgültig, als drüben ebenfalls die Tür sich öffnet und William heraustritt. Sein Gesicht strahlt zufrieden. Als er zu mir tritt, bemerkt er meinen Ärger:

»Ich erkenne an deinem roten Kopf, lieber Adam, daß dir der Rabbi schlechte Karten gezeigt hat. Habe ich recht?«

Ich bleibe stumm.

»Mach dir nichts daraus, mir konnte er auch noch nie etwas Anständiges aus den Karten lesen.« Mit einem Schlag auf die Schulter, der mich weiter befreit, fügt er hinzu: »Schnell zurück in den Palazzo. Wir haben eine Menge vorzubereiten!«

Eskortiert von unserer Staffel, eilen wir zurück, bezahlen beim Verlassen wiederum die Torwächter und nehmen kurz darauf in der Felze unserer Gondel Platz.

»Gentlemen«, sagt er mit einer leisen, eindringlichen, nie vorher gehörten Flüsterstimme »unsere PRIMROSE wird heute abend noch vor der Insel St. Elena festmachen.«

»Ist sie das Schiff, auf das du seit Wochen wartest?«

»Ja, sie ist für mich eine Arche.«

»Wann werden wir mit ihr Venedig verlassen?«

»Mittwoch morgen lichten wir den Anker und nehmen Kurs auf England!«

Mittwoch,
der 6. Mai

Ein kühler, grauer Morgen. Ich ziehe den Mantel fester um die Schultern, als ich hinter William unsere Gondel besteige.

Augenblicke später legen die Boote ab, treiben von kurzen, kräftigen Riemenschlägen angetrieben den Rio Osmarin hinab, biegen in den Rio San Lorenzo ein. Hinter uns verschwindet der Palazzo Diavolo.

Es ist verblüffend still. Da und dort ein anderes Boot, ein vereinzelter Fußgänger auf den Brücken. Die Venezia im Morgengrauen ist wie eine alternde Hure ohne Schönheitspflästerchen, Rouge, Puder und Parfüm...

Als wir unter der Brücke der Riva degli Schiavoni hindurchgleiten und nach links abbiegen, sehe ich rechter Hand die FULMEN IN HOSTES und die LA CAPITANA liegen, die Riemen hochgestellt, das Deck mit einem weiten Zeltdach überkuppelt, die Fahnen und Wimpel träge an den Masten und Ruten flappend. Wir gleiten an der Zufahrt zum Arsenal vorüber. Der Anblick der beiden Türme mit dem eitlen, steinernen Löwen über dem Portal weckt die Erinnerung an die Enttäuschung...

Dann kommt vor der Insel Santa Elena die PRIMROSE in unser Blickfeld. Das Schiff ist recht klein für einen Viermaster und verblüffend schlank. Das niedere Vordeck wirkt unproportioniert zum hoch aufragenden Achterschiff mit seinen grün-weißen und grün-roten Ornamentstreifen, bekommt aber durch das flach vorgestreckte Galion etwas auffallend Aggressives. Drei Segel übereinander zähle ich an den Masten vorne und in der Mitte, die beiden Masten hinten führen Lateinerruten. An Deck und in der Takelage herrscht lebhafte Geschäftigkeit.

Wir klimmen eine schwankende Jakobsleiter an der Bordwand empor, werden an Deck von einem Bootsmann empfangen und zum Halbdeck hinaufgeführt. Der Mann, der auf uns zukommt, ist groß, schlank, die dunkelblonden Haare sorgsam frisiert, ebenso der gestutzte Bart und der elegant geschwungene Schnurrbart. William bleibt wie angewurzelt stehen:

»England hält dich offenbar für noch sehr viel wichtiger, als selbst ich das vermutete! Der eiserne Grenville wird uns eher den Haien abliefern, als uns in die Hände der Spanier fallen zu lassen!«

William verneigt sich leicht vor Kapitän Grenville. Die beiden Männer reichen sich die Hand, dann wenden sich beide mir zu:

»Sir Richard, darf ich Euch Adam Dreyling, Herrn zu Wagrain, vorstellen.«

»Ihr dürft *nicht!* Man pflegt Verräter zu benutzen, nicht sie zu schätzen«, greift mich der Kapitän in makellosem Deutsch an.

Die Worte, übergenau artikuliert, wirken auf mich wie eine Ohrfeige.

»Sir Grenville, was erlaubt Ihr Euch? Ein Verräter ist ein Mensch, der weitergibt, was man ihm anvertraut hat. *Mir* hat Hans Christoph Löffler niemals etwas *anvertraut!* Mein Wissen und mein Können habe ich mir selbst beschafft! Nennt mich einen *Dieb*, aber wagt nie wieder, mich einen *Verräter* zu nennen!«

Während ich spreche starrt mich der Kapitän erstaunt an. Dann blitzt es in den grauen Augen auf. Und dann bricht Sir Grenville in schallendes Gelächter aus, streckt mir spontan beide Hände entgegen:

»Willkommen an Bord, Sir Adam!« und fährt fort: »Meine Vorfahren sind einst mit Herzog Wilhelm dem Eroberer nach England gekommen und haben dort das Land der Angelsachsen gestohlen. Die größten Diebe sind die Könige, die nicht ganz so großen Diebe die Adeligen, und nur die kleinen Leute sind dazu verdammt, ehrlich zu sein. So heiße ich Euch als Diebesbruder von Herzen willkommen!«

Einige kurze Befehle bringen Bewegung in die Matrosen, die uns neugierig zugeschaut haben. Rauschend entfaltet sich ein Segel nach dem anderen, wird herumgeholt, bis sich knallend der Wind in ihm fängt. Am Bug werden die wassertriefenden Anker aufgeholt und verzurrt.

Langsam nimmt die PRIMROSE Fahrt auf, steuert auf die Porta de Lido zu.

Ich lehne an der Reling. Hinter mir beginnt Venedig in der Lagune zu versinken. Ich denke an Maria Cavallino und an das, was hätte werden können, und daß ich ihr als ein Feigling erscheinen mag, der sich aus ihrem Leben davonstiehlt.

Eine Hand legt sich auf meine Schulter, Richard Grenville:

»*Never look back again, sailor!*«

Das Berggericht

Schwaz
1590

Bericht
William Davison

Sonntag,
der 4. Februar, 11.05 Uhr

»Er hat nie einen Vertrag besessen!«

Einem Aufschrei gleich, kündete Leomans Stimme von einer unsichtbaren Viper, die ihn in jenen Minuten gebissen haben mußte. Der Versuch Reisländers, ihn daraufhin zu unterbrechen, schob er mit einer heftigen Handbewegung beiseite und begann, ohne Rücksicht auf den Bergrichter, seine Anwürfe gegenüber Adam mit bebender Stimme fortzuführen:

»... er hat hier nicht seine Meinung zu verteidigen! Sind doch seine Behauptungen allzu keck, als ob allein die Wiederholung seiner Lügen die Wahrheit näher pressen würde. Nur übersieht er, daß er damit nur weiterer Beweise seiner Verworfenheit liefert, die davon künden, daß wir seine falschen Aussagen zu glauben haben, obwohl sie allen Tatsachen widersprechen.«

Dreyling fuhr dazwischen:

»Die Tatsachen kennt Ihr besser als ich selbst. Doch Ihr tragt nur Lügen und Behauptungen spazieren und versucht diese durchzusetzen, auf daß die Geschworenen hören, was sie Euch zu Gefallen vertreten sollen.«

Leoman schnappte vor Zorn nach Luft. Reisländer wies Dreyling scharf zurecht:

»Angeklagter! Ihr wurdet vorgeführt, nicht um selbst als Ankläger aufzutreten! Wählt danach Eure Worte!«

»Bergrichter!« fuhr Leoman dazwischen. »Führt den Gefangenen endlich ab! Auch das Berggericht muß endlich erkennen, daß wir über die verruchten Pläne Dreylings keine Zweifel besitzen. Er hat den besagten Aufstand begonnen und angeführt...«

In meinen Augen machte der Ankläger einen verhängnisvollen Fehler. Der Fehler wurde verursacht durch die ihm vertraute Art und Weise, wie man bei Malefizgerichten zu gewünschten Urteilen gelangte, die ohne genaue Klärung der Beweislage zu bekommen waren, da dort der Verdacht als genügend angesehen wurde – selbstverständlich gedeckt durch Personen, die ihren Nutzen darin sahen und die wiederum meist gedeckt waren durch die Macht. Vor einem Berggericht hatte er wohl noch nie eine Anklage vertreten. Nur so erklärte sich für mich seine falsche Strategie.

Reisländer erwiderte gelassen:

»Das Berggericht ist zur Genüge davon überzeugt, daß die Wahrheit nicht nur auf einer Seite gesucht werden darf, deshalb möge der Ankläger darlegen, was ihm über den Verbleib der Verträge in Innsbruck gesagt wurde und welche Personen zugegen waren!«

Als ob er in eine der fünf Wunden des Heilands greifen wollte, tastete Schiller-Herdern nach einer kleinen Rolle Pergament in seinem Überwurf, zog sie heraus und reichte sie als Antwort zurück über den Richtertisch in Reisländers offene Hand. Dieser entrollte genauso andächtig das Pergament, las laut vor und wies den Gerichtsschreiber an:

»Man nehme zu Protokoll: Der Ankläger legt ein Schriftstück vom Januar 1590 vor ... *et cetera, et cetera* ... Daß sich zu Innsbruck kein Vertrag, ja nicht einmal eine Notiz befinde, die einen Vertrag über die friedliche Beilegung des Knappenaufstandes von 1574 belegen ... *et cetera, et cetera* ...«

Die folgende Frage an Schiller-Herdern erstaunte nicht weniger als die Antwort:

»Noch einmal: Wer gab die Anordnung, und wer war zugegen!«

»Ich, als Ankläger gab den Auftrag, und zugegen waren einige Kanzleischreiber, an deren Namen ich mich nicht mehr entsinne«, lautete die dürftige Antwort.

»Sind die Akten der Kanzleien genauso leer wie das Pergament?«

»Es ist nicht entscheidend, ob die Akten leer sind oder nicht, und es ist auch nicht entscheidend, wo und wer Anordnungen gegeben hat; denn es kann nur von Bedeutung sein, daß überhaupt kein Vertrag vorhanden ist.

Und nur das Vorhandensein eines Vertrages könnte umgekehrt bestätigen, ob der Angeklagte unschuldig ist.«

»So sehe ich das auch! Ich sehe aber auch, daß das Pergament keine Unterschrift trägt«, ergänzte Reisländer ruhig.

»Es trägt meine Unterschrift!« entrüstete sich Schiller-Herdern.

»Ihr seid der Ankläger! Ich denke, daß dies alles sehr zum Unwillen unseres Landesherrn geschieht, daher beantrage ich diesen

Punkt durch die Kammer prüfen zu lassen, mit Zustimmung unseres ehrwürdigen, erlauchten, hochwohlgeborenen Landesfürsten.«

Leoman war entblößt, und Reisländer hatte es fertig gebracht, ihm gleichzeitig auch noch das Büßergewand überzustreifen. In der Kirche war dadurch Zugluft enstanden, welche den Gesandten, Diplomaten und Kaufleuten auf der Empore die goldbestickten Wämser lüftete. Hatte Leoman tatsächlich nur den fragwürdigen Fetzen von Pergament in der Hand? Wenn ja, dann wäre eine außergerichtliche Einigung für alle Beteiligten das Vernünftigste gewesen – vorausgesetzt, alle Parteien hätten eine vernünftige Lösung gewollt. Doch Reisländer hatte einen anderen Weg eingeschlagen:

»Ankläger! Nach vieler Hin- und Widerrede möchte das Gericht nun wissen, ob Ihr die drei bis jetzt verhandelten Anklagepunkte – erstens, Dreyling hätte das Fuggerhaus gestürmt; zweitens, Dreyling wäre der alleinige Anführer der Knappen gewesen; und drittens, er habe auch noch allein die Knappen aufgeführt und nach Hall geführt – aufrechthalten wollt? Ihr solltet auch klar sagen, ob noch weitere Beweise vorliegen, die Eure Anklagepunkte stützen?«

Die Unruhe im Kirchenrund steigerte sich, denn die Antwort mußte entweder in Enttäuschung über die geopferte Zeit umschlagen oder darüber entscheiden, ob die Spannung noch ein wenig zunehmen würde. Vor allem die stehenden Knappen sehnten sich ein schnelles Urteil herbei. Welches Urteil den Mittagstisch bereichern würde, war allerdings höchst fraglich geworden.

»Ich habe nichts zurückzunehmen. Das Fuggerhaus wurde gestürmt, die Knappen verführt und nachweislich nach Hall gepreßt, um Aufruhr, Verwüstung und Plünderung herbeizuführen. Dreyling ist diesen Weg gegangen, sein Name ist unwiderruflich damit verbunden. Es liegen genügend Beweise vor, daß er der Anführer war. Er selbst hat dies zugegeben, wenn auch mit Einschränkungen, die daraufhin abzielen, sein verwirktes Leben zu schonen.«

Beifällige Murmeln des Volkes auf seine Worte waren Zeichen der Erlösung von einer unvorhergesehenen Enttäuschung. Es ist auffallend, daß die Prozesse immer großartiger werden, wenn Volkes Stimme die nicht vollbrachten Taten mit Getöse begleiten. Dafür fallen die Strafen um so grausamer aus. Dreyling mußte die Stimmung für seinen Tod im Rücken spüren. Sein wortreicher Henker wurde davon sichtlich angesteckt:

»Und nicht genug damit! Er hat die Knappen benutzt, aufgerührt, und zudem versucht, noch von Venedig aus, genau ab April 1579, die fähigsten Knappen abzuwerben. Er hat uns nur geschadet, egal wohin er seinen Fuß auch setzte.«

Reisländer hakte bei der neuerlichen Tirade Leomans sofort nach: »Wie ergibt sich das, Ankläger? Wen hat er abgeworben und wohin?«

Schiller-Herdern trat nahe an den Richtertisch heran, beugte sich, abgestützt mit beiden Armen, weit zu Reisländer hinab:

»Es ist hinlänglich bekannt, daß die Bergwerke in Potosí wie im Ketzerstaat England sich der Hilfe Tirols bedienen. Spanien tut dies offen und mit Billigung der Krone, England aber versuchte über dunkle Kanäle, vornehmlich aber über Venedig, sich unserer Knappen zu bedienen – zum Schaden unserer Bergwerke.«

Reisländer erhob sich von seinem Stuhl:

»Nehmt Euren Platz dort vorn wieder ein, Ankläger!«

Leicht federte sich Leoman vom Tisch ab und wandte sich wieder Dreyling zu:

»Er soll uns sagen, wo er sich in jener Zeit aufhielt.«

Reisländer unterband zunächst die Frage und brachte eine Sache zur Sprache, die einem gewissen Fugger, etwas höher über den Bodenplatten, sicher das Herz galoppieren ließ.

»Ankläger! Erst möchte ich Euch fragen, ob Euch unbekannt ist, daß Augsburger Kaufleute schon 1564 unter Beteiligung von Mitgliedern des Staatsrates der Königin Elizabeth I. die ›*Königliche Bergwerksgesellschaft von England*‹ gründeten und mit Tiroler Bergleuten, also weit vor der Zeit Adam Dreylings, eine beachtliche Anzahl von Schächten und Hüttenwerken einrichteten? Wollt Ihr mit Euren Äußerungen also auch die Augsburger Kaufleute anklagen?«

»Und wer hat in Cornwall 1580 das erste Pochwerk im Ketzerstaat errichtet? Wer hat dabei geholfen?« hetzte Leoman zurück.

»*Rädern! Vierteilen!!*« dröhnte es vereinzelt aus dem Knappenchor heraus. Die Keilhaue Reisländers knallte auf die Tischbretter nieder. Dreyling hob beide Hände beschwörend in die Höhe, bis die Aufregung im Chor sich wieder legte:

»Ich war in Venedig. Das ist richtig! Doch falsch sind Eure Verdächtigungen, wie alles was aus Eurem Munde quillt. Ich hatte in jener Zeit keine Verbindungen nach Schwaz.«

»Wahr ist, daß Ihr Euch versteckt habt, weil Ihr wußtet, daß wir Euch auf den Fersen waren. Die Gerechtigkeit hat Euch nun eingeholt – wenn auch etwas verspätet. Wieviel Geld habt Ihr dafür bekommen? Ihr habt es doch nur für Geld getan, gebt es endlich zu!

Geld, das den Knappen gehörte, das sie mit ihrem Schweiß erarbeitet hatten. Dazu kam sicher das Gold des Teufels, das sich in Kot verwandelt, als spärliche Befriedigung Eurer Rachsucht. Ihr tatet es aus Schadenfreude, verbunden mit dem Gefühl der Macht, für die kurze Zeit Eures Erdenlebens. Ihr tatet es aus dem verborgenen heraus, aus dem verruchten Venedig, um dem Tiroler Volk zu schaden!«

Schiller-Herderns Rede brach mitten im Wort ab. Seine hochgereckte Hand blieb einen Augenblick in der Luft hängen, ehe sie langsam herabsank. Mit tausend anderen Augenpaaren richtete sich sein Blick auf den langen Gang zwischen dem Chorgestühl. Wie die Wellen vor dem Bug eines Schiffes wichen die Knappen auseinander, gaben Raum. Und zielstrebig wie eine Galeere glitt ein Mann im Scharlachrot der Robe eines Senators durch die Menschenwoge.

Als der Scharlachrote den Richtertisch erreichte, verneigte er sich knapp vor Reisländer. Seine Stimme war nicht laut, doch drang sie bis in den letzten Kirchenwinkel:

»*Egregissimi Signori*, der Vertreter der Anklage ist ebenso eifrig wie fälschlich bemüht, Sachverhalte zu schildern, die Messer Adam Dreyling im Bereich der Erhabenen Republik von Venedig getan, gesagt oder angestrebt haben soll. Es mag daher wohl zweckdienlich erscheinen, Personen zu diesem Komplex aussagen zu lassen, die zu jener Zeit persönlichen Umgang mit Messer Dreyling gepflegt haben oder über zuverlässige Quellen bezüglich seines Tuns und Lassens zu verfügen in der Lage sind.«

»Ihr wünscht dazu auszusagen?« fragte Reisländer.

»Dies entspricht in der Tat meinem Wunsch.«

»Euren Namen bitte.«

»Ich bin Zenon Querini, Senator und Provveditore der Erhabenen Republik von Venedig.«

»Ihr wißt von den Taten und Absichten Adam Dreylings zu jener Zeit in Venedig aus eigener Erfahrung?«

Wieder verneigte sich der Venezianer knapp vor dem Bergrichter:

»So ist es, *severissimo Giudice*. Ich hatte zu besagter Zeit mehrfach persönlichen Umgang mit Messer Adam – und wie den *illustrissimi Signori* zweifellos bewußt ist, verfügt die Erhabene Republik über die besten Informationen über seine Bürger und Gäste. So gibt es nahezu keine Minute Messer Adams innerhalb der Tage und Wochen jener Epoche, über die wir nicht genauestens unterrichtet sind.«

»Hat nun Adam Dreyling Knappen von Venedig aus abgeworben?«

DAS BERGGERICHT

»*Stupidaggini!* Ungereimtes Zeug. Böswillige Unterstellungen. *Cretinismo!*«

Es war totenstill in der Kirche. Jeder versuchte zu begreifen, ob dieser elegante, aristokratische Venezianer mit seiner leicht geschraubten Ausdrucksweise die Ausführungen des Anklägers soeben tatsächlich schlicht und herb als *Blödsinn* charakterisiert hatte.

Der Bergrichter wandte sich wiederum an Zenon Querini:

»Was also hat Adam Dreyling in jener Zeit getan?«

Der Venezianer zog einen kleinen Zettel aus dem Ärmel, vergewisserte sich kurz:

»Messer Adam Dreyling kam am späten Vormittag des 12. April 1579 in Begleitung von William Davison – hier wohl besser bekannt unter dem Namen Willi Davido – in der Stadt an und begab sich unverzüglich in den Palazzo Diavolo, den Wohnsitz Messer Davisons. Dort verbrachte Messer Dreyling den ganzen Tag, ohne Besuche zu empfangen oder sonstige Kontakte zu pflegen. Am gleichen Abend besuchte Messer Adam Dreyling zusammen mit Messer William Davison ein Fest im Palazzo dei Camerlenghi, wo ich ihn persönlich kennenlernte. Anschließend begaben sich William Davison und Adam Dreyling nach den Ghetto Nuovo, das allerdings nur Messer Davison heimlich betrat und gegen Morgen wieder verließ, während Messer Dreyling in der Gondel wartete. Anschließend fuhren sie zurück zum Palazzo Diavolo. Am nächsten Tag, den 13. April 1579 erhob sich Messer Dreyling gegen 11 Uhr mittags und nahm einen leichte Mahlzeit ein, sodann kleidete er sich an...«

Der Bergrichter hob die Hand:

»Vermute ich richtig, daß Ihr bis zur Abreise Adam Dreylings aus Venedig am...«

»Frühen Morgen des 6. Mai 1579.«

»... über sein Tun und Lassen ebenso exakt Rechenschaft geben könntet wie über diesen ersten Tag?«

»So ist es, *onestissimo Giudice!*«

»Gab es in dieser Zeit irgendwelche herausragenden Begebenheiten oder etwas, das uns hier interessieren sollte?«

Zenon Querini hob die Schultern:

»Messer Dreyling hielt sich fast ausschließlich im Palazzo Diavolo auf, was zweifellos nicht seinem Wunsch sondern der Vorsicht Messer Davisons zuzuschreiben war, mit Ausnahme von zwei Daten: Am Himmelfahrtstag, dem 30. April 1579 nahm er als *mein Gast* an den Feierlichkeiten der Sensa und anschließend an einem Rennen der

Galeeren FULMEN IN HOSTES des genuesischen Admirals Josef Furttenbach und der LA CAPITANA unter meinem Kommando teil. Und am Montag den 4. Mai 1579 besuchte er mit mir das Arsenal.«

»Das Arsenal? Wohl kaum ein Ort, wo Verschwörer, Unruhestifter und Aufwiegler empfangen werden«, meinte Reisländer.

»Ganz gewiß nicht! Allerdings sehr wohl hervorragende Geschützgießer!«

»Ich glaube nicht«, fuhr Leoman Schiller-Herdern dazwischen, »daß dies etwas mit dem hier verhandelten Fall zu tun hat.«

Der Spott des Venezianers schlug um in blanken Hohn, als er sich dem Ankläger zuwandte:

»Vergebt einem törichten Ausländer, *Illustrissimo*, der mit Euren Rechtsgepflogenheiten nicht bescheid weiß – aber ich kann mich nicht des Eindrucks erwehren, daß dieses Gericht dazu benutzt werden soll, Messer Dreyling eben genau als Geschützgießer zu verurteilen, auch wenn Ihr, *Illustrissimo*, Euch redlichste Mühe gebt, dies zu verschleiern und hinter ominösen, offensichtlich kaum beweisbaren Bergfreveln zu verstecken.«

»Mein Herr«, ging Schiller-Herdern auf den Venezianer los, »ich verbitte mir...«

Der Berghammer knallte auf die Eichenplatte:

»Ankläger! Die Ehre des Gerichts fordert, den Zeugen ausreden zu lassen und ihn mit aller ihm zustehenden Achtung zu behandeln! Messer Querini, ich bitte Euch fortzufahren.«

»Nun, es gibt dazu nicht mehr viel zu sagen. Wir, das heißt die Erhabene Republik von Venedig, waren töricht genug, uns diesen brillanten Geschützgießer entgehen zu lassen. Entgegen dem Rat meines Bruders, des Provveditore Marcantonio Querini, meiner eigenen Empfehlung und der etlicher anderer Herren ließ der damals amtierende Cancellier Grando, Messer Balbi, Adam Dreyling nicht einen entsprechend selbständigen Posten im Arsenal anbieten, sondern versuchte ihn lediglich mit Hilfe der teuersten Hure an die Stadt zu binden...«

Adam Dreyling, der aufmerksam zugehört hatte, fuhr auf:

»Was sagt Ihr da?«

»Messer Balbi hat die Höllenkatze Giulietta und die sanfte Maria Cavallino auf Euch angesetzt. 100 000 Zechinen hätte sich Messer Balbi, oder genauer gesagt Venedig, einen Jahreskontrakt mit einer der Damen kosten lassen, wenn sie Euch in der Stadt hätten halten können.«

»Nein! Nein! Nicht Maria!!«

»Plus 100 000 Zechinen«, fuhr Querini erbarmungslos fort, »wenn sie es geschafft hätte, daß Ihr sie heiratet.«

Adam war kreidebleich geworden.

»Wir bitten um eine Unterbrechung der Verhandlung für zehn Minuten«, platzte Schiller-Herdern nach heftigem Blickwechsel mit der Empore dazwischen.

»Gestattet«, antwortete der Bergrichter.

Während Reisländer sich nach der Sakristei zurückzog und Schiller-Herdern sich durch die Massen der Bergknappen drängelte, um die Treppe zur Empore zu erreichen, war Zenon Querini näher zu Adam Dreyling getreten, hatte den Arm um die Schulter gelegt.

Ach, Adam. Was hast du geglaubt? Maria Cavallino, das kleine Fischermädchen, das sich nach Ruhe und Geborgenheit sehnte...

Doch das Ganze war eine Lüge! Eine hübsche Lüge. Die Damen Cavallino, Maria, ihre Mutter, ihre Großmutter, ihre Urgroßmutter und so fort gehören seit vielen Generationen zu den erfolgreichsten Kurtisanen Venedigs. Schauspielerei gehört zum Handwerk. Maria Cavallino war wie Venedig: schillernd, glitzernd, betörend – und trotzdem nur eine Sumpfblase.

Du hast es nie begriffen, was ich dir wirklich an Gutem angetan habe, als ich dich damals aus diesem Sumpf herauszog und dir die freie Luft der Meere zu atmen gab – für mich, für England und für dich selbst.

7

Die Überfahrt

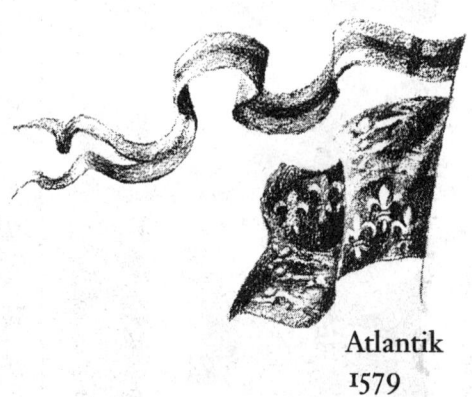

Atlantik
1579

3. Tagebuch
Adam Dreyling

Mittwoch,
der 6. Mai

Kaum haben wir die Porta de Lido passiert, als der Wind voll in die Segel zu greifen beginnt, die Wellen höher werden. Fasziniert beobachte ich die Matrosen, die unter dem beständigen Gebrüll eines krummbeinigen Menschen mit eingeschlagener Nase und wirrem Struwwelbart die Strickleitern recht und links der Masten hinaufklimmen, droben auf den Rahen hinausrutschen und weitere Segel lösen, während andere Gruppen von Männern an Tauen zerren, die Rahen drehen und die unteren Ecken der Segel heranholen, bis diese prall im Morgenwind stehen.

Mit den Wellen beginnt das Schiff von Bug nach Heck und etwas leichter von rechts nach links zu schaukeln. Zunächst halte ich mich krampfhaft an der Reling fest, während der Boden unter meinen Füßen seinen seltsamen Tanz beginnt, doch schnell finden mein Körper, meine Beine den Rhythmus des Tanzes heraus, passen sich an, wiegen sich mit von Bug nach Heck, von rechts nach links. Ich recke meine Nase in den Wind, schnuppere die salzige Luft, die den strengen Geruch vertreibt, der das Schiff einhüllt.

Nach einigen Worten mit dem Kapitän bedeutet mir Davison, ihm zu folgen.

Von einem Matrosen geführt, klettern wir eine enge, steile Treppe in den Rumpf hinunter. Ich renne gegen eines der Geschütze, die hier hinter ihren verschlossenen Luken mit einem Wirrwarr von Tauen an der Bordwand festgebunden sind. Meine Stirn schließt schmerzhaft Bekanntschaft mit einem groben Decksbalken. Dann öffnet der Matrose das schmale Türchen zu einem der Bretterverschläge rechter Hand.

»Unser Schlafgemach«, kommentiert William.

Der Raum besteht aus einem Gang, so schmal, daß man sich nur mit der Schulter voran in ihn hineinschieben kann, und auch das nur knapp eineinhalb Schritte, denn dann versperrt unser aufgetürmtes Gepäck ein weiteres Vordringen. Im diffusen Licht einer von einem Balken herabbaumelnden Laterne erkenne ich zwei Kisten übereinander, so schmal, eng und niedrig, daß sie wie zwei Särge aussehen, deren Deckel vergessen wurde. Da auf den Brettern einige Decken liegen, scheinen sie unsere Betten darzustellen. Nun, ich habe auf der PRIMROSE nicht den Seidenpfühl des Palazzo Diavolo erwartet, aber wie ein Mensch in solch einem schaukelnden Sarg schlafen soll... Und wenn mich das trübe Licht nicht täuscht, dann ist das, was da schwarz davonwuselt, als ich die Decke anhebe, Ungeziefer! Wie zur Bestätigung höre ich William hinter mir fluchen und nach etwas schlagen. Das Etwas – fast kaninchengroß mit langem, nacktem Schwanz – quietscht ärgerlich und huscht aus dem Lichtkreis. Heilige Barbara, Patronin der Geschützgießer, auf was habe ich mich da eingelassen?

Außerdem riecht es hier unten nicht nur streng, es stinkt. Es stinkt ganz erbärmlich nach Teer, Urin, monatelang abgestandenem Wasser und Fäulnis...

Und dann legt sich das Schiff plötzlich zur Seite!

William taumelt gegen mich, und ich kann mich gerade noch festkrallen, ehe ich erneut schmerzhaft Bekanntschaft mit einem Balken schließe:

»Was ist passiert? Sind wir auf ein Hindernis geprallt?«

Davison knurrt etwas, das wie »Godämmd Schips!« klingt. Nein, gestrandet sind wir offenbar nicht, denn das rhythmische Wiegen geht weiter, allerdings nun verstärkt von rechts nach links. Ich dränge mich an William vorbei, muß dringend an die frische Luft!

Als ich zur küstenseitigen Reling marschieren will, versperrt mir der krummbeinige Struwwelbart energisch den Weg, blökt mich an:

»*That's the captain's place!*«

Doch Richard Grenville winkt mich heran:

»Ist sie nicht eine Schönheit?«

»Wer: *Sie?*«

»Diese miese Schaukel«, antwortet William, der mir gefolgt ist. »Seeleute betrachten ihre Schiffe als Weiber – und genau so launisch, bockig und unberechenbar sind sie auch!«

Samstag,
der 16. Mai

Schwacher Wind bis völlige Windstille begleiten uns seit mehr als zwei Tagen. Angeblich äußerst ungewöhnlich auf diesen Breitengraden vor der Küste von Portugal, wie mir Grenville heute morgen mit Benommenheit und schwerer Zunge klarzumachen versuchte. Die Ursache für sein Lallen war das leere Whiskyfäßchen, das Gordon jeden Morgen in seiner Kabine durch ein volles ersetzen mußte. Erst an diesem Morgen fiel mir auf, da unsere PRIMROSE ruhig auf dem Atlantik dümpelte, daß Grenvilles ewiges Schwanken keinesfalls nur durch die rollende See verursacht wurde. Einer perfekten Täuschung, der ich da seit unserer Abreise von Venedig unterlegen war. William, dem ich meine Entdeckung mitteilte, gab mir zu verstehen, daß Grenville davon überzeugt wäre, nur in jenem Zustand England gesund zu erreichen.

»Laß ihm seine Eingebungen, sei geduldig mit ihm, und mach dich vor allem nicht lustig über ihn. Eine Entlarvung, auch wenn wir unseren Spaß dabei hätten, würde eher ein Strafgericht für dich heraufbeschwören. Also tun wir so, als wäre es die See«, beschwor er mich.

»Wann wollen wir eigentlich über unsere Dinge reden?« hatte ich ihn beim ersten Mittagstisch auf dem Schiff erinnert, als die Tür der Kajüte aufging und ich, wie vom Blitz getroffen, in ein dunkles Augenpaar blickte. Mein Weinglas schwappte auf Williams Ärmel, der verärgert von mir abrückte. Aber ich hatte nur Augen für die Frau.

»Ich nehme an, ihr kennt euch bereits«, sagte William »Adam Dreyling – Doña Ysabel.«

Es war die Frau, die mir im April bei der Schleusung durch Tirol aus der Hand gelesen hatte und die ich dann kurz im Palazzo wiedersah.

Ich sagte: »Ich hatte es für einen Zufall gehalten, als ich Euch in Sterzing begegnete.«

»Es gibt keinen Zufall.« Ihre Stimme war noch genauso, wie ich sie in Erinnerung hatte. »Sagte ich nicht, Ihr geht weit weg, dazwischen liegt viel Wasser?«

Und als sie neben Davison Platz nahm, tauchten die Bilder aus dem STANGELREITER wieder auf. Das dunkle Haar. Die schmalen

Hände. Ich hatte diese Frau schon früher gesehen, in Innsbruck, in Williams Begleitung. »Nur tragt Ihr diesmal keine Maske.«
Sie lächelte. »Ja. Die Zeit der Masken ist vorbei.«
Nicht nur die Richtigkeit ihrer Botschaft nahm mich seitdem gefangen, sondern auch ihre Person. Waren ihre anziehenden Rundungen damals schon aufreizend genug gewesen, so brachte es die Enge des Schiffes mit sich, daß man nicht umhinkam, ihr an allen Ecken und Enden Aufmerksamkeit zu zollen. So gefährdete sie nun rund um die Sanduhr den Frieden der Männer untereinander. Wir haben nur noch Augen für diese Rundungen. Erst die des Busens, danach abgleitend hinunter zu den Rundungen der Hüften und zum Schluß, wenn sie unseren Tisch wieder verläßt, um hinunter zur Bordküche zu gehen, der Blick auf ihre kleinen prallen Gesäßbacken. Die Unruhe unter den Männern wuchs. Sie verkörperte von Anfang an die Gezeiten. Wenn sie auftischt, ist Flut. Die Ebbe will sich aber danach nicht mehr einstellen. Würden wir sie außerhalb der Tischzeiten zu Gesicht bekommen, jeder hätte inzwischen versucht, ihr den Rock zu heben.

Jedenfalls habe ich William daraufhin mit Fragen bestürmt.

»Später, etwas später, Adam, es hat noch etwas Zeit...«, wimmelte er mich vor Tagen ab, als wir noch das venezianische Meer durchpflügten. Nun schien mir der richtige Zeitpunkt gekommen zu sein, die letzten Wahrheiten von ihm abzufordern. Etwas überrascht vernahm ich daher heute morgen seine Bereitwilligkeit:

»Gut, warum nicht. Genießen wir also zusammen die untergehende Sonne auf der Back...«

Durch alle Decks unserer PRIMROSE geht ein Knarren und Ächzen, das einmal lauter und manchmal wieder etwas schwächer klingt, als wäre sie von Schmerzen geplagt. Mein Blick hinauf zu den Spieren und Rahen erweckt den Eindruck, als würden ihre Schmerzen im Rumpf den schlaff herunterhängenden Segeln verbieten, Wind aufzunehmen. Die vergangenen Tage waren gesegnet mit leichten östlichen Winden. Sogar die Säulen des Herkules passierten wir, ohne ein einziges Mal den Kurs geändert zu haben. Unser Kapitän berichtete, daß manche Schiffe bei starkem Westwind wochenlang kreuzen mußten und trotzdem keine einzige Seemeile auf den Atlantik hinaus gewinnen konnten. Unser Glück dagegen schien unerschöpflich. Bei halbem Wind kamen wir sogar nach Gibraltar gut nach Norden voran. Doch nun scheint uns die Flaute am Ort festhalten zu wollen. Auch wenn wir Portugal schon gestern hinter uns gelassen hatten, so liegt die iberische Halbinsel immer noch querab. Bei dieser Windstille bleibt Spanien uns wohl auf ewig nahe.

William steht allein auf der Back unseres Schiffes. Ein gutes Podest – etwas abgehoben, luftig und überschaubar. Ich bin gekommen, um seine Beichte zu hören. Davison ist gerade dabei, mit seinem Quadranten nach Norden zu spähen als wollte er schon den Nordstern suchen. Etwas später schwenkt er damit einen Viertelkreisbogen nach Osten:

»Der Sturm wird nach Süden abdrehen. Bei zunehmender Dunkelheit werden die Entfernungen immer weiter und täuschen absolute Endlosigkeit vor! Ich liebe diese Illusion«, bemerkt er, ohne sich nach mir umzudrehen. Erst als ich hinter ihm stehe, wendet er sich mir bedächtig zu, als ob der schwache Wind eine schnellere Drehung verbieten würde. Voll Sorge zeigt er auf die glatte See:

»Die schwärzliche, schlammglatt wirkende, wellenlose Fläche verheißt nichts Gutes. Ich hab' das schon öfter erlebt. Von Norden her sehe ich eine hohe Dünung heranrollen. Verspürst du nicht auch so ein Summen in deinem Kopf?«

»Nein!« antworte ich ihm verwundert.

»Verdammt! Ich hab Ahnung von etwas wie – Sturm. Ich kenne diese Dünung.«

»Jetzt verstehe ich dich. Statt nach dem Nordstern hast du mit dem Quadranten nach Wolken Ausschau gehalten.«

Kaum daß ich dies sage, mißt mich William mit einem Blick, der mich an die Strenge meines Vaters erinnert. Seine Miene wirkt wie aus Stein.

»Was ist los? Bist du verärgert?«

»Nein. Ich war allerbester Stimmung. Bis das Summen... Vielleicht wirst du bald selbst erfahren, was ich befürchte.«

Williams Blick bleibt entlang des Galions starr in die Ferne gerichtet:

»Nütze die Gunst der Stunde, viel Zeit wird uns nicht bleiben.«

Ich stütze meine Arme auf der Reling ab und blicke ebenfalls entlang des Galions, das wie ein einzelner herausragender Fangzahn wirkt, als wäre unsere PRIMROSE ein Seeungeheuer.

»Drei Fragen, William! Drei. Es sind nur drei, die mich bewegen, und die du mir offen beantworten solltest.«

»Bitte die erste!«

»Wie hast du von meiner Entscheidung erfahren können, bevor ich aus dem Arsenal in den Palazzo zurückkehrte?«

DIE ÜBERFAHRT

»Über zwei dem englischen Thron gegenüber treu ergebene Diener! Der eine saß direkt am Tisch – genau rechts von dir. Der andere im selben Haus mit flinken Augen, schnellen Füßen und fliegenden Viperas. Ihn hast du durch eine sträfliche Unachtsamkeit wiedererkannt.«

»Sind deine Spione überall?«

»Ist das schon deine zweite Frage?«

»Nein, sie ist ein Teil der ersten!«

»Ich werde nur eine einzige Ausnahme zulassen. Also sei sparsam mit weiteren Fragen, die nicht den Kern deines Wissensdurstes bilden.« Seine Lippen, die sonst sehr feucht erscheinen, schimmern wie Streifen trockenen Pergaments. »Das, was du gesehen hast, ist nur ein winziger Teil dessen, was aufgeboten wurde um dich sicher nach England zu bringen. In Schwaz, Innsbruck, Sterzing, auf dem Ritten und selbst im Palazzo Diavolo waren Menschen, die sich um dich gekümmert haben, ohne daß du sie jemals gesehen und bemerkt hattest. Wie lautet deine zweite Frage?«

William wußte nichts von meinem Platz auf den Fässern unter seinem Empfangssaal. Er wußte also nichts davon, daß ich bereits mehr von seinem Netz von Verbindungen kannte und erahnte, als er mir eröffnet hatte, und daß ein großer Teil meines Wissens über seinen Spionagetempel wie über die beschlossenen Konsequenzen, sollte ich mich gegen ihn entscheiden, mir schon vor dem Besuch im Arsenal völlig klar gewesen waren.

Daher will ich heute seine Aufrichtigkeit prüfen:

»Was hättest du unternommen, wenn ich im Arsenal Kanonen gegossen hätte und deinem Palazzo noch am selben Tag fern geblieben wäre?«

William stößt seinen Atem aus und reagiert gereizt:

»Ich wußte von vornherein, wie es kommen würde. Da ich nur zu gut deine Forderungen kenne, die du immer und überall durchsetzen willst, um die besten Feldschlangen gießen zu können. Ich habe darauf gesetzt, daß du bitter enttäuscht zurückkommen würdest. Ich hatte mich nicht geirrt!«

»Du weichst meiner Frage aus! Ich fragte danach was du unternommen *hättest*.«

Williams Gesicht erstarrt:

»Was nützt dir meine Antwort?«

»Wenn man die Wahrheit kennt, macht sie frei. Sie wird mir sagen, was ich bei euch in England zu erwarten habe, falls ich...«

»Falls du was?«

»Falls es auch dort Auftraggeber geben wird, die mir vorschreiben wollen, was und wie ich zu gießen habe. Also, was hättest du unternommen?«

Ich sehe William an, daß er den bitteren Geschmack ausspucken möchte, aber er zwingt sich offensichtlich auf die Linie, die ihm vorgegeben ist:

»Darüber hätten wir einfach neu nachdenken müssen. Wir wären aber vor der Situation, die du gerade schilderst, sicher niemals zurückgewichen. Was immer das auch heißen mag – du kannst alles darunter verstehen. Doch deine Entscheidung hast du nun einmal frei getroffen und darauf kommt es an. Alles andere sind dunkelgraue Wolken, undurchsichtig und abweisend. Wie lautet deine letzte Frage?«

»Wer ist dein Auftraggeber, und wo warst du während der Woche deiner Abwesenheit?«

»Zwei Fragen in einer.«

Ich spüre die Kluft zwischen uns, wie sie breiter wird, wie damals im Palazzo, als er mich isolierte und ich ihn nicht zu Gesicht bekam. Der argwöhnische Gesichtsausdruck läßt vermuten, daß hinter seiner Stirn schon der vorausgesagte Sturm wütet.

»Ich bin nicht hier, um dir meine Aufgaben darzulegen!«

»Nein, selbstverständlich nicht«, versuche ich seine Gereiztheit zu mildern, »es ist nur, daß ich spürte, daß mein Leben davon abhing und in Zukunft vielleicht noch mehr davon abhängen wird. Du kennst mein früheres Leben, du hattest darüber zu bestimmen, wie es weiter verläuft, und jetzt möchte ich aus deinem Munde erfahren, wer in Zukunft meine Geschicke lenkt. Bist du es? Ist es jemand in Paris, Amsterdam oder sonst wo?«

»Was weißt du von Paris und Amsterdam?« schreckt William auf.

»Nur so. Nimm eine andere Stadt. Wer wird in London mein Auftraggeber und Beschützer sein? Du darfst mir doch hoffentlich auf dieser Wasserwüste das kleine Geheimnis mitteilen? Bedenke, Geheimnisse können nicht über das Wasser laufen.«

Der Humus über dem Fels ist weggeblasen, der Granit darunter beginnt tatsächlich zu bröckeln:

»Sir Francis Walsingham, ein hohes Mitglied der Regierung Ihrer Majestät, wird dich gleich nach unserer Ankunft in London in seinem Haus empfangen. Ihm allein bin ich verpflichtet. Wir kommen für alle, die dich und uns fragen werden, nicht aus Venedig, sondern aus Amsterdam. Dorthin bin ich auch offiziell – und auf Weisung der Königin – entsandt. Alles weitere wird sich in London ergeben. Das muß für heute genügen...«

Im selben Moment wird der Bug unserer PRIMROSE angehoben. Für mich ein Gefühl als ob die Welt aus den Angeln gehoben würde.

»Die ... die ... Dünung...!« stammelt William, dreht sich um und ich sehe wie ihm Schweiß über das kalkweiße Gesicht läuft. In diesem Augenblick holt das Schiff über, so daß William sich mit beiden Händen an der Reling festhalten muß. In seinem Gesicht brennen jetzt zwei dunkle Augen, die wie zwei ausgeschnitte Löcher in einem weißen Leinentuch wirken. Eilig wackelt er dem Hauptniedergang zu, in dem er wortlos verschwindet.

Gleich darauf beginnt eine frische Brise in der Takelage zu orgeln. Der erste Offizier scheucht die Mannschaft hinauf, um einen Teil des Segeltuchs zu bergen. Die PRIMROSE beginnt unruhig hin und her zu gieren und heftig in der aufbauenden kurzen, steilen See zu stampfen. Die ersten schweren Regenböen vertreiben mich endgültig von der Back. Als ich an der Kammer Ysabels vorbeigehe, drücke ich die Klinke. Verschlossen! Wie viele Male ist sie wohl von Männerhand heute schon gedrückt worden?

Aus unserer Kabine höre ich heftiges Würgen, gefolgt von einem qualvollen Röcheln. Durch das immer heftigere Schaukeln des Schiffes haste ich im Zickzackkurs zu unserer Kemenate. Bleibe schreckensstarr unter der Tür stehen. Davison hängt halben Leibes in, halb aus seiner Koje, seine Haut ist grau, das feuchte Haar verklebt, die Augen quellen ihm aus dem Kopf, aus seinem verzerrten Mund rinnt ein dünner Speichelfaden.

»Willi! Um der Barmherzigkeit des Himmels willen, was ist mit dir?«

William glotzt mich mit dem jämmerlichen Ausdruck eines Kalbes an, das der Schlachter mit seinem Beil schlecht getroffen hat. Ich will mich auf die Kante seiner Koje setzen, ihm mitfühlend den Arm um die Schulter legen, doch er stößt mich grob weg.

»Du bist krank, sag mir, was ich für dich tun kann?«

»Dich zum Teufel scheren!« kommt es keuchend aus seinem Mund, und schon krümmt ihn das nächste Würgen.

»Aber es muß doch irgend etwas geben, das ich tun kann?«

»Versenke dieses gottverdammte Schiff, damit das alles endlich ein Ende hat!« kommt es zurück, und dann giftig: »Raus!«

Eine Hand legt sich auf meine Schulter. Es ist Jeremiah Ashton, einer der beiden mit uns reisenden Kaufleute von der Mines Royal Company und den Mineral and Battery Works.

»Laßt ihn, Sir Adam.« So nannte er mich, nachdem mich William als »Herr zu Wagrain« vorgestellt hatte. »Ihr könnt wirklich nichts für ihn tun. Gegen Seekrankheit gibt es nur ein Heilmittel: festes Land unter den Füßen. Meinem Compagnon Robert geht es auch nicht viel besser. Kommt lieber mit mir an Deck, ehe es Euch hier in diesem Rattenloch auch noch übel wird.«

Minuten später sind wir droben an Deck. Die Gischt der immer höher steigenden Wellen und Regengüsse durchnässen uns binnen kürzester Zeit bis auf die Haut. Aber Jeremiah hat recht, wenigstens die Luft ist besser. Wir klammern uns an eine Reling, versuchen den umherhastenden Seeleuten aus dem Weg zu bleiben, während die PRIMROSE unter unseren Füßen wie in einem irrwitzigen Tanz bockt und stampft, rollt und schlingert.

Dann fällt mein Blick auf unseren Kapitän: Breitbeinig steht Sir Richard Grenville auf dem Achterdeck. Ohne sich festzuhalten, mit in die Hüften gerammten Fäusten, tanzen seine Schenkel und die offenbar auf den Decksplanken festgewachsenen Füße den wahnwitzigen Tanz seines Schiffes vor und zurück, rechts und links, auf und ab, kreuz und quer mit, während sein Oberkörper kaum aus der Senkrechten gerät. Das Wasser trieft ihm aus den Haaren über das Gesicht. Er schreit Befehle, lacht dazwischen, johlt wie auf einer Kirmes, brüllt Liederfetzen in den Sturm...

»Das Wikingerblut unseres Kapitäns bricht durch«, stellt Jeremiah Ashton trocken fest.

»Ist er total betrunken?«

»Er ist verrückt!«

»Aber muß man dann nicht etwas unternehmen? Wenn er die PRIMROSE auf eine Klippe schmeißt oder kentern läßt...«

Jeremiah brüllt in mein Ohr:

»Die ganze Wikingerbande, die Grenvilles, Nevilles, Baskervilles, Maudes, Vernons, Percys, Disneys, Vavasours, Chamberlaynes, Bakers, Corbetts, Pomeroys, Howards und wie sie sonst noch heißen mögen, die 1066 mit ihrem Herzog Wilhelm dem Bastard von der Normandie nach England kamen, sind rettungslos verrückt, haben in den letzten 500 Jahren, seit der *Bastard* zum *Eroberer* wurde, nichts Besseres zu tun gewußt, als sich als unsere von Gott persönlich eingesetzten Herren aufzuführen und sich gegenseitig umzubringen. Aber gebt diesen Kerlen ein Schiff und einen ordentlichen Sturm, und Ihr seid bei ihnen so sicher wie in Abrahams Schoß. Bis auf ein paar Briten aus Cornwall und Wales vielleicht versteht diese Wikingerbrut mehr von Schiffen als irgendein Mensch sonst auf dieser Welt...«

Sonntag,
der 17. Mai

Die pechschwarze Nacht ist einem bleigrauen Morgen gewichen. Auch wenn die Wellen noch hoch gehen und die P<small>RIMROSE</small> hin und her schleudern, der Sturm hat deutlich nachgelassen. Tatsächlich hat unser Kapitän das Schiff relativ unbeschadet durch die Gewalten der Elemente gebracht. Zwar schuften noch immer ein knappes Dutzend Männer an den Pumpen, um das eingedrungene See- und Regenwasser wieder aus dem Rumpf zu schaffen, klettern Matrosen in der Takelage herum, um zerrissene Tauenden neu zu spleißen, das wie mit einem Kanonenschlag weggefetzte Besansegel zu ersetzen, doch ansonsten stampft und schlingert die P<small>RIMROSE</small> unbeirrt weiter auf ihrem Kurs nach Norden.

Während mein Freund William drunten in seiner Koje immer noch vor sich hinstirbt, lehnen wir zu viert an der Reling, sehen dann und wann zwischen Wolkenfetzen und Gischt ein Stückchen von Kap Finisterre, dem letzten Nordwestzipfel Spaniens.

»Heute nacht hätte ich mit *Drake* um die Wette segeln mögen«, grinst Sir Richard schief. »Dann hätte der aufgeblasene Cornishman beweisen können, ob er tatsächlich ein Seemann ist.«

»Ich sehe Drake längst in spanischen Ketten liegen« versucht Jeremiah Ashton die wieder einmal drohende endlose Diskussion um Francis Drakes Mission in die Südsee samt den zugehörigen beißenden Bemerkungen unseres Kapitäns abzuwürgen. Doch ganz so leicht gibt Grenville bei seinem persönlichen Gegner nicht auf:

»Er ist ein Schurke, ein launischer Hitzkopf, unberechenbar und wird der Krone nur Ärger bereiten. Die Spanier werden sich das nicht gefallen lassen. Mir ist es jedoch völlig egal, wo Francis sich gerade befindet«, sinniert er vor sich hin, begleitet von einigen unkontrollierten Handbewegungen.

William hatte mir erzählt, daß Francis Drake, seinen Aussagen nach einer der brillantesten Seefahrer Englands, den Auftrag, die Molukken auf der Route Magellans anzusegeln, nur aufgrund seiner besseren Beziehungen zu Lord Burghley, dem Lordschatzmeister Ihrer Majestät der Königin, erhalten hatte und Grenville, der sich ebenso heftig darum bemüht hatte, glatt ausstach. Sir Richard hätte diese Niederlage nur schwer verkraftet und wäre auch heute noch nicht darüber hinweg.

»Er soll draußen bleiben, wenn er nicht wenigstens Kupfer mitbringt!« fällt Robert Haswell von der Armourers & Brazier's Co., der sich, noch immer leicht grün im Gesicht, wieder zu uns gesellt hat, Sir Richard grob ins Wort.

Jeremiah und Robert hatten in Venedig Sondierungen vorgenommen, um im Auftrag einflußreicher Londoner Kaufleute die Expansionsmöglichkeiten des Bergbaus und der neuen Eisen- und Messingmanufakturen zu prüfen. Man wollte nicht allein auf den Waffenbedarf der königlichen Regierung angewiesen sein. Zudem sei das Königreich immer noch in beängstigendem Maße von einem einzigen Handelsartikel abhängig: Wolle und Erzeugnisse, die sich daraus machen ließen...

Jeremiah, mit dem ich mich schnell anfreundete, hatte mich mit seinen Ideen gefesselt und daher in mir einen guten Zuhörer. Kaum ein Abend verging, an dem wir nicht intensiv über die Entwicklungen auf der Insel und dem Kontinent sprachen. Eine seiner Überlegungen hatte sich in meinem Kopf festgesetzt:

»Der Kaperkrieg mit Abenteurern wie Frobisher, Drake und Hawkins«, führte er aus, »verhindert eher den Aufbau einer starken königlichen Marine; denn die königliche Flotte ist von den seefahrenden Verbänden des gesamten Königreiches derzeit kaum zu trennen. Die Macht der Interessen dieser Männer, einschließlich der Geldgeber in London, haben zum Ziel, den Aufbau einer unabhängigen königlichen Marine zu verhindern. Doch um wirklich etwas auf den Weltmeeren auszurichten, um Reichtümer sammeln zu können, müßte man die spanische Flotte schlagen und deren Seehandel zwischen der Alten und Neuen Welt auf Dauer unterbinden!«

Meine zukünftige Verwendung in London begrüßte er aufs innigste, da ich dazu beitragen würde, daß am Ende des *Spanischen Krieges*, den er als unabänderlich heraufziehen sieht, die Welt Englands Beute sein würde.

»Der Himmel segne die katholischen Pfaffen!« wechselt Grenville unvermittelt das Thema. Sein Ausspruch verursacht Verblüffung.

»Ohne seine gierigen Pfaffen wäre Spanien schon seit langem die unumschränkte Herrscherin über ganz Europa. Während sich die Portugiesen im letzten Jahrhundert zäh und tüchtig ihren Weg nach Ostindien erforscht und erkämpft haben, hat Christoforo Colombo Spanien irrtümlich ein unermeßliches Weltreich in den Schoß geworfen. Und was haben sie damit angefangen? Zunächst einmal haben sie sich mit den Portugiesen gezankt, bis Papst Alexander VI. ein Machtwort sprach und die Welt zwischen Spanien und Portugal aufteilte. Und dann haben die Schwarzröcke das spanische Reich nach ihren Vorstellungen durchorganisiert: Zuerst haben sie den fleißigsten, tüchtigsten und gescheitesten Teil der Bevölkerung Spaniens vertrieben, die Mauren und Juden. Dann haben sie dem König klargemacht, daß man zur Verbreitung der katholischen Lehre in der Neuen Welt Soldaten, Soldaten und nochmals Soldaten brauche. Also machte der König seinen Untertanen klar, daß es würdelos für einen wahren Spanier sei, den Schmiedehammer zu schwingen, den Pflug zu führen oder Leinen zu weben.

Selbst wenn Spanien fast all seine Handwerker *nicht* vertrieben oder zu Soldaten gemacht hätte, wie wollte es einen ganzen Kontinent mit Bedarfsgütern versorgen, beginnend von der Nähnadel über Pflug, Pferdehalfter, Bischofsornat, Weinflasche bis hin zur Kanone?«

»Nun, Spanien allein mag das nicht schaffen«, gebe ich zu. »Aber man hat ja auch Besitzungen in Italien, den Niederlanden und Österreich. Ich weiß, daß beispielsweise österreichische Geschütze in großen Mengen nach Spanien verkauft werden...«

»Verkauft! O ja, verkauft! Und um wieviel mehr hat der spanische König Herrn Hans Christoph Löffler für eine Schlange oder Kartaune gezahlt als beispielsweise der Kaiser?«

»Das Doppelte, Dreifache, manchmal Vierfache...«

Sir Richard schlägt mir auf die Schulter:

»Und genau da liegt der Hund begraben! Der spanische König muß auf dem Markt in Europa zahlen, was immer einer verlangt! Die Nachfrage ist ständig weit höher als das Angebot. Also steigen die Preise ebenso beständig und unaufhaltsam in immer schwindelndere Höhen.«

»Aber die enormen Mengen an Gold und Silber?«

»Haben nur die Preise verdorben. Haben durch nochmals und nochmals und nochmals überhöhte Preise das eigentlich märchenhaft reiche Westindien in ein Armenhaus verwandelt.

Ich will Euch eine kleine, wahre Geschichte erzählen: Don Pedro de Albarado, einer der Männer, die Mexiko erobert haben, wurde später Gobernador von Guatemala. Zu seiner Hochzeit mit Doña Beatriz de la Cueva, einer Nichte des Herzogs von Albuquerque, schenkte er seiner Braut eine gut ellenhohe Statuette des hl. Georg, geschnitten von einem Indiokünstler aus einem einzigen Bergkristall. Als die Indienbehörde davon Wind bekam, forderte sie das Kleinod an, um es zu schätzen und zu besteuern. Also wurde St. Georg sorgsam verpackt und nach Spanien verfrachtet. Drei Jahre später erhielt Doña Beatriz den Heiligen zurück – in fünf großen und zahlreichen kleinerer Trümmern. Die Behörde hatte nämlich zunächst gewissenhaft prüfen lassen, ob die Statuette tatsächlich ganz aus Bergkristall sei, um Don Albarado nicht falsch zu besteuern. Und der mit der Prüfung beauftragte Juwelier konnte diese Aufgabe natürlich nur erfüllen, indem er das Stück in Teile zerschlug. So der Echtheit und Einzigartigkeit des Stückes sicher, stellte die Indienbehörde Don Pedro ihre Rechnung: Wert des Kristalls, Wert der handwerklichen Arbeit, Bußgeld, weil die Arbeit in Westindien ausgeführt worden war, Kosten für das Echtheitsgutachten, königliche Steuer, kirchliche Steuer, zweimaliger Transport über den Atlantik – Summe: 150 000 Maravedi, das anderthalbfache seines Jahressoldes als königlicher Gobernador von Guatemala.«

»Aber das ist doch vollkommener Wahnwitz!«

Sir Richard hebt die Schulter:

»Kein größerer als die Tatsache, daß der König der größten und reichsten Kolonien dieser Erde bislang bereits zweimal den Staatsbankrott Spaniens verkünden mußte!«

»Dann ist Spanien in Wirklichkeit nicht mehr handlungsfähig.«

»Vorsicht, Vorsicht! Wenn König Philipp unsere Königin Elizabeth vom englischen Thron stoßen kann, dann wird er für dieses gott- und pfaffengefällige Werk, ohne mit der Wimper zu zucken, noch einen dritten, vierten und fünften Staatsbankrott riskieren! König Philipp ist Habsburger, und die Habsburger nehmen ihr Erbrecht und ihren Katholizismus tödlich ernst!«

Ich hatte geglaubt, den Habsburgern entronnen zu sein. Wie es scheint, hatte ich mich geirrt.

8

»Adam Dreyling Made this Piece«

England
1579

ENGLAND 1579

4. Tagebuch
Adam Dreyling

Freitag,
der 22. Mai

Jeremiah streckt seinen Kopf in unsere Kajüte:
»Einen schönen guten Morgen, Sir Adam und Master Davison!«
William antwortet mit einem unfreundlichen Grunzlaut. Nachdem sich der Sturm vor Portugals Küste gelegt hatte, und die Primrose wieder mit frischem Wind und unter strahlendblauem Himmel weiter nordwärts segelte, war mein Freund nicht wieder unter die Lebenden zurückgekehrt, sondern lag klagend, übellaunig und apathisch in seiner Koje, den Kotzeimer in Griffweite.

»Wenn Ihr einen ersten Eindruck von England bekommen wollt, Sir Adam, dann solltet Ihr unbedingt an Deck kommen!« fordert mich Jeremiah auf.

Ein »erster Eindruck« Englands wird es freilich nicht werden.

Den habe ich heute nacht bereits erhalten. Zuerst verstummte das gewohnte Knarren, Ächzen und Schwanken des Schiffes, das Gluckern und Klatschen der Bugwelle, gleichzeitig mit dem Rauschen und Knallen der Segel. Dann hörte ich Kommandos und hektisches Getrampel an Deck. Schließlich herrschte Stille. Ich war eben wieder am Einschlafen, als der Rumor erneut losging, und ich beschloß an Deck nachzusehen.

Wie mir das Verstummen der Geräusche schon verraten hatte, dümpelte die Primrose mit aufgegeiten Segeln vor einer Küste, die sich als schwarzer Schatten vor dem Himmel abzeichnete. Auf dem Großdeck herrschte ungewöhnliche Betriebsamkeit, und auf dem Kampanjedeck sah ich unseren Kapitän im Gespräch mit zwei Männern in scharlachroten Röcken, ein gekröntes ›ER‹ in Gold auf die Brust gestickt, die offenbar in einem der beiden Boote gekommen waren, die nun neben der Primrose vertäut lagen.

»Sir Adam!« Robert Haswell, der an der Backreling lehnte, winkte mir zu.

»ADAM DREYLING MADE THIS PIECE«

»Was hat das zu bedeuten?« fragte ich ihn. »Und wo sind wir?«
Haswell deutete zur Küste hinüber:
»Wir liegen vor der Einfahrt von Rye und Winchelsea, um einen Passagier abzusetzen. Da drüben könnt Ihr ein paar der Lichter der Städte erkennen – rechts, unten am Wasser, Rey, links, etwas mehr auf der Höhe, Winchelsea.«
»Und wer sind die beiden Herren in Rot bei Sir Richard?«
»Königliche Offiziere. Seht Ihr, da etwa in der Mitte zwischen den beiden Städten auf der vorgelagerten Insel, die Festung?«
Ja, ich konnte sie erkennen, schwarz, massig, gedrungen, bedrohlich.
»König Henry VIII. hat Camber Castle erbauen lassen, um die beiden Städte kontrollieren zu können.«
Ich zog fragend die Augenbraue hoch.
»Im 12. Jahrhundert«, fuhr Haswell fort, »hatten sich fünf südenglische Hafenstädte – Hastings, Dover, Romney, Hythe und Sandwich – zu einem Städtebund zusammengeschlossen, den *Cinque Ports*, zu denen später noch Rye und Winchelsea kamen. Bis Anfang dieses Jahrhunderts, als König Henry mit dem Aufbau einer königlichen Marine anfing, stellten diese Städte die eigentliche Seemacht Englands dar, zivil wie militärisch. Dementsprechend selbstherrlich war man in den *Cinque Ports* und konnte vor allem nicht einsehen, weshalb man aus seinen Einkünften – legalen aus dem Handel, halblegalen aus der Piraterie und illegalen aus dem Schmuggel – an die Krone Steuern entrichten solle.
Also hat ihnen der König die Burg mit ihren Soldaten und Offizieren da drüben vor die Nase gesetzt.«
»Und hat es etwas genützt?«
Haswell blinzelte mir verschmitzt zu:
»König Henry glaubte fest daran und Königin Elizabeth glaubt auch *ganz fest* daran!«
Robert Haswell erzählte mir noch einiges mehr über die *Cinque Ports*, doch ich hörte kaum noch zu. Die beiden rotberockten Offiziere kletterten nämlich zurück in ihr Boot, legten ab, blieben aber in der Nähe, um die Primrose weiter mit Argusaugen zu beobachten.
Der Passagier, gehüllt in einen weiten, dunklen Kapuzenmantel, ging von Bord, stieg in das zweite wartende Boot. Erst als sich die Männer schon in die Riemen legten, drehte sich die Kapuze zum Schiff zurück.
»Ysabel!?« rief ich verblüfft. »Wohin?«

ENGLAND 1579

»Nach Bagdad...«

Der Rest geht im Gebrüll von Grenville unter, der die Matrosen in die Takelage jagte, um wieder Segel zu setzen. Das also war mein erster Eindruck von England gewesen...

Als ich an Deck steige, kneife ich geblendet die Augen zusammen. Unter einem stahlblauen Himmel liegt backbord die Küste Englands: weich gerundete Hügel mit saftig grünen Wiesen und goldenen Kornfeldern, bekrönt von einigen Häusern und kleinen Kirchtürmen, in einer Senke ein sauberes Städtchen, darüber eine mächtige Burg, ein kubischer, hoch aufragender Bau mit vier Rundtürmen an den Ecken.

Doch nicht dies ist es, was mich zwinkern läßt. Die sanften Hügel sind zum Meer hin wie mit einem riesigen Beil abgehackt, senkrechte Klippen stürzen zum Wasser hinunter – weiß! Schneeweiß!

»Die berühmten Kreidefelsen von Dover«, bemerkt Jeremiah stolz. »Die Römer unter Julius Caesar sind einst hier gelandet, Richard Löwenherz zog 1190 von hier aus zum 3. Kreuzzug ins Heilige Land...«

Ich wende mich um. Auch steuerbord ist eine Küste zu erkennen.

»Ist das Frankreich?«

»Nur vorübergehend«, stellt Ashton fest. »Bis 1559 war Calais englischer Besitz. Und bei Gott, wir werden ihn uns wiederholen samt Frankreich!«

»Trotz der Bedrohung durch Spaniens Eroberungspläne?« spotte ich.

»Der König von England«, korrigiert mich Ashton streng, »ist nach uraltem Recht auch König von Frankreich. Nicht von ungefähr führt England neben den drei goldenen Löwen auf rotem Grund in seinem Wappen auch Frankreichs goldene Lilien auf Blau. Wir würden uns nur zurückholen, was uns zusteht!«

Und Philipp II. führt mittlerweile vielleicht in seinem Wappen auch die goldenen englischen Löwen, geht es mir durch den Kopf.

»Schaut nach Dover hinüber«, fährt Jeremiah Ashton versöhnlich fort. »Für jeden Engländer, für jeden Menschen sind die Kreidefelsen das Symbol der Freiheit.«

Sechs Stunden später haben wir die Ostspitze von Kent umrundet und laufen auf die Themsemündung zu. Bei Queenborough an der Mündung des Medway erwartet uns ein schlankes, von zwei Dutzend Ruderern angetriebenes Boot. Ein Offizier kommt an Bord, verschwindet zu William in die Kabine, taucht wenig später mit meinem Freund wieder auf.

»Pack deinen Krempel zusammen, Adam. Wir gehen von Bord. Lieutenant Harper hat mir eben den schriftlichen Befehl von Sir Francis Walsingham gebracht, der uns unverzüglich zu ihm nach Barn Elms befiehlt.«

Der Abschied von Grenville, Ashton und Haswell ist kurz und herzlich. Dann sitze ich im Heck des Bootes, das von kräftigen Riemenschlägen die Themse aufwärts getragen wird, neben William, dessen Hautfarbe wieder zu gesundem Rosa wechselt und der zunehmend auch wieder freundlicher zum Plaudern aufgelegt ist.

»Links, das ist Greenwich, ausgebaut von Henry VIII. und jetzt einer der Sommerpaläste der Königin. Dahinter tauchen jetzt die Werften von Deptford auf, die wichtigsten nach Chatham...« – »Rechts, das ist der Tower, die alte Normannenburg und heute die königliche Stadtfestung. Dahinter in Houndsditch liegen die Geschützgießereien« – »Die Brücke, unter der wir durchfahren, ist die Londonbridge« – »Der hohe, spitze Turm rechts ist St. Paul's Cathedral. Die höchste Ehre, die einem Engländer zuteil werden kann, ist, in ihrer Krypta beigesetzt zu werden« – »Das Flußufer links von uns solltest du meiden: Spitzbuben, billige Huren, Tierkampfarenen, Theater« – »Rechts, das ist Westminster Abbey und Whitehall mit dem Parlaments- und Regierungssitz.«

William tönt vergnügt, erklärt mir die Sehenswürdigkeiten der Stadt und ihre Geschichte, während der Nachmittag langsam zum Abend wird, die Sonne versinkt, unsere Ruderer bei einem letzten Halt an einem Bootssteg zum dritten oder vierten Mal ausgewechselt werden.

Barn Elms: Eine grünlich bemooste Backsteinmauer, die sich am Fluß entlangzieht, etwa drei Mannshöhen hoch und mit scharfen Eisenspitzen besetzt. Dahinter riesige, uralte Bäume, die im Abendwind rauschen und das bösartige Gebell von mindestens einem Dutzend Hunden. Um den schmalen, hölzernen Landungssteg vor einer kleinen Eisentür in der Mauer stehen verteilt acht Männer, die ihre Arkebusen mit glimmenden Lunten am Schloß auf uns richten. William wechselt ein paar Worte mit dem Anführer, der uns schließlich

ENGLAND 1579

heranwinkt und aussteigen läßt. Von vier Mann werden wir zu dem Eisentürchen eskortiert, das sich von innen eben so weit öffnet, daß wir hindurchschlüpfen können. Wieder starren wir in die Läufe von Arkebusen. Rechts und links hinter Eisengittern, die sich die ganze Mauer entlangzuziehen scheinen, kläfft eine Meute schwerer, grauschwarzer Hunde mit viereckigen Köpfen, triefenden Lefzen und bösartigen Augen.

Die vier Männer nehmen uns in die Mitte und führen uns in den Park hinein. Es ist mittlerweile fast finster geworden.

»Ist der Empfang hier immer so überaus liebenswürdig?« frage ich William.

Der Schein der Fackeln reißt Bruchstücke von kurzgeschnittenem Rasen und die Äste riesiger Bäume aus dem Dunkel. Dann kommt Barn Manor in Sicht, ein Wirrwarr von an- und ineinandergebauten Gebäuden, Türmen, Erkern, rundum beleuchtet von blakenden Fackeln, die in Eisenringen um das ganze Bauwerk stecken. An jeder Ecke stehen Männer, die mit mannshohen Bogen ausgerüstet sind.

»Walisische Bogenschützen«, klärt mich William auf. »Noch auf 300 Schritt vermögen sie einen Mann unfehlbar zu treffen. Seine Rüstung würde dabei von dem Pfeil glatt durchschlagen. Sie sind die besten und teuersten Soldaten des Königreichs.«

Wieder werden wir, nach einigen schnellen Wortwechseln, durch eine schmale Eisentür geschleust, von neuen Wächtern in Empfang genommen, durch Säle und Gänge und Innenhöfe, über Treppen auf und ab geführt, bis ich restlos die Orientierung verloren habe. Danach stehen wir wieder vor einer schweren Tür, diesmal aus massivem Eichenholz; ein letzter Wortwechsel, dann dürfen wir eintreten, während einer unserer Begleiter ankündigt:

»*The honorable Master William Davison and Sir Adam Dreyling, Sir.*«

Bis auf die schwere, dunkle Samtbespannung an den Wänden treten wir in einen kahlen, von einem prasselnden Kaminfeuer mühsam erhellten und heftig überheizten Raum.

In der Mitte, wie eine Barriere, ein riesiger Eichentisch. Dahinter, in schwarzer, schmuckloser Kleidung, die mit dem Dunkel des Hintergrundes verschwimmt, ein weißes Gesicht über einer weißen Halskrause. Wache Augen unter einer hohen Stirn und über einem gepflegten Bart fixieren mich: Sir Francis Walsingham.

»*You're late.*«

Walsinghams Stimme ist leise, ein wenig heiser.

»ADAM DREYLING MADE THIS PIECE«

Wir verneigen uns höflich. William setzt zu einer Erklärung an, doch Sir Francis Walsingham schneidet ihm das Wort ab. Dann prasselt ein kurzer Wortschwall in Englisch auf William nieder, viel zu schnell, als daß ich auch nur annähernd den Inhalt erfassen könnte. William versucht ein- oder zweimal etwas einzuwenden, doch Walsingham läßt ihn nicht zu Wort kommen.

Endlich wendet sich William mir zu:
»Sir Francis befiehlt mir, unverzüglich nach den Niederlanden abzureisen.«
»Weshalb?«
»Diplomatie... Sir Francis wird ab sofort alles regeln!«
»Aber ich verstehe ja nicht einmal, was er sagt!«
»Sir Francis erwartet von dir, daß du binnen kürzester Frist die englische Spache fließend beherrschst.«
»Sage bitte Sir Francis...«
»Adam, ich muß weg. Halt die Oberlippe steif, wir sehen uns wieder, sobald ich aus den Niederlanden zurück bin.« Ein kräftiger Händedruck, dann ist William fort.

Als ich mich dem Gastgeber wieder zuwende, hält der ein Blatt Papier in der Hand, liest langsam, jedoch deutlich und klar in meiner Muttersprache vor:
»Sir Adam, Ihr untersteht – mit Ausnahme der Königin – ausschließlich *meinem* Befehl! Ihr seid allein an *meine* Anweisungen gebunden! Ihr seid *mir allein* Rechenschaft schuldig!«
»*You and I and nobody between us?*« vergewissere ich mich.
Sir Francis Walsingham reagiert überrascht und antwortet auf Deutsch:
»Das – ist – richtig!«

Ich atme langsam durch. Wenn Walsingham tatsächlich ein so mächtiger und einflußreicher Mann ist, wie William erzählte, so mag diese Übereinkunft durchaus vorteilhaft sein. Sei es ein König oder Kaiser, irgendwem gegenüber würde ich mich immer verantworten müssen. Weshalb also nicht Walsingham? Sir Francis liest wieder von seinem Papier ab:
»Wenn Ihr treu und zuverlässig dient, stehen höchste Ehren und Reichtümer für Euch bereit. Wenn Ihr mich zu verraten versucht, steht das Beil des Henkers bereit.«

An der von William vorausgesagten, groben Direktheit läßt Sir Francis tatsächlich nichts vermissen. Er läßt das Blatt sinken, sieht mich herausfordernd an.

»Ich habe verstanden!«

Sir Francis greift nach einer kleinen Tischglocke. Dann warten wir schweigend. Nach einigen Minuten öffnet sich die Tür.

»*George Clifford, the Earl of Cumberland*«, verkündet die Wache.

In der Tür steht der am prächtigsten herausgeputzte Mann, der mir je begegnet ist. Sein Wams mit dem knapp knielangen Faltenrock und den mächtigen Puffärmeln aus stahlblauer Seide ist dick mit goldenen Blütenranken und exotischen Vögeln bestickt, mit Perlen und Diamantsplittern überwuchert. Seinen Hut ziert ein gewaltiger Busch Straußenfedern, gehalten von einer mit kostbarsten Juwelen besetzten Agraffe. Unter dem Hut ringeln sich kunstvoll gelockte Haare bis auf die Schultern, der Kragen ist aus hauchzartem Batist. Augenbrauen und Schnurrbart sind zu feinen Sicheln gebürstet und gezupft. Ein Popanz!

Wie ein Wirbelwind stürmt er auf mich zu, streckt mir die Hände entgegen. Seine Stimme ist ein weicher Tenor, dazu spricht er in fehlerfreiem Deutsch:

»Ihr seid also der berühmte Herr Adam Dreyling! Willkommen, willkommen in England! Wie der Schreihals an der Türe bereits kundgetan hat ist mein Name George Clifford, und ich habe die Ehre, der Earl of Cumberland zu sein. Ferner Champion der Königin, Spieler, Verschwender, Mathematiker mit dem Rang eines Magister artium des höchstvornehmen Trinity College zu Cambridge, Kapitän der königlichen Flotte, Astronom, Astrologe und was derlei brotlose Künste mehr sind ... und für die nächsten Tage auf Bitten von Sir Francis Euer *Dolmetscher*, Organisator und Reisemarschall.«

Offensichtlich doch kein Popanz, ein solcher würde niemals die seltene Kunst der Selbstironie beherrschen.

»Es ist mir eine Ehre, Mylord...«, setze ich an, doch der Earl of Cumberland fährt sofort dazwischen:

»Laßt, um Himmels willen, diesen Unsinn mit Mylord und ähnlichem. Solange wir nicht bei Hof sind, bin ich einfach George für Euch und Ihr seid für mich Adam. Einverstanden?

Aber was stehen wir hier herum? Setzt Euch, setzt Euch!«

Während wir uns Stühle an die Tischbarriere heranrücken, hat Sir Francis wieder das Wort ergriffen und einige Sätze an George Clifford gerichtet. Dieser beginnt zu übersetzen:

»Ehe wir zur Sache kommen, läßt Euch Sir Francis fragen, ob Ihr etwas trinken wollt. Wenn Ihr mich fragt, ein Glas Wein wäre nicht schlecht. Sir Francis müßt Ihr dabei allerdings entschuldigen, er trinkt ausschließlich Wasser.«

Ich werfe unauffällig einen Blick auf das weiße Gespenstergesicht gegenüber. Ich halte es zwar nicht für gesellig, sich bei jeder passenden und unpassenden Gelegenheit bis zum Umfallen zu besaufen, aber geschworene Wassertrinker sind mir unheimlich. Nur zu oft ist diese *Beherrschung* nichts weiter als der Versuch, etwas zu verbergen, und was da so krampfhaft verborgen werden soll, ist selten etwas Gutes.

Während der Wein geholt wird, unterhalten sich Walsingham und Cumberland angeregt. Dann wendet sich der Earl wieder an mich:

»Zunächst läßt sich Sir Francis entschuldigen für die Vorsichtsmaßnahmen in Barn Elms. Er ist verantwortlich für die Sicherheit der Königin und damit für die Sicherheit Englands. Aus diesem Grund habe er Tag und Nacht mit Mordanschlägen papistischer Agenten zu rechnen.«

»Vorsichtsmaßnahmen« dürfte ja wohl eine ziemliche Untertreibung sein. Eine Festung, schießt es mir durch den Kopf. Während Walsingham wieder beginnt zu reden, übersetzt Cumberland fast gleichzeitig:

»Zur Sache. Kennt Ihr die politische Situation?«

»Nicht so gut, wie ich vielleicht sollte«, verhalte ich mich abwartend.

Cumberland und Walsingham wechseln einige längere Psalme, dann wendet sich Clifford wieder mir zu:

»England ist extrem und unmittelbar von Spanien bedroht.«

»Ich habe das schon gehört, doch was ist der genaue Grund?«

»König Henry VIII. war in erster Ehe verheiratet mit Katharina von Aragón. Aus dieser Ehe stammte seine Tochter Mary. 1533 ließ sich der König gegen den Einspruch des Papstes von Katharina scheiden und heiratete Ann Boleyn, gleichzeitig löste er die englische Kirche von der Tyrannei der römischen Päpste. Aus dieser zweiten Ehe entsproß unsere Königin Elizabeth. Nach der Hinrichtung Anne Boleyns wegen Ehebruchs und Hochverrats 1536, heiratete König Henry Lady Jane Seymour, die bei der Geburt des Thronfolgers Edward verstarb. Nach dem Tod König Henrys 1542 folgte ihm auf dem Thron sein Sohn Edward, der allerdings bereits 1553 ebenfalls verstarb.

Nachfolgerin wurde nun seine älteste Tochter Mary, eine fanatische Katholikin, die sich mit ihrem Wüten gegen alles Protestantische nicht nur den unrühmlichen Beinamen *die Blutige* verdiente, sondern zu allem Unglück auch noch den spanischen Prinzen Philipp heiratete. Dieser Prinz ist heute als Philipp II. Spaniens König. Als Maria 1558 endlich starb, bestieg unsere Königin Elizabeth als letztes lebendes Kind König Henrys den englischen Thron.«

All das hatte auch William Davison, Sir Richard Grenville, Jeremiah Ashton und Robert Haswell, meine Reisegefährten auf der PRIMROSE, ausführlich erklärt.

»Aber wo ist das Problem?« frage ich.

»Das Problem ist, daß die Papisten einen Grund suchen, um England wieder unter die Knute der römischen Kirche zu bringen. Als Rechtsgrund dafür wird angeführt, daß die Ehe König Henrys mit Anne Boleyn von der Kirche nicht anerkannt wurde. König Henry hatte demnach nur zwei legitime Kinder: die blutige Mary und Edward, da zur Zeit seiner Geburt Königin Katharina bereits tot war. Königin Elizabeth hingegen sei ein Bastard und daher nicht thronberechtigt. Die juristische Konstruktion der Papisten geht nun dahin, daß das Königshaus Tudor mit Mary erloschen und der Thronanspruch damit auf ihren Gatten übergegangen sei. Und dieser Gatte ist – welch ein Zufall! – der katholischste aller katholischen Könige Europas!«

»Sein Anspruch ist also nicht völlig aus der Luft gegriffen?« stelle ich vorsichtig fest.

Walsingham und Cumberland versteinern:

»Nein, ganz aus der Luft gegriffen ist er nicht.«

Unter meinen Füßen beginnen Rosen zu blühen, und so reize ich die beiden behutsam weiter:

»Und Spanien hat nicht nur die größte und mächtigste Flotte der Welt, es hat auch in seinen niederländischen Besitzungen ein Aufmarschgebiet unmittelbar vor den Toren Englands.«

»Das ist richtig. Sie stehen vor Englands Burggraben«, ergänzt Cumberland leise.

»Die Eroberung Englands durch Spanien«, bohre ich weiter, »wäre also nicht nur vom katholischen, also dem größten Teil Europas juristisch sanktioniert, sie liegt auch im Bereich des militärisch Möglichen.«

Walsingham und Cumberland nicken unwillig.

»Was England also braucht, um der Übermacht der Spanier zu trotzen«, setzte ich zum letzten Stoß an, »ist eine mit den besten Waffen ausgerüstete Armee.«

»ADAM DREYLING MADE THIS PIECE«

»Keine Armee«, korrigiert mich George Clifford. »Eine *Flotte!* Die Schlacht wird in den Gewässern um England herum geschlagen werden!«

Einen Augenblick ist es totenstill im Zimmer, dann fährt Walsingham fort:

»Wir *haben* die besten Seeleute. Wir *haben* die besten Kapitäne. Wir *haben* die besten Schiffsbaumeister. Und wir *haben*, oder werden doch haben, die besten Kriegsgaleonen!«

»Und für diese besten Galeonen braucht Ihr nun die besten Kanonen: *Dreyling-Kanonen!*«

»Glaubt nicht, daß wir in England keine Geschützgießereien hätten«, will Cumberland auftrumpfen, doch Walsingham unterbricht ihn:

»Weshalb sollten wir nicht die Wahrheit aussprechen, die Ihr, Sir Adam, ohnedies bereits kennt: Ja, Ihr seid der Schlußstein in unserem Triumphbogen! Ja, wir brauchen Tiroler Feldschlangen ... falls Ihr sie uns gießen könnt.«

Ich will nach meinen Pergamenten greifen, doch Sir Francis winkt nur ab:

»Mit Euren Davison-Dokumenten mögt Ihr die Owens und wen auch immer beeindrucken, für mich zählen nur *bronzene* Argumente.

Ihr werdet Euch mit Lord Cumberland noch heute nacht in den Tower begeben. Ab morgen früh werdet Ihr in der Gießerei der Brüder Owen drei Feldschlangen – bei uns nennt man sie Culverinen – gießen. Die Männer der Gießerei haben den Auftrag, Euch in allem und jedem Tag und Nacht zur Hand zu gehen. Wenn der Probebeschuß der drei Geschütze zu unserer Zufriedenheit ausfällt, werden wir das weitere besprechen. Ihr habt drei Wochen Zeit, um uns die Proben Eures Könnens vorzuführen.«

Ich habe Mühe, Sir Francis Walsingham nicht laut ins Gesicht zu lachen. Wer braucht hier eigentlich wen? Wem steht hier das Wasser bis zum Hals, besonders dem Hals, der auf einem Richtblock liegen wird, sollten je die Spanier dieses Land besetzen? Trotz allem bleibe ich höflich und verbindlich:

»Ich weiß nicht, wie weit Ihr in der Kunst des Geschützgießens bewandert seid, Sir Francis. Was die Hilfe der Herren Owen und ihrer Männer anbelangt, so bin ich dafür äußerst dankbar, werde mir aber erlauben, selbst zu bestimmen, wann, wie und in welcher Form ich diese Hilfe in Anspruch zu nehmen gedenke. Das ›Weitere‹ indes würde ich gern sofort geklärt wissen.«

ENGLAND 1579

Nachdem Cumberland alles übersetzt hat, wird das Gesicht Walsinghams vollends zur Maske. Nach wenigen Augenblicken neigt er den Kopf als Zeichen des Einverständnisses.

Ich beginne meine Bedingungen zu nennen:

»Eine Voraussetzung ist natürlich eine eigene Gießerei mit den entsprechenden Gebäuden, die nach meinen Vorstellungen ergänzt und umgebaut werden können. Ferner muß die zeitgerechte und zuverlässige Bereitstellung an Rohmaterialien und Hilfskräften garantiert sein.«

Walsingham unterbricht mich:

»In Sussex wurde bereits alles Entsprechende veranlaßt.«

»Das klingt vielversprechend, Sir Francis. Doch die wichtigste Garantie, die ich verlangen muß, ist die völlige Unabhängigkeit in meiner eigenen Gießerei.«

Walsingham hebt die Hand:

»Zugestanden, Sir Adam. Bis auf die Pflichten, die Ihr mir gegenüber zu erfüllen habt! Dazu gehört die Werft in Chatham, geführt von Matthew Baker, unseren besten Schiffsbaumeister. Mit ihm – und *nur* mit ihm – werdet Ihr auch die notwendigen technischen Einzelheiten besprechen.«

Walsingham hebt sein Kinn. Ich spüre, daß er unser Gespräch an dieser Stelle beenden möchte.

»Einen Punkt, Sir Francis, hätte ich gerne noch geklärt.«

»Welchen?« fragt er ungeduldig zurück.

»Mein Honorar!«

»Wieviel dachtet Ihr?«

»Ich dachte da an ... 2500 Pfund jährlich.«

Diesmal hat Lord Cumberland sichtlich Mühe, meine Worte zu übersetzen.

Sehr zögernd gibt das leichenblasse Geistergesicht hinter der Tischbarriere seine Zustimmung.

Wenig später legt die Barke des Lords, mit ihm und mir an Bord, vom Landesteg in Barn Elms ab, treibt in den nächtlichen Fluß hinaus, läßt Sir Francis Walsingham, seine Wächter und Hunde und düsteren Mauern hinter sich.

Während uns kräftige Riemenschläge von einem Dutzend Ruderer die Themse abwärts jagen, bricht George Clifford plötzlich in schallendes Gelächter aus:

»Ihr versteht es, Euch Feinde zu machen, Adam! Diesen Abend wird Euch Sir Francis niemals vergeben.«

»Hätte ich kuschen und mich billig verkaufen sollen? Wenn ich die Geheimnisse der Löffler-Geschütze kenne – und ich kenne sie –, dann bin ich für dieses Land mein Gewicht in Gold wert. Sir Francis Walsingham weiß das, Ihr wißt das, und ich weiß es auch. Mag mich Sir Francis dafür hassen; hätte ich weniger gefordert, er würde mich verachten.«

Bedächtig setzt Clifford seinen pompösen Federhut ab:

»Das eine mag so gefährlich sein wie das andere. Gott gebe, daß Sir Francis niemals einen Grund findet, an Euren Kanonen etwas zu bemängeln. Verräter werden in England nicht einfach enthauptet oder gehängt, man schneidet ihnen bei lebendigem Leib den Bauch auf und reißt ihnen die Gedärme heraus, ehe man sie anschließend in Stücke hackt.«

Unser Boot treibt an Westminster vorbei, an St. Paul's, und unter der London Bridge hindurch. Der Tower kommt in Sicht mit seinen trutzigen Mauern und Türmen, in der Mitte überragt von dem hohen, weißen Kubus mit den vier Türmen an den Ecken, den vor 500 Jahren Wilhelm der Eroberer, der erste Normannenkönig Englands, hatte errichten lassen. Die Barke biegt in einen kleinen Kanal ein, stoppt vor einem niedrigen Bogen, der von einem mächtigen Eisengitter verschlossen wird. Ein paar Rufe hin und her, dann heben quietschende Winden das Gitter.

»Man nennt es das *Verrätertor*«, plaudert Clifford. »Auf diesem Weg gelangen die gefährlichsten Staatsverbrecher in ihre letzte Unterkunft.«

»Hoffentlich nicht *meine* letzte Unterkunft. Ist der Tower denn ein Verlies?«

»Sagen wir, es ist der sicherste Ort in England, ein Ort, an dem man Leute aufzuheben pflegt, die man keinesfalls verlieren will.«

Laut kreischend saust hinter uns das Gitter wieder herunter, während unsere Barke in einem kleinen Binnenhafen des Towers festmacht. Wächter in scharlachroten Röcken mit goldgesticktem ›ER‹ auf der Brust helfen uns aussteigen, geleiten uns durch ein weiteres, schwer bewachtes Tor in den Innenhof. Wir halten uns nach links, schreiten über eine gepflegte Rasenfläche auf eine Gruppe von Häusern zu, die sich im Schatten der Mauer entlangzieht.

ENGLAND 1579

»Der Turm hinter uns heißt der Blutturm, und dort vorne steht der Richtblock«, erklärt Cumberland inzwischen in der Art eines Fremdenführers. Mit Schaudern sehe ich den niedrigen, dunklen Würfel in der Wiese stehen.

»Keine Sorge«, lacht George, »mit ihm werdet Ihr niemals nähere Bekanntschaft schließen. Dieser Block ist nur den allerhöchsten Spitzen der Gesellschaft vorbehalten, hier pflegen sich nur Königinnen und Herzöge köpfen zu lassen. Der Block für unsereinen steht außerhalb dieser Mauern auf dem Tower Hill.«

Ein paar Schritte weiter betreten wir eines der Häuser, werden von einer ältlichen Dienstfrau empfangen und in meine Wohnung geleitet, ein karg aber freundlich eingerichtetes Zimmer mit einem soliden Tisch, auf dem ein Weinkrug und zwei Becher stehen, sowie zwei bequemen Sesseln und einer verschließbaren Truhe; daneben ein kleineres Schlafgemach mit einem frisch gemachten Bett und ein Kämmerchen mit Abtritt und einer Waschschüssel. Die Frau nuschelt irgend etwas, und Cumberland übersetzt, daß sie gefragt habe, ob ich noch etwas zu essen wünsche.

Der Tag war anstrengend. Nein, ich wünsche nichts mehr. Nein, nur noch eine Frage:

»Bin ich hier ein Gefangener?«

George Clifford hebt abwehrend die Hände:

»Natürlich nicht! Nur ein äußerst wertvoller Gast, wie Ihr ja wohl selber zugeben werdet.«

Kurz darauf verabschieden wir uns. Die Tür schlägt hinter ihm zu. Sie hat weder Schlüssel noch Klinke.

Sonntag,
der 23. Mai

Drei Staubgeborene, mit Mienen wie aus Erz gegossen, geben sich besondere Mühe, aus ihrer Persönlichkeit ein Geheimnis zu machen. Sie sind in den Bloody Tower gekommen, um festzulegen, wie sie mein Können nochmals überprüfen können.

Aus dem Quartier der Gießer, östlich des Towers gelegen, kommt Samuel Owen. Er sitzt rechts von mir. Links von mir nimmt Robert Ambrose, Earl of Warwick, Verwalter der gesamten Artillerie ihrer

»ADAM DREYLING MADE THIS PIECE«

Majestät, seinen Platz ein. In der Mitte direkt vor mir George Clifford, der weit entrückt zu sein scheint wie ein blendend weißer Gletscher von einem Schmelzofen – als ginge ihn das alles nichts an.

Sorgfältig verströmen sie Macht aus ihrem Innern und verbergen dahinter doch nur geschickt Gedanken und Absichten.

Der Tower ist nicht das Arsenal von Venedig, doch die gleichen Gegenstände und Ereignisse kommen auch hier, in der bedeutsamsten Waffenkammer Englands, wieder zusammen und entwickeln erstaunliche Anziehungskräfte füreinander. Gewisse Dinge haben eine Vorliebe, sich zu wiederholen. Ich erahne die Muster und Strukturen der Diskussionen – als wären sie vorgegeben: Was für Geschütze soll ich gießen? Wieviel Zentner Kupfer und Zinn werden benötigt? Oder werden sie mir *Glockenspeise* anbieten? Was für Öfen sind vorhanden? Wie steht es um das Holz? Wie viele Gesellen stehen für die Kanonenform und deren Guß zur Verfügung? Wer soll mir über die Schulter sehen, und soll ich gleichzeitig eine exakte Dokumentation über das Gießen abliefern?

Während ich in ihre Augen blicke, überlege ich rasch, welche Vollmachten Clifford wohl besitzt; zugleich wird mir recht zweifelhaft zumute, wenn ich an die Mißverständnisse denke, die sich für wichtige Abmachungen allein aus der Verschiedenheit der Sprache ergeben könnten.

Lord Warwick eröffnet die Verhandlungsrunde:

»Wie Ihr gehört habt, interessiert Walsingham, was Ihr an Kanonen bis in drei Wochen gießen könnt?«

»*Alles*, wenn die Form, die Gruben und die Bronze meinen Vorstellungen entsprechen.«

»Christus!« flüstert er überrascht. »Was soll das heißen – alles?«

»Genau so, wie ich es gesagt habe.«

»Aus dem Nichts heraus?«

»Nein. So sicher nicht. Aber schon eher, wenn die Voraussetzungen für den Guß stimmen und die Vorbereitungen meinen Ansprüchen genügen. Sollte dies der Fall sein, dann sind die Kanonen in knapp drei Wochen aus der Gußform geschlagen. Aber sagt, was erwartet Ihr selbst?« wende ich mich an Clifford.

Cumberland zeigt sich verblüfft:

»Ich? Ich selbst erwarte am wenigsten von Euch. Walsingham benötigt die wirksamsten Kanonen für Englands *New Fighting Galleons*.«

»Welcher Art sollen diese sein?«

ENGLAND 1579

»Schlangen ... Culverinen!«

»Welches Geschoßgewicht?«

»Vorwiegend 18pfünder!« antwortet Ambrose, der Earl of Warwick, mit rauhem Klang in seiner Stimme und setzt nach: »Seid Ihr in der Lage, Culverinen des Gießers Martin Hilgers aus Sachsen nachzugießen? Wenn möglich etwas leichter und kürzer.«

Seine Frage überrascht mich, da ich am allerwenigsten geglaubt habe, den Namen Martin Hilgers genannt zu bekommen. Für Hans Christoph Löffler wäre es ein reines Vergnügen gewesen, jetzt über Hilger herzuziehen, aber für einen wie mich, der erst eine komplette Gießerei gestellt bekommen muß, um zu beweisen, daß die Lords das bekommen werden, wonach sie gieren, ist dieses Vergnügen zumindestens recht gemischter Natur.

»Ich habe vor Eurer Frage den allergrößten Respekt, doch ich bedaure sagen zu müssen, daß der Guß wie die Gestaltung der Rohre aus Sachsen eine Gießerei wie zu Büchsenhausen nie verlassen hätten, sondern deren Bruch wäre durch *mich* zurück in den Schmelzofen gewandert, um daraus Besseres zu schaffen!«

Im gleichen Augenblick, wie Clifford mit seiner Übersetzung endet, und Ambrose wie Owen ihre Augenbrauen im hochgezogenen Zustand fixieren, entschließe ich mich, den Wind einzusetzen, ohne den ein Schiff niemals an sein Ziel gelangen würde. Meine Vorstellungen habe ich auf Anraten von William in den letzten Tagen auf der PRIMROSE schriftlich niedergelegt. Sie sind sorgfältig in englischer Sprache verfaßt:

»Meine Listen mit allem, was ich für unabdingbar halte zum Guß *meiner* Culverinen!«

Die Anziehungskraft der drei Blätter wirken wie ein Geheimpapier auf meine Staubgeborenen. Ich beobachte das beginnende Zusammenspiel der Kräfte am Tisch und mit Spannung deren Auswirkungen. Das Lesen und das Weiterreichen der Papiere rund um den Tisch läuft wie ein harmonisches Glockenspiel ab, wobei die Seile des Glockenwerkes von meinen Händen bedient werden.

Clifford überfliegt hastig und ohne großes Interesse meine Aufzeichnungen und reicht die Blätter zunächst an Ambrose und dieser danach weiter an Owen. Auf dem ersten Blatt sind die Männer und deren Ausbildungsstand beschrieben, die ich benötigen werde. Das zweite führt die Ausstattung der Formerei und Gießerei auf – Hallen mit Schmelzöfen für die Festigkeit und porenlosen Guß der Rohre, die mit ADAM DREYLING MADE THIS PIECE auf ewig meinen Ruhm verkünden werden. Das dritte Blatt beinhaltet alle Klippen. Ein endloses Feilschen könnte sich darüber ergeben, denn auf ihm sind die wichtigsten unbelebten Gegenstände aufgeführt. Zugegeben, die teuerste Liste. Barren über Barren von reinstem Kupfer und Zinn, nebst einigen Zutaten.

Owen hat die Ordnung auf den Blättern als erster begriffen: »Unmöglich! Soviel Kupfer und Zinn habe ich in meinen Magazinen nicht! Ebenso kann ich unmöglich die angeforderten Männer allein aus meiner Gießerei stellen. Wie stellt sich Walsingham das vor?«

Clifford reagiert scharf:

»Walsingham legt zuallererst Wert auf bessere Kanonen, damit die Verwirklichung der politischen Pläne Ihrer Majestät abgesichert wird! Was ist an Mengen vorhanden?«

»Maximal 3000 Pfund reines Kupfer und 500 Pfund Zinn. Das reicht für keine einzige Feldschlange vom gewünschten Kaliber. Bruchmaterial ist ebenfalls knapp. Jede Unze wird genutzt. Wir haben allein 10 000 Pfund Kupfer und 1500 Pfund Zinn aus unserem Magazin für den letzten Guß vorgestreckt, aber immer noch nicht zurückerhalten«, erklärt Owen gereizt.

»Ihr seid bisher noch nicht bankrott gegangen, wie ich sehe, und es geht Euch offensichtlich ganz gut dabei«, rückt ihn Clifford zurecht. »Doch nun zu unseren Befehlen. Was soll er denn davon gießen?«

Owen beugt sich weit über den Tisch zu Clifford und spricht im Flüsterton:

»Hat Walsingham davon gesprochen, daß die Überprüfung seines Könnens mit 18pfünder Culverinen erfolgen soll?«

»Darüber wurde nichts gesagt! Culverinen waren im Gespräch, jedoch nicht die Art.«

Mein Sprachempfinden ist inzwischen soweit gereift, daß ich heraushöre, daß die Probleme ähnlicher Natur zu sein scheinen wie mit unserem Landesfürsten von Tirol. Auch an diesem Ort ist Geld knapp für edles, reines Metall!

»Das gibt allenfalls 3pfünder Falkonen aus der Schlangenreihe«, bemerke ich spontan.

»*Falcons?*«

»Ja, Falcons.«

Die Sorgenfalten in den Gesichtern glätten sich sichtlich. Es dauert nicht lange und Ambrose ist sich mit Owen einig. Clifford teilt mir das mit Scharfsinn getroffenen Ergebnis mit:

ENGLAND 1579

»Lord Warwick und Master Owen sind der Auffassung, was mit Falkonenrohren gelingt, wird mit den großen Schlangen ebenfalls gelingen. Nicht die Größe ist in diesem Fall entscheidend, meint Seine Lordschaft, sondern das, was jedes einzelne Rohr leistet – Kernschußweite und Durchschlagskraft!«

Clifford sieht mich an, als hätte er mir eine Rätselfrage gestellt, auf deren Lösung er nun sehnlichst wartet. Als Zeichen meines Einverständnisses nicke ich mit dem Kopf. Der Unterschied zwischen Feldschlange und Falkone ist zwar viel größer als der zwischen Armbrust und Hakenbüchse, aber im Charakter diesem analog.

»Die Zeit drängt«, leitet Clifford die Auflösung unserer Zusammenkunft ein.

»Sonst bekomme ich alles wie bestellt?« wende ich mich noch einmal an ihn.

»Wie bestellt...«, zögert er ein wenig, da er Owen immer noch über dem dritten Blatt grübeln sieht. Owen bemerkt im gleichen Moment, daß wir wie gebannt auf ihn starren. Immer noch über das Blatt vertieft, stellt er langsam seine Frage:

»Das Blei von alten Kirchenfenstern bereitet mir Sorge. Soll es von protestantischen Kirchen oder von katholischen Kirchen sein, Sir Adam?«

»Natürlich von protestantischen, denn nur so ist's gottgefällig!«

»Was passiert, wenn das Blei versehentlich katholischen Kirchenfenstern entnommen wird, ohne daß wir es bemerken?«

»*Ich* würde es bemerken.«

»So, woran denn?« fährt es ungläubig aus ihm heraus.

»Ich würde es am eigentümlichen Glühlicht der Schmelze erkennen!«

»Wie? Was? Woran erkennt Ihr es?«

Hilfesuchend wendet er sich an Clifford, der schmunzelnd vor mir steht, als erwarte er einen Witz. Da aber an meiner Ernsthaftigkeit nicht zu zweifeln ist, was an meiner strengen Miene liegen muß, wiederholt er Owens Frage:

»Eigentümliches Glühlicht? Wie strahlt denn dieses Licht?«

»Es strahlt etwas zeisiggrün.«

Clifford zeigt sich zum erstenmal irritiert.

»Zeisiggrün...!??« murmelt er vor sich ihn und hüstelt vor Verlegenheit.

»Wann und wo beginne ich mit meiner Arbeit?« erlöse ich ihn aus seinen Überlegungen.

»Owen nimmt Euch mit. Ihr könnt sofort beginnen. Als sprachkundigen Gießer habt Ihr einen Gesellen aus Sachsen zur Hand.«
»Wo werde ich gießen?«
»In Houndsditch. Keine noble Gegend, doch gut geeignet für todbringende Kanonen. Es liegt gleich hinter der östlichen Mauer des Towers!«

Mittwoch,
der 17. Juni

Houndsditch. Kein Ort – mehr eine Stelle an einem Graben, der genau entlang der Stadtmauer Londons führt, in dessen Wasser Teile von toten Tieren dümpeln. Sie stammen von Hunden und anderen Kleinvieh aus der nahe gelegenen städtischen Hundezucht, die sich hier ihrer Kadaver entledigt; daher auch der Name des Geländes. Kein Murmeln steigt aus den schwarzbraunen, giftigen Wellen des Grabens hervor, er gleitet zäh und schmierig dahin, so daß seine Wasser für die Pechnasen zur Abwehr der spanischen *Dons* drüben im White Tower oder für alle übrigen Pechnasen der Castles entlang des Kanals gut geeignet wäre.

Die Gießerei der Brüder Owen, am selben Ort gelegen, kann an dieser übelriechenden Kloake kaum noch etwas verschlechtern. Nur für die Kinder hat die Angelegenheit einen besonderen Reiz. Das Wasserrad schöpft bisweilen aus dem schwimmenden Sumpf Exkremente und Unrat empor und versenkt sie wieder auf seinem ewigen Kreisbogen darin. In der verbleibenden Zeit haben die Kindern ihren Spaß daran, zu erraten, was vom Rad gerade herausgeschöpft wird. Dabei werden Punkte verteilt. Ein Hundekadaver bringt ganze zehn Punkte, Gedärme oder Tierhäute dagegen nur drei. Bis vor einigen Jahren war das der wichtigste Standort der Owen's-Gießereien gewesen. Sein Vater Robert Owen goß mit seinem Bruder John seit 1531 an diesem Fleck Kanonen. Auch in Calais, so erzählte mir Samuel, übten sie ihr Handwerk aus – und das kann sich bis heute sehen lassen.

Der Empfang vor drei Wochen fand in einem großen kahlen Raum auf der Rückseite der Gießerei statt. 25 Männer waren zu meiner Begrüßung aufgeboten worden, allesamt Owens Leute, wie man mir versicherte. Die Inspizierung der wichtigsten Elemente seiner Gießerei, angefangen von der Formerei, der Schmiede bis hin zur Gußhalle befriedigte mich außerordentlich. Sogar kleinere Schmelzöfen waren vorhanden, was mir das Vorlegieren von Kupfer und Zinn erleichterte. Mit Staunen erkannte ich, daß die Owens jede kleine Idee, die eine Verbesserung versprach, ausprobiert hatten. Allein die Anordnung der Gerätschaften wie die Übersichtlichkeit der Magazine bis hin zu den Windlöchern an den Öfen bestätigten mir, daß ich es hier mit *Meistern* zu tun hatte, die von ihrer Gilde hart geprüft worden waren, bevor sie in königliche Dienste treten durften. Ich war gewarnt...

Ebenso war mir sofort bewußt, daß sie Anbieter auf eigene Rechnung waren und daher gegen jedermann abgeneigt sein mußten, sollte er versuchen, tiefer in ihr traditionelles Feld einzudringen. Das Einführen von Rohstoffen, Heranlocken von Gießermeistern bis hin zum Kauf fertiger Kanonen vom Kontinent besaß auf der Insel lange Tradition. Der englische Kanonenguß dagegen begann erst in der ersten Hälfte unseres Jahrhunderts. Daher fügte sich meine Mission nahtlos in das alte Prinzip, bessere Leistungen effizient in das Bestehende einzupassen. Einzupassen allerdings nur dort, wo man den Gewinn selbst in die Tasche schieben kann.

Entsprechend sahen ihre Schablonen für die Kanonenformen aus. So verewigten sich in einer *Falcon* drüben am *Ordnance Place* die Gießereien halb Europas: Handhabe, Stoßboden, Zündfeld und Bodenfeld, also das ganze Hinterstück, reinstes Italien. Francesco und Rafaelo Arcana aus Cesena hinterließen dort ihre Spuren. Das Mittelstück mit Zapfenfeld und Delphinen, ergänzt durch Friese am vorderen und hinteren Bruch eindeutig flämisch. Langes Feld mit Mündungskopf sächsisch. Die Anordnung dagegen der Einzelglieder aller Bänder und Gesimse des Mündungsstückes brachten mir ein wenig die Erinnerungen an Augsburg und Büchsenhausen zurück...

Owens Leute fügten sich also in meine Anweisungen, ohne zu zeigen, wie sie dabei ihren Schmerz pflegten. Dafür spürte ich Tag und Nacht, wie sie auf den Nutzen aus waren. Die Gehorchenden ließen es an Ehrerbietung mir gegenüber zwar nicht fehlen und paßten sich meiner Arbeitsweise an, führten auch meine Anordnungen, ohne zu zögern, aus und stellten die neue Machtstruktur auf Zeit in den alten Gemäuern nicht in Frage, doch allein die betonte Zurückhaltung und fehlende Einmischung machten ihr Verhalten mir gegenüber

»ADAM DREYLING MADE THIS PIECE«

verdächtig. Owens Männer verfolgten in Wahrheit nur ein Ziel: Sie wollten meinen Kopf plündern und das möglichst vollständig. Ich habe das von der ersten Stunde an ohne Beängstigungen verstanden. Ich trug dem Rechnung, indem ich ganz offenherzig auf Einzelheiten einging, deren Enthüllungen für sie als ein sicheres Zeichen des Vertrauens und meiner völligen Offenheit gewertet werden mußte.

Eine der ersten Offenherzigkeiten betraf das Vorlegieren der Bronze in Barren. Das Mischungsverhältnis Zinn zu Kupfer, welches der Mischung *Löfflergans* entsprach, war für sie der Punkt, an dem sie sicher sein konnten, daß ich ihnen gegenüber gebeichtet hatte. In Wahrheit war kein einziges der Sieben Siegel, auch nicht annähernd, weder von ihnen gebrochen, noch von mir freiwillig geöffnet worden. Dagegen sorgten meine zusätzlichen Bestellungen für den Zeitpunkt des Abstichs bei meinen Gesellen für ausreichende Kopfarbeit. So orderte ich mehrere Kilo Vitriol und Schmiedewasser, einige Unzen Quecksilber, zwei Tiroler Silbermünzen, geprägt zu Hall, Wismut, vor allem Antimon und Gummiarabikum. Letzteres schien Probleme zu bereiten, so daß ich mich schweren Herzens dazu bereit erklärte, ausnahmsweise darauf zu verzichten. Als Ersatz verlangte ich jedoch noch einmal ausreichend Blei von protestantischen Kirchenfenstern.

Owen war ein guter Meister, daher hat er sicher einiges von dem Zauber durchschaut. Jeder echte Meister versteht etwas davon, wie man echte Erkenntnisse und deren Ausführungen durch ein wenig mehr an Hokuspokus wirksam verschleiert. Mein Ziel war aber schon erreicht, da alle Zutaten ein verdientes Maß an Bewunderung empfingen und infolgedessen Gegenstand von bedeutenden Besprechungen drüben im Herrenhaus waren.

Eine der drei Falcons hing inzwischen in der Schmiede im Bohrgerüst und man war gerade dabei in vertikaler Aufhängung das exakte Kaliber zu bohren. Mit Thomas Orthmann, unserem Sachsen aus Freiberg, mit dem ich in den vergangenen drei Wochen auch wegen der gemeinsamen Sprache schnell warm geworden war, hatte ich mich ernsthaft, ungestört und völlig rückhaltlos über verschiedene Gußtechniken, sowie über den optimalen Einbau und das genaue Zentrieren des Kerns ausgelassen. Er war schnell mein zuverlässigster Geselle geworden. Nur wenige Details beaufsichtigte ich daher selbst.

Dazu gehörten die Arbeiten in der Formerei. Besondere Aufmerksamkeit schenkte ich der Stärke der Rohrwandungen. Vor allem der

Dicke der Hinterstücke, denn nur die gleichmäßigen und richtigen Stärken garantierten, daß sie einem nicht gleich beim ersten Schuß um die Ohren flogen. Ich wählte jedoch keinesfalls die extrem starke Gliederung wie bei meinen Feldschlangen; dennoch lag die Dicke des gesamten Bodenfeldes etwa einen guten Fingerbreit über dem der Owensfalcons. Im allgemeinen waren die Rohre zu stark im Metall, was innerhalb gewisser Grenzen der Rohrfestigkeit nur abträglich sein kann. Dennoch waren die Metallstärken der Owensfalcons für mein Vorhaben, vor allem die der Bodenfelder, zu schwach gegossen. Owen, das hatte ich herausgefunden, führte noch keine systematischen Versuche über die richtige Metallstärke für bestimmte Pulverladungen durch. Gerade bei Falcons reichten nämlich geringere Pulverladungen, um eine hohe Durchschlagskraft zu erreichen. Doch das auf dem Schießfeld während des Probeschießens zu erklären, wäre kein sichtbarer und bleibender Beweis für die Überlegenheit der neuen *Dreylingrohre*.

Desgleichen verlängerte ich das Zapfenfeld um gut einen Tiroler Fuß. Dafür ließ ich das lange Feld schlanker formen, so daß der berechnete Mengeneinsatz an Bronze nicht überschritten wurde. Samuel Owen selbst wäre sonst sofort zur Stelle gewesen und hätte um Auskunft gebeten, da er Fortschrittliches gewittert hätte. Nachdem die dickeren Wachsschichten von den Formern auf die Bodenfelder aller drei Falcons aufgebracht waren, hatte die kleinen aber wesentlichen Abweichungen niemand richtig bemerkt. Die folgenden, vielfach aufgetragenen Lehmschichten der entstehenden Gußform versiegelten rasch den Unterschied. Die äußere Form dagegen blieb vom Eindruck her unverwechselbar vielfältig *europäisch*.

Dazu kam das Einsetzen des Kerns mit seinen Kranzarmen. Owen verwendete zwar noch Eisen, aber er wählte den eisernen Kranz nur so groß wie das vorgesehene Kaliber, so daß dieser nach dem Guß wieder vollständig herausgebohrt werden konnte. Dadurch zeigten in England nur Owen-Bronzerohre keinerlei Rostflecken mehr am Bodenstück.

Ansonsten waren es drei ansehnliche Kanönchen. Thomas meinte, daß die vorliegenden Falcons in gleicher Weise auch von Henry Pitt im Tower gegossen würden, da er einmal Gelegenheit hatte, sie dort ungesehen zu vermessen. Seine Angaben in sächsischen Maßen ergaben umgerechnet in Nordtiroler Gewicht- und Längenmaßen erstaunliche Proportionen. Gesamtgewicht 557 Tiroler Pfund bei einer Länge von 5,3 Tiroler Fuß und einem Kaliber von rund 2,68 deutschen Zoll, was einem Kugelgewicht von rund 5 Tiroler Pfund entsprechen würde...

Ein weiteres und für mich selbst ebenfalls neu hinzugekommenes Detail entsprang meiner eigenen Neugier. Im Palazzo Diavolo, während der erzwungenen Isolation, las ich in verschiedenen venezianischen Schriften, darunter diejenige von Vannoccio Biringuccio, daß beim Umschmelzen von Zinnbronze die leichte Schmelzbarkeit verloren geht, da ein Teil des Zinns dabei verdampft. Durch Zusetzen von Zinn kann man deshalb die Schmelze wieder flüssiger machen. Bis dahin las ich nichts Neues.

Hell wach wurde ich, als ich weiter erfuhr, daß hingegen Antimonbronze seinen Schmelzpunkt auch beim Umschmelzen unverändert beibehält, so daß es keine nachträglichen Zugaben des Härtemetalls Zinn bedurfte.

87 – II – 2

›CL‹! Das sechste Siegel mit seiner Begründung! Die Begründung für das Zusetzen von Antimon.

Eine bessere Lösung des Problems der optimalen Härtung meiner Geschütze, vor allem ungesehen und unbemerkt, konnte ich mir nicht denken. Der Anteil Antimon mußte nur im geeigneten Augenblick der Schmelze zugegeben, oder besser, schon vorher beim Vorlegieren der Bronzebarren hinzugesetzt werden. Zwei Möglichkeiten und zwei Chancen! Meine Wahl fiel auf die Barren. Seitdem liebe ich *Spießglanz*.

Freitag,
der 19. Juni

Ich fühle mich frisch, ausgeruht und bester Laune obwohl ich zum erstenmal ganz allein für einen Guß verantwortlich gewesen bin. Der Tag des Probeschießens ist angebrochen. Während ich mich auf meinem Lager strecke, wandern meine Gedanken noch einmal zurück zu dem Tag, an dem die kleinen Rohre, mit der erstmaligen Inschrift ADAM DREYLING MADE THIS PIECE in der versenkten Platte des Bodengesimses, geboren wurden. Alles ging glatt. Als der gleißende

ENGLAND 1579

Bronzestrom aus dem Ofen versiegte, war der Beifall zwar höflich, doch ohne Begeisterung verebbt.

Ich bin überzeugt, Owen und seine Männer sind sich sicher, daß sie nichts entscheidend Neues mitgegossen hatten. Deshalb ist bei ihnen auch ein wenig Enttäuschung dabei gewesen, haben sie sich doch wesentlich mehr erhofft, als das, was schon von ihnen auf dem *Ordnance Place* vorhanden ist.

»Die Glätte der Oberfläche ist allerdings erstaunlich«, ließ sich Thomas gestern vernehmen, als die Rohre von der Gußform befreit vor uns lagen. Mein Augenzwinkern ließ ihn wohl vermuten, daß die Abfolge der von mir in die Schmelze zusätzlich eingebrachten Metalle, einschließlich der Silbermünzen aus Hall, der Grund für die glatte Oberfläche sei.

Auf die Größe der Bohrung hatte ich bedauerlicherweise keinen Einfluß und mußte so das relativ große Spiel der englischen Kugeln in Kauf nehmen.

Auch Owen betrachtete die Rohre eingehend und prüfte jeden kleinen Abschnitt der technischen Form. Aus einiger Entfernung vermittelte er den Eindruck, als ob er sich seiner Sache doch nicht so ganz sicher wäre und es schien, als würden die Zweifel ein Loch in ihn hineinfressen.

Mit dieser kleinen Erinnerung an gestern stemme ich mich mit einem Gefühl der Überlegenheit aus dem Bett.

Der Nachmittag ist klar, sonnig und sommerlich warm. Viel zu schade, um ihn mit weißen Rauchwolken zu trüben. Zusammen mit Owen hole ich Robert Ambrose, Lord Warwick, im Tower ab und wir entschließen uns, in der herrlichen Sonne zu Fuß an der inneren Stadtmauer entlang zum nördlich des Towers gelegenen Artillerie-Garten zu gehen. Als wir das Bishop's Gate durchqueren, wird der Strom der Menschen dichter. Wir hören dumpfes Arkebusen- neben hellem Handbüchsenfeuer, das mit jedem Schritt lauter wird. Über die Artillery Lane erreichen wir das abgegrenzte Areal, auf dem alle Angriffs-, Fern- und Feuerwaffen erprobt werden. Als man uns bemerkt, wird das Feuern sofort unterbrochen. Wir durchqueren die Anlage und gelangen auf die *Spitalfields*, auf dessen satten Wiesen die Wirkung der Kanonen überprüft werden soll.

War das Aufgebot an Neugierigen während des Gießens eher als unbedeutend zu bezeichnen, so drängen sich jetzt auf dem Grün um so mehr die Exzellenzen.

»ADAM DREYLING MADE THIS PIECE«

Ich werde von Lord Warwick jedem einzelnen geziemend vorgestellt. Lord Leicester, dem hochnäsigen derzeitigen Favoriten der Königin. Lord Burghley, dem Lordschatzmeister der Krone, der sich in der Pose des patriarchalischen Biedermanns gefällt. Sir Walter Raleigh, einem eitlen Gecken mit Piepsstimme. Sowie Henry Pitt, dem schärfsten Konkurrenten der Owens.

Abgeschirmt von seinen Langbogenschützen Sir Francis Walsingham. Eine Gasse wird auf sein Zeichen hin gebahnt. Düster und mit stechendem Blick begrüßt er mich:

»Wir werden sehen, Sir Adam!«

Hinter ihm steht John Hawkins. Ein Blick genügt. Ich kann mich nicht erinnern, in meinem Leben einem Menschen begegnet zu sein, der entschlußfreudiger gewirkt hätte. Versehen mit allen Instinkten des geborenen Siegers, mit starker, frischer Stimme und mit Augen, die einem stets gerade ins Gesicht blicken, als wollen sie sagen: »Fürchte niemanden, denn deine Rohre sind die Vollendung und die höchste Meisterschaft auf Erden!«

Indem er sich umdreht und mit den anderen Gästen zur aufgebauten Tribüne zustrebt, begebe ich mich mit Ambrose zu Owen, der angestrengt beobachtet, wie die Büchsenmeister von Henry Pitt die Falcons zum Probeschießen fertig laden.

Um Unwägbarkeiten auszuschließen, hatte Walsingham Owens Rivalen Henry Pitt befohlen, das Vergleichsschießen durchzuführen. Das Überprüfen der Rohre, der Aufbau, das Zielen, wie das Abfeuern liegen ausnahmslos in den Händen der Stück- und Büchsenmeister aus Pitts Kanonengießerei.

Alle Rohre lagern in Lafetten, wie sie auf englischen Schiffen gebräuchlich sind, und bilden somit eine ansehnliche Batterie. Die ersten drei sind meine Rohre, daneben, mit ein wenig Zwischenraum, drei Falcons von Owen. Alle Holzteile der Wangenlafetten sind tiefschwarz, alle Eisenteile rot angestrichen.

Für besondere Zwecke mischen geschickte Büchsenmeister ein eigenes Pulver durch Zusammenmengen bestimmter Quantitäten von Salpeter, Schwefel und Holzkohle. Auch die heute verwendete Pulversorte, die gerade in Leinensäckchen abgewogen in die Rohre geschoben werden, hat Pitt eigenhändig hergestellt. Damit soll ausgeschlossen bleiben, daß mit unterschiedlichen Pulverqualitäten geschossen wird. Die Zusammensetzung der Gebrauchsladung am heutigen Tage bleibt sein Geheimnis, jedoch muß garantiert sein, daß nur eine Sorte während des Schießens Verwendung findet.

ENGLAND 1579

Meine Augen verfolgen die Schußrichtung in der Verlängerung der gedachten Flugbahn. In einer Entfernung von etwa 400 Schritten sind an einem Balkengerüst Leinentücher gespannt, auf denen eine spanische Karacke aufgemalt ist. Gute 100 Schritte davor sehe ich einen breiten Erdwall aufgeschüttet, und auf selber Höhe, seitlich versetzt, ist eine frisch gezimmerte, stark abgestützte Holzwand von beachtlicher Dicke aufgestellt. Rechts und links von den Aufbauten befindet sich endlos freies Schußfeld.

Mein Blick geht zu Owen. Samuel zeigt eine Ungeduld, die kaum zu bezähmen ist.

»Warum Kernschüsse? Treffsicherheit ist verlangt. Falcons müssen treffsicher sein!« wiederholt er sich ein ums andere Mal. Er hat sofort erkannt, daß von den angeordneten Schußarten der Schuß nach der *stracken Linie*, eben der Kernschuß, bei diesem Vergleichsschießen öfter gefordert sein wird als der Visierschuß auf das Schiff hoch oben auf der Leinwand. Der Kernschuß, bei dem die Rohrachse horizontal gestellt ist, zählt zum effektivsten Schuß und wird daher bei uns in Tirol auch *Zielschuß* genannt. Die Durchschlagskraft eines Geschützes mit verschiedenen Ladungen kann damit gut überprüft werden. Die Kernhöhe und den Kernwinkel muß jeder Büchsenmeister für sein Geschütz auswendig wissen.

Lord Warwicks Stimme ertönt über das Feld:

»Erster Probeschuß für alle Rohre! Fertig zum hohen Schuß!«

Um jedes Rohr stehen fünf Männer, der Büchsenmeister, drei Kanoniere und ein Lader. Pitt hat seine Büchsenmeister in weiße Hemden gekleidet, welche sie über ihrer Kleidung tragen. Die Disziplin an den Rohren ist vorbildlich. Die Rohre werden blitzschnell am Stoßboden auf den tiefsten Punkt abgesenkt, so daß der *motus violentus* steil in die Höhe zeigt. Nach meiner Schätzung haben die Büchsenmeister mit ihren Quadranten die Rohre auf eine Elevation von 45 Grad eingestellt. Der *motus mixtus* wird daher mindestens 1500 Schritte hinter den aufgebauten Zielen liegen, so daß der *motus naturalis* im freien Feld endet, wo die Eisenkugeln keinen Schaden mehr verursachen werden.

Soeben werden die Kugeln auf Befehle der Büchsenmeister durch Kanoniere, die ihre Positionen jeweils links neben den Rohren eingenommen haben, in die Rohre eingeführt, worauf ihre Kameraden mit dem Setzkolben Pulverladung und Kugel am Stoßboden festrammen. Erfreut sehe ich, daß auch auf diesem ehrwürdigen Schießfeld das Zeichen des Kreuzes über der Mündung gemacht wird. Unsere Stückmeister rufen dabei inbrünstig die Hilfe der heiligen Barbara an, auf daß die Kugel ihr Ziel nicht verfehle und der Feind vernichtet werde. Ich dagegen hoffe inbrünstig, daß dort vorn an meinen Rohren keine Flüche ausgestoßen werden...

Blitzartig ziehen sich nun die Gruppen zurück, während die Luntenstockträger, die bisher, etwas zurückversetzt, links hinter dem Bodenstück standen, fast gleichzeitig die Zündruten in Brand setzen. Vorher hatten die Kanoniere mit ihren Raumnadeln durch die Zündlöcher alle Pulversäcke bis auf den Rohrboden hinab durchstochen, um ein einwandfreies Zünden sicherzustellen. Die Zündruten können eine Brenndauer bis zu einer halben Stunde haben, was bedeutet, daß sich die gesamte Geschützbedienung sicher zurückziehen kann, falls ein Owenrohr fehlerhaft gegossen war und dadurch schon beim ersten Probeschuß bersten sollte. Noch vor wenigen Jahrzehnten bestanden manche Fürsten und Könige darauf, daß sich die Gießermeister beim ersten Probeschuß daneben zu stellen hatten. Sie wollten mit dem verpfändeten Meisterleben erreichen, daß sie höchste Sorgfalt anwendeten...

»*Fire!!*« brüllt Ambrose hinüber.

Das sofortige Zünden bleibt zunächst aus. Gespannt blicken wir auf die Falcons, die in den Himmel hinaufragen. Die Spannung wird unerträglich, da niemand genau weiß, wie lang die Brenndauer der Zündruten gewählt wurde.

Dann, unerwartet ein ohrenbetäubender Knall. Lange Feuerzungen schießen durch schneeweiße Wolken. Eine Weile ist nichts zu sehen, da die Batterie eingenebelt im Pulverdampf steht. Ringsherum auf den Feldern flattern aufgescheucht Schwärme von Vögel hin und her, während der Donner sich in der Ferne verliert.

Eilig bewegen sich die Mannschaften zu den Lafetten hin, die nicht mehr exakt in der Reihe stehen. Vor und hinter mir auf der Tribüne werden die Hälse gestreckt und die Ohren aufgestellt, als ob man sie alle vom Genuß der reinsten Schönheiten fernhalten wollte.

Ambrose eilt hinüber und überprüft mit seinen Büchsenmeistern jedes Rohr auf Risse. Kurz darauf kommt das Zeichen daß kein Ausfall zu beklagen sei. Owen dreht sich um und nickt zustimmend herüber.

Gewissenhaft werden die Rohre ausgeputzt, von glimmenden Pulverrückständen gesäubert und von neuem geladen.

»Visierschuß Owensfalcons, Rumpf Achterkastell! Visierschuß Dreylingfalcons, Rumpf Bugkastell!« dröhnt Ambrose über das Feld.

ENGLAND 1579

Die Büchsenmeister selbst visieren nun die spanische Karacke über die Geschützachsen – hintere Kante des Bodengesims und Mündungskopf – an. Deutlich ist zu sehen, wie zwei Männer die Lafetten auf Anweisung manövrieren. Die letzten Korrekturen nehmen die Weißhemden eigenhändig vor. Da alle Falcons gerichtet sind, überprüfen nun die Büchsenmeister gemeinsam jedes einzelne Geschütz auf seine richtige Visiereinstellung. Jedwede Benachteiligung soll damit vermieden werden. Innere Zufriedenheit über das streng durchgeführte Reglement macht sich in mir breit, während Henry Pitt es sichtlich genießt, daß keines der Rohre eine Korrektur nötig hat.

»Feuer Achterkastell!«

Einzeln werden nun in rascher Folge die drei Owensfalcons hintereinander abgefeuert. Der Knall jeder einzelnen Falcone ist schärfer und macht die Ohren taub. Das Knallen links wird vom Krachen zerfetzter Hölzer rechts abgelöst.

»Drei Treffer!« jubelt Owen, begleitet von intensivem Beifall.

Pitt verneigt sich, da er der Auffassung ist, ihm gebühre die Anerkennung. Nur einer auf der Tribüne verweigert den Beifall: Walsingham!

Alles blickt nun auf das Holzgestell hinüber. Deutlich sind die Einschüsse auf der Leinwand zu sehen. Wahrhaftig, drei Treffer im Rumpf gleich unterhalb der angedeuteten Kastelle. Als hätte eine schwere See das Heck voll getroffen, so wirr hängen die durchschossenen Hölzer jetzt an der Leinwand, die ein weiteres Zusammenkrachen der linken Seite des Gerüstes verhindert. Helle Freude lese ich von Owens Gesicht ab, der die anerkennenden Worte der Zuschauer in sich aufsaugt. Über die Gunst des Augenblicks allerdings nimmt er die erhebliche Streuung seiner Treffer überhaupt nicht wahr. Wollte man sie mit Linien verbinden, bildeten sie ein äußerst großes Dreieck.

Kurz darauf folgt die zweite Serie auf das Bugkastell aus meinen Rohren. Alles sieht hinüber zur Silhouette des Schiffes.

Etwas ist anders als vorher... Den drei grollenden, dumpfen Explosionen folgen keine Geräusche splitternder Hölzer. Über die Leinwand sehe ich auch nur einmal eine leichte Wellenbewegung laufen. Dafür klafft ein großes rundes Loch im Bug der Karacke. Ein Murmeln auf der Tribüne, das mehr Unsicherheit verrät als gute Wahrnehmung, bestätigt mir aufs neue, daß ein geheimnisvolles Prinzip des Erfolgs als Partner meines Glückes wirkt.

»ADAM DREYLING MADE THIS PIECE«

»Volltreffer!« brüllt Henry Pitt als erster über den Platz. Der Beifall freilich bleibt aus und wird durch ein eifriges Tuscheln untereinander ersetzt, da nur einigen wenigen das Resultat klar ist.

»Kernschuß Erdwall!« erhebt Ambrose erneut seine durchdringende Kommandostimme.

Das schnelle Laden und Richten der Falcons auf den Erdwall, unweit der Tribüne, verspricht ein neues Spektakel. Thomas, der sich zu mir gesellt, spricht mit Feuer in der Stimme über die Treffer in der Leinwand und nennt das Vergleichsschießen eine Fuchsjagd, bei der der Fuchs von meinen Falcons schon jetzt bereits erlegt sei.

In der Tat, das Ergebnis ist außergewöhnlich.

Die Art des Schusses in den Erdwall ersetzt den bei uns gebräuchlichen *Göllschuß*. Es ist ein erschreckender Schuß, der bei guten Bedingungen manchmal 100 Sprünge über den Boden ermöglicht, wobei die Ablenkung durch Hindernisse ihn unberechenbar macht. Martin Mercz, ein begnadeter Büchsenmeister hatte diesen Schuß so oft geübt, bis er die Kunst des *Übereckschießens* beherrschte. Am heutigen Tage wird weniger verlangt. Im Gegensatz zur Geschicklichkeit des Kanonenkünstlers Mercz werden hier nur die Eindringtiefen der Kugeln in den Erdwall gemessen...

»Feuer!«

Hintereinander krachen die sechs Falcons. Die Weißhemden sind inzwischen zu Grauhemden umgefärbt. Erdfontänen spritzen vor uns auf und markieren auf dem Erdwall die Einschüsse. Pitts Büchsenmeister, bewaffnet mit Stäben aus Eisen, stürmen vor und messen wie erwartet die Länge der Einschußkanäle. Die Szenerie erinnert an ein Rudel von Gärtnern, die störende Maulwürfe jagen. Niemand vermutet bei so einem Treiben, daß der Akt auf dem Erdhügel, bei dem die Männer überlegt und vorsichtig ihre Stangen in die Löcher hineinstoßen und wieder herausziehen, der Vervollkommnung eines wichtigen Urteils dienlich sein könnte. Obwohl das Ganze in sicherer Entfernung abläuft, erkenne ich das Resultat am Verschwinden der Meßstäbe in den drei Löchern, die ohne Zweifel von den Kugeln aus meinen Rohren stammen.

Das Sondieren findet seinen Abschluß, was Ambrose veranlaßt, sich rasch vom Erdwall weg auf die Tribüne hinzubewegen. Bei uns angekommen, verstummen augenblicklich die Diskussionen, und Warwick beginnt das Ergebnis zu verkünden:

»Die Eindringtiefe in den Erdwall, verursacht durch die von Sir

Adam gegossen Falcons, ist nach unseren Messungen doppelt so lang wie bei den Standardrohren!«

Der Satz setzt sich fort in ein Raunen auf den Bänken und steigert sich zu einem undefinierbaren Lärm. Da kein Wunder vollbracht worden ist, kann ich nur hoffen, daß die Fähigkeit zu begreifen, was DREYLING MADE THIS PIECE ab heute in England bedeutet, allgemein wird.

Lord Leicester, Hawkins und auch Pitt zeigen als einzige offen ihre Sympathie mir gegenüber. Owen dagegen hält seinen Kopf tief in Richtung Bretterboden gesenkt. Noch einmal werden wir durch Lord Warwicks Stimme abgelenkt.

»Kernschuß Holzmauer! Einzelschuß vorbereiten!« dröhnt es über unsere Köpfe hinweg.

Sofort werden je eine Falcon von den Büchsenmeistern ausgewählt. Die Männer ziehen und schieben die beiden Lafetten in Position, laden und richten sie gegen die Mauer.

»Was soll der Unsinn?« verdeutlicht Thomas die laufende Aktion vor unseren Augen. »Was wollen sie damit beweisen? Das schafft doch kaum eine Feldschlange von zwölf Pfund!«

»Keine Ahnung! Der Erdwall brachte jedenfalls mehr Aufschluß als die Holzmauer. Doch was soll's, laß sie messen, so oft sie wollen!« gebe ich zur Antwort.

Zwei Schüsse krachen kurz hintereinander. Der Einschlag in das Holz bleibt für uns unhörbar.

In Erwartung eines unbedeutenden Ergebnisses spielen meine Gedanken plötzlich wieder mit einer Möglichkeit, die ich schon während der letzten Tage des öfteren durchdacht hatte. Gerade als Ambrose zu Walsingham blickt und Pitt auf das Zeichen wartet, das den laufenden Versuch beenden würde, erhebe ich mich langsam von meinem Platz und wende mich direkt an Walsingham:

»Sir! Die Mauer wird von meiner Falcon durchschossen, wenn zwei Bedingungen geändert werden.«

Walsingham reagiert nicht sofort und direkt, sondern winkt Ambrose zu sich. Dieser beugt seinen Kopf, so daß Walsingham ungehört seine Antwort ihm ins Ohr flüstern kann. Ambrose wendet sich daraufhin an mich:

»Nennt die Bedingungen!«

»50 Yards Distanz, dreifache Pulverladung und die Kugel mit einigen Lumpen besser festgerammt. Das gleiche mit dem Owen-Rohr!«

»ADAM DREYLING MADE THIS PIECE«

Owen zuckt zusammen, als hätte ich ihm das Messer zwischen die Rippen gestoßen. Ambrose beugt sich erneut zu Walsingham herunter.

»Angenommen!«

»Das hält Euer Rohr niemals aus«, gibt Hawkins neben mir zu bedenken.

»Ihr werdet Eure Meinung schon bald ändern müssen, Sir.«

Je näher der Augenblick des Feuerns heranrückt, um so stiller wird es auf der Tribüne.

»Falcon eins fertig!« meldet der Büchsenmeister den Zustand meines Rohres.

»Alles zurück!« brüllt Ambrose zu seinen Männern hinüber.

»Halt!« rufe ich hinunter. »Diese Kugel wird von mir selbst abgefeuert. Es ist mein Rohr!«

Blankes Entsetzen macht sich neben Sensationslust auf den Bänken breit. Irritiert sehen sich Ambrose und Pitt um. Walsingham bleibt stumm – ohne Regung.

Umgehend begebe ich mich in die tödliche Zone direkt hinter das Rohr. Ich weiß in diesem Moment genau, was ich meinem Rohr zumuten kann, dennoch keimt in mir die Erkenntnis, daß es leichtsinnig und verwegen von mir ist, was ich hier mache. Der Grund ist Walsingham. Ihn will ich damit herausfordern. Er soll sich bewegen und mir die Mutprobe versagen. Er tut es nicht.

»Her mit dem Luntenstock!«

Der Kanonier eilt sofort zurück in sichere Entfernung.

Bevor ich die Lunte zum Zündloch hin senke, knie ich nieder und bete zur heiligen Barbara. Es ist ein katholisches Gebet. Dann begebe ich mich zur Mündung und mache das Kreuz...

Um von der rückstoßenden Lafette nicht erschlagen zu werden, senke ich von der rechten Seite her den Luntenstock auf das Zündloch.

Mir ist als zerspringe der Kopf. Grasbüschel und Erdklumpen scheinen um mich herum zu regnen. Stille umgibt mich. Nur der hohe Pfeifton in meinem linken Ohr läßt mich begreifen, daß ich noch lebe. Beißender Pulverdampf treibt mir die Tränen in die Augen. Im gleichen Moment spüre ich kräftige Hände, die mir auf beide Schultern schlagen.

Das kann nur eins bedeuten: Das Rohr hat gehalten, und die Wand ist durchbrochen.

»Glückwunsch! Phantastisch!« gratuliert mir Ambrose. Dabei

ENGLAND 1579

zieht er ein seidenes Schnupftuch aus seinem Wams, und wischt mir den Pulverschmauch aus dem Gesicht ab.

»Ihr müßt sofort rüber zur Tribüne. Walsingham muß fort«, drängt Ambrose.

Auf halbem Wege habe ich meine Beine wieder einigermaßen unter Kontrolle. Dafür pfeift mein linkes Ohr um so stärker. Angekommen, blickt eine Wand von Gesichtern starr und ungläubig auf mich herab.

»Die Zündrute brennt!« versucht mich Hawkins auf das zweite Ereignis aufmerksam zu machen.

Der falsche, berstende Knall der Owensfalcone ist der Höhepunkt des Tages, auch wenn er in meinem Ohr wie ein Wespenstich wirkt. Absolutes Schweigen ist die Antwort auf der Tribüne.

Wo ist Walsingham? Er steht dort unten mit dem Rücken zu mir. Jetzt tritt Lord Leicester zu ihm. Das Gespräch ist kurz. Abrupt dreht er sich um und sieht mich an. Ohne daß er den Kopf bewegt, verstehe ich die Aufforderung und gehe auf ihn zu.

»Heute noch werdet Ihr Euch nach Sussex begeben. Mayfield ist ein wunderschönes Nest. Dort werdet Ihr vorzüglich leben und vortreffliche Kanonen gießen! Lord Cumberland wird Euch dorthin begleiten.«

Stumm nehme ich seine Worte entgegen. Als er mir die Hand reicht ist sein Blick in die Ferne gerichtet. Kaum an mir vorbei dreht er sich noch einmal um und wendet sich in scharfem Ton an mich:

»Sir Adam! Fordert den Tod nie mehr so leichtsinnig heraus. Ihr erschafft die Kanonen – sie aber können nur töten. Sie sind es daher nicht wert!«

Owen ist neben Henry Pitt und Lord Cumberland der letzte, der auf dem Spitalfield auf mich wartet. Er wirkt nach dem Desaster wie ein Ritter, der eines kapitalen und abscheulichen Verbrechens überführt ist und dem nun die Totenvigilien gesungen werden sollen.

»Worin liegt das Geheimnis, Sir Adam?«

»Das Geheimnis«, sage ich nach einigen Sekunden der Sammlung, »sitzt im Labyrinth meiner Brust gefangen, mein Freund!«

»ADAM DREYLING MADE THIS PIECE«

Samstag,
der 20. Juni

»Sir Adam«, sagte Cumberland gestern auf dem Schießfeld wohlwollend, »eine Nacht im Tower solltet Ihr Euch noch gönnen. Morgen früh, wenn Ihr ausgeruht seid – etwa gegen sieben Uhr –, lassen wir uns auf der Themse nach Chatham bringen. Das Boot wartet am Traitors' Gate! Bis dahin wünsche ich Euch einen angenehmen Ausklang des Tages.« Damit wollte er sich eilig von mir und Owen verabschieden.

»Einen kleinen Moment noch, Lord George«, bremste ich seine Eile, »ich habe eine Bitte an Euch.«

Cumberlands gezupfte Augenbrauen hoben sich fragend.

»Mylord, ich möchte Thomas Orthmann nach Mayfield mitnehmen.«

»Orthmann?« wiederholte er überlegend. »Das hängt weniger von mir, sondern vielmehr von Owen ab«, antwortete er, als wollte er die Entscheidung allein Owen überlassen.

Ich blickte zu Samuel, dessen Atem schneller ging, als wäre er dieser Entscheidung nicht gewachsen. Offenbar erstaunt über sein langes Zögern, wendete sich Cumberland erneut an Owen:

»Werdet Ihr ihn vermissen?«

»Gewiß, Mylord. Ich trenne mich ungern von ihm.«

»Ihr sollt ihn nicht umsonst freigeben – versteht sich, natürlich in vernünftigen Grenzen. Also, auch er um sieben am Traitor's Gate!« Damit drehte sich der Lord elegant um und entfernte sich eilig in Richtung Tower.

Der Abend verlief keineswegs angenehm ruhig. Kaum in Owens Gießerei angekommen sah sich Samuels Ehrgefühl verpflichtet, alles auf- und anzubieten, was einem besonderen Gast zur Verabschiedung zustehen mag. Ich hegte eher den Verdacht, daß er die Zeit nutzen wollte, um hinter den Qualitätsvorsprung meiner Falcons zu kommen. Was mich rettete, waren die Schließungszeiten des Towers. Die Nacht im Tower *gönnte* ich mir zwar keinesfalls freiwillig, da er offensichtlich der sichere Käfig in dieser Nacht für mich sein sollte. Aber was sein muß, muß sein.

ENGLAND 1579

Als ich meinen goldenen Käfig betrat, saß da ein schafsgesichtiger Mensch in wallender Soutane:

»Mein lieber Sohn!« hatte er mich begrüßt. »Ich bin Reverend Joseph Varnish. Sir Francis Walsingham hat mich geschickt, um deinen Übertritt zum wahren Glauben zu vollziehen.«

Zunächst einmal konnte ich damit überhaupt nichts anfangen, doch nach ein paar Sätzen wurde klar, daß Sir Francis offensichtlich der Meinung war, ich solle Mitglied der englischen Kirche werden. Ob er glaube, daß protestantisch gegossene Kanonen besser schießen als katholisch gegossene, wies ich den Reverend zurecht, und als der dann etwas vom wahren Wohlgefallen des Herrn »im Himmel« brabbelte, machte ich ihm klar, daß eben dieses wahre Wohlgefallen des Herrn »*im Himmel*« dann eher den katholischen als den protestantischen Geschützgießern gelte, wenn man die Ergebnisse von heute nachmittag in Rechnung ziehe. England könne sich also glücklich preisen, daß es einen katholischen Gießer habe! Im übrigen möge er Sir Francis ausrichten, daß mein Glaube nichts mit meiner Arbeit zu tun habe; ich sei katholisch und bliebe katholisch und damit Schluß!

George Clifford meinte zwar auch, mein Glaube ginge eigentlich niemanden etwas an, gab aber zu bedenken, daß die Königin eben, so wie die Dinge politisch nun einmal lägen, einem Protestanten mehr vertraue als einem Katholiken.

»Sie wird schon lernen, meinen Kanonen zu vertrauen!« hatte ich geantwortet und das Thema damit beendet.

Anschließend hatte ich endlich Zeit alle persönlichen Dinge zu ordnen. Meine Papiere waren zum Glück weder auf dem Schiff feucht geworden, noch hatte ich dem Ungeziefer Gelegenheit gegeben, sie anzuknabbern.

Ein Objekt hatte allerdings seine weiße Unschuld völlig verloren. Sorgsam, ja fast andächtig wickelte ich das Tuch ohne die geringste Hast von meinem Leib und breitete es auf dem Tisch aus. Katharinas Werk, die in Leinen ausgeschnittenen Formbretter der Feldschlangen. Meinem Gelübde zufolge wollte ich dieses Tuch erst wieder reinigen, wenn mir mein erster Guß in Venedig, England oder sonst wo gelungen war. Das Bewußtsein, Schulden gegenüber den guten Geistern zu haben, steigerte mein Verlangen nach sofortiger Ablösung derselben. Ich ließ mir dreimal frisches Wasser kommen...

»ADAM DREYLING MADE THIS PIECE«

Langsam gewöhne ich mich wieder an Wasser. Seit jener Nacht des Grauens im Raber hat mir schon die Nähe dieses Elements kalte Schauer über den Rücken gejagt, doch Venedig, die Traumstadt im Wasser und die Fahrt auf der Primrose haben offenbar einiges von diesen Schrecken verschwinden lassen – zumindest kann ich es mir kaum anders erklären, daß ich jetzt so gelassen bleibe, vom Wasser der Themse unter mir nur durch ein paar dünne Bretter getrennt, und vom Wasser von oben durch eine triefende Plane. Was sich bei unserer Abfahrt vom Tower tröpfelnd angekündigt hat, ist mittlerweile zu einem alles durchweichenden Dauerregen geworden, zunächst noch abgehalten von jener Plane, die man über das Heck unseres Bootes gespannt hat, doch bald diese ebenso durchdringend wie unsere Mäntel, Wämser und Hosen.

George Clifford freilich ist unverwüstlich, auch wenn sein Kopf aussieht wie eine verwelkte Blume: obenauf die kläglich hängenden Blüten der Straußenfedern seines Hutes, unten die schlappen Kelchblätter seiner durchweichten Halskrause und dazwischen zerlaufene Schminke an Augenbrauen, Lidern und Bart, die eigenartige Muster in schwarz, braun und blau auf sein Gesicht zeichnen. *Er* schwadroniert lustig drauflos, erzählt Anekdötchen und Histörchen von den Landmarken, an denen wir vorüberkommen – auch wenn in dem Grau in Grau, das uns umgibt, von den Sehenswürdigkeiten wenig zu sehen ist...

Ich höre nur mit halbem Ohr zu, lasse meine Gedanken schweifen. Ist es wirklich wahr, daß ich es verstehe, mir Feinde zu machen, wie Clifford neulich schon sagte und heute wiederholte?

Dann hatte er mir auf die Schulter geklopft und gemeint:

»Nun, ich habe nicht zu entscheiden, was an Eurem Verhalten ausschlaggebender ist: die Überheblichkeit oder die Notwendigkeit.«

»Die Notwendigkeit!« hatte ich überzeugt geantwortet. »Und das wird auch Sir Francis Walsingham einsehen müssen!«

Was mich weit mehr interessierte, war, etwas über diesen Schiffsbaumeister Matthew Baker zu erfahren, zu dem nun unsere Reise führt. Clifford jedoch hüllte sich in geheimnisvolles Schweigen – ich solle mir nur ruhig selber ein Urteil bilden.

Herauszubringen war nur dies: Matthew Baker stamme aus einer alten Normannenfamilie, habe den Titel eines Sieur de Rochester, habe mit höchsten Auszeichnungen das Studium der Mathematik am Trinity College in Cambridge abgeschlossen, ehe er sich für den Schiffbau begeisterte, gehe jetzt auf die Fünfzig zu, habe einige der hervorragendsten Schiffe des Königreiches erbaut, darunter die GOLDEN HIND, mit der Francis Drake vor Jahr und Tag ausgelaufen war, um den von Spanien und Portugal streng geheimgehaltenen Seeweg in den Pazifischen Ozean zu finden, kümmere sich bei seinen Schiffskonstruktionen keinen Deut um althergebrachte Traditionen und werde von den anderen Meistern wie Peter Pett und Richard Chapman mit einer Mischung aus Mißtrauen und Bewunderung betrachtet.

Als wir bei Queenborough in den Medway einbiegen, dort wo William Davison – wo mag er wohl sein – und ich von Bord der PRIMROSE gegangen sind, beginnt der Regen nachzulassen, und knapp zwei Stunden später brechen erste Sonnenstrahlen durch die Wolken. Vor uns biegt sich der Medway in einer Schleife nach rechts, wo ich den hoch aufragenden Turm einer Kathedrale neben dem schon gewohnten viereckigen, viertürmigen Klotz eines Normannenkastells erkennen kann. Rochester, wie mir Clifford erklärt.

Mein Blick freilich ist wie gebannt auf das andere Flußufer gerichtet, wo sich knapp vor der Schleife das Werftgelände von Chatham ausbreitet, ein buntes Durcheinander von Häusern und langen Schuppen, sowie mehreren holzgezimmerten schiefen Ebenen die zum Wasser herabführten, auf einer davon, wie das Gerippe eines gestrandeten Wals, ein Schiff im Rohbau.

Dann entdecke ich auch die PRIMROSE, die man an Land hinaufgezogen hat und an deren Unterwasserrumpf Männer arbeiten. Überall dazwischen liegen Stämme, Bretterstapel und Taurollen, brodeln große Kessel über offenen Feuern, wimmeln Menschen. Die Luft ist geschwängert vom Geruch nach Rauch, Teer und frisch geschnittenem Holz.

Unser Boot macht rumpelnd an einem Steg fest, doch noch ehe die Leinen festgelegt sind sehe ich *ihn*. Es gibt keinen Augenblick des Zweifels. Dieser Mann, der da mit langen Schritten doch ohne jede Hast zum Anlegesteg herunterkommt, ist Matthew Baker.

Er ist groß und schlank, die dunklen Haare und der kurzgeschnittene Bart sind bereits stark mit Grau durchsetzt. Mit den fast hüfthohen Stiefeln, der kurzen Lederweste und dem offenen Hemdkragen unterscheidet er sich äußerlich kaum von seinen Arbeitern, aber die

Sicherheit, die natürliche Autorität, die ihn umgibt, ist unverkennbar.

»*Is he as good as they say?*« ruft Matthew Baker George Clifford zu, noch ehe er ganz heran ist, noch ehe er die Hand zu Begrüßung ausstreckt während mich seine dunklen Augen mit kritischem Blick mustern.

»*He's better! Much better!*« strahlt Clifford.

Wir klettern an Land. Ein kurzer fester Händedruck. Dann Fragen, Antworten. An den untermalenden Handbewegungen Cumberlands erkenne ich, daß er vom Zusammentreffen mit Walsingham, vom Guß der Falkonen und vom Probeschießen berichtet. Baker hört gespannt zu, stellt immer wieder Zwischenfragen, und der Blick seiner dunklen Augen, die mich nach wie vor aufmerksam mustern, wird weicher, freundlicher. Von Zeit zu Zeit klopft er sich mit dem langen, dünnen Stiel eines kleinen Hämmerchens, das er in der Linken hält und aus dessen Kopf dünner Rauch kräuselt, gegen die Zähne, klemmt den Stiel zwischen die Lippen und dann – eine blaugraue Qualmwolke wirbelt aus seinem Mund!

Nur der schnelle Griff Cliffords rettet mich vor einem unfreiwilligen Bad im Medway, als ich einen Schritt zurückweiche. Matthew Baker bricht in schallendes Gelächter aus, sagt etwas zu Clifford, der übersetzt:

»Master Baker läßt Euch sagen, er sei weder der Teufel noch ein Drache, der Feuer, Rauch und Schwefel spuckt. Im Kopf dieses als *Pfeife* bezeichneten Instruments werde ein *Tabacum* genanntes Kraut verbrannt, dessen Rauch recht angenehm schmecke, außerdem die Konzentrationsfähigkeit und das gesamte körperliche Wohlbefinden fördere. Die Sache käme aus Westindien, von wo es John Hawkins erstmals mitgebracht habe. Das Trinken von Tabacum-Rauch sei vielleicht keine Tugend, aber gewiß auch nichts Böses, und er bitte Euch um Entschuldigung, wenn er Euch damit erschreckt habe.«

Nach diesem Zwischenfall ist die Stimmung am Landesteg entschieden lockerer, auch wenn das intensive Frage- und Antwortspiel zwischen Baker und Clifford in schnellem, mir unverständlichem Englisch noch eine Weile andauert, wobei Baker von Zeit zu Zeit am Stiel seiner *Pfeife* nuckelt und sich in dichte Rauchwolken einhüllt, ehe er schließlich den Rest des verbrannten Krautes ausklopft und das Instrument in die Tasche schiebt.

Dann richtet sich Matthew Baker plötzlich zu seiner vollen Größe auf und streckt mir beide Hände entgegen:

ENGLAND 1579

»*Welcome, Sir Adam! Welcome to the dockyard of Chatham!*«
Diesmal ist der Händedruck lang und herzlich. Und während dieses Händedrucks wird mir schlagartig klar: So geben sich nicht Leute die Hand, die nur den Auftrag haben zusammen zu arbeiten, so schütteln sich Freunde die Hand, die sich vielleicht lange Zeit nicht gesehen haben...

Matthew Baker führt uns durch das Gelände ein Stück den Hang hinauf zu einem Haus, das über der Werft thront. Das Haus ist nicht groß, ganz von wildem Wein überwachsen, doch es strahlt Wärme aus. Im mit großen Steinplatten ausgelegten Flur begrüßt uns strahlend Mrs. Baker, zierlich, dunkelblond, bildhübsch und mindestens zwanzig Jahre jünger als ihr Gatte.

In der geräumigen Stube mit den dunklen Deckenbalken und der kaum helleren, reich geschnitzten Wandvertäfelung ist bereits auf einem mächtigen Tisch das Essen angerichtet: Fisch, gefülltes Geflügel, gegrillter Hammel, roter und weißer Wein. Es schmeckt mir ganz ausgezeichnet, aber irgend etwas scheint trotzdem nicht zu stimmen, denn Mrs. Baker wirft mir immer wieder vorsichtige Blicke zu, tuschelt gar mit ihrem Mann.

Also frage ich vorsichtig bei George Clifford nach und dann stellt sich heraus:

»Mrs. Baker macht sich Sorgen, das Essen könne Euch zu scharf gewürzt sein.«

»Zu scharf?«

»Meister Matthew liebt Gewürze, aber die Mehrzahl der Engländer...«

»... weiß noch nicht einmal etwas von der Erfindung des Salzes«, lache ich. »Sagt Mrs. Baker, daß ich schon leicht verzweifelt war bei dem Gedanken, für den Rest meines Lebens mit gekochter Hammelkeule, die den Geschmack von drei Tagen Regenwetter hat, lauwarmen Karotten und kieselsteinartigen Erbsen vorlieb nehmen zu müssen.«

Mrs. Baker läuft rot an, halb vor Stolz, halb vor Verlegenheit, als ihr Clifford meine Bemerkung übersetzt. Doch obwohl dieses Problem nun zur Zufriedenheit aller gelöst ist, liegt eine gewisse Unruhe über der Tischgesellschaft, und diese Unruhe geht eindeutig von Matthew Baker aus.

Und tatsächlich, kaum haben wir den letzten Bissen hinuntergeschluckt, da ist Baker auch schon auf den Beinen, bittet uns höflich, aber sehr nachdrücklich, ihm zu folgen.

»ADAM DREYLING MADE THIS PIECE«

Ein langer Gang führt uns zu einer schweren, mit Eisenbändern verstärkten Tür. Matthew Baker nestelt unter seinem Wams einen Schlüssel hervor, sperrt umständlich auf, schlüpft mit einer kurzen Entschuldigung ins Innere.

George Clifford ist sichtlich aufgeregt, während wir warten: »Könnt Ihr mir verraten, mit was Ihr Meister Matthew verhext habt? Diesen Raum habe selbst *ich* bis heute nie betreten dürfen, obwohl ich mit ihm seit vielen Jahren befreundet und schließlich ein Mathematikerkollege aus der gleichen Universität bin!«

Minuten später schwingt die schwere Türe auf und wir betreten eine *Kathedrale!* Das Licht zahlloser Kerzen verliert sich in der Höhe in einer offenen Decke, deren Balken und Rippen wie der umgedrehte Rumpf eines Schiffes wirken. An den weiß gekalkten Wänden zwischen den hohen Bleiglasfenstern hängen Zeichnungen, Pläne, Bilder von Schiffen, an der Rückwand erhebt sich ein riesiges Regal bis zum Dach hinauf, vollgestopft mit in Schweinsleder gebundenen Büchern und Pergamentrollen. »Schiffbau«, »Mathematik«, »Astronomie«, »Astrologie«, »Pflanzenkunde«, »Navigation«, »Architektur«, »Strategie«, »Naturkunde«, »Festungsbau«, »Geschichte« lese ich auf einigen der Schlagwortkarten, die an den verschiedenen Fächern angebracht sind.

In der Mitte dieser *Kathedrale* der Altar, ein riesiger Tisch, auf dem weitere Pläne und Zeichnungen aufgespannt sind. Daneben liegen auf einem kleinen, rollbaren Tischchen Zirkel, Lineale, Stifte, seltsam geformte Kurven aus Messing, so blankgeputzt, daß sie wie Gold glänzen.

An den beiden Langwänden ziehen sich Werkbänke hin, voll mit Holz, kleinen Sägen, feinen Zangen und Feilen und Pinzetten, dazwischen Schiffmodelle, einige nur als Gerippe, andere aufgeplankt, eines mit allen Segeln.

Während wir stumm vor Ehrfurcht die Modelle und Zeichnungen bewundern, die Titel der teilweise weit über 100 Jahre alten Bücher lesen, hat Baker wieder seine Pfeife entzündet und beobachtet uns schmunzelnd und blaue Rauchwolken paffend.

Doch ehe ich eine erste Frage formulieren kann, steht Mrs. Baker in der Türe:

»*Enough, enough for today!*«

Sie sagte es freundlich aber sehr bestimmt. Und durch Clifford läßt sie mir erklären, wenn ihr Gatte jetzt von Schiffen zu reden anfange, dann höre er im günstigsten Fall morgen früh damit wieder auf. Wir hätten schließlich eine anstrengende Reise hinter uns, und morgen und übermorgen sei schließlich auch noch Zeit!

Eine halbe Stunde später, nachdem Matthew Baker die Lichter gelöscht, die Tür zu seiner Kathedrale sorgfältig wieder verschlossen hatte und versorgt mit einem Schlummertrunk, liege ich in einem weichen, gemütlichen Bett und fühle mich so wohlig und geborgen wie schon seit vielen Jahren nicht mehr.

Sonntag,
der 21. Juni

Weshalb Mrs. Baker gestern abend in der *Kathedrale* ihres Mannes ein Machtwort sprach, wird sehr schnell klar:

Matthew fiebert förmlich, mir seine Probleme zu unterbreiten, um von mir im Gegenzug die Ideallösungen zu erhalten. Jeder Versuch, ihm offen darzulegen, daß ich diese Ideallösungen mit Sicherheit nicht werde aus dem Ärmel schütteln können, überhört er geflissentlich, meint allenfalls, dann sei es um so dringlicher, sich unverzüglich an die Arbeit zu machen!

Baker ist ein rundum gebildeter Mann mit vielseitigen Interessen. Aber seine Leidenschaft sind Schiffe – und dieser Leidenschaft frönt er hemmungslos.

Das opulente Frühstück, sogar die Besichtigung der Werft mit dem Holzlager und dem Teich, in dem die Stämme gewässert werden, der Sägemühle, der Ankerschmiede, der Blockmacherwerkstatt, der Halle, wo Masten und Rahen hergestellt werden, der Seilerei, der Teerschwelerei, der Segelschneiderei, der Schnitzwerkstatt, sogar die Schiffsneubauten auf der Helling absolvieren wir im Galopp, den armen Lord George immer im Schlepptau, der jedes Wort übersetzen muß. Matthew – seit einer Stunde nennen wir uns beim Vornamen – zieht es unaufhaltsam in seine Kathedrale!

Wenig später haben wir es geschafft, und er kommt zur Sache: »Was weißt du von Seekriegsführung?«

»Wenig bis nichts«, gestehe ich offen.

Baker pafft dicke, blaue Rauchwolken aus seiner Pfeife, die emporwirbeln, in den Sonnenstrahlen tanzen und sich langsam auflösen: »Was weißt du vom Landkrieg – vom Festungskrieg?«

»ADAM DREYLING MADE THIS PIECE«

»Sehr verkürzt gesagt: Die Angreifer versuchen zunächst, mit Hilfe ihrer Kanonen die Mauern und Tore der Burg zu zerstören, die Verteidiger zu dezimieren. Dann rücken die Angreifer mit Leitern, Haken und rollenden Türmen an, versuchen die Mauern zu ersteigen, den Rest der Verteidiger abzuschlachten und sich so in den Besitz der Burg zu bringen.«

»Genau so! Und nun nimm ganz einfach *zwei* Burgen, lege sie nebeneinander auf das Wasser und lasse beide Besatzungen gleichzeitig Angreifer und Verteidiger spielen – dann hast du genau das, was man bis zu diesem Tag unter einer Seeschlacht versteht!

Die Sache läuft immer gleich ab: Zwei Schiffe oder zwei Flotten segeln aufeinander zu, auf kürzeste Entfernung werden die Geschütze abgefeuert, um möglichst viel Verwirrung und Schaden unter den Gegnern anzurichten, dann krallt man sich mit Enter- und großen Eisenhaken an den Rahenden am Gegner fest, und die mitgeführten Soldaten – oft das Drei- und Vierfache der Matrosen – beginnen aufeinander einzuschlagen, bis auf der einen oder der anderen Seite genug tot sind und der Rest die Waffen streckt. Wenn dabei ein Brand ausbricht, dann kann es sehr schnell geschehen, wie bei der englischen REGENT und der französischen CORDELIERE, daß Sieger und Besiegter fest ineinander verhakt gemeinsam untergehen. Der unfehlbare Vorteil bei dieser Art von Seeschlacht liegt bei dem, der die größere Zahl an Soldaten, die größere Anzahl an Schiffen und schließlich die höheren Schiffe hat; denn wie bei einer Burg ist immer der im Vorteil, der von oben auf den Angreifer herunter schießen und schlagen kann. Um nun auf unser konkretes Problem zu kommen: Spanien *hat*, dank seiner Hilfsquellen von Sizilien bis Chile von Feuerland bis Flandern, wenn schon nicht die besseren Soldaten, so doch das Dreifache an Schiffen, als was wir in See schikken könnten, und jedes einzelne seiner Schiffe ist eine perfekt durchkonstruierte Wellenburg!«

»Wenn ich dich recht verstanden habe, dann hätte England also in solch einer Seeschlacht gegen eine spanische Flotte nur recht bescheidene Chancen.«

»Bescheidene Chancen? Das ist wahrhaftig eine Untertreibung! *Bescheidene Chancen!* Wir haben auf die Art und Weise nicht die geringsten Chancen! Nicht den leisesten Hauch einer Chance!!«

»Und wie sieht die andere *Art und Weise* für England aus?«

»Wie kommst du darauf, daß es das geben könnte?« fragt Matthew augenzwinkernd zurück.

ENGLAND 1579

»Ich glaube einfach, daß Sir Francis Walsingham sich eine reale Chance gegen Spanien ausrechnet. Daß diese Chance etwas mit Kanonen zu tun hat, das ist klar – Kanonen sind das wirkungsvollste Mittel gegen Soldaten. Das Rezept gegen die spanische Flotte heißt also demnach nicht: ›Soldaten auf Schiffen gegen Soldaten auf Schiffen‹, sondern kann nur heißen: ›Kanonen auf Schiffen gegen Soldaten auf Schiffen‹!«

Matthew springt auf, klopft mir auf die Schulter:

»Du hast das Rezept haargenau erfaßt, Adam: *Schiffskanonen gegen Schiffssoldaten!*

Das bedeutet: Wir brauchen die richtigen Kanonen auf den richtigen Schiffen!«

»Welche Art von Kanonen auf welchem Typ von Schiffen?«

Baker ist aufgestanden, holt eines der vielen Bücher heran, schlägt es an einer eingemerkten Stelle auf:

»Sag mir, was du von diesem Schiff hältst? Vier Masten, acht Decks, 330 Kanonen aller Größen, 800 bis 1000 Mann Besatzung.«

»Imposant!«

»Es ist die HENRY GRACE À DIEU, erbaut 1514 für König Henry, eine Karacke, eine der berühmtesten Wellenburgen vom Anfang dieses Jahrhunderts.«

»So wie du das sagst, Matthew, scheint das Schiff nicht sonderlich erfolgreich gewesen zu sein.«

»Nun, 1545 in der Schlacht von Spithead hätte sie mit ihrer gewaltigen Feuerkraft zweifellos jeden Angreifer in Grund und Boden gedonnert, wenn dieser Feind nur bereit gewesen wäre sich als Zielscheibe zur Verfügung zu stellen. Um ihn selbst aufzusuchen, dazu war dieser Gigant viel zu langsam und schwerfällig. So bestand sein ganzer Anteil an der Schlacht darin, im Hintergrund ungemein gefährlich auszusehen. Eine andere Karacke, die MARY ROSE, kenterte in dieser Schlacht ohne Feindeinwirkung, weil sie zu topplastig war.«

»*Topplastig?*«

»Ich meine damit oben zu schwer und damit instabil. Es gab noch eine Reihe weiterer dieser großen Karacken: Die schottische GREAT MICHAEL mit 200pfünder Kanonen an Bord, für die man rund zwei Stunden zum Laden brauchte. Die SANTA ANNA der Malteserritter mit 1500 Mann an Bord, einem Glockenturm und einem Dachgarten auf dem obersten Deck. Die portugiesische SANTA CATARINA DO MONTE SINAI oder die fünfmastige französische GRANDE FRANÇOIS, die monatelang in der Hafeneinfahrt von Le Havre feststeckte, bis

»ADAM DREYLING MADE THIS PIECE«

der König sie schließlich abwracken ließ. Berühmt wurden sie alle, diese Wellenfestungen mit ihren gigantischen, uneinnehmbaren Vor- und Achterkastellen – seetechnisch getaugt hat keine einzige davon etwas. Die Karacke war eine absolute Sackgasse im Schiffbau wie in der Seekriegsführung.«

»Und die Spanier bauen so etwas immer noch?«

»Nicht mehr ganz so arg, aber immer noch nach der Methode *viel hilft viel*, also groß, schwer, hoch, überladen mit Kanonen und Kanönchen und vor allem mit vielen, vielen Soldaten. Dabei waren sie in den dreißiger Jahren mit ihren frühen Galeonen durchaus auf einem richtigen Weg, indem sie ihre Schiffe relativ schlank bauten und sie damit schneller und wendiger machten. Aber die Spanier sind die geborenen Landratten – genauso wie einst die Römer. Sie sind hervorragende Soldaten, aber von Seekrieg verstehen sie, sieht man einmal von den Katalanen ab, Null und Nichts.«

»Und wie heißt also dein Gegengift, Matthew?«

»Nun, zugegeben, die Grundidee stammt nicht von mir, sondern von John Hawkins. Er ist der Kopf des Devonshire-Clans. Ein Gauner, Seeräuber, Sklavenhändler, Halsabschneider, Schatzmeister der Admiralität, Erzschurke – und ein brillanter Seemann! Als er bei einer Expedition in die Karibik einem seiner Schiffe, der Karacke JESUS VON LÜBECK einfach die überhöhten Kastelle heruntersägen ließ und die Bewaffnung und damit das Gewicht oben drastisch reduzierte, verfügte er plötzlich über ein schnelleres und wendigeres Schiff, dessen Feuerkraft auf Distanz trotzdem kaum beeinträchtigt war.

Auf dieser Linie habe ich nun weitergearbeitet: Fußend auf der frühen spanischen Galeone und den Erfahrungen von Hawkins habe ich einen langen, schlanken, relativ niedrigen und damit entsprechend schnellen und wendigen Schiffstyp entwickelt.«

»Langsam, langsam! Ich glaube dir ja, wenn du das sagst, aber wieso soll ein langer, schlanker Schiffstyp schneller und wendiger sein als ein kurzer, breiter?«

Matthew Baker pafft wieder dicke Rauchwolken in die Luft:

Dann erhebt er sich, geht an das Bücherregal, zieht ein paar dicke Folianten aus der Ecke »Naturkunde« heraus, kehrt zum Tisch zurück:

»Welches Lebewesen ist am besten dem Wasser angepaßt?«

»Ein Fisch, denke ich...«

»Richtig!«

ENGLAND 1579

Matthew Baker schlägt eine Seite auf, schiebt sie mir herüber:
»Was ist das für ein Fisch?«
»Ein Hecht.«
»Ein perfekter, ungeheuer schneller Räuber. Und was fällt dir an seinem Körperbau auf?«
»Er ist sehr lang, sehr schlank, bietet dem Wasser kaum Widerstand...«
»Und an den Rumpf welches Schiffstyps erinnert dich dieser Hecht?«
»Die ... Galeere...?«
»Natürlich die Galeere!«
»Und nach diesem Prinzip konstruierst du also deine Schiffe?«
Matthew Baker lacht:
»Nicht ganz! Der Hecht lebt im ruhigen Süßwasser, dafür ist er ideal konstruiert. Aber was passiert, wenn du ihn in den Seegang eines Meeres wirfst?«
»Der arme Hecht wird mit seinem pfeilförmigen Körper hoffnungslos herumgewirbelt und wird sehr schnell nicht mehr wissen, wo oben und unten, rechts und links ist, denke ich.«
»Genau wie eine Galeere, die sich auch nur im ruhigen Mittelmeer wohlfühlt und, sobald auch nur ein Wölkchen am Himmel erscheint, sich schleunigst im nächsten Hafen oder der nächstbesten geschützten Bucht verkriecht. Nein, für die Hochsee brauche ich da ein anderes Vorbild!«
Baker blättert weiter:
»Was hältst du von dem Burschen da?«
DIE MAKRELE lese ich unter dem Bild.
»Sie ist auch lang und schlank aber mit einem deutlich dickeren Kopf, fast wie ein langgezogener Wassertropfen«, stelle ich fest. »Aber sie wirkt stabiler und trotzdem schnell – ja, diesen Fisch könnte ich mir auch in unruhigem Gewässer vorstellen.«
»Bravo! Genau das ist *mein Fisch!* Die Makrele. Schnell, wendig, stabil. Genau so will ich meine Schiffe haben!«
»Und wo kommen nun meine Kanonen ins Spiel?«
»Hawkins und ich sind uns in einem einig: Wir können die Spanier nur dann schlagen, wenn wir ihnen keine Gelegenheit zum Einsatz ihrer Soldaten geben. Wir müssen sie auf Distanz niederkämpfen, also mit dem Feuer unserer Kanonen.

Dazu brauchen wir Schiffe, die schneller und wendiger sind als die spanischen, um unsere Position selbst bestimmen zu können, angreifen wann, wo, wie wir wollen, und uns zurückziehen, wenn sie angreifen – das ist meine Aufgabe.

Und dazu brauchen wir Geschütze mit wirksamem Kugelgewicht, die weit genug reichen, um die Spanier möglichst empfindlich zu treffen, ohne uns in ihre unmittelbare Nähe begeben zu müssen – und das wäre deine Aufgabe, Adam!«

»Nun, wenn du weitreichende, schwere Geschütze sagst, dann denke ich zuerst natürlich an Basilisken...«

»Selbst wenn ich bis zu 18 Fuß lange Rohre auf meinen Schiffen unterbrächte, wie lange dauert es, bis solch ein Geschütz nachgeladen ist?«

»Eine Viertelstunde, vielleicht zwanzig Minuten.«

»Ich brauche aber Kanonen, die mindestens alle fünf Minuten einen Schuß abgeben können! Hast du *solche* Geschütze für mich??«

Die dunklen Augen Matthew Bakers starren mich gebannt an, sogar seine Pfeife ist in diesem Augenblick vergessen.

»Ja, Matthew, ich *habe* sie: Meine *Schlangen!!*«

Montag,
der 22. Juni

Wir haben Chatham beim ersten Hahnenschrei verlassen, durchquerten Maidstone am späten Vormittag und wollen nun unser Tagesziel noch vor der Dämmerung erreichen. Cumberland ist der Anführer unserer kleinen Karawane, bestehend aus sieben Reitern, die ihren Zug durch das Weald in Kent nach Mayfield in Sussex nehmen wird. Aus der Wegekarte, die mir Lord George überläßt, entnehme ich, daß wir mit ein wenig Eile die Strecke nach Mayfield in zwölf bis vierzehn Stunden bewältigen könnten. Doch Eile, bemerkt Lord George trocken, ist nicht vonnöten...

»Unser Tagesziel«, gibt Cumberland endlich bekannt, »ist *Scotney Castle!*«

Mein Blick auf die Karte – ein edles Stück von Christopher Saxton – läßt jedoch keinen Grund erkennen, der eine zusätzliche Nacht im Castle sinnvoll erscheinen läßt. Dagegen bin ich mir sicher, daß Lord George einen guten haben wird. So reite ich neben ihm in bester Laune durch einen vollerblühten Sommertag und auf einer

Straße, welche meilenweit unter alten Bäumen verläuft, hinter denen sich Lichtungen mit dunklen Waldsilhouetten ablösen. Die Abfolge der schwarzen, scharf profilierten Stämme vor saftig grün leuchtenden Lichtungen wirken wie Tordurchfahrten, die meine Phantasie locken. Liegt vielleicht nicht doch eine Bierwirtschaft mit einem Weiher voll mit Aalen und Forellen darin?

»Was versteht Ihr vom Eisenguß, Adam?«

Seine Frage, hineinplatzend in die besänftigenden Waldbuckeln und Wiesenmugeln paßt so gar nicht zu dieser prächtigen Landschaft.

»Wie bitte!?«

»... vom Eisenguß! Was Ihr davon versteht?«

»Wenig!« antworte ich unlustig.

»Das heißt, Ihr habt noch nie Eisenkanonen gegossen?«

»Weder gegossen noch geschmiedet.«

»Was haltet Ihr davon? Seht Ihr Unterschiede?«

»Ich habe davon gehört, daß die Eisenschmelze schnell hart und starr wird. Die Hälfte der Schmelze bleibt daher oftmals im Ofen und in den Zulaufrinnen hängen, bevor sie die Formengruben erreicht. Bei kleineren Kalibern mag das gerade noch fließen – die ungenügende Hitze ist das Problem dabei. Zudem ist Eisen auf eine gewisse Weise unzuverlässig.«

»Was meint Ihr mit unzuverlässig?«

»Das Material ist spröde. Mit Masse kann man dem zwar entgegenwirken, aber die größeren Geschütze werden dann gegenüber den Bronzerohren viel zu schwer. Das Verhältnis Gewicht zu Kaliber wird dadurch ebenfalls wesentlich ungünstiger. Außerdem habe ich auf dem Schiff erfahren, daß manch ein Handelsschiff genausoviel *oleum tartari* mitführt, wie das Gewicht an Kugeln beträgt.«

»*Oleum tartari?*«

»Ein Mittel gegen Rost!«

»Dann war unsere Entscheidung richtig!« atmet Cumberland auf.

»Was für eine Entscheidung meint Ihr?«

»Wir werden die älteren wie die neuen königlichen Schiffe nur mit Bronzerohren bestücken. Wenn ich sage ›wir‹, dann meine ich die Herren vom *Board of Ordnance*. Wir haben diese Entscheidung im *Navy Board* und bei der *Admiralty* durchgesetzt. Allerdings mit Mühe. Ich sage ausdrücklich: mit Mühe!«

»Ihr verwirrt mich ein wenig, George. Wer sitzt im *Board of Ordnance*, und was ist das?«

»ADAM DREYLING MADE THIS PIECE«

»Wir werden noch genügend Zeit haben, ausführlicher darüber zu sprechen«, antwortet er mir. »Nur soviel: Unsere Pflicht im *Board of Ordnance* ist es neben vielem, auch die Versorgung der königlichen Schiffe mit Waffen sicherzustellen. Wir testen nicht nur die Kanonen, die Ihr gießen werdet, sondern wir bezahlen Euch auch. Zudem unterhalten und verwalten wir zunächst alles, was wir in Mayfield für Euch aufbauen werden.«

»Innerhalb welcher Frist soll meine Gießerei arbeiten?«

»So schnell es eben geht! Wir müssen vorbereitet sein und zwar innerhalb Englands, um England herum, für Entdeckungen und Verteidigung neuer Kontinente, für das Abholen der Schätze aus der Neuen Welt! Wir wollen teilhaben an dem Reichtum, der uns genauso zusteht wie den Dons! Und für das erfolgreiche Kapern der Schatzschiffe benötigen wir schnellere und besser bewaffnete Galeonen.«

»Ein umfangreiches Programm. Und woher bekommt Ihr das Geld dafür?«

»Letztendlich von der Admiralität, wenn nicht gerade ein Kaufmann oder eine Handelsgesellschaft stolzer Besitzer einer gut bewaffneten Galeone werden will.«

»Demnach gibt es mehrere Personen, die mich verwöhnen oder auch verhungern lassen können.«

»Ihr macht große Fortschritte! Verhungert ist zwar noch niemand, soweit ich mich erinnern kann, und am Verwöhnen ist auch noch niemand gestorben. Aber es besteht kein Zweifel darüber, daß gute Kontakte zum *Treasurer* wie zum *Storekeeper* noch niemanden geschadet haben.«

»Wer sind die Herren?«

»Geduld! Ihr bekommt heute abend noch eine prall gefüllte Mappe mit genauesten Anweisungen, wer Euch bei was behilflich sein wird und an wen ihr Euch in Zukunft richten könnt, wenn Ihr etwas benötigen solltet.

Doch ich denke, daß es Euch gutgehen wird, zumal Walsingham sein Auge auf Euch geheftet hat. Über die Situation in Mayfield und über die neuen Männer, die Ihr Euch zusammensuchen werdet, will ich morgen mit Euch sprechen, sobald unsere Pferde gesattelt sind.

Sollten danach noch Fragen offen sein, werden wir sie vor Ort klären.«

Die Wellen der Ebene werden deutlich höher bis an den Punkt, an dem der Hangabfall leicht gegen Südwesten ausschwingt. In der Ferne schimmern in der Nachmittagssonne feuchtgrüne, erdbraune Flächen, dazwischen dunkle Rücken mit Laubwäldern, die sich wiederum mit blauschimmernden Mulden ablösen. Mehrere zersauste Rauchfahnen lassen in dieser verwobenen Landschaft, die mich sehr an die Vorlande unserer Alpenregion erinnert, an heidnische Opferfeuer denken.

Cumberland hat bemerkt, für was ich mich interessiere, und klärt das Rätsel auf:

»Köhler! Brennstoff für die Holzkohleöfen. Sussex ist ein Eisenland – die *Aurifabra* ist hier zu Hause. Morgen werden wir mehr davon zu Gesicht bekommen. Gefällt es Euch hier?«

»Ja. Die Landschaft erinnert mich sehr an unsere bayerischen Vorlande. Dort haben wir Landstriche, wo die Träume vom Paradies Wirklichkeit werden.«

»Das heißt also, daß man dort wie hier jene sehenswerten Orte kaum aufsuchen kann, ohne seinen seidenen Strümpfen tödlich zu schaden.«

»Welch fürchterlicher Widerspruch, George, den Ihr da konstruiert.«

»Na ja, wir haben zwar einen der landschaftlichen *Löwen* vor uns, doch ich bevorzuge Naturbilder, die mehr in entlegenen und so gut wie unerforschten Winkeln unseres Landes liegen. Aber nun laßt uns sehen, denn wir biegen dort vorn nach Scotney Castle ab.«

Die kleine Burg, auf die wir zureiten, macht keinen stark befestigten Eindruck. Dafür ist der breite, tiefe Graben, der sich davor auftut, besonders mächtig ausgelegt. Der aus Sandstein gebaute Turm ist völlig von Weinranken überwuchert, die Zypressen vor dem Tor erinnern an die Burgen Venetiens und der romantische Innenhof, in den wir einreiten, an einen Palazzo in Venedig. Man erwartet uns. Cumberland wird von den herbeieilenden Stallburschen als erster von seinem Pferd befreit.

Meine Aufmerksamkeit wird plötzlich von dem Zauber einer lieblichen Frauengestalt angezogen, die aber umgekehrt der Anziehungskraft Cumberlands kaum zu widerstehen vermag. Der Grund für die Übernachtung in Scotney Castle steht vor mir.

»Sir Adam, Lady Simpson!«

Lady Simpson ist groß und schlank, ihre weiße Haut, so weiß wie der Marmor, den sich Meister Collin aus Carrara kommen ließ, wird durch das kendalgrüne Kleid mit der breiten Spitzenkröse hinter ihrem hoch aufgesteckten Haar noch betont. Sie sieht mich an, ich küsse ihre Hand, ihr Lächeln ist offen und charmant. Eine reizende Person.

»Wir beziehen unsere Gemächer und treffen uns in einer Stunde an der Tafel!« ruft Cumberland über den Hof und zu mir gewendet. »Bitte nehmt die Instruktionen an Euch, lest sie aufmerksam, bewahrt sie gut auf, und hütet sie vor neugierigen Blicken!«

Lord George spricht, und schon ist Lady Simpson an seiner Hand hinweggeführt.

Intensiver noch als mein Interesse für Lady Simpson während des Dinners im Empfangssaal war meine Neugier an den Schriftstücken, die wie ein Köder in meinem Zimmer lagen, und die ich am selben Abend noch zu lesen wünschte. Der Köder ließ mich daher als erster die Tafel verlassen, was Cumberland wohlwollend, Lady Simpson mit Verblüffung und mit Verwunderung registrierte, da die gute Stimmung im Saal eigentlich zum Verweilen einlud. Aber ich ließ mich nicht davon aufhalten.

Angekommen in meiner zugewiesenen Schlafkammer, auf dessen Bett frisch überzogene leichte Decken und Kissen lagen, zerrte ich ungeduldig an dem Bündel Pergament. Mein Herz klopfte schneller.
Die Order!
Sie ist die Nadel eines Kompasses, der einen in die Richtung zwingt – und sei es bis ans Ende der Welt. Sie rechtfertigt jedes Handeln, wenn es nur in ihrem Sinne geschieht. Sie macht einen wichtig, baut auf und tut so, als würde nichts auf der Welt dringlicher sein als eben jenes Pergament. Sogar wenn man seinen Inhalt kennt, und sei es die schlimmste Nachricht, spürt man den Drang, den die Order einem aufzwingt, nämlich sie sogleich zu öffnen, zu lesen – und zu verarbeiten...

Das Siegel der Admiralty – gebrochen.

Sitzend am Sekretär, im Schein einer Kerze, begann ich die Seiten zu lesen.

ENGLAND 1579

Admiralty,
Chatham

Die edlen, hochgeehrten und gebietenden Lords Sir Francis Walsingham, Secretary of State, des weiteren Sir William Winter, Master of Naval Ordnance, Surveyor of the Ships' Admiralty, beauftragen den Earl of Cumberland, die anvertrauten Weisungen an Sir Adam Dreyling auszuhändigen und ihn an Ort und Stelle einzuweisen.

Wir verfügen, daß Sir Adam Dreyling vom Board of Ordnance jedwede Unterstützung erhält, damit er in Mayfield, Sussex, umgehend eine leistungsfähige Geschützgießerei zur Produktion von Bronzerohren aufbauen kann. Somit unterstehen seine Arbeiten ab dem heutigen Tage der Kontrolle des Board of Ordnance, dessen Organisation ebenfalls für die effiziente Versorgung seiner Gießerei mit Gesellen, Hilfskräften und Material die Verantwortung trägt. Das Budget wird jeweils für ein Jahr vom Treasurer der Admiralität bereitgestellt.

1. *Sir Adam Dreyling untersteht Sir Francis Walsingham und ist ihm allein verpflichtet.*
2. *Seine Berichte erfolgen unaufgefordert, doch mindestens halbjährlich.*
3. *Seine Gesellen und Hilfskräfte werden von den aufgeführten Gießereien in Sussex und Weald in Kent abgezogen.*
4. *Die Zusammenarbeit mit Matthew Baker wird bis auf Widerruf von Lord Cumberland unterstützt und gefördert.*
5. *Sir Adam Dreyling wird über die Art und Ausübung der Zusammenarbeit, bei Androhung von Kerker und Tod zur größten Geheimhaltung verpflichtet.*
6. *Die Anzahl der benötigten und in Auftrag zu gebenden Geschütze für jede einzelne Galeone wird von Sir William Winter ermittelt und festgestellt.*
7. *Die Abnahme der Geschützrohre erfolgt nach kontrolliertem Beschuß, unter Aufsicht des Earl of Warwick.*

ADMIRALTY

»ADAM DREYLING MADE THIS PIECE«

Board of Ordnance,
London

Sir Adam Dreyling erhält folgende Weisungen, die von ihm auszuführen und unter Beachtung der Wirtschaftlichkeit zu erfüllen sind:

1. *Adam Dreyling hat Geschütze von der Art zu gießen, daß sie wirksam zur Vernichtung feindlicher Schiffe taugen.*
2. *Sie müssen im Gewicht die vergleichbaren Rohre deutlich unterschreiten.*
3. *Die Art der geeigneten Geschütze – besonders die der Form, der Länge und des Kalibers –, kann von ihm frei gewählt werden.*
4. *Die Geschütze sollen sowohl in der Reichweite, als auch in der Treffsicherheit die schweren Geschütze mit kurzen, unsicheren Schußweiten ersetzen, mit dem Ziel, die neuen Schiffsformen von Matthew Baker mit bisher nie erreichter Feuerkraft auszustatten.*
5. *Die deutliche Reduzierung der Geschütze für lebende Ziele muß durch eine deutliche Zunahme an Vernichtungskraft gegenüber feindlichen Schiffen ausgeglichen werden.*
6. *Die Qualität und Vereinheitlichung der Geschütze auf den neuen Galeonen sollen die königliche Flotte insgesamt in die Lage versetzen, die Feinde Englands bei jedem Wetter unter frei gewählter Schußweite, sicherem Wasserkorridor und unter direktem Beschuß wirksam zu zerschlagen.*
7. *Die »Fighting Galleons« sollen unter absoluter Vermeidung des Enterkampfes den Sieg zur See für England sicherstellen.*
8. *In Mayfield Furnace ist das alte Gußhaus den neuen Erfordernissen entsprechend, vorrangig umzubauen. Danach erst werden die Ergänzungsbauten in Angriff genommen.*
9. *Die Gießerei wird ihre Arbeit innerhalb eines Jahres aufnehmen.*
10. *Die Verantwortung für den raschen Aufbau, Planung und Einsatz aller Mittel, sowie für die Einhaltung des vorgegebenen Zeitraumes, trägt Sir Adam Dreyling selbst.*

THE BOARD OF ORDNANCE

ENGLAND 1579

Gesellen und Hilfskräfte, die für die neue Bronzegießerei in Mayfield/Sussex Sir Adam Dreyling unterstellt werden.

Aus den Gießereien	*Gilden*	*Namen*
Ralph Hogge, Buxted:	Gießer	John Fuller
	Gießer	Nycolas Foule
	Gießer	Francis Fleming
	Former	Michael Fletcher
	Former	Isaac Foulon
	Former	Charles Gale
Sir Thomas Gresham, Mayfield:	Gießer	Thomas May
	Former	Edward Banty
	Former	William Fell
Arthur Mylton, Mayfield:	Schmelzmeister	James Paine
	Kugelguß	Hernand Ballesteros
	Heizer	Joseph Peevel
	Heizer	Godfrey Petty
	Heizer	Humphry Pickfatt
	Heizer	Benjamin Norman
	Ofenbauer	Archibald Reed
	Schreinermeister	Jonathan Stanton
	Geschützbohrer	Warner Pye

und zehn Hilfskräfte, die für Bauten, Wasserwerke, Lehmstampferei ect. ect. zu verwenden sind.

THE BOARD OF ORDNANCE

Es folgten weitere Kolonnen von Aufstellungen und Zahlenwerken über den Bedarf an Material für den Aufbau meiner ersten Gießerei! Ich war zufrieden...

»ADAM DREYLING MADE THIS PIECE«

Dienstag,
der 23. Juni

Auf einer breiten Straße, welche auf einem Höhenrücken schnurgerade in den Ort hineinführt, den man Mayfield nennt, traben wir auf ein neu erbautes, großzügig wirkendes, weißes Fachwerkhaus zu, das links von der Straße und querab zur Kirche steht, hinter dessen Schirm und Schutz alter Parkbäume ein Schild hervorlugt, auf dem ich den Namen MIDDLE HOUSE lese.

»Das beste Gasthaus und die interessanteste Herberge weit und breit!« kommentiert Cumberland das prächtige Herrenhaus. »Ihr werdet Euch hier wohlfühlen, bis Ihr Euer Haus unten an den Pond Bays gebaut habt.«

Meine neue Heimat präsentiert mir ihre beste Seite. Das MIDDLE HOUSE, in das unser Reisegepäck verbracht wird, wirkt nicht wie ein öffentliches Haus, es wirkt eher privat – und doch berührt ein jeder dieses Gasthaus, der von Tunbridge Wells nach Eastburn reist.

»Zieht es Euch jetzt schon hinunter in den Vicarage Wood zu *Mayfield Furnace?*« fragt Cumberland, als ob er meine Gedanken lesen könnte. »Nun denn, dann laßt uns hinunter reiten, an den Ort, der noch einer werden will.«

»Wo liegt er genau?« will ich von Cumberland wissen.

»Wenn ich präzise sein will, so meine ich, daß er keine Meile von hier im Fadenkreuz des Vicarage Wood im Süden und des Banky Wood im Norden und zwischen den Pond Bays im Westen und Coggins Mill im Osten liegt. An Coggins Mill sind wir vorhin vorbeigekommen. Auf jeden Fall werden wir unser Mittagessen nicht versäumen, denn bis dahin sind wir wieder zurück.«

Kaum am Ortsrand angekommen, fällt das Gelände schnell ab. Unten in der Talsohle wird der Bach fließen, der auch Coggins' Mühlrad etwas weiter abwärts des Baches bewegt. Ein wenig abgerückt begleitet uns ein weiteres schmales Bächlein des Weges hinunter. An seiner Einmündung in den größeren im Talgrund vermute ich Mayfield Furnace. Cumberland berichtet, daß Sir Thomas Gresham den Ort aufgegeben hätte. Mehr wollte er wohl darüber nicht sagen.

Versteckt und behütet wirkt das Tal. Meine Gießerei liegt eingesenkt direkt unter dem Höhenrücken von Mayfield.

ENGLAND 1579

Der mächtige ausgediente Massenofen, in welchem das Eisen bereitet wurde, liegt nahe am Bach und bildet ein Viereck. An ihn grenzen weitere Gebäude, die durch hohe Mauern in verschieden große Räume geteilt werden. Alles ist mit feuerfesten Steinen aufgemauert. Im anderen festen Ziegelgebäude befinden sich zwei unbrauchbar gewordene Blasebälge, welche, die Scheidewand durchbrechend, in den Schmelzofen treten und dort auf die Kohlen und Erzstufen gewirkt haben. Ich stehe im Herzen der Anlage. Den Rest bilden Hütten, in denen das Material lagerte, angefangen vom Lehm über die Werkzeuge bis hin zum Erz.

Auf meinem Rundgang stoße ich auf ein Becken mit fließendem Wasser, an dessen Ränder sich Schwefel abgelagert hat. Hier haben sie offensichtlich das ausgeschmolzene Eisen gekühlt, und hier mündet auch das Bächlein ein, das von Mayfields Höhenrücken herunterplätschert. Quer zum Bach, der durch den Talgrund läuft, hängt ein schweres Schleusentor, das geöffnet ist und somit das Wasser ungehindert strömen läßt. Das natürliche Staubecken dahinter ist beeindruckend. Wäre es gefüllt, so ließen sich über Wochen die Blasebälge bewegen. Mein Bild von der neuen Gießerei beginnt sich in meinem Kopf rasend schnell zu entwickeln. Schon sehe ich sie direkt vor mir.

Stumm setze ich mich auf einen Balken und genieße den Augenblick. Mein Auge wandert umher. Die ganze Anlage schart mächtige Bäume und bunte Wiesen um sich, sogar die alten, ausgedienten, teilweise dem Verfall preisgegebenen Gebäude, die durch Aubüsche abgedeckt werden, strahlen noch Behaglichkeit aus. Ich bin glücklich!

»Genug gesehen, Adam?« reißt mich Cumberland aus meinen Gedanken.«

»Ich denke schon.«

»Geeignet?«

»Sehr!«

»Dann erwarten uns jetzt die besten Lammkeulen von Sussex.«

9

Der Schiffskopf

Chatham-Mayfield-
Plymouth-Deptford
1580/81

4. Tagebuch
Adam Dreyling

Donnerstag,
der 9. Juni

Elf Monate zähle ich zurück seit meiner Ankunft in Mayfield.

Das MIDDLE HOUSE und *Mayfield Furnace* unten an den Pond Bays wurden zum einzigen Pendel meines Daseins. Die Straße nach Chatham habe ich seitdem nicht mehr betreten.

Heute, auf dem Weg dorthin, erlebe ich die Geographie der Strecke wie eine rückwärts erzählte Geschichte. Die beste Lammkeule von Sussex zum Abschied, an Lady Simpsons Scotney Castle diesmal zügig vorbei, durch Maidstone hindurch und vor uns Chatham, als wenn es gestern gewesen wäre – nur in umgekehrter Reihenfolge…

In den elf Monaten davor bewältigte ich den wichtigsten Abschnitt des gesamten Projekts – den Aufbau der Gießerei. Während ich in der Kolonne auf einem kurzen gepflasterten Weg durch Maidstone dahinreite, driften die Gedanken noch einmal zurück.

Die größte Überraschung nach meiner Ankunft hielt gleich das MIDDLE HOUSE für mich bereit. Als ich damals mit Cumberland hungrig zum ersten Male den Speiseraum betrat, um an einem der Tische Platz zu nehmen, hörte ich eine herausfordernde weibliche Stimme hinter meinem Rücken:

»Du warst nicht lange weg, Geschützgießer!«

Ich blickte hinter mich. Mein Gott, träumte ich? Durch die farbigen Scheiben drang trügerisches Licht. Prachtvolle und phantastische Wirkungen kamen auf diese Weise zustande. Ich war für den Augenblick sprachlos.

Sie war es tatsächlich. Sie stand lebendig vor mir: Ysabel!

Meine Freude drängte nach freien Lauf und so streckte ich ihr beide Hände zur Begrüßung entgegen. Als ich die ihren festhielt, war mir, als hätte ich ein Geschenk überreicht bekommen. War die unerwartete Begegnung ein Zeichen des Glücks?

»Was machst du denn hier?« fragte ich einfältig.

Durch den farbigen Schleier des Regenbogens hindurch rettete sie die Situation:

»Ich werde die Lammkeulen bringen!«

Fieberhaft pulste mein Herzschlag. Wie konnte ich annehmen, sie wäre nur meinetwegen im MIDDLE HOUSE? Der Blick in Cumberlands Augen verriet mir dennoch die Absicht. Sofort waren wieder Zweifel vorhanden. War Ysabel wirklich nur für mich nach Mayfield gekommen? Hat das Board an alles gedacht? Hat Walsingham sie hierher befohlen? Erfüllt sie nur eine Pflicht?

Die Frage war schneller beantwortet, als ich je zu ahnen wagte; die sorgsame, lange Prüfung entfiel. Alles sah wie bestellt aus. Die Gäste verschwanden frühzeitig. Mein Zimmer lag im ersten Stock gleich neben dem ihren. Als ich daran vorbei wollte, wurde meine Hand von der schwarzglänzenden Klinke magisch angezogen. Obwohl ich ahnte, was zusammenspielen sollte, war mir im gleichen Moment jegliche Zurückhaltung genommen. Hinter der zweiflügeligen Tür war es still. Ich drückte die Klinke vorsichtig. Der rechte Flügel knarrte, ließ mich stocken. Dann stieß ich ihn ein wenig weiter auf und sah Kerzenlicht durch den schmalen Spalt fluten. Es blieb still. Erst als einige Sekunden vergangen waren faßte ich Mut, den Flügel ganz aufzustoßen.

Das Knarren klang eher wie ein Seufzen. Ihre Gestalt, die ich neben dem aufgedeckten Bett erfaßte, empfand ich wie ein Bild aus einem Tabernakel, in dem ich meine geheimsten Wünsche aufbewahrte. Sie war barfuß und dabei, sich zu entkleiden. Zwei große Frauenaugen starrten in die meinen. Ohne ihrem Blick auszuweichen, drückte ich den Türflügel mit Bedacht hinter mir ins Schloß. Sie ließ es geschehen. Der Nachhall des Knarrens vermischte sich mit Sirenenklängen, die in meinem Ohr versickerten. Ich spürte einen Sog, der mich leicht benommen, dafür unwiderstehlich, zu ihr hinüberzog. Als meine Hände behutsam tastend zum ersten Mal ihre schmalen Schultern berührten, spürte ich ihren Atem, der begann schneller zu werden. Als ich liebevoll den schlanken Hals entlang streifend ihren Kopf in meinen Händen wiegte und unsere Lippen sich fanden, fühlte ich ihr Zittern, das den krummen Haken, den sie in meiner Seele versenken sollte, vergessen ließ, und unsere Zärtlichkeiten, mit denen wir uns die Nacht hindurch bedachten, verrieten mir, daß sie es nicht wegen Walsingham geschehen ließ.

Als wir nebeneinander – von einem neuen strahlenden Tag geweckt – aufwachten, fühlten wir uns aus sanften Wogen in eine glückliche Zeit geschaukelt...

Der Aufenthalt im MIDDLE HOUSE bei Nacht und bei Tag unten an den Pond Bays, ließen alle friedlosen Triumphe der Welt vergessen. Es stimmte in mir. Ich konnte mich aufgrund der glücklichen Fügungen noch besser auf meine Aufgaben konzentrieren.

So haben wir Mayfield Furnace zügig aufgebaut. Angetrieben durch laufend eintreffende Order, die darauf abzielten, so früh wie nur möglich mit dem Serienguß von Feldschlangen zu beginnen, sprengten wir zwar nicht gerade planlos durch Raum und Weiten, doch begannen Eile und Hektik zunehmend die Tage und Nächte zu prägen.

Es scheinen Ereignisse stattgefunden zu haben, über die ich Genaueres erst an meinem Zielort Chatham erfahren werde. Cumberland, der über die Wintermonate die Verbindung zu Matthew Baker aufrechterhielt, ließ nur soviel wissen, daß die Machtverhältnisse drüben auf dem Kontinent sich zu Gunsten Spaniens zu verschieben begännen. Auf England käme schon bald eine entscheidende Machtprobe zu. Der Angriff auf das Königreich wäre von See her zu erwarten, was eine rasche Armierung der neuen Galeonen mit meinen Bronzerohren um so dringlicher mache.

Auch ist der Anlaß unserer Reise – gegenüber dem vor gut einem Jahr – ein völlig anderer. Die Menschen am Straßenrand von Maidstone beginnen zu glauben, unser Troß befinde sich auf dem Marsch in den Krieg. Fünfundvierzig Männer begleiten ihn, alle schwer bewaffnet. Ein Großteil kommt aus London. Es sind Walsinghams und Cumberlands Leute. Unsere Kolonne gliedert sich in drei Teile: die Vorhut mit kleineren Karren, die passende Kugeln, Pulver, Tauwerk, Werkzeuge, Hebeböcke und Wagenheber befördern; im Zentrum der wichtige Teil meiner Artillerieeinheit in Form einer 12pfündigen Feldschlange; dahinter die Nachhut, ausgerüstet mit Ersatzrädern und dem Dreibeingerüst. Jede wertvolle und bedeutsame Marschkolonne besitzt eine Vor- und eine Nachhut. Unsere verdient sie! Die zugewiesene Zentrumsposition des mächtigen Wagens, auf dem die erste in Mayfield Furnace geschlüpfte Feldschlange ruht, ist die neue Macht. Die ruhende Bronzesäule benötigt als Bespannung zehn Pferde davor.

Was für ein Rohr! Ihr Kaliber von 4,5 Zoll und ihre Rohrlänge von 12 Fuß sind zwar meßbar, doch keineswegs die einzigen hervorstechenden Merkmale. Die Vorteile liegen nach wie vor in der Zusammensetzung der Bronze wie in der gegossenen Wandstärke. Sie lassen sich nicht messen und sind daher nur in meinem Kopf vorhanden. Nur Thomas Orthmann, mein Sachse aus Houndsditch, der nun die Stelle meines Altgesellen einnimmt, kennt ein wenig mehr davon. Ansonsten halte ich mich streng an Punkt fünf der Weisung durch die Admiralty. So soll es auch bleiben. Die Feldschlange vor mir, wie sie nach Chatham rumpelt, hat aber noch andere, mehr künstlerische Vorzüge. Hans Christoph Löffler würde sich verächtlich abwenden, müßte er sie in Augenschein nehmen. Vielleicht hat gerade diese Erinnerung an ihn die Entscheidung beeinflußt.

Die Schlankheit des dreigeteilten, konischen Rohres, die auch bald auf Englands Schiffen die klassische Form der neuen Artillerie repräsentieren soll, wird überspielt durch ein äußerst auffälliges Dekor. An diesem Rohr durften sich meine Former meisterlich verewigen. Besonders Michael Fletcher und Isaac Foulon haben es ausgiebigst getan. Das Prunkstück von Rohr in klassischer Formensprache soll in Chatham die Leistungsfähigkeit aller beweisen, die Mayfield Furnace neu errichtet haben, und auch jedem Betrachter die Augen vor Entzücken weit öffnen:

Der Bronzerausch beginnt gleich nach der Traube am achteckigen Stoßboden. Das gleiche achteckige Proportionssystem setzt sich über das ganze Hinterstück bis zum ersten Verstärkungsband fort und bildet mit seinen acht Seiten Hohlflächen, in denen als Reliefs Darstellungen der vier Elemente mitgegossen wurden.

An dem glatten runden Mittelfeld, das zugleich auch das Zapfenfeld bildet, ist die Anlehnung an die antike Säulenordnung erkennbar. Isaac, der lernfähigste unter allen in Mayfield Furnace, erkannte als erster, daß der Zylinder eines Rohres schlanker erscheint, wenn der Durchmesser vom Stoßboden bis zum Mündungsstück abnimmt. Die Verjüngung des Schaftes einer Säule, vom Fuß bis zum Kapitell, zeigt denselben Effekt. Ferner trägt der mittlere Rohrabschnitt besonders geformte Henkel. Sie sind als Delphine gestaltet, aus deren Körper je zwei Kämpfer wachsen, die sich im Streit umfassen. Der ewige Krieg der Völker – erstarrt in Metall. Bronze des Schmerzes!

Ab dem zweiten Verstärkungsband, welches das Mittelfeld begrenzt, beginnt nach dem Gurt und dem Karnies ein orgiastisches Dekor: Isaac Foulon, liebend verklärter Zauberer des Lehms, gepaart mit der Geduldigkeit einer Ameise und geboren mit Fingern, die den Lehm anschmiegen wie der Honig um die Zunge, schuf das sich weiter verjüngende Langfeld mit Kanneluren. Mit einer einfachen ionischen Säulenkannelur war er nicht zufrieden. Seine 24 Kanneluren winden sich – ähnlich einer Torsion – um das gesamte Langfeld. Für die Ausführung fertigte er eine Zeichnung an, die er aus kunstvoll kombinierten Kreisen, Radien und Halbmessern konstruierte. Jede einzelne Kannelur, die sich um das Langfeld windet, hat für sich gesehen einen halbkreisförmigen Querschnitt und bildet somit einen Torus, ähnlich einem halbkreisförmigen Wulst. Ein Dokument der höchsten geometrischen Reife, deren exakte Ausführung mir die größte Bewunderung abverlangte.

Doch nicht genug. Das Einzigartige windet sich gegenläufig um die Üppigkeit der bronzenen Kannelurenhaut des Langfeldes. Für mich und meine Former eine Lust und Würze, für manche ein scheußliches Emblem welches das Mark in den Knochen erstarren läßt. Eine *Feldschlange*, zum Biß bereit, umschlingt mit ihrem kupferblanken Körper elegant das vordere Feld. Das gepeitschte letzte Drittel, der dreieckige Kopf obenauf bewacht das Rohr, die Flammenzunge verfolgt die todbringende Kugel in ihr anvisiertes Ziel. Nie wird dies Ungeheuer je gesättigt sein. Ihr Zischen und der Donner der Salve werden mystisch im Akkord zusammenklingen und mit des Sturmes Brüllen den Feind hinab auf den Pfad zur ewigen Hölle führen. Die Opfer werden sich kaum noch winden können...

»*Ogee, Muzzle astragal and fillet, Neck girdle, Neck fillets, Head girdle, Muzzle fillet, Head fillet, Ovolo, Muzzle mouldings and Muzzle face*«, definierte Isaac ein ums andere Mal das Mündungsstück nach seinen Verstärkungsringen. Er tat es solange, bis die Begriffe tirolerisch wie englisch harmonisierten. Die Harmonie des Rohres, da bin ich sicher, wird Baker überwältigen.

Nicht gerade überwältigt, aber hoch zufrieden kann vor allem auch das Board sein. Mein zweiter Bericht an Walsingham über die Vollendung der Bauten scheint Sir Francis beeindruckt zu haben. Auch der angekündigte Zeitpunkt des Gusses der ersten Feldschlange muß ihn sehr zufriedengestellt haben. Damit war Punkt neun, »*Die Gießerei wird ihre Arbeit innerhalb eines Jahres aufnehmen*«, meiner Weisung des Board of Ordnance erfüllt.

Genaugenommen hatte ich die zeitliche Vorgabe zur Fertigstellung der Gießerei, mit dem ersten Abstich darin, deutlich unterschritten. Wenn auch das ganze ehemalige Gebäude der alten Eisengießerei völlig niedergerissen wurde, ähnlich einer unbrauchbar gewordenen Taktik, so waren doch die Fundamente, auf denen die Gebäude neu errichtet wurden, gleichsam die Fundamente der bleibenden Strategie. Ich hatte sie auf Fels gegründet. Ich habe alles erreicht – ich war nun *chairman of myself.*

Mein äußerst wachsamer Earl of Cumberland war ebenfalls mehr als erfreut. Er hatte aber auch einen erheblichen Teil dazu beigesteuert, daß Mayfield Furnace in einem atemberaubenden Tempo zur technisch besten Gießerei Englands heranwuchs. Ich bin bei ihm in großer Schuld – unvermeidbar allerdings bei einem Unternehmen, das einen Durchbruch in der Seegefechtstaktik anstrebt. Dabei entdeckte ich Eigenschaften an ihm, die ich vorher nie vermutet hätte. So sprach er oft von seiner erfolgreichen Methode, wie man dringliche Entscheidungen und Maßnahmen durchsetzt, indem man seinen Geist darin schult, in der Sache zu gewinnen, ohne jedoch den Menschen, mit dem man erfolgreich verhandeln muß, besiegen zu wollen. »Siegen wollen wir in Zukunft nur auf den Weltmeeren!« war sein Credo. Allen Voraussagen meiner vielen, weniger geistesverwandten Ratgeber in Mayfield zum Trotz: Cumberlands gekonntes dynamisches Balancieren zwischen Admiralty und dem Board hatten dazu geführt, daß ich sowohl die Männer als auch alles angeforderte Material rasch bekam.

Meine persönliche Zielvorgabe in all den Monaten war eine klare Vorstellung. Sie hieß, mit Hans Christoph Löffler nicht nur gleichzuziehen, sondern ihn zu übertreffen. Wollte ich nur die Fläche, Größe und Höhe der Gebäude zum Vergleich nehmen, so hätte Büchsenhausen gut zweimal darin Platz. Doch der Unterschied befand sich nicht nur in der Größe. Der Fortschritt und damit das Wesentliche befand sich im Inneren seiner Mauern. Eine Fülle von Neuerungen hatte ich eingeführt, die uns das Seriengießen in Zukunft wesentlich erleichtern wird.

Auch die zunächst ablehnende Haltung der Mayfield-Leute schmolz schnell dahin, gefördert durch Aufträge, die ich in und um Mayfield herum vergab. Die freundliche Einstellung zu Mayfield Furnace wuchs dadurch spürbar von Woche zu Woche. Selbst der bedeutendste Eisengießer, Ralph Hogge, hatte bald seinen Zorn – verursacht durch den hohen Aderlaß an guten Männern, der ihn fast verbluten ließ – auf den »Eindringling« verloren. Vor allem als sie registrierten, daß die Gießerei des Sir Adam Dreyling die wichtigsten Institutionen des englischen Königreiches hinter sich wußte und diese Institutionen nur eines damit im Sinn hatten, nämlich das Wachstum Englands zu See günstig zu beeinflussen.

Doch was nutzen die großzügigsten Räume, der beste Lehm, die ausgeklügelsten Schmelzöfen, die härteste Legierung, die beste Organisation, wenn das Zusammenspiel der Arbeiter nicht gelingt und die Gießerei ihre eigene innewohnende Wirksamkeit nie voll erreicht? Es hätte auch anders kommen können. Was war das für eine Ansammlung von Männern, gespickt mit Mißtrauen, das Verhalten ausgerichtet nach der Erfahrung: »Fürchte die Schlange von vorn, den Esel von hinten und den, dem du verpflichtet wirst, von allen Seiten!«

War es meine zwangsfreie Autorität, wie es Thomas nannte, die das *Wollen* der mir anvertrauten Menschen wieder stimulierte? Ich hatte die Überzeugung gewonnen, daß nur wenige meiner Männer tatsächlich der Verantwortung ausweichen; vielmehr wird sie von ihnen gesucht. Ich hatte schnell gelernt, den Weg entlangzuschreiten, der die Antriebskräfte meiner Männer förderte. Meine Kenntnisse und Fertigkeiten rund um den Kanonenguß hatten mir dabei geholfen, ihre Achtung und Anerkennung zu erreichen. Schwaz und Büchsenhausen waren, im nachhinein gesehen, die beste Schule.

Wenn ich überlege, so hatte ich durch vier Umstände die außerordentlichen Leistungen meiner Männer zur raschen Funktionstüchtigkeit meiner Gießerei bewirkt:

Erstens setzte ich Ziele, die ich auch selbst mit meiner Arbeit sichtbar anstrebte und die für jeden einzelnen Mann, ob in der Errichtung der Formerei oder beim Ofenbau, auch erreichbar waren.

Zweitens hatte ich mich mit jedem einzelnen vorher darüber unterhalten, ob die zugeteilte Aufgabe auch von ihm erfüllt werden konnte. So bildete ich bei erkennbaren Defiziten Zweiergruppen, in denen der Qualifiziertere helfen sollte, den Rückstand aufzuholen. Als gutes Beispiel diente mir mein Ofenbauer Archibald Reed. Bei ihm war von vornherein klar, daß er *Schwarze Riesen* von der Konstruktion her noch nie in seinem Leben erbaut hatte. Das Aufmauern von Massenöfen zur Erzschmelze waren sein Spezialgebiet. Seine Begeisterung kannte umgekehrt keine Grenzen, *seine* besonderen Fähigkeiten und Kenntnisse in das neue Projekt einzubringen. Meine Heizer Humphry Pickfatt, Archibald und ich bildeten daher für die Lösung und das Aufmauern der zwei *Schwarzen Riesen* und der neu ausgetüftelten Gußgruben davor – das Herzstück jeder Kanonengießerei – das beste Team. Zusammen mit Francis Fleming, abgezogen aus Hogge's Furnace in Buxted, und meinem Sachsen Thomas haben wir Ideen verwirklicht, die schon beim ersten Guß keinen Zweifel an deren Vorzügen aufkommen ließen.

DER SCHIFFSKOPF

Drittens war die Bezahlung höher angesetzt und pünktlich ausbezahlt.

Viertens legte ich auf den Respekt aller Arbeitenden untereinander sichtbaren Wert. Bartlmes Schicksal vor Augen, seine Hilfe und Zuverlässigkeit mir gegenüber bis hin zu seiner Selbstaufopferung, war zugleich Verpflichtung.

Es waren also die Menschen im ADAM DREYLING FURNACE CASTLE, die mit dem Aufbau und Funktionstüchtigkeit ein erstes Wunder vollbracht haben. Walsingham und das Board haben entschlossen gehandelt. Mit gleichem Einsatz werde ich nun daran gehen, die Rohre zu gießen, die es den Kapitänen auf den neuen Galeonen Bakers ermöglichen werden, ihre *grappel-and-board*-Schule mit Freuden zu versenken, damit der Wechsel zur *stand-off*-Taktik mit Entschlossenheit erfolgen kann. Baker und ich werden dafür sorgen, daß jeder Plan zur Eroberung Englands schon auf den niedrigsten Wellen der Meere scheitern wird.

Mit dumpfem Rumpeln legt das breite, flache Boot am südlichen Landungssteg der Werft von Chatham an. Das letzte Stück der Reise haben wir auf dem Fluß gemacht, der eine so viel angenehmere Fortbewegung für uns und meine Schlange ermöglicht als jene Ansammlung von Schlaglöchern, Steinbrocken und Morastpfützen, die sich Straßen nennen und nur dazu geeignet scheinen, die Räder und Achsen von Wagen brechen, die Hufe der Pferde straucheln zu lassen.

Matthew Bakers hoch aufragende Gestalt, die unvermeidliche Pfeife zwischen die Zähne geklemmt, habe ich bereits vom Fluß aus inmitten seiner neugierig wartenden Männer entdeckt. Obwohl wir uns bislang nur einmal getroffen hatten, ist die Begrüßung so herzlich, als seien wir seit vielen Jahren engste Freunde.

Mittlerweile gibt es, dank meiner eigenen Bemühungen, der englischen Sprache mächtig zu werden, auch keine Verständigungsschwierigkeiten mehr.

Den langen prüfenden Blick, mit dem Matthew Ysabel mustert, kenne ich an ihm aus unserer ersten Begegnung. Doch dann ergreift er ihre Hand, küßt ihre Fingerspitzen und lächelt.

»Ein Land, ein Volk, das eine Frau wie Euch hervorgebracht hat, kann nicht völlig schlecht sein.«

»Spanien ist ein wunderbares Land«, erwidert Ysabel mit großem Ernst, »und es wird von Millionen stolzer und guter Menschen bewohnt, Master Baker. Verwechselt Spanien und die Spanier bitte nie mit jenen, die es zu seinem Unglück beherrschen.«

Das geschäftige Treiben auf der Werft erscheint mir noch hektischer als beim letzten Mal. Kein Wunder, denn außer der Ankunft der ersten Schlange aus Mayfield Furnace soll übermorgen der Stapellauf der SAMPSON stattfinden, dessen Auftraggeber und Eigentümer kein anderer als George Clifford, der Earl of Cumberland, ist.

Während uns Mrs. Baker, die vom Haus zur Anlegestelle herabeilt, einen Begrüßungsschluck anbietet, bereiten meine Männer das Verholen der Schlange aus dem Kahn ans Land vor. Nach einer weiteren guten Stunde ist es geschafft. Sie ziehen die Schlange mit dem Dreibein hoch und lassen sie vorsichtig in die Lafette gleiten, die bereits auf uns gewartet hat, klappen die eisernen Gurte über den Schildzapfen zu und sichern sie mit schweren, eisernen Splinten. Mit weit ausholender Geste gebe ich das Geschütz zur Besichtigung frei.

Dicke Rauchwolken paffend umkreist Matthew Baker bedächtig meine Schlange, zeichnet mit den Fingern die Ornamente und Verzierungen nach...

»Na?« frage ich erwartungsvoll. »Zufrieden?«

Matthew streicht sich ein paarmal nachdenklich über den Bart.

»Sie ist schön! Wirklich! Wunderschön!«

»Und?«

»Und völlig unbrauchbar!« platzt es aus ihm heraus.

Mir ist, als ob er mich ins Gesicht geschlagen hätte. Ich hole tief Luft, doch Matthew setzt noch drauf:

»Dieser ganze Zierat! Hoffnungslos und rettungslos unbrauchbar! Adam, wenn die Spanier und Engländer aufeinandertreffen, dann nicht zu einem festlichen Turnier, sondern zu einer Schlacht auf Leben und Tod, zu einem Kampf um Sein oder Nichtsein dieses Landes!«

»Das, lieber Matthew, ist mir durchaus nicht unbekannt«, stelle ich indigniert fest. »Das, was du da vor dir siehst, ist die beste Schlange, die je gegossen wurde! Erprobe sie! Stopfe eine dreifache, wenn du willst vierfache Ladung in ihren Schlund – sie wird nicht platzen! Lasse sie einen Tag lang, so schnell als die Kanoniere können, laden und abfeuern, laden und abfeuern, laden und abfeuern – sie wird am Abend so makellos sein wie am Morgen! Verdammt, Matthew, wenn du die Eisenrohre von Owen, Pitt und wie sie sonst noch heißen mögen, als unbrauchbar einstuft, dann hast du ja recht, aber etwas Besseres als eine Dreyling-Schlange...«

»Darum geht es doch überhaupt nicht!« unterbricht mich Matthew. »Kein Mensch – und ich am allerwenigsten! – hat je an der Qualität deiner Rohre gezweifelt!«

»Ja ... was paßt dir denn dann nicht?«

»Der ganze verdammte Zierat!«

Ich winke großzügig ab:

»Wenn du fürchtest, daß die Rohre dadurch zu teuer werden – geschenkt! Es macht mir Spaß, die Ornamente, die Delphine, Mündungsköpfe, Stoßböden, Wappen und Sprüche zu entwerfen und zu formen. Wenn die Krone glaubt, sich nur schmucklose Rohre leisten zu können, dann bekommt sie die Verzierungen von mir eben kostenlos. Matthew, ein Rohr, auf dem steht *Adam Dreyling Made this Piece*, soll nicht nur vollendet in der Funktion sein – es soll das auch in seinem Äußeren dokumentieren. Ich will nicht nur die besten, ich will auch die schönsten Rohre gießen!«

»Darum geht es doch überhaupt nicht...«, stöhnt Baker.

»Um was, zum Teufel, denn dann?!«

»Komm mit.«

Mit langen Schritten steuert Matthew zu einem älteren, teilweise schon entmasteten und in seinen oberen Kastellen abgebrochenen Schiff hinüber, das ein paar Schritte weiter am hölzernen Pier des Ausrüstungskais festgemacht liegt.

»Die ELIZABETH BONAVENTURE ist vor vier Wochen hereingekommen und soll jetzt nach meinen Plänen umgebaut werden. Ich mache das nicht eben gern, denn ein wirklich neues Schiff wird sie dadurch doch nicht, und ich muß Kompromisse machen, wo ich sie eigentlich nicht machen dürfte. Aber Galeonen sind nun leider so teuer, daß es einfach unmöglich ist, so viele ganz neu zu bauen, wie wir gegen die Spanier brauchen werden. Was bleibt also übrig als die älteren Schiffe, so gut es irgend geht, auseinanderzunehmen und neu zusammenzusetzen und dabei alle irgendwie durchführbaren Neuerungen einzubauen. Im Augenblick haben meine Leute damit angefangen, die ELIZABETH BONAVENTURE abzutakeln und zu zerlegen, aber auf dem Großdeck müssen noch ein paar Geschütze stehen.«

Während wir an Bord klettern ruft Baker seinen Leuten zu:

»Hört einem Augenblick zu arbeiten auf. Ich brauche eine gute Ladung Pulver, flüssigen Teer mit einer Teerquaste und ein paar Leute, die von der Bedienung eines Geschützes etwas verstehen!«

Während die Männer ausschwärmen führt mich Matthew zu einem der noch stehenden Geschütze:

»Schau dir das Rohr genau an, besonders den Mündungskopf, und dann schau dir den Rand der Stückpforte an.«

Das Rohr hat einen einfachen Mündungskranz, offenbar ein Owen-Geschütz, und auch der Rand der viereckigen Öffnung in der Bordwand sagt mir eigentlich nicht viel.

»Ladet die Kanone zum Blindschuß nur mit Pulver«, weist Baker seine Leute an, greift eine Teerquaste und pinselt den Rahmen der Pforte schwarz an. Dann kommandiert er. »Ausrennen!«

Eilig bringen wir uns in beträchtlichem Abstand in Sicherheit.

»Traust du dem Owen-Rohr so wenig?« spotte ich.

»Dem Rohr in diesem Fall schon, aber der Pforte nicht.«

Am Ende steht nur noch ein Mann mit glimmender Lunte neben dem Geschütz. Dafür verschanzt er sich hinter einem dicken Holzbrett, das er sich vor den Körper hält.

»Feuer!« befiehlt Baker.

Die Lunte senkt sich, das Pulver kracht, das Geschütz wird vom Rückstoß wie von einer Riesenfaust zurückgeschleudert, von den schweren, an der Bordwand eingehängten Brooktauen aufgefangen.

Als sich der Pulverqualm verzieht, winkt mich Matthew Baker zur Stückpforte heran. Oben und an der linken Seite leuchten mir weiß zwei frische Holzstellen aus dem Schwarz entgegen, wo der Mündungskopf des Geschützes lange Spreißel herausgerissen hat, und der Mann mit der Lunte deutet auf einen frischen Teerschmierer in Kniehöhe auf dem Holzbrett:

»Ohne das Brett hätte ich jetzt einen handlangen Holzspieß im Bein stecken«, kommentiert er trocken. »Bei manchen Gefechten gibt es mehr Verletzte durch solche herumfliegenden Holzsplitter als durch das Feuer des Feindes!«

»Und das ist die Wirkung eines einzigen Mündungsringes!« ergänzt Baker. »Dein Rohr, Adam, hat nicht nur einen, sondern zwei große und eine ganze Reihe kleinerer Ringe am Mündungskopf, die wie eine Säge an der Stückpforte wirken würden, dazu noch deine prächtige Schlange auf dem Langfeld und der restliche Schnickschnack. Mit solchen Prachtschlangen an Bord brauchen die Spanier nur zu warten, ob deine Geschütze zuerst unser Schiff ruinieren oder unsere Mannschaft ausrotten.«

Ich lasse mich auf eine Taurolle plumpsen, vergrabe mein Gesicht in den Händen:

DER SCHIFFSKOPF

»O verdammt – verdammt – verdammt!«

Matthew legt mir begütigend die Hand auf die Schulter:

»Brauchst du denn unbedingt die Verstärkungen am Mündungskopf?« fragt er vorsichtig.

»Ja, ich brauche sie.«

Ich überlege hin und her. Es muß eine Lösung dafür geben. Und dann fallen mir plötzlich die Zeichnungen von zwei Falkonen ein, die einst Gregor Löffler um 1550 gegossen hat...

Ich rucke hoch. Mein Blick fällt auf den Teerkübel und die Teerquaste. Im nächsten Moment bin ich auf den Beinen, packe die Quaste und beginne mit groben Strichen auf den Decksplanken zu zeichnen:

»Das hier ist das Langfeld – ohne jeden Schmuck natürlich! Wenn ich nun den Kopf nicht wie üblich mit Ringen gieße, sondern einen sich zur Mündung hin verdickenden, völlig glatten Konus verwende...«

»Dann, dann kann dieser Mündungskopf, so oft er will, am Trempelrahmen anschlagen«, fährt Baker atemlos fort. »Er wird nur am Holz entlanggleiten, ohne dabei Splitter loszureißen!

Adam! Das ist es! Das ist der Mündungskopf für Schiffe! Der *Schiffskopf!*«

Im nächsten Augenblick stürmt Matthew los, klettert über die Bordwand der ELIZABETH BONAVENTURE, rennt mit weit ausgreifenden Schritten zu der Glocke, die Arbeitsbeginn und Arbeitsende auf der Werft einläutet, reißt am Seil, brüllt seinen zusammenlaufenden Männern zu:

»Mein Freund Adam Dreyling hat soeben Tausenden von braven Seeleuten und Kanonieren Gesundheit und Leben gerettet! Holt Wein und Bier, eine Schweinehälfte und Musikanten! Heute abend wird mein Freund, Sir Adam Dreyling, gefeiert!!«

Kräftige Fäuste packen mich, stemmen mich auf die muskulösen Schultern zweier Werftarbeiter und dann geht es unter Gelächter und Beifall im Galopp einmal rund um den Platz mit der Glocke.

»Hallo, Matthew! Hallo, Adam!«

Vom Haus Bakers herunter kommt eine Gruppe Menschen auf uns zu. Verlegen gleite ich von meinem luftigen Sitz wieder auf den Boden.

Fröhlich winkend, von Kopf bis Fuß in sonnengelben Brokat und Seide gehüllt, eine fünffache Kette von rosa Perlen, jede davon so groß wie der Nagel meines kleinen Fingers, auf der Brust, eine

Agraffe am Hut, deren Diamanten ein wahres Feuerwerk verblitzen: George Clifford. An seinem rechten Arm die reizende Lady Simpson.

Als der Lord weit ausholend seinen breitkrempigen Federhut zum Gruße schwingt, fällt mir auf, daß er mindestens einen halben Kopf kleiner ist als seine hochgewachsene Begleiterin. Ob George wohl deshalb solch gewaltige Federbüsche auf seine Hüte steckt, um diesen Unterschied auszugleichen?

Die beiden Damen auf seiner anderen Seite sind fast noch Mädchen, die eine ein niedlicher, schwarzhaariger Kobold mit Stupsnase und Grübchenkinn, die andere mit kastanienbraunen Locken, bernsteinfarbenen lebenslustigen Augen und einem kirschrotem Mund – eine gewisse Ähnlichkeit mit Cumberland ist nicht zu leugnen.

George Clifford schüttelt uns überschwenglich die Hände:

»Wie schön, Euch zu sehen, Adam! Wir haben Euch nur um Stunden in Mayfield verpaßt, und ich habe dort schon gehört, daß Ihr ein wahres Wunderwerk an Kanone mitgebracht habt – ich muß sie mir nachher genau ansehen. An Lady Simpson werdet Ihr Euch noch erinnern...«

»Wer könnte sie je vergessen!« beeile ich mich zu versichern, während ich die schlanken Finger der Lady küsse.

»... und das ist meine Nichte, Lady Joan Cranbrook, Hofdame Ihrer Majestät der Königin«, stellt Clifford die kastanienbraun Gelockte vor, und mit einer eleganten Bewegung zu dem schwarzhaarigen Kobold, »und das ist ihre Freundin, Lady Susan Pocklington. Ihre Majestät läßt ihre kostbaren Hofdamen stets nur äußerst ungern aus ihrer Aufsicht und in die Gesellschaft der ruchlosen übrigen Menschheit. Und wenn schon, dann gewiß nur paarweise, damit die eine als Tugendwächterin der anderen fungieren kann...«

»Ich bin entzückt, Myladies!«

»Meine Gattin läßt sich entschuldigen«, fügt George Clifford hinzu. »Sie mußte zu Hause bleiben – sie bekommt gerade das fünfte oder sechste Kind...«

»Was war denn eigentlich hier los, als wir ankamen?« fragt Lady Simpson. »Wir hörten Schießen, die Werftglocke läuten, Männer liefen herum, Master Baker schrie etwas – ich hoffe, es ist kein Unglück geschehen?«

Matthew verneigt sich leicht:

»Im Gegenteil, Mylady! Sir Adam hat vor wenigen Augenblicken eine Erfindung gemacht, welche die Schiffsartillerie für die nächsten Jahrhunderte revolutionieren wird!«

Es ist einer jener warmen Sommerabende, die uns dazu verführen, bis tief in die Nacht hinein vor dem Haus zu sitzen und zu plaudern. Und genau das tun wir, Matthew, Clifford, Ysabel und ich, an einem schweren Eichentisch, der vor Matthews weinüberranktem Heim aufgestellt ist, nippen an dem schweren, blutroten Wein, knabbern an Mrs. Bakers Gebäck, Matthew nuckelt an seiner Pfeife.

Unser Blick streift von unserem erhöhten Platz aus über die weiten Anlagen der Werft, die mächtigen Werkhallen und Speicher von der Sägemühle und den Holzteich im Norden bis zur Ankerschmiede im Süden, die SAMPSON auf ihrer Helling und die ELIZABETH BONAVENTURE am Kai, den weiten Platz rund um die Glocke, wo an einem Feuer bei Schweinebraten, Bier und quäkenden Dudelsackklängen die Männer der Werft meine Erfindung des *Schiffskopfes* feiern, geht weiter hinaus auf den Fluß und hinüber nach Rochester, wo hinter den Türmen der Kathedrale und der Normannenburg das letzte Abendrot verglüht. Lady Simpson hat sich mit den beiden jungen Hofdamen der Königin bereits zurückgezogen.

Seit die Ladies gegangen waren, war das fröhliche Geplapper Cumberlands für eine Weile verstummt. Jetzt wendet er sich an mich:

»Vermute ich richtig, daß Ihr morgen weder an einer sofortigen Heimreise nach Mayfield, noch morgen und übermorgen an einer Besichtigung der Kathedrale von Rochester interessiert seid? Auch nicht an einer Bären- oder Sauhatz irgendwo in den nahe gelegenen Wäldern für die nächsten zwei Tage?«

»Da vermutet Ihr ganz und gar richtig!« bestätige ich. »Außerdem will unser Freund Matthew mir morgen die Werft zeigen, und übermorgen findet bekanntlich das große Ereignis des Stapellaufes Eures Schiffes statt.«

»Wolltet Ihr Adam entführen?« erkundigt sich nun auch Baker.

»Ich stelle die Frage nur, weil mir aufgetragen wurde, sie zu stellen.«

»Von wem?«

»Walsingham. Sir Francis Walsingham in höchsteigener Person.«

»Was hat Walsingham damit zu schaffen?«

Der Earl of Cumberland zögert einen Augenblick mit der Antwort. Dann nimmt er seinen, mit einem gewaltigen Straußenfederbusch geschmückten Hut ab, wirft ihn nachlässig auf einen Stuhl. Seine Hutgestik habe ich gelernt zu deuten. Hat er den Hut auf dem Kopf, dann ist er der liebenswürdige, geistvolle Plauderer, der hemmungslose Schürzenjäger, der elegante Höfling, der Bruder Lustig und Bruder Leichtsinn. Nimmt er den Hut ab, dann verwandelt sich der Earl of Cumberland schlagartig in einen klugen Beobachter, einen verantwortungsvollen Politiker und einen der zuverlässigsten Paladine der englischen Krone.

»Ihr seid zwar seit einem Jahr hier im Land, Adam, aber durch die gewaltigen Anstrengungen beim Aufbau von Mayfield Furnace, fernab von London, dürftet Ihr wenig von englischer Innen- und Machtpolitik mitbekommen haben.«

Ich bestätige zögernd:

»William Davison und Sir Francis haben mir seinerzeit die grundsätzliche Situation erläutert: die Gefahr eines spanischen Eroberungsversuches, die Notwendigkeit, alle Mittel gegen diese Gefahr aufzubieten...«

»Und so weiter und so fort«, unterbricht mich Cumberland. »Was Sir Francis und Master Davison Euch dabei geflissentlich verschwiegen haben, ist die Tatsache, daß diese ihre Meinung keineswegs unangefochten ist. Da sind zunächst einmal die Katholiken – keineswegs alle, aber doch viele –, die unter der geheimen Führung der Jesuiten an Stelle Königin Elizabeths die Schottenkönigin Maria Stuart auf dem englischen Thron und England damit wieder als erzkatholisches Land unter das Diktat des Papstes zwingen wollen.«

»Dann stimmt es also nicht, was ich gehört habe«, werfe ich ein. »Daß Königin Elizabeth die Schottenkönigin schon vor Jahren gefangengenommen und in Ketten gelegt hat?«

»Ganz so stimmt das allerdings wirklich nicht«, mischt sich Baker in die Unterhaltung. »Maria Stuart wurde von ihren eigenen Schotten aus dem Land gejagt, nachdem sie ihren zweiten Mann, Henry Stuart, Earl of Darnley, hat in die Luft sprengen lassen, um James Hepburn, Lord Bothwell, heiraten zu können. 1567 war das. Sie floh nach England, und wenn sie sich hier ruhig verhalten hätte, wäre Königin Elizabeth die Letzte gewesen, ihr Unannehmlichkeiten zu bereiten. Doch was machte dieses Unglücksweib? Nachdem sie ihren schottischen Thron verloren hatte, zettelte sie gleich zwei große Verschwörungen an mit dem Ziel, Elizabeth zu stürzen, sich selbst zur Königin Englands zu machen und zur Rekatholisierung Englands die Spanier ins Land zu holen. Was hätte unsere Königin denn tun sollen, als die Bewegungsfreiheit der Schottin so einzugrenzen – natürlich *ohne* Ketten –, daß sie keinen nennenswerten Schaden mehr anrichten kann?«

»Kopf ab!« antwortet Cumberland grimmig.

»Das hätte überall im Ausland als *Königsmord*, noch dazu an einer Frau, den Feinden Englands gewaltig Auftrieb gegeben«, gibt Ysabel zu bedenken.

»Ich weiß«, seufzt George Clifford. »Das hält die Königin auch jedesmal Sir Francis entgegen, wenn er den Kopf der Schottin fordert, weil sie, allen Sicherheitsvorkehrungen zum Trotz, wieder einmal eine Verschwörung gegen Leben und Krone Elizabeths eingefädelt hat.«

Der Earl of Cumberland nimmt einen langen Zug aus seinem Weinglas, ehe er fortfährt:

»Die Katholiken wären wohl immer noch ein Ärgernis, nicht aber ein Problem, wenn sich das *Privy Council*, der Staatsrat, wenigstens einig wäre. Aber auch der ist zerfallen und zerstritten in Fraktionen und Fraktiönchen – von den weißen Friedenstäublein auf der einen bis zu den schwarzen Kriegsfalken auf der anderen Seite, mit Federvieh in allen Grauschattierungen dazwischen.

William Cecil, Baron of Burghley, ist der Kopf der Täublein. Ich will gar nicht bestreiten, daß er ein aufrechter, ehrlicher, mitunter sogar kluger Mann ist, voll der besten Absichten für die Königin und England. Aber er hat ein viel zu offenes Ohr für die ganze Clique der reichen Londoner Kaufmannschaft, die sich ihre Geschäfte mit Spanien nicht verderben lassen will. 14 Jahre, von 1558 bis 1572 war Lord Burghley Erster Staatssekretär der Krone und hatte in dieser Zeit reichlich Gelegenheit, alle wichtigen und halbwichtigen und unwichtigen Posten mit seinen Freunden und Parteigängern zu besetzen. Anno '72 ließ er sich dann zum Lordschatzmeister machen, und nun hält er die Hand fest auf den Staatsfinanzen.«

»Und das ist ganz unmittelbar ein Problem für dich und mich«, hakt Matthew ein. »Denn wenn es um Schiffe oder Kanonen geht, dann hält Lord Burghley eisern den Staatssäckel zu. Der Himmel mag wissen, zu welchen Tricks Walsingham hat greifen müssen, um dem Lordschatzmeister die Gelder für den Aufbau von Mayfield Furnace zu entlocken.«

Wieder ergreift Clifford das Wort:

»Während sich nun Lord Burghley standhaft weigert, die spanische Invasionsgefahr auch nur als Gedankenspiel in Betracht zu ziehen, ist Sir Francis Walsingham, der Burghley im Amt des Ersten Staatssekretärs gefolgt ist, der felsenfesten Überzeugung, daß dieser Angriff kommen wird – früher oder später, aber mit tödlicher Sicherheit!«

»Er ist also der Kopf der Falken?« vergewissere ich mich.

»Ja, zusammen mit dem derzeit allmächtigen Günstling der Königin, Robert Dudley, Earl of Leicester, Sir Christopher Hatton und Charles Howard of Effingham.«

»Nun, das sind immerhin Namen, die sogar bis zu mir in die Abgeschiedenheit Mayfields gedrungen sind.«

»Der Haken dabei ist nur, daß auch unter ihnen alles andere als Einigkeit herrscht. Sir Francis Walsingham ist davon überzeugt, daß eine spanische Invasion nur auf See wirkungsvoll abgefangen werden kann. Lord Leicester hingegen fordert vehement eine Landschlacht zusammen mit den protestantischen Geusen in den Niederlanden – natürlich mit sich als Feldherrn an der Spitze –, schlicht deshalb, weil ihm schon beim Anblick eines Schiffes kotzmäßig übel wird. Sir Christopher Hatton ist ein ausgesprochen kluger Kopf, hat aber von militärischen Dingen, sei es zur See oder zu Land, nicht die leiseste Ahnung. Und Lord Charles Howard of Effingham, der voll auf der Seite von Sir Francis steht, bekleidet den ehrenhaften, jedoch höchst zivilen Posten eines Lordkämmeres des königlichen Haushalts.«

Wieder nimmt Clifford einen langen Zug aus seinem Glas, ehe er fortfährt:

»Und zwischen Tauben und Falken flattern allerlei sonstige Vögel herum – Pfauen wie Walter Raleigh, der gern ein großer Seeheld würde und es mit jedem hält, der ihm Gelegenheit zum Radschlagen gibt. Raben wie der Lordsiegelbewahrer, Sir Francis Bacon, ein brillanter Kopf und ein Intrigant aus Vergnügen an der Intrige. Kraniche wie Sir Thomas Bromley, unser Lordkanzler, der gravitätisch und blind für alles außer seiner Juristerei durch die höchsten Gerichtssäle des Landes stolziert. Oder Eulen wie Lord Henry Seymour, der es, trotz seiner generellen Zugehörigkeit zu den Greifvögeln, vorzieht, im Astloch seines Gutes bei Faversham zu hocken, und das Treiben der Welt draußen mißtrauisch zu beäugen.«

»Aber die führenden Herren des Navy Board, des Ordnance Board, der Admiralität...«, werfe ich ein.

George stößt einen tiefen Seufzer aus:

»Der Lordadmiral Edward Fiennes de Clinton, Earl of Lincoln, mag einmal ein prächtiger Adler gewesen sein. Aber in den Jahren seines langen Lebens hat er die Schwungfedern längst verloren. Was ihn heute noch interessiert, das sind seine Gliederschmerzen, die Seitensprünge seiner allzu jungen dritten Frau und die Prognosen der Ärzte über seinen Stuhlgang. Robert Ambrose, Earl of Warwick, der Chef der gesamten Artillerie Ihrer Majestät, ist ein Gockel, der zwar laut zu krähen liebt, ansonsten aber den Titel seiner gesellschaftlichen Stellung, nicht seinem Verstand verdankt.«

»Und Sir William Winter, der Master of Ordnance Board?« frage ich.

»Um im Bild zu bleiben«, antwortet Matthew, »ein zum Wiedehopf mit großem Kamm verkommener Falke. Er ist ein zweifellos tüchtiger Seemann, aber auch ein Intimus von Lord Burghley. Seit vielen Jahren sammelt er nur noch Ämter und Pfründe. So ließ er sich bereits ein Jahr nach Amtsantritt Burghleys neben seinem Posten als Master of Ordnance Board zum Inspekteur der Marine machen und noch ein Jahr später zum Master of Navy Board. Nein, ich sage Euch, der einzige Lichtblick im Navy Board ist John Hawkins, der den Posten des Marineschatzmeisters von seinem Schwiegervater Benjamin Gonson geerbt hat.«

»Ich habe ihn beim Probeschießen in London kurz kennengelernt.«

»John Hawkins, seinen älteren Bruder William und seinen auf See verschollenen Neffen Francis Drake würde ich freilich weniger den Falken als den Geiern zurechnen«, schränkt Cumberland ein. »Ihr Interesse an Schiffen und Kanonen richtet sich allein auf deren Verwendbarkeit zu Piratenzügen in die Karibik.«

Und Matthew ergänzt:

»Da sie dabei die Spanier freilich übel rupfen, dürften sie sich am Tag nach einer gelungenen spanischen Invasion in England mit Schlingen um den Hals wiederfinden, was sie zu den noch am ehesten zuverlässigen Verbündeten Walsinghams macht.«

»Womit wir wieder beim Ausgangspunkt wären«, stellt Clifford fest. »Bei meinem befehlsgemäßen Versuch Euch morgen und übermorgen von der Werft hier fernzuhalten, Adam.«

»Dafür hätte ich in der Tat gerne eine Erklärung!« gebe ich zu.

»Nun, vor drei Tagen traf der Beauftragte für die Schiffe der Königin, Master George Winter, in Rochester ein...«

»... ganz heimlich und mit einem Troß von nur 50 Mann...«, fügt Matthew spöttisch ein.

»... in der Absicht«, fährt Cumberland fort, »morgen völlig überraschend der Werft hier in Chatham einen Inspektionsbesuch abzustatten...«

»... so überraschend«, ergänzt Baker, »daß John Hawkins, der Marienschatzmeister, noch Zeit hatte, Master Winter aus London nachzureisen, um morgen ebenfalls bei der Inspektion anwesend sein zu können.«

»Und was hat das mit mir zu tun?« frage ich.

»George Winter ist wie sein Bruder Sir William ein treuer Parteigänger Lord Burghleys, also ein Täubchen weißesten Gefieders. John Hawkins zählt zu den Geiern des Devonshire-Clans. Und was übermorgen gar zur Feier des Stapellaufes hier alles auftauchen wird, das ist ein buntes Gemisch aus Federvieh jeglicher Art. Sir Francis Walsingham verbringt schlaflose Nächte bei dem Gedanken, daß Ihr mit all diesen Leuten in Kontakt kommen könntet!«

»Aber weshalb denn?«

George Clifford lacht trocken:

»Mein lieber Adam, habt Ihr denn wirklich so wenig Phantasie, daß Ihr Euch nicht ausmalen könnt, was sich da an Möglichkeiten der Verbindungen, Intrigen, Geheimabsprachen und Verschwörungen bietet?«

»Glaubt denn Sir Francis im Ernst, daß ich mich etwa mit den Täublein verbünden könnte, die, wenn ich Euch richtig verstanden habe, nichts lieber täten, als morgen Mayfield Furnace wieder zuzusperren? Oder daß ich heimlich Kanonen gieße, mit denen man die Mauern jener Burg zerschmettern kann, in der Maria Stuart gefangen sitzt?«

Doch anstatt in schallendes Gelächter ob dieser grotesken Vorstellung auszubrechen, stimmt Clifford ernst zu:

»Warum nicht? Ihr seid Katholik... Kommt aus dem Herzen des Habsburger-Imperiums.«

»Aber das ist doch albern!« brause ich auf. »Sir Francis weiß genau weshalb und wie ich nach England gekommen bin. William Davison...«

»Und wenn Davison nun in Wahrheit ein Agent der Habsburger wäre? Weshalb glaubt Ihr, hat Walsingham Euch beide sofort nach Eurer Ankunft in England getrennt und Master Davison in die Niederlande geschickt?«

DER SCHIFFSKOPF

»Und daß ich in Mayfield die größte und modernste Geschützgießerei der bekannten Welt aufgebaut habe, tat ich dann wohl auch im geheimen Auftrag der Habsburger?«

»Weshalb nicht? Was nützt die beste Gießerei, wenn man die entscheidenden Gußgeheimnisse nicht kennt – und die befinden sich nach wie vor allein in Eurem Kopf.«

»Und da werden sie auch bleiben!« erkläre ich kategorisch.

»Seht Ihr, und deshalb traut Euch Sir Francis nicht über den Weg. Allerdings«, ein Lächeln breitet sich über Cliffords Gesicht aus, »befindet Ihr Euch dabei in keiner schlechten Gesellschaft, denn neben Ausländern, Katholiken und Tauben traut Sir Francis auch keinem Falken, keinem Geier, keinem Schiffsbaumeister, keinem Gelehrten, keinem Kaufmann, keinem Kapitän, keinem Adeligen, keinem Bürger, keinem Bauern, keinem Bettler oder sonst irgendeinem Menschen auf dieser schönen Welt.

Boshafte Zungen behaupten, Sir Francis Walsingham traue nicht einmal Sir Francis Walsingham.«

»Und die Königin?«

»Der traut Sir Francis natürlich am allerwenigsten! Immerhin wäre es doch durchaus möglich, daß sie ganz im geheimen Heiratspläne mit dem spanischen Philipp schmiedet.«

»Das meinte ich nicht. Ich meinte: Wie steht die Königin zu diesem ganzen Wirrwarr an Meinungen und Gegenmeinungen?«

George Clifford streicht sich nachdenklich über seinen gesalbten Bart, nimmt zwei, drei Schlucke aus seinem Glas, streicht sich wieder über den Bart, gesteht zögernd:

»Ich weiß es nicht. Ich weiß es *wirklich* nicht. *Niemand* weiß es! Sie zögert, schwankt, schiebt wichtige Akten und Entscheidungen wochenlang auf ihrem Schreibtisch hin und her, gibt schließlich einen Befehl und widerruft ihn eine Stunde später – und doch ist die Politik Englands seit ihrem Regierungsantritt von einer verblüffenden Geradlinigkeit und Konsequenz.

Sie schont Maria Stuart wider jede Vernunft, um die Katholiken und allen voran Spanien nicht zu provozieren – und beteiligt sich ganz offen an den Raubfahrten der Devonshire-Piraten gegen Spanien und die spanischen Kolonien.

Sie unterstützt in der Öffentlichkeit und im Kronrat unmißverständlich die Tauben Lord Burghleys – und hat die Oberfalken Walsingham zum Ersten Staatssekretär und Lord Leicester zu ihrem persönlichen Berater und Günstling gemacht. Die Liste solcher Ungereimtheiten ließe sich beliebig verlängern. Mag daraus klug werden, wer will, ich vermag es nicht.«

»Als absolvierter Mathematiker des Trinity Colleges von Cambridge solltet Ihr das aber, verehrter Freund und Kollege«, frotzelt ihn Matthew.

Der Lord George zieht fragend die Augenbrauen hoch.

»Ihr habt selbst eingestanden«, fährt Baker fort, »daß die Politik Englands seit dem Regierungsantritt Elizabeths ausgesprochen konsequent ist – eine Gerade, die von Punkt A nach Punkt B führt.

Da aber, von Walsingham abgesehen, kein einziger englischer Politiker eine geradlinige Politik betreibt, kann dies nur die Handschrift der Königin selber sein.

Wer aber eine Gerade von Punkt A nach Punkt B zieht, der weiß ganz genau, von wo er ausgeht und wo er hin will. Ergo muß auch die Königin genau wissen, was sie will, wie sie es will und wann sie es will.

Quod erat demonstrandum.«

»Aber ihr Zickzackkurs, die widerrufenen Befehle...«

»Wird eine Gerade deshalb krumm, weil man sie mit allerlei Schnörkeln überkritzelt oder von anderen überkritzeln läßt? Dieser Trick ist so simpel, daß ihn der letzte Jahrmarktszauberer beherrscht. Und trotzdem so wirkungsvoll, weil ihn keiner in der hohen Politik vermutet.«

»Und was spricht also das hohe Orakel zu Chatham über die weitere Politik der Königin?« versucht Clifford umgekehrt Matthew zu necken.

»Kein Orakel«, wehrt dieser ab, »nur ein Mathematiker. Und der sagt Euch, Elizabeth weiß, daß der spanische Invasionsversuch kommen wird. Und sie wird es verstehen, die Dinge so zu lenken, daß dieser Angriff England genau zu dem Zeitpunkt treffen wird, wenn Englands Flotte auf dem Höhepunkt ihrer militärischen Macht steht!«

»Wirklich die Flotte? Nicht ein Heer etwa unter Leicester?« fragt Clifford nach.

Matthews Augen funkeln. »Englands wirkliche Armee *ist* seine Flotte!«

DER SCHIFFSKOPF

Freitag,
der 10. Juni

»Sie kommen!« meldet uns der als Ausguck postierte Lehrling atemlos. Und schon trabt die Kavalkade durch das Werfttor herein.

Die beiden Herren, die, gefolgt von einem Troß Bediensteter und Soldaten, nun in die Werft einreiten, sind ein höchst ungleiches Paar.

Der eine thront wie ein König auf seinem Roß, ist klapperdürr mit dem verkniffenen Gesicht eines magenkranken Nußknackers. Elegant schwingt er sich aus dem Sattel, stakt auf langen Beinen auf uns zu.

»Der höchst ehrenwerte Master George Winter, Beauftragter für die Schiffe der Königin«, stellt Cumberland vor. »Bruder von Sir William Winter, dem Master of Navy Board und Master of Ordnance Board.«

Die Hand George Winters ist kühl, feucht und schlapp wie die Flosse eines Fisches.

Der andere, der mehr wie ein gequälter Mehlsack auf seinem Pferd hängt, läßt sich aus dem Sattel zu Boden rutschen und wird von Clifford angekündigt als: »Kapitän John Hawkins, Schatzmeister der Königlichen Marine.«

Kaum daß er wieder sichere Erde unter seinen Füßen hat, bläst John Hawkins den ergrauenden Bart auf, die Qual verschwindet aus seinen Augen und macht einem schlauen, abschätzenden Funkeln Platz. Sein Händedruck hat etwas Knochenbrecherisches.

»Ich freue mich Euch wiederzusehen, Sir Adam«, begrüßt er mich. »Eure Kanonen sind ja schon berühmter als die der braven Burschen Owen und Pitt, ehe auch nur eine einzige davon ernsthaft erprobt wurde. Nun denn: Wo ist sie? Wo ist Eure Kanone, die Ihr gestern mitgebracht habt?«

»Master Hawkins, meint Ihr nicht, wir sollten zunächst...«, mischt sich Winter ein, doch Hawkins schneidet ihm einfach das Wort ab:

»Ich meine, daß ich sie sehen will, und zwar sofort!«

Also setzen wir uns in Bewegung hinunter zum Ausrüstungskai – Baker, Hawkins, Clifford und ich, etwas langsamer gefolgt von George Winter.

»Gottes Scheiße!« staunt John Hawkins beim Anblick meiner Traumschlange, umrundet sie, guckt in ihren Schlund, klopft prüfend an ihren Verzierungen. »Das ist das tollste und albernste Stück gegossener Bronze, das mir je unter die Augen gekommen ist! Wenn man noch eine große rot-gelbe Schleife darum bindet, wäre das ein Geburtstagsgeschenk für König Philipp von Spanien.«

Ich fühle, wie ich vor Ärger langsam dunkelrot anlaufe, doch John Hawkins blinzelt mir vergnügt zu:

»Na schön, Sir Adam, jetzt habt Ihr Euren Spaß gehabt. Und wo ist sie wirklich?«

»Wer?«

»Sie! Eure neue Schiffskanone? Die mit dem – wie nanntet Ihr das? – *Schiffskopf!*«

Über die Stirn von Matthew sehe ich Gewitterwolken ziehen. Auch Hawkins hat sie gesehen und blinzelt Baker zu:

»Nicht ärgern, Master Baker, weil einer Eurer Leute geschwatzt hat! Es wäre doch eine Schande, wenn mein privater Informationsdienst über das, was auf den Werften im Land vorgeht, weniger wissen würde als der Eure... Aber wo habt ihr sie denn nun versteckt?«

Ich tippe mir mit dem Finger gegen die Stirn:

»Hier drinnen, Kapitän Hawkins.«

»Blutige Scheiße! – Kann man denn, Sir Adam, wenigstens einen kleinen Blick in Euren Kopf werfen?«

Mit einem Stück Kohle skizziere ich auf einem Abfallbrettchen schnell meinen Schiffskopf, erläutere gleichzeitig seine Wirkung auf die Trempelrahmen der Geschützpforten. John Hawkins hängt gebannt an meinen Lippen, wird mit jedem Wort aufgeregter und aufgeregter, schlägt mir schließlich strahlend auf die Schulter:

»Bei den Eiern des Papstes, das ist genial! Das ist großartig! Das ist...«

George Winter, der sich schon seit längerem von unserer Gruppe abgesetzt hat, dringt plötzlich in unser Gespräch:

»Was ist das eigentlich für ein Schiffsneubau dort drüben?«

Unsere Blicke richten sich auf den Schiffsrumpf, dessen Bug ein paar Dutzend Schritte weiter hoch emporragt. Noch ruht der Kiel des Schiffes auf einer Reihe von schweren Holzklötzen, die, nach dem Wasser zu immer niedriger werdend, eine lange schiefe Ebene bilden – halb Himmel, halb Hölle. Wie das Langschiff einer halb fertigen Kathedrale in seinem hell honigfarbenen Eichenholz, mit den aufragenden Hölzer und blanken Nagelreihen, den weich schwingenden horizontalen Plankenlinien, den sauberen Vierecken seiner Stückportenfenster ragt die Konstruktion vor uns in den blauen Sommerhimmel.

Die Hölle befindet sich – wie könnte es anders sein – unten. Umschwebt von nach Teer und Schwefel stinkenden Qualmwolken aus großen Kochkesseln sind Scharen von Werftarbeitern dabei, den Unterwasserrumpf mit einer dicken, heißen Schmiere einzusalben. Wie schmutzstarrende Teufel hantieren die Männer mit ihren vom Qualm rotentzündeten Augen mit dicken, pechtriefenden Schwabbern, Quasten und breiten Spachteln, um einen Unflat, gemixt aus Holzkohleteer, Schwefel, gestoßenem Glas oder kleingehackten Rinderhaaren, *Bodensalbe* genannt, auf das jungfräuliche Eichenholz zu schmieren.

»Wieso verschandelt Ihr das schöne Schiff derart, Meister Baker?« fragt denn auch Ysabel, die sich uns angeschlossen hat.

»Ich schütze es mit dem Beelzebub vor dem Teufel, Mylady«, erklärt Matthew, dem offenbar ein ähnliches Bild vor Augen steht wie mir. »Der Beelzebub *Bodensalbe* schmeckt so abscheulich, daß sie auch den Teufel, den größten Feind aller Schiffe abschreckt – den *Schiffswurm*. Eigentlich ist es gar kein Wurm, sondern eine Muschelart, die es überall im Salzwasser gibt, und sie ernährt sich von Holz! Ohne diese stinkende Schmiere wäre die schöne feste Eiche binnen Monaten so löchrig und brüchig wie ein altes Wespennest.«

»So wie ein hübsches Mädchen«, nickt Ysabel verstehend, »das sich hinter einem weiten Mantel und einer Maske verbirgt, wenn es sich einmal ohne ausreichende Begleitung in die Straßen Londons wagen muß.«

»Das ist mein Schiff, die Sampson!« erklärt der Earl of Cumberland stolz. »96 Fuß im Kiel lang, 152 Fuß von der Spitze des Galions bis zur Heckreling, nur 26 Fuß breit, 10 Fuß mittlerer Tiefgang, 300 Tonnen groß.«

»Das interessiert mich nicht«, fällt ihm George Winter ärgerlich ins Wort.

»Und es wird mir eine Ehre sein«, fährt Clifford mit einer ironisch tiefen Verbeugung fort, »das Schiff voll ausgerüstet und bemannt Ihrer Majestät der Königin zur Verfügung zu stellen, wann immer sie seiner bedarf.«

»Mich interessiert das Schiff dahinter!« unterbricht Winter erneut Cumberland. »Der Länge nach wird das ein Schiff vom mindestens 500 Tonnen...«

»Sechshundert«, berichtigt Matthew trocken.

»... also eine große Kriegsgaleone! Ihr wißt genau, Baker, daß Ihr keine Kriegsschiffe bauen dürft außer mit ausdrücklicher Genehmigung des Navy Board.«

Wir folgen dem voranstaksenden George Winter und stehen nun vor der nördlichsten der drei großen Hellinge der Werft. Auf der schiefen Ebene der Stapelklötze liegt ein langer, aus drei Teilen zusammengelaschter wuchtiger Vierkantbalken von gut einer Elle Breite und über einer Elle Höhe. An seinen Enden ragen, vom schweren Stangen gestützt, Vorder- und Achtersteven des neuen Schiffes empor. Dazwischen im vorderen Drittel, in der Mitte und im hinteren Drittel drei Spanten, die aussehen, als habe ein Riese auf eine liegende Wirbelsäule probeweise drei Rippenpaare gesetzt, unschlüssig, wie viele solcher Rippenpaare dieses Geschöpf denn nun tatsächlich brauchen könnte. Und doch ist die Form des künftigen Schiffes bereits zu erkennen, denn lange, dünne Latten sind an Spanten und Steven genagelt, so daß sich bereits filigran die Linienführung abzeichnet.

»Also, Baker«, blafft George Winter, »wer gab Euch diesen Auftrag?«

Matthew Baker verneigt sich leicht vor dem Beauftragten für die Schiffe der Königin:

»Ich erhielt diesen Auftrag von Eurem Bruder, Sir William Winter, der, wie Euch geläufig sein sollte, der Verwalter der königlichen Marine ist.«

»Wann?«

»Vor etwa fünf Wochen.«

»Und welches Schiff soll das werden?«

»Die Elizabeth Bonaventure.«

Mit vier langen Sätzen ist George Winter drunten am Rand des Wassers, reckt seinen Arm anklagend auf das halb abgebrochene Schiff, das neben dem Ausrüstungskai dümpelt:

»*Das* ist die Elizabeth Bonaventure?«

»Das *war* sie«, stellt Baker richtig. »Das Schiff wurde mir zum *rebuilt* übergeben. Was Ihr hier vor Euch seht, ist der Beginn dieses *rebuilt*.«

George Winter schnappt nach Luft, dann zetert er los:

»Wie könnt Ihr es wagen, einen Befehl der Admiralität derart unverfroren zu mißachten? Ihr hattet den Auftrag, die Elizabeth Bonaventure umzubauen! Ihr solltet die zu hohen Kastelle herunterschneiden, die Bewaffnung in den oberen Batterien reduzieren, die Schäden am Rumpf ausbessern und sie neu auftakeln. Und was macht Ihr? Ihr ruiniert ein gutes Schiff, um ein neues bauen zu können! Glaubt Ihr, nur weil Ihr Euch als Genie dünkt, Ihr könntet die Befehle des Navy Board einfach übergehen?«

Ich sehe an Matthews Schläfen die Zornesadern pochen, doch äußerlich bleibt er höflich und ruhig:

»Ich habe keinen Befehl mißachtet. In meinem schriftlichen Auftrag des Navy Board steht wörtlich *wiedererbauen!*«

»›Rebuilt‹ bedeutet *umbauen!*« kreischt Winter.

»Es ist beides!« versucht John Hawkins die Gemüter zu beruhigen. »Offensichtlich hat sich das Navy Board in seinem Auftrag nicht völlig klar ausgedrückt, und so schloß Master Baker daraus...«

»Ich schloß gar nichts!« braust Matthew auf. »Ich habe nie einen Zweifel daran gelassen, daß mir kein Pfusch aus meiner Werft kommt! Kastelle herunterschneiden – Ausbessern – Reparieren! Pfusch! Murks! Flickwerk! Glaubt Ihr, die ELIZABETH BONAVENTURE würde besser segeln, würde wendiger, schneller, von höherer Kampfkraft, wenn man nur ihre Silhouette modisch nachbessert?«

»Und wenn Ihr die bewährten Linien eines guten Schiffes nun modisch in die Länge zerrt«, zetert George Winter zurück, »dann soll es wohl plötzlich all jene großartigen und gepriesenen Eigenschaften haben? Ihr übersehet, Master Baker, daß Ihr keineswegs einzigartig seid! Es gab bereits Jahrhunderte, ehe Ihr überhaupt das Licht der Welt erblickt habt, hervorragende Schiffsbaumeister.«

Baker verneigt sich übertrieben tief:

»Wenn dies die offizielle Meinung des Navy Board darstellt, dann rate ich Euch dringend, eine Anleihe bei dem berühmtesten aller Schiffsbaumeister, Herrn Noah, zu machen und eine neue Arche zu zimmern, mit der Ihr Englands Volk und Königin retten könnt, zur Fahrt zu den Inseln der Seligen im Nirgendwo, wenn die Spanier kommen!«

»Eure Ironie ist fehl am Platz, Master Baker«, belehrt George Winter von oben herab. »Euch stünde es weitaus besser an, wenigstens den Hauch eines Beweises zu erbringen, daß die hochgeschraubten Erwartungen Eurer neuen Schiffe das ausgegebene Geld rechtfertigen.«

»Und Euch, Master Winter«, erwidert Baker »stünde es an, Euch mit den königlichen Schiffen zu befassen, wenn Ihr denn schon der Beauftragte für diese Schiffe seid! Bereits 1577 wurde meine REVENGE in Dienst gestellt, konstruiert und erbaut nach meinen Prinzipien. Nichts und niemand hätte Euch daran gehindert, dieses Schiff längst auf seine Tauglichkeit zu überprüfen.«

»Was wollt Ihr mit der REVENGE beweisen? Daß Holz schwimmt? Das Schiff hat ja bislang noch kein einziges Gefecht überstanden...«

»Dem könnte schnell abgeholfen werden!« mischt sich nun John Hawkins ein, der dem Streit zugehört hat. »Ich habe die REVENGE erprobt, und – beim Arsch des spanischen Philipp – was seine Segeleigenschaften anbelangt, kenne ich kein besseres Schiff!«

»Da Ihr es ja wohl wart, Master Hawkins«, greift ihn Winter an, »der auf die Idee kam, die altbewährten Formen seien plötzlich überholt und eigenmächtig die trutzigen Kastelle der JESUS VON LÜBECK heruntersägen ließ, müßt Ihr nun wohl so reden!«

John Hawkins reagiert verärgert:

»Gebt mir ganz einfach die REVENGE und irgendeinen Spanier. Wenn ich Euch nicht 20 Minuten nach dem ersten Schuß die Eier des spanischen Kapitäns auf einem silbernen Tablett serviere, könnt Ihr mich meinetwegen in einem Kessel voller Scheiße kochen!«

George Winter schiebt sein Nußknackerkinn vor.

»Ich weiß nicht, was genau hinter meinem und dem Rücken der Königin hier im Gange ist. Allerdings darf ich konstatieren, daß Ihr, Master Hawkins, als Schatzmeister des Navy Board hier eindeutig einer geradezu grandiosen Verschwendung und Großmannssucht Vorschub leistet. Und das werde ich aufklären! Hier und jetzt! Was ist das?«

Winters ausgestreckter Finger deutet auf ein niedriges Backsteingebäude knapp nördlich der Helling, an dessen Außenwand sich gemächlich ein großes Wasserrad in den Fluten des Medway dreht.

»Die Sägemühle«, antwortet Matthew.

»Aha, die Sägemühle! Eine eigene Sägemühle leistet sich der Herr also...«

George Winter streckt seinen Kopf in das offene Tor und eilt weiter, als er nichts Verdächtigeres als die mächtige, vom Wasserrad angetriebene, auf- und niedergleitende Gattersäge entdeckt, die sich durch den Stamm einer mächtigen Eiche auf einem wuchtigen Gleitschlitten frißt, daneben frisch geschnittene Bretter und Wolken von duftendem Sägemehl.

»Und weshalb liegt das teuer Holz hier achtlos im Wasser herum?« greift er Baker erneut an.

»Wie dem Beauftragten für die königlichen Schiffe eigentlich be-

DER SCHIFFSKOPF

kannt sein sollte«, antwortet dieser, »verfügt Eichenholz über einen hohen Anteil an Gerbsäure. Da Gerbsäure in Verbindung mit Seewasser jedoch jedes Eisen binnen kürzester Zeit zu einem Nichts zusammenrosten läßt, halten es Schiffbauer aller Nationen und Zeiten für ratsam, eben diese Gerbsäure durch ein längeres Bad im Süßwasser des Holzteiches wenigstens zu einem gewissen Grad auszuwaschen.«

George Winter ist, ohne die Erklärung Bakers zu Ende zu hören, an der Rückseite eines zweiten, großen Gebäudes neben der Sägemühle entlanggestürmt. Bleibt wie angewurzelt stehen. O ja, das Holzlager der Werft in Chatham ist in der Tat beeindruckend. Auf einem gewaltigen Areal türmen sich Reihe um Reihe die säuberlich aufgeschichteten Stapel an vorgeschnittenen Planken und Bohlen, alle unter luftigen Dächern gegen Sonne, Schnee und Regen geschützt. Mächtige Eichenstämme liegen dort und dicke Astteile in den unterschiedlichen Formen, V-förmige Gabeln und L-förmige Winkel, in weiten Kreissegmenten gebogen und schlangenartig gekrümmt.

»Da lagert ja Holz für mindestens zehn Schiffe!« keucht Winter. »Das ist ja ein Vermögen an Holz!«

»Gewiß«, bestätigt Baker. »*Mein* Vermögen! All dieses Holz, das da seit zehn, fünfzehn, zwanzig Jahren lagert, habe *ich* gekauft, habe *ich* bezahlt. Der Krone hat dieses Lager bislang nicht einen einzigen Penny gekostet!«

»Nein«, giftet Winter, »aber es wird die Krone mehr als ein Vermögen kosten, wenn Ihr die Gelegenheit bekommen solltet, dieses Holz in königliche Schiffe zu verbauen! Jetzt wird mir einiges klar! Die Elizabeth Bonaventure ist eine herrliche Gelegenheit, Kosten aufzutürmen.«

Baker läßt seinem Ärger freien Lauf:

»Glaubt Ihr, für den Preis, den das Navy Board für die Wiedererbauung der Elizabeth Bonaventure zahlt, könne ich durchgehend neues Holz verwenden?«

Wütend reißt Matthew die Tür zu der Halle auf, neben der wir stehen. Ein durchdringender Gestank nach Terpentin, Essig und anderen Essenzen schlägt uns entgegen:

»Wißt Ihr, was meine Leute da drinnen tun? Sie schaben die alten, abmontierten Planken der Elizabeth Bonaventure wieder blank, flicken beschädigte Stellen aus, verstopfen alte Nagellöcher – damit man sie wenigstens noch für die Innenwegerung wieder verwenden kann. Und wißt Ihr, was die beiden Jungen da drüben machen? Alte Nägel gerade klopfen!«

Doch George Winter ist schon davongestakts, reißt nacheinander die Türen der großen Lagerhalle auf, die sich dem Holzlager anschließt:

»Fässer über Fässer Teer. Ballen über Ballen Werg. Ein wahres Gebirge an Holzkohle. Regale um Regale voll Stangeneisen, Bandeisen, Eisendraht, Bronze, Kupfer...«, konstatiert er. Und schon stürmt er weiter auf die andere Seite des großen Mittelplatzes, steckt seine Nase in das Leinenhaus, wo sich die Ballen mit Segelleinwand bis zur Decke stapeln, in das Taulager, wo Rollen vom dünnsten Schiemannsgarn bis zum dicksten Ankerkabel in dicken Packen aufgetürmt auf die Takler warten, und weiter in die Blockmacherei, die Faßbinderei, zu den Lafettenbauern. Und schon geht es weiter durch das Masthaus, hinunter an das Ufer des Medway, wo ein Wasserrad die mächtigen Blasebälge und Eisenhämmer der kleinen Schmiede und der Ankerschmiede antreibt.

»Und das alles«, fährt George Winter, dessen Besichtigung der Werft sich zunehmend zu einem Rundlauf entwickelt hat, Matthew an, »all diese Gebäude, all diese Unmengen an Material wollt Ihr aus Eurer eigenen Tasche gekauft und bezahlt haben?«

Noch immer bleibt Matthew überraschend ruhig, auch wenn ich sehe, wie sich die Knöchel seiner geballten Fäuste weiß abzeichnen:

»Glaubt es oder glaubt es nicht, aber genau so ist es!«

»Nun, dann kann ich nur daraus schließen, daß das Wiedererbauen von Schiffen ja ein prachtvolles Geschäft sein muß!« bohrt George Winter weiter.

»Ein so prachtvolles Geschäft, daß man jeden alten Nagel, jedes brauchbare Stückchen Holz, jedes Fetzchen Werg sorgsam wiederverwenden muß, wenn man am Ende nicht dabei kräftig draufzahlen will!«

Der Beauftragte für die Schiffe der Königin stößt abschätzig die Luft durch die Nase:

»Und gleichzeitig versucht Ihr mir vorzumachen, es sei dringend erforderlich, ein gutes Schiff, nur weil es ein bißchen in die Jahre gekommen ist, bis zum Kiel abzubrechen und von Grund auf neu wieder zusammenzusetzen? Ich habe den Verdacht, daß Ihr mit Euren neuen Schiffen und dem ganzen Firlefanz lediglich der Krone das Geld aus der Tasche ziehen wollt. Und genau das werde ich in meinem Bericht an die Admiralität auch schreiben! Wieso sagt Ihr eigentlich nichts dazu?« fordert er John Hawkins heraus. »Ihr seid schließlich der Schatzmeister des Navy Board, der das alles finanziell zu verantworten hat!«

»Wollt Ihr wirklich meine Meinung hören?« fragt John Hawkins ernst.

»Jawohl! Und zwar sofort!«

»Nun, jedes Kostenangebot, das mir Master Matthew Baker vorlegt, jagt mir kalte Schauer über den Rücken. Jede Abrechnung bereitet mir schlaflose Nächte. Und jedes Schiff aus seiner Hand ist ein Blick ins Paradies der Seefahrer!

Master Baker ist der teuerste und beste Schiffsbaumeister, der je in England gelebt hat! Merkt Euch dies: Wenn Master Baker morgen beschließt, seine Schiffe nicht mehr mit Eisen-, sondern mit Silbernägeln zu beschlagen, dann werde ich schreien und toben und fluchen ... und zahlen! England braucht seine Schiffe – oder es wird kein England mehr geben!

So, das ist meine Meinung – und die mögt Ihr nun auch nach London melden!«

»Jawohl, jawohl!« kreischt Winter. »Ich werde es melden! Ich werde melden, daß hier eine ungeheure Verschwörung im Gange ist. Ich werde melden, daß in dieser Werft die Krone bestohlen und betrogen wird. Und ich werde melden, daß an der Spitze dieser Verschwörung der Schatzmeister des Navy Board steht!«

»Raus!« Matthew ist totenbleich vor Zorn. »Master George Winter, verlaßt meine Werft, und wagt es niemals wieder, sie zu betreten! Als Vertreter des Navy Board mögt Ihr Euch herausnehmen, mich zu beleidigen, aber niemals einen Mann, der mein Gast ist! Da ist das Werfttor. Hinaus mit Euch!«

George Winter rammt sein Nußknackerkinn vor:

»Ich werde...«

»... gehen!« vollendet Baker.

Der Beauftragte für die Schiffe der Königin starrt Matthew an, dann Hawkins, dann den Earl of Cumberland, dann mich, dann in die Runde, die sich um uns versammelt hat. Gut 50 Werftarbeiter haben um uns einen Ring gebildet. Sie rühren sich nicht, stehen nur da mit ihren von Sägemehl bestäubten Haaren und Bärten, den fleckigen Jacken und Stiefeln, lassen die teerfleckigen, schwieligen Hände baumeln.

Das Nußknackerkinn sackt herunter. Und dann hat es Winter plötzlich sehr sehr eilig.

CHATHAM-MAYFIELD-PLYMOUTH-DEPTFORD 1580/81

Kaum ist er durch das Tor der Werft verschwunden, dreht sich auch Matthew abrupt um, stürmt in das Masthaus, schwingt sich hinauf auf die hohen Böcke und beginnt mit einem Dechsel, dem rasiermesserscharfen, schweren Querbeil der Schiffszimmerleute, einem dort liegenden Mast die letzte Form zu geben. Ich will etwas sagen, doch Hawkins, Ysabel und Clifford ziehen mich weg.

Stunden später, die Werft ist längst in abendliche Ruhe versunken und wir sitzen beim einem Glas Wein, hört man noch immer das Pfeifen des schweren Dechsels herüber, der papierdünne Holzstreifen von dem Mast schält, bis er aussieht, als habe man ihn mit dem feinsten Hobel bearbeitet.

Samstag,
der 11. Juni

Am nächsten Morgen begrüßt Matthew Baker Ysabel und mich so strahlend, als habe es den ganzen Ärger des gestrigen Tages nie gegeben.

Die Gesellen und Lehrlinge haben unterdessen das Werfttor mit Blumen geschmückt, neben der Glocke in der Mitte flattert an einem Mast die Flagge Englands im frischen Wind, und Mrs. Baker ist mit einer Reihe von anderen Frauen dabei, vor dem Haus und im rückwärtigen Teil des Geländes vor dem großen Lagerhaus und der Segelmacherei lange Tafeln mit Geschirr und Blumen einzudecken, während die Werftarbeiter in ihren Zunfttrachten einherstolzieren.

Auch die Gäste beginnen hereinzuströmen, allen voran John Hawkins, von Kopf bis Fuß in schwarzen Samt gehüllt, den eine vierfache goldene Kette, an der das Siegel des Marineschatzamtes baumelt, wirkungsvoll zur Geltung bringt. George Clifford, aufgeputzt und redselig wie immer, mit seinen drei Ladies. Das Fenner-Kleeblatt: George, der Chef der Familie und seine beiden Vettern Thomas und William, alle drei hervorragende Kapitäne und Freunde von John Hawkins. Kapitän Martin Frobisher, ein kurzbeiniger, stämmiger, finster wirkender Mann mit einer Stimme, die wie eine seit 100 Jahren nicht geölte Türangel knarrt.

Cumberland hat ihn im Auge, als er mit Häme bemerkt:
»1576 hat er versucht, die Nordwestpassage in den Stillen Ozean

zu finden. Daß er es nicht geschafft hat, nimmt er dem Schicksal immer noch übel.«

Von seinem Landsitz in der Nähe von Faversham ist Lord Henry Seymour herübergekommen, ein Herr mit wallendem Patriarchenbart und kalten Fischaugen. Ein kleines, quirliges Kerlchen wird mir von Matthew als Richard Chapman vorgestellt: »Unser bester Nachwuchs-Schiffbauer und heute schon Chef der Werft in Woolwich.«

Ich empfinde es als angenehm, daß nicht nur das neue Schiff, sondern auch meine Traumschlange Scharen von Neugierigen anzieht, und so ist es nicht verwunderlich, daß auch wir bald drunten auf dem Ausrüstungskai stehen.

»Äh, Matthew!« Ein unbeschreiblich dicker Mann winkt uns schon vom Tor her zu.

»Mein Konkurrent, gelegentlicher Freund und gelegentlicher Feind Peter Pett, genannt Bierbauch-Peter«, klärt mich Matthew auf. »Der Chef der Werft in Deptfort.«

Bierbauch-Peter trampelt auf mächtigen Plattfüßen heran, schlägt Baker grob auf die Schulter, quetscht mir bei der Begrüßung prompt die Hand, trompetet:

»Na, Matthew, wird er schwimmen, dein Neubau? – Äh, das da ist wohl eine der neuen, hochgepriesenen Kanonen? Niedlich! Niedlich! Kann das Ding auch schießen, ohne daß das ganze Zuckerwerk davonfliegt?«

Bierbauch-Peter lacht dröhnend über seinen Witz.

»Sir Adam, darf ich Euch meinen Sohn Phineas vorstellen?«

Im Gegensatz zu seinem Vater wirkt Phineas Pett zwar klein, doch schon genauso fett, ausgestattet mit gierigen Rattenaugen. Matthew warnt mich später: »Wenn du in der Nähe von Phineas Pett bist, halte alles fest was dir gehört, der Bursche stiehlt dir sonst die Hose vom Hintern!«

»Matthew«, dröhnt Vater Pett hinterher. »Gibt es hier eigentlich etwas zu trinken, oder willst du mich verdursten lassen? Und dein Schiff will ich auch etwas näher sehen!«

»Später, Peter, später«, wehrt Baker ab. »Im Augenblick...«

»Hast du nichts anderes als den Stapellauf im Kopf. Kann ich verstehen. Hau schon ab und kümmere dich um deine Leute, Matthew. Ich finde schon etwas zu trinken, und Phineas kann ja Sir Adam und Doña Ysabel ein bißchen Gesellschaft leisten.«

Wir verzichten auf die Gesellschaft von Phineas und bewegen uns in Richtung der SAMPSON, die nun fertig mit gesalbtem Unterwasserrumpf auf ihrem Stapel ruht. Der rattenäugige Phineas Pett folgt uns auf dem Fuß, läßt sich nicht abschütteln.

Im Näherkommen, jetzt, wo ich den Neubau erstmals ganz und ohne die verhüllenden Qualmwolken sehen kann, stutze ich.

»Das Schiff ist ja noch gar nicht fertig.«

»Natürlich nicht«, höre ich Phineas hinter mir. »Der Stapellauf ist der kritischste Punkt beim ganzen Schiffbau. Schon deshalb, weil in jenem Augenblick, wo die Stützen entfernt sind, die jetzt den Rumpf auf der Helling halten und stützen, der Schiffskörper nur noch auf seinem eigenen schmalen Kiel und den beiden Schmierplanken liegt. Auf diesen Planken, die rechts und links seitlich des Kiels zum Wasser hinunter ausgelegt sind, rutscht das Schiff in sein Element. Die Lehrlinge sind eben dabei, diese Planken mit einer Mischung aus Talg und grüner Seife, einzuschmieren, um sie schön glitschig zu machen. Wenn der Meister nun das schwere Tau, mit dem der Achtersteven des Schiffes dort an jenem dicken Pflock angehängt ist, durchschlägt, dann rutscht der Rumpf über die Schmierplanken ins Wasser hinab. Vielleicht könnt Ihr Euch vorstellen, Sir Adam, daß sich das Schiff in diesen Augenblicken in einem Zustand höchst labilen Gleichgewichts befindet.«

»Oh, ich bin durchaus in der Lage, mir dies vorzustellen.«

»Da dies so ist«, doziert Phineas weiter, »ziehen die Schiffsbaumeister die Beplankung nur ein Stück über die Wasserlinie – das ist jene Linie, bis zu der der Schiffsrumpf später ins Wasser eintaucht, wie der Name Euch verrät. Auf diese Weise stellt der Meister zwar einen schwimmfähigen Körper her, vermeidet jedoch jedes überflüssige Gewicht, das die Stabilität des Rumpfes beim Stapellauf zusätzlich gefährden könnte. Auch soll es – selbstverständlich niemals in Deptford, aber auf gewissen anderen Werften – mitunter vorkommen, daß ein Schiffsrumpf beim Stapellauf umstürzt. Je weiter ein Schiff fertiggestellt ist, desto größer wäre bei solch einem Unglück auch der Schaden, wie Ihr denkbarerweise begreifen werdet, Sir Adam.«

»Ich begreife«, beeile ich mich zu versichern und füge in Gedanken »du Schnösel« hinzu.

»Hallo, Adam!« winkt mich Cumberland zu sich. »Meine Ladies brauchen noch einen weiteren starken männlichen Arm!«

»Wenn Euer Lordschaft gestatten«, drängelt sich Phineas Pett heran, »so möchte ich mir gerne erlauben...«

George Clifford übersieht das Rattengesicht und fährt fort:

DER SCHIFFSKOPF

»So wie es aussieht, wird der Stapellauf der S[AMPSON]{.smallcaps} bald beginnen, und wir wollen unseren Freund Matthew nicht warten lassen.«

Lady Joan Cranbrook hängt sich wie selbstverständlich in meinen linken Arm ein, was ihr einen grimmigen Blick Ysabels einträgt. Zu dritt nähern wir uns der Tribüne.

»SAMPSON – Simpson«, sinniert Lady Joan dabei vergnügt, »was für ein Zufall, diese Namensähnlichkeit...«

Während sich die Menge der Zuschauer an den Absperrungen sammelt, besteigen wir die kleine Tribüne, die Matthew in sicherem Abstand neben dem Schiff hatte errichten lassen.

Unter den scharfen Blicken des Meisters legen die erfahrensten Gesellen die letzten Stützbalken rings um den Neubau nieder.

Ein Geistlicher im Chorrock hat sich inzwischen erhoben und als Beginn der Zeremonie des Stapellaufes zu einer Predigt angesetzt:

»Liebe Freunde und Christen! Wir haben uns heute hier im Namen des Herrn zusammengefunden...«

Rumpelnd geht ein weiterer Stützpfosten zu Boden.

»... wie der Herr dem Noah gebot, als der zur Strafe der Sünden der Menschen die große Flut schickte...«

»Das Schiff wird zwar nur 300 Tonnen groß«, erzählt mir Cumberland unterdessen, »aber Baker hat mir versprochen, daß er 28 Eurer Kanonen darauf unterbringen kann...«

»... der Herr, unser Gott, aber sprach zu dem Walfisch, der den frommen Jonah verschluckt hatte...«

Polternd fällt der nächste Balken.

»Seid Ihr eigentlich verheiratet?« fragt mich Lady Joan leise von der anderen Seite.

»... und Schiffe waren es, die den Apostel Paulus und mit ihm das Wort des Herrn hinaustrugen in die Welt...«

»Matthew will das Heck der SAMPSON ganz niedrig bauen«, fährt Cumberland fort. »Persönlich gefallen mir die hochgeschwungenen Achterschiffe zwar besser, aber er hat mir versichert, daß mein Schiff dadurch erheblich schneller und wendiger sein wird.«

»... und so wie unser Herr Jesus Christus auf dem See Genezareth dem Sturm gebot...«

»Schiff frei, Master!« meldet lautstark der älteste der Gesellen.

Ohne auf den weiterbrabbelnden Priester zu achten, steht Lord Cumberland auf:

»Lady Simpson, darf ich Euch bitten, nun mein Schiff zu taufen?«

Lady Simpson erhebt sich, verläßt unsere Tribüne, betritt den abgesperrten Platz um das Schiff, schreitet zu seinem Bug. Das Schiff mag nur 300 Tonnen groß sein, aber die schlanke Gestalt der Lady wirkt winzig unter dem mächtigen Rumpf, der, nun von all seinen Stützen befreit, wie ein drohendes Gebirge über ihr zu schweben scheint. Totenstill ist es jetzt, nachdem irgendwer auch den Prediger zum Schweigen gebracht hat.

Lady Simpson öffnet ein kleines Fläschchen, das sie in der Rechten hält.

»Echtes Jordanwasser«, raunt mir Lady Joan zu.

Lady Simpson hebt die Hand mit der Phiole. Klar klingt ihre Stimme über den Platz:

»Ich taufe dich auf den Namen SAMPSON. Mögest du stets Wasser unter dem Kiel und Wind in deinen Segeln haben. Mögest du zum Schrecken deiner Feinde werden und jederzeit wohlbehalten die Häfen deiner Wahl erreichen!«

Mit schwungvoller Geste spritzt sie das Jordanwasser auf den Schiffsbug. Kaum ist sie zu uns auf die Tribüne zurückgekehrt, wenden sich alle Augen wie mit einem Ruck dem Heck der SAMPSON zu. Dort steht Matthew Baker. Ein kleiner Junge, wohl einer der jüngsten Lehrlinge, überreicht ihm eine schwere Axt mit einer tiefen, zeremoniellen Verbeugung. Sorgsam prüfend gleiten die Finger Bakers über die sichelförmige Schneide. Dann ergreift er den Stiel mit beiden Händen. Einen Augenblick sammelt er sich mit geschlossenen Augen.

Die Axt schwingt hoch. Ihre Schneide blitzt in der Sonne. Und fährt nieder – durchschneidet die schweren Taue, die den Schiffsrumpf noch von seinem ureigensten Element zurückgehalten haben.

Einen Atemzug lang geschieht – gar nichts. Dann beginnt die SAMPSON zu rutschen. Schneller – schneller – gleitet sie die Schmierplanken hinab – stößt mit einem aufschäumenden Gischtwirbel ins Wasser – rutscht weiter – löst sich von der Helling – schwankt ein paar Herzschläge. Sie schwimmt!

Beifall brandet auf. Clifford eilt zu Baker hinunter, umarmt ihn. Während etliche Männer der Werft die SAMPSON zum Ausrüstungspier verholen, schallt es immer wieder:

»Lang lebe die Königin!«

»Lang lebe Matthew Baker!«

Und der Geistliche versucht standhaft gegen den Lärm anzusingen:

»*Was Gott tut, das ist wohlgetan!*«

DER SCHIFFSKOPF

Sonntag,
der 13. November

Die letzten Arbeiten am Schleusentor und dem dahinterliegenden großen Staubecken sind abgeschlossen, gerade rechtzeitig vor Anbruch des Winters. Der Zulauf ist größer als der Ablauf, so daß der Spiegel unaufhörlich steigt. Die umfangreichen Arbeiten an den gemauerten Zuleitungsrinnen sind soeben beendet. Nur mit dem richtigen Gefälle hatten wir noch einige Wochen zuvor größere Probleme. Der Wasserverbrauch war einfach zu groß, was zur Folge hatte, daß die Mühlsteine von Coggins Mill, eine knappe Meile flußabwärts, zur Untätigkeit verdammt waren. Nicht nur wegen der guten Kornernte trug uns dieser Umstand einigen Ärger nach Mayfield Furnace herein. Man glaubte wohl, daß ich darauf keine Rücksicht nehmen werde und die Absicht verfolge, Coggins Mill trocken zu legen. Der gleichmäßige aber auch sparsamere stetige Wasserlauf zu den Blasebälgen und dem riesigen neuen Wasserrad funktioniert nun reibungslos, und Coggins ist zufrieden.

Innerhalb der Gebäude haben wir den Sommer über, vor allem in der Formerei, mit neu konstruierten Form- und Feuerkästen experimentiert. Die Lösungen für ein genaues, besseres und auch schnelleres Verfahren sind gefunden. Statt der frei aufgelegten Kernspindeln auf zwei Böcken in der Halle liegen jetzt zwei gegenläufige Kernspindeln, vom ersten Arbeitsschritt an bis zur Bewehrung der fertigen Formen mit Eisenbändern, auf geschlossenen aufgemauerten Formkästen. Der besondere Vorteil liegt darin, daß die wertvollen und aufwendigen Lehmzubereitungen auf dem Boden nicht breitgetreten, sondern aufgefangen und somit unverschmutzt für weitere Arbeitsschritte eingesetzt werden können. Mit den dünnflüssig aufgetragenen Lehmsorten verhält es sich gleichermaßen. Ganz zu schweigen von den sauberen und trockenen Füßen meiner Former.

Das Durchtrocknen der einzeln aufgebrachten Schichten, gerade die der Gußformen, kann bei niedrigem Feuer am selben Ort ohne Platzwechsel und Verholen der Formen durchgeführt werden.

Zweimal sechs Formkästen haben wir untergebracht, was uns in die Lage versetzt, maximal an 24 Rohren gleichzeitig arbeiten zu können. Die Halle ist in ihrem Grundriß so angelegt, daß immer zwei *Fireboxes* vor einem großzügig ausgelegten Fenster plaziert sind. Der freie Korridor in der Längsrichtung des Gebäudes könnte noch einmal bequem sechs Formkästen aufnehmen, was die Kapaziät auf 36 Rohre steigern würde. Das einstöckige Gebäude ist in Höhe der Giebelgalerien an den beiden Längsseiten zusätzlich mit einer Reihe von Fenstern versehen, was die Lichtverhältnisse in der Halle noch einmal verbessern hilft. Keine trügerischen Unebenheiten in den aufgetragenen Wachs- und Lehmschichten können somit übersehen werden. In den nächsten Wochen werden wir noch die Flaschenzüge über den Kästen im verstärkten Dachgebälk anbringen, um später die fertigen Rohre zum Brennen bequem von den Kästen heben zu können. Anschließend beginnen die Arbeiten an den ersten Proberohren, versehen mit dem neu geformten Schiffskopf.

Über den Winter hinweg werden wir die Anlage für die Ausbohrung der Rohre vollenden. Inwischen werden auch die Holzsorten ausreichend vorhanden sein. Lange Kiefern- und Pinienhölzer für das Durchrühren des Metallbades und beachtliche Mengen trockenen, geraden, harz- und knotenfreien, genau abgemessenen Klafterholzes für die Feuerkästen der beiden Schmelzöfen. Die sechste Lieferung von Buchen-, Ulmen- und Birkenholz erwarte ich die nächste Woche, nachdem die ersten beiden Bruchholzlieferungen auf Grund der Knotigkeit und Feuchtigkeit völlig unbrauchbar waren. Spätestens im Frühjahr wird der Guß meiner ersten bedeutenden Schlangenserie erfolgen.

Während in den Wintermonaten in Kent und Sussex fast jede bestehende Gießerei ihre Arbeit nur sehr eingeschränkt aufrechterhalten kann, können wir unabhängig von Sturm, Regen, Nebel und der feuchten, alles durchdringende Kühle unsere Arbeit ohne Unterbrechungen in allen Hallen fortführen. Die geschlossenen Arbeitshallen des Arsenals und die Bemerkungen Zenon Querinis darüber standen hierfür Pate. Da die Gebäude um einen großen Innenhof herum ein Rechteck bilden und somit ineinander übergehen, braucht niemand den Innenhof zu queren oder gar außen herum seinen Weg suchen. Die Kontrolle der gesamten Gießerei wird erleichtert durch die eingebauten Galerien, die in Höhe der ersten Stockwerke verlaufen und einen guten Blick hinunter auf die Arbeitseinrichtungen gestatten. Lord Cumberland, wenn er bei uns weilt, wählt bei seinen Rundgängen ausschließlich die Empore. Sie ist zu jeder Tages- und Nachtzeit vom Wohnhaus her begehbar. Den Schlüssel zu den Türen hat niemand außer mir.

DER SCHIFFSKOPF

Die Tage sind ohne Unterbrechung voll ausgefüllt mit Überlegungen, Diskussionen, Verbesserungen und Optimierungen der einzelnen Arbeitsschritte. Bevor der Startschuß für den Beginn des anstehenden Seriengusses fällt, will ich ein Höchstmaß an Zuverlässigkeit erreicht haben.

Die neuen, angepaßten Formbretter, einschließlich des neuen glatten Schiffskopfes, liegen bereit. James Paine hat mit dem Vorlegieren der Barren in seiner Schmelzerei vor zwei Wochen begonnen. Da ich von diesem Prinzip keinesfalls abweichen werde, bedingt diese Anforderung ein volles Magazin an Barren mit der Qualität ›AD‹. Die umfangreiche Vorratshaltung schließt jeden Engpaß aus.

Die beiden mit genialen Neuerungen versehen Schwarzen Riesen werden spätestens Anfang des neuen Jahres langsam aufgeheizt, um Beschädigungen im Ofen zu vermeiden. Die Arbeiten in der Lehmstampferei sind vollendet. Sobald alle Ingredienzien eingetroffen sind, kann mit der Zubereitung der Lehmsorten begonnen werden. Ich verlasse die Formerei und wechsle in die Gußhalle hinüber.

Der Grund für die hektische Betriebsamkeit in der großen Gußhalle liegt gut zwei Stockwerke tiefer.

Die Gruben vor den Schwarzen Riesen, die der Aufnahme der fertig gebrannten Formen dienen, werden noch einmal erweitert. Ich habe dies angeordnet, nachdem Cumberland mir mitteilte, daß der Bedarf an Feldschlangen schon in wenigen Monaten möglicherweise sprunghaft ansteigen könnte.

Die beiden Gruben hatte ich zunächst für 20 18pfünder Feldschlangen ausgelegt, 10 für jede einzelne Grube und pro Flammofen. Bei einem maximalen Fassungsvermögen von 50000 Pfund Metall pro Ofen sind wir allerdings in der Lage, unter Berücksichtigung des *Verlorenen Kopfes* pro Rohr, mit einem Abstich maximal 14 18pfünder Feldschlangen zu gießen. Die Feldschlangen werden ohne Bodenstück eine Länge von 12 Fuß haben bei einem Gewicht von 3400 Pfund und einer Kaliberstärke von 5,7 Zoll.

Obwohl es für die Qualität der Rohre günstiger ist, weniger zu gießen als das Maximum von 28, gehen wir mit unseren Maßnahmen an die Grenze des Möglichen. Je länger das Ausfließen der Bronze aufgrund der Schmelzmenge dauert, um so schwieriger ist das Aufrechterhalten der erforderlichen Gießtemperatur. Zudem wird das rasche Absinken der Temperatur in der Schmelze immer kritischer. Die erste Serie unter Aufsicht der Herren des Navy und des Ordnance Board werde ich daher auf acht 18pfünder begrenzen...

»Wie kommt Ihr voran, Archibald?«

Da das Wasser von der Anhöhe Mayfields herunterdrückt, mußte Archibald mit seinen Männern eine zusätzliche feste Stützmauer einbauen und gleichzeitig einen weiteren Entwässerungsgraben bis hinunter zur Brücke ziehen lassen. Einsickerndes Wasser während eines Gusses käme einer Katastrophe gleich. Das Wasser und die Feuchtigkeit sind die größten Feinde der Gußformen. Schon Biringuccio warnte vor der Feuchtigkeit in den Gußformen. Das Bersten der Formen oder gar eine Explosion in der Grube wäre unvermeidlich. Der entstehende Schaden würde uns um ein Jahr zurückwerfen. Von den Kosten ganz zu schweigen...

»Ich denke, daß wir noch eine gute Woche benötigen werden, Meister!«

Monatelang bin ich im Wachen und Schlafen jeden Handgriff, jede eingeführte Neuerung wieder und wieder durchgegangen. Ich bin meiner Sache sicher. *Absolut* sicher. Die Kapazität meiner Gießerei wird von keiner anderen erreicht werden. Die neuen Rohre mit dem besonderen Kopf werden dem Ziel und ihrer Aufgabe mehr als gerecht werden.

ADAM DREYLING MADE THIS PIECE

Und doch treibt mich eine innere Unruhe manchmal wie mit einer Geißel durch die Gießerei, raubt mir den Schlaf, macht mich reizbar, ja unleidlich. Ysabel macht mir zwar keine Vorhaltungen, doch bemerkte sie gestern abend, daß ich mich die letzten Monate verändert hätte...

Der wichtigste Guß meines Lebens war der in Houndsditch. Wäre er fehlgeschlagen – nun, ich hätte wohl immer noch die Unzulänglichkeiten der technischen Einrichtungen der Owenschen Gießerei zu meinen Gunsten ins Feld führen können. Auch war das Gießen meiner Traumschlange im Frühsommer ein Vergnügen – bei einem Fehlschlag hätte davon niemand etwas zu erfahren brauchen. Doch der erste große Guß von gleichzeitig acht Rohren, der erste von vielen Dutzend Güssen, die nach dem gleichen Muster ablaufen sollen, bewegten mein Gemüt.

»Ob du ein Rohr einmal oder dreimal gießt, interessiert in London keinen Menschen, solange du nur die entsprechende Zahl an tadellosen Rohren zum festgesetzten Zeitpunkt in Chatham ablieferst!« redet mir Ysabel gut zu. »Es ist dein Ehrgeiz und dein Hang zur Perfektion!«

Sie hat damit wohl den Nagel auf den Kopf getroffen.

»Meister! Meister!«

Jonathan Stanton, mein Schreinermeister steht am Tor der Gußhallen.

»Was ist denn jetzt schon wieder los?« murre ich vor mich hin.

»Meister, ein gewisser Master Baker ist angekommen und sagt, daß er unbedingt mit Euch sprechen muß.«

»Baker? Matthew Baker?« wiederhole ich ungläubig. Was will er? Warum kommt er ohne Anmeldung? Gibt es Krieg mit Spanien?

Ich eile hinaus zum großen Tor und haste auf dem neuen, mit Feldsteinen befestigten Anfahrtsweg auf die Außenmauer zu. Mit jedem Schritt wächst die Neugier. Tatsächlich, es ist Matthew, dem meine zwei Männern, die das äußere Tor bewachen, befehlsgemäß den Zutritt verweigern. Sein plötzliches Erscheinen kann nichts Gutes bedeuten...

»Pfeif endlich deine Wachhunde zurück!« ruft er mir zu, kaum daß er meiner ansichtig wird.

»Laßt meinen Freund passieren!« befehle ich und gehe auf ihn zu und strecke ihm meine Hände zum Gruß entgegen:

»Herzlich willkommen, Matthew, in Mayfield Furnace!«

»Du läßt dich ja besser bewachen als die Königin«, bemerkt er trocken.

»Wenn du dich angemeldet hättest...«

Baker wischt meinen Einwand mit einer Handbewegung weg:

»Wundere dich nicht, daß ich dich so überfalle! Wir haben nur wenig Zeit. Laß dir bitte sofort das Nötigste einpacken und deine zwei besten Pferde satteln! Wir müssen heute nacht noch Eastborne erreichen!«

»Eastborne? Was wollen wir denn in Eastborne?«

Matthew ist aufgekratzt. Etwas Wichtiges treibt ihn:

»Ich habe dort unter den Schiffern ein paar gute Freunde, die uns bis spätestens übermorgen nachmittag nach Plymouth bringen werden.«

»Und was, um der Liebe Christi willen, sollen wir – soll *ich* in Plymouth?«

»Drake ist zurück!«

»Drake!? Der gilt doch seit Jahren als verschollen!«

»Du hast recht. Vor fast drei Jahren ist er mit fünf Schiffen von Plymouth ausgelaufen, um die legendäre Straße am Südende des amerikanischen Südkontinents und den Seeweg in den Pazifischen Ozean zu finden. Im Jahr darauf kehrte die Elizabeth zurück mit der Nachricht, man habe vor Feuerland die nicht mehr seetüchtigen Pinassen SWAN und CHRISTOPHER aufgegeben, während die MAYGOLD und Drakes Flaggschiff, meine PELICAN, mit Mann und Maus versunken seien.

Und jetzt, am 5. November, ist Drake samt meiner – *meiner* – PELICAN wohlbehalten wieder in Plymouth eingelaufen, nachdem er die ganze Erde umsegelt hat! Vor ein paar Stunden habe ich die Nachricht bekommen und bin sofort losgeritten, um dich abzuholen und weiter nach Plymouth zu eilen. Aber jetzt mach dich fertig – wir müssen los!«

»Matthew, ich freue mich wirklich von Herzen für dich, daß es deine PELICAN geschafft hat. Aber hast du eigentlich eine Ahnung, was hier im Augenblick los ist? Ich bin dabei wichtige Vorbereitungen für meine erste Schlangenserie zu treffen! Und was soll *ich* überhaupt in Plymouth?«

»Du sollst mit mir die PELICAN anschauen, untersuchen! Diese Fahrt rund um die Welt war eine Härteprobe vom Kiel bis zum Masttopp, vom Kochkessel bis zum Geschütz wie er eindrucksvoller und aufschlußreicher nicht sein könnte! Ich brauche dich bei diesen Untersuchungen!«

»Und meine Gießerei?«

»Erfolgt denn morgen schon der erste Abstich?«

»Nein, aber die laufenden Arbeiten dafür. Die Aufsicht darüber... Wir haben noch einiges auszuführen.«

»Dann ist es nicht so wild. In einer Woche bist du zurück. Und die Männer werden auch ohne dich die Arbeiten ordentlich ausführen. Übrigens sind das Board und Cumberland mit unserer gemeinsamen Reise einverstanden.«

Sein letztes Argument gibt schließlich den Ausschlag für meine Einwilligung. Wenig später verlassen wir Mayfield Furnace in Richtung Kanal.

Die technischen Daten und Konstruktionsprinzipien seiner PELICAN, die mir Matthew seit unserer überstürzten Abreise unaufhörlich auf der gesamten Strecke nach Eastborne begeistert erläutert, kann ich inzwischen mitsingen. Erst als wir am späten Nachmittag den Hafen erreichen, bin ich erlöst.

Das Schiff, das Baker in Eastborne organisiert hat, ist kein Schiff, sondern ein stoßender, bockender, schaukelnder Kahn, und wenn ich auch offenbar gegen Seekrankheit gefeit bin, wirft er mich herum

DER SCHIFFSKOPF

wie einen nassen Lumpensack den er am liebsten ausschütteln wollte. So ziehe ich es vor, auf dem kürzesten Weg in die Koje zu kommen, in der ich schnell in einen wohltuenden Schlaf geschaukelt werde.

Das Segeln in der ruppigen See am darauffolgenden Tag einschließlich der Nacht, verbringe ich großteils in meiner gemütlichen Koje, da sie das Stampfen und Pendeln des kurzen Küstenseglers sanft ausgleicht. Erst als die Fahrt ein wenig ruhiger wird, schreckt mich Matthew auf:

»Wir müssen an Deck!«

Schon zerrt er mich hinauf. In der hochstehenden Sonne öffnet sich vor uns der Hafen von Plymouth:

»Siehst du da vorn! Da liegt sie! Meine PELICAN!!«

Mein Freund Matthew beugt sich so weit über die Reling, daß man meinen möchte, er werde im nächsten Augenblick über Bord springen, um zu *seiner* PELICAN zu schwimmen.

Ich sehe freilich nur ein buntes Gewirr von Schiffen und Booten, Masten, Tauen und Flaggen vor uns:

»*Wo* ist sie?«

»Da! Direkt vor uns!«

Ich beiße mir auf die Zunge, um nicht laut loszubrüllen.

»*Dafür* hast du mich nach Plymouth geschleppt? *Dafür* habe ich meine Gießerei verlassen? DAFÜR??«

Ein kleines Schiffchen, mit leichter Schlagseite nach Steuerbord, dümpelt da mit notdürftig wieder und wieder zusammengeflickter Takelage auf den Wellen. Die Farbe des Rumpfes ist ein undefinierbares Gemisch aus Schwarzgrau und Schmutziggrün, von dem nur etwas heller jene Bretter abstechen, die roh über die ärgsten Schadstellen genagelt worden waren. Das Galion fehlt zum Teil, und den einzigen Anker, welcher in den Fockrüsten hängt, hält nur der Rost zusammen. Die beiden aufgegeiten Segel sehen aus wie ein Tiroler Flickenteppich, und die Fahne, die am Heck flappt, ist so ausgeblichen, daß sie praktisch jeder Nation angehören könnte.

»Ist sie nicht ein wunderbares Schiff?« seufzt Matthew Baker neben mir. In seinen Augen liegt ein Leuchten, das sonst wohl nur Mütter und Väter für ihre neugeborenen Kinder bereit halten – so häßlich diese auch immer sein mögen.

CHATHAM-MAYFIELD-PLYMOUTH-DEPTFORD 1580/81

Dienstag,
der 15. November

Wenige Minuten später liegen wir neben dem Jammerkahn, und ich klettere hinter Matthew die Jakobsleiter hinauf an Deck.

Der Kerl, der uns in Empfang nimmt, könnte geradewegs aus einem Seeräubermärchen stammen. Er trägt eine Hose undefinierbarer Farbe, die sich nur noch aus Flicken zusammensetzt, und eine spanische Samtjacke klafft auf über einer breiten, dichtbehaarten Brust auf der ein juwelenbesetztes Goldkreuz baumelt. Die einzigen Stellen des Kopfes, die nicht von einem struppigen Wust an Haaren, Bart und Augenbrauen bedeckt sind, sind eine mehrfach gebrochene Nase und zwei eisblaue Augen. Vervollständigt wird das Bild durch ein schweres Entermesser an seiner Hüfte und einen protzigen Goldring mit einem riesigen grünen Stein an seiner Rechten.

»Willkommen, Master Baker!« dröhnt er uns entgegen. »Oberbootsmann James Buryan zu Euren Diensten, Sir. Der *Kapitän* hat gesagt, solange das Schiff hinterher noch schwimmt, könnt Ihr auf der GOLDEN HIND...«

»PELICAN«, korrigiert Baker.

»... GOLDEN HIND«, beharrt Buryan, »tun und lassen, was Ihr wollt. Der andere ist übrigens auch schon da.«

»Der andere?«

»Master Pett.«

Der Bootsmann öffnet die niedrige Tür zur Kapitänskajüte im Heck und gibt den Blick auf ein zutiefst friedliches Bild frei. Neben einem gewaltigen Krug auf dem Eichentisch ruht in einem breiten Sessel, die Beine weit ausgestreckt, die Hände über der mächtigen Wampe gefaltet, sanft schnarchend Bierbauch-Peter. Matthew schließt leise wieder die Tür:

»Lassen wir ihn, wo er ist. Er hat damals die PELICAN ohnehin nur nach meinen Angaben gebaut...«

Außer Bierbauch-Peter und dem Bootsmann ist das Schiff menschenleer.

»Sind alle zum Feiern an Land«, erklärt James Buryan.

»Und Ihr müßt hier allein Wache schieben?« frage ich teilnahmsvoll.

»Hab' mich freiwillig gemeldet, Sir«, zwinkert mir Buryan zu. »Hab' gehört, daß in der Stadt die Pest sein soll... James, hab ich mir gesagt, bleib lieber auf dem Schiff! Bist nicht um die ganze Welt gesegelt, um dir hier den ›schwarzen Tod‹ zu holen.«

»Also fangen wir an«, unterbricht uns Matthew ungeduldig.

»Wo, Master Baker?«

»Da, wo jeder Schiffsbaumeister anfängt, am Kiel.«

Wir steigen ins Batteriedeck hinab, zwängen uns dann durch ein enges Luk und über eine wacklige Leiter hinunter in den Bauch des Schiffes. Außer ein paar dahinmodernden Fässern, einigen schimmeligen Lumpen und zerbrochenem Kleinkram ist der Raum gähnend leer.

»Bis zu den Decksbalken war das hier vollgestopft mit Gold und Juwelen, kostbaren Stoffen und Gewürzen«, berichtet James Buryan stolz. »Sogar in der Kapitänskajüte und in der Kombüse haben sich die Fässer, Ballen und Säcke gestapelt. Einiges mußten wir sogar offen auf dem Deck verzurren!«

Die, durch ein paar trübe funzelnde Laternen kaum erhellte Weite des Raumes, die Spantrippen, die Nässe, der widerliche Gestank – ich komme mir vor wie der Prophet Jonas, als ihn der Walfisch verschluckt hatte.

Matthew ist unterdessen in den hintersten Teil des Raumes geklettert, kniet nun nieder, legt sich schließlich flach auf den Bauch und peilt nach vorne. Ein zufriedenes Strahlen liegt auf seinem Gesicht, als er sich wieder erhebt und den Dreck von seinen Kleidern abklopft.

Der Bootsmann weiß, wonach Matthew suchte:

»Hat sich kein Inch verbogen, der Kiel! Danach habt Ihr doch geschaut, Master Baker? Kein Inch! Der *Kapitän* hat es beide Male, bei Atakama an der Küste Perus und auf Java, als wir das Schiff gekielholt haben auf der Reise, extra nachmessen lassen.«

»Gekielholt?« frage ich.

Aus James Buryan sprudelt es geradezu heraus:

»Ein Schiff kielholen heißt, daß man es so weit auf die Seite kippt, daß der Kiel aus dem Wasser kommt. Ist eine Schweinearbeit, besonders wenn man keine Werft, sondern nur eine stille Bucht zur Verfügung hat, und alles auch noch schnell, schnell, schnell gehen muß. Erst Bäume fällen, um Widerlager und schwere Winden am Ufer zu bauen, auf dem Schiff die Luken und Pforten und jedes Loch verstopfen, damit kein Wasser ins Innere läuft, und den Kahn mit fünf-

und sechsfachen Flaschenzügen, die an den Groß- und Focksalingen eingehängt sind, herumkippen. Und dann tagelang mit Spachtel und Schrapper die ganzen Gärten von Algen und Muscheln herunterkratzen. Endlich alles neu kalfatern, teeren und salben, eine neue Wurmhaut aufnageln, das Schiff aufrichten, umdrehen und auf der anderen Seite das Ganze noch mal. Das Ärgste war das Ziehen der Tausende von Nägeln, denn von der Wurmhaut waren jedesmal nicht viel mehr als die Nägel übrig.«

»Wie hat sie sich denn sonst bewährt?« wendet sich Matthew, der Spant für Spant geprüft hatte, dem Bootsmann zu.

»Hervorragend, Master Baker!«

»Worin liegt der Sinn dieser Wurmhaut?« frage ich Matthew.

»Sinn der Sache ist, den Schiffswurm, den berüchtigen *Teredo navalis*, von den eigentlichen Schiffsplanken abzuhalten. Der Schiffswurm lebt im Salzwasser und frißt Holz, ähnlich dem Holzbock, der in einem absterbenden Baum wütet. Genauso sieht das auch aus, nur daß die Gänge viel dichter liegen und teilweise fingerdick sein können. In manchen südlichen Gewässern kann es passieren, daß binnen weniger Wochen von einer Planke nur noch Krümel übrig sind. Die Spanier haben aus diesem Grund die Unterwasserrümpfe ihrer Galeonen oft mit Bleiplatten beschlagen. Das hilft, ist aber teuer und macht durch das Gewicht die Schiffe langsam. Wir streichen unsere Unterwasserrümpfe mit der Bodensalbe – du hast das im Sommer beim Stapellauf in Chatham gesehen. Und über diese Bodensalbe wird dann die Wurmhaut aus billigem Holz mit unendlich vielen Nägeln genagelt.«

»Also wirklich gebracht hat es das geteerte Segeltuch, das unter der Wurmhaut über die Bodensalbe geklebt ist«, berichtet Buryan eifrig. »Selbst wo die Wurmhaut aufgefressen war, hat das Tuch verhindert, daß die Bodensalbe abgewaschen wird und der Teredo weiterfressen konnte!«

»Das sind drei Kisten Malaga für unseren Freund, Sir Richard Grenville!« lacht Matthew. »Damals während der Planung und Konstruktion der PELICAN habe ich eng mit Sir Richard Grenville, William Hawkins, dem älteren Bruder unseres Marineschatzmeisters, Richard Hakluyt und dem Mathematiker, Astronomen und Astrologen John Dee zusammengearbeitet. Die Idee mit dem geteerten Segeltuch stammt von Sir Richard. Die drei anderen hielten nicht viel davon, also haben sie jeweils um eine Kiste Malaga gewettet, und die hat Sir Richard ja nun wohl mit Glanz gewonnen.«

»Ich wußte gar nicht, daß Grenville Malaga schätzt«, werfe ich ein. »Ich dachte, sein Leibgetränk sei schottischer Whisky.«

»Ist es auch, aber Malaga ist teurer, dafür bekommt er leicht die dreifache Menge Whisky.«

Matthew wendet sich erneut den Spanten zu, prüft, kratzt mit einem kleinen Messer an den morschen Stellen, brummt zufrieden, wenn nach einem Inch das feste Kernholz zum Vorschein kommt. Nur etwas hat er heftig zu bemängeln:

»Habe ich Euch nicht wieder und wieder eingebleut, daß Ihr die Köpfe der eisernen Bolzen und Nieten auch binnenbords regelmäßig einfetten und teeren müßt?« poltert er ungehalten. »Und nun schaut Euch das an! Da und da und da! Alles restlos durchgerostet! Wie oft muß man Euch eigentlich predigen, daß die Gerbsäure des Eichenholzes in Verbindung mit Seewasser jedes Eisen binnen Kürze zusammenrosten läßt? Geht denn das in Eure verdammten Schädel nicht hinein?«

James Buryan hebt abwehrend die Hände:

»Natürlich geht's hinein, Master Baker. Und wir haben's ja auch gemacht – das erste Mal auf Feuerland, als wir die Begleitpinassen CHRISTOPHER und SWAN ausgeschlachtet haben und die drei anderen Schiffe, die GOLDEN HIND, die MAYGOLD und die ELIZABETH für die Fahrt durch die Magellanstraße vorbereiteten. Und dann wieder bei Atakama. Nur später, da ging's halt nicht mehr!«

»So, und weshalb?«

»Der Laderaum war zu voll. Wir kamen nicht mehr an die Bolzenköpfe heran. Master Baker, kaum daß wir dieses verdammte Kap der Stürme hinter uns hatten, drängelte sich die spanische Beute ja geradezu danach, in den Bauch der GOLDEN HIND zu gelangen. Kaum waren wir vor der Küste von Chile, als wir einen Indio auffischten, der, in der Meinung, wir seien Spanier, uns in den Hafen von Valparaiso dirigierte, wo ein dicker Kauffahrer lag. Die Besatzung des Schiffes, acht Dons und drei Neger schlugen vor Begeisterung über unser Auftauchen den Generalmarsch und kredenzten uns Wein. Als sie dann merkten, wer wir wirklich waren, sprangen sie über Bord und rissen samt der Bevölkerung der Stadt aus. Wir plünderten Valparaiso und das Schiff ohne jede Gegenwehr: ein Zentner Gold und 1770 Krüge Wein...« Buryans Gesicht bekommt für einen Augenblick einen verklärten Ausdruck. »Das war vielleicht ein Besäufnis!

Nach der Generalüberholung des Schiffes bei Atakama räumten wir zunächst vor Arcia drei Segler aus. Mitte Februar liefen wir dann in Lima ein und plünderten in aller Ruhe zwölf Schiffe, deren Kapitäne die Takelagen hatten an Land bringen lassen, da sie an keine Gefahr gedacht hatten. Dort erfuhren wir auch von der CACAFUEGO, die den jährlichen Ertrag der Silber-, Gold- und Edelsteinminen Perus und Ekuadors nach Panama schaffen sollte, von wo dann die Schätze mit einem Maultiertreck über den Isthmus gebracht werden sollten. Sie war zwar schon 14 Tage zuvor abgesegelt, aber unsere GOLDEN HIND ist schließlich gut doppelt so schnell. Am 28. Februar passierten wir den Äquator im Golf von Guayaquil, und am nächsten Tag hatten wir sie.

Eigentlich hieß das Schiff NUESTRA SEÑORA DE LA CONCEPTIÓN, und dabei hätte man es belassen sollen, denn ihrem Spitznamen CACAFUEGO, ›Feuerspeier‹, machte sie wenig Ehre. Binnen einer halben Stunde war das Schiff unser. Geschlagene vier Tage schleppten wir die Beute auf unser Schiff herüber: 26 Tonnen Silber in Barren, 13 Kisten gemünztes Silber, 80 Pfund Gold, Truhen voller Edelsteine und Perlen und andere Waren im Wert von gut 200000 Pfund Sterling. Don Juan de Antón, der Kapitän der CACAFUEGO, saß unterdessen als Gast am Tisch des Kapitäns, wurde höflichst behandelt und erhielt als Abschiedsgeschenk sogar eine goldene Kette mit eingraviertem Namenszug *Francisco Drake*, ehe er mit seinem leeren Schiff entlassen wurde.

Mitte März schnappten wir dann ein Schiff mit einer Ladung Seide und chinesischem Porzellan. Der Kapitän war gar nicht begeistert über diese Beute, ließ sie aber doch umladen, weil, wie er sagte, ›seine Frau Seide und Porzellan braucht‹.

Der nächste Fang verbrauchte wenigstens kaum Platz, auch wenn der Kapitän meinte, er sei noch wertvoller als Gold, Silber und Edelsteine: zwei ausgezeichnete und erfahrene Lotsen und ein ganzer Stapel von Kartenmaterial und Skizzen des Pazifischen Ozeans und des Chinesischen Meeres bis hin zu den Molukken. Das war dann wohl auch der Grund, weshalb der Kapitän beschloß, auf Westkurs, rund um die Welt, heimzusegeln und nicht mehr zurück durch die gottverfluchte Straße des Magellan. Wir hätten das ja noch eine Weile so weitertreiben können, doch die GOLDEN HIND war mittlerweile voll – randvoll! Und die Dons waren inzwischen auch aufgewacht und jagten hinter uns her, und wir konnten uns nicht darauf verlassen, daß sie immer das Nötigste vergessen würden, wie ihr erstes Geschwader, das vergaß, Proviant mitzunehmen, oder ihr zweites, das ohne Kugeln und Pulver lossegelte.

DER SCHIFFSKOPF

Wir sind zwar noch ein Stück die Küste hinauf, und der Kapitän hat dort eine Bronzetafel hinterlassen, auf der steht, daß er das Land unter dem Namen *Nova Albion* für unsere Königin in Besitz nähme, doch uns um Bolzenköpfe zu kümmern, war gewiß keine Zeit. Wir schauten, daß wir für die lange Strecke über den Pazifik genug Wasser und Proviant erwischten und entschwanden Richtung Westen. Wir wußten genau, daß die Bolzen da drunten vor sich hinrosteten, aber was hätten wir tun sollen? Ohne auszuladen, kamen wir an keinen Spant und keinen Bolzenkopf mehr heran!«

Baker ist unterdessen durch eine kleine Luke ins Kabelgatt im vordersten Teil des Rumpfes geklettert. Einen Augenblick später hören wir seine Stimme dröhnen:

»Was war denn hier los?«

Der Bootsmann klettert eilig hinter meinem Freund in den Raum, in dem auf Fahrt die schweren Ankertrossen aufgerollt liegen, und auch ich strecke neugierig meinen Kopf durch die Luke. Selbst mir fallen sofort die dicken, offensichtlich noch recht neuen Bretter auf, die gegen Boden und Seiten genagelt, teilweise provisorisch mit Balken verspreizt sind. Baker hat den Bootmann an der Schulter gepackt, deutet auf die Bretter:

»Was ist da passiert? Wann?«

Fieberhaft beginnt Matthew die Spanten, den Binnensteven, die Stützknie und die schweren und breiten Querverstrebungen zu untersuchen, die er Bugbänder nennt. Doch Buryan beruhigt ihn:

»Das ist ein Andenken an die Heimreise. Bei Celebes sind wir auf ein Korallenriff geraten. Das Schiff hat zwar bei schwerem Wetter immer ganz schön viel Wasser gemacht, aber nicht so viel, daß man's nicht hätte auspumpen können. Die Konstruktion hat's tadellos ausgehalten, nur ein paar Kielgänge und ein paar Planken waren im Bugbereich beschädigt. Auf Java haben wir's dann repariert – nicht schön, aber stabil.«

Matthew ist sichtlich erleichtert. »Da habt Ihr verdammtes Glück gehabt!«

»Glück? *Kein* Glück, Master Baker. Den *Kapitän* haben wir gehabt! Und Ihre GOLDEN HIND!« widerspricht der Bootsmann. »Ein Schiff, das die Schweinerei bei Feuerland überstanden hat, das übersteht alles! Gott im Himmel, erst schmeißt es die MAYGOLD mit Mann und Maus auf die Klippen. Dann verschwindet die ELIZABETH auf Nimmerwiedersehen. Dann zettelt Doughty eine Meuterei an, so daß der Kapitän seinem besten Freund den Kopf vor die Füße legen lassen muß. Krankheiten. Überfälle durch Indios beim Wasserholen. Und dann Sturm, Sturm, Sturm. Kälte, Regen, Schnee. An eine warme Mahlzeit nicht zu denken. 52 Tage lang! 52 Tage bis wir herum waren um dieses scheißverdammte Feuerland!

Ein Kapitän, ein Schiff und eine Mannschaft, die *das* aushalten, die brauchen kein Glück mehr, die nehmen es mit jedem auf, mit jedem Riff und jedem Don!«

Ein Rumpeln und schwere Schritte an Deck haben uns bereits darauf aufmerksam gemacht, daß jemand das Schiff betreten hat.

»Ist da drunten jemand?«

Geführt von Buryan, klettern wir an Deck. Droben erwartet uns ein höchst unterschiedliches Dreigestirn:

Robert Ambros, Lord of Warwick, schüttelt Baker und mir sichtlich gutgelaunt die Hände. George Winter, der Beauftragte für die Schiffe der Königin, reicht uns mit verkniffenem Nußknackergesicht widerwillig seine schlappe Flosse, kein Wunder nach dem Zusammenstoß im Sommer auf der Werft in Chatham. Sir William Winter, sein Bruder und Master des Ordnance wie Navy Board, folgt dem Ritual.

»Sir Francis Walsingham hat uns gebeten, an Ort und Stelle einen eingehenden Inspektionsbericht über die GOLDEN HIND einzuholen«, erklärt Lord Warwick. »Wenn das Schiff auch nicht zur königlichen Flotte gehört, die dreijährige Härteprobe mag uns allen bedenkenswerte Aufschlüsse über Bauart und Material für zukünftige Schiffe geben. Nun, Master Baker, wie ist Euer Eindruck?«

»Mit Eurer freundlichen Erlaubnis, Mylords, möchte ich im Moment nichts dazu sagen. Ich habe seinerzeit die PELICAN entworfen und Master Peter Pett hat sie erbaut. Wir sollten daher zunächst das Urteil anderen überlassen. Ich habe aus diesem Grund Master Richard Chapman ersucht, nach Plymouth zu kommen und für das Navy Board einen entsprechendes Gutachten zu erstellen. Master Chapman müßte im Lauf der nächsten Stunden eintreffen.«

»Eine kluge und ehrenwerte Maßnahme, Master Baker«, stimmt Ambros zu. »Was mich persönlich allerdings mehr als das Schiff interessiert, sind seine Geschütze – und dafür haben wir in Sir Adam Dreyling ja einen objektiven Gutachter bereits zur Stelle. Nun, Sir Adam, wie lautet Euer Urteil?«

»Ich bin noch nicht dazugekommen, die Geschütze genau zu überprüfen, Mylord, doch das läßt sich ja sofort nachholen. – Bootsmann?«

DER SCHIFFSKOPF

»Sir!«

»Welche Geschütze hat die GOLDEN HIND an Bord?«

»Beim Auslaufen hatten wir 14 Kanonen, Sir. Neun geschmiedete eiserne Hinterlader, zwei gegossene eiserne Vorderlader und drei bronzene Vorderlader. Nach dem Einlaufen in die Südsee waren von den geschmiedeten Eisenrohren fünf bereits durch Rost völlig unbrauchbar. Der Kapitän ließ sie als Ballast verwenden – da unten müssen ihre Reste irgendwo noch liegen.«

»Das ist ja eine unglaubliche Verschwendung!« läßt sich George Winter empört vernehmen, doch sein Bruder, Sir William, bedeutet ihm zu schweigen.

»Zwei weitere, unbrauchbare ließ er später über Bord werfen«, fährt Buryan fort. »Wir haben sie durch vier einigermaßen passende Bronzerohre der CACAFUEGO ersetzt. Die beiden letzten geschmiedeten Rohre sind dort hinten, der Kapitän ließ sie als Beweis für ihre Unbrauchbarkeit aufheben.«

Schon die oberflächlichste Prüfung bestätigt, daß Francis Drake richtig gehandelt hatte. Die innen wie außen dick vor Rost starrenden Rohre sind wirklich nur noch als Ballast verwendbar. Lord Warwick und Sir William bestätigen mein Urteil uneingeschränkt.

»Und hier sind die beiden gußeisernen Geschütze«, führt uns der Bootsmann weiter.

Auch diese beiden Rohre, sie stammen ihrer Kennung nach aus der Gießerei Pitt, sind mit einer stumpfroten Rostschicht überzogen, und als ich durch die schrundige, ausgeschlagene Mündung ins Innere der Seele fasse, bröseln mir in Klumpen und Plättchen die Roststücke in die Hand. Wortlos präsentiere ich sie Warwick und Winter.

Buryan hat an dem zweiten Rohr außen etwas Rost abgeschlagen und deutet nun auf einen feinen, jedoch unübersehbaren Riß, der sich vom Kammerfeld bis zu den Schildzapfen zieht.

»Wir hatten verdammtes Glück, daß uns das Rohr nicht um die Ohren geflogen ist«, bemerkt er dabei.

Wir wenden uns den Bronzerohen zu, den drei aus der Gießerei Owen und den vier spanischen Beutestücken. Auf den ersten Blick sehen sie, schwärzlich-grünlich-bräunlich oxydiert, kaum vertrauenerweckender aus. Auch sie sind vernarbt, ihre Oberfläche außen wie innen teilweise rauh und leicht körnig.

Ambros runzelt mißbilligend die Augenbrauen. Für mich eine gute Gelegenheit, die ich sofort nutze:

»Das sind Fehler im Guß, nicht im Material. Mylord, Sir William, die Rohre sind zwar oxydiert, aber wenn Ihr genau prüft, so werdet Ihr nirgendwo Stellen finden, wo sich Material in Klümpchen oder Plättchen löst wie bei den Gußeisenrohren, geschweige, daß die Seelen fast zugerostet wären wie bei den Schmiedeeisengeschützen. Auch Sprünge kann ich keine erkennen.«

Die beiden Herren prüfen lange, gründlich. Die englischen wie die spanischen Rohre. Dann steht ihre Meinung fest. Sir William Winter fragt:

»Nun, Sir Adam, *Euer* abschließendes Urteil?«

»Ich denke, die Situation ist klar. Wäre ich Eisengießer, müßte auch ich für Bronze stimmen!«

»Nun denn«, erklärt Warwick, »ich werde in meinem Bericht an die Krone empfehlen – und Sir William wird sich mir darin zweifellos anschließen –, daß auf königlichen Schiffen hinfort ausschließlich bronzene Geschützrohre verwendet werden dürfen!«

»Was nicht heißt, Sir Adam«, meldet sich George Winter zu Wort, »daß *Ihr* derjenige sein werdet, der sie alle gießen wird.«

»Der *Beste* wird sie gießen!« antworte ich mit einem verbindlichen Lächeln.

»Und nur so soll und wird es sein!« bestätigt Ambros mit fester Stimme.

Ein Schiff voll mit purem Gold verläßt die Neue Welt, tobt mit dem Stürmen der Meere um die Erdkugel herum und schüttet das Gold mächtig an die Küsten Englands. Das schimmernde Metall kriecht aus den Laderäumen, breitet sich aus über das Land und galoppiert hinein in die Städte. Ist seine Macht dort angekommen, erfaßt sie die Menschen in ihren Häusern, auf Straßen und Plätzen – gräbt sich ein in ihren Geist und erhitzt die Gemüter. Die Ankunft der »Goldenen Hirschkuh« unter Francis Drakes Kommando zerstreut sogar die Angst vor dem Schwarzen Tod. Trotz Pesthauch, der Plymouth seit Monaten umweht, ist das Fest der Heimkehr Drakes auf dem Plymouth Hoe und rund um den Hafen in vollem Gange. Im Größten wie im Kleinsten, beim einzelnen wie bei der Masse – Drake ist die Ausgeburt dieser Stadt, das Symbol des Rausches, einer, der sie verrückt macht, der sie vergessen macht; denn er hat allen vorgemacht, wie leicht es ist, an fremden Küsten Gold und Silber wie Honig einzusammeln. Niemand weiß, wieviel es ist. Nur eins ist sicher: Die Beute muß unermeßlich sein!

»Auf nach St. Andrew. Es soll ein jeder etwas von dem Gold abbekommen! Drake selbst will es heute verteilen!« brüllen sie von vorn nach hinten. »Nur wer aus Plymouth stammt, bekommt etwas – die anderen sollen sich verpissen…!« antwortet dieser, und: »Lügner! Mistkerl! Alle bekommen etwas von der Beute. Es reicht für alle!« schreit vor Zorn jener aus der Menge zurück.

Gold, Gold und nochmals Gold. Die GOLDEN HIND soll randvoll bis zu den Stückpforten hinauf mit Juwelen, Gold und Silberbarren beladen gewesen sein. Der Wahn greift um sich. Wie Sturmböen wachsen die Hoffnungen tief und breit in der dahinströmende Menschenmasse und kommen als Echo hundertfach zurück. Auch uns erfaßt die Stimmung, und wir scheuen die Pestgefahren nicht mehr. Der Bürgermeister wollte das Fest noch in letzter Minute verbieten. Doch ist das Glück Drakes nicht auch ein Fingerzeig des Himmels? Und ist nicht auch die Pest damit aus den Mauern der Stadt endgültig verbannt?

Matthew neben mir trennt den Blitz von seinem Leuchten:

»Drake ist ein phantastischer Stratege des Plünderns und Raubens. Dazu paßt, daß er auch fähig ist, Menschen aus seinen eigenen Reihen aus dem Weg zu räumen, wenn sie seine Ziele in Frage stellen. Ihm fehlt die Besonnenheit, dafür liebt er die Stärke – ich meine die Stärke, mit einem Schlag Ruhm zu erlangen.«

Plötzlich springt Matthew vor mich hin, dreht sich um, hebt die Arme als ob die Ankunft Gottes auf Erden bevorstünde und fährt halb melodisch, halb lästernd fort:

»Er – der alles auf den Kopf zu stellen vermag, er – der die *Dons* im Pazifik verholzt hat, wo er sie nur greifen konnte, er und sein geraubtes Gold sind die überströmende Kraft, die von den Menschen in allen Gassen, auf Plätzen, in Häfen, auf Flüssen, die Küsten und Straßen entlang bis hinauf nach London aufgesaugt wird. Er hat wie Moses auf den Fels geschlagen. Sie werden daher noch mehr vor ihm buckeln, und manche werden den Wolf des Meeres ablecken, bis sein Fell hell glänzt wie das eines unschuldigen Schafes.«

Wieder neben mir gehend, legt er Ernst in seine Stimme.

»Ich habe vorhin John Winter, den zweiten Kapitän der ELIZABETH, gesprochen. Er hatte Drake mit seiner PELICAN in einem 52 Tage andauernden Sturm verloren geglaubt und es vorgezogen, ohne Drake nach England zurückzukehren. Ich hatte Gelegenheit, seinen

Bericht über die halbe Reise bis hinunter zur Magellanstraße zu studieren. Demnach hat Drake dort, bevor er in den Pazifik vorstieß, die Hinrichtung seines Freundes Thomas Doughty veranlaßt. Von mehreren Seiten höre ich nun, daß sich der Schatten des Toten über Drake auszubreiten beginnt. Auch Lord Burghley und einige andere wichtigen Leute in London sehen diesen Punkt kritisch. Sie mögen seine prahlerische, ausschweifende und anmaßende Art nicht. Eventuell wird bald Anklage gegen ihn erhoben, wenn nicht die Königin...« Nach seiner Handbewegung zu urteilen, bedeutet sie das Zünglein an der Waage.

»Das würden die Menschen von Plymouth kaum gutheißen«, werfe ich ein.

»Sicher, er hat eine Großtat vollbracht, die möglicherweise die Hinrichtung Doughtys zudecken wird. Wir werden sehen, wer mächtiger ist. Entweder Drakes Verbündete oder Burghley mit seinen Londoner Kaufleuten. Heute interessiert das jedenfalls niemanden. Hier ist er einer der ihren – sie spüren seine beginnende Unsterblichkeit.«

»Und das alles mit deinem Schiff! Geht es dir nicht genauso?« frage ich zurück.

»Unsterblich wegen Drake? Nein! Meine Gedanken kreisen mehr um die Planken meiner PELICAN und die von mir aufgebrachte Wurmsperre. Das durchbohrende Gefühl des Wurmes mit seiner anschließenden Enttäuschung möchte ich gern nachvollziehen. Was wird er sich nur in jenem Moment gedacht haben...?«

Matthew weigert sich beharrlich, seine PELICAN im Kopf nachträglich in GOLDEN HIND umzutaufen. Ich kann mir nur denken, daß er dadurch drohendes Unglück vermeiden will. Den Namen eines Schiffes zu ändern gilt den Seeleuten als übles Omen.

Wie von selbst werden wir in der Menge zum Ort des geplanten Schauspiels gedrängt. Die Gefahr des schwarzen Todes scheint völlig vergessen. Wenig später öffnet sich der Platz um St. Andrew. Gleich am Eingang ist eine kleine überdachte Tribüne aufgebaut, die mit Bänken und einzelnen prunkvollen Stühlen bestückt ist.

»Dort hinauf sind wir eingeladen.«

Die Absperrungen werden wie durch Geisterhand von der Menge respektiert. In Form einer Aufführung, die mit Hilfe von *pageants*, einer Art Wagenbühnen, bewerkstelligt werden soll, wollen in wenigen Augenblicken die tragenden Zünfte und das Volk von Plymouth Drakes geglückte Weltumsegelung feiern. Inzwischen heizt sich die

Menge unaufhörlich weiter auf. So wird behauptet, daß ein Wagen voll mit Gold beladen dabei sein solle, und kein anderer als Drake werde, dem aussetzenden Verstand der Menge entsprechend, das gelbe Zeug auf sie herabwerfen. Dementsprechend groß ist der Kampf um die vordersten Reihen.

»Ich bin neugierig, wer ihm die Ehre gibt?« flüstert Matthew während wir die Tribüne hinaufsteigen. Vier Reihen sind schon besetzt. Dem Aussehen nach können es nur die Seeleute der GOLDEN HIND sein. Matthew steuert zielstrebig auf die Stühle zu, von denen rund die Hälfte, die um einen zentralen, besonders bequem aussehenden Sessel herum stehen, besetzt sind.

Wir begrüßen den Earl of Leicester, Sir William Winter, und ich werde von Matthew Sir Christopher Hatton, John Dee und Richard Hakluyt vorgestellt, bevor ich zu meiner Freude neben Sir Richard Grenville meinen Platz zugewiesen bekomme. Meine Position unter all den eingeladenen Gästen ist günstig, indes der Stuhl in der Mitte der Tribüne immer noch auf den wartet, der ihn besetzen soll.

Die Glocke im Turm von St. Andrew schlägt die zwölfte Stunde des Tages. Eine Gasse öffnet sich, und die ersten Wagen rollen heran. Das, was sie zeigen werden, wird im Moment noch hinter zugezogenen Vorhängen verborgen. Der Ehrgeiz des guten Bestehens vor den Besuchern der umliegenden Nachbarstädte, aber erst recht vor den geladenen Adeligen steigert die Spannung bei den Zuschauern, geht es doch um eine Bewährungsprobe für die ganze Stadtgemeinde.

Wo ist Drake? Sein Platz ist immer noch verwaist.

Der erste Wagen rollt, geschoben von mindestens zehn Helfern in der Zunftkleidung der Fischer, in den Kreis vor uns hinein und stoppt direkt vor unserer Bühne. Neben dem Wagen reitet ein Mann.

»Ein *Expositor*«, flüstert Grenville zu mir herüber. »Er wird die Rolle des Mittlers zwischen Darstellern und Zuschauern übernehmen. Alles, was szenisch nicht vorgeführt werden kann, wird er erläutern und ergänzen.«

Gleich darauf werden die Zugvorhänge an allen Seiten des Wagens zurückgezogen. Sofort beginnt der Mann zu Pferde die dargestellte Szene zu erläutern.

»*Hampton Court 1577…!*« beginnt er seine Rede. »*Der glorreiche*

CHATHAM-MAYFIELD-PLYMOUTH-DEPTFORD 1580/81

Sohn dieser Stadt, Francis Drake, empfängt aus der Hand der vortrefflichsten Majestät, der Königin von England, seiner ehrfürchtig geliebten Herrscherin, seine Befehle. Königin Elizabeth ernennt ihn zum Generalkapitän und gibt ihm den wunderbaren Auftrag, in friedlicher Absicht und im Namen Englands die Welt zu erforschen!«

»Die erste große Lüge!« brummelt Grenville vergnüglich vor sich hin. Doch seine Worte gehen unter im Jubel, Hochrufen und prasselndem Beifall für den Expositor. »Francis! Francis! Francis!« bilden sich augenblicklich Sprechchöre. Damit hat der Expositor glänzend auf die Handlung auf dem Wagen übergeleitet.

»Ist es Drake oder ist er es nicht?« frage ich Matthew, der genauso unsicher zu sein scheint. Vor dem Thron Elizabeths kniet ein Mann, der Drake sein könnte. Doch ist er es wirklich? Nicht nur wir recken unsere Hälse, um sicherzugehen, ob er nicht selbst in seine eigene Rolle geschlüpft ist. Elizabeth, umringt von vier in symbolfarbene Kostüme gekleideten *himmlischen Töchtern*, verabschiedet ihn auf seine lange Reise. Die vier wahrhaftig reizenden Töchter des Himmels küssen ihn. Erst in Schwarz die Barmherzigkeit, dann in Rot die Wahrhaftigkeit, danach in Dunkelgrün der Friede, und langsam und bedächtig in Weiß die Rechtschaffenheit. Als sich *Drake* aus seiner knienden Pose erhebt, ist die Unsicherheit vorüber. Der Mann dort oben ist viel zu groß. Enttäuschung macht sich breit, als die Vorhänge zugezogen werden und der Wagen außerhalb des Ringes rollt.

Wo steckt er wirklich? Wird er überhaupt erscheinen?

Schon wird der zweite Wagen hereingerollt, den die Zunft der Bäcker gestaltet hat.

»Wir befinden uns in Spanien im Escorial nahe bei Madrid, der Brutstätte des Bösen, dem Zentrum des Unfriedens, der Gewalt, der Niederwerfung und der Unterdrückung, des Mordens und des Tötens wie der Gottlosigkeit, dem Sitz König Philipps II., ebenfalls 1577 im Jahr des Herrn!« kündet der Expositor und fährt fort: *»Gottvater muß es erleben, wie sich aus dem Kreis der gestürzten Engel ein weiterer Teufel, der immer und ewig Unzufriedene, sich gegen ihn erhebt, indem er einen Teil der Gestürzten aus der Hölle als Empörergruppe gegen Gottvater um sich zu scharen versucht.«*

Der Vorhang öffnet sich und wir erkennen inmitten des Wagens die Umrisse eines riesigen Palastes, aus dem sich übergroß Satan im drastischen Teufelskostüm erhebt. In seinen beiden ausgestreckten Händen hält er Röhren, die er nach außen richtet. Ein drittes ragt, eingeklemmt zwischen seinen Beinen – quasi aus dem Hinterteil. Bevor die Augen alles genau erfassen können, verscheucht ein ohrenbetäubender Knall und blendendes Feuer die momentane Stille. Brennendes Schießpulver fackelt aus den Röhren. Der Teufel, die Personifikation König Philipps II., treibt die Zuschauer sofort in die Abwehr. Dichter weißer Rauch quillt aus dem Wagen und hüllt schnell den ganzen Platz ein.

Bevor sich das Publikum von diesem Schrecken erholt, krachen neben uns Arkebusen. Die Augen der Zuschauer werden auf unsere Tribüne gelenkt. Gleichzeitig setzt das Glockengeläut von St. Andrew ein.

Francis Drake steht, wie aus dem Nichts geboren, plötzlich auf der Tribüne und zielt mit seiner Arkebuse auf den Wagen hinunter. Als die Glocken verstummen, brüllt er ins Rund:

»Der Satan, begleitet vom Zorn und dem Neid gegenüber allen Rechtschaffenen und Friedfertigen, versucht uns zu vernichten! Wir werden ihm eine Lektion erteilen, die er nie mehr vergessen wird!«

Indem er die Worte mit sich überschlagender Stimme schreit wird mit Eile der dritte Wagen herangeschoben, bis er an dem vorderen anstößt. Auf dem Platz verwandelt sich die Menschenmasse sekundenschnell in ein wahres Tollhaus. »Francis! Francis! Francis!« tobt die Menge rings um uns. Minutenlang schwellen die Sprechchöre an, bis sie in ein infernalisches, ja, fast hysterisches Kreischen übergehen.

Drake genießt die Ovationen in Siegerpose, die rechte Hand auf der Hüfte abgestützt, das linke Bein leicht nach vorn geschoben. Die Menge drängt heran, als wolle sie ihn abholen, um ihn durch die Stadt zu tragen. Die schnell herbeigewunkenen Wachen riegeln die Tribüne ab und drängen die Menschen wieder zurück. Langsam beruhigt sich die Menge.

Statuenhaft steht Drake vor dem Volk. Sie starren ihn ehrfurchtsvoll an und verstummen dabei. Die atemberaubende Spannungspause ist packender als jedwedes Drama. Dann bewegt er sich zwei Schritte nach rückwärts, ohne seinen Blick vom Publikum abzuwenden, und nimmt majestätisch im Sessel Platz. Das Zeichen für den Expositor – es kann weitergehen. Die Vorhänge des dritten herangeschobenen Wagen fliegen auf:

»Das Lager der Tugenden im Schloß der Beharrlichkeit!« bereitet der Sprecher die Zuschauer auf den weiteren Gang der Handlung vor. *»Wird es der guten Seele in Begleitung der fünf Sinne und der drei Kräfte:*

Geist, Wille und Verstand gelingen, den königlich spanischen Lucifer dort drüben auf den Weg zur Umkehr, zur Buße und zur Abkehr der Lasterhaftigkeit zu zwingen? Wird er endlich Englands Kapitäne mit ihren friedfertigen Absichten auf den Meeren Gottes unbehelligt lassen? Das Gold dieser Welt gehört den Spaniern nicht allein!«

»Gold für alle! Gold für alle! Gold für alle...!« fordert das Volk.

»Seht, seht! Die Mächte des Bösen schanzen sich um ihn«, fährt der Expositor fort.

Wir verfolgen angespannt, wie sich Schauspieler mit häßlichen Fratzen um den König scharen:

»Seht selbst: Wollust, Fleisch, Begehrlichkeit und Torheit lenken den Gottlosen. Dazu gesellen sich Backbiter der die Hinterlist verkörpert, und die Habsucht. Ja was macht denn Backbiter? Er stiftet sie an, das Lager der Tugenden im Schloß der Beharrlichkeit zu überfallen!«

Wutgeschrei heult auf, vermischt mit einem Pfeifkonzert.

Erst aber versuchen es *Wollust, Fleisch* und *Begehrlichkeit,* indem sie alle Verlockungen der Sinnlichkeit ausspielen. Die Stimmung schlägt sofort wieder um. Jetzt johlt das Volk bei jeder nackten Brust und bei jedem prallen Schenkel und blankem Hinterteil, die abwechselnd sichtbar werden. Doch allzubald ist die Entscheidung gekommen.

»Die Mächte des Bösen erkennen ihre Niederlage!« kommentiert der Expositor.

»Wird das Schloß der Beharrlichkeit weiter Ziel heftiger Angriffe sein...?!?«

Während der Expositor noch spricht, stürzt sich König Philipp mit seinen Helfern wie eine Furie auf den gegenüberliegenden Wagen, auf dem eine ergötzliche Prügelszene entbrennt. Das Publikum ist ganz Partei und droht zornig den Mächten des Bösen mit seinem Eingreifen.

Da erschallt ein Ruf vom Turm herunter:

»Musikanten, spielt auf! Musikanten, spielt auf!«

Unter Hörner und Schalmeienklang aus dem Kirchenportal heraus, gelingt es den Tugenden, die mit Schleudern und Lanzen bewaffneten Mächte des Bösen durch einen Regen von Papierrosen sowie die Sündergruppe durch das abwechselnde Hochheben von Emblemen der Tudorkrone und Emblemen aus der Passion Christi wieder bis in den Escorial zurückzudrängen. »Weiter! Weiter!« toben die Zuschauer.

Mit diesem Rückschlag ist für König Philipp alles verloren. Die

DER SCHIFFSKOPF

Beharrlichkeit schickt ihn in den Kasten unter den *Escorial*, wo ihn das Bett des Todes erwartet.

Das tragische Finale dieser Szene wird stürmisch beklatscht und der Expositor setzt zu einer Rundgang-Rede an, in der er die Welt zu Hilfe ruft, vor allem die Habsucht zu bekämpfen, wo immer sie auftreten mag. Damit stimmt er einen mir unbekannten Reuegesang an, den er ins Publikum singt, welches geschlossen beginnt, ihn mitzusingen.

Nach zwei weiteren Wagen, die Szenen der Ankunft Drakes in Marokko und Brasilien darstellen, spüre ich, wie sich die Unruhe unter den Zuschauern zu steigern beginnt. Der Zeitpunkt naht, an dem das Volk glaubt, seine Armut selbst hinrichten zu können. Die Gedanken der Menschentrauben kristallisieren sichtbar in der kalten Luft:

Drake, wo hast du es? Wo ist es, was uns entzücken soll, dessen Anblick und Glanz wir ersehnen, damit die Verheißungen heute schon Wahrheit werden? Wir verschmähen den silbernen Mond – uns ist nur die goldene Sonne gut genug! Wo ist das Gold, das uns erlösen wird und uns wechseln läßt von der Armut hin zur Glückseligkeit? Dafür sind wir gekommen. Gib uns unseren Teil! Gib ihn uns rasch – jetzt da wir alle Brüder sind – wenigstens uns, die wir aus Plymouth sind!

Das Gold, so geht es mir durch den Kopf, müßte im übernächsten Wagen hereinrollen, sollten die Gerüchte stimmen. Hat Drake sich nicht an der Ostküste des neuen Kontinents entlanggeplündert? Wenn die stillen Träume belohnt werden sollten, sind sie nur noch durch die Magellanstraße getrennt. Aus der westlichen Gasse, durch die die Wagen anrollen, braust ein »Ahhhh« und »Ohhhh« auf den Platz und lenkt unsere Aufmerksamkeit in diese Richtung. Ein Rumpeln, gemischt mit Hufschlägen, kommt näher und näher. Zwei Rappen ziehen einen schweren, doppelt so großen Wagen wie bisher, mit wallenden roten Tüchern heran.

Kommt nun die Beute? Wird Drake sie allen zeigen? Vor Spannung ist alles verstummt. Die Männer, die den Wagen begleiten, haben ihre Häupter tief gesenkt, dazu in Kapuzen versteckt, die in schneeweiße kuttenähnliche Überwürfe auslaufen. Ebenso die beiden Lenker auf ihren Böcken.

Jetzt steht der Wagen. Die Kapuzen heben sich.

Ein Aufschrei der Angst und des Entsetzens entfährt der Menge. Die gleiche Reaktion fegt über die Tribüne hinweg. Die Männer in ihren Totenmasken stehen im beklemmenden Kontrast gegenüber den langen, bis zum Boden herabreichenden blutroten Vorhängen des Wagens.

Unseren Expositor packt die Nervosität. Etwas Unvorhergesehenes ist passiert. Seine Sicherheit hat ihn in diesem Moment völlig verlassen. Hastig dreht und wendet er seine Pergamentrolle, als wären die Buchstaben darauf verlorengegangen. Im Augenwinkel bemerke ich, wie der Held des Tages, der bislang wie festgenagelt auf seinem Sessel saß, sein Gewicht erst auf den rechten dann auf den linken Arschbacken verlegt.

Im gleichen Moment legt Grenville seine Hand fest auf meinen rechten Oberarm:

»Ruhig! Jetzt passiert's.« Ich wage keine Frage.

Der Expositor auf seinem Pferde schweigt. Dafür holt der hünenhafte Tod auf dem Bock des Wagens eine Pergamentrolle aus seinem Überwurf hervor. Hat er nun die Rolle des Expositors übernommen?

Die schwarz umrandeten Augenhöhlen blicken schaurig zu uns herauf, fixieren den bequemen Sessel und tönt mit einer Stimme, die an das Heranrollen eines Donners erinnert, während die Vorhänge auffliegen:

»Francis Drake im Kleid der Sorge!«

Grenville, Matthew und ich haben uns von unseren Stühlen erhoben. Auf der rechten Seite auf einem Podest steht zum Verwechseln ähnlich ein Doppelgänger Francis Drakes in einem schwarzem Gewand. Hinter ihm ein Richterstuhl, vor ihm ein Richtblock, darauf unübersehbar eine riesige Henkersaxt. Etwas davor ein runder, zum Essen gedeckter Tisch mit zwei Stühlen. Gegenüber, etwa die Hälfte der Wagenfläche füllend, ein weiteres riesiges weißes Tuch, unter dem sich offensichtlich Menschen verbergen. Und direkt neben dem Richtblock ein Mensch, eingehüllt in ein Laken – einer Eisdecke gleich, die einen starren Körper deckt.

»Francis Drake im Kleid der Sorge...«, wiederholt der Tod, nachdem Ruhe den Platz erfüllt, *»... der gezwungen wurde, am Horn der tosenden Stürme dem Ruf der Verantwortung zu folgen, und der es sich zudem nicht leicht gemacht hat, ein Todesurteil zu fällen, was dazu führte, daß er sich seinen einst besten Freund – Thomas Doughty – vom Herzen reißen mußte, um ihn am Eingang des Jenseits persönlich abzuliefern.«*

Die Menge zeigt sich irritiert und verstört. Niemand weiß mit der Szene etwas Rechtes anzufangen. Der Tod auf dem Wagen breitet seine Arme aus und zwingt durch diese Pose die Menschen zur Ruhe:

DER SCHIFFSKOPF

»Am Ort des wahren Gerichts und der Gerechtigkeit, weitab von England, wurde durch Gottes gütige Vorsehung aufgedeckt, daß verschwörerische Vorbereitungen gegen unseren großen Kapitän im Gange waren, welche darauf abzielten, das ganze anstehende Unternehmen zu Fall zu bringen und ihn selbst zu beseitigen!«

»Köpfen! Köpfen! Köpfen!« bilden sich augenblicklich wieder Sprechchöre.

»Hört, hört! Diese Ränke sollten gerade durch seinen besten Freund Thomas vorbereitet worden sein, der ihn herzlich liebte und von dem wir wissen, daß er eher alles aus dem Wege geräumt hätte, als üble Absichten gegen ihn zu hegen. Niemals bestand ein Feuer, das drohte, mit ihm zusammen das ganze Unternehmen zu zerstören.«

Drakes Doppelgänger auf dem Wagen umklammert den rechten Pfosten, hängt seinen Kopf hinaus und brüllt dagegen, als wäre er mit dem Tod auf dem Bock nicht einverstanden:

»Von wegen herzlich geliebt... Ein Hurensohn war dieser Doughty! Er war immer etwas Besseres. Er, der mit den Lords verkehrte, als wären es seine Brüder. Bekämpft hat er mich, wo er nur konnte. Meine Frau hat er bestiegen wie ein Hengst, so oft er wollte, und brüstete sich damit vor mir, als er betrunken war. Dafür hat er seinen gerechten Lohn erhalten!«

Francis Drake springt wutentbrannt aus seinem Sessel:

»Lüge! Verdammtes Possenspiel! Wer hat das zu verantworten? Wer will mich und meinen Namen in den Schmutz ziehen?«

Der Tod auf dem Wagen dröhnt mit seiner Stimme auf Drakes Doppelgänger nieder:

»So räche endlich diese Niederlage. Das Bett deiner Frau ist warm und noch verschwitzt von seinem Arsch!«

Der wahre Drake vor uns rast wie ein Stier:

»Verdammte Scheiße! Ich verlange, daß diese Posse sofort beendet wird!«

Doch sein Zorn geht im Gejohle der Menge unter, die wieder Gefallen an der Aufführung gefunden hat.

»Nimm aber nicht das Schwert, das Ihre Majestät dir überreicht hat«, rät der Tod Drakes Doppelgänger, der immer noch am Pfosten hängt und als weitere Frage an ihn. *»Was sagte Ihre Majestät, als sie dir das Schwert übergab?«*

»Sie meinte, daß der, der mich schlägt, auch England schlägt«, gibt dieser zur Antwort.

»Nimm bloß die Axt, oder binde Doughty vor eine Kanone, aber entweihe das Schwert nicht, denn im Bett hat Thomas nur dich geschlagen.«

Ein kehliges Lachen aus seinem Munde verstärkt den blanken Hohn. Drakes Doppelgänger brüllt zurück:

»*Das Schwert kümmert mich nicht, aber ich weiß, was ich zu tun habe.*«

»Ich werde ihn mit seinen Ohren an den Pranger nageln!« Mit diesem Schrei stürzt Francis Drake wutentbrannt die Tribüne hinunter mit der Absicht, den frechen Tod vom Bock zu holen. Dort wird er aber von zwei weiteren Totenmasken, die am rechten hinteren und vorderen Wagenrad postiert sind, abgefangen. Schnell haben sie, trotz Drakes heftiger Gegenwehr, seine Arme ergriffen und ihn zurück auf die Treppe gedrängt.

Die Ereignisse beginnen sich zu überstürzen.

»*Die Geschworenen stimmen über den Angeklagten Doughty ab*«, brüllt der Tod von seinem Bock.

Das Große Tuch wird nun von Drakes Doppelgänger weggezogen. Zum Vorschein kommen kniende, einheitlich in Schwarz gekleidete Menschen. Sie sehen alle gleich aus. Es sind alles Drakes...

Der Doppelgänger auf dem Wagen beginnt über die Knienden hinweg zu befehlen:

»*Stehet nun auf und hebt Eure rechte Hand, damit ein jeder sehen kann, daß Ihr meiner Auffassung seid, daß Thomas Doughty mir überlegen ist, meine Frau ihm gern zu Diensten war und ich ihn aus diesem Grunde dem Tode überantworten muß. Hebt auch die Hand dafür, daß alles Gold in meinen Händen verbleiben soll, auch wenn meine Heimatstadt Gottes Rache – die Pest – erdulden muß.*«

Alle Drakes oben auf dem Wagen heben brav ihre Hände.

»*Sieh dir dein Urteil an, Thomas Doughty!*«

Die Menschen auf dem Platz fühlen den Betrug, was die Stimmung gefährlich werden läßt. Die beiden Totenmänner versuchen unten auf der ersten Stufe den tobenden Francis Drake festzuhalten. Rot vor Zorn fängt der zu brüllen an:

»Helft mir, Männer! Schlagt sie zusammen! Wir lassen uns das nicht gefallen.«

Die Seeleute der GOLDEN HIND sind auf dem Sprung, während der falsche Drake auf dem Wagen das kalt wirkende Tuch vom letzten verhüllten Objekt zieht.

»Das ist ja Thomas Doughty!« ruft Grenville neben mir.

Die Vorgänge auf dem Wagen laufen nun rasend schnell ab. Kaum haben wir das enthüllte Objekt auf dem Wagen erfaßt, stehen auch Drake und seine Mannschaft wie erstarrt auf der Treppe und blicken ungläubig nach der Figur auf dem Wagen.

Drake, der unten auf dem Absatz der Tribüne immer noch festgehalten wird, erkennt den Schwindel als erster:

»Vorwärts Männer, das ist eine Strohpuppe! Der echte Verräter brät in der Hölle.«

Doch nun erkenne ich auch an seiner Haltung das blanke Entsetzen. Die Figur oben auf dem Wagen löst sich aus der Erstarrung, bewegt sich plötzlich und entkleidet sich.

Der Tod auf dem Bock ruft in das Rund:

»*Ich bin der Friedhof und finde gierig meine Toten! Seht, er ist von der Pest befallen. Es ist Drakes Pest! Er hat Thomas Doughty gemordet, und nun sendet Gott die Pest nach Plymouth, um Rechenschaft von Drake zu fordern und Euch gleichsam dafür zu strafen.*«

Der Pestkranke taumelt vom Wagen vor die Tribüne hin, während der Tod auf dem Bock den Pferden die Peitsche gibt.

»Ein Pestkranker, den sie hergerichtet haben wie Doughty...«, korrigiert sich Grenville. Drake, der eilig die Flucht ergriffen hat, da ihn der Kranke wohl umarmen will, steht nun direkt neben Matthew, der den verdutzten Drake fragt: »Hey, Francis, wo ist das Gold, das du verteilen wolltest?«

»Bist du bei Sinnen? Damit wird es uns gelingen, eine spanische Invasion Englands zurückzuschlagen!«, und bleich vor Haß fügt er hinzu: »Zuvor werde ich mir aber John Doughty greifen.«

Matthews Gesicht zeigt ein Lächeln.

»Laß uns aus Plymouth verschwinden«, meint er, zu mir gewandt, »bevor sie die nächsten Pestgruben ausheben.«

Eilig begeben wir uns zurück zum Hafen.

Sonntag,
der 5. März 1581

Ich hatte Matthew Baker nach den Ereignissen in Plymouth nicht mehr gesprochen. Dafür hatten wir in brieflichem Kontakt gestanden, und ich harrte seiner Ankunft in Mayfield entgegen.

Ich war schon etwas beunruhigt durch sein langes Ausbleiben, da er zur Mittagszeit anreisen wollte. Aber die Straßen sind in diesem kalten, nassen Frühling '81 noch schlimmer als üblich. Gegen acht Uhr, traf Matthew, direkt aus Chatham kommend, doch noch in

Mayfield Furnace ein. Der erste von fünf angemeldeten Gästen. Keiner von ihnen will fehlen, wenn die *Culverins* im Seriengruß für die SAMPSON auf Bakers Werft in Chatham, gegossen werden.

Trotz anstrengenden Ritts zeigt sich Matthew in bester Stimmung:

»Gott sei Dank, beinahe wäre ich vorbeigeritten! Der dicke Dunst im Tal ist wohl einziges Kennzeichen deiner Gießerei«, betritt er frisch und voller Energie das weite geräumige Kaminzimmer. »Am Ende des Weges konnte ich nicht mehr als ein Dutzend Yard des Weges sehen. Beinahe wäre ich vorbeigeritten, wenn nicht...«

»Wenn nicht...?« stutze ich.

»Ja – wenn nicht die Ochsenkarren voller Pferdemist und Pferdejauche beim Tor gehalten hätte.«

»Kein Pferde*mist!* Es war reiner Pferde*dung!*«

»Also gut – Pferdedung. Weshalb der Unterschied? Dazu die Fässer von Pferdejauche – wozu die Unmengen davon?«

»Beides ist für die Formerei bestimmt, mein lieber Matthew! Übrigens der beste Dung weit und breit. Adelig außerdem. Adeliger Pferdedung und adelige Pferdejauche – kommt aus den Ställen von Scotney Castle. Der Hafer dort sorgt für gleichbleibende Qualität!«

»Ich verstehe immer noch nicht...!?«

»Nicht weiter tragisch, Matthew. Weit wärest du ohnedies nicht gekommen. Jetzt im Frühjahr sammeln sich die Nebel geradezu um Mayfield Furnace und werden von Tag zu Tag dichter«, flachse ich zurück. »Wenige Meilen voraus verdichtet er sich so stark, daß du dich hättest vorwärts tasten müssen.«

Um Matthews Augen spielt ein Lächeln, seine Hand klopft auf meine Schulter und die gegenseitige herzliche Umarmung besiegelt erneut unsere tiefe Freundschaft:

»Ich freue mich auf die nächsten Tage, doch das mit der adeligen Jauche und dem Pferdemist – äh, *-dung* – und den Formen will ich genauer wissen!«

»Du bist ganz schön hartnäckig, und das noch vor dem Essen.«

Während ich ihm das Glas mit Wein zur Begrüßung reiche, mache ich eine kleine Andeutung:

»Sieh dich um, das Beispiel hängt direkt vor deinen Augen.«

Matthews Augen wandern umher. Auf eine kleine Geste hin dreht er sich langsam um. Ein Pfeifen entfährt seinen Lippen. Zweifellos ist er überrascht.

»Du erinnerst dich?«

»Und ob! Deine erste orgiastische Feldschlange macht sich gut dort. Edel! Ist sie auch praktisch an dieser Stelle?«

»Sie verteidigt im Ernstfall den Haussegen. Es läßt sich aber auch auf ihr angenehm schaukeln.«

»Der Anblick beruhigt; so plaziert ist sie geradezu ein Juwel.«

»Als ich damals mit meinem Troß aus Chatham zurückkehrte, war ich fest entschlossen, sie wieder einzuschmelzen. Meine Männer taten alles, um mich umzustimmen. Am Ende hätten sie noch ihr Geld zusammengelegt, um sie zu erhalten. Schließlich gab ich nach und hängte sie hier an den beiden armdicken Hanftauen freischwingend auf.«

»Wer hatte die Idee mit den Kandelabern?«

»Das war Ysabel. Sie meint, bei diesem Licht kämen die Reliefs, die Kanneluren, die Ornamentik und die porenlose Oberfläche schön zur Geltung. Wenn das Licht der Kerzen zu flackern beginnt, löst dies auf dem Rohr eine ganze Welt von Sinnestäuschungen aus.«

Schnell eile ich zur Tür, öffne sie, bis der Luftstrom die ruhig züngelnden Flammen der über vierzig Kerzen zu einem Flackern steigert.

Matthew weicht plötzlich einen Schritt zurück:

»Ihr Kopf bewegt sich! Das ist ja unfaßbar!«

Zurückeilend beobachten wir beide die Bewegungen der Schatten, die das letzte Stück des Schlangenkörpers mit dem Kopf hin und her zucken lassen. Einige Minuten starren wir auf das Spiel. Es ist nicht zu glauben. Obwohl ich meine Sinne völlig in der Gewalt habe, vermag dieses Schattenspiel selbst mich zu täuschen. »Das macht die glatte Oberfläche. Und die ist *keine* Einbildung.«

Matthew fährt prüfend mit seiner Hand über die Bronze.

»Wenn du eine Pore entdeckst, schenke ich dir das Rohr!«

Matthew neigt seinen Kopf nahe ans Rohr und prüft die Glätte:

»Wie erzielst du diese Makellosigkeit?«

»Unter anderem mit der Pferdejauche und dem Pferdedung!«

»Du machst dich lustig über mich.«

»Würde ich mir nie erlauben, Matthew. Im Ernst: Wir verwenden zwei Kompositionen von Lehm, die wir für das Model und für die Gußform verwenden. Das, was du heute draußen gesehen hast, ist wirklich der Nachschub für unsere Lehmstampfereien. Die Bottiche sind wie leergefegt. Diesbezüglich haben wir tatsächlich zur Zeit einen Engpaß. Wir sind froh über jeden Pferdeknödel aus Scotney Castle!«

Matthew sieht mich immer noch ungläubig an:
»Was für Kompositionen sind das?«
»Der karge Beginn eines Rohres ist die mit Hanftau umwickelte Spindel. Damit legen wir den *Kiel!* Wir haben neue Form- und Feuerboxen geschaffen, auf denen wir die Modelle der Kanone formen. Die erste Komposition, die aufgetragen wird, besteht aus neun Teilen gewaschenen Lehms, der mit Pferdejauche gut durchtränkt wird, dazu drei Teile von alten Gußformen, die ihren Dienst schon getan haben, und vier Teile von dem Pferdedung. Man könnte auch ersatzweise zerkleinertes Stroh nehmen, das ist aber lange nicht so streichfähig.«
»Nicht zu fassen...«
»Für die Gußform verwenden wir zwei unterschiedliche Kompositionen. Die erste, die wir später auf die Wachsschicht des Models auftragen, nennen wir Formton. Sie besteht aus drei Teilen gebranntem Bergkalk, drei Teilen irdener Schmelztiegel, in denen Metall geschmolzen wurde – davon ist hier in Sussex kein Mangel dank der vielen Eisengießereien. Dazu kommen zweieinhalb Teile der Ingredienzien, aus denen die Schmelztiegel gemacht sind, die aber noch ungebrannt sind. Dazu ein Teil Backsteine, aber von der Sorte, die dem Feuer ausgesetzt waren. Davon haben wir ebenfalls genügend. Das Material des alten Massenofens, den wir hier abgerissen haben, reicht über Jahre hinaus. Ein Teil meiner Männer hat in den letzten beiden Monaten nichts anderes getan, als alte Backsteine zu zerbröseln. Ja, fehlen nur noch eineinhalb Teile Graphit... Das Ganze wird unten in der Mühle getrennt, danach zermalmt, gesiebt und gemischt! Danach angerührt. – Und mit was rühren wir an?«
»Mit Pferdejauche!«
»Zum Wohl, Matthew!«
»Worin liegt der Vorteil?« wollte er wissen. »Warum nimmst du nicht einfach Wasser?«
»Erfahrung, Matthew, Erfahrung. Wie mit den Hölzern für deine Galeonen. Das Zeug läßt sich besser streichen, bleibt glasig und tropft weniger. Anscheinend entweicht die Jauche auch schneller und leichter aus dem Ton und hinterläßt somit beim Brennen der Gußform keine Poren! Der Beweis hängt vor dir.
Das ist noch nicht alles. Wenn ein Drittel der Gußformdicke erreicht ist, komplettieren wir die Form mit folgender Zusammensetzung: Wiederum zwei Anteile alter Tiegel, drei Anteile ungebrannter Lehm, ein Anteil Ziegelmehl und eineinhalb Anteile Bergkreide.

DER SCHIFFSKOPF

Das Ganze ebenfalls zermalmt, gesiebt, gemischt und mit Jauche angeschlämmt. Die entstehende Paste läßt sich besonders gut verarbeiten. Doch für die porenlose, glatte Oberfläche und genauso für die sauberen Kanneluren und Ornamente ist die erste Komposition entscheidend.«

Erneut streicht Matthew mit der Hand über das Bronzerohr:

»Gut«, erwidert mein Freund. »Doch riecht die Kunst nicht schrecklich?«

»Nein! Du riechst nichts davon.«

»Kommen die Rezepte für diese Mixturen aus Innsbruck?«

»Nicht völlig. Einiges davon ist neu. In Michael, Isaac und Charles habe ich gute Former gefunden.«

»Wahrlich – eine überzeugende Kunst.«

»Wie deine auch. Ist aber nur ein kleiner, wenn auch wichtiger Teil im gesamten Ablauf eines Geschützgusses.«

»Worauf kommt es besonders an – mit deinen Augen besehen?«

»Wenn es allein um die reine Form des Rohres geht, ist es sicher das Model. Der Wert liegt in der Genauigkeit, in der Präzision aller Abmessungen und Dimensionen, denn das Model überträgt diese auf die Gußform. Neben der Berechnung der Schrumpfrate und dem Herausbrechen der Modelform, sobald die Gußform das erste Mal gebrannt ist, ist das der wohl wichtigste Punkt während der frühen Phase.«

Im gleichen Moment fällt die Tür ins Schloß:

»Herzlich willkommen in Mayfield Furnace, Master Baker!« Im nächsten Augenblick steht Ysabel strahlend vor Matthew. »Ich freue mich, Euch wiederzusehen!«

Ysabel reicht Matthew die Hand, die er ebenso herzlich ergreift.

»Das Haus, die Anlagen sind imposant, in der Tat, wenngleich für mich noch alles im verborgenen liegt.«

»Das werden wir schon morgen ändern, Matthew«, werfe ich ein.

»Das will ich hoffen!«

»Ist im Eßzimmer alles gefechtsklar?« wende ich mich leise an Ysabel.

»Wir können sofort beginnen.«

»Also, dann wechseln wir hinüber und prüfen, was das Küchenvolk um die Töpfe herum geleistet hat.«

Die Ausstattung des Eßzimmers lag, wie so vieles im Wohnhaus, in den Händen Ysabels. Sie bespannte die Wände in venezianischem Stil mit kostbaren Damaststoffen, die sie über Rye und dort wiederum über Jeremiah Ashton besorgte, welcher sie seinerseits aus Lissabon importierte.

Ihre Verbindungen sind vielfältiger Natur, ihre Verdienste im Einsatz für Walsingham im gesamten Umfange doch auch mir keinesfalls vollständig bekannt. Er hatte sie, wie jeden anderen Agenten auch, unter Androhung des Todes zur Geheimhaltung verpflichtet. In einem Punkt jedoch war es mir gelungen, ihr Schweigen in kurzer Zeit zu brechen. Daß ich sie vor zwei Jahren hier in Mayfield angetroffen hatte, war geplant gewesen. Darin hatte ich mich von Anfang an nicht täuschen lassen. Ich brach ihr Schweigen schon nach der zweiten Nacht im MIDDLE HOUSE unter warmen Federn, wo Gelübde und Zusagen dahinschmelzen wie das Wachs zwischen den Formen, wenn man es erhitzt. Unsere echte Zuneigung, die Geborgenheit an diesem Ort, das Ende ihrer gefährlichen Einsätze in ganz Europa – die lustvollen Nächte. Die Unterstützung Walsinghams hatte für sie eine höchst angenehme Seite bekommen.

Ihren Auftrag in Mayfield kann ich nur erahnen; aber er liegt auf der Hand. Sicherlich will Walsingham als oberster Beschützer des Königreiches ohne Ausnahme über jede Person Aufschluß erhalten, die neben der bekannten Besetzung der Gießerei die Anlage oder das Wohnhaus offiziell, heimlich oder unter falschem Vorwande betreten. Daneben dient Ysabel mir als persönlicher Schutz bis hinein in unser Bett. Meine Gedanken, Absichten, Verbindungen und Sehnsüchte stehen ganz oben auf dem geistigen Speiseplan meines obersten Behüters. Ysabel ist also ganz für meine Freunde wie für meine Feinde, aber auch für meine Seele zuständig. Kundschafterei *muß* das ältere Gewerbe sein als jenes, das für diese Zwecke so gern genutzt wird.

Ich berichte Walsingham. Ysabel berichtet Walsingham. Wer berichtet sonst noch aus meiner Gießerei? Mir war schon lange klar, daß ich mit mindestens vier bis fünf zusätzlichen Kundschaftern in meinen eigenen Reihen rechnen muß. Ich sehe Walsingham vor mir, wie er die Berichte analysiert, vergleicht und auf Loyalität abklopft, um meine Begierden, wahren Absichten, Pläne und Gußgeheimnisse auszukundschaften. Tödlich, wenn die Abweichungen unerklärlich werden.

Möglich auch, daß alle berichten – ich kann heute Meister Hans Christoph immer besser verstehen. Doch es bedarf wesentlich mehr Vorstellungskraft, um hinter das Zusammenwirken der *Sieben Siegel* zu kommen, als die Fähigkeit, bestimmte technische Vorgehenswei-

DER SCHIFFSKOPF

sen zu bemerken. Abhängigkeiten und Haß waren meine Triebfedern gewesen, diese Vorstellungskraft vollständig zu entwickeln.

Nicht nur Walsingham fehlt dieser Haß, der noch immer die sicherste Voraussetzung ist, den Weg bis hin zur Erkenntnis zu beschreiten.

Dafür hat er herausfinden können, daß ich bereit bin, Informationen weiterzugeben. Da er aber von der zu entwickelnden Vorstellungskraft nichts weiß, irrt er sich natürlich völlig hinsichtlich des zu erwartenden Ergebnisses. Solange das Zusammenwirken der *Sieben Siegel* unentdeckt bleibt, so lange bin ich sicher, nicht von einem wie mir in Mayfield Furnace abgelöst zu werden. Ich habe keinen unter mir, bei dem ich den Willen zur Macht verspüre. Wäre einer von ihnen beflügelt, ich hätte es schon längst bemerkt. Sollen sie doch ausspähen! Jeder für sich und in seinem Bereich, soviel sie wollen. Vielleicht gehört sogar Matthew zu Walsinghams Garde. Wer will das schon genau wissen...

Matthew nimmt auf dem angebotenen Stuhl Platz, während ich mich an der Stirnseite niederlasse und Ysabel sich Matthew gegenüber setzt. Auf dem Tisch blitzen auf schneeweißem Damast das Silber und die blanken Gläser.

»Bei Euch gibt es gut zu essen!« bemerkt Matthew und läßt seinen Blick lüstern über Platten und Schüsseln wandern, welche die Küchenmädchen jetzt auf das Tuch setzen.

»Wildpastete mit ausgewähltem Dörrobst!« kündigt Ysabel den ersten Gang an. Der Griff nach dem Glas entlockt mir den ersten Toast:

»Auf Chatham und Mayfield Furnace!«

»Auf Dreyling-Culverinen und Baker-Galeonen!« erwidert Matthew.

Nach Huhn, Ochsenfleisch und Pudding, der üppig mit Rosinen bespickt war, konzentrieren wir uns nun auf einen weiteren Höhepunkt: roten Cheshire und Portwein. Der Augenblick ist gekommen, um nach uraltem Brauch den Toast auf die Königin auszusprechen. Matthew erhebt sich und spricht die Worte:

»Madam, Gentleman: Es lebe die Königin!«

»Es lebe die Königin!« wiederholen ich und Ysabel. »Gott segne sie!«

Kaum haben wir die Gläser abgesetzt, zieht sich Ysabel mit den Worten zurück: »Die Herren haben bestimmt Wichtiges zu besprechen...«

CHATHAM-MAYFIELD-PLYMOUTH-DEPTFORD 1580/81

Ich schätzte ihre Diskretion; es paßt irgendwie gar nicht zu ihrer Rolle, in die sie hineingestellt ist.

»Sie hat recht«, greife ich ihre Bemerkung auf, und an Matthew gerichtet: »Weißt du genau, wer morgen alles eintreffen wird?«

»Cumberland sprach von fünf Gentlemen. Mich eingeschlossen. Angekündigt sind vom Navy Board Sir William Winter, unser Surveyor of Ships und zugleich Master of Ordnance Board. Hinzu kommen Lord Warwick als Oberaufseher der gesamten königlichen Artillerie und Sir Walter Mildmay als erster Mitarbeiter des Lord Schatzmeisters. Und natürlich Lord Cumberland selbst.«

»Keine weiteren Überraschungen?« vergewissere ich mich.

»So weit ich das beurteilen kann, keine.«

»Walsingham?«

»Wo denkst du hin? Kannst froh sein, daß er sein Auge auf dich hält. Er ist das Großsegel des Regierungsschiffes unserer Königin und hält es am Laufen. Dort wird er Tag und Nacht gebraucht. Er bereitet sicher im Moment noch irgendeine Sitzung des Staatsrates vor, führt danach dessen Beschlüsse aus und hält zudem alle Fäden der Innen- und Außenpolitik in seinen Händen zusammen. Außerdem plagen ihn laufend Steinschmerzen, wie man hört. Am Schmelzofen in Mayfield Furnace stehen, um zu schauen, wie die Bronze aus dem Loch läuft? Nein! Das wäre ihm nicht zuzumuten. Erzähle lieber von der bevorstehenden Geburt deiner Bronzekinderlein. Welche Länge haben denn die Rohre für die SAMPSON?«

»Wir werden keine ganze Feldschlange gießen. Du bekommst für die SAMPSON gekürzte 18pfünder. Das ist kein entscheidender Nachteil, denn bei einem Kaliber von rund 6 Inches und der 25fachen Länge ihrer Kaliber werden sie nach meiner Einschätzung immer noch an die maximale Mündungsgeschwindigkeit herankommen. Wie weit bist du mit den neuen Kanonenlafetten?«

»Wir benötigen sofort eine deiner neuen Schlangen. Sobald sie in Chatham eintrifft, werden wir die Radlafetten anpassen. In vier Wochen sind dann alle fertig.

Die Erprobung von Schiff und Bewaffnung kann demnach im April stattfinden.«

»Wunderbar! Was gibt es sonst?«

»Dein besonderer Freund William Davison hat im Januar die Anwartschaft eines Schreiber des Schatzamtes zugeteilt bekommen und dazu den Posten eines *Custos brevium* des königlichen Gerichtshofes. Ich denke, er kann sich bei dir dafür bedanken.«

»Das freut mich. Wie sieht es zwischen Spanien und England aus? Hast du neue Nachrichten?«

»Hawkins erzählte mir während seiner letzten Visite in Chatham, daß Philipp bereit ist, alles zu tun, um Elizabeths Macht mit geheimen Mitteln zu untergraben. Andererseits gewinnen viele den Eindruck, daß unsere Königin alles unternimmt, um einen Krieg zu vermeiden. Spanien, Frankreich und Schottland gegen England, das wäre zuviel. Spanien gegenüber aber sollte sie zeigen, daß Drake kein politischer Unfall war. Die Rebellen in den Niederlanden sollte sie kräftiger unterstützen, den Kaperkrieg verschärfen. Gleichzeitig sollte sie mehr neue königliche Schiffe in Auftrag geben, um die Dons auf den Meeren stärker schröpfen zu können. Spanien wäre bald nicht mehr in der Lage, seine Söldner in den Niederlanden zu bezahlen. Drake hat den Spaniern soviel Niederlagen beigefügt, daß die Königin ruhig offen ihre Unterstützung zeigen könnte. Daß sie es nicht tut, glaubt ihr auf dem Kontinent sowieso niemand mehr. Statt dessen regiert die Furcht, eine neue Achse Frankreich–Schottland könne sich zu dem Problem Philipp und den Ambitionen Maria Stuarts hinzugesellen. Doch diese Probleme werden wir heute nicht mehr lösen.«

»Sicher nicht, Matthew. Doch wir sollten gewappnet sein, denn unsere Arbeit soll England schützen. Wird Spanien weiterhin genauso zurückhaltend sein wie bisher, oder ist Philipp bald gezwungen, gegen uns massiv aufzutreten?«

»Das kann ich nicht abschätzen. Das können nur wenige richtig beurteilen.« Matthew erhebt sich. »Wann beginnt der Tag?«

»Für die Gesellen rund um die Uhr! Wann willst du geweckt werden?«

»Ich will nichts versäumen!«

»Dann lasse ich dich gegen sieben Uhr wecken. Nach dem Frühstück kannst du sehen, wie die fertigen Formen in die Grube gesenkt werden. Wenn die übrigen Gäste im Middle House eintreffen, werden wir es hier gleich erfahren. Das Wesentliche passiert, wenn der morgige Tag abgelaufen ist. Der Zeitplan für den Guß sieht vor, daß die entscheidenden Vorbereitungen genau um Mitternacht des neuen Tages beginnen werden. Nach Ablauf von etwa 19 Stunden, sofern alles gelingt, wird die Geburtsstunde der neuen Schlangen gekommen sein!«

»Für diesen Moment, Adam, will ich frisch sein. Ich werde mich daher zu Bett begeben.«

Draufhin leeren wir die Gläser.
»Gute Nacht, Adam!« – »Schlafe gut, Matthew!«

Montag,
der 6. März

Unter den wachen Augen meines Werkführers Thomas Orthmann, unterstützt durch Michael Fletcher, rollen sechs Männer die achte Hauptgußform – das Mündungsende vorweg – auf einem Wagen zur Gußgrube vor den Schmelzofen.

Dort angekommen, bläst Edward Banty, der auf einer Leiter in der Grube steht, mit einem Blasebalg den letzten Staub aus dem Innern der Form. Gleich wird er den Mündungskranz mit einer Mischung aus Öl und Lampenruß an der Stelle einfetten, wo später die Eingußform aufgesetzt wird. Während er seine Arbeit mit größter Sorgfalt ausführt, nehmen die anderen das Seil von eineinhalb Inches Stärke, das zudem sieben Fuß länger ist als die doppelte Länge der Gußform, und spannen es längs der beiden Seiten der Form. Das Seil wird an vier verschiedenen Stellen fest an die Gußform angebunden. Die Kunst besteht darin, es so an der Eisenbebänderung zu befestigen, daß die Form nicht beschädigt werden kann, sobald sie aus dem Wagen hochgehoben wird. Die Männer haben diesen Arbeitsschritt bis zur Perfektion mit Atrappen geübt.

Über den Gußgruben haben wir ein massives Holzgerüst aufgestellt, auf dem hoch oben – genau über dem Zentrum und am hinteren Ende der Konstruktion – zwei schwere Hebebalken aufgelegt sind. Mit Dreifach- und Doppelblöcken, durch die die Trageseile geschoren sind, lassen sich die Formen sanft anheben und punktgenau in die Gußgrube absenken. Das Absenken und das Aufsetzen auf das Stoßbodenformstück ist mit soviel Gefahren für beide Teile verbunden, daß ich mich entschieden habe, in das Holzgerüst zusätzlich eine Haspel einzubauen. Somit reichen zwei gut eingespielte Männer auf dem Gerüst für die sensible Prozedur. Während der eine am freien Ende zieht, dreht der andere die Haspel mit Hilfe einer Stange. Die Haspel ähnelt einem querliegenden Spill, wie ich es auf der PRIMROSE gesehen habe. Die Einrichtung hat sich bewährt, denn ohne große Mühen und ohne die kleinsten Beschädigungen an den

DER SCHIFFSKOPF

Rändern der Formen haben die Männer in kürzester Zeit die Formen in die Gußgrube absenken und sanft auf die Bodenstücke aufsetzen können.

Matthew, der erst einen Blick über den Rand in die stockwerktiefe Gußgrube wirft, dann offensichtlich das gewaltige Gerüst darüber bestaunt, schaut mir verblüfft ins Gesicht.

»Für was ist der rote Vorhang gedacht?«

»Der ist für das Wohlergehen meiner Gäste während des Abstiches gedacht.«

»Wohlergehen? Wie das denn...?«

»Flüssige Bronze, die umherspritzt, hat schon manchen Knochen, auf dem sie unter langsamen Verkohlen und Verbruzzeln des Fleisches erstarren kann, wertvoller gemacht.«

»Von einem Vorhang, der ein solches Unglück abwenden könnte, habe ich noch nie gehört!?«

»Kann ich mir denken. Hat mich auch einige Stunden der Besorgtheit gekostet, bis ich auf die Lösung kam.«

Matthew sieht mich immer noch zweifelnd an. Meine Gründe sind ihm wohl zu dürftig, so daß ich noch mal zu erklären beginne:

»Ich gebe zu, Matthew, daß dieser Schritt ein wenig ungewöhnlich ist, doch der größte Feind der fertig gebrannten Gußformen ist die Feuchtigkeit. Wenn die Formen nicht vollständig durchgebrannt sind, kann es passieren, daß sie dir im schlimmsten Falle um die Ohren fliegen! Wir brennen Bodenstück, Gußform und Eingußform darum so lange, bis die drei Formteile völlig rot werden. Erst danach kann man sicher sein, daß sie auch durchlässig sind für die entstehenden Gase.«

»Ich bin sicher, daß du dieses Problem im Griff hast«, wirft er ein.

»Für sich allein gesehen – ja! Wenn es nur dies einzige Problem wäre. Da ist aber noch eine andere Neuerung, die ich eingeführt habe. Da wir, wie du bald selbst erleben wirst, die Erde um die Formen herum feststampfen, was nur gut wird, wenn wir sie vorher anfeuchten, ist mir die Gefahr zu groß, daß flüssige, spritzende Bronze eure Gesichter verschmoren könnte. Außerdem haben wir die Eingußformen erheblich verlängert, was wiederum zu der großen Tiefe der Gußgrube geführt hat. Wir haben also mehr durchfeuchtete Erde um die Formen herum als je zuvor. Die Formen dürfen aber keinesfalls Feuchtigkeit anziehen. Es wird daher einen Wettlauf mit der Zeit geben...«

Matthew ist mir wahrhaftig ein lieber Gast und Freund zugleich, doch was ich auch ihm nicht verraten möchte, ist die einfache Lösung des vorliegenden Problems. Es ist wahr, daß die Geschwindigkeit eine große Rolle spielt, um zu verhindern, daß Feuchtigkeit in die Gußformen dringen kann, denn diese Feuchtigkeit würde dann jene Feuchtigkeit ersetzen, die vorher mühsam ausgebrannt worden ist. Ich habe daher angeordnet, daß im Gegensatz zum Model bei der Herstellung der Gußformen weder Kuhhaar noch Hanf oder gar Dung verwendet werden darf. Es würden sonst bei Benutzung dieser Materialien Hohlräume und poröse Stellen entstehen, die dann wiederum Feuchtigkeit von außen aufnehmen könnten. Zudem halten wir die Mengen der festzustampfenden Erde dadurch konstant, indem zwischen zwei nebeneinander eingegrabenen Formen konkav geformte Ziegel gestapelt werden. Daraus ergeben sich gleich mehrere Vorteile. Der gewaltige Druck der mit Bronze gefüllten Formen wird besser abgefangen, gleichzeitig brauchen wir nach meinen Berechnungen weniger feuchte Erde und sind beim Füllen und Feststampfen der Erde keinesfalls zu einer überhasteten Eile gezwungen.

»Bist du damit nicht äußerst unvorsichtig? Ich denke daran, wenn etwas danebengehen sollte – und das noch vor den Augen der Aufpasser unserer Krone.«

»Das tut es sicher nicht, wenn der Zeitplan eingehalten werden kann! Dennoch möchte ich, daß niemand durch etwas Unvorhersehbares gefährdet wird.«

»Ich verstehe«, erwidert Matthew. »Deine Schlußfolgerungen von Wirkung und Ursache sind einleuchtend. Das Spektakel des Abstichs erfolgt also hinter dem Leinenvorhang... Was machst du, wenn der Vorhang Feuer fängt?«

»Wir haben ihn mit Ziegelmehl durchfeuchtet. Er kann so viele Löcher haben wie eine Bienenwabe. Besser dort als bei den edlen Herren. Ich möchte sichergehen, daß die Gesundheit meiner Geldgeber erhalten bleibt. Nur Thomas und ich werden uns daher beim ersten Male hinter dem Vorhang der zwar geringen, aber doch möglichen Gefahr aussetzen. Sobald die Formen zu einem Drittel gefüllt sind, da bin ich völlig sicher, könnt Ihr gefahrlos dem Schauspiel, das noch viele Minuten andauern wird, zusehen.«

In Matthews Gesicht stehen nur Fragen. Meine Antworten genügen ihm nicht. Einen Moment lang herrscht Schweigen. Gedanken kommen und gehen rasch, doch Matthews bleiben an der senkrechten Mauer des Ofens und dem schwarzen Rechteck der Gußgrube haften, aus dessen Tiefe Kerzenschein heraufflimmert.

DER SCHIFFSKOPF

»Hmm?« beendet er endlich das Schweigen. »Erzähle mir doch von dem Zeitplan.«

»Ich habe zwei Operationen perfekt abzustimmen. Gelingen sie, so sind meine Aussichten für einen guten Guß sehr gestiegen.«

Matthew gibt keine Antwort. Er denkt nach.

»Ziel ist es«, fahre ich fort, »die verschiedenen Vorbereitungen für die Grube in dem Moment zu beenden, wenn die verschiedenen Arbeiten für den Schmelzprozeß auch beendet sind. Das heißt, die Grube muß dann gußfertig sein, wenn die Bronzeschmelze die Hitze für einen erfolgreichen Guß erreicht hat.«

»Hebt an! Nach vorn schwenken! Vorn etwas höher. Jetzt nachfieren!« ruft Michael seine Anweisungen den Männern auf und unter dem Gerüst zu. Die letzte Form schwebt vom Wagen. Matthew beobachtet jeden Handgriff und tritt an den Rand der Gußgrube. Seine Aufmerksamkeit gleitet die Lotschnur entlang in die Tiefe. Es gefällt ihm, wie das Licht der Kerzen durch die glatte Innenseite der letzten drei eingebauten Gußformen reflektiert wird. Um die siebte Gußform herum bücken sich auf der Sohle der Grube Isaac und Charles, die dabei sind, Stoßbodenform und Hauptgußform zu verbinden, während drei Helfer Werkzeuge und Materialien reichen.

»Wann beginnst du mit dem Höllenfeuer?« wendet er sich wieder mir zu.

»Um Mitternacht werden wir es im Feuerkasten entfachen. Ab diesem Zeitpunkt beginnen wir auch die Grube vollständig mit Erde aufzufüllen. Wenn gegen acht Uhr das Metall schmilzt, werden wir auf der dann vollständig gefüllten Grube mit dem Anlegen der Gießrinnen beginnen.«

Thomas, der Humphrey und Godfrey beaufsichtigt, wie sie den Feuerkastens mit geradem, knoten- und harzfreien Klafterholz füllen, tritt im selben Moment heran:

»Meister! Wir könnten jetzt mit der Beschickung des Ofens beginnen!«

»Gut so, Thomas, fangt an.«

»Meister – bleibt es bei der Legierung ›AD‹ oder kommen noch Zusätze in Frage?«

»Nur ›AD‹! Keine anderen Zusätze.«

Wieder spüre ich jene Macht, an die ich mich damals in Innsbruck nie gewöhnen konnte. In Mayfield Furnace fing ich dagegen an sie zu lieben. Es hatte sich *wirklich* einiges verändert.

»Was meint er mit Zusätzen?« fragt Matthew neugierig.

»Ach nichts. Es spielt keine Rolle.«

»Gibt es denn außer Zinn und Kupfer noch andere Geheimnisse?« bleibt Matthew hartnäckig. »Doch wenn du nicht willst, Adam, ich möchte dich nicht drängen etwas...«

»Und ob, Matthew«, unterbreche ich ihn etwas barsch, »es gibt eine Fülle von Geheimnissen. Jeder hat so seine eigenen. Owen oder andere fügen Kupferrosetten und auch Bronzeabfälle hinzu. In Houndsditch standen für die Falkonette davon gleich 14 Eimer bereit. Wenn ich nicht die Zusammensetzung des Metalls in den Eimern berechnet und gewogen hätte, wäre alles umsonst gewesen. Meine Rohre wären zum Schluß der Vorführung auf dem Spitalfield genauso zerplatzt wie die von Owen. Dafür waren die Pausen am Schmelzofen endlos. Das Geheimnis lag darin, festzustellen, wann die Temperatur im Bronzesee wiederhergestellt war. Ja, Zusätze gibt es genügend. Einige schwören auf Geld und werfen geweihte Goldmünzen hinein, andere wiederum schwören auf die Verwendung von Reliquien, die das Geschütz unfehlbar machen sollen. Was auch immer es sein mag, ich weiß es nicht genau. Das einzige, was in England wirklich helfen könnte, wäre das Blei von protestantischen Kirchenfenstern!«

Wir blicken einander in die Augen, dann schlägt mir Matthew gelöst auf die Schulter:

»O ja, Adam, das wird es sein! Blei von protestantischen Kirchenfenstern!« wiederholt er feixend. »Einen Teil für meine Schiffe als Ballast und der andere Teil zur Treffsicherheit deiner Feldschlangen. Wir werden unbesiegbar sein!«

»Wenn wir daran glauben müßten...«

»... hätten wir nie das vollbringen können, was wir bis heute vollbracht haben«, vollendet Matthew. »Deshalb solltest du besser weiter erzählen, was ab acht Uhr morgens passieren wird.«

»Also: Bis zehn Uhr wird die bronzene Schmelze mit einem langen Pinienholz einmal umgerührt. In die fertig geformte Lehmrinne, die vom Abstichloch zu den Formen führt, wird ein Holzfeuer gelegt. Zwölf Uhr! Das Rühren setzt sich fort, das Holzfeuer in der Rinne wird ab Mittag durch ein Holzkohlenfeuer ersetzt. Gegen zwei Uhr nachmittags werden die Bronzebarren vollständig geschmolzen sein. Das Umrühren wird regelmäßig, aber nicht zu häufig fortgesetzt. Eine Stunde später wird die Schlacke erstmals abgeschöpft. Sie wird bei uns äußerst gering sein, da keine unreinen Zinn- und Bronzeabfälle zugesetzt wurden. Das Holzkohlenfeuer in der Rinne wird wohl

DER SCHIFFSKOPF

erneuert werden müssen. Nach weiteren zwei Stunden wird neuerlich überprüft, ob ein zweites Abschöpfen des Bades erforderlich ist. Gegen halb sieben abends wird der angefeuchtete Vorhang zugezogen, werden die heißen, gebrannten Tonrinnen vom Staub ein letztes Mal gereinigt, die Gußformen aufgedeckt und die Stöpsel der Eingußlöcher beseitigt. Gelingt bis dahin alles, wird zu Beginn der 19. Stunde der Abstich erfolgen! Es wird dir gefallen, Matthew!«

»Das will ich hoffen.«

Gleich darauf beginnt mein Freund zu grübeln, als ringe er um einen Entschluß.

»Na, über was denkst du nach?«

»Über meine Kleidung. Was soll ich anziehen? Was meinst du? Sind schwarze eiserne Kniehosen das richtige?«

»Ist empfehlenswert. Dazu silberne Kettenstrümpfe und am Besten einen silbernen Brust- und Kopfharnisch. Ich bestehe aber darauf, daß darüber auf jeden Fall eine weiße gestärkte Mühlsteinkrause kommt.«

Matthew greift den Scherz auf und beginnt mit feierlichem Ton: »Dazu noch Narzissen und Seidenbänder um die Gußgrube...?«

Ich versuche sein feierliches Gehabe nach bestem Können nachzuahmen: »Aber nur, wenn dazu ein Hochzeitsmarsch geblasen wird. Es soll eine unvergeßliche Feier werden.«

»Ich bin Euch aufrichtig verbunden, Sir – ich werde kommen!«

Plötzlich ist er in sehr gehobener Stimmung und hält sich vor Lachen den Bauch. Thomas schaut erstaunt zu Michael und zu Francis und wieder zurück zu Michael, während wir beide herzlich über unsere Eingebungen lachen.

»Wenn ich es recht bedenke«, sagt Matthew beruhigt, »so wird es erst ab Mitternacht hoch hergehen. Was mache ich also am heutigen Nachmittag? Außerdem frage ich mich, wann ich ein Schläfchen einplanen sollte? Wie geht es denn nun weiter?«

»Ich werde den Einbau der letzten Form beaufsichtigen, danach alle Verbindungen zwischen Stoßboden, Haupt- und Eingußform mit Michael Fletcher nochmals überprüfen und danach das Auffüllen der Grube bis herauf zu den Schildzapfen mit überwachen. Thomas, meine Gießer John, Nycolas, Francis und Thommy, die Heizer Joseph, Godfrey, Humphry und Benjamin sind zusammen mit Archibald, meinem Mann für den Ofen und das Gebläse, bis morgen abend vollauf beschäftigt. In der Küche gibt es für alle rund um die Uhr kalten Braten, Käse, Brot und Bier. Jeder, der Hunger hat, kann sich dort selbst bedienen. Wir können die Vorbereitungen bis zum Guß nicht mehr unterbrechen. Wenn du nichts versäumen willst, schlage ich vor, daß du dich in den frühen Abendstunden niederlegst. Dann bist du ab Mitternacht frisch dabei. Die hohen Herren erwarte ich hier neben der Gußgrube frühestens morgen nachmittag. Du kannst also zwischen Gußgrube, Mittagstisch oder Bett wählen.«

»Fürs Bett bin ich im Moment ganz und gar nicht geeignet!« antwortet er schmunzelnd und macht schließlich den Vorschlag: »Schauen wir uns die Sache doch einmal von unten an.«

Wir nähern uns wieder der Grube und sehen, daß die Gußform inzwischen mit einem Drittel ihrer Länge über die Grube hängt.

»Was für ein Arschloch!« erbost sich Michael zornig über Ben, der das hintere Ende gerade etwas zu schnell abgesenkt hatte.

»Halt dein Maul, Lehmkneter!« antwortet ihm Ben gereizt.

»Ich finde, du solltest schleunigst deines halten, bevor du große Schwierigkeiten bekommst!« Michael ballt die Faust, aber dann klingt seine Stimme schon wieder sanft. »Vorn anheben! *Langsam!* Ja, so ist es gut. Jetzt kannst du etwas absenken, Ben. *Vorsichtig* – so paßt die Sache! *Gut so!*«

Die Männer oben auf dem Gerüst ziehen die Form weiter hoch, während Ben und seine drei anderen Helfer an den Seilen die Form am hinteren Ende weiter herunterlassen, aber nur so weit, daß die Gußform niemals den Boden berührt. Gleich ist der Punkt erreicht, an dem die Form vollständig über der Gußgrube hängt.

»*Ben!!*« ruft Michael in höchster Konzentration, flach auf dem Boden liegend. In dieser Stellung schätzt er die Bodenfreiheit ab, die gegeben sein muß, wenn die Form gleich sanft nach vorn schwingt, bis sie vertikal über der Grube baumelt, um in diese abgesenkt zu werden.

»*Fieren!!*«

Sanft schwingt sie nach vorn. Das Manöver gelingt ihnen vortrefflich.

»Großartige Leistung!« bemerkt Matthew anerkennend.

»Laßt uns erst hinabsteigen, bevor sie abgesenkt wird«, gebe ich Michael zu verstehen, und zu Matthew: »Steig du als erster hinunter, ich halte dir die Leiter.«

Kaum sind wir unten angekommen, vernehme ich erneut Michaels Anweisungen:

»*Absenken auf Schulterhöhe!*«

Inch für Inch kommt uns die Form von oben entgegen, bis sie, auf

DER SCHIFFSKOPF

das Zeichen von Edward, genau in Schulterhöhe gestoppt wird. Mit Hilfe des Handblasebalgs wiederholt er die Prozedur am hinteren Ende der Hauptgußform, indem er den letzten Staub gründlich wegbläst. Anschließend fettet er den Stoßbodenkranz, die Verbindungsstelle zur Stoßbodenform, ein.

Der genaue Einbau der *Cascableformen*, wie Isaac Foulon die Stoßbodenform nennt, liegt allein in seiner Verantwortung. Stimmen die Tiefen nicht, dann passen am Ende die Höhenverhältnisse und das Gefälle zum Abstichloch des Schmelzofens nicht, und wir müßten alle acht Gußformen wieder ausgraben, zerlegen, aus der Grube heben, neu brennen und wieder einbauen. Foulon würde hängen, sollte ihm hier ein Fehler unterlaufen. Zu Beginn läßt er den Boden daher mit schweren Bronzestampfern festrammen, bis er so hart ist, daß es fast unmöglich ist, die Spitze eines Messers hineinzustoßen. Das Gefälle der Grube ist so beschaffen, daß später – wenn die Grube vollständig mit Erde gefüllt ist – das erste Eingußloch 12 bis 14 Inches unter dem Abstichloch des Ofens liegt. Die folgenden Gußformen müssen demnach von ihm so gestellt werden, daß ein Gefälle für die ausfließende Bronze entsteht. Mit dem Auge ist das Gefälle zum jetzigen Zeitpunkt nicht auszumachen. Doch ich bin mir sicher, daß am Ende die weiteren Eingußlöcher zwei Inches unter denjenigen liegen werden, die sich näher am Schmelzofen befinden. Die ständige Überprüfung der Meßmarken unter Benutzung des Senkbleis und eines Pendels, das an einem Quadranten hängt, ist in dieser Phase für Isaac eine unverzichtbare Angelegenheit. Über uns wird gerade ein schweres Brett über die Gußgrube gelegt. Ein Helfer erfaßt das Tragseil und verhindert so das Ausschwingen der Hauptgußform.

»*Cascableform freilegen!*« gibt Isaac Anweisung.

Rasch legen Edward und William den herausstehenden Rand des eingegrabenen Stoßbodens frei, pusten ebenfalls mit dem Blasebalg noch einmal darüber, fetten die Ränder ein, und decken die Fläche mit einem runden weißen Tuch ab, dessen Durchmesser etwas größer ist als die Innenseite der Gußform. Am Saum sind sechs Ringe festgenäht, durch die das Ende einer Schnur gezogen wird, welche der Helfer auf dem Brett von oben durch die Gußform hintergelassen hat. Das Tuch wird so drapiert, daß es nicht über den Rand der Stoßbodenform hinausgeht, da es sonst zwischen den beiden Teilen eingeklemmt werden würde. In die Mitte des Tuches legt Isaac ein Gewicht, und um den Rand herum stellt er nun vier brennende Kerzen auf, die in Lehmklumpen stecken.

»Isaac, bist du soweit?« ruft Thomas, der oben das Kommando übernommen hat.

Matthew geht wie Edward und William auf die Knie, während Isaac sich flach auf den Boden legt, um das genaue Aufsetzen der schweren Form zu steuern.

»*Absenken!* Etwas nach links! Komm ... koooomm ... gut so – etwas weiter noch ... *Stopp!!*«

»Sie berühren sich fast. Warum stoppen sie?« blickt Matthew fragend zu mir herauf.

»Das ist der Moment, auf den es ankommt. Die heikelste Operation des Ganzen. Die Männer sammeln sich noch einmal. Außerdem muß die kleinste Pendelbewegung der Gußform vermieden werden«, flüstere ich zurück.

Sechs Arme halten die Hauptgußform genau über den Einpaßring des Stoßbodens. Es ist völlig still um uns herum geworden, sogar der Atem stockt.

Isaac hebt seitlich liegend seinen rechten Arm. Thomas auf dem Brett hebt ebenfalls seine Rechte, sichtbar für die Männer an der Haspel und am Seil oben auf dem Gerüst. Langsam senkt Isaac seinen Arm. Die Abwärtsbewegung ist kaum wahrnehmbar.

»*Paßt!!*« ruft er freudig.

»*Paßt!!*« meldet William links von ihm kniend, und:

»*Paßt!!*« kommt ebenfalls die Rückmeldung von Edward.

»Matthew, prüfe selbst, ob du den Schein der Kerzen wahrnehmen kannst.«

Auf allen vieren habe ich ihn das letzte Mal im Rumpf der GOLDEN HIND erlebt. Prüfte er damals sehr gewissenhaft jeden einzelnen Spant, so tut er es hier ebenso mit der Paßfuge. Seine Prüfung dauert nicht lange:

»Hier paßt wirklich kein einziges Haar dazwischen!« Schnell ist er wieder auf den Beinen und klatscht anerkennend in die Hände.

»Meisterlich, wahrhaft meisterlich! Ich habe viel gelernt«, würdigt er mit ernster Miene das eben Erlebte.

»Dafür, daß wir den ersten Serienguß vorbereiten, sind die Männer schon gut aufeinander eingespielt. Ich bin mit dem Ausbildungsstand zum jetzigen Zeitpunkt sehr zufrieden«, bemerke ich nicht ohne Stolz.

»Verbindet die Teile!« weist Isaac, der neben Michael mein erfahrenster Former ist, Edward und William an. Beide wechselten von Ralph Hogge nach Mayfield Furnace. Ein echter Verlust für Buxted.

DER SCHIFFSKOPF

Sir Thomas Gresham, mein Vorgänger an diesem Ort, hatte lange nicht den Ausbildungsstand in seiner Eisengießerei wie Ralph Hogge. Edward Banty und William Fell, die ich von ihm übernommen habe, bemühen sich täglich, um den Rückstand aufzuholen. Ich denke, daß sie in zwei bis drei Jahren an die Fertigkeiten von Isaac herankommen werden. Fletcher allerdings ist rundherum der Beste. Er kennt Finessen, daß sogar ich noch ins Staunen gerate.

»Ich möchte mir noch gern das Verbinden der beiden Formen ansehen, Adam.«

»Tu dies, Matthew. Ich werde inzwischen mit Michael die Verbindungen an den anderen Rohren überprüfen.«

Während die Gießer, John und Francis, das Rohr mittels Stangen von oben her fixieren, benutzen die Männer neben uns ausgeglühte Messingdrähte, die sie um die Stäbe der Bodenform und um die gebogenen Enden der Stäbe an der Hauptform wickeln. Mit flinken Händen biegen sie eine Schlaufe in den Draht und mit Hilfe einer spitzen Ahle drillen sie den Draht zu, so daß beide Formen fest zusammengezogen werden. Dies geschieht gleichzeitig an allen vier Himmelsrichtungen. Michael prüft zum Schluß sorgfältig die vier Drahtverbindungen. Wie zu erwarten, ergibt meine Überprüfung der anderen Formen das gleiche Resultat. Zufrieden schlage ich auf die mächtige Schulter Isaacs:

»Gute Arbeit!«

»Können wir füllen, Meister?«

»Ja. Füllen bis zu den Schildzapfen! Matthew, jetzt müssen wir wohl oder übel raus aus der Schlangengrube, sonst schaufeln sie uns, ohne zu fragen, lebendig ein.«

Humphry Pickfatt und Archibald Reed beugen sich wortlos über die Grube, während wir die Leiter hochsteigen. Hinter ihnen schleppen an die zehn Hilfskräfte feuchte Erde in Körben heran, die am Galgen unverzüglich hinabgelassen werden.

»Dann ist es ja soweit!« sagt Archibald zu Humphry. »Du kannst wieder die heißen Bronzestampfer holen, und ich werde sie hinunterlassen.«

Die Stampfer werden immer wieder erhitzt, damit die leicht feuchte Erde nicht an ihnen haften bleibt. Die Erde soll feucht sein, aber nicht naß! Letztendliches Ziel ist es, der Erde die Festigkeit von Stein zu geben.

Matthew und ich tauschen einen Blick. Matthew klopft sich mit einem Finger an die Wange:

»Was mich besonders interessiert: Wie sieht das Mündungsstück aus? Hast du die Mündungsringe der Feldschlangen abgeändert? Wie sie dort unten stehen, ist die Gestaltung nicht zu erkennen.«

»Hab' ich, hab' ich! Beim Rücklaufen der Lafetten wird das Zerfetzen der Trempelrahmen nicht mehr vorkommen, und die *Gunner* riskieren nicht mehr ihre Gesundheit. Ein konisches Ansteigen des Mündungshalses und eine runde Mündungswulst lassen das Rohr abgleiten.«

Matthews Gesicht geht in die Breite. Es ist ein wunderschönes Lächeln...

»Laß dich überraschen. Wir werden in wenigen Stunden zum ersten Male einen eigenen, neuen *Schiffskopf* gießen.«

Die Augen meines Freundes ruhen noch immer auf der Form:

»Was mich allerdings noch ein wenig irritiert, Adam, ist die Länge der Eingießform. Wenn ich die verbleibende Differenz zum Abstichloch dort abschätze, muß sie ja fast zwei Drittel der Länge der Hauptgußform haben.«

»Gut geschätzt, großer Meister des Schiffbaus! Dir entgeht auch gar nichts.«

»Warum eigentlich so lang?«

»Wegen des Preßdrucks der Bronzesäule! Ich brauche das Gewicht für die absolute Festigkeit und Dichte des Bodenstückes. Ich wende den *Stehenden Guß* an und optimiere ihn durch den hohen Gießkopf.«

»Wann wird er aufgesetzt?«

»Wenn die Erde zwei Fuß unterhalb der Mündung aufgefüllt ist. Der Kopf wird dann auf dieselbe Art und Weise aufgesetzt und festmontiert wie die Hauptgußform auf das Bodenstück. Diese Arbeiten und Handgriffe wiederholen sich nun in den nächsten Stunden.«

Mein Gast läßt seinen Blick über die dunkle rechteckige Grube schweifen, in der die schlanken Larven bereit zum Schlüpfen stehen.

Matthew blickt befriedigt drein und bekennt:

»Ich denke, ich habe genug gesehen. Ich werde daher deinem Rat folgen und bis Mitternacht ein wenig ausruhen. Du solltest dir auch eine kleine Pause gönnen. Hast du nicht auch Lust auf Braten und Bier?«

Kaum setzen wir uns in Richtung Küche in Bewegung, überrascht mich Matthew erneut mit einer Frage:

»Was wird eigentlich mit dem Tuch und den Kerzen in den Formen?«

DER SCHIFFSKOPF

»Wir lassen es so lange auf dem tiefsten Punkt der Schlange liegen, bis der Gießkopf aufgesetzt ist. Durch die Ringe rings um das Tuch herum, läßt es sich zum Schluß herausziehen wie ein Beutel. Jedes einzelne Staubkorn, das während der Arbeiten unerlaubt hineinfällt, wird somit wieder herausbefördert. Es ist wegen der glatten Oberfläche!«

»Gibt es eigentlich irgend etwas, woran du nicht gedacht hast?«

Dienstag,
der 7. März

Der Feuersturm zieht durch den Flammofen und läßt den Kamin heulen. Die Blasebälge, angetrieben durch Wasserkraft, geben ihr Bestes. Damit das Feuer schnell hohe Temperaturen erreichen kann, wurde großzügig Raum für den Luftstrom geschaffen, der mächtig über die Blasebälge durch das unterste Gitter in den Feuerkasten geblasen wird.

Der Luftstrom wird durch ein System von Gewölben unterhalb des Ofens geführt, dessen Raffinesse von Archibald Reed und mir ausgetüftelt wurde. Ergänzend dazu haben wir einen breiteren Kamin gebaut, um den Rauch herauszuführen. Trotz allem spielt das Wetter eine entscheidende Rolle. Ist es naßkalt und windstill, reichen die Blasebälge gerade noch aus, um die benötigte Luft zur Aufrechterhaltung der Temperaturen für die riesige Schmelzmasse von annähernd 35000 Pfund, die wir gerade im Bad haben. Einen *kalten Guß* wird es in Mayfield Furnace trotzdem nicht geben.

Wind ist aber immer wünschenswert, ob bei naßkaltem Wetter, bei Wärme oder Trockenheit. Und das ist gut so, denn Wind haben wir meist genügend im Tal. Der Zeitplan muß deshalb auf das Wetter hin abgestimmt sein, damit die eingegrabenen Gußformen nicht allzu stark abkühlen oder gar Feuchtigkeit aufnehmen.

Je mehr Formen in der Grube liegen, um so schwerer ist es, die Zeit richtig zu beurteilen. Es versteht sich daher von selbst, daß es eher von Vorteil ist, wenn man keine so große Schmelzmasse in den Flammofen einbringt. Sechs Cannons oder sechs Culverins wären die günstigste Stückzahl. Zwölf sind für unseren Flammofen bei normalen Umständen machbar, doch das letztendliche Ziel, nämlich gute Kanonen herzustellen, verlangt eher nach niedrigeren Stückzahlen. Ich habe mich daher für den Guß von acht Feldschlangen entschieden. Unsere ganze Aufmerksamkeit gilt der Qualität; wir haben daher weder Arbeiten noch Ausgaben gescheut, um dieses Ziel zu erreichen. Da die Konstruktion des Ofens, gerade was die Luftzufuhr und damit die Hitze anbelangt, bedeutend verbessert wurde, sind die Umstände für den heutigen Guß mehr als günstig. Wir haben viel Wind. Humphry Pickfatt und Archibald Reed steuern das Feuer und regeln die Flammen. Zur Stunde herrscht rings um den Flammofen eine Hitze, die den Schweiß treibt und in Kürze das Hemd naß werden läßt. Die hohen Herren halten Abstand. John Fuller, mein *Puddler* am Ofen, hatte nur geringe Mühe mit dem Rühren und Abschöpfen. Es gab keine Verzögerungen, der vorgegebene Zeitplan konnte in jeder Phase eingehalten werden. John hat den Schieber kurz geöffnet, der den Blick auf den flüssigen Bronzesee freigibt. Seine Gesicht ist tief gerötet, seine Augen tränen. Seine Stimme kommt kaum gegen das Heulen an:

»Der Bronzesee ist klar – der Punkt ist da!«

Schnell eile ich die wenigen Stufen auf den Vorbau hinauf, der eine kleine Terrasse bildet und von dem aus das Gießfeld bestens zu kontrollieren ist. Die Terrasse steht voll mit Trögen, die verschiedene Flußmittel enthalten. Zinnplatten, Antimon, Kupferbarren, Bleifassungen ausnahmslos von protestantischen Kirchenfenstern, Bronzerosetten, Messingstäbe, Zinkplatten, Zinnpulver, Eisenspäne. Ergänzt wird die Aufstellung noch durch Spezialtiegel, die mein Schmelzmeister James Paine auf mein Geheiß aufbauen mußte. Dreieckige Tiegel mit vitriolhaltigen, Tonkrüge mit alaunhaltigen Kiesen, kegelartige Glaskolben mit Salpetersäure, kürbisförmige Bleigefäße mit reinem Vitriol, zwei Bleipfannen mit Roßschwefel und Eisensalz, ein Topf mit Nase – voll mit Quecksilber. Daneben drei Kästen mit schweren Schlössern, welche das Geheimnisvolle an ihnen nicht besser unterstreichen könnten. Zwei Männer pro Kasten, bevor sie hier oben standen. Daß sie Bronzebarren enthalten, weiß niemand – außer mir. Es sind die gleichen Bronzebarren wie die in Innsbruck. Sie tragen nur meine Initialen. Wäre das Kupfer nicht schon gereinigt und vorlegiert, so müßte ich tatsächlich jetzt das Flußmittel zusetzen.

Lienhardt hatte damals in Büchsenhausen ausgerechnet, daß man für 100 Pfund Metall etwa eine halbe Unze des *Puders* benötige. Die Blicke der Gießer, Former, Hilfskräfte, einschließlich der Augen meiner Gäste – ich spüre sie in meinem Rücken. Was wäre ein wahrer Gießmeister ohne diese Maskerade. Wann sah man eine solche Auswahl je vor einem Flammofen? Unversiegter Quell, an dem sich die Phantasien berauschen. Doch wer will schon den Unrat kochen?

Wenn John richtig gesehen hat, müßte das Metall so flüssig wie Wasser sein. Bedächtig und völlig ruhig nehme ich den leeren, runden Holzeimer und tu so, als fülle ich ihn mit Proben aus den verschiedenen Gefäßen, Sorgfältig öffne ich einen Kasten nach dem anderen. Die Deckel gehen zum Gußfeld hin auf und somit entzieht sich deren Inhalt allzu neugierigen Blicken. Geschafft! Der Eimer bleibt leer neben mir stehen, abgedeckt durch ein Tuch.

Wir haben noch etwa 15 Minuten Zeit bis zum Abstich. Dann sollte der Metallsee blubbern und ein *greenish-white vapour*, Löfflers *zeisiggrün*, müßte sich darüber gebildet haben...

An der Stirnseite des Gußfeldes stehen Sir William Winter und Lord Warwick beisammen und etwas rechts davon Sir Walter Mildmay, Lord Cumberland und Matthew. Sie haben es schwer, sich bei dem Lärm zu verständigen. So hängen die Lippen direkt an den Ohren der Zuhörer. Die Ankunft der Lords von Navy und Ordnance Board im MIDDLE HOUSE lag in den frühen Abendstunden des gestrigen Tages. Die kalte, nasse Witterung, so hörte man, war eine einzige Strapaze, was dazu führte, daß die äußerste Willenskraft bei den Herren gerade noch ausreichte, zur Stunde des Abstichs vom Berg herunterzukommen. Gott sei's gedankt! Ich konnte mich allen wichtigen Details ohne Störungen widmen. Lediglich Matthew war, wie ausgemacht, schon Mitternacht aus den Federn gekrochen und ist seitdem vom Ofen nicht mehr wegzubekommen.

Die Rinne ist fertig! Sie läuft vom Ofen zwischen den Formen bis ans Ende des Gußfeldes, wo sie an einer kleinen Grube endet, in der die Überschußbronze des Gusses aufgefangen wird. Auch sie ist mit Backsteinen ausgekleidet. Direkt hinter jedem Paar der Gußformen sind kleine eiserne Tore installiert, mit der die Bronze entweder zurückgehalten oder in die Gußformen dirigiert werden kann. Die Rinne ist noch mit viel glühender Holzkohle gefüllt, um die Feuchtigkeit vollständig zu verdampfen. Der Bronzestrom sollte bis in die Formen hinab wie Wasser laufen. Ein zu schnelles Abkühlen oder gar Erstarren in den Rinnen wäre vergleichbar mit dem Fiasko eines kenternden Schiffes während des Stapellaufes. »Holzkohle beseitigen! – Asche wegblasen! – Vorhang zu! – Rinne mit Tonklumpen abrollen!«

CHATHAM-MAYFIELD-PLYMOUTH-DEPTFORD 1580/81

Francis Fleming und Thomas May führen mit vier Hilfskräften die Arbeiten aus. Der dreigeteilte, schwere Vorhang hängt an Ringen, die über eine Stange am Gerüst gleiten. Der freie Blick nach oben bestätigt mir, daß sich niemand darauf befindet. Der Abstich müßte bei unserer Belüftung in der Nähe des Bodens ohne dicke Dämpfe vonstatten gehen. Beim Guß der ersten Einzelschlange und während des Testgusses mit dem neuen Schiffskopf war dies deutlich zu erkennen. Bei dem Sturm, der draußen herrscht, müßte die Luft im Gußhaus trotz der gewaltigen Menge Bronze, die in Kürze aus dem Ofen strömen wird, bald wieder klar werden. Einen zweiten Pantaleon dürfte es daher nicht geben. Trotzdem werde ich so schnell wie möglich vor den Vorhang treten. Thomas Orthmann, mein zuverlässiger Werkführer, wird den Bronzestrom aus dem Ofen danach weiter kontrollieren. Erst ab diesem Zeitpunkt werde ich etwas Zeit für meine Gäste haben...

Der Vorhang gleitet links und rechts, gezogen von Joseph und Godfrey, das Gerüst entlang. Benjamin Norman ergreift im selben Moment das Vorhangteil am Ende des Arbeitsgerüstes. Etwas Ziegelmehl staubt herunter. Der kleinste Rest Asche und Staub muß daher aus der rotglühenden Rinne noch einmal entfernt werden. Erst wenn der Vorhang zu ist, wird Thomas May diese wichtige Aufgabe ausführen. Jeder noch so winzige Rest wird an jenem Tonklumpen hängenbleiben.

Gerade als Benjamin den Vorhang fast dicht hat, nehme ich noch das Erstaunen in den Gesichtern von Lord Warwick und Sir William Winter wahr. Lord Warwick ruft mir etwas zu, doch seine Worte werden vom Heulen im Ofen geschluckt. Zu spät!

Thomas rollt den Tonklumpen durch die heiße Rinne.

Die Männer heben ihre Köpfe. Sie warten auf die Befehle.

»Deckel von den Gußformen beseitigen! Kerzen und Tücher aus der Form herausziehen!« brülle ich gegen den Lärm an.

Wie in einem Fischernetz gefangen, kehren Gewicht, Kerzenreste und auch jeglicher Staub an die Oberfläche zurück.

Orthmann steht direkt unterhalb der Terrasse. Mein Platz bleibt neben dem Schieber, der den Blick auf den Bronzesee gleich ein letztes Mal freigeben soll. Noch gilt aber meine ganze Aufmerksamkeit den Arbeiten unten im Gußfeld. Nur noch wenige Augenblicke...

Während Orthmann gleichzeitig mit mir sich die Lederschürze umbindet und den Lederhelm mit Schutzklappe für den Nacken und Hals aufsetzt, rufe ich hinunter:

DER SCHIFFSKOPF

»Rinnen frei?«
Thomas nickt.
»Eingußlöcher offen?«
Es ist soweit.
»Geht vor den Vorhang!«
Bis auf Orthmann sind nun alle schnell aus dem Gußfeld heraus vor den Vorhang geeilt.
Der Augenblick ist gekommen. Als ich mich bücke, um den Holzeimer zu fassen, höre ich eine Stimme nah an meinem Ohr:
»Was ist mit dem Glühlicht?«
Wie vom Blitz gerührt, richte ich mich auf. Thomas Orthmann steht plötzlich vor mir. Ich sehe für einen Moment ein kleines wissensdurstiges Lichtlein in seinen Augen brennen.
»Ich will es sehen!«
»Was erlaubst du dir! Runter von der Terrasse! Dein Platz ist bei der Abstichstange! Führe sie und ramme den Keil auf mein Zeichen hinein! Geh sofort an deinen Platz!«
»Meister! Ich möchte gern den dünnen, eigentümlichen, grünen Schleier – das Glühlicht – sehen«, brüllt er mir seine Entschlossenheit ins Ohr. Und gleich darauf. »Ich öffne jetzt den Schieber.«
Mein Zorn wächst mit jeder Sekunde:
»Finger weg! Los, weg hier!«
Orthmann zögert immer noch.
»Troll dich! Nimm die Stange, Thomas! Augenblicklich! Oder du verläßt sofort Mayfield Furnace!« brülle ich ihm nun umgekehrt meine Entschlossenheit ins Gesicht.
Langsam, zornig und tief enttäuscht bewegt er sich hinunter ins Gußfeld, hin zum vierten Feldschlangenpaar. Für einen Moment tritt Büchsenhausen in mein Bewußtsein.
Ja, auch ich wollte damals dem Herrn von Büchsenhausen beim Abstich helfen, um...
Hätte Thomas mich darum gebeten, dann wäre ich zu irgendeinem Zeitpunkt dazu bereit gewesen. Sein Überrumpelungsversuch läßt aber gewichtigere Gründe erahnen. Nun hat er sich mit seiner dreisten Forderung selbst verraten. Thomas wollte eindeutig an einem Siegel kratzen. Er weiß also vom Phänomen des Glühlichtes – dem Licht, das anzeigt, ob in der Schmelze die richtige Temperatur herrscht. Auf seine Dreistigkeit hin werde ich ihn vom Ofen während des Abstichs für alle Zeiten fernhalten. Er wird das Licht in Mayfield Furnace nie erblicken!

Christoph hatte in einem Punkt recht behalten: Was wäre, wenn die Türken dahintergekommen wären... Was wäre nun umgekehrt, wenn Orthmann, mit dem wichtigsten Gußgeheimnis im Kopf, nach Malaga gehen würde? Nein, ich bin gegenüber meinen Auftraggebern verpflichtet. Thomas wird ab morgen seinen Durst zügeln müssen. Geheime Nahrung, die ihn wachsen und gedeihen läßt, wird es nicht mehr geben. Mir kommt keine unersättliche Viper angekrochen. Vielleicht spürt er gerade Schlangen im Bauch, wie ich damals in Büchsenhausen vor dem Vorhang. Sollen sie sich doch darinnen schlängeln und verknoten, ohne den Ausweg jemals zu finden, wie der sich unaufhörlich windende Gedanke um das *eine* ungelöste Siegel.

Thomas hat seinen Platz eingenommen. Das hintere Ende der schweren langen Abstichstange ruht in seinen mit Handschuhen geschützten Fäusten. Die Spitze, die zu einem Haken geschmiedet ist, hängt, fixiert durch eine Kette die zum Galgen hinauf führt, direkt in Höhe des Abstichloches. Orthmann sieht zu mir herüber.

Im selben Augenblick öffne ich den Schieber, um die Temperatur der Schmelze festzustellen.

Meine Brust weitet sich, die Lungen schwellen. Ich fühle für einen kurzen Moment alle Leidenschaften des Triumphes in mir zittern. Das Geheimnis zehrt nicht mehr schmerzlich an mir, es übergießt mich freudig, als wollte es mit mir das Gloria singen. Gleich der aufblitzenden Mittagssonne über dem sommerlichen Inn, so spiegelt die Fläche, schwebt das grüne Glühlicht über dem gewaltigen gleißenden Bronzesee. Die Flut will hinaus, will sich wandeln, will im höchsten Fieber acht Schlangen gebären. Schnell entleere ich die Leere des Kübels in die Öffnung, stelle ihn wieder ab und schließe sofort den Schieber. So sei es:

»Abstich!«

Orthmann handelt.

Die gut erhitzte Abstichstange fährt in das Abstichloch und drückt den Keil nach innen. Das Gebälk über uns erstrahlt im Licht, als ob die Sonne aufgegangen wäre. Ein gleißendes Rinnsal erst, dann langsam anschwellend, Garben von Funken versprühend, läuft die erste Welle auf verborgenem Gefälle rasch und sehr dünnflüssig ihren vorgeschriebenen Weg, bis sie links und rechts in die ersten paarweise angeordneten Eingußlöcher verschwindet und, für uns unsichtbar, meterhoch bis auf den Grund des Bodenstückes hinabstürzt. Pfeifend entfährt die verdrängte Luft aus den beiden ersten Formen. In derselben Sekunde bilden sich Dämpfe über dem Gußfeld. Thomas hält die Abstichstange in das Loch und reguliert mit kleinen Bewegungen die Ausfließgeschwindigkeit. Jetzt, da die ersten beiden Formen sich füllen und die Rinnen intakt geblieben sind, kann er den Strom etwas verstärken.

Wie abgesprochen, kommen John, Nycolas, Francis, Thomas May und James Paine, mein Schmelzmeister für Legierungen und Barrenmetall jeglicher Art, wieder hinzu. Sie betreten das Gußfeld ebenfalls mit dicken Lederschürzen, Lederhelmen, sowie dicken Handschuhen, die weit hinaufreichen, durch den hinteren Vorhang.

Die *Gefahr* für sie ist vorüber...

Plötzlich spüre ich, wie der Hitzeanstieg unerträglich wird. Solange das Metall fließt, läßt Humphry die Flammen mit größter Intensität durch den Schwell in den Flammofen treten, denn die hinzutretende Luft würde die Temperatur sonst zu schnell absinken lassen.

»Meister, die Vorhänge! Die Hitze...!« melden sich gedankengleich Francis und John.

Ich werde den hinteren Vorhang wieder zurücknehmen müssen, sonst rösten meine Gießer an den Rinnen. Ich sehe an ihren Gesichtern, daß es für sie jetzt schon eine Qual ist. Trotz der fußhohen Bodenfreiheit, den der Vorhang bietet, ist der Luftstrom so gewaltig, daß die Vorhänge schräg nach innen stehen. Ich hatte diesen Effekt nicht vorausgesehen. Schnell eile ich von der Terrasse des Flammofens herunter in die Halle. Die Herren stehen immer noch auf dem gleichen Fleck und warten geduldig auf den Beginn der Vorhangöffnung. Fünf Augenpaare sehen mich verwundert an:

»Michael, Isaac, William! Nehmt vorsichtig den hinteren Vorhang zurück.«

»Glüht Eure Seele schon, Meister Adam?« höre ich von fern Lord Warwick sarkastisch dröhnen.

Ohne darauf zu antworten, eilen wir an den Vorhang.

»Langsam, Männer, ganz langsam zurückziehen! Er darf keinen Staub von sich geben!«

Mit rotem Gesicht schüttelt Orthmann seinen Kopf, die anderen knien vor Luftnot fast am Boden.

»Luft!« sagt Nycolas heiser. »Lang hätt' ich es nimmer ausgehalten.«

»Schon gut, Männer. Ist alles vorbei. Achtet auf das Überlaufen!«

»Stopp!« ruft John ganz von vorn, der damit ankündigt, daß die ersten beiden Formen gerade überlaufen. An seinen Handgriffen erkenne ich, daß er mit einem Haken den nächsten Eisenschieber öffnet. Thomas drosselt mit der Stange kurz den Strom der Bronze. Auf das Zeichen von John zieht er die Stange wieder ein wenig zurück. Geschafft! Trotzdem ärgert mich der Zwischenfall.

»Prächtig! Prächtig! Meister Adam!« höre ich neben mir Lord Warwick. »Hat sich Eure Vorsicht nicht als Spielzeug erwiesen?« legt er seine Faust in meine Wunde.

»Stimmt haargenau, Mylord. Ich hätte mehr an mein Können glauben sollen als an die Möglichkeit des Aufschreis: Gepriesen sei der Schmerz!«

Cumberland schaltet sich ein:

»Nehmt es nicht so ernst. Ihr müßt nicht glauben, daß man sich über Vorsichtsmaßnahmen lustig macht.«

Warwick runzelt flüchtig die Stirn, dann prustet er im Posaunenton los:

»Was soll das gewesen sein? Eine Vorsichtsmaßnahme? Vor wem? Für was? Wofür?«

Die Wut bezähmend sage ich mir: Es macht keinen Sinn am Widerstand sich aufzureiben.

»England braucht Euch! Ich bin wahrlich froh, Mylord, daß wir Euren Leib nicht sanft auf einer Matte niederlegen mußten«, antworte ich versöhnlich. »Kein optimaler Schutz, doch kann ich ihn beim nächsten Male völlig weglassen.«

Matthew, der schräg zu mir steht, und seine Hände tief im Wams stecken hat, tritt zu Lord Warwick:

»Ich kenne die Gründe! Sie sind berechtigt – es war zu unserem Besten.«

»Wir wollen es hoffen, Master Baker.«

»Was soll denn das. Vorhang hin, Vorhang her! Wollen wir uns endlich auf das Gießen konzentrieren«, meldet sich Winter, der etwas abseits stand und mehr die laufenden Arbeiten am Gußfeld beobachtet hatte.

»Ausgezeichnet, Sir William«, lächelt Cumberland uns alle an. »Was geschieht denn gerade? Wie viele Culverins sind denn schon geboren?«

»Vier werden es in den nächsten Minuten sein!« antworte ich ihm mit Erleichterung. »Wenn John und Nycolas die nächsten Eisenschieber öffnen, ist das dritte Schlangenpaar an der Reihe. Die Hälfte hätten wir damit schon überschritten.«

In guter Eintracht stehen sie neben mir. Ein wenig wunderlich ist mir zumute, denn es ist in allen Gießereien der Christenheit Tradition, daß erlauchte Besucher, unentbehrliche Zeugen der Behörden und der Krone, eingeladen werden, wenn der Höhepunkt des Abstichs herannahte. In Innsbruck war das nicht anders. Vielleicht war der Rahmen etwas feierlicher. Nur sind die Kanonen, die die Herren von mir kaufen werden, gegen die anderen Christen gerichtet, welche mit gleicher Tradition und Überzeugung die Rohre möglicherweise bald auf England richten werden...

Stumm und gebannt verfolgen wir den gleißenden Bach, der links und rechts in die Formen abzweigt, warten gespannt auf das Überlaufen und das Öffnen der beiden letzten eisernen Trennschieber.

Francis, Nycolas, John und Thomas May wählen gerade den richtigen Moment, um den Bronzestrom abzuschotten, entfernen die Pfropfen der letzten beiden Formen, welche die Öffnungen der Füllvorrichtung versperren, und lenken den Fluß durch Entfernen des Trennschiebers in die Schlangen sieben und acht.

Wenig später läuft die überschüssige Bronze am Ende der Rinne in die gemauerte Überlaufkammer, in der sie schnell erstarrt. Der gleißende Strom rötet sich als Zeichen seiner sinkenden Temperatur, und im Moment seiner schwindenden Leuchtkraft beginnt Matthew in die Erstarrung von Metall und Mensch hinein zu applaudieren. Der Applaus steigert sich mit der Freude über das Gelungene.

»Bravo, Männer!« rufe ich meinen Leuten zu, während meine Gäste beginnen, mich herzlich und aufrichtig zu beglückwünschen. Als Matthew an der Reihe ist, strahlt er über sein ganzes Gesicht:

»Eine denkwürdige Nacht, Adam! Du hast es geschafft. England kann stolz auf dich sein!«

»Laßt uns das Ereignis feiern!« kommt der Vorschlag von Warwick.

»Gern! Es ist alles gerichtet. Doch zuvor möchte ich noch schnell prüfen, ob der Guß gut oder schlecht ist.«

»Wie das?« fragt Warwick ungläubig.

»Ihr könnt selbst sehen«, antworte ich.

»Nach so kurzer Zeit schon...?« fragen Baker und Winter ebenfalls nach.

»Gehen wir zum ersten Schlangenpaar.«

Die abstrahlende Hitze ist kaum geringer geworden. Die Erde scheint zu glühen.

»Achten wir auf den Trichter im Gießkopf! Ist der Trichter tief, dann ist es ein Zeichen dafür, daß die Bronze dicht und kompakt ist, sollte er es nicht sein, so ist das Metall schwammig und voller Blasen.«

Matthew ist der einzige, der sich weit in das Gußfeld vorwagt. Neben ihm stehend sehe ich, daß meine Erwartungen erfüllt sind.

»Der Trichter ist tief«, ruft Matthew als Bestätigung. Schnell flüchtet er vor der Hitze. Der Rest der Gesellschaft hat sich schon weiter in die Halle zurückgezogen.

»Man kann ja daneben einen Ochsen braten«, flachst Cumberland herüber.

Auch wir schicken uns an, so schnell wie möglich Abstand zu gewinnen. An der Stirnseite kühlen sich die Männer ihre Köpfe, indem sie nasse Tücher darüber legen.

»Wie ist das zu verstehen mit dem Trichter?« greift Matthew das eben Gesehene noch mal auf.

»Es gibt mehrere Gründe dafür, warum der Trichter tief sein sollte«, beginne ich. »Erstens: wir wissen, daß Metalle sich bei Hitze ausdehnen und, wenn sie abkühlen, wieder schrumpfen. Beim Zusammenbau der alten Stabringrohrgeschütze haben wir dieses Phänomen genutzt. Dies ist bekannt! Ist der Trichter flach, so vermute ich, daß bei zu großer Hitze Kupfer und Zinn wieder auseinanderstreben. Wie gesagt, eine Vermutung! Ein Geheimnis der Schmelze, das sie bisher nicht preisgegeben hat. Oder wir haben einen unreinen Guß vor uns. Ich meine damit Bruchstücke oder Teile anderer Legierungen, die noch nicht geschmolzen sind. Sie verfestigen sich zu schnell, und das Metall erstarrt sowohl im Zentrum als auch an den Formwänden. Flüssiges Metall wird am Nachsickern behindert, oder das Nachsickern wird sogar verhindert. Auch das läßt sich an der Trichterform erkennen. So entstehen Hohlräume und Kammern in der Masse.

Das wichtigste ist aber das große Reservoir im Eingießkopf. Die Bronze wird beginnen, von der Formwand her zu erstarren, zieht sich zusammen, während der Kern noch flüssig ist. Die Menge wird ersetzt durch den vorhandenen flüssigen Teil und diese Menge wiederum durch das Metall, das aus dem Gießkopf kommt, so daß sich weder die kleinste Kammer noch ein Loch in der erstarrten Masse bilden kann. Da auch im Eingießkopf die Bronze von der Wand her erstarrt, kann nur aus der Mitte heraus flüssiges Metall nach unten sickern. Der Trichter ist für mich der Maßstab für die richtige Verfestigung der Bronze. Kein Mensch sollte sich neben ein Rohr stellen, dessen Eingießkopf ohne sichtbaren ausgeprägten Trichter ge-

DER SCHIFFSKOPF

boren wurde! Der befindet sich nämlich dann sicher an Stellen, die dann die Gliedmaßen oder das Leben der Kanoniere gefährden oder gar das ganze Schiff kosten können.

Dazu kommt, daß der Druck der überstehenden Bronzesäule nicht groß genug sein kann. Ich bin sicher, daß wir heute zum ersten Male mit dem längsten Eingießkopf der bekannten Welt Feldschlangen gegossen haben.«

Matthew stoppt mich durch einen leichten Schlag auf die Schulter: »Die Gäste warten auf uns! Laß uns deinen Erfolg feiern.«

Warwick klemmt sich an meine Seite:

»Wann werde ich die Rohre prüfen können?«

»Wir beginnen morgen früh mit dem langsamen Abkühlen, indem wir die Erde wässern. Donnerstag werden wir sie ausgraben und heben. Mit dem Bohren der Rohre können wir dann am Freitag beginnen.«

»Das heißt wohl, daß ich demnach schon am Donnerstag mit der Prüfung der Rohre beginnen kann.«

»Donnerstag können wir einhalten, Lord Warwick.«

»Dann laßt uns bis dahin feiern, Meister Dreyling!«

Samstag,
der 11. März

Lord Warwick und Sir Walter Mildmay, Herr über die Finanzen, beobachten als meine letzten Gäste höchst interessiert, wie sich die erste Feldschlange langsam und unabhängig gegenüber der feststehenden Bohrstange zu drehen beginnt.

Das Prinzip dieser Anordnung sah ich in den Schriften Beringuccios und entwickelte daraus zusammen mit Warner Pay, meinem begnadeten Geschützbohrer, die neue horizontale Anlage. Erst heute morgen wurde Warwick bewußt, daß ich mich aus dieser Möglichkeit heraus entschlossen hatte, unsere Feldschlangen massiv zu gießen.

Vor zwei Tagen also hatten wir die ersten massiv gegossenen Feldschlangen aus ihrer Form herausgebrochen, gesäubert und den Gießkopf abgesägt. Die beiden Herren konnten schon nach dem ersten Blick erkennen, daß kein Grund vorhanden war, um sie zurückzuweisen.

Neben den vielen anderen Überraschungen der letzten Tage forderte – wie schon vermutet – die Werkstatt mit den Bohrungseinrichtungen eindeutig ihre ganze Aufmerksamkeit. Es begann morgens mit der Frage von Sir Walter Mildmay: »Wo befindet sich eigentlich der Turm für die Drehbank?« Und endete sichtlich nervös mit der Bemerkung Warwicks: »Sir Adam! Warum wendet Ihr nicht die alte Methode an?«

Meine Antwort darauf, daß die neue Methode unfehlbar wäre, wohingegen der Erfolg der alten Methode eigentlich nur etwas mit Glück zu tun haben könne, beruhigte sie zunächst wenig. Beide Herren plagte die Sorge und die Ungewißheit, daß die Arbeit der vergangenen Wochen durch die Anwendung einer unerprobten Bohrtechnik am Ende zunichte gemacht werden könnte.

Sie starrten geradezu gebannt auf die vor ihnen aufgebauten Anlage. Vor allem die Gedanken Warwicks kreisten offensichtlich mit der sich drehenden Feldschlange um die Wette. Der Lord kannte nur die vertikale Bohrweise. Aber von Minute zu Minute faßte er Vertrauen, nachdem ich ihm aufzählte, welche Vorzüge die horizontale Bohranlage gegenüber der vertikalen Anordnung besaß.

So konnte ich ihn davon überzeugen, daß eine der wesentlichen Voraussetzungen für ein gutes Ausbohren einer Kanone darin besteht, daß die Achse perfekt zum Zentrum der Bohrung ausgerichtet ist. Nur dann wäre gewährleistet, daß die Dicke der Wandung überall gleich ist in Relation zu dem gewünschten Kaliber. Die Bohrung mußte daher völlig gerade verlaufen und keine Abweichungen und Wanderungen des Bohrers zulassen. Außerdem sollte man immer in der Lage sein, die Bewegungen des Bohrers und der Kanone zu kontrollieren.

Wir waren davon überzeugt, daß es nur von Vorteil sein konnte, wenn wir zusätzlich in die Lage versetzt wurden, die rotierende Bewegung der Kanonen zu verstärken oder zu reduzieren oder ganz aufzuhören, je nachdem wie es die Umstände erforderten.

Der große Nachteil der vertikalen Bohrung dagegen bestand darin, daß sich der Bohrer nicht vorwärts bewegte, sondern sich nur um seine Achse drehen konnte. Dazu bewegte sich die Kanone nach unten, drehte sich aber nicht. Zu diesem Zweck mußte die Kanone in einem Rahmen festgezurrt werden, der sich zwischen zwei Gleitsäulen mit Hilfe eines Flaschenzuges auf- und abwärts bewegen ließ.

Jedoch war es sehr schwer, alles so aufzubauen, daß die Achse des Bohrers genau mit der Achse der Kanone übereinstimmte. Und selbst wenn man das alles geschafft hatte, war es fast unmöglich, daß Bohrer und Kanone so ausgerichtet blieben, da ja beide einen Spielraum brauchten, um sich bewegen zu können. Dies traf besonders für die Kanone zu. Es kam mitunter noch viel schwieriger und komplizierter, da das Gewicht der Kanone auf den Bohrer preßte, der nur eine Fixierung vom Boden bis zur Mündung der Kanonen hatte, so daß er wandern mußte, solange er nicht tief genug in die Kanone vorgedrungen war. Das Gewicht der Kanonen war zudem ein weiterer Nachteil. Wenn man nicht aufpaßte, kam es häufig vor, daß die Kanone von Zeit zu Zeit verrutschte, der Bohrer unweigerlich abgelenkt wurde und somit in verschiedene Richtungen weiterbohrte. Das wiederum verursachte Wellen in der Bohrung der Rohre. Die Kugeln schlugen dann beim Abschuß hin und her und quälten das arme Rohr bis zum schnellen Ende...

Es konnte auch ohne weiteres passieren, daß die Kanone auf Grund des Spielraumes zwischen Rahmen und Führungssäulen kippte und der Bohrer somit weit abgelenkt wurde. Bis einer dies bemerkte, war das Rohr unwiederbringlich verdorben, was zur Konsequenz führte, daß es wieder eingeschmolzen werden mußte.

Wenn dagegen horizontal gebohrt wird, kann das alles nicht passieren. Die Kanone wird gerade eingepaßt und so fixiert, daß sie keine andere Bewegung ausführt, außer daß sie sich um ihre eigene Achse dreht. Auch bereitet es keine Schwierigkeit, die Achse des Bohrers auf eine Linie mit der Achse der Kanone zu bringen. Außerdem wird der Bohrer an seinem Ende festgemacht und auch entlang seiner Achse, so daß alle Möglichkeiten der Abweichungen und Ablenkungen ausgeschlossen werden. Der Hauptvorteil dieser Bohrungsart ist es aber, daß die drehende Feldschlange den Bohrer kontinuierlich und ohne Abweichung in Richtung ihres Zentrums dirigiert.

Lord Warwick zeigt sich begeistert:

»Ich muß gestehen, die Methode ist tatsächlich unfehlbar! Ich muß Euch bewundern, Meister Dreyling. Ihr zieht konsequent die sicheren Mittel den unsicheren vor. Ich werde vorschlagen, daß alle Bohreinrichtungen in England Euer Prinzip übernehmen sollen!«

»Na gut«, meldet sich Mildmay. »Wir sollten trotzdem in dieser Frage ein wenig Zurückhaltung üben.«

Warwick faucht Mildmay aufgebracht an: »Warum Zurückhaltung in dieser absolut wichtigen Überlegung, die zudem vom Council mitgetragen wird?«

»Die Mittel sind begrenzt, wie Ihr wißt!«, und an mich gerichtet: »Ich habe noch keinen endgültigen Überblick, was Eure Kostenaufstellungen betrifft, Meister Dreyling, doch könnt Ihr abschätzen, um wieviel sich der gegossene Zentner Bronze durch all die Maßnahmen verteuert?«

»Zugegeben. Die Kosten werden sich verteuern, Sir Walter Mildmay. Aber diese Kosten sparen wir dadurch, daß wir eine perfekte Waffe hergestellt haben. Denn das, was zunächst billig hergestellt wird, kann teuer werden, indem es nicht allzu lange verwendet werden kann und bald wieder ersetzt werden muß oder seine Aufgabe auf den wertvollen Schiffen Ihrer Majestät nicht gut erfüllt.«

»Das nützt nichts, wenn mein Haushalt wegen Mayfield Furnace überschritten wird. Ich muß darauf achten. Das ist meine Aufgabe!«

Warwick scheint diese Diskussion lästig zu werden:

»Das alles wird möglicherweise morgen schon wieder umgestoßen, Mildmay. Wir haben darüber Nachricht erhalten, das Santa Cruz einen Invasionsplan zur Eroberung Londons für Philipp II. ausgearbeitet hat. Wenn die Informationen stimmen, benötigen wir schon morgen zusätzlich drei oder vier Gießereien von der Qualität Mayfield Furnace.«

»Dann werde ich auch genügend Geld dafür bekommen. Solange dies nicht der Fall ist, werde ich auf die Einhaltung der Vorgaben achten!«

Warwick zeigt sich im höchsten Maße gereizt:

»Ach laßt mich zufrieden mit Eurer Knauserei. England wird überleben mit der Politik der Stärke und des Aufbaues seiner Flotte oder untergehen an Eurem Sparstrumpf! Meine Aufgabe ist es jetzt, die letzten Prüfungen am Rohr vorzunehmen. Meister Dreyling, laßt mich die Bohrung überprüfen.«

Warner Pay, der inzwischen die Bohrung der ersten Feldschlange abgeschlossen hat, legt Sucher und Spiegel neben das Rohr, aus dem er den Bohrer entfernt hat. Die Bohrbank ist so angeordnet, daß man tagsüber durch die großen Fenster das Sonnenlicht – heute läßt es der Himmel zu – nutzen kann. Der Spiegel reflektiert die Strahlen an die Wandung, die sich so gut mit dem Auge inspizieren läßt, daß der kleinste Defekt gesehen werden kann. Scheint die Sonne nicht, reicht eine Kerze, die an einer Eisenstange befestigt ist. Ein weiterer elliptisch geformter Spiegel liegt bereit, der an einen Stab befestigt ist und zu diesem einen Winkel von 150 Grad bildet. Zusammen mit der Kerze läßt sich somit auch der Stoßboden kontrollieren.

DER SCHIFFSKOPF

Warwick führt seine Inspizierung der Feldschlange gelassen, ohne Hast und mit größter Genauigkeit durch. Zwar hätte er sich seine Mühen sparen und statt dessen einen gesunden Spaziergang unternehmen können, doch ich denke, daß es mehr die Neugier ist, die ihn in Mayfield Furnace festhält und die ihm nun ein Ergebnis widerspiegelt, wie er es bisher noch nie zu Gesicht bekommen hat.

»Wahrlich, wahrlich, innen wie außen keine einzige noch so kleine Pore. So eine Dichtigkeit und Glätte habe ich noch nie gesehen. Die Bohrung verläuft gerade, ohne die kleinste Welle. Es ist ein Wunder! Ja, ich kann beim besten Willen nichts finden, was gegen die Order der Krone verstößt oder gegen die Abmachungen, die Ihr mit Walsingham getroffen habt.«

Anerkennend schlägt er mit der flachen Hand auf das Vorderfeld:

»Ich erkläre hiermit das Rohr für geprüft und abgenommen! Das gilt gleichzeitig für die gegossene Serie. Meine Anerkennung, Meister Dreyling!«

»Lord Warwick! Ich danke der Krone, dem Navy und dem Ordnance Bord für das Vertrauen, die großzügige Unterstützung und die gute Zusammenarbeit. Jedes Rohr mit der Aufschrift ADAM DREYLING MADE THIS PIECE wird verhindern, daß Spanien oder eine andere Macht dem Königreich England Wunden schlägt. Wir werden es zusammen mit Bakers Schiffen unter Beweis stelltten. Es lebe die Königin!«

»Es lebe die Königin!«

Sonntag,
der 2. April

»Master Rashley! Punkt sechs Uhr liegt Ihr zum Abholen wieder Längsseits der SAMPSON! Sollten wir uns verspäten, habt Ihr auf dem Wasser zu warten«, befiehlt Lieutenant John Winfield dem Vollmatrosen der Pinaß, dessen Crew uns vor wenigen Minuten zur SAMPSON übergesetzt hat.

»Aye, Aye, Sir«, kommt es schallend zurück.

Die Wellen des Medway spritzen über das Dollbord der Pinaß, so daß zwei Schiffsjungen genötigt sind, das überkommende Wasser mit dem Ösfaß zu lenzen. Mit dem Wechsel der Mittelwache auf der

Sampson beginnen auch die Schatten der windigen Nacht zu weichen. Das Wetter des neuen Tages macht dem April alle Ehre.

Sir William Winter und John Hawkins stehen gemeinsam mit Matthew Baker, Lord Cumberland und mir auf der Pupp und knöpfen – als ob wir es verabredet hätten – die Krägen der Mäntel hoch.

»Wir sehen aus wie Kerzenlöschhütchen«, belustigt sich Cumberland.

»So schnell und einfach löscht uns niemand aus«, brummelt Hawkins zurück.

Vor zwei Tagen noch, während meiner Anreise nach Chatham, herrschte köstlicher Frühling, doch dieser war auf gröbste Weise weggeblasen worden. Der *Flögel* auf dem Bonaventurmast zeigt stramm nach Osten, was bedeutet, daß wir mit halbem Wind schnell aus dem Medway herauskommen und danach mit achterlichem Wind die Themse hinunter bis Margate rauschen werden, auf dessen Höhe wir die Kampfstärke der Sampson erproben wollen.

Das Dämmerlicht enthüllt die ganze ungewöhnliche Bauweise des neuen Schiffes. Die Sampson hat ein flaches Deck, mit einer extrem niedrigen Pupp und Back, die von fern wie eine abrasierte Galeone aus den fünfziger und sechziger Jahren wirkt. Niemand, aber auch niemand außer Matthew und möglicherweise Hawkins, war in der Lage, schon vor dem Stapellauf beurteilen zu können, wie die Segeleigenschaften dieser flachen Galeone sein werden. Dagegen befindet sich einer der größten Zweifler, was das neue Galeonenbauprogramm anbelangt, mit auf der Pupp – Sir William Winter. Sein Verhalten ist distanziert und trocken wie der gebrannte Lehm meiner Kanonenformen. Wesen und Erscheinung der Sampson sind ihm, seinen ersten Äußerungen nach zu urteilen, unangenehm bis in die Haarspitzen hinein.

»Was für ein windiges Deck! Ein Schwan sieht mehr auf dem Wasser als der Kapitän dieses Schiffes auf der Pupp! Das beste Gefechtsfeld für die Dons!« waren nur einige seiner abfälligen Bemerkungen, als wir uns der Sampson auf dem Medway näherten.

Matthew hat sie zu einem Viermaster vollendet. Neben dem Fock- und dem Großmast mit ihren je drei Quersegeln übereinander besitzt sie einen Besan- und Bonaventurmast, die Lateinersegel tragen. Während die Quersegel dem eigentlichen Vortrieb dienen, kompensieren die Lateiner vor allem die Leeabdrift und machen das Schiff erst steuerbar. John Hawkins hat darauf bestanden, das Schiff dieserart zu takeln. Sie macht die neuen Galeonen beträchtlich sicherer, vor allem dann, wenn man, wie auf der SAMPSON, den Groß- und Fockmast mit hohen Stengen fährt. Da alle segelbestückten Rahen, bis auf die untersten, abgefiert werden können, wird die SAMPSON auch bei schwerem Sturm nie gefährdet sein. Eine Galeone also, welche auch im Herbst in den rauhen Gewässern um England herum eingesetzt werden kann. Sie ist ein außerordentlich sorgfältig und solide gebautes Schiff, geeignet als Kriegsgaleone und auch als Kaperschiff. Vor allem ging es Matthew, Cumberland – den Eigner des Schiffes – und Hawkins bei diesem Entwurf um Schnelligkeit, Kursstabilität, Wendigkeit und um eine Rumpfkonstruktion, die das Schiff unvergleichlich hoch am Wind segeln läßt. Die Rumpfplänge der SAMPSON soll dafür sorgen, daß sie auch bei schwerem Wetter ruhig segelt und in schwerer See weniger rollt und stampft, wie wir das von den runden, plumpen Unterwasserformen her kennen und bis zum Erbrechen am eigenen Leib erleben durften. Nach Matthews Tonnagenformel lassen sich für die SAMPSON 300 Tonnen errechnen, was ihr bei einem Kiel-Breiten-Verhältnis von vier zu eins eine extrem elegante schlanke Silhouette verleiht.

»Lassen Sie Segel setzen!« wendet sich Cumberland an Winfield, seinen Ersten Offizier auf der SAMPSON.

»Aye, aye, Sir.«

Der Lieutenant gibt unverzüglich seine Befehle an die wartenden Matrosen weiter:

»Anker aufholen! Besan setzen! Vormarssegel und Großmarssegel vorschoten!«

Die Backstage und Wanten des Fock- und Großmastes führen herab zu den Rüsten, die außerhalb der Bordwand angebracht sind und von denen sie gespreizt werden. Da die Wanten mit Webeleinen gekreuzt sind, können die Seeleute wie auf Strickleitern in die Marsen oder noch höher klettern. Gebannt sehen wir dem Manöver zu.

Cumberland wendet sich sichtlich nervös zu uns:

»Die drei Segel müssen sofort zum Stehen kommen, damit die SAMPSON dem Ruder gehorcht. Ansonsten gerät sie bei diesem Wind schnell und unweigerlich auf einer der unzähligen Untiefen auf Grund.«

Hawkins mustert Cumberland mit strengem Blick:

»Ein Großteil der Männer kommt von der ELIZABETH BONAVENTURE. Sie beherrschen jedes Schiff!«

Da Cumberland nichts daran auszusetzen hat, verzieht sich das Gesicht von Hawkins zu einem zufriedenen Grinsen.

»Kein Wunder, daß die Seeleute ihre Arbeiten beherrschen«, flüstert mir Matthew zu. »Insgesamt haben sie vier volle Tage in der Takelage und an den Kanonen geübt. Und das vor Anker! Einer stürzte vor Erschöpfung von der Fockbramrah. Er war sofort tot. Zwei andere Matrosen fielen in den Medway, wovon einer im kalten Wasser ertrank. Einige haben an ihren Händen nur noch rohes Fleisch. Winfield und seine Fähnriche haben die Mannschaft gedrillt bis zur Unerträglichkeit. Sie haben jedem einzelnen eine neue Heimat in den Großbramwanten versprochen, falls die Handgriffe nicht sitzen sollten. Der Grund ist Hawkins. Er duldet keinen Ausflug der Mannschaften, um etwas zu *erproben*. Er will perfekte Aktionen sehen, die er dann noch verbessern kann. Außerdem will er vor Sir William Winter kein Risiko eingehen. Seine Konzepte für die Struktur, Organisation und Ausrüstung der königlichen Schiffe dürfen durch Laschheiten nicht gefährdet werden. Gegner und Neider hat er im Court und Navy Board zur Genüge. Er will Winter heute kein Futter schenken, denn sonst haben wir die knappen Staatsfinanzen in Chatham und in Mayfield schon morgen zu spüren. Also sprich dein Gebet, sonst kannst du ab nächster Woche Eisen vergießen, und ich darf nur noch faulige Planken auswechseln.«

Die fleckenlosen Segel verraten jedermann auf dem Ufer und auf dem Wasser, daß die SAMPSON heute zum ersten Male aus ihrem Hafen schlüpft. Ein kleiner Ruck, der durch das Schiff läuft, kündigt an, daß sie Fahrt aufzunehmen beginnt.

»Anker kurzstag!«

»Anker losgebrochen!« kommt die Meldung vom Bug her, während unter dem niedrigem Bugkastell Matrosen dabei sind, das armdicke Hanftau über den Betingsbalken zu ziehen und dort zu belegen.

»Fock setzen! Großsegel setzen!« kommen die Kommandos scharf über die Decks. Die Mannschaft zeigt sich, wie von Matthew vorausgesagt, routiniert und eingespielt. Kein Wunder!

»Vormarssegel, Großmarssegel steuerbordbrassen!«

Matthew am Steuerbordschanzkleid, Cumberland gleich gegenüber auf der Backbordseite haben ihre Augen überall und kontrollieren die Ausführung der Segelmanöver. Eine starke Bö und das gleichzeitige waagerechte Schwenken der Rahen am Fock- und Großmast lassen die Takelage pfeifen und den Rumpf ächzen. Die SAMPSON erzittert, krängt leicht nach Steuerbord und schießt augenblicklich in die Mitte des Medway.

DER SCHIFFSKOPF

»Sie reagiert phantastisch!« vernehme ich Matthew begeistert.

»Bläst ganz nett, George«, versuche ich Cumberland aufzulockern, der stocksteif jede Bewegung seiner SAMPSON verfolgt, als erwartete er jeden Moment eine Grundberührung:

»... und es wird noch mehr werden, Adam, ehe es wieder abflaut.«

Ein Sanduhr in der Rechten haltend, kommt ein Bootsjunge nach achtern, um das stündlichen Loggen zu erlernen. Cumberland scheint mit dem Kurs des Schiffes zufrieden zu sein.

»Lieutenant Winfield!« ruft er den Ersten zu sich. »Meldung, wenn Upnor Castle querab liegt. Danach halsen wir. Sollte der Wind weiter auffrischen, nehmt das Großsegel weg, bis wir die Sände des Medway hinter uns haben. Ab Sheerness fahren wir Vollzeug!«

»Aye, aye, Sir!«

»Besser wir frühstücken gleich, bevor wir die Themsemündung abwärts kommen. Wie wäre es mit Eier und Schinken?«

Beifälliges Gemurmel ringsum.

»Also, meine Herren, beim nächsten Glasen in meiner Kajüte!«

»Keine schlechte Idee, Mylord!« antwortet ihm Hawkins und deutet vor zum Bug auf die Back. »Dann können wir uns inzwischen noch ein wenig auf Deck umsehen. Meister Baker! Ich hätte mich gern von der Kursstabilität überzeugt. Kommt Ihr mit vor auf die Back? Von dort aus läßt sich gut beobachten, ob sie in den Böen nachgibt.«

»Mit größtem Vergnügen, Kapitän Hawkins!« erwidert Matthew, und an mich gerichtet: »Kommst du auch mit nach vorn?«

»Ich bin dabei.«

Sir William Winter bleibt stumm, zum Zeichen, daß er allein auf der Pupp bleiben will. Kaum stehen wir auf der Back, ändert Hawkins seinen Vorschlag:

»Besser ist, wir begeben uns gleich auf das Galion.«

Also steigen wir wieder herunter in die Kuhl, gehen durch das niedrige Bugkastell und erreichen das weit vorragende, nach oben offene Galion mit dem leicht nach vorn geneigten Fockmast. Hawkins klemmt sich, so weit wie möglich, zwischen das keilförmig zusammenlaufende Galion, dreht sich um und legt sich mit dem Rücken auf dessen Spitze. Unter uns brodelt das Wasser und spritzt von Zeit zu Zeit über das Galion und durch den Lattenrost der Gräting, die hier den Boden bildet.

»Hier holst du dir einen kalten, nassen Arsch!« bemerkt Matthew in Richtung eines breiten Bretts, welches vier kreisrunde Löcher aufweist. Im selben Moment spritzt Bugwasser durch die Öffnungen, was mich zu der Bemerkung veranlaßt: »Dafür ist er dann auch garantiert sauber!«

»Gerade acht!« singt der Lotgast von der Back aus, der ständig die Wassertiefe mißt. Ein dicker Spritzer fegt über das Galion und näßt uns ein.

»Ich bin um Ihre Gesundheit besorgt, Kapitän Hawkins!« ruft Matthew nach vorn. Doch seine Worte gehen unter in einer Folge von starken Böen und dem Brodeln des Bugwassers unter unseren Füßen. Hawkins blickt empor zur Spitze des Fockmastes, was mich veranlaßt, ebenfalls nach oben zu blicken.

Matthew stößt mich an:

»Er prüft, ob die SAMPSON in den Böen leegierig wird.«

»Wie will er das überprüfen?«

»Er beobachtet die Krängung des Mastes, und mit seinem sensiblen Hinterteil erspürt er, ob der Bug zur Seite ausweicht. Er wird sich freuen, denn nach meinen Berechnungen müßte sie eher in den Böen anluven. Wie ich Hawkins kenne, wird er es sich nicht nehmen lassen, später das Ruder einmal selbst zu übernehmen und danach noch mal bis zum Vorbramsegel aufzuentern.«

»Dort hinauf?«

»Ja, dort hinauf! Er wird die Kursstabilität so lange überprüfen, bis er sicher sein kann, die SAMPSON guten Gewissens als Argument im Navy Board benutzen zu können. Nach seinen Überlegungen kann die neue Kampftaktik nur dann Erfolg haben, wenn sie durch erheblich bessere Segeleigenschaften der neuen Galeonen gestützt wird. Die SAMPSON, darauf kannst du jetzt schon wetten, wird seine Erwartungen übertreffen. Fragt sich nur, ob auch das Geld vorhanden sein wird, genügend neue Schiffe zu bauen. Die Rebuilt-Schiffe, vor allem die, bei denen ich Order habe, nur die Aufbauten zu ändern, können seine Erwartungen natürlich nur annähernd erfüllen.«

»Warum sägt Ihr die Aufbauten überhaupt herunter?«

»Stell dir vor, die Böen, die eben gerade über das Schiff hinwegblasen, prallen – von unserem Ort aus gesehen – auf ein drei Stockwerke hohes Bugkastell. Dazu ein rundes Unterwasserschiff, ein schöner runder Bug, und hinten am Heckkastell ragt noch mal ein vier Stockwerke hoher Holzturm auf. Die seitliche Versetzung wäre beängstigend. Wir hätten bei diesem Wetter einige Schwierigkeiten, mit so einem Schiff durch die schmale Fahrrinne des Medway auf die Themsemündung hinauszusegeln. Wahrscheinlich müßten wir ab-

DER SCHIFFSKOPF

warten, bis der Wind sich legt. Wir haben jetzt gerade böigen, steifen Wind, jedoch noch keinen Sturm. Trotzdem wäre für eine Galeone mit hohen Aufbauten der Medway mit seiner schmalen Fahrrinne und seinen zahlreichen Sandbänken ein zu großes Risiko. Würde der Feind gerade in die Themsemündung einlaufen, unsere Schiffe wären für heute in den Häfen gefangen. Bei einer schnellen Galeone sollte daher das Bugkastell nur noch ein Deck hoch sein. Allein die Reduzierung der Aufbauten trägt somit in unseren Gewässern schon erheblich dazu bei, die Segeleigenschaften unserer älteren Galeonen entscheidend zu verbessern.«

»Sie hält sich besser, als ich zu glauben wagte. Meine Anerkennung, Meister Baker!« Hawkins hat seinen feuchten Platz unbemerkt verlassen und sich wieder zu uns gesellt.

»Der keilförmig zugeschnittene Vorsteven schneidet das Wasser einfach besser«, antwortet Matthew.

»Wie habt Ihr den Ballast geregelt?«

»Wir haben soviel Ballast dabei, als ob sie voll beladen wäre.«

»Wie im Gefecht?«

»Wie im Gefecht oder auf Kaperfahrt!«

»Gut so! Sie bleibt in den Böen absolut steif. Führt Ihr das ausschließlich auf die neue Rumpfform zurück?«

»Im wesentlichen ja!« Matthew preßt seine Unterarme in Höhe seiner Handgelenke zusammen und formt seine Hände zu einem breiten, nach oben sich verjüngenden Kelch. »Ihre Spanten sind so konstruiert, daß ihre breiteste Stelle gerade über der Wasserlinie liegt, so daß sie sich einem nachteiligen Krängen von selbst widersetzt. Ich habe nichts anderes erwartet und war schon vor der Fahrt von ihrer Stabilität überzeugt.«

Hawkins klopft ihm anerkennend auf die Schulter:

»Dafür, daß es die erste Fahrt ist, habt Ihr sie mit Ballast gut beladen.«

»Ihr seid zufrieden, Kapitän Hawkins?« versuche ich mit ihm ins Gespräch zu kommen.

»Meine Zufriedenheit hängt noch von einigen anderen Dingen ab, Sir Adam! Wißt Ihr, wenn wir schon dem Enterkampf eine radikale Absage erteilen und damit eine neue Taktik auf See in Zukunft erfolgreich durchsetzen wollen, dann hängt das auch davon ab, ob dieser Galeonentyp um ein Vielfaches besser und schneller unter dem Wind zu kreuzen vermag, als wir dies von unseren älteren Schiffen her kennen. Mein erster Eindruck von diesem Schiff bestätigt, daß

Meister Baker dieser Anforderung gerecht geworden ist. Was Eure Feldschlangen anbelangt, fehlt mir der Eindruck noch zur Gänze. Sollten Eure Kanonen weittragend sein und auch noch treffen können, dann erst wird nach meiner Auffassung ein neuer Kriegsgaleonentyp das Licht der Welt erblickt haben. Also warten wir den heutigen Tag erst einmal ab.«

»Upnor Castle querab Backbordbug!« meldet der Bootsmannsmaat.

Kurz darauf hören wir Winfields Kommandostimme:

»Leebrassen! Klar zum Halsen!«

Gerade als wir wieder die Back queren, hören wir das Glasen.

»Die Eier und Sir William Winter warten auf uns!« bemerkt Hawkins voller Ironie.

Cumberland starrt zum Heckfenster hinaus, als wir die Kapitänskajüte betreten. Winter sitzt wie verloren auf einem Stuhl. Cumberland dreht sich langsam um und zwingt sich ein Lächeln ab:

»Willkommen in meiner bescheidenen Kajüte!«

George hat damit den Nagel auf den Kopf getroffen. Außer einem ovalen Tisch mit acht Stühlen und den leeren Regalen ringsum hat der Raum nichts zu bieten. Nur die drei silbernen Öllampen auf dem Tisch verbreiten ein angenehmes Licht.

»Die Ausrüstung war mir wichtiger als die Bequemlichkeit«, entschuldigt er sich für die karge Einrichtung.

Hawkins räuspert sich auffällig:

»Scheiß drauf! Gemessen an einigen Schiffen, auf denen ich selbst segelte, kann man Eure Kajüte gut und gern als Salon bezeichnen.«

»Ich weiß von Euren Entbehrungen in der Vergangenheit, doch wäre ich glücklich, könnte ich Euch allen ein wenig mehr bieten.«

»Wir werden es überleben, George«, versuche ich die trübe Stimmung mit der banalen Redensart zu verscheuchen. Stumm setzen wir uns an den ovalen Tisch. Zu unserer Erlösung klopft jemand an der Tür. Ein Fähnrich tritt ein und meldet: »Das Frühstück!«

»Natürlich«, erwidert Cumberland etwas abwesend.

»Und was bringt Ihr uns Schönes?« fällt Winter ihm ins Wort.

»Eier mit Schinken. Wie befohlen!« antwortet der Fähnrich. Er tritt zur Seite und vier schüchterne Seekadetten erscheinen in Reihe auf der Schwelle. In den Händen der ersten zwei Kadetten dampfen die Pfannen. Der dritte von ihnen trägt das Geschirr mit dem Besteck, der letzte trägt auf einem Tablett Becher mit verschieden Flaschen herein.

»Habt Ihr von der Kursstabilität einen guten Eindruck gewonnen?« wendet sich Cumberland an Hawkins.

»Ihr habt Euch ein Schiff bauen lassen, daß alle meine Erwartungen hinsichtlich der Segeleigenschaften übertrifft.«

Cumberland beginnt zu strahlen. »Das Wachstum der Länge zur relativen Breite ist also der richtige Weg?«

»Er ist es! Meister Baker hat damit in meinen Augen die vierte und wesentlichste Änderung der Schiffskörperform eingeleitet.«

»Davon bin ich noch nicht überzeugt!« antwortet Sir William mehr beleidigt als erbost. Hawkins hat ihn seit seiner Ankunft sichtlich geschnitten, und für mich ist es kein Wunder, daß er sich bei der ganzen Erprobung nicht gebührend beachtet fühlt.

»Bei den Eiern des Papstes! Ihr solltet auf die Großbram entern. Dann wüßtet Ihr, wovon ich spreche!« braust Hawkins auf.

»Sir William Winter ist mein Gast! Ich bitte dies nicht zu vergessen«, versucht der Earl of Cumberland eine offene Auseinandersetzung zu vermeiden.

»Ha ... hm«, räuspere ich mich unbehaglich. »Ich möchte doch noch etwas mehr von der vierten Änderung der Schiffskörperform hören. Was hast du da geändert, Matthew?«

Matthew atmet genauso erleichtert auf als ich, da wir somit das Gespräch an uns gezogen haben.

»Nun, die erste wesentliche Neuerung in der Rumpfbauweise war die Umstellung von Klinker- auf Kraweelbeplankung, die vor mehr als zwei Jahrhunderten begann. Dann, vor etwa 70 Jahren, entwickelte man das Plattgatt und löste damit das Rundheck ab. Zur gleichen Zeit, so um 1515 begann man mit der Kanonenaufstellung unter Deck. Präziser ist es, wenn ich sage, daß man ein komplettes Zwischendeck für die Aufstellung von Kanonen in die Schiffe einzog. Ja, und die letzte Erneuerung wäre nun die Reduktion der Aufbauten, bei einem Wachstum der Länge des Rumpfes zu seiner relativen Breite. *Vier zu eins* lautet mein angestrebte Verhältnis.«

»Dafür büßen wir Feuerkraft ein und laufen Gefahr, bei Enterungen gegenüber den Spaniern, Franzosen und wer weiß nicht noch alles hoffnungslos unterlegen zu sein«, ereifert sich Winter.

Hawkins schüttelt den Kopf, läßt sich jedoch nicht provozieren.

»Ich denke, Enterungen sollen gerade vermieden werden?« greife ich in die Diskussion ein.

»Bei einer Ansammlung von Schiffen wird man so etwas nie ausschließen können. Die Erfahrung...«

»Sir William!« fällt ihm Hawkins barsch ins Wort. »Nicht nur meine Erfahrungen widerlegen Euch, sondern auch die Armierung dieses Schiffes mit seiner gewaltigen Feuerkraft, auf dem Ihr Euren bequemen...«, Hawkins zögert, während mir der Atem stockt.

»Es gibt auf dem ganzen Erdball kein 300-Tonnen-Schiff, das Vergleichbares aufzuweisen hätte«, fährt er fort. »Unsere Flotte, in gleicher Weise mit Feldschlangen ausgerüstet, würde jeden Gegner in Stücke schlagen, ohne auch nur ein einziges unserer Schiffe zu gefährden. Dem Gegner, wollte er überleben, bliebe nur übrig, die Flagge zu streichen! Aber diese Einsicht wird mehr hintertrieben als durchdacht. Warum eigentlich?«

Sir William Winter versucht ein süßsaures Lächeln, welches zur Grimasse gerät: »Niemand will etwas hintertreiben...«

»Dann verstehe ich Euren Widerstand gegenüber dem Schiffbauprogramm nicht!«

»Warum alles überstürzen, warum alles so eilig? Warum macht Ihr solchen Druck?«

»Weil England kaum Zeit bleiben wird, wenn sich die gesamte Flotte Spaniens und Portugals auf den Weg in den Kanal macht! Admiral Santa Cruz hat seine Invasionspläne Philipp II. vorgelegt. Eine gewaltige *ARMADA* wird er demnach zusammenstellen. Ich betone *zusammenstellen!* Die Schiffe, Soldaten, Ausrüstungen sind nämlich allesamt vorhanden. Sie müssen sich nur noch nach England begeben. Und was macht Ihr? Ihr und Eure Verbündeten bremst, verunsichert, hintertreibt das Schiffbauprogramm und die Bewaffnung mit Bronzefeldschlangen, mit deren Hilfe unsere Königin, unser Königreich, unsere Religion, unsere Familien vor dem barbarischen Joch der Dons und deren Galgenbäumen beschützt werden sollen!«

»Die Eier werden kalt! Ich empfehle, daß wir jetzt erst mal unser Frühstück zu uns nehmen«, unterbricht Cumberland die Auseinandersetzung.

Doch Winter läßt nicht locker:

»Ich denke, daß der *Devonshire-Clan* eher zu Übertreibungen neigt und mit seinem ständigen Invasionsgerede den Staatshaushalt unnötig stark belastet.«

Hawkins reagiert unverzüglich:

»Sir William! Ihr werdet heute am Ende unserer Fahrt nach Margate eines nicht mehr hintertreiben können – das ist das Ergebnis der Erprobung der SAMPSON! Solltet Ihr es wagen, etwas anderes als die Wahrheit zu berichten, werdet Ihr Euch selbst damit vernichten. Ich kenne Eure Ansichten wie Eure Intrigen. Sie allein haben mich bewegt, Euch heute mitzunehmen. Ich sage Euch dies nicht als Drohung, sondern weil ich Euch herzlich mag. Euer Hinterteil habt Ihr im Moment in ein Wunderwerk gesetzt, dessen Überlegenheit im Gegensatz zu Eurer Urteilskraft nicht nach Daumenregeln ausgerichtet ist, sondern sich exakt an Winkel und Zirkel orientiert!«

»Die Eier sind schon fast kalt, Gentlemen!« versucht Cumberland den Eklat zu dämpfen.

Winter, vor Zorn rot angelaufen, erhebt sich aus seinem Stuhl: »Unverschämtheit! Das werdet Ihr mir büßen! Man bringe mich augenblicklich zurück nach Chatham!«

»Schwimmt zurück! Die SAMPSON bleibt auf Kurs!« entgegnet ihm Hawkins eiskalt. »Doch bevor Ihr Euch entschließt zu schwimmen, habt Ihr Euren Aufgaben nachzukommen und den Versuch zu unterlassen, Ihnen auszuweichen. Die Königin, das Privy Council und das Board haben Anspruch auf genaue und unverfälschte Berichte. Nur aus diesem Grund seit Ihr an Board der SAMPSON geduldet!«

Sir William schreitet wutentbrannt zur Kajütentür, reißt sie auf und eilt wortlos an den wartenden Ordonnanzen vorbei auf Deck.

»Wo sind endlich die Eier?« fordert Hawkins die Pfanne.

Matthew, der über das ganze Gesicht grinst, dreht den Stiel der Pfanne zu Hawkins hin.

»Her damit!« greift Hawkins entschlossen zu und lädt seinen Teller voll.

»Zwölf Faden, Sir«, meldet über uns jemand die Wassertiefe. Nachdem sich die SAMPSON auf den neuen Kurs eingesteuert hat, wird auf der Back weiterhin ununterbrochen das Lot geschwungen.

»Verdammte Hohlköpfe!« macht Hawkins seinem Ärger nochmals Luft. »Aber die Herren werden es in Ihre Schädel von mir hineingehämmert bekommen, bis sie es begriffen haben. Das einzige, was die verstehen, sind Grobheiten. Wenn sie sich richtig ärgern, dann fangen sie sogar an zu begreifen. Guten Appetit, meine Herren!«

»Guten Appetit!« kommt es erleichtert im Chor zurück.

Nachdem die Pfannen und Teller geleert sind, fällt unversehens eine Bö von vorne ein, so daß die SAMPSON, die bis dahin ruhig und schnell der Mündung des Medway zueilt, einen Bocksprung tut.

»Die Segel schlagen back!« kommentiert Cumberland den Ruck. »Ich sehe besser nach dem Rechten!«

»Bleibt sitzen, Mylord«, bremst ihn Hawkins. »Nicht so aufgeregt. Wenn, dann gehen wir gemeinsam auf die Pupp. Winfield ist einer meiner zuverlässigsten Offiziere. Wir können ihm voll vertrauen. Was wir im Anschluß an dieses morgendliche Festgelage machen werden, betrifft Eure Batterien, Sir Adam. Bevor wir auf der Höhe von Margate sind, möchte ich die Kanoniere schwitzen sehen. Der Rest dürfte dann nur noch ein Augenschmaus sein.«

»Frischer Schiffszwieback und ein Glas Wein?« fragt Cumberland die Runde.

»Soviel Zeit muß sein, Mylord«, bemerkt Hawkins in bester Laune.

»Ordonnanzen!«

Cumberland gibt seine Anweisungen, während sich die Gläser füllen. Drei Runden folgen auf die erste. Danach klopft es an der Tür. Der Bootsmannsmaat erscheint auf der Schwelle:

»Sir! Meldung von Master Winfield. Sheernes steuerbord voraus in Sicht!«

»Wir kommen«, antwortet Hawkins.

»Aye, aye, Sir!«

Hawkins hebt sein Glas:

»Auf die Kampfkraft der SAMPSON und ihre Feuertaufe!«

Wenig später stehen wir auf der Pupp.

William Winter hat sich irgendwo im Schiff verkrochen; zumindestens sehen wir ihn nicht. Cumberland hält nach Steuerbord Ausschau. Inzwischen ist hellichter Tag, und der Regen hat die diesige Luft geklärt. Die Sicht beträgt jetzt gut drei bis vier Meilen. Wenn die Sonne steigt, werden es bald zehn Meilen sein. Zwischen der Isle of Grain und der Isle of Sheppey sehen wir durch die Enge hinaus auf den Yantlet Dredged Channel, den Mündungstrichter der Themse. Backbord voraus sind die Brecher zu sehen, wie sie auf die Blythe Sands auflaufen.

Baker deutet vor zur Mündung des Medway:

»Wir werden hart steuerbord unter Land segeln und nach der Huck gleich auf raumen Kurs gehen.«

Cumberland winkt Lieutenant Winfield zu sich.

»Laßt bis zur Vorbramwant entern und alles melden, was an Schiffen auszumachen ist. Die SAMPSON benötigt bei dieser Fahrt die volle Breite der Medwaymündung! Danach laßt *Alle Mann* pfeifen.«

»Jawohl, Sir.«

»Wind und Wetter sind uns günstig!« brüllt Cumberland gegen den stärker werdenden Wind an, der jetzt steif und böig von westnordwest bläst. Obwohl nur die Hälfte der Segel gesetzt sind, schießt die SAMPSON der Medwaymündung entgegen.

»Brecher in Luv voraus! Kein Schiff in Sicht!« hören wir vereinzelt Meldungen zur Pupp heraufschallen. Cumberland und auch Hawkins prüfen mit aller Sorgfalt die Windrichtung. Sollte der Wind wider Erwarten nach Passieren der Mündung umspringen, kann das jederzeit zur Folge haben, daß die SAMPSON unversehens auf Legerwall driftet. Ein mächtiger Schwell steht auf der Einfahrt, der die Wellen gleich um mehr als zwei Meter höher wachsen läßt. Die SAMPSON schneidet die hohen Wellen, ohne an Fahrt zu verlieren.

Cumberland sieht sich nach dem Wachoffizier um:

»Master Winfield, bitte Kurs Ost!«

Pfeifen schrillen, Befehle werden ausgesungen. Die Männer eilen an die Brassen, da das Ruder zum Abfallen gelegt wird. Der Horizont weitet sich von Minute zu Minute – wir haben den Kanal direkt voraus. Etwa zwei Meilen querab backbordbug versuchen einige Küstensegler in die Themse einzusickern. Da sie direkt gegen den Wind ankämpfen müssen, bedeutet das für die kleinen Schiffe stundenlanges Ankreuzen. Cumberland wendet sich erneut an seinen Ersten Offizier:

»Lieutenant Winfield. Lassen Sie alle Segel setzen!«

»Aye, aye, Sir.«

Ein Segel nach dem anderen bläht sich im achterlich einfallenden Wind. Die SAMPSON beginnt, vor dem Wind laufend, ihre höchste Fahrt zu erreichen.

»Aufbrassen!« ergeht Befehl an die Männer.

Matthew beginnt vor Begeisterung mit den Fäusten auf die Reling zu trommeln:

»Sie fliegt! Ja, wahrhaftig, sie fliegt!«

Ich spüre, wie die Verbände anfangen zu vibrieren. Nur Hawkins behält seine Begeisterung für sich.

»Laßt bitte *Klarschiff zum Gefecht* befehlen«, wendet er sich an Cumberland.

»Klarschiff zum Gefecht!« ergeht die Weisung an die Offiziere.

»Geschützführer an Deck!«

Männer mit roten Schals um die Taillen nehmen Aufstellung. Um sie herum gruppieren sich jeweils zwei Maate und zwei Matrosen, die aufgrund ihrer Geräte, die sie in den Händen halten, erkennen lassen, welche Aufgabe sie am Geschütz zu erfüllen haben. Die Zusammenstellung der Geschützbedienung ist dieselbe wie auf den Spitalfields. 28 Fünfergruppen zähle ich am Ende. 28 Geschütze trägt die SAMPSON, auf jeder Seite 14 Rohre. Für ein 300-Tonnen-Schiff eine äußerst starke Armierung. Mit jedem Tonnagenzuwachs wird sich jedoch nicht nur die numerische Aufstellung von Kanonen erhöhen, sondern es erhöht sich auch gleichzeitig die Aufstellung von Rohren mit größeren Kaliberstärken auf den Decks und somit die Feuerkraft der Breitseiten. Die SAMPSON bildet mit ihrer Größe ein ideales Beispiel für zukünftige Neubauten. Ein 600-Tonnen-Schiff würde somit mühelos 48 Geschütze von mehrheitlich 18- und 24pfünder Culverinen tragen können.

Das Risiko von Fehlplanungen ist dadurch erheblich reduziert. Somit haben wir im Geschützdeck der SAMPSON zehn 9pfünder *Halbschlangen* und vier 18pfünder *Feldschlangen* aufgestellt. Auf dem Großdeck acht 6pfünder *Saker*, dazu vier kleine 4pfünder *Minions* in den Aufbauten und zwei *Saker* im Heck. Allesamt in Mayfield Furnace geboren.

Hawkins steht bei Cumberland und schätzt die Zeit, die uns noch verbleibt, bis wir bei Margate auf eine Hulk treffen werden, die in diesen Stunden für uns aufs Meer geschleppt wird, damit wir sie mit unseren Batterien versenken können.

»Job Hortop!« ruft Hawkins zu seinem obersten Stückmeister in die Kuhl hinunter. »Beginnt mit dem Geschützexerzieren!«

Sofort kommt der Befehl an die Geschützbedienungen:

»An die Rohre!«

In weniger als zehn Sekunden stehen auf der Kuhl die Männer an den Rohren. Der Rest eilt, wie mit dem Messer geteilt, einmal unter die Back, zum anderen unter die Pupp, wo sich die Niedergänge zum Geschützdeck befinden.

Meine Geschütze liegen auf hölzernen Wagen, die aus Ulmenholz gearbeitet sind. Die Schildzapfen der Rohre ruhen in halbrunden Vertiefungen, die in den seitlichen Teilen der Lafette eingearbeitet sind. Darüber sind ebenfalls halbrunde Eisenbänder geschlagen, die verhindern, daß sowohl beim Abfeuern als auch bei schwerem Seegang die Rohre aus den Lafetten herausspringen können. Die seitlichen *Wangen* fallen nach hinten stufenförmig ab.

DER SCHIFFSKOPF

Die Stufen erfüllen einen besonderen Zweck. Normal liegen die Rohre mit dem Stoßboden auf einem hölzernen Querbalken, der über die vorletzte Stufe gelegt ist und das Rohr in waagerechter Position fixiert. Mit Keilen, die unter den Stoßboden gerammt werden können, wird die Rohrerhöhung oder das Absenken des Rohres bewerkstelligt, was je nach Position des Schiffes dem Kanonier das Anvisieren des feindlichen Schiffes ermöglicht. Am vorderen und hinteren Ende der Lafette sind einfache Rollen angebracht. Das vordere Rollenpaar ist in seinem Durchmesser so bemessen, daß die Krümmung des seitwärtigen Decks exakt ausgeglichen wird. Die Rohre lagern während der Reise ohne Feindberührung festgezurrt in waagrechter Position. Damit die Lafetten sich nicht selbständig machen, sind sie mit schweren Sicherungstauen an Ringen vertäut, die durch die Bordwand verbolzt sind. Dieses *Brooktau* bremst nach dem Abfeuern die Rückwärtsbewegung der Lafette ab und blockiert spätestens mittschiffs das Zurückrollen vollständig. Das Ausrennen des Geschützes geschieht mit dem Anziehen eines seitlich an der Lafette eingehängten Takelpaares.

»Sir Adam!« wendet sich Hawkins an mich. »Was würdet Ihr empfehlen. Ist es ratsam, geschlossen eine Breitseite abzufeuern, oder in Gruppen zu feuern?«

Die Frage überrascht mich, da ich ein Seegefecht noch nie erleben konnte.

»Eine schwierige Frage für mich. Dennoch meine ich, sollte man in Gruppen feuern, um so ein ständiges Feuer auf den Gegner zu unterhalten.«

Hawkins nickt bestätigend:

»Genauso sehe ich das auch!«

»Die Geschützbedienung muß sicher gut eingespielt sein«, schiebe ich nach.

»Darauf kann ich nur antworten, mein lieber Sir Adam, daß nichts unmöglich ist, wo Disziplin und Ordnung herrschen!«

Im nächsten Augenblick vernehme ich zum ersten Male die Kommandos der englischen Gunneries:

»*Silence!*«

Die durchdringende Kommandostimme von Job Hortop dröhnt über die Kuhl. Sofort verstummen alle Stimmen auf der Pupp. Schnell eilen wir nach vorn, um das Exerzieren zu beobachten.

Die Geschützbedienungen legen Ansetzer, Schwamm, Zieher und Wischer neben den Rohren in Reichweite auf Deck ab.

»Cast loose the gun!«

Vor unseren Augen werden in Windeseile Befestigungstaue losgeworfen und die Mitte des Brooktaues über die Traube gezurrt.

»Load with cartridge!«

Atrappen von Pulverkartuschen werden nun in das Rohr eingeführt, danach ein Ladepfropfen und beide mit dem Ansetzer festgerammt. Die Männer führen die Handgriffe aus, als ob sie es mit einer echten Ladung zu tun hätten. Der Geschützführer sticht seinen Zündlochbohrer ins Zündloch und brüllt *»Home«*, sobald die Kartusche am Ende der Bohrung anstößt.

»Shot your guns!«

Die Matrosen heben die Eisenkugeln aus ihren hölzernen Pfannen neben der Reling und simulieren das Einführen.

»Ram home shot and wad!«

Kugel und Ladepfropfen werden festgerammt und mit zwei zusätzlichen Stößen mit dem Ansetzer versehen.

»Run out your guns!«

Mit einem Zug an den Takeln, deren Enden gleich in Buchten aufgeschlossen werden, rollen die Saker in Abschußposition.

»Level your guns!«

»An diesem Punkt wird sich jede Schlacht entscheiden«, bemerkt Hawkins, der direkt neben mir an der Reling der Pupp steht. »Was meint Ihr dazu, Sir Adam?«

Im selben Augenblick wird mir klar, was er abzufragen gedenkt. Die Eigenbewegung des Schiffes muß beachtet werden. Wir befinden uns auf schwankendem Boden. Die Männer schieben die Keile unter das Bodenstück und visieren hinaus auf das Meer.

»Das Rollen des Schiffes muß mit berücksichtigt werden!«

»Wann würdet Ihr die Lunte senken? Während der Auf- oder der Abwärtsbewegung?«

»Eine schwere Frage für mich, da ich mich mit diesem Problem noch nie befaßt habe.«

»Na, denkt ein wenig nach. Doch begründet mir bitte Eure Ansicht.«

»Point your guns!« brüllt Hortop unter mir.

Die Männer üben durch Versetzen der Keile die Erhöhung der Rohre, wie es der Geschützführer angibt.

Nach intensivem Betrachten der Kimm, einschließlich der Bewegung der SAMPSON und der Vorstellung, ein feindliches Schiff in Lee zu haben, entscheide ich mich:

»In der Luvposition würde ich während der Abwärtsbewegung die Kugel lösen, weil damit die Chance, einen Rumpftreffer beim Feind zu erzielen, größer ist.«

»Großartig! Ihr könntet Hortop sofort ersetzen.«

»Zuviel der Ehre. Hierin fehlt mir einfach die Erfahrung.«

»Ich habe den Eindruck, sie wächst bei Euch in diesen Momenten rasend schnell.«

»*Fire!*«

Ein Knall bricht steuerbord, genau unter uns, unerwartet los, und läßt uns zusammenfahren! Hawkins blickt Cumberland an, dieser sieht hinunter zu Hortop und dieser blickt fragend zu uns empor. Als er mit den Schultern zuckt fragt Hawkins:

»Was und wer war das?«

»Dem Knall nach war das eine Minion!« sage ich zu Hawkins.

»Ich habe einen Verdacht, wer es gewesen sein könnte«, äußert sich Cumberland.

»Wer?« fragt Hawkins nach.

»Sir William Winter!«

»Da könntet Ihr recht behalten. Der hat nichts Besseres zu tun, als scharf zu schießen. Na, warten wir ab!«

Inzwischen haben die Männer die Geschütze wieder binnenbord gezogen, was sonst der Rückstoß besorgt hätte.

»*Worm and spong!*«

Mit dem gedrillten Eisen wird die Übungskartusche mit dem Ladepfropfen wieder ans Tageslicht geholt.

»*House your guns!*«

Der Befehl veranlaßt die Männer, die Geschütze wieder festzulaschen.

»Hortop!« ruft Hawkins in die Kuhl hinunter. Fünfmal dieselbe Übung, und dabei auf Schnelligkeit achten! Das sechste Mal werden die Kanonen mit Pulver und Kugeln geladen!«

»Aye, aye, Sir!«

Kaum hat er seine Anweisungen gegeben, macht Hawkins den Vorschlag, das Batteriedeck zu überprüfen.

Ein mit Blei ausgeschlagener Rauchfang, der in die Tiefe führt, läßt die Nähe der Kombüse unter unseren Füßen erahnen. Gekocht wird allerdings noch ein Stockwerk tiefer, etwa in der Mitte des Laderaums unterhalb des Batteriedecks.

Die offenen Geschützluken spenden ausreichend Licht. Sie liegen knapp fünf Fuß über der Wasserlinie. Hier ist die Hauptbatterie der

Sampson untergebracht. Die Lafetten sind mit den gleichen Sicherungstauen an Ringen vertäut wie in der Kuhl. Der niedrige Raum wirkt beklemmend, zumal über uns keine offene Luke existiert, über die ein Gitter gelegt werden kann. Noch mischt sich hier unten kein beißender Rauch mit dem Geruch der Speisen und dieser wiederum mit den ekelerregenden Miasmen von brackigem Wasser, gewürzt mit Rattenkot. Alles nur eine Frage der Zeit, geht es mir durch den Sinn. Matthew hat dem drohenden Luftmangel vorgebeugt, indem er neben den Geschützluken links und rechts jeweils drei runde Belüftungsöffnungen in die Beplankung schneiden ließ, durch die Frischluft in ausreichender Menge durch das Deck zieht. Abgesehen von den Luken gibt es kaum einen rechten Winkel in diesem Schiff. Es begegnen sich nur sanfte, natürliche Krümmungen, die sich anscheinend jeden Berechnungen entziehen.

Die Kommandos werden durch das niedrige Deck, das gerade Stehhöhe besitzt, stark gedämpft. Durch die vorderen Geschützluken sehen wir die Gischt der Bugwelle wie eine Nebelwand vorbeirauschen. Die Sampson krängt steuerbord einige Fuß weg, was sich nicht mehr verstärken darf, da sonst die Luken geschlossen werden müßten und somit die untere Batterie nicht mehr einsatzfähig wäre. Als ich dies Hawkins neben meinen 18pfünder Schlangen sage, zwinkert er verschmitzt mit seinem rechten Auge:

»Keine Gefahr bei diesem Wetter! Sie verträgt noch etwas mehr. Außerdem fahren wir Vollzeug, das sollten wir bedenken. Wir können jederzeit so viele Segel streichen, bis sie wieder auf ebenen Kiel läuft. Eure Kanonen sind auf diesem Schiff, ausgenommen bei stärkstem Sturm, niemals zum Schweigen verurteilt.«

»Sehr beruhigend, Master Hawkins«, zwinkere ich zurück.

»*Load with cartridge!*« höre ich nun schon zum dritten Male.

»Ha, Sir William!« ruft Cumberland nach hinten. »Wir haben Euch schon vermißt.«

»Keine Bange, Lord George, ich bleibe Euch erhalten! Ich möchte das Schiff gern ungestört in Augenschein nehmen, wenn Ihr erlaubt.«

»Selbstverständlich! Ihr könnt es vom Topp bis hinunter zum Kielschwein inspizieren. Doch scharf geschossen werden sollte nur mit meinem Einverständnis.«

»Die Überprüfung der Wirksamkeit der kleinen Kanone lag mir sehr am Herzen…«

»Und Euer Urteil?« frage ich dazwischen.

»Als Signalkanone nicht zu verachten, denke ich.«

»Dann bin ich beruhigt. Ich dachte schon, Ihr betrachtet sie als schiffsvernichtende Waffe«, antwortet Cumberland für mich und fährt leise fort, als Winter außer Hörweite ist: »Wir sollten den Spinner tatsächlich ignorieren. Er will die Dinge nur so sehen, wie sie ihm ins Konzept passen. Dagegen ist kaum etwas auszurichten. Gehen wir wieder nach oben. Margate dürfte keine fünf Meilen mehr entfernt sein.«

Kaum auf der Back, kommt die Meldung über uns aus dem Fockmast.

»Hulk voraus!«

Den Anblick lasse ich mir nicht nehmen und entschließe mich, selbst bis zum Vormarssegel aufzuentern. Ich genieße das Schwanken und die würzige Luft. Voraus sehe ich ein entmastetes Schiff, welches durch zwei große Pinassen durch das Wasser gezogen wird.

»Master Winfield, feuert die Signalkanone einmal ab!«

Schnell eilt er hinunter über die Kuhl, hinauf zur Pupp.

»Alles hört auf mein Kommando! Jedes Geschütz kann nur zweimal feuern. Danach ist die Hulk versenkt!«

»Zweimal nur?« frage ich ungläubig Matthew, der meinem Beispiel gefolgt ist, um die Annäherung besser verfolgen zu können.

»Mehr läßt Hawkins Budget nicht zu. Doch er wird sie versenkt haben, vorausgesetzt, deine Kanonen versagen nicht.«

»Willst du einen Witz machen?«

Das erneute Abfeuern der *Minion* ist für die Pinassen gedacht, die die Schlepptaue zur Hulk kappen und danach sofort abdrehen.

Die Hulk ist noch etwa sechs Meilen entfernt. Ab jetzt hat nur noch Hawkins das Kommando. Gespannt beobachten wir den *Angriff* der Sampson.

»Hortop! Geben Sie dem Rudergänger genaue Anweisungen.«

»Aye, aye, Sir!«

Die Sampson läuft dem imaginären Feinde schnell entgegen.

»Abfallen!«

»An die Brassen.«

»Groß- und Focksegel aufgeien!«

Eine Abfolge von Befehlen und deren Bestätigungen dröhnen durch die Sampson. Hawkins steuert über Winfield das laufende Gut des Schiffes, während über Hortop die Anweisungen an die obere und untere Batterien weitergegeben werden. Hortop gibt darüber hinaus dem erfahrenen Steuermann, Richard Flagg, die Anweisungen für das optimale Ansteuern der Hulk. Die Reihe der Geschütze ist ausgerannt und klar zum Gefecht, die Geschützführer halten die glimmenden Luntenstöcke in der Hand.

»Weiter abfallen!«

Durch das starke Abfallen nähert sich die Sampson der Hulk nun in einem Kreisbogen. Sie liegt durch die Wegnahme der großen Segel auf fast ebenen Kiel.

»Kursänderung, vier Strich Backbord auf exakt Nord!« hören wir Hortop von unten.

»Leebrassen!«

Die SAMPSON dreht wie auf dem Punkt auf ihren neuen Kurs, und die Rahen unter und über uns werden angebraßt.

»Verdammt! Noch einen Pull an der Fock dort!« brüllt Winfield.

»Fest! Belegen!«

»Kernschußweite für die Halbschlangen!« kommandiert Hawkins.

Ein phantastisches Bild eröffnet sich uns. Die Hulk liegt, zum Todesstoß bereit, etwa noch eine Meile voraus. Bei gleichem Kurs werden wir sie in wenigen Minuten in 300 Yards Entfernung querab überlaufen. Von meiner luftigen Höhe sehe ich, wie Hawkins auf der Pupp stehend die Aufbauten der Hulk peilt. Eine halbe Meile noch...

»*Point your guns!*«

Sie liegt quer ab...

»*Fire!*«

Die Kanonen donnern in Lee auf. Instinktiv klammere ich mich fester an die Wanten.

Von vorn nach hinten lösen sich Doppelschläge, die das Schiff mit seinen Masten vibrieren lassen. Der schneeweiße Pulverdampf schießt hervor und wird schnell nach Lee weggeblasen.

Die Lafettenräder poltern unten über das Deck. Krach! Bum!

Vier, fünf, sechs ... zähle ich die Doppelschläge mit. Querab ist die Hulk eingehüllt in Holzstaub.

Die Wirkung? Angestrengt blicke ich hinüber, schon liegt sie hinter uns. Schwer zu erkennen von hier oben, ob sie tödlich getroffen ist oder nicht.

»Ich gehe auf die Pupp, Matthew.«

Schnell entern wir hinab.

»Klar zur Wende!«

»Klar bei Backbord-Geschütze!«

DER SCHIFFSKOPF

Kaum bin ich auf der Pupp, geht die SAMPSON auch schon über Stag.

»Kernschußweite!«

Während die Kommandos die Mannschaften der Steuerbordbatterien zum erneuten Laden fordern, konzentrieren sich die Geschützbedienungen der Backbordseite auf ihre erste Salve.

»*Level your guns!*«

Schon liegt die Hulk wieder querab. Der Wasserkorridor beträgt etwa 350 Yards.

»*Fire!*«

Präzise erfolgen die Doppelschläge der oberen und unteren Batterie. Kurz darauf meine ich die Einschläge drüben zu vernehmen. Wieder umhüllen Wolken von Holzstaub die Hulk für einen Moment.

»Da, das obere Heck bricht ab!«

»Ja, sie ist ordentlich zersiebt«, bestätigt Hawkins neben mir.

»Aber sie schwimmt!« Wie aus dem Deck gewachsen steht Winter triumphierend auf der Pupp. Ich fixiere Hawkins. Er tut so, als würde er Winter gar nicht wahrnehmen.

»Hab' ich mir doch gleich gedacht, daß die Armierung zu schwach ist«, stichelt Winter weiter. »Ich würde den schweren Kugeln den Vorzug einräumen. Sie hätten dort drüben Löcher wie Scheunentore in die Bordwand gerissen. Dazu braucht man allerdings schwerere und breitere Batteriedecks...«

»Klar zum Wenden!« brüllt Hawkins.

Hawkins geht an das Heck und blickt nochmals hinüber zur Hulk, die inzwischen achteraus liegt. Schnell gehe ich zu ihm:

»Wie beurteilt Ihr die Wirkung?«

»Hervorragend! Jedes Geschütz hat getroffen! Das war die erste wichtige Probe. Die meisten Kugeln Eurer Geschütze haben den Rumpf völlig durchschlagen, obwohl ich angeordnet hatte, daß drüben auf der Hulk der Rumpf verstärkt werden soll. Die Splitterwirkung war klar an der Wolke von Sägemehl zu erkennen, die das Wrack einhüllte!«

Kaum hat er seine Ausführungen beendet, wendet er sich direkt an Winter:

»Ich bestehe darauf, daß unsere Beobachtungen von Euch bestätigt werden. Ansonsten setzen wir sofort über!«

Winter würdigt Hawkins mit keinem Blick:

»Ich sehe, daß sie immer noch schwimmt!«

»Die Beobachtungen, Sir William!« kommt es agressiv zurück.

»Ich lasse mir von Euch nicht vorschreiben, was ich zu sehen habe.«

»Gut, dann notieren wir es eben. Fähnrich!«

Kurz darauf läßt Hawkins die gemachten Beobachtungen schriftlich festhalten.

»Wir werden später alle unterzeichnen! So! Und nun versenken wir sie.«

Durch den Vorfall auf der Pupp hat die SAMPSON sich ein wenig weiter von der Hulk entfernt als beabsichtigt. Die Kanoniere werden die Verschnaufpause begrüßt haben.

»Klar zur Wende!«

»Zielt auf die Wasserlinie!«

Kurz darauf Donnern die Salven zum zweiten Male an Steuerbord.

Ich sehe neben kleineren Wassersäulen zwei dicke Wasserfontänen direkt am Rumpf emporsteigen.

»Das waren die beiden 18pfünder!« reagiere ich spontan.

»Das war der Todesstoß für das Wrack!« bestätigt Hawkins.

»Sie beginnt zu sinken!« vernehme ich Cumberland freudig. »Ein schönes Erlebnis, Adam, nicht wahr?«

»Bei der heiligen Barbara, ein wunderbares Erlebnis!«

»Ihr Schicksal ist endgültig besiegelt!« bemerkt Matthew.

»Klar zur Wende!«

Die SAMPSON läuft zum vierten und letzten Male an.

»Feuer einstellen! Sie sinkt!«

Ehrfürchtig blicken wir hinüber. Matthew hat feuchte Augen, als ich ihn ansehe:

»Immer wenn ich ein Schiff sinken sehe, und sei es auch noch so verrottet, fühle ich, wie mir der Brechreiz bis zu den Zähnen steigt.«

»Ich kann dich verstehen. Da du sie erbaust, mußt du gegen ihre Henker sein.«

»In etwa hast du es erfaßt, mein Freund. Trotzdem, wir haben unsere Aufgaben mehr als erfüllt. Darauf können wir stolz sein.«

»Ich bin es, Matthew!«

»Keine Verletzten! Kein Schaden am Schiff!« meldet der Erste Offizier.

Der Schiffskopf hat den Wellen das Blut verweigert und den eigenen Kanonieren der SAMPSON keine einzige Wunde zugefügt. Die neue Galeone ist geboren…

DER SCHIFFSKOPF

Gegen vier Uhr nachmittag liegt die Mündung des Medway River querab, den wir von Norden her ansteuern. Der Wind hat etwas abgeflaut, bläst aber immer noch stetig aus West.

»Achtung! Schiff kreuzt Kurs Backbordbug!« kommt es vom Fockmast herunter. Matthew späht nach dem schlanken Schiff, das gerade voraus unseren Kurs kreuzt.

»Das gibt es doch nicht!« schreit er erregt. »Das ist doch meine PELICAN! Seht nur, wie schön sie wieder ist...«

Alles blickt zum Bug vor.

»Es ist die GOLDEN HIND!« bestätigt Hawkins.

»PELICAN!« korrigiert Matthew, der sich wohl nie an den neuen Namen gewöhnen wird.

»Sie fährt in die Themse ein!« bestätigt Cumberland.

Nur Winter bleibt stumm wie ein Fisch, den Abschlußbericht der Erprobung der SAMPSON, mit unseren Unterschriften darunter, der Not gehorchend in seinem Wams tragend.

Hawkins wischt sich über seinen Bart und nickt ahnungsvoll mit dem Kopf.

»Ist Drake auf dem Schiff?« frage ich ihn.

»Er ist sicher darauf.«

»Dann wißt Ihr mehr darüber?«

Im selben Moment, fällt ein schräger Strahl der Sonne durch die Wolken auf die GOLDEN HIND und läßt ihre frischen Farben leuchten.

»Er segelt mit ihr zu einem persönlichen Höhepunkt. Der Schlag, den er erwartet, wird ihn weit aufrichten...«

Die Deutung seiner Worte bleiben mir ein Rätsel.

Dienstag,
der 4. April

Im Morgengrauen waren wir von Chatham aufgebrochen.

Selbst beim Stapellauf der SAMPSON habe ich Matthew Baker noch nie so elegant gesehen: Wams und Hosen aus mitternachtsblauem Samt, dessen schneeweißes Seidenfutter durch die Schlitze an Ärmeln und Hosen hervorpluderte, weiße Seidenstrümpfe, eine kleine, sorgsam gefältelte Halskrause, fransenbesetzte Stulphandschuhe, einen kurzen, silberbestickten Mantel, fein ziseliertes Silber an den Schuhschnallen und dem Degengefäß, eine Diamantagraffe am Samtbarett mit einer wallenden weißen Straußenfeder.

Auch ich habe mich festlich herausgeputzt, und der bewundernde Blick von Mrs. Baker begleitete uns hinunter zur Anlegestelle am Medway, wo unser Boot wartete. Acht der kräftigsten Männer der Werft saßen bereits in dem auffallend langen und schmalen Boot. Die schwieligen Fäuste umklammerten die Riemen. Als wir das schwankende Gefährt bestiegen, mußten wir eng auf der Sitzbank im Heck zusammenrücken.

Auf ein Kommando des Taklermeisters Lewis Lympne, der die Ruderpinne führte, wurden die Leinen losgeworfen, die Ruderer senkten ihre Riemen. Ein neues Kommando, die Männer zogen die Riemen durch, und das Boot schoß wie ein Pfeil in den Medway hinaus.

»Damals in Cambridge haben wir auf dem Cam und dem Great Ouse mit solchen Booten regelmäßig Rennen ausgetragen«, berichtete Matthew. »Manchmal kamen sogar die Jungs von Oxford herüber.«

Im Bug des Bootes flattert lustig an einem Stock die Flagge Matthew Bakers mit je drei roten Rosen im weißen Feld, das erste und vierte von einem roten Balken geteilt, das zweite und dritte von einem roten Sparren, während im Heck meine eigene Steinbock-Flagge weht.

»Die Führung von Flaggen ist in England eine Wissenschaft«, bemerkte Baker. »Wer zur falschen Zeit am falschen Stock die falsche Flagge setzt, kann sich mehr Ärger einhandeln, als wenn er einen Lord öffentlich ohrfeigen würde.«

»Und was bedeutet es dann, daß deine Flagge am Bug und meine am Heck steht?« fragte ich neugierig.

»Da du die ranghöhere Person an Bord bist, *Sir* Adam, gebührt deinen Farben natürlich auch der vornehmere Platz. Du bist adelig, ich nicht.«

»Aber du führst doch auch ein Wappen«, widersprach ich. »Also mußt du doch auch...«

»Falsch. Auf dem Kontinent erben alle Kinder den Rang ihres Vaters. In England wird jeder Titel nur *einmal* vergeben. Zum Beispiel kann das Oberhaupt der Familie – sagen wir Smith – der Earl von Hastings sein. Sein jüngerer Bruder ist der Viscount von Bexhill, und sein ältester Sohn noch Baron von Broad Oak. Deren Söhne, für die kein Titel mehr übrig geblieben ist, sind ganz schlicht: The honorable Master Smith. Erst wenn einer der Titelträger stirbt, rückt der Rest um eine Stufe nach – allerdings steht ihnen immer das Recht zu, das Wappen der Familie zu führen.«

»Dann bist du also...«

»Der jüngere Sohn eines jüngeren Sohnes – so ungefähr zumindest.«

»Und die roten und weißen Rosen«, bohrte ich nach. »Das sind doch die Insignien des Königshauses und dessen nächster Verwandtschaft?«

»Des alten normannischen Königshauses Plantagenet. Die Tudors führten eigentlich den Drachen im Wappen. Die weiß-rote Rose hat sich König Henry erst zugelegt, um damit zu demonstrieren, daß der jahrhundertealte Krieg zwischen den Königslinien Lancaster und York für immer vorbei ist.«

»Und du gehörst also...?«

»Zu den alten Normannenfamilien – irgendwie sind die schließlich alle miteinander verwandt«, brummelte Baker während er seine Pfeife stopfte. »Das Teilwappen mit den Rosen und dem Sparren ist übrigens das Wappen des Trinity College von Cambridge.«

»Dann bist du ja *Doktor* oder gar *Professor!*« stelle ich überrascht fest. »Denn nur diesen ist es gestattet das Wappen ihres Colleges dem eigenen Wappen beizufügen.«

»Woher weißt du das?«

»Heraldik, lieber Matthew, gehört schließlich zu den notwendigen Wissensgebieten eines Geschützgießers.«

»Wenn du es sagst, dann wird es wohl stimmen.«

Ich genieße die Fahrt die fast spiegelglatte Themse hinauf unter dem strahlenden Sonnenschein. Je näher wir freilich Deptford kommen, um so dichter wird der Verkehr. Boote aller Größen und Bauarten wimmeln auf dem Fluß durcheinander und Lewis Lympne, unser Steuermann, muß mehrfach das schnelle Boot herumreißen, um einer Kollision zu entgehen.

Schon von weitem hat Matthew die GOLDEN HIND ausgemacht, und diesmal, wie sie so daliegt mit ihrem frischen Anstrich, der sauberen Takelage, den auf Hochglanz polierten bronzenen Geschützrohren, verstehe ich den liebevollen Blick, mit dem er sein Schiff betrachtet.

Und dann ist kein Durchkommen mehr. Kähne mit rotberockten königlichen Leibwächtern, die goldgestickte Rose und die Initialen ›ER‹ auf der Brust, Soldaten und eine Gruppe der walisischen Langbogenschützen Walsinghams haben das Wasser rings um die GOLDEN HIND abgesperrt. Lympne steuert ans Ufer, legt an einer hölzernen Mole an und wir klettern, ein wenig steif vom langem Stillsitzen, an Land. Durch eine dichte Menschenmenge drängeln wir uns vorwärts, bis wir vor einem dicken Absperrseil und einem klotzigen Rotrock stehen. Baker überreicht ihm die beiden Pergamente, die ihm gestern John Hawkins ausgehändigt hat.

»Der ehrenwerte Sir Adam Dreyling of Wagrain, Geschützgießer Ihrer Majestät, und der ehrenwerte Master Matthew Baker, Schiffsbaumeister Ihrer Majestät«, entziffert der Mann mühselig.

Auf dem Pier eilt fröhlich winkend George Clifford auf uns zu, heute ganz in rosa Atlas gehüllt, hilft uns unter dem kurz hochgehobenen Seil hindurch, geleitet uns über den freien Platz auf die GOLDEN HIND zu.

»Eines muß man Francis Drake lassen«, plauderte er munter, »wenn er heute hingerichtet wird, dann wird es eine Hinrichtung erster Klasse!«

»*Hinrichtung?* Kapitän Hawkins sagte gestern aber...«

»Ich weiß, ich weiß. Das ist die *eine* Möglichkeit. Aber die *andere* Möglichkeit – die hört Master Hawkins nur nicht so gern – besteht durchaus darin, daß man Drake als Piraten – und ein Pirat ist er, da gibt es gar keinen Zweifel – heute vor großem Publikum den Kopf vor die Füße legt oder ihm am Galgen den Hals langzieht. Gestern abend hat die Königin immerhin noch mal dem spanischen Gesandten feierlich versichert, daß der Pirat Francis Drake, der die Küsten des spanischen Kolonialreiches in Südamerika so schamlos geplündert habe, heute von ihr persönlich vor allem Volk hier in Deptford für seine Taten zur Rechenschaft gezogen würde.«

Für einen Augenblick nimmt Lord Cumberland seinen Hut ab, fährt leiser fort:

»Was immer unser königliches Orakel damit gemeint haben mag... Elizabeth ist in einer verzwickten Lage: Belohnt sie den *Piraten* Drake in irgendeiner Form, wird das empörte Aufheulen Spaniens durch ganz Europa schallen. Und bestraft sie den *Volkshelden* Drake wie auch immer, so geht ein mindestens ebenso lauter Aufschrei durch ihr eigenes Land.«

»Und was ist mit dem Doughty-Clan?« fragt Baker leise zurück.

»Die Inszenierung in Plymouth ließ an Gehässigkeit wenig zu wünschen übrig. Der Bruder des Getöteten soll Klage gegen Drake erhoben haben...«

»... und ist seit Wochen spurlos verschwunden, aus dem Verkehr gezogen. Von daher wird es keine Klage geben! Nun, Freunde, wir werden ja sehen, was der Nachmittag bringt«, antwortet Clifford und stülpt sich den Hut wieder auf die gesalbten Locken. »Kommt mit aufs Schiff! Der Bezwinger der Ozeane erwartet Euch.«

Ich erkenne die GOLDEN HIND kaum wieder, als ich ihr Deck betrete. Damals in Plymouth war sie kaum mehr als ein Halbwrack, von dessen Rumpfplanken niemand recht wußte, weshalb sie überhaupt noch zusammenhielten. Jetzt erstrahlt das Schiff nicht nur in neuer Farbe und Takelage, von allen Masten und Spieren flattern bunte Banner und Wimpel, über das Deck sind dicke Teppiche gebreitet, auf der Kuhl ist eine lange Tafel aufgebaut, eingedeckt mit weißem Damast, schwerem Silber, kostbarem Kristall, üppigen Blumengestecken und hauchzartem chinesischem Porzellan.

Unübersehbar thront in der Mitte ein silberner Tafelaufsatz: Auf den Seiten eines mehrfach abgestuften Sockels sind die Szenen der Fahrt und der Taten Drakes eingraviert. Ich erkenne die Abreise aus England, die Niederschlagung der Meuterei Doughtys, die Umrundung der Südspitze Amerikas, der Kampf mit der CACAFUEGO, die Inbesitznahme von Nova Albion. Auf dem über eine Elle hohen Sockel steht kein anderer als Francis Drake in großer Pose, die Linke in die Hüfte gestemmt, die Rechte besitzergreifend auf einen Globus gelegt, den Blick hinaus gerichtet in die Weite.

Zuvor hatte ich Francis Drake nur einmal, in Plymouth, während des großen Spektakels gesehen, und das mehr oder weniger flüchtig. Aus der Nähe betrachtet, ist der große Pirat und Weltumsegler keineswegs so beeindruckend, wie er sich selbst gerne darstellen läßt. Klein, untersetzt, krummbeinig, könnte er in seinem weiß-goldenen Brokatwams und durch die Tatsache, daß er sich auf einer Treppenstufe aufgebaut hat, um seine mangelnde Körpergröße wenigstens etwas auszugleichen, fast lächerlich wirken, wären da nicht zugleich die funkelnden Augen, der halb unter dem Schnurrbart verborgene schmallippige, harte Mund, die Ausstrahlung von Kühnheit, Habgier, Rücksichtslosigkeit und Gewalttätigkeit, verborgen unter einem hauchdünnen Firnis von Höflichkeit und Liebenswürdigkeit.

Strahlend begrüßt er Matthew, verbreitet sich überschwenglich über die GOLDEN HIND. Doch die Begeisterung, die Wärme, mit der Drake über sein Schiff spricht, sind echt und ungekünstelt. Auch meine Hände werden ausdauernd geschüttelt:

»Willkommen, willkommen an Bord, Sir Adam! Onkel John hat

mir bereits von Euren Kanonen berichtet. Die muß ich sehen, muß sie *haben!*«

Onkel John Hawkins, der an Deck der GOLDEN HIND offenbar den Zeremonienmeister spielt, nimmt mich unter seine Fittiche, stellt mich den Anwesenden vor, und bald schon schwirrt mir der Kopf vor Namen und Titeln. Einige der Herren habe ich damals in Chatham beim Stapellauf der SAMPSON kennengelernt.

Ein dumpfer Knall, etwa eine Meile flußabwärts, läßt alle Köpfe herumfahren. Über den Türmen, Dächern und Kaminen des königlichen Schlosses von Greenwich wirbelt Pulverqualm auf.

»... fünf, sechs, sieben...«, zählen wir die Schüsse mit.

»... zwölf, dreizehn, vierzehn ... neunzehn, zwanzig, einundzwanzig!«

»Die *Königin!*« brüllt Francis Drake mit überschnappender Stimme. Und fast gleichzeitig beginnen die Kanonen der GOLDEN HIND den 21schüssigen Salut zu erwidern.

Als sich die weißen Pulverschwaden über dem Schiff und dem Fluß langsam wieder auflösen, bietet sich uns ein überwältigendes Bild: Wie ein Schwarm exotischer Vögel zieht mit gemächlichem Riemenschlag eine Schar von Booten und Barken, alle geschmückt mit bunten Bannern, Fahnen, Standarten und Wimpeln, besetzt mit kostbar gekleideten und geschmückten Damen und Herren die Themse herauf. Fanfaren schmettern, Trommeln poltern, Dudelsäcke quäken.

Mittelpunkt der Prozession ist eine teilweise mit Gold beschlagene Staatsbarke, an ihrem Heck die Königsflagge mit den Lilien, Löwen, Harfe und Drachen so schwer bestickt, daß sie nicht mehr flattern oder wehen, sondern nur noch mühsam flappen kann. Auf ihrem Deck ist unter einem seidenen Baldachin ein Thron aufgebaut, und auf diesem Thron Ihre Majestät, Elizabeth, Königin von England, Frankreich und Irland. Reglos wie eine Puppe sitzt sie da in ihrer in grün und weiß, den Tudorfarben, gehaltenen, von Perlen und Edelsteinen üppig besetzten Robe, eine Krause aus hauchzarten Spitzen um den Hals, im ergrauenden, rötlichblonden Haar eine kleine, juwelenbesetzte Krone.

»Über 2000 solcher Prunkroben soll man in ihren Kleidertruhen gezählt haben«, bemerkt Lord Cumberland.

Mit Francis Drake an der Spitze eilen wir von Bord der GOLDEN HIND hinab zu der Anlegestelle der farbenfrohen Flottille.

Als die Staatsbarke anlegt, erhebt sich Elizabeth, betritt an der Hand Lord Leicesters das Ufer.

»Lang lebe die Königin!« brüllt die zuschauende Menge begeistert, während Francis Drake auf die Knie niedersinkt und wir anderen tief unsere Rücken beugen.

Nachdem uns gnädig das Zeichen gegeben wurde, uns wieder aufrichten zu dürfen, trippelt die Königin, geleitet und gestützt von Leicester auf die GOLDEN HIND zu, gefolgt von dem Kometenschweif ihrer Hofdamen und Höflinge, besteigt, von ihrem an den Hüften breit ausgepolsterten Reifrock sichtlich behindert, einigermaßen mühsam das Schiff, läßt sich auf einem reich geschnitzten und vergoldeten Stuhl nieder.

Während wir nun laut, jeweils von einem Herold angekündigt, Ihrer Majestät und den Herren ihres Gefolges vorgestellt werden, habe ich Zeit, mir die wichtigsten Gesichter einzuprägen.

Den Earl of Leicester habe ich damals beim Probeschießen in Spitalfield gesehen. Gleich daneben stehen seine beiden schärfsten Konkurrenten, Robert Devereux, Earl of Essex, ein lockiger Hübschling mit dünnem Schnurrbärtchen, und der geckenhaft aufgeputzte Sir Walter Raleigh. Francis Bacon hält sich etwas abseits. Der ebenso hochgebildete wie boshafte Lordsiegelbewahrer, dessen Gesicht stets so aussieht, als lächle er über einen Scherz, den nur er kennt, hatte über Walter Raleigh gelästert, das *neue Juwel in der Krone der Königin* leuchte nicht, sondern glimme allenfalls wie ein fauliges Stück Holz.

»Der höchst ehrenwerte Matthew Baker, Sieur de Rochester, Doktor des Trinity Colleges in Cambridge, Erster Schiffsbaumeister der Königlichen Werften Ihrer Majestät«, kündigt der Herold meinen Freund an. Lord Warwick, der mir freundlich zunickt, erkenne ich ebenso im Gefolge der Königin wie Lord Henry Seymour und den Lordkanzler, Sir Christopher Hatton. Sie alle hatten sich mit ihrem Geld am Bau der GOLDEN HIND beteiligt. Auch ein paar Gesandte und Botschafter haben sich dem Zug angeschlossen. Der quirlige, vergnügte Herr in rosa Brokat, dessen Gesicht von einem überdimensionalen Riechorgan beherrscht wird, ist der Gesandte des Herzogs von Alençon, der, wie alle Welt weiß, sich seit Monaten und Monaten wenig erfolgreich bemüht, einen Ehekontrakt zwischen Königin Elizabeth und seinem Fürsten auszuhandeln. Der steife Mann im schmucklosen, calvinistischen Schwarz ist der Botschafter des niederländischen Rebellenführers Willem von Oranien, mit dem die Königin an einem antispanischen Bündnis schmiedet, und auch der Gesandte des Hofes zu Madrid ist anwesend, beobachtet das Geschehen mit einem Gesichtsausdruck, als habe er zum Frühstück mit Galle versetzten Essig und Ziegelsteine serviert bekommen. Wen ich vermisse, ist Sir Francis Walsingham, und auch sein großer Gegenspieler, der Lordschatzmeister William Cecil, Lord Burghley, scheint nicht anwesend zu sein – schade, ich hätte ihn gerne einmal persönlich kennengelernt.

In dem ganzen bunten Gewimmel ist mir von Anfang an sofort ein Mann aufgefallen, und das nicht nur wegen seiner Größe. Obwohl er kaum älter als Mitte Vierzig sein kann, ist sein gepflegter Bart bereits schneeweiß. Über einem festen Mund erhebt sich eine große, gerade Nase zwischen stolz geschwungenen Brauen und braunen, ernsten Augen in deren Winkeln trotzdem der Humor sitzt. Wie etliche andere der Herren trägt er die prunkvolle Ordenskette, die blaue Schärpe und das blaue Knieband des Hosenbandordens, der höchsten Auszeichnung Englands. Zufall oder kein Zufall, aber immer wieder treffen sich unsere Augen.

»Wer ist das?« frage ich Clifford.

»Lord Charles Howard of Effingham, der Lordkämmerer des königlichen Haushalts«, klärt mich dieser auf.

»Sir Adam Dreyling, Herr zu Wagrain, Ebbs, Oberndorf und Stumm, Geschützgießer Ihrer Majestät«, kündigt der Herold an. Ich trete vor, beuge mein Knie, küsse die mir huldvoll hingestreckten, knochigen Fingerspitzen der Königin.

»Lord Warwick, Sir William Winter und Kapitän Hawkins haben Uns von Euren hervorragenden Geschützen berichtet, Sir Adam.«

Die Stimme der Königin ist leise, aber bestimmt. Elizabeth ist keine schöne Frau, zu eckig, zu knochig, die schmale, leicht gebogene Nase zu lang, der Mund zu klein; der weiße Puder überdeckt nur unvollkommen unzählige Sommersprossen. Nachdenklich mustert sie mich mit ihren großen, dunklen, klugen Vogelaugen:

»Wir werden bei passender Gelegenheit selbst der Erprobung Eurer Geschütze beiwohnen. Und Wir sind sehr geneigt, Uns der Meinung Unserer Berater und den Empfehlungen Unseres Ersten Schiffsbaumeisters, Doktor Matthew Baker, anzuschließen, die königlichen Schiffe ausschließlich mit Geschützen aus Eurer Gießerei ausrüsten zu lassen, vornehmlich mit Euren Culverinen oder Feldschlangen, wie Ihr sie selbst wohl bezeichnet.«

Ich verneige mich tief:

»Ich werde alles tun, was in meiner Macht steht, um Englands Schiffe mit den ihnen würdigen Geschützen auszurüsten, Majestät.«

DER SCHIFFSKOPF

Für einen Augenblick huscht ein Lächeln über das Gesicht der Königin:

»Wir denken, Unser *Mohr*, Sir Francis Walsingham, hat mit Euch einen glücklichen Griff getan. Wir denken auch, daß es angesichts der verbürgten Qualität der von Euch gelieferten Culverinen, Demiculverinen und Saker angemessen sein mag, wenn Wir Euch den Titel eines *Ersten Geschützgießers des Königreiches* verleihen.«

Unter dem Applaus der Umstehenden darf ich nochmals die Fingerspitzen Ihrer Majestät küssen, dann bin ich in Gnaden entlassen, um die Glückwünsche von Matthew, Hawkins und etlichen anderen entgegenzunehmen.

Und noch einer beglückwünscht mich herzlich, der Lordkämmerer Charles Howard of Effingham. Und ganz gewiß ist es nun kein Zufall mehr, daß Lord Howard schlicht die Tischordnung umstößt, als wir zu dem an Deck bereiteten Mahl schreiten, um sich zwischen mich und Matthew Baker zu setzen. Auch der Grund wird sehr schnell klar, denn obwohl der Lord das höchst zivile Amt eines königlichen Lordkämmerers bekleidet, gilt sein geradezu leidenschaftliches Interesse allem, was mit Schiffen, mit Schiffbau, mit Seefahrt, Seekriegstaktik und Geschützen zu tun hat. Während – neben der Königin selbstverständlich – die Hauptperson des Tages, Francis Drake, am Kopfende der Tafel einen Trinkspruch um den anderen auf Ihre Majestät und England ausbringt, während Diener und Matrosen Gang um Gang des Festmahles auftragen, prasselt ein wahrer Hagel an Fragen des Lords auf Matthew und mich nieder, wobei von Minute zu Minute deutlicher wird, daß dies keineswegs die Fragen eines interessierten Laien sind, sondern aus einer profunden Kenntnis der Materie heraus gestellt werden.

Ein schallendes Gelächter läßt alle Köpfe dem unteren Tischende zuwenden. Der Lacher ist ein junges, geschniegeltes Herrlein, das offensichtlich bereits mehr Wein im Kopf hat als gut ist.

»Euer Fest ist ja gar vergnüglich, Kapitän Drake«, schreit er zum oberen Ende der Tafel hinauf. »Aber irgendwie muß mir der besondere Anlaß dafür entgangen sein!«

Francis Drake hat die geballten Fäuste auf den Tisch gerammt, sich halb erhoben, ruft zurück:

»Der Anlaß, Master Thomas Cavendish, ist die erste Umseglung der Erde durch einen Engländer!«

»Auch kein Kunststück!« kräht das Herrlein vergnügt. »Das haben ja sogar *Spanier* schon geschafft! Und was Eure Beute anbelangt, die paar Schiffe sind doch lächerlich! Plündert Cadiz oder Sevilla, *dann* will ich Euch zu Ehren ein Fest geben, Master Drake!«

»Macht mir die Weltumsegelung doch erst einmal nach!« brüllt Francis Drake zornrot im Gesicht.

»Mach ich! Mach ich!« johlt Cavendish vergnügt, während er stolpernd auf die Beine kommt und schwankend sich anschickt, die GOLDEN HIND zu verlassen. »In drei Jahren sehen wir uns hier wieder. Was Ihr könnt, Drake, das kann doch *jeder* Engländer!«

Eine knappe Handbewegung der Königin bringt sofort wieder Ruhe in den ausbrechenden Tumult:

»Mag sein, daß dies *jeder* Engländer kann... *Einer* aber hat es als *erster* getan. Kniet nieder, Kapitän Drake!«

Auf einen Wink Elizabeths hat sich der Gesandte des französischen Herzogs von Alençon erhoben. Langsam zieht er seinen Degen, hebt ihn einen Augenblick in die Höhe, berührt dann mit der flachen Klinge die beiden Schultern des Knienden:

»Im Namen Ihrer Majestät Elizabeth, Königin von England und Irland, schlage ich Euch, Kapitän Francis Drake, in Anerkennung Eurer Verdienste um die Seefahrt dieses Landes und die Leistung, als erster Engländer die Erdkugel umrundet zu haben, zum Ritter.

Erhebt Euch, *Sir* Francis Drake!«

Während Drake noch immer auf den Knien die Hände seiner Monarchin mit Küssen bedeckt, schlagen Jubel und Beifall wie eine Woge über der GOLDEN HIND zusammen. Nur der spanische Botschafter sieht aus, als wolle er zum Nachtisch in das Schmiedeeisen des Ankers beißen.

10

Blutgeruch

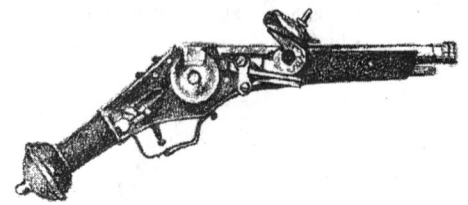

London
1586–1587

5. Tagebuch
Adam Dreyling

Dienstag,
der 19. Juli

»Es riecht nach Blut!«
Lord Cumberland zieht die schmale, aristokratische Nase kraus.
»Durchaus nicht unpassend zu dem Spektakel, das uns erwartet«, kichert Sir Walter Raleigh mit seiner hohen Stimme. Mit einiger Mühe zwängen wir uns aus der Sänfte, in der wir uns vom Themseufer die paar hundert Schritt zum ROSE-Theater haben tragen lassen.
»Ein Mantel! Ein Königreich für einen Mantel, Sir Walter!« stichelt Cumberland angesichts des abgrundtiefen, von menschlichem und hündischem Kot durchsetzten, von Urinbächlein durchzogenen Morastes zu unseren Füßen. Diesmal überhört Sir Walter Raleigh Cliffords Anspielung geflissentlich. Ansonsten wird er ja nicht müde jedem, der es hören oder nicht hören will, wieder und wieder jene Geschichte zu erzählen, wie er einst seinen kostbar bestickten Mantel geistesgegenwärtig über eine Pfütze geworfen hatte, die sich schlammig vor den Füßen Elizabeths ausgebreitet, und mit dieser ritterlichen Geste die Gunst der Königin erworben hatte.
Während das halbe Dutzend unserer Leibwächter den Pöbel grob auseinanderdrängt, stakt Sir Walter, vorsichtig dem ärgsten Unrat ausweichend, dem Eingang des turmartigen Gebäudes zu. Lord Cumberland, ich und als Schlußlicht Phineas Pett folgen ebenso behutsam. Im Eingang begrüßt uns mit tiefer Verneigung ein großer, schwarzbärtiger Mann in langem, mit Kaninchenfell gefüttertem Mantel und riesiger Halskrause:
»Edward Alleyn ergebenst zu Euren Diensten, Ihr edlen Herren!« dröhnt er mit sonorem Baß. »Der *Schauspieltruppe des Admirals* gereicht es zur besonderen Ehre, Euch heute hier in unserem Haus THE ROSE begrüßen zu dürfen. Erlaubt mir, Euch zu führen, Ihr edlen Herren.«
Nach einer nochmaligen tiefen Verbeugung schreitet uns Alleyn

mit langem Schritten voran, geleitet uns eine steile Treppe empor und öffnet schließlich eine der vielen Türen, die auf einen schmalen, gekrümmten Gang münden, welcher sich offenbar an der Außenmauer des Theaters entlangzieht. Der Raum, einer der *Lords' rooms*, der besten Logen, wie ich von George Clifford weiß, ist schmal aber überraschend tief. Neben der Türe sind auf einem Tisch reichlich Wein und Speisen aufgebaut. Auf den etwa ein Dutzend gepolsterten Sitzen haben sich zwei Gruppen an Personen bereits niedergelassen. Die Zunft von drei der Anwesenden ist an Schminke und tiefsten Dekolletés unschwer zu erkennen.

»Ich bin froh, daß Ihr den Einfall mit dem Theaterbesuch hattet«, raune ich Clifford in Ohr.

Der antwortet diskret hinter vorgehaltener Hand:

»Zu mehr als einer gigantischen Fresserei, Sauferei und anschließenden Massenorgie irgendwo in London reicht die Phantasie unseres verehrungswürdigen Gastgebers, Sir Walter, eben nicht aus.«

»Und wer sind die?« frage ich und deute unauffällig auf die beiden anderen Personen, die deutlich von den Huren getrennt sitzen und in schwarze Masken und bodenlange schwarze Mäntel gehüllt sind.

»Eine Überraschung.«

Nach vorne ist der Raum offen, und ich trete neugierig an die niedere Holzbalustrade. Ein ohrenbetäubender Lärm schlägt mir entgegen.

»Heiße Würstchen! Heiße Würstchen!« – »Frische Brötchen! Frische Brötchen!« – »Bier! Frisches Bier!« – »Pasteten!« – »Gegrillte Hähnchen!« – tönen schrill die Rufe der fliegenden Händler herauf. Mit ihren Kübeln, Tabletts und Körben schieben sie sich durch die bereits dichtgedrängte, bunte, schwatzende und lachende Menschenmenge von Soldaten und Marktweibern, von Fuhrleuten, Schiffern, Handwerkern, Hausfrauen, Lehrbuben und Huren, satten Bürgern und Lumpenpack, die das offene Rund des Innenhofes füllen.

»Die *Groundlings*«, bemerkt George Clifford, der neben mich getreten ist, »die da drunten ihren Penny für einen Stehplatz bezahlen, sind ein bunter Querschnitt durch Londons Bevölkerung – laut, unmanierlich und mit weit mehr unfehlbarem Theaterverstand begabt als die feinen Damen und Herren in den Logen ringsum.«

Ja, mir fällt ebenfalls auf, daß man sich drunten bereits über Schauspieler, Stück und Autor erhitzt, während die Theaterbesucher in den drei übereinander angeordneten Stockwerken der Logen, die das

Mittelrund umschließen, eher blasiert und gelangweilt wirken. Und noch etwas fällt mir auf: Der alles überlagernde Blutgeruch ist hier drinnen noch strenger als vor dem Gebäude.

»Ursprünglich war THE ROSE wie das BEARE BARRING nebenan eine Arena, wo man Bären, Stiere und Kampfhunde aufeinanderhetzte. Lord Pembroke hat das Gebäude für seine Schauspielertruppe zum Theater umbauen lassen, nach dem Vorbild von THE THEATRE, das James Burbage vor zehn Jahren als erster im Norden Londons auf Kirchengrund errichtet hat.«

»Auf Kirchengrund?«

»Der liegt nicht in der Jurisdiktion des Bürgermeisters von London und seines puritanischen Magistrats. Deshalb stehen ja auch das ROSE und das SWAN THEATRE, die Tierhatzarenen samt den zahllosen Spelunken, Glücksspielhallen und Hurenhäusern ringsum nicht auf Londoner Boden, sondern auf diesem Ufer der Themse. *Southwark*, oder kurz *the Bankside*, liegt auf dem Territorium des Earl of Surrey.«

Von der Rückseite des hohen Runds ragt in Kopfhöhe der Groundlings eine viereckige Plattform in den Innenhof.

»James Burbage hat diese Art des Bühnenhauses erfunden«, erklärt mir George Clifford. »Die Fläche, auf die Ihr da hinabschaut, ist die Hauptbühne. Sie kann eine Straße, ein Schlachtfeld oder eine große Halle sein. Hinter dem Vorhang, der sie an ihrer Rückseite abschließt, liegt die Hinterbühne, ein etwa drei Klafter tiefer Raum: ein Zimmer, der Teil eines Thronsaales, ein Gefängnis. Seht Ihr die Holzdeckel im Boden der Hauptbühne? Durch sie kann man hintersteigen in die *Hölle*. Dort hinunter geht es in einen Keller oder ein Grab. Mit Rauchwolken und Feuerwerksknall können auch Teufel oder Geister aus ihnen hervorschießen und die Zuschauer erschrecken. Der Balkon über der Hinterbühne kann beispielsweise eine Festungsmauer mit Brustwehr und Zinnen sein. Während die Belagerer von der Hauptbühne her angreifen, kämpfen die Verteidiger von dort oben herab. Freilich kann es auch ein Balkon sein, auf dem in nächtlicher Stille die junge Schöne erscheint, um den Liebesschwüren ihres Anbeters zu lauschen. Rechts und links des Balkons sitzen die Musiker auf den beiden kleinen Emporen, und hinter dem Balkon liegt der *tiring room*, das Ankleidezimmer für die Schauspieler sowie das Depot für Kostüme und Requisiten. Der Turm dahinter mag der Bergfried einer Burg sein oder auch eine einsame Bergspitze. Sein Inneres enthält ein System von Flaschenzügen und verborgenen Mechanismen mit deren Hilfe man ausgestopfte Vögel,

Zauberfiguren, Götter und Geister auf die Bühne hinabschicken kann.«

Während Cumberland noch spricht, ist unser Gastgeber, Sir Walter Raleigh, wieder zu uns getreten, drängt uns volle Weinbecher in die Hände:

»Auf die ARK RALEIGH und einen unterhaltsamen Abend!« tönt er mit seiner Piepsstimme. Wir heben die Becher. In Gedanken trinke ich auf meinen Freund Matthew. Der Anlaß des heutigen Festes ist die Kiellegung von Raleighs Schiff ARK RALEIGH in Deptford. Dieses Projekt hatte sich damals vor gut fünf Jahren bei dem denkwürdigen Tag des Ritterschlags für Sir Francis Drake angebahnt und war nun soweit zur Vollendung gekommen. Am Nachmittag hat Sir Walter mit großer Geste den ersten Bolzen in eine Kiellaschung seines Schiffes geschlagen, das, wie könnte es anders sein, vom Matthew geplant und konstruiert wurde, jedoch von Peter Pett und seinem Sohn Phineas in Deptford gebaut werden soll. Und natürlich hat sich Sir Walter nicht wie Lord Cumberland, Sir Richard Grenville oder William Hawkins bei seinem Schiff mit einem schnellen 200- bis 300-Tonner zufrieden gegeben. Für ihn muß es ein großes 800-Tonnen-Schiff mit über 50 Kanonen sein! Ein Schiff »würdig des Lordadmirals von England«, wie sich Raleigh ausdrückte – und daß er sich selbst dabei bereits als Lordadmiral sieht, ist ein offenes Geheimnis.

Nach der Zeremonie in Deptford hatte uns Raleigh alle »zu einer lustigen Feier« nach London eingeladen. Begeistert über diesen Vorschlag war nur Phineas Pett, der die ganze Zeit schon um Sir Walter herumgeschwänzelt war. Bierbauch-Peter ist mittlerweile so dick und faul, daß er sich kaum noch aus seinem Haus rührt, und Matthew hatte sich mit ein paar halbwegs glaubhaften Ausreden schleunigst wieder themseabwärts Richtung Chatham abgesetzt.

»Habe ich vorhin richtig gehört«, frage ich George Clifford, »daß sich diese Schauspieler *Truppe des Admirals* nennen?«

Cumberland bestätigt vergnüglich:

»Ihr habt richtig gehört. Unser neuer Lordadmiral, Charles Howard of Effingham – Gott segne ihn und erhalte ihn England lange zum Schaden der Spanier –, ist ein Mann mit vielseitigen Interessen. Auch den Autor des Stückes, das heute abend gespielt wird, soll er in dem Nest Stratford-on-Avon entdeckt und nach London gebracht haben.«

»Nun«, stelle ich fest, »mir genügt es schon, daß er, seit er vor gut

LONDON 1586-1587

einem Jahr das Amt des Lordadmirals übernommen hat, Schiffbau und Bewaffnung der Schiffe mit neuen Dreyling-Geschützen mit aller Macht vorantreibt. Seit Lord Howard in der Admiralität sitzt, haben wir in Mayfield Furnace und Chatham rund um die Uhr zu arbeiten, und das sieben Tage in der Woche.«

»Und Lord Burghley, unser vorsichtiger, friedfertiger und geiziger Lordschatzmeister hat seitdem keine Nacht mehr ruhig schlafen können«, lästert Cumberland zurück.

»Der Lordschatzmeister fürchtet wohl, gleich den Staatsbankrott anmelden zu müssen wegen der paar Schiffe und Kanonen«, entgegne ich.

»Schlimmer noch, schlimmer, mein Freund! Er und seine Händlerfreunde in der Londoner City erzittern bei dem Gedanken, Lord Howard könne mit seinen neuen Schiffen und Kanonen England tatsächlich in den Krieg mit Spanien treiben.«

»Solange er die Königin so eisern unter seinem friedfertigen Einfluß hält...«

»Tut er das?«

»All ihre Reden und Dekrete durchzieht wie ein roter Faden der innige Wunsch nach Frieden und Ausgleich mit dem spanischen Philipp, der römischen Kirche und dem Hause Habsburg.«

»Und gleichzeitig läßt sie ihre Staatspiraten mit Sir Francis Drake und John Hawkins an der Spitze auf die spanischen Kolonien in der Karibik los, schickt unseren eitlen Freund, Sir Walter Raleigh zu Kolonisierungsversuchen über den Atlantik, macht neben Sir Francis Walsingham den schärfsten aller Falken, Lord Charles Howard, zum Lordadmiral...«

Lange Trompetenstöße von den beiden Eckbalkonen rufen die Zuschauer zur Ruhe. Die Groundlings schwatzen und lachen weiter, nur die Stimmen der fliegenden Händler werden mit mehrfachen »Psssst« ein wenig gedämpft. Wir machen es uns in unserer Loge bequem. Clifford und ich rücken unsere Sessel nahe an die Brüstung, um vom Geschehen auf der Bühne nichts zu versäumen, während sich Sir Walter mit einer der maskierten Damen in den Hintergrund verzogen hat und Phineas Pett sich ungeniert über Wein und Essen hermacht.

Edward Alleyn tritt auf die Bühne. Sein dröhnender Baß schafft sich schnell Gehör:

»Ladies und Gentlemen, die Schauspieltruppe des Admirals, unterstützt von der Truppe des Earl of Pembroke, hat heute abend das Vergnügen, Euch ein neues Stück präsentieren zu dürfen! Geschrieben hat das Stück unser junger Kollege Will Shakespeare aus Stratford-on-Avon, der heute abend den Buckingham spielen wird.«

Auf einen Wink Alleyn tritt ein junger, schlanker Mann kurz auf die Bühne, verneigt sich knapp und zieht sich wieder zurück.

»Das Stück, das wir spielen, handelt von Aufstieg und Untergang des letzten der Plantagenet-Könige auf Englands Thron, dem schurkischen RICHARD III.!«

Erneute Fanfarenstöße übertönen den noch recht verhaltenen Applaus.

Edward Alleyn hat die Bühne nicht mehr verlassen, doch als er jetzt wieder an die Rampe tritt, hat er sich völlig verändert: er hinkt deutlich, sein linker Arm scheint verkrüppelt, seinen Rücken verunziert ein Buckel:

»Nun ward der Winter unsers Mißvergnügens
Glorreicher Sommer durch die Sonne Yorks;
Die Wolken all, die unser Haus bedräut,
Sind in des Weltmeers tiefem Schoß begraben.
Nun zieren unsre Brauen Siegeskränze,
Aus rauhem Feldlärm wurden muntre Feste.
Der grimm'ge Krieg hat seine Stirn entrunzelt,
Und statt zu reiten das geharn'schte Roß,
Hüpft er behend in einer Dame Zimmer
Nach üppigem Gefallen einer Laute.
Doch ich, zu Possenspielen nicht gemacht,
Noch um zu buhlen mit verliebten Spiegeln;
Ich, roh geprägt, entblößt von Liebesmajestät,
Ich, um dies schöne Ebenmaß verkürzt,
Entstellt, verwahrlost, vor der Zeit gesandt
In diese Welt des Atmens, halb kaum fertig
Gemacht, und zwar so lahm und ungeziemend,
Daß Hunde belln, hink' ich vorbei:
Ich nun, in dieser schlaffen Friedenszeit,
Weiß keine Lust, die Zeit mir zu vertreiben.
Und darum, weil ich nicht als Verliebter

*Kann kürzen diese fein beredten Tage,
Bin ich gewillt ein Bösewicht zu werden...«*

Ein schrilles Pfeifkonzert der Groundlings quittiert seinen letzten Satz. Ich lehne mich in meinem Sessel zurück. O ja, die Sprache dieses jungen Mannes hat Kraft und Klang. Aber wie die Handlung weitergehen wird, das weiß ich jetzt schon, hab sie dutzendmal bei halb kirchlichen, halb weltlichen Theateraufführungen gesehen. Gleich wird der Teufel mit Pferdefuß, Hörnern und Bocksschwanz mit einer Rauchwolke aus der Versenkung geschossen kommen und dem Bösewicht seine Schurkereien einblasen. Dann wird auf der anderen Seite eine edle Jungfrau oder ein weiser Eremit erscheinen, von Engeln umgeben, um ihm Widerpart zu bieten. Erbauliche und moralisch belehrende Gespräche werden hin und her gehen, der Schurke wird allerlei Ränke spinnen, der Teufel grunzen und blöken, die Engel Halleluja singen, und schließlich wird der Bösewicht vom Teufel in die Hölle hinuntergeschleppt.

Mein Interesse an dem Geschehen auf der Bühne erlahmt schlagartig, erwacht freilich sogleich wieder, wenn auch in anderer Richtung, denn eine schmale Hand hat sich auf mein Knie gestohlen. Ich wende mich um. Hinter mir ist eine der maskierten Gestalten nahe herangerückt, und als ich in die Schlitze ihres Visiers blicke, blitzen mich die vergnügten Augen Susan Pocklingtons an.

»Ihr hier? Ich dachte die Königin wache so eifersüchtig über die Tugend ihrer Hofdamen, daß sie diese allein kaum unter normale Sterbliche läßt?«

»Ich bin ja auch nur als Tugendwächterin für Bess Throckmorton hier«, kichert sie. »Sie ist ebenfalls Hofdame, nur ahnt die Königin nicht, daß sie über beide Ohren in Sir Walter verliebt ist.«

»Wie schade«, seufze ich übertrieben, »daß Ihr nur als Wächterin für Eure Freundin hier seid, Mylady!«

»Ja, wirklich schade!« kichert Susan und blinzelt mir zu.

Drunten auf der Bühne ist der Teufel noch nicht erschienen. Der schurkische Richard, Herzog von Gloucester, hat nur seinen Bruder Clarence ins Gefängnis intrigiert:

*»Und wenn mein tiefer Plan mir nicht mißlingt,
Hat Clarence weiter keinen Tag zu leben.
Dann nehme Gott in Gnaden König Edward
Und lasse mir die Welt, zu hausen drin.«*

Aber die reine Jungfrau ist jetzt zu Stelle. Nun, nicht gerade eine Jungfrau, eine Witwe hinter dem Sarg ihres von Richard ermordeten Gatten – immerhin eine Variante des Themas:

> *»Setzt nieder Eure ehrenwerte Last,*
> *Indessen ich zur Leichenfeier klage*
> *Den frühen Fall des frommen Lancaster.*
> *Du eiskalt Bildnis eines heil'gen Königs!*
> *Vergönnt sei's aufzurufen deinen Geist,*
> *Daß er der armen Anne Jammer höre.«*

Und dann zieht sie los über den Schurken: *»Grauser Höllenbote«* – *»Gift'ger Abschaum eines Mannes«* – *»Klumpe schnöder Mißgestalt«* – *»Schnöder Molch...«*

Er hingegen redet sie durchaus korrekt mit *»Engel«* und *»süße Heilige«* an.

Das Publikum drunten hat durchaus seinen Spaß an diesem Streit, ich hingegen höre nur noch mit halbem Ohr zu, wie Richard Gloucester weiterfaselt:

> *»Nein, lehr' nicht deine Lippen solchen Hohn:*
> *Zum Kuß geschaffen, Herrin, sind sie ja.*
> *Kann nicht verzeihn dein rachbegierig Herz,*
> *So biet' ich, sieh, dies scharfgespitzte Schwert;*
> *Birg's, wenn du willst, in dieser treuen Brust*
> *Und laß die Seel' heraus, die dich vergöttert;*
> *Ich lege sie den Todesstreiche bloß*
> *Und bitt', in Demut kniend, um den Tod.*
> *Nein, zögre nicht! Ich schlug ja König Heinrich:*
> *Doch deine Schönheit reizte mich dazu.*
> *Nur zu! Denn ich erstach den jungen Edward:*
> *Jedoch dein himmlisch Antlitz trieb mich an!«*

Natürlich sticht ein heiliger Engel nicht zu. Doch im weiteren Wechselgespräch mit Richard Gloucester schwingt plötzlich ein Ton mit, der mich aufhorchen läßt.

Gloucester: *»So heiß mich selbst mich töten, und ich will's.«*
Anne: *»Ich tat es schon.«*
Gloucester: *»Das war in deiner Wut.*

> *Sag's noch einmal, und gleich soll diese Hand,*
> *Die deine Lieb' aus Lieb' erschlug zu dir,*
> *Weit treure Liebe dir zulieb' erschlagen.«*
> Anne: »*Kennt' ich doch nur dein Herz!*
> *Nun wohl, steck ein das Schwert.«*
> Gloucester: »*Gewährst du Frieden mir?«*
> Anne: »*Das sollst du künftig sehn.«*
> Gloucester: »*Darf ich in Hoffnung leben?«*
> Anne: »*Ich hoffe, jeder tut's.«*

Ich beuge mich vor. Was passiert denn da auf der Bühne?

> Gloucester: »*Tragt diesen Ring von mir.«*
> Anne: »*Annehmen ist nicht geben.«*
> Gloucester: »*Sieh wie der Ring umfasset deinen Finger*
> *So schließt dein Busen ein mein armes Herz;*
> *Trag beide, denn sie sind ja beide dein.*
> *Und wenn dein treuster Diener eine Gunst*
> *Erbitten darf von deiner gnäd'gen Hand,*
> *So sicherst du sein Glück ihm zu für immer.«*
> Anne: »*Was ist es?«*
> Gloucester: »*Mit aller schuld'gen Ehr' dich will besuchen.*
> *Gewährt mir dies.«*
> Anne: »*Von ganzem Herzen, und es freut mich sehr*
> *Zu seh'n, daß Ihr so reuig worden seid.«*

Ist das etwa schon die Bekehrung des Sünders? Aber so schnell? So früh im Stück?

Nein. Gottlob: nein! Kaum allein auf der Bühne, bricht es aus Richard Gloucester heraus:

> »*Ward je in dieser Laun' ein Weib gefreit?*
> *Ward je in dieser Laun' ein Weib gewonnen?*
> *Ich will sie haben, doch nicht lang behalten.*
> *Wie? Ich der Mörder ihres Manns und Vaters,*
> *In ihres Herzens Abscheu sie zu fangen,*
> *Im Munde Flüche, Tränen in den Augen,*
> *Der Zeuge ihres Hasses blutend da;*
> *Gott, ihr Gewissen, all dies wider mich,*
> *kein Freund, um mein Gesuch zu unterstützen,*

Als Heuchlerblicke und der bare Teufel.
Und doch sie zu gewinnen! Alles gegen nichts!«

Die Groundlings johlen vor Vergnügen. Und Richard Gloucester setzt noch einen drauf:

»Mein Herzogtum für einen Bettelpfennig,
Ich irrte mich die ganze Zeit:
Sie find' ich sei ein wunderhübscher Mann.
Ich will auf einen Spiegel was verwenden
Und ein paar Dutzend Schneider unterhalten,
Um Trachten auszusinnen, die mir stehn.
Komm holde Sonn' als Spiegel mir zustatten
Und zeige, wenn ich geh', mir meinen Schatten.«

Das Publikum applaudiert begeistert und verstummt jäh, als die nächste Szene beginnt. Selbst die fliegenden Händler in der Menge vergessen ihre Geschäfte, starren gebannt auf die Bühne.

Ich beuge mich weit über die Brüstung, um ja keinen Satz, keine Geste zu versäumen. Dieser Richard Gloucester wird von Szene zu Szene, von Satz zu Satz interessanter. Er intrigiert, lügt, heuchelt, mordet. Er ist ein Scheusal – und wird einem mit seiner überlegenen Klugheit gleichzeitig immer sympathischer.

»Ich tu' das Bös' und schreie selbst zuerst.
Das Unheil, das ich heimlich angestiftet,
Leg' ich den anderen dann schwer zur Last.
Dann seufz' ich, und nach einem Spruch der Bibel
Sag' ich, Gott heiße Gutes tun für Böses,
Mit alten Fetzen, aus der Schrift gestohlen,
Und schein ein Heil'ger, wo ich Teufel bin.«

Und den Groundlings geht es offensichtlich nicht anders. Vehement feuern sie die beiden zögerlichen, von Gewissensbissen geplagten Mörder an, die sich nicht so recht entschließen können den armen Bruder Gloucesters, den Herzog von Clarence, in einem Faß voll Malvasier zu ersäufen. Als Rivers, Vaughan und Grey unschuldig zur Hinrichtung abgeführt werden, begleitet sie höhnischer Applaus, und echter Jubel schlägt Richard entgegen, als er sich endlich auf den Thron setzen kann, zu dem er sich hinaufgemordet hat.

LONDON 1586-1587

In einer der kurzen Pausen werfe ich einen schnellen Blick hinter mich in unsere Loge: George Clifford ist wie ich völlig in das Geschehen auf der Bühne versunken, ebenso Susan Pocklington, die ihren Kopf über meine Schulter reckt, und auch zwei der Huren verfolgen das Spiel mit weit aufgerissenen Augen. Phineas Pett und die dritte Hure haben sich ungeniert über das Büfett hergemacht. Und Sir Walter Raleigh – von ihm ist nur der Rücken und der nackte Hintern zu sehen, der eifrig zwischen den um seine Hüften geschlungenen Beinen der anderen maskierten Dame auf und nieder wackelt.

Der Umschwung des Bühnenspiels setzt behutsam, zunächst fast unmerklich ein. Doch je mehr Richard nun von seiner diabolischen Klugheit verliert, aus Mißtrauen einen nach dem anderen seiner Getreuen, allen voran den Herzog von Buckingham, beseitigen und ermorden läßt, um so mehr neigt sich das immer wieder mit Klatschen und lauten Zwischenrufen bekundete Wohlwollen seinem Gegenspieler, dem Earl of Richmond zu. Nicht, daß dieser Richmond eine farbige Gestalt wäre, gewiß nicht – darin kann es allenfalls die alte Königinwitwe, die Fluchkanone Margaretha, mit Richard aufnehmen –, aber Richmonds offen zur Schau gestellte Anständigkeit, Ehrlichkeit und Treue gewinnt Zuspruch in dem Maß, wie sich der König zu einem bösartigen Irren, dem nun wahrlich niemand mehr trauen kann, entwickelt.

Soeben ist mit fliegenden Fahnen, Trompetenklang und Trommelschlag die Armee Richmonds aufgezogen, und der gute Earl versammelt seine Männer:

> »*Ihr Waffenbrüder und geliebten Feunde,*
> *Zermalmet unterm Joch der Tyrannei!*
> *Der greulich blut'ge, räuberische Eber, der*
> *Eur' warmes Blut säuft wie Spülicht, eure Leiber*
> *Ausgeweidet sich zum Trog: dies wüste Schwein*
> *Liegt jetzt in dieses Eilands Mittelpunkt.*
> *Frisch auf, in Gottes Namen, mut'ge Freunde,*
> *Die Frucht beständ'gen Friedens einzuernten*
> *Durch eine blut'ge Probe scharfen Kriegs!*«

In diesem Augenblick wird im Hintergrund unserer Loge die Tür heftig aufgerissen.

Clifford und ich drehen uns unwillig um – und erblicken Ysabel!

»Was machst du hier?« frage ich entgeistert und springe auf.

»Adam, Lord Cumberland, Ihr seid in höchster Gefahr! England ist in höchster Gefahr!«

»Was, was ist denn los?« mischt sich nun auch Raleigh ein, der stolpernd seine Hosen hochzuziehen versucht.

»Eine Verschwörung, ein Mordkomplott der Katholischen, angezettelt von Maria Stuart!« keucht meine Lebensgefährtin. »Ihr müßt fliehen! Sofort! Ihr müßt Euch in Sicherheit bringen!«

Ysabel zittert am ganzen Körper. Ich nehme sie in die Arme. Cumberland ist der einzige, der die Übersicht behält. Er hat seinen Hut auf einen der Stühle geworfen, den drei Huren zunächst einen Beutel mit Geld in die Hand gedrückt und sie zur Tür hinausgeschoben. Nun fragt er nach:

»Also noch einmal, und langsam bitte!«

»Über Margate habe ich eine Nachricht aus Paris erhalten, die unverzüglich und unter allen Umständen in die Hände Walsinghams gelangen muß:

›*Die Königin von Schottland hat den Plan zur Ermordung Elizabeths sowie aller führenden Männer ihrer Regierung schriftlich gebilligt. Die Verschwörer werden am Abend des 19. Juli losschlagen und Maria Stuart befreien. Um den Einmarsch spanischer Hilfskontingente zu erleichtern, werden alle Werften, Arsenale und sonstigen kriegswichtigen Einrichtungen zerstört.*‹

Gezeichnet ist die Nachricht von unserem Agenten Gifford in Paris.«

Wir starren uns betreten an.

»Wie hast du mich überhaupt gefunden?« frage ich Ysabel.

»Von Margate kam ich die Themse aufwärts über Deptford. Ich wußte, daß du bei der Kiellegung der ARK RALEIGH bist. In Deptford erfuhr ich dann, daß ich dich hier finden würde...«

Drunten auf der Bühne liegt Richard in seinem Zelt:

»*Das Licht brennt blau. Ist's nicht um Mitternacht?*
Mein schauderndes Gebein deckt kalter Schweiß.
Was fürcht' ich denn? Mich selbst? Sonst ist hier niemand.
Richard liebt Richard: das heißt, ich bin ich.
Ist hier ein Mörder? Nein. – Ja, ich bin hier.«

Aufsteigende Geister all der Ermordeten bedrängen den König, verfluchen ihn:

»Denk in der Schlacht an uns und fallen laß
dein abgestumpftes Schwert! Verzweifl' und stirb!«

»Ihr müßt sofort weg! Rettet Euch! Die Katholischen haben auch Mörder ausgeschickt gegen alle Gießer, Schiffsbauer und Kapitäne des Landes! Adam, du mußt an einem sicheren Ort Zuflucht suchen!« drängt mich Ysabel.

Und Raleigh zetert entsetzt:

»Die Damen, sie müssen unerkannt zurück nach Hampton Court! Lord Cumberland, Sir Adam, Ihr müßt alles tun...«

»Ihr müßt alles tun, daß Walsingham die Nachricht aus Paris so schnell wie möglich erhält!« unterbricht ihn Ysabel heftig.

»Wir müssen hier raus!« quiekt Raleigh. Doch George Clifford widerspricht energisch:

»Wenn vor dem Theater tatsächlich Mörder auf uns warten sollten, dann laufen wir ihnen jetzt direkt in die Arme. Wir müssen bis zum Ende der Vorstellung warten und dann versuchen, gedeckt vom Schwall der Zuschauer zu entkommen. Das ist unsere beste Chance! Sir Walter: Ihr seid für die Damen verantwortlich. Ihr geht als erster. Nehmt vier unserer Leibwächter, und versucht mit unserem Boot nach Hampton Court zu kommen.

Ihr, Ysabel, Sir Adam und ich mit den restlichen Leibwächtern versuchen, Barn Elms zu erreichen. Falls wir getrennt werden sollten: jeder für sich allein und ohne Rücksicht auf die anderen!«

»Und was wird aus mir?« läßt sich Phineas Pett aus dem Hintergrund vernehmen.

»Euch mag der Teufel holen. Seht, wie Ihr allein zurechtkommt«, zischt ihn Cumberland an.

Zum Glück brauchen wir nicht mehr lange zu warten. Drunten auf der Bühne geht das Spiel zu Ende.

»Ein Pferd, ein Pferd, ein Königreich für ein Pferd!«

Dann fällt Richard III. unter den Schwertern seiner Gegner. Earl Richmond und das Gute haben gesiegt.

Donnernder Applaus der Groundlings, in dem die letzten Sätze Richmonds untergehen, begleitet den Tod des schurkischen Königs. Die Schauspieler treten an die Rampe, verneigen sich. Richard III. steht auf, wird begeistert gefeiert. Aus dem Hintergrund kommen all die »Toten« hervor, gesellen sich zu ihm und den »Überlebenden«. Würste, Brötchen, ein paar Blumen fliegen auf die Bühne, aus den oberen Rängen von den besseren Zuschauern prasseln Münzen auf das Podest hinab. Auch wir klatschen begeistert, werfen Münzen. Doch dann ziehen wir uns rasch zurück.

»Also, wie besprochen«, kommandiert George Clifford leise. »Sir Walter, Ihr geht zuerst und schafft die Damen sicher nach Hampton Court zurück. Sir Adam, Ysabel und ich schlagen uns nach Barn Elms durch, entweder auf dem Fluß oder zu Fuß.«

Raleigh verschwindet mit Susan und Bess Throckmorton, gefolgt von vier der Leibwächter, die enge Treppe hinunter zum Ausgang.

Cumberland schaut Ysabel und mir noch einmal fest in die Augen: »Keine Rücksicht auf die andere Gruppe! Und keine Rücksicht untereinander! Wenn einer zurückbleibt – dann bleibt er eben zurück. *Einer* von uns *muß* durchkommen zu Walsingham! Also, los!«

Voran zwei Waliser, dann Cumberland, ich und Ysabel. Die Rechte am Degengriff, die Mäntel locker um den linken Arm geschlungen, beginnen wir den Abstieg. Wir tauchen in die lachende, schwatzende, gestikulierende Menge der Theaterbesucher ein, die aus dem Tor hinausströmt, lassen uns mittreiben.

»Raleigh müßte es eigentlich bereits geschafft haben«, beruhigt mich George Clifford.

Jetzt sind wir unter dem Tor, versuchen draußen im nächtlichen, nur von tanzenden Fackeln und Laternen erhellten Dunkel etwas zu erkennen. Eine dicke Marktfrau und ein Würstchenverkäufer mit seinem leeren Kessel drängeln sich zwischen Cumberland und mich.

Dann sehe ich in meinem rechten Augenwinkel eine kleine Stichflamme zucken, der Schuß eines Pistols knallt. Menschen kreischen auf, drängeln in Panik vorwärts und rückwärts. Ich reiße meinen Passauer Wolf aus der Scheide. Der Wurstkessel rollt mir fast zwischen die Beine. Mit einem Tritt stoße ich ihn weg. Vor mir geht ein Mann, von Cliffords Degen getroffen, zu Boden.

Eine blanke Klinge fährt auf mich zu. Ich will parieren – werde zur

Seite gestoßen. Ysabel wirft sich dem Angreifer entgegen, versucht die Waffe mit bloßen Händen abzufangen.

Zwei weitere Männer dringen gleichzeitig auf uns ein. »Jesus-Maria!«, ertönt der alte katholische Schlachtruf.

Ich sehe Cumberland vorne zögern, sich umdrehen.

»Weiter, George!« rufe ich aus Leibeskräften.

Ysabel und der erste Angreifer sind zu Boden gestürzt.

Zwei Degenklingen zischen auf mich zu, die eine tief auf den Unterleib, die andere auf meine Brust gerichtet. Ich weiche der ersten mit einer *Passata sotto* nach unten aus, fange die zweite mit einer einfachen Terzparade auf und wirble sie dem Angreifer mit einer Schleuderbattuta aus der Hand.

Ich sehe die Klingenspitze des ersten Angreifers von unten herauf auf meine Kehle zustoßen. Ich sehe meinen eigenen Passauer Wolf, statt in einer Primparade nach unten zu schlagen, durch den Schwung der Battuta noch nach oben steigen.

»Wie lächerlich, im Dreck vor dem Tor eines Theaters zu verrekken«, schießt es mir durch den Kopf.

Ein schmaler, gebogener Stahl zischt an meiner Rechten empor, fegt die tödliche Klingenspitze weg, schlägt quer ins Gesicht des Angreifers. Fäuste reißen mich an den Schultern zurück in die Sicherheit des Theatereingangs.

Neben meinem Ohr knallt ein Pistolenschuß. Mein Retter springt an mir vorbei, reißt Ysabel hoch; er muß seine Waffe fallen lassen, um ihre wild mit einem schmalen Dolch um sich stechende Hand festzuhalten, zieht sie ebenfalls zurück in die Sicherheit. Hinter uns kommen Schauspieler angestürmt, die ihre Theaterwaffen schwingen. Edward Alleyn, noch im Harnisch des dritten Richards, schreit entsetzt:

»Was, in Gottes verdammtem Namen, ist passiert? Sir Adam, seid Ihr verletzt? Wo ist Lord Cumberland und wo Sir Walter Raleigh?«

Hoffentlich in Sicherheit und auf dem Weg nach Hampton Court und zu Walsingham, bete ich innerlich und sehe mich hastig um. Mein Retter hält im linken Arm noch immer meine totenblasse Ysabel fest und redet schnell in einer mir unbekannten Sprache auf zwei kräftige Männer ein, von denen einer seine Waffe zurückgeholt hat, während der andere gerade ein Pistol nachlädt. Cumberland und Raleigh sind verschwunden. Zwischen dem Unrat draußen drei reglose Körper. Der eine, nahe beim Eingang, starrt mit blicklosen Augen in den nächtlichen Himmel, Blut sickert noch immer aus seiner

Kehle – es ist der Mann, auf den sich Ysabel gestürzt hatte. Weiter entfernt sehe ich jenen, den Clifford niedergestochen hatte, und nahe dabei erkenne ich die Leiche eines unserer Leibwächter. Die restlichen Angreifer, auch der, den der Degenhieb ins Gesicht getroffen hatte, sind verschwunden.

»Es scheint wieder ruhig zu sein«, stellt mein Retter, angestrengt in die Dunkelheit spähend, fest. »Trotzdem solltet Ihr jetzt da nicht hinausgehen. Gibt es einen Hinterausgang des Theaters?« wendet er sich fragend an Alleyn.

Der schwarzbärtige Direktor der Theatertruppe scheint nur auf sein Stichwort gewartet zu haben. Er beginnt mit seinem weit tragenden Baß Befehle zu geben:

»Will, Pitt, Jamy, ihr bringt die Herrschaften in den *tiring room*. Polly soll sich um die Dame kümmern. Rick, Philipp, Johnny, Dago, ihr schafft die Leute, die noch im Theater sind, hinaus und schließt dann ab. Thibaut, Mort, Chris, ihr schaut euch draußen in der Umgebung um. Henry und Wilfred, ihr rennt zum Fluß hinunter und haltet Ausschau nach Mylord Cumberland und Sir Walter Raleigh. Patrick, Odo, Jack, Norman, Andy, ihr lauft in alle Kneipen der Umgebung: Beruhigt die Leute! Bier, Wein, Schnaps auf meine Rechnung für alle Theaterbesucher – verdammt, solche Zwischenfälle sind nichts fürs Geschäft!«

Mit einer tiefen Verneigung trete ich vor meinen Retter, einen kleinen, schlanken Herrn mit hohen Backenknochen, schmalen Augen und lang über die Mundwinkel herabhängendem Schnurrbart:

»Ich möchte mich bei Euch bedanken, daß Ihr...«

»Nicht doch, Sir Adam, es war mir eine Ehre, Euch und Doña Ysabel behilflich sein zu dürfen!«

»Ihr wißt meinen Namen?«

»Wer würde den größten Geschützgießer Europas nicht kennen, Sir Adam? Allzumal ich die Absicht hatte, Euch in den nächsten Tagen ohnehin aufzusuchen.«

»Wie das?«

»Ich wollte Euch einen Brief Eures Bruders Ulrich überbringen – er ist ein bedeutender Mann in meiner Heimat geworden. Erlaubt, daß ich mich vorstelle: Vladyslav Graf Rzeszówski aus Krakau, Gesandter Seiner Majestät des Königs von Polen. Aber wir reden und vergessen Doña Ysabel!«

Als ich sie in meinen Arm ziehen will, verzerrt sich ihr Gesicht.

»Hast du Schmerzen?«

LONDON 1586-1587

»Es ist nichts«, versucht sie tapfer zu antworten, während Tränen in ihre Augen steigen.

Vorsichtig nehme ich sie auf die Arme.

»Kümmere dich nicht um mich, du mußt zu Walsingham!« kommt es schwach über ihre Lippen.

»Einen Teufel muß ich! Erst will ich wissen, was mit dir los ist!«

Wir setzen uns in Bewegung. Voran der Schauspieler und Stückeschreiber Will Shakespeare, dann ich mit Ysabel auf den Armen, hinter uns die Komödianten Pitt und Jamy, als Abschluß Edward Alleyn, der Theaterdirektor, während der Pole mit seinen Leuten zurückbleibt.

Der *tiring room* im hinteren Bühnenhaus ist ein großer, muffiger Raum, in dem es penetrant nach Schminke, ungewaschenen Socken und abgestandenem Bier stinkt. An den Wänden hängt eine Reihe halbblinder Spiegel. Bänke, Stühle, Tische und Boden sind übersät mit Kostümen, Stiefeln, Perücken, Requisiten. Polly, eine ältliche, rotgesichtige Frau mit lustigen Augen, fegt einigen Plunder von der Liege herunter.

»Hierher mit der Lady!« befiehlt sie, und während ich Ysabel vorsichtig auf das mottenzerfressene Schaffell bette, kommandiert sie Pitt und Jamy um heißes Wasser, saubere Leinentücher und Whisky – »viel Whisky!«.

Polly und ich schälen Ysabel vorsichtig aus ihren Kleidern, schneiden teilweise den Stoff einfach auf, um ihr keine weiteren Schmerzen bereiten zu müssen. Als erstes legen wir schließlich einen langen Kratzer an ihrem linken Unterarm frei, danach einen zum Glück nicht tiefen Stich an ihrer Hüfte. Schließlich entdecken wir jedoch einen tiefen, heftig blutenden Schnitt, den Ysabel quer über ihren linken Oberschenkel davongetragen hat.

Pitt und Jamy haben inzwischen das Gewünschte herangeschleppt, und Polly tupft zunächst vorsichtig das Blut von der Schenkelwunde ab, mustert dann die Verletzung mit dem Blick einer erfahrenen Wundärztin:

»Hätt' noch schlimmer kommen können. Immerhin scheint die Wunde nicht verschmutzt zu sein.«

Mit den Zähnen zieht sie den Korken aus der Whiskyflasche, nimmt einen tiefen Schluck, läßt die Flüssigkeit prüfend im Mund herumrollen, ist offensichtlich zufrieden mit dem, was sie schmeckt, schluckt schließlich. Dann hält sie Ysabel die Flasche an den Mund:

»Trinkt, Lady!«

Ysabel dreht angewidert den Kopf zur Seite.

»Lady«, redet ihr Polly freundlich zu, »was ich jetzt machen muß, wird verdammt weh tun – wenn Ihr besoffen genug seid, dann merkt Ihr weniger davon. Glaubt mir, ich weiß wovon ich rede!«

Doch Ysabel weigert sich standhaft.

»Na, denn nicht«, lallt Polly und nimmt nochmals einen kräftigen Schluck aus der Flasche, ehe sie uns anweist: »Haltet die Lady gut fest, besonders das Bein!«

Ich nehme Ysabel fest in den Arm während Pitt und Jamy Hüfte und Knie festhalten. Polly gönnt sich noch einen dritten tiefen Schluck, betrachtet bedauernd den Rest in der Flasche – und kippt ihn über die offene Wunde. Ysabel bäumt sich mit einem Schrei auf und sackt ohnmächtig zusammen.

»Hätte die Lady vernünftigerweise schon früher tun sollen«, stellt Polly trocken fest.

Während die Frau in einen Kasten faßt, frage ich leise: »Wie sieht es aus – ehrlich!«

»Könnt' sehr viel schlimmer sein. Glaub' nicht, daß die Wunden brandig werden. Die Beinwunde wird freilich eine häßliche Narbe hinterlassen und – na ja, die Muskeln sind bös zerschnitten. Mag sein, daß die Lady für den Rest ihres Lebens auf dem linken Bein etwas hinken wird...«

Aus dem Kasten zieht Polly einen Deckeltopf hervor. Als sie ihn öffnet und eine dicke Schicht der öligen Schmiere über der Wunde zu verteilen beginnt, schlägt mir ein scharfer Geruch entgegen.

»Was ist das für ein Zeug?« frage ich mißtrauisch.

»Schachtelhalm und Spinnweben gegen die Blutung, Ringelblume und Melisse für die Heilung, Baldrianwurzel zur Beruhigung, Frauenmantel und Spitzwegerich gegen Entzündung, Kamille gegen den Brand – keine Sorge, Sir, ich hab' mehr Verletzte wieder zusammengeflickt, als Ihr in Eurem Leben bislang gesehen habt!«

Ysabel wacht stöhnend aus ihrer Ohnmacht auf.

»Warum bist du immer noch hier?« flüstert sie mir schwach zu. »Du mußt zu Walsingham! *Unbedingt!*«

»George Clifford ist sicher längst in Barn Elms«, versuche ich sie zu beruhigen. Doch Ysabel versucht sich mit schmerzverzerrtem Gesicht aufzurichten, klammert sich an meine Schulter:

»Wir dürfen uns nicht darauf verlassen, Adam! Das Schicksal Englands hängt davon ab, daß Sir Francis die Nachricht rechtzeitig erhält! Bitte, Adam! *Bitte!* Du *mußt* zu ihm!«

»Also gut«, gebe ich nach.

Bleibt die Frage, wie komme ich nach Barn Elms? Ysabel wird heute nacht bestimmt keinen Schritt mehr laufen. Cumberland und unsere übrigen Leibwächter sind fort. Und meine eigenen Kenntnisse von London halten sich in recht bescheidenen Grenzen.

»Habt Ihr einen zuverlässigen Führer durch die Stadt?« frage ich deshalb Edward Alleyn. Der ruft den jungen Mann zu sich, der vorhin den Buckingham gespielt hatte: »Will, Sir Adam braucht einen Führer«, und mir erklärt er: »Will ist nicht nur ein hervorragender Schauspieler und Dichter, er hat sogar Verstand und ist zuverlässig. Ihm könnt Ihr vertrauen. Eure Lady ist bei uns hier in besten Händen.«

Inzwischen waren die verschiedenen Schauspieler, die Alleyn ausgeschickt hatte, nach und nach wieder eingetroffen. Thibaut, Mort und Chris, die sich in der näheren Umgebung umsehen sollten, hatten nicht Verdächtiges mehr bemerkt. Gewiß, die Leute waren noch aufgescheucht, doch das reichliche Freibier in den umliegenden Kneipen beruhigte die Gemüter zusehens. Henry und Wilfred, die zur Themse hinunter die Lage erkundet hatten, konnten vermelden, daß Sir Walter Raleigh samt den beiden maskierten Damen sicher das Boot erreicht hatten, mit dem wir von Deptford gekommen waren, und flußaufwärts davongefahren sei. Wenig später war Lord Cumberland am Ufer erschienen, hatte kurzerhand ein Ruderboot requiriert und war ebenfalls themseaufwärts entschwunden.

Zumal die letzte Nachricht läßt mich in meiner Entscheidung schwanken. Sir Francis Walsingham würde zweifellos von Cumberland Ysabels Nachricht übermittelt bekommen. Ich würde deshalb lieber bei meiner verletzten Lebensgefährtin bleiben. Doch Ysabel will davon nichts wissen:

»Niemand weiß, ob Clifford wirklich sein Ziel erreicht, und die Nachricht *muß* zu Walsingham!«

Also werde ich mich doch auf den Weg machen. Will Shakespeare hat unterdessen in den Theaterrequisiten herumgekramt:

»Zieht das bitte an, Sir Adam, damit man Euch nicht so leicht erkennt.«

Mir fallen fast die Augen aus dem Kopf. Was der junge Mann mir da entgegenhält, ist ein giftgrüner Mantel und ein strohgelber Hut mit langer, weißer Feder. Er selbst hat sich in einen scharlachroten Mantel gehüllt und sich eine rot-blau-karierte Mütze auf den Kopf gestülpt.

»Gott im Himmel«, stöhne ich. »Damit sind wir so unauffällig wie zwei Papageien in einem Schwarm Tauben!«

Doch Will überzeugt mich: »Eben deshalb! Kein Mörder und Attentäter wird sich nach uns umdrehen, wenn wir *so* über die London Bridge stolzieren, weil sie nach Leuten Ausschau halten, die sich dunkel gekleidet ängstlich in die Schatten von Häuserecken und Torbogen drücken.«

Dem Argument ist eine gewisse Logik nicht abzusprechen. Trotzdem hämmert mein Herz zum Zerspringen, als wir zwanzig Minuten später mit äußerlich gelassenem, zielsicherem Schritt, die Hand verdeckt am Degengriff, die enge Straßenschlucht zwischen den hohen Häusern, mit denen die London Bridge zu beiden Seiten bebaut ist, passieren. Doch außer, daß uns Hunde nachkläffen, Kinder anbetteln, Hausierer und fliegende Händler ihre Waren aufzudrängen versuchen, Kärrner uns unflätig beschimpfen, wenn wir ihren Wagen nicht schnell genug ausweichen, schenkt uns tatsächlich niemand weiter Beachtung.

Auf der Gracechurch Street nach Norden marschierend überqueren wir zunächst die Thames und Tower Street, biegen dann nach links in die Lombard Street ein, um an der St.-Pauls-Kirche vorbei durch das Tor entweder von Ludgate oder von Newgate die Stadt zu verlassen und über die Fleet Street am Temple vorbei zunächst nach Westminster und von dort aus durch die Themseauen weiter nach Barn Elms zu gelangen. Mein Führer hat überschlagen, daß wir für die rund acht Meilen gut drei Stunden würden tüchtig marschieren müssen.

Wären die Umstände anders, könnte dies ein gemütlicher Spaziergang sein. Ich würde ihn mit vollen Zügen genießen, zumal in Gesellschaft meines jungen Begleiters. Von jeder Straße, jedem Platz, ja fast von jedem Haus weiß er Geschichten und Geschichtchen aus Englands Vergangenheit zu berichten, von glänzenden Festen, ritterlichen Taten und grausigen Morden. Dazwischen zitiert er Julius Caesar und Marcus Antonius, plaudert über ein junges Liebespaar aus Verona, das wegen irgendwelcher Familienzwiste, die ich nicht recht mitbekomme, einen tragischen Tod fand, über einen maurischen Admiral aus Venedig, der aus Eifersucht seine Gattin erwürgte, über einen Dänenprinzen, dessen Verlobte irrsinnig wurde und der, nachdem er aus Rache Mutter und Stiefvater erschlagen hatte, ebenfalls gewaltsam ums Leben kam...

»Weshalb so viel Blut, Mord und Tod?« frage ich ihn.

»Weil es die Menschen fasziniert. Für sich selbst will zwar jeder seine ruhige Beschaulichkeit, aber nichts ist schöner und aufreizender als die Katastrophe beim Nachbarn. Laß einen guten Menschen Almosen an die Armen verteilen – und keiner schaut hin. Legt einen Verletzten oder Toten auf die Straße, und die Leute sammeln sich um ihn wie die Krähen um ein Aas. Kennt Ihr sie nicht selber, diese Neugier, diesen wohligen Schauer, der einem über den Rücken läuft, wenn man Zeuge eines Unglücks, einer Gewalttat, einer Katastrophe wird oder auch nur, wenn man von ihr hört?«

Ich gebe es nicht gerne zu, aber der junge Mann hat unbestreitbar recht:

»Euer Stück über Richard III., auch sein Geheimnis ist dann zweifellos jener wohlige Schauer, wenn man den schurkischen König beobachtet, wie er sich auf den Thron hinaufmordet...«

»Es hat Euch gefallen, Sir Adam?«

»Das Beste, was ich je auf einer Bühne gesehen habe!« gestehe ich freimütig.

Zu unserer Linken ragt jetzt der mächtige Bau der St.-Pauls-Kirche mit seinem noch immer unfertigen Turm in den nächtlichen Himmel.

»Dort begraben zu werden ist der Traum eines jeden Engländers«, stellt Will Shakespeare fest. »Nur den allerverdientesten Dienern dieses Landes öffnen sich nach ihrem Tod die Portale von St. Paul. Denen, die es sind – und denen, die wir dazu machen!«

»*Wir?*«

Der junge Mann lacht vergnügt:

»Wir – die Dichter! Auf der Bühne und in den Köpfen des Volkes sind wir Götter. Wir sind es, die Schurken schaffen und Helden küren. Wir sind es, die Gestalten unserer Phantasie so viel Leben einhauchen, daß sie lebendiger sind als viele, die auf zwei Beinen über unsere Erde stapfen! Wir sind es, die die Geschichte schreiben, nicht irgendwelche Chronisten in ihren verstaubten Archiven! König Richard III. wird dank meines Stückes in die Köpfe der Menschen eingehen als der finstere Schurke, Bösewicht und Mordbube. In Wirklichkeit war er nicht schlimmer als die Mehrzahl aller anderen englischen Könige auch. Im Gegenteil: Ihm war es zu verdanken, daß der Jahrhunderte dauernde Bürgerkrieg zwischen den Häusern Lancaster und York endlich ein Ende fand.«

»Aber weshalb habt Ihr ihn dann so schlimm geschildert?«

»Zum einen natürlich um der Bühnenwirksamkeit willen. Und zum anderen war er der letzte Plantagenet. Der Sieger im Krieg mit ihm, Henry Earl of Richmond, der spätere König Henry VII., kein anderer als der Großvater Königin Elizabeths. Mein Kopf ist mir lieb genug, um *nicht* zu sagen, daß der Earl of Richmond ohne jede Not, nur aus Machtgier und Ehrgeiz in einem endlich befriedeten Land erneut einen Bürgerkrieg gegen den rechtmäßigen Herrscher angezettelt hat und daß auf sein Konto mindestens ebenso viele Tote gehen wie auf das König Richards!«

Ich habe Will Shakespeare so fasziniert zugehört, daß ich kaum noch auf unsere Umgebung geachtet habe. Jetzt bleibe ich ruckartig stehen. Vor uns, bei Old Bailey, zwischen Ludgate und Newgate ist ein Tumult ausgebrochen. Männer schwingen Fackeln. Von den Stufen eines Gerichtsgebäudes sehe ich einen katholischen Geistlichen, unverkennbar an seiner Tonsur, armefuchtelnd auf die Menge einreden.

Rufe werden laut: »Es lebe Maria, Königin von England und Schottland!« und: »Nieder mit der Bastardkönigin Elizabeth!« und: »Tod allen protestantischen Ketzern!« Und nirgendwo auch nur ein einziger Wachsoldat, der gegen den Tumult einschreiten könnte.

Will und ich schauen uns entsetzt an: »Was nun?«

»Dreht Euch ganz langsam um, Sir Adam, und geht ganz ruhig zurück!« weist mich mein Führer an.

Ich folge seinem Rat, bis wir außer Sichtweite sind, dann rennen wir los. An Eingang der Lombard Street kommen wir keuchend wieder zum Stehen:

»Und jetzt?«

»Wir könnten zurück über die London Bridge und am anderen Ufer bis Barn Elms gehen und dort versuchen, ein Boot zu bekommen«, schlage ich vor. »Oder wir versuchen durch eines der Tore im Norden...«

Doch Will rät mir energisch ab:

»Wenn man vor Old Bailey bereits Maria Stuart als Englands Königin ausrufen kann, ohne daß sich eine Wache rührt, wer weiß, wie es dann auf der London Bridge und an den anderen Toren aussieht?«

Ich schaue mich gehetzt um. Ich sitze in einer Falle – einer großen Falle, zugegeben, aber nichtsdestoweniger in einer *Falle!*

LONDON 1586-1587

»Im Tower könnte ich zweifellos Schutz finden«, überlege ich.

»Und wie manch anderer für immer verschwinden«, ergänzt Will, und fährt fort: »Die Tore auf Tower Hill und Aldgate müßten noch passierbar sein! So schnell traut sich der katholische Mob gewiß nicht an die Burg heran. Das würde allerdings bedeuten, daß sich unser Weg nach Barn Elms um mindestens noch mal eineinhalb Stunden verlängert«, und zitiert sich selber spöttisch: »Ein Pferd, ein Pferd, ein Königreich für ein Pferd!«

Doch mir ist inzwischen etwas anderes eingefallen:

»Sagt, Stepney liegt doch auch im Osten Londons?«

»Gewiß. Zu Fuß etwa eine halbe Stunde Wegs. Aber was wollt Ihr in *Stepney?*«

»William Davison! Er war lange Jahre in den Niederlanden und ist vor kurzem erst von der Königin zum Zweiten Staatssekretär ernannt worden. Er ist ein alter Freund von mir aus der Zeit, als er in Venedig und Tirol arbeitete. Ich erinnere mich, daß er oft von seinem Haus in Stepney sprach.«

»Stepney Cottage! Aber sicher!« jubelt mein Begleiter. »Wenn er ein Freund von Euch ist, dann wird er Euch auch Schutz gewähren, und als Zweitem Staatssekretär ist es für ihn auch weitaus einfacher, eine Botschaft nach Barn Elms bringen zu lassen, als uns das möglich wäre!«

Mit ausgreifenden Schritten hasten wir den Cornehill hinauf, als ich roten Flammenschein zu unserer Linken bemerke.

»Auch dort schon? Das muß in Houndsditch sein!«

Wie von Furien gehetzt, rennen wir die Leadenhall Street hinunter. Zum Glück stehen die Torflügel von Aldgate weit offen und wir stürmen hinaus auf die freie Landstraße. Für einen Augenblick verharren wir außer Atem.

»Das ist *Owen Furnace*, das dort brennt!« keuche ich entsetzt.

Hastig setzen wir unseren Weg fort, während schräg hinter uns aus einem der Gebäude der Gießerei der Brüder Owen die hellen Flammen in den Himmel schlagen. An den Geschichten, den Ideen, den Philosophien Shakespeares ist mir im Augenblick gründlich die Lust vergangen. Ist das ein Aufstand? Ein Bürgerkrieg? Wenn Maria Stuart zur Königin Englands ausgerufen wird, wenn Elizabeth stürzt, was wird dann aus mir? Wenn die Katholischen bereits London besetzen, Owen Furnace in unmittelbarer Nachbarschaft des Tower niederbrennen, wie steht es dann in Stepney, in Barn Elms ein gutes Stück weit außerhalb der Tore der Stadt? Liegen Davison und Walsingham vielleicht schon in Ketten? Sind sie möglicherweise bereits tot? Und was wird dann aus meiner Gießerei in Mayfield?

Die Katastrophen anderer mögen faszinierend und ergötzlich sein, die eigenen sind es ganz gewiß nicht!

Mein Führer bleibt stehen:

»Dort vorne, das ist Stepney.«

Im diffusen Mondlicht ragt aus einer Ansammlung von niederen Stroh- und Schindeldächern ein gedrungener Kirchturm mit spitzem Helm in den Nachthimmel.

»Und dort drüben, hinter der langen Ziegelmauer, das ist Stepney Cottage, der Sitz des Zweiten Staatssekretärs William Davison.«

Nun, eine Hütte oder ein Häuschen, wie das Wort Cottage suggerieren könnte, ist das nicht. Aus einem mit alten Bäumen bestandenen, umfriedeten Park, schimmern die teilweise hell erleuchteten Fenster eines mindestens zweistöckigen Hauses herüber. Auffallend ist die rege Betriebsamkeit entlang der Mauer, wo bewaffnete Männer mit Fackeln und Hunden patrouillieren.

»Würde es Euch sehr viel ausmachen, Sir Adam, wenn Ihr die letzten paar Dutzend Yards bis Stepney-Cottage allein zurücklegen müßtet?« fragt mein Führer vorsichtig.

»Durchaus nicht. Aber weshalb?«

»Nun – ich liebe zwar Krieger auf der Bühne, aber im wirklichen Leben ist es für einen Mann meiner Profession oft ratsamer, ihnen aus dem Weg zu gehen.«

Ich schüttle dem jungen Will Shakespeare herzlich die Hand, danke ihm für seine Hilfe und lege ihm nochmals die Sorge um Ysabel ans Herz. Dann verschluckt das Dunkel den Dichter-Schauspieler. Mit schnellen Schritten eile ich auf Stepney-Cottage zu.

»*Halt!* Stehenbleiben! Hände hoch und keine Bewegung!«

Ich bleibe wie angewurzelt stehen und hebe die Hände. Eine Blendlaterne blitzt auf und nimmt mir die Sicht. Ich höre schwere Stiefel hinter Bäumen und Büschen hervorkommen und auf mich zutrappen. Waffen klirren. Vor mir, hinter mir knurren Hunde.

»Wer bist du und was willst du hier?« dringt eine rauhe, befehlsgewohnte Stimme an mein Ohr.

»Ich bin Sir Adam Dreyling!«

»Genau so siehst du aus!« höhnt die Stimme. »*Sir Adam Dreyling* aus einer Schmierenkomödie wohl. Warum denn nicht gleich Robin Hood?«

Verdammt! Ich habe ja noch immer diesen giftgrünen Mantel an und den strohgelben Hut auf dem Kopf.

»Und wo wolltest du hin, Sir Robin Hood?«

»Ich muß dringend mit William Davison spechen!«

Der Mann grölt vor Vergnügen:

»Sonst nichts? Mitten in der Nacht? Zum Zweiten Staatssekretär? Hast ihn wohl mit dem Sheriff von Nottingham verwechselt? Weißt du was du jetzt tust, Freundchen? Du drehst dich jetzt ganz langsam um und marschierst ganz brav nach London zurück. Und deine Pfoten läßt du für die ersten tausend Schritte schön in der Luft, sonst hast du eine Ladung Blei im Arsch. Verstanden?«

»Ich bin Sir Adam Dreyling!« schreie ich wütend den Mann an. »Ich verlange...«

»Halt's Maul! Sonst polier' ich dir erst noch die Fresse ehe du...«

»Sachte, sachte!« mischt sich in diesem Augenblick eine andere Stimme mit breitem walisischem Akzent ein. »Ich kenne den Mann. Das ist wirklich Sir Adam Dreyling.« Aus dem Hintergrund kommt eine kleine, krummbeinige Gestalt auf mich zu. »Vielleicht erinnert Ihr Euch noch an mich. Ich bin Gael up Rhys. Wir sind zusammen über den Brenner gezogen. Ich war verantwortlich für die Sicherheit der Kupferwagen von Willi Davido.«

»Aber gewiß erinnere ich mich an Euch – und ich danke Gott, daß Ihr Euch an *mich* erinnert!« atme ich auf. »Ich muß unbedingt und sofort mit William Davison sprechen!«

Gael up Rhys kratzt sich einen Augenblick am Kopf, dann bestimmt er: »Kommt zunächst einmal mit zum Haus, dort werden wir weitersehen.«

Ich lasse langsam die Hände sinken und folge dem kleinen Waliser durch das schwer bewachte Gartentor ins Haus. In der Eingangshalle, in der es ebenfalls von Bewaffneten wimmelt, bleibe ich zurück, während Gael up Rhys die Treppe hinaufeilt. Die Minuten des Wartens dehnen sich endlos.

Dann der Ruf von oben:

»Adam! Wie schön, dich zu sehen! Aber was machst du zu dieser unchristlichen Stunde in Stepney?« William saust die Treppe herunter, umarmt mich herzlich. »Du hast dir wirklich den ungünstigsten Augenblick für deinen Besuch gewählt! In London ist die Hölle los!«

»Genau deshalb bin ich gekommen«, antworte ich knapp während ich ihm die Treppe hinauf folge.

William hat sich in den Jahren, die wir uns nicht gesehen haben, kaum verändert, nur sein ohnehin dünnes Haar ist noch schütterer geworden. Und auch an seinen Arbeitsgewohnheiten hat sich offensichtlich nichts verändert. Der Raum, den wir betreten, ist etwas kleiner als im Palazzo de Diavolo, aber ansonsten ist er das reine Spiegelbild.

Mit kurzen Worten berichte ich vom Besuch des ROSE-Theaters, der Warnung Ysabels und ihre Nachricht für Walsingham, den Überfall, Ysabels Verwundung, die Hilfe durch die Schauspieler und meine Flucht durch London. William hört mir mit gespannter Aufmerksamkeit zu, eilt zwischendurch hinaus, um seinen Leuten die Anweisung zu geben, Ysabels Nachricht sofort zu Walsingham zu bringen. Andere befiehlt er ins ROSE, und für mich läßt er einen Becher Wein und etwas zu essen besorgen.

»Du hast vorhin gesagt, in London sei die Hölle los – und, bei Gott, ich kann das nur bestätigen. Aber *was* ist los? Was ist geschehen?«

William bleibt gelassen:

»Nichts, was dich jetzt noch zu bekümmern bräuchte. Es tut mir leid, Adam, daß du in diesen Wirbel unabsichtlich mit hineingezogen wurdest. Aber jetzt bist du ja in Sicherheit, und für Ysabel wird gesorgt werden. Ich werde dir ein Gästezimmer herrichten lassen.«

»Nein! Zuerst will ich wissen, *was los ist!* Ich entgehe nur mit knappster Not einem Mordanschlag. Ysabel wird schwer verletzt. Ich sehe Owens Gießerei brennen. Vielleicht stehen auch Mayfield Furnace und Chatham in Flammen!«

William klopft mir beruhigend auf die Schulter:

»Mach dir keine zu großen Sorgen. Alle Werften, Arsenale und wichtigen Gießereien wurden bestens abgeschirmt!«

»Aber nicht der beste Gießer!« halte ich dagegen.

»Ein sehr ärgerlicher Zwischenfall, der niemals hätte passieren dürfen! Wir werden peinlichst untersuchen lassen, was da schiefgelaufen ist! Aber jetzt solltest du wirklich...«

»William!« unterbreche ich ihn. »Du weißt, daß ich dir vertraue. Aber ich weiß auch, daß du ein Meister der Ausreden und der Verschleierung bist. Wie schon einmal in Venedig: Ich denke, ich habe ein Recht darauf zu erfahren, um was es hier eigentlich wirklich geht!«

LONDON 1586-1587

Mit einem Seufzer läßt sich William in seinen Sessel fallen.
»Also gut«, sagt er dann. »Du weißt, wer Maria Stuart ist. Kennst du auch den politischen Hintergrund für diese Verschwörungen?«
»Maria Stuart hat, soviel ich weiß, irgendeinen Anspruch auf den englischen Thron.«
»Einen sogar sehr konkreten Anspruch! Maria ist die Urenkelin von König Henry VII. von England. Wenn, wie die Katholiken das sehen – an ihrer Spitze der Papst, die Jesuiten und das Haus Habsburg –, die Scheidung König Henrys VIII. von Katharina von Aragón und damit seine Ehe mit der Mutter Königin Elizabeths, Anne Boleyn, ungültig war, so ist in der Tat Maria Stuart die nächste Anwärterin auf Englands Thron.
Maria von Schottland hat diesen Anspruch nie wieder aufgegeben. Auch nicht als Staatsgefangene hier in England – eine Gefangenschaft, die, nebenbei bemerkt, keineswegs so schrecklich ist mit eigenem Hofstaat, Festen, Jagden und Vergnügungen aller Art, bei denen ihr nichts, aber auch gar nichts fehlt außer der völligen Freiheit.«
»Und weiter?«
»Nicht mehr viel weiter, Adam. Was da draußen im Augenblick geschieht, ist nur wieder einmal der Ausbruch solch einer Verschwörung Marias mit dem Ziel, unsere Königin und die wichtigsten Männer Englands ermorden zu lassen.

So, und jetzt tu mir bitte den Gefallen: Leg dich in eines der Gästebetten und schlaf, futtere die Küche leer, betrinke dich. Aber tu mir den Gefallen, bleibe hier! Ich allerdings muß jetzt meine Arbeit tun, die heute nacht darin besteht, diese Verschwörung niederzuschlagen und die Verschwörer dingfest zu machen!«

Mittwoch,
der 20. Juli

Ich habe die Nacht in Williams Gästebett miserabel geschlafen. Zunächst kam mir erst jetzt die unmittelbare Lebensgefahr, in der ich geschwebt hatte, ganz zu Bewußtsein; zudem quälte mich die Sorge um Ysabel.

Und dann, später in der Nacht, waren mir auch manche Ungereimtheiten in dem Gespräch mit William aufgegangen:

»Ein sehr ärgerlicher Zwischenfall, der niemals hätte passieren dürfen«, und: »Wir werden peinlichst untersuchen lassen, was da schiefgelaufen ist.« Diese Bemerkungen mag man ja noch so verstehen, daß in dem Schutz, den man mir generell angedeihen läßt, ein grober Fehler unterlaufen ist. Aber dann der Satz: »Alle Werften, Arsenale und wichtigen Gießereien wurden bestens abgeschirmt.« Natürlich sind diese wichtigen militärtechnischen Einrichtungen grundsätzlich bis zu einem gewissen Grad bewacht und beschützt – die Garnisonen in Mayfield und Rochester werden nicht zum Vergnügen von der Krone unterhalten, und daß *Owen Furnace* in unmittelbarer Nachbarschaft des Tower liegt, ist zweifellos ebenfalls kein Zufall – ein Schutz, der sich heute nacht freilich nicht bewährt hat. Wenn William auf diesen permanenten Schutz anspielte, dann hätte er aber doch eigentlich »sind bestens geschützt« sagen müssen. Was mich stutzig werden läßt, das ist das Wort »wurden« in dem Satz. Klingt das nicht danach, als habe man gezielt für heute nacht Werften, Arsenale und wichtige Gießereien besonders bewachen lassen? Und wie paßt das zusammen mit der Tatsache, daß in Londons Straßen Männer »Lang lebe Königin Maria!« brüllen konnten, ohne daß irgendwo eine Wache auftauchte, und daß nicht ein Soldat aus dem Tower ausrückte, obwohl die Owensche Gießerei brannte, es hier aber, um Stepney Cottage, von schwerbewaffneten Männern, sogar mit Hunden, nur so wimmelte? Könnte man das nicht auch so auffassen, daß zumindest Walsingham und Davison schon vorher von diesem Komplott gewußt oder zumindest geahnt haben, was in dieser Nacht passieren würde? Und wenn sie es wußten, weshalb sind sie nicht schon vorher eingeschritten?

In den frühen Morgenstunden hatten meine Gedanken im Halbschlaf ganz seltsame Wege eingeschlagen, auf denen die beiden Staatssekretäre gar merkwürdige Rollen spielten... Zwar zerstoben diese Gedanken mit den ersten Sonnenstrahlen wie Nachtgespenster, doch ließen sie in mir den festen Willen zurück, der Sache auf den Grund zu gehen. Zumindest will ich in Erfahrung bringen, welche Rolle mir dabei zugedacht gewesen war.

Die Antworten scheine ich schneller als erwartet zu erhalten. Ich sitze noch beim Frühstück, als William, übernächtigt, aber bester Laune, mein Zimmer betritt und hinter ihm, in makellos taubenblauen Samt gehüllt, ein ebenso vergnügter George Clifford.

»Verzeih, daß wir so früh bei dir hereinplatzen«, entschuldigt sich William. »Aber ich denke, es wird dich interessieren, wieso es gestern zu diesem unerfreulichen Angriff vor dem ROSE-Theater kommen konnte.«

Während ich ein geröstetes Weißbrot mit Butter und Honig bestreiche, lausche ich aufmerksam.

»Wie ich heute nacht schon vermutete«, legt William dar, »war dieser gefährliche Angriff auf dich das Resultat einer Reihe von unglücklichen Umständen und Zufällen: Es begann schon einmal damit, daß wir eigentlich davon ausgingen, daß du von Deptford aus mit Matthew Baker nach Chatham reisen, bei deinem Freund übernachten und dich keinesfalls vor heute morgen auf den Weg nach Mayfield machen würdest. Nun, du entschiedst dich für den Theaterabend in London, und auch da hätten Lord Cumberland und sechs Leibwächter für deine Sicherheit zweifellos garantieren können. So weit, so gut.

Die erste, nicht vorhersehbare Panne hat Sir Walter Raleigh zu verantworten: Seine heimliche Theatereinladung an die Ladies Bess Throckmorton und Susan Pocklington – o ja, natürlich wissen wir, wer die beiden verschleierten und maskierten Damen waren. Daß dir und Sir Walter dringlichst daran gelegen war, die Damen heil nach Hampton Court zurückzubringen, ist begreiflich, ließ *dich* aber ohne ausreichenden Schutz zurück.

Die zweite Panne war, daß Lord Cumberland mit den verbliebenen beiden Leibwächtern in dem Gedränge und der Dunkelheit von dir getrennt wurde – ich meine, ihm ist hierbei kein Vorwurf zu machen. Ysabels Nachricht war so wichtig, daß sie Sir Francis Walsingham unter allen Umständen erreichen mußte!«

»So war es!« bekräftig Cumberland.

»Aber«, ergreift William wieder das Wort. »*Aber:* Die eigentliche Schuld an dem bösen Zwischenfall trifft niemand anderen als deine Ysabel! Hätte sie, wie ihre Weisung lautete, sich von Margate aus sofort nach Barn Elms begeben, so wäre gar nichts passiert. Wann, wo und wie die Verschwörer sie erkannten und weshalb sie ihr zunächst nur folgten, anstatt sie sofort anzugreifen, wissen wir noch nicht. Tatsache jedoch ist, daß Ysabel damit, daß sie zunächst ins ROSE eilte, um dich zu warnen, die Mordbuben überhaupt erst in deine Nähe brachte.«

»Mit welchem Recht, zum Teufel, hat Walsingham Ysabel mit Geheimnachrichten bei Nacht und Nebel durch halb England zu jagen?« errege ich mich.

»Mit dem Recht«, entgegnet William kalt, »daß er sie und ihre

Familie vor Zeiten vor der spanischen Inquisition gerettet hat und daß sie nach wie vor in *seinen* Diensten steht, auch wenn sich dieser Dienst derzeit in der Hauptsache darauf beschränkt, dein Bett zu wärmen.«

Schon habe ich eine scharfe Entgegnung auf der Zunge, doch William erhebt sich:

»Ich muß mich entschuldigen, aber meine anderen dringenden Verpflichtungen rufen. Diese katholische Verschwörung Maria Stuarts ist noch nicht restlos zerschlagen. Cumberland wird dich nach Barn Elms bringen, wohin – dies zu deiner Beruhigung – heute morgen auch Ysabel transportiert wurde.«

Voll Ungeduld erlebe ich die Fahrt von Stepney die Themse aufwärts durch London und an Westminster vorbei. Das muntere Geplauder Cliffords höre ich kaum; die rund zwanzig schwerbewaffneten Waliser in den beiden Begleitbooten weiß ich allerdings zu schätzen. Endlich taucht in der Flußbiegung die grünlich bemooste, mit den scharfen Eisenspitzen gekrönte Backsteinmauer von Barn Elms auf. Die Einlaßprozedur an dem kleinen Eisentor neben dem Landungssteg scheint eine Ewigkeit zu dauern, und endlich drinnen, eile ich mit langen Schritten durch den alten Park, so daß Lord Cumberland Mühe hat, Schritt zu halten.

Doch dann führt mein Weg keineswegs, wie erwartet, direkt zu Ysabel, noch in das Arbeitszimmer Walsinghams. Statt dessen finde ich mich in einem prunkvoll, aber düster eingerichteten Gästezimmer wieder, mit der Aufforderung, mich wie zu Hause zu fühlen.

»Ich will sofort Sir Francis sprechen!« begehre ich auf, doch Cumberland wehrt ab, ich müsse Geduld haben, da für den Ersten Staatssekretär die Mordverschwörung im Augenblick Vorrang habe, und so weiter und so fort. Mein Versuch, statt dessen von Clifford irgendwelche weiteren Einzelheiten zu erfahren, läuft ins Leere.

Mein wachsender Ärger wird für eine Weile abgelenkt, als mich Cumberland auf mein heftiges Drängen hin endlich in ein Nebenzimmer geleitet, wo man Ysabel untergebracht hat. Von einem Wundarzt betreut, schläft sie in einem schmalen Bett mit frischen Bezügen.

»Die Frau im Rose Theatre hat gute Arbeit geleistet«, beruhigt mich der Wundarzt. »Sie hat allerdings viel Blut verloren und ist noch sehr schwach. Aber in vier oder fünf Wochen wird sie wieder gehen können. Ich habe ihr einen Schlaftrunk gegeben.«

Wenigsten in diesem Punkt beruhigt, kehre ich in mein Zimmer zurück in der Erwartung, jeden Augenblick zu Walsingham gerufen zu werden. Doch ich warte vergeblich.

Cumberland verabschiedet sich.

Ich warte. Stunden und Stunden vergehen.

Es wird Mittag. Es wird Nachmittag.

Immer öfter blicke ich zur Tür, horche bei jedem Schritt auf dem Gang draußen auf.

Endlich beschließe ich, einen kleinen Spaziergang im Park zu machen, doch die Wachen lassen mich nicht hinaus. Es sei um meiner Sicherheit willen, sagen sie.

Von Zeit zu Zeit schleiche ich auf leisen Sohlen zu Ysabel hinüber, überzeuge mich, daß keine Verschlimmerung ihres Zustandes eingetreten ist, daß sie friedlich schläft.

Es wird Abend und schließlich Nacht. Die Tabletts mit dem Essen, die mir ins Zimmer gebracht werden, bleiben unberührt, nur dem Wein spreche ich im Laufe der Stunden immer kräftiger zu. Endlich lege ich mich auf das harte Bett und falle in einen unruhigen Schlaf.

Donnerstag,
der 21. Juli

Ich laufe in meinem Zimmer im Kreis wie ein gefangener Wolf im Käfig, als es an der Tür klopft.

Die Tür schwingt auf – und vor mir steht, in strahlend schneeige Seide gehüllt, ein schwarzes, perlenbesticktes Mäntelchen über der Schulter, einen Federbusch auf dem Hut höher als der Türstock, der Earl of Cumberland.

»Was ist eigentlich los? Seit zwei vollen Tagen sitze ich hier fest! Seit zwei vollen Tagen verlange ich Walsingham zu sprechen. Seit zwei vollen Tagen werde ich in Barn Elms festgehalten, ohne jede Erklärung! Was, zum Teufel, geht hier vor?«

»Sachte, sachte!« bremst Cumberland. »Ihr habt Euch bitterlich beschwert, daß man nicht genug zu Eurem persönlichen Schutz getan hat, und jetzt, da man es tut, beschwert Ihr Euch wieder. Wie geht es denn der schönen Ysabel?«

»Sie schläft, und wenn man dem Arzt trauen darf, so heilen ihre Wunden zufriedenstellend. Was führt Euch zu mir?«

»Ich habe den Auftrag, Euch nach Greenwich zu begleiten.«

»Greenwich?«

»Zu dem Mann, der hinfort für einen wichtigen Teil Eurer ganz persönlichen Sicherheit sorgen wird.«

»Wenn meine persönliche Sicherheit so sehr gefährdet ist, daß man mich hier zwei Tage völlig von der Außenwelt abschneidet, weshalb kommt er dann nicht hierher?« murre ich.

»Weil Master Jacobe Halder zu niemandem kommt. Wer seinen speziellen Schutz sucht, der muß sich schon zu ihm bequemen – auch Grafen, Herzöge und sogar Könige…«

Zwei Stunden später, nach einer Fahrt themseabwärts und einem kurzen Weg parallel zum Fluß durch die Ortschaft, stets umringt von einer Schar bis an die Zähne bewaffneter Waliser, stehen wir vor einem breiten, zweistöckigen Gebäude, aus dessen hinterem Teil das rhythmische Schlagen von Hämmern auf Metall zu hören ist. Nachdem uns ein Bediensteter mißtrauisch durch ein winziges Schieberloch gemustert hat, werden wir eingelassen und in eine geräumige Stube mit dunkler Balkendecke geführt.

Wir warten. Endlich öffnet sich die Türe erneut und der Bedienstete kündigt an:

»Master Jacobe Halder, Erster Plattnermeister Ihrer Majestät!«

Die eintretende Erscheinung ist grotesk: Auf einem tonnenförmigen Torso mit langen, muskelbepackten Armen sitzt halslos ein Kopf, der in der oberen Hälfte so haarlos ist wie ein Ei und in der unteren Hälfte in einem wilden Bartgestrüpp verschwindet. Getragen wird das Ganze von dünnen, krummen Beinchen, die von einem laut kläffenden, kurzbeinigen, ebenfalls wild struppigen Stück Fell umwimmelt werden.

»Ja, der Herr Nachbar aus Tirol gibt sich auch amal die Ehre. Grüß Gott beinand! – Und du bist stad, Waggi. Stad bist, sag' i'!«

Meine seit Jahren nun an die englische Sprache gewöhnten Ohren brauchen einige Sekunden, ehe ich die Laute als breites Niederbayrisch identifiziere, während mir Master Jacobe – also eigentlich Jakob – Halder mit freundlich ausgestreckter Pratze entgegenschaukelt.

»Hockt's Euch nieder!« Und auf den Ruf: »Kreszenz, a Bier!« stehen Augenblicke später drei schäumende Zinnkrüge auf dem massigen Eichentisch.

»Also, Prost mit anand!«

Ich nehme einen Schluck, ziehe die Augenbrauen erstaunt hoch und lasse einen zweiten, tiefen Zug folgen.

»Gel, des is' was anders, als des labbrige englische *Ale*«, feixt Halder. »Original wie z' Minga braut!«

Mit einem dritten, langen Zug leere ich den Krug mit dem so vertrauten, so lange entbehrten Getränk, während Cumberland nur mißtrauisch nippt und Kreszenz bereits eifrig den nächsten Humpen schäumenden Gerstensaftes vor mich hinschiebt.

»Also dann zum G'schäft«, kommt Jakob Halder zur Sache. »Zwei Brigantinen, hat der Herr Cumberland g'sagt, und einen Harnisch. Stimmt doch? Na, dann zieh dich mal aus, Herr Tiroler Nachbar.«

Ich glotze den Plattnermeister an:

»Die Brigantinen verstehe ich ja, aber einen *Harnisch?*«

»Wirst ihn schon brauchen. Wenn sich sogar die Queen unlängst einen hat anmessen lassen, nacha wird's ja demnächst losgehn gegen die Spanier, gel! 'ne Brigantine is' ja ganz gut gegen solche Strauchritter wie Donnerstag abend, aber in 'ner richtigen Schlacht, da is' ma in so am Blechröckerl scho' noch a bisserl besser aufgehoben. Also, runter mit dem Wams und den Hosen, damit i' Maß nehmen kann.«

Etwas zögerlich schäle ich mich aus meinen Kleidern.

»Schneller, schneller«, drängelt Jacob Halder. »I' hab schon mehrer nackerte Mannerleut g'sehn beim Abmessen. Auch Weiberleut. Sogar unsere hochverehrte Queen.«

Endlich stehe ich bis auf die kurzen Leibhosen splitternackt da, während Waggi meine Waden mißtrauisch beschnüffelt und der Plattnermeister mich prüfend umkreist, ehe er mit dem Messen beginnt. Und was für ein Messen! Rechte Hand jeden Finger einzeln, jedes Fingerglied – Länge, Dicke –, Handfläche, Handgelenk...

»Abwärts biegen! – Seitwärts! – Faust machen! – Wieder grad! – Noch mal Faust... Hast mal schwer mit die Händ' g'arbeitet«, stellt er dabei fest, »aber nimmer in den letzten Jahren. – Arm anwinkeln – Arm wieder grad – noch mal anwinkeln...«

Während Meister Halder Maß um Maß in vorgefertigte Skizzenblätter und Tabellen einträgt plaudert er munter weiter:

»Is' schon eine ganz hochpersönliche Sache, so ein Harnisch. Muß mit all seinen Geschüben und Scharnieren auf das Zehntel Zoll auf den Körper des Trägers angepaßt sein, sonst steckst du drin in der Blechbüchs' und kannst dich nicht rühren. 's is' auch zwengs dem

Gewicht. So um die 40 Pfund is' so ein Bleckröckerl schon schwer, aber wenn's richtig angemessen is' und sitzt, dann verteilt sich das Gewicht auf den ganzen Körper, merkst es so gut wie nicht. Is' richtig ein Stück von dir selber, so ein Harnisch. Kannst ihn sogar zum Hochzeiten schicken...«

Während Jakob Halder in schallendes Gelächter ausbricht, schauen sich Cumberland und ich verständnislos an.

»Kennt's ebba des G'schichtl nicht von der Hochzeit von der blutigen Marie Tudor?« fragt der Plattner. »Also, des war so: Ihr Bräutigam, der hochedle spanische Philipp – damals war er noch Kronprinz – hat halt gar keine Lust g'habt, zu der ältlichen Jungfer ins Bett zu steigen. Aber weil's halt ausgemacht war zwischen den Königshäusern, und weil zur Feier ein Hochzeiter hat her müssen, hat der Philipp einen seiner Harnische nach London geschickt, während daß er selber in Holland geblieben ist. War ein Harnisch aus seiner *Burgunderkreuz-Garnitur*, den mein Lehrmeister, der Wolfgang Großschedel zu Landshut, geschlagen hat. Und in Westminster hat dann die blutige Marie mit dem Blechmanderl vor dem Erzbischof von Canterbury die Ringe getauscht und ihm das Ja-Wort fürs Leben gegeben. Beim Hochzeitsmahl hat sie ihm den Brauttrunk hinters Visier gießen dürfen und wie's dann zum hochoffiziellen Beilager 'gangen is', da hat ma' ihr halt dann die Rüstung ins Brautbett g'legt. Na, vielleicht war's deszweng ihr Leben lang so unsterblich in ihren Philipp verliebt, weil ihr Hochzeiter halt auch da, wo's drauf ankommt, aus bestem Landshuter Stahl war...«

Jakob Halder ist unterdessen bis zu meiner Leibesmitte vorgedrungen, tätschelt mir auf den nackten Bauch:

»Zu- oder abnehmen darf'st in Zukunft höchstens noch ein Pfund, Herr Tiroler Nachbar. Will sagen: darf'st schon, dann bekomm' ich neue Arbeit«, fügt er verschmitzt hinzu. »Der Papa von der Queen, der König Heinrich, *des* war ein Kunde!« erinnert sich der Plattnermeister mit verträumtem Blick. »Fast alle Halbjahr hat der einen neuen Harnisch gebraucht, so is' der in die Breite gangen! Und kaum war einer fertig, hat er schon wieder nicht mehr rein'paßt. Vor allem der Arsch, der *Arsch!* Zum Ausgleich hat dann die Schamkapsel auch immer größer und länger und dicker werden müssen, obwohl da in Wirklichkeit, trotz seiner fünf Frauen, nicht viel los war. Mußt mal in den Tower gehen, da steh'n noch etliche Harnische rum vom König Heinrich selig...«

Das Ausmessen des Helmes entwickelt sich zur Tortur. Während ich vom Hals abwärts zunehmend friere, läuft mir der Schweiß über das Gesicht unter einem Blechkübel, den mir Meister Halder aufgestülpt hat und dessen bewegliche Vorderteile er in immer wieder anderen Variationen aufwärts und abwärts schiebt, um den idealen Sitz für die Sehschlitze des Visiers herauszufinden. Erschwerend kommt hinzu, daß Kreszenz mittlerweile die fünfte oder sechste Lage Bier aufgefahren hat und der Meister jedes Maß sicherheitshalber zwei- bis dreimal umständlich nachprüft, ehe er es dann in seine Listen einträgt.

Endlich, nach gut drei Stunden, sind wir fertig. Ich darf mich wieder anziehen, und Jakob Halder schleppt unterdessen seine in Schweinsleder gebundenen dicken Musterbücher heran, um mit mir das Aussehen des Harnischs und seinen zukünftigen Ätzdekor zu besprechen. Die Sache erweist sich schwieriger als angenommen. Sterndekor, das ist George Cliffords Markenzeichen. Bogengirlanden beansprucht William Sommerset, der Earl of Worcester, für sich. Breite Kreuzstreifen Robert Dudley, der Earl of Leicester. Prunkvollen Schnickschnack lehne ich wiederum ab, und so einigen wir uns schließlich auf einen Dekor von geätzten Blätterstreifen, wie sie auf meinen Geschützen zu finden sind.

»Und was kostet das Ganze eigentlich?« frage ich vorsichtig.

Jakob Halder dreht eines der Meßblätter um, kritzelt einige Zahlen darauf, murmelt:

»Also, da hätt ma zwei Brigantinen und an ganzen Harnisch ... na ja, so um die 1000 Pfundl wirst scho' rechnen müssen, Herr Tiroler Nachbar, gel!«

Ich falle vor Entsetzen fast vom Stuhl:

»So viel kostet ja ein halbes Kriegsschiff!«

»Na und?« grunzt mich Halder ärgerlich an. »Meinst ebba, i' bin so a windiger Blechhauer wia's si' heutzutag umadum *Plattner* nennen? Da kimmst her! Da kimmst mit!«

Mit seiner Pratze packt mich der Plattnermeister am Arm, zerrt mich hoch, aus dem Zimmer hinaus, einen langen Gang hinunter und in einen geräumigen, verrußten Binnenhof.

Wie sich die Bilder doch ähneln: Linker Hand liegen ein niederer Lagerschuppen für das Roheisen und ein mächtiges Holz- und Holzkohlelager, rechts sitzen in einer geräumigen Halle vier oder fünf Männer, die mit verschieden geformten Hämmern Stahlstücke bearbeiten, während im Hintergrund die Feuer in zwei Essen fauchen und an den Wänden Serien teilweise abenteuerlichst geformter

Hämmer und Zangen sowie fertige und halbfertige Rüstungsstücke hängen. Abgerundet wird der Hof von einem Schmelzofen und einer zum Glück im Augenblick stillstehenden Hammerschmiede, zwischen denen das Wasser der Themse hindurchblinkt und das vertraute *Wap-wap-wap* der Wasserräder, die die Blasebälge antreiben, an mein Ohr dringt.

»Schorschi, Henry, bringt's den neuen Brustkrebs vom Herrn Sommerset und hengt's ihn auf. Nickl, mei Pistoin und's Puiver!«

Hastig schleppen die Gerufenen das Gewünschte heran. Jakob Halder packt das langläufige, schwere Pistol, lädt es mit einer doppelten Pulverladung, setzt die Bleikugel auf, stößt sie im Lauf fest und spannt den Hahn.

»So, und jetzt paß auf, Herr Österreicher!«

Meister Halder hebt das Pistol, legt es auf die Harnischbrust an, die in einem Abstand von kaum zehn Schritt auf einem Holzgestell im Eck zwischen Lagerschuppen und Hammerschmiede aufgehängt ist. Der Schuß knallt, und das heftige Schaukeln des Rüstungsteiles zeigt deutlich an, daß er getroffen hat.

Wieder packt mich Halder am Arm, schleppt mich zu dem Brustharnisch:

»Da, schaug!«

Auf dem Harnisch zeigt ein breiter Bleischmierer, wo die Kugel aufgeschlagen und abgeglitten ist. Mit seinem dicken Daumen reibt der Plattner die Bleispur ab, unter der wieder der blanke, glatte, nicht einmal durch den leichtesten Kratzer beschädigte Stahl hervorkommt:

»Gel, da schaugst! Des, Herr Österreicher, is' Großschedel-Haldersche Wertarbeit!«

Sichtlich friedfertiger schleppt mich der Meister wieder ins Haus zurück an unseren Eichentisch, prostet mir mit einem neuen Humpen original Münchner Bier zu und fragt dann ruhig: »Also, zoist oder zoist net?«

Ich hole tief Luft.

»Ich zahle.«

»So is' recht, Herr Nachbar!«, und wieder einmal rempeln krachend unsere Bierkrüge aneinander.

»Und wann bekomme ich meinen Harnisch?«

»Jetz ham ma Ende Juli«, rechnet der Plattnermeister. »Dann hätt' ma Ende August die erste Anprobe, Ende September die zweite – und dann kommt's halt d'rauf an...«

»Worauf?«

»Ende Oktober – bei englischer Zahlweise erfolgt englische Lieferung. Oder Ende Oktober bis irgendwann – bei österreichischer Zahlweise erfolgt österreichische Lieferung.«

»Ich versteh' das nicht.«

»Paß auf: Die Engländer mögen ja in vielem a gspinnerts Volk sein, aber wenn's ans Zahlen geht, da sans echte Tschentlmen. Die kommen, legen's Geld auf den Tisch und nehmen ihr Blechröckerl mit. Die Österreicher, will sagen die Habsburger in Wien – und ihre Vettern in Madrid san net besser –, die zoin nie den ganzen Preis, also gibst auch net den ganzen Harnisch; da fehlt dann ein Handschuh, der Helm, die linke Ellenbogenkachel und der rechte Achselflug – halt so vui, daß ihren neuen Harnisch net anziehn können. Und dann tröpfelt wieder a Geld ein und sie kriegen im Gegenzug a Trum und wieder a Geld und wieder a Trum – so lang halt, bis alles Geld auf der einen und der ganze Harnisch auf der anderen Seite okemma is' – und des, des ko si scho ziang… Der Meister Wolfgang Großschedel hat die Zahlungs- und Lieferweis' erfunden, sonst wartert er heut noch auf sei' Geld. Sei' Sohn, der Großschedel Franzl, der seinerzeit mit mir zusammen Lehrbua bei seim Papa war, der nimmt, wie ma hört, mittlerweile auch Baronstitel als Zahlung an.«

»Also ich werde mich da schon an die englischen Gepflogenheiten halten«, versichere ich dem Plattnermeister.

»Bist ja auch keiner von den notigen Habsburgern – nix im Sack, aber immer recht groß tun!« feixt Halder zu mir herüber. »Und koa Angst, daß dei' Blechröckerl zu spät kommt. Des Jahr g'schieht nix mehr. Aber nächstes oder spätestens übernächstes Jahr, da wird's aufgehn, wenn mi' net alles täuscht. Wird auch mei' letzter großer Auftrag sein. Nach dem Kriag ko i' mei' Werkstatt getrost zumach'n.«

Jakob Halder, den die Ströme an Bier langsam aber sicher in eine rührselige Stimmung hinübergeschwemmt haben, seufzt tief:

»Der Großschedel Franzl und i', mir san die letzten. Solche Rüstungen, wia i' sie für den Herrn Cumberland oder di' jetzt no' schlag, des wird's in Zukunft nimmer geben. Mei' Bua, der Hansi – Tschon, wie er si' jetzt nennt –, der hat die Zeichen der Zeit begriffen. A paar 100 Schritt weiter hat er sei' Werkstatt. Mit 30 Gesellen! *Mannschaftsharnische* nennt si' des, von dem er zwei Dutzend am Tag zusammenhaut. Blech vorschneiden, in die große Formpresse, *Wumm!*, rausnehmen, Schnallen drannieten – fertig! Des Glump taug grad dazu, daß der, der's anhat, meint, er wär' durch einen Panzer geschützt, und schneidig losmarschiert. Muß nur schaung, daß er net mit na Fliang zammastößt, sonst hat er a Dulacken in sei'm sogenannten *Harnisch!* Ja, Herr Nachbar, so is' des heutzutag'. Keine Qualität mehr – nur Masse! Schnell muaß gehn, und billig muaß sein, dann paßt's scho'. Aber a guat's Handwerk, des stirbt aus! Mein's – und, Herr Nachbar, *Deins aah!*«

»In zwei- oder dreihundert Jahren – vielleicht!« wehre ich ab. »Bis dahin hat es noch gute Weile. Ich werde es auf jeden Fall nicht mehr erleben.«

»Denks't, moans't, hoffs't...? Und i' sag' da': *du wirst's erleben!* Guat san's, deine Bronzerohr', und heut, wo's dringend 'braucht wern gegen die Spanier, da zoin's dir deinen Preis. Aber morgen, wenn die G'fahr vorbei is', da scheißn's dir auf deine teure Bronze und nehmen wieder die billigen Eisenröhrl vom Owen und Pitt und Hogge. Denk dran, daß dir's der Halder Jakob vorherg'sagt hat, wenn's so weit is'. Denk dran, Herr Tiroler Nachbar!«

Bedenklich schwankend und mit gemischten Gefühlen kehre ich zusammen mit Clifford, wieder dicht umringt von unseren walisischen Leibwächtern, auf der Themse nach Barn Elms zurück. Nach Jahren wieder einmal Deutsch zu hören, noch dazu mit dem verwandten bayerischen Klang, dazu das reichliche nach Münchner Art gebraute Bier haben meine Seele beschwingt und auch die Unkenrufe Halders am Ende unseres Besuches verdrängt. Nun ja, ein wenig Nachsicht mit dem letzten Meister eines alten, stolzen und jetzt sterbenden Kunsthandwerks, das nach seinen Launen sogar Fürsten, Könige und Kaiser hatte tanzen lassen, muß man schon aufbringen. Wie sollte er auch nicht alles Schwarz in Schwarz sehen, wie sollte er nicht voller verstecktem Neid sein, der Rüstungsbaron von gestern auf den Rüstungsbaron von heute und morgen? Der Harnisch ist tot, es lebe die Kanone! Habe Mitleid mit ihm, Adam Dreyling!

Als ich endlich wieder mein Zimmer in Barn Elms betrete, erwartet mich eine Überraschung. Aus einem der bequemen Sessel erhebt sich zwar nicht Sir Francis Walsingham, den ich so dringend zu sprechen verlange, dafür ist es mein Retter, der polnische Gesandte, Graf Vladyslav Rzeszówski. Gegen meine vermutlich weit vorausflatternde Bierfahne kann ich nichts tun, aber ich bemühe mich, zumindest mit geraden, sicherem Schritt dem Grafen entgegenzutreten.

»Ich hoffe, ich komme nicht ungelegen«, entschudigt sich Rzeszówski mit eleganter Verneigung. »Sir Francis erlaubte mir, hier auf Euch zu warten, ich wollte Euch nur den angekündigten Brief Eures hochverehrten Bruders, Herrn Ulrich Dreyling zu Wagrain, überreichen.«

Damit zieht er einen dicken, versiegelten Umschlag aus der Ärmelstulpe und hält ihn mir entgegen. Ich nehme das Schreiben entgegen, verneige mich meinerseits:

»Ich habe das dringende Bedürfnis, Euch nochmals meinen allerherzlichsten Dank auszudrücken, indem ich...«

Der polnische Graf unterbricht mich mit ausgesuchter Liebenswürdigkeit: »Ich bitte Euch, Herrn von Dreyling, bemüht Euch nicht! Es war mir eine Pflicht, Euch behilflich sein zu können. Es war mir aber auch eine angenehme Pflicht. Doch ich will Euch nicht länger von der Lektüre Eures Briefes abhalten. Für eine Antwort an Euren verehrten Herrn Bruder stehe ich als Bote gerne jederzeit bereit. Verfügt über mich wann immer es Euch gefällt!«, und mit einer letzten tiefen Verneigung ist er zur Tür hinaus.

Ich lasse mich in den Sessel fallen, den der polnische Graf soeben geräumt hat, und erbreche das Siegel des Schreibens:

Krakau, den 26. Mai 1586.
Mein lieber Adam!
Endlich ist es mir gelungen, ausfindig zu machen, wohin Du verschwunden bist.
Letztes Weihnachten war ich mit meiner Frau und meinen beiden Töchtern in Schwaz und Innsbruck, und dort hörte ich als erstes von unserem wutschnaubenden Onkel Hans Christoph von Deinem schrecklichen Verrat an ihm und unserer Familie. Um es gleich vorweg zu sagen: Ich glaube ihm kein Wort. Und selbst wenn Du all diese schauerlichen Verbrechen begangen haben solltest, die er Dir vorwirft, so bin ich der festen Überzeugung, daß Du Deine guten und redlichen Gründe dafür hattest.
Auch was diese Schweine in Schwaz Dir und Deiner Maria angetan haben, habe ich erst bei dieser Gelegenheit erfahren. Meine Frau und ich haben in Deinem Namen Blumen an Marias Grab niedergelegt. Du wirst das ja niemals selber tun können, denn wenn eines gewiß ist, dann dies, daß Du nie, nie, niemals nach Tirol zurückkehren darfst!

Ich lasse den Brief sinken, wische mir eine Träne aus den Augen. Guter, treuer, alter Ulrich! Seit dem Tod unseres Vaters bist du der einzige in der ganzen Familie, der noch Sinn für Anstand und Ehre hat!

In Schwaz geht ansonsten alles seinen erwarteten Gang. Frau Regina hat unser Vaterhaus verkauft, um das Geld in einen weiteren Ansitz zu Innsbruck für unseren ehrenwerten Halbbruder Dr. Johann zu investieren, und lebt jetzt mehr schlecht als recht beim Bäcker Moosreiter zur Miete. Johann selbst scharwenzelt nach wie vor am Innsbrucker Hof um den Erzherzog herum und überdeckt seine politische Bedeutungslosigkeit mit überheblichem Auftreten. Ein halber Lichtblick ist unser jüngster Bruder Kaspar, dem ich zur Zeit sein Jura-Studium in Ingolstadt bezahle – er scheint sich zu einem brauchbaren Menschen zu entwickeln.

Und ein wirklicher Lichtblick war der alte Erasmus Reisländer. Er ist nach wie vor Bergmeister, freilich in einem Berg, der mehr stirbt als lebt. Er hat mir von Herzen Grüße an Dich aufgetragen, falls es mir gelingen sollte, Dich ausfindig zu machen.

So viel zu Schwaz. Und wenn ich auch nicht gerade behaupte, daß es ein Fehler von mir war, noch einmal dorthin, und sei es nur für ein paar Tage gewesen, zurückzukehren, so weiß ich doch mit Gewißheit: Ich werde es nie wieder tun!

Auch aus Innsbruck gibt es nicht viel Neues: Onkel Hans Christoph und Frau Elisabeth hausen so harmonisch zusammen wie eh und je. Eines scheint sie freilich nun tatsächlich zu vereinen: ihr Haß auf Dich, gepaart mit nicht mehr endenden Schimpftiraden. Die Ehe ihrer Tochter Katharina – wenn die Gerüchte stimmen, die ich gehört habe, stand sie Dir ja einmal recht nahe –...«

»Nicht mir, meinem Haar!« korrigiere ich in Gedanken.

»... mit Alexander Endorfer ist auch nach nunmehr sieben Jahren kinderlos. Wörtliches Zitat von Onkel Hans Christoph: ›Das einzig Bemerkenswerte, was Endorfer mit seinem Schwanz je zustande gebracht hat, war wohl wirklich nur ins Taufbecken zu pissen!‹ Dies zu Innsbruck.

Und ich selbst: Wie ich schon erwähnte, bin ich verheiratet und habe mit Jadwiga – sie erinnert mich immer ein bißchen an Deine Maria – drei reizende Töchter, acht, fünf und zwei Jahre alt. Schade, daß Du nicht bei einer die Patenschaft bei der Taufe übernehmen konntest, aber vielleicht können wir das bei der heiligen Firmung nachholen.

Ich selbst bin mittlerweile Erster Schmelzmeister aller Kupfer- und Silberminen rund um Krakau, wir haben ein großes Haus in der Stadt und einen Landsitz außerhalb, der Dir sicherlich gefallen würde, und wenn man jüngsten Gerüchten trauen darf, so trägt sich der König sogar mit dem Gedanken, mich demnächst zum Baron zu erheben...

Ach, mein lieber Adam! Wärest Du damals doch nur meinem Rat gefolgt und mit mir aus Schwaz fortgegangen! So wie ich hättest Du hier dein Glück machen können! Ein ungetrübtes Glück, meine ich. Ein Glück, das nicht erst durch Leid, Tränen und Erniedrigung führen mußte. Gewiß, wie ich hörte, bist Du ja nun in England auch ein großer Mann geworden, bist wohl auch längst wieder verheiratet und hast eine Schar von Kindern und bist wunschlos glücklich. Nun, der liebe Herrgott wird schon wissen, weshalb er Dich den schweren, mich den leichten Weg gehen ließ, ehe wir dahin gelangten, wonach sich unsere Herzen sehnten.

Mein lieber Adam, laß von Dir hören. Vladyslav Graf Rzeszówski, der nun als Gesandter nach London geht und den Freund zu nennen ich die Ehre habe, wird Deinen Brief gerne weiterleiten.

Gott schütze Dich und die Deinen!
In Liebe Dein Bruder
Ulrich.

Ich weiß nicht wie lange ich dagesessen und über dem Brief meines Bruders Ulrich vor mich hingeträumt habe. Ulrich, der Treue, Ulrich, der Zuverlässige, Ulrich mit dem bärbeißigen Äußeren und dem weichen Herzen, Ulrich, der einzige, der mir außer unserem Vater von der ganzen Familie je wirklich nahe gestanden hat.

Wie wäre mein Leben verlaufen, wenn ich damals tatsächlich mit ihm zusammen Schwaz verlassen hätte? Wenn ich nicht mehr zu jener letzten Schicht im Raber eingefahren wäre? Könnte Maria noch leben? Und mein Kind? Oder waren die Fäden meines Schicksals schon damals so geknüpft, daß ich trotzdem heute hier in England wäre?

Ach Ulrich! Du hast dein Glück, deinen Frieden und dein wahres Zuhause gefunden.

Ich habe zwar Mayfield, aber habe ich auch ein Zuhause?

Ein leiser Ruf aus dem Nebenzimmer läßt mich auffahren. Draußen ist es inzwischen Nacht geworden. Ich springe auf, eile hinüber.

Ysabel ist wach. Noch immer ist sie sehr blaß. Ich kniee neben ihrem Bett nieder:

»Wie geht es dir?«

Ysabel müht sich um ein Lächeln:

»Willst du das wirklich wissen?«

Ihre Hand tastet nach meiner Rechten:

»Adam, ich glaube, ich habe mich wie eine schrecklich dumme Gans benommen! Aber ich war so sehr in Sorge um dich!«

»Schon gut, Ysabel«, hauche ich ihr ins Ohr während ich ihr mit der Linken sanft übers Haar streiche. »Schon gut. Es wird alles wieder gut werden...«

Freitag,
der 22. Juli

Ich koche vor Wut, als sich am späten Vormittag endlich die schwere Eichentür zu Walsinghams Arbeitsraum vor mir öffnet. In dem Zimmer scheint in all den Jahren, die seit meinem letzten Besuch vergangen sind, die Zeit stehengeblieben zu sein: die fensterlose Düsternis, die Schwüle, die mir sofort den Schweiß über den Rücken perlen läßt, der wuchtige, barriereähnliche Schreibtisch, dahinter das weiße Gesicht Walsinghams.

»Vergebt mir, Sir Adam, daß ich erst jetzt die Möglichkeit finde, Euch zu empfangen, doch die letzten Tage...«

Aber ich bin keineswegs bereit, mich so leicht abspeisen zu lassen.

»Ich wünsche endlich einige Antworten und Aufklärungen!« stelle ich kategorisch fest. »Wir haben vor sieben Jahren einen Vertrag geschlossen, Sir Francis, und ich denke, daß ich meinen Teil des Vertrages bislang mehr als zufriedenstellend erfüllt habe. England verfügt über die besten Geschütze. Der Schiffskopf...«

»Ich weiß, ich weiß«, versucht mich Sir Francis Walsingham zu beruhigen. »Und setzt Euch, bitte.«

Stehend fahre ich unbeirrt fort:

»Sir Francis! Vor drei Tagen wird ein Mordanschlag gegen mich verübt, dem ich – keineswegs durch *Euren* Schutz – lebend entkomme. Wende ich mich direkt an Euch, so werde ich zunächst einmal drei Tage hingehalten.«

»Sir Adam, dies alles ist mir durchaus nicht unbekannt, jedoch werdet Ihr verstehen müssen...«

LONDON 1586–1587

»Ich werde gar nichts *verstehen müssen!*« schneide ich wütend Walsinghams Satz ab. »Das einzige, was ich zu verstehen bereit bin, sind klare und unmißverständliche Auskünfte darüber, was da um mich herum vorgeht! Und zwar *jetzt* und *hier!*«

Walsingham hebt beschwichtigend die Hände:

»Bitte beruhigt Euch – und setzt Euch endlich! Genau diese von Euch gewünschten Auskünfte will ich ja geben.«

Ich lasse mich in einen der hochlehnigen Sessel fallen, während ich Walsingham fixiere.

»Euer Freund William Davison hat Euch bereits ausführlich über die Schottenkönigin Maria Stuart, über ihre Verschwörungen und Anschläge unterrichtet. Der Anschlag auf Euer Leben, der Brand in der Gießerei Owen, den Ihr beobachtet habt, all dies gehört, wie Euch Master Davison ebenfalls schon erzählte, zu einem neuen Komplott, dessen Kopf neben der Schottin ein gewisser Babington war. Er befindet sich mittlerweile in sicherem Gewahrsam.«

»Das klingt alles ganz gut, Sir Francis, nur: *Ich glaube Euch nicht!*«

Die Hände Walsinghams umkrampfen die Tischkante als wolle er wütend aufspringen; seine Augen funkeln mich an.

»Ich gebe gerne zu«, fahre ich fort, »daß dies ein Teil der Wahrheit ist, vielleich sogar ein wichtiger Teil der Wahrheit – aber eben nur ein *Teil!*«

»Wie kommt Ihr darauf?« preßt Walsingham mühsam heraus.

»Mag sein, Sir Francis, daß da manches übertrieben wird, wenn man behauptet, kein Grashalm in Europa könne wachsen und keine Fliege husten, ohne daß *Ihr* davon wüßtet. Ganz gewiß übertrieben aber ist es *nicht*, wenn ich der felsenfesten Überzeugung bin, daß eine so gefährliche Staatsgefangene wie Maria Stuart keinen Finger krümmen, kein Wort sagen oder schreiben und schon gar keine Verschwörung anzetteln kann, ohne daß *Ihr* davon genauestens unterrichtet seid!

Daher bestehe ich auch auf einer Antwort auf die Frage: Weshalb habt *Ihr* diese Verschwörung, diese Anschläge zugelassen, obwohl Ihr sie mühelos hättet verhindern können, so Ihr sie hättet verhindern *wollen?*«

Walsingham verzieht keine Mine:

»Ich denke, Sir Adam, daß Ihr...«

»Sir Francis«, unterbreche ich ihn, »ich weiß, ich bin kein Engländer. Ich weiß, daß ich gegen Euren dringenden Wunsch nicht zum protestantischen Glauben übergetreten bin. Ich weiß aber auch, daß

Ihr wißt, daß ich in den sieben Jahren, die ich nun in England lebe und arbeite, zu den treuesten, loyalsten und nützlichsten Dienern der englischen Krone zähle! Ich denke, ich habe mir ein Recht darauf erworben, die *ganze* Wahrheit zu kennen!«

»Die ganze Wahrheit ist oft ein zweischneidiges Schwert«, warnt Walsingham leise. »In England manchmal auch die Schneide des Henkerbeils!«

Offenbar zu einem Entschluß gekommen, lehnt sich Sir Francis Walsingham in seinem Sessel zurück:

»Politik ist allezeit die Wissenschaft des Widersinns«, beginnt er seine Beichte. »Ja, Ihr habt recht vermutet, daß ich die Verschwörungen der Schottenkönigin, die geplanten Anschläge kannte – daß der auf Euch anders ablief als geplant, indem er fast zum Erfolg geführt hätte, ist allerdings auch die reine Wahrheit.«

Ich verschränke die Arme über der Brust, lehne mich zurück.

»Ich werde Euch zuliebe einen Schritt weitergehen: Ich wußte nicht nur um die Verschwörung und die Anschläge, ich habe sie geplant. Der unselige Babington und seine Komplizen waren, ohne es zu ahnen, meine Werkzeuge.«

»Um die Schottenkönigin ein für alle Male auszuschalten? Um diese Gefahr endlich von England abzuwenden?«

»Das auch, aber nicht zuallererst. Gewiß, mit dem spanischen Feind von außen kann sich England nicht auch noch eine ständige Bedrohung von innen leisten. Doch wie Ihr richtig erkannt habt, wäre es mir leichtgefallen, Maria Stuart so von der Umwelt abzuschließen, daß sie keinen Schaden hätte anrichten können.

Nein, das Problem, das es zu lösen galt, liegt in vier anderen Dingen begründet:

Da ist zum ersten die Einigkeit Englands selbst. Ich meine jetzt nicht diese paar Jesuiten und ihre verrückten Anhänger – ich kenne sie alle, und wenn mir einer davon in die Quere gerät, endet er sehr schnell und blutig auf Tower Hill. Nein, wer die notwendige Geschlossenheit Englands in Wahrheit gefährdet und untergräbt, sind jene, die noch immer nicht begreifen wollen oder können, daß es mit Philipp von Spanien keinen Frieden geben kann, solange dieser sich Hoffnungen macht, England seinem Reich und dem katholischen Glauben zu gewinnen.

Diese Leute, an ihrer Spitze der Lordschatzmeister, William Cecil, Baron of Burghley, gilt es nicht nur aufzuscheuchen, sondern ihnen die drohende Gefahr unmißverständlich vor Augen zu führen.

Nur indem sie aktiv in die Beseitigung der Gefahr Maria Stuart verwoben werden, kompromittieren sie sich selbst gründlich genug, damit sie endlich das tun müssen, was für England notwendig und richtig ist.

Da ist zum zweiten die militärische Hochrüstung des Landes. Da Ihr selbst mitten in diesem Geschäft steckt, könnt Ihr wohl einigermaßen erahnen, was die Kanonen und Schiffe, das Pulver, die Kugeln, die Arkebusen, die Schwerter, die Harnische und die Mannschaften Jahr für Jahr die Krone kosten. Und wie Ihr ebenfalls wißt – Meister Jakob Halder hat es Euch erst gestern wieder vor Augen geführt –, bleibt militärische Rüstung nicht stehen, sie entwickelt sich weiter und weiter und weiter. Was heute noch das Beste vom Besten ist, kann morgen schon veralteter Plunder sein. Heute ist Englands Flotte technisch unschlagbar. Aber könnt Ihr mir auch die Frage beantworten, wie lange sie das bleiben wird? Der Feind schläft schließlich nicht!

Damit eng verknüpft ist der dritte Punkt: Heute verfügen wir nicht nur über die besten Schiffe und Kanonen der Welt, sondern auch über die besten Kapitäne: Howard, Drake, Hawkins, Frobisher, Grenville, die Fenner-Brüder, Seymour, Cumberland, Winter, Palmer und wie sie alle heißen. Doch nur wenige dieser erfahrenen, sturmerprobten Männer sind noch jung. Wie lange noch wird England über diese Garde verfügen können? Wie lange noch über Euch, über Master Baker?

Und schließlich: Die Entscheidung um Englands Schicksal wird nicht an irgendeinem Verhandlungstisch, sondern im Kanonendonner der Flotten fallen. Ihr wißt es, und ich weiß es auch. Doch wie wollt Ihr zu einer Entscheidungsschlacht kommen, wenn sich der Gegner, wenn sich Spanien nicht zum Kampf stellt? Ihr kennt die Habsburger, und glaubt mir, Philipp von Spanien ist der schlimmste Habsburger von allen! Er wird in zehn Jahren noch zögern und zaudern und weiterrüsten. Wenn ihn nicht, wie seinerzeit 1571 vor der Schlacht von Lepanto, der Rest des katholischen Europas ganz massiv unter Druck setzt, so wird er auch weiterhin zwar Pläne für die Eroberung des letzten englischen Kuhdorfes ausarbeiten lassen, aber wann seine Flotte tatsächlich ausläuft, das bleibt in den Sternen geschrieben.«

»Wenn aber«, führe ich den Gedankengang Walsinghams weiter, »der Kopf Maria Stuarts unter dem Beil des Henkers fällt – und sei dies noch so berechtigt –, so wird ein Aufschrei durch das katholische

Europa gehen, den Philipp von Spanien einfach nicht mehr überhören *kann!*«

Sir Francis Walsingham hat sich hoch aufgerichtet:

»Vielleicht wird eines Tages bekannt werden, welches Spiel ich mit dem Kopf der Schottin getrieben habe. Vielleicht wird das der Tag sein, an dem Königin Elizabeth befehlen muß, *meinen* Kopf deshalb dem Beil des Henkers zu überantworten. Wenn dieser Tag kommen sollte, so werde ich meinen Hals mit Stolz auf den Block legen in der Gewißheit, *England gedient zu haben!*«

Nach einer kleinen Pause hebt er warnend seinen Finger:

»Ich muß wohl nicht betonen, daß von dem, was Ihr soeben erfahren habt, kein Wort aus den Mauern dieses Zimmers dringen sollte!«

»Ihr wißt, daß ich zu schweigen verstehe!«

»Ich weiß es nur zu gut, wenn ich an Eure Geheimniskrämerei beim Kanonenguß denke«, brummt Walsingham. Damit ist für ihn unsere Unterhaltung offensichtlich beendet, doch ich bleibe sitzen.

»Und was ist *meine* Rolle in diesem Spiel?«

»Die des Mannes, der in Zukunft für England die Artillerie weiterentwickeln wird.«

»Mag sein. Doch wann und vom wem wird der nächste Anschlag auf mein Leben verübt?«

»Anschläge werden immer geplant, allein sie zu verhindern ist unsere Aufgabe!« erklärt Walsingham kategorisch. »Ihr könnt doch selbst feststellen, daß unsere Majestät lebt und der Kopf Maria Stuarts die beste Falle für Philipps Flotte darstellt und der Preis für Englands endgültige Sicherheit.«

»Das ist er schon seit Jahren – und mag es in Wochen, Monaten und Jahren noch immer sein. Unsere Königin läßt zwar auf Tower Hill die Köpfe von Jesuiten und allerlei Verschwörern abhacken, doch an diesen besonderen Kopf ihrer *Schwesterkönigin* zu rühren, weigert sie sich bis heute beharrlich. Weshalb sollte sie jetzt plötzlich ihre Meinung ändern?«

»Sie wird ihre Meinung nicht ändern – und doch wird dieser spezielle Kopf fallen!« Sir Francis Walsingham beugt sich weit über den mächtigen Tisch. Seine Worte sind nur noch ein Flüstern. »Glaubt Ihr, wir hätten die Babington-Verschwörung geplant, um sie ins Leere laufen zu lassen?«

»Wer ist dieser Babington?«

»Ein Narr und ein Niemand – ein katholischer Kleinedelmann aus Lichfield bei Chartley, just jenem Schloß benachbart, wo Maria Stuart in den letzten Monaten ihre unfreiwillige Residenz aufgeschlagen hatte.«

»Das mag Babington den Kopf kosten – nicht Maria Stuart«, werfe ich ein.

»Die Schottin zu befreien war für Babington ein gar ritterliches Werk. Doch solange Königin Elizabeth lebt, ist kein Platz für Maria auf Englands Thron und für den Papst das Land nicht zurückgewonnen. Das Credo eines der Mitverschwörer namens Gifford lautete: »*Also muß für Maria und den katholischen Glauben Königin Elizabeth sterben!*«

»Ist das nicht auch Euer Mann, dessen Nachricht aus Paris Ysabel überbringen sollte?« entsinne ich mich.

»So ist es«, bestätigt Walsingham und fährt fort: »Tatsächlich konnte am 12. Mai der spanische Gesandte, der ständig mit den Verschwörern in Verbindung stand, seinem König die erfreuliche Nachricht übermitteln, daß Babington und drei seiner Leute vor dem Altar auf das Sakrament geschworen hatten, Königin Elizabeth mit Dolch oder Gift zu beseitigen. Wohl versteckt in einem Bierfaß, das schon länger als geheimes Transportmittel für Briefe nach und aus Chartley diente, erreichte die frohe Botschaft einen Tag später auch die Schottin.«

»Allein das Wissen um einen Mordplan erscheint Euch genug, um immerhin eine Königin vor ein Blutgericht zu stellen?« frage ich zweifelnd.

»Natürlich nicht. Ihr *consent*, ihr ausdrückliches und schriftliches Einverständnis zu dem Meuchelmord war unabdingbar. Und ganz leicht zu erhalten war es wahrlich nicht. Gifford mußte bei Philipps und Marias Generalagenten Morgan in Paris wiederholt Klage führen über die zögerliche Haltung der Schottenkönigin, ohne deren Zuspruch und Einverständnis Babington und seine Narren wohl nie ihren Entschluß würden auszuführen wagen.

Doch nicht Morgan, sondern Babington selbst brachte schließlich den Stein ins Rollen. In einem ellenlangen, rührseligen Schreiben offenbarte er *seiner geliebten Königin* bis ins Kleinste die Pläne der Verschwörer und bat sie um ihren Segen. In der gleichen Nacht, in der man die *Usurpatorin* Elizabeth niederstechen wolle, würden überall im Land die Werften, Gießereien und Arsenale in Flammen aufgehen, um England den spanischen Invasionstruppen zu öffen, während er, Ritter Babington, an der Spitze von hundert Getreuen, Chartley stürmen und sie befreien werde, um sie im Triumphzug nach London zu führen, wo sie endlich Thron, Krone und Zepter in ihren rechtmäßigen Besitz nehmen könne. Dieses Dokument freimütigster Dummheit kann man wahrlich nur mit Ergriffenheit lesen!

Und Maria Stuart wäre eben nicht Maria Stuart, hätte sie aus kalter Vorsicht solch eine Epistel hochherzigen Schwachsinns unbeantwortet gelassen. Am 10. Juni hielt sie das Schreiben in Händen. Am 17. verließ ihre Punkt für Punkt ausführliche und zustimmende Antwort Chartley auf dem gewohnten Weg im Bierfaß.

Noch in Lichfield wurde der Brief von meinem eigenen Privatsekretär Phelippes kopiert, dechiffriert und an mich geschickt, während das Original weiter zu seinem eigentlichen Empfänger nach Paris reiste, wo man beschloß, daß Babington unverzüglich losschlagen solle. Das war die Nachricht, die über Margate unter anderem auch Eure Freundin Ysabel erreichte und die sie unbedingt glaubte weitergeben zu müssen.«

Seine Augen mustern mich kalt.

»Nun den Rest kennt Ihr: Babington stürmte Chartley ebenso wenig wie die Verschwörer auch nur in die Nähe Königin Elizabeths gelangten. Von den Gießereien, Werften und Arsenalen ließen wir lediglich Owen Furnace und Hogges Furnace ein paar unbedeutende Brandschäden davontragen, und in Deptford fiel Peter Pett, in der Aufregung oder im Rausch, eine Treppe hinunter und brach sich ein Bein. Und hätte sich Ysabel an ihre Weisung gehalten, sofort nach Barn Elms zu kommen, wäret Ihr nicht einmal in die Nähe einer Gefahr geraten.«

Aus dem Gesagten vermag ich nicht zu entscheiden, was an diesem Komplott Walsinghams überwiegt: die Klugheit, der Zynismus oder die schiere Notwendigkeit.

»Und vergeßt nicht, Sir Adam«, verabschiedet mich Sir Francis, »die Wahrheit ist oft ein zweischneidiges Schwert – und in England oft die Schneide des Henkerbeils.«

Als ich den Raum verlasse geht mir das Wort Walsinghams durch den Sinn:

»*Politik ist allezeit die Wissenschaft des Widersinns.*«

LONDON 1586–1587

Als ich die Vorhalle wieder betrete, ist die Überraschung groß, denn ich werde fast von Matthew umgerannt, der wutschnaubend, mit zorngerötetem Gesicht versucht an mir vorbeizustürmen und mit Stentorstimme brüllt:

»Warum hockt Walsingham hier noch herum? Was für gottverdammte Schlafmützen hat er als Schutz für meine Werft abgestellt? Diese Arschlöcher wären bei den Kloakenreinigern gerade noch zu ertragen!«

»Was ist denn passiert?« frage ich erschrocken.

Baker wirbelt herum, während Sir Francis Walsingham in der Halle erscheint.

»Diese lächerlichen Figuren wagen es von sich zu behaupten, sie seien fähig, den Schutz der Arsenale, Gießereien oder Werften zu garantieren! *Schutz!*« Matthew Baker speit das Wort förmlich aus.

Walsingham kommt näher:

»Doktor Baker, ich muß Euch dringend bitten, Euch zu mäßigen!«

»*Mäßigen?*« tobt Matthew. »Ich habe überhaupt noch nicht *angefangen!*«

»Es ist kein einziges der Werftgebäude in Chatham beschädigt worden!« antwortet Walsingham ärgerlich.

Doch Matthew ist nicht zu bremsen:

»Die paar lumpigen Steinhaufen sind notfalls in ein paar Wochen wieder aufgebaut. Es ist das Holz! Das *Holz*! Fast ein Drittel meines Holzlagers ist in Flammen aufgegangen, und die traurigen Figuren, die Ihr als Wachen nach Chatham abgestellt habt, waren nicht in der Lage, es vor ein paar übergeschnappten Katholiken zu schützen!« Mit drei langen Schritten eilt Baker zu mir, packt mich an den Schultern, schüttelt mich. »Adam, stell dir vor, du kommst nach Mayfield zurück, deine Flammöfen liegen in Trümmern, und dein Kupfer und Zinn ist hoffnungslos mit Blei versetzt.«

Seine Worte lassen mich erbleichen.

»Und das ist *gar nichts!*« fährt mein Freund fort. »Die Öfen lassen sich neu aufmauern, die Metalle wieder beschaffen – in ein paar Monaten funktioniert deine Gießerei wieder. Aber bei mir hat es das *Holz* getroffen!«

»Ihr werdet entsprechende Entschädigung und Ersatz bekommen, Master Baker«, erklärt Walsingham eisig.

»*Entschädigung? Ersatz?*« schreit Matthew wütend auf. »Ersatz für hundertjährige, zehn, zwanzig Jahre abgelagerte Eichenstämme! Niemand begreift offensichtlich, worum es geht!«

»In Woolwich, in Deptford, in Plymouth, Yarmouth, Portsmouth liegt genug entsprechendes Holz, um die Schiffe, die derzeit benötigt werden und im Bau sind, fertigzustellen«, hält Walsingham trocken dagegen.

»*Derzeit!* Und was ist morgen? Und übermorgen?« Matthew schlägt verzweifelt die Hände vors Gesicht. »England ist eine Insel. Ob heute gegen die Spanier, oder vor einigen Jahren gegen die Franzosen, oder in einigen Jahren gegen wen auch immer: Englands Schutz, Englands *alleiniger* Schutz ist seine Flotte, sind die *hölzernen Wälle seiner Schiffe!*«

»Dies ist mir durchaus nicht unbekannt«, stellt Walsingham fest.

»England hat kein Holz mehr!« schleudert mein Freund Walsingham entgegen. »Die Flotten König Henrys haben England leergefegt von brauchbaren Bäumen! Wir sind so weit, daß Englands zukünftige Sicherheit und Größe zunehmend abhängen wird von den Wäldern Rußlands. Was wir brauchen, ist Holz für die Kriegsschiffe, die England den Weg vorbei an Dänen, Deutschen, Schweden und Polen freihalten nach Rußland, um das Holz zu bekommen, das wir für den Bau der Kriegsschiffe brauchen.«

Sir Francis Walsingham bleibt vor Matthew stehen, schaut ihm in die Augen:

»Wenn das so ist, Doktor Baker, dann wird England dafür Sorge tragen, daß dieser Weg nach Rußland – vorbei an Dänen, Deutschen, Schweden und Polen – stets und um jeden Preis für Englands Schiffe offensteht! Gentlemen, und damit ist es genug für heute! Es *lebt* die Königin!«

Wenige Augenblicke danach verlassen Matthew und ich gemeinsam Barn Elms.

Mittwoch,
der 22. Februar 1587

Das Grau des Tages ist so grau wie meine Stimmung. Auf dampfenden Pferden hetzen meine fünf Leibwächter und ich nordwärts Richtung London. Eisiger Nieselregen, vermischt mit einzelnen Schneeflocken, hat längst unsere schweren Lodenmäntel durchweicht, uns bis auf die Haut durchnäßt. Die Beine der Pferde sind bis zu unseren Stiefeln herauf mit Schlamm beschmiert, aber ich kenne keine Gnade. Weiter, weiter! Die fast menschenleeren Straßen von Bromley und Lewisham hallen von unserem Hufschlag wider.

Am Donnerstag vor drei Wochen, am 9. Februar, hatte die Meldung Mayfield erreicht, daß das Haupt der Schottenkönigin Maria Stuart unter dem Beil des Henkers gefallen war. Die Bevölkerung hatte die Nachricht mit Freudenfeuern und ausgelassenen Festen gefeiert.

Dann, ein paar Tage später, waren die Meldungen durchgesickert, daß Königin Elizabeth getobt habe, als ihr Lord Burghley den Bericht vom Ende ihrer Erzrivalin überbrachte. Gewiß, jeder einigermaßen Eingeweihte hatte damit gerechnet, daß die Königin einen entsprechenden Theaterdonner herniedergehen lassen würde, um ihre Unschuld an dem Unvermeidbaren vor der Welt zu demonstrieren. Doch, weshalb auch immer, Blitz und Donner, die auf Burghley herniedergefahren waren, müssen unglaublich echt gewirkt haben – vielleicht sogar echt gemeint gewesen sein?

Und dann, heute in aller Frühe, erreichte mich die Nachricht, man habe alle Schuld und allen echten oder gespielten königlichen Zorn ausgerechnet auf meinen Freund William Davison abgeladen. Vor die Sternkammer, das höchste Gericht des Landes, habe man ihn geschleift, ihn zu einer horrenden Geldstrafe verurteilt, ihn nun im Tower eingekerkert, wo er auf sein Todesurteil warte!

Todesurteil! *Hinrichtung!* Was das in England bedeutet, das habe ich im Oktober letzten Jahres nur allzu nahe miterleben müssen! Als man Babington und seine Gefährten hinrichtete, wurde ich höchst nachdrücklich als Ehrengast und Zeuge eingeladen und fand mich neben anderen »Opfern« von Anschlägen wie Samuel Owen auf einem Ehrensessel direkt oben auf dem Blutgerüst im Gefolge des

Lordkanzlers und Oberrichters von England, Sir Thomas Bromley, wieder.

»Hängen und vierteilen«, lautete das Urteil.

Auch in Innsbruck hatten wir von Zeit zu Zeit, wie jeder gute Bürger, Hinrichtungen auf dem Köpfplatzl beiwohnen müssen. Doch gegenüber dem, was ich auf Tower Hill erleben mußte, erscheinen mir die deutschen Henker mit ihrem Hängen und Rädern, Verbrennen, Köpfen und Spießen geradezu Menschenfreunde zu sein. Zunächst wurden die Verurteilten zwar mit einem Strick um den Hals am Galgen hochgezogen, doch ehe sie das Bewußtsein verloren, wieder abgeschnitten, nackt ausgezogen und auf eine Art Tisch gefesselt. Bei vollem Bewußtsein schnitt ihnen der Henker sodann langsam Hände und Füße, Arme und Beine ab, ehe er den Unglücklichen, nach über einstündiger Tortur, endlich die Leiber aufschlitzte und die Gedärme herauszerrte, um ihnen schließlich das Herz herauszuschneiden und den Kopf abzuhacken, der an der London Bridge aufgespießt zur Schau gestellt wurde.

Daß möglicherweise nun auch auf meinen Freund William derlei Torturen warten, läßt mich meinem erschöpften Pferd erneut die Sporen in die Flanken stoßen. Im Galopp preschen wir über die London Bridge, biegen nach rechts ab, hin zum Tower.

Ich bin unverzichtbar für England. Und ich bin entschlossen, diese Unverzichtbarkeit bis zum letzten für William einzusetzen. Ich werde Bromley, Walsingham, Burghley, die Königin bestürmen. Ich werde sie, wenn es sein muß auf den Knien, um Gnade bitten – und wenn das nicht helfen sollte, mit der Drohung, kein einziges Geschütz mehr zu gießen, bis das Leben meines Freundes gesichert ist und ihm zumindest erträgliche, ehrenvolle Haftbedingungen zugestanden werden. Zuvor jedoch will ich William, wenn dies irgend möglich ist, sehen und sprechen, ihn trösten, ihm Mut machen, ihm sagen, daß er nicht alleine ist, daß ich alles, aber auch alles tun werde, um ihn zu retten!

Vor dem Lions Tower, der das erste Tor auf der Stadtseite des breiten Grabens bewacht, zügeln wir unsere Pferde. Ich sitze ab, fordere von dem Soldaten, der an der kleinen Mannpforte neben dem geschlossenen Haupttor Wache hält, sofort zum Burghauptmann gebracht zu werden. Auch mit dem Sergeant der Wache, der sich nach wenigen Minuten zu uns gesellt, um nach dem rechten zu sehen, lasse ich mich auf keine Diskussionen ein, trage nur nochmals heftig meine Forderung vor – und habe Erfolg.

LONDON 1586–1587

Wenig später stehen wir am Eingang des Kommandantenwohnhauses, einem schmalen, jedoch freundlichen Fachwerkbau mit breiten Fenstern, durch die in der mittlerweile hereingebrochenen Dämmerung die Kerzen schimmern. Während mich der Sergeant anmeldet, nimmt mir ein ältlicher Diener höflich den Hut und den durchnäßten Mantel ab.

»Sir Adam Dreyling! Was für eine Freude, Euch wieder einmal begrüßten zu dürfen!« Strahlend, mit ausgestreckten Händen eilt mir der Lieutenant, Michael Blount, entgegen, schüttelt meine Hände wie Pumpenschwengel auf und ab. »Was für ein Vergnügen, hier in unserer Abgeschiedenheit einmal ein anderes Gesicht zu sehen. Kommt herein und seid von Herzen willkommen! Ihr seht müde und hungrig aus. Wir sind eben beim Abendessen. Laura, Margaret, ein Gedeck für Sir Adam Dreyling!«

Ehe ich noch zu Wort komme, werde ich in ein Zimmer halb gezogen, halb geschoben, das neben zahlreichen Kerzen von einem lustig flackernden Kaminfeuer erhellt wird. An einer langen, gedeckten Tafel sind Michael Blounts Vater, Sir Richard Blount, von dem Michael seine Würde als Lieutenant des Tower geerbt hat, ihre beiden Frauen, zwei weitere Söhne und eine Tochter Sir Richards, die drei Söhne und beiden Töchter Michaels versammelt und – William Davison.

»William!«

»Adam!«

Im nächsten Moment liegen wir uns in den Armen.

»Adam, was machst du denn hier?«

»Ich habe gehört, du seist hier im Tower eingekerkert.«

»Ist er auch«, bestätigt Blount.

»Aber...«, ich lasse meinen Blick verblüfft über den reich gedeckten Tisch, die Blountsche Familienidylle gleiten. »Wenn du eingekerkert bist...«

William bricht in schallendes Gelächter aus:

»Du hast mich vor deinem geistigen Auge wohl schon mit rasselnden Eisenketten in einem stinkenden Loch auf fauligem Stroh angeschmiedet gesehen?«

»Wir sind doch keine Barbaren«, läßt sich Michael Blount indigniert vernehmen.

Lebhafte Zustimmung rund um den Tisch.

»Master Davison ist schließlich kein Jesuit oder Katholik. Weshalb sollte ihm da nicht jede Bequemlichkeit und jede Ehre, die wir zu bieten haben, von Herzen gegönnt sein, auch wenn sein Weg aus diesen Mauern hinaus nach Tower Hill führen mag?«

Mit kurzen Worten erkläre ich, daß ich, sofort nachdem ich die Nachricht von seiner Verhaftung erhalten habe, mich aus Mayfield aufgemacht habe, um mich für seine Freilassung einzusetzen.

»Das ist echte Freundschaft«, stellt der Lieutenant bewundernd fest. »Aber die Herren wollen sich gewiß ungestört unterhalten. Laura und Margaret werden das Essen in Master Davisons Gemächern servieren.«

So folge ich wenige Minuten später William über ein kurzes Stück des Wehrganges vom Kommandantenhaus hinüber in den Bloody Tower, wo er sein derzeitiges Domizil hat.

Bloody Tower – allein der Name läßt einem kalte Schauer über den Rücken laufen. Doch das Zimmer, das wir betreten, ist hell erleuchtet. Im Kamin flackert ein gemütliches Feuer, an den sauber weiß gekalkten Wänden hängen zwei flandrische Gobelins; ein geschnitzter Eichentisch wird soeben von einer freundlichen, ausgesprochen hübschen jungen Frau gedeckt. Zwei mächtige Lehnsessel laden zum Ausruhen ein. Ein weites Doppelfenster gewährt Aussicht auf den Thomas-Turm mit dem Verrätertor bis auf die Themse hinaus. In einer Ecke steht ein breites Bett, in Regalen stapeln sich Bücher und Dokumente, auf einer eisenbeschlagenen, versperrten Truhe liegen Williams Degen und Dolch. Ich deute verblüfft auf die Waffen:

»Man hat dir ja sogar…«

»Weshalb auch nicht? Soll ich damit etwa Lieutenant Blount ermorden – oder Laura bedrohen?« Dabei zwinkert er der jungen Frau zu, die prompt errötet. »Kein Gentleman würde sich derlei einfallen lassen – und selbst wenn er es täte, aus dem Tower käme er trotzdem nicht heraus. Nur einer hat das einmal versucht, der walisische Prinz Gruffydd vor etwa 300 Jahren. Der Erfolg war, daß er sich zu Tode stürzte. Aber setz dich, mach es dir gemütlich und greif zu.«

Doch meine erste Frage ist:

»Was kann ich für dich tun, William?«

Er winkt lässig ab:

»Nichts, Adam. Rein *gar nichts!*«

»Aber wenn ich zu Walsingham gehe, zur Königin…«

»Laß das um Himmels willen bleiben!« reagiert William abwehrend. »Kein Wort über mich zu irgend jemandem von irgendeiner Bedeutung! Je schneller man vergißt, daß es William Davison überhaupt gibt, je gründlicher man vergißt, was ich getan habe, um so besser für mich!«

»Und was hast du eigentlich getan?«

»Den Willen der Königin erfüllt!«

»Aber dafür kann man dich doch nicht in den Tower stecken!« empöre ich mich.

»Dafür *kann* man nicht nur«, widerspricht mir mein Gegenüber. »Dafür *mußte* man!«

»Also, jetzt begreife ich überhaupt nichts mehr«, gebe ich offen zu.

»Das merkt man«, grinst William schief. »Wenn du überhaupt etwas für mich tun willst, dann halte den Mund über das, was ich dir jetzt erzähle – nicht daß es ein Staatsgeheimnis wäre, nur, wie ich sagte, je schneller es in Vergessenheit gerät, um so besser für mich: Du weißt, daß dieser Babington von Maria Stuart ein Papier bekam, in dem die Schottin die Ermordung Königin Elizabeths gutgeheißen hat. Du weißt vermutlich auch, daß im Oktober der höchste Gerichtshof des Landes zusammentrat, um über die Verschwörerin zu richten und zu urteilen.«

»So fern ist Mayfield nun auch wieder nicht«, werfe ich ein, »daß nicht sogar bis dorthin das Tagesgespräch ganz Englands gedrungen wäre.«

»Natürlich«, fährt William fort, »war das ganze Verfahren eine Farce, und das Todesurteil für die Verschwörerin stand von Anfang an fest – Maria Stuart wußte das; Burghley und Bromley, die Vorsitzenden, wußten das; ganz England, ganz Europa wußte das.«

»Dann war…«

»Vorsicht, Adam!« unterbricht mich William sofort. »Auch wenn der Gerichtshof nach englischem Gesetz gar nicht berechtigt war, über die Schottenkönigin zu richten – nach unserem Gesetz muß jeder von seinesgleichen gerichtet werden, Maria Stuart hätte demnach also vor einen Gerichtshof von Königen gestellt werden müssen. Auch wenn das Urteil von vornherein feststand. Auch wenn die Babington-Verschwörung eine Falle war: Maria Stuart *hat* über viele Jahre hinweg Verschwörungen und Mordkomplotte gegen unsere Königin angezettelt. Sie *war* eine Mörderin – zumindest an ihrem zweiten Gatten Darnley –, und das Blut vieler Unschuldiger klebte an ihren Händen. Das Urteil über sie und ihre Hinrichtung waren nicht nur notwendig, sie waren *gerecht* – wenn in dieser Form vielleicht auch nicht so ganz *rechtmäßig*. Vergiß das nie, wenn du über Maria Stuart sprichst!«

»Nun gut«, komme ich auf das eigentliche Thema zurück, »aber was hast du nun mit dieser ganze Sache zu tun?«

»Das Todesurteil über die Schottin sprechen zu lassen war eine Sache. Das Todesurteil vollstrecken zu lassen eine ganz andere!

Auf gar keinen Fall durfte die Königin so tief darin verwickelt werden, daß man sie im Rest Europas dafür tadeln, gar eine Mörderin hätte nennen können. Auch die wichtigsten Männer des Staates, Sir Francis Walsingham, Lordadmiral Charles Howard of Effingham und sogar auch William Cecil, Lord Burghley, mußten äußerlich einen Rest Unschuld bewahren können.

So war es denn meine Aufgabe als Zweiter Staatssekretär die Königin *mißzuverstehen* und das zu tun, was getan werden mußte.

Zunächst zögerte die Königin offiziell über drei Monate, das von Burghley und Bromley ausgefertigte Todesurteil überhaupt zu unterzeichnen. Dann, es war der 1. Februar, erhielt ich durch Lord Howard den Befehl nach Greenwich zu kommen und das Urteil der Königin zur Unterschrift vorzulegen. Ich tat, wie mir befohlen.

Die Königin zögerte. Am nächsten Morgen wurde ich nochmals nach Greenwich gerufen. Aller Staatsraison zum Trotz war die Königin offenbar unschlüssig geworden, ob das Urteil denn nun tatsächlich vollstreckt werden sollte, ob es denn nicht doch einen anderen Weg gäbe. Fast eine halbe Stunde wanderte sie unruhig im Zimmer auf und ab, klagte, daß jede Bürde auf ihre Schultern geworfen werden, verließ schließlich das Zimmer.

Natürlich hat sie *nicht* gesagt, ich solle das Urteil vollstrecken lassen, das konnte, das durfte sie nicht, nicht einmal mir gegenüber. Aber sie hat das Urteil – ich hielt es die ganze Zeit in den Händen – auch nicht zurückgefordert. Als Absicherung für mich selbst hatte mir Sir Francis geraten, den Geheimen Staatsrat einzuschalten. Sir Christopher Hatton veranlaßte das auf meine Bitte hin, und bei der Abstimmung fehlte nur Sir Francis Walsingham, der krank in Barn Elms darniederlag.«

»Eine höchst nützliche Krankheit zu einem ungemein günstigen Zeitpunkt«, bemerke ich mit Ironie.

William blinzelt mir zu:

»Zweifellos, doch notwendig für den exponiertesten Mann in dieser Angelegenheit. Nun, der Rest dürfte sich wie überall lauffeuerartig auch bis nach Mayfield herumgesprochen haben. Ja, lieber Adam, das also ist meine Geschichte.«

»Aber wie konnten *dich* die Mitglieder der Sternkammer verurteilen, die doch alle als Mitglieder des Privy Council selbst für die Hinrichtung gestimmt haben?«

»Weil für die ausländische Öffentlichkeit irgend jemand nun einmal verurteilt und hier im Tower eingesperrt werden mußte!«

»Und damit die hohen Herrn sich dieser Unannehmlichkeit entziehen können, bist du das Opfer!« errege ich mich.

»Kein *Opfer*. Glaube mir, ich wußte sehr genau was ich tat, warum ich es tat und wie ich es tat. Walsingham, Howard, Bromley, sogar Burghley wissen sehr genau, weshalb ich hier sitze, nämlich an ihrer Stelle.«

»Und genau deshalb traue ich ihnen nicht!« stelle ich fest.

»Ach was! Der Tower ist nicht das schlechteste Quartier in England, und in ein paar Monaten bin ich wieder draußen. Meine Verurteilung und Einkerkerung sind schließlich nicht mehr als eine offizielle Geste dem Ausland gegenüber.«

»Und wenn die hohen Herren des Staatsrates es als *offizielle Geste dem Ausland gegenüber* plötzlich für angebracht halten, dich an ihrer Stelle auf den Tower Hill zu schicken?«

William schaut mir in die Augen und antwortet mit großem Ernst:

»Dann, mein lieber Adam, werde ich ohne zu klagen, und ohne einen treuen Freund, der mich zu retten versucht, meinen Kopf auf den Block legen. Ich habe vor langer Zeit geschworen: Gleichgültig was immer England von mir verlangen mag, ich werde England dienen mit allem was ich habe und mit allem was ich bin und ohne jede Einschränkung. *Erst England – dann alles andere!*«

II

El Dragón

Plymouth-Cadiz
1587

5. Tagebuch
Adam Dreyling

Freitag,
der 24. März

»Das Königreich hat nur eine Vergangenheit, eine Gegenwart und auch nur eine Zukunft – und die heißt *Drake!*« jubelt ein Matrose neben mir.

Ich habe den Eindruck, die Insel England dreht sich gleichzeitig um einen Mittelpunkt, und dieser Punkt hat ebenfalls nur einen Namen.

Drake, ein Name wie ein Peitschenknall. Gemessen an seinem Einfluß, seiner Umtriebigkeit haben alle anderen, die am selben Strick ziehen, gerade noch die Bedeutung von Flöhen und Wanzen.

Auf der TRIUMPH, eines der älteren und größten Galeonentypen von 1100 Tonnen, mit der ich soeben zum zweiten Male den Plymouth-Sund erreiche, wimmelt es von Drake-Hunden, die ihn, auch wenn er sich gar nicht an Bord befindet, geradezu anwinseln und ihm am liebsten als Wachhunde direkt vor seiner Kajüte ihre Treue bezeugen wollten.

»Drake plant die La-Plata-Flotte abzufangen!« – »Drake hat vor, Lissabon zu plündern!« – »Drake fordert Philipp II. zum Krieg heraus.« – »Drake schützt unsere Küsten vor den Dons.« – »Drake wird es schaffen, daß auch in diesem Jahr kein einziger Silberbarren den Atlantik überqueren wird und wenn, dann nur, um direkt in die Schatztruhen der Königin und in die Säcke seiner Männer zu segeln!«

Niemand auf dem Schiff scheint die Gefahr zu ahnen, die über dem Königreich schwebt, seit Mary Stuart gerichtet worden ist. Philipp rüstet! Die spanischen Häfen sollen brechend voll sein mit Galeeren, Galeassen, Kriegsgaleonen und riesigen Urkas.

Ysabel überraschte mich bei meiner Abreise aus Mayfield mit ihrem Urteil über die gegenwärtige Situation:

»Philipp zaudert, schwankt und hadert. Englands Glück! Dafür haben wir eine undurchsichtige Königin mit einer verdeckten, unentschlossenen und widersprüchlichen Politik. Englands Pech!«

Auf meine Frage, wie sie die nahe Zukunft einschätze, hörte ich Walsinghams Ansicht heraus: »Philipp wird dem Druck, der auf ihm lastet, nachgeben müssen. Wie auch immer, die Dons werden kommen!« Und als ich mich von ihr verabschiedete, meinte sie orakelhaft: »Du wirst Tag und Nacht gießen müssen, wenn deine Mission in Plymouth beendet sein wird.«

Ihre Verbindungen von Mayfield über London nach Barn Elms und die immer häufiger anfallenden Reisen an Orte der Küste, die sie mir nicht mitteilte, bestätigen mir eher das Nahen einer heftigen Konfrontation als die Fortsetzung eines Friedens, der zwar schwankend ist wie die Schiffsplanken unter mir, jedoch bislang gehalten hat. Die Masse der Geschütze an Bord der TRIUMPH ist nur ein weiteres Indiz für Vorbereitungen, die auf einen möglichen Krieg hindeuten. Die Arsenale werden geöffnet, und ich liefere direkt aus den Gußgruben heraus auf die wartenden Galeonen.

Um so mehr staune ich über die Phantasien der Seeleute, mit der sie Spaniens Silberflotten auf dem Atlantik abräumen wollen:

»Besitzt Sir Francis nicht gar einen Zauberspiegel, mit dem er jedes spanische Silberschiff unfehlbar auf See aufspüren kann?«

Ein blutiger Krieg ist für sie nicht vorstellbar. Sie denken an Beute. Jeder will dabei sein, wenn es um Plünderungen spanischer Schiffe geht – vorausgesetzt, *Drake* hat das Kommando.

Die Tage und Nächte der Überführung von insgesamt 72 neuen Bronzerohren, darunter 48 18pfünder und 24 9pfünder Feldschlangen, von Mayfield über Land nach Hastings, und von dort über Wasser nach Plymouth, waren gefüllt mit überschäumenden Nachrichten. Dazu blies der Wind stündlich neue über die Wellen. Sie könnten der Zipfel eines Leichentuches sein, das sich schnell über die offene See ziehen läßt.

Für London selbst, so die Auffassung der Offiziere an Bord, wäre das Tuch dennoch allemal zu kurz. Dafür würden Drake, seine Schiffe und die Milizen entlang der Küste sorgen, die man eilig in den südlichen Grafschaften aufstellt. Die Tendenz bei den Offizieren, im Gegensatz zu den Mannschaften, ist klar: Spanien und England wollen die Auseinandersetzung. Einige Herzen schlagen für den Krieg, wie die Salven von Geschützbatterien. Plagen tut sie nur eine Sorge: Die einzige, die die wahre Lösung verhindern könnte, wäre die Friedenspartei im Rat der Königin. Dagegen wird gebetet: Gott möge dies verhindern!

»Wie viele Schiffe liegen am Kai?« vernehme ich die Stimme von Lieutenant Eliot, dem Ersten Offizier. Durch den Morgendunst hindurch sehe ich mit den bloßen Augen einen Wald von Masten aufragen.

»Ich kann die ELIZABETH BONAVENTURE, die GOLDEN LION, die DREADNOUGHT und die RAINBOW ausmachen«, kommt die Antwort von der Kampanje. Wenig später rauschen die schweren Trossen aus, und das Aufklatschen des Ankers verkündet, daß die TRIUMPH ihren Ankerplatz hinter der RAINBOW eingenommen hat.

Das Kai ist übersät mit Ladegut und Schiffsausrüstung. Weiter vorn ist die Kaimauer durch ein Seil abgesperrt, vor dem mehr als 20 Wachen Posten stehen. Dahinter reckt eine Ansammlung von Menschen neugierig ihre Hälse.

Martin Frobisher, unser Kapitän, geht an die Reling. Unten haben sich inzwischen zwei Herren eingefunden, die, nach ihrer Kleidung zu urteilen, ebenfalls den Kapitänsrang einnehmen. Sie scheinen ungeduldig zu sein. Frobisher grüßt hinunter. Der etwas kleinere Herr antwortet:

»Kapitän Fenner von der DREADNOUGHT und Kapitän Bellingham von der RAINBOW. Seid gegrüßt in Drakes Stadt!« Die letzten Worte klingen stolz und endgültig. »Ihr werdet sehnlichst erwartet! Wie viele Kanonen habt Ihr an Bord?«

Frobisher winkt mich an die Reling:

»Sir Adam, Geschützgießer zu Mayfield! Er wird es Euch sagen können.«

Ohne meine Antwort abzuwarten und ohne ein Wort der Begrüßung an mich zu richten, ruft Kapitän George Fenner hastig herauf: »Sir Francis befindet sich auf dem Flaggschiff. Er erwartet Euch!« Über das Fallrepp begebe ich mich auf festen Boden.

Die ELIZABETH BONAVENTURE liegt als erstes Schiff am Beginn der Kaimauer. Eine Rampe aus schweren Holzbohlen führt an Deck. Im selben Augenblick, als Fenner sie betreten will, erscheint Drake oben auf der Rampe.

Als er uns erblickt, stürmt er herunter, während sich sein schwarzer Umhang wie Rabenschwingen um ihn herum ausbreitet. Zum dritten Male spült mich das Schicksal in die unmittelbare Nähe des Herrschers über die nasse Welt. Er ist atemlos von Eile und genießt sichtlich das Kommandieren:

»Wasser, Holz und Viktualien habe ich! Wo ist das Metall?« wendet er sich ohne ein Wort der Begrüßung schroff an Frobisher. Dieser akzeptiert den rauhen Ton, da er brav antwortet: »Alles auf der Triumph!«

Drake eilt den Kai entlang, auf dem sich in Reih und Glied Proviantfässer, Geflügelkäfige, Taue, Kochtöpfe, Brennholz neben den Seekisten der Mannschaften stapeln. Und greift das Fallrepp der Triumph, um sie in Augenschein zu nehmen.

»Wie viele Schlangen und welche Kalibersorten sind an Bord?« höre ich noch schwach seine Stimme, während ich mir Matthews neuerbaute Elizabeth Bonaventure betrachte.

»Sir Adam!« Frobishers knapper Ruf ist von Drakes Hektik angesteckt, während Kapitän Fenner mit einer Armbewegung Eile andeutet. Betont langsam wende ich mich ihnen zu:

»Matthew Baker, mein Freund, hat sie wirklich gut hinbekommen.«

Kapitän Fenner, der mehr die Ruhe bewahrt, aber auf unangenehme Weise pedantisch wirkt, versucht mir klarzumachen, daß Sir Francis Drake wie ein Berserker daran arbeitet, die Ausrüstung seiner eigenen vier Schiffe so schnell wie möglich abzuschließen. Da er zusätzlich die begonnene Verproviantierung der vier königlichen Galeonen am Kai zu überwachen habe, würde er auf jede kleinste Verzögerung mit Zorn reagieren.

»Warum die große Eile?« frage ich Fenner, um mehr über die Ziele der versammelten Kriegsflotte von ihm zu erfahren.

»Das kann ich Euch nicht sagen. Fragt Drake selbst«, weicht er aus.

»Jede weite Reise bedingt ein Höchstmaß an Sorgfalt bei der Auswahl der Ausrüstung wie bei der Beladung der Schiffe. Eile veranlaßt nur zum Schludern«, bohre ich weiter.

»Bei Gott, es ist nicht die Zeit um zu diskutieren, Sir Adam! Gebt Sir Francis die geforderten Auskünfte und helft bei der Aufteilung der Geschütze, dann habt Ihr Euren Teil zum Gelingen der Mission erfüllt.«

Drake fixiert mich von der Reling der Triumph herunter. Unsere Blicke begegnen sich für einen kurzen Augenblick.

»Frobisher!« ruft er mit scharfem Ton herunter. »Verholt alle Geschütze von Bord auf den Kai. Die Liste der Schiffe für die Verteilung der Rohre bringt Euch sofort Lieutenant Sewell. Heute abend noch liegen die Rohre auf ihren Lafetten, mitsamt ihren Geräten, Pulverfässern und Kugeln, geordnet nach Schiffen auf dem Kai. Verholt wird während der Nacht! Bei Sonnenaufgang ist mindestens die Hälfte der Geschütze an den Geschützpforten wiederzufinden!«

»Jawohl, Sir!« antwortet dieser.

»Die Pulverfässer bleiben am besten bis morgen früh an Bord der TRIUMPH!« sage ich laut zu Frobisher, so daß Drake es nicht überhören kann.

Überrascht fährt Frobisher herum:

»Was sagt Ihr...?«

Er hat nicht begriffen, was ich mit meinem Einwand bezwecke, darum werde ich deutlicher:

»... Sonst könnt Ihr morgen beginnen, das Pulver in der Sonne zu trocknen, falls sie scheinen sollte.«

Frobisher blickt unsicher nach oben. Drake nickt kurz herunter und befiehlt erneut:

»Das Pulver bleibt für heute nacht unter Deck der TRIUMPH! Es wird bei Tage direkt umgeladen. An die Arbeit, uns bleibt nicht mehr viel Zeit!«

Samstag,
der 25. März

»Kein Matrose verläßt Schiff oder Kai. Die Todesstrafe ist demjenigen gewiß, der diesen Befehl mißachtet!« brüllt Kapitän Frobisher erregt über die Köpfe der versammelten Seeleute hinweg.

Die Weisung ist derart kurz und knapp, daß auch mein Herzschlag unwillkürlich von der massiven Drohung beschleunigt wird. Die Hektik auf dem Kai hat ihren Höhepunkt erreicht. Verursacht wurde sie durch eine beachtliche Anzahl von Matrosen, die seit den frühen Morgenstunden zu desertieren begonnen hatten. Schuld daran ist die Nachricht, daß Drake angeblich keinesfalls gedenke, der spanischen Silberflotte aufzulauern, sondern die Absicht verfolgen solle, die Häfen von Cadiz und Lissabon von See her zu bekämpfen. Die Männer sehen darin die reichen, verlockenden Küsten Westindiens und das begehrte Silber ersetzt durch unüberwindliche Forts, gespickt mit schweren Küstenbatterien. Bei dieser Reise, so die nächtliche Parole, wird es nur blutige Köpfe und zerfetzte Körper zu bestaunen geben. So begannen sie, den eigenen in Sicherheit zu bringen.

Drake handelte schnell. Da er zudem Bürgermeister von Plymouth ist, ließ er durch die Ortsbehörden eilig das Hafengelände abriegeln und gab Order, die fehlenden Mannschaften sofort mit Soldaten aufzustocken. Der halbe Tag ist trotzdem durch das Zusammenrufen, Überprüfen der Wachlisten und Verkünden der neuen Befehle verloren.

Kapitän Fenner ist neben mir an die Reling der TRIUMPH getreten: »Der Tag beginnt mit reichlich viel Sorgen, Sir Adam. Was meint Ihr dazu?«

»Vielleicht ist der Abend schon wieder versöhnlicher«, antworte ich. Mein Seitenblick wird von ihm sofort verstanden. »Ihr kennt sicher die wahren Gründe, warum die Matrosen sich absetzen.«

»So sicher, wie wir hier stehen: Es sind die Gerüchte, die Walsinghams Feinde ausstreuen und alle, die Sir Francis übelgesinnt sind!«

»Und was wollen sie damit verhindern?«

»Daß die Flotte ausläuft!«

Seine klare Antwort ist für mich sehr wertvoll, da sie mir bestätigt, daß Drake ein politisch brisantes Ziel ansteuern will. Lissabon oder Cadiz? Egal, die Gerüchte stimmen also.

»Kümmert Ihr Euch um die Verteilungsliste der Geschütze?« fragt er mich.

»Gern! Welches Schiff kommt jetzt an den Kai?«

»Wir machen weiter mit den königlichen Schiffen. Als nächstes ist die DREADNOUGHT an der Reihe. Danach die RAINBOW. Morgen ist dann Drakes Geschwader dran.«

Wir sind im Verzug. Während mein Blick über den Kai wandert, dort wo die 18pfünder Feldschlangen für die DREADNOUGHT aufgereiht in der steigenden Sonne in ihren Lafetten glänzen, wird mir bewußt, daß der verheißene Schlaf auch für die kommende Nacht nicht sicher ist. Dabei wollte ich mich morgen frisch und ausgeruht auf die Rückreise nach Mayfield begeben.

Montag,
der 27. März

Das Bild der Erinnerung entsteht rasch in meinem Kopf: Sterzing! Auf der anderen Straßenseite… Ich habe ihn vor Jahren dort an der Seite Ysabels gesehen. Und später noch einmal. Im Arsenal – 1579. Eine fieberhafte Spannung baut sich in mir auf. Schnell drehe ich mich um, spähe nach allen Seiten. Nein, hier auf dem Kai bin ich sicher. Mein Blick geht wieder hinüber zu ihm.

Kein Zweifel, *er ist es*. Der etwa 40jährige Mann hat stark gefastet, und wie ich sehe, bekommt ihm dies nicht gut. Obwohl die matten, dunklen Ringe unter seinen Augen den unseren gleichen, scheinen die seinen die Reise nach Plymouth zu verfluchen. Die müde Wut gilt dem Offizier vor dem Aufgang der ELIZABETH BONAVENTURE, der ihm den Zugang verwehrt. Offensichtlich will er zu Drake. Was sucht er hier? Wer schickt ihn? Während die letzte 9pfünder Schlange von gut zwanzig Männern an Bord der MINION gehieft wird, beobachte ich jede einzelne Bewegung von ihm mit größter Spannung. Die Wachen eilen die Bohlen wieder hinunter und geben Anweisungen, die ich über die Distanz weder deuten noch hören kann.

Sie nehmen ihn mit an Bord der ELIZABETH BONAVENTURE.

Meine Gelassenheit wird durch eine sonderbare Unruhe aufgefressen. Mein Verstand verleitet mich zu der Überzeugung, daß er nur wegen *mir* gekommen sein muß.

Wo ist Kapitän Fenner? Vorhin sah ich ihn noch auf dem Kai. Vielleicht kann er die Zusammenhänge deuten. Die harte Arbeit der vergangenen Tage hat uns schnell näher gebracht. Mit hochgekrempelten Ärmeln und müden Ellenbogen auf dem Tisch haben wir über die Befehle, über die möglichen Missionen der Flotte und über die gnadenlose Eile Drakes mit gegenseitig wachsendem Vertrauen und zunehmender Offenheit spekuliert.

»Wo ist Kapitän Fenner?« frage ich Bellingham, der gerade dabei ist, sich mit einem Boot zur RAINBOW übersetzen zu lassen.

»Ich sah ihn bei den Wachen der ELIZABETH BONAVENTURE«, ruft er zurück.

Während er sich rasch vom Kai entfernt, lasse ich mich auf einem

EL DRAGÓN

Faß nieder. Ist Fenner ebenfalls bei Drake? Ich muß Klarheit haben. Entschlossen gehe ich auf die Wachen zu:

»Ist Kapitän Fenner bei Sir Francis?«

»Aye, Aye, Sir, er ist auf dem Schiff«, meldet der Wachoffizier gehorsam.

»Ich sah vorhin einen Mann, den ich zu kennen glaube. Wie war denn gleich sein Name...?«

»Name?« Die Männer sehen einander an und geben sich ratlos. Der Offizier antwortet schließlich:

»Er nannte keinen Namen, Sir. Er übergab mir einen Brief der das Siegel von...« Er stockt erschrocken. Noch im letzten Moment besinnt er sich, daß er dabei ist, sich zu verplaudern. »Ich ließ ihn Sir Francis überreichen«, beendet er seine Auskunft.

»Wenn er es ist, dann kam er sicher aus London?« spiele ich den Grübelnden. Die Wachen bleiben stumm.

»Ja, er kam direkt aus London«, bestätigt nach einigem Zögern der Offizier. »Mehr weiß ich auch nicht, Sir.«

Kaum daß ich mich einige Meter von den Wachen entfernt habe, höre ich von Deck der ELIZABETH BONAVENTURE Drakes unverkennbare Stimme:

»... und sagt dem katholischen Kanonengießer, er wird morgen mit uns nach Buckland Abbey gehen!«

Schnell eile ich zu den Wachen, als der Fremde hinter Fenner die Rampe wieder herunter kommt.

»Ah, da seit Ihr!« ruft Fenner mir entgegen. »Es gibt neue Befehle, Sir Adam!«

Meine Aufmerksamkeit konzentriert sich weniger auf Fenners Worte, sondern auf den Fremden, der mich, ohne die kleinste Regung zu zeigen, voll anblickt. Als er seinen Fuß auf den Kai setzt, nickt er im Vorbeigehen knapp mit seinem Kopf.

»Wer schickt Euch? Wie ist Euer Name?« spreche ich ihn unvermittelt an. Der Fremde zögert, bleibt stehen und wendet sich mir zu. Im gleichen Moment klatscht oben an der Reling jemand in die Hände. Es ist Drake, der, die Hände wieder langsam in die Hüften stemmend, auf uns heruntersieht. Mit einer Handbewegung fordert er die Wachen auf, den Fremden vom Kai wegzuführen. Fenners Geste legt mir Geduld auf. Mit schwachen, unbestimmten Schritten, eskortiert von zwei Wachen, entfernt sich der Mann rasch aus unserem Blickfeld.

Dafür gerät Drake, oben an der Reling, wieder in meinen Gesichtskreis. An seinem Äußeren läßt sich für mich nichts entdecken, was ihn als etwas Höheres, Besonderes oder gar Schreckliches erscheinen ließe. Und doch ist seine Erscheinung bemerkenswert kraftvoll. Auf seiner Stirn scheint, obschon sie nur leicht gefurcht ist, das Siegel von Hunderten Toter aufgedrückt zu sein. Seine stechenden Augen sind wie Messer, in denen unruhige, heiße Gedanken leben.

»Kapitän Fenner!« ruft er mit Schärfe im Ton herunter. »Laßt für Sir Adam alles Notwendige besorgen, damit er die Reise auf dem Schiff übersteht«, und an mich direkt gerichtet. »Sir Adam, Ihr werdet morgen abend darüber Näheres erfahren.«

Augenblicklich überläuft mich das Gefühl, das ich abgelegt zu haben glaubte. Es ist das Gefühl, bei der die Seele schnell zur Ruine wird, wenn urplötzlich eine unsichtbare Macht den weiteren Weg bestimmt, ohne Wehr und Einspruch zuzulassen.

»Was ist los, Fenner? Was ist passiert? Wohin soll ich plötzlich mitsegeln?«

»Keine Sorge! Es ist alles bestens geplant. Ich freue mich sehr auf Eure Gesellschaft.«

»Ihr seid gut. Gesellschaft, Freude!? Was wird aus meiner Gießerei? Wer erledigt die Aufträge. Niemand weiß, wo ich bin...!«

»Es ist alles geordnet! Auch in Mayfield weiß man von Eurer Reise mit Drake auf dem Kurs nach Spanien.«

Ich muß erst schlucken, ehe ich ein Wort über die Lippen bringe:

»Nach Spanien? Was soll *ich* dort? Laßt mich augenblicklich zu Drake!«

»Wartet damit. Hört erst, was ich Euch zu sagen habe«, Fenner steht bolzengerade vor mir, faßt mich am Arm und führt mich den Kai entlang. »Sir Adam...«

»Laßt mich los!« reagiere ich ärgerlich.

Fenner bleibt stehen und beginnt erneut:

»Sir Adam... So faßt Euch. Es hat keinen Zweck sich dagegen aufzulehnen. Sir Francis Walsingham wünscht Eure Reise zusammen mit Drake!«

»Im Namen aller Teufel von London, was hat das zu bedeuten?«

Sekundenlang blickt mich Fenner wie erstarrt an, atmet tief durch und beginnt langsam mit großem Ernst:

»Einige unserer Vermutungen von gestern abend, Sir Adam, werden Wirklichkeit. Wir werden Spaniens Flotte in ihren eigenen Häfen vernichten!«

Dienstag,
der 28. März

Drake hat George Fenner und mich vorausgeschickt. So haben wir uns in das knapp einer Meile entfernte Buckland Monachorum auf den Weg gemacht.

»Wartet nicht auf mich«, gab er uns noch mit auf den Weg, »sondern stillt Euren ersten Hunger und Durst. Ich komme nach, sobald die Geschäfte es zulassen.« Wann, das ließ er offen.

Drakes Kneipe ist eng und klein. Der Gastraum ist vom Feuerschein des Kamins erfüllt. Auf blanken Brettern dampfen Pfannen mit erlesenem Fisch, Lammbraten und Geflügel. Sie lassen unseren Hunger anschwellen wie die Flut zur Klippe hin. Das Lachen umspielt wieder unsere Gesichter, da das Fleisch knusprig ist und Bacchus uns mit Wein, gezogen auf dem Festland, verwöhnt. Fenner sprüht vor guter Laune. Er kennt das Land, die Menschen, ihre Traditionen, unterhält mich prächtig mit Geschichten und Anekdoten.

»Wie findet Ihr Buckland?« fragt er mich unvermittelt.

»Imposant bis klösterlich!«

»Genau getroffen!« bemerkt er anerkennend. »Wißt Ihr«, fährt er fort. »Buckland ist genau das Gegenteil von dem, was das Königreich in den letzten Jahren beschäftigte. Keine Schlachten, keine Aufstände, keine Belagerungen, keine königlichen Besuche – nicht ein einziger Kanonendonner störte diesen ruhigen Ort.«

Fenner nimmt eine Lammkeule vom Stapel, knabbert sie genüßlich rundherum an, hebt seinen Becher, stößt an und erzählt weiter:

»Dafür hat das Kloster vor Jahren, es muß um '82 gewesen sein, eine Posse erlebt, die ihresgleichen sucht. Angelpunkt sind die Wege von Grenville und Drake, die sich bis auf den heutigen Tag in auffallender Weise immer wieder kreuzten. Erst hoffte Richard Grenville Mitte der siebziger Jahre auf den Auftrag für eine große Entdeckungsreise. Doch Drake bekam statt dessen die Chance. Reich geworden durch die Plünderungen, luchste Drake gleich danach hintenherum Grenville über Strohmänner Buckland Abbey ab.«

Verdutzt stelle ich mein Glas ab:

»Daher also der Haß auf ihn. Hat ihm Grenville diese List verziehen?«

»Nie und nimmer! Er hätte an Drake nie verkauft. Und Drake wußte dies vorher schon. Seitdem weiß auch Grenville, daß Drake schon damals seine Einstellung ihm gegenüber durchschaute. Zudem hätten sie sich wegen des Streits, der damals über die Verteilung der Kontinente tobte, schon vorher gegenseitig erschlagen, hätte man sie bei manchen Zusammenkünften allein gelassen. Ihre gewalttätigen Charaktere kennen kein Verzeihen.«

»Grenvilles Haß muß sich seit unserer Überfahrt von Venedig nach England noch gesteigert haben.«

»Wann war das?«

»1579. Damals schon war er tief verletzt wegen Drakes Bevorzugung hinsichtlich der Weltumsegelung.«

»Das hat sich seitdem sicher gesteigert, denn Grenville führte erst vor zwei Jahren die ersten Kolonisten nach Virginia. Ruhm hatte er sich davon erhofft, doch Drake rettete die Siedler vor gut einem Jahr vor dem sicheren Hungertod, indem er sie zurückbrachte.«

»Wohl alles Mist, was Grenville anpackt?«

»Großer Mist! Liegt aber in der Familie.«

»Wie meint Ihr das?«

»Noch so ein Fall…«

»Erzählt!«

»Am 19. Juli 1545 als die Flotte Henrys VIII. sich vorbereitete, um die eindringenden Franzosen vor Portsmouth zu attackieren, kenterte das Flaggschiff, die MARY ROSE, vor den Augen des Königs und seiner Schwester, auf deren Namen sie getauft war, und versank in den Fluten des Spitheads. Unter den Hunderten an Opfern auch der Kapitän. Es war Roger Grenville, der Vater von Richard! Drake erzählte mir, das Roger einfach übersehen hatte, bei dem böigen Wind die unteren Stückpforten der riesigen Karake verschließen zu lassen. Ein klarer Fehler des Kapitäns.«

»Bei Gott…!«

»Ja, bei Gott! Die Generationen der Grenvilles haben wirklich nichts zu lachen. Allein die Kanonen an Bord der MARY ROSE würden heute ausreichen, zwei unserer besten Schiffe zu bewaffnen.«

»Mit Feldschlangen?«

»Verzeiht. Ich weiß, was Euch bewegt. Ich sehe nur die vielen Rohre, die dort unten ungenutzt von Fischen umschwärmt werden.«

Fenner hat sich weit über den Teller gebeugt, zerrt das Fleisch vom Knochen, kaut es langsam durch und legt die Knochen ab. Da ich seinen Appetit teile, leeren sich die Pfannen schnell. Nachdem nur noch die blanken Knochen auf dem Tisch liegen, frage ich erneut nach Grenville:

»Was wißt Ihr sonst noch über Richard Grenville zu berichten?«

»Vielleicht hättet Ihr ihm begegnen können, denn ich glaube, er kämpfte für König Maximilian 1566 in Ungarn gegen die Türken.«

»Wenn er unter den Habsburgern gedient hat, dann gilt er allemal als ein Mann der Tat.«

»Das ist er zweifelsohne, doch sollte man sich vor ihm in acht nehmen, er hat zu viele Enttäuschungen hinter sich. Immer dann, wenn er aufbrechen wollte, sollte ausgerechnet Spanien bei guter Laune gehalten werden. Frobisher ging es fast genauso. Er durfte sich den widrigen Weg nach Cathay durch die *Gefrorenen Seen* suchen.«

»Vielleicht ergeht es uns mal genauso.«

»Lästert nicht!« schmunzelt Fenner. »Drake hat das Kommando, und das bedeutet Ruhm und fette Beute. Kein Platz für Versager! Zum Wohl.«

»Zum Wohl! – Was sind Eurer Meinung nach die Ursachen, daß die Königin, die ja von manch wichtigen Leuten als schrecklich wankelmütig eingestuft wird, sich plötzlich auf so einen geraden Kurs festlegt, indem sie Spanien angreifen läßt? Damit hat sie sich doch klar für Widerstand entschieden und der Kooperation mit Spanien endgültig eine Absage erteilt?«

»Klarer Kurs? Nett gesprochen. Sie weiß, daß Philipp rüstet und seine Flotte mobilisiert, und sie weiß, daß Philipp der Welt erzählt, nur sie allein habe das *Märtyrerblut* Maria Stuarts vergossen und zu verantworten. Sie wird es eher vermeiden wollen, vor allem nach außen hin, Habsburg erneut herauszufordern.«

»Dann verstehe ich das ganze Theater nicht. Sobald wir Plymouth verlassen, ist doch nichts mehr zu retten.«

»O doch! Da ist noch viel zu retten.«

»Wie und was?«

Fenners Züge erstarren zu einer eisernen Maske:

»Die Spanier sind doch schon längst über das, was im Hafen von Plymouth geschieht, unterrichtet. Im Verräternest Paris haben sowohl Walsingham wie auch die Spanier ihre verläßlichen Agenten sitzen. Beide Seiten werden von England her bedient. Die Frage ist nur, mit welchen Informationen. Vielleicht warnt er sie sogar selbst davor.«

»Walsingham selbst warnt die Spanier vor uns!?«

»Das wiederum glaube ich nicht so sehr. Aber...«
»Ja? Was aber...«, hake ich nach.
»Das ist ein sehr heikles Thema.«
»Warum beginnt Ihr dann damit? Habt Ihr Bedenken, ich könnte...«
Fenner zögert:
»Das nicht gerade... Also... ich meine, egal wer sonst noch in der Lage ist, die Dons mit Nachrichten zu füttern, Walsingham wird auch darüber alles wissen.«
»Er benutzt also im Verräternest Paris Agenten, die beiden Königreichen dienen.«
»So wird es sein, Sir Adam!«
»Wie denkt Drake darüber?«
»Darüber wird er sich nie äußern. Aber rechnen wird er damit. Letztendlich wird es ihm gleich sein. Er kennt die Trägheit der Befehlswege eines Philipp von Spanien nur zu gut, die genau so lang sein dürften wie die Gänge im Escorial. Zudem rutscht der Spanier sie auf den Knien ab. Außerdem hat Drake heute vormittag, Ihr entsinnt Euch, noch eine sehr gute Nachricht erhalten.«
Meine Neugier kann Fenner von meinen Augen ablesen. Nach einigen Augenblicken des Schweigens flüstert er mir über den Tisch hinweg zu:
»Der Admiral der Weltmeere, Santa Cruz, ist nicht auf dem Meer, sondern im Hafen von Lissabon! Er ist der einzige, der ernst zu nehmen wäre. Doch allzu lange wird Drake mit dem Auslaufen nicht warten wollen. Die Eile, mit der wir die Schiffe beladen haben, bestätigen mir meine Vermutungen.«
»Was meint Ihr? Wird Philipp ernst machen?«
»Philipp hat die Sammlung seiner Flotte in erster Linie angeordnet, um Rom und die Katholischen zu beruhigen. Doch darauf können wir nicht vertrauen. Im Gegenzug müßte die Königin sofort alles daransetzen, dieser Bedrohung mit allen Mitteln entgegenzutreten. Das einzige, was ihr hilft, ist die Unentschlossenheit Philipps. Darin übertrifft er Elizabeth zwar bei weitem, doch auch in diesem Punkt kann seine Reaktion diesmal völlig anders ausfallen. Das Volk und Rom kocht. Das hat der Mann heute auf der BONAVENTURE bestätigt. Die Frage ist also, inwieweit Philipp von außen zu einem Krieg gegen uns gedrängt wird. Er selbst würde, nach allem was von höherer Stelle zu hören ist, seine ganze Kraft lieber in die Planung und Vollendung des Escorial stecken.«

»Dann stehen die Zeichen für uns doch recht günstig. Die Königin hat sich nun endgültig für einen klaren Gegenzug entschieden. Drake sprach selbst davon, und wozu rüsten wir sonst die Schiffe derart stark aus?«

»Wartet ab! Die Eile Drakes kommt von der Furcht des Widerrufs. Aber ich denke, er wird, ob die Vermutungen nun stimmen oder nicht, der Schnellere sein.«

Mein Schweigen weist auf meine Zweifel hin.

Fenner fragt: »Ihr seht es anders?«

»Ich meine, dem widerspricht unser Aufenthalt in Buckland Abbey. Wie kann er denn so sicher sein, um noch einen Tag und eine Nacht hier zu verbringen, wenn die Gefahr droht, daß es sich die Königin wieder anders überlegt?«

»Drake wird darüber informiert sein. Geschwindigkeit und Meilen sind berechenbar. Dazu überwacht und berechnet einer in Barn Elms Situation und Strecke, so daß es eigentlich zu keinen Überraschungen mehr kommen kann. Glaubt mir, wir werden zusammen, wie vorgesehen, an Bord Ihrer Majestät guten Schiffs DREADNOUGHT Plymouth wie vorgesehen am 1. April verlassen.«

»So erfahre ich wenigstens, auf welchem Schiff ich verplant bin.«

»Sir Adam, ich bin ausdrücklich befugt, Euch dies heute abend mitzuteilen.«

Trotz des starken, kalten, ablandigen Windes, der draußen an den Fensterläden das Klappern verursacht, ist es heiß im Raum wie vor einem Schmelzofen.

Gerade als ich mir den quälenden Haken am Kragen löse, öffnet sich die Tür. Der Wirt verneigt sich tief:

»Willkommen, Sir!«

»Guten Abend, Mackenzie! Schön, zu Hause zu sein.«

Drake ist in Begleitung eines Mannes.

»Alle *Pinassen* eingetroffen?«

»Ja, sie sind dort am Tisch vor Anker gegangen.«

»Aha! Die Herren verstehen die Küste zu nutzen. Der beste Platz, meine Herren! Windgeschützt, und die frische Quelle in der Nähe.«

Drake, mit dem ich mich zum ersten Male privat bei Tisch treffe, wirkt aufgeräumt. Auf seinen Wink hin wird, ohne zu fragen, der Tisch mit allem was auf ihm steht, weggetragen.

»Laßt uns bekannt machen. William Holstok, Marinezeugmeister seiner Majestät. Hat immer zu wenig Geld für Schiffe und Ausrüstung im Kasten!«

Seine Bemerkung wird begleitet von einem so strahlenden Gesicht, wie es nur Sieger zustande bringen.

»Kapitän Fenner kennt Ihr«, beginnt er. »Und nun möchte ich Euch Sir Adam Dreyling vorstellen. Wie schon angedeutet, ist er der erste katholische, tirolerisch-habsburgische Geschützgießer, der durch Walsinghams gnadenvollen Einsatz nach England geholt wurde mit dem Ziel, die beste katholische Bronze für die wahren Gläubigen bereitzustellen, um Philipp und die katholischen Zeloten eines Tages mit ihren eigenen Waffen zu schlagen. Englische Schiffe, englische Taktiken, englischer Mut, englische Kugeln in englischen Rohren, die von einem katholisch-habsburgischen Gießer gegossen werden. Das ist die Ironie in Vollendung und wiederum der beste Beweis für Walsinghams bevorzugte Maxime, die da heißt: *Kenntnisse sind nie zu teuer!*«

Seine Worte haben das Grollen eines Donners. Lautstark und ohne Hemmungen fährt er fort:

»In Mayfield und Chatham, wie man hört, hat sich Sir Adam prächtig eingelebt, arbeitet effizient, ist beliebt, und bislang auch äußerst zuverlässig. Für einen Katholiken bemerkenswert...«

Seine ganze Rede dröhnt unüberhörbar für jeden durch das ganze Gasthaus. Mir verschlägt es die Stimme. Holstok reicht mir währenddessen die Hand. Mir ist, als fühle ich die Hand eines Weibes:

»Ich freue mich, einen habsburgischen Gießer kennenzulernen.«

Mehr beiläufig erwidere ich seinen Gruß: »Auch ich freue mich, Euch zu begegnen.«

Im gleichen Moment tragen zwei Diener einen Tisch herein. Er ist fertig eingedeckt. Ich traue meinen Augen nicht. Silberne Teller mit goldenen Rändern! Auf den Tellerböden sind goldene Girlanden eingearbeitet, die ein Wappen einschließen. Es ist Drakes Wappen. Als die Stühle herangeschoben werden, nimmt er, ohne abzuwarten, meinen Stuhl ein. Ich nehme dafür ihm gegenüber Platz, Holstok rechts von mir. Den vorbereiteten Tisch und alles, was darauf zu sehen ist, muß er hier für sich und seine Gäste deponiert haben. Er liebt das Gepränge.

Im flackernden Feuerschein wirken Drakes Züge frisch, sein gepflegter rötlicher Bart konkurriert mit der rötlichen Hautfarbe. Sein Temperament, seine Ausstrahlung – alles lodert, alles brennt.

»Der Fanfarenstoß und das Wasser!«

Bevor der erste Gang aufgetragen wird, waschen wir uns die Hände in parfümiertem Wasser. Kurz darauf erscheinen drei Bläser.

Was durch ein ohrenbetäubendes Fanfahrensignal eingeleitet wird, übersteigt meine bisherige Vorstellungskraft. Die Gänge werden zelebriert wie eine Messe, und Drake genießt es, seinen »Pinassen« vorzuführen, wie ein Ritter mit legendärem Reichtum zu prahlen vermag. Bei dieser Gelegenheit segeln wir in aller Ausführlichkeit noch einmal um die Welt. Dazu liebt er es besonders Holstok gegenüber, Dinge anzusprechen, die nicht nur den Geldmangel der Krone, sondern vor allem den eklatanten Mangel an Ausrüstung und Verpflegung der Marineverwaltung bloßlegen. Der Kontrast kann schärfer nicht sein. Als nur noch die Gläser auf dem Tisch stehen und alle sich nach dem Bett sehnen, schießt er plötzlich Fragen auf mich ab, die trotz seiner lockeren Art meine ganze Aufmerksamkeit herausfordern:

»Sir Adam! Wie viele Kugeln haben wir pro Geschütz an Bord?«
»Etwa 25 pro Rohr.«
»Ist das ausreichend?«
»Kommt darauf an für was.«
»Für ein Seegefecht, für was denn sonst?«
»Ich habe keine Vorstellung von einem Seegefecht, bis auf die Versenkung einer Hulk. Dafür reichten wenige Kugeln!«
»Eine Hulk! Ach Gott, wie lieb. Nur *eine* Hulk. Denkt nur, ein kleines schäbiges, morsches, wehrloses, unschuldiges Hülkchen«, grölendes Lachen begleiten seine Worte. Unvermutet erstarrt er und legt an Lautstärke zu:
»Die Dons kommen mit riesigen Karaken, ohne eine einzige Hulk im Schlepp! An Euch haftet ein Fehler, Sir Adam, Ihr habt von Seefahrt und Seegefechten keine Ahnung!«
»Ich denke, daß die Lücke durch Euer Beispiel und Können bald geschlossen wird.«
»Vielleicht viel Neues für Euch in den nächsten Wochen, doch zu wenig für mich heute nacht, Sir Adam!«
»Es wird gerade für Euch immer zu wenig sein. Seid doch so offen und gebt zu, daß ich einer zuviel an Bord bin, und ich reise ab nach Mayfield!«

Den Vorschlag ignoriert er völlig, statt dessen fragt er ruhig weiter:

»Was nimmt denn ein Troß im Felde an Kugeln mit? Was würdet Ihr denn befehlen, wenn Ihr gegen die Türken marschieren müßtet?«
»Das Doppelte bis Dreifache!«

»Aha! Mhm! Demnach kalkuliert Ihr mehrere Mêlées.«

»Das ist die Grundausstattung für einen Kanonenzug. Reserven sind jederzeit verfügbar.«

»Ich kann kein Schiff nur mit Kanonenkugeln hinterhersegeln lassen.«

»Warum nicht? Die Verhältnisse sind vergleichbar. Fünfundzwanzig Salven pro Tag sind nicht einmal übermäßig viel. Nicht jede Kugel wird gleich ihr Ziel finden. Wer die Schlacht gewinnen will, muß am Ende eine Kugel mehr im Rohr haben als der Gegner! Wenn der Gegner nur 15 Kugeln für jedes Rohr bereit liegen hat, sollten 45 pro Rohr für uns ausreichend sein. Das ist der Maßstab.«

»Ihr beliebt zu scherzen!«

»Keineswegs! Überlegenheit der Schiffe, nie ein Mangel an Pulver und Kugeln und gut eingespielte Kanoniere sind schon immer die Garanten für einen sicheren Sieg gewesen. Ich betone *sicheren Sieg*. Wenn sie dann noch einem guten Kommandanten unterstehen...«

»Ihr wählt klare Worte.«

»Es geht doch um ein Königreich! Oder täusche ich mich? Sollte es nicht sicher leben und überdauern können?«

Drake beginnt nervös mit dem Glas in der Hand zu spielen:

»Eure Forschheit imponiert mir. Ihr argumentiert, als ob es um *Euer* Königreich gehen würde. Soviel Patriotismus in einem für Euch doch so fremden Land und Königreich, erstaunt mich. Warum habt Ihr Euch eigentlich an uns verkauft?«

»Warum fragt Ihr so einen Unsinn, wo Ihr es doch längst besser wißt?«

Augenblicklich erstarrt alles am Tisch. Drake rutscht mit seinem Stuhl ein wenig vom Tisch ab, knallt das Glas hart auf das Tuch, so daß der Kelch vom Stiel bricht.

»Ihr kommt aus einem Land, das uns vernichten will!« bricht es aus ihm heraus.

»Wollt Ihr damit andeuten, daß Sir Francis Walsingham, was mich anbelangt, nicht sicher sein kann? Mißtraut Ihr seinem Urteil?«

Drake zuckt unmerklich beim Namen Walsingham zusammen. Sein Räuspern leitet die Wendung seines Angriffs auf mich ein:

»Wenn auch einiges an Eurer Meinung der Korrektur bedarf, so ist das, was Ihr mit der einen Kugel mehr im Rohr sagtet, völlig vernünftig. Holstok! Schreibt Euch dies auf die Mauern des Tower!«

Holstok fährt getroffen zusammen. Fenner sitzt schwitzend auf seinem Stuhl, während Drake erneut eine Frage an mich richtet:

»Wie würdet Ihr das Land verteidigen, sollten in unseren *maritimen* Grafschaften spanische Heere landen?«

»Plymouth, Portland Bill, Isle of Wight, Milford Haven, Portsmouth, Margate und die Themsemündung sind die Orte, mit denen wir wohl zuerst rechnen müßten, falls Philipp seine Drohungen wahrhaftig in die Tat umsetzen sollte. Auch die Ostküste bietet genug Möglichkeiten. Schließlich kommen sogar noch Irland und Schottland in Frage. Das bedeutet eine Aufsplitterung der lokalen Verteidigung. Keine guten Voraussetzungen!«

»Wie würdet Ihr die Männer an der Küste verteilen?«

»Eine mögliche Strategie könnte sein, mit kleinen Truppen die Spanier an der Küste zurückzuhalten, um so Zeit zu gewinnen, für den Gegenschlag im Inland. Dazu wäre erforderlich, daß einige *Pflichtplätze* geschaffen werden, von wo aus man die Truppen schnell an die mögliche Landestelle heranführen kann.«

»Alle Grafschaften, außer Kent und Sussex und der Stadt Plymouth, haben Milizen aufgestellt. An deren Qualität und Schlagkraft habe ich allerdings erhebliche Zweifel. Die größte Schwierigkeit sehe ich freilich in der raschen Zusammenführung aller Streitkräfte. Nur wenn dies gewährleistet wäre, macht Euer Vorschlag Sinn, Sir Adam.«

Die Nacht vor dem Brennerpaß...

»Dieses Problem wäre zu lösen.«

Drake rutscht mit seinem Stuhl näher an den Tisch heran:

»So, wie denn?«

»Mit einem über das ganze Land verbreiteten Signalfeuersystem, ergänzt durch Reiter und kleine, schnelle Schiffe!«

»Kennt Ihr ein solches System?«

»Was das Signalfeuer betrifft, so kenne ich eines, und dies hat vortrefflich funktioniert. Jeder Posten müßte aus einem Mast mit einem Feuerkorb auf der Spitze bestehen und an einem erhöhten Platz aufgestellt werden, jeweils in Sichtweite eines oder mehrerer gleicher Posten. Das System muß nicht immer einsatzbereit sein, doch in Zeiten der Gefahr sollte jeder Posten besetzt sein.«

»Papier und Kohle!« ruft Drake hinüber zu Mackenzie.

Die Küste und die Grafschaften von Plymouth, Sussex und Kent entstehen unter seiner geübten Hand zügig und überraschend genau. Die markanten Höhen, die er einzeichnet, versieht er mit Kreuzchen.

»Holstok! Wenn ich es recht übersehe, benötigen wir von Rye bis

Tilbury, wo Leicester mit dem Hauptheer steht, nur sechs *beacons* und von Margate aus nur acht.«

Die Runde nickt zustimmend.

»Das System ist in Ordnung. Holstok, nehmt das sofort in Angriff und gewinnt die nötigen Männer dafür. Ich unterstütze uneingeschränkt die rasche Verwirklichung.«

Drake steht auf, streckt sich und gähnt ungeniert.

»Ach ja, bevor ich es vergesse.« Er geht langsam den Tisch herum und greift in sein Wams. »Ich habe hier eine Zeichnung für Euch, Sir Adam. Sie stellt ein spanisches Schiff dar. Eine Kriegsgaleone. Ich möchte Euer Urteil dazu hören. Walsingham und ich möchte wissen, wie Ihr die Bewaffnung dieses Schiffes nach Euren Erfahrungen einschätzt. Die Zeichnung ist frisch. Wir benötigen dringend Eure Analyse dazu.«

Er reicht mir eine Zeichnung, die, auf den ersten Blick erkennbar, nur ein Ungeübter angefertigt haben kann. Die Darstellung der Stückpforten, Kanonen, der Masten und der Aufbauten sind mehr als dürftig.

»Ich werde mein Bestes versuchen. Bis wann braucht Ihr meinen Bericht?«

»Bevor wir auf die Dons stoßen werden.«

»Wann wird das sein?«

»Ihr beginnt damit, wenn wir Plymouth verlassen. Ihr habt genügend Zeit auf den DREADNOUGHT.«

»Was für ein Ziel steuern wir an?« versuche ich ihn zu einer genaueren Aussage zu bewegen.

»Das Gespräch mit Euch war nutzbringend. Doch solltet Ihr eines wissen: ich halte nicht viel von unseren *trainierten Banden* zu Lande, die großteils ausgerüstet sind mit dem Mythos der Bogenschützen, verrosteten Piken, Dreschflegeln und Mistgabeln. Dafür fehlt ihnen jede Kriegserfahrung. Das sind fundamentale Schwächen. Es darf daher zu einer Landung der Dons gar nicht kommen! Trotzdem müssen wir auch zu Lande vorbereitet sein. Weit besser ist es allerdings, wir stören ihre Vorbereitungen, und schlagen sie vor ihren eigenen Küsten. Die Schrecken der Niederlande werden wir bei uns gar nicht erst zulassen. Unser Angriff muß die Dons völlig unvorbereitet treffen.«

Sein Blick in die Runde besiegelt den Abend: »Unsere Ausgangsposition wird Ihnen auf See bekanntgegeben!«

Sagte er tatsächlich *völlig unvorbereitet treffen...*?

Montag,
der 10. April

»Beidrehen!« Der Decksoffizier brüllt seine Meldung heraus, so daß sie auch im Batteriedeck gehört wird. Für einen Augenblick summt es unter uns wie ein Bienenschwarm. Kanoniere und Matrosen drängen auf Deck, um den Grund zu erfahren. Drakes Flaggschiff, die ELIZABETH BONAVENTURE, liegt beigedreht etwa zwei Meilen voraus.

»Will er auf die anderen Schiffe warten?« frage ich Fenner.

»Ohne Zweifel. Nach dem Sturm der letzten Tage muß die Flotte Gelegenheit erhalten, sich zu sammeln.«

Im diesem Augenblick taucht Coleman, der zweite Offizier, auf.

»Die SPY bringt eine Nachricht vom Flaggschiff.«

Das Schiff gehört Clifford und hat zwei 6pfünder und vier 4pfünder an Bord; sie ist ein äußerst schnelles 50-Tonnen-Schiff und wird daher als Depeschenboot innerhalb der Flotte eingesetzt.

Fenner setzt die flache Hand an seine Stirn, um das grelle Sonnenlicht abzuschirmen:

»Sie hält direkt Kurs auf uns.«

Mein Blick hinauf in die Takelage unserer DREADNOUGHT bestätigt mir, daß kein einziges Segel der Treibkraft des Windes ausgesetzt ist. Die SPY kommt rasch im Bogen längsseits. Kurz darauf halten sie vier Matrosen mit Bootshaken an unserem Fallreep fest. Schnell entert ihr Kommandant, ein schlanker Mann, dem ein dicker schwarzer Zopf im Nacken hängt, das Fallreep hoch. Auf Deck meldet er sich bei Fenner, der ihn direkt an der Reling erwartet:

»Lieutenant Oldrich, Kommandant der SPY!«

»Ich freue mich, Euch an Bord der DREADNOUGHT begrüßen zu können«, antwortet Fenner, während Oldrichs Blick neugierig über Deck wandert, bis er an mir hängen bleibt. Über Fenners Schulter hinweg, seine Augen weiterhin auf mich gerichtet, verkündet er:

»Der Admiral wünscht Sir Adam Dreyling zu sehen. Habe Befehl, ihn sofort auf die ELIZABETH BONAVENTURE überzusetzen. Sir Adam soll die Unterlagen mitbringen, die ihm in Buckland Abbey ausgehändigt wurden.«

»Sir Adam«, sagt Fenner mit kratzender Stimme, »Ihr habt es gehört. Macht Euch also fertig. Der Admiral erwartet Euch.«

»Spy hat abgelegt«, meldet ein Fähnrich Lieutenant Oldrich voll Eifer, während sie hart am Wind Fahrt aufnimmt und unter gekürzten Segeln zum Flaggschiff hinüberpflügt. In diesen Breiten bringen die ersten Apriltage schon etwas Wärme, wenn auch der Wind immer noch steif bläst. Angelegt an der Steuerbordseite der BONAVENTURE, wiederholt sich die Prozedur beim Betreten des Flaggschiffs.

»Sir Adam Dreyling of Wagrain!« kündigt mich Lieutenant Oldrich dem Wachhabenden Offizier an und gleich darauf: »Meldet dem Admiral unsere Ankunft!«

Es dauert nur wenige Sekunden, bis der Wachhabende Offizier wieder an Deck erscheint:

»Der Admiral kommt selbst, Sir.«

Kaum hat er seinen Satz beendet, erscheint Drake aus dem Niedergang und kommt direkt auf mich zu:

»Willkommen an Bord, Sir Adam. Habt Ihr Eure Sache mitgebracht?«

»Ja. Auf zwei Seiten. Und ich bin imstande, Eure gute Laune damit zugrunde zu richten.«

»Das dürfte Euch schwerfallen, Sir Adam! Nur ich allein vermag dies bei mir selbst«, antwortet er vergnüglich. »Also kommt gleich mit in meine Kajüte, wir wollen sehen, ob es Euch doch gelingt.«

Die große Achterkajüte der BONAVENTURE ist, wie erwartet, mit beträchtlichem Luxus ausgestattet, doch herrscht durchaus solide Behaglichkeit. Dagegen ist die Einrichtung Kapitän Fenners Kajüte spartanisch zu nennen. Kaum hat er die Tür geschlossen, verspüre ich wie sich zwischen uns Spannung aufbaut, obwohl Drake als Gastgeber sofort meine Wünsche hinsichtlich meines Wohlbefindens abfragt. Nachdem ich mich für gebratenes Ochsenfleisch entschieden habe, folgt eine Pause, die um eine Spur länger dauert, als es erträglich wäre. Drake mustert mich ausgiebig. Er genießt es offensichtlich, daß mir nur wenig Spielraum bleibt, der Situation zu entfliehen. Drake verzieht seinen Mund zu einem Lächeln:

»Hat das katholische Habsburg wirklich die besseren Kanonen?« beginnt er seinen Finger in eine vermeintliche Wunde zu legen.

»Hatte, Sir Francis. *Hatte!*«

»Ich habe von Houndsditch gehört, von Hawkins, Clifford, Ambrose, Eurem Freund Baker und noch vielen anderen, daß Ihr Eure Aufgaben vortrefflich gelöst habt, doch...«

Bewußt vollendet er den Satz nicht, und so spüre ich, daß hinter den höflichen Worten noch andere Dinge lauern.

»Was wolltet Ihr noch anhängen?«
»Ganz einfach, Sir Adam. Mir fehlt der direkte Vergleich auf See.«
»Das verwundert mich. Ich denke, darüber ist keine Frage mehr offen. Was wollt Ihr also damit andeuten?«
»Löfflerrohre und Dreylingrohre. Dreylingrohre kenne ich! Aber Löfflerrohre...? Die ganze Welt schwärmt davon!«
»Erkundigt Euch bei Walsingham! Ihr steht mit ihm doch in bester Verbindung.«
Wieder bemerke ich das kleine Zucken bei ihm, wenn ich mich auf Walsingham berufe.
»Keine Veranlassung, Sir Adam!« weicht er schnell aus »Ich will es aus *Eurem* Munde hören.«
»Sir Francis! Ich habe es satt, mich mit solchen Vergleichen herumzuschlagen. Ich finde es gut, daß Ihr meine Rohre schätzt. Das dürfte genügen!«
»Gewiß, Sir... Nur liebe ich keine Überraschungen. Die Entwicklungen könnten ja auch in Innsbruck vorangekommen sein. Seht nur nach Chatham und Mayfield. Darüber nachzudenken wird mich niemand hindern können.«
»Dem *siebten Siegel* wird kein *achtes* mehr hinzugefügt!«
Drake zeigt sich für einen Moment befremdet.
»Von was sprecht Ihr da? Welche Siegel meint Ihr?«
»Von der Qualität der Rohre! Und vergeßt eines nicht, es gibt in ganz Spanien und Portugal kein Chatham oder Deptford und nirgendwo gar ein Mayfield.«
»Eure Worte erstaunen mich immer mehr. Überall auf der Welt fechten Männer mit Bravour unter Fahnen, unter denen sie nicht geboren wurden. Aber wenn ich Euren Worten glauben kann, dann scheint Ihr mit Leib und Seele Engländer geworden zu sein.«
»Ich kann Euer Erstaunen verstehen. Ich bin mir sicher, daß Ihr *Eure* Vision, *Euren* Hunger nach Sinn und Erfüllung in *Eurem* Leben mehr als stillen konntet. Dieses unschätzbare Glück blieb mir in Tirol und Venedig versagt. Mein Leben wäre nur auf Handlangerdienste beschränkt geblieben. Die erste echte Chance, in Mayfield meinen Durst auf Selbständigkeit stillen zu können, war eine Kraft, der ich mich nicht entziehen konnte und wollte. Euer Schiff genießt den Nutzen und damit ganz England!«
»Na gut!« winkt er gereizt ab. »Kommen wir zu dem Punkt, der uns zusammengeführt hat. Was habt Ihr herausbekommen?«
Sorgsam öffne ich das Päckchen aus geteertem Segeltuch und

breite auf dem Tisch die Zeichnung der spanischen Galeone aus. Daneben lege ich die Blätter meiner Berechnungen hinsichtlich der Bestückungslisten einer englischen gegenüber einer spanischen Galeone. Drake sieht gebannt auf den Tisch.

»Die Zeichnung ist genau und gleichzeitig ungenau«, beginne ich ruhig. »Ungenau deshalb, weil sie nur die Bewaffnung der oberen Decks zeigt. Das Schiff hat angeblich kein echtes Batteriedeck. Was mich zudem verwundert, ist die Anzahl der gezeigten Kanonen. Sie mögen für ein Schiff dieser Größe stimmen, doch der Rumpf paßt keinesfalls mit den oberen Aufbauten zusammen. Vielleicht war der Zeichner in Bedrängnis und hat unbewußt Fehler gemacht. Dagegen hat der Zeichner, das Kreuz von San Jago di Compostella am Heck, das durchgehende Zierband und die Aufbauten einschließlich der Stückpforten exakt erfaßt. Offensichtlich wurde das Unterwasserschiff später hinzugefügt. Dennoch kann ich aufgrund der vorliegenden Erfahrungen folgende Schlüsse ziehen. Das Schiff ist spanischen Ursprungs, dürfte etwa 800 Tonnen haben und wäre somit vergleichbar mit der ARK ROYAL.«

Drake schlägt mit der Faust auf den Tisch.

»Ihr habt recht. Es ist die SAN FELIPE!«

»Der Zeichnung nach hat sie rund 40 Kanonen. Die Art der Geschütze sind aus der Zeichnung nicht zu bestimmen, doch habe ich eine mögliche Kaliberliste zusammengestellt, die auf Informationen basiert, die ich in den letzten Jahren über die Bewaffnung spanischer Schiffe sammeln konnte.«

Drake nimmt das Pergament und geht in der Kajüte auf und ab. Beim siebten Queren bleibt er stehen, streicht sich ein ums andere Mal nachdenklich über den Bart.

»Diese Art von Aufstellungen kenne ich zu gut. Auch Eure deckt sich mit allen anderen. Doch gerade dies ist mir zu glatt, zu beruhigend, als ob die Dons blind wären und auf unsere Entwicklungen nirgendwo sichtbar reagierten. Sie interessieren sich doch sonst nahezu für alles, was auf der Insel passiert. Angefangen von der Anzahl der männlichen Inselbewohner, die vermutlich bereit wären, eine Invasion zu unterstützen, über Reserven, Befestigungen und persönliche Beziehungen bis hin zu unserer geizigen Staatskasse. Inzwischen kennen sie sogar unsere Schiffstypen, deren Bewaffnung und wissen genau, wie weit und wie man sie ausrüstet und mit welchen Kanonen man sie bestückt. Sie wissen vielleicht in diesem Moment sogar, daß Ihr auf der DREADNOUGHT mitsegelt...

Die Informationen, die unser Agent Walsingham zugespielt hat, beweisen, wie gründlich Philipp II. in Wahrheit die Invasion Englands vorbereitet. Daher kann mir keiner erzählen, daß Philipp unseren Vorsprung von Schiff und Bewaffnung ignoriert.«

Während er seine Argumente hinausfeuert, hat er seinen massigen Körper immer mehr auf die Zehenspitzen verlagert.

»Wie denkt Ihr darüber?« kommt es barsch.

»Sie haben keinen Matthew Baker und, in aller Bescheidenheit, auch keine Gießer, die im Lande zusammenwirken, wie wir es in Kent und Sussex tun. Sie haben auch keinen Drake und Hawkins, die eine neue Seekriegstaktik verfolgen. Philipp will eine Invasion und kein Seegefecht. Dafür braucht er viele Schiffe, viele Soldaten und viele schwere Geschütze. Er kauft sie überall zusammen und die Verteilung erfolgt auf den Schiffen ohne gezielte Sortierung, lediglich nach dem Prinzip: schwere Geschütze in die unteren Decks, leichtere weiter nach oben! Vereinzelt werden Kapitäne es anders haben wollen, doch woher sollen sie die Massen an *long-range guns* vom Typ Feldschlange nehmen? Woher das Geld?«

»Was wißt Ihr darüber?«

»Erzherzog Ferdinand von Innsbruck wartet sicher noch heute auf die Bezahlung der Kanonenrohre, die er Philipp in den siebziger Jahren aus dem Innsbrucker Zeughaus geliefert hat.«

»Ihr bleibt also bei Eurer Einschätzung?«

»Genauso wie Ihr!«

Drake blinzelt mich an und ein Lächeln umspielt seinen Mund.

»Dann dürfen wir keinen Nahkampf riskieren!«

»Das könnt Ihr besser einschätzen als ich. An reiner Feuerkraft haben sie nach meiner Berechnung mehr zu bieten. Abgesehen von den Soldaten auf den spanischen Schiffen, zeigt sich bei den 36-, 34- und 24pfündern eine Überlegenheit in der absoluten Feuerkraft. Frage ist nur, wie effektiv diese Monster an Geschützen im Seegefecht eingesetzt werden können. Schon auf Land gab es die größten Probleme damit. Die schweren Batterien waren und sind im Feld zuwenig beweglich. Dagegen sind ihre Batterien hinsichtlich der Reichweiten den unseren eindeutig unterlegen. Allein mit unseren 18- und 9pfünder Feldschlangen können wir sie auf Distanz bekämpfen, ohne in die wirksame Reichweite ihrer schweren Geschütze zu müssen. Ich hätte daher das Verhältnis von Feldschlangen und Halbschlangen auch auf Eurem Schiff umgedreht. Statt acht 18pfünder Feldschlangen empfehle ich Euch deren zwölf!«

»Das werden wir ändern, wenn wir wieder in Plymouth liegen. Was habt Ihr sonst noch herausgefunden?«

»Wenn ich die kleineren Geschütze außer acht lasse, so werden die Dons mehr als acht unterschiedliche Kalibertypen und noch mehr Geschütztypen davon an Bord haben. Auf unseren Galeonen beschränken wir uns auf fünf, wobei wir auf die Schlangen den absoluten Schwerpunkt legen. Die Versorgung mit Kugeln dürfte damit für die Dons zwangsläufig zum Problem werden, vorausgesetzt, wir können sie lange genug beschäftigen.«

»Wir werden sie schon in einigen Tagen beschäftigen.«

»Mhm, mhm! Nur ein Punkt bereitet mir Sorge.«

»Was habt Ihr einzuwenden?«

»Unsere Kugelvorräte sind mehr als bescheiden.«

»Wie Ihr gehört habt, wird sich Holstok darum kümmern!«

»Ja, wenn wir wieder in Plymouth sind!«

»Deswegen werden wir nicht umkehren. Zeit und Ort der Gefechte bestimme *ich*. Das ist der halbe Sieg und spart uns eine Menge Kugeln.«

»Wie Ihr meint!«

»Das meine ich nicht nur so, das wird so sein!«

Drake beginnt zum Zeichen des Gesprächsendes das Pergament zu falten. Eine Frage brennt mir insgeheim auf den Nägeln:

»Wer ist eigentlich Richard Gibbes?«

Drake unterbricht das Zusammenfalten und sieht mich überrascht an: »Habt Ihr den Namen von Walsingham?«

»Nein. Er steht auf der Zeichnung, die Ihr mir zur Beurteilung überlassen habt.«

Rasch faltet Drake wieder den Plan auf und beugt sich tief darüber, um die kleinen Buchstaben darauf zu entziffern.

»Stimmt! Er hat seinen Namen darauf geschrieben«, stellt er nüchtern fest. »Na gut. Ihr habt ihn gesehen. Er war in Plymouth auf diesem Schiff bevor wir nach Buckland gingen. Er gehört zu Walsinghams Männern. Er ist einer seiner besten Agenten. Wir verdanken ihm sehr viel.«

In meinem Inneren fühle ich einen Stich. Ysabel und Gibbes. Gibt es da noch etwas hinter meinem Rücken von dem ich nicht weiß? Gibt es immer noch eine Beziehung zwischen den beiden?

»Warum auf einmal so versonnen?« holt mich Drake aus meinen Gedanken und schlägt die kleine Glocke an der Tür. Kurz darauf erscheint ein Stewart.

»Kohl, Käse und einen prächtigen Ochsen«, gibt Drake Order.
»Aye, aye, Sir.«
»Weiß Gott, Sir Adam«, ruft er begeistert, »auch Frischfleisch kann das Leben an Bord um ein Vielfaches verschönern. Ich ließ gestern den einzig lebenden Ochsen schlachten«, und etwas gedämpfter im Ton: »Eigentlich hättet Ihr Euch die Ochsenzunge verdient!«

Samstag,
der 29. April

»Was ist los?« wünscht Flaggkapitän Fenner Auskunft von seinem Ersten Offizier.
»Befehl von Drake. Alle Kapitäne werden auf das Flaggschiff beordert.«
»*Alle?* Das ist gut«, Fenner schaut achtern zum Horizont. »Der Rest hängt doch noch hinter der Kimm«, bemerkt er mit Ironie. »Nun gut. Bringt mich an Bord der ELIZABETH BONAVENTURE!«
Der Grund ist klar. Der Wind steht gut, und Cadiz wird bei gleichbleibender Fahrt in gut drei Stunden zu sichten sein. Unser Geschwader wurde beim Auslaufen aus Plymouth durch insgesamt sieben Schiffe, darunter drei stattliche Galeonen der Levante-Gesellschaft aus London, verstärkt, so daß wir uns nun mit insgesamt 26 Galeonen Cadiz nähern. Vor Kap Finisterre zerstreute ein schwerer Sturm das Geschwader. Doch Drake scheint nun endgültig keine Rücksicht auf die Nachzügler zu nehmen und auf die Vollständigkeit seiner Flotte keinen besonderen Wert zu legen. Die sieben größten Galeonen sind in der ersten Linie vollständig versammelt. Das wird ihm reichen. In der zweiten Linie segeln die Kriegsschiffe in der Größenklasse von rund 150 bis etwas über 200 Tonnen. Davon fehlen jedoch noch einige. Dazu kommen zwölf schnelle Segler von 50 bis über 100 Tonnen, die für die Aufklärung und für Wach- und Depeschendienste eingesetzt werden. Auch davon segeln noch einige weit hinter uns.
Cadiz kommt vor Lissabon!
Die Entscheidung fiel durch zwei abgefangene holländische Kauffahrer, die berichteten, daß Cadiz vollgestopft sei mit Versorgungs-

schiffen für die Aufstellung der Armada, die angeblich von Lissabon aus nach England vorstoßen soll. Ich mißtraue allem, denn mich erstaunt die Tatsache, daß wir noch keinem einzigen spanischen Schiff, geschweige einem spanischen Geschwader begegnet sind, obwohl jeder Fischer, jeder Kauffahrer weiß, daß nahe vor uns auf der felsigen Reede von Cadiz ein Teil der riesigen Armada vor Anker liegt. Warum schützt Philipp seine Küste nicht? Oder ist die Reede von Cadiz uneinnehmbar? Fühlen sich die Dons daher völlig sicher vor uns? Was ist mit den Vermutungen, daß sie angeblich schon längst wissen, daß wir ihre Küsten heimsuchen werden?

Jedenfalls will Drake das Auslaufen dieser Schiffe und ihren Vormarsch in nördlicher Richtung durch einen Überfall vereiteln.

Beigedreht treibt die Flotte mit dem Wind. Wie kleine Wasserflöhe dümpeln die Pinassen um das Flaggschiff herum. Drake wird wohl in diesen Minuten seinen detaillierten Angriffsplan, die Aufgaben der großen Kriegsgaleonen, Risiken und Alternativen bis hin zu einem möglichen Rückzug mit den anwesenden Kapitänen besprechen und diskutieren. Auf Deck herrscht gespannte Stimmung. Die Erwartungen und die Ungewißheiten erzeugen stumme Menschen. Jeder ist in diesen Minuten mit sich selbst beschäftigt. Rastlos ziehe ich meine Kreise auf dem Achterdeck und peile bei jeder Runde hinüber zu ELIZABETH BONAVENTURE.

Nach einer guten halben Stunde ergießt sich ameisengleich ein Menschenknäuel über die Strickleitern der Steuerbordseite von Drakes Flaggschiff in die wartenden Boote. Die Sonne hat gerade ihren Zenit überschritten, als Fenner über unsere Reling wieder an Bord kommt. Doch er kommt sichtlich unzufrieden von der Besprechung auf Drakes Schiff zurück, wendet sich schroff an seinen Ersten Offizier:

»Master Roberts! Laßt alle Segel setzen und *Schiff klar zum Gefecht* machen. Wir greifen sofort an!«

»Aye, aye, Sir.«

Mich hält es nicht mehr auf dem Achterdeck. Schnell steige ich hinunter und gehe auf Fenner zu.

»Was hat Drake vor? Wie lauten die Befehle?«

»Seine Befehle? *Wir werden keine Minute zögern!* Das waren seine Befehle!«

»Keine weiteren Anordnungen, keine Pläne, keine Aufgabenverteilung?«

»Sir Adam! So was kostet doch nur wertvolle Zeit«, antwortet er mit Sarkasmus. »Ihr segelt mit *El Dragón* und in seinem Kielwasser direkt hinein in die Feuerstube der Hölle. Der Teufel wird sich so erschrecken, daß er zu keiner Reaktion fähig sein wird. Der Rest wird sich irgendwie ergeben.«

»Was meinte Vizeadmiral Borough dazu?«

»Er schäumt vor Wut. Doch was soll's, kümmern wir uns um unser Schiff und unsere Mannschaften.«

Pfeifen schrillen durch die Decks, und die Seesoldaten schlagen einen aufrüttelnden Trommelwirbel dazu. Fenner brüllt sich die Spannung aus dem Leib:

»Klaaarschiff zum Gefecht! Alle Mann auf Gefechtsstation! Master Roberts, lassen Sie backbordhalsen, Kurs Cadiz! Sir Adam, habt ein besonderes Auge auf Eure zehn 18pfünder der Steuerbordseite. Die Geschützbedienungen sind jung und noch nicht richtig eingespielt. Sie sollten innerhalb einer anständigen Zeit *klar* melden. Danach wäre ich froh um Eure Einschätzungen hinsichtlich der Küstenbatterien.«

Ich eile den Niedergang hinab und beobachte die einzelnen Handgriffe der Kanoniere. Die wichtigsten Gunner dieser Batterie sind in Plymouth desertiert, als durchsickerte, wohin die Reise gehen soll. Noch heute meint Drake, daß dieser Verrat durch Agenten in den eigenen Reihen verursacht wurde. Inzwischen kennen mich die Männer, da ich bei jedem Exerzieren zugegen war. Im Verein mit Master Saddler, dem Batterieführer, haben wir die Männer hart rangenommen.

Die Sonnenstrahlen verirren sich kaum noch in das düstere Batteriedeck, so daß ich mich an das Zwielicht erst gewöhnen muß. Von den Schiffsjungen, die Sand mit ihren Händen über das Deck streuen, damit die Männer festen Halt für ihre Füße finden, den Pulverjungen, die aus der Tiefe der Pulverkammer mit je einer Ladung für ein Geschütz hineranzilen, bis hin zum Laden der Rohre durch die Geschützbedienungen halte ich das Tun scharf im Auge. Die Wachen der Seesoldaten trampeln durch das Deck. Sie sollen gewährleisten, daß kein Mann unberechtigt nach unten kommt, um sich auf den Decks unterhalb der Wasserlinie zu verbergen. Die Zurrings der Kanonen werden losgeworfen, die Bedienungen stehen an den Takeln und warten auf den Befehl zum Öffnen der Pforten und zum Ausrennen ihrer Geschütze.

»Master Saddler, melden Sie die Steuerbordbatterie klar zum Gefecht.«

»Aye, aye, Sir.«

Nach wenigen Augenblicken ist er wieder zurück:

»Master Roberts dankt für die Meldung. Mit dem Ausrennen der Geschütze soll noch gewartet werden.«

Noch einmal vergewissere ich mich, daß hier unten alles zum Besten steht und begebe mich wieder an Deck. Fenner steht auf dem Achterdeck mit Blick auf die nachfolgende RAINBOW. Seine Hände sind hinter dem Rücken fest ineinandergekrallt. Ein seltsamer Zustand der Erstarrung, der echten Kampfgeist oder aber auch totale Unsicherheit bedeuten könnte.

Die Brigantine! Wenn nicht jetzt, wann sonst? Eine gute Gelegenheit Fenner aus dem Grübeln zu holen.

»Dann wollen wir mal unsere *Blechröckerl* anlegen«, gebe ich meine Absicht bekannt.

»Kein schlechter Rat«, antwortet er.

Unten im Batteriedeck, wie auf dem Deck ist es mäuschenstill geworden.

Schweigend läuft das Schiff dem Unwägbaren entgegen.

»Die Herkules-Säule!« meldet aufgeregt der Erste Offizier.

Das Denkmal ziert den Hafeneingang von Cadiz. Weiße Häuser leuchten herüber.

»Jetzt oder nie!« Kapitän Fenner knallt die rechte Eisenhand entschlossen auf die Reling und befiehlt. »Geschütze ausrennen!«

Einen Augenblick lang rumort es in den Decks unter uns, als ob der Kiel Grundberührung hätte. Ich stelle mir den Effekt im Batteriedeck vor, wo im selben Moment die Pforten geöffnet werden und der helle Tag sich zurückmeldet.

»Galeeren voraus!« meldet aus dem Mast ein Fähnrich.

»Sie kommen, um uns zu begrüßen«, bemerkt Fenner trocken.

Jetzt erst läßt Drake auf der vor uns segelnden BONAVENTURE das englische Banner hissen, gleichzeitig ertönt ein Trompetensignal vom Achterdeck herüber.

»*El Dragón!* Der Drache unter den Drachen«, bemerkt Fenner und deutet hinauf, wo sich der Tudor-Drache mächtig auf dem Fahnentuch des Flaggschiffes bläht. Doch dann verziehen sich seine Mundwinkel spöttisch. »Zumindest werden es die Dons so sehen, die

Drakes Namen so heroisch in ihre Sprache übertrugen, ohne zu ahnen, daß dieser *Drache* in Wahrheit ein *Erpel* ist!«

Wir folgen seinem Beispiel und hissen ebenfalls unsere Flagge.

Ein Rudel langer, scharfgebauter Galeeren kommt aus der ersten, inneren Bucht zum Vorschein und nimmt Kurs auf unsere Galeonen. Die Riemen schlagen gleichmäßig im Takt, blitzen das Licht der tiefstehenden Sonne zurück, die drohenden Sporne auf unsere Rümpfe ausgerichtet. Sie liegen flach im Wasser, die Wellen der Bucht schäumen um ihre Steven, und von ihren Toppen wehen die rot-goldenen Flaggen Spaniens. Die am schnellsten heranfliegt, könnte die Galeere Furttenbachs sein. Die Vorderdecks drohen mit einer Reihe von Geschützen.

»Darunter sind zwei 24pfünder!« sage ich zu Fenner. Kaum daß ich die Worte ausgesprochen habe, meldet sich das Batteriedeck der BONAVENTURE. Erst sehen wir den dicken, weißen Pulverdampf der ihre Steuerbordseite einhüllt, kurz darauf das Grollen der todbringenden Salve. Die Breitseite hat im selben Moment die Galeeren mit mehr Eisen überschüttet, als diese zusammen imstande sind auf uns zu feuern. Wenn man von den beiden 24pfünder-Buggeschützen absieht, so beweist sich, daß Zenon Querini eine überragende Weitsicht besaß, als er im Arsenal durchsetzen wollte, daß in Zukunft dort Galeonen statt Galeeren gebaut werden sollten. Rückständiges Venedig!

»Wie viele sind es noch?« brüllt Fenner hinauf zum Ausguck.

»Noch zehn! Sechs an Backbord!«

Der Rest geht in der Backbordsalve der BONAVENTURE unter. Steuerbordbug voraus erkennen wir vier Galeeren, die dabei sind abzudrehen. In vollendeter Bewegung versuchen sie aus der Reichweite unserer Geschütze zu gelangen. Wie der übermächtige Tod schieben wir uns heran. Das untere Batteriedeck wird in zwei Gruppen zu je fünf Geschützen feuern. Die vier Neunpfünder auf Deck sind ebenfalls bereit, Vernichtung zu verschießen.

»Seitenrichtung!«

Die Galeeren liegen querab. Die fünf vordersten Geschütze im unteren Batteriedeck donnern fast gleichzeitig los. Kurz darauf die zweite Gruppe, zusammen mit den Neunpfündern auf Deck. Ich fühle, wie der Boden unter mir schlingert. Schneeweißer Pulverdampf hüllt für einen Moment das Deck völlig ein und nimmt uns für einen Augenblick die Sicht. Als der Dampf verweht, sehen wir die entsetzliche Wirkung. Zwei Galeeren sind schwer getroffen und beginnen zu sinken. Zwischen zerfetzten Leibern versuchen die Lebenden ins Wasser zu springen, um das rettende Ufer zu erreichen. Das Brüllen der Verletzten, die Angstschreie der angeketteten Rudersklaven – mich überzieht eine Gänsehaut. Ich erlebe die ersten Toten durch meine Kanonen...

»Seitenrichtung!«

Das gleiche beginnt nun auf der Backbordseite. Fünf weitere Galeonen folgen hinter uns. Die Furie bricht ohne Gnade durch. Wer immer der Kommandant der Galeerenflotte gewesen sein mag, er hat sich uns mutig entgegengestellt, wenn auch völlig hoffnungslos.

Fenner tritt zu mir:

»Wie beurteilt Ihr die Reichweite der Küstenbatterie oben auf dem Fort?«

Da ich das Fort seit unserem Anlaufen stetig im Auge hatte, kann ich Fenner beruhigen:

»Es droht keine ernste Gefahr von dort oben, es sei denn, wir gehen direkt unterhalb der Festung vor Anker und lassen sie sich ruhig auf uns einschießen.«

Fenner zeigt sich zufrieden und beobachtet Drakes Manöver. Das Wasser schillert in der sinkenden Sonne in höchst unterschiedlichen Färbungen. Die Oberfläche an der Backbordseite leuchtet hellgrün, was auf Sandbänke schließen läßt. Meine Vermutung wird bestätigt durch die restlichen Galeeren, die sich dorthin retten.

Fenner, der die gleiche Beobachtung macht, urteilt in gleicher Weise:

»Für den Puerto de Santa Maria sind unsere Galeonen zu groß. Unsere kleineren Schiffe müssen die Galeeren dort so lange festnageln, bis sie dort drinnen verrotten.«

Zwei Depeschenboote, die uns im sicheren Kielwasser gefolgt sind, werden zur BONAVENTURE befohlen. Drake läßt einen Teil der Segel streichen, was die anderen Galeonen zum gleichen Manöver veranlaßt.

Der Hafen von Cadiz besteht aus einer unteren und einer oberen Bucht mit trügerischen Sandbänken, mit denen vor allem die östliche Seite reichlich gesegnet ist. Die obere und untere Bucht wird getrennt durch eine schmale, kanalartige Verengung, die mich an eine Sanduhr erinnert. Auf der Reede vor uns wimmelt es nur so von Schiffen, die vor Anker liegen. Ein undurchsichtiges Knäuel von unterschiedlichsten Schiffen aller seefahrenden Nationen. Die dicksten von ihnen sind *Urcas*. Schwerfällige Rümpfe, in denen viel Platz hat.

Da sie tief im Wasser liegen, werden sie hoch beladen sein. Die fette Beute liegt zum Fressen vor uns.

Kapitän Fenners Augen und die seiner Offiziere beginnen zu leuchten. Niemand hat sich das so leicht vorgestellt. Keine einzige spanische Kriegsgaleone weit und breit. Nicht einmal eine, die wenigstens versucht, Gefechtsbereitschaft herzustellen. Dafür liegt in der Bucht Kauffahrer an Kauffahrer: portugiesische und katalanische Barken, französische und holländische Schiffe, Hanseaten, Mallorciner, Genuesen und Sizilianer. Etwa sechzig melden die Späher aus den Masten.

»Der Admiral will Cadiz noch vor Einbruch der Nacht erobern!« bemerkt Fenner mit Sorge in der Stimme.

Etwas gelassener antworte ich ihm:

»Die Verwegenheit des Admirals wird siegen! Die Kühnheit dieses Angriffs wird dort vorne Panik erzeugen. Das ist unsere Chance.«

»Hoffentlich habt Ihr recht«, antwortet Fenner.

In das Dickicht von Masten und Takelwerk vor uns kommt Bewegung. Die Meldungen überstürzen sich:

»Sie versuchen das Weite zu gewinnen!« – »Sie kappen die Ankertaue!« – »Sie kollidieren!« – »Einige laufen auf Grund!« – »Die kleineren Schiffe versuchen in den Untiefen zu entkommen!«

Unerbittlich laufen wir auf die Enge zu. Die Wölfe haben das Rudel Schafe in dem tödlichen Pferch gestellt. Depeschenboote kommen längsseits. Der Admiral befiehlt, daß nur die vier Galeonen der Königin in den oberen Hafen einlaufen sollen. Die drei anderen Galeonen sollen wegen der Galeeren die restliche Flotte in der unteren Bucht decken. Die fliehenden Schiffe vor der ELIZABETH BONAVENTURE, weisen dem Admiral den Weg durch die Untiefen, und die DREADNOUGHT, RAINBOW und GOLDEN LION folgen im sicheren Abstand. Eine halbe Seemeile Backbordbug voraus steigt Pulverdampf auf. Kurz darauf vernehmen wir den Donner. Der Erste Offizier meldet:

»Das kommt von dort drüben, vor der flachen Stelle! Ein riesengroßer Kauffahrer.«

Fenner versucht die Tonnage abzuschätzen:

»Das ist ein 700 Tonnen schwerer Levantiner. Stark bewaffnet. Keine leichte Sache.«

Der Admiral signalisiert ein Depeschenboot heran. Wenig später wählen wir unseren Standort. Der Levantiner, ein *Ragusaner* ist umstellt. Er hat keine Chance auszuweichen. Er ist schwer bestückt und trägt in den unteren Batterien auch 30pfünder. Insgesamt errechne ich 40 Kanonen für ihn. Der Wasserkorridor beträgt knapp 400 Yard. Kernschußweite für meine Feldschlangen.

»Jetzt wird sich beweisen, was Eure Kanonen wert sind, Sir Adam!« ruft Fenner mir zu, bevor er selbst hinabsteigt zum Batteriedeck.

»Dies ist kein Kampf, sondern eine Hinrichtung. Vier zu eins ist keine Kunst!« rufe ich zurück.

»Laßt es uns hinter uns bringen!«

Schon nach den ersten Salven, die deckend liegen, ist der Levantiner in Sägemehlstaub eingehüllt. Systematisch wird er durchsiebt. Der Admiral hat das Vorschiff übernommen, wir und die RAINBOW das Mittelschiff und die GOLDEN LION das Heck. Ich zähle zehn Breitseiten pro Schiff. Noch während der Levantiner sinkt, feuern einzelne Geschütze aus dem Heck heraus.

Das gräßliche Schauspiel zeigt Wirkung. Die spärliche Besatzung der anderen Schiffe flieht. Der Widerstand ist gebrochen. Das Aussuchen und Aufteilen der Beute kann beginnen. Ein Teil des Geschwaders wird mitten unter den Kauffahrern zu Anker gebracht. Das Umladen der wertvollen Prisen soll so schnell wie möglich erfolgen. Mir untersagt der Admiral, mich in Gefahr zu begeben. Meine Kunst wird in England noch gebraucht. So bestaune ich mit den Wachen und den Batterieführern das Treiben auf dem Wasser vor den Toren der alten Burg. Die Männer leisten Barbarisches. Die Nacht ist angebrochen und die ersten Schiffe sind in Brand gesteckt, damit die Besatzungen unserer Galeonen im Schein der brennenden Schiffe besser plündern können. Ich vermute Drake mitten unter ihnen. Die ersten Prisen machen längsseits fest. Wir bekommen Beute im Übermaß zugeteilt. Jede Hand ist gefordert.

Als die Morgendämmerung anbricht, ist die Beute in den Bäuchen der Galeonen verstaut, sind die Schiffe des Feindes verbrannt, versenkt oder gestrandet. Fenner und die übrigen Offiziere, die völlig erschöpft an Bord stolpern, sehen freilich wenig glücklich aus. »Segeln wir zurück?«

»Noch nicht. Der Admiral will noch eine Sache zu Ende bringen.«
»Welche?«

»Er sprach von einer großen Sache, die am Anfang stünde, doch das Durchhalten bis zuletzt bringe erst den richtigen Ruhm!? Oder so ähnlich...«

»Was soll das heißen?« wende ich mich verwundert an den Kapitän.

»Er will sich die Galeone von Santa Cruz schnappen. Sie liegt ganz oben am Ende der oberen Bucht. Sie konnte gestern abend entkommen. Wir werden unsere Schiffe im Haupthafen zu Anker bringen, danach müssen wir mit kleineren Booten hinaufsegeln, um den Ruhm für Drake einzukassieren!«

»Er bekommt wahrhaftig nie genug!«

Als die Admiralsbarkasse, gefolgt von den Pinassen, zwischen Sandbänken und Schlammzonen hindurch aus meinem Blick entschwindet, beschließe ich, bis zu deren Rückkehr mich aus meinem Panzer zu schälen, um Schlaf nachzuholen.

Sonntag,
der 30. April

Ein Kanonenschuß reißt mich aus dem Schlaf. Ich stürze an Deck.

Die GOLDEN LION hat einen Treffer in Nähe der Wasserlinie erhalten. Die Ursache ist eine schwere Feldschlange, die die Spanier auf einem Hügel oberhalb des Hafens in Stellung bringen konnten.

»Wo ist Kapitän Fenner? Was ist während der Nacht passiert?«

Stolz berichtet mir der wachhabende Offizier:

»Drake und die Kapitäne haben ganze Arbeit geleistet. Santa Cruz' Schiff ist verbrannt. Die Krönung seiner Mission ist Drake also gelungen, er hat es geschafft! Doch es gibt auch Schwierigkeiten.«

»Welche?«

»Vizeadmiral Borough befiehlt die Verlegung der GOLDEN LION mehr zur Hafeneinfahrt zu, da sonst die Schlange dort oben zu einer echten Gefahr für die Flotte wird. Und die Galeeren greifen wieder an. Der Admiral ist dabei, die RAINBOW und einige Kauffahrer als Verstärkung zur LION zu schicken. Aber das Problem ist der Wind. Bald werden wir bewegungsunfähig in der Flaute liegen. Wenn uns bloß jetzt nicht Drakes Glück im Stich läßt! Ohne Wind werden den Galeeren die Flügel wachsen.«

Überraschend taucht Kapitän Fenner aus seiner Kajüte auf. Ich vermutete ihn noch bei Drake.

»Gratuliere!«
»Danke, Sir Adam.«
Seine Stirn legt sich in Falten:
»Was ist mit dem Wind?«
Die Wasseroberfläche ist glatt wie ein Spiegel.

Montag,
der 1. Mai

Zwölf Stunden setzte der Wind aus, und zwölf Stunden umkreisten die Galeeren unsere Galeonen. Die Dons fanden kein wirksames Mittel gegen uns. Auch der Beschuß war mehr als kläglich zu nennen.

Erst ab Mitternacht kam wieder Wind auf.

Jetzt, zur morgendlichen Stunde, werden wir die Reede von Cadiz endlich verlassen können. Verfolgt von einigen Galeeren und einigen kleineren Schiffen, die sich nicht zum offenen Kampf stellen wollen, erreichen wir das offene Meer. Über 30 versenkte, verbrannte oder gestrandete Schiffe stehen auf der Zählliste. Sie werden gezählt und genau bewertet, doch der Kühnheit des Anschlags werden sie nicht gerecht. Ich denke, daß diese Niederlage der Dons den Appetit an England verdorben hat. Das, was Fenner und mich gleichermaßen beeindruckte, war Drakes Unerschrockenheit und die schwächliche Gegenwehr der Spanier.

Während ich meinen Gedanken nachhänge, verschwindet Cadiz langsam hinter der Kimm.

»Kapitän Fenner!« meldet sich der Erste Offizier. »Der Admiral befiehlt alle Kapitäne zu sich.«

»Was vermutet Ihr?« frage ich Fenner am Fallrepp.

»Ich vermute Lissabon. Jetzt holt er sich den Marques de Santa Cruz persönlich. Seine Ruhmsucht ist unersättlich.«

»Da wird hoffentlich noch etwas für uns abfallen!« verabschiede ich ihn, bevor er sich von einer Pinasse zur ELIZABETH BONAVENTURE bringen läßt.

Donnerstag,
der 8. Juni

»Plymouth voraus!« meldet der Toppgast.

Sein Siegeswille, sein Geltungsbedürfnis, sein Durst auf Beute und sein immerwährender Erfolg gehören wie selbstverständlich zu Drake, sobald er einen Hafen mit Schiffen verläßt. Cadiz und was danach folgte, belegen meine These.

Zunächst segelte das Geschwader nach Kap San Vicente zurück, eroberten das Schloß Sagres, segelten wenige Tage später nach Lissabon, um Santa Cruz aus dem sicheren Hafen aufs offene Meer zu bitten, damit er eine Lektion empfangen könnte, was dieser jedoch höflich ablehnte. Drake und das Geschwader klopften damit offiziell an die Tür Philipps II. Doch selber in die Tejomündung einzudringen mit ihren heiklen, engen Kanälen, mit ihren Sandbänken, wirkungsvoll beherrscht von den Batterien des Kastells St. Julian und Fort Cascaes, davor schreckte sogar Drake zurück. Das Risiko war denn doch zu groß. Was in Cadiz seine Wirkung verfehlt hatte, das hätte in der Tejomündung gut zusammenspielen können: Küstenbatterien, in deren Reichweite wir gelegen hätten, das Fehlen von Lotsen und eine hohe Anzahl von Galeeren, die bereit lagen, hätten uns in arge Bedrängnis bringen können. Anderseits war die Hilflosigkeit, mit der Sante Cruz auf Pulver, Kanonen, Proviant, Fässer und Schiffe im Hafen von Lissabon wartete, die größte Genugtuung für unsere Kapitäne und Mannschaften. Wir hielten den Feind und die gesamte Küste in Atem, reizten den König, demütigten seinen größten Führer und »Kapitän der Weltmeere« bis zur Lächerlichkeit und wirbelten seine Pläne durcheinander. Das Balancespiel beherrschte Drake bis zur Vollendung – und er kostete es voll aus.

Wenig später blockierten wir wieder das Kap San Vicentes, um die Verstärkung der in Lissabon liegenden Flotte durch Geschwader aus dem Mittelmeer zu verhindern. Kapitän Fenner, den Drake immer mehr zu seinem Stellvertreter machte, womit er zugleich seinen Vizeadmiral Borough zurücksetzte, antwortete mir über den Sinn und Zweck der Operation:

»Wir halten dieses Kap sehr zu unserem Nutzen und sehr zu ihrem Schaden, was denn auch einen erheblichen Vorteil zeitigt, denn wir liegen zwischen ihnen und ihren Heimathäfen, so daß der Rumpf ohne seine Glieder ist. Überdies können sie nicht zusammenkommen, da sie in keiner Weise gerüstet sind...«

Die plötzliche Abreise mit Kurs auf die Azoren überraschte uns daher um so mehr. Bis auf den heutigen Tag, an dem wir in den Plymouth Sund einlaufen, liegt ein Geheimnis über dem plötzlichen Entschluß unseres Admirals, warum er das Kap Vicente ohne eine Begründung verlassen hatte. Das ganze Geschwader brach durch diesen Entschluß auseinander. Wir nahmen an, daß einige von ihnen, zerstreut durch schwere Stürme, Kurs auf England genommen hatten.

Fenner und ich hingegen spekulierten wild über die möglichen Ursachen, die unsere Königin im Ergebnis gleich um mehr als 40 000 Pfund reicher machen sollte. Drake war schon immer wild auf Briefe, Logbücher und Seekarten. Die Schiffe in Cadiz waren danach sorgfältig durchsucht worden. Wir nahmen an, daß er aus den Kisten voll Logbücher und Pergamentrollen diejenigen erwischt hatte, die ihm verrieten, daß die SAN FELIPE, von Goa kommend, mit einer Ladung wertvoller Gewürze und Waren des Ostens, über die Azoren Lissabon anlaufen würde. Pech gerade auch für die Londoner Schiffe, die sich ungefragt abgesetzt hatten und zum Zeitpunkt der Kaperung schon wieder in der Themse lagen. Ihr Anteil an der SAN FELIPE wird ihnen somit versagt bleiben. Ebenfalls flüchtete die GOLDEN LION, so daß unsere Geschwader auf sechs Galeonen und einige Pinassen zusammengeschrumpft war.

Wie ein Gemälde liegt Plymouth vor uns. Die SAN FELIPE, die unsere Galeonen haushoch überragt, segelt zwischen der BONAVENTURE und unserem Schiff in den Sund hinein. Die riesige Prise übersteigt nach meiner Einschätzung den Wert der gekaperten, versenkten oder verbrannten Schiffe und Ladungen in der Bucht von Cadiz um das Dreifache.

»Wir sind wieder zu Hause!« klatscht Fenner freudig in die Hände.

»Ein wunderbares Gefühl!« bestätige ich ebenso erfreut, zumal ich fühle, daß ich an meiner Belastungsgrenze angekommen bin.

Fenner tritt etwas näher an mich heran:

»Was bedeutet Euch die Fahrt der vergangenen Wochen?«

»Es waren Lektionen aus dem Lehrbuch des Erfolges, des Chaos, der Wildnis und des Grauens! Doch wie sagtet Ihr so treffend am Vorabend der Reise: ›Drake hat das Kommando und das bedeutet Ruhm und fette Beute. Kein Platz für Versager!‹«

Das Berggericht

Schwaz
1590

Bericht
William Davison

Freitag,
der 4. Februar, 11.30 Uhr

Die Empörung erreichte auf der Westempore einen neuen Gipfel, als Leoman von Schiller-Herdern mit verbissenem Gesicht auftauchte, wohl hoffend, von seinen hohen Ratgebern während der kurzen Unterbrechung der Verhandlung eine bessere Taktik zugeflüstert zu bekommen. Aus dem Stimmengewirr waren dagegen nur die wüstesten Anwürfe gegenüber dem Venezianer vernehmbar:

»Hostienbeißer Querini! Der hat sie doch schon immer aus seinem Maul getan und mit Füßen getreten...!« – »... Pein und Pestilenz sollen ihn treffen! Der hat wohl den schrecklichen Jungfrauen Ambede, Warbede und Willbede beigeschlafen...!« – »... wer hat eigentlich zugelassen, daß der Venezianer unseren Boden entweiht...?« – Und aus dem Labyrinth von Beschuldigungen, Beleidigungen und Fragen hörte ich die Antwort. »Der Reisländer hat den Teufel selbst als Gast geladen...!«

Das zänkische Hin und Her, das wilde Gestikulieren und das konfuse Durcheinandergerede verhinderten jedoch die von Leoman ersehnte Unterstützung. Dafür verstellte Hans Christoph Löffler mit lauter, kratzender Stimme äußerst wirkungsvoll den Weg zu einer besseren Lösung. Ja, er verhinderte sogar erfolgreich, daß die, die vielleicht einen guten Gedanken hätten beisteuern können, überhaupt zu Wort kamen:

»Kruzifix Halleluja! Der Teufel soll den Heiland fressen! Ich wußte es schon immer, die Venezianer sind die Totengräber Tirols. Verdammte Verräter! Teufelsbrut! Tilgt sie aus. Den Querini laß ich vor eine Kanone binden, doch vorher schäl' ich ihm noch eigenhändig seine faulige Feifel runter!«

Seine haßerfüllten Augen fixierten mich für einen Moment, verengten sich zu einem Schlitz, so daß ich glaubte, die Wut gehe nun endgültig mit ihm durch:

DAS BERGGERICHT

»Spione! Saupack! Euch krieg' ich auch noch dran!« schleuderte er mir entgegen.

»Seit Ihr verrückt geworden? Haltet Euch an die Abmachungen!« Dr. Justinian Moser war aufgesprungen und zog ihn unter größten Mühen am Ärmel auf seinen Platz zurück. Löfflers Tiraden waren allerdings nicht zu ersticken:

»Bergrichter und Spione! Dreckschweine sind sie und Wildsäue dazu! Denen jage ich heute nacht noch die Pestjungfrau ins Bett.«

Genaugenommen hätte ihn Leoman deswegen gleich bequem der Hexerei anklagen können. Während Löffler Luft holte, nützte Marx Fugger die Situation, um den völlig verstörten Schiller-Herdern anzusprechen. Weit reckte er seinen faltigen Hals. Seine schneidenden Worte an den Ankläger erzeugten zwar Wirkung; sie mußten Leoman aber mehr beklemmen als beflügeln:

»Ankläger! Was glaubt Ihr wohl, wozu Ihr hier seid und wer Euch die weltlichen Güter genießen läßt? Solltet Ihr dies vergessen haben, so ruft es Euch ins Gedächtnis!« Da Fugger an Luftnot litt, gönnte er sich eine kleine Pause und fuhr danach mit unverminderter Härte fort. »Seid gewarnt. Euer Leben ist verwirkt, falls Ihr Euer Ziel verfehlt. Und solltet Ihr gar im Zweifel sein, dann begebt Euch lieber gleich zum tiefsten Schacht und stürzt Euch hinein. Betritt jedoch der, der dort unten auf der Totenplatte steht, noch heute den Weg der Fäulnis, dann finanzier' ich Euch die Unzucht bis an Euer Lebensende!«

Die Drohungen schnürten Schiller-Herdern die Kehle zu. Wortlos verzog er sich mit einer tiefen Verbeugung und zittrigen Beinen vorbei an Zenon Querini, der wieder die Westempore betrat, hinunter zur Altarebene.

Als Angeklagter war Dreyling beim Berggericht, anders als bei Malefizgerichten, nicht nur Objekt. Er wurde gehört, er konnte sich wehren, tat es, bekam auch noch in entscheidenden Momenten Entlastung und hatte bis dahin gute Aussichten fürs Überleben. Dagegen waren wir zum gleichen Zeitpunkt von unserem Ziel weit entfernt. Wollten wir gewinnen, ohne auf eine uns gefällige Entscheidung der Geschworenen später angewiesen zu sein, mußte Leoman genauer, engagierter argumentieren – und ehrlicher wirken! Die Rechtfertigungen für eine todsichere Verurteilung waren bis dahin nicht zwingend gewesen.

Städte, Land und Leute litten nicht deshalb Not, weil Dreyling damals die Knappen beruhigt hatte, damit sie keinen Aufstand anzettelten, oder gar dadurch, daß er nach Venedig und England ging. Nein, das waren nicht die wahren Gründe. Doch die hohen Herren hätten sich lieber ihre Zungen abgebissen, als zu enthüllen, warum die Verurteilung Dreylings zum Tode für Habsburg so bedeutsam geworden ist. Die Wahrheit hätte die habsburgischen Königreiche von innen heraus zum Wanken gebracht. Denn Habsburg wurde durch Habsburg im Kanal geschlagen.

Der rettende Kahn – das sichere Urteil – driftete Leoman aber nicht entgegen, vielmehr war er gezwungen, dem Kahn über manche Stromschnelle hinweg entgegen zu schwimmen! Wir hätten es uns allemal leichtermachen können, wäre nur der Mut zur Wahrheit vorhanden gewesen. Doch ein offenes Exempel wurde auf Grund der Tragweite höchstnotpeinlich vermieden. Was immer auch geschehen mochte, der vierte Anklagepunkt war aussichtsreich und vielversprechend.

Das Rauschen der Stimmen ebbte unversehens ab, als das helle Glöckchen das Erscheinen des Bergrichters aus der Sakristei ankündigte.

»Man bringe den Angeklagten!« befahl Reisländer. Ohne abzuwarten, bis Adam erneut auf die Totenplatte zu stehen kam, bellte er Leoman an. »Der nächste Anklagepunkt!«

Schiller-Herdern trat nahe an Dreyling heran und schoß lautstark seine erste Frage ab:

»Angeklagter! Wie lange wirktet Ihr im ketzerischen England?«

»Ich habe dort fromme Menschen angetroffen – Ketzerei habe ich nicht erlebt. Ich kann Eure Frage daher so nicht beantworten.«

»Wie lange!« fuhr Leoman gereizt dazwischen.

»Von 1579 bis 1589.«

»Ihr dientet also unter Elizabeth ganze zehn Jahre.«

»So war es.«

»Ihr dientet also direkt einer Person, die sich den Titel ›Königin‹ angemaßt hatte, einer Person, die durch die Bulle *Regnans in Excelsis* durch Papst Pius V. exkommuniziert wurde, einer Person die den einzig wahren katholischen Glauben ihren Untertanen verbot.« Dem Ankläger schwoll von Sekunde zu Sekunde der Hals. »Angeklagter! Ich stelle daher unleugbar fest:« Seine Stimme verhallte, die kurze Pause steigerte dramatisch die Neugier. Die Stimme überschlug sich. »Ihr hattet nicht nur Gelegenheit zu wählen, sondern Ihr mußtet Euch entscheiden. Jeder Katholik hatte sich auf der Insel zu entscheiden! Wäret Ihr als guter Katholik Rom gehorsam geblieben, hättet

Ihr Elizabeth die Gefolgschaft verweigern müssen. Ihr habt es nach eigenem Bekunden nicht getan, sondern habt ihr über zehn Jahre hinweg die Treue gehalten; was wiederum belegt, daß Ihr nicht nur die Bulle, sondern auch das Papsttum verworfen habt. Das ketzerische England habt Ihr damit vorsätzlich unterstützt! Ihr seit überführt und des aktiven Verrats am katholischen Glauben schuldig!«

Meine erste Einschätzung war, daß Schiller-Herdern es endlich geschafft hatte. Als die empörte Menge sich wieder etwas besänftigt hatte, erzwang Reisländer die Ruhe mit dem Hammer. Die Selbstzufriedenheit des Anklägers konnte man direkt an der geraden, hoch aufgerichteten Gestalt ablesen.

»Was habt Ihr dagegen zu sagen, Angeklagter?«

Dreyling ließ sich Zeit mit seiner Antwort. Bevor jedoch Reisländer ihn erneut auffordern konnte, hob er an:

»Ich komme aus Schwaz und nicht aus Rom! Richtig ist, ich habe mich um die Bulle nie gekümmert, da Rom und damit der Papst Königin Elizabeth ebenfalls genau elf Jahre auf ihrem Thron anerkannt hatte und zwar, wie wir alle wissen, von '59 bis '70. Wie soll sie sich also den Titel angemaßt haben, wenn sogar der Papst ihn über elf Jahre anerkannt hatte. Und hat nicht Gregor XIII. danach verkündet, die Bulle sei für Katholiken so lange nicht bindend, bis sie vollstreckt werden könne? Wie kann ich damit den katholischen Glauben und Rom verraten haben? Sogar der Papst hat sich somit klar entschieden. Ist diese Tatsache an Euch vorbeigegangen? Ich kann es nicht glauben. Eure Konstruktionen, Ankläger, dienen also wiederum nur der vorsätzlichen Irreführung der Geschworenen und der gläubigen katholischen Bevölkerung Tirols!«

»Scheiß-Bulle! Ihr habt mitgeholfen, daß sie nicht vollstreckt werden konnte! Verdammter Verräter! Dreckiger Ketzer!« Leoman war außer sich und nahe daran, endgültig seine Fassung zu verlieren, während die Geschworenen, das Volk und die Knappen völlig irritiert das eben gehörte zu verstehen suchten.

Adam nutzte die Situation und heizte die Stimmung gegen Schiller-Herdern auf:

»Wer ständig die Unwahrheit predigt, ist selbst ein Ketzer und gehört auf den Scheiterhaufen!« brüllte er in das Kirchengewölbe.

Wie von Geisterhand gelenkt, sprangen wir alle auf. Ich sah, wie Leoman sich auf Adam warf und ihn zu Boden drückte! Ein apokalyptisches Kreischen hob an, als ob wilde Tiere unter der Menge wüten würden.

Reisländer war dazugestürzt und ließ das sich wälzende Knäuel zu seinen Füßen durch die Wachen trennen.

Ich benötigte einige Minuten, um zu begreifen, was vorgefallen war. Adam Dreyling hatte natürlich den Schwachpunkt der Beweisführung des Anklägers erkannt. Bewundernswert war aber, daß er ihn überhaupt ausmachte. Er selbst hatte sich erfolgreich gegen einen Übertritt sowohl zu den Protestanten, als auch zu den Puritanern widersetzt. Im ganzen war seine Mission in Mayfield zu wichtig gewesen, als daß man ihn mit der Entscheidung drangsalieren wollte, sich endlich zwischen Rom oder Canterbury zu entscheiden. Elizabeth war und ist nach wie vor Königin von England, doch Adam Dreyling diente in Wirklichkeit nur einem, und das war Sir Francis Walsingham. Schiller-Herdern und jedermann auf der Empore wußten das. Die hervortretende Schwäche des Anklägers war bedingt durch die Notwendigkeit der Verstellung, die ihn immer mehr ins Halbdunkel der Heuchelei drückten. Sie knebelten seine Stärken mehr, als wir es vorher ahnen konnten. Die Verschwiegenheit eines Beichtvaters, gepaart mit dem Wesen eines aggressiven Anklägers vertrugen sich in ihm nicht besonders.

Noch wogten die Gefühle hin und her, als die knallende Keilhaue des Bergrichters darauf aufmerksam machte, daß die Verhandlung fortgeführt wurde. Reisländer erhob sich:

»Der Ankläger Leoman von Schiller-Herdern wird wegen des stattgefundenen körperlichen Angriffs auf den Angeklagten von seinen Pflichten als Ankläger des Berggerichts im Fall Dreyling entbunden!«

In den Reihen der Westempore saßen mit einem Schlage erstarrte Leiber mit aufgesetzten grauen Gesichtern. Eine einzige Ausnahme gab es: Messer Zenon Querini schmunzelte genüßlich vor sich hin.

Leoman versuchte sich Gehör zu verschaffen:

»Dreyling sah zu, als der heilige Märtyrer Anthony Babington hingemetzelt wurde...!«

Doch Reisländers Stimme dröhnte über ihn hinweg:

»Die Verhandlung wird für eine Stunde unterbrochen. Die Geschworenen werden zur Beratung in die Sakristei befohlen!«

Im gleichen Moment schlug die Löffler-Glocke Mittag.

12

Die unüberwindliche Armada

Ärmelkanal
1588

6. Tagebuch
Adam Dreyling

Freitag,
der 19. Juli

Die Leidenschaft für das Spiel kann man sehen, auch ohne scharf zu beobachten. Die Anhöhe, von der aus man den Sund von Plymouth überblicken kann, trägt bestens dazu bei, die Spielsucht zu befriedigen. Kapitäne und Offiziere in großer Anzahl werfen ihre Schatten über das saftige Grün. Admiralshügel, Kommandantenhügel, Piratenhügel, sogar als Hügel des Müßiggangs könnte man ihn zu dieser Stunde mißverstehen, wenn nicht die Gesichter der Männer dagegen sprechen würden.

Die Zeit vor dem Mittagessen wollen Lordadmiral Howard of Effingham und Vizeadmiral Drake, zusammen mit den Kapitänen und Offizieren der Flotte, mit einer Runde Bowls ausfüllen, um ihren Ärger gegenüber dem Wetter und der mangelnden Zufuhr von Proviant wenigstens für zwei oder drei Stunden zu vergessen – jenes dauerhafte Ärgernis, an dem alles zu scheitern droht und das bis zur Stunde immer noch nicht befriedigend gelöst ist. Wer also von den edlen Herren eine Holzkugel besitzt, kann dabei mitmachen – und vergessen.

Vor gut drei Wochen, als ich auf die ARK ROYAL befohlen wurde und mit 90 weiteren Schiffen zwischen Irland und den Scilly-Inseln kreuzte, um sämtliche Zufahrten nach England, Irland und Schottland vor der anlaufenden spanischen Armada zu decken, ließ das Ausbleiben der erwarteten Proviantschiffe den Lordadmiral vor Wut regelrecht schäumen. Als sie dann endlich eintrafen, kam mit ihnen auch die heißersehnte Ermächtigung der Königin, die Armada sofort in ihren eigenen Gewässern und damit weit entfernt von Englands Küsten anzugreifen. Unsere Flotte nahm Kurs auf La Coruña, wo sich ein Großteil der von einem schweren Sturm zerstreuten Armada angeblich wieder sammelte. Der Erfolg von Cadiz, ein Jahr zuvor, schien wiederholbar!

DIE UNÜBERWINDLICHE ARMADA

Doch rund fünf Tage später waren wir statt in La Coruña wieder im Sund von Plymouth. Der Wind blies uns regelrecht nach England zurück. Die Flotte war unverrichteter Dinge, dafür mit leeren Proviantfässern und arg vom Sturm gebeutelt, zurückgekehrt. Drake sucht allerdings nicht nur den Verlust entgangener Beute über dem Spiel zu vergessen. Die Gefahren für das Königreich werden immer bedrohlicher, da auch der vierte Versuch in diesem Jahr, die Spanier an ihrer eigenen Küste zu stellen, an den Widrigkeiten des Wetters gescheitert war. Der Vorteil von Zeit und Ort, für ihn bereits der halbe Sieg, ist ihm auf dem Plymouthhügel endgültig entschwunden:

»Eine im Hafen festgenagelte Flotte kann nichts gewinnen!« tobte er vor sieben Tagen, als die 90 Schiffe ihre Anker wieder in den Schlick vor Plymouth warfen. Obwohl die Flotte inzwischen mit größter Eile neu verproviantiert wurde, kursieren Gerüchte, die besagen, daß Philipp ein weiteres Jahr abwarten wolle, um seine Kräfte zu erneuern. Der Lordadmiral und sein Rat ließen sich dadurch nicht beirren. Walsingham und unsere schnellen Kurierschiffe sind zuverlässig. Jeder weiß es inzwischen auf dem Hügel: Die Dons sind unterwegs. Doch wo befinden sie sich zur Zeit? Was sind ihre genaue Absichten?

Samuel Clerke neben mir, gewichtiger Batteriekommandant der ARK ROYAL, sieht gelangweilt zu, wie der Zielpflock für das Bowls in den Rasen gerammt wird, während sich meine Freunde George Clifford, der das Kommando über die ELIZABETH BONAVENTURE erhalten hat, und George Fenner, der das Kommando über die GALLEON LEICESTER führt, hinzugesellen. Vielleicht ärgern Clerke die Kugeln aus Holz. Würde das Spiel mit Kanonenkugeln gespielt werden, er hätte mit eisernen 6pfündern teilgenommen. Ich bin mir sicher, auch wenn er auf der ARK viel zuwenig Kugeln hat, es hätte ihn beglückt. Kurz darauf begrüßt uns Jeremy Turner von der BULL, der das Kommando über den schnellsten 250tonner der Flotte erhielt. Die BULL wurde in Chatham von Matthew gezeichnet und gebaut.

»Es gibt neue Überlegungen«, eröffnet Clifford das Gespräch. Gleichzeitig kreist sein Blick über die Köpfe der Menge hinweg und bleibt an einem gedrungenen Rotschopf hängen:

»Kommt zu uns!« ruft er ihn heran. »Meine Gentlemen, Tristram Searche, Bootsmann auf meinem Schiff! Neben seinem Handwerk, das er bestens versteht, hält er Prophezeiungen parat, deren Schlußfolgerungen ich mich nicht entziehen kann. Ich bitte Euch«, wendet er sich äußerst höflich an Searche, »erzählt uns von Euren Berechnungen. Was haben wir zu erwarten, wenn wir auf die Dons treffen?«, und an uns gerichtet: »Gentlemen, soviel kann ich vorweg sagen: Der Sieg ist unser!«

»So wird es sein!« beginnt Searche forsch, doch schwer verständlich, da sein kleiner Mund nicht gerade reichlich mit Zähnen gesegnet ist. Dafür quillt der Eifer um so mehr aus ihm heraus. »Meine Berechnungen sind von der Art, daß sie an Beweiskraft nichts, aber auch gar nichts vermissen lassen. Wir schließen in diesem Jahr einen Zyklus ab, der mit einem gewaltigen Ereignis enden wird.«

»Sehr wahr! Äußerst wahr!« fällt ihm Fenner spöttisch ins Wort.

»Scheint mir auch so«, flachse ich mit.

Unbeirrt fährt Searche fort:

»1518 hat Dr. Martin Luther den Papst herausgefordert. Melanchthon hat herausgefunden, daß der vorletzte Zyklus der Offenbarung des Johannes damals sein Ende fand. Ab diesem Zeitpunkt gerechnet erfüllt sich nun die Zahlenlehre der Offenbarung des Johannes und seine unumstößliche Prophezeiung. Sie lehrt uns, daß ab 1518 nur noch zehnmal sieben Jahre bleiben, gleich der Länge der babylonischen Gefangenschaft, bis sich das siebente Siegel öffnet!« Searche atmet tief durch, blickt mit hochgezogenen Augenbrauen in die Runde und streckt seinen Zeigefinger. »Siebenmal zehn Jahre, meine gnädigsten Herren! Wir schreiben das Jahr 1588!«

»Das Jüngste Gericht steht uns also bevor?« fragt Turner, der, sichtbar beunruhigt, seinen Ring am Finger immer schneller dreht.

»Ja! Der Antichrist wird bezwungen werden. Die Prophezeiung erfüllt sich!«

Clerke reagiert ungehalten:

»Die Offenbarung sieht für mich völlig anders aus. Zehn unserer größten Schiffe benötigen mehr Kugeln und Pulver! Wenn die WHITE BEAR, die VICTORY, die VANGUARD und die ANTELOPE ein Gefecht von mehreren Stunden bestreiten müssen, sind sowohl ihre Pulverkammern als auch ihre Kugelvorräte erschöpft. Dann lebt der Antichrist gut weiter. Also Prophet, hier endet Ihr mit Eurer Weisheit!«

»Gnädigste Herren! Das ist noch nicht alles«, setzt sich Searche, ohne jeglichen Zweifel zuzulassen, über Clerkes trockene Bemerkungen hinweg. »Die Sonnenfinsternis im Februar, dazu die Mondfinsternis im Frühjahr, die zweite totale Mondfinsternis, die für August vorausgesagt ist, lassen nur einen Schluß zu: daß 1000 Jahre nach der Jungfrau Geburt und nach weiteren 500 Jahren das achtundachtzigste Jahr für Spanien nur Düsteres und Unheilvolles bereithält. Der neue Stern von 1572, der erste seit Bethlehem, leuchtete genau zweimal sieben Jahre vor der Mondfinsternis im Februar. Vorbedeutungen, die ankündigen und zugleich warnen wollen...«

»... vor Bootsleuten, die Propheten sein wollen und vor denen mich mein *katholischer* Beichtvater immerzu warnt«, versucht Clerke ihn witzelnd aus der Fassung zu bringen. Doch Searche erwidert unbeeindruckt:

»Wenn es in Schweden Blut regnet, Madrid von Monstergeburten überschwemmt wird, Sturm, Regen und Hagel nicht aufhören wollen, dann kann dies alles nur bedeuten, daß der Fall eines großen Königreiches nahe ist. Da England klein ist, wird es das Königreich Spanien treffen. Vernichtend wirkt sich für Philipp und sein Reich die Stellung von Saturn, Jupiter und Mars aus. Sie stehen im achten, dem Todeshaus, was nur bedeuten kann, daß das Königreich Habsburg endlich sinken wird!«

»Ich kann ihn nicht mehr hören, Lord George! Ich habe nichts gegen seine Prophezeiungen, doch wie er...«, Clerke unterbricht sich abrupt, neigt seinen Kopf leicht nach links und blickt mit glasigen Augen an mir vorbei. Samuel ist ein besonnener, ruhiger Gunner. Doch wie er seine rechte Hand hochreißt und sie mit einem Male hektisch über seinen Kopf kreisen läßt, erweckt den Eindruck, als sei er Knall auf Fall närrisch geworden. Da wir nicht darauf reagieren, faßt er John Wright, Bootsmann auf der Ark, grob an den Schultern, dreht ihn ruckartig um, fuchtelt hektisch nach Südwesten:

»Dort...! Die Dons kommen!!«

Der Schreck trifft ins Gebein. Alle Köpfe auf dem Plymouthhügel fahren nach Südwesten herum. Unter einer grauen Rauchwolke wird dort der Lichtpunkt eines fernen Feuers – es ist der Beacon von *Rame Head* – zunehmend größer!

Die Wahrheit läßt uns erstarren. Jeder weiß es im selben Augenblick: Spaniens Armada muß von den Küsten Cornwalls aus gesichtet worden sein.

»Endlich!« jubelt Drake, wirft die Bowlkugel in die Höhe und fängt sie locker mit seiner rechten Hand wieder auf. Im selben Atemzug befiehlt er der Wache neben dem Signalfeuermast:

»Steckt sofort den *Beacon* in Brand!«

Seine Begeisterung löst die Anspannung.

Das Signalfeuersystem ist noch im Herbst letzten Jahres fertiggestellt worden. In wenigen Stunden werden die Grafschaften entlang der gesamten Südküste über Dover und bis London hinauf alarmiert sein. Sogar die kreuzenden Schiffe vor Dünkirchen werden wissen, daß die Spanier den Kanal erreicht haben. Von Landspitze zu Landspitze und landeinwärts hinein wird das Feuer die Nachricht bis York und in das entlegene Durham tragen. Das Lauffeuer wird ganz England aufwecken. Das Landvolk wird sich bewaffnen und zur Seeküste schwärmen, um das Königreich zu verteidigen...

Ein lautes Stimmengewirr hebt an, wird jedoch durch Hawkins, der sich vernehmlich an den Lordadmiral richtet, abgeschnitten:

»Wir haben noch keine Gewißheit!«

»Wollt Ihr Euch deutlicher erklären?«

»Wir haben in letzter Zeit viele Geisterschiffe gesichtet. Auch wenn wir wissen, daß sie kommen werden, die Schnelligkeit traue ich ihnen nicht zu.«

»Wer kreuzt in der Kanalmündung?«

»Kapitän Fleming, auf der GOLDEN HIND.«

»Wie viele Meilen?«

Hawkins überlegt einen Moment:

»Etwa 90!«

»Gut. Sollte er sie ebenfalls gesichtet haben, wird er in etwa sechs Stunden bei uns sein.«

Der Lordadmiral wendet sich an die Kapitäne:

»Gentlemen! Trefft alle Vorbereitungen zum Auslaufen!«

»Was wird aus dem Spiel?« fragt Drake dazwischen.

Der Lordadmiral prüft den Wind:

»Erst werden die Mannschaften alarmiert und die Beiboote klargemacht. Wenn es sein muß, schleppen wir die Schiffe aus dem Sund!«

Drake läßt nicht locker:

»Dann setzen wir gegen drei Uhr nachmittag das Spiel fort?«

»Sofern wir die Zeit dafür haben, Sir Francis!«

Das Signalfeuer auf dem Hügel, vom Wind zu einer zehnmeterhohen Lohe entfacht, entläßt eine Rauchfahne in den Himmel, die mich an eine Riesenschlange erinnert. Die Bucht, vom fahlen Licht des bedeckten Himmels überschwemmt, wirkt dagegen wie ein einziges grabestiefe Loch. Das Dunkle und das Ungewisse der letzten Wochen, mitsamt seinen bösen Vorahnungen, die uns plagten, sind vorbei. Ich laufe den steilen Hügel hinunter und überspringe eine Pfütze, die in ihren Umrissen Iberien gleicht – ein ausgebreitetes Stierfell. Ich bin mir sicher, wir werden den Habsburger Stier aus seiner Decke schlagen. Damit sich das Omen erfüllt, springe ich gleich noch einmal darüber.

Die Hektik fliegt gegen den fegenden Wind vom grasbewachsenen Hügel hinunter auf die Kais und von dort hinüber auf die Galeonen. Offiziere und Mannschaften drängen zu den Schiffen. Ein unaufhörliches lautes Gemurmel umgibt die Gruppen. Jeder diskutiert mit jedem über die mögliche Position der Armada. Fortwährend legen Kapitänspinassen und Großboote an, um die Besatzungen zu den Schiffen überzusetzen.

Lordadmiral Howard, den ich auf seinen Befehl hin begleite, geht auf jeden einzelnen Kapitän und Offizier seines Geschwaders zu und erteilt unermüdlich Befehle, die in ihrer Ernsthaftigkeit Schauer über den Rücken jagen.

Frobisher mit seinem Bootsmann ist an der Reihe, der das Kommando über die Triumph hat:

»Ich brauche alle Kriegsgaleonen im Kanal. Eure Männer schaffen es rauszukommen! Gegen die Flut werdet Ihr nicht ankommen, doch mit dem ablaufenden Wasser heute nacht werdet Ihr es auch gegen den Wind schaffen. Fuß für Fuß wird es gelingen! Schwört Eure Männer auf das Ziel ein, feuert sie an, aber laßt alle Handgriffe streng überwachen. Verholt die Triumph gleich über die Taue. Euer Schiff muß klarkommen. Wenn Ihr Eure Galeone ins Gefecht bringt, werden wir siegen. Sind wir erst beim Eddystone, haben die Dons gegen uns verloren. Setzt es in die Tat um. Probiert es, es wird Euch gelingen! Für Elizabeth und das Königreich! In drei Stunden sehe ich Euch wieder auf dem Hügel.«

»Aye, aye, Mylord!«

Frobishers Augen glänzen, als er die Pinasse besteigt, um seine Mannschaft einzuschwören.

Drake, der am Ende des Kais die gleiche Aufgabe erfüllt, teilt mit barschem Ton seine Befehle aus; dabei fehlen die aufmunternden Worte völlig. John Hawkins, der die Victory befehligt, scheint Drake übersehen zu wollen. Im letzten Augenblick legt er seine Hand jedoch von hinten auf dessen linke Schulter und bemerkt:

»Nicht so laut, Francis. Ihr verscheucht mir sonst die Spanier da draußen!«

ÄRMELKANAL 1588

Drake fletscht die Zähne:

»Die Stunde hat ihnen schon geschlagen, John. Erst hören sie meine Stimme, dann die Trompeten meiner Männer und danach die Kanonen meiner REVENGE!«

»Dann mach aber rasch. Wir liegen noch weit zurück!«

Wenig später ist der Kai fast leer. Drake kommt auf uns zu, schenkt mir ein Lächeln:

»Höchst bedauerlich, Sir Adam, daß Ihr nicht bei mir auf der REVENGE mitsegeln könnt. Ich bin meinem Admiral fast gram, denn er ließ es einfach nicht zu.«

»Ihr seid nicht der einzige, der meine Entscheidung bedauerlich findet«, antwortet der Lordadmiral ruhig. »Doch Sir Adam soll auf der ARK die Taktik und deren Wirkung mitbeurteilen. Ich erwarte im richtigen Augenblick seinen Rat. Für alle!«

»Aye, aye, Mylord! Verstanden«, gibt Drake zum Besten und läßt uns spüren, daß die Worte des Lordadmirals für ihn nicht gelten.

»Sir Francis«, frage ich ihn, »was ist, wenn die Armada die nächsten Stunden mit der Flut direkt und ohne zu zögern in den Sund hineinsegelt – ähnlich wie wir letztes Jahr in Cadiz?«

»Es wäre für uns die ungünstigste Situation, die ich mir vorstellen könnte, Sir Adam. Wir wären um all unsere Vorteile beraubt«, antwortet er kurz angebunden. Sein Blick schweift über die Bucht. »Doch im Gegensatz zu den Spaniern werden wir nicht untätig zusehen und uns verbrennen lassen! Außerdem wird die Armada nach meinen Berechnungen nicht vor dem Morgengrauen hier aufkreuzen können. Dann werden wir aber ablaufendes Wasser haben, was nur uns nutzen wird.«

Sein Blick wandert zurück zu Howard, der bis dahin zustimmend genickt hat:

»Ich sehe das genauso. Warten wir erst einmal auf Fleming. Schon manche wollen die Armada in letzter Zeit nahe vor unseren Küsten gesichtet haben. Diesmal, denke ich, wird es allerdings stimmen. Doch sollten die Dons tatsächlich geradewegs und ohne zu zögern auf Plymouth zulaufen, werden wir mit Sicherheit die ganze Nacht zur Verfügung haben, um aus dem Sund herauszukommen. Andererseits sehe ich keine Möglichkeit, bei diesem Wind und bei einsetzender Flut unsere Kriegsgaleonen in den Kanal zu bekommen. Je später Fleming also eintreffen wird, um so günstiger steht es für uns.«

Drake stampft ungeduldig mit dem Fuß auf das Pflaster:

»Laßt also die Flut steigen und uns den Hügel entern!«

Der Tag nimmt ab. Das Bowls begeistert wenig, dafür beginnt die verrinnende Sanduhr ein teuflisches Spiel aufzuziehen. Sie ist es, die hier oben gewinnt. Unweigerlich! Dagegen ist die Vorführung um den Pflock herum eine Plage für das Gemüt. Wer ist näher dran...!?

Der gezeigte Gleichmut mit Ausblick auf einen Horizont, hinter dem sich der Schrecken mehr und mehr aufbaut, wirkt bei den besten Kapitänen aufgesetzt. Manch einer wirft fahrig die Kugel, tritt vom flüchtigen Vergnügen schnell zu Seite, um den Horizont gleich wieder mit fiebrigen Augen abzutasten. Die letzte Zuflucht der Ruhe liegt scheinbar bei Howard und Drake. Ihnen gilt meine ganze Aufmerksamkeit. Wird auch ihre Maske fallen? Sie verraten ihre Gefühle nicht, noch nicht.

Der Lordadmiral, beraten von Drake, Cumberland, Hawkins, Fenner und Frobisher ließ die Galeonen in den letzten Stunden von den Kais eine halbe Meile weiter in den Sund hinein verholen, wo sie jetzt frei vor Anker liegen, bereit zu jenen Manövern, die weniger abhängig sind von Wind und Segel, sondern mehr von der Muskelkraft der Seeleute. Die letzten Befehle sind ausgeführt. Die Kontrolle gelingt auch von hier oben. Ich beobachte, wie die Beiboote ausgebracht werden, als wollten Ameisen dicke Käfer über das Wasser wegzerren. Der Lordadmiral, die Kapitäne, die Kanoniere, die Seeleute sind bereit, doch die steigende Flut und der scharfe Südwestwind machen den Hafen samt seinem Hügel zum Gefängnis.

Fenner ist gerade beim Spiel ausgeschieden und wechselt zu mir herüber. In die blendende See blinzelnd, auf die jetzt häufiger die Sonne fällt, sagt er:

»Die Flut, der Südwest... Da ist wahrhaftig nicht herauszukommen!«

Sein Kopfschütteln unterstreicht die Blockade von Tatendrang und Entschlossenheit, die uns reizbar und rasend macht.

»Das heißt, wir werden erst gegen zehn Uhr auslaufen können«, wiederhole ich die längst bekannte Situation.

»Ja, wir sitzen gründlich auf Dreck. Hoffentlich unterstützt uns eine Landbrise...«

Ein scharfer Pfiff durch die Zähne läßt mich zusammenfahren. Kapitän Martin Frobisher deutet hinaus auf die Bucht, die wie ein geriffelter Silberschild heraufglänzt.

»Das könnte die Golden Hind sein!« sagt Howard mit einer ungewohnt hohen Tonlage in der Stimme.

»Meine zweite Haut. Sie ist es!« ruft Drake begeistert.

»Großartig, Lord Howard! Ganz großartig!« jubiliert Cumberland geradezu. Er tut, als sei er der Überzeugung, daß die Golden Hind erneut mit unermeßlichen Schätzen an Bord Plymouth ansteuert.

Der Lordadmiral räuspert sich unentwegt. Die Maske fällt.

»Na schön, wir werden sehen! Schafft mir Fleming gleich herauf!« ergeht der Befehl an die Voluntaries William Harvey und Richard Leveson, junge adelige Freiwillige, die der Lordadmiral zu seiner persönlichen Verfügung auf der Ark Royal hält und die er jetzt als Läufer einsetzt.

»Ich werde mitgehen!« ruft Kapitän Frobisher und setzt sich gleichzeitig in Bewegung.

»Nein! Niemand verläßt den Hügel!« Howards Stimme hat sich wieder gefangen.

Kaum sind die Freiwilligen verschwunden, bittet uns der Lordadmiral näher zu treten:

»Dies ist wohl der richtige Augenblick, Euch, meine Herren, eine Erklärung abzugeben.«

Daraufhin herrscht Grabesstille. Wir alle hängen gespannt an seinen Lippen:

»Unabhängig davon, welche Nachrichten Kapitän Fleming bringen wird, werden wir heute nacht in zwei Geschwadern den Sund verlassen. Sollte der Südwest noch blasen, so werden die Galeonen um jeden Preis in den Kanal geschleppt. Das eine Geschwader wird von mir, am Eddystone vorbei, das andere von Vizeadmiral Drake unterhalb der Küste entlanggeführt. Die Vereinigung geschieht so schnell wie möglich.

Meine Kapitäne! Egal wo die Armada steht, egal wo sie hinsegelt und egal wo sie versuchen wird zu landen: Wir werden solange kreuzen, bis wir die Luvstellung erreicht haben. Der Vorteil des Windes ist unsere Chance. Erst dann können wir unseren Kriegsgaleonen mit ihren starken Bestückungen zur vollen Wirkung verhelfen!

Kains Stämme werden jämmerlich im Meer versinken, Abels Stämme dagegen können nicht bezwungen werden.

Gott ist auf unserer Seite. Er ist auf Englands Seite und an der Seite unserer Königin!«

Beifall begleiten seine Schlußworte.

Kaum ist das Klatschen verklungen, macht sich in der Runde Beklemmung breit.

Die Sanduhr auf dem Tisch, der heraufgetragen wurde und auf dem einige Weinkrüge und Brotkörbe stehen, wird soeben zum zweiten Male umgedreht. In diesem Augenblick tauchen drei Köpfe auf. Der in der Mitte ist ergraut. Kapitän Fleming hat den Plymouth Hoe befehlsgemäß erklommen. Mit einer tiefen Verbeugung kommt er sofort zur Sache:

»Mylord«, keucht der alte Kapitän, noch außer Atem, »es gereicht mir zur Ehre, Euch die Botschaft übermitteln zu dürfen, daß ich gegen sechs Uhr morgens in der Nähe der Scilly-Insel ein mächtige Ansammlung spanischer Kriegsschiffe gesichtet habe.«

»Wie viele habt Ihr ausmachen können?«

»Es waren mehr als 60! Und glaubt mir, sie haben mir kalte Schauer über den Rücken gejagt. Eine solche Armada hat kein Auge je gesehen!«

Der Lordadmiral zeigt sich ungeduldig: »Wie habt Ihr sie bemerkt?«

»Ich kreuzte den Kanal in Richtung Norden durch, als ich die ungeheure Ansammlung von Kampfschiffen sah. Sie trieben mit gestrichenen Segeln, als ob sie auf etwas warten würden!«

»Seid Ihr Euch sicher?« stieß Drake hervor.

»Ganz sicher. Offenbar waren sie dabei, sich zu sammeln. Die Segel der großen Schiffe waren unverkennbar gestrichen.«

»Das ist die schönste Nachricht, Kapitän Fleming, die Ihr uns bringen konntet!« antwortet Cumberland voll gespielter Freude.

»Schön oder nicht schön«, ruft Howard dazwischen. »Auf jeden Fall ist es sehr zu unserem Vorteil. Die Zeit ist damit gewonnen, auf die wir gehofft hatten. Es besteht nun keine akute Gefahr mehr, daß unsere Flotte im Hafen angegriffen werden kann. Euer Beispiel von Cadiz, Sir Francis, macht Gott sei Dank keine Schule.«

»Die Dons sind ein unversiegbarer Quell von Dummheit und Unentschlossenheit. Sie dürfen so weitermachen«, antwortet Drake höhnisch und greift sich erneut eine Holzkugel.

»Großer Gott, Lord Howard! Laßt die Schiffe sofort aus dem Sund heraussegeln«, gerät Fleming in helle Aufregung. Fleming gilt im Reigen seiner Freunde als äußerst erfahrener, harter und besonnener Seemann, doch in diesem Moment scheint ihn seine Besonnenheit im Stich zu lassen.

Howard nimmt ihn beruhigend bei der Schulter:

»Wir sind in einer mißlichen Lage. Flut und Südwest geben uns, wie Ihr wißt, wenig Aussicht auf Erfolg, sollten wir jetzt sofort mit dem Manöver beginnen. Die Männer werden ihre Kräfte heute nacht so oder so voll einsetzen müssen. Nicht in der Takelage, auf den Duchten der Beiboote werden sie gefordert sein – bis zum Umfallen.«

Mit einem Kopfnicken beugt sich Fleming den Tatsachen.

»Laßt uns zu unseren Mannschaften gehen«, schlägt Frobisher vor.

»Ach was, Martin, sei kein Hasenfuß!« blafft ihn Drake an. »Wir haben genug Zeit, das Spiel zu beenden und danach die Spanier zu schlagen!«

Der Lordadmiral sieht stumm mit verkniffenen Augen über den Sund, macht kehrt und holt sich seine Kugel aus dem Gras, nahe dem Pflock.

Samstag,
der 20. Juli

Der Ruf des Lotgasten in den Rüsten verrät mir, daß die Wassertiefe wieder abnimmt. Kurz darauf kommt die Meldung von Lieutenant Preston:

»Ram Head!«

Die zwei Worte des Lieutenants markierten den Abschnitt einer beispiellosen seemännischen Leistung, die die gesamte Flotte in den letzten neun Stunden vollbracht hatte. Bis zum Zusammenbrechen haben die Männer gegen den steifen Südwestwind die königlichen Galeonen, einschließlich der schwersten und bestbestückten Kauffahrer, zuerst aus dem *Catwater* und danach aus dem Sund herausgerudert – die feuerstärksten vier großen Galeonen von 800 bis 1000 Tonnen, sieben mittelgroße Galeonen von 400 bis 600 Tonnen und drei weitere von 300 bis 400 Tonnen. Die Rümpfe und Masten der großen Schiffe boten dem Wind zuviel Angriffsfläche, so daß wir neben langen, regelrecht stehenden Phasen, nur im Schneckentempo vorwärts kamen. In der Leeseite von Ram Head, wo die meisten Schiffe der Flotte gegen vier Uhr morgens erneut die Anker

DIE UNÜBERWINDLICHE ARMADA

warfen, sanken die Männer völlig erschöpft und ausgepumpt über ihren Riemenholmen zusammen.

Der größte Teil der Flotte lag noch am Abend des gleichen Tages bei Ram Head versammelt. Der Rest der Flotte, vor allem die kleineren Schiffe kamen über den Tag verteilt aus dem Sund heraus, so daß ich nun gegen Abend insgesamt etwa 80 Schiffe zählen konnte.

Zur späten Stunde traf gleichzeitig Robert Holland mit seiner Pinasse DIAMOND OF DARTMOUTH ein und meldete, daß er die Armada in Sichtweite des Kap Lizard gesehen habe. Das waren noch gut 50 Seemeilen, was den Lordadmiral sofort veranlaßte, die Segel setzen zu lassen. Plymouth sollte nicht mehr gedeckt werden.

Howard und die Kapitäne des Devonshire-Clans beschlossen, Zeit und Ort des Angriffs gegen die Armada selbst zu wählen. Die Flotte teilte sich, um sicherzustellen, daß zumindest ein Geschwader die Luvstellung erlangte. Drake erhielt Befehl unterhalb der Küste nach Westen zu kreuzen. Mit der REVENGE an der Spitze wählten seine elf schnellen Galeonen damit den schwierigeren Kurs. Howard mit gut 60 Schiffen ließ hoch am Wind die kleine Felsgruppe Eddystone anpeilen. Die Vereinigung der Flotte sollte nur in Luvposition erfolgen!

Admiral Howard betritt zur frühen Nachmittagsstunde erneut das Achterdeck, prüft das trübe Wetter, aus dessen Dunst spärlich Regen fällt, und blickt die Masten hoch:

»Master Gray, brassen Sie das Großmarssegel voll, wir laufen weiter hart nach Süden.«

Howard mit seiner mächtigen Nase, die durch sein ernstes Gesicht wie aus Stein gemeißelt wirkt, mustert erneut die Segelstellung der ARK ROYAL. Er trägt heute ein ungewöhnlich reich besticktes Beinkleid, das seine strammen Waden gut zur Geltung bringt. Das feine Tuch von Weste und Umhang verleiht dem großgewachsenen Mann eine Ausstrahlung, die einem Monarchen zur Ehre gereicht. Trotz seiner über 50 Jahre hat er sich eine schlanke, feste Figur bewahrt, die er durch Jagd und Reiten straff hält. George Fenner erzählte mir, daß er ein erfolgreicher Turnierreiter ist und daß er es außerdem verstanden hat, seine Kinder geschickt zu verheiraten, so daß nun die wichtigsten Leute im Dunstkreis der Krone mit Howard verwandt oder verschwägert sind. Obwohl Drake stillhält, so berichtete er weiter, zeigte der sich lange kratzig, daß die Neuernennung des Lordadmirals vor drei Jahren und die damit verbundenen reichen und persönlichen Vorrechte nicht ihm, sondern Howard zugefallen waren. Zu gern hätte er die Aufsicht über die königliche Marine, über die Gerichtshöfe der Admiralität, über Prisengut und vor allem über die Ausgabe von Freibeuterbriefen erlangen wollen. »Prisen wären seine einzige Welt geworden!« kennzeichnete Fenner treffend Drakes verpaßte Chance.

Howard verkörpert ohne Zweifel wesentlich glaubwürdiger den Titel *Oberster Stellvertreter, Oberkommandierender und Befehlshaber der gesamten Flotte und Armee auf See*. Außerdem liegen die weitreichenden Vollmachten über das Betreten, Erobern, Berauben und Untertan-zu-Machen bei ihm in verantwortungsvolleren Händen als bei Drake.

Der Wind bläst leicht aus Westen und zerreißt für einen kurzen Augenblick den Dunstschleier.

»Schiffe quer ab! Kurs Südwesten!« brüllen die drei Posten fast gleichzeitig aus ihren Krähennestern. Schnell entere ich in die Wanten. Tatsächlich! Für einen Augenblick erfasse ich eine riesige Ansammlung von Schiffen, die sich in der Ferne wie eine braune dunkle Wand westwärts erstreckt.

»Lieutenant Preston, laßt noch höher an den Wind gehen. Kurs Südwest!« befiehlt der Lordadmiral.

Die in drei Reihen hinter dem Flaggschiff segelnden Galeonen, mit dem Rudel der restlichen Schiffe im Schlepp, folgen dem Manöver.

»Den Vorteil von Raum, Ort und Zeit werden wir ihnen in spätestens zwei Stunden abgenommen haben! Sie haben die kostbare Zeit ihres Vorteils gründlich verplempert. Ich danke meinem Gegenspieler, dem Herzog von Medina Sidonia für dieses Geschenk.« Mit großen Schritten eilt Howard an die Schottreling und befiehlt erneut: »Lieutenant Preston. Ich möchte die Offiziere an Deck sprechen!«

Kurz darauf stehen wir versammelt auf dem Achterdeck.

»Ich habe Euch kommen lassen«, beginnt der Lordadmiral mit erhobener Stimme, »um Euch die Taktik der kommenden Nacht mitzuteilen. Die Unentschlossenheit der Spanier war bis jetzt für uns ein Geschenk. Die Pinassen SPEEDWELL, DELIGHT, CHANCE, MAKESHIFT und NIGHTINGALE werden laufend die Position der Spanier abtasten, damit wir möglichst unbemerkt ihren Südflügel umsegeln können, ohne einen einzigen Schuß abgeben zu müssen. Sie werden ständig an- und ablaufen, um uns den Kurs der Armada mitzuteilen. Sir Francis Drake verfolgt die gleiche Taktik und wird versuchen, ihren Nordflügel zu umsegeln. Unser Ziel ist es, den Spaniern spätestens in den Nachtstunden den Wind abzunehmen. Der Herzog von Medina Sidonia führt seine Armada offensichtlich äußerst vorsichtig, was zu unserem Vorteil ist. Die Flotte wird unserer Hecklampe folgen. Lieutenant Preston, Ihr seid mir für den Kontakt mit den Pinassen verantwortlich. Ihnen stehen Master Gray und Master Newton zur Seite. Ich bin unverzüglich über jede Nachricht zu informieren. Sir Adam, Ihr inspiziert mit Master Clerke noch einmal die Batterien! Kapitän Morgan, Ihr informiert die Soldaten und Master Wright die Seeleute.« Damit verstummt er für einen Moment und wartet ab, bis die Gespräche untereinander wieder verebben. Dann hebt er mit Inbrunst in der Stimme an:

»Wir werden den Auftrag erfüllen, das Meer zu bewahren, das Englands Schutzwall ist – und England ist in Gottes Hand bewahrt!

Gentlemen, ich erwarte Euch alle um neun in meiner Kajüte zum Dinner!«

Sonntag,
der 21. Juli

In dieser Nacht denkt kaum einer an Schlaf.

Gestern beim Abendessen in der Admiralskajüte hatte Charles Howard unerschütterliche Ruhe und Zuversicht ausgestrahlt. Noch einmal hatte er uns in einer kurzen Tischrede all die Anstrengungen vor Augen geführt, die in den letzten zehn Jahren unternommen worden waren, um diesen unvermeidlichen Zusammenprall mit Spanien vorzubereiten. Dann hatte er uns mit den neuesten Zahlen vertraut gemacht:

»Unsere Flotte umfaßt alles in allem 197 Schiffe. Die Armada König Philipps gebietet, letzten Spionageinformationen zufolge, über 130 Schiffe. Meine Herren, lassen Sie sich aber bitte durch dieses scheinbar günstige Zahlenverhältnis nicht täuschen! Auf unserer Seite sind nämlich nicht nur das Geschwader unter Lord Henry Seymour, das nahe der Themsemündung kreuzt, mitgezählt, sondern auch die Versorgungsschiffe und selbst die kleinen, unbewaffneten Küsten- und Verbindungsfahrzeuge bis zu 20 Tonnen herunter, die im Kampf nicht eingesetzt werden können, während die spanischen

Schiffe durchweg bewaffnet sind und nur wenige Einheiten unter 100 Tonnen liegen.

Ein paar weitere Zahlen mögen die wahren Kräfteverhältnisse besser verdeutlichen:

Die Gesamttonnage unserer Flotte wurde mit 30 146 Tonnen berechnet, die der Spanier auf das Doppelte! Noch viel dramatischer wird der Unterschied, wenn wir die Zahl der kampfstarken Schiffe mit 600 Tonnen und mehr vergleichen: Nur acht auf unserer Seite stehen auf Seiten der Spanier nicht weniger als 51 gegenüber!«

Ein Stöhnen ging um den Tisch. Doch der Lordadmiral fuhr unerbittlich fort:

»An Bord unserer Schiffe befinden sich 15 540 Mann, an Bord der Armada rund 30 000! Wir verfügen über 1124 Geschütze mit mehr als 4 Pfund Kugelgewicht, die Spanier über deren rund 2000.«

Während wir noch das Gehörte zu verarbeiten versuchten, platzte Sir Edward Hoby, seines Zeichens Sekretär und offizieller Berichterstatter der Königin, in Wahrheit Neffe, Protegé und Spitzel Lord Burghleys, heraus:

»Wenn wir das auch nur im entferntesten geahnt hätten, dann hätten wir *niemals*...«

Doch Charles Howard schnitt ihm barsch das Wort ab:

»O doch! Denn wir werden die spanische Armada, die sich selbst voller Hybris als ›unüberwindlich‹ bezeichnet, *schlagen und vernichten!*«

Unser aller Augen waren auf den Lordadmiral gerichtet.

»Zum ersten und wichtigsten: Was sind die Spanier? Eine Horde von Söldnern, die sich als *Kreuzfahrer* bezeichnen, Männer, deren wahres Ziel allein im Plündern, Morden und Vergewaltigen besteht, geführt von einem Admiral, der bis zu dieser Stunde noch nie auf den Planken eines Schiffes gestanden hatte, gebunden und gefesselt durch die Befehle, Richtlinien und Anweisungen aus dem Escorial. Eine päpstliche Bulle, Fahnen und Flaggen, an denen über 2000 Jungfrauen und ehrbare Frauen über zwei Jahre gestickt haben, und die Hoffnung auf ein Wunder sind ihre stärksten Waffen.

Und was sind wir? Männer, die von Kindesbeinen mit dem Meer vertraut und mit dem Rücken zur Wand um Freiheit und Leben für sich und ihre Liebsten kämpfen! Wir wissen, wofür wir notfalls zu sterben bereit sind!«

Für einen Augenblick ließ Lord Howard die Worte auf uns einwirken ehe er fortfuhr:

»Unsere Flotte besitzt dem Feind gegenüber klare Vorteile, deren wir uns bewußt sein sollten.

Die Spanier verfügen über die besten und tapfersten Soldaten der Welt – das ist eine allgemein anerkannte Tatsache. Diese Soldaten nützen aber nur im Enterkampf Mann gegen Mann.

Wir aber verfügen über die besten Kapitäne, Matrosen und Kanoniere – auch das ist eine Tatsache. Wenn wir den Kampf – ich habe dies mehrfach gesagt, und ich betone es nochmals – nicht Mann gegen Mann, sondern Schiff gegen Schiff führen, sind wir eindeutig im Vorteil. Und wir werden diesen Vorteil zu nutzen wissen!

An Tonnage sind uns die spanischen Schiffe eindeutig überlegen, nicht aber in der Bewaffnung der einzelnen Schiffe. Ein 250tonner wie beispielsweise unsere TIGER mit ihren 30 Geschützen ist ebenso stark bewaffnet wie mancher spanische 700tonner. Der Grund hierfür ist einfach: Die sogenannte *unüberwindliche* Armada verfügt nur über vier reine Kriegsschiffe, die neapolitanischen Galeassen. Alle anderen Schiffe sind im Grunde bewaffnete Kauffahrer, gebaut, um die Schätze der Neuen Welt sicher nach Spanien zu schleppen.

Wir hingegen verfügen über *Kriegsschiffe*, konstruiert und gebaut zu diesem Zweck!«

Lord Howard war aufgestanden, bat uns aufs Kampanjedeck hinaus, rief begeistert:

»Da, seht sie Euch an, die ARK ROYAL! Wo ist ein Schiff, das sich mit ihr vergleichen könnte? Das ist kein Schiff, auf dem Kanonen herumstehen! Das sind nicht Kanonen, die von einem Schiff übers Wasser geschleppt werden! Doktor Matthew Baker und unser Freund, Sir Adam Dreyling, haben hier etwas geschaffen, das es bis heute noch nie gab: eine Einheit von Schiff und Geschütz! Eine Einheit wie Klinge und Gefäß eines Degens. Eine Waffe, der, geführt durch die Meisterhand unserer Kapitäne, niemand und nichts widerstehen wird!«

Die Festigkeit, die Überzeugungskraft, die Begeisterung unseres Oberkommandierenden klingt auch jetzt, Stunden später, in uns allen nach. Ich stehe mit dem Grüppchen der Offiziere und der adeligen Herren, die sich freiwillig für den Dienst auf dem Flaggschiff gemeldet haben, auf der Backbordseite des Kampanjedeckes. Vom Bug her stäuben uns immer wieder feine Gischtwolken ins Gesicht. Still ist es bis auf die ewige Musik des Schiffes, das Knarren der Hölzer, das Singen des Windes im Tauwerk, das gelegentliche Klatschen und Knattern der prallstehenden Segel, das leise Quietschen der

Blöcke, das Rauschen des Wassers am Rumpf entlang. Die Männer stehen und sitzen allein oder in Grüppchen zusammen, starren in die Nacht hinaus, unterhalten sich manchmal flüsternd, um die gespannte Ruhe nicht zu unterbrechen. Nur von Zeit zu Zeit dröhnt der mächtige Baß von Master Thomas Gray auf. Dann platschen Dutzende nackter Füße über die Decks, Taue werden losgeworfen, von keuchenden Männern verholt, die Rahen drehen sich, der Bug schwingt herum, das Schiff legt sich auf die andere Seite, Segel knallen und flattern für ein paar Augenblicke, wenn wir auf einen neuen Bug gehen, um einen weiteren Schlag auf unserem Kreuzkurs westwärts abzusegeln.

Ich sauge tief die feuchte Nachtluft in meine Lungen. *Eine Waffe, der nichts und niemand widerstehen wird*, hallen die Worte Howards in meinem Gedächtnis. Ja, wir haben etwas Einmaliges, Erstmaliges geschaffen, Matthew und ich! Die ARK ROYAL ist nicht nur das Flaggschiff unserer Flotte, sie ist das Flaggschiff einer Flotte, die für eine neue Denkweise im Schiffbau steht.

Und sie ist schön, wunderschön! Lang und schlank und scharf gebaut. Vom niederen, weit vorspringenden Galion mit dem Tudordrachen in der Spitze, das bei rauher See wie ein Wellenbrecher die Wogen zerschneidet und zerschlägt, bis zum leicht, fast schwerelos aufsteigenden Heck ist sie geballte, todbringende Eleganz.

Die Ornamentbänder auf ihren Flanken, gehalten in königlichem Rot und Gelb, hinter denen meine goldenen Schlangen, Halbschlangen und Kanonen lauern, betonen ihre Schlankheit. Die zylindrischen Schützentürmchen mit den vergoldeten Kugeln auf den kleinen Dächern – zwei am Ende der Back, zwei in Höhe der Kampanje und zwei am Heck – ebenso wie die weit auskragende Heckgalerie hat Matthew Baker zwar als Firlefanz bezeichnet, sie betonen aber das Repräsentative des Schiffes.

Mein Blick gleitet die Masten hinauf, die sich droben in der Dunkelheit verlieren. Fock- und Großmast tragen je drei Segel, das mächtige, rechteckige Hauptsegel unten, darüber das große, trapezförmige Marssegel und ganz oben das kleine, ebenfalls trapezförmige Bramsegel. Diese sechs Segel sind es, die dem Schiff vor allem den Vortrieb bringen. Das schmale rechteckige Blindesegel, draußen am vorgereckten Bugspriet, das große und droben das kleine dreieckige Lateinsegel am Besanmast neben mir, und hinten das dreieckige, lateinische Bonaventursegel am vierten Mast dienen vor allem der Manövrierfähigkeit des Schiffes.

Ja, dieses Schiff ist vollkommen! So vollkommen wie all die anderen Schiffe, die Matthew und ich geplant, gebaut und ausgerüstet haben und die nun mit uns durch diese Nacht fliegen, die ELIZABETH BONAVENTURE und die REVENGE, die GOLDEN LION, die VICTORY, DREADNOUGHT, NONPAREIL, TIGER, BULL, HOPE, SAMPSON und welch stolze Namen sie sonst noch alle tragen.

Ich liebe sie, diese Schiffe! Jedes einzelne! Doch am meisten liebe ich wohl die ELIZABETH BONAVENTURE, das erste Schiff, das meine Schlangen trug und das mein Freund Lord Cumberland nun kommandiert. Sie und die ARK ROYAL, bei deren Kiellegung ich zugegen gewesen war. Untrennbar mit ihr verbunden jene Stunden danach in London: Todesgefahr und Rettung, Flucht und Einweihung in die bestgehüteten Geheimnisse des Landes, dem Mordstahl ausgesetzt, und Aufstieg in den Kreis der wahren Wissenden, der wahren Herrschenden!

ARK ROYAL! Was für ein Name! ›Königliche Arche‹! Die Arche, die Herr Noah einst baute, rettete das Leben von Mensch und Tier vor der Sintflut. Unsere Arche wird Leben und Freiheit Englands vor der Flut der Invasoren retten.

Mit dem ersten Morgengrauen beginnen sich auch die Nebelschleier aufzulösen, die letzten Wolken mit ihrem Nieselregen werden nach Osten davongetrieben. Bis in die letzte Faser gespannt starren wir nach Nordosten, wo die dunkelgraue Wand, die wir schon in der Nacht beobachtet hatten, sich langsam mehr und mehr in dunkel geteerte Schiffsrümpfe mit aufragenden Masten und geblähten Segeln auflöst: die *unüberwindliche spanische Armada!*

Gestern abend hatte der Lordadmiral uns nochmals die letzten Informationen unserer Spione genannt. Doch die Zahlen über Tonnagen, über Geschütze und Mannschaften, so erschreckend gewaltig sie sein mochten, waren irgendwie unwirklich erschienen.

Das, was nun da vor uns schwimmt, ist nicht abstrakt. Es ist bis ins Mark entsetzend konkret!

Einhundertdreißig Schiffe, neben denen sich die Mehrzahl unserer Galeonen wie Zwerge ausnimmt. Wuchtige Rümpfe, burgartig trutzige Vor- und Achterkastelle. Himmelhoch ragende, windgeschwellte Segeltürme. Angeordnet in einem gigantischen Halb-

ÄRMELKANAL 1588

mond, der seine Flügel über eine Entfernung von sieben Meilen ausbreitet, zieht die Armada wie eine Prozession des Verderbens langsam dahin.

»Als wolle sie dem Wind die Kraft rauben, als stöhne die See unter ihrer Last«, flüstert Lieutenant Amyas Preston neben mir.

Und es ist nicht nur das fahle Morgenlicht, das unsere Gesichter bleich färbt. Wir mögen die besten Schiffe, die besten Geschütze haben, aber wie sollte irgendwer mit dieser gigantischen Masse geballter Bedrohung fertig werden?

Wir würden kämpfen, gewiß! Aber wie konnten wir je hoffen, auch zu siegen?

Und dann? Niederländische Drucker hatten die Listen der spanischen Marine- und Inquisitionsrichter in Medina Sidonias Flotte veröffentlicht. Man wollte von ganzen Schiffen voll Folterinstrumenten gehört haben, dazu Schiffsladungen von Stricken, um alle Engländer daran aufzuhängen. Auch hört man von einer weiteren Schiffsladung voll Geißeln, um die englischen Frauen auszupeitschen. Drei- bis viertausend Ammen sollen mit dabei sein, die englischen Kleinkinder zu stillen, aus denen nun Waisenkinder werden sollen. Und von Ladungen von Brandeisen war die Rede, denn alle Kinder im Alter von sieben bis zwölf Jahren würden im Gesicht gebrandmarkt werden, damit man sie für immer erkennen solle. Alle männlichen Engländer jedoch von dreizehn Jahren aufwärts würde man hängen, rädern, pfählen und verbrennen, die Mädchen und Frauen, wenn die hübsch waren, der Soldateska als Lagerhuren überlassen, den Rest als gebrandmarktes Arbeitsvieh in die Kolonien verfrachten... In der Schlacht zu fallen mag da ein durchaus gnädiges Schicksal sein – ich sehe diese Erkenntnis in den Augen vieler ringsum.

Rabbi Silbermantel mit seinen Tarotkarten in Venedig geht mir durch den Kopf:

»*Was Ihr schaffen werdet, wird die Welt verändern – das Rad des Schicksals. Ein gewaltiger Sieg wird zur Weltherrschaft führen – das Universum. Aber Ihr habt keinen Anteil daran. Ihr werdet stürzen – der Blitzschlag –, und gewaltsam ums Leben kommen und vergessen werden – Zehn der Schwerter.*«

Prophezeiungen treffen wohl stets anders ein, anders als selbst der Prophet sie gedacht hat: England hat diesen Waffengang gewagt – und nun wird der gewaltige Sieg der Spanier uns und England vernichten. Ja, an dem Sieg werde ich keinen Anteil haben, werde fallen

839

und mein Grab wird das Meer sein, meine Totengräber die Fische. »... *aber am Ende steht ein entwurzelter Baum*...«, kommen mir nun auch die Worte Ysabels damals in Sterzing bei unserer ersten Begegnung, als sie mir aus der Hand las, wieder in den Sinn. Meine Blicke gehen hinauf zu den Masten der ARK ROYAL. *Ein entwurzelter Baum*... Welcher der noch hoch aufragenden Masten wird es sein, der mich erschlagen wird?

»Drake und Frobisher haben es geschafft!« schallt es aus der Fockmars an Deck herunter. Jetzt sehen auch wir es: Während wir im Rücken des gigantischen Halbmonds der Armada mit halbem Wind nordwärts laufen, kommt uns unser zweites Geschwader entgegen, das sich vor allem mit den älteren, schwereren Einheiten wie der WHITE BEAR Lord Sheffields, der ELIZABETH JONAS unter Sir Robert Southwell und der TRIUMPH Martin Frobishers unter der Küste Cornwalls westwärts gequält hatte.

»Zeit und Ort richtig gewählt zu haben bedeutet bei allen Kampfhandlungen den halben Sieg«, hatte der Lordadmiral, hatte Drake gesagt. Nun, immerhin dieser Teil ihres Planes ist aufgegangen. Unsere Flotte hat den Spaniern den Wind abgenommen, hat sich damit den Vorteil verschafft, bestimmen zu können, wann und wo wir angreifen wollen.

»Lediglich ein paar Strich backbord, und der Herzog von Medina Sidonia segelt mit dem gewaltigsten Flottenaufgebot, das die Welt je sah, mit frischem Rückenwind hinein in den Hafen von Plymouth, den wir ihm so freundlich freigemacht haben«, näselt Sir Edward Hoby während er die feine Spitzenmanschette, die aus der Armröhre seines schwarzen Harnischs hervorragt, zurechtzupft.

»Wollt Ihr die Entscheidungen des Lordadmirals kritisieren, Sir Edward?« hält Thomas Gerard, einer der Freiwilligen Herren, dagegen.

»Meine Aufgabe ist es, als Sekretär lediglich zu beobachten und Ihrer Majestät zu berichten, was ich beobachte«, wehrt Hoby hochmütig ab. »Und das, was ich im Augenblick beobachten muß, ist, daß die Kapitäne unserer Flotte nicht in der Lage sind, die Befehle des Lordadmirals korrekt umzusetzen.«

Wenn Gerard und die anderen beschließen sollten, Sir Edward

Hoby, diesen Stachel in unserem Fleisch, außenbords zu werfen, werde ich ihnen mit Vergnügen helfen.

Auch wenn er mit seiner letzten Bemerkung so ganz unrecht nicht hat. Denn noch sind im Augenblick die beiden aus Norden und Süden heranrauschenden Geschwader dabei, sich zu vereinen. Unsere Flotte ist tatsächlich ein noch recht wirrer Haufen, und es sieht nicht danach aus, daß unsere Pinassen und Beiboote, die mit Anweisungen hin und her preschen, Ordnung in das Chaos bringen werden.

Unterdessen treffen wir unsere letzten Vorbereitungen. Während ich mich wie die anderen Offiziere in meinen Harnisch schnallen lasse – jetzt kommt Meister Halders Arbeit endlich zur Geltung –, überprüfen die Kanoniere ein letztes Mal ihre Bestände an Kugeln, Kartuschen und Luntenschnüre, schrauben die Soldaten noch mal hastig an den Schlössern ihrer Arkebusen herum, werden Enterbeile, Piken und Messer an die Matrosen ausgegeben, löschen die Köche die Feuer im Kombüsenherd, läßt John Banester, unser Schiffschirurg, unter dem Kanonendeck seine Instrumente neben einem grob gezimmerten, aber stabilen Tisch zurechtlegen.

Thomas Vavasour, einer der adeligen Freiwilligen, der seit Wochen im Auftrag Walsinghams nichts anderes getan hatte, als jedes Krümelchen an Informationen über die spanische Flotte seinem Gedächtnis einzuprägen, informiert uns unterdessen über die Zusammensetzung des gigantischen Halbmonds:

»Ganz links, das ist das Biscaya-Geschwader mit 14 Schiffen unter Don Juan Martínez de Recalde, Ihr erkennt es an den blauen Flaggen mit dem roten Astkreuz. Daneben segelt das andalusische Geschwader mit 11 Schiffen unter Don Pedro de Valdés. Die Mitte halten die 12 Schiffe des portugiesischen Geschwaders unter dem persönlichen Oberkommando des Herzogs von Medina Sidonia und die 16 Schiffe des kastilischen Geschwaders unter Don Diego Flores de Valdés; man erkennt sie an der kastilischen Flagge im Topp. Bei ihnen befinden sich auch die vier schweren Galeassen aus Neapel unter Don Hugo de Moncada. Links davon ist das nächste das Giupúzcoa-Geschwader, 14 Schiffe unter Don Miguel de Oquendo und ganz außen das Levante-Geschwader unter Don Martín de Bertendona. Von uns durch diese Kampfgeschwader abgeschirmt, segeln vor ihnen die Versorgungsschiffe, 23 große Urcas unter dem Befehl von Don Juan Gomez de Medina und die 22 kleineren Pataches und Zabras unter Don Antonio Hurtado de Mendoza.«

DIE UNÜBERWINDLICHE ARMADA

Einen Mann scheint dies alles nicht zu berühren. Lord Charles Howard of Effingham steht allein an der Steuerbordreling, die Augen fest auf den furchterregenden Halbmond spanischer Schiffe vor uns gerichtet. Ein Befehl an Thomas Gray, den Segelmeister der ARK ROYAL. Ein Signal hinüber zu der kleinen Pinasse DISDAIN unter Kapitän Jonas Bradbury, die uns die Nacht hindurch wie ein Hündchen seinem Herrn gefolgt war.

»Ruder hart steuerbord! Kurs 90 Grad Ost! Setzt Mars- und Bramsegel!«

Der Bug der ARK schwingt herum. Über uns entfalten sich rauschend wieder die Mars- und Bramsegel, die aufgegeit worden waren, um den Winddruck wegzunehmen und den Schiffen des Nordgeschwaders Zeit zu geben heranzukommen.

Die beiden Schiffe nehmen Fahrt auf. Voran die schnelle DISDAIN, etwas langsamer gefolgt von der ARK ROYAL, segeln wir genau auf die Mitte des Halbmonds zu, wo die SAN MARTÍN, das Flaggschiff des Herzogs von Medina Sidonia, sich erhebt, an Größe der ARK um gut 200 Tonnen überlegen, doch um sieben Geschütze schwächer.

Jetzt entfaltet sich an ihrem Großtopp die spanische Königsflagge. Neben den Türmen und Löwen von Kastilien-León, den Streifen und Adlern von Aragón-Sizilien sehen wir deutlich wie *unsere* Löwen und Lilien unmißverständlich den Anspruch Philipps auf Englands Thron und Krone der Welt verkünden.

»Schieß sie runter!« schreit Lord Howard der DISDAIN nach, die sich nun rasch der Armada nähert.

Kurz darauf der scharfe Knall eines leichten Sakers.

Die spanische Königsflagge geht zwar nicht über Bord, doch der Fehdehandschuh ist geworfen.

»Genug der ritterlichen Gesten«, stellt Howard trocken fest.

»Der ritterlichen und der hochmütigen«, fügt Thomas Gerard hinzu. Recht hat er! Bei Lord Howards ausgeprägtem Sinn für Symbolik war es ganz gewiß alles, nur kein Zufall, daß ein Schiff mit dem Namen ›Verachtung‹ den ersten Schuß abfeuerte.

ÄRMELKANAL 1588

Während sich die kleine DISDAIN eilig zurückzieht, beobachtet der Lordadmiral das mühsame Ordnen unserer Geschwader:

»Wir sollten unseren Geschwadern noch etwas Zeit verschaffen, sich zu gliedern.«

»Ja«, meldet sich Hoby zu Wort, »wir sollten uns unbedingt nach Plymouth zurückziehen und...«

»Sir Edward«, schneidet ihm der Lordadmiral das Wort ab, »wenn ich Eure taktischen und strategischen Ratschläge wünsche, werde ich Euch dies zur Kenntnis bringen lassen. – Wir greifen den äußersten rechten Flügel der Spanier an.«

Im nächsten Augenblick schallt die Stimme Grays erneut über das Deck. Die Rahen und Segel werden erneut verholt, wir drehen zurück nach Süden und aus dem Batteriedeck schallen die Rufe des Master Gunners Samuel Clerke:

»Geschütze laden und ausrennen! Acht Grad Elevation! Bewegt Euch, Ihr faulen Säcke!«

Die ARK ROYAL steuert nun Südwest, in Kiellinie gefolgt von der ELIZABETH BONAVENTURE meines Freundes Cumberland, der GOLDEN LION unter dem Befehl Thomas Howards, dem Bruder des Lordadmirals, der DREADNOUGHT unter Sir George Beeston, der NONPAREIL unter Thomas Fenner und den beiden Glattdeckgaleonen BULL und TIGER unter Jeremy Turner und John Bostocke.

Lord Charles Howard bemerkt mit strenger Miene:

»Jetzt wird sich herausstellen, was Baker-Galeonen und Dreyling-Geschütze tatsächlich wert sind.«

Ich zweifle keinen Augenblick an meinen Schlangen, keinen Augenblick an Matthews Galeonen. Und trotzdem habe ich schweißnasse Hände.

Knapp 400 Yards südöstlich des rechten Flügelschiffes der spanischen Armada wendet unser kleines Geschwader, geht, sauber wie auf eine Perlenschnur gezogen, Schiff hinter Schiff, wieder auf Nordkurs.

»Feuer frei!«

Eine erste Salve aus allen Rohren läßt die ARK ROYAL vom Kiel bis zum Großtopp erbeben, sie nach Feuerlee überrollen, nimmt uns mit ihrem Pulverdampf jede Sicht. Ohne die Baumwollpfropfen, die wir uns unmittelbar vor dem Kommando in die Ohren gestopft hatten, wären wir jetzt wohl taub.

»Geschütze sichern! – Wischer! – Kartusche! – Kugel! – Pfropfen! – Ansetzer! – Ausrennen!« bellen die Kommandos der Geschützführer.

»Feuer!«

Wieder stößt das Deck unter unseren Füßen wie ein wildgewordener Geißbock, dröhnen die Schüsse in unseren Ohren, wirbeln turmhohe Wolken von Pulverdampf mit dem Wind auf den spanischen Halbmond zu. Lägen wir in der Leeposition, würde uns der Qualm die Tränen aus den Augen beizen.

»Die Spanier reffen die Segel, gehen auf Kurs Nordnordost!« kommt die Meldung aus den Marsen herunter.

Als der Wind die Rauchwolken verbläst, sehen wir das äußerste Flügelschiff der Spanier, eine schwere Karacke, die Position wechseln, um das Gefecht aufzunehmen.

»Es ist die LA RATA SANTA MARIA ENCORONADA, das Schiff Don Alonso de Leivas, 820 Tonnen, 35 Geschütze, 80 Seeleute und um die 350 Soldaten«, informiert uns Thomas Vavasour. Hinter der LA RATA löst sich das ganze Levante-Geschwader aus seiner Position am rechten Flügel und geht hinter dem Halbmond parallel zu uns auf Nordkurs.

»Gütiger Gott, ist das ein Brocken!« staunt Lieutenant Preston, als uns das Flaggschiff der Levantiner seine Breitseite zeigt.

»REGAZONA, 1250 Tonnen, 30 Kanonen, 80 Seeleute, 350 Soldaten, Kommandant Vizeadmiral Don Martín de Bertendóna«, rasselt Vavasour herunter.

Eine knappe halbe Stunde später hat sich die Gefechtsformation voll entwickelt. Zehn Schiffe stehen uns gegenüber mit einer Gesamttonnage von fast 9000 Tonnen, 280 Geschützen und rund 2900 Soldaten – Pikenieren, Arkebusieren und Rontardschieren. Das Schlachtgebrüll der Männer übertönt zeitweise sogar das Donnern der Kanonen.

Von Minute zu Minute aber wird deutlicher, daß dieses Gefecht eine höchst einseitige Angelegenheit ist. Bei halbem Wind segeln wir auf Parallelkurs nordwärts. Doch während die Spanier jeden Fetzen Leinwand gesetzt haben, müssen wir unsere Bram- und teilweise sogar Marssegel streichen, um ihnen nicht einfach davonzulaufen. Zwar haben unsere sieben Schiffe nur eine Gesamttonnage von 3200 Tonnen aufzuweisen, doch die Geschützzahl ist gleich, und im Gegensatz zu den Spanier ist unsere Schußfolge rund dreimal so hoch. Was die Dons freilich am meisten verbittern muß, ist, daß ihre Geschosse in gutem Abstand unserer Bordwände Wasserfontänen in die Luft spritzen. Unsere Kugeln hingegen schlagen mit tödlicher Präzision auf ihren Schiffen ein, durchstanzen die Bordwände, durchlöchern die Segel, zerzausen die Takelagen, reißen blutige Gassen in die Scharen der Soldaten. Ja, wenn sie die Massen ihrer Entertruppen ins Spiel bringen könnten, doch Howard hält mühelos den 400 Yard breiten Wasserkorridor. Höher an den Wind gehen können nur die kleinsten spanischen Einheiten, und die Santa Maria de Vision und die La Anunciada, mit ihren 18 und 25 Geschützen, sind wahrhaftig keine Gegner!

Ich hätte jetzt gern William Winter neben mir, der damals beim Probeschießen der Sampson meinte, die spanischen Schiffe seien keine wehrlosen Hulks, die würden nämlich zurückschießen? Nun gut, sie schießen zurück. Aber in der Wirkung komme ich mir mehr und mehr nach Margate zurückversetzt vor. Auch anderen scheint es ähnlich zu ergehen. Die Stimmung auf unseren Schiffen bessert sich zusehends. Samuel Clerke, der Master Gunner, der schon vor einer Weile zu uns aufs Kampanjedeck gekommen ist, freut sich:

»Eigentlich ist das richtig unfair, was wir da treiben. Die armen Schweine da drüben haben doch nicht einmal einen Hauch einer Chance...«

»Geschützfeuer im Norden voraus!«

Da die Segel unsere Sicht nach vorne behindern, hasten wir, wie ein Kometenschweif dem Lordadmiral folgend, die steile Treppe zum Großdeck hinunter, überqueren dieses im Eilschritt und steigen zum Backdeck hinauf. Wie abgesprochen, hatten Drakes Geschwader den äußersten linken Flügel des spanischen Halbmonds angegriffen, doch das Geschehen voraus läßt Howard heftig die Stirne runzeln. Von den Spaniern hatte nur ein Schiff den Kampf aufgenommen und liegt nun wild um sich schießend etwas hinter der Flotte.

»Es ist die San Juan de Portugal, das Flaggschff des Biscaya-Geschwaders unter Don Juan Martínez de Recalde, 1000 Tonnen, 50 Kanonen und 350 Soldaten, eines der besten Schiffe der Dons mit einem ihrer besten Kommandanten«, meldet Vavasour. Angegriffen wird sie von der mächtigen Triumph unter Martin Frobisher, der Victory unter John Hawkins und der Revenge unter Sir Francis Drake.

»Das gefällt mir nicht. Das gefällt mir überhaupt nicht!« wettert der Lordadmiral während er mit harten Faustschlägen die Reling bearbeitet.

»Unsere Herren Vize- und Konteradmiräle scheinen weniger daran interessiert, endlich Ordnung in den Sauhaufen ihrer Geschwader zu bringen«, näselt Hoby; »statt dessen versuchen sie lieber, ein einzelnes spanisches Schiff zu kapern. Drake wird sich diese Gelegenheit niemals entgehen lassen!«

Charles Howard versetzt der Reling einen letzten wuchtigen Schlag mit der Faust:

»Und genau *das* ist Recaldes Absicht! Sobald die ersten Enterhaken festgeworfen sind, wird sich das jetzt scheinbar so unbeteiligte Biscaya-Geschwader auf das Knäuel stürzen. Setzt alle Segel! Die Falle ist so plump, daß zumindest Drake in seiner Beutegier unweigerlich hineinstolpern wird, wenn wir ihn nicht daran hindern!«

»Wird er sich hindern lassen?« fragt Hoby hochnäsig.

»Bei Gott, er wird!« antwortet der Lordadmiral.»Und falls er sich meinem Befehl widersetzt, ist er noch heute nacht unterwegs nach Buckland Abbey – Kopf und Rumpf säuberlich getrennt!«

Es wird knapp, sehr knapp. Die Revenge setzt eben zum entscheidenden Vorstoß an, als die Ark nahe genug heran ist, so daß Drake die Befehle des Lordadmirals nicht mehr ignorieren kann. Diese zwingen ihn, auf Abstand zu bleiben. Und gleichzeitig schnappt die spanische Falle zu. Geführt von der mächtigen Le Gran Grin fallen etliche Schiffe des Biscaya-Geschwaders zurück, nehmen Kurs auf die San Juan de Portugal, ja sogar das Flottenflaggschiff San Martín unter dem Herzog von Medina Sidonia beteiligt sich, während das Levante-Geschwader mit der La Rata Encoronada und der La Regazona an der Spitze von Süden heranrauschen. Doch die Falle schnappt ins Leere – die Triumph, Victory und Revenge haben sich in letzter Minute zurückgezogen.

Unterdessen hat der Wind mehr und mehr aufgefrischt, die Wellen werden merklich höher.

Unsere Kanonade zeigt jetzt deutlich Wirkung: Die Takelage der San Juan de Portugal ist übel zerzaust und mit der Eile, in der die Spanier jedes Tuch am Fockmast einholen, teilweise einfach ritsch-ratsch abschneiden, verrät uns, daß der Fockmast getroffen ist. Auf dem Kampanjedeck bemühen sich unterdessen etliche Offiziere und Männer um den verwundeten Kapitän, Nicolas de Isla.

Zu unserer Genugtuung gibt es bei den Spaniern gleich darauf den nächsten Zwischenfall: Als das Flaggschiff des Andalusischen Geschwaders, die 1150 Tonnen große Karacke NUESTRA SEÑORA DEL ROSARIO unter dem Befehl von Don Pedro de Valdés der SAN JUAN zu Hilfe zu kommen versucht, rammt sie eines ihrer eigenen Schiffe, die 730 Tonnen schwere SANTA CATALINA und reißt sich dabei Bugspriet und Blinde ab, und gleich darauf bricht auch noch die Fockrah herunter. Gut gemacht, Don Pedro!

Noch eine halbe Stunde versuchen die Spanier an unsere Schiffe heranzukommen, geht die Kanonade weiter. Doch die eisernen Befehle des Lordadmirals hindern nun auch Drake an weiteren Vorstoßversuchen, halten den Abstand zu den Spaniern auf mindestens 400 Yards, vergrößern ihn schließlich auf 500, 600, 1000 Yards, bis das Gefecht langsam verklingt.

Und dann, es ist mittlerweile etwa vier Uhr, erschüttert ein gewaltiger Donnerschlag die Luft, Feuergarben steigen in die Höhe und dicke Qualmwolken, Spieren, Fässer, Bretter, Menschenleiber werden in die Luft gewirbelt und prasseln auf das Wasser herunter. Die SAN SALVADOR, mit 950 Tonnen eines der mächtigsten Schiffe des Guipúzcoa-Geschwaders, ist in die Luft geflogen, treibt wenig später mit völlig zerfetztem Achterkastell brennend ab und muß von zwei Galeassen abgeschleppt werden, während die Männer sich verzweifelt mühen das Feuer zu löschen und die Überlebenden zu bergen.

Und um unsere Freude vollkommen zu machen, sehen wir in der hereinbrechenden Abenddämmerung, wie sich der Fockmast der beschädigten NUESTRA SEÑORA DEL ROSARIO plötzlich nach hinten neigt, splittert, knapp über dem Deck bricht, und Großstenge und Großmarsrah mit sich reißend in einem wilden Wirrwarr von Tauen und Rundhölzern aufs Deck kracht.

»Und was haben wir nun Großes erreicht?« fragt Sir Edward Hoby. Im Westen sinkt die Sonne ins Meer. Vor uns segelt der riesige spanische Halbmond ostwärts in die Nacht hinein, dahinter in gutem Abstand unsere endlich geordneten Geschwader.

»Immerhin haben wir die Dons daran gehindert, nach Plymouth

einzulaufen«, läßt sich Lieutenant Amyas Preston vernehmen. In dicht gedrängter Runde sitzen alle Kapitäne und hohen Offiziere zum Kriegsrat um den großen Tisch in der Admiralskajüte der ARK ROYAL.

»Viel wichtiger ist«, stellt Howard of Effingham fest, »daß wir nach dem heutigen Tag sehr genau wissen, wo wir stehen: Der Herzog von Medina Sidonia hält seine Flotte eisern in Formation.«

»Einer Formation, wie sie für Galeerenflotten brauchbar sein mag«, stellt John Hawkins befriedigt fest. »Für Segelschiffe ist sie so ungünstig wie irgend denkbar. Galeeren haben ihre Geschütze am Bug, Segelschiffe auf den Breitseiten. Wenn man, so wie die Dons, Bordwand an Bordwand segelt, so sind nur die äußersten Flügelschiffe in der Lage zu feuern – oder sie müssen aus dem geschlossenen Verband ausscheren.«

»Was sie«, fährt der Lordadmiral fort, »dann entweder nur in geschlossenen, den Angreifern an Zahl überlegenen Geschwadern tun, oder«, mit einem Seitenblick auf Drake, »als Falle wie die SAN JUAN DE PORTUGAL. Unsere Schiffe sind den Spaniern an Schnelligkeit und Wendigkeit weit überlegen; verbunden mit der Luvstellung liegt das Gesetz des Handelns damit weiter allein in unserer Hand. Unsere Geschütze sind wesentlich weittragender und zielgenauer als die der Spanier«, Howard nickt mir bei diesen Worten anerkennend zu, »und unsere Feuergeschwindigkeit ist weit höher als die der Dons.«

»Dafür fressen sie auch weit mehr Munition!« wirft der Master Gunner Samuel Clerke ein.

»Ich werde noch heute nacht eine entsprechende Depesche um Nachschub an Kugeln und Pulver an Land schicken lassen«, verspricht Lord Howard.

»Bis jetzt ist noch kein einziges spanisches Schiff durch unser Geschützfeuer versenkt worden«, hakt Hoby nach. Doch der Lordadmiral lächelt nur:

»Selbst von Dreyling-Schlangen könnt Ihr nicht auf Anhieb Wunder erwarten, Sir Edward.«

»Das bringt uns doch alles nicht weiter!« platzt Drake dazwischen. »Nach einem vollen Tag Kampf ist nur ein Schiff der Spanier, die SAN JUAN, von uns beschädigt worden, und auch das nur, weil ich es gewagt habe, mutig anzugreifen!«

»Und wenn Euch der Lordadmiral nicht im letzten Augenblick noch zurückgepfiffen hätte«, läßt sich Thomas Fenner vom anderen Ende der Tafel vernehmen, »dann sähen die REVENGE und möglicherweise auch die TRIUMPH und die VICTORY jetzt ebenso aus wie die SAN JUAN!«

Francis Drake schlägt mit der Faust auf den Tisch:

»Wenn wir nicht angreifen, können wir nicht siegen! Weiter so wie heute, dann segeln wir noch in 100 Jahren hinter den Dons rund um die Welt ohne ihnen wirklich zu schaden!«

»Richtig!« bestätigt Martin Frobisher mit seiner knarrenden Stimme. »Und während wir hinterdreinsegeln und uns einbilden, das Gesetz des Handelns in der Hand zu halten, kann sich Medina Sidonia in aller Ruhe einen Platz aussuchen, um seine Invasionstruppen an Land zu setzen. An Plymouth haben wir ihn zwar mit Glück vorbei, aber der nächste größere Hafen ist Torbay, dann Weymouth und Pool. An die Isle of Wight mit dem Solent und Portsmouth darf ich gar nicht denken!«

In der Stimme Howards klirrt es wie von Eisstückchen:

»Und wenn wir tapfer mitten hineinsegeln in den spanischen Halbmond, wird unsere Flotte von ihrer schieren Masse zerquetscht. Nein, meine Herren! Wir werden genauso fortfahren, wie wir begonnen haben. Wir werden sie jagen wie ein Rudel Wölfe, bis sie die Geduld und Disziplin verlieren! Schon heute haben die Spanier durch eigene Fehler, ohne unser Zutun, drei Schiffe schwer beschädigt – glaubt mir, es werden mehr werden.«

»Dann sollten wir wenigstens wie gute Wölfe den Nachzüglern den Rest geben!« ruft Drake dazwischen. Doch der Lordadmiral schüttelt energisch den Kopf:

»Ich riskiere nicht den Verlust einer einzigen Galeone für etwas, das uns ohnehin zufallen wird. Wie es um die SAN JUAN DE PORTUGAL und der SANTA CATALINA steht, wissen wir nicht. Die SAN SALVADOR ist erledigt. Wenn Medina Sidonia seine Galeassen braucht, wird er das Schiff aufgeben müssen. Nicht einmal wegen der NUESTRA SEÑORA DEL ROSARIO, die halb entmastet hinter der Flotte her dümpelt, werde ich eines unserer Schiffe abstellen. Wir werden uns deswegen nicht aufsplittern. Alles bleibt auf Kurs. Ich denke, das war es, meine Herren. Ich wünsche Ihnen eine gute Nacht und morgen einen erfolgreichen Tag. Und tragen Sie dafür Sorge, daß morgen die Geschwader nicht in Unordnung geraten und alle Befehle des Flaggschiffs peinlichst genau befolgt werden!

Sir Francis, Ihr führt heute nacht mit der REVENGE unsere Flotte an, bis ich Euch morgen früh mit der ARK von dieser Position wieder ablöse. Wir folgen Eurer Hecklaterne!«

13

Piratenart

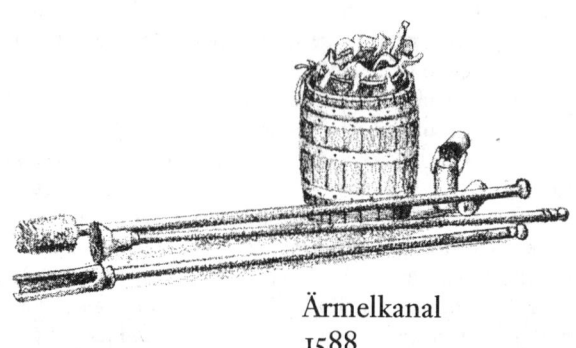

Ärmelkanal
1588

6. Tagebuch
Adam Dreyling

Montag,
der 22. Juli

Etwas reißt mich aus dem Schlaf. Ich fahre hoch.

Über, unter und neben mir ist ein Trampeln, Poltern und Dröhnen im Gange, als fänden im gesamten Schiff Kämpfe statt. Ein brutaler Schlag an meine Tür vertreibt die letzte Schläfrigkeit. Greifen wir an, oder überfluten die Dons gerade das Deck der ARK?

Wo ist mein Passauer Wolf? Hellwach springe ich aus meiner Bettkiste, strecke mich im Dunkeln hinüber zur Truhe, und mit einem sicheren Griff dort hinein spüre ich das Eisen in meiner rechten Hand.

»Alle Mann an Deck! Alle Mann an Deck...!« durchdringt der Alarm die Stockwerke. Pfeifen schrillen dazwischen. Hastig taste ich nach Wams, Hemd und Stiefel, um an Deck zu eilen. Als ich die Tür öffne, stürmen in dichter Reihe Matrosen an mir vorbei den Niedergang hinauf.

»Schiff klar zum Gefecht!« befiehlt gerade Morgan, Kommandant der Soldaten, als ich auf das Deck gewirbelt werde. Es ist noch dunkel, aber klar und sichtig. Gestalten, die hier und dort wie Schatten auftauchen, eilen wieder den Niedergang hinab zu den Batterien.

»Was ist...?« will ich Clerke fragen, der ebenfalls wieder zum Niedergang rennt. Die Frage bleibt mir im Hals stecken. Im ersten Augenblick erkenne ich, daß die Steuerbord- wie Backbordseite der ARK umgeben ist von einem Wald von Masten und einer Wolke von Segeltüchern. Es sind die Masten und Tücher spanischer Schiffe. Die Entfernung beträgt keine 300 Yards.

Ich eile zur Backbordreling und spähe am Heck vorbei in die schwache Dämmerung. Zwei Schiffe erkenne ich hinter unserem Heck. Wo ist das Gros der Flotte? Ein Hauch von Panik erfaßt mich. Wir sind zu dritt allein! Dazu befinden wir uns tief in der Halbmondformation der Armada! Uns droht die gefürchtete Umfassung vom Heck her durch die beiden Flügel des Halbmondes.

Warum segeln wir direkt in das Zentrum hinein? Was hat der Lordadmiral vor?

Im gleichen Moment entdecke ich ihn auf dem Kampanjedeck. Er hat beide Arme auf der Reling abgestützt, als wollte er rufen: »Weiche, Satan, weiche!« Statt dessen stößt er heiser hervor:

»Klar zum Halsen!«

Lieutenant Preston scheucht die Männer an die Brassen. Wir sind offensichtlich in eine Falle hineingesegelt...

Ein Gedanke durchfährt mich wie der Blitz: Wo ist die REVENGE? Sie war als Spitzenschiff eingeteilt. Sie muß vor uns sein.

»Verdammt!« brülle ich heraus. Der Halbmond muß sie verschluckt haben. Drake und sein Schiff sind von den Spaniern während der Nacht genommen worden, rast die schreckliche Erkenntnis durch meinen Kopf. Schnell durchwandern meine Augen das Halbdunkel des Waldes von Masten und Schiffen von Nordwest nach Südost. Ich kann die Silhouette der REVENGE nicht entdecken. Sie müssen die Galeone weit nach vorn in das Zentrum hineingezogen haben. Das Entsetzen im Gesicht von Sir Edward Hoby kann nur eines bedeuten: Drake und die REVENGE sind von den Spaniern genommen. Die Welt hat sich verändert!

Im gleichen Augenblick melden sich Zweifel.

Drakes REVENGE genommen ohne Kampf? Ohne Gefechtslärm? Ohne eine einzige Kanonade? Sie segelte ohne jeden Zweifel vor uns, und die Wachen hatten Befehl, die Nacht hindurch seiner Hecklaterne zu folgen – und hinter uns in lockerer Formation die gesamte Flotte.

Einer wird wissen, was passiert ist. Schnell eile ich zum Kampanjedeck hinauf. Kaum daß ich meinen Fuß darauf setze, faucht mich der Lordadmiral an:

»Was sucht Ihr hier oben? Kümmert Euch um die Batterien!«

Für eine Sekunde herrscht Schweigen, während ich den Rüffel hinunterwürge. Im selben Moment, als sollte sein Ärger betont werden, löst sich donnernd ein Kanonenschuß auf der Backbordseite der ARK. Das Nachtsignal! Bei Gefahr einer Berührung mit den Spaniern ist dies gleichzeitig der Befehl für alle anderen Schiffe, sofort ihre Gefechtsbereitschaft herzustellen. Das Quietschen und Ächzen der Lafettenräder zeigt an, daß insgesamt gut 80 Tonnen Bronze an die Geschützpforten gerollt werden.

ÄRMELKANAL 1588

»Wo ist die REVENGE?« versuche ich Howards Anordnung mit einer Frage zu überspielen.

»Runter!!« gibt er barsch zurück.

Eine Hand legt sich um meinen Fußknöchel. Thomas Gray steht unterhalb des Aufgangs. Er verfolgte sicher die gleiche Absicht:

»Kommt herunter, Sir Adam! Der Lordadmiral kann zur Zeit keine Ablenkung gebrauchen.«

»Schiff ist klar zum Gefecht, Mylord!« meldet John Wright von der Kuhl aus hinauf.

»Wurde auch Zeit!« gibt Howard gereizt zurück.

Wieder auf dem Großdeck stehend, beobachte ich, wie die ARK langsam zurück nach Südwest dreht. Der rechte Flügel der Armada liegt jetzt nur einen halben Feldschlangenschuß in Lee. Die Spanier segeln mit aufgegeiten Marssegeln. Kein Wunder, mit Vollzeug mußten wir, ohne die Hecklampe der REVENGE als Orientierungspunkt, zwangsläufig direkt in das Zentrum hineinsegeln. Einen Vorteil sehe ich nur darin, daß wir mit Vollzeug genauso schnell zurücklaufen und somit möglicherweise der tödlichen Umklammerung entrinnen können. Zwei Seemeilen werden es noch sein, bis wir aus der Zone, in der eine Umfassung möglich ist, heraus sind. So weit ich sehen kann, steuert keine einzige spanische Kriegsgaleone auf uns zu...

Thomas Gray reibt sich die Augen:

»Nur die BEAR und die MARY ROSE sind bei uns. Sie haben gerade gehalst – wie wir.«

Obwohl ich mir bewußt bin, daß ich mich der Anordnung des Lordadmirals widersetze, eile ich zwischen der Backbord- und Steuerbordreling hin und her. Meine Aufmerksamkeit gilt den Flügeln des Halbmondes und den stärksten Schiffen, die dort segeln. Überraschend für mich ist die Sturheit der Spanier, die konseqent ihren Kurs beibehalten.

Hinter meinem Rücken vernehme ich Schritte. Sir Edward Hoby überquert das Deck, ohne mich wahrzunehmen, und verschwindet die Treppe zum Kampanjedeck hinauf. Schnell und unauffällig postiere ich mich an dem untersten Treppenabsatz.

»... wenn ich Euch recht verstanden habe«, höre ich den Lordadmiral, »seid Ihr der Auffassung, daß Drake mit Recht so gehandelt hat.«

»Ja! Er hat der neuen Lage Rechnung getragen!« antwortet ihm Hoby.

PIRATENART

»Angesichts unserer dramatischen Situation denkt Ihr jetzt hoffentlich anders darüber?«

Howards Frage klingt erleichtert, aber auch enttäuscht.

»Keineswegs. Er wird die NUESTRA SEÑORA DEL ROSARIO kapern bevor ihr Kapitän, Pedro del Valdés, auf die Idee kommt, sie selbst zu versenken oder bevor sie Gefahr läuft, gar drüben bei den Geusen zu stranden; denn er hält die Ladung für aussichtsreicher als das tatenlose Hinterdreinsegeln. Die Königin wird es genauso empfinden, da sich ihre Finanzen dadurch prompt bessern werden.«

Ich spüre geradezu, wie der Lordadmiral nach Luft schnappt.

»Das kann er machen wann und wo er will. Doch nicht unter meinem Kommando und schon gar nicht während der heutigen Nacht. Vor allem dann nicht, nachdem die Befehle klar und deutlich ausgegeben waren. Schmach und Schande hat er über uns gebracht. Er hat angesichts des Feindes gemeutert!« schleudert er Hoby zornig entgegen.

Dieser legt ebenfalls an Stimmstärke zu:

»Die Dons haben doch schon den ganzen gestrigen Tag mit angesehen, wie wir unseren – Verzeihung, Mylord – Schwanz eingezogen haben. Die Kaperung der ROSARIO durch Drake wird die gesamte Flotte beflügeln und die Dons das Fürchten lehren.«

»Hört auf mit Eurem Geschwätz. Eure günstige Meinung über Drakes Plünderungssucht täuscht nicht darüber hinweg, daß er uns geradewegs in das Verderben hineinsegeln hat lassen.«

»Verderben? Wir sind unbeschadet, wie ich sehe!«

»Zum Donnerwetter! Ich habe es satt, mich mit Euch im Kreis zu drehen. Wie konntet Ihr nur so weit gehen, mir keine Meldung zu erstatten?«

»Ich hatte keine Veranlassung. Im Gegenteil. Ich mußte doch annehmen, daß dieser kluge Schachzug durch Euch gedeckt ist. Ich kann Euch daher nur raten, mit Euren Anschuldigungen äußerst vorsichtig umzugehen. England braucht Drake, und angesichts seines überzeugenden Handstreichs werdet Ihr kaum jemanden finden, der einer Verurteilung Drakes zustimmen oder sie mittragen wird. Denkt an die Flotte, sein Geschwader und an seinen Erfolg – auch wenn es für Euch bitter sein mag.«

»Bitter wird es für diesen Piraten sein. Ich bringe ihn vor das Kriegsgericht! Als die MARGARET AND JOHN die ROSARIO etwa gegen Mitternacht in unserem Rücken beschoß, wurde sie durch meine Pinasse zur Ordnung gerufen. Warum hat sich daraufhin John Fisher

ÄRMELKANAL 1588

erst bei der REVENGE zurückgemeldet? Das war doch hinter meinem Rücken abgesprochen! Gleich danach muß Drake unseren Verband verlassen haben, denn die Wachen verloren für kurze Zeit das Hecklicht der REVENGE. Er muß die Hecklaterne vorsätzlich gelöscht haben, um mich zu täuschen! Dafür gebührt ihm der Galgen!«

»Ihr seid gekränkt, Lord Howard. Das kann ein jeder verstehen. Doch Drake wollte sicher keine Zeit verlieren...«

»Ihr habt es bemerkt und tut so, als wäre alles von mir abgesegnet. Geht mir aus den Augen!« unterbricht Howard ihn voller Zorn. »Wer nicht begreift, daß ich heute morgen jedes Schiff benötige, sollte Torbay für Medina Sidonia das auserwählte Ziel sein, hat auf einem Admiralsschiff nichts zu suchen.«

»Mylord, Ihr vergeßt Euch! Doch versteht endlich, daß ich nicht Drake bin, sondern von unserer Majestät der Königin als deren persönlicher Beobachter an Bord der ARK befohlen bin. Mäßigt Euch daher im Ton mir gegenüber, und überlegt es Euch, ob es nicht klüger ist, meinen Rat zu befolgen!«

»Einen Teufel werde ich...«

Eilige Schritte, die sich der Treppe nähern, lassen mich in den Niedergang zu den Batteriedecks wegtauchen.

»Geschütze sichern!«

Die Pfortendeckel klappen herunter. Die Kanonen werden auf ihren Lafetten zurückgezogen. Die ARK ROYAL spritzt kein Eisen gegen den Feind. Entspannung auf allen Gesichtern. Die mageren Schultern wie die feisten Bäuche sind unversehrt. Kein spritzendes, frisches, rotes Blut, das vom gestreuten Sand gierig aufgesogen wird, kein einziger zerfetzter Gunner im nassen Grab versenkt. Für die Männer war es eine Übung mehr...

»Alle Offiziere an Deck!«

An diesem anbrechenden Tag gibt es nirgendwo Schlaf an Bord, obwohl sich die Dunkelheit im Rumpf der ARK noch festkrallt. Was von der Nacht übrig bleibt, ist nichts als Getöse und eine Besatzung, die die Qual des Schreckens hinter sich gebracht hat. Meine Ansichten über die Auseinandersetzung mit den Spaniern formieren sich neu.

Drei Wunder sind in kurzer Zeit geschehen. Ein Wunder, daß wir noch leben; eines, daß wir noch frei sind; und das dritte, daß wir sogar unbeschadet zurücksegeln können. So nebenbei durfte Drake, als kleine Beigabe versteht sich, erneut das Wunder der Kaperung nebst Plünderung erfahren. Ich erlebe eine Auseinandersetzung, die von Wundern geleitet und überstrahlt wird.

Gott ist wahrhaftig mit uns.

Medina Sidonia ließ er die Gelegenheit nicht wahrnehmen uns zu fressen, da er ihn im richtigen Moment zu sättigen verstand. Sein Hunger nach einem Sieg über die ARK ROYAL und einer glorreichen Gefangennahme des Lordadmirals konnte sich daher erst gar nicht melden. Gott selbst wird ihm geflüstert haben, daß es kaum würdig ist, Beute mit solch einer Übermacht zu greifen, denn soviel Dummheit der englischen Kapitäne bringt nur Unheil. Der Teufel hat das alles arrangiert, darauf darf man einfach nicht hereinfallen, sonst wird man aus dem Kanal vertrieben wie seiner Zeit aus dem Paradies. So wird es sich verhalten, davon bin ich überzeugt.

Die ARK umgibt ein geisterhaftes Grau. Schwere Tropfen aus Nebel klatschen von den Rahen und Masten auf die Decks. Dunst so weit das Auge blicken kann, darüber ein durchschimmernder gleißender Morgenhimmel – die Sonne ist aufgegangen. Die ARK gleitet ruhig zurück. Hoby, Gray, Preston und Morgan stehen vor mir, rechts von mir Clerke, Wright und Leveson. Links Gerard, Harvey und Chidley, und hinter mir haben Vavasour, Burnell und Newton auf dem Kampanjedeck Aufstellung genommen. Insgesamt bilden wir einen Halbkreis, der der Halbmondformation der Spanier verblüffend nahe kommt. Der Lordadmiral blickt uns mit steinerner Miene und rotgeäderten Augen an. Er steht aufrecht, einen Fuß auf die halbtonnenförmige Abdeckung gestemmt, unter der der Rudergänger seinen geschützten Standort hat, das Knie an das Schott gestützt, das zum Puppdeck aufsteigt. Ab und zu wendet er sein hartes Gesicht luvwärts, um im Südwesten den Horizont abzusuchen. Im Rhythmus der Schiffbewegung schwingt sein Leib vor und zurück, den Blick nach vorn gerichtet, aufmerksam wie ein Admiral, der nach einer verlorenen Schlacht die Niederlage zu erklären beabsichtigt. »Masten voraus!« ertönt es plötzlich aus dem Nebel über uns. Die Stimme der Wache aus dem Großmast erreicht uns mehr wie ein warnendes Flüstern. Howard zeigt keine Regung, sein Gesicht ist weiß, er atmet schwer. Im gleichen Moment reißt der Himmel auf, und der erste helle Sonnenschein erstrahlt über der ARK, als käme die Erleuchtung über uns.

ÄRMELKANAL 1588

»Wir sind wieder bei unserer Flotte!« beginnt Howard mit schneidender Stimme. »Wir hatten den Kontakt verloren, da unsere ARK wesentlich schneller gelaufen ist als der Rest. Nur die MARY ROSE und die WHITE BEAR konnten uns neben einigen Pinassen folgen...«

»Wo ist denn Drake?« unterbricht Francis Burnell, der direkt hinter mir steht, frisch und unbekümmert den Admiral. »Hat jemand etwas von seinem Schicksal mitbekommen?«

Dem Admiral droht die Situation zu entgleiten, da Newton sogleich antwortet:

»Ja, der Himmel sei ihm gnädig! Wie 'ne gottverdammte Ratte ist er den Spaniern in die Falle gesegelt...«

Jemand rechts von mir beginnt zu lachen, und als wären wir mit einem Male von Fröhlichkeit angesteckt, brechen alle in Gelächter aus. Der Lordadmiral schwingt sein Bein von der Abdeckung herunter, geht zum Besanfallenknecht und umfaßt dessen Kopf mit seiner Faust, bis sie langsam blutleer wird. Er muß wuterfüllt sein, und dennoch wird er wissen, daß nur mit kühler Klugheit die Situation zu retten ist.

»Ein guter Gedanke, Master Newton«, reflektiert er. »So könnte es gewesen sein. Doch es war völlig anders. Aber ich denke, daß Sir Edward Hoby die Sache wird aufklären können.«

Hoby zuckt sichtlich zusammen und eine Unruhe erfaßt ihn, die ihn von einem Bein aufs andere wechseln läßt, zumal der Lordadmiral beginnt, sich an der Situation zu weiden. Seine Stimme wirkt jetzt gebrochen, und er vermag nur noch unsicher zu stammeln:

»Mhm, ja... also... mhm! Drake hatte Befehl, sich um die ROSARIO zu kümmern. Wie Sie alle wissen, eines der starken, äh... stärksten spanischen Schiffe. Nur Drake kann diese Aufgabe bewältigen. Wir wissen noch nicht, wie es ausgegangen ist... mhm! Wir, die ARK war... hä... gezwungen, den Platz der REVENGE einzunehmen... mhm! Äh... das ist alles.«

Hoby dreht sich um und sieht uns gehetzt an. Die wenigen Sätze scheinen ihn geschafft zu haben. Er spürt, daß unser Mißtrauen im gleichen Moment erwacht ist, daß wir seine windige Lüge verachten. An unseren Gesichtern kann er es ablesen: Nein, so konnte es nicht gewesen sein!

Nun ist Howard an der Reihe, der langsam in den Halbmond hineintritt. Vielleicht hört er die wahre Gesinnung heraus, hört unsere Herzen schlagen, die nun für ihn zugänglich geworden sind – für ihn, unseren Lordadmiral, der heute nacht von einem Piraten betrogen worden ist.

»Sir Adam! Ihr und Master Clerke segelt unverzüglich mit meiner Pinasse zur Rosario. Sobald sie kapituliert hat, inspiziert Ihr sie vom Topp bis zum Kielschwein. Master Newton wird Euch begleiten, da er der spanischen Sprache mächtig ist. Bewaffnung, Munitionvorräte und die Stärke der Seesoldaten interessieren mich vorrangig. Wir werden dann die Ergebnisse mit denen von Sir Edward Hoby vergleichen. Den Rest wird der *Herr* aus Buckland Abbey vorbildlich erledigen.«

»Aye, aye, Sir!« antwortet Clerke begeistert.

»Aye, aye, Mylord!« akzeptiere ich den Befehl.

Mühsam entere ich die treibende hölzerne Burgmauer hinauf. Eine gewaltige Wand. Uneinnehmbar! Sie könnte ebenso aus Stein sein. Jede Planke eine Reihe von Steinquadern, darauf Zinnen, Laufgänge und Türme gesetzt. Nur riecht Stein nicht, dagegen raubt mir das ranzige Öl, mit dem die Planken der Nuestra Señora del Rosario reichlich getränkt sind, den Atem. Sie gilt hinsichtlich ihrer Kampfkraft als eine der stärksten *kämpfenden Galeonen* innerhalb der spanischen Armada.

Der Blick die senkrechte Mauer hinauf bringt ebenfalls wenig Sicherheit. Mehrere hundert Köpfe drängen sich an Reling, Luken, und Stückpforten, um meinen Aufstieg zu beobachten. Tödlich für jeden der da hinauf will, sollten die da oben auf den Gedanken verfallen, sich zu wehren. Gott sei Dank, man braucht immer noch zwei, um eine Schlacht zu schlagen. Der Kommandant der Rosario, Pedro de Valdés, wollte vermutlich keine Schlacht. Er übergab Drake das havarierte Flaggschiff friedlich.

Wunder über Wunder also an diesem Montag. Nicht eine einzige Kugel entschwand durch ihre Stückpforten, kein brutaler Pfeilhagel verließ ihre Decks und Kastelle, kein Musketenschuß wurde abgefeuert, und kein Degen wurde zu ihrer Verteidigung gezückt, obwohl ich vermute, daß davon alles im Übermaß in ihrem Bauch bereitliegt. Kampflos wurde sie vor gut vier Stunden Drake geschenkt. Sein bluttropfender Name hatte wohl genügt. Dafür muß sie nun die demütigenden Vorbereitungen erdulden, die dazu dienen, das gewaltige

Schiff sicher in die Torbay zu schleppen, während Drake gerade dabei sein wird, seine REVENGE wieder als Spitzenschiff in der englischen Flotte zu positionieren. Wir kreuzten sie vor gut einer Stunde in einem Abstand von weniger als zwei Seemeilen und mir war klar, daß damit die Entscheidung um die ROSARIO gefallen sein mußte. Doch wie leicht und schnell sie gefallen war, ist reines Hexenwerk. Hobys Ansichten von heute morgen werden dadurch mehr als bestätigt. Den Generalkapitän des andalusischen Geschwaders, Pedro de Valdés, hat Drake mit an Bord der REVENGE genommen – ich denke weniger als Gefangenen, sondern mehr als lebende Trophäe. Er pflückt Ruhm und Anerkennung wie Kirschen vom Baum, während Howard und sein Stab emsig dabei sind, an den bisher ungelösten Problemen zu arbeiten: Wie sollte der Halbmond der Armada aufgebrochen werden? Wie sollten die mächtigen spanischen Kampfschiffe vernichtet werden, und wie sollten sie an der Vereinigung mit Parmas spanischen Truppen in den Niederlanden gehindert werden, damit eine Landung an den Küsten und Inseln Englands unmöglich wird?

Howard macht das einzig Richtige, indem er versucht, genaue Kenntnisse über die Feuerkraft des Feindes zu gewinnen, dem er gegenübersteht. Wie stark ist der Feind wirklich? Wie nahe können unsere Schiffe herangehen, ohne Gefahr zu laufen, schwer getroffen zu werden? Wie groß sind ihre Munitionsvorräte? Wie ist der Zustand der Mannschaften? Alles ist von Bedeutung, denn in allen taktischen Überlegungen ist eine Erkenntnis so wichtig wie die andere.

Das Beispiel der ROSARIO, an deren Steuerbordwand ich mich die letzten Fuß mühsam hinaufhangle, läßt mich jedoch an der oft beschworenen Gefährlichkeit unseres Feindes zweifeln. Warum hat Valdés sie nicht verteidigt? Warum hat er dieses prächtige Schiff nicht mit einem Hilfsmast segelfähig gemacht? Zeit hatte er genügend gehabt...

Hilfreiche Hände ziehen mich endlich über die Reling. Da sind Gesichter, dunkel, wild, lächelnd, freimütig, kühne Gesichter, Männer in braunen Kutten mit betenden Händen und schweren goldenen Kreuzen auf der Brust. Männer geduckt mit gesenkten Häuptern, andere groß und stolz und in erhabener Pose, manch einer wie ein Gänserich auf der Weide. Rechts von mir drängen sich die Offiziere. Farbenprächtig herausgeputzte Männer, die noch ihre Waffen tragen. Ein Goldknauf, der aus einer Scheide ragt, blitzt unaufhörlich wie eine Sternschnuppe. Dagegen sind die

Gesichter, welche aus den Fenstern und Lucken des Achter- und Bugkastells auf mich herabblicken, von grauer, ungesunder Farbe. Die Laute, die von dort oben an mein Ohr dringen, klingen mehr nach Verzweiflung und Bitten als nach Haß und Kampfesmut. Gleich darauf Erregung und heftige Wortkaskaden bei den Offizieren, deren Sinn ich nicht verstehe.

Neben ihnen das Prisenkommando unter Führung der Kapitäne John Fisher und Robert Bringborne, deren Schiffe MARGARET AND JOHN und GIFT OF GOD wie kleine Beiboote die 1150 Tonnen große ROSARIO auf dem Weg in die Torbay eskortieren werden. Überrascht bin ich von der Anwesenheit Kapitän Jacob Whiddons, der die ROEBUCK, eine 300-Tonnen-Galeone aus Drakes Geschwader, befehligt. Sie liegt mit aufgegeiten Segeln etwas entfernt an der Backbordseite der ROSARIO. Hinter ihm stehen mehr als 30 englische Matrosen. Ein zusätzliches Prisenkommando von der ROEBUCK. Auch er hat es gewagt, sich unerlaubt vom Geschwader zu entfernen. Wie viele sind es noch, die im Kanal auf eigene Faust operieren?

Whiddon ist irritiert von meinem Erscheinen auf dem Deck der ROSARIO. Hinter mir hat Sir John Gilberte die Kuhl erstiegen, der vom Lordadmiral beauftragt ist, alles an Pulver und Kugeln sofort aus der ROSARIO zu entfernen, sobald wir sie inspiziert haben. Gilberte, so mein Eindruck, steht mehr auf Drakes als auf des Lordadmirals Seite. Warum hat Howard gerade ihn, statt Clerke, mit dieser Mission beauftragt? Mein Verdacht bestätigt sich, da er sofort zu Kapitän Whiddon hinübereilt. Whiddon starrt zu mir herüber, während Gilberte ihm sein linkes Ohr vollflüstert.

Lieutenant Richard Tomson, erster Offizier unter Kapitän Fisher, überreicht mir die Inventarliste, auf der sich die Aufstellung der Kanonen befindet, welche die ROSARIO mit sich führt. Eine überaus wertvolle Tabelle, die mir die Überprüfung wesentlich erleichtert. Lieutenant Tomson ist ein Kaufmann mit beträchtlicher Mittelmeererfahrung, und er ist nach Auskunft von Kapitän Fisher durchweg vertraut mit Geschützen, zumindest was ihre allgemeinen Erscheinungsformen betrifft. Er wird mir zusammen mit Gilberte zur Seite stehen, wenn wir uns gleich unter Deck begeben werden.

»Gehen wir an die Arbeit!« gebe ich das Signal.

Fisher zieht mich unerwartet am Ärmel: »Nehmt besser vier Wachen mit.«

»Wozu?«

»Damit Ihr nicht unnötig belästigt werdet.«

ÄRMELKANAL 1588

»Belästigt?«

»Ja, belästigt!«

Kopfschüttelnd akzeptiere ich.

Gerade als wir das Bugkastell betreten, fällt meine Blick auf die schwere Schlepptrosse, die in langen Doppelbuchten vor uns liegt. Das eine Ende wird gerade von einigen Seeleuten aufgenommen und um den Betingsbalken gelegt. Sie könnten es sich jetzt noch überlegen, ob sie das Tau nicht lieber kappen sollten. Die Aussichten auf Erfolg wären für die Spanier nicht schlecht. Das etwa 60 Mann starke englische Prisenkommando wäre kein großes Hindernis. Mit unruhigen Gedanken begebe ich mich mit Tomson und Gilberte, flankiert von unseren Wachen, unter Deck.

Hier ist es dumpf und stickig. Der Luftstrom, der von unten nach oben zieht, beraubt mich meiner Sinne. Knall auf Fall bleiben wir stehen. Wolken von Fliegen sind um uns herum. Tomson und die Wachen würgen ebenso wie ich. Umkehren!? Jeder reine Leichengeruch ist eher zu ertragen als diese fauligen Ausdünstungen von Aas, Moder, Urin, Erbrochenem und gärendem Kot. Entsetzt starren wir uns für einen Moment an.

»Scheißverdammte Fliegen!« flucht Tomson.

»Da müssen wir hindurch?« japse ich. Die Männer nicken unmerklich. »Schnell hinunter ins unterste Batteriedeck. Laßt uns nur die Steuerbordseite vornehmen. Los, macht schnell, sonst kommen wir noch um in diesem Gestank, oder die Fliegen fressen uns.«

Auf unserem Wege nach unten begegnen wir auf jedem Deck etwa 50 bis 70 abgemagerten Männern, die großteils nackt auf den Planken hocken. Andere winden sich in Krämpfen und setzen pausenlos dünnflüssigen Kot auf die Bretter ab, auf den sich wiederum Wolken von Fliegen stürzen. Die Rinnsale bewegen sich mit Fliegengewimmel links und rechts zu den Bordwänden hin, sammeln sich dort im Wassergang zu kleineren Pfützen, bis sie an einer undichten Stelle an der Binnenwegerung abrinnen können. Glasige Schleimflocken, die obenauf schwimmen und in denen sich das Licht manchmal bricht, machen das Beobachten der Tropfrichtung leichter. Die Männer leiden unübersehbar an der Krankheit, bei der die Eingeweide allmählich abgefressen werden. Hans Christoph Löffler erzählte mir einmal, daß Karl V., etwa heute vor 36 Jahren, bei der Belagerung von Metz rund 80 000 Mann durch viele »überflüssige Stuhlgänge« verloren habe. Das Schicksal der Männer unter Deck ähnelt sehr dem der Soldaten vor Metz. Eins ist mir damit klar, die

PIRATENART

Rosario befördert in ihrem Bauch eine riesige Jauchegrube. Ein Wunder weniger an diesem Tag!
Die Öffnung der Geschützpforten verschafft uns ein wenig Erleichterung. Bei meiner hastigen Wanderung durch die zahlreichen Haupt- und Zwischendecks passiere ich die Gießereien von Holland bis hinunter nach Byzanz. Die Zusammensetzung der Batterien entspricht den berühmtesten Geschützwerkstätten Europas. Sie alle sind an Bord versammelt. Geschütze mit Hoheitszeichen aus Ragusa, Venedig, Neapel, Genua, Innsbruck, Augsburg, Nürnberg, Freiberg, Graz, Malaga, Madrid und Mecheln, dazu ein 9pfünder Beutegeschütz aus Konstantinopel, und, ich staune nicht schlecht, sogar fünf eiserne englische Sakers aus Hodges Furnace befinden sich darunter.
Es ist nicht zu glauben! Englische Eisenrohre, auf deren Weitergabe und Handel die Todesstrafe verhängt wird, befinden sich auf einem spanischen Admiralsschiff. Wenn Walsingham, Howard oder Hawkins davon Kenntnis bekommen, werden einige Händler in London und Bristol das Jucken am Halse verspüren. Dagegen sind die 140 englischen Bronzerohre aus dem Tower, die laut Sir Walter Raleigh mit Kenntnis des Unterhauses vor Monaten nach Neapel geliefert wurden, nur ein kleines Bedauern seitens der Königin wert gewesen.
Demnach ist anzunehmen, daß es auf den spanischen Schiffen noch mehr Feldschlangen englischen Ursprungs gibt. Ysabel berichtete mir, daß über die Händler von Bristol neun Schiffsladungen, mit allem was der Seekrieg so braucht, vor einem Jahr nach Spanien abgesegelt sind. Darunter so wertvolle Güter wie Blei, Pulver und neben den erwähnten 140 Kanonen auch noch Arkebusen. Der Handel mit dem Feind ist weder anrüchig noch verdammenswert. Vielleicht war es auch mehr als nur Handel. Die Freunde Spaniens leben gut in den eigenen Reihen! Eine zusätzliche Quelle für die Stärkung der spanischen Feuerkraft. Zudem brachte Ysabel in Erfahrung, daß die Spanier noch im April zu Panikpreisen Kanonen in den Niederlanden aufkauften, wo man den Dons 19 und 20 Pfund pro Tonne dafür abnahm…
Am Ende der Inspektion beträgt auf meinem Zettel die Summation der Armierung der Rosario exakt 41 Kanonen. Die einzige Knifflichkeit besteht darin, die spanischen Größen und Gewichte gegenüber den englischen vergleichbar zu machen. Das Problem ist jedoch kein echtes, da ich feststellen kann, daß die Geschützeintei-

lung letztlich die gleiche ist. Tatsächlich wäre es auch äußerst überraschend, wenn es anders wäre, denn auch die Arten der älteren englischen Bronzekanonen sind vollständig abgeleitet von den Geschützgattungen des Mittelmeerraumes sowie den Gattungen aus Tirol, Bayern oder Sachsen.

Nur bei der Gewichtsmessung und deren Angaben gibt es zum Teil erhebliche Unterschiede, was ich auch erwartet habe. Allein die Gewichtsunterschiede zwischen Venedig und Innsbruck sind schon groß genug, was bedeutet, daß bei der gesamten Beurteilung nur auf die genauen Gewichtsäquivalente zu achten ist. Meine Tabelle, in der ich schon seit Jahren die verschiedenen Maße und Gewichte notiere, hilft mir über diese Schwierigkeit hinweg. Ein unschätzbarer Vorteil gegenüber allen Gießern, Zeugmeistern, Admirälen und Kapitänen, deren Lücken diesbezüglich groß ausfallen. So hat mein Tiroler Pfund von 1573 504 Gramm, das englische Pfund dagegen wird mit 454 Gramm gemessen, die sieben iberischen Pfunde variieren von 575 Gramm von Coruna bis hinunter zu dem Pfund von Avila von nur 345 Gramm. Zwischen den Extremen Coruna und Avila reihen sich das kastilianische Pfund von Burgos und Toledo ein, welches 460 Gramm beträgt. Sehr nahe dabei liegt das Lissabonpfund mit 459 Gramm. Obwohl das kastilianische Pfund eine Spur schwerer ist als das englische, wage ich zu behaupten, daß Santa Cruz bei seiner Berechnung der Quantitäten und Kosten für die Aufstellung der Armada das kastilianische Pfund zugrunde gelegt hat. Seine Berechnungen von 1586 sind ab dem gleichen Zeitpunkt Walsingham und mir gut bekannt. Sechs Gramm Unterschied rechtfertigen also meine Annahme, daß eine gute Gleichwertigkeit hinsichtlich der Gewichte besteht. Meine Gewichtsabschätzungen und Kalibermessungen ergeben somit ein zutreffendes Bild der Armierung der ROSARIO:

Einundvierzig Kanonen hat sie insgesamt in ihren Batteriedecks stehen. Davon drei Halbe-Kanonen als 30pfünder, sechs Cannonpedro – eine äußerst leichte 24pfünder Version –, nur vier lange 18pfünder Feldschlangen und einen 15pfünder Basilisken. Überraschend ist für mich die Tatsache, daß die ROSARIO nur eine einzige 9pfünder Halbschlange an Bord hat. Diese Lücke hatte ich nicht erwartet. Die sechs 6pfünder Sakers und die mehr als 40 Relingsgeschütze jeder Länge und Kaliberstärke nützen nur im Enterkampf und sind für Gefechte auf Entfernung ungeeignet.

Zwei gravierende Unterschiede entdecke ich hinsichtlich der

Kampfstärke zwischen der ARK und der ROSARIO. Zum einen ist die Feuerkraft der ROSARIO sehr schwach in bezug auf weitreichende 18- und 9pfünder Feldschlangen, wo der Vorteil eindeutig bei der ARK liegt, die mit jeweils 12 Rohren bestens ausgerüstet ist. Wie radikal der Unterschied im Hinblick auf die weitreichenden Geschütze in Wirklichkeit ist, gibt die prozentuale Betrachtungsweise wesentlich besser wieder. Lassen wir die kleineren Relingsgeschütze außer acht, so ist die ARK zu 63 Prozent mit Feldschlangen bestückt, die ROSARIO dagegen nur zu 24 Prozent. Das Feldschlangenverhältnis bei den BEAR, ELIZABETH JONAS, TRIUMPH und VICTORY liegt sogar bei 73 Prozent. Und bei den neuesten Bakerkonstruktionen, wie BULL, TIGER oder RAINBOW, sind es volle 100 Prozent! Damit können wir weiterhin unbeschadet die Objekte des Feindes auf lange Entfernungen wirksam bekämpfen, wobei wir umgekehrt die Feuerkraft des Gegners niedrig halten können. Dieser Vorteil wird früher oder später, vorausgesetzt wir bekommen genügend Nachschub an Pulver und Kugeln, das Scheitern der Armada herbeiführen. Und die Beute an Pulver und Kugeln aus dem Bauch der ROSARIO ist ein wahrer Segen und wird den Mangel auf unseren Galeonen reduzieren helfen.

Zum anderen ist es für mich überraschend, daß die ROSARIO mit ihren drei 30pfündern und dem völligen Fehlen von 42pfündern, wovon die ARK gleich vier Rohre an Bord hat, eindeutig schwächer armiert ist. Nur bei den schwergeschossigen Kanonen mit mittlerer Reichweite, den 24pfündern, von denen sie sechs an Bord hat, besitzt sie einen klaren Vorteil. Das bedeutet, daß die Spanier unsere Taktik, nämlich das Gefecht auf Distanz zu führen, nichts Entscheidendes entgegenzusetzen haben. Allerdings hätte die ROSARIO unterhalb des Abstandes von 300 Yard Wasserkorridor ihre 24pfünder wirksam einsetzen können. Unterhalb von 200 Yard wäre dagegen die ARK auf Grund ihrer schwereren Armierung sogar im Vorteil gewesen. Bei grober Abschätzung liegt demnach auch die Summe des Kugelgewichtes einer Breitseite bei der ARK deutlich höher als bei der ROSARIO.

Allerdings ist die Übertragbarkeit meiner Festellungen auf die gesamten spanischen Kampfgaleonen mit Vorsicht anzugehen, handelt es sich doch bei der ROSARIO um ein Admiralsschiff, das bei der Armierung sicher bevorzugt wurde. Hier arbeite ich im besten Falle mit Wahrscheinlichkeiten. Trotz allem wird die Typenvielfalt auf den spanischen Schiffen, die nachgeordnet sind, eher zu- als abnehmen.

ÄRMELKANAL 1588

Aus den Unterlagen von Santa Cruz konnte ich entnehmen, daß in der spanischen Kanonengruppe vom Typ Feldschlangen, Geschoßgewichte von 50 bis drei Pfund auftauchen. Ein Sammelsurium, das aus einem Notstand heraus zusammengetragen wurde. Die unterschiedlichen Herkunftsorte der Rohre sind ein weiterer schlagender Beweis für meine Annahme, wobei auch die Sorglosigkeit gegenüber der erforderlichen Reduzierung der Typengruppen offen zutage tritt. Ich frage mich, wie die Versorgung mit der *richtigen* Kugelsorte im heißen Gefecht sichergestellt werden soll?

Santa Cruz kannte unseren Vorteil, bevor er vor sieben Monaten starb, und versuchte sicher auch der Gefahr, die er vorhergesehen hatte, zu begegnen. Doch Medina Sidonias und Philipps Anstrengungen reichten, genau besehen, nicht aus, um die Kluft zwischen beiden Flotten zu überbrücken. Hoffentlich sind die Kugel- und Pulvervorräte besser bemessen als auf unseren Schiffen. Eine Schande, daß unser Mangel durch spanische Beuteschiffe ausgeglichen werden soll.

Zusammen betreten wir erleichtert das luftige Hauptdeck. Kapitän Fisher rückt sofort einige Schritte von uns ab. Ich nehme an, unsere Kleider dampfen! Sofort verringere ich die Distanz, damit er auch noch etwas von den Miasmen mitbekommt. Mit meiner Frage gehe ich völlig auf Tuchfühlung:

»Habt Ihr die Aufstellung der Kugel- und Pulvermengen bei Euch?«

Schnell übergibt er mir ein in Rindsleder gefaßtes Buch:

»Darin werdet Ihr...«, ein kurzes Würgen verhindert für einen Augenblick die Vollendung seines Satzes. Doch dann gelingt es ihm den Brechreiz zu unterdrücken, und er kann vollenden: »... alles finden!«

Kapitän Whiddon drängt sich plötzlich dazwischen:

»Am besten, Ihr gebt mir das Inventarbuch, damit ich die Mengen an Pulver und Kugeln abgleichen kann. Es soll nichts verlorengehen!«

Seine Hast macht mich mißtrauisch. »Zählt alles und übergebt das Ergebnis dem Lordadmiral. Er wird Eure Zählung mit den Inventarlisten der Rosario vergleichen. Seid also genau und sorgfältig. Auch der Rat der Königin hat ein hohes Interesse an dem exakten Ergebnis.«

»Ihr solltet Whiddons Wunsch entsprechen, Sir Adam!« unterstützt auf einmal Gilberte Whiddons Forderung.

»Die Gunst der Stunde soll nur der Flotte nutzen!« erwidere ich mit Bestimmtheit und würge damit jede weitere Diskussion ab. Kapitän Fisher, der immer noch auf Tuchfühlung neben mir steht, erlöse ich mit meinem Befehl: »Laßt die DISDAIN längsseits kommen!« aus der Bedrängnis. Dieser wirft mir einen kalten Blick zu und läßt mich damit fühlen, wie leicht Freundschaft und Wohlwollen in Scherben gehen können.

Rechts von mir entwickelt sich plötzlich eine lebhafte Auseinandersetzung zwischen unseren Wachen und einem spanischen Offizier der zu mir drängt.

»Zurück! Habt Ihr wohl gehört! Ihr sollt zurücktreten!« brüllt ihn einer der Wachen an.

»Was will der Offizier?« fahre ich dazwischen.

»Sir! Wir benötigen gegen den Bauchfluß, von dem viele unserer Hidalgos befallen sind, Eure barmherzige Hilfe!«

»Seid Ihr Arzt?«

»Ja! Ich bitte Euch im Namen Gottes darum. Ihr habt das Elend mit eigenen Augen gesehen.« Seine rechte Hand streckt mir ein Pergament entgegen.

»Zurück!« brüllt Fisher ihn an.

»Er soll Unterstützung bekommen!« weise ich Fisher zurecht und nehme das Pergament an mich. Mein Blick darauf läßt die Aufstellung einer Rezeptur erkennen. Verschiedene Quanten an schwarzem Mohnsamen, Wein, Kamillenabsud, zweimal gebackenem Brot, Wegerichsamen, Wermut, Salbei und Kornelkirschen sind darin aufgeführt.

»Ich werde sehen, was möglich ist!«

Schnell kniet er nieder und küßt meine Hand.

Gewissenhaft schnüre ich alle Unterlagen zusammen, stecke sie in meinen Leinenbeutel, und binde diesen als Rucksack auf meinen Rücken.

Als ich die Hälfte der Strecke abwärts geschafft habe, bleibt die ROSARIO den Bruchteil einer unerträglichen Sekunde auf der Seite liegen. Dieser Moment der Reglosigkeit ist für mich schlimmer als das wildeste Schwanken, und somit erbreche ich im hohen Bogen. Mit unendlicher Anstrengung klammere ich mich an das Fallreep. Als mein Magen, völlig geleert, sich langsam beruhigt, flüstere ich in mich hinein: »Schlimmer kann's nicht werden.« Gleich darauf setze ich meinen Fuß sicher auf die Bordkante der Pinasse des Lordadmirals.

»Willkommen an Bord! Ein großer Sieg unserer Flotte!« strahlt der Lieutenant.

»Großer Sieg? Einen Sarkophag voller Jauche haben wir geschenkt bekommen!«

Fassungslos starrt er mich an.

»Einen Eimer, Kleider zum Wechseln und Kurs ARK ROYAL.«

»Aye, aye, Sir!«

Ich vermute, er hat mich trotzdem nicht verstanden.

14

Gezeitenströme

Ärmelkanal
1588

6. Tagebuch
Adam Dreyling

Dienstag,
der 23. Juli

»Verdammt! Verdammt! Verdammt!«

Lord Thomas Howard, der Bruder des Lordadmirals, stapft fluchend in der Admiralskajüte auf und ab.

An diesem frühen Morgen – es ist halb drei Uhr – ist es nur die kleine Gruppe von Kapitänen der königlichen Schiffe, die sich auf der Ark Royal zum Kriegsrat versammelt hat.

»Es beginnt Landwind aufzukommen, und das heißt eindeutig Luvvorteil für die Spanier!«

»Nicht zu lange«, beruhigt ihn John Hawkins. »Diese Landwinde halten nicht. Noch im Lauf des Vormittags wird der Wind über Ost und Süd wieder nach Südwest oder West drehen.«

»Was mir jetzt weit mehr Sorgen macht«, wirft Thomas Fenner ein, »das ist Portsmouth, der Solent und Spithead. Kapitän Frobisher hat mir da einige höchst beunruhigende Zahlen eröffnet.«

»Portsmouth liegt noch einen guten Segeltag voraus«, näselt Hoby dazwischen. »Vorläufig sollten wir uns wohl besser Gedanken darüber machen, wie wir am heutigen Tag...«

»Eben deshalb müssen wir über Portsmouth sprechen, denn das Schicksal von Portsmouth entscheidet sich *heute!*« entgegnet Fenner. »Kapitän Frobisher, wäret Ihr so freundlich, Eure Berechnungen, die Ihr mir gezeigt habt, für uns alle nochmals zu wiederholen?«

Martin Frobisher stemmt sich von seinem Stuhl hoch, beugt sich mit uns über die Karte, die auf dem großen Tisch in der Mitte der Admiralskajüte ausgebreitet liegt.

»Und seid so liebenswürdig, das Problem ganz langsam zu erklären«, läßt sich Lord Cumberland vernehmen und schiebt seinen Hut ins Genick, während er mir verstohlen zublinzelt. »Damit auch ein Experte in Navigation und Seekriegsführung wie Sir Edward Hoby begreift, um was es geht.«

GEZEITENSTRÖME

»Was Ebbe und Flut sind, dürfte sogar Euch bekannt sein, Sir Edward«, beginnt Martin Frobisher mit seinem knarrendem Baß.

»Also ich muß schon bitten...«, will Hoby auffahren, doch Frobisher, immun gegen jede Art von Humor und Ironie, spricht unbeirrt weiter. »Die Flut kommt, entsprechend den Stellungen von Sonne und Mond stärker oder schwächer, vom Atlantik herein und schiebt sich wie eine Welle den Kanal nach Osten hinauf. Die Geschwindigkeit der Strömung beträgt bei Falmouth etwa drei Knoten – drei Seemeilen in der Stunde. Da der Kanal nach Osten zu immer schmäler wird, wird das auflaufende Wasser zusammengepreßt und die Geschwindigkeit erhöht sich, so daß die Flut hier vor Portland Bill etwa fünf, bei Portsmouth gut sechs und bei Dover, an der engsten Stelle, sieben bis acht Knoten betragen kann, ehe das Wasser in die offene Nordsee hinausströmt. Zu Beginn der Flut ist die Strömungsgeschwindigkeit des Wassers noch gering. Etwa eine Stunde nach Einsetzen der Flut hat sie ihre volle Stärke erreicht und behält diese rund vier Stunden bei. Danach nimmt die Geschwindigkeit ab, und nach wiederum einer Stunde ist sie zum Stillstand gekommen.

Die Gezeiten *kentern*.

Nun beginnt mit Einsetzen der Ebbe für wiederum rund sechs Stunden der gleiche Vorgang – nur in umgekehrter Richtung von Ost nach West, da das Wasser jetzt vom Atlantik durch den Kanal aus der Nordsee herausgesogen wird. Ist das soweit klar, Sir Edward?«

»Das habe ich schon als kleiner Junge gewußt«, bemerkt Hoby hochmütig.

»Ich habe folgendes berechnet«, fährt Martin Frobisher fort. »Bis etwa 6 Uhr haben wir noch auflaufende Flut, die bei dem herrschenden Landwind die Dons auf die Höhe von Portland Bill bringen wird. Mit ablaufendem Wasser und der Drehung des Windes am Vormittag werden sie bis zum Kentern der Gezeiten mittags etwa die Höhe von Tyneham erreichen.

Mit dem erneuten Schub der Flut und Rückenwind kann die Armada bis 7 Uhr abends auf Höhe der Westspitze der Isle of Wight liegen; gegen den Ebbstrom, jedoch mit Rückenwind, um gegen Mitternacht St. Catherine's Point erreichen. Mit Flut und Wind steht sie gegen 4 Uhr morgen früh an der Ostspitze der Insel. Bis zum Kentern der Flut kommen die Spanier nochmals rund fünf Meilen voran – liegen dann auf der Höhe von Portsea Island.

Und dann brauchen sie sich nur noch vom einsetzenden Ebbstrom durch den Spithead nach Portsmouth hineinschieben zu lassen!«

»Dann gnade Gott uns und England!« keucht Fenner.

»Die Dons haben weder versucht in Falmouth, noch in Plymouth oder Torbay an Land zu kommen«, versucht Drake Optimismus zu verströmen. »Offensichtlich lauten die Befehle des Herzogs von Medina Sidonia, zunächst die Landtruppen des Herzogs von Parma, die in den Niederlanden warten, an Bord zu nehmen, ehe sie den Versuch einer Invasion wagen.«

Doch der Lordadmiral widerspricht:

»Falmouth und Plymouth liegen weit im Westen, und Torbay bietet nicht genug Schutz für die riesige Flotte. Der Solent, geschützt durch die Isle of Wight, wäre der ideale Brückenkopf für eine Invasionsarmee! Nein, Sir Francis, ich fürchte, Portsmouth *ist* das nächstliegende Ziel der Spanier.«

»Dann gibt es nur eins«, erklärt Drake kategorisch: »Sobald der Wind gedreht hat überholen wir die Spanier, legen uns mit allem was wir haben in den Solent und verwehren ihnen, koste es was es wolle, die Zufahrt.«

»Ach ja?« brummt Frobisher ärgerlich. »*Ihr* könnt das ja vielleicht machen, Sir Francis. *Euch* scheint es ja an Pulver und Kugeln nicht zu mangeln...«

»Wie sieht es mit der Munition genau aus?« klinkt sich Lord Howard ein.

»Beschissen!« platzt John Hawkins heraus, und unser Geschützmeister Samuel Clerke beeilt sich hinzuzufügen: »Dafür schießen wir dreimal so schnell und verbrauchen dreimal so viel Munition wie die Dons!«

Der Lordadmiral wischt die Einwürfe mit einer ärgerlichen Handbewegung zu Seite.

»Zahlen, meine Herren!«

Lord Thomas Howard, sein Bruder, rechnet vor:

»Exakte Zahlen haben wir nur für die königlichen Schiffe. Auf den anderen Einheiten, den Schiffen aus London und den Freiwilligen, dürften die Bestände in der Regel unter denen der königlichen liegen.

Als wir von Plymouth ausliefen hatte jedes Schiff durchschnittlich 25 bis 30 Kugeln und Pulverkartuschen pro Geschütz an Bord. Davon wurde mindestens die Hälfte bei dem Gefecht vor Plymouth verschossen. Durch die Munition, die wir nach der Eroberung der Rosario und der San Salvador an die königlichen Schiffe verteilen konnten, ist der ursprüngliche Zustand in etwa wieder hergestellt.«

»Bei uns nicht!« melden sich Martin Frobisher, Lord Sheffield von der WHITE BEAR und Edward Fenton von der MARY ROSE sofort zu Wort.

»Wir haben bei der Verteilung«, verteidigt sich Lord Thomas, »vor allem die neuen und schnellen Einheiten berücksichtigt. Es tut mir leid, daß für die älteren Schiffe dabei nichts mehr übrig blieb.«

»Und womit sollen dann *wir* schießen?« fragt Lord Sheffield gereizt zurück. »Die Menge an Munition war von Anfang an lächerlich – jetzt entwickelt sie sich zur Katastrophe!«

»Zumal angesichts der ach so sparsamen Dreyling-Geschütze«, läßt sich Hoby vernehmen.

»*Ich* habe schon vor mehr als Jahresfrist und dann wieder und wieder auf diesen Mangel aufmerksam gemacht!« werfe ich ein. »*Ich* habe an das Navy und Ordnance Bord geschrieben. *Ich* habe gemahnt, gefleht, beschworen, die entsprechenden Mengen an Munition bereitzuhalten – vergeblich!«

»Das ist wahr«, bestätigt John Hawkins. »Leider nur zu wahr! Und jedesmal hieß es, es mangle an Geld, die Kosten seien zu hoch…«

»Wir alle haben das getan!« erregt sich Sir Francis Drake. »Wir alle, die wir wußten, daß eine Schlacht gegen die Spanier nur mit den Geschützen gewonnen werden kann. Aber Sir William Winter, unser ehrenwerter Master of Ordnance und Navy Bord hielt stur an seinem Glauben an den Enterkampf als alleiniges Mittel einer Seeschlacht fest – und Eurem hohen Gönner, Sir Edward, dem Lordschatzmeister William Cecil, Baron of Burghley, war diese Einschätzung nur allzu angenehm, kostete sie ihn doch weit weniger Pulver und Eisen!«

»Und jetzt kostet dieser Geiz uns und England Kopf und Kragen!« platzt Cumberland heraus.

»Es hilft wenig, die Versäumnisse der Vergangenheit zu beklagen. Das bringt uns hier und jetzt nicht weiter!« beendet Howard of Effingham unsere Diskussion. »Hier und jetzt haben wir zwei Probleme zu lösen: Erstens, wie kommen wir mit dem Pulver aus, das wir haben? Oder anders gefragt: Könnten wir eine Abwehrschlacht vor Portsmouth durchhalten? Sir Adam?«

»Wenn die ehrenwerten Herrn Kapitäne«, fährt Samuel Clerke dazwischen, noch ehe sonst jemand den Mund aufmachen kann, »genauso wild drauflosballern wie vor Plymouth, dann sind in zwei Stunden die Magazine leer!«

ÄRMELKANAL 1588

Der Lordadmiral wendet sich an mich:

»Sir Adam, wie seht Ihr nach Eurem Besuch auf der Rosario die Situation der Spanier hinsichtlich Kugeln und Pulver?«

»Ich bin mit meinen Berechnungen noch nicht fertig...«

»Ihr werdet sie im Laufe des heutigen Tages vervollständigen und mir am Abend vorlegen«, unterbricht mich Howard.

»... doch auf jeden Fall erheblich besser als bei uns. Ein guter Teil des Pulvers, soviel kann ich bereits jetzt sagen, ist Feinpulver für die Arkebusen und für Kanonen unbrauchbar. Doch da die Spanier auch Pulver und Kugeln für die Invasion Englands an Bord haben, rechne ich mit weitaus größeren Mengen als der unsrigen.«

»Dann wird an alle Schiffe unserer Flotte der strikte Befehl ergehen«, wendet sich der Lordadmiral an die versammelten Kapitäne, »daß unsererseits eisern mit Munition gespart wird, während wir gleichzeitig versuchen werden, die Spanier zum Schießen zu provozieren. Mag der Feind noch so viel Munition an Bord haben, da die Armada über keinen Nachschub verfügt, werden auch ihre Magazine mit jedem Schuß leerer und irgendwann völlig leer sein. Nun zum zweiten Punkt.« Der Lordadmiral wendet sich an Martin Frobisher. »Wie lange müßten wir durchhalten, bis der Ebbstrom, der die Spanier nach Portsmouth hineinsaugt, wieder kentert?«

»Von etwa 7 Uhr morgens bis Mittag.«

»Dann haben wir, selbst bei sparsamstem Verbrauch, keine Chance«, stellt Howard fest.

»Selbst dann wohl nicht«, fragt Frobisher bissig, »wenn wir die Revenge und die Schiffe der besonderen Freunde von Sir Francis in die erste Linie legen? Es geht doch das Gerücht, daß sich ein paar zusätzliche Kugeln und Pfund Pulver von der Rosario auf ihre Schiffe verirrt haben...«

Ich sehe wie Drake wütend die Fäuste ballt.

»Wenn wir vor Portsmouth kämpfen müssen, dann werden wir wohl Manns genug sein, Schiff gegen Schiff, Mann gegen Mann England zu schützen!«

»Und genau das tun, was sich die Dons wünschen?« fällt Edward Fenton von der Mary Rose ein.

»Sir Francis hat offenbar vergessen, daß es sich dabei nicht um den glorreichen Beutezug gegen eine schwimmende Jauchegrube handelt!« bemerkt George Clifford spitz.

»Aber wenn wir Portsmouth verlieren...«, ereifert sich Sir Robert Southwell von der Elizabeth Jonas entsetzt.

»Wer sagt denn da, daß wir Portsmouth verlieren müssen?« knarrt Martin Frobisher dazwischen.

»Was schlagt Ihr vor?«

»Wir sorgen ganz einfach dafür, daß die Dons mit den richtigen Gezeiten am Solent vorübergespült werden.«

»Und wie soll das funktionieren?« fragt Fenner. »Leider gehorchen die Gezeiten noch nicht Ihrer Majestät, der Königin von England...«

»Es genügt völlig, wenn die Armada nicht gegen Mittag, sondern vier oder fünf Stunden später wieder ihre Fahrt nach Osten aufnimmt«, erklärt Frobisher trocken.

»Und wie und wo?« erkundigt sich Thomas Howard.

Frobishers dicklicher Finger tippt auf die Karte:

»Hier vor Portland Bill. Man muß für Medina Sidonia an dieser Stelle einen schönen, fetten Köder auslegen, so daß er einfach danach schnappen *muß*.«

Wie eine schartige Klinge ragt die Isle of Portland in die See hinaus, nur von einem schmalen Streifen mit dem Land verbunden. Während sich auf ihrer Ostflanke die von Wirbeln und Strudeln durchsetzte Weymouth Bay befindet, zieht sich an ihrer Westseite eine meilenlange Nehrung nach Nordwesten Richtung Bridport.

Der Sonnenaufgang findet unsere Flotte in beträchtlicher Unordnung wenige Meilen vor Portland Bill, der südlichen Inselspitze. Von geschlossenen Geschwadern keine Spur. Auch von keiner einheitlichen Richtung und schon gar nichts von Kampfesbereitschaft. Das einzige, was sich abzeichnet, ist offensichtliche Angst und Hilflosigkeit und ein allgemeiner Nordwestkurs der Schiffe, in der Absicht, an jener Nehrung vor den Spaniern Schutz zu suchen.

Doch dazu läßt es Medina Sidonia nicht kommen. Ich beobachte, wie seine Kriegsgaleonen, erstmals in der Luvstellung, wenden und jeden Fetzen Leinwand setzen, um sich auf uns zu stürzen. Angeführt von Don Martín de Bertendónas LA REGAZONA, nimmt alles, was an spanischen Schiffen schwere Kanonen und vor allem Soldaten trägt, Kurs auf unsere ARK, die SAN MARTÍN ihres Oberbefehlshabers in ihrer Mitte.

Wir warten mit aufgegeiten Segeln. Näher und näher rauschen die mächtigen Galeonen und Karacken auf uns zu, ihre Buggeschütze beginnen zu donnern, erste Rauchwolken wehen uns ins Gesicht. Dann sind sie auf Arkebusenschußweite heran.

»Feuer!« gibt Charles Howard das Zeichen zum Beginn des Kampfes. Unsere Steuerbordgeschütze brüllen eine volle Breitseite hinaus.

»Ruder hart backbord! An die Brassen!«

Die Matrosen zerren an den Brassen und Schoten, die ARK dreht sich, zeigt dem Feind für einen Augenblick das Heck, kommt herum.

»Feuer!«

Die Kanoniere sind auf die gegenüberliegende Schiffsseite gerannt, die Luntenstöcke senken sich. Die Backbordbreitseite donnert los, überschüttet den Feind mit ihrem Eisenhagel. Und schon sind wir mit vollen, hart angebraßten Segeln auf Südostkurs aus der Reichweite der spanischen Geschütze. Ein Schiff nach dem anderen folgt, wie ein Uhrwerk, unserem Beispiel, feuert, wendet, feuert nochmals und läuft hinter uns drein ab.

Eine wütende Kanonade von seiten der Spanier ist die Antwort. Unter Krachen und Tosen zucken entlang den Bordwänden der mächtigen Karacken und Galeonen wie ein Gewitter die Mündungsblitze aus dem dicht aufwirbelnden Pulverdampf. In das Jubelgeschrei der Spanier über unsere Flucht mischen sich die im Chor gebrüllten Beschimpfungen ob unserer Feigheit, weil wir es offensichtlich wieder nicht zum ehrenhaften Enterkampf Mann gegen Mann kommen lassen.

Der Lordadmiral ist zufrieden. Mit zwei Breitseiten pro Schiff unsererseits ist es gelungen, Aberhunderte von spanischen Kugeln ins aufspritzende Wasser zu jagen. Wir haben es vor Plymouth erfahren: Es ist ungemein beruhigend, die eigenen Kanonen donnern zu hören – es gibt ein wunderbares Gefühl eigener Stärke und Sicherheit. Wir gönnen es den Dons von Herzen!

Auch ihren Jubel, der jetzt noch lauter wird. Denn sechs unserer Schiffe können dem Manöver nicht folgen, versuchen sich wie verschreckte Hühner an der westlichen Nehrung hinter Portland Bill zu verstecken. Zwei königliche Schiffe sind darunter, die 1556 neu erbaute MARY ROSE und unser größtes Schiff, Frobishers TRIUMPH, die noch die altmodischen, hohen Kastelle trägt. Die anderen vier Schiffe gehören der Kaufmannschaft von London, die 400 Tonnen große MERCHANT ROYAL unter Kapitän Robert Flicke, und die kleineren MARGARET AND JOHN, CENTURION und GOLDEN LION.

Schon habe ich den Knauf der Tür zur Admiralskajüte in der Hand – ich muß dringend damit beginnen, meine Notizen von der Rosario für Howard auszuwerten, um ihm am Abend ein möglichst genaues Bild ihrer Pulver- und Kugelbestände zeichnen zu können –, als mich lautes Geschrei unserer Leute veranlaßt, mich doch nochmals umzuwenden.

Hinter den wirbelnden Rauchwänden des Gefechtes in unserem Rücken sehen wir Medina Sidonias gefährlichste Kriegsschiffe, die neapolitanischen Galeassen, ausscheren und sich gegen das abgeschnittene Häuflein um die Triumph und Mary Rose wenden. Nein, diesen Vorteil kann sich der Herzog wahrhaft nicht entgehen lassen! Mit im Gleichtakt sich hebenden und senkenden Riemen, an denen jeweils zehn bis zwölf Männer zerren und schieben, rudern die Galeassen auf die Nehrung zu. Erste Feuerblitze und Qualmwolken schießen aus ihren Buggeschützen. Die bunten Fahnen und Wimpel knattern im Wind. Die rot gestrichenen Riemenblätter peitschen bei jedem Schlag das Wasser zu Schaum auf. Wie dicke Tausendfüßler kriechen die Galeassen auf Portland Bill zu.

Und kriechen und kriechen und kriechen...

Und kommen etwa 200 Schritt von der Inselspitze um keinen Yard mehr voran.

Die Segel, bemalt mit dem großen, roten Kleeblattkreuz Spaniens, werden gesetzt. Die Schlagzahl für die Ruderer wird erhöht. Wie blutiger Schaum wirbelt es unter den roten Riemenblättern.

Es nützt nichts. Absolut *nichts*.

Dafür werden unsere scheinbar verschreckten Hühner plötzlich sehr munter, kommen hinter ihrer Deckung hervor, drehen den Galeassen, die wie auf dem Rücken liegende Käfer vergeblich mit ihren Riemenbeinen zappeln, ihre Breitseiten zu und beginnen sie mit langsamem, aber wohlgezieltem Feuer einzudecken. Auch die Galeassen und die Galeonen und Karacken hinter ihnen, die zu ihrer Unterstützung zurückgeblieben sind, feuern jetzt aus allen Rohren, jagen oft nur wenige Dutzend Yard vor unseren Schiffen ganze Wände aus Wasser, Gischt und Schaum in die Luft.

Lord Charles Howard trommelt mit den Fäusten auf die Reling vor Vergnügen. Das Gefecht entwickelt sich haargenau so, wie er es geplant und mit Martin Frobisher abgesprochen hatte. Die Chance der Luvstellung mußte Medina Sidonia ganz einfach zum Angriff ausnützen und ihn aus seiner starren, unangreifbaren Formation locken. Frobisher mit seinen Schiffen, die im stillen Wasser hinter dem

Bill scheinbar abgeschnitten dahindümpeln, gaben den Köder ab, vorausgesetzt man weiß nicht – und woher sollte der spanische Herzog das wissen –, daß die nach Westen ablaufende Gezeitenströmung zwischen den Shambles Rocks und dem Bill, eine Geschwindigkeit von mehr als fünf Knoten entwickelt, gegen die nun seine prächtig schwerfälligen Galeassen vergeblich anrudern. Die SAN MARTÍN käme wohl nur mit einem Sturm im Rücken über den Gezeitenstrom. Da er zusätzliche Schiffe an den Bill befohlen hat, bindet er einen gewichtigen Teil seiner Kriegsschiffe auf dem Platz.

Ein strenger Blick des Lordadmirals treibt mich endgültig in die Kajüte. Auf dem großen Kartentisch breite ich meine Notizen aus, rücke Papier, Feder, Tintenglas und Streusandbüchse zu mir heran. So recht bei der Sache bin ich freilich nicht: Wenn Frobisher jetzt 15 oder 20 Breitseiten nacheinander abfeuern könnte! Zwei, drei Treffer zwischen die Leib an Leib schuftenden Ruderslaven auf den Galeassen würde ein verheerendes Blutbad anrichten, würde Medina Sidonia mit einem Schlag seiner kampfstärksten Schiffe berauben. Wenn, ja wenn...

Entschlossen greife ich nach Papier und Feder.

Thomas Vavasour hat sich selbst zu meinem privaten Meldegänger ernannt. Die Hilfsbereitschaft des jungen Freiwilligen, Sproß einer Normannenfamilie, die einst mit Wilhelm dem Eroberer nach England gekommen war, ist nicht ganz uneigennützig. Wenn er sich schon auf Walsinghams Befehl gründlichst mit den Schiffen und Verbänden der Spanier befaßt hatte, so interessieren ihn jetzt natürlich auch die Details, die er während seiner Meldungen und Berichte mit schnellem Blick auf meine ausgebreiteten Papiere zu erhaschen sucht.

Zu seinem Leidwesen hatte Vavasour in den letzten vier Stunden nicht allzu viel Neues zu berichten und damit wenig Gelegenheit, die Admiralskajüte aufzusuchen. Im Laufe des Vormittags hatte, wie Hawkins voraussagte, der Wind über Süd nach Südwest zurückgedreht und die Spanier um ihre Luvposition gebracht. Gegen halb zwölf Uhr hatten die Galeassen ihren Angriffsversuch gegen Frobisher aufgegeben, ihre Ruderer waren zweifellos total erschöpft über den Riemenholmen zusammengebrochen.

»Hätten sie noch eine halbe Stunde weiter durchgehalten«, bemerkte Vavasour, »dann wäre der Ebbstrom am Bill so schwach geworden, daß sie mühelos zu Frobisher hätten vorstoßen können, und nicht nur sie, sondern auch die Segelschiffe!«

Endlich, es geht gegen ein Uhr, kann Thomas Vavasour mit einer Neuigkeit aufwarten:

»Das Biscaya-Geschwader greift im Süden an!« meldet er mir voll Eifer.

Da mir die Zahlenkolonnen mit Pulverpfunden und Kugelgrößen bereits vor den Augen zu tanzen beginnen, beschließe ich einen Blick nach draußen zu werfen. Als ich die Türe öffne, trifft mich voll das Krachen und Donnern der spanischen Geschütze – unter Deck hatte es mehr wie das pausenlose Grollen eines schweren, jedoch einige Meilen entfernten Gewitters geklungen.

Mein erster Blick geht nach Norden zum Bill, doch dort ist durch die dicken Pulverqualmwolken kaum etwas zu erkennen.

»Da drüben liegt die SAN MARTÍN«, zeigt mir Vavasour. »Sie signalisiert schon seit einiger Zeit den im Süden stehenden spanischen Geschwadern, uns von dort zu umfassen und anzugreifen. Der Herzog befürchtet offensichtlich, wir könnten dort durchbrechen oder ihn umgehen, um die westlich seiner Schlachtformation dahindriftenden Urcas und Zabras des Versorgungsgeschwaders anzugreifen.«

Allen voran können wir die SAN JUAN DE PORTUGAL des tapferen Don Juan Martínez de Recalde ausmachen, dahinter die Schiffe seines Geschwaders. Drake ist ihnen mit ein paar anderen Schiffen seines Geschwaders entgegengesegelt, und schon wenige Minuten später beginnt die REVENGE sich mit der SAN JUAN DE PORTUGAL ein heftiges Artillerieduell zu liefern.

»Wenn Sir Francis so weiterfeuert, dann hat er in einer halben Stunde nicht eine Kugel mehr in den Magazinen!« stellt Thomas Vavasour beunruhigt fest.

»Es sei denn, Kapitän Frobisher hatte mit seinen Andeutungen recht«, wirft Samuel Clerke, der zu uns getreten ist, ärgerlich ein, »und Sir Francis hat sich tatsächlich eine geheime Extraration Pulver und Eisen von der ROSARIO gesichert, ehe die Bestände des Schiffes offiziell verteilt wurden!«

Ich kehre an den Kajütentisch mit meinen Zahlenkolonnen zurück und mache mich erneut an die Arbeit.

Das Aufbrüllen unserer gesamten Steuerbordbatterie reißt mich aus meinen Berechnungen, der Rückstoß der Geschütze läßt die ARK ROYAL so stark nach Feuerlee rollen, daß Tintenfaß, Streusandbüchse und Papiere über den Kartentisch nach steuerbord schliddern, wo sie erst von der dort angenagelten Leiste aufgefangen werden – selbst mein Stuhl gerät ins Rutschen. Ich springe hoch, reiße die Kajütentüre auf, eile an Deck.

Keine hundert Yards neben uns liegt das Flaggschiff des spanischen Oberkommandierenden, die SAN MARTÍN, und dahinter 16 seiner anderen großen Schiffe. Mit einem einzelnen Kanonenschuß und dem Herabfieren der Marssegel läd uns der Herzog von Medina Sidonia ein zum ritterlichen Zweikampf Bordwand an Bordwand.

Doch uns steht der Sinn nicht nach Ritterlichkeit.

»Pumpt sie mit Eisen voll!« höre ich den Lordadmiral rufen. »Und haltet den Abstand!«

Wieder brüllen unsere Kanonen, lassen die ARK vom Kiel bis zum Flaggenknopf erbeben, so daß ich mit einem schnellen Griff nach der Reling meinen Stand sichern muß.

Die ARK ROYAL an der Spitze, und hinter ihr unsere anderen Schiffe, rauschen wir an der SAN MARTÍN vorbei, beharken sie mit unseren Breitseiten. Für über eine Stunde versinken wir in dickem Pulverdampf, ständig erhellt von den Blitzen der Mündungsfeuer, dem pausenlosen Donnern und Krachen der Geschütze. Nervös zähle ich die Schüsse, sehe vor meinem geistigen Auge die immer leerer werdenden Pulver- und Kugelmagazine. Doch die SAN MARTÍN ist es wert. Wenn das Flaggschiff der Armada sinkt, der spanische Herzog fällt...

»Sie ist weg! *Sie ist weg!*« schreit ein Ausguck aus der Bramsaling herunter.

»*Wer* ist weg?«

»Die Flagge! Die Königsflagge auf der SAN MARTÍN!«

Die Augen Lord Howards leuchten auf bei dieser Nachricht. Die Flagge – vom päpstlichen Nuntius in der Kathedrale von Lissabon feierlich für den »Kreuzzug« geweiht –, auf der die englischen Löwen und Lilien als Besitzanspruch Philipps von Spanien bereits integriert waren, ist von einem unserer Schiffe heruntergeschossen worden, treibt nun irgendwo als zerissener Lappen in den Wellen.

Ich habe Lord Howard nie lachen sehen, jetzt lacht er aus vollem Hals, schlägt mir und den Umstehenden begeistert auf die Schultern.

»Die Flagge ist weg!« brüllt er über die Decks der ARK ROYAL. »Die Flagge ist weg, und die Armada wird ihr folgen!«

Gegen drei Uhr am Nachmittag ist der Kanonendonner verklungen. Die Magazine der ARK ROYAL und unserer anderen Schiffe sind so beängstigend geleert, daß Lord Howard den Kampf abbricht, denn auch die Spanier haben sich müde geschossen.

Wieder zu ihrem unangreifbaren Halbmond geformt, hat sich die Armada erneut auf Ostkurs begeben. In vier Geschwadern unter dem Befehl von Drake, Hawkins, Frobisher und dem Lordadmiral selbst, segeln wir hinter ihnen her. Nur die kleinen, schnellen Flachdecker, die Lieblinge Matthew Bakers, prellen immer wieder an den Flanken der mächtigen Sichel vor, provozieren oft mit nur zwei, drei Schüssen aus den eigenen Rohren wilde Kanonaden bei den Spaniern, die tüchtig an den Pulver- und Kugelbeständen des Feindes nagen.

Als sich am späten Nachmittag die Kapitänsrunde auf der ARK ROYAL versammelt, faßt Howard zunächst das Ergebnis des Tages zusammen:

»Mylords, Sirs, Gentlemen, ich danke Euch für die hervorragenden Leistungen am heutigen Tag! Unser heutiges Kampfziel wurde voll erreicht. Insbesondere ist Kapitän Frobisher zu danken, dessen hervorragender Plan die Weiterfahrt der Armada genau um jene Zeitspanne von sechs Stunden verzögert hat, die die Spanier mit der Flut morgen früh an Portsmouth vorüberspülen wird. Des weiteren darf ich Sir Francis Drake ein Lob aussprechen für seinen tapferen Kampf gegen das Biscaya-Geschwader.«

»Wenn man sich mit genug Pulver und Kugeln versorgt hat, ist derlei Tapferkeit kein Kunststück«, läßt sich Martin Frobisher ärgerlich vernehmen.

Der Lordadmiral schenkt dem Einwurf keine Beachtung, fährt unbeirrt fort:

»Des weiteren ist auf allen Schiffen die tadellose Disziplin hervorzuheben, sowohl bei den Segelmanövern wie beim leider notwendigen sparsamen Einsatz der Geschütze.«

»Letztere hätten ja ohnehin nicht viel gebracht«, redet Sir Edward Hoby dazwischen.

»Und wie kommt Ihr zu dieser Meinung?« fragt Howard streng.

»Die vielgerühmten und vielteuren Geschütze Sir Adams haben ja bislang wohl kaum gehalten, was Sir Adam von ihnen versprochen hat«, erklärt Sir Edward abwertend. »Tatsache ist: Kein einziges spanisches Schiff wurde bislang durch Geschützfeuer versenkt oder auch nur schwer beschädigt. Tatsache ist weiterhin: Die SAN MARTÍN muß von mindestens 500 Geschossen getroffen worden sein. Und was ist der Erfolg? Sie schwimmt! Und Tatsache ist: Mindestens zehn Schiffe unserer Flotte, die ARK ROYAL an der Spitze, feuerten über eine Stunde lang auf ein einziges Schiff! Gut, wenn das Ganze ein Erfolg gewesen wäre, wenn die SAN MARTÍN oder wenigstens ihr Herzog auf dem Grund des Kanals lägen! Aber was passiert? *Nichts! Gar nichts!* Ein bißchen zerzauste Takelage, eine heruntergeschossene Flagge, vielleicht vier Dutzend Tote – und das ist alles!«

»Nur unsere Sünden können der Grund dafür sein, daß so viele Kugeln und Pulver verschossen und so lange gekämpft wurde und der Schaden im Vergleich dazu so gering war«, bemerkt der fromme Puritaner Robert Crosse von der HOPE.

»Ohne die milden Gaben von der NUESTRA SEÑORA DEL ROSARIO und der SAN SALVADOR wären unsere Magazine nach dieser Kanonade jetzt endgültig leer! Und das alles für *nichts!*« fügt Hoby hinzu.

Am liebsten würde ich diesen ewigen Nörgler den Kragen umdrehen, doch ich zwinge mich ruhig zu bleiben:

»Nicht bei den Geschützen liegt die Schuld, sondern daran, daß wir diese Geschütze nicht so einsetzen können, wie wir das eigentlich müßten! Wenn die SAN MARTÍN jetzt nicht 500, sondern 1500 Kugeln im Bauch hätte, dann *läge* sie samt ihrem Herzog auf dem Grund des Kanals!«

»1500 Kugeln!« kräht Hoby entsetzt.

»1500 Kugeln!« bestätige ich. »Habt Ihr einmal die Belagerung einer Festung oder Stadt miterlebt, Sir Edward? Da schießt man oft tagelang auf ein und dieselbe Stelle, und wenn die Mauer nicht nach 30 Schüssen fällt, dann eben nach 50. Die großen Karacken und Galeonen der spanischen Armada sind auch nichts anderes als Wellenburgen, ihr Halbmond nichts weiter als eine schwimmende Festung.«

»Die man genau nach diesem Rezept auch knacken kann«, pflichtet mir Drake überraschend bei.

»Alles kein Problem!« knarrt Martin Frobisher. »Nur müßten wir alle eben so unbekümmert feuern können wie Ihr, Sir Francis! Bedauerlicherweise haben aber nicht *wir* die Rosario erobert, und so mangelt es uns anderen, wie allgemein bekannt, an der dafür nötigen Munition. Wir hätten uns von Anfang an nicht auf dieses Kanonen-Experiment einlassen dürfen, sondern nach guter Sitte im Enterkampf…«

Der Lordadmiral unterbricht Frobisher schroff:

»Wir haben wieder und wieder klargestellt, daß diese geballte Masse an feindlichen Schiffen nicht im Nahkampf besiegt werden kann. Das Konzept, das gegen die unüberwindliche Armada ausgearbeitet wurde, ist das einzige, mit der sie überwunden werden kann. Für die offensichtlichen Versäumnisse im Navy Bord und im Schatzamt können weder Sir Adam noch Sir Francis verantwortlich gemacht werden. Ich habe daher beschlossen: Für die nächsten Tage werden wir dieses Konzept *noch* strikter durchhalten als bisher. Die Spanier sind mit einer überwältigenden Übermacht und im festen Glauben an einen leichten Sieg aufgebrochen und in den englischen Kanal eingedrungen. Nun, nach drei Tagen, müssen sie umgekehrt erkennen, daß wir ihnen unerbittlich *unsere* Kampfesweise aufgezwungen haben. Sie haben trotz tapferer Gegenwehr zwei Schiffe verloren, andere sind mehr oder minder schwer beschädigt, während auf unserer Seite noch nicht einmal ein Tau durchschossen wurde.«

»Dafür dürfen wir uns lautstark von ihnen als Feiglinge beschimpfen lassen!« begehrt Frobisher wütend auf.

Doch der Lordadmiral läßt sich nicht beirren: »Laßt sie doch! Laßt sie noch viel lauter schreien! Wie lange, glaubt Ihr, wird die Moral und Disziplin bei Männern noch halten, die als sichere Sieger ausgezogen sind und nun wie eine Herde Schafe von den vermeintlich Unterlegenen den Kanal hinabgetrieben werden?«

Frobisher will auffahren, doch Lord Howard winkt ihn zur Ruhe: »Ich frage Euch: Wie sieht es drüben bei den Spaniern aus? Und wie wird es erst in zwei oder drei Tagen aussehen, wenn ihnen Tag und Nacht Kanonenkugeln um die Ohren pfeifen, ohne daß sie sich wehren können?«

»Welche Kanonenkugeln denn noch?« fragt Hoby höhnisch.

Der Lordadmiral überhört ihn einfach und fährt fort: »Das ist mein Befehl für die nächsten Tage: Wie ein Rudel Wölfe werden wir die Spanier wie eine Herde Schafe jagen – immer gegenwärtig, und immer unerreichbar! Laßt uns sehen, wie lange sie *das* aushalten!«

»Zum Provozieren spanischer Kanonaden, die auch ihre Magazine leeren, wird es zwei, drei Tage noch reichen«, stellt John Bostocke von der TIGER fest.

»Zu diesem Zweck werden die noch vorhandenen Munitionsvorräte konzentriert«, ordnet der Lordadmiral an. »Sämtliche Schiffe unter 200 Tonnen geben ihre noch vorhandenen Pulver- und Kugelbestände an folgende königlichen Schiffe ab: ARK ROYAL, ELIZABETH BONAVENTURE, GOLDEN LION, TRIUMPH, VICTORY, ANTELOPE, DREADNOUGHT, NONPAREIL und HOPE. Auf diesen Schiffen wird für die nächsten Tage das ganze Gewicht kommender Kämpfe mit den Spaniern liegen. Ihre Aufgabe wird es sein, vor den Augen des Herzogs von Medina Sidonia und seiner Admiräle zu demonstrieren, daß die Magazine der englischen Flotte aufs reichlichste mit Munition gefüllt sind!«

»Doch womit, zum Teufel«, meldet sich John Hawkins zu Wort, »sollen unsere Wölfe noch beißen, wenn wir den spanischen Schafen endlich an die Kehle fahren wollen? Anders ausgedrückt: womit sollen wir noch schießen, wenn wir endgültig kein Pulver und keine Kugeln mehr haben?«

»Sir Adam hat einen ausführlichen Bericht angefertigt, den ich mit ihm gleich nach dieser Besprechung beraten werde. Danach werde ich meine Entscheidungen treffen. Verlaßt Euch darauf, Kapitän Hawkins, der Mangel an Pulver und Kugeln *wird* behoben werden!«

Während ich sitzen bleibe, verlassen die Kapitäne die Admiralskajüte, um zu ihren Schiffen zurückzukehren. Viele nicken mir aufmunternd zu, Hawkins und Cumberland klopfen mir aufmunternd auf die Schulter, doch ich bemerke durchaus auch die zweifelnden Blicke, höre wie der Puritaner Robert Crosse zu Hoby sagt:

»Der Herr sei uns gnädig: Das Schicksal Englands in der Hand eines Katholiken!«

15

Kanonenfutter

Sussex
1588

6. Tagebuch
Adam Dreyling

Dienstag,
der 23. Juli

»Wenn Eure Berechnungen stimmen, Sir Adam, haben wir uns einer ernsthaften Unterschätzung schuldig gemacht!«

Lord Howards Kopf ist über das Pergament gebeugt. Das fahle Licht der sinkenden Sonne läßt in der Admiralskajüte die Konturen verflüchtigen. Langsam setzt er sich an seinen schweren, jetzt zur Steuerbordseite geschobenen Tisch. Die Sorgen wachsen nach diesem Gefecht, denn die Kanoniere der ARK haben die letzte Unze Pulver verbraucht. Die Meldungen der WHITE BEAR, TRIUMPH, MARY ROSE und GOLDEN LION sehen nicht viel besser aus. Kratzend führt der Lordadmiral den spitzen Federkiel leicht über das glatte Pergament, um ein Durchdrücken auf den darunter liegenden Bogen zu vermeiden, und notiert in scharfen, tiefschwarzen Strichen, trotz der gebotenen Eile, bedächtig seine Anmerkungen darauf.

Lord Howard hat in der vergangenen halben Stunde, nachdem die Geschwaderkapitäne die ARK wieder verlassen haben, meinen zusammenfassenden Bericht über die Bewaffnung, Kugel- und Munitionsvorräte der ROSARIO, SAN SALVADOR und der übrigen Kampfschiffe der spanischen Armada durchgearbeitet, bevor er mich wieder zu sich rufen ließ. Sorgenvoll blickt er hoch:

»Das würde bedeuten, sie hätten dreimal mehr an Rundgeschossen an Bord als wir!«

»Das ist die Wahrheit!«

»Dann hat Medina Sidonia genau das erreicht, was Santa Cruz vor seinem Tode König Philipp vorgeschlagen hatte. Ich kann es einfach nicht glauben, Sir Adam! Der halben Million Pfund Pulver, die der Feind insgesamt auf seinen Schiffen mitführt, haben wir ganze 70 000 Pfund entgegenzusetzen, und nach Eurer Einschätzung haben sie dazu noch Pfund für Pfund das beste Pulver auf ihren Kampfschiffen, das der Kontinent aufbieten kann«, und nach einem kurzen

Augenblick des Zögerns. »Ist die SAN SALVADOR nicht ein Schiff, das als *carrica di munitione di guerra* bezeichnet wird?«

»Das ist richtig. Sie war ein Munitionsschiff, und damit liegt sie mit ihrer Masse an Kugeln in der Tat weit über dem Durchschnitt der übrigen Schiffe. Wenn wir davon ausgehen, daß durch die Explosion einiges über Bord gegangen ist, sie aber am ersten Gefechtstag wesentlich weniger an den Kämpfen beteiligt war als die ROSARIO, so nehme ich an, daß die 2380 Kugeln, die wir aus ihrem Rumpf bergen konnten, etwa 75 Prozent ihres Anfangsbestandes entsprechen. Somit hatte sie 122 Kugeln pro Geschütz zur Verfügung, was eine Ausnahme darstellen dürfte. Mehr als die Hälfte davon war sicher als Reserve für das Guipúzcoa-Geschwader vorgesehen.

Damit verglichen wirken die 1600 Beutekugeln aus dem Bauch der ROSARIO bescheiden. Nun lag diese fast von der ersten Stunde an schwer im Gefecht und dürfte somit ein Drittel ihrer Kugeln verschossen haben. Aber dies bedeutet, daß mindestens bis zu 60 Kugeln pro Geschütz zu Beginn der Schlacht auf ihr vorhanden waren! Und das wird auch für die anderen spanischen Schiffe zutreffen.

Doch sollten wir eines nicht vergessen: Die Sortierung der Kugeln zusammen mit der großen Streubreite ihrer Kalibersorten ergibt ein wesentlich schwächeres Bild. Sie haben Unmengen an kleinen Kugeln für die leichteren Relingsgeschütze an Bord, wogegen ich kaum größere Vorräte an Kanonen- und Feldschlangenkugeln feststellen konnte.«

»Warum dann die Unmengen an Pulver?«

»Bei der riesigen Pulvermenge ist die vorgesehene Landoperation mit eingeplant. Da bin ich mir völlig sicher.«

»Was sprach der Gefangene Vincente Alvarez?« fragt Howard dazwischen.

»Unser redseliger Gast bestätigte meine Vermutung. Er sprach allerdings gleich von 200 Kugeln pro Kanone für die Geschütze der ROSARIO. Wenn das stimmen würde, könnten unsere Durchschnittsmengen von 25 bis 30 Kugeln pro Geschütz schlichtweg in einer Katastrophe enden!«

Der Lordadmiral richtet sich steil auf und blickt durch das Heckfenster auf das milchige Meer:

»Ihr habt recht! Wir alle zusammen, einschließlich des Rates der Königin, können wegen der angeblich geringen Mengen an Beutekugeln aus dem Rumpf der ROSARIO nicht enttäuscht sein, wenn wir umgekehrt befürchten, daß sie überall die gleichen Mengen an Bord haben sollen. Was haltet Ihr wirklich von den 1600 Kugeln?«

»Ich denke, da ist noch viel für uns übrig geblieben, denn Drakes Leute hatten die Decks der ROSARIO schon teilweise abgeräumt, bevor es gelang, den Rest in Torbay schriftlich festzuhalten. Der einzige Fehler, der ihnen unterlief, war der, daß sie nicht gründlich genug abgeräumt haben!«

Howard wendet sich wieder dem Tisch zu, bewegt stumm aber nervös das Pergament dreimal hin und her bevor er feststellt:

»Alvarez' Aussagen gewinnen wohl zunehmend an Glaubwürdigkeit. Seid Ihr der gleichen Auffassung?« Sein Ton hat an Schärfe zugenommen.

»Mylord! Befragt darüber Kapitän Whiddon und Sir John Gilberte.«

Pötzlich wuchtet sich Howard in die Höhe.

»Nein! Ihr sagt mir jetzt die Wahrheit! Los, ziert Euch nicht!«

Im selben Moment verliert die Sonne ihre letzte Leuchtkraft. Howards Augenhöhlen wirken schwarz wie zwei Büchsenlöcher. Mir bleibt keine Chance des Ausweichens:

»George Cary, der vorhin wieder an Bord kam, berichtete, daß in Torbay zirka 500 Kugeln verteilt wurden. Ich habe diese Menge in meine Berechnungen nicht mehr einbeziehen können. Außerdem weiß ich, daß Kapitän Whiddon mit seiner ROEBUCK letzte Woche, kurz vor dem Auslaufen gegen die Armada, keine offizielle Ausstattung mit Geschossen aus Dartmouth erhielt. Trotz alledem bin ich mir sicher, daß er morgen mit seiner ROEBUCK in vorderster Linie ein Gefecht sicher überstehen würde.«

Howard drischt mit der Faust auf die Eichenplatte seines Arbeitstisches:

»Dieser verdammte Devonshire-Clan! Ich lasse sie alle in Tilbury in eisernen Käfigen ausstellen. Machen Beute auf eigene Faust, verschaffen sich Vorteile, die ich ausdrücklich untersagt habe, und gefährden zudem mit ihrem selbstsüchtigen Treiben noch den Rest der Flotte. Doch ich werde es ihnen zeigen...«

Sein Geduldsfaden ist gerissen. Wütend durchmißt er mehrmals mit stampfenden Schritten die Kajüte, bleibt wieder am Tisch stehen und stützt den gebeugten Oberkörper mit beiden Armen ab. Es ist auf einmal so still, daß ich nicht die geringste Bewegung wage. Sein Atem geht schwer. Fahrig streicht er durch sein schütteres, schlohweißes Haar. Dann wendet er sich wieder mir zu:

»Damit ist geklärt, was wir zu tun haben! Doch erst zu Euch, Sir Adam. Der Feind läßt uns unwissentlich das Wasser bis zum Halse stehen. Das Königreich ist mehr denn je in Gefahr. Wenn Eure Zahlen und Analysen stimmen, woran ich keinen Augenblick zweifle, werden die Dons aufgrund ihrer riesigen Pulvermengen und Kugeln den längeren Atem zum Kämpfen haben.«

»Nicht ganz, Mylord!« unterbreche ich ihn. Schnell richtet er sich auf und fixiert mich:

»Warum?«

»Der heutige Tag hat ihre Magazine stärker geleert als die unsrigen. Sie haben ihre Kugeln sichtbar mehr verschleudert, als wir es taten! Sir Francis Drake, Frobisher und Lord Sheffield haben dies vorhin ebenfalls voll bestätigt.«

»Na ja«, kommt es zweifelnd über seine Lippen. »Das rettet uns nicht! Denn was noch fünf, höchstens sechs königlichen Galeonen morgen ein ausgiebiges Gefecht mit den Dons gestatten würde, sind Beutekugeln und Beutepulver aus den Bäuchen der Rosario und der San Salvador. Es kann doch nicht Englands Schicksal sein, von havarierten spanischen Galeonen abhängig zu werden.«

»Dennoch können wir annehmen, daß der Mangel sich auch beim Feind auszuwachsen beginnt!«

»Vermutungen! Keine absolute Sicherheit!« antwortet er und fährt lautstark fort. »Wir benötigen sofort jede Unze Pulver, jede verfügbare Kugel aus den Städten, Kastellen und aus allen Wehranlagen von Sussex. Aus Cornwall schaffen wir sie nicht mehr rechtzeitig heran und den Rest aus Kent muß Lord Henry Seymour, der mit seinem Geschwader in Dover den östlichen Ausgang des Kanals bewacht, sofort heranbringen.«

Seine Gesichtszüge erhalten in der Düsternis seiner Kajüte die Starre einer Mamorbüste. Kategorisch fährt er fort:

»Drake hatte vor gut einem Jahr zu recht gewarnt, als er meinte, man müsse gut auf Sussex' Küste aufpassen. Ich denke, die Gefahr ist vorüber. Medina Sidonia wird weder zwischen West Wittering und Brighton und schon gar nicht bei den steinigen Passagen zwischen Pagham und Littlehampton an Land stürmen, noch bei Saltdean oder Birling Gap eine Invasion ohne Parmas Truppen wagen. Das heißt, wir können somit auf Sussex Kugel- und Pulverbestände ohne Gefahr zurückgreifen.«

Nach einer kleinen Pause befiehlt er mir: »Ich will, daß Ihr helft, den Nachschub aus Sussex zu organisieren. Für diese wichtige Aufgabe seid Ihr an Land besser eingesetzt als auf der ARK. Ihr geht noch heute in der Grafschaft an Land. Carey und Clerke werden Euch begleiten, um die Sache zu unterstützen. Newton ist Euer persönlicher Begleiter. Er wird immer an Eurer Seite sein. Sollte er Euch lästig sein, so bedenkt, daß es Walsinghams Wille ist! Die Befehle werden sofort ausgefertigt.«

»Mylord...«

Als ob er meine Bedenken im voraus geahnt hätte, fährt er im Brustton der Überzeugung fort:

»Was Ihr nicht wissen könnt, ist der Umstand, daß ich selbst vor Jahren für Sussex' Küstenverteidigung verantwortlich war. An meiner Seite stand damals Lord Buckhurst, der jetzt die Verteidigung von Lewes aus organisiert. Auf ihn wird es ankommen. Er soll die Magazine für die königlichen Galeonen bis auf die letzte Kugel und die letzte Unze Pulver leeren.«

»Soll!?« gebe ich staunend zurück.

»Er wird müssen! Wieviel Kugeln werden wir nach Eurer Einschätzung benötigen, um die entscheidende Schlacht schlagen zu können?«

»Noch einmal 20 bis 30 Kugeln pro Geschütz. Vor allem brauchen wir passende Kugeln für die 18- und 9pfünder Feldschlangen! Mit Verlaub, Ihr solltet dies ausdrücklich in Euren Befehlen vermerken.«

»Ihr werdet alles bekommen. Gleichzeitig gehen heute noch gleichlautende Depeschen an Walsingham, die Königin, den geheimen Rat, dazu an Leicester in Tilbury und an Seymour in Dover. Die Mengen müssen her, auf Biegen und Brechen!«

»Das klingt nach Hindernissen und Ärger.«

»Buckhurst hat auch seine Anweisungen. Dagegen ist die aktuelle Lage auf unseren Schiffen eine andere als vor zwei Tagen und die Gefahr einer Landung in Sussex inzwischen völlig überholt.«

»Wird er daraufhin mitziehen?«

»Wie ich ihn kenne, nur unter Druck! Am besten wäre es, Ihr schaltet ihn aus, falls er beginnt, großen Widerstand leistet.«

»Wie soll ich das verstehen?«

»Wie im Krieg, Sir Adam! Überraschen und volle Breitseiten aus nächster Nähe.«

Ein volle Minute des Schweigens läßt in meinem Kopf eine Menge von wüsten Bildern entstehen:

»Dann sollten die Befehle direkt mit meinem Namen verbunden sein! Aber Ihr wißt, ich bin Katholik.«

»Diesen Umstand müßt Ihr ja nicht unbedingt vor Euch sichtbar hertragen. Ansonsten soll Euer Wunsch erfüllt werden.«

»Wie soll der Transport zur Flotte erfolgen? Welche Häfen sind dafür geeignet?« versuche ich die wichtigsten Punkte der bevorstehenden Aufgabe mit ihm durchzusprechen.

Howard überlegt einen Augenblick und steuert dann wieder den Tisch an.

»Also: Die Disdain ist Euer Schiff. Jedes verfügbare Boot an den Küsten von Sussex, das für den Transport von Pulver und Kugeln geeignet ist, kann von Euch Tag und Nacht für die Versorgung der Flotte herangezogen werden. Zusätzlich werden die Schiffe Aid und Bull bei den wichtigsten Forts vor Anker gehen.«

Seine Hand zieht ein unter dem Tisch angebrachtes Kartenfach auf. Sorgsam nimmt er die oberste Karte, befiehlt der Ordonnanz, die Kerzen zu entzünden, während er die Karte andächtig auf den Tisch legt und mit beiden Händen glättet. Mit verhaltener Stimme, als wollte er mich nicht erschrecken, fragt er:

»Kennt Ihr die Lage der wichtigsten Forts und Kanonenplattformen an den Küsten von Sussex?«

»Rye und Hastings und auch Brighton sind mir als solche Orte bekannt.«

»Es gibt deren einige mehr. Seht her!«

Mein Blick auf die Karte erfaßt den Titel in der linken oberen Ecke:

Signalfeuer, Burgen, Befestigungen
oder Kanonenplattformen in Sussex 1578

Howard fährt mit dem Finger die Küstenlinie entlang. Jede Landzunge ist mit einem Signalfeuer versehen. Die Lage der Orte sind mit runden, die der Burgen, Befestigungen und Kanonenplattformen mit quadratischen und die der Signalfeuer mit kleinen Dreiecksymbolen gekennzeichnet. Bei Brighton bleibt sein Finger stehen und tippt energisch mehrmals auf den Punkt:

»Wenn der Wind weiterhin schwach weht, wird Brighton Freitag und Hastings spätestens Samstag querab liegen. Ihr müßt also zuallererst dafür sorgen, daß die Forts von Shoreham, Brighton und Seaford ihre Magazine für uns leeren. Die Disdain wird Euch daher direkt nach Brighton bringen, wohin Euch auch die Bull folgen wird. Lord Buckhurst werdet Ihr entweder in Lewes oder in Brighton aufstöbern. Sollte Euch dies nicht gelingen, wendet Euch an einen der drei Lieutenants, die ihm die gröbsten Arbeiten abnehmen. Es sind die Herren Sir Thomas Palmer of Angmering, Walter Covert of Slaugham und Nicholas Parker of Willingdon.« Sein Finger verharrt auf der Karte, während ich mir die Namen aufschreibe. Danach fährt er fort. »Die AID geht hier in Hastings vor Anker. So können die Kugeln und das Pulver der Küstenverteidigung von Eastborne und Pevensey von Westen her nach Hastings gebracht werden und die von Winchelsea, Camber und Rye von Osten her. Von Brighton aus laßt Ihr schnelle Reiter vorausjagen, damit alles vorbereitet wird. Das sind die sichersten Orte, aus denen sich die Flotte bedienen kann. Daneben sollten noch die Orte Arundel, Steying, Lewes, Hailsham und Battle ihren Obulus an die Flotte leisten. Jedes noch so kleine Schiff, das bereit ist, Kugel und Pulver herüberzubringen, leistet dem Königreich einen unschätzbaren Dienst!«

»Aye, aye, Mylord!«

»Also, wenn alles reibungslos verläuft, die Magazine geöffnet und alles genügend vorhanden ist, dann werden unsere Galeonen in zwei Tagen wieder voll kampffähig sein. Bis dahin werde ich Medina Sidonia reizen, wo wir nur können, damit ihr Mangel wachsen möge, wie Ihr so treffend bemerkt habt.«

»Wird er Parmas Truppen übernehmen können?«

»Nach Lage der Dinge bleibt ihnen nur der Abschnitt vor Calais. Dort werden sie es versuchen. Der Kanal ist ein Trichter, an dessen Ende wir unweigerlich zusammengespült werden. Das ist der natürliche Punkt der Entscheidung!«

»Wird sie dort fallen?«

»Sie *muß* dort fallen. Mit vollen Magazinen würde ich die Entscheidung schon morgen früh erzwingen. Ich würde den Angriff sofort befehlen. Doch in unserer Situation werden wir sie morgen ebenso wenig daran hindern können, ihre Fahrt fortzusetzen, wie in den vergangenen Tagen. Doch das sehe ich nun gelassen. Wir werden uns verstärken, was dem Feind bis Calais nicht gelingen wird. Ich werde die Geschwader neu gliedern und damit die Schlagkraft unserer Galeonen erhöhen; denn die vier mehr oder weniger frei operierenden Gruppen müssen effektiver gegliedert werden. Nach erfolgter Umgruppierung, mit aufgefüllten Magazinen und nach der Vereinigung mit Seymours Geschwader auf der Höhe von Dover sind die Voraussetzungen für die Vernichtung der *La Felicissima* endgültig geschaffen.«

»Calais...«, murmele ich vor mich hin und schätze die Tage.

»Ja, Calais!« greift Howard meinen Einwurf auf. »Und zwar, bevor sich Parma anschickt, nur ein einziges Boot aus der Schelde oder sonstwo herauszubringen!«

»Und wenn sie nach Antwerpen einlaufen?«

»Das wäre in der Tat der einzige Hafen, der auch Urkas, Karacken und Galeonen von der Größe der Armadaschiffe aufnehmen könnte. Allein, die in den Niederlanden rebellierenden Wassergeusen werden dies unterbinden, wie sie ebenfalls verhindern werden, daß Parma Boote herausbringen kann. Im übrigen sind die flämischen Sandbänke unsere besten Verbündeten. Das Tiefwasser beginnt etwa elf Seemeilen vor der Küste und liegt doch für Parma so unerreichbar weit weg wie der neue Kontinent Amerika. Medina bleibt nur die Wahl, vor Anker zu gehen. Doch damit wird ihre Position aufgrund der Gezeitenströme und Gegenströme an dieser Stelle auf Dauer unhaltbar sein. Ein einziger Sturm, und wir sehen die komplette Armada hier...«, sein Finger fährt die Küstenlinie von Calais, Gravelines, Dünkirchen bis Nieuwport entlang, »...auf den Sandbänken von Gravelines liegen, wenn wir sie nicht schon vorher selbst dort hinaufjagen werden.« Versonnen blickt er in die brennenden Kerzen. »Außerdem wäre dies für uns eine einmalige Gelegenheit...«

»Und wenn sie an Calais vorbeisegeln?«

»Dann gibt es kein Zurück mehr! Die Strömung gestattet ihnen in der gleichen Formation keinen geordneten Rückzug. Sollten sie es versuchen, wäre dies zu unserem Vorteil. Wir könnten sie einzeln erwischen und vernichten. Doch wenn wir schon dabei sind, habt Ihr einen besseren Gedanken, der als Werkzeug dienen könnte, den Halbmond des Feindes aufzubrechen?«

»Keinen Gedanken, Mylord, sondern eine handfeste Vorstellung. Mit einem heftigem Artilleriefeuer über einen Wasserkorridor, der unter 200 Yard liegen muß, und mit Pulver und Kugeln, die über einen ganzen Tag ausreichen, wird er auseinanderbrechen!«

Prüfend sieht er mich für einige Sekunden an. Dann sagt er mit freundlicher Stimme:

»Macht Euch fertig. In einer Stunde wird die DISDAIN Euch nach Brighton bringen.«

Im gleichen Moment, als ich mich zur Tür wende, um die Admiralskajüte zu verlassen, stoppt er mich mit:

»Habt Ihr Euch nicht auch geirrt? Wart Ihr nicht auch der Auffassung, daß die spanischen Admirale Kanonen verachten würden? Was hat, Eurer Meinung nach, König Philipp veranlaßt, diese Aufstockung der Ausrüstung in letzter Minute einzuleiten? War es die Macht der englischen Schiffsartillerie, von der er im voraus soviel gehört hatte?«

»Ja, ich habe mich insofern geirrt, als ich die Aufstockung nicht vorausgesehen habe. Die spanischen Admirale haben die Kanone wohl verachtet, doch sie haben aufgehört, sie zu verachten, vor allem, seit ihre Armada im Kanal schwimmt. Dennoch ist es ein glücklicher Umstand für England, daß sie nicht in der Lage waren, ihre Schiffe, ihre Batterien und ihre Geschützbedienungen so zu verbessern, wie sie dies bei der Menge an Kanonenpulver und bei der Anzahl der Kugeln gemacht haben!«

Die kurze Aufhellung von Howards Gesichtszügen ist für mich gleichzeitig die Bestätigung, daß er meine Einschätzung mitträgt:

»Unternehmt alles an Land, denn jeder Obolus an Pulver und Kugeln führt unweigerlich dazu, daß die nächste Schlacht in einem Sieg, in *unserem* Sieg enden wird! Beeilt Euch, der Wind droht einzuschlafen!«

Mittwoch,
der 24. Juli

Zuerst dachte ich, die Trommelsignale würden zur Ankunft der Admiralspinasse geschlagen, mit der wir an der Holzpier von Brigthelmstone anlegen. Doch es sind die Trommeln der Miliz von Brighton. Der Aufmarsch soll der Ermunterung der unentschlossenen Gaffer dienen, auf daß sie der Mut überfalle und sie sich endlich den *trainierten Banden* anschließen. Voran mehrere Dreierreihen von Arkebusieren, dahinter zwei Trommler, die einen schrillen Pfeifer in ihrer Mitte dulden, danach wieder Dreierreihen mit Arkebusieren, dahinter Pikeniere und Hellebardiere.

»*Kauft, Leute, kauft! Das Königreich braucht richtige Männer wie Euch. Pikeniere und Hellebardiere braucht Sussex. Arkebusier ist heute schon ein jeder, doch Mann gegen Mann..., das ist noch ein wahres, wenn auch seltenes Vergnügen. O ja, da kann ein jeder das Blut noch aus der Nähe spritzen sehen. Vertraut der Eisenkunst aus dem Weald und Ihr werdet nur das Blut der Dons spritzen sehen. Schützt Eure Frauen und Kin-*

der...!« tönt es von der anderen Seite des Platzes. Die Menschen interessiert der Marktschreier sichtlich mehr als der Vorbeimarsch der traurigen Gestalten.

»Das sehen wir uns an!« meint Clerke und schreitet zu dem Haufen hinüber. Newton, Cary und ich folgen ihm. Die kräftige Stimme des Marktschreiers ist in der Tat anlockend. Beim Näherkommen sehe ich auf einem Podest eine junge Frau im Rhythmus eines Tamburins mit ihren Hüften wippen. Allerdings hat die Nabelgegend einen Umfang von mehr als drei Yard, doch sie schwingt das Menschenfleisch so elegant, daß es trotz der gewaltigen Fülle anziehend wirkt.

»... seht meine Elizabeth!« Ein Gejohle geht durch den Haufen *»Rund und schnuckelig, das beste Spanferkel in Sussex. Meine Elizabeth!«* Das Tamburin rasselt im schnellen Takt.

»Elizabeth! Mein Eigentum, Leute! Yeaaah! ... Schwing die Hufe, Elizabeth!«

Eng hintereinander stehend, wiegen sie die Hüften zum Schellenklang. Der schattengleiche Tanz auf dem Podest läßt vermuten, daß sie ihn schon vor ewigen Zeiten einstudiert haben. *»Kein Spanier wird dich schlachten und rösten«*, säuselt er ihr in das Ohr. *»Denn nur das Schwein wird zum Schnitzel ... Yeaaaaaaah! Heh! Und warum? Heh, Ihr dort! Warum wohl? Warum?«*

»Weil das Schwein keine Hellebarde hat!« brülle ich zurück. Die Menge johlt.

»Der edle Herr hat recht, Leute, auch wenn er keiner von uns ist. Genau deswegen. Die Spanier sind ganz wild auf das Schlachten. Und ganz besonders wild auf Spanferkel. Jeder von Euch hat doch sein Spanferkel zu Hause. Mancher vielleicht auch zwei und mehr! Der braucht dann mindestens zwei Piken von mir. Denkt an die Spanier! Schlachten tun sie überall, sobald sie ihren Fuß zur Eroberung an Land setzen. Auf Hispaniola haben sie die Frauen am Spieß gebraten, bevor sie die besten Teile verzehrt haben. Kauft, Leute, kauft. Verteidigt das, was Ihr am liebsten mögt – Eure knusprigen Spanferkelchen! Sie gehören nur Euch. Laßt sie Euch nicht nehmen!«

Geschickt greift er hinter sich eine Hellebarde.

»Das ist die Waffe, vor der sich die Spanier fürchten. Damit haltet Ihr sie Euch einige Yards sicher vom Leib.«

Pfeilschnell senkt er sie und richtet sie im Halbkreis schwingend auf Männer und Frauen, so daß diese ängstlich zurückweichen.

»Yeaaah! So weichen auch die Spanier zurück! Das, was die Hidalgos

dort draußen Tag und Nacht auf ihren Schiffen auch üben mögen, egal, es wird immer zu kurz sein, denn unsere Hau- und Stichwaffen sind mindestens immer ein Yard länger! Dazu die Härte und Schärfe des Eisens. Gegossen und geschmiedet in Orten des Weald – unserer Heimat! Auch die Richteraxt, mit der Maria Stuarts Kopf abgeschlagen wurde, kam aus dem Weald. Egal, ob Spanier oder Verräterin, ob Katholik, Teufel oder Ungeheuer, jawohl! Der Kopf wird ihnen runtergehauen, jedoch so sauber, daß Ihr die Blutgefäße und das Rohr, durch das das Bier rinnt und der Fisch runterrutscht, noch genau erkennen könnt. Und auch das Gurgelzapferl werdet Ihr genauer betrachten können. Denkt daran, mit jedem toten Hidalgo rettet Ihr ein englisches Spanferkelchen. Das wird die Bestie im Escorial noch einsamer machen als je zuvor. Denn damals, als Philipp noch ein kleiner Junge war, hat ihm seine Mutter Isabella Eselsfleisch um den Hals gehängt, damit wenigstens die Hunde mit ihm spielen! Yeaaaaaaah!

Los, Leute, nehmt die Hellebarde, raus mit dem Shilling und dem Penny, sie verfaulen Euch sonst nur am Leib, und merkt Euch: Eine Sau, die Angst vorm Schlachter hat, wird nie zum Schnitzel. Los, kauft! Ich habe für ein Pfund geredet, doch Euch kostet's nur den Shilling. Sechs Shilling kostet ein Stück, fünf verlange ich nur. Wenn Ihr nur vier habt, so greift dem Nachbarn einfach in das Wams. Hauptsache ist, das Geld kommt bei mir an. Yeaaaah!«

Der Waffenhändler hat es geschafft, er macht ein gutes Geschäft. Mindestens 30 Hellebarden und Piken werden ihm abgenommen.

Plötzlich dröhnt hinter uns ein Trommelwirbel. Ein Mann tritt vor die Milizen hin und will scheinbar eine Ansprache halten.

Clerke kommt an meine rechte Seite:

»Das ist Lieutenant Sir Thomas Palmer of Angmering.«

»Besser hätten wir es nicht erwischen können! Sagt ihm, daß wir ihn sofort sprechen müssen.«

»Männer und Frauen von Sussex! Die Grafschaft darf nicht in den Verdacht geraten, daß sie ihren Pflichten nur nachlässig...«, beginnt Palmer, als ihn Clerke ohne Rücksicht unterbricht. Die wenigen Worte, die er mit ihm wechselt, genügen, denn voller Hast kommt er auf Cary und mich zugeschossen:

»Erlauchte Herren! Das Königreich steht vor einer schweren Prüfung...«

»Verzeiht«, unterbreche ich seinen Redefluß. »Sir Adam Dreyling zu Wagrain, Erster Kanonengießer Ihrer Majestät von England und Gesandter des Lordadmirals Howard of Effingham. Sagt, wo befindet sich Lord Buckhurst?«

KANONENFUTTER

»Lord Buckhurst!?« Palmer verdreht die Augen nach oben, was untrüglich darauf hinweist, daß er in Unkenntnis schwebt.

»Ja, eben der!« antworte ich ungeduldig.

»Wenn nicht in Lewes, so doch in Seaford, denke ich.«

»Das ist ja ein echtes Glanzstück! Der Aufenthalt des Oberaufsehers der Miliz von Sussex bleibt vage«, entrüstet sich Cary.

Palmer ist völlig verunsichert; die Gelegenheit ist jedoch günstig, ihn sofort zu beschäftigen:

»Im Namen der Krone und der Admiralität habt Ihr folgende Befehle unverzüglich auszuführen.

Erstens: Alle Kugel- und Pulverbestände von Brighton werden der königlichen Flotte zur Verfügung gestellt.

Zweitens: Alle Kräfte der Miliz werden für den Transport und das Verladen herangezogen.

Drittens: Desgleichen ergehen dieselben Befehle an die Forts von Littlehampton, Shoreham und Seaford sowie an die Städte Arundel, Steyning und Lewes. Die Forts sind unverzüglich aufzusuchen, und der Abtransport beginnt ohne jede Verzögerung.

Viertens: Sammelstelle und Verladeort für die genannten Forts und Orte ist Brighton. Alles wird sofort und direkt hierher auf die DISDAIN gebracht. Es besteht höchste Dringlichkeit!

Fünftens: Ab sofort unterstehen Eure neun Arkebusiere unserem direkten Befehl und damit dem Kommando des Lordadmirals. Sie sollen sich sogleich hinter uns postieren!«

In wenigen Augenblicken ist die letzte Anweisung ausgeführt, so daß ich fortfahren kann:

»Eine absichtliche oder unbeabsichtigte Verzögerung der angesprochenen Maßnahmen wird hart bestraft. Bei Nichtbeachtung kann die Todesstrafe verhängt werden!«

Sir Thomas Palmer ist während meiner Ausführungen bleich geworden.

»Habt Ihr verstanden?«

»Ja, habe ich«, erwidert er leise.

»Wo befinden sich die Lieutenants Covert of Slaugham und Parker of Willingdon?« fragt Clerke.

»Thomas Parker ist dabei, die Küstenabschnitte bei Newhaven, Cuckmere Haven und East Blatchington mit Gräben zu verstärken. Danach sollte er den Küstenabschnitt zwischen Eastbourne und Fairlight beaufsichtigen. Ich selbst habe heute für Walter Covert den Dienst hier in Brighton übernommen.«

»So? Dann habt Ihr also morgen frei?« fragt Clerke hämisch zurück.

»Morgen kümmert sich Covert um die....«

»Schickt nach ihm! In einer halben Stunde erwarte ich ihn hier an dieser Stelle!« fahre ich hart dazwischen. Während Palmer seine Leute einteilt, kläre ich mit Clerke und Cary das weitere Vorgehen:

»George, Ihr reitet mit Begleitung sofort weiter über Pevensey und Hastings bis nach Rye. Das heißt, Ihr kümmert Euch um die vier östlichen Forts. Hastings ist der zentrale Punkt, jedoch kann von jedem Ort aus, sofern sich eine Möglichkeit anbietet, die Flotte direkt versorgt werden. Clerke, Ihr bleibt hier in Brighton, während ich mich um Lord Buckhurst und die Orte Seaford bis Pevensey kümmern werde. Eventuell treffen wir uns wieder in Hastings. Wichtig ist, daß die Flotte in den nächsten zwei Tagen alles an Kugeln und Pulver bekommt, was an der Küste vorhanden ist. Achtet auf 18pfünder Eisenkugeln. Kaliber 5,7 Zoll wäre ideal!«

»Die Ausfertigungen der Befehle des Lordadmirals, bitte!« erinnert Clerke an das Problem der Durchsetzung, die nicht überall so reibungslos funktionieren dürfte, wie gerade bei Sir Thomas Palmer.

»Wenn Buckhurst nicht aufzutreiben ist, wäre das für die gebotene Eile kaum von Nachteil« bemerkt Cary treffend.

»Wenn ich ihn in Lewes aufstöbern sollte, habt Ihr die Befehle morgen in Hastings längst umgesetzt!«

»Darauf könnt Ihr Euch verlassen!«

»Dann solltet Ihr Euch sofort um die Pferde und um die Begleitung kümmern!«

»Aye, aye, Sir!«

»Was haltet Ihr von der Miliz?« wende ich mich an Clerke.

»Insgesamt nichts als ein kümmerlicher, untrainierter Haufen, der im Ernstfall gegen die besten Soldaten der Welt ohne Hoffnung kämpfen würde. Der Blutzoll wäre beträchtlich, der Widerstand schnell gebrochen!«

»Auf der anderen Seite könnten der Haß auf die Spanier und die Liebe zum Königreich Berge versetzen«, gebe ich zu bedenken.

»Das wäre die einzige Chance für uns. Doch das Verhältnis der zu erwartenden Toten wäre mit zehn zu eins schrecklich für uns. Die Unschuldigen nicht eingerechnet.«

»Im übrigen«, unterbreche ich seine Berechnungen, »wenn Walter Covert jetzt aufkreuzt, werde ich ihn nach Lewes schicken, mit dem Befehl, daß Buckhurst sich noch heute abend mit mir im Seaford Castle treffen soll. Damit ist Covert erst einmal beschäftigt und kann nicht quertreiben.«

Kaum daß ich meine Ausführungen beendet habe, kreuzt Thomas Palmer mit Walter Covert auf. Dem ersten Eindruck nach zu urteilen, ist dieser im Gegensatz zu Palmer offensichtlich ein recht tatkräftiger Milizführer. Nach kurzer Vorstellung beginnt er sofort seine Einstellung zu äußern:

»Dies hier ist nicht Eure Grafschaft, Sir! Keine einzige Batterie, kein einziges Fort wird von Pulver und Kugeln entblößt, bevor nicht klar entschieden ist, wer hier die Anweisungen dafür geben kann. Lord Buckhurst muß erst davon Kenntnis haben, und nur ihm allein bin ich verpflichtet.«

Bestürzend ist für mich die Tatsache, daß auch er bis zum jetzigen Zeitpunkt kein Interesse daran zeigt, wie hartnäckig die königliche Flotte im Kanal gegen die Spanier kämpft und wo ihre größten Probleme liegen. Ich spüre, wie der Zorn in mir wächst:

»Wem seid Ihr noch verpflichtet?« frage ich ihn streng.

»Nur noch der Königin!«

Seine Antwort gibt mir die Gelegenheit, mich abzureagieren, indem ich seine Ignoranz, für jeden auf dem Platz hörbar, anprangere:

»Unsere Königin läßt Euch mitteilen, daß Ihr sofort am nächsten Baum aufgeknüpft werdet, wenn Euer Beitrag dazu dient, die königlichen Schiffe tatkräftig von ihrem schweren Auftrag abzuhalten, die Armada zu vernichten – und zwar *bevor* die spanischen Soldaten in die Lage versetzt werden, die Küsten von Sussex zu betreten, um den Marsch nach London anzutreten. Solltet Ihr unsere Befehle nicht beachten, werde ich noch in dieser Sekunde handeln!«

Die Absicht greift. Covert schrumpft zur Ameise:

»Keinesfalls will ich verhindern...«

Ohne ein weiteres Wort darüber zu verlieren, gebe ich ihm den Befehl, nach Lewes zu reiten, um Lord Buckhurst den Befehl zu übermitteln, sich heute abend noch im Seaford Castle einzufinden.

Bis jetzt war ich zufrieden, da an diesem Tage alles gelang, was nur gelingen konnte. Das Fort von Brighton mit seinem benachbarten Castle waren für den Lordadmiral erfolgreich geplündert. Der Anfang war geschafft. Was mich aber auf dem Weg nach Seaford beschäftigte, war die Frage, an welchem Punkt sich unsere Flotte am Abend befinden wird. Nach meinen Berechnungen müßte sie sich in diesen Stunden dem Selsey Bill nähern. Wenn gleichzeitig in dieser Stunde die ersten Transporte Brighton verlassen, dann wären die kühnsten Erwartungen übertroffen.

Neben der Ungewißheit, die mich den Tag über begleitete, was und welche Mengen inzwischen requiriert wurden, gilt jetzt meine größte Sorge dem Wind. Je schwächer er weht, desto günstiger für die Transporte, geht es mir ständig durch den Kopf. Wenn auch die DISDAIN, BULL, AID und jedes kleinere Hilfsschiff wesentlich schneller segelten als die schweren Kriegsgaleonen, einem starken Wind könnten wir nie die Stirn bieten. Die beiden Flotten würden in kürzester Zeit an Sussex' Küsten vorbeigetrieben. Wir kämen zu spät. Wenn er aber in den nächsten Tagen nicht wesentlich auffrischte, können die Hilfsschiffe mit ihren Ladungen rechtzeitig die königlichen Galeonen erreichen. So sollte es also bleiben.

Im Gegensatz zum Ernst der Lage, die uns zu dieser Aktion veranlaßt hat, nehmen die Menschen an den Küsten die Wirklichkeit eher durch einen Nebel von Vermutungen, falschen Berichten, apokalyptischen Meldungen über Verluste oder Siege und oft auch nur durch einen Alkoholnebel wahr. Lediglich die Signalfeuer, an denen wir vorüber kamen, sind ohne Ausnahme immer von je zwei Mann Tag und Nacht bewacht. Mochte es in Tilbury unter Leicester anders sein, hier jedoch fehlt jeder Sinn für das, was wirklich notwendig wäre.

Seaford Castle gleicht in gespenstischer Weise den hilflos wirkenden Milizen. Die Anlage ist unvorbereitet, kaum nennenswert armiert und schwach besetzt. Würden die Dons sich entschließen, hier an Land zu gehen, es wäre für sie ein Spaziergang. Eine fatale Situation, denn bis Verstärkung eintreffen würde, befänden sich die Dons schon auf den Marsch nach London. Der Kalkverputz der zugewiesenen Zimmer für Newton, meine vier Arkebusiere und mich zeigt große Flecken von Feuchtigkeit und spiegelt den Verfall und die Unwichtigkeit der Anlage im Spiel der Kräfte am besten wider.

Newton und ich beschließen die Barbakane zu besteigen, in deren Inneren wir die Pulver und Kugelvorräte vermuten. Von ihren Zinnen aus wollen wir einen Blick auf See und Küste werfen. Kaum haben wir die Hälfte der Stufen bewältigt, vernehme ich das Rufen von meinem ersten Arkebusier Corporal Cole, der uns zusammen mit den drei anderen bis zum Eingang begleitet hat:

»Sir! Lord Buckhurst mit Gefolge nähert sich dem Castle.«
»Er muß sich höllisch beeilt haben«, bemerkt Newton, worauf ich antworte:
»Ich habe den Verdacht, der heutige Tag ist ihm schwer auf den Magen geschlagen. Wir kommen wieder herunter!« rufe ich zurück.

Mit seinem großen roten Schnurrbart, seinen komischen Schlitzaugen und seiner ganzen runden Erscheinung hoch zu Pferd macht er einen ausgesprochenen belustigenden Eindruck. Doch für einen, der verantwortlich ist für die Verteidigung von ganz Sussex, macht er einen ausgesprochen unzuverlässigen Eindruck.

»Buckhurst!« Seine dunkle, befehlsgewohnte Stimme überrascht mich.

»Dreyling!« gebe ich in der selben Lautstärke zurück.

»Ihr seit also derjenige, der meine Lieutenants überrumpelt, die Kugel- und Pulverkammern meiner Forts plündern läßt und Sussex damit ins Verderben schickt!« Sein Benehmen nimmt schon im ersten Anlauf ab, was mir beweist, daß ihm seine Situation zu schaffen macht.

»Ich kann Eure Ansicht von unserem Handeln verstehen. Kein leichter Eingriff in Eure Machtbefugnisse. Doch es liegt auf der Hand: Sussex soll gerade durch die Flotte Ihrer Majestät vor Tod, Not und Verwüstung geschützt werden. Die Entscheidung, die Schiffsmagazine über die Lagerbestände der Forts von Sussex wieder zu füllen, traf der Lordadmiral Ihrer Majestät. Wir führen seine Befehle hier vor Ort gewissenhaft aus. Doch bevor die Unsachlichkeit regiert, solltet Ihr Euch davon überzeugen, daß Ihr zur Unterstützung verpflichtet seid.«

Damit bringe ich den schwerversiegelten Leinenumschlag zum Vorschein und händige ihn Buckhurst aus. Der reicht ihn als Zeichen der Geringschätzigkeit an den Mann auf dem Pferd neben ihm, welcher ihn aufreißt und auf ein weiteres stummes Zeichen von Buckhurst beginnt, den Inhalt vorzulesen.

»*Lord Buckhurst et cetera ... et cetera...*
Ark Royal, den 24. Juli 1588.
Mylord,
der Überbringer dieser Depesche, Sir Adam Dreyling zu Wagrain, Erster Kanonengießer Ihrer Majestät in Mayfield und persönlicher Gesandter des Lordadmirals Ihrer Majestät auf dem königlichen Admiralschiff Ark Royal, wird Euch über die derzeitige Situation hinsichtlich der Pulver- und Kugelvorräte auf den Schiffen Ihrer Majestät unterrichten. Es ist deshalb

nötig, ihn bei der Durchführung seiner Aufgabe nach Kräften zu unterstützen. Ihr werdet daher ersucht und angewiesen, Sir Adam unter Anwendung aller erdenklichen Sorgfalt und Eile die gesamten Kugel- und Pulverbestände der Küstenverteidigung von Sussex für die Flotte Ihrer Majestät nicht nur zu überlassen, sondern auch zu geleiten und zu befördern. Insbesondere sind alle Kugeln der Kaliberstärke 5,7 (Eisen) vorrangig abzuliefern. Ihr werdet weiterhin angewiesen, Sir Adam Dreyling persönlichen Schutz und Geleit zu gewähren, mit dem Ziel, daß jedwede Verzögerung vermieden und das reibungslose Einsammeln an allen in Frage kommenden Orten gesichert wird. Ihr werdet auch sonst alles unternehmen, um das Vorhaben zum Erfolg zu führen. Die wenigen Stunden, die dafür zur Verfügung stehen, verlangen, daß alle Kräfte in den Dienst der Sache gestellt werden. Ich setze voraus, daß Ihr angesichts der dramatischen Lage, in der sich die gesamte königliche Flotte befindet, selbst ermessen könnt, daß eine Nichtbeachtung oder Verzögerung der getroffenen Maßnahmen härteste Bestrafung nach sich ziehen werden.

Euer ergebener Diener, Ihrer Majestät Lordadmiral et cetera ... et cetera...«

Kaum ist der Vorleser fertig, prustet Buckhurst in widerlichster Manier los:

»Das sieht ihm ähnlich, dem großen Lordadmiral. Vor zwei Jahren hat er selbst in dieser Grafschaft nichts, aber auch schon gar nichts bewegt. Und nun...!? Eine auf den Kampf im höchsten Maße unvorbereitete Grafschaft hat er mir hinterlassen, und jetzt, da die Dons dabei sind, ihm das Fell über die Ohren zu ziehen, will er uns die letzten Kugeln und die letzte Unze Pulver unter dem Arsch wegziehen, damit er sich selbst über Wasser halten kann. Doch das Schicksal von Sussex und seiner Menschen ist ihm völlig gleichgültig. Was hier abläuft, ist Verrat. Howard will nur seinen persönlichen Arsch auf See retten. Die Dons wird er nie besiegen! Das wußte doch schon vorher ein jeder, der denken konnte und wollte. Ich habe es immer gewußt: Die Dons werden kommen! Spätestens übermorgen erwarte ich sie östlich von Beachy Head. Daß dies nicht gelingen wird, dafür bin ich hier verantwortlich. Ich und meine Milizen werden da sein und den Angriff abwehren. Das ist mein Auftrag und dafür benötige ich jede einzelne Kugel und jede einzelne Unze Pulver. Ich fordere daher alles wieder zurück!« Sein Zorn erzeugt Speichelfäden und Schaumblasen in den Ecken seiner Mundwinkel. Die flache Hand klatscht auf den rechten Schenkel: »Einen Furz werde ich darauf lassen. Und Euch empfehle ich, Euch nützlich zu machen. Nördlich von hier, bei der Kirche von Afriston, warten zwei Kanonen auf Bedienung. Damit wäre wenigstens der Sinn Eures Erscheinens gerechtfertig. Ansonsten schert Euch zum Teufel!«

Seine Tirade auf den Lordadmiral und seine Beleidigungen machen mich für einen Augenblick sprachlos. Doch seine Ansichten sind keinesfalls so eindeutig, als daß er nicht selbst einige Ungereimtheiten verspüren müßte. Besonders die Verweigerung der Waffenhilfe damit zu begründen, daß er selbst die Mittel benötige, um die Spanier von den Küsten Sussex erfolgreich fernzuhalten, quittiert sogar seine Reiterschaft mit zweifelnden Blicken. Allerdings hat er beim Zusammentreiben der führenden römisch-katholischen Anhänger in Sussex im Frühjahr ganze Arbeit geleistet. Er und seine Lieutenants haben sich offensichtlich mit dem Einsperren der Katholiken mehr beschäftigt als mit der Musterung ihrer Milizen. Da der Lordadmiral mich auch in dieser Hinsicht gewarnt hatte, haben wir uns vorgesehen. Ruhig, doch mit Bestimmtheit beschreite ich den Pfad:

»Mylord! Ich sehe eine ganz andere Entwicklung voraus. Drei Dinge werden eintreten: Erstens, die Dons kommen mit zwanzigtausend ihrer besten Soldaten an Land, die bisher alles niedergekämpft haben, was sich ihnen rund um den Erdball versucht hat in den Weg zu stellen. Zweitens, Euer Rudel von vielleicht zweitausend Mann, die untrainiert, unerfahren, schlecht ausgerüstet, aber von Euch beflügelt sind, werden von Euch in einen sinnlosen Opfertod gejagt. Dafür werden die Spanier, nach dem Abschlachten unserer Männer, Frauen und Kinder, wenigstens 300 ihrer auf den Schiffen mitgeführten 1124 Kanonen sicher und ungestört vier Meilen von hier an Land hieven und London wenig später damit zersieben. Dagegen fällt meine Prophezeiung für *Euch* noch gnädig aus, denn Euer angekündigter Furz wird auch Euer letzter sein.«

Schnell ziehe ich mein fertig geladenes und gespanntes Pistol hervor. Newton und meine Arkebusiere reagieren ebenfalls sofort. Die Überraschung ist gelungen. Sein Mund bleibt tonlos, dafür steht er weit offen.

»Euer Furz wird, wenn nicht schon jetzt oder unter Einwirkung eines spanischen Degens, einer Pike oder einer spanischen Kugel, dann jedoch in aller Kürze unter einem englischen Richtbeil jämmerlich entweichen! Steigt ab!«

Sofort wende ich mich an seine Reiter, die beginnen, nervös ihre Pferde zu bewegen:

SUSSEX 1588

»Ruhe, Männer! Bleibt ruhig, hört mich an! Unser Lordadmiral dort draußen auf See, der zusammen mit Francis Drake, Hawkins, Frobisher, Seymour, den besten Kapitänen der Welt, die Feinde Englands zu dieser Stunde durch den Kanal jagt, hat die Pläne der Spanier durchschaut. Sie werden erst versuchen, Parmas Armee, die heiß darauf ist, den Sprung nach England zu wagen, bei Calais an Bord ihrer Schiffe zu nehmen, um danach bei Margate englischen Boden zu betreten. Sussex' Küsten sind überhaupt nicht in Gefahr! Wir haben begonnen, die spanischen Schiffe, die unseren Kriegsgaleonen und unserer Artillerie weit unterlegen sind, wirksam mit unseren Feldschlangen zu durchlöchern. Noch schwimmen ihre riesigen Schiffe, daher müssen wir das Werk schnellstens vollenden, damit verhindert wird, daß Parma einen einzigen Soldat gegen das Königreich entsenden kann.

Fünfundzwanzigtausend zusätzliche Soldaten, bereit zum Morden und Brennen, kann kein englisches Heer aufhalten. Nur unsere Flotte unter Howard und Drake ist dazu in der Lage! Ein unheilvoller Entschluß für das gesamte Königreich wäre es daher, wenn wir, wie gerade geschehen, uns durch persönliche Eitelkeiten leiten lassen würden.«

Buckhurst, der etwas zitternd und bleich vor mir steht, ist zu keiner Gegenwehr mehr fähig. Daher fahre ich fort, um die Situation zu festigen:

»Fortuna ist nicht einmal zur Hälfte Herrin unserer Taten, und die Küste von Sussex würde sie im Ernstfall völlig meiden. Dafür stünde sie auf der Seite der Macht, und zwar der Macht der Spanier, da es uns an Kraft und Widerstand fehlen würde. Auch westlich von Brighton ist jederzeit eine Landung möglich. Daher frage ich Euch, wie viele Kanonen habt Ihr zwischen Brighton und Shoreham postiert?«

Buckhurst zeigt sich überrascht. Obwohl er weiß, daß seine eigenen Leute sich um diesen Abschnitt große Sorgen machen, bleibt er stumm.

»Ich kann es Euch verraten: Keine einzige steht dort! Und wie viele Kanonen habt Ihr zwischen Seaford und Rye stehen?«

»Etwas mehr, als Ihr denkt!« ist seine selbstvernichtende Antwort.

»Egal ob es zehn, 50 oder 100 sein mögen! Sie stellen keine ernsthafte Gefahr für den Feind dar. Doch die rund 500 Feldschlangen auf unseren Kriegsgaleonen sind für die Armada eine tödliche Gefahr, denn damit können wir sie aus der Distanz heraus vernichten. Vorausgesetzt, wir haben für einen Tag – ich wiederhole: für *einen*

Tag! – ausreichend Pulver und Kugeln zur Verfügung! Wer also von Euch will der Königin, dem Lordadmiral oder unserem glorreichen Sir Francis Drake das dringend benötigte Pulver und die Kugeln jetzt noch verweigern? He, wer?« Da sich niemand dagegen stellt, fordere ich zum stürmischen Handeln auf. »Wir dürfen keine Zeit verlieren! Öffnet die Kammern! Holt sofort Karren heran! Wir werden noch in dieser Nacht alles an den Strand bringen.«

Auf mein Zeichen hin nehmen meine Männer die glimmenden Lunten aus den Arkebusenschlössern. Buckhurst, dem die Lust zum weiteren Streiten vergangen ist, biedert sich auf einmal an:

»Sir, Ihr habt meine volle Unterstützung. Ich konnte ja nicht ahnen...«

»Wie viele Barrel Pulver und Kugeln befinden sich in den Kammern?«

»Ja, also... Hhm... Die Liste! Bringt mir die Liste. Sofort!«

Derselbe Mann, der den Befehl Howards vorgelesen hatte, reicht Buckhurst nun ein Pergament. Der nimmt es hastig an sich und prüft eine Tabelle:

»Da haben wir es: In Seaford haben wir 24 Barrel Pulver und 120 Eisenkugeln eingelagert.«

»Wie viel?« frage ich ungläubig.

»120!« verkündet er stolz.

»Wie viele vom Kaliber 5,7?«

Wieder vergräbt er sich in seinem Blatt:

»Hhm! Davon haben wir immerhin 60!«

»Das ist enttäuschend wenig. Wieviel habt Ihr in Lewes liegen?«

Mit flehenden Augen sieht er mich an:

»Wenigsten diese Mengen sollten wir in Reserve halten. Was meint Ihr?« fragt er unsicher.

»Lord Buckhurst, Euer Ansehen und Rang schrumpft von Minute zu Minute! Ich unterstelle Euch, daß Ihr damit die Absicht verfolgt, Euer Haus dort zu verteidigen.«

Ein Zucken durchläuft seine Kugelgestalt:

»Ich wollte doch nur zu bedenken geben....«

»Wieviel? Gebt mir die Liste!«

Die Tabelle enthält die Bestände der Forts rund um Brighton. Ich kann entnehmen, daß in Lewes noch mal 80 Barrel und insgesamt 300 Kugeln für die dort vorhandenen sechs Eisengeschütze bereit liegen. Schnell addiere ich die angegebenen Mengen. Die Nachprüfung ergibt für die Kugeln ein erschreckendes Bild. Maximal 1000

Rundgeschosse sind um Brighton herum aufzutreiben. Das Doppelte hatte ich insgeheim als Minimum erwartet.

Buckhurst beobachtet mich wie eine Viper:

»Sir Adam! Ihr habt natürlich jede Unterstützung von mir. Ich habe nur eine Bitte an Euch. Ich möchte nicht, daß London und Lord Howard das von vorhin falsch verstehen.«

»Ich werde es mir überlegen. Hängt ganz von Eurer Unterstützung ab.«

Ein Lächeln huscht über sein Gesicht:

»Alles, was Ihr wollt.«

»Gut, gehen wir. Ich diktiere Euch gleich die Befehle für die östlich von Seaford gelegenen Castles, die Ihr selbst unterzeichnen werdet. Zudem schickt Ihr sofort eine Eskorte von 30 Reitern und zehn Sechser-Gespanne nach Buxted Ordnance Place und transportiert über Cross-in-Hand und Battle die dort vorhandenen Kugeln nach Hastings. Mindestens 3000 Feldschlangenkugeln und 500 Barrel Pulver liegen dort bereit. Egal wie, die Männer müssen den Transport bis Samstag früh nach Hastings schaffen. Dort werden genügend Pinassen auf sie warten. Wenn es ihnen gelingt, ist die Schlacht für das Königreich so gut wie gewonnen. Nehmt entschlossene Männer, die den Einsatz ihrer Waffen nicht scheuen. Bezahlen wird die Krone später.«

Die Eisengießer des Weald, allen voran Hodges, werden mir verzeihen, daß ich ihr Magazin verraten habe. Schon vor Wochen waren sie fest entschlossen, nur nach sofortiger Bezahlung die Kugeln an das Ordnance Board abzugeben.

Buckhurst sieht ungläubig drein:

»Von diesen Kugelmengen ist mir nichts bekannt. Auch daß Ihr selbst in Mayfield...«, beginnt er schon wieder seine Zweifel anzumelden.

»Dafür weiß es Walsingham! Eine weitere grobe Lücke, die sich bei Euch auftut, Mylord. Euch fehlt der richtige Einblick in die wahren Verhältnisse von Sussex. Doch es sei Euch verziehen. Sehen wir nach vorn. Ihr selbst überwacht zusammen mit Master Parker das Verladen unten am Strand, während Master Cole, ausgestattet mit Euren Befehlen, den Transport von Lewes hierher organisiert. An die Arbeit!«

In selben Moment entschließe ich mich, noch in den Abendstunden mit dem Rest meines Gefolges sofort nach Eastbourne aufzubrechen.

KANONENFUTTER

Donnerstag,
der 25. Juli

Mein Fangnetz ist nur zu einem Drittel gefüllt, obwohl auch Samuel Clerke, der nach Hastings vorausgeeilt war, vor Ort ganze Arbeit geleistet hat. Wieder und wieder prüfe ich meine Notizen, während Newton gerade das Leeren der Magazine von Camber Castle beaufsichtigt. 5000 Rundgeschosse für die 18- und 9pfünder Feldschlangen wollte ich in meinem Netz bis Rye eingefangen haben, knapp 4000, ohne die Mengen aus Buxted, sind es geworden. Doch bei einer Planung von 20 Rundgeschossen pro Feldschlange für die entscheidende Schlacht wären für die vorhandenen 153 Feldschlangen und 344 Halbschlangen auf den Galeonen rund 10 000 Kugeln vonnöten. Vorausgesetzt, die Mengen aus Buxted treffen rechtzeitig in Hastings ein, klafft immer noch eine Versorgungslücke von 3000 passenden Feldschlangenkugeln.

Was ich nicht überblicke, sind die Mengen, die inzwischen aus den kleineren Orten mit vorhandenen Kanonenplattformen abgegeben wurden. Ebenfalls kenne ich die Mengen nicht, die inzwischen direkt nach Dover zu Seymours Geschwader gebracht worden sind. Das requirierte Pulver dagegen reicht allemal, ebenfalls die Rundgeschosse für die Cannons, Demi-cannons, Cannons-perier und die kleineren Kaliber wie Sakers und Minions. Doch der Mangel an passenden Feldschlangenkugeln ist erschreckend. Wie können Elizabeth und das Privy Council das Königreich derart leichtsinnig dem Feind ausliefern? Wir haben die besten Schiffe mit einer überlegenen Artillerie – doch kaum ausreichende Eisenkugeln dafür! Zwar ist auch unter den Tiroler Landesfürsten die Ausrüstung der Artillerie mit Munition an keine feste Regel gebunden, doch wohl nur dadurch, daß im Ernstfall immer genügend Kugeln vorhanden sind. Die kaiserlichen Landsknechts-Hauptleute verlangen für sieben Feldschlangen 16 000 Kugeln und für jede große schwere Kartaune mindestens 500. Dabei gilt die Voraussetzung, daß diese Geschütze mindestens 15 Schlachttage wirken sollen. So besehen, konnte unsere Flotte schon nach dem zweiten Tage ihren Auftrag nicht mehr erfüllen. Wir haben zwar kein einziges Schiff verloren, doch dafür war die Flotte ab Dienstag nachmittag kampfunfähig. Nichts ist wahrer als diese Tatsache. Doch vielleicht ist dieser Rückschlag nötig, damit jedem Verantwortlichen genügend klar wird, daß solche Übelstände entstehen, wenn Englands Flotte nicht genügend gerüstet ist.

Ausgefallene Mahlzeiten und fehlender Schlaf gleichermaßen haben mich in den letzten Tagen zermürbt. Ich verfolge nur eine Sehnsucht – ein warmes Bett.

Camber Castle, mitten in der Marsch zwischen Rye und Winchelsea gelegen, von dem sich Buckhurst fälschlicherweise ebenfalls eine strategische Wirkung gegen die Spanier verspricht, besitzt mehrere davon. Die Umfassungsmauer besteht aus einer Reihe von wehrhaften Rundtürmen, wo ich im westlich gelegenen Rund mein Bett auswähle. Newton bezieht, der Pflicht gehorchend, sein Lager gleich gegenüber meiner Kammer.

Den Depeschen nach zu urteilen, wird die Flotte morgen querab von Rye sein. Seymour wird demnach auch morgen, falls er von seiner Blockadestation abgerufen wird, von Dover her zur Flotte des Lordadmirals stoßen. Ich werde die 25 Meilen mit der DISDAIN nach Dover segeln, zumal ich auf diese Weise das Geschwader von Seymour auf See nicht verfehlen kann. Die entscheidende Schlacht wird mir nicht entgehen.

Bis zur Dämmerung sind es noch gut acht Stunden....

Nach Verlassen des Hafens von Rye segelte die DISDAIN zunächst direkt nach Osten, um Dungeness sicher zu runden und danach mit Kurs Nordnordwest zwischen Dover und Calais wählen zu können! Wenn Seymours Geschwader schon unterwegs war, müßten wir in den Mittagsstunden direkt auf ihn stoßen. Hatte er jedoch wider Erwarten früher Segel setzen lassen, so würden wir ihn ohne Probleme am Nachmittag einholen. Läge er dagegen noch in Dover, so liefen wir ihm direkt entgegen.

Die Armada und die Flotte des Lordadmirals vermutete ich in den Morgenstunden während unseres Auslaufens auf der Höhe von Hastings. Jonas Bradbury, unser Kapitän auf der DISDAIN, bestätigt meine Vermutung. Zweimal brachte er in den vergangenen Tagen Nachschub von der Küste zu Flotte. Nach seiner Aussage zu urteilen, war unsere Mission ein voller Erfolg, da auch Buxted erfolgreich abgeräumt werden konnte. Nicht nur Pulver und Kugeln, sondern auch Frischwasser und Verpflegung erreichten die Flotte Tag und Nacht in großen Mengen.

Die ARK wäre für mich also in wenigen Stunden erreichbar, doch ohne Zweifel besitzt für mich Lord Henry Seymour den großen Joker. Die zusätzlichen Kugelvorräte auf den 35 Schiffen, die er von seinem Flaggschiff, der 500 Tonnen großen RAINBOW, aus befehligt, sind eine Unbekannte, dafür aber eine allzu verlockende Größe in meiner noch offenen Rechnung. Würde ich die Gesamtsumme der Rundgeschosse kennen, wäre nicht nur die schnelle Verteilung auf die wichtigsten Schiffe möglich, auch die Gefechtsstärke unserer Kriegsgaleonen für die nächsten zwei Tage wäre damit besser und genauer einzuschätzen.

»Masten voraus!« meldet Newton, der sich auf dem Bug den Wind um die Nase wehen läßt. Auf Befehl Jonas Bradburys entert der Bootsmann auf.

»Zehn-fünfzehn-zwanzig eigene Schiffe in Sicht, in Nordnordwest!«

»Das muß das Dover-Geschwader unter Seymour sein.«

Um selbst einen Eindruck zu gewinnen, entere ich die Großwanten auf.

»Herrgott, wahrhaftig er ist es!« entläd sich meine Begeisterung. Wenig später können wir die RAINBOW und die VANGUARD, die beiden jüngsten Neubauten in der Flotte, exakt ausmachen.

»Signal! Wir legen an der RAINBOW an«, gibt Bradbury Anweisung.

Mit jeder Meile, die unsere Distanz zur RAINBOW verkürzt, geht mein Herzschlag schneller. Die DISDAIN wird zur ARK zurückkehren mit der Nachricht an den Lordadmiral, daß ich mich bei Lord Seymour befinde, um die Kugelverteilung auf die Galeonen zu berechnen. Als wir längsseits liegen, reiche ich Bradbury die Hand, um mich für seine Zuverlässigkeit zu bedanken. Meine letzten Worte an ihn drücken die Hoffnung für die kommenden Tage aus:

»Wenn wir morgen die Schlacht schlagen, dann werden wir sie nicht nach den Vorbildern der Vergangenheit schlagen. Das bedeutet, daß wir unserer Kampfesweise unbegrenztes Vertrauen schenken müssen. Das Getöse muß gleichzeitig Vernichtung bewirken!«

»Aye, aye, Sir! Ich werde daran denken.«

Oben auf Deck angekommen, begrüßt mich Lord Seymour mit ausgesuchter Freundlichkeit:

»Allzeit willkommen an Bord der RAINBOW, Sir Adam! Das Königreich ist Euch zu Dank verpflichtet.«

»Ich habe versucht, mein Bestes zu geben, um die Aufgabe zu lösen.«

Er freut sich sichtlich über meine Worte, deren Aufrichtigkeit er mit Wertschätzung honoriert, da sie mir wirklich von Herzen kommen.

»Soviel vorab, Sir Adam, sie ist gelöst.«

Da ich meine Neugier nicht zügeln kann, frage ich gleich direkt: »Wieviel Kugeln vom Kaliber 5,7 habt Ihr zusätzlich dabei?«

»Ich dachte mir schon, daß Euch dies am meisten bewegen wird«, antwortet Seymour und blickt mich mit seinen starren Fischaugen durchdringend an. »Nicht nur die Karten, sondern auch die Zettel sagen manchmal die Wahrheit«, dabei zückt er mit sicherer Hand einen solchen aus der linken Armkrempe seines Kollers. »Insgesamt 5000 Rundgeschosse zu gleichen Teilen für die 18- und 9pfünder Schlangen!«

»Das ist mehr, als ich zu hoffen wagte.«

»Wird es reichen?«

»Die Dons können kommen, Mylord!«

16

Der Halbmond bricht

Vor Flandern
1588

VOR FLANDERN 1588

6. Tagebuch
Adam Dreyling

Sonntag,
der 28. Juli

»Sir Adam! Wieviel Pulver und Kugeln hat die RAINBOW für die ARK an Bord? Wieviel das Dover-Geschwader für den Rest der Flotte?«
Das waren die ersten Fragen, die mir der Lordadmiral stellte, nachdem die RAINBOW am frühen Abend neben der ARK ROYAL längsseits gegangen war.
»Insgesamt reicht es für etwa 50 Breitseiten der großen Schiffe und etwa für 20 der kleineren Einheiten.«
»Das genügt, so Gott will, für das entscheidende Treffen mit den Dons...«, antwortete Howard mit Befriedigung.
Seit Stunden nun werden die Schiffe des Dover- und Margate-Geschwaders von den Einheiten der Flotte umringt, um in größter Eile die Zuteilungen an Kugeln, Pulver und Proviant zu übernehmen. Während die Matrosen und Soldaten unter den schweren Lasten des Nachschubs keuchend über die Decks hasten, die Rollen der an den Rahen provisorisch angeschlagenen Ladetakel quietschend Fässer und Säcke von Schiff zu Schiff wuchten, die Kanoniere die verschlissenen Brooktaue und Takel an ihren Geschützen auswechseln, treffen sich die Befehlshaber der nun vollständigen Flotte in der Admiralskajüte der ARK ROYAL.

Die Anspannung, der fehlende Schlaf, die schwere Last der Verantwortung der letzten Woche haben auf den Gesichtern ihre deutlichen Spuren hinterlassen: rot entzündete, tief in die Höhlen gesunkene Augen, fahle, fleckige Haut, stumpfes Haar, struppige Bärte. Doch wie um diesen Eindruck bewußt zu widerlegen, erscheinen die Kapitäne und Kommandanten in ihren prächtigsten Kleidern, Harnischen, Mänteln und Hüten, lassen Federn wippen und Juwelen glitzern. Ein kurzes Pochen des Lordadmirals auf den Kartentisch schafft Ruhe:

»Mylords, Sirs, Gentlemen, dies ist, so hoffe ich, die letzte Kapitänsbesprechung dieser Kampagne. Angesichts der Lage steht uns die Entscheidungsschlacht bevor!

Zu unserer Situation: Wie wir alle wissen, ging die spanische Armada am Samstag gegen 5 Uhr nachmittag auf der offenen Reede vor Calais vor Anker, um die Invasionstruppen des Herzogs von Parma an Bord zu nehmen. Lord Seymour, Eure Schiffe haben das Geschehen hier am Ausgang des Kanals seit dem Auftauchen der Armada ständig beobachtet. Wir erwarten Euren genauen Bericht!«

Lord Henry Seymour erhebt sich, mustert die Anwesenden mit einem langen Blick aus seinen kalten Fischaugen, bevor er mit klarer, fester Stimme beginnt:

»Erstens: Der königliche Statthalter der Niederlande, Alexandro Farnese, Herzog von Parma und Plasencia, gilt zu recht als einer der größten Feldherren Europas. Er verfügt derzeit über ein Truppenaufgebot von 6000 Spaniern, 8000 Deutschen, 7000 Wallonen, 3000 Italienern, 1000 Iren und 16 Kompanien zu Pferd, insgesamt also 35 000 Mann.

Zweitens: Fast die gesamte niederländische Küste mit den ihr vorgelagerten Sandbänken ist zu flach für die großen spanischen Galeonen, Karacken, Galeassen und Urkas.

Drittens: Der Herzog von Parma verfügt nur über einen einzigen Hafen mit genügender Größe und Wassertiefe, Antwerpen, der jedoch von den aufständischen protestantischen Seegeusen blockiert wird.

Viertens: Der Herzog von Parma hat zwar in den zahlreichen Kanälen des Landes Lastkähne bereitstellen lassen, die seine Truppen zu den Schiffen der Armada übersetzen sollen. Die Kähne taugen zur Not für diesen Transport, doch die Schiffe sind so niedrig, daß sie von vier unserer Beiboote auf den Meeresboden geschickt werden könnten. Sie können kaum einen ordentlichen Regenguß überstehen, geschweige einen Sturm. Zudem wird die Einschiffung der Truppen mindestens eine Woche brauchen.

Fünftens: Mangels eines günstigen Hafens in den spanischen Niederlanden muß der Herzog von Medina Sidonia seine Armada nun auf der Reede von Calais ankern lassen, wo sie ungeschützt den Unbillen der Witterung ausgesetzt ist.

Sechstens: Calais ist französisch, der nächste niederländische Hafen, Dünkirchen, liegt 20 Meilen nordöstlich. Der Herzog von Parma wird seine Truppen, so er sie gegen den Widerstand der Geusen überhaupt aus den Kanälen herausbringt, über französisches Territorium führen müssen, um die Schiffe des Herzogs von Medina Sidonia zu erreichen.

Siebtens: Da der Herzog von Parma ein hervorragender Feldherr ist, hat er bereits im Frühjahr und Frühsommer mit zunehmender Dringlichkeit Madrid von diesem Invasionsplan abgeraten.

Achtens: Die Verbindung und Informationslage zwischen dem Herzog von Parma und dem Herzog von Medina Sidonia ist denkbar schlecht. So erfuhr der Herzog von Parma erst vom Kommen der Armada zu dem Zeitpunkt, als diese bereits in den Kanal einlief.

Neuntens: Nach glaubhaften Agentenberichten ist der Zustand auf den spanischen Schiffen miserabel. Der Herzog von Medina Sidonia hat den Herzog von Parma dringend um Kanonenkugeln und 40 bis 50 flachgehende, bewaffnete Flieboote zur Unterstützung gebeten. Die Kugeln wird er frühestens zusammen mit den Landtruppen erhalten, die Flieboote überhaupt nicht, da der Herzog von Parma keine Flieboote hat.

Zehntens: Der französische Gouverneur von Calais, Monsieur Giraud de Mauleon, Seigneur de Gourdan, hat zwar erlaubt, den Spaniern Proviant und Wasser zu verkaufen, jedoch keine Kugeln.«

Während sich Lord Seymour niedersetzt, hat sich der Lordadmiral erhoben:

»Gentlemen, wir können es kurz machen: Wie mir Sir Adam Dreyling versicherte, verfügen dagegen unsere Schiffe nun über ausreichend Pulver und Kugeln für ein scharfes Gefecht – allerdings nur für *eines!*«

»Wäre es nicht besser«, unterbricht John Hawkins, »wie in den letzten Tagen vor allem die Magazine der großen Schiffe voll aufzufüllen und…«

»Diesmal nicht, Sir John!«

»*Sir* John?« frage ich Thomas Vavasour, der hinter meinem Sessel steht.

»Der Lordadmiral hat John Hawkins, Martin Frobisher und drei weitere Herren für ihre Verdienste am Donnerstag abend zu Rittern geschlagen.«

Ich nicke anerkennend. Die Auszeichnung haben sich die beiden alten Haudegen redlich verdient – und meine, so denke ich, liegt auch nur noch wenige Stunden in der Zukunft. Mit dem Ritterschlag ist es da freilich nicht abgetan, den der *Sir* wurde mir schon in die Wiege gelegt.

Howard fährt fort:

»Unser morgiges Kampfziel ist die Vernichtung der Armada! Wir werden sechs Geschwader bilden, unter Lord Seymour, Sir William Winter, Sir Francis Drake, Sir John Hawkins, Sir Martin Frobisher und mir selbst.

Es wird drei Angriffswellen geben, die erste unter mir und Sir John, die zweite unter Sir Francis und Sir Martin, die dritte unter Lord Henry und Sir William.

Ich bin mir bewußt, daß wir diese Formation nicht werden starr einhalten können, nach dem ersten Anlaufen wird also jedes Schiff auf sich allein gestellt sein und versuchen, dem Feind nach Kräften Schaden zuzufügen.

Gentlemen, Ihr alle seid Kapitäne geworden, weil Ihr über entsprechend Mut, Übersicht und Entschlossenheit verfügt. Diese drei Eigenschaften werden morgen mehr als je in Eurem Leben zuvor gefordert sein. Und ich erwarte sie auch mehr denn je von Euch und Euren Männern!«

»Trotzdem wäre es mir lieber, die Schlacht fände nicht so nahe an den Sandbänken und Untiefen vor Gravelines zwischen Calais und Dünkirchen statt«, läßt sich Frobisher vernehmen.

»Auch daran wurde gedacht!«

Sir William Winter erhebt sich:

»Darf ich vorstellen: Federico Giambelli!«

Ein Ruck geht durch die Kapitänsrunde, als sich alle Blicke fünf Handbreit tiefer richten. Der Mann, der mit ausladendem Gruß an den Kartentisch tritt, ist ein Zwerg mit dickem Kopf, schwarzem Wuschelhaar, einem gewaltigen Schnurrbart über wulstigen Lippen und stechenden schwarzen Augen.

»Ingenieur Federico Giambelli«, wiederholt Winter. »Der Meister der *schwimmenden Bomben*, der *Höllenbrenner*, wie sie die Spanier nennen. Der Vernichter der Brücke von Antwerpen!«

Ein ehrfürchtiges Raunen geht um den Kartentisch. Drei Jahre zuvor hatte der Herzog von Parma bei der Belagerung von Antwerpen eine Schiffbrücke über die Schelde schlagen lassen. Giambelli hatte im Auftrag der Geusen, die die Stadt verteidigten, drei mit Pulver vollgestopfte Schiffe den Fluß hinabtreiben lassen. Auch wenn die Aktion letztlich nicht den Fall von Antwerpen hatte verhindern können, die Explosion einer der drei Höllenmaschinen hatte die Brücke zerfetzt und 800 Spanier das Leben gekostet. Reglos wie seine eigene Statue wartet der Italiener ab, bis sich diese Erkenntnis in unseren Köpfen breitgemacht hat. Dann stellt er seine Forderungen:

»Zehn Schiffe! 30 Tonnen Pulver!«

»Vier oder fünf Schiffe, das ist möglich. Jedoch *kein* Pulver«, berichtigt ihn der Lordadmiral.

»*Nessuno esplosivo?*« Der italienische Zwerg scheint das Gehörte nicht fassen zu können.

»Wir haben keine 30 Tonnen Pulver übrig. Was wir an Pulver haben, brauchen wir für unsere Kanonen«, erklärt Howard bestimmt.

»*Madonna mia!*« zetert Giambelli. »In dieser Situation soll Pulver für Kanonen gut sein? Wir brauchen das Pulver für meine *machina!* Wenn die *machina* von Federico Giambelli explodiert, dann ist die vor Anker liegende spanische Armada erledigt! Niemand mehr braucht danach Kanonen! Bedenkt, nur *30 Tonnen Pulver!*«

Doch der Lordadmiral bleibt hart:

»*Kein Pulver!* Gewiß, Feuer ist der gefährlichste Feind eines Schiffes. Wenn garantiert werden könnte, daß Eure schwimmenden Höllenmaschinen bis ins Herz der Armada vorstoßen würden, bekämt Ihr alles Pulver dieser Flotte. Doch das Risiko eines Fehlschlages ist zu groß. Der Einsatz von Brandern, zumal gegen ankernde Flotten, ist nicht mehr neu, und Medina Sidonia wäre ein Narr, würde er sich nicht gegen einen solchen Angriff vorsehen. Und dann?«

»Dann? Wenn Ihr so denkt, dann ist hier nicht der rechte Platz für Federico Giambelli!« erklärt der kleine Italiener und verläßt beleidigt die Runde.

»Mylord!« beeilt sich Winter seinem Protegé beizustehen. »Wenn die schwimmenden Bomben Master Giambellis...«

Doch Lord Howard schneidet ihm das Wort ab:

»Wenn – oder besser gesagt: *falls!* Die Armada ist keine unbeweglich verankerte Schiffsbrücke wie jene vor Antwerpen, gegen die man die Höllenmaschinen mit der Strömung treiben lassen kann. Und selbst da traf nur einer der Bombenkähne die Brücke, der zweite explodierte in harmloser Entfernung ohne jede Wirkung, und der dritte zündete überhaupt nicht. Auf eine so vage Erfolgschance kann und darf ich nicht 30 Tonnen unseres kostbaren Pulvers setzen!«

»Aber die Armada wird auf jeden Fall beim Angriff der Höllenmaschinen zu fliehen versuchen und ihre starre Ordnung aufgeben müssen«, verteidigt Sir William den Plan.

»Ohne genug Munition in den Magazinen unserer Schiffe würde uns das nicht das mindeste nützen«, wehrt der Lordadmiral ab.

Sir John Hawkins läßt seine Faust auf den Tisch krachen:
»Beim Arsch des spanischen Philipp! Genau das ist es doch!«
Der Lordadmiral zieht fragend die buschigen, weißen Augenbrauen hoch.

»Lassen wir doch ein paar ganz normale Brander auf die Dons los!« fährt Hawkins eifrig fort. »Wissen die Dons denn, ob in den Bäuchen der Schiffe nur brennender Werg, Teer, Öl und vielleicht ein oder zwei Fässer Pulver stecken, oder ob es die *Höllenbrenner* Master Giambellis sind, die sie im nächsten Augenblick in tausend Stücke zerfetzen? Wenn die Dons ein paar brennende Schiffe auf sich zutreiben sehen, dann scheißen sie sich die Hosen voll bis zur Halskrause und verlassen wie die Ratten das Schiff!«

»Und dann brauchen wir sie uns bloß noch einzeln vornehmen und fertigmachen!« ergänzt Drake und fährt begeistert fort. »Ich stelle meinen eigenen 200tonner Thomas Drake zur Verfügung.«

»Und ich meine Schiffe Hope Hawkins und Bark Bond, 200 und 150 Tonnen groß«, beeilt sich Sir John Hawkins hinzuzufügen.

»Und ich meinen 200tonner Bark Talbot«, schließt sich ihr Freund Henry Whyte an.

Ich bin erstaunt über diese Opferbereitschaft, doch Thomas Vavasour raubt mir schnell meine Illusionen:

»Die Entschädigung, die sie für ihre angejahrten Kähne bekommen, wird bestimmt zu nagelneuen Schiffen reichen...«

Auch die Eigner der Elizabeth, Thomas Medrum aus Lowestoft, der Bear Yonge, John Yonge aus Lyme, und zwei weitere Kapitäne haben offenbar begriffen, daß der Devonshire-Clan dabei ist, ein gutes Geschäft zu machen. So stehen binnen Minuten acht Feuerschiffe zur Verfügung.

»Sir Martin«, fragt der Lordadmiral, »wann ist der günstigste Zeitpunkt für den Angriff der Brander?«

Frobisher kritzelt ein paar Zahlen auf ein Stück Papier, ehe er mit seiner knarrenden Stimme verkündet:

»Zwei Uhr morgens. Wir hatten gestern Vollmond, die Flut ist also stark und wird um diese Zeit eine Geschwindigkeit von rund sechs Meilen in der Stunde erreichen. Bei den herrschenden Windbedingungen werden die Brander etwa 15 bis 20 Minuten brauchen, bis sie auf die spanischen Schiffe treffen.«

»Dann haben wir vier Stunden Zeit, um die Brander bereitzumachen. Die ausgewählten Schiffe verteilen ihre Munition, Proviant und Mannschaften an die übrige Flotte, dafür erhalten sie alles an

VOR FLANDERN 1588

Werg, Öl, Pech und trockenem Holz, das sich entbehren läßt. Sir William, Ihr werdet die Arbeiten überwachen. Punkt zwei Uhr gehen die Brander unter Segel, die Flotte folgt ihnen in einem Abstand von knapp einer Meile. Gentlemen, ich wünsche Euch Erfolg und Gottes Hilfe für den morgigen Tag!« beschließt der Lordadmiral die Kapitänsbesprechung.

Während wir die Admiralskajüte verlassen, hält mich der Lordadmiral zurück:

»Ihr geht bitte wieder an Bord der RAINBOW. Lord Seymour hat den Befehl, komme was da wolle, in den Gewässern vor der Themsemündung zu bleiben. Sollte es uns morgen nicht gelingen, die Armada endgültig zu schlagen, ist es Eure Aufgabe, unverzüglich die ganze englische Ostküste bis Berwick an der schottischen Grenze hinauf zu alarmieren und dafür zu sorgen, daß überall in den Häfen Proviant, vor allem aber Pulver und Kugeln bereitgehalten werden!«

Ein zögerndes: »Wie Ihr befehlt, Mylord«, kommt mir über meine Lippen. Aber im Inneren hadere ich mit dem Lordadmiral. Ich verstehe seine Entscheidung, doch den morgigen Tag, der den endgültigen Sieg über die Armada bringen soll, hätte ich lieber auf dem Flottenflaggschiff miterlebt. Ich hätte gerne den Untergang der SAN MARTÍN mit eigenen Augen gesehen; denn Lord Howard, dessen bin ich mir sicher, würde sich nicht nehmen lassen, das Flaggschiff der Spanier selbst auf den Meeresgrund zu schicken. Nun, tröste ich mich, auch die RAINBOW wird morgen im dicksten Gewühl stecken. Obschon 300 Tonnen kleiner als die ARK ROYAL, ist die erst vor zwei Jahren von Stapel gelaufene RAINBOW der Höhepunkt Baker-Dreylingscher Konstruktionskunst! Im Rumpf zwar niedriger und schlanker als die ARK, in der Takelage jedoch ebenso hoch und damit noch schneller und wendiger als das Flaggschiff. Hinter ihren Stückpforten lauern keine plumpe Cannons oder Demi-cannons, sondern ausschließlich langrohrige Culverins, Demi-culverins, Saker und Minions, 54 Stück an der Zahl – nur eine weniger als auf der ARK –, das Beste an Schlangen, was Mayfield je hervorgebracht hat!

DER HALBMOND BRICHT

Montag,
der 29. Juli

Gewissenhaft schnallen mich die beiden Stewarts Lord Seymours in meinen Harnisch, stecken die Dichlinge an die Bauchreifen des Brustharnischs und schnallen sie an den Knien um die fast hüfthohen, weichen Stiefel fest, hängen die Achselflüge ein, reichen mir die Armröhren, tröpfeln in die Geschübe der Armkacheln ein wenig Öl und zupfen den Hemdkragen unter der Halsberge hervor, damit der Stahl nicht am Hals scheuert. Nach dem Gefecht vor Plymouth hatten wir mehr und mehr Teile unserer unbequemen Rüstungen in den Kajüten gelassen, da wir den Spaniern nie nahe genug gekommen waren, um ihres Schutzes zu bedürfen. Doch heute hatten mich sowohl Lord Howard wie Lord Seymour aufgefordert, die unbequeme Sicherheit auf mich zu nehmen.

Es ist kurz vor zwei, als ich an die Steuerbordreling des Kampanjedecks der RAINBOW zu Lord Henry Seymour und den Herren seines Gefolges trete. Wir starren in die Nacht. Über uns jagen Wolken dahin, überschütten uns immer wieder mit kurzen Regengüssen. Ein steifer Südwestwind pfeift und orgelt in den Takelagen. Dann und wann blinzt ein bleicher Mond zwischen den Wolken hervor, bricht seine Strahlen in den weißen Gischtkronen. Unter unseren Füßen schwankt und rollt die RAINBOW im heftiger werdenden Wellengang. Vor uns, etwa fünf Meilen entfernt, schwoit die unüberwindliche Armada vor ihren Ankern, meist nur als gewaltige, dunkle, kompakte Masse auszumachen. Neben und hinter uns liegen die Schiffe unserer Flotte, bereit zum Sprung, die Geschütze geladen, jeder Mann auf seinem Posten, in angespannter Stille.

Zwischen uns und den Spaniern bricht sich dann und wann das Mondlicht auf einer breiten Reihe von Segeln, die sich auf den Feind zubewegen.

»O Herr, schlage die Spanier mit Blindheit, bis unsere Schiffe mitten unter ihnen sind!« betet halblaut Kapitän William Poole, während er zu uns an die Reling gehinkt kommt, um wie wir anderen auch in die Nacht hinaus zu starren. »Und bringe die tapferen Burschen, die dort vorne segeln, heil zu uns zurück!«

Bis vor einer knappen Viertelstunde hatte Kapitän Poole die Um-

VOR FLANDERN 1588

rüstung seiner BARK BOND zum Brander geleitet und beaufsichtigt. Er hatte dafür gesorgt, daß alles Brauchbare an Proviant und Waffen, ja sogar an Tauen, Reservesegeln und Blöcken auf die umliegenden Schiffe umgeladen wurde. Dann war sein Schiff mit brennbarem Material, Teer, Werg und trockenem Holz, vollgestopft worden, die Decks und Planken hatte man mit Öl übergossen, im Vorschiff, das als letztes vom Feuer erreicht werden würde, vier offene Pulverfässer aufgestellt, die Kanonen geladen. Mit eigener Hand hatte der Kapitän die Luntenschnüre ausgelegt, ehe die Mannschaft von Bord ging und von den anderen Schiffen aufgenommen wurde. Nur der Segelmeister John Rock war mit fünf Freiwilligen zurückgeblieben. Sie sollten das Schiff so nahe wie möglich an die Armada heransegeln, ehe sie die Lunten entzündeten und sich mit dem kleinen, nachgeschleppten Beiboot zu retten versuchten.

»Verdammt! *Ich* sollte jetzt dort vorne das Kommando auf der BARK BOND führen und nicht John!« bricht es aus dem Kapitän hervor.

»Macht Euch keine Vorwürfe, Kapitän Poole«, versucht ihn Seymour zu beschwichtigen. »Ihr habt getan, was Ihr tun konntet. Wenn die Männer in die Boote gehen, dann wärt Ihr ihnen mit Eurem steifen Bein nur eine Last.«

»Ich weiß«, murrt William Poole. »Und trotzdem...«

Ein Schrei vom Bug unterbricht ihn:

»*Da!*«

In der Mitte der vor uns segelnden Branderreihe glüht es rot auf. Dann rechts. Und dann auch links. Erste Flämmchen züngeln aus den geöffneten Stückpforten der acht Schiffe, die mit geschwellten Unter- und Marssegeln auf die Spanier zuhalten. Dann schlägt eine Lohe aus der Ladeluke eines der Schiffe empor, züngelt an den Masten hinauf. Ein rot-goldener Schein breitet sich auf dem Wasser aus. Schemenhaft sehe ich Männer über Bord in die Beiboote klettern.

Wie eine Feuerwand treiben die Brander auf die ankernde Armada zu. Da und dort geht rauschend ein Segel in Flammen auf, doch das verzögert die Fahrt kaum. Das Pulver der geladenen Kanonen entzündet sich von der Hitze. Schüsse knallen über die Reede. Schwarzer Qualm wälzt sich träge auf die spanischen Schiffe zu, die jetzt vom Feuerschein hell angestrahlt vor uns liegen.

Nach den ersten langen, sehr langen Minuten wird es auf den Schiffen des Herzogs von Medina Sidonia lebendig. Kleine Boote versuchen an die brennenden Schiffe heranzukommen, die Enterhaken festzuwerfen und sie nach der Seite wegzuschleppen. Auf zwei, drei Galeonen beginnen die Kanonen zu donnern, in dem Bemühen, die Brander zu versenken, ehe sie ihnen zu nahe kommen. Doch die Mehrzahl der spanischen Schiffe läßt einfach die Anker slippen oder kappt die Ankertaue, setzt in fliegender Eile Segel und stiebt panikartig in alle Richtungen auseinander.

Die Erinnerung an die Katastrophe von Antwerpen treibt auch die tapfersten Kapitäne der Dons in kopflose Flucht. Galeassen mühen sich mit wild peitschenden Riemen, aus der Gefahrenzone zu entfliehen. Schwerfällige Urkas geraten zwischen die Kampfgeschwader, zwingen die Galeonen mit knallenden Segeln und flatternden Schoten zu abrupten Kurswechseln, wendige Patachen schneiden schwerfälligen Karacken rücksichtslos den Weg ab. Weg, nur weg von den entsetzlichen Höllenbrennern!

Mitten in dem chaotischen Gewühl erkennen wir die SAN MARTÍN, auf der sich Sidonia verzweifelt mit Signalen bemüht, die Ordnung seiner Armada nicht vollends zerbrechen zu lassen. Doch es sind nur die SANTA ANA, die SAN JUAN vom kastilischen Geschwader, die SAN MARCOS und die SAN MATEO, die den Signalen zu folgen bereit sind. Der Rest der unüberwindlichen Armada flieht in die Nacht hinaus; die uneinnehmbare Halbmond-Festung ist zerschlagen.

Mit wildem Jubel begleiten unsere Männer das Geschehen. Die Matrosen und viele Kanoniere sind in die Wanten geklettert, schreien begeistert, schwenken ihre Hüte und Mützen. Trommeln dröhnen, Trompeten schmettern, auf dem Großdeck der RAINBOW beginnt ein Dudelsack quäkend einen lustigen Hornpipe zu spielen.

Ein einzelner Kanonenschuß der ARK ROYAL gibt uns das Zeichen zum Angriff. Die Segel werden getrimmt, und unsere sechs kampfbereiten Geschwader nehmen die Jagd hinter dem fliehenden Feind auf.

Als sich das erste Morgenlicht mühsam gegen Sturmwolken und Regenschauer durchsetzt und sich die Sicht bessert, wird uns erst in vollem Umfang deutlich, wie wirkungsvoll der Branderangriff gewesen ist: Von der riesigen schwimmenden Festung der Spanier sind nur noch sechs Schiffe in unserer Nähe zu sehen: die SAN MARTÍN des Herzogs von Medina Sidonia mit ihren vier Begleitschiffen und

VOR FLANDERN 1588

das Flaggschiff der Galeassen, die SAN LORENZO unter Hugo de Moncada, das sich mühsam und offenbar mit beschädigtem Steuerruder Richtung Calais schleppt. Der Rest der Spanier liegt weit verstreut voraus, ist teilweise bereits hinter der Kimm verschwunden. Während wir uns, geführt von Drakes Geschwader, auf die Galeonen stürzen, dreht die ARK ROYAL ab, um der SAN LORENZO den Rest zu geben.

Wie sich ein Falke auf eine Lerche stürzt, so fliegt die REVENGE unter vollen Segeln rauschend auf die SAN MARTÍN zu. Keine 100 Yards mehr von dem feindlichen Flaggschiff entfernt luvt die REVENGE an. Eine Breitseite Eisen kracht in die Bordwände der SAN MARTÍN. Die Arkebusiere und Bogenschützen überschütten die Decks des Spaniers mit einem Hagel an Kugeln und Pfeilen. Und schon dreht die REVENGE wieder vor den Wind, ist außer Reichweite.

Dicht hinter der REVENGE hat jetzt die NONPAREIL Fenners aufgeholt, jagt heran, luvt an, feuert eine volle Breitseite, dreht wieder in den Wind und ist dem Führungsschiff folgend davon. Eins ums andere der 20 Schiffe des Drake-Geschwaders vollführen das Manöver, pumpen die SAN MARTÍN mit Eisen voll und hetzen hinter ihrem Befehlshaber her nach Nordost davon, um dort die leewärts liegenden Spanier heimzusuchen.

Der nächste ist Sir Martin Frobisher, der sich die SAN MARTÍN vornimmt. Mit ihren über 1000 Tonnen ist die TRIUMPH ebenso groß wie der Spanier, und so rückt Sir Martin bis auf Pistolenschußweite an ihn heran, streicht die Marssegel und beginnt mit wütendem Dauerfeuer auf ihn einzuschlagen, während die übrigen Schiffe seines Geschwaders die beiden Großen umkreisen und das spanische Flaggschiff von allen Seiten mit Eisen eindecken.

»Hier ist nichts mehr für uns zu tun«, stellt Lord Henry Seymour bedauernd fest. Ein kurzer Signalwechsel mit Sir John Hawkins, und wir machen uns nach Nordosten auf die Jagd.

»Sie haben es tatsächlich wieder geschafft!« Und, bei Gott, die spanischen Kommandanten haben, aller Panik zum Trotz, die Stunden, bis wir aufgeholt haben, zu nutzen verstanden. Noch nicht wohlgeordnet, doch ein Gutteil der spanischen Schiffe hat sich erneut zu jenem uneinnehmbaren Halbmond formiert.

»Der Teufel soll sie holen!« flucht Lord Seymour mit widerwilligem Respekt vor so viel Disziplin.

Geschützt wird das Manöver von den besten, kampferprobtesten Schiffen der Armada, der San Juan de Portugal unter Don Juan Martínez de Recalde, der Rata Santa Maria Encoronada unter Don Alonso de Leiva, der Santa Ana unter Don Miguel de Oquendo, der Regazona unter Don Martín de Bertendona und den bewährten portugiesischen Galeonen San Felipe und San Mateo unter Don Francisco de Toledo und Don Diego de Pimeltel, während die drei verbliebenen Galeassen die Flügel deckten.

»Der Teufel soll sie holen!« wiederholt Lord Seymour. Und dann: »Drauf auf den Steuerbordflügel!«

Wie Drake es uns bei der San Martín vorgemacht hat, stürzen wir uns auf die San Felipe. Ein schmetternder Trompetenstoß. Ein Trommelwirbel. Dann Stille.

Ohne einen einzigen Schuß abzugeben, brausen wir mit vollem Segelpreß auf die uns wild entgegenfeuernde spanische Galeone los: die Matrosen, die Brassenenden in der Faust, aufs Deck geduckt, die Geschützführer mit den rauchenden Lunten neben ihre Kanonen gekauert, die Arkebusiere in den Schutz der Bordwände gedrückt, die walisischen Langbogenschützen den Pfeil auf der Sehne. Nur wir auf dem Kampanjedeck sind stolz erhobenen Hauptes aufrecht stehen geblieben.

Wir sind auf 150 Yards heran. Lord Seymour hebt langsam die Hand. Eine Arkebusenkugel schläg vor meinen Füßen ins Deck, reißt einen langen Holzsplitter heraus.

Jetzt sind es noch 100 Yards.

Die Hand Lord Seymours saust herunter. Die Matrosen reißen an den Brassen. Die Rahen schwingen herum, die Rainbow luvt an. Die Arkebusiere und Bogenschützen springen auf, überschütten die Decks der San Felipe mit einem Hagel an Pfeilen und Kugeln.

Die Kanoniere senken die Lunten.

Unsere erste Breitseite kracht. Sie reißt mich beinahe von den Füßen.

Eine volle Breitseite hatte schon die mächtige Ark Royal vom Kiel bis zum Flaggenknopf wanken lassen, aber die fast ebenso schwer bewaffnete, jedoch um 300 Tonnen kleinere Rainbow bockt als wäre sie auf ein Riff gelaufen!

Im gleichen Augenblick kracht eine Breitseite von Winters Vanguard in die andere Flanke der San Felipe.

VOR FLANDERN 1588

»Marsschoten los! Marssegel geit auf!« schreit der Segelmeister übers Deck. Die RAINBOW verliert Fahrt.

Wieder donnert eine Breitseite.

Doch der Spanier bleibt uns nichts schuldig. Vor allem aus den hohen Vorder- und Achterkastellen knattert ein pausenloses Arkebusenfeuer auf unser Deck herunter. Dazwischen donnert wieder unsere Breitseite.

Der Sturm hat sich inzwischen zu einer steifen Brise abgeschwächt, die nun dicke Wolken von Pulverqualm auf das in Lee stehende spanische Schiff zuwirbelt, es einhüllt, seinen Schützen die Sicht raubt.

Drunten auf dem Großdeck sehe ich unsere Kanoniere schuften.

»Rohr auswischen!« – »Kartusche ansetzen!« – »Kugel einführen!« – »Pfropfen ansetzen!« – »Festrammen!« – »Geschütz ausrennen!« – *»Feuer!!«*

Ein greller Feuerblitz. Pulverdampf schießt hervor. Ein dumpfes Krachen und splitterndes Holz mischt sich mit gellenden Schmerzensschreien. Die zurückspringende Lafette poltert auf das Deck, wird in ihren Brooktauen aufgefangen. Und sofort beginnt die lebende Maschinerie: »Rohr auswischen!« – »Kartusche ansetzen!« ...

In dem Tosen, Krachen und Schreien ist unsere Kanonade von der der Spanier nicht zu unterscheiden. Doch während das pausenlose Knattern der Arkebusen, das Knallen der leichten Geschütze drüben unvermindert anhält, beobachte ich, wie die grellen Feuerblitze der schweren Kanonen in den unteren Decks seltener werden.

Auch Lord Seymour hat es bemerkt: »Näher ran!« brüllt er dem Rudergänger und dem Segelmeister zu.

Die RAINBOW nähert sich der SAN FELIPE auf weniger als 50 Yards, weniger als Pistolenschußweite, doch immer noch weit genug, so daß uns kein spanischer Enterhaken erreichen kann. Kapitän William Poole hinkt auf uns zu, als ihn eine Esmeril-Kugel trifft. Blut, Gehirnmasse und Knochensplitter spritzen mir ins Gesicht. Der kopflose Leib taumelt noch einen Schritt weiter, ehe er auf die Decksplanken stürzt.

»Geschütz ausrennen!« – *»Feuer!!«*

Mit gespreizten Beinen steht Lord Seymour auf dem Kampanjedeck, starrt zur SAN FELIPE hinüber, läßt sich von seinen Stewards ein um das andere geladene Pistol reichen, legt an, feuert auf die dunkle Masse, die vor uns aufragt.

Wieviel Zeit ist überhaupt vergangen? Ich weiß es nicht.

Dann kracht drüben wieder eines der schweren Kaliber. Die Kugel fetzt einen Teil eines Trempelrahmens weg, die wegspritzenden Holzsplitter mähen eine Geschützmannschaft samt dem Mastergunner nieder. Entsetzt sehe ich, wie die Kanoniere stocken, ihre Geräte fallen lassen, sich über ihre verwundeten und sterbenden Kameraden beugen, nach dem Feldscher brüllen.

Ich renne den Niedergang zum Großdeck hinunter, schreie den ersten Kanonier an:

»An dein Geschütz!«

Der Mann starrt mich nur großäugig an:

»Aber John, Sir, mein Bruder John...«

»An dein Geschütz!« brülle ich, schmettere ihm, als er sich nicht rührt, die Faust ins Gesicht. Der Schlag läßt ihn zurücktaumeln. Das Stück eines Zahnes ausspuckend dreht er sich langsam um, hebt seine Ladeschaufel auf.

»Kartusche ansetzen!« – »Kugel einführen!« – »Pfropfen ansetzen!« – »Festrammen!« – »Geschütz ausrennen!« – »*Feuer!!*«

»*Feuer!!*«

»*Feuer!!*«

In all dem Getöse und Geschrei ringsum höre ich nichts mehr, sehe nur noch, ob die Kanoniere längs der Großdecksbatterie ihre eingedrillten, abgezirkelten Bewegungen machen, bemerke ohne Empfindung den jungen Freiwilligen Francis Calrey, der hier das Kommando hat, wie er sich auf den Planken windet, während er mit glasigen Augen und beiden Händen versucht, seine hervorquellenden Eingeweide in die klaffende Bauchwunde zurückzudrängen.

»*Feuer!!*«

»*Feuer!!*«

Ein harter Schlag trifft mich an der linken Schulter. Ich werde zu Boden geschleudert und von Bootsmann Laine wieder aufgerichtet.

»Seid Ihr verwundet, Sir?«

Benommen starre ich auf meine Schulter, ehe ich begreife. Der Achselflug hat eine kleine Delle, daneben einen Bleischmierer... Der Himmel segne dich, Jakob Halder!

Ich reiße mich zusammen, wende mich wieder den Geschützen zu:

»*FEUER!!!*«

VOR FLANDERN 1588

Ein langgezogener Trompetenstoß gebietet dem Inferno des Kampfes Einhalt. Die rußgeschwärzten Männer an den Geschützen lassen ihre Geräte sinken, die Bogenschützen nehmen den Pfeil von der Sehne, die Arkebusiere setzen ihre Gewehre ab. Wie ein langer Seufzer geht ein Durchatmen durch die Reihen der Matrosen und Soldaten. Was hat das Signal zu bedeuten? Kommt der Trompetenruf von der SAN FELIPE? Streicht sie endlich die Flagge?

Ich haste die Stufen zum Kampanjedeck hinauf. Nein, Lord Seymour hat den Befehl gegeben, den Kampf zu unterbrechen – der Trompeter steht auf dem Deck der RAINBOW, die sich nun bis auf knapp 20 Yards dem spanischen Schiff nähert.

Ich blicke zur SAN FELIPE hinüber, die sich, tief im Wasser liegend und schwer nach Backbord krängend, aus den wirbenden Pulverschwaden schält. Ich bin ebenso begeistert wie entsetzt, was meine Schlangen dort drüben angerichtet haben: Die vor uns aufragende Bordwand ist von Einschlägen durchsiebt. In der Wasserlinie klaffen kopfgroße, gezackte Löcher, durch die gurgelnd das Wasser ins Innere des Schiffes eindringt. Pfortendeckel hängen schief über aufgefetzten Stückpforten, hinter denen keine feindlichen Kanonen mehr lauern. Die bunt bemalten Bordwände sind rußgeschwärzt. Die elegant geschwungene und geschnitzte Heckgalerie ist nur noch ein wirres Durcheinander von zertrümmerten Balken und zersplitterten Hölzern. In den Schanzkleidern klaffen breite Lücken, die Halbdeckreling ist auf gut 15 Fuß Länge verschwunden. Die Fockstenge samt der Fockmarsrah und der Mars sind heruntergeschossen. Großmars- und Focksegel sind nur mehr wild im Wind flatternde Lumpen. Groß- und Besansegel sind mit hundert Durchschüssen und Rissen übersät. Vom Bonaventurmast ragt noch ein knapp mannshoher, zersplitterter Stumpf in die Höhe. Das Tauwerk hängt in wirren Fetzen, Blöcke pendeln wie gefährliche Klöppel an den Rahnocken. Die Decks sind übersät mit Toten, Sterbenden und Verwundeten, zwischen denen die Überlebenden wie Gespenster umherwanken. Aus den Speigatten rinnt es rot die Bordwand hinab – Blut.

Doch über dem zerrissenen, zerschlagenen, zerhackten Schiffskörper flattert unbeirrt die spanische Flagge. Unbeirrt und stolz wie das Häuflein spanischer Offiziere neben dem Besanmast auf dem Kampanjedeck in ihren rußblinden Harnischen.

Lord Henry Seymour winkt zu unserer Großmars hinauf. Ich folge mit dem Blick seinem Wink.

Dort oben steht, den Schild in der Linken, den Degen in der Rechten, Brute Brown, einer der jungen Freiwilligen der RAINBOW.

»Hört mir zu, Ihr Spanier!« ruft er zur SAN FELIPE hinüber. »Ihr habt tapfer gekämpft! Aber Euer Schiff ist ein Wrack, Eure Batterien sind zerstört. *Wir bieten Euch ehrenvolle Übergabe an!* Kein Mann, der sich ergibt, soll verletzt oder beleidigt werden! Lord Seymour garantiert Euch freies Geleit zurück in Eure Heimat! *Streicht die Flagge!*«

Ich sehe einen der spanischen Offiziere einem Arkebusier winken. Der reißt das schwere Gewehr hoch. Der Schuß peitscht. Brute Brown wird zurückgeschleudert, sackt an der Marsreling zusammen.

»Verdammter Schweinehund!« schreit einer der walisischen Schützen neben mir. Der fast mannshohe Bogen schwingt hoch, die Sehne schwirrt. Noch fliegt der Pfeil, als ich die Bogensehne wieder schwirren höre – und wieder.

Einen Herzschlag später nageln die drei Pfeile den spanischen Offizier, der den Befehl zu dem Schuß gegeben hat, durch Schulter, Brust und Hals an den Besanmast.

»Ergebt Euch in Ehren!« ruft jetzt Lord Seymour selbst zur SAN FELIPE hinüber.

Ein wütendes Feuer aus Arkebusen und Relingsgeschützen ist die Antwort. Kugeln klatschen vor und neben uns in Schanzkleid und Deck. Die Spanier versuchen Enterhaken auf unser Schiff herüberzuschleudern.

Eine Breitseite der RAINBOW brüllt los.

»Abhalten und wieder auf 50 Yards«, befiehlt Seymour dem Rudergänger.

»Feiglinge! Lutherische Schlappschwänze! Kommt und stellt Euch wie Männer!« schallt es uns von der SAN FELIPE in ohnmächtiger Wut hinterher.

Ich sehe die Geschützführer gespannt zu uns heraufschauen in der Erwartung des Zeichens zum Weiterfeuern.

»Wieviel Kugeln haben wir noch?«

»Fünf Breitseiten«, meldet der Batterieführer des Großdecks, der soeben keuchend aus dem Niedergang heraufhastet. Lord Henry Seymour beißt sich auf die Lippen:

»Die fünf Breitseiten noch, und die SAN FELIPE wäre weg!« Doch dann schüttelt der Lord den Kopf. »Sie ist auch so erledigt. Sehen wir, wo wir unsere letzten Kugeln sinnvoller plazieren können.«

VOR FLANDERN 1588

Im Kampfgewühl war die Zeit wie eingefroren gewesen. Jetzt erst bemerke ich, daß es Nachmittag geworden ist und der Wind erneut fast zu Sturmstärke aufgefrischt hat. Wir sehen uns um, halten Ausschau nach einem lohnenden Opfer.

Ein Stück vor uns treibt der Halbmond der Armada auf Ostkurs scheinbar unaufhaltsam auf die Sandbänke vor der flandrischen Küste zu.

»Herr im Himmel, laß sie alle zusammen dort auflaufen!« wünscht sich Richard Laine, der Bootsmann inbrünstig, obwohl die Untiefen auch uns bald gefährlich werden könnten.

Hinter dem Halbmond erkennen wir eine Reihe spanischer Schiffe:

Die SAN MATEO, die mit Sir William Winters VANGUARD gekämpft hatte, sieht ebenso schlimm aus wie die SAN FELIPE.

Die SAN MARCOS, derer sich mein Freund Lord Cumberland mit seiner ELIZABETH BONAVENTURE angenommen hatte, schleppt sich mit zerschmettertem Fockmast schwer angeschlagen davon.

Die LA MARIA JUAN ist nur noch ein treibendes, gefährlich tief im Wasser liegendes, entmastetes Wrack.

Don Martín de Bertandónas mächtige Karacke LA REGAZONA schlingert vorbei; die großen Kanonen sind verstummt, doch auf ihren Decks und in den Marsen sind die Arkebusiere und Rontardschiere immer noch kampfbereit, während Matrosen fieberhaft bemüht sind, ihre zerschossene Takelage provisorisch zu flicken.

Achteraus rollt die mächtige SAN JUAN DE SICILIA aus dem Levante-Geschwader in den Wellen, fast so übel zugerichtet wie die SAN MATEO und SAN FELIPE.

»Dort drüben!« macht Bootsmann Laine endlich ein noch lohnendes Angriffsziel aus. Es ist die SAN JUAN DE PORTUGAL des tapferen Don Juan Martínez de Recalde, die SAN LUIS vom Portugiesischen Geschwader und zwei Galeonen der Levantiner, die den Abzug der Armada zu decken versuchen.

»Auf sie!« befiehlt Lord Seymour ohne Zögern.

»Die SAN JUAN DE PORTUGAL lag vom ersten Tag an mitten im heftigsten Feuer. Sie *kann* keine Kugeln mehr haben«, bestärke ich Seymours Entscheidung.

Doch zum Schuß kommen wir nicht. Als uns die Spanier mit vollen Segeln heranbrausen sehen, nehmen sie Kurs, zurück zum Gros. Sogar Recalde rettet sich mit knapper Not in die Sicherheit des Halbmonds.

»Laßt sie ziehen«, entscheidet Lord Henry. »Wenn nicht ein Wunder geschieht, finden sie sich alle zusammen in einer halben Stunde auf den Untiefen vor Flanderns Küste wieder.«

Doch das Wunder geschieht. Begleitet von schweren Regenschauern springt der Wind nach Südwesten um, treibt die immer noch gewaltigen Reste der Armada an den gefährlichen Untiefen vorbei.

Langgezogene Trompetenstöße rufen unsere weit verstreuten Schiffe und Geschwader zusammen. Vor einer Stunde war die ARK ROYAL mit ihrem Geschwader auf unserem Kampfplatz erschienen. Nun sammeln wir uns um das Flaggschiff.

»Wir haben einen gewaltigen Sieg errungen! Gott hat uns einen guten Tag geschenkt!« spricht Lordadmiral Charles Howard of Effingham, als wir am Abend auf die ARK übersetzen. »Wir haben die Spanier von der Reede vor Calais vertrieben. Wir haben den Zusammenschluß mit Parmas Invasionsarmee verhindert. Wir haben etliche ihrer Schiffe zerstört. Unsere eigenen Verluste betragen kaum 100 Mann, und keines unserer Schiffe ist ernsthaft beschädigt. Und für einen Augenblick wurde der Feind so weit leewärts getrieben, daß wir hoffen durften, der Fürst von Parma und der Herzog von Medina Sidonia würden sich bald auf den Sandbänken von Dünkirchen die Hände schütteln können.

Jedoch, Gentlemen, unser eigentliches Ziel haben wir noch nicht erreicht. *Noch ist die Armada nicht vernichtet!*«

»Wir werden siegen!« ruft Sir Francis Drake dazwischen.

»Ja, das werden wir, mit der Hilfe Gottes!« stellt der Lordadmiral fest. »Trotzdem dürfen wir eines nicht übersehen: Wir reißen dem habsburgischen Adler zwar eine Feder nach der anderen aus, die spanische Streitmacht ist entscheidend geschwächt, aber *noch schwimmt die Armada.* Und trotz schwerer Verluste, trotz zweifellos knapp werdender Rationen, trotz des vereitelten Zusammenschlusses mit Parma verfügt Medina Sidonia noch immer über eine gewaltige Streitmacht vor allem an Soldaten und Matrosen. Gerade in dieser Situation ist es nicht auszuschließen, daß der spanische Oberkommandierende, koste es was es wolle, eine Landung im Norden versucht. Gentlemen, bei allem Siegeswillen, bei aller mittlerweile durchaus berechtigen Siegeszuversicht unsererseits wäre es verhängnisvoll, den Feind nun zu unterschätzen!

Der heutige Tag hat die Überwindbarkeit der *unüberwindlichen* Armada vor aller Welt demonstriert! Wir haben den unangreifbar scheinenden Halbmond der spanischen Flotte vor Plymouth und Portland Bill aufgebrochen, vor Gravelines zerbrochen, doch bis er endgültig von den Meeren verschwunden ist, werden wir ihn weiter jagen müssen.«

Der Lordadmiral macht eine kurze Pause, ehe er fortfährt:

»Und unser Problem ist – *wieder* –, daß unsere Pulver- und Kugelmagazine beängstigend leer sind!«, und dann erhalten wir unsere Befehle. »Die vier Geschwader unter Sir Francis Drake, Sir John Hawkins und Sir Martin Frobisher und meinem Kommando werden sich, wie schon im Kanal, unerbittlich hinter die Armada setzen, sie jagen und versuchen, einzelne Schiffe aus dem Halbmond herauszufangen und zu vernichten. Lord Henry Seymour wird, sobald der Wind günstig ist, in die Themsemündung segeln und dort alles für die Abwehr einer immer noch möglichen Landung vorbereiten. Denkt daran, daß Medina Sidonia auch ohne die Streitmacht Parmas genug Truppen für solch eine Operation an Bord hat!« ermahnt er Seymour nachdrücklich. »Sir William Winter schließlich wird mit seinem Geschwader die Häfen von Harwich, Lowestoft, Yarmouth und King's Lynn anlaufen, und alles an Pulver und Kugeln, was immer sich dort finden läßt, zur Flotte transportieren.«

Den ganzen 30. Juli segeln wir hinter der Armada her, entlang der niederländischen Küste, vorbei an Walcheren, Schouwen, Goerre und Voorne. Am Abend, die Rheinmündung liegt querab, springt der Wind um auf Nordwest. Die Armada dreht, gefolgt von Lord Howard und seinen Schiffen, hinaus in die offene Nordsee.

Wir wenden und nehmen, wie vom Admiral befohlen, Kurs auf die Themsemündung.

17

Königliche Dankbarkeit

Tilbury, Mayfield,
London
1588

6. Tagebuch
Adam Dreyling

Mittwoch,
der 31. Juli

»Sir Adam, ich gestehe vor allen, ich habe mich geirrt!«

Der, der dies spricht, ist kein anderer als mein jahrelanger Widersacher Sir William Winter, der Master of Navy and Ordnance Bord. Vor einer halben Stunde ist er von seinem Flaggschiff VANGUARD zu uns an Bord übergesetzt. Und während unsere Schiffe im Schmuck aller Flaggen die Themsemündung hinauf nach Tilbury segeln, haben sich die Männer der RAINBOW auf dem Großdeck versammelt und die Offiziere, Lord Seymour an den Spitze, hinter uns im Halbkreis auf dem Kampanjedeck.

»Ich gebe es zu, ich habe an Euch, an Eurer Kunst und an Euren Geschützen gezweifelt. Ich war der Auffassung gewesen, nur der traditionelle Enterkampf, Bordwand an Bordwand, sei in der Lage, eine Entscheidung zur See herbeizuführen. Die Tage im Kanal und schließlich die Schlacht vor Gravelines gaben Euch, Sir Adam, recht! Ohne Euch, ohne Eure Schlangen und Kanonen segelte eine siegreiche, ungeschwächte Armada heute vor Englands Küsten, hätten die Spanier wohl schon den Boden unserer Heimat betreten. Eurer Gießkunst, aber auch Eurer Überzeugungskraft und Eurer Hartnäckigkeit ist es zu danken, daß Medina Sidonia zu dieser Stunde schwer angeschlagen nach Norden flüchtet!

Seid versichert, daß der Schiffsartillerie von heute an der Vorrang in der Strategie der englischen Flotte eingeräumt wird.

Dieser Sieg ist in hervorragender Weise auch Euer Sieg! England wird dies niemals vergessen! Sir Adam Dreyling, England dankt Euch!«

Begeisterter Beifall und Hochrufe der versammelten Männer bestätigen die Anerkennung, die er mir zollt. Sir William tritt auf mich zu, schüttelt mir herzlich die Hände, umarmt mich schließlich:

»Ich hoffe, Sir Adam, in Zukunft werden wir Freunde sein!«

KÖNIGLICHE DANKBARKEIT

Auf einen Wink Lord Henry Seymours haben zwei Bootsleute unterdessen die von spanischen Arkebusenkugeln durchlöcherte Flagge der RAINBOW heruntergeholt, sie sorgsam zusammengelegt und durch eine neue ersetzt. Nun tritt auch der Lord auf mich zu und schüttelt mir freundschaftlich die Hände, überreicht mir feierlich die Flagge:

»Sir Adam, möge dieses Tuch, das über unserem und Eurem Sieg wehte, Euch immerdar daran erinnern, was England Euch schuldet!«

Ich habe Tränen in den Augen, als ich unter dem Hochgeschrei der Männer die Flagge in den Arm gelegt bekomme, sie ehrfurchtsvoll küsse.

Als die Anker unserer Schiffe vor Tilbury fallen, empfängt uns eine dichtgedrängte, begeisterte Menschenmenge. Fahnen werden geschwenkt, Trommeln rasseln, Trompeten kreischen Signale, eine Kompanie Pikeniere präsentiert stramm die Waffen, Frauen winken und rufen, Kinder werden hochgehoben, um uns sehen zu können, Hunde bellen, Pferde scheuen, Milizionäre fuchteln martialisch mit ihren Sensen, Dreschflegeln und Mistgabeln durch die Luft, ein paar vereinzelte Salutschüsse krachen. Vorausgeeilte Depeschenboote hatten bereits die Nachricht von der Schlacht vor Gravelines nach Tilbury gebracht, und hier zweifelt niemand mehr an unserem vollständigen Sieg über die Armada.

Noch liegt die Laufplanke nicht richtig zwischen Schiff und Ufer, da eilt auch schon der junge Robert Devereux, Earl of Essex und Günstling Ihrer Majestät, an Bord. Ich kann ein Grinsen nur mühsam unterdrücken beim Vergleich zwischen unseren ruhmvoll pulverblinden Harnischen und sturmzerzausten Federbüschen auf der einen, der spiegelglatten Rüstung und dem von Perlenstickerei starren Waffenrock dieses geleckten Knäbleins auf der anderen Seite. Mit anmutig gedrechselter Verbeugung nähert er sich Seymour und Winter:

»Ihre Majestät, Elizabeth, Königin von England, Frankreich und Irland, die Gott noch tausend Jahre ihrem Volke erhalten möge, höchstdieselbe läßt Euch, Lord Seymour, und Euch, Sir William, unverzüglich zu sich ins Hauptquartier aller Truppen Englands, das sie hier in Tilbury aufzuschlagen die Gnade hatte, rufen.« Eine erneute Verneigung, dann dreht der Earl of Essex auf dem Absatz um, eilt von Bord und winkt eine Gruppe königlicher Gardisten mit Pferden heran.

Mein neuer Freund, Sir William Winter, scheint meine Enttäuschung zu spüren, daß nicht auch ich unverzüglich zur Königin gerufen worden bin. Vertraulich legt er mir die Hand auf den Arm:

»Ihre Majestät vermutet Euch sicher noch in See auf der Ark Royal. Ich werde ihr aber sofort von Eurer Anwesenheit in Tilbury berichten.«

Auch Lord Seymour verabschiedet sich kurz und herzlich von mir, gibt mir letzte Anweisungen:

»Geht bitte so schnell wie möglich von Bord und quartiert Euch im The Three Swords ein und bleibt dort – wir müssen möglicherweise sehr schnell wieder auslaufen. Es ist daher wichtig, daß wir Euch jederzeit finden können, falls die Königin nach Euch verlangt oder Sir William Eure bewährte Hilfe braucht!«

Minuten später sind die beiden Herren von Bord, sitzen auf und sprengen hinter dem Earl of Essex drein davon.

Freitag,
der 2. August

The Three Swords ist das beste Gasthaus von Tilbury und ideal geeignet, mich bei Speise, Trank und Ruhe von den Strapazen der letzten Wochen zu erholen.

Und doch sitze ich wie auf glühenden Kohlen. Einerseits warte ich auf den Ruf der Königin, am Hof zu erscheinen, andererseits weiß ich, daß die spanische Gefahr noch keineswegs endgültig gebannt ist.

Die Stadt brodelt von Gerüchten. Der in den letzten zwei Tagen zum Sturm angeschwollene Wind läßt die Wellen gegen die Molen und Piers des Hafens immer höher klatschen, und mit ihnen schwappen genauso die Wellen von Hoffnung und Schrecken, Triumph und Angst in den Straßen immer höher.

»Sie sah aus wie die Kaiserin der Amazonen!« schwärmt ein graukÖpfiger Milizoffizier mit leuchtenden Augen hinter seinem Bierkrug. Am Montag, just während wir vor Gravelines gegen die Ar-

KÖNIGLICHE DANKBARKEIT

mada fochten, war die Königin nach Tilbury gekommen, wo sich die englischen Landtruppen von rund 20000 Mann zum Schutz Londons unter dem Oberbefehl des Earl of Leicester versammelt hatten.

»Lord Grey trug ihr das Reichsschwert voraus, dann folgten zwei Pagen, ganz in weißen Samt gekleidet. Die Königin selbst saß auf einem schneeweißen Zelter und war von Kopf bis Fuß in weißen Samt gehüllt. Ein getriebener silberner Küraß schützte ihre Brust, und ihre Feuerhaare schmückte ein silbernes Netz, besteckt mit Diamanten und weißen Straußenfedern. Über ihr wehte das königliche Banner, und der Earl of Leicester ritt zu ihrer Rechten, der Earl of Essex zu ihrer Linken.«

Nicht nur der grauköpfige Milizoffizier hat Tränen in den Augen, als er berichtet, wie die Königin huldvoll durch ihre Reihen geritten, mit den Männern gesprochen, ihnen Mut gemacht hatte, bereit dem ersten Spanier, der seinen Fuß auf englischen Boden setzt, eigenhändig das Zeremonialschwert ins Herz zu stoßen. Die Rede, die sie vor den versammelten Truppen gehalten hatte, kann er wörtlich wiedergeben:

»Wir sind heute zu euch gekommen, wie ihr seht, nicht zu Unserem Ergötzen und zur Unterhaltung, sondern weil Wir fest entschlossen sind, unter euch allen im Kampfgetümmel der Schlacht zu leben oder zu sterben, und für Unseren Gott, für Unser Königreich, für Unser Volk und Unsere Ehre Unser Blut hinzugeben. Wir haben das Herz und den Mut eines Königs, und zwar eines Königs von England. Wir selbst wollen euer General und Richter sein und jede eurer Heldentaten im Feld nach Gebühr belohnen. Wir wissen, daß ihr für euren Mut alle Auszeichnungen und Kronen verdient hättet, und Wir geben euch Unser fürstliches Wort, daß ihr dafür königlich entlohnt werdet!«

Die Hochrufe auf die Königin lassen im Schankraum des SWORDS die Fensterscheiben klirren.

Und ich erfahre manch weitere Einzelheiten aus der Schlacht vor Gravelines. John Wright, der Bootsmann der ARK, der mir mit dick verbundener Schulter gegenüber sitzt und wegen seiner Verwundung heimgeschickt worden war, schimpft wie ein Rohrspatz:

»Diese verdammten französischen Froschfresser! Die SAN LORENZO war, von der ARK und der MARGARET AND JOHN verfolgt, auf eine Sandbank vor Dünkirchen aufgelaufen. Mit unseren Beibooten haben wir sie angegriffen und binnen einer guten halben Stunde sturmreif geschossen. Als der spanische Kommandant Moncada eine

Kugel genau zwischen die Augen bekam, brach der Widerstand zusammen. Die Dons sprangen über Bord. Etliche kamen mit nasser Haut davon, die anderen ersoffen. Und was passierte dann? Auf einmal waren die Froschfresser da! Unseren Kampf hatten sie aus sicherer Entfernung angeschaut, jetzt reklamierten sie die SAN LORENZO für sich. Weil sie in französischen Gewässern gestrandet sei! Und richteten gleich auch noch ihre Kanonen der Festung von Calais auf uns. Der Teufel soll sie holen! Wenn wir mehr Zeit und Kugeln gehabt hätten, dann hätten wir ihnen schon gezeigt, wem die SAN LORENZO gehört! So aber mußte der Lordadmiral ohne Beute abdrehen.«

Sonst aber ist es schwer, Dichtung und Wahrheit auseinanderzuhalten. Vor allem ein paar Verwundete von der REVENGE finden kein Ende immer phantastischere Heldentaten über Francis Drake zu berichten:

»Mit einer einzigen Breitseite haben wir das spanische Flaggschiff SAN MARTÍN samt dem Herzog von Medina Sidonia auf den Grund des Meeres geschickt...!!«

Ein anderer fabuliert:

»In der Hitze des Gefechts wurde die REVENGE von über 400 Kugeln durchbohrt.«

Der Nächste:

»Zwei Geschosse durchschlugen sogar die Kajüte des Kapitäns, und die Wucht der Kugeln riß das Bett völlig unter einem gewissen Gentleman weg, der erschöpft darauf gelegen hatte.«

Ein Weib sogar behauptete:

»Die mit 34 Kanonen und 400 Mann ausgerüstete Galeone SAN MATEO wurde von einem einzigen Engländer erobert!«

Tatsächlich war ein englischer Matrose von der MARYGOLD aus dem Geschwader Lord Seymours, auf die SAN MATEO hinübergesprungen und von den Spaniern sofort in Stücke gehackt worden. Tatsache ist auch, daß in der Nacht zum 30. Juli die MARIA JUAN vom Biscaya-Geschwader gesunken war und fast 300 Mann mit in die Tiefe gerissen hatte.

Aber auch Schreckensmeldungen machen die Runde, werden mit gierigem Gruseln bereitwillig aufgesogen: Es habe eine zweite große Schlacht gegeben, die englische Flotte sei vernichtet, die ARK ROYAL und REVENGE seien gesunken, Howard, Drake und Hawkins gefallen. Eine Variation dieser Meldung will wissen, Drake sei nicht tot, aber er habe ein Bein verloren und sei in Gefangenschaft geraten. Ein drittes Gerücht behauptet, der Lordadmiral und Drake seien beide gefangengenommen und am gleichen Tag noch an der Rahnock der SAN MARTÍN aufgehängt worden. Ebenso wenig überzeugend klingt für mich der Bericht, die Spanier seien in der Humber-Mündung oder im schottischen Firth of Forth an Land gegangen, Schottland hätte sich mit den Dons verbündet und würde nun gemeinsam mit ihnen über uns herfallen.

Sehr viel zuverlässiger erscheinen mir da die Nachrichten, die direkt von der Flotte kommen. Von Sir John Hawkins etwa:

»Die Spanier setzen Kurs auf Schottland, und der Lordadmiral folgt ihnen. Mit Gottes Hilfe werden wir ihre Landung verhindern, daran zweifle ich nicht.«

Oder von Sir Francis Drake:

»Nichts hat mir je besser gefallen als der Anblick des Feindes, der nach Norden fährt. Mit dem Herzog von Medina Sidonia werden wir bald fertig sein, zumal er sich doch selber zu wünschen scheint, wieder unter seinen Orangenbäumen zu sein.«

Oder vom Lieutenant der MARGARET AND JOHN, John Watts:

»Die Schlacht, Tod und weitere Schläge haben ihre Macht sehr geschwächt, und diejenigen unter ihnen, die überlebt haben, sind so hilflos und ohnmächtig, daß sie wohl zufrieden sein können, wenn sie überhaupt wieder nach Hause kommen.«

Sonntag,
der 4. August

Ein Jubeltag! Die Armada ist an England vorbei, hat die schottische Grenze passiert!

Die brave DISDAIN brachte heute morgen die Nachricht. Die weitere Meldung lautete, daß unsere Flotte die Verfolgung aufgebe. Von einer *letzten Schlacht* nehme der Lordadmiral Abstand, da er nicht einmal mehr Pulver und Kugeln für eine *halbe* Schlacht habe. Zudem ziehe ein schwerer Sturm auf. Man werde den Firth of Forth anlaufen, Proviant übernehmen und heimkehren. Edward Fenner wird mit den Sätzen zitiert:

»Ich glaube wahrhaftig, daß sie, wenn der Wind es zuläßt, um Schottland und Irland herumfahren, um nach Hause zu kommen. Bedenkt man

die Jahreszeit, die lange Strecke, die sie noch vor sich haben, ihre mannigfachen Gebrechen sowie den Zeitverlust, den das Aufnehmen von Wasser zwangsläufig mit sich bringt, dann wird es wohl Winter werden, und das sehr zu ihrem Schaden.«

Die Nachricht löst hier in Tilbury einen wahren Begeisterungstaumel aus. Wir tanzen auf den Straßen. Freudenfeuer lodern an allen Ecken. Salutschüsse krachen. Wildfremde Menschen fallen sich mit Freudentränen in den Augen um den Hals. Wer immer es sich leisten kann, spendiert den Matrosen und Milizsoldaten Bier, Wein und Schnaps in den Wirtshäusern.

Ich schiebe mich durch die singenden, tanzenden Menschenmengen, als auch ich plötzlich umarmt werde, weiche Lippen auf meinem Mund spüre. Schwarze Locken tanzen vor meinem Gesicht, blaue Augen blitzen mich vergnügt an.

»Lady Susan Pocklington!«

»Ich bin ja so froh, Sir Adam, ein bekanntes Gesicht in dieser Menschenmenge entdeckt zu haben! Sagt, ist es wirklich wahr, daß die Spanier endgültig geschlagen und fort sind?«

»Wenn auch nur die Hälfte der Meldungen stimmt, die ich gehört habe, dann ist es so«, bestätige ich. Ich lege ihr den Arm um die Schultern und führe sie sanft aus dem dichten Gedränge ringsum.

»Wißt Ihr etwas Neues über George Clifford?« fragt sie unterdessen.

»Als ich den Earl of Cumberland das vorletzte Mal sah, war er dabei, die SAN MARCOS in ein Wrack zu verwandeln. Das letzte Mal bin ich ihm am gleichen Abend auf der ARK ROYAL begegnet, da war er gesund und munter und brannte darauf ein paar weitere Spanier zur Hölle zu schicken – das ist freilich inzwischen fast eine Woche her, Mylady.«

Die Augen Lady Pocklingtons strahlen mich an: »Laßt doch bitte das alberne *Mylady*, nennt mich einfach Susan!«

Ich verneige mich galant:

»Mit dem allergrößten Vergnügen – *Susan!* Aber sagt mir, was macht Ihr allein hier in Tilbury?«

»Ich hoffte Neuigkeiten von George zu erfahren, doch wenn selbst Ihr nichts wißt...«

George!? Der Gebrauch seines Vornamens und ihre Anwesenheit in Tilbury lassen auf ein zärtliches Motiv schließen. Nun will ich es genauer wissen:

»Und Euer Mann?«

»Welcher *Mann?*«

»Euer Gatte – Ihr seid doch sicher längst verheiratet...«

Ein Schatten huscht über das Gesicht Susans:

»Ich bin nicht verheiratet, ich bin nach wie vor Hofdame der Königin und«, fügt sie leise hinzu, »werde deshalb aller Wahrscheinlichkeit nach als alte Jungfer sterben.«

Wir sind inzwischen beim THE THREE SWORDS angekommen. Ein paar Silbermünzen in die Hand des Wirtes verschafft uns einen ruhigen Tisch in der Ecke eines Nebenraumes.

»Dann wird sich die Königin, die *Kaiserin der Amazonen* in der Stunde der höchsten Gefahr, wohl bald ihrem Volk hier in Tilbury zeigen und an der Siegesfeier teilnehmen?« frage ich interessiert während wir uns setzen.

Doch Susan verneint:

»Die Königin ist schon vor Tagen in aller Stille in ihren Palast zu St. James in London zurückgekehrt.«

Zurückgekehrt, ohne mich zu sich rufen zu lassen! Meinen Ärger darüber gerade noch zügelnd, frage ich:

»Und Euch hat sie nun hier hergeschickt...«

»Beim Himmel, *nein!* Ich bin für einen Tag heimlich ausgerissen.«

»Ausgerissen?«

»Glaubt Ihr, die Königin ließe eine ihrer Hofdamen allein in die Nähe so vieler Männer – in die Nähe auch nur eines einzigen Mannes? Wir Hofdamen sind ihr alleiniges und ausschließliches Eigentum! Wußtet Ihr das nicht?«

»Mayfield ist wohl doch sehr weit von London und vom Hof entfernt. Aber an allen anderen Höfen Europas ist es doch üblich, daß die Königinnen dafür Sorge tragen, daß nach einigen Jahren des Dienstes ihre Hofdamen mit angesehenen Herren des Hofes verheiratet werden und...«

»An allen anderen Höfen Europas regiert auch keine *jungfräuliche* Königin!« stellt Susan richtig und fährt mit bitterem Hohn in der Stimme fort. *»Jungfräulich!* Jungfräulich, das haben nur wir zu sein, ihre Hofdamen!«

»Nun ja, ich habe gehört, daß der Earl of Leicester und neuerdings wohl auch der junge Earl of Essex...«

Susans Stimme wird zu einem Flüstern:

»Bewußt ausgestreute Gerüchte für den Pöbel und das Ausland, wenn Elizabeth zu Bündniszwecken Heiratsverhandlungen führen läßt. Glaubt mir, in das Bett der Königin ist noch nie ein Mann gestiegen – und es wird auch niemals einer hineinsteigen! Männer widern die Königin an! Mag sein, daß das mit ihrem frauenmordenden Vater zusammenhängt. Doch wie auch immer, allnächtlichen Dienst im Bett Ihrer Majestät tun allein wir, ihre *Hofdamen!* Uns allein ist es in allerhöchster Gnade gestattet, mit unseren Händen und Zungen ihren alternden, seit Jahren ungewaschenen, molchbleichen königlichen Leib zu berühren, ihm Lust zu verschaffen, während sie mit Argusaugen darüber wacht, daß sich niemand an ihrem persönlichen Eigentum vergreife, aus diesem Grund sogar unsere Jungfernhäutchen selber überprüft! Das ist der Grund, weshalb nur die allerkühnsten von uns wagen, sich mit einem Mann einzulassen. Die Mehrzahl ist tatsächlich jungfräulich, wie auch meine Freundin Joan Cranbrook, die Ihr damals in Chatham kennengelernt habt.«

»Das ist ja widerwärtig!« entfährt es mir.

»Ja, widerwärtig!« bekräftigt Susan aufspringend während Tränen an ihren langen Wimpern blitzen. »Und ich bin ein Teil dieser Widerwärtigkeit! Ich hasse dieses Weib! Verzeiht mir, Sir Adam, daß ich Eure Zeit gestohlen habe...«

Ich halte sie an der Hand fest:

»Warum geht Ihr dann nicht fort?«

»Wohin denn? Selbst wenn ich vergessen könnte, daß meine Familie allein von der Gnade der Königin abhängt, wer bin ich, was könnte ich, um auch nur einen einfachen Mann für mich zu finden? Ich kenne jeden abgezirkelten Schritt der Hofetikette, ich kann tanzen und die Laute spielen, aber ich wüßte nicht einmal, wie man einen Korb flicht, eine Kuh melkt oder eine Mahlzeit kocht...«

Der Glockenschlag einer nahen Turmuhr drängt Susan zur Eile.

»Ich muß zurück nach London!«

»Jetzt schon?«

»Wißt Ihr, was die Königin mit einer Hofdame macht, die ungehorsam ist oder von der sie gar Untreue vermutet? Die Reitpeitsche ist das Mildeste! Mehr als eine hat sie irgendwo auf ein einsames Schloß verbannt und dort verrotten lassen! Und von den Männern, die sich ihren Damen zu nahen gewagt hatten, endete mehr als einer im Tower!«

Das Gesagte läßt unser Gespräch verstummen. Susan steht auf. Ich geleite sie aus dem Gasthof und durch die überfüllten Straßen hinab zur Themse, wo ein Boot auf sie wartet. Einen Augenblick später ist sie fort. Ich bleibe am Ufer zurück.

KÖNIGLICHE DANKBARKEIT

Samstag,
der 24. August

»Was, zum Teufel, tue ich eigentlich noch hier?«

Der rotgesichtige Wirt des THE THREE SWORDS, dem ich in den letzten Tagen mindestens ein dutzendmal diese Frage schon gestellt habe, hebt stoisch die Schulter:

»Meinen Wein und mein Bier trinken, meinen Hammelbraten essen und im Bett meines besten Gastzimmers schlafen – und das ist immerhin weit besser als das Schicksal der braven Burschen da draußen. Allein auf der ELIZABETH JONAS sollen mittlerweile 200 Mann an Durchfall gestorben sein.«

»Es ist das Pech in den Kalfatnähten«, doziert der Apotheker, der mit ein paar anderen Honoratioren des Ortes an seinem Stammtisch hockt. »Wenn das Pech fault, dann steigen von ihm Miasmen auf, die den Körper vergiften und zu Erbrechen, Durchfall und schließlich zum Tod führen können. Dagegen hilft nur ein Säckchen gefüllt mit Kampfer, Lavendel und Aloe, das man um den Hals trägt...«

»Gebt den Männern etwas Anständiges zu fressen!« blafft ein Zimmermann vom anderen Ende des Schankraums zurück. »Wenn Ihr ein paar Wochen von solch einem Schweinefutter aus steinhartem, madigem Schiffszwieback, ranzigem Speck, halbverfaulten Hülsenfrüchten und überständigem Dünnbier leben müßtet, dann faulte auch Euch das Gedärm!«

»Liebe Freunde«, versucht der ebenfalls am Honoratiorentisch sitzende Pastor Frieden zu stiften. »Dem Herrn, unserem Gott hat es gefallen, für die begangenen Sünden...«

»Ach was!« schreit ihn ein Milizfähnrich nieder. »Erst hat es unserem Herrgott gefallen, die sündhaft katholischen Dons samt ihrer Armada zu vernichten, und jetzt haut er unsere wohl auch sündhaft protestantischen Leute in die Pfanne! Richte dem Herrn, unserem Gott aus, er soll sich gefälligst entscheiden, auf wessen Seite er denn nun eigentlich steht!«

Mir reicht es von dem Gezänk. Ich stehe auf und verlasse den Schankraum, gehe hinaus, streife ziellos durch die Gassen.

Als am 10. August die Flotte vor Margate, in Harwich, bei Tilbury und im Medwey vor Anker ging, als endgültig klar war, daß die Spanier nicht zurückkehren, sondern auf der gefahrvollen Route um Schottland und Irland herum ihr Heil in der Flucht suchten, da war die Begeisterung nochmals im ganzen Land übergeschwappt. Die Admiräle und Kapitäne, die Befehlshaber der Landtruppen und Milizen waren überschäumend gefeiert worden. Dann waren die hohen Herren in einem glitzernden Strom wieder blankgescheuerter Harnische, bestickter Wappenröcke, flatternder Mäntel und wippender Federbüsche die Themse hinauf nach St. James Palace zur Königin entschwunden.

Was zurückblieb, das sind Schiffe mit leeren Proviantmagazinen und Matrosen, denen die Heuer nicht ausbezahlt wurde, Kranke und Verwundete, die vergeblich auf ärztliche Hilfe warten, Soldaten und Milizionäre, die ohne Sold und Befehl nicht wissen, ob sie bleiben oder gehen sollen. Tilbury hat sich daher in den letzten zwei Wochen erschreckend verändert. Wo eben noch Menschen ausgelassen vor Glück über Sieg und Errettung tanzten, sangen und feierten, schleichen nun hohläugige Gespenster, gekrümmt von Hunger, Siechtum und Tod durch die Gassen. Überall auf den Plätzen betteln Scharen vor den Geschäften der Stadt, drängen sich vor den Kirchenportalen um eine warme Suppe. Glück haben nur ein paar hundert stämmige Burschen, die, von Bürgern und Geschäftsleuten angeheuert, gut bewaffnet vor Läden und Häusern gegen Milizionäre und Matrosen Wache schieben.

Zutiefst enttäuscht muß ich erkennen, daß ich gemäß der Anordnung von Winter und Seymour zwar immer noch in Tilbury hocke, doch das Warten auf den Ruf an den Hof eine Ewigkeit währen würde... Im St. James Palace, in Hampton Court, in Greenwich Palace oder wo auch immer sich die Königin und der Hof im Augenblick aufhalten, hat man mich, die Matrosen und Milizionäre vergessen!

Gewiß, der Lordadmiral und auch Hawkins lassen, aus eigener Tasche, wie man hört, einiges an Lebensmitteln und Kleidung herankarren, Cumberland soll, ebenfalls aus eigener Tasche, die Leute der ELIZABETH BONAVENTURE und der SAMPSON bezahlt haben, Drake kümmert sich wohl um die Männer der REVENGE und einiger anderer Schiffe seines Geschwaders. Aber angesichts von 15 000 Matrosen und ebenso vielen Soldaten und Milizionären samt den Angehörigen der Gefallenen sind die mildtätigen Gaben nur Tropfen auf glühende Steine.

Das Maß ist voll! Zumindest für *mich!* Morgen früh werde ich Tilbury verlassen. Ich werde in Mayfield nach dem Rechten sehen, meine erschöpften Bargeldbestände auffüllen und dann nach London reisen, um den mir zustehenden königlichen Dank einzufordern!

Dienstag,
der 27. August

Als ich von Maidstone kommend die ersten zerzausten Rauchfahnen der Kohlenmeiler über den blaugrünen Wäldern des Weald erblicke, fällt die trostlose Stimmung der letzten Tage in Tilbury wie von selbst von mir ab, und als ich die ewig rauchgeschwängerte Luft von Mayfield schnuppere, sauge ich sie tief in meine Lungen. Gutgelaunt trabe ich durch die Hauptstraße von Mayfield am MIDDLE HOUSE und der Kirche vorbei, grüße leutselig Bekannte, nehme den Weg hinunter ins Tal nach Mayfield Furnace.

Etwas verärgert halte ich einen Augenblick mein Pferd an. Meine Gießerei bietet einen Anblick, den ich seit Jahren nicht mehr gesehen habe: Kein Rauch entweicht aus den Kaminen der Formerei und des Gußhauses, die Wasserräder der Lehmstampferei und der Blasebälge stehen still, auf dem ummauerten Hof kein Mensch zu sehen, nicht einmal eine Wache am Tor... Doch dann schüttle ich über mich selbst den Kopf. Ich habe schließlich auch das letzte bestellte Rohr im Juli geliefert, bin selbst über einen Monat nicht mehr dagewesen. Was sollen, was *können* denn meine Leute schon tun, außer einmal richtig zu faulenzen und sich die Sonne auf den Bauch scheinen zu lassen? Nun, das wird sich jetzt schlagartig wieder ändern. In flottem Trab reite ich den Hang hinunter und sitze beim Tor ab:

»He! Hallo! Wo steckt Ihr denn alle?«

Die Tür des Hauses wird aufgerissen und mit wehenden Röcken fliegt Ysabel in meine Arme:

»Adam! Adam! *Du bist wieder da!*« Ihre leidenschaftlichen Küsse rauben mir den Atem, machen mich schwindlig. »Ich hatte ja solche Angst um dich!«

Sie betastet mein Gesicht, als müsse sie sich überzeugen, daß ich wirklich heil und lebendig vor ihr stehe, küßt mich wieder:

»O Adam, daß du wieder da bist! Jetzt wird alles wieder gut werden!«

Während der stürmischen Begrüßung sind drei meiner Leute im Hof aufgetaucht.

Ich winke ihnen freundlich zu:

»Hallo, Thomas! Wie geht es, James? Was macht deine Gicht, Jonathan? Wo treiben sich denn alle anderen herum?«

Thomas Orthmann, mein sächsischer Altgeselle, kommt näher: »Nu, die sind weg, Meester.«

»*Weg?* Wohin *weg?*«

»Zurück in ihre alten Gießereien...«

»Zurück!?« wiederhole ich völlig verblüfft. »Sind die des Wahnsinns?« explodiere ich. »*Was soll das?* Nur weil ich einen Monat fort bin, hauen sie alle ab? Das lasse ich mir nicht bieten!« Meine Faust ballt sich um die Reitpeitsche und ich habe bereits den Fuß wieder im Steigbügel, als mich Ysabel zurückhält:

»Beruhige dich, Liebster. Es ist nicht so, wie du denkst.«

»So? Und wie ist es *dann?*«

»Du warst kaum drei Tage mit den Geschützen der letzten Lieferung fort, da erschienen zwei Beamte des Privy Council mit einem offiziellen Schreiben von Sir Francis Walsingham:

Dein Vertrag mit der Krone ist mit sofortiger Wirkung aufgelöst, sämtliche Zahlungen an dich sind eingestellt – den Titel eines ›Ersten Gießermeisters der Königin‹ darfst du ehrenhalber weiterführen. Alle für die Gießerei abgestellten und bislang von der Krone bezahlten Männer hätten sich bei ihren ehemaligen Gießereien einzufinden.«

»Und weshalb seid *Ihr* dann noch da?« wende ich mich den drei Männer zu.

»Wir sind freiwillig geblieben«, meldet sich Thomas Orthmann zu Wort. »Meister Paine und Meister Stanton sind aus Mayfield, und ich, ich dachte, wenn der Betrieb erst wieder läuft, dann werdet Ihr einen tüchtigen Werkführer brauchen, der Euch das Gießen hier abnimmt, während Ihr unterwegs seid, die Aufträge zu beschaffen...«

Ich fahre zu Ysabel herum – und erkenne an ihrem Verhalten, daß das offenbar noch nicht alles ist.

»Sie haben auch alles Material mitgenommen. Eigentum der Krone, haben sie gesagt...«

Ich kann es nicht fassen!

Ich stürze zum Tor eines meiner Lagerschuppen, starre einen Augenblick entgeistert das aufgebrochene Schloß an, reiße die Tür auf. Die langen Regale sind leer! Da wo sich vor ein paar Wochen noch die Barren rotgoldenen Kupfers und bleichen Zinns türmten, da herrscht jetzt gähnende Leere.

Ich renne zu der Eisentür hinüber, hinter der sich die vorlegierten Barren der ›AD‹-Bronze stapelten und darauf warteten, in Schlangenform verwandelt zu werden. Auch hier das Tor aufgestemmt, das Lager leer!

Sogar meine ›AD‹-Bronze ist gestohlen!

Mein Blick geht hinüber zu den Behältern mit meinen Ingredienzien. Wenn ich nicht so wütend wäre, ich könnte laut auflachen: Bronzerosetten, Messingstäbe, Zinnpulver, Eisenspäne, Roßschwefel, Vitriol, Quecksilber, sogar das Blei aus protestantischen Kirchenfenstern – weg, fort, verschwunden, sorgsamst ausgeräumt und ausgeleert!«

»Auch das Holzlager haben sie mitgenommen«, meldet jetzt Jonathan Stanton, der Schreinermeister. »Kein einziges Buchenscheit haben sie zurückgelassen.«

»Und den Formlehm haben sie auch abtransportiert«, ergänzt Thomas Orthmann.

Mir ist, als hätte man mir das Rohr einer 66pfünder Cannon-Royal über den Schädel geschlagen.

»Die sind wahrhaftig wahnsinnig geworden! Walsingham, die Königin, das Navy Bord. *Wahnsinnig! Vollkommen wahnsinnig!*« Es dreht sich wie ein Mühlrad in meinem Gehirn. »Ich höre. Ich sehe es. Aber es kann nicht sein! Kann einfach nicht sein!«

»Lies das bitte, Adam. Bitte!« Ysabel hält mir ein versiegeltes Schreiben entgegen.

»Was ist das?« fahre ich sie an.

»Das haben die Beamten des Privy Council für dich dagelassen.«

»*Dagelassen* haben sie auch etwas?« wüte ich. Ich reiße Ysabel das Schriftstück aus der Hand, fetze das Siegel auf:

Wir, von Gottes Gnaden,
Elizabeth
Königin von England, Frankreich und Schottland...

Meine Augen fliegen hinunter zum eigentlichen Text:

... und haben in Unserer Milde beschlossen, für seine Verdienste Sir Adam Dreyling zu Wagrain, Erster Gießermeister Unserer Majestät, die Bronzegießerei zu Mayfield Furnace mit allem Grund, auf dem

besagte Gießerei errichtet, und mit allen Gebäuden, die auf diesem Grund stehen, sowie allen beweglichen und unbeweglichen technischen Einrichtungen, die zu besagter Gießerei und ihren Gebäuden gehören, ihm und seinen legitimen Erben in Unserer Gnade auf 99 Jahre zu verleihen und gestatten ihm gnädigst, alldaselbst fürderhin auf eigene Kosten und Rechnung Bronze zu gießen.

Als Gegenleistung erwarten wir von Sir Adam Dreyling zu Wagrain und seinen legitimen Erben, daß sie besagte Gießerei stets einsatzbereit und in so hervorragendem Zustand erhalten, wie der ist, in dem Wir ihm besagte Gießerei in Unserer Güte zu verleihen geruhen, auf daß Wir und Unsere Nachfolger auf dem Thron Englands stets in Zeiten der Gefahr und Not des Landes eine Bronzegießerei zu Unserer Verfügung haben…

Endgültig fassungslos lasse ich das Schreiben sinken.

Man hat mir meine Leute, mein Material, schlicht alles, was ich zum Betrieb von Mayfield Furnace brauche weggenommen, mir zwar den Grund, die Gebäude und technischen Einrichtungen geschenkt – nein, falsch: auf 99 Jahre *verliehen* –, und erwartet von mir dafür, daß ich die Gießerei bis zu irgendeiner Zeit der *Gefahr und Not des Landes* auf eigene Kosten weiterbetreibe!

Die sind wahnsinnig geworden! *Hoffnungslos und vollständig wahnsinnig!*

Und außerdem stinkt es hier! Es ist kein penetranter Gestank. Eher weich, süßlich…

Ich schaue mich um. Und mein Blick bleibt auf einem riesigen Haufen Pferdeäpfel und einer langen Reihe Tonnen mit Pferdejauche hängen.

»Was, um der Liebe Christi willen, ist *das?*« keuche ich.

»Die sind für die Formerei…«, stottert Orthmann.

»*Das* weiß ich auch!« brülle ich meinen Altgesellen an. »Aber wieso sind sie noch hier? Wieso haben die Beamten des Privy Council diesen stinkenden Haufen nicht auch mitgenommen?«

»Weil er nicht von der Krone bezahlt war, sondern direkt aus Scotney Castle an Euch geliefert wurde.«

Ich lehne an der Wand des Gußhauses, fühle wie meine Beine unter mir nachgeben, ich die Wand hinunterrutsche bis ich auf dem Boden sitze. Ich johle, schreie, brülle und lache, lache, lache…

Pferdepisse und Pferdescheiße…!

KÖNIGLICHE DANKBARKEIT

Samstag,
der 31. August

War es ein Sonnenstrahl, der im rechten Augenblick und im rechten Winkel durch die Tür der Formerei fiel? Oder war es eine Ahnung, mehr noch eine innere Gewißheit, die zu meiner Entdeckung heute nachmittag führte?

Auf der feinen Lehmschlämme des Bodens waren mir eingedrückte Linien aufgefallen, gerade so, als hätte dort jemand gezeichnet. Auch wenn die Linien durcheinander und übereinander liefen, teilweise von Fußabdrücken verwischt waren, erkannte ich sie augenblicklich: die Linien der Formbretter für meine Geschütze, die sauber aufgereiht der Größe nach vom 0,5pfünder Robinet bis zur 66pfünder Cannon-Royal an der Rückwand des Raumes aufgehängt sind. Irgend jemand hatte sie offensichtlich eine nach der anderen abgenommen, auf den Boden gelegt und fein säuberlich auf Papier oder Leinen mit einem spitzen Stift nachgezeichnet! Die Parallele zu den einstigen »Mumienbinden« Katharina Löfflers in unserer vorgezogenen Hochzeitsnacht ist unverkennbar!

In meinem Arbeitszimmer grüble ich nach: *Wer? Für wen?*

Das *für wen* ist rasch geklärt. Wenn nicht für sich selber, dann mit Sicherheit für Sir Francis Walsingham, der vom ersten Tag meines Aufenthaltes in England versucht hatte, hinter meine Gußgeheimnisse zu kommen.

Und *wer?* Solange meine Gießerei in vollem Betrieb war, wären die verräterischen Spuren binnen Stunden zertrampelt und verschwunden gewesen. Bleiben also nur vier Personen, die hier versucht haben können, meine Siegel zu brechen, jene vier, die mir noch in Mayfield Furnace die Treue halten...

James Paine, der Schmelzmeister? Bei seiner Tätigkeit war er stets auf einen recht kleinen Teil der Gießerei beschränkt geblieben, nämlich auf seine Öfen und Tiegel. Erst jetzt hätte sich für ihn die Gelegenheit ergeben, sich auch in den anderen Teilen der Gießerei umzusehen. In seiner Position hatte ich ihm natürlich die Legierungsverhältnisse meiner verschiedenen Bronzesorten anvertrauen müssen, auch das der ›AD‹-Bronze – bis auf eine Kleinigkeit, den Zusatz an Antimon. Für Walsingham wäre er zweifellos eine interessante Informationsquelle, wenn auch eine letztlich nutzlose. Auf eigene Rechnung zu spionieren traue ich ihm nicht zu. Paine ist der geborene Untergebene, ein Mann, der geradezu panische Angst vor Eigenverantwortung hat.

Jonathan Stanton, der Schreinermeister? Seine Arbeit hatte ihn stets durch alle Teile der Gießerei geführt – ideal für einen Schnüffler. Zugute halten muß man ihm, daß er einerseits aufgrund seines Berufes kein Eigeninteresse haben *kann*, zum anderen, daß er sich genau aus diesem Grund auch kaum Kenntnisse über Schmelze und Guß aneignen konnte.

Ysabel! Daß sie von Anfang an offen zugegeben hat, für Walsingham zu arbeiten, mag dazu dienen, mich vertrauensselig zu machen. Meine Vorsicht hat sie freilich nie so weit einlullen können, daß ich ihr echte Geheimnisse der Gießerei anvertraut hätte. Auch ist es eigentlich unlogisch, wie mir jetzt auffällt, für Walsingham meine Formbretter abzuzeichnen – auf den Schiffen Englands befinden sich so viele meiner Geschütze, daß Sir Francis an ihre äußere Form, bei Gott, einfacher herankommen kann. Wer diese Linien auf dem Boden der Formerei hinterlassen hat, der will dieses Wissen nicht in England verkaufen.

Doch wo? In Sachsen beispielsweise...

Thomas Orthmann! Mein eifriger, stets dienstbeflissener, stets hilfswilliger, stets mir Arbeit abzunehmen bereiter Altgeselle! Mehr noch als Stanton kann er sich überall frei in der Gießerei bewegen, besser noch als Paine ist er mit fast allen Arbeitsgängen vertraut. Und gründlicher als bei jedem anderen habe ich bei ihm darauf geachtet, wirkliche Geheimnisse vor ihm auch *geheim*zuhalten! Wie recht ich doch hatte!

Ich stehe auf, öffne die Tür und horche in den Hausflur hinaus. Aus der Küche im unteren Stock höre ich die Stimmen der drei Männer. Gut!

Mit leisen schnellen Schritten überquere ich den Gang, husche auf den Hof hinaus, begebe mich zu den Quartieren meiner Leute. Mit einem Nachschlüssel öffne ich die Tür zu Orthmanns Zimmer, trete ein, lasse meinen Blick schweifen. Die Kleidertruhe? Zu auffällig. Die Bettstatt mit dem Strohsack? Bestimmt nicht. Der schmale Tisch, der Hocker? Nein. Die Wände? Weiß gekalkt und fugenlos. Der Dielenboden? Stabil. Die Decke mit den schweren Balken, abgedeckt mit Brettern...

Ich greife nach oben, taste die Bretter ab. Und siehe da, zwei lassen sich mühelos anheben. Ich greife mit der Rechten in den Hohlraum, fühle ein Paket, ziehe es hervor.

Einen Augenblick später liegt mein Fund auf dem Tisch, ein mittlerer Stapel Blätter, eingeschlagen in Leinen.

Im Licht der letzten Abenddämmerung gehe ich blitzschnell die Aufzeichnungen durch. Und kann mir ein Grinsen nicht verkneifen. Das steht säuberlich aufgelistet alles, was mein werter Altgeselle in all den Jahren an Informationen ergattern konnte, Maße und Gewichte und Materialien. Sogar die Zahl der Buchenscheite, die bei jedem Schmelzvorgang in den schwarzen Riesen verfüttert wurden, ist getreulich aufgezeichnet – *ich* hätte sie nicht gewußt. All meine geheimnisvollen Anmerkungen und Hantierungen stehen da verzeichnet – ich ahnte gar nicht, *wie* geheimnisvoll sie wirkten. Eine Reihe von Zeichnungen befaßt sich mit den Bauten der Gießerei: Grundrisse, Ansichten, sogar die exakten Maße der Fenster...

Thomas, o Thomas! Fleißig warst du. Sehr, sehr fleißig! Sehr, sehr gründlich! Nur von dem, worum es wirklich geht, davon steht in deinen Aufzeichnungen keine Silbe! Ob du für Walsingham arbeitest oder für dich selbst, die Sieben Siegel Dreylingscher Gießerkunst werden dir auf ewig verschlossen bleiben!

Zutiefst beruhigt packe ich die Blätter wieder zusammen, verstaue das Paket in seinem Versteck, kehre geräuschlos und ungesehen in mein Arbeitszimmer zurück, wo ich mich erneut in die Schreiben an das Navy Bord, das Ordnance Bord, an Sir William Winter, Sir John Hawkins, Lord Warwick und Sir Francis Drake vertiefe; denn nun ist es unvermeidlich, daß ich mich um Aufträge für meine Gießerei kümmern muß, wenn sich die Wasserräder wieder drehen, die Kamine der Öfen wieder rauchen sollen.

Dienstag,
der 24. September

Das Klappern von Pferdehufen auf dem Pflaster des Hofes läßt mich aufspringen. Ich eile die Treppen hinab und reiße die Haustür auf, kann gerade noch rechtzeitig zupacken, um zu verhindern, daß mein von einer dichten Whisky-Wolke umhüllter Besucher der Länge nach in den Hausgang fällt.

TILBURY, MAYFIELD, LONDON 1588

»Sir Richard Grenville!« rufe ich erstaunt, als mein Gast das Gleichgewicht wieder gefunden hat. »Was bringt Euch nach Mayfield?«

Grenville glubscht mich an, als wisse er nicht, wo er sich befindet.

»War in der Nähe, wollte nur eben mal hereinschauen«, brabbelt er schließlich. »Habt Ihr etwas Vernünftiges zu trinken da? Ich verdurste!«

Während ich den bedenklich schwankenden Sir Richard in die Stube bugsiere, wo er sich krachend in einen Sessel fallen läßt, erscheint Ysabel mit einer Flasche Whisky und zwei Bechern. Ungeniert greift Grenville nach der Flasche, zieht den Korken mit den Zähnen heraus, setzt an, läßt das Gebräu wie Wasser die Kehle hinunterlaufen. Gut zu einem Drittel geleert setzt er die Flasche schließlich auf dem Tisch ab, hält aber seine Faust fest um sie geballt, seufzt tief: »Das war gut!«, rülpst, schüttelt ein paarmal den Kopf wie ein nasser Hund, nimmt noch einen tiefen Zug und schaut mich dann mit überraschend klaren Augen an:

»Hab's mir schon gedacht. Wollt's aber mit eigenen Augen sehen!«

»Was habt Ihr Euch gedacht, Sir Richard? Was wolltet Ihr sehen?« frage ich.

»Ob in Mayfield noch so ein Opfer königlicher Dankbarkeit sitzt. Und siehe da: so ist es!«

»Wie meint Ihr das?«

»Na, ist doch mächtig viel los in Eurer Gießerei. Aber tröstet Euch, Ihr seid in bester Gesellschaft. Von den armen Schweinen an Matrosen und Soldaten, die ihren Kopf und ihre heilen Glieder für England hingehalten haben, redet ja ohnehin keiner mehr. Aber auch von den besseren Herren sitzen etliche bis zur Halskrause in der Scheiße. Sogar die Oberhäupter des Devonshire-Clans. Wenn's nicht so ärgerlich wäre, dann würde ich johlen vor Vergnügen. Mein Intimus Drake muß seine Leute aus eigener Tasche entlohnen, wenn er seinen Nimbus nicht verlieren will, und auf finanziellen Ersatz für seine vor Gravelines so bereitwillig zur Verfügung gestellten Brander wartet er auch noch. Seinem Vetter Hawkins, unserem hochedlen Marineschatzmeister, fliegen von allen Ecken und Enden die Geldforderungen um die Ohren, und er kann nicht zahlen, weil der noch hochedlere William Cecil, Lord Burghley, unser Lordschatzmeister, die Gelder für Navy und Ordnance Board schlicht gestrichen hat. Das Eingesparte braucht er für ein rauschendes Fest anläßlich des

Sieges über die Armada und die 30jährige Thronbesteigung der Königin!«

Mit einem tiefen Zug stärkt sich Sir Richard aus der Flasche, ehe er traurig feststellt:

»Wir haben alles falsch gemacht, Sir Adam! Anstatt uns um die Verteidigung der cornischen Küste, die Beschaffung von Pulver und Kugeln zu kümmern, oder uns gar mit den Dons zu prügeln hätten wir nach Irland gehen müssen. Da sahnen sie nun gefahrlos ab, was wir mit unserem Leben erkämpft haben! Mindestens 20 der spanischen Galeonen und Urkas hat es zwischen Tory Island und Cape Clear auf den Strand geschmissen. Die irischen Viehhüter hängen ihren Schafen Goldperlen in die Ohren, und der tapfere Statthalter Ihrer Majestät in Irland, Sir Richard Bingham, erwirbt sich unsterbliche Verdienste um die Krone, indem er mit Beil und Strick schiffbrüchige Spanier abschlachtet.«

Ein letzter Zug, der die Flasche endgültig leert, dann rumpelt Grenville in die Höhe:

»Ich muß weiter. Seid froh, daß Ihr hier ruhig in Mayfield hocken dürft. Hier müßt Ihr Euch wenigstens nicht mit Vorwürfen und Anklagen herumschlagen! Da, das habe ich letzte Woche erhalten!« Grenville zerrt einen mittlerweile reichlich schmierigen Brief, auf dem man noch das königliche Siegel erkennen kann, aus der Manteltasche, hält es mir hin. »Wißt Ihr, was unsere huldvolle, jungfräuliche Majestät fragen läßt? Wo denn die eroberten und gekaperten spanischen Schiffe geblieben seien? Und wo die zahllosen spanischen Gefangenen, die doch gemacht werden sollten? Und vor allem, wo denn die Schatzkisten mit all dem schönen spanischen Gold geblieben seien, die die Armada mitgeführt habe?

Und wißt Ihr, was ich jetzt tue? Ich darf nach London reiten, um mich zu *rechtfertigen!* Und vielleicht trifft mich dann auch der Dank der Krone, wie auf seiten der Dons den Befehlshaber der tapferen SANTA BARBARA, Don Cristóbal de Avila, den Medina Sidonia am Tag nach Gravelines an der Rahnock aufhängen und durch die ganze Flotte fahren ließ, zur Bestärkung der Tapferkeit der übrigen. Vielleicht habe ich Glück und strande nur in einer einsamen irischen Bucht.«

Schwankend, aber aufrecht verläßt Sir Richard mein Haus, wird von seinen Reitknechten aufs Pferd gehievt.

»Ein Hoch auf die Dankbarkeit der Könige!« grölt er mir noch zu, während er zum Hoftor hinaustrabt.

TILBURY, MAYFIELD, LONDON 1588

Sonntag,
den 17. November

Böiger Nordwestwind, vermischt mit Schneeflocken und Regen, klatscht mir und meinen mißmutig hinterdrein trottenden Begleitern ins Gesicht. Unsere Pferde stapfen mühsam durch den aufgeweichten Morast der Landstraße. Wasser tropft von unseren Hüten, unsere Mäntel sind durchweicht, unsere Stiefel bis zu den Knien mit Kot bespritzt, Sättel und Zaumzeug quietschen vor Nässe. Verdammt, Spätherbst und Winter sind keine Reisezeit in England! Wer immer kann, der sollte in seiner warmen Stube hinter dem Ofen sitzen bleiben, die Füße hochlegen und mit heißem Glühwein dem Schnupfen vorbeugen.

Aber ich habe es nicht mehr ausgehalten in Mayfield, in der trostlos leeren Mayfield Furnace mit ihren stillstehenden Wasserrädern, den kalten Schmelzöfen, den leeren Lagern, in denen nur noch Orthmann, Paine und Stanton wie verlorene Seelen herumgeistern. Selbst Ysabels hingebungsvolle Sorge um mein leibliches Wohl mit Essen, Trinken und Unterhaltung am Tag und Zärtlichkeiten in der Nacht konnte mich nicht mehr halten.

Als wir durch das breite Tor der Werft von Chatham traben, atme ich tief durch. Ein kurzer Blick über das Werftgelände zeigt mir, daß auch hier ungewohnte Ruhe herrscht, doch das ist wohl der Jahreszeit zuzuschreiben. Als ich vor dem efeuüberwachsenen Haus mit dem breiten Dach und den warm in die einsetzende Dämmerung hinaus schimmernden Fenstern absitze, ist es wie ein Heimkommen.

»Adam! Was macht Ihr hier?« Mrs. Baker steht unter der Tür, hält sie weit offen. »Kommt herein! Ihr seid ja völlig durchgefroren und durchnäßt! Legt ab und zieht Eure Stiefel aus. Ich werde Euch sofort Decken und einen heißen Kamillentee bringen.«

»Ist Matthew da?«

»Aber sicher. Er sitzt hinten in seiner *Kathedrale*.«

Ich befreie mich schnell von Mantel, Hut und Handschuhen und gehe den Hausflur hinunter. Als ich die Tür zur *Kathedrale* öffne, bietet sich mir das Bild einer Idylle: Im Kerzenschein von drei fünfarmigen Kandelabern sitzt Matthew in bequemer Hauskleidung in einem hochlehnigen Polsterstuhl an seinem mächtigen Arbeitstisch,

KÖNIGLICHE DANKBARKEIT

umgeben von dickleibigen, schweinsledergebundenen Folianten, Papieren, Zirkeln, Linealen, Rechenschiebern, Winkelmessern, Federn und Tinte, pafft blaue Rauchwolken aus seiner Pfeife und pinselt eifrig an einer halbfertigen Zeichnung, die vor ihm auf einem Reißbrett aufgespannt liegt. Im Hintergrund knistert ein gemütliches Feuer im Kamin, und neben meinem Freund stehen ein Becher und eine Zinnkanne mit dampfendem Würzwein.

Matthew springt auf, schüttelt mir die Hände, umarmt mich herzlich:

»Adam! Wo hast du all die Wochen gesteckt? Puh! Du fühlst dich an wie eine Wasserleiche! Los, runter mit dem nassen Zeug, du holst dir den Tod! Margareth, Decken! Einen heißen Stein!«

Ohne einen Widerspruch zuzulassen, schälen mich die beiden Bakers bis zur Leibhose aus meinen Kleidern, und Minuten später sitze ich warm und wohlig in Decken verpackt mit einem Becher Kamillentee in der Hand in einem geräumigen Sessel vor dem Kamin. Matthew läßt sich mir gegenüber wieder in seinen Stuhl fallen, streckt die langen Beine aus, entzündet seine erloschene Pfeife neu:

»Also, was bringt dich bei diesem Mistwetter her nach Chatham? Was hast du überhaupt in den letzten Monaten getrieben?«

»Nichts.«

»Nichts?«

»*Nichts!* Und genau deshalb bin ich hier. Die Königin hat mir und meinen Nachkommen, wie du vielleicht weißt, Mayfield Furnace auf 99 Jahre überlassen, mit der Bedingung, die Gießerei ständig in Einsatzbereitschaft zu halten.«

»Und dir damit alle Kosten aufgehängt – ein typisches Tudor-Geschenk«, feixt Baker.

»Gleichzeitig hat man mir aber fast alle Leute abgezogen...«

»... die, wie du zugeben mußt, von den anderen Gießereien nur auf königlichen Befehl an dich ausgeliehen waren. Du wirst dir eben auf eigene Kosten neue Leute beschaffen oder dir deine alten von Owen, Hogge und wie sie sonst noch heißen zurückkaufen müssen. Das kostet Geld, gewiß, aber meinst du, *ich* bekomme meine Männer von der Krone geschenkt? Adam, du hast in den letzten sieben Jahren ganz schön kassiert, du bist kein armer Mann, der sich das nicht leisten könnte...«

»Natürlich kann ich es mir leisten«, wehre ich ärgerlich ab. »Aber was ich mir *nicht* leisten kann, das ist, *keine Aufträge* zu bekommen! Ich habe an das Ordnance Board geschrieben, an das Navy Board –

TILBURY, MAYFIELD, LONDON 1588

die Herren Winter haben mich nicht einmal einer Antwort gewürdigt. Ich habe Verbindung zum Devonshire-Clan aufgenommen, zu Hawkins und Drake. Man hat mir geantwortet, man sei wohl auf Jahre hinaus mit den hervorragenden Dreyling-Culverinen reichlich eingedeckt. Ich habe mich an Lord Warwick persönlich gewandt – die Schiffe seien so gut bestückt wie noch nie...«

Matthew antwortet mit ernster Miene:

»Glaubst du denn, mir geht es im Augenblick wesentlich anders? Schau doch hinaus auf die Werft. Hast du bei mir jemals eine so gähnende Leere erlebt? Ein einziges kleines Schiff der Levant Company zur Reparatur. Und meinst du, bei Pett und Chapman sieht es um ein Haar besser aus?«

»Aber...«

»Nichts: *Aber!* In den letzten Jahren hat die Krone jeden Penny, den sie erübrigen konnte, aus Angst vor den Spaniern in Schiffe und Kanonen gesteckt. Du und ich, wir haben uns eine dicke Scheibe vom Kuchen abgeschnitten. Jetzt sind die Spanier geschlagen und fort. Hast du im Ernst geglaubt, das Schlangengießen und Schiffebauen würde trotzdem unvermindert so weitergehen?«

»Natürlich nicht. Aber nichts, absolut nichts an Aufträgen«, werfe ich ein.

Matthew versucht mich zu beruhigen:

»Die kommen schon wieder. Holz verrottet. Und weil Holz verrottet, haben Schiffe nicht das ewige Leben.«

»Bronze verrottet nicht!«

Matthew wiegt nachdenklich den Kopf:

»Das ist wahr. Ein erstklassig gegossenes Bronzegeschütz schießt auch nach 50 oder 100 Jahren noch so gut wie am ersten Tag. Ich fürchte, du warst zu fleißig, Adam, und du hast zu gute Qualität geliefert!«

»Ein schöner Trost! Und was soll ich jetzt machen? Was machst *du*?«

»Ich? Ich schreibe ein Buch.«

»Ein Buch? Worüber?«

»Über die Kunst des Schiffbaus. Da schau her.«

Baker reicht mir das Reißbrett. Mit feinen Tintenstrichen sind auf dem Papier zwei Schiffsrümpfe zu sehen, teilweise bereits farbig koloriert.

»Die BULL und die TIGER«, stelle ich fest.

Matthew deutet auf die anderen Papiere auf seinem Arbeitstisch.

Ich sehe Blätter mit Spantrissen, Blätter mit Formeln und Berechnungen und detaillierten Beschreibungen.

»Weshalb machst du das nicht auch?« fragt mein Freund. »Weshalb schreibst du kein Buch über die Kunst des Bronzegeschützgusses?«

»Und plaudere dabei all meine Gußgeheimnisse aus?«

Matthew schmunzelt.»Weshalb denn nicht? Meinst du etwa, ich veröffentliche mein Buch morgen oder übermorgen? Nein, das bleibt bis zu meinen Tod säuberlich hinter Schloß und Riegel, und erst dann geht es als Erbe an die Universität von Cambridge.

Weshalb machst du es nicht genauso, Adam? Meine Schiffe – irgendwann wird das letzte im Meer versunken oder abgewrackt sein. Deine Schlangen – irgendwann wird die letzte eingeschmolzen werden. Wer wird sich dann an Adam Dreyling und Matthew Baker noch erinnern?

Holz und Bronze vergehen. Was die Zeiten überdauert, steht auf Papier!

Also Adam, tu etwas für deinen Nachruf, für deine Unsterblichkeit!«

Donnerstag,
der 21. November

»Tu etwas für deine Unsterblichkeit. Schreibe ein Buch.«

In den ruhevollen, harmonischen Tagen in Chatham habe ich mir den Vorschlag meines Freundes sehr genau überlegt. Ich weiß, daß er so unrecht nicht hat. Aber ich bin nicht Matthew Baker. Ich habe nicht seine innere Ruhe, seine Gelassenheit des Gelehrten, der zu seinem Spaß Schiffe baut. Ich kann, ich will mich nicht damit abfinden, den Rest meiner Tage in einer wohlgeheizten Stube zu hocken und Papier zu bekritzeln.

Und da ist noch etwas, das mich treibt: Das zweischneidige königliche Geschenk von Mayfield Furnace auf 99 Jahre kann ja wohl nicht alles gewesen sein, was England an Dank dem Mann abzustatten bereit ist, dessen Geschütze die unüberwindliche Armada überwunden haben!

Auch hier bin ich nicht wie mein Freund Matthew, dem es gleichgültig zu sein scheint, ob man seine Verdienste nun gebührend würdigt oder nicht. Wenn man *meine* Verdienste zu vergessen gedenkt, dann werde ich eben die Verantwortlichen nachdrücklich daran erinnern. Mag Matthew auf seine angemessenen Lorbeeren verzichten, ein Dreyling wird dies *nicht* tun!

Als mein Boot an Woolwich und Deptford vorbeizieht, halte ich mit wachsamen Augen Ausschau nach den Werften. Matthew hatte recht. Zwar liegen im Unterlauf der Themse zahlreiche Schiffe vor Anker, viele davon, die an der Schlacht gegen die Armada teilgenommen haben. In den Takelagen kriechen auch da und dort ein paar Männer herum, aber von energischen Reparatur- und Erneuerungsarbeiten ist nirgendwo etwas zu entdecken. In den Werften von Pett und Chapman herrscht Friedhofsruhe, selbst die sonst üblichen winterlichen Ausbesserungsarbeiten an den Schiffen scheinen für heuer abgesagt worden zu sein.

Ein gedrungener Kirchturm mit spitzem Helm inmitten einiger Häuser und Hütten am Ufer rechter Hand läßt einen Gedanken in mir aufblitzen: Stepney – William Davison! Auch er ja ein Mann, der sich unbestreitbare Verdienste um England erworben hat und zunächst seinen gerechten Lohn nicht einfordern durfte... Spontan gebe ich den Ruderern das Zeichen, an der schmalen Holzmole von Stepney anzulegen.

Stepney Cottage in dem geräumigen, ummauerten Park sieht unverändert aus seit meinem letzten Besuch. Allerdings ist von den damals so übereifrigen Wachen und Hunden nichts zu entdecken. Ich durchschreite ungehindert das Parktor und lasse den schweren Bronzering des Klopfers gegen die Haustür dröhnen. Die Tür öffnet sich einen Spalt, und ein grauhaariger Diener beäugt mich mißtrauisch.

»Ist Master William Davison zu Hause? Meldet ihm bitte Sir Adam Dreyling.«

»Adam Dreyling? Adam!« die helle Stimme Williams aus dem Inneren das Hauses ist unverkennbar. Und schon wird die Tür weit aufgerissen.

Wenige Minuten später sitzen wir an einem warmen Kachelofen, zwei gefüllte Weingläser vor uns, prosten uns zu. Während das Gespräch zunächst belanglos dahinplätschert habe ich Zeit meinen Freund zu mustern.

William sieht schlecht aus, fahl mit dunklen Ringen unter den Augen, Haar und Bart könnten einen Barbier gebrauchen, seine Bewegungen wirken unsicher, seine selbst im Tower adrette Kleidung

KÖNIGLICHE DANKBARKEIT

wirkt nicht schlampig, aber eindeutig nachlässig. Was mich freilich am meisten verblüfft, ist der Wein. Willi, der aus seiner Vorliebe für erlesene Tropfen geradezu einen Kult gemacht hatte, schüttet jetzt binnen weniger Minuten bereits das dritte Glas recht zweifelhaften Sauerampfers in sich hinein.

»Was machst du zur Zeit? Ich meine, was hast du für Pläne?« frage ich vorsichtig.

»Ich habe keine Pläne...«

Aufmunternd versuche ich meinen Freund aus der Reserve zu locken:

»Du bist seit Jahr und Tag einer der besten und zuverlässigsten Leute Walsinghams! Du wirst mir doch nicht im Ernst erzählen wollen, daß du hier in Stepney sitzt und Däumchen drehst.«

»Ich drehe aber – und das vielleicht bis zum Ende meines Lebens. Vergiß nicht, ich bin der Mann, der den Hinrichtungsbefehl für Maria Stuart überbracht hat.«

»Und damit der Königin, Walsingham und noch ein paar Leuten einen unschätzbaren Dienst erwies!«

»Habe ich das? Gut, du weißt es. Ich weiß es. Aber weiß es die Königin? Weiß es Walsingham? Wissen sie es – *noch?*«

»Das können sie doch nicht einfach unter den Tisch wischen!« empöre ich mich.

William wirkt müde und resigniert:

»Das Gedächtnis der Mächtigen dieser Welt ist verdammt kurz, mein lieber Adam!«

»Nun gut«, gebe ich zu, »vielleicht mag es noch nicht der Zeitpunkt sein, deine Verdienste offiziell anzuerkennen. Aber inoffiziell...«

»Hat man mir meinen Kopf gelassen – das ist immerhin eine ganze Menge! Und man geruhte mir zu bedeuten, in ein oder zwei Jahren könne man möglicherweise ganz leise, ganz weit weg von England meiner Dienste wieder bedürfen. – Und außerdem ist dieser Wein *ungenießbar!* Warte einen Augenblick, ich hole uns etwas anderes.«

Eine Minute später kehrt William mit einer großen Whiskyflasche zurück, schenkt unsere Gläser randvoll:

»Auf das Beste, das je aus Schottland kam – prosit, Adam! Und auf unsere Zeit in Venedig und die schöne Maria Cavallino – prosit, Adam! Und auf unseren Ritt durch Südtirol und die Strióna – prosit, Adam...«

Der Rest des Nachmittags und der Abend versinken in Erinnerun-

TILBURY, MAYFIELD, LONDON 1588

gen und Whisky. Der letzte verschwommene Eindruck des Tages ist ein Willi, dessen Kopf auf die mit Flaschen bedeckte Tischplatte gesunken ist, während ich mich auf der Ofenbank ausstrecke.

Freitag,
der 22. November

Als die grauen, bemoosten Mauern von Barn Elms in der Themsebiegung auftauchen fühle ich mich frisch und voll Tatendrang. Den Kater und die bohrenden Kopfschmerzen, mit denen ich nach dem nächtlichen Besäufnis in Stepney erwacht war, hat der frische, kalte Dezemberwind auf der Themse davongeweht. Der Anblick des Towers, des Turms des ROSE THEATRE, der London Bridge haben meine Entschlossenheit bestärkt.

Was habe ich in diesen letzten Jahren hier in London, in England erlebt! Was habe ich *geleistet*!

Nein, *ich* würde nicht in Schicksalsergebenheit versinken wie mein armer Freund William. *Ich* würde meine Rechte einfordern!

Und wenn man sie mir wirklich verweigern wollte? Beim Papst und allen Hexen! England ist nicht die Welt! Adam Dreyling, den Vernichter der unüberwindlichen Armada, würde man in Frankreich, in Venedig, in der Türkei, in Polen, sogar in Spanien und Österreich auf den Knien empfangen!

Die Einlaßzeremonie an dem eisernen Flußtörchen von Barn Elms geht überraschend schnell vonstatten. Wenige Minuten nach meiner Ankunft schreite ich schon an der Seite eines Offiziers der walisischen Leibgarde Sir Francis Walsinghams durch den düsteren Park auf das Haus zu.

Heute sehe ich freilich manches mit anderen Augen. Nicht mehr die wütend kläffenden und an ihren Leinen zerrenden Kampfhunde sind es, die mir imponieren, es sind die Männer mit ihren langen Bogen über der Schulter. Seit ich einen von ihnen in der Schlacht von Gravelines erlebt habe, wie er den Offizier der SAN FELIPE mit drei Pfeilen an den Besanmast nagelte, bin ich mir bewußt, daß all jene Berichte, nach denen die Langbogenschützen auf 200 Yards ein Ziel von der Größe eine Menschen mit sechs bis acht Pfeilen in der Minute treffen können und so schnell schießen, daß der dritte Pfeil

KÖNIGLICHE DANKBARKEIT

in der Luft ist, noch ehe der erste sein Ziel erreicht, keineswegs ins Reich der Legende gehören.

In Walsinghams Arbeitsraum hat sich in all den Jahren, seit ich ihn das erste Mal betreten habe, nichts verändert. Verändert dagegen hat sich Sir Francis selbst. Sein weißes Gespenstergesicht erscheint noch bleicher, die Falten sind schärfer, die tief in die Höhlen gesunkenen Augen noch brennender. Trotz des überheizten Raumes scheint sein Körper unter den dicken Pelzdecken, in die er eingehüllt ist, vor Kälte zu beben.

»Ich habe Euch schon seit einiger Zeit erwartet«, begrüßt mich Walsingham.

»Weshalb habt Ihr dann nicht nach mir geschickt?«

»Dazu bestand unsererseits kein Anlaß...«

Ich schweige, warte auf eine Erklärung für diese merkwürdige Eröffnung des Gespräches.

»Ich hörte, daß Ihr undankbar seid, *Sir* Adam...«

»Undankbar?«

»Man hat Euch ein großzügiges Geschenk gemacht. Man hat Euch eine reiche Belohnung für Eure Verdienste zuteil werden lassen. Ihr scheint Euch dieser Ehre nicht recht bewußt zu sein.«

»Geschenk? Belohnung? Ehre?« Ich weiß nicht, ob ich vor Enttäuschung oder Wut losbrüllen soll. Mühsam zügle ich meine Lautstärke. »Eine wahrhaft königliche Belohnung! Man hat mir ein handtuchgroßes Stückchen Land übertragen mit ein paar Gebäuden darauf und mir gleich auch noch die Verpflichtung *geschenkt*, dieselbigen aus eigener Tasche hinfort zu betreiben, zu erhalten und zu bezahlen! Vollendet wurde diese Schenkung durch den Abzug aller Männer bis auf drei Seßhafte.«

»Die Leute waren von der Krone angeworben und bezahlt. Niemand hindert Euch, sie auf Eure eigene Rechnung zurückzuholen.«

»Wenn Ihr schon all meine notwendigen Leute aus der Gießerei abgezogen habt«, grolle ich. »Dann schafft mir wenigstens auch noch diesen Schleicher Thomas Orthmann vom Hals!«

Walsingham zeigt sich uninteressiert: »Werft ihn hinaus. Er ist auf eigenen Wunsch in Mayfield geblieben.«

»Und für wen schnüffelt er dann?« frage ich grob.

»Diese Frage sollte eigentlich nicht gerade von Euch kommen, Sir Adam. Ihr wart lange genug in der gleichen Position wie er...«

Ich bin nahe daran den letzten Rest meiner Beherrschung zu verlieren.

»Meine Lager hat man säuberlich von jedem Krümelchen Kupfer, Zinn, Brennholz und sonstigem Material gesäubert!«

»Auch das Material war Eigentum der Krone, wie Ihr wißt. Es steht Euch nichts im Wege, neues Material einzukaufen.«

»Und weshalb hat man dann nicht auch noch die Pferdeäpfel und die Roßpisse abtransportiert?« fauche ich.

»Sie sind Euer rechtmäßiges Eigentum«, Walsingham umklammert mit beiden Händen eine auf dem Schreibtisch liegende Pergamentrolle. »Ich verstehe Euch nicht, Sir Adam. Ich möchte Euch gar nicht daran erinnern, daß Euch Euer Freund William Davison seinerzeit in Innsbruck aus einer recht mißlichen Lage befreit hat. Ich möchte Euch auch nicht daran erinnern, daß wir es waren, die mehr als einmal Euren Hals gerettet haben und Euch jahrelang vor den Anschlägen des Hauses Habsburg, Eures Onkels Hans Christoph Löffler und der Katholiken beschützt haben. Ihr solltet übrigens etwas mehr für Eure Sicherheit tun. Die große Schlacht ist zwar vorbei, doch Haß und Rachegefühle der anderen Seite gegen Euch sind deshalb nicht geringer geworden. Ihr solltet Euch um ein paar Leibwächter kümmern!«

»Auf eigene Kosten natürlich?« frage ich ironisch.

»Gewiß! Es ist schließlich *Euer* Leben, das bedroht ist. Aber was ich Euch sagen wollte: Als Ihr nach England kamt, war es Euer heißersehntes Ziel, *selbständiger Gießermeister in einer eigenen Gießerei* zu sein. Wir haben Euch das Erreichen dieses Ziels ermöglicht. Wir haben Euren *Innsbrucker Meisterbrief* ausgeschrieben und gesiegelt. Durch Eure Arbeit für uns seit Ihr zu einem der berühmtesten Geschützgießer Europas geworden. Wir haben Euch nun eine vollständig ausgerüstete Gießerei geschenkt. *Durch uns seid Ihr, was Ihr sein wolltet.* Was also wollt Ihr mehr?«

Es ist mir klar, daß ich im Augenblick so nicht weiterkomme. Walsingham ist offensichtlich derart von der Großzügigkeit des königlichen Geschenkes überzeugt, daß er alle meine Einwände abschmettert.

So wende ich mich zunächst praktischen Aspekten zu: »Ich werde also – auf eigene Kosten – Leute anwerben, kaufe – ebenfalls auf eigene Kosten – das benötigte Material.«

Sir Francis stimmt zu:

»Das wird von Euch erwartet, und so steht es in der Schenkungsurkunde geschrieben.«

»Wann erhalte ich die nächsten Gußaufträge?«

»Dazu müßt Ihr Euch an das Navy und Ordnance Board wenden, an Sir William Winter oder Lord Warwick.«

»*Das* habe ich bereits getan! Und darüber hinaus an Sir Francis Drake und Sir John Hawkins.«

»Wunderbar!«

»Was heißt hier *wunderbar?*« reagiere ich erbost. »Man hat mir mitgeteilt, daß alle Schiffe mit Geschützrohren versorgt, ja, übersorgt seien. Man brauche bis auf weiteres keine Kanonen!«

»Das ist verständlich«, bestätigt Walsingham trocken, um dann in versöhnlichem Ton fortzufahren: »Sir Adam, ich verstehe ja Eure augenblicklichen Probleme. Die Krone ist bereit, Euch ein Grundstück direkt neben Mayfield Furnace um einen günstigen Preis zu verkaufen.«

»Und wozu soll *das* gut sein?«

»Ihr habt die Formereien, Ihr habt die Brennöfen, Ihr habt die Bohreinrichtungen, Ihr habt Erfahrung mit Geschützen. Ihr könntet auf jenem Gelände doch einen Hochofen und ein Gußhaus für Eisengeschütze errichten. Eisengießer, die sich mit der Schmelz- und Gußtechnik auskennen, gibt es im Weald genug, um Euch dabei zur Hand gehen zu können. Unsere Arsenale sind zwar voll, doch nach dem Sieg über die spanische Armada sind englische Geschütze überall in Europa gesucht. Hogge, Owen und die anderen verdienen prächtig mit der Ausfuhr ihrer Eisenrohre! Ihr würdet selbstverständlich ebenso leicht eine Ausfuhrgenehmigung der Krone bekommen.«

Für die Dauer eines Atemzuges hat das Angebot etwas Verlockendes. Aber nein! Ich werde meinen Namen nicht mit diesem Eisenschund beschmutzen!

»Ich bin *Bronzegießer!*« stelle ich unmißverständlich klar. »Und ich *bleibe* Bronzegießer!«

»Nun, dann werdet Ihr Euch eben für eine Weile auf Eure Kenntnisse als Kunstgießer stützen müssen. In England werden auch Kirchenglocken, Kerzenleuchter, Handwaschbecken benötigt.«

»Der zur Zeit berühmteste Geschützgießer Europas gießt *Handwaschbecken!* Das kann doch nicht Euer Ernst sein, Sir Francis! Ich habe schon im letzten Monat um die Erlaubnis gebeten, einige Aufträge, die mir aus Frankreich, Dänemark und Schottland angetragen wurden, ausführen zu dürfen. Ich habe bis heute keine Antwort!«

»Ihr habt den abschlägigen Bescheid noch nicht erhalten?« wundert sich mein Gegenüber.

»*Abschlägigen* Bescheid?«

»Sir Adam, Eure Kanonen und Dr. Bakers Schiffe sind das Fundament für Englands Seemacht. Mit ihrer Hilfe wurde die Armada geschlagen. England wäre wahnsinnig, wenn es diese, seine besten Waffen, aus der Hand geben würde! Das wäre ja ebenso wahnwitzig, als wollten wir Euch oder Dr. Baker erlauben, England zu verlassen und anderswo zu arbeiten!«

»Ihr gebt also zu, daß Englands Rettung und Englands künftige Seemacht auf zwei Säulen steht: den Schiffen Matthew Bakers und meinen Geschützen?«

Sir Francis Walsingham bestätigt: »Ja, so könnte man das ausdrücken.«

»Was hat Matthew eigentlich als Belohnung erhalten?«

»Die Universität von Cambridge hat ihm einen Lehrstuhl für Mathematik angeboten.«

»Jenen Lehrstuhl, den er schon dreimal ausgeschlagen hat, weil ihn Schiffe mehr interessieren als staubige Folianten und faule Studenten? Und das erachtet die Krone als ausreichenden Dank? Für Matthew Baker einen Lehrstuhl, den er nicht haben will, und für mich eine Gießerei, die ich mangels sinnvoller Aufträge nicht betreiben kann?«

»Master Baker und Ihr könntet gemeinsam in Cambridge lehren, das wäre für alle Seiten von Vorteil!«

Ich verliere endgültig meine Fassung:

»Ist Euch eigentlich klar, was wir getan haben? Mein Freund Matthew und ich, *ich*, Adam Dreyling zu Wagrain, haben England *gerettet!*«

»Ja, das habt Ihr«, bestätigt Sir Francis. »Ihr, Sir Adam, und Master Baker und Lord Charles Howard of Effingham und Sir Francis Drake und Lord Henry Seymour und Sir John Hawkins und Sir Martin Frobisher und Sir William Winter und Dutzende von Kapitänen und Hunderte von Offizieren zur See und zu Land und Tausende von Matrosen und Soldaten und Zehntausende von Schmieden und Zimmerleuten und Bergleuten und Seilern und Faßbindern und Webern und Bauern und und und...

Den Sieg über die unüberwindliche Armada hat nicht ein einzelner Mann errungen, nicht der Lordadmiral oder Francis Drake, nicht Master Baker oder ich, nicht einmal die Königin. Auch nicht *Ihr!* Den Sieg über die Armada hat nicht *einer* errungen, und nicht zehn oder hundert. Den Sieg über die Armada hat ein *Volk* errungen – der walisische Hirte ebenso, dessen Schaffelle um die Wischer für die Kanonen gewickelt waren, wie die Bergmannsfrau aus Cornwall, deren Essen ihrem Mann die Kraft gab, nach dem Zinn zu schürfen, und der Holzfäller aus dem Weald, der die Buchen für Eure Öfen schlug. Der Sieg über die Armada ist der Sieg von ihnen *allen!*«

»Dann sollte man den Hirten, die Bergmannsfrau, den Holzfäller und all die anderen um der Gerechtigkeit willen auch zu Rittern schlagen!« empfehle ich.

»Ja, eigentlich sollte man das«, stimmt Walsingham nachdenklich zu. »Freilich ist ihnen Leben, Freiheit und Glück, das ihnen dieser Sieg geschenkt hat, Lohn genug...«

»Ich bewundere die Tugend der Bescheidenheit«, stelle ich fest und stehe auf. »Man sollte diese dann allerdings auch Drake, Hawkins, Frobisher und einigen weiteren Herren ans Herz legen, die sich nicht allein mit Leben, Freiheit und Glück für ihre Verdienste begnügen.«

Unter der Tür drehe ich mich noch einmal um:

»Vielleicht ist es unumgänglich, daß ein König, ein Staat Verdienste mit zwei-, drei-, viererlei Maß mißt. Er sollte dabei nur versuchen, die richtigen Leute mit dem richtigen Maß zu messen! Im übrigen: Sollte England wieder einmal in Gefahr sein, so werde ich keine Geschütze mehr gießen, sondern mich auf die Bewachung von Schafen und das Kochen stärkender Süpplein verlegen.«

Samstag,
der 23. November

Mein erster Gedanke nach dem Gespräch mit Walsingham war es gewesen, sofort Schloß Hampton Court zu stürmen und die Königin zur Rede zu stellen, sie zu fragen, ob sie ihre Ansprache und ihre Versprechungen von Tilbury bereits vergessen habe und ob das die Art sei, wie man mit den verdientesten Männern des Landes umspringen dürfe.

Doch als ich mich jetzt auf der dicht mit Booten und Barken bedeckten Themse dem weitläufigen Gebäudekomplex aus klinkerroten, bleigedeckten Häusern und Türmen, Loggien, Hallen und Galerien, Stallungen und Kapellen mit ihren zahllosen Türmchen,

TILBURY, MAYFIELD, LONDON 1588

Erkern und Kaminen nähere, wird mir klar, daß mein zweiter Gedanke der richtige war, mich für diesen Besuch entsprechend vorzubereiten und auch zu kleiden. Aus den zahllosen Schlitzen meines in strengem, schwarzem Samt gefertigten Wamses quillt dunkelrote Seide wie Blut hervor. Die dicht gefältete kleine Halskrause ist aus flandrischer Spitze, an meiner Seite hängt in betont schmuckloser Scheide mein Passauer Wolf, die Federn auf meinem Barett sind bronzefarben, um den Hals trage ich eine fein ziselierte, dreifache bronzene Kette. Bronze! *Nicht* Gold!

Als meine Barke am Landesteg anlegt, springe ich leichtfüßig an Land, winke meinen Ruderern zu warten und schreite mit weit ausholenden Schritten auf das Hauptportal zu.

»Sir Adam Dreyling zu Wagrain, Erster Geschützgießer Ihrer Majestät«, schnarre ich den diensthabenden Offizier an und passiere die doppelte Reihe der Brückenwächter, die rotberockten Hellebardiere mit dem königlichen ›E R‹ auf der Harnischbrust und die steinernen Ungeheuer mit den Wappenschilden in ihren Krallen dahinter: den goldenen Löwen Englands, den schwarzen Stier von Clarence, den Windhund der Tudors, den weißen Falken der Plantagenets, Königin Jane Seymours Panther, den roten Drachen von Wales.

Schwungvoll durchquere ich den ersten Hof und das zweite Tor, kann es mir dann nicht versagen einen Blick hinauf zu der astronomischen Uhr zu werfen über *Anne Boleyn's Gate*, jenem Meisterwerk, das Nicholas Oursian 1540 für Henry VIII. schuf, und das nicht nur die Stunde, sondern auch Monat und Tag, die Mondphase und sogar den Gezeitenstand an der London Bridge anzeigt.

Ich fühle, die Königin ist in unmittelbarer Nähe. Doch wie soll ich jetzt zu ihr gelangen?

Ich lassen meinen Blick schweifen. Überall wimmelt es von Herren und Damen und Dienerschaft, die mit der unergründlichen Zielstrebigkeit von Ameisen umhereilen, doch nirgends ein bekanntes Gesicht.

Doch drüben, nahe dem Durchgang zum nächsten Hof, entdecke ich Sir Walter Raleigh im protzigen Harnisch eines Befehlshabers der königlichen Leibgarde. Lord Howard oder Sir William Winter wären mir lieber, aber Sir Walter mag den gewünschten Zweck durchaus erfüllen. Immerhin trägt auch sein Geschenk an die Königin, die Ark Royal ex Ark Raleigh, meine Geschütze, und zudem verbindet uns das Geheimnis seiner Beziehung zu der königlichen Hofdame Bess Throckmorton. Auch Sir Walter scheint dieser Gedanke durch den Kopf zu schießen, denn er erbleicht sichtlich, als er meiner ansichtig wird:

»Was wollt *Ihr* hier, Sir Adam?«

»Eine Audienz bei Ihrer Majestät«, stelle ich knapp fest.

»Seid Ihr von Ihrer Majestät zur Audienz befohlen? Zeigt mir bitte Eure schriftliche Aufforderung.«

»Ich habe keine schriftliche Aufforderung, und ich bin auch nicht befohlen worden...«

»Dann ist Ihre Majestät im Augenblick leider nicht...«

»O doch, sie ist!« schneide ich Raleigh kurzerhand das Wort ab. »Ihre Majestät dürfte bereits seit Ende August, genauer gesagt, seit dem Bekanntwerden der Vernichtung der Armada durch meine Geschütze den Wunsch hegen, mich zu sehen – nur daß durch nachlässige Diener dieser Wunsch bislang nicht offiziell bis zu mir durchgedrungen ist. Meldet ganz einfach Ihrer Majestät, daß ich da bin – und dann sehen wir weiter.«

In dieser Sekunde erscheint ausgerechnet Sir Edward Hoby neben uns:

»Probleme, Sir Walter?«

»Sir Adam Dreyling besteht auf einer Audienz bei der Königin...«

»Seid Ihr zur Siegesfeier über die Armada und zum Thronjubiläum geladen, Sir Adam?« erkundigt sich Hoby von oben herab.

»Ob zum Krönungsjubiläum, weiß ich nicht. Zur Siegesfeier doch wohl gewiß! Ich bin Sir Adam Dreyling, *Erster Geschützgießer Ihrer Majestät!* Auch wenn es Euch nicht gefällt, Sir Edward, Ihr kennt meinen Anteil am Sieg über die Spanier sehr genau!« betone ich.

Hoby rümpft die Nase, als rieche er etwas Unangenehmes:

»Gesetzt den Fall, Eure Geschütze hätten tatsächlich zu unserem Sieg beigetragen – wie Ihr wißt, ist dieser neben der Tapferkeit unserer Kapitäne und Schiffsbesatzungen vor allem den Brandern vor Calais und dem von Gott geschickten Sturm zu danken –, glaubt Ihr, man lädt jeden Handwerker zu wichtigen Ereignissen des *Hofes?*«

Für einen Augenblick schnappe ich nach Luft. Doch dann sehe ich meinen Retter. In giftgrüne Seide gehüllt eilt mein Freund George Clifford auf uns zu:

»Sir Adam, hat man Euch doch noch eingeladen?«

»Man hat *nicht!*« meldet sich erneut Hoby zu Wort. »Und man wird auch nicht. Dieser Herr hat, wie uns bekannt ist, seinen Lohn bereits überreich empfangen! Im übrigen hat man ihn zudem mit der Erlaubnis geehrt, den Titel eines *Ersten Geschützgießers Ihrer Maje-*

stät auch weiterhin zu führen, und ihm schon früher die Anrede *Sir* zugestanden. Wünscht der Herr aus Habsburger Landen für seine umstrittenen Verdienste etwa zum Baron ernannt zu werden? Weshalb sollten wir dann nicht gleich Philipp von Spanien zum Peer of England ernennen?«

Ehe ich zu einer passenden Antwort ansetzen, oder dem arroganten Schnösel gleich die Faust in seine Visage schmettern kann, zieht mich Clifford auf die Seite:

»Macht bitte keinen Ärger, Sir Adam! Ihr müßt verstehen...«

»*Muß ich?*« begehre ich wütend auf.

Cumberland nimmt für einen Augenblick seinen mit wallenden Federn besteckten Hut ab:

»Nein, verdammt, Ihr müßt nicht! Aber was wollt Ihr machen? Die Königin hat beschlossen, daß eine den Verdiensten angemessene Verteilung von Ehren, Ämtern und Ländereien für die Krone zu kostspielig ist.

Glaubt mir, Ihr seid sogar noch recht gut weggekommen! Der Ritterschlag für Hawkins und Frobisher hat die Königin keinen Penny gekostet. Aber Drake oder Euch zum Lord zu ernennen, das würde Land, also Geld kosten. Ich gebe Euch den guten Rat: Kehrt nach Mayfield zurück und genießt, was Ihr habt. Anderen, die durchaus auch ihren Teil zum Sieg beigetragen haben, hat man sogar kostenlose Anerkennungen, etwa die Aufnahme ins Privy Council oder den *Hosenbandorden* verweigert...«

»Wie beispielsweise Euch, George?«

»Wie beispielsweise mir!« faucht Cumberland, knallt seinen Hut auf den Kopf und eilt davon.

London, den 25. November 1588.

Mein lieber Ulrich!

Ist es wirklich schon wieder über ein halbes Jahr her, daß mir Graf Rzeszówski Deinen letzten Bief übergeben hat? Ich kam damals einfach nicht dazu, Dir zu antworten – verzeih mir. Aber damals stand ja die große Entscheidung gegen Spanien unmittelbar bevor, und ich hetzte zwischen Mayfield, London, Chatham, Portsmouth und Plymouth hin und her, um auch noch das letzte der königlichen Schiffe

KÖNIGLICHE DANKBARKEIT

Englands mit den vorzüglichen Dreyling-Geschützen zu bestücken... Ich habe damals oft nicht mehr als zwei oder drei Stunden geschlafen, nur damit auch ja jedes Falkonet, jede Schlange rechtzeitig auf ihrem Platz stand.

Dann die Schlacht – Du weißt, wie sie ausging...

Am kommenden Wochenende wird also mit großem Prunk und Aufwand der Sieg über die Armada und das 30. Krönungsjubiläum der Königin von den Auserwählten gefeiert werden. Und weil man zu einem derartigen Anlaß ja auch eine entsprechende Kulisse benötigt, darf sich London festlich schmücken und die Londoner als staunende und jubelnde Masse als Zaungäste an dem Ereignis teilnehmen.

Wer fehlt, selbst als Zaungäste, das sind diejenigen, die in der Tat England gerettet haben! Das sind diejenigen, die mit ihrem Einsatz und ihrem Blut dazu beigetragen haben, daß Elizabeth, statt in einem spanischen Kerker ihrem Todesurteil entgegenbangen zu müssen, in fünf Tagen hier in Glanz und Gloria ihr Krönungsjubliäum feiern kann!

Wie hatte die Königin zu Tilbury im Augenblick der höchsten Gefahr für ihren Thron, ihre Person erklärt? »Wir wissen, daß ihr Auszeichnungen und Kronen verdient hättet, und Wir geben euch Unser fürstliches Wort, daß ihr dafür königlich entlohnt werdet.«

Das fürstliche Wort der Königin zu Tilbury – Tilbury, das zum Elendsquartier Tausender immer noch unbezahlter, immer noch unversorgter Matrosen und Milizionäre geworden ist...

Ja, auch ich bin enttäuscht, ausgelaugt, verbittert.

Aber geschlagen – nein, das bin ich nicht!

Du schriebst, Graf Rzeszówski sei Dein Freund, dem du vertraust. So werde auch ich ihm vertrauen – verrät er mich, so warten wohl Tower und Richtblock auf mich.

Ich gedenke, England zu verlassen – heimlich, denn die Ausreise ist mir streng verboten worden.

Ich beabsichtige zunächst zu Dir nach Krakau zu kommen, zu Dir, meinem Bruder. Ich hoffe, es wird mir bald gelingen.

Zuvor freilich werde ich – ausgesperrt von der offiziellen Feier zum Sieg über die Armada – doch noch meine eigene Feier veranstalten: zu Silvester in Mayfield, die Feier der Ausgeschlossenen, Vergessenen und Betrogenen! Meine Gästeliste steht schon: Zunächst natürlich Matthew Baker, den man zuallermindest hätte zum Ritter schlagen müssen! Dann natürlich William Davison, der seinen Kopf für die Königin und Walsingham hingehalten hat und dafür abgeschoben wurde. Den tapferen Sir Richard Grenville, diesen permanenten Pechvogel samt Gattin, die es wohl auch nicht verdient hat, mit einem ewigen Verlierer verheiratet zu sein. Und schließlich Cumberland, der einen guten Teil seines Vermögens eingesetzt und dafür nicht einmal einen Orden erhalten hat. Nicht ganz dazu paßt Lady Simpson, die er sicherlich mitbringen wird. Ich könnte durchaus noch Drake, Hawkins und Dutzende andere ebenso berechtigt einladen, doch ich will es bei diesen Gästen belassen.

Und dann im Frühjahr, wenn die Seefahrt wieder möglich ist werde ich England verlassen – falls es gelingt. Ich werde hier keine einzige Feldschlange mehr gießen.

Ich freue mich auf Dich!
Gott schütze Dich und die Deinen.
Bis bald!
Dein Bruder Adam.

18

Der letzte Beacon

Mayfield, Rye
1588–1589

6. Tagebuch
Adam Dreyling

Dienstag,
der 31. Dezember

Sie findet statt, meine Silvesterfeier – ungeachtet aller Undankbarkeiten, die meinen Zorn in den vergangenen Wochen angestachelt haben. Nicht einmal die Erniedrigungen und schon gar nicht die Verurteilung zum Nichtstun können mir den Jahreswechsel, zu dem ich meine Freunde erwarte, verleiden. Selbst wenn die Königin in der letzten Nacht gestorben wäre, würde ich feiern, als ob mich das nichts anginge.

Das Jahr mit seinem ungeheuren Ereignis geht vorüber, ein Jahr, an dessen Ende ich mir keinesfalls zufrieden die Hände reiben kann. In Mayfield sind nach wie vor die Schmelzöfen kalt, und in die Gußgruben davor dringt unwiderstehlich die Feuchtigkeit ein. Inzwischen hat sich auch das Mißtrauen Londons in jeder Nische eingenistet. Warum es sich besonders in meinen Gemäuern wohlfühlt, ich kann es mir denken.

Nur Ysabel, die über den Jahreswechsel bei ihren schwach gewordenen Eltern in London weilt, ist sich über die Situation völlig im klaren. Drei Möglichkeiten sieht sie, die Ursache sein könnten und daher das neue Jahr so oder so prägen werden.

Entweder ist das Ruhen meiner Gießerei nur eine Begleiterscheinung der unruhigen Zeit, deren Schwankungen ebenfalls Zeit brauchen, um wieder Stabilität zu erlangen, was in enger Verbindung zu den leeren Geldtruhen des Navy und Ordnance Board steht, die auch nach meiner Auffassung erst wieder gefüllt werden, sollte erneut ein Feind bedrohlich vor den Küsten Englands auftauchen. Oder Mayfield wird völlig verschwinden, da aus Kostengründen allein dem Eisenguß die Zukunft winkt. Ein Übergang und eine Veränderung, die mir ein bestimmtes Ziel vorschreiben könnte. Die dritte Möglichkeit schließt den solidesten Kopf Londons mit ein, der möglicherweise in Barn Elms beschlossen hat, mein

Schicksal erneut voll in seine Hände zu nehmen. Was er dort knetet, vermag Ysabel jedoch auch nicht zu sagen...

»Sir Adam, die Gäste sind eingetroffen!« reißt mich mein Schreinermeister Jonathan aus den Gedanken. Er und James Paine, mein Schmelzmeister, der in Mayfield mit seiner Familie lebt und der mit seiner Frau zusammen das Buffet arrangiert, sind außer Orthmann die einzigen, die bis auf den heutigen Tag in meiner Gießerei verblieben sind.

»Habt Ihr das Signalfeuer angesteckt?«
»Es brennt lichterloh.«
»Gut so!«

Ich trete an den Spiegel um zu kontrollieren, ob das schwarze, enganliegende Wams korrekt sitzt. Vielleicht habe ich Fehler gemacht. Vielleicht hätte ich keinen einzigen Augenblick um Mayfield Furnace kämpfen sollen, geht es mir erneut durch den Kopf. Hätte mich fügen sollen, hätte die Gießerei besser abgelegt wie einen Degen, um dafür auf Schmierstiefeln als Sekretär erfolgreich in irgendein Board hineinzurutschen? Dann wäre ich wohl hochgeschätzt zu dieser Stunde irgendwo in London.

Die große Schlacht vor den Küsten ist geschlagen, hier aber ist sie immer noch im Gange. Die Machenschaften um mich herum sind keinesfalls vorbei. Ich gehöre über Nacht zu der kleinen Gruppe der mit Mißtrauen Beäugten, Unbequemen und Katholischen, die langsam aber sicher abgetrennt werden von Krone, Board und Einfluß. Schlimm ist nur, daß die Türen, die ich hinter mir selbst schützend verschließe, Befehlen aus London nie standhalten werden...

Stimmengewirr und Schritte in der Eingangshalle zaubern mir wieder die fröhliche Seite ins Gesicht. Ich öffne die Tür zur Halle. Heitere Gesichter, die im ersten Augenblick verstummen, als sie mich erblicken. Matthew mit Frau Margarethe, William, Sir Richard mit Frau, Cumberland mit Lady Simpson und seiner Nichte Joan Cranbrook sehen mich staunend an.

»Myladies und Mylords, herzlichst willkommen in der still ruhenden Mayfield Furnace!« rufe ich ihnen freudig entgegen.

Cumberland mit einem Hut auf dem Kopf, der neuerlich seinen Feder-Wahn unterstreicht, ist der erste, aus dessen Munde überschwenglich die Erwiderung pulsiert:

»Adam! Wir haben uns zwar erst kürzlich gesehen, doch Ihr habt Euch in den wenigen Wochen stark verändert...« Er tritt ein wenig zurück und betrachtet mich von oben bis unten, dann faßt er mich an beiden Schultern. »So ganz in Schwarz, schmal und blaß, mit einem Ausdruck im Gesicht, der eher zu einem einsamen Eremiten paßt als zu dem Sieger über *La Felicissima Armada*. Welch ein Triumph im Juli. Oh, ich weiß genau, wie Ihr Euch fühlt. Ihr werdet sehen, das neue Jahr bringt Euch nur Gutes! Meine Begleitung ist der Beweis: Lady Simpson und meine Nichte Joan Cranbrook, Hofdame Ihrer Majestät der Königin! Ich schleppe sie mit, um sie vor den Kannibalen Londons zu schützen.«

Wohlgeruch verbreitet sich in der Halle. Ich ergreife Lady Simpsons Hand. Ihre Toilette ist vollendet. Das kastanienbraune Haar türmt sich hochtoupiert über der Spitzenkröse ihres bristolroten Kleides. Die echte Freude strahlt aus ihrem Gesicht.

Cumberlands Gesicht sieht zerknittert aus, wie ein ungemachtes Strohlager. Neben ihm Joan, die mit besonderer Neugier, wie mir scheint, ihre Blicke unentwegt auf mich geheftet hat. Dabei schießt ihr das Blut in die Wangen, als ich ihre Hand ergreife. In ihren bernsteinfarbenen Augen nehme ich ein Aufflammen wahr, welches mich an das Schmelzen von kalten Bronzebarren erinnert.

»Willkommen, Mylady. Es ist wie ein Traum, eine zarte, leuchtende Blüte aus Hampton Court in der erkalteten Mayfield Furnace begrüßen zu können.«

Ich löse mich von ihr und wende mich Matthew und seiner Frau zu, deren Hände zum einen glühend, zum andern zartfühlend die Wiedersehensfreude spüren lassen.

Mrs. Baker hält meine Hand: »Ihr seid schmal geworden und blaß. Und das völlig schmucklose Schwarz ist eher etwas für den Kerker. Dabei könnt Ihr so stolz sein auf das, was Ihr für das Königreich geleistet habt! Ich hoffe, der Kummer ist für immer verschwunden aus diesem herrlichen Tal, wenn wir Euch im neuen Jahr wieder verlassen.« Die Worte der freundlichen Frau mit ihren sanften Zügen sind wie Balsam.

Lady Grenville dagegen ist hochgewachsen und ziemlich schlank. Die dünnen Lippen in ihrem ovalen Gesicht verschwimmen mit der natürlichen Blässe ihres Teints. Das venezianisch-rote Haar umrahmt sie wie ein loderndes Feuer. Die feine Nase und der schwanengleiche Hals erzeugen insgesamt die Wirkung einer äußerst anmutigen Frau. Daneben das Wrack, Sir Richard Grenville.

»Es ist mir eine besondere Ehre, Sir Richard, daß Ihr und Lady Grenville der Einladung gefolgt seid.«

Sir Richard blickt mich ernst an und poltert los:

»Ich muß sagen, sehr charmant, Eure Festung. Und erst das prasselnde Signalfeuer auf dem riesigen Mast. Verratet mir eins: Vor was soll es warnen?«

»Davor, daß Englands Regierung sich in Zukunft keine Artillerie mehr leisten will!«

»Fürchtet Ihr Euch nicht davor, hingerichtet zu werden?«

»Noch nicht...!« antworte ich verdutzt.

Lady Grenville blickt ihren Mann entsetzt an, doch der fährt ungeniert fort:

»Macht Euch nichts daraus, Sir Adam, denn Ihr werdet den *ersten*, unerschrockenen und unnachgiebigen Staatsdiener Ihrer Majestät um Längen überleben. Sollte er aber zudringlich werden, so empfehle ich, immer 200 Pfund Kanonenpulver im Keller zu haben, damit die weiteren Bemühungen gleichsam in die Luft gesprengt werden. Ich bin gegen jegliches Siechtum. Wenn schon, dann will ich ins Jenseits Begleitung haben. Und davon reichlich!«

»Richard!! Augenblicklich hörst du auf, so zu sprechen! Wir haben keine Sprengungen zu planen, sondern Silvester zu feiern.«

Lady Grenvilles Drohung bringen ihn tatsächlich zum Schweigen. Breit grinsend klopft er mir auf den Rücken. »Ich weiß, ich bin auf absolut friedlichem Boden hier. Verzeiht! Ich denke, Ihr wißt, wie ich das gerade meinte.«

Davison ist der letzte, den ich begrüße:

»William! Herzlichen Dank für dein Kommen. Ich habe aus deinem Schicksal gelernt.«

Der feste Händedruck bestätigt, daß wir wieder gemeinsam auf einer Seite stehen.

»Kommt bitte zu Tisch!«

»Sie war vorzüglich!« – »Exzellent!« – »Das Beste seit Wochen!« – »Ein zweiter Gang wäre zu begrüßen!« – »Die Erbsen hatten doch wahrhaftig die Knackigkeit von Kieselsteinen...!«

Mit jedem neuen Lob, das rund läuft, steigt die Stimmung an der Tafel.

»Das Rezept! O ja, wir brauchen das Rezept! Sir Adam, könnt Ihr es uns verraten?«

»Vielleicht im nächsten Jahr.«

»O nein! Das können wir nicht abwarten. Das wären ja noch ganze fünfzehn Minuten. Bitte gebt nach, wo wir Euch doch zu Füßen liegen«, kokettiert Lady Simpson in Vollendung. Mein Widerstand schmilzt dahin:

»Also, Myladies, ich gebe mich geschlagen. Das Rezept: *Parma Seezunge* nach Mayfield-Art! Eigentlich sehr einfach und absolut ungefährlich…«, Heiterkeit begleiten meine Ausführungen. »Neun Seezungen häuten und ausnehmen, kräftig salzen und bei größtmöglicher Hitze schnell grillen – außen muß der Fisch verkohlt, innen roh sein. Das Besondere allerdings ist die Mixtur der Gewürze, mit der die Seezungen vorher eingerieben wurden. Die richtige Mischung ist genauso wichtig wie die Metallmischung der Feldschlangenbronze!«

»Ah! Nun ist alles klar!« fällt Matthew ein. »Jetzt wo in England die Werften und Gießereien in einen königlich verordneten Winterschlaf fallen, probiert der Erste Geschützgießer Ihrer Majestät auf kleiner Flamme neue Rezepte aus!«

»Genauso ist es, lieber Matthew. Ich pflanze in den Formkästen zur Zeit Petersilie, Möhren und Sellerie. Alle drei Tage mach' ich ein schwaches Feuerchen darunter. Ich sage Euch, das Zeug wächst auch im Winter.«

»Das müssen wir uns ansehen!« ruft Lady Grenville begeistert.

»Wie ist es mit Eurer Gewürzmischung bestellt?« läßt Lady Simpson nicht locker.

»Nun zur Mischung benötigen wir drei Lorbeerblätter, 13 Pfefferkörner, 10 Kardamonkörner, eine Zwiebel und Petersilie. Das ganze fein gehackt in einer Schale zusammenreiben und die Seezungen darin wälzen. Zuvor aber den Fisch mit etwas Öl einpinseln. Dazu die Erbsen. Sie müssen ihre Knackigkeit behalten! Daher nur kurz einweichen und noch kürzer kochen. Das ist alles.«

»Bravo! Bravissimo!« applaudiert ausnahmslos die Damenrunde. Entzückt ernte ich die Ovationen, dabei wandert mein Blick zur Sanduhr auf dem Kaminsims.

Das Jahr geht zu Ende. Ich muß mir meinen Ärger, zumal vor Freunden, von der Seele reden. Eine kleine Abrechnung, die den Geist reinigen hilft.

Es ist Zeit. Ich erhebe mich aus dem Stuhl.

»Myladies, Mylords, liebe Freunde!«

Die Blicke meiner Gäste gehen ebenfalls zur Sanduhr.

»Ah, eine Ansprache zum Jahreswechsel. Sehr löblich, sehr löblich!« belustigt sich Sir Richard. Mein Blick streift jeden meiner Gäste. Nach und nach wird es still an der Tafel.

»Warum blickt er so ernst?« höre ich Mrs. Baker flüstern.

»Bevor wir weitere Erlesenheiten der Küche von Mayfield Furnace genießen werden, möchte ich die letzten Minuten des denkwürdigen Jahres 1588 dazu benutzen, daran zu erinnern, daß England dabei ist, einige seiner Überzeugungen zu verlieren!«

Das Feuer im Kamin wirft ein weiches Licht über die ganze Tafel, auf dessen Bänken Cumberland und Davison spontan den Rücken steifen.

»Diese Überzeugungen dürfen aber nicht verlorengehen, denn das Königreich braucht sie dringlicher denn je zum Überleben. Der glorreiche Sieg über die Armada hat der Krone in diesem Jahr ohne Zweifel mehr an Größe verliehen. Nun aber läßt sie Zweifel an der Zukunft aufkommen. Zweifel ob der Tatsache, daß nichts mehr getan wird, um weitere Provokationen, die nach meinen Erkenntnissen auf dem Kontinent schon wieder geplant werden, wirksam begegnen zu können. Es hat den Anschein, als bestünde Englands Politik gegenüber Spanien darin, zunächst über Jahre hinweg klein beizugeben und erst, wenn der Untergang droht, Bereitschaft zu zeigen, aufs Ganze zu gehen. Wir aber, die wir hier sitzen, wissen es besser. Das ewige Zaudern Elizabeths hat doch dazu geführt, daß die Spanier uns am Ende zu dieser Auseinandersetzung gezwungen haben. Nach Maria Stuarts Tod hielt man die Entschlossenheit der Spanier nur für eine weitere Finte. Erst als die Unausweichlichkeit klar wurde, haben Drake und andere richtig reagiert.

Erinnern wir uns: Nur durch einen schäbigen Trick konnte Drake im Glauben an seine gerechte Sache nach Cadiz segeln. Wir wissen, daß der Gegenbefehl Elizabeths – nach Gewohnheit geplant – zu spät in Plymouth eintraf. Ich war damals dabei. Wir segelten ohne den Schutz der Krone. Wäre der Überfall auf Cadiz mißlungen, dann wäre Drake gehängt worden. Elizabeth hätte sich hinter ihrem Gegenbefehl bequem verstecken können, und wir hätten beten können: O Satan, sei uns gnädig in unserer tiefen Not!

Ein weiteres Beispiel, das zeigt, wie nahe das Königreich am Abgrund stand, sei zu dieser Stunde erwähnt. Es waren die Tage, in denen wir mit Mühe die letzten Kugeln in Sussex zusammenkratzten. Da war es fast soweit. Wir waren kampfunfähig! Der Tod grinste uns schon ins Gesicht. Wir sollten daher eins nie vergessen: Das Königreich lag im Juli vergangenen Jahres auf der Todesbahre. Daß

Elizabeth von der Bahre gerade noch einmal herunterspringen konnte, hat sie in meinen Augen kaum verdient. Statt sofortiger Beseitigung der Mängel, Stärkung aller Werften, Gießereien und Arsenale in den Wochen danach, hagelte es nur noch Streichungen. Die rücksichtslose Eile, mit der die Kriegsgaleonen an ihre Anker geschmiedet wurden, wird sich schon bald bitter rächen. Die starre Staatskasse gehört daher zumindestens für das Überleben des Königreiches gedehnt!

Zum Ausgleich gab es dafür in Hampton Court, dem Hauptsitz des Vergnügens, teure Feste, teure Roben, auf denen das reinste Gold an jeder denkbaren Stelle glänzte, rohen Hammel und zentnerweise Bullenfleisch zu essen.«

Cumberland springt auf. Scharf entgegnet er:

»Sir Adam! Ihr solltet vorher ankündigen, ob Ihr scherzen wolltet, ansonsten müßte ich augenblicklich die Tafel verlassen!«

»Es sollte doch gerade Euch bekannt sein, daß allein die Robe unserer Majestät zum Siegesfest volle 1500 Pfund Sterling kostete – eine von 2000 Roben, wie Lady Joan aus eigener Kenntnis wird bestätigen können.«

Zustimmung kommt von Joan, William und Sir Richard, wogegen Matthew stumm bleibt.

»Verzeiht! Natürlich scherze ich, auch wenn ich London damit nicht erheitern werde. Schließlich sind die Befehle aus Hampton Court ebenfalls ein Scherz, der da lautet: Wer mit heiler Haut davongekommen ist, kann sich auf die faule legen!«

»Verleumdung!« brüllt Cumberland los.

»Verleumdung nennt Ihr dies? Wo bleibt Euer scharfer Verstand?« trumpfe ich auf. »Ich frage Euch daher: Macht es Sinn, die besten Schiffe und Kanonen zu besitzen, jedoch über Nacht darauf zu verzichten, die Flotte zu erneuern und weiter auszubauen? Macht es Sinn, sofort alle Gelder zu kürzen, statt das Errungene auszubauen und zu behaupten? Macht es Sinn, den Glauben zu verbreiten, nun würde Frieden herrschen, da der Feind eine Schlacht verloren hat? Und das nicht durch schnelle Schiffe und durch Artillerie. Nein, das wäre falsch! Natürlich wurde der Sieg herbeigeführt – unserer Majestät zum Wohlgefallen – allein durch die Winde Gottes...

Als ich nach England kam, hatte Walsingham die Überzeugung vertreten, daß nur die besten Männer des Kontinents in Frage kommen, um Matthews Schiffe und die übrigen Galeonen der Krone mit Feldschlangen-Batterien auszustatten. Und viele stimmten ihm zu.

Wenn Elizabeth es sich auch leisten kann, diese Überzeugungen manchmal aus den Augen zu verlieren, so braucht sie diesen Verlust nicht gleichzeitig dümmlich zu verteidigen.«

Cumberland zeigt sich entsetzt. Ihm steht der Mund offen, als hätte ihm ein Sturm den Hauptmast seiner Hutfeder gebrochen und ihn bis nach Tower Hill geweht. Doch sein offener Widerspruch bleibt diesmal aus. Daher fahre ich fort:

»Ich sehe, daß ich keine Freude verkünde. Lord George, Ihr erwähntet bei Eurer Ankunft, das neue Jahr werde besser für mich werden. Ich möchte dies gerne glauben und dem so freudig entgegensehen, wie Ihr es vor Stunden noch tatet. Doch die Voraussetzungen dafür sind für mich nicht vorhanden.«

Cumberland steigt über die Bank und steht nun frei im Raum:

»Was höre ich da? Keine Voraussetzungen für Euch? Jetzt wo Euch Mayfield Furnace gehört? Ist das die Ursache, warum Ihr Euch der Königin gegenüber so despektierlich verhaltet. Das steht Euch nicht zu! Ich erinnere Euch nur an Innsbruck. Habt Ihr alles vergessen? Ihr wäret zu Kreuze gekrochen, hätte man Euch Büchsenhausen geschenkt. England ist nicht Tirol, denn Ihre Majestät und Walsingham waren äußerst freigiebig und haben Euch gegenüber mit dieser Schenkung bewiesen, daß sie bereit waren, mehr als nur eine billige Anerkennung auszusprechen. Ihr solltet Euch dankbar zeigen, indem Ihr Eure Energien darauf konzentriert, Mayfield wieder in Schwung zu bringen. Ich fordere Euch daher eindringlich zur Zurückhaltung gegenüber der Krone auf!« wettert er zornentbrannt. Und an die Runde gerichtet: »Wir sind zum Feiern nach Mayfield gekommen und nicht deshalb, um die Gewitter des nächsten Jahres erzählt zu bekommen. Schon gar nicht um uns anzuhören, wie man eine große Königin beleidigen kann.«

Beifälliges Gemurmel unterstützt seine Worte, bis auf Matthew, der mit sorgenvoller Miene seine Pfeife pafft, und bis auf Grenville:

»Das sehe ich völlig anders!« antwortet der gelassen. »Sir Adam wählt zwar harte Worte gegenüber der Königin, die er besser unterlassen sollte. Doch in der Substanz steckt Wahrheit.«

»Ich danke Euch, Sir Richard! Unter Freunden und zur Ehre derjenigen, die durch die Krone und durch politische Zwänge jetzt benachteiligt werden, sind offene Worte das einzige, was hilft. Außerdem beabsichtige ich nicht zu beleidigen, sondern will mit der Nennung der Tatsachen erreichen, daß nicht die ewige Nacht in Englands Königreich einzieht!«

»Aber Walsingham und die Krone«, meldet sich William, »sind für dich doch sichere Geldgeber...«

»Gewesen, gewesen, lieber William!« falle ich ihm direkt ins Wort. »Du hattest im Tower doch keine Ahnung von dem, was sich hier in den letzten Monaten in Mayfield zugetragen hat. Ihr alle habt keine Ahnung. Ja, glaubt Ihr denn wirklich, meine Hände ruhten bis heute in meinem Schoß? Tatsache ist, es kommt einfach kein Geselle der Gießkunst mehr, es kommt kein Former und schon gar kein Heizer nach hier. Ihr fragt warum? Die Antwort fällt mir wahrlich nicht leicht, doch es ist die Wahrheit: Weil sie nicht dürfen!«

»Das kann ich nicht glauben«, murmelt Grenville rechts von mir.

»Das *ist* die Wahrheit, Sir Richard! Nur Thomas Orthmann schleicht nächtens unaufgefordert herum, um die letzten Details auszuspähen. Mayfield Furnace ist tot! Allein das Trocknen der Gruben würde Monate in Anspruch nehmen. Doch wenn auch Mayfield voll besetzt wäre, ich würde die Materialien und die Metalle nicht für eine einzige Gußserie bekommen. Und das ist Absicht! Die Krone und einige andere wollen es so.«

»Davon müßte ich wissen!« wirft Cumberland ein.

»Ich hoffe darauf, daß Ihr einiges wißt, und bitte Euch auch, dies offen zu verkünden. Ansonsten kann ich morgen getrost der Königin Mayfield Furnace zurückschenken! Das wäre sowieso die einzig richtige Antwort gegenüber dem Nest Hampton Court, in dem Dinge beschlossen werden, die an das Ausbrüten von Spatzeneiern erinnern.«

Ein Kichern von Joan löst zumindestens bei den Ladies ein wenig Heiterkeit aus.

»Also, wie bewertet Ihr meine und die Zukunft meiner Gießerei an diesem Silvesterabend?«

Cumberland windet sich: »So schwarz und feucht und ausweglos ist doch alles nicht...«

»Weicht nicht aus! Noch könnt Ihr im alten Jahr die Wahrheit verkünden. Erzählt alles, besonders das, worüber Ihr Euch schämen müßt.«

»Ich lasse mich in diesem Stile von Euch zu nichts zwingen!« reagiert er zunehmend ärgerlich.

Matthew mischt sich ein:

»Mein lieber Freund Adam, du solltest den Bogen jetzt nicht überspannen. Wir kämpfen alle, wie wir hier sitzen, mit den aufgezwungenen Problemen dieses Winters. Wer will heute schon voraussehen, was im Frühjahr die Königin für politische Aktionen plant? Also gib dich zufrieden!«

»Dann gestattet mir bitte, daß ich Euch ein wenig helfe. Sieht es die Königin, Walsingham oder sonst wer nicht gern, wenn ein Tiroler in der wichtigsten Gießerei Englands sitzt?«

»Unglaublich!« reagiert Cumberland empört. »Unser Handeln in der Vergangenheit widerspricht Eurer These. Das kümmerte niemand in der Vergangenheit, und es wird in Zukunft auch niemanden kümmern.«

»Dann will ich es so haben, wie es war. Hier und jetzt! Vielleicht spendiert die Königin Mayfield Furnace etwas, damit die Gießerei wieder in Betrieb gehen kann. Manch einer Ihrer famosen Hofschranzen hat doch Schulden bei Ihr, die in die Zehntausende Pfund gehen, wie man hört. Ich dagegen brauche kein Geld, sondern meine Männer und vor allem Aufträge!«

»Die kann ich Euch zwar nicht beschaffen, doch ein Grund bleibt außen vor, nämlich Eure politische Herkunft.«

»Ein schwacher Trost, denn es wird deutlich, daß bis zum Zeitpunkt der Armada-Auseinandersetzung Walsingham es tatsächlich einen Dreck kümmerte, ob ich Habsburger, Nordire, Franzose oder Engländer war. Doch nun, da die Magazine voll sind, der Feind geschwächt, ist mein Können weniger wert als die politische Intrige. Würde ich morgen mit Hasenfellen handeln, wäre jedermann zufrieden. Davon bin ich überzeugt.«

»Ihr redet Euch um Euren Hals…!« zischt Cumberland über die Tafel hinweg.

»Zum Teufel damit, warum denn nicht? Ist Mayfield eine Gießerei oder ein politischer Gegner, den die Königin oder Walsingham mit allen Boards der Welt zu fürchten haben?«

Keine Antwort. Stille herrscht im Raum. Während die Damen bis auf Lady Joan betreten zu Boden blicken, wendet sich Cumberland ab, geht hinüber zum Kamin und starrt ins Feuer. Auf dem Sims rinnt der Rest des Sandes durch die Verengung des Stundenglases. Meinen letzten Trumpf will ich im alten Jahr noch ins Spiel bringen:

»Ich möchte den Vorschlag von Sir Richard aufgreifen und Euch verkünden, daß mich im neuen Jahr tatsächlich nicht nur Schwärze, Feuchtigkeit und Auswegslosigkeit erwarten. Ich bin nämlich der Meinung, daß es noch viele Königreiche gibt, die einen Christoph Columbus der Gießkunst suchen. Ganz bestimmt keine Drohung, Myladies und Mylords, doch immerhin eine neue Idee. Ein versöhnlicher Grund, der es uns wert sein sollte, mit Wein aus der spanischen Rosario das neue Jahr zu begrüßen.«

Während meine Gäste beginnen, die Worte zu verdauen, gebe ich Order:

»Jonathan! Die vollen Gläser bitte.«

»Joan, komm her, wir wollen anstoßen!« ruft Cumberland gereizt hinüber zur Stirnseite des Raumes. Dort steht sie neben dem Juwel des Raumes, das freischwingend von der Decke hängt, und streichelt versunken die Bronze meiner ersten Feldschlange.

Mittwoch,
der 1. Januar 1589

Versöhnlich und ohne Groll nahmen Matthew, William und vor allem Sir Richard mit ihren Damen vor knapp einer Stunde Abschied von Mayfield Furnace, nachdem sie zunächst mit gewisser Zurückhaltung in der ersten Stunde des neuen Jahres das *Kreolische Haischnitzel* und das spanische Piratengericht *Paella Hispaniola* genossen hatten. Lady Simpson hätte auch davon gerne das Rezept erfahren, doch Cumberland verhinderte die Erfüllung ihres Wunsches, indem er ihr mehrmals auf den Füßen stand. Der exzellente Würzwein danach, mitsamt seinen Reserven, wäre in einer weiteren Stunde geleert gewesen, doch meine Vorrede zu Silvester hat mir meinen bisherigen Freund Cumberland schnell entfremdet. Er forcierte penetrant die Aufhebung der Tafel, so daß bis auf Lady Simpson, Joan Cranbrook und Cumberland selbst, die meine Gästezimmer belegen, die anderen sich genötigt sahen, hinauf nach Mayfield in die reservierten Zimmer des Middle House zu wechseln. Allein Lady Joan zögerte und erbat noch ein Glas Würzwein, was George in frecher Manier rückgängig machte. Sie wäre noch gern etwas geblieben, und ich gebe zu, ich hätte es nicht ungern gesehen. Nun aber liegt Lady Simpson bei ihm, während er seine Nichte vor mir in Sicherheit brachte. So hänge ich lümmelnd in meinen Stuhl vor dem Kamin und halte wenigstens die Flammen bei Laune...

Ich rutsche noch etwas tiefer, schließe meine Augen und lasse mir durch die Sohlen der Stiefel die Füße wärmen. Ich will hinüberdämmern, will Abstand gewinnen. Ich kann es nicht. Das Knistern des

Feuers und Knarzen des Gebälks halten mich wach. Mäuse scharren in der Decke über mir. Metall klickt. Ein Schloß dreht sich... Trippeln auf der Empore zur Treppe hin; ich sitze wieder aufrecht.

Und was herabsteigt, steht plötzlich hinter der Tür. Ich glaube den regelmäßigen Atem zu hören. Lady Simpson? Jemand drückt auf die Klinke. Sie bewegt sich. Die Türseite ist dunkel. Ich ziehe mich in meinem Stuhl zusammen. Ein Figürchen zwängt sich herein, bekleidet mit einem einfachen schwarzen Hemd, schließt behutsam die Tür, lehnt sich mit dem Rücken daran, beide Hände dahinter versteckt, den Kopf gesenkt. Mit versagender Stimme versuche ich leise zu sprechen:

»Lady Cran...brook!?«

»Ja«, flüstert sie kaum vernehmlich.

»Kann ich Euch helfen – ich bin...«

Schnell trippelt sie von der Tür weg, direkt auf mich zu, sinkt neben dem Stuhl auf die Knie, umklammert meine Füße, legt den Kopf auf meine Schenkel, das Gesicht abgewendet zum Feuer hin. Die Erstarrung verhindert Worte, doch das Abwarten löst langsam die Verspannungen.

Anmut, Schlichtheit, weiches Haargeflecht im Widerschein der Flammen. Lustvolle Morgengedanken züngeln. Finger, die sich sachte dem goldenen Geflecht nähern. Aufgelöstes Haar. Vorsichtiges Tasten. Der Funke springt! Das Hinterhaupt im Griff, läßt den Kopf steif in den Nacken fallen und die Klammer um meine Waden fester werden. Lippen, frisch und rot, suchen die meinen. Die Hand fährt den Nacken entlang, hinunter bis zu den Hüften. Haut, weich wie moosbewachsen; Straße – auf und ab. Glut und Flammen wecken unerhörte Phantasien und Sinneslüste. Liebkosend ziehen wir uns gegenseitig aus. Rutschendes Nachtgewand, zerrende Stiefel, gleitendes Wams, schlidderndes Hemd und schlupfende Strümpfe. Der Herzschlag rast, beide nackt, Joan kniend auf dem Stuhl in meinen Armen. Junge Joan. Schmiegsame Joan. Feste Brüste, glatter Rücken, runder Apfelpo, Seidenband um die Hüften, keuchend vor Brunst. Schlanke, kreisende Hüften...

Kaum ist die erste Welle der Erregung vorbei, gleitet sie von meinem Schoß, zieht mich vom Stuhl und will stehend an der warmen Mauer neben den Kamin genommen werden. Joans Augen sind geweitet, als ich erneut in sie eindringe. Jeder wollüstige Stoß wird mit einem spitzen Schrei beantwortet. Als ich für einen Moment den Takt aussetze, springt sie an mir hoch und umklammert mit ihren

Beinen meine Hüften. Sie genießt jede Haltung und begleitet jede meiner Bewegungen mit hellen, spitzen Schreien, gefolgt von einem unergründlichen Gurren. Mein Fieber wird mit diesen Stellungen nicht gesenkt, und so trage ich sie auf die gepolsterte Bank. Sanft lege ich sie ab. Joan hat lange schlanke, wohlgeformte Beine, die ich in dieser Pose erst richtig genießen kann. Sie nimmt von selbst die sinnlichste Stellung ein, indem sie ihre Beine weit spreizt, während sie ihren Rücken genüßlich über das Polster biegt. Endlich wird mein Verlangen gestillt. Welch ein Genuß in den schlanken, bebenden, sich hin und her biegenden Leib der jungen Frau einzudringen. Ein Sinnesrausch, der alles zu Gold macht. Das hemmungslose Stöhnen, das Joan von sich gibt, nimmt an Intensität und Lautstärke zu. Getrieben davon singen wir bald im Duett: Ich bin das tönende Erz, sie die klingende Schelle. Während Joan mehrmals den Gipfel der Lust erreicht, drifte ich voller Wonne einem der schönsten Höhepunkte entgegen. Mir bleibt der Atem stehen. Ich sinke auf sie nieder. Fest umschlungen bleiben wir regungslos liegen, während das Pulsieren keine Ende nehmen will. Einer jener seltenen Momente, in denen ich nachhaltig verspüre, wie aufgestaute Energien von Leibern ineinanderfließen.

Plötzlich löst sich Joan sanft, erhebt sich und klemmt für einen Augenblick ihr Hemd zwischen die Schenkel, um die Säfte aufzufangen. Gleich darauf hüpft sie hinüber zum Kamin, nimmt einen Kienspan vom Sims, entzündet ihn im Feuer und trägt ihn brennend zur Stirnseite des Raumes, hinüber zu den mannshohen Kandelabern, die links und rechts neben der Feldschlange stehen, und entzündet die Kerzen daran.

Die erste in *Adam Dreyling Furnace* gegossene, reich mit Ornamenten verzierte Feldschlange, die meine Männer damals vor dem Einschmelzen gerettet haben. Sie hängt nach wie vor an zwei, von der Decke herunterführenden armdicken Seilen, frei im Raum, dahinter die Flagge der RAINBOW, die Seymour mir in Tilburg feierlich überreicht hatte.

Voller Spannung beobachte ich ihr Tun.

Die Kerzen brennen. Joan kommt zurück. Ihre Augen sind auf die Fuchsfelldecke geheften, die zerwühlt zwischen den Polstern steckt. Schnappt sie und eilt mit Grazie zurück. Breitet das Fell sorgsam über den achteckigen Stoßboden aus und gleitet elegant wie eine Eidechse darauf. Richtet sich auf und umklammert mit ihren beiden Schenkeln das Rohr. Als wollte sie mit ihren langen, muskulös wirkenden Beinen der Feldschlange die Sporen geben, um einen Angriff mit der furchtbaren Waffe zu reiten, beginnt sie mit angewinkelten Beinen ihr Becken rhythmisch vor- und rückwärts zu bewegen. Ein Gemälde von kriegerischer Triebhaftigkeit – Joan, die Amazone auf der Kanone. Plötzlich streckt sie ihre Beine, Hände und Hals und blickt zur Decke hoch. Für einen Augenblick verharrt sie in dieser Position. Ein Bild von nackter Sinnlichkeit. Langsam löst sie sich aus dieser Stellung und legt sich völlig flach auf den Stoßboden, nimmt mit beiden Händen die beiden Delphine, aus dessen Körper je zwei Kämpfer wachsen, die sich im Streit umfassen, greift um und dreht sich auf der knappen Fläche elegant auf den Rücken. Bett aus schimmernder Bronze. Wirkungsvoll hebt sich ihr weißer, flacher Körper vom bronzenen Untergrund ab. Ihr Kopf rollt zu Seite. Meine Amazone fängt das Zischen an, führt dazu die passenden Bewegung aus und genießt es, mich in dieser Stellung erneut zu locken.

Kommt sie direkt vom Satan? Ist sie ein Engel, oder eine Zauberin? Gefühlvoll stemmt sich Joan mit einem Male mit dem linken Fuß vom Stützbalken ab, der halb in die Mauer eingelassen ist, und setzt die Feldschlange in eine schaukelnde Bewegung. Siebenmal dosiert sie vorsichtig den Schub, bis das tonnenschwere Rohr ausreichend schwingt. Das linke Bein angewinkelt, das rechte herabbaumelnd, fixiert sie mich, um ihre Wirkung auf mich auszuloten. Ich spüre die Hohe Schule von Hampton Court!

Als Aufforderung biegt sie ihren Rücken fünf-, sechs-, siebenmal langsam durch. Ihr goldenes dichtes Vlies, durch das die Lippen im Schein des Kerzenlichtes zart schimmern, läßt meine Gier zur lodernden Fackel werden. Ich springe hinüber, um sie in dieser Stellung erneut zu nehmen. Ihr Blick hängt an mir, als ich mich über die Traube vorsichtig balancierend über sie bewege. Ihr Bauch, die Brüste schieben sich heran. Die Hände halten gestreckt die Delphine umfaßt. Perlen quellen aus Joans Augen, als ich mich genau über ihr, links und rechts auf die beiden Schildzapfen abstütze.

Erneut bringt sie unsere Schaukel in Bewegung und damit auch die Trunkenheit der Sinne. Ihre Augen brechen, als ich tief in sie eindringe. Bronze der Wonnen, belebtes Rohr, das uns wiegt und aus unseren Kehlen statt Angst nur Salven der Lust entlockt. Mein Rohr ist geladen, die Stückpforte offen. Mit geschlossenen Augen sehe ich das Bild eines Luntenstocks, wie er sich senkt: *Fire!*

Hart stoße ich zu. Der kurze Schreck über Joans explodierenden Lustschrei wird weggewischt durch einen funkelnden Sternenhimmel, der in meinem Kopf entsteht. Das rhythmische Rollen ihrer Lenden, das sanft schwingende Rohr unter uns erzeugt einen berauschenden Genuß...

Ich öffne für einen Moment die Augen, mein Blick fällt auf das Langfeld. Für einen Moment unterliege ich wieder der Sinnestäuschung: Das schwingende Rohr, die Licht- und Schattenspiele auf dem Vorderfeld gaukeln vor, als ob sich die bronzene Schlange um einen glühenden Schaft winden würde. Joans lustvolle Seufzer scheinen für einen Moment aus dem Maul der Schlange zu entweichen, als ob sie ihn bei jedem Flackern der Kerzen unter Schmerzen hin und her bewegen müßte. Nein, die Schlange liebkost das Rohr...

Joan bemerkt meine kleine Abwesenheit, hebt ihre Brüste und bietet sie meinen Küssen und Bissen dar. Jetzt löst sie ihren Griff um die Delphine, umschlingt mit ihren freien Armen meinen Hals und kreuzt die Beine um mein Gesäß.

Ich stemme meine Füße in die Seile und presse sie auf das Rohr zurück. Mir ist, als versorge ich Joan mit meinem Blut, während sie einen gellenden Lustschrei herauspreßt!

Wir schwingen noch mit dem Rohr, als uns das Knallen der auffliegenden Tür abstürzen läßt. Meine Augen erfassen einen wilden Stier. Cumberland steht im Raum.

»Joan!? Adam!?«

Bilder entstehen wie Blitze in meinem Kopf. Büchsenhausen, die Laube, Frau Elisabeth, Antonia...

»Was macht Ihr mit Joan?« Er stürzt fünf Schritte näher, bleibt mitten im Schritt stehen, greift sich an die Stirn und beginnt zu begreifen. »Verdammt!! Seid Ihr des Wahnsinns? Dort oben...?«

Und nach einigem Zögern:

»Sie ist die Hofdame der Königin! Ich rette sie vor den Kannibalen Londons, und Ihr freßt sie hier seelenruhig auf! Los! Runter von ihr! Runter sagte ich!«

»Verschwindet!« knalle ich dagegen.

Wäre er Kain, er würde mich augenblicklich erschlagen.

»Runter!« brüllt er zurück.

»Raus! Haut ab!« wiederhole ich ebenfalls brüllend.

Über die Schulter von Cumberland hinweg sehe ich Lady Simpson, die ihr Haupt zögernd durch den Türrahmen steckt.

»Joan! Komm sofort mit! Wir reisen noch in dieser Stunde nach London zurück!« poltert Cumberland, bebend vor Zorn.

Ich springe ab, gehe Cumberland entgegen, der zurückweicht, ergreife ein Polster und schleudere es ihm ins Gesicht. George reißt die Arme hoch und wehrt das Polster zur Kaminöffnung hin ab. Glut wirbelt auf. Joan bleibt während dieser kurzen Aktion ungerührt in seitlicher Pose, lang ausgestreckt, auf der Feldschlange liegen:

»Oh, Cumby! Ich fühle mich so gut wie noch nie zuvor, ich will noch nicht nach London!« schmollt sie zurück. »Du hast doch auch so wundervoll mit der Lady gevögelt. Ich habe es nicht ausgehalten. Auch konnte ich deswegen in meinem Zimmer kein Auge schließen.« Joan streckt sich lüstern auf dem Rohr. »Die wunderbarste Nacht in meinem bisherigen Leben! Ich habe mich nur amüsiert, ich habe mich prächtig ..., wo ich doch sonst nur der Königin...«

Cumberland ist bleich vor Zorn: »Verdammt noch mal!« und stürzt auf Joan zu. Schnell packe ich zu, zwinge ihn zu Boden. Auge in Auge hämmere ich Wort für Wort in ihn hinein:

»Ihr werdet jetzt sofort den Raum verlassen, wie ich es Euch befohlen habe, ansonsten röste ich Euch im Kamin!«

Mein harter Griff läßt ihn wieder zur Besinnung kommen. Schwer atmet er durch, strafft mich durch Verachtung und droht:

»Damit habt Ihr Euch selbst gerichtet! Dies wird Euch die Königin *nie* verzeihen!« Er zieht seinen Überwurfmantel straff und wendet sich ab, während ich ihm nachrufe:

»Grüßt Ihre Majestät von mir und sagt Ihr, so bezaubernde junge Frauen aus Ihrem reichen Stall sollten sich öfter mal nach Mayfield Furnace verirren...«

In der Tür bleibt Cumberland noch einmal stehen:

»England wird Euch mit einem Flügelschlag abstreifen. Dafür werde ich sorgen.«

»Geht endlich zu Euren Kannibalen!« schleudere ich ihm nach.

Die Tür fällt schwer ins Schloß. Nach einigen Augenblicken der Besinnung, wende ich mich Joan zu:

»Ihr solltet besser tun, was er sagt.«

»Nein, ich will noch nicht zurück nach London!« Langsam spreizt sie schamlos ihre Beine. »Wo Ihr mich doch wie ein liebestoller Hengst bespringt...«

»Joan!« unterbreche ich sie. »Die erste Nacht ist die schönste! Sie läßt sich nie mehr wiederholen.«

Spontan richtet sie sich auf:

»Ich bleibe! Laßt Euch was einfallen.«

Kurz entschlossen gehe ich auf sie zu und versetze ihr eine schallende Ohrfeige. Wie vom Blitz getroffen starrt sie mich an.

»Ihr geht jetzt hinauf und begleitet Euren Onkel nach London, sonst seid Ihr ab morgen nur noch für die Themse gut genug. So aber könnt Ihr allem noch entrinnen! Es war Unrecht...«

Mit Trotz im Gesicht rutscht sie vom Fell, nimmt ihr Hemd und bewegt sich nackt zur Tür. Beim Hinausgehen keift Joan zurück: »Ihr macht einen weiteren Fehler. Ihr solltet mich genießen und nicht von hier wegschicken...«

Freitag,
der 3. Januar

Seit Tagesanbruch bin ich auf den Beinen. Vormittags gab ich mich meiner neuesten Lieblingsbeschäftigung hin: Ich schaufelte in der frischen Luft mit Genuß Berge von Humus durch ein Sieb, beschickte den dritten Formkasten und krönte zur spätnachmittäglichen Stunde meine Arbeit damit, daß ich den letzten Schnittlauch darin vergrub.

Merlin, unsere schwarzgetigerte Katze – mit Absicht erhielt sie den passenden Namen eines Katers –, ist mir behilflich, indem sie darüber wacht, daß keine Mäusefamilien in den Formkästen Quartier beziehen. Dafür darf sie die Kästen nach Herzenslust düngen, was sie auch weidlich ausnutzt.

»Noch nicht!« versuche ich ihre Neugier zu bremsen, da Merlin bei jeder sich bietenden Gelegenheit versucht, in jedes frische, von Hand gegrabene Loch, sei es auch noch so groß oder klein, entweder hineinzuspringen oder mit ihrer Pfote hineinzugrapschen.

»Jetzt darfst du, mein kleines Teufelchen...!«

Mit ihren gleichmäßigen Streifen um Kopf, Augen und Nase sowie mit der gleichmäßigen Bänderung um Brust und Vorderpfoten könnte man meinen, sie hätte sich für den Mäusefeldzug eine Kriegsbemalung gegönnt.

»Sollte die Mäuseplage überhand nehmen«, flüstere ich Merlin ins Ohr, »dann werden Ysabel und ich dir einen Kater besorgen!«

Merlin scheint mich nicht ganz zu verstehen, da sie ohne ein einziges »Miau« in die dunkel werdende Halle der Gießerei hinüberwechselt. Kaum ist das Tal ohne Sonne, zieht der Nebel ein. Nach ihren Gewohnheiten zu urteilen, müßte Ysabel in den nächsten zwei

Stunden aus London zurückkehren. Das stille Einverständnis zwischen uns macht mir zur Aufgabe, daß ich mich rechtzeitig um die Küche kümmere. Gleiche Stunde, gleiches Essen, gleicher Trank, gleiches Bett...

Ich habe Jonathan und James bis übermorgen freigegeben. Sie spotteten zwar über den häufigen Wechsel meiner Anordnungen, doch mir war es recht so. Die Stille und die Arbeit haben meinen Kopf schnell wieder frei gemacht.

Gerade, als ich das Wohnhaus betreten möchte, fällt mir ein, daß ich die Asche aus dem eisernen Signalkorb oben auf dem Mast entfernen und neues, trockenes Holz bereitlegen wollte. Vielleicht freut sich Ysabel darüber, wenn ich für sie den Beacon abbrenne.

Ich überlege es mir nicht zweimal, sondern unterwerfe mich der kurzen Mühsal. Es ist gut, daß Ysabel heute zurückkehrt, denke ich mir noch, als ich den schweren Korb an seiner Eisenkette über die Winde herunterlasse. Gerade habe ich das letzte Holzscheit hineingelegt, da nehme ich den Hufschlag eines Pferdes durch den dichter werdenden Nebel wahr, das den steilen Weg von Mayfield heruntertrabt.

Ysabel? Nein, zu früh! Gespannt lausche ich auf den Hufschlag, der jetzt genau die Talsohle erreicht hat. Stille! Jemand sitzt ab. Pochen an den Palisaden des Tores. Ich eile zum Tor:

»Ysabel?«

»Ja, mach auf!«

Eilig löse ich die Kette, ziehe den Splint heraus, schiebe den Eisenriegel zurück und öffne das Tor:

»Ysabel! Du bist schon zurück? Da warst du aber schnell. Komm herein...« Und jetzt, da sie mir gegenübersteht, bin ich so dankbar, daß mir für einen Moment die Worte fehlen. Spontan will ich sie in meine Arme nehmen. Sie aber geht an mir vorbei und drückt mir die Zügel in die Hand:

»Nimm das Pferd!«

Die Stimmung schlägt plötzlich um. Ich verriegle mit einer Hand das Tor, während sie abwartend, ohne mich anzublicken langsam vorausgeht. Stumm gehen wir nebeneinander her. Ihre Art zu gehen, ohne den Mund aufzumachen, kommt mir unerträglich vor.

»Warum sagst du nichts?«

»Erst gehen wir ins Haus.«

»Gut, gehe voraus, ich bringe *Gun* in den Stall!«

Nach wenigen Minuten stehe ich im Kaminzimmer. Ysabel sitzt, die Füße ausgestreckt, im Polstersessel. Wir blicken uns für einen Moment stumm an. Ysabel verschränkt die Arme:

»Ob wohl jemand daran denkt, mir etwas zum Trinken anzubieten?«

»Der *Jemand* bin ich!« gebe ich beschwingt zur Antwort und verbeuge mich tief. »Würzwein..., Wasser..., Whisky?«

»Whisky mit Wasser!«

Ysabel nimmt den Becher und schüttet ihn in sich hinein. Als sie ihn leergetrunken hat, blickt sie mich düster und unheilschwanger an:

»Adam!« sagt sie. »Adam, es gibt schlechte Nachrichten.« Das Wort »Nachrichten« hat in meinen Ohren, so wie sie es betont, einen gefährlichen Klang.

»Was ist los? Komm schon!«

»Komm schon!« versucht mich Ysabel nachzumachen. »Als ob das Unglück abzuwenden wäre. Der Stil deiner Silvesterfeier ist nicht nur bis zu Walsingham durchgesickert, sogar die Königin interessiert sich für das, was in Mayfield Furnace passiert ist.«

»Was ist durchgesickert?«

»Das mußt du doch am besten wissen!« fährt sie mich an.

»Meine Rede? Die Sache mit Lady Joan? Ich weiß, ich hätte mich nicht mit ihr einlassen dürfen. Mein Fehler!«

»Dein Fehler ist wenig schmeichelhaft für mich...«

Ich gebe mir Mühe, das Bedauern in meine Stimme zu legen, das ich in diesem Moment empfinde:

»Ich gebe zu, es war nicht in Ordnung. Ich muß dich um Verzeihung bitten. Das andere, denke ich, wird sich wieder beruhigen.«

Ysabel springt hoch, Tränen schießen in ihre Augen. Ich nehme sie spontan in meine Arme. Schluchzend bricht es aus ihr heraus:

»Es gibt keine Schonzeit! Du hast dir alles selbst zerstört. Sie werden kommen.«

»Kommen!? Wer kommt?«

»Männer, die dich holen wollen.«

»Wohin?«

Ysabel hat sich wieder gefaßt und löst sich aus der Umarmung. »Bist du so ahnungslos, oder tust du nur so?«

»Vielleicht bin ich es wirklich. Also, was ist los?«

»Die Bedrohung steht schon vor den Palisaden. Wir haben vielleicht nur noch eine einzige Nacht voraus.«

Die Bedeutung des »wir« ist mir nicht klar und irritiert mich.

»Du sagst ›wir‹...?«

»Walsingham plant, mich von hier abzuziehen. Er hat mich schamlos mit deiner Affäre mit Lady Joan konfrontiert. Du hast ihm einen famosen Grund geliefert. Einen Grund, den er immer dann als Druckmittel einsetzt, wenn ihm die Bindungen zwischen Bewachtem und Bewacherin zu stark erscheinen.«

»Meinst du, er hat das mit Joan geplant?«

»Alles ist möglich. Er könnte damit gerechnet haben. Er kennt deine Schwächen besser, als du denkst. Vielleicht meint er, ich könnte so leichter auf das Leben in Mayfield Furnace verzichten.«

»Es tut mir von Herzen leid. Verzeihst du mir?«

Ysabel blickt mich lange an. Nur mühsam kann ich ihren Augen standhalten. Dann höre ich die erlösenden Worte:

»Ich verzeihe dir deine schwache Stunde, denn vielleicht war dies alles von Walsingham beabsichtigt.«

Ich sehe für einen Moment das wächserne Gesicht von Barn Elms vor mir und balle die Hand zur Faust:

»Wie hast du ihm gegenüber reagiert?«

»Wie eine betrogene Frau eben reagiert, die nicht zugeben darf, daß ihr das Geschehene etwas ausmacht. Gekränkt und betroffen, das Ganze elegant maskiert. Walsingham hat wohl die Wahrheit ein wenig gespürt, doch Haßtiraden auf dich habe ich mir verkniffen. Ich forderte dennoch für mich selbst erst einmal Genugtuung. Er hat mir abgenommen, daß ich ihm in meiner Kränkung besonders dienlich sein und dich zuverlässig abliefern werde. Hätte er Zweifel gehegt, ich wäre niemals nach Mayfield Furnace zurückgekehrt.«

Sanft ziehe ich sie an mich heran.

»Ich danke dir! Doch worin besteht die Gefahr?« frage ich, als sie sich wieder von mir löst.

»Ich befürchte das Schlimmste.«

»Steckt nur Walsingham dahinter?«

»Er sicher, aber nicht allein. Die Königin rast. Sie fordert harte Maßnahmen und Genugtuung. Seit wann ist denn Cumberland dein Feind?«

»Seit Neujahr! Diese fliegende Feder... Welches Spiel treibt er in London gegen mich?«

»Deine Rede! Du giltst jetzt als höchst unzuverlässig. Dein Columbus-Vergleich hat Walsingham erst richtig aufgeschreckt. Ich habe nur noch mitbekommen, daß du nach London gebracht werden sollst. Einmal wegen deiner Gedanken, die du öffentlich gemacht hast, zum anderen wegen der Königin. Sie hat Walsingham mehr oder weniger zum Handeln gezwungen. Cumberland wurde zuvor von ihr empfangen.«

»Wann wird er handeln?«

»Das kann nicht lange dauern. Sie werden von London aus schon unterwegs sein. Ich bin daraufhin sofort zum polnischen Botschafter, Graf Rzeszówski, gegangen. Seine Leute sind mir gefolgt. Falls du die Sache in London nicht auskämpfen willst, Polen empfängt dich mit offenen Armen. Sie warten nur noch auf ein Zeichen – heute nacht.«

»Welches Zeichen?«

»Zum Zeichen deines Einverständnisses, heute nacht noch über Rye England mit dem Schiff zu verlassen, sollst du den *Beacon* anzünden.«

»Mit welchem Schiff?«

»Es ist die Witch of Cumber Castle! Sie wird morgen auslaufen.«

»Und du?«

»Ich komme mit. Für Walsingham werde ich nirgendwo mehr hingehen. Meine Eltern sind alt. Ihnen wird er nichts mehr anhaben können. Nur für meine Eltern bin ich in Walsinghams Dienste getreten. Jetzt ist Schluß! Ich will endlich in Ruhe gelassen werden...«

Tränen rollen wieder über Ysabels Wangen.

»Dann müssen wir seinem Arm entkommen. Packen wir unsere Sachen!«

»Da ist noch etwas!«

»Was?«

»Ich habe Befehl von Walsingham, dich hier erst einmal in Sicherheit zu wiegen und gleichzeitig zu helfen, alles für deine Ergreifung vorzubereiten. Dafür habe ich weniger als eine Stunde Zeit. Danach soll ich mich sofort unter irgendeinem Grund in das Middle House begeben, um Gibbes zu treffen.«

Der Name trifft mich ins Mark:

»Gibbes? Du triffst da oben wirklich Richard Gibbes? Warum gerade ihn?«

»Er oder ein anderer. Ich werde seine Fragen beantworten, und er wird daraufhin die Männer einteilen, die in diesen Stunden oben in Mayfield zusammengezogen werden. Er wird außerdem eigene Befehle haben, die ich nicht kenne.«

»Das gefällt mir gar nicht! Du bleibst jetzt hier. Wir packen, zünden den Beacon an und machen uns sofort auf den Weg nach Rye!«

»Das wäre töricht, Adam! Wenn ich nicht erscheine, sind sie sofort alarmiert. Sie würden uns schon in weniger als zwei Stunden jagen. Besser ist es, ich drehe es so, daß wir mindestens einen Vorsprung von fünf bis sechs Stunden bekommen. Außerdem erfahre ich wiederum etwas über seine Pläne, so daß wir unsere Flucht darauf abstimmen können. Der Vorteil liegt gerade darin, daß ich Richard gut kenne. So besehen, haben wir eine echte Chance zu entkommen.«

»Und die Polen?«

»Die schwimmen hoffentlich unauffällig irgendwo in der Gegend mit. Ich nehme an, sie sitzen jetzt schon oben in den Wäldern und warten auf unser Zeichen.«

»Trotzdem gefällt mir das alles nicht. Viel zu gefährlich!«

»Wenn wir es nicht so machen, kommen wir höchstens bis Bodiam Castle. Das schwör' ich dir!«

Ich überlege hin und her, doch Ysabels Argumente sind zwingend.

»Adam! Wir haben keine Zeit mehr, zu überlegen. Ich muß hinauf.«

»Gut, ich werde hier alles vorbereiten. Leg wenigstens deine Sachen heraus, damit ich sie einpacken kann.«

Ysabel begibt sich in die Halle und eilt die Empore hoch.

»Ich ziehe mich schnell um!« ruft sie von der Treppe aus. Kurze Zeit später verläßt Ysabel zu Fuß Mayfield Furnace.

»Vergiß die Pferde nicht!« sind ihre letzten Worte.

Meine wird sie nicht mehr gehört haben:

»Komm bald zurück...!«

Stumm rufe ich in die Nacht hinaus: Wo bleibst du? Der Nebel gibt mir stumm die Antwort: Sie bleibt weg. Warum habe ich meiner ersten Absicht nicht nachgegeben und bin ihr zum Middle House gefolgt? Ich hätte Gewißheit, so aber bin ich Zielscheibe meiner eigenen Verdächtigungen, Zweifel und Ängste. Alle drei schlagen auf mich ein...

Zur ersten Stunde blieb ich vom Vorhang des Zweifels befreit. Ich war beschäftigt. Die Auswahl der mitzunehmenden Sachen knapp zu halten fiel schwer: Unverzichtbar für mich das Geld und meine Tagebücher, daneben noch Handwaffen und Wechselwäsche. Kleider und Proviant für Ysabel. Dazu die Pferde *Powder* und *Gun*...

Doch wenn es ungebetenen Gästen gelingt, einen vom eigenen Futtertrog zu verdrängen, wächst der Zorn mit jeder Minute und geißelt unerträglich das Bewußtsein. Doch in jener Stunde mußte ich noch zu unterscheiden lernen zwischen ungebetenen Gästen, die sich in Mayfield sammelten, und einem ungebetenen Gast, der schon im Zentrum der Gießerei saß.

Gerade als ich durch die Gießerei hinüber zu den Ställen wollte, um nach den Pferden zu sehen, vernahm ich einen dumpfen Klang, den ich zwar monatelang nicht mehr wahrgenommen hatte, der aber in mir lebt wie meine Seele. Es war untrüglich der große eiserne Schieber des *Schwarzen Riesen*. Der Klang brachte meine Sinne zum Tanzen: Jemand zog im Schneckentempo die Kette über die Winde, bemüht, so wenig Hall wie möglich zu verursachen. Mit dem Ziehen öffnete er den Feuerschacht.

Sauerei! Ist Orthmann etwa wieder am Werk? Das war mein erster Gedanke.

Kurz darauf illuminierte der ungebetene Gast das Innere meines Schmelzofens. Tatsächlich, ein verhinderter Siegelbrecher war dabei, das Innere des Ofens zu schänden. Ich war mir sicher, daß ihm das Licht nie und nimmer das vierte Siegel ausleuchtete.

Als ich in den Feuerschacht hineinblickte, erkannte ich im schwachen Lichtschein Thomas Orthmann, wie er mit einem Meßstab versuchte, dem *Schwarzen Riesen* diebisch das Geheimnis zu entreißen. Seine Unverfrorenheit war grenzenlos, dafür schmolz er mein Denken und Handeln zusammen wie die härteste Bronze: Die Kette rauschte aus, der Aufschlag der Eisenplatte ähnelte dem dumpfen Schlag einer zersprungenen Glocke. Sein Geschrei beantwortete ich mit einem befreienden Gelächter, das mich die Fassung wiedergewinnen ließ für das, was Schritt für Schritt noch getan werden mußte. Orthmanns Dreistigkeit dagegen würde sich zur blanken Wahrheit auswachsen, wenn ihn Walsinghams Leute dort wieder befreien werden.

Nach getaner Arbeit ist es dann soweit. Ich halte es im Haus nicht mehr aus. Alles wird zu eng. Die zweite Stunde verbringe ich im Freien in der Nähe des Einganges und der Palisaden. Ich fühle mich hier draußen einfach sicherer, obwohl die Nebelnässe die Kleider bis auf die Haut durchdringt. Dafür ist mein Standort flexibel, denn er läßt mir alle Wege offen. Das Tor ist nur angelehnt. Wenn Ysabel den Weg herunterkommt, werde ich es sofort bemerken. Mein Zeitgefühl ist verlorengegangen. Rastlos wechsle ich zwischen Straße und Hof hin und her. Kurz darauf stehe ich wieder auf der Straße, die nach Mayfield hinaufführt. Ich bin nahe davor, mich auf den Weg zu machen, um den noch unsichtbaren Gegner dort oben zu packen und ihn auf kürzestem Wege umzubringen, als aus dem Nebel, direkt vor mir, etwas nach Luft japsend auf mich zueilt. Schnell ducke ich mich in den Graben. Eine Gestalt huscht vorbei. Sie ist es:

»Ysabel! Ich bin es. Bleib stehen...«

Mit wenigen Schritten habe ich Ysabel eingeholt. Sie kippt völlig erschöpft in meine Arme:

»Ich ... ich ... ich habe...«, nach Luft schnappend versucht sie mir mitzuteilen, »... Gibbes erstochen!«

»Was, du hast ihn erstochen? O Gott!«

»Wir haben jetzt ... keine ... Zeit für Erklärungen! Später...«

Ihr Herz pocht bis an mein Ohr, ihr Atem pfeift durch Nase und Mund. Ich trage Ysabel auf den Armen durch das Tor bis zum Hauseingang. Sanft stelle ich sie wieder auf die Beine. In der Halle brennen Kerzen. Meine Augen weiten sich. Ysabels Mantel und Hände sind völlig mit Blut verschmiert.

»Es war schrecklich, Adam«, äußert sich Ysabel etwas erholt. »Ich mußte ihn...«, fährt sie finster fort, unterbricht sich selbst und stützt sich auf meine Schulter.

Ich fasse Ysabel an der Hand und ziehe sie zur Küche hin. »Komm, ich wisch dich ab«, flüstere ich ihr zu.

»Hast du alles gepackt?«

»Ja. Es liegt alles fertig auf dem Tisch im Kaminzimmer.«

Sie nimmt mir das nasse Tuch aus der Hand. »Hol die Pferde! Wir dürfen keine Minute verlieren.«

Ich eile zum Stall, führe die Pferde direkt vor den Eingang, als Ysabel schon wartend in der Tür steht.

»Was sollen deine Aufzeichnungen? Die Pferde brauchen jedes Pfund Entlastung.«

»Denkst du *Powder* schafft es sonst nicht bis Rye?« frage ich zurück, während ich die Reitdecken auflege.

»Ich denke nur an eines: Wir wollen überleben!«

»Gut, sollte er müde werden, werfe ich sie weg. Einverstanden?«

Wortlos nimmt sie mein Angebot an. Ich nehme Powder am Zügel; im gleichen Moment fällt mir ein:

»Der Beacon! Nimm die Pferde und führe sie vor zum Tor.«

»Mach schnell!«

Ich laufe zurück in die Halle. Eine Kerze, am Kaminfeuer entzündet, verlischt sofort. Ich reiße die Flagge der RAINBOW von der Wand, halte sie ins Kaminfeuer und haste damit zum Eisenkorb, der auf dem Boden vor dem Mast steht, und entzünde das terpentingetränkte Werg. Trotz der Nebelnässe beginnt das Feuer schnell seine Hitze zu entwickeln.

»Bring Powder zurück!« rufe ich zum Tor vor.

Schnell erfasse ich die Kette, hake das Ende am Sattelkopf ein und lasse Powder den schwer mit Holz beladenen Eisenkorb hochziehen. Ein gespenstisches Licht entwickelt sich in gut 20 Fuß Höhe. Kaum habe ich die Kette am Mast angeschlagen, kommt Ysabel herangeeilt. Aufgeregt erklärt sie:

»Adam, das Licht ist zu schwach! Vorn am Tor ist es durch den Nebel kaum noch auszumachen. Was machen wir? Wenn die polnischen Freunde das Signal nicht sehen können, war alles umsonst.«

Aus dem Brunnen ihres Jammers erwächst mir der Gedanke, der aus der Hölle stammen könnte.

»Ich hole die Axt!«

»Wohin läufst du?« ruft sie mir nach.

»In das Gußhaus!«

Die Geräte hängen an der Wand. Schnell habe ich die Axt in der völligen Dunkelheit ertastet. Das Geräusch weckt eine Stimme:

»Laßt mich raus…! Öffnet den Schieber, Meester, ich will hier raus…!«

Der Mantel des Grauens streift mich für einen kurzen Moment. Doch dann brülle ich zum *Schwarzen Riesen* hinüber:

»Orthmann! Hier ist dein Meister: Du wirst das Geheimnis der Schmelztemperatur noch heute erfahren. Freue dich darauf!«

Im Laufschritt eile ich zurück. Der Widerschein des Beacons lotst mich schnell auf den Hof. Meine Einkerbungen am Mast bestimmen die Fallrichtung. Der Eisenkorb wird das Dach durchschlagen. Das Feuer wird danach hell genug sein. Mit weiteren dreizehn Hieben knackt der Beacon. Lautlos erst, dann krachend bricht der Korb am Mast hängend durch das Dach. Ein Funkenregen ergießt sich in das Innere des Dachstuhls. Als wir die gegenüberliegende Anhöhe erreichen, ist schon das gesamte Tal vom Feuerschein erhellt.

»*Mayfield Furnace!*« sagt Ysabel gedehnt und wehmütig. »Liebe und Barbarei waren dort unten vereint!«

»Das Feuer hat sich gesenkt, doch es erhebt sich tausendfach!« versuche ich mit fester Stimme das Inferno in Worte zu fassen. Ich spüre zum ersten Male, wie mein Herz zuckt. Den überfließenden Tränen lasse ich in der Dunkelheit freien Lauf.

Samstag,
der 4. Januar

Fünfundzwanzig Meilen sind es nur, die Rye von Mayfield trennen, doch die Vorsicht und die vielen Nebenwege nötigten uns für die Strecke gute zehn Stunden ab. Die Meilen wollten einfach nicht schneller schrumpfen...

Erst nach gut einer Meile schluckte der Nebel vollends den Schein des Feuers, das schnell alle Gebäude der Kanonengießerei erfaßte. Im scharfen Ritt jagten wir die weiteren zehn Meilen, zwar auf gut bekannten Wegen, doch fast blind, durch die neblige Nacht. Hätte ein Hindernis über dem Weg gelegen, wir hätten uns die Hälse gebrochen. Nachdem wir den Fluß Rother durchquert und Burwash hinter uns gelassen hatten, wurden wir langsamer, da der Straßenverlauf in der Dunkelheit nicht immer genau auszumachen war.

Dafür konnte Ysabel endlich über Einzelheiten ihres tödlichen Treffen mit Gibbes berichten. Zunächst bekam sie heraus, daß der Ring um Mayfield Furnace spätestens um Mitternacht geschlossen gewesen und ich auf Befehl der Königin noch zur selben Stunde verhaftet worden wäre, um in den Tower gebracht zu werden. Gibbes eröffnete daraufhin Ysabel, daß sie im MIDDLE HOUSE zu bleiben habe und auf Befehl Walsinghams morgens gleich nach Eastbourne weiterreisen sollte. Dort habe sie sich unverzüglich einzuschiffen, um neue Aufgaben auf dem Kontinent in Angriff zu nehmen. Anlaufstation wäre Calais gewesen, von wo sie, versehen mit neuen Befehlen Walsinghams, in die spanischen Niederlande eingeschleust werden sollte.

Verständlicherweise geriet ihr Gleichgewicht, trotz ihrer großen Erfahrung, ins Wanken, was Gibbes wohl sofort bemerkte. Ihre weiteren Vorschläge, die allesamt das Ziel einer schnellen Rückkehr zur Gießerei beinhalteten, wurden von ihm daher abgeschmettert. Statt dessen taumelte er in die Vergangenheit und kam ihr körperlich unerträglich nahe.

Je mehr gute Gründe sie für eine Rückkehr zur Gießerei darlegte und je mehr sie versuchte, den Nutzen in Verbindung mit meiner erfolgreichen Gefangennahme klarzulegen, um so deutlicher wurden seine Anschuldigungen, Ysabel verfolge andere Absichten. Sein Instinkt war nicht zu überlisten. Als er ihr im Gegenzug vorschlug, aufgrund der freudigen Wiederbegegnung, sie solle wie in alten Zeiten erst einmal die Beine spreizen – quasi als Beweis ihrer Treue zur Sache – und sie anschließend brutal auf das Bett zwang, zog sie aus ihrem Stiefel das Messer. Richard Gibbes verblutete auf ihrem Bauch.

Nachdem sie Richards Zimmer durchsucht und alle Pergamente Walsinghams an sich genommen hatte, verschloß sie die Tür, verließ das MIDDLE HOUSE ungesehen über den Abtritt und eilte zurück, während etwa sechs Häscher, die sich zur selben Zeit in der Schänke befanden, in fröhlicher Runde Gibbes' Signal abwarteten. Der Zeitpunkt der Entdeckung des Toten mit allen sich daraus ergebenden Konsequenzen war damit für uns nicht mehr vorhersehbar.

Die echten Beweggründe ihrer Tat gestand mir Ysabel in der Nähe von Robertsbridge: Sie hatte es gründlich satt, neue gefährliche Aufgaben anzunehmen, hatte es ebenso gründlich satt, ihren Körper für Aufgaben der Krone einzusetzen, ohne je die Aussicht auf eine tragende Verbindung in der Zukunft zu haben. Dazu kam die Heimatlosigkeit, die zwar mit Mayfield Furnace besiegt worden war, doch nur in Verbindung mit einer festen, dauerhaften Partnerschaft. Am Ende blieb tatsächlich nur unsere Beziehung bestehen, doch diese war für sie wichtiger, als ein fester Ort, den man nach ihrer Auffassung gemeinsam überall finden könnte.

Den Tod ihres früheren Wegbegleiters in Tirol und Venedig bedauerte Ysabel mit keinem Wort. Dagegen erstaunte mich ihre trokkene Bemerkung über ihn:

»Sein Geist war Frauen gegenüber schwach, und sein Gehänge war es auch!« sagte sie.

Waren die Stunden vor Mitternacht von der Furcht einer allzuschnellen Verfolgung geprägt, so brachten die Meilen nach Mitternacht die Zuversicht wieder zurück. Ließen die Umstände doch die Möglichkeit offen, unsere Verfolger müßten annehmen, wir wären in Mayfield Furnace mit verbrannt.

Zehn Stunden später erreichten wir Rye...

Die Stege über das Tillingham Valley und über die Guildeford Marsh verbinden Rye mit dem Festland, ähnlich wie Winchelsea, das etwas südlicher liegt und das ich im Juli des vergangen Jahres kurz aufgesucht hatte, bevor ich nach Cumber Castle ging.

Das Royal Gate, das die Ecke der Nordostmauer durchbricht, taucht kurz darauf als letztes Hindernis vor dem rettenden Hafen aus dem Nebel heraus auf.

»Was ist, wenn sie alarmiert sind?«

Ysabel ergreift die Initiative:

»Laß das meine Sorge sein. Ein Zögern gegenüber den Wachen wäre jetzt auffälliger als umgekehrt der Versuch, sie zu benutzen! Außerdem kenne ich hier alle Männer, die Walsingham und seiner Organisation verpflichtet sind. Du wirst sehen, das Siegel von ihm läßt jede Wache in Ehrfurcht erstarren und jede Zugbrücke schnell herabsinken.«

In der rechten Hand die Pergamente von Gibbes, mit dem Siegel Walsinghams darauf, steuert sie entschlossen auf die Wachen zu. Ich folge ihr in einem Abstand von zwei Pferdelängen.

Ysabels Plan ist dreist, doch wirkungsvoll. Eiskalt kalkuliert sie, daß zu dieser Stunde unser Schicksal in Mayfield noch nicht geklärt sein kann.

Ohne Umschweife fordert sie den Wachsoldaten auf:

»Wer kann uns helfen, schnell die WITCH OF CUMBER CASTLE zu finden? Es eilt!« Das Siegel hält sie ihm direkt unter die Nase.

Seine Reaktion ist genau die, die Ysabel vorhergesagt hatte. Hastig antwortet er:

»Am besten ist es, Ihr reitet hinunter zum FLUSHING INN. Die Seeleute dort werden Euch den Ankerplatz zeigen. Es werden genügend dort sein. Wagt sich ja eh kaum ein Schiff bei diesem Wetter auf See.«

Höflich bedanken wir uns, setzen die Pferde in Bewegung und passieren das Tor.

Flüsternd erklärt sie:

»In die alte Schmugglerkneipe wollte ich gerade nicht einkehren. Besser ist es, wir warten außerhalb der Taverne und geben unseren Freunden Gelegenheit, uns zu finden.«

»Was ist, wenn wir nicht angesprochen werden?«

»Dann machen wir uns im Hafen selbst auf die Suche.«

Mein stummes Nicken genügt ihr als Antwort. Die Hufschläge hallen über die Pflastersteine.

»He, he ... he!« Ein schwer beladener Karren, gezogen von zwei Ochsen, will von der Lion Street in die Market Street einbiegen. Der Treiber bekommt Probleme, da der Karren auf der abschüssigen Straße anfängt zu schieben.

Ein Seemann springt mit wenigen Schritten vor dem rutschenden Karren zur Seite und nähert sich uns mit schnellen Schritten. Der kräftige Mann räuspert sich und beginnt mit ausgesuchter Höflichkeit zu fragen:

»Wenn ich irgendwie helfen kann, Mylady, Sir...?«

»Wer seid Ihr, und wer schickt Euch?« fragt Ysabel zurück, bevor ich reagieren kann.

»Ihr kommt aus Mayfield?« fragt er seinerseits höflich zurück.

Ysabel zögert etwas, bevor sie antwortet:

»Wir suchen die ›Hexe‹!«

Der Mann nickt:

»Ich kenne ihren Ankerplatz!«

Wir folgen ihm, entlang der Pump Street, vorbei am FLUSHING INN bis hinunter zum Tor neben dem Ypres Castle, dessen Durchgang den Blick auf den Seehafen freigibt.

Rechts vor uns drei Hellinge, auf denen Fischerboote zur Reparatur aufgebockt sind. Daneben größere, die leer wie Gerippe aus dem Dunst auftauchen. Dahinter schemenhaft Prame, Büsen, Hoys, ein Hummer-Keel, die auf den Schlick gezogen wurden. Links von uns entdecke ich mehrere Galeoten und Huker, die seetüchtig genug wirken, um uns sogar nach Schottland zu bringen. Sie dümpeln verlassen auf dem trüben grauen Wasser. Wir nähern uns einem weiteren Steg, sitzen ab und spähen nach vorn. Auf einem der Boote höre ich ein vertrautes Kettenrasseln herüberklingen. Drei Männer scheinen auf Posten zu sein, während sechs andere dabei sind das Schiff seeklar zu machen.

»Die WITCH OF CUMBER CASTLE ist Ihr Schiff, Mylady, Sir!« vernehme ich den freundlichen Ton unseres Führers, bevor er sich umdreht und in entgegengesetzter Richtung wieder verschwindet.

Unschlüssig blicken wir hinüber. In wenigen Sekunden ziehen wir die gesamte Aufmerksamkeit der Besatzung auf uns. Zwei Personen lösen sich von Deck, springen auf den Steg und kommen mit lebhaften Schritten auf uns zu.

Beide tragen wärmende Mäntel, aus denen Degenspitzen hervorlugen und beide kommen, mit freudigen Zügen im Gesicht, auf uns zugeeilt:

»Ich nehme an, Herr Adam Dreyling zu Wagrain und Frau Ysabel.«

Das selbstbewußte Auftreten, die ausgestreckte Hand und die erste, in meiner Heimatsprache gehaltene Begrüßung, lassen eine Flut von Gedanken auf mich einstürzen.

Mit einer kleinen Verbeugung stellt er sich und seinen Nebenmann vor:

»Richard Meyerholdt, Kapitän der WITCH, und das ist mein Leutnant, Kajetan Soltyk.« Für einen Augenblick blickt er sichernd über uns hinweg und wendet sich schließlich wieder an mich. »Herr Dreyling, ich habe ein paar Fragen an Euch zu richten. Außerdem zwingen die Umstände zur außerordentlichen Eile. Wir sollten uns daher sofort an Bord begeben.« Meinen Griff zum Gepäck stoppt er mit der Äußerung: »Laßt nur, ich werde veranlassen, daß Eure Gepäckstücke sofort in die Kajüte gebracht werden.«

Die WITCH ist eine schnittige Bark, etwa ein Drittel größer als die DISDAIN. Die hohen schlanken Masten scheinen uns zuzunicken.

»Wronski! Vroom! Zanussi! Holt das Gepäck der Herrschaften!« höre ich den vorauseilenden Leutnant Soltyk befehlen. Sanft zerrt das Wasser an den Leinen. Ein untrügliches Zeichen dafür, daß Ebbstrom vorherrscht. Während wir uns in die Kapitänskajüte begeben, befiehlt der Kapitän:

»Sofort auslaufen!«

»Jawohl!« ertönt die Antwort.

»Der Lotse soll das Ruder übernehmen!« setzt er hinzu und bemerkt voller Sorge. »Die Guildeford, Walland und Denge Marsh können wir ohne Hilfe des Lotsen nie überwinden. Die Strecke ist auf Grund der letzten Herbststürme von neuen Untiefen so durchsetzt, daß sie nur ein William Coxon bewältigen kann.«

»Stammt er aus Rye?«

»Natürlich! Kein anderer kennt sich da draußen besser aus als er.«

»Dann hat er letztes Jahr die WILLIAM OF RYE befehligt.«

»Stimmt! Woher wißt Ihr...?«

»Ich kenne die Schiffslisten Ihrer Majestät!«

Meyerholdt nickt anerkennend und rückt die Stühle heran. Etwas länger als notwendig blickt er mich an, bevor er beginnt, seine Fragen zu stellen:

»Herr Dreyling!« Während er meinen Namen bedeutungsvoll betont, zieht er ein Pergament hervor. »Ich habe Euch vor dem Auslaufen drei Fragen zu stellen, deren Antwort Ihr die Güte haben wollt, mir auf diesem Pergament zu bestätigen.

Die erste Frage bezieht sich auf Eure Anwesenheit auf diesem Schiff: Seid Ihr zusammen mit Eurer Frau freiwillig an Bord der WITCH OF CUMBER CASTLE gekommen?«

Während der Kapitän mit gesenktem Blick auf meine Antwort wartet, sieht mich Ysabel etwas erwartungsvoll an.

»Ja, ich bin freiwillig mit meiner Frau an Bord der WITCH OF CUMBER CASTLE!«

»Gut!« kommentiert der Kapitän erleichtert meine Antwort. »Meine zweite Frage betrifft Eure Zukunft: Seid Ihr bereit, Euer Können der Gießkunst bei Bedarf voll in den Dienst des Königreiches Polens zu stellen?«

Anders als vorhin, hat den Kapitän plötzlich etwas von einer siedenden Erregung befallen.

»Ja, ja ... das bin ich«, gebe ich etwas müde zurück.

»Dann wären wir schon bei der letzten Frage angelangt: Habt Ihr familiäre Gründe anzugeben, die Euch nach Polen führen?«

»Ja, habe ich. Mein Bruder Ulrich lebt seit Jahren in Krakau. Ich bin glücklich, ihn wiedersehen zu können.«

Erfreut steht Meyerholdt auf und geht an den Tisch, wo Federkiel und Tintenfaß stehen:

»Dann darf ich Euch bitten, das Schriftstück hier zu unterzeichnen.«

»Warum eigentlich?« frage ich zurück.

»Die Gründe, Herr Dreyling, dürften einleuchtend sein. Polen pflegt seine guten politischen Verbindungen zu England. Dieses Dokument beweist, daß wir ohne Gewalt gehandelt haben. Unsere Diplomaten möchten weiterhin ohne großen Beeinträchtigungen am Hof agieren können. Ihr versteht?«

»Ich muß wohl...«

Während ich mir den Text durchlese, der in meiner Muttersprache abgefaßt ist, eilt Kapitän Meyerholdt an Deck.

»Leinen los!« höre ich seinen Befehl. Kurz darauf kommt er wieder zurück. »So! Die letzten Vorbereitungen sind getroffen. Wir legen ab. Walsinghams Männer werden wohl zu spät kommen...« Mitten im Satz bricht er ab, was den Eindruck hinterläßt, daß er seinen Triumph über das Gelingen der Mission gerade noch unterdrücken konnte.

Durch das Heckfenster sehe ich mit Erleichterung, daß die WITCH ihren Bug vom Ankerplatz wegdreht. Das Knarren der Blöcke, mit denen die Rahen vorgebraßt werden, ist Schalmeienklang in meinen Ohren.

»Ihr könnt nun Eure Kajüte beziehen und Euch ausruhen. Das Essen wird um zwölf Uhr hier in meiner Kajüte serviert.«

»Vielen Dank, Kapitän. Doch erst will ich Abschied von England nehmen.« Bevor ich hinaustrete, wende ich mich noch einmal an Meyerholdt mit einer Frage, die mich brennend interessiert. »Kapitän, welches Ziel steuern wir an?«

»Natürlich, natürlich!« reagiert er überschwenglich. »Hamburg! Hamburg wird unser Ziel sein. Von dort geht es auf dem Landweg weiter nach Krakau. Zufrieden?«

»Mhm! Hamburg. Daran muß ich mich erst gewöhnen.«

Ich hake Ysabel unter, und zusammen begeben wir uns auf Deck. Am Heck angekommen zielt meine erste Frage auf meine neue Ehepartnerin:

»Frau Dreyling zu Wagrain!? Welche Ehre, Euch an meiner Seite zu wissen.«

Mit Augen voll diabolischer Feuerchen strahlt sie mich an:

»Das war eine Bedingung, die ich in London in deinem Namen gestellt habe. Ich wußte, du würdest dem zustimmen.«

Eng schmiegt sich Ysabel an mich. Stumm stehen wir zusammen und beobachten das immer kleiner werdende Rye. Der Nebel hat sich inzwischen gehoben und gibt die Küstenlinie mit ihren endlosen Marschbänken frei. Als wir backbord die Romney Marsh passieren, unterbricht Ysabel meinen Gedankenfluß:

»Deine Augen sind voller Schwermut, Adam. An was denkst du?«

»Eben dachte ich an meine erste Feldschlange. Die Reliquie der Gießkunst muß in ihrem Schrein, der sie geboren hat, geschmolzen sein.«

Ysabel versucht meinen Blick einzufangen. Als wir uns tief in die Augen sehen, sagt sie sanft:

»Ist für dich nur das eine Rohr in Mayfield zerschmolzen?«

Nach einer längeren Pause habe ich die Antwort:

»Du hast recht. Es ist dort etwas mehr zerschmolzen, verbrannt und verdampft...«

Langsam dreht sie der Küste ihren Rücken zu. Gleichzeitig zieht sie an meinem Ärmel. »So etwas muß ja Schwermut erzeugen. Besser ist, wir gehen jetzt vor zum Bug!«

»Warum sollten wir?«

Mit fester Stimme deutet sie auf den Horizont:

»Dort vorn, weit hinter der Kimm sehe ich neue Schmelzöfen, angefüllt mit kalt-glitzerndem Metall, die auf dich warten. Gleich daneben sehe ich auch ein Haus voller Wärme mit einer Frau, die dich liebt.« Daraufhin hakt sie mich unter. »Komm, laß uns vor zum Bug gehen!«

19

Der Orden vom Schwert

Krakau
1589

7. Tagebuch
Adam Dreyling

Samstag,
der 11. Januar

Unsere Welt ist klein geworden. Seit drei Tagen schneit es, schneit in dicken weißen Flocken aus Wolken, die so niedrig über unsere Köpfe dahinziehen, daß man fürchten könnte, sie blieben an den Mastspitzen hängen.

Unsere Welt, das ist die W<small>ITCH OF</small> C<small>UMBER</small> C<small>ASTLE</small>, die bei mäßigem Wind durch die Nordsee pflügt und von deren Decks die Matrosen jede Stunde die weiße Pracht ins Meer schippen. Das ist ohne Unterbrechung niedersinkendes Weiß, das sich nach wenigen Yards in Grau verwandelt und alles andere ringsum ausschließt. Wie ein Gespensterschiff scheint die W<small>ITCH</small> durch den unendlichen Ozean des Nirgendwo zu ziehen. Und zweifellos würden wir nie wieder Land, nie wieder einen lebenden Menschen zu Gesicht bekommen, ewig weitersegeln in diesem Weiß und Grau, wäre da nicht Charon in Gestalt unseres Kapitäns Richard Meyerholdt, der mit ruhiger Stimme von Zeit zu Zeit die Segelstellung ein wenig ändern, den Kurs um ein paar Strich korrigieren läßt und offenbar als einziger nicht nur weiß, wohin wir wollen, sondern auch genau den Weg dorthin kennt.

Vroom, der auf der W<small>ITCH</small> neben dem Posten des zweiten Bootsmannes auch den des Smutje bekleidet, hatte soeben die Reste unseres opulenten Frühstücks abgeräumt, als uns anhaltendes Gepolter an Deck anzeigt, daß draußen etwas Ungewöhnliches vorgeht. Kajetan Soltyk, der Leutnant, streckt den Kopf in die Kajüte herein:

»Der Kapitän läßt Euch bitten, Euer Gepäck fertigzumachen. In einer Stunde werdet Ihr von Bord gebracht.«

Als wir, dick in warme Hosen und gefütterte Stiefel, schwere Jakken und Mäntel gehüllt, die Kaptiän Meyerholdt für uns bereitgehalten hat, an Deck kommen, sehen wir, daß die Kapitänsjolle zu Wasser gelassen ist, in der Zanussi und Wronski unsere Bündel verstauen.

Durch den noch immer dicht fallenden Schneevorhang erkenne ich backbord eine kompakte weiße Masse, die sich vom Grau des Wassers abhebt.

»Das Elbufer«, bemerkt Meyerholdt. »Wir werden Euch schon bei Teufelsbrück, unterhalb von Flottbeck, an Land setzen, ehe die Witch in den eigentlichen Hafen von Hamburg einläuft – eine Vorsichtsmaßnahme, die Graf Rzeszówski angeordnet hat, um Euren Weg vor Spähern und Spitzeln Walsinghams verborgen zu halten.«

»Und wie geht es weiter?«

»Ihr werdet dort erwartet.«

Minuten später ist es soweit. Während die Witch beidreht, verabschieden wir uns von unserem Kapitän. Ein fester, herzlicher Händedruck, ein Wort des Dankes, das Versprechen, uns irgendwann in Krakau zu sehen, dann klettern wir die Jakobsleiter in das schwankende Boot hinab. Zanussi und Wronski legen sich in die Riemen, ein letztes Winken hinauf zu Kapitän Meyerholdt. Das Boot legt ab, nimmt Kurs auf das Ufer, während die Witch of Cumber Castle in den treibenden Schneewolken wie ein Schemen zu schwinden beginnt.

Als wir uns dem Landesteg nähern, erhebt sich eine Gestalt, schüttelt die dicken Schneepolster, die sich auf seinem Mantel und Hut angesammelt haben, ab, winkt zu einem Haus mit tief herabgezogenem Strohdach hinüber, das sich aus dem Grau und Weiß schält, und stapft dann auf uns zu:

»Herr Adam Dreyling zu Wagrain?«

»Ja.«

»Folgt mir«, ordnet er an, während er sich unseres Gepäcks bemächtigt.

Aus dem Haus eilen inzwischen sechs Männer. Fünf stellen sich in einer Reihe auf, während der sechste, ein Hüne mit mächtigem, rotblondem Schnurrbart und kaltgrauen Augen auf uns zustapft. Mit vollem Baß dröhnt er los:

»*Nehmet sie auf in dem Herrn, wie sich's geziemet den Heiligen, und tut ihnen Beistand in allen Geschäften, darinnen sie euer bedürfen.* Römer, Kapitel 16, Vers 2. *Darum nehmet euch unter einander auf, gleichwie euch Christus hat aufgenommen zu Gottes Lobe.* Römer, Kapitel 15, Vers 7.«

Die merkwürdige Begrüßung hat Ysabel und mich befremdet, doch ehe wir etwas erwidern können, kommandiert der Hüne: »*Sta stilla!*«

KRAKAU 1589

Ein Ruck geht durch die Männer, denen sich auch unser Führer vom Bootssteg angeschlossen hat. Der Hüne nimmt Haltung an und meldet:

»Kapten Sven Larsson und sechs Mann vom königlich schwedischen Kürassierregiment Södermanland angetreten! Aufgabe: Sicherer Geleitschutz nach Krakau! Sollten sofort aufbrechen.«

Dann ergeht ein weiterer Befehl an die wartenden Männer. Sie hasten in den Stall hinter dem Haus und kehren wenig später mit einem Dutzend gesattelter und gepackter Pferde zurück. Es sind stämmige, schwere Tiere, drei mit Gepäck beladen, die anderen mit Pistolenholstern und Pallasch am Sattel, den Karabiner auf den Mantelsack geschnallt. Nur eines der Reittiere fällt aus dem Rahmen, es trägt einen *Damensattel*.

»Das geht nicht«, protestiere ich sofort. »Das Pferd muß einen normalen Männersattel bekommen!«

»Eine Frau hat sittsam und...«, versucht Sven Larsson klarstellen, doch ich schneide ihm das Wort ab:

»Zum einen ist ein derart langer Ritt bis Krakau im Damensattel eine unzumutbare Tortur. Zu anderen ist das linke Bein Frau Ysabels, mit dem sie allein sich im Damensattel halten könnte, seit Jahren durch eine Verletzung gelähmt – Ihr habt gewiß bemerkt, daß sie hinkt. Zum dritten trägt sie, wie wir alle, Hosen, so daß sie ohne Probleme im Männersattel reiten kann.«

Der Kapten starrt die Hosen Ysabels finster an, murmelt etwas von unzüchtiger Kleidung, gibt aber nach. Wenig später sind wir marschbereit.

»*Stiga till hästar!*«

Wir sitzen auf, doch Kapten Larsson kommandiert zunächst: »*Av med hatten!*« Die Männer reißen ihre breitkrempigen Hüte vom Kopf, ich folge zögernd ihrem Beispiel.

Der Kapten hält eine kurze Ansprache, von der ich, da sie in Schwedisch ist, kein Wort verstehe. Doch als Larsen: »*Tre – fyra!*« kommandiert und die Männer lautstark einen Choral anstimmen, ist klar, daß es sich um eine religiöse Zeremonie handeln muß. Ysabel und ich sehen uns an. Stumm fragen wir uns: In was für einen Haufen von religiösen Fanatikern sind wir denn da geraten?

Doch der hünenhafte Schwede ist immer noch nicht fertig. Mit volltönender Stimme beginnt er den 23. Psalm, diesmal auf Deutsch zu beten:

»*Der Herr ist mein Hirte, mir wird nichts mangeln.*

Er weidet mich auf grüner Aue, und führt mich zu frischem Wasser.
Er erquickt meine Seele; Er führt mich auf rechter Straße, um Seines Namens willen.
Und ob ich schon wanderte im finsteren Tal, fürchte ich kein Unglück, denn du bist bei mir; dein Stecken und Stab tröstet mich.«

Und als Nachschlag bekommen wir noch einen Vers aus dem 46. Psalm zu hören: »*Darum fürchten wir uns nicht, wenn gleich die Welt unterginge, und die Berge mitten ins Meer sänken.*«

Was ich mittlerweile weit mehr fürchte, als daß die Berge ins Meer sinken, ist, daß wir uns eine fürchterliche Erkältung holen, wenn wir noch lange barhäuptig im dicht fallenden Schnee reglos auf unseren Pferden hocken und den frommen Sprüchen unseres Hauptmanns lauschen. Endlich kommt das erlösende Kommando:

»*Akt! Avdelning marsch!*«

Wir stülpen unsere Hüte wieder auf die Köpfe. Kapten Larsson setzt sich an die Spitze, gefolgt von zwei der Södermanländer, dann Ysabel und ich, und hinter uns die restlichen vier Mann mit den Packpferden am langen Zügel. Im mühsamen Trab reiten wir hinein in das treibende Weiß des Schnees Richtung Osten.

Dienstag,
der 20. Januar

Daß meine Södermanländer noch etwas anderes können als Bibelverse rezitieren und Choräle singen, erweist sich in der Nähe von Neustrelitz an der Westgrenze des Herzogtums Mecklenburg. Wie jeden Abend haben wir, durchnäßt, erschöpft und halb erfroren, vor einem meist am Rand oder außerhalb größerer Ortschaften gelegenen Gasthaus haltgemacht.

Das übliche, höchst ausführliche Tischgebet des Kapten hatte bereits den Spott eines Dutzend Männer herausgefordert, die am anderen Ende des gemütlich geheizten Schankraums um ihre Bierkrüge hockten. Als der dampfende Eintopf schließlich auf unserem Tisch steht und die Männer eben nach den Löffeln greifen, grölt es von der anderen Seite herüber:

»He, Ihr da! Nicht fressen! Weiterbeten!«

»*Welcher isset, der verachte den nicht, der da isset*«, erwidert Sven

KRAKAU 1589

Larsson ruhig. »*Und welcher nicht isset, der richte den nicht, der da isset. Römer, Kapitel 14. Vers 3.*«

Brüllendes Gelächter ist die Antwort.

Rufe wie »Betbruder«, »Schlappschwanz«, »Bibelbübchen«, »Hosenscheißer« und »Polackenknecht« schallen herüber.

Zunächst versuchen meine Södermanländer, die Zurufe zu überhören, schließlich aber steht Kapten Larsson langsam auf, erklärt mit leicht drohendem Unterton:

»*Das Gedächtnis der Gerechten bleibt im Segen; aber der Gottlosen Namen wird verwesen. Wer weise von Herzen ist, der nimmt die Gebote an; der aber ein Narrenmaul hat, wird geschlagen. Sprüche Salomonis, Kapitel 10, Vers 7 und 8.*«

»Narrenmaul! Narrenmaul!« tönt es zurück. Ein Bierkrug segelt heran und kracht kaum eine Handbreit neben Ysabels Kopf gegen die Wand.

»Joel, Kapitel 2, Vers 1«, dröhnt Sven Larsson wütend: »*Stoßt ins Horn auf Zion und erhebt ein Kriegsgeschrei auf meinem heiligen Berge!*«

Im nächsten Augenblick sind die Södermanländer auch schon auf den Beinen.

»*Falsche Mäuler sind dem Herrn ein Greuel; die aber treulich handeln, gefallen ihm wohl. Es wird den Gerechten kein Leid geschehen; aber die Gottlosen werden voll Unglück sein. Sprüche Salomonis, Kapitel 12, Vers 21 und 22*«, zitiert der Kapten, als er sich mit seinen Männern zehn Minuten später wieder an unseren Tisch setzt und nach dem Löffel greift.

Die *Gottlosen* sind in der Tat *voll Unglück*. Vier oder fünf der schwerer blessierten kriechen stöhnend und jammernd auf der anderen Seite des Schankraumes zwischen zerschmettertem Geschirr und zertrümmertem Mobiliar hervor, der Rest hatte bereits mit blutenden Nasen, ausgeschlagenen Zähnen und geschwollenen Augen fluchtartig das Weite gesucht.

Seit diesem Zwischenfall erdulde ich die Bibelverse des Kapten mit Gelassenheit, fühle mich in seiner Gesellschaft so sicher wie lange nicht mehr, und sinniere darüber nach, was geschehen wäre, wenn die Södermanländer statt der blanken Fäuste mit der Waffe zugeschlagen hätten. Als ich eine halbe Stunde später zu Ysabel unter die warmen Decken krieche, höre ich mit Genugtuung aus dem Nebenraum das allabendlich unvermeidliche Choralsingen herüberschallen.

Sonntag,
der 25. Januar

»*Wer unter dem Schirm des Höchsten sitzt, und unter dem Schatten des Allmächtigen bleibt,*
    Der spricht zu dem Herrn: Meine Zuflucht und meine Burg, mein Gott, auf den ich hoffe.
    Denn Er errettet mich vom Strick des Jägers und von der schädlichen Pestilenz.
    Es wird dir kein Übles begegnen, und keine Plage wird sich dir nahen.
    Denn Er hat Seinen Engeln befohlen über dir, daß sie dich behüten auf allen deinen Wegen,
    Daß sie dich auf den Händen tragen, und du deinen Fuß nicht an einen Stein stößest.«
Die Worte des 91. Psalmes erscheinen mir wirklich zunehmend wie ein Leitmotiv dieser Reise. Allmorgendlich von meinen bibel- und handfesten Södermanländern innig geschmettert, singen seit einigen Tagen auch Ysabel und ich mit. Dichte Wolken, Nebel und Schneetreiben hatten in der Tat wie ein göttlicher Schirm und Schild unseren Ritt eingehüllt, vor den Augen der Menschen verborgen, die Spuren unserer Pferde oft binnen Minuten wieder verweht. Von Hamburg-Teufelsbrück hatte unser Weg zunächst durch das Herzogtum Mecklenburg über Schwerin und Neustrelitz geführt, dann durch Kurbrandenburg über Schwedt und Küstrin, die Netze aufwärts weiter nach Landsberg und Driesen, wo wir die polnische Grenze überschritten.

Mein beruhigtes Aufatmen hatte Kapten Sven Larsson schnell gedämpft:

»Polen ist ein großes, Polen ist ein auf weite Strecken leeres Land. Noch sind wir nicht in der Sicherheit Krakaus!« Doch das Glück, genauer gesagt das Wetter – oder Gott der Herr, wie meine Södermanländer unerschütterlich überzeugt sind –, blieb uns treu.

Auch am Morgen, als wir von Kattowitz zu unserer letzten Etappe nach Krakau aufbrachen, hüllte uns wieder dichtes Schneetreiben ein. Doch dann wie ein Zeichen des Himmels: Als wir die Anhöhe bei dem Dorf Rzaska erreichen, reißt die Wolkendecke auf. Blendendes Licht bricht herab, funkelt wie Milliarden Diamanten vom

KRAKAU 1589

Schnee wider auf der weiten Ebene, die sich vor uns auftut. In weitem Schwung zieht sich im Süden die graugrüne Weichsel durch das Funkeln, und an ihrem Ufer erhebt sich wie eine Märchenstadt *Krakau!*

Während meine Södermanländer inbrünstig »*Nu lova alla Gud*« singen, läßt es sich diesmal Sven Larsson nicht nehmen, uns die wichtigsten Bauten der Stadt zu erklären:

»Der Rundbau im Norden ist die 1498 erbaute Barbakane, die das Florians-Tor beschützt, von dem aus die Straße nach Thorn und Danzig führt. Daneben seht Ihr die Dächer des Arsenals. Die drei hohen Türme in der Mitte gehören zum Rathaus und der Kirche *Unserer lieben Frau am Ring*, der *Mariaki*, wie man sie polnisch kurz nennt. Davor, das breite, hohe Gebäude, sind die Tuchhallen in der Mitte des Marktplatzes, der wichtigste Umschlagplatz für Webereien aller Art östlich von Leipzig. Weiter im Süden, die große Baustelle wird die neue Kirche St. Peter. Ausgerechnet Jesuiten hat der König erlaubt, sich dort einzunisten... Und ganz im Süden, dort auf dem hohen Hügel, das ist der *Wawel*, die Königsburg und der Dom von Krakau. Und dort, nahe bei St. Peter, am Fuß des Wawel, wohnt auch Euer Bruder, der ehrgestrenge Herr Ulrich Dreyling.«

»Und was ist das für eine Stadt südlich des Wawel, jenseits der Weichselbrücke?«

»Das ist keine Stadt«, knurrt unser Kapten. »Das ist Unrat und Unglauben! *Kazimierz* nennt man diesen Sündenpfuhl, die Stadt der *Juden!* Immerhin«, fährt Larsson etwas ruhiger fort, »hat man Krakau selbst von diesen Jesusmördern gereinigt, sie aus ihren schmutzigen Höhlen nahe dem Markt vertrieben und die Häuser an ehrbare Christenmenschen verkauft.«

Ich könnte noch lang still hier auf meinem Pferd sitzen und hinunterschauen auf die von trutzigen Mauern umgürtete Stadt mit dem Gewirr ihrer schneebedeckten Dächer, aus deren Kaminen dünne Rauchwölkchen in den eisblauen Himmel schweben, auf die zahllosen, grün bekupferten Türme und Türmchen der Kirchen, die träge ziehenden Wasser des Flusses, überragt vom stolzen Sitz von Gott und König – dem Wawel. Doch Sven Larsson treibt uns weiter, die Sonne des kurzen Wintertages beginnt sich dem westlichen Horizont hinter uns zu nähern.

»Ich glaube, hier könnte ich tatsächlich eine Heimat finden, ein Zuhause für immer«, bemerkt Ysabel mit freudiger Stimme.

Ich zögere etwas. »Ja, sicher ... sicher...«

DER ORDEN VOM SCHWERT

Eine gute halbe Stunde später traben wir durch das Westtor in die Stadt und durch die Szewska-Straße direkt auf den weiten Marktplatz mit dem mächtigen Gebäude der Tuchhallen in der Mitte. In den Bogennischen kann ich unter vielen anderen die bunt gemalten Wappen von Danzig und Lübeck, Rostock, Leipzig, Dresden, Breslau, Posen, Prag, Brünn, Wien, Lemberg, Leutschau und Neusohl ausmachen, offenbar alles Städte, mit denen man in innigen Handelsbeziehungen steht.

Durch die bunte Menschenmenge, die sich auch durch diesen kalten Wintertag von ihren Geschäften nicht abhalten läßt, drängt sich unsere Reitergruppe. Die Södermanländer bilden nun einen undurchdringlichen dichten Kordon um mich. In flottem Trab biegen wir am Südende des Platzes in die Grodzka-Straße ein und bei der Baustelle von St. Peter in die Kanonicza. Im Vorüberreiten bewundere ich die stattlichen Häuser, die reich geschmückten Fassaden, mache Ysabel auf die fein gegliederten, zumeist aus gelblichem Stein gehauenen Portaleinfassungen aufmerksam. Eine gediegene Wohlhabenheit atmet diese Stadt. Kein orientalischer Märchentraum wie Venedig, aber auch nicht so kleinlich eng wie Innsbruck oder schmuddelig verkommen wie beträchtliche Teile Londons. O ja, hier könnte ich mich schon wohlfühlen...

»Die *Kanonicza*-Straße hat ihren Namen daher«, erklärt unser Kapten unterdessen, »daß hier außer Eurem ehrgestrengen Herrn Bruder auch eine Reihe hoher Prälaten ihre Residenzen haben.«

Unser Trupp hält vor einem breiten, dreistöckigen Haus mit klar gegliederter, eher schlicht gehaltener Fassade, aber kunstvoll verziertem Portal. Olav, einer der Södermanländer, sitzt ab, klopft an das breite, zweiflüglige Tor. Ein paar Worte zu dem öffnenden Bediensteten, und schon schwingen die Flügel auf, geben uns den Weg durch ein tiefes Tonnengewölbe frei in einen offenen Innenhof mit eleganten Arkaden ringsum und hohen Bäumen, deren Grün im Sommer Schatten spendet. Als ich durch das Portal reite, bemerke ich oben am Architrav das mit Rollwerk verzierte Wappen, erkenne mit Herzklopfen den Steinbock der Dreylings!

Knechte eilen aus dem Haus, helfen Ysabel und mir absitzen.

»Adam! *Endlich!*«

Mein Fuß hat kaum den Boden berührt, als Ulrich auf mich zugeeilt kommt, mich in die Arme schließt, mich an seine breite Brust drückt. Einen Herzschlag lang ist die Zeit aufgehoben. Schwaz – Krakau, es ist, als habe es die 15 Jahre dazwischen niemals gegeben.

Auch als wir uns gegenseitig an den Schultern halten und uns ansehen, ist es, als sei keine Zeit vergangen. Ulrich ist noch immer der gleiche bärenstarke Mann mit dem jeder Mode Hohn sprechenden Haar- und Bartgestrüpp, dem festen Mund und den gütigen Augen, in denen jetzt Tränen schimmern. Ja, grau ist er geworden, grau aber nicht alt.

»Und das muß deine Frau sein!« dröhnt seine Stimme. Ulrich umarmt Ysabel strahlend, drückt ihr einen schmatzenden Kuß auf beide Wangen. »Willkommen daheim! Ich habe schon so viel von dir gehört...« Ulrich stockt verlegen, doch dann gibt er sich innerlich einen Stoß. »Verzeih, wenn ich einfach *du* sage, aber schließlich gehörst du ja als Adams Frau zur Familie.«

»Herr Baron«, meldet einer der Diener. »Die Frau Baronin läßt Euch sagen...«

»Daß die beiden endgültig zu Eisblöcken erstarren, wenn wir noch lange hier heraußen herumstehen!« Ulrich legt seine kräftigen Arme um Ysabels und meine Schultern, führt uns ins Haus. »Kommt herein! Legt ab! Wärmt Euch auf! Meine Frau, die Kinder und ein warmes Essen warten schon auf Euch.«

Während ich mich aus Mantel, Stiefeln und dickem Wams schäle, frage ich Ulrich:

»Ich höre *Herr Baron – Frau Baronin*...«

Ulrich antwortet stolz:

»Ja, der König weiß, wie man verdiente Männer behandelt. Letztes Jahr hat er mich zum Baron von Novogord Sjewersk ernannt.«

»Novogord *was?* Wo, um Himmels willen, liegt das denn?«

»Irgendwo im Osten an der Grenze zu den Moskowitern. Frag mich bitte nicht genau«, lacht Ulrich, »ich weiß es selber nicht und war nie dort. Aber der Titel ist höchst ehrenvoll – und die Einkünfte sind durchaus bemerkenswert. Aber komm, die Familie wartet.«

In dem mit bunter Ledertapete bespannten, von einer mächtigen, mit geschnitzten Stühlen umstandenen Tafel aus poliertem Kirschholz beherrschten Speiseraum knistert bereits ein gemütliches Feuer im Kamin, schimmern Dutzende von Kerzen auf der Tafel, die von einem Troß an Dienstboten mit dampfenden Schüsseln, Platten und Terrinen beladen wird.

»Meine Frau Jadwiga und meine Töchter Maria, Ludwika und Królowa«, stellt Ulrich sichtlich stolz vor.

Frau Jadwiga ist eine kleine, füllige, doch wendige Frau mit streng nach hinten gekämmten Haaren und der zwitschernden Stimme einer Drossel. Während ich ihr die Hand und dann die Wangen küsse, ergießt sich ein wahrer Strom an Worten über mich, von denen ich nicht ein einziges verstehe, doch der Ton ist so herzlich, daß kein Zweifel am Sinn entstehen kann. So begnügt sich Ulrich auch mit der Bemerkung, seine Frau heiße mich von ganzem Herzen willkommen, was sogleich eine nächste Wortkaskade auslöst.

»Verzeih«, erklärt mein Bruder fröhlich, »Jadwiga hat den Verdacht, ich hätte nicht wörtlich übersetzt... Sie spricht ausschließlich Polnisch, aber du wirst ja ohnehin bald diese Sprache gelernt haben.«

»Werde ich?«

»Kein Problem, Adam. Du mußt nur bei jedem Wort dreimal räuspern und zweimal ausspucken – der Rest findet sich.«

Frau Jadwiga hat sich unterdessen nicht minder herzlich Ysabel zugewandt und mir werden Ulrichs Töchter vorgestellt: Maria elf Jahre alt, Ludwika acht Jahre und Królowa fünf. Niedlich sehen sie aus in ihren gestärkten, blitzsauberen Kleidchen, und vor allem Królowa ist sichtlich stolz, daß sie ihr: »Herzlich willkommen, Onkel Adam«, fehlerlos herausbringen.

Onkel Adam... Ganz tief in meinem Innern beginnt etwas heftig zu zittern, und ich habe Mühe, Tränen, die die Mädchen gewiß falsch verstehen würden, aus meinen Augen zu verbannen.

Onkel Adam... Dieses Gefühl bleibt, als wir dann um den Tisch sitzen, Ulrich am einen, ich am anderen Ende, zwischen uns die Frauen und die Kinder. Zwar rebelliert mein Verstand, schreit nach Freiheit und Unabhängigkeit, weigert sich, so schnell festgelegt zu werden. Doch in meinem Gefühl verschwindet die Vergangenheit, die Knechtschaft auf Büchsenhausen, die Paläste Venedigs, die Gießerei in Mayfield und die Werft in Chatham, der Kanonendonner der Armadaschlacht im Grau des Vergessens. Dafür steigt machtvoll auf die Sehnsucht nach Geborgenheit und Wärme im Kreis von Menschen, die zu mir gehören.

Wieder im Kreis der Familie geborgen, Ysabel an der einen, den getreuen Ulrich an der anderen Seite, bewacht und behütet von meinen hieb- und bibelfesten Södermanländern, fühle ich mich so wohl wie seit vielen, vielen Jahren nicht mehr – eigentlich seit meiner

Kindheit oder frühen Jugend in Schwaz, als mein Vater noch lebte und die Welt klar und ordentlich und durchschaubar erschien.

Als die Dienstboten das Essen abgetragen, die Kinder ins Bett gebracht, die Frauen sich zurückgezogen haben, schenkt mir Ulrich noch mal meinen Becher mit dampfendem Würzwein voll, prostet mir zu. Für einen Augenblick scheint er an einem sehr schwierigen Wort oder Satz herumzukauen. Das Wort war nie seine starke Seite gewesen, doch dann platzt er heraus:

»Und wie hast du dir dein zukünftiges Leben vorgestellt, Adam?«

»Wenn ich das so genau wüßte...«, seufze ich. »Man scheint hier in Krakau ja ein gewisses Interesse an mir und meiner Kunst zu haben. Vielleicht ziehe ich aber auch weiter nach Venedig«, beeile ich mich hinzuzufügen, »oder nach Paris – möglicherweise gar nach Istanbul...«

Ulrich schüttelt ärgerlich sein schweres Bärenhaupt:

»Laß den Unsinn endlich, Adam! Du bist nicht mehr der Jüngste, und an wilden Abenteuern sollte das, was du erlebt hast, langsam reichen! Hör dir an, was ich dir zu sagen habe: Unser König Sigismund August Wasa ist vielleicht kein starker, vielleicht auch kein großer Herrscher, aber er ist ein Mann, der Verstand und Weitblick hat, ein Mann von tiefer Frömmigkeit und Aufrichtigkeit, zudem ein Mann, der Dienste sehr wohl angemessen zu belohnen bereit ist. Ich weiß nicht, ob dir klar ist, *wie* groß Polen und das in *unio personalis* mit ihm vereinte Schweden tatsächlich ist: Es reicht vom Nordkap bis fast zum Schwarzen Meer hinunter, von den Karpaten und der Oder im Westen bis weit über den Dnjepr im Osten hinaus. Die Ostsee ist in seiner Hand. Polen-Schweden ist fast so groß wie die Habsburgischen Lande in Europa zusammen! Im Vergleich zu ihm ist England ein Fliegendreck auf der Landkarte! Wenn es gelingt, die Habsburger im Westen und die Moskowiter im Osten im Zaum zu halten, die Türken im Süden noch ein paarmal zu schlagen, dann ist Sigismund der mächtigste Herrscher Europas! Ein Herrscher, der dann nicht nur Baronien, sondern Grafschaften und Herzogtümer an jene, die ihm treu gedient haben, zu vergeben hat – und an jene vergeben *wird* und *muß*, will er das Erreichte behalten!«

»Ja, ja, ja, gewiß, gewiß – ich habe das alles schon einmal sehr ähnlich gehört.«

Ulrich rückt seinen Stuhl näher zu mir heran:

»Adam, ich weiß, du bist jetzt ein gebranntes Kind. Du mißtraust Sigismund, weil dich Elizabeth betrogen hat. Ich kann das verstehen.

Aber sag: *Ist das gerecht?* Kannst du einen ernsthaften, aufrichtigen, großzügigen Mann dafür verantwortlich machen, was dir ein launisches, verlogenes, geiziges Weib angetan hat?«

»Nun, natürlich nicht«, gebe ich zu. »Aber...«

Doch Ulrich läßt mich nicht weitersprechen: »Der König wird dich übermorgen auf dem Wawel empfangen.«

»Übermorgen schon?«

»Übermorgen *erst!* Aber der morgige Tag Seiner Majestät ist voll von einer Gesandtschaft des Moskauer Zaren Fedor belegt. Sein Vater Ivan Groznyj, der *Drohende* – oder wie man ihn hier nannte: der *Schreckliche* –, ist gottlob seit fünf Jahren tot, und für seinen schwachsinnigen Sohn Fedor führt der Fürst Boris Godunov die Staatsgeschäfte, was die Moskowiter zu ein wenig, aber eben nur *ein wenig* erträglicheren Nachbarn macht. Deshalb erst übermorgen. König Sigismund hat vor drei Tagen, als ich von ihm das letzte Mal empfangen wurde, wörtlich gesagt: ›Mein lieber Baron von Dreyling, ich kann es kaum erwarten, Euren berühmten Bruder kennenzulernen, sagt mir doch eine innere Stimme, daß er einer der Großen meines Reiches sein wird.‹ Adam, höre dir an, was König Sigismund zu sagen hat, sprich mit ihm – und dann entscheide endgültig, was du tun willst.«

Dem kann ich zustimmen: »Ein vernünftiger Vorschlag...«

Ulrich ist unvermittelt aufgestanden, winkt mich ans Fenster.

»Siehst du das Haus da gegenüber?«

Ich schaue hinaus. Eine breite, helle Fassade mit einem von ionischen Säulen flankierten Tor und auf dem Architrav die Inschrift NIL EST IN HOMINE BON A MENTE MELIUS. Das Erdgeschoß ist glatt verputzt, der erste Stock mit den weiten Fenstern der Wohnräume mit Rustico-Quadern gestaltet, darüber ein Schieferdach.

»Nach innen«, ergänzt Ulrich, »liegt ein weiter, offener Arkadenhof. Die Gebäude ringsum sind teilweise dreigeschossig mit Ställen und Remisen unten, oben weiteren Wohn- und Prunkräumen, und ganz oben reichlich Raum für Dienerschaft samt Leibwächtern. Wie gefällt es dir?«

»Gut. Wirklich gut!«

»Es steht zum Verkauf. Ich hatte selbst schon daran gedacht es zu erwerben. Du kannst es haben.«

Ich kehre lachend zu meinem Sessel zurück:

»Du überschätzt meine finanziellen Möglichkeiten, Ulrich! Gewiß, ich habe in England nicht schlecht verdient, aber bei meiner

Flucht konnte ich nur den kleinen Teil meines Geldes retten, der direkt in Mayfield Furnace versteckt lag...«

Ulrich wischt mein Einwand weg:

»Geld! Mach dich nicht lächerlich, Adam! In kürzester Zeit wirst du hier ein berühmter und steinreicher Mann sein! Das bißchen, was du jetzt brauchst, strecke ich dir jederzeit vor. Adam, bitte, beginne schleunigst in den richtigen Größenordnungen zu denken! Du bist nicht mehr in England! Was du zuallererst brauchst, was jeder Mann braucht, der auf sich hält, das ist ein *Heim*! Und zwar ein Heim, das ihm angemessen ist und das genug Raum für ihn, seine Frau und seine Kinder bietet!«

Ich muß lachen:

»Wenn es *danach* ginge, dann ist das Haus gegenüber ganz entschieden zu groß für mich. Ich habe schließlich keine Frau und keine Kinder...«

Ulrich zieht erstaunt die Augenbrauen hoch:

»Ich dachte, Ysabel... Sie wurde doch als deine Frau vorgestellt.«

»Auf dem Schriftstück, das ich Kapitän Richard Meyerholdt in Rye unterschreiben mußte, war Ysabel als meine *Frau* angeführt. Die Umstände waren nicht eben so, daß sie lange Erklärungen zugelassen hätten, und schließlich, weshalb auch nicht...«

»Du meinst«, erkundigt sich Ulrich nachdrücklich, »in Wirklichkeit seid ihr gar nicht offiziell verheiratet? Ysabel ist deine *Geliebte*, nicht deine *Frau?*«

»Wir leben seit zehn Jahren zusammen. Ysabel hat viel für mich getan. Sie hat England und Walsingham, dem ihre Familie viel zu verdanken hat, um meinetwillen verraten. Ihr Hinken stammt von einer Wunde, die sie sich zuzog, als sie sich bei einem Mordanschlag schützend vor mich warf. Sie hat mich in den letzten Stunden in Mayfield vor Kerker und vielleicht dem Richtblock gerettet. Sie hat für mich getötet...«

Ulrich legt mir spontan seine Pranke auf die Schulter, strahlt mich an: »Bei Gott, was für eine Frau! Bei allem, was dir Widriges in deinem Leben zugestoßen ist, Adam, solch eine Geliebte zu finden wiegt vieles auf!«

Ich stimme meinem Bruder aus vollem Herzen zu.

»Aber«, hakt er nochmals nach, »offiziell und vor einem Priester *verheiratet* seid ihr nicht?«

»*Noch* nicht«, stelle ich fest. »Doch ich denke, ich werde das demnächst ändern.«

Ulrich runzelt die Stirn:

»Ich halte das für keine so gute Idee.«

»Weshalb nicht?« frage ich verblüfft. »Was hast du gegen Ysabel?«

»Nichts! Überhaupt nichts! Sagte ich nicht eben, eine Geliebte wie sie zu finden ist ein Geschenk des Schicksals, das man nicht hoch genug einschätzen kann? Sie ist mit Sicherheit die beste und treueste Geliebte! Aber ist sie auch die Frau an deiner Seite am *Hof*? Und, Adam – Krakau ist nicht London! Du wirst *viel* am Hof sein! Ist Ysabel wirklich die Frau, die dich am Hof entsprechend vertritt, die bei deinen gesellschaftlichen Verpflichtungen die ideale Ergänzung für dich ist? Wird Ysabel das selbst sein wollen? Wird sie sich selbst wohlfühlen in dieser Rolle?

Ich habe mit Jadwiga ungeheures Glück gehabt: Sie ist gesellschaftlich als geborene Bethman die ideale Gemahlin für mich, sie ist eine wunderbare Mutter für meine Kinder, und wir lieben uns von Herzen. Die Mehrzahl der Herren am Hof und in der Stadt ist nicht so glücklich. Eine Gemahlin für die Repräsentation und die legitimen Nachfolger einerseits und eine Geliebte fürs Herz andererseits zu haben ist hier durchaus normal. Kaufe Ysabel ein schönes Stadthaus oder einen prächtigen Landsitz, beispielsweise in der Nähe deiner künftigen Gießerei, und verbringe dort auch ruhig mehr Zeit als zu Hause. Das kümmert niemand – auch nicht deine Gattin, wenn sie nur halbwegs klug ist.

Willst du denn nicht wieder eine richtige Familie haben, eine Familie mit Kindern? Und wenn du ganz nach oben willst – und das willst du doch – dann brauchst du als Gemahlin eine Frau aus den bei Hof eingeführten, großen Familien Krakaus, den Bethmans, den Solomons oder den Bonars etwa.

Ich werde mit Jadwiga sprechen; derlei ist Frauensache. Wenn ich recht informiert bin, dann ist die kleine Klementyna Montelupich bespielsweise...«

»Langsam, langsam!« stoppe ich den Eifer meines Bruders. »Noch habe ich mich nicht einmal entschieden, ob ich überhaupt auf Dauer in Krakau beiben werde!«

Ulrich zwinkert mir freundlich zu:

»Du wirst schon, Adam. Du wirst schon!«

KRAKAU 1589

Dienstag,
der 6. Februar

Vorgestern sind wir in Krakau angekommen. Vorgestern, am Sonntag, dem 25. Januar. Und heute schreiben wir den 6. Februar... Die zehn Tage, die die katholische Welt, also auch Polen, durch die Kalenderreform Papst Gregors 1582 verloren hat, fielen für Ysabel und mich nun auf die Nacht vom Sonntag zum Montag – oder waren sie zusammen mit dem protestantischen England bereits in den Schneewolken zwischen Rye und Krakau verschwunden?

Hektisch waren die beiden letzten Tage gewesen. Drei Schneider samt ihren Gesellen und Lehrlingen waren um mich herumgewimmelt, hatten gemessen und anprobiert, mir Seiden, Brokate und Samte vorgelegt, ein Kürschner war mit einer halben Wagenladung Pelze erschienen, zwei Hutmacher hatten meinen Kopf vermessen, ein Barbier mit seinen Gehilfen hatten Haar und Bart wieder in ordentliche Fasson gebracht, eine wie eine Ente watschelnde und schnatternde Putzmacherin hatte mir Kollektionen an Knöpfen und Nesteln und Spangen angetragen, ein Gürtler hatte sich mit meiner Leibesmitte und ein Schuhmacher mit meinen Füßen befaßt, eine Weißschneiderin samt Tochter meine Wäsche für unwürdig befunden, ein von zwei grobschlächtigen Leibwächtern begleiteter Goldschmied hatte offenbar sein Lager an Ringen, Agraffen und Halsketten ausgeräumt, um sie mir vorzulegen, eine Spitzenklöpplerin hatte mich mit mindestens drei Dutzend verschiedenen Modellen von Halskrausen gelangweilt, ein Jude aus Kazimierz hatte meine Haut und den Raum derart mit allerlei Duftwässern, Ölen und Essenzen vollgesprüht, daß mir schwindlig wurde, und Ulrich hatte sich erzürnt, ich solle endlich mit meinen Gerede von beschränkter Barschaft aufhören und zugreifen, ich sei schließlich jetzt ein wichtiger Mann, der sich und seiner Familie ein standesgemäßes Auftreten schuldig sei. Zu allem Überfluß hatte mir Frau Jadwiga nahezu pausenlos unverständliche Wortströme ins Ohr gezwitschert.

Irgendwann hatte ich auf den Tisch geschlagen, und so, wie ich jetzt an Ulrichs Seite, dicht umringt und abgeschirmt von meinen Södermanländern, zum Wawel hinaufsteige, bin ich auch äußerlich noch Adam Dreyling und nicht irgendein höfischer Popanz.

DER ORDEN VOM SCHWERT

Schon in den letzten Monaten in England war ich zum strengen Schwarz der Knappentracht zurückgekehrt. Und da sich seit Jahren die Tintenflut des Schwarz, ausgehend vom spanischen Hof, immer mehr als Modefarbe durchsetzt, selbst neuerdings vom König getragen wird, akzeptierte Ulrich meine Entscheidung. Die Schlitze von Wams, Ärmeln und Hose sind, Polen zu Ehren, rechts mit weißer und roter Seide unterfüttert, links, zu Ehren der Schwedischen Heimat des Monarchen, in Blau und Gelb. Pelzmantel und Pelzhut sind aus blauem Feh, sündhaft teuer, aber herrlich warm. Die Halskrause ist modisch klein und aus feinster Brüssler Spitze. Daß ich mit einem Minimum an Schmuck auszukommen wünsche, hat Ulrich nur ungern zugestanden; mehr Verständnis brachte er dafür auf, daß ich meinen Passauer Wolf, wenn auch in neuer Scheide, keinesfalls gegen einen höfischen Galanteriedegen zu tauschen bereit war.

Natürlich fallen sie mir sofort auf, als wir das Tor des Wawel – halb Domberg, halb Königsresidenz und wie alles hier weiträumig und großzügig angelegt – durchschreiten, die beiden Geschütze, die neben dem Tor postiert sind. Das eine ist eine kleine Halbpfünder Bockbüchse, reich mit Grotesken, Girlanden, Akanthuslaub und Tierdarstellungen samt einem den Cacus tötenden plastischen Herkules geschmückt. Das andere Rohr, eine 8pfünder Schlange, ist freilich ebenfalls weit hinter dem Stand Dreylingscher Geschütztechnik zurück.

Ulrich muß meine leicht verächtlich herabgezogenen Mundwinkel bemerkt haben, denn als wir am Domportal vorüberschreiten, zieht er mich plötzlich die Stufen zur Kirche hinauf:

»Komm mit. Wir haben noch Zeit, und ich muß dir wohl doch zeigen, daß man auch in Polen mit Bronze umzugehen versteht.« Durch ein enges Seitentörchen des Kirchenschiffes drängen wir uns hinaus in den Glockenturm, und ich folge meinem Bruder über steile Holztreppen aufwärts. Durch wuchtiges Gebälk, das uns manchmal kaum noch einen Durchschlupf läßt, steigen wir höher und höher, vorbei an zwei alten Glocken. Dann stehen wir im obersten Raum. Nach beiden Seiten öffnen Fenster eine überwältigende Aussicht über Stadt und Land, doch ich widme ihnen kaum einen Blick. Meine Augen richten sich fasziniert auf die mächtige Bronzeglocke, die da in ihrem schweren, eisenbeschlagenen Gestühl über uns hängt.

»Die *Zygmunt*«, erklärt Ulrich. »1520 gegossen, mit vier Ellen Durchmesser und acht Tonnen Gewicht die größte Glocke Polens.«

KRAKAU 1589

Ich nicke zustimmend:
»Ja, *das* ist Gießerkunst!«
»Berühre den Klöppel mit der Hand«, weist mich Ulrich an, »und denke dir dabei einen Herzenswunsch.«
»Wird er dann in Erfüllung gehen?«
»Davon ist man in Krakau unerschütterlich überzeugt«, lächelt mein Bruder.
Wie befohlen lege ich meine Hand auf den Klöppel:
»*Die Anerkennung und die Ehre, die mir zustehen!*«, das ist der Wunsch, den ich an die Wunderglocke richte.

Durch das tiefe Gewölbe des Berrecci-Tors, über dem die Inschrift: SI DEUS NOBISCUM QUIS CONTRA NOS prangt, betreten wir den inneren Schloßhof des Wawel. Ich komme mir fast nach Venedig versetzt vor. Zwischen zierlichen Säulen mit Blattkapitellen spannen sich weite, leichte Bögen, welche die dreigeschossigen Arkaden tragen, die an drei Seiten den Hof umziehen. Dahinter breite Fenster, umrahmt von reich geschmückten verkröpften Gesimsen und ornamentierten Pilastern, gehauen aus lichtem, gelblichem Stein.

Eine Anordnung adeliger Leibhusaren nimmt uns in Empfang. Phantastisch sehen sie aus in ihrer halb orientalischen Aufmachung, in ihren Ketten- oder Schuppenpanzern, über die linke Schulter geworfen ein Leoparden- oder Wolfsfell als Mantel, die stählerne Zischägge mit breiten Nackenschüben, Naseneisen und Flügeln auf dem Kopf, und auf dem Rücken zwei mit Adlerfedern geschmückte Stangen, die sich über ihrem Kopf nach vorne biegen. Ihre Lanzen, so hat mir Ulrich erzählt, sind mit dem Namen des Trägers versehen; findet man sie unzerbrochen auf dem Schlachtfeld, so wird ihr Besitzer mit Schande aus der vornehmen Truppe ausgestoßen. Eine Ehreneskorte von acht Husaren und zwei hochrangigen Husarenoffizieren geleitet uns linker Hand durch eine breite Tür und eine Treppe hinauf in den zweiten Stock:

»Da der Gesandtensaal, der *Saal unter den Köpfen*, wie wir ihn nennen, derzeit renoviert wird«, erklärt der Anführer unserer Eskorte, während er eisenrasselnd neben uns die Treppe hinaufsteigt, »wird Euch Seine Majestät im *Senatorensaal* empfangen.«

Vor einer reich geschnitzten Doppeltür werden wir von einem

steifen älteren Herrn in langer, dunkler Amtsrobe mit einem schweren, vergoldeten Stab in der Hand empfangen, der sich so gerade hält, als hätte er einen Ladestock verschluckt. Auf sein Zeichen lassen zwei Diener die Türflügel aufschwingen.

Vor uns öffnet sich ein weiter Saal, erhellt von zahllosen Kerzen auf hohen Kandelabern und Deckenlüstern, die sich in dem makellos polierten weiß-grau-schwarzen Marmorboden spiegeln. Die Wände ringsum sind mit kostbar gewirkten, zehn bis zwölf Ellen breiten und sieben Ellen hohen Bildteppichen bedeckt, die die Geschichte Noahs und der Sintflut erzählen. Dazwischen hängen schmale Teppichstreifen mit phantastischen Tieren und orientalischen Landschaften, dem Wappen des Hauses Wasa mit dem Garbenbündel und den Initialen ›AS‹ – für *Sigismund August* – des Königs. Obwohl ich kein Kenner dieser Dinge bin, ist mir, dank der Schulung durch Meister Collin zu Innsbruck, klar, daß es sich hier um die Erzeugnisse der hervorragendsten Bildwirkerwerkstätten Brüssels handeln muß, nach Entwürfen der Meister Michiel Coxcie, Cornelis Floris und Cornelis Bos. Die buntbemalte hölzerne Kassettendecke gibt dem Raum trotz seiner Höhe und Weite etwas Intimes, ja fast Gemütliches.

Bei unserem Eintreten stößt der steife ältere Mann seinen Zeremonialstab kräftig auf den Boden auf, verkündet mit tragender Stimme:

»Ulrich Dreyling, Herr zu Wagrain, Ebbs, Oberndorf und Stumm, hochehrenwerter Erster Schmelzermeister Seiner Majestät, Baron zu Novogord Sjewersk in der Woiwodschaft Swernien.«

Der Stab stößt wiederum auf den Boden:

»Adam Dreyling, Herr zu Wagrain, Ebbs, Oberndorf und Stumm, ehemalig Erster Gießermeister Ihrer Majestät Elizabeth, Königin von England, Frankreich und Irland.«

Das sanfte Gemurmel, das den Raum erfüllt hatte, verstummt. Eine breite Gasse sich höflich verneigender Herren, anmutig knicksender Damen öffnet sich vor uns, macht den Weg frei zur gegenüber liegenden Stirnseite des Saales.

Dort auf einem kleinen Podest sitzt in einem vergoldeten Sessel König Sigismund Wasa. Er ist keine imposante Gestalt. Das strenge Schwarz seiner Kleidung wird nur durch eine weiße Spitzenhalskrause, ein paar goldene Knöpfe auf seinem Wams und eine kostbare Goldkette um seine hohe Zobelmütze unterbrochen. Sein Gesicht ist schmal, blaß, umrahmt von einem dünnen, dunkelblonden Bart, in dem die schweren Augenlider und die mächtige Nase über dem dünnlippigen Mund eindeutig dominieren.

Gemessenen Schrittes durchqueren wir den Saal, bleiben vor dem Podest stehen, senken unser rechtes Knie auf ein Kissen, das uns ein eifriger Lakai vor die Füße schiebt. Kaum berühren unsere Knie den rotem Samt, als der König uns anspricht. Seine Stimme ist überraschend tief und kräftig:

»Erhebt Euch, Ihr lieben Herren. Nicht vor einem Menschen, nur vor Gott sollt Ihr niederknien!«

Wozu dann erst das Kissen, schießt es mir unehrerbietig durch den Kopf.

»Lieber Herr Ulrich, daß Wir Euch so oft an Unserem Hof vermissen müssen«, fährt König Sigismund indessen fort, »habt Ihr mit dem heutigen Tag tausendfach gutgemacht, erfüllt Ihr Uns doch den lange gehegten Wunsch, Euren Bruder, Herrn Adam, den Gießermeister aller Gießermeister, den Hephaistos der Kanonen und Schlangen, den wahren Überwinder der *Unüberwindlichen*, in den Mauern des Wawel begrüßen zu dürfen!

Als die unübersehnbaren Fluten der Habsburgischen Gewalt wie die Regenstürme der Sintflut das kleine, freiheitsliebende England bedrohten, da schickte Euch der Herr wie einst Noah auf den Bildteppichen dieses Saales zu ihnen, um eine sichere Arche zu bauen und zu bewaffnen, um das Land, das Volk und seine Königin zu erretten. Doch wie so viele Ketzer, die glauben, das Wort des Herrn selbst auslegen zu können, hat die Königin von England den Gesandten des Herrn nicht erkannt, ihn um seinen gerechten Lohn geprellt, ja, ihn wie den Propheten Jeremiah schließlich verleumden und verfolgen lassen.

Doch Gott, der Herr der Heerscharen, wandelt Unrecht in Recht, Torheit in Weisheit. Er trägt die Hügel ab und füllt die Täler auf, um den Weg zu ebnen Seinen Gesandten. Er gebietet dem Walfisch, Seinen Propheten an das Ufer jenes Landes zu bringen, das seiner in Wahrheit und Gerechtigkeit bedarf. Er führt Seinen Diener zu der Stätte seines wahren Wirkens. Er weist Seinem Erwählten den Weg durch Nacht und Irrungen und Lüge zur Wahrheit seiner Berufung. Er läßt Seinen Auserkorenen Hand anlegen, wo seine Hand Sein Werk erschaffen soll!

So wurdet Ihr, lieber Herr Adam, unter Schmerzen geboren aus dem finsteren Schoße des Berges. In der Glut der Schmelzöfen zu Innsbruck schmiedete Euch der Herr zu Seinem Werkzeug. Und wie einst Noah 150 Tage in der Arche durch die Wüsteneien des Wassers trieb, so ließ Euch der Herr treiben in Venedig und England, den Wüsteneien des Unverstands und der Undankbarkeit. Und ebenso, wie der Herr einst Noah, Seinen Berufenen, sicher geleitete in den Hafen auf dem Berge Ararat, so geleitete Euch der Herr sicher auf den Berg des Wawel, um aufzurichten Sein Reich gegen die orthodoxen Ketzer in Rußland, die Heiden in der Türkei und die hochfahrenden Habsburger.

Lieber Herr Adam, seid willkommen an der Stätte Eurer wahren Bestimmung, der Stätte, die Gott der Herr vom Tage Eurer Geburt an für Euch bereitet hat! Seite an Seite mit den Schmelzöfen Eures lieben Bruders Ulrich, Unseres Barons von Novogord Sjewersk, werdet Ihr die Gießereien in Mogilany vor den Toren Unserer Hauptstadt übernehmen und ausbauen, so groß und so gut ausgerüstet, wie immer Ihr sie wünscht. Euch werden alle Männer, alle Hilfsmittel der Königreiche Polen und Schweden zur Verfügung stehen, deren Ihr bedürft. Alle Großen Unseres Reiches sind angewiesen, Euch bedingungslos und unverzüglich jeden Wunsch zu erfüllen. Sollte das nicht reichen, dann kommt zu Uns – bei Tag oder Nacht habt Ihr ungehinderten Zugang! Wir versichern Euch mit Unserem königlichen Wort: Was immer Ihr wünscht, Ihr werdet es erhalten!

Lieber Herr Adam, gießt unsere Schlangen und Kanonen, auf daß der Wille des Herrn offenbar werde, der die Stolzen und die Falschen, die Ungläubigen und die Undankbaren ringsum zerschmettern will, damit Unser Reich Polen und Schweden herrsche über ein geeintes, glückliches und friedvolles Europa durch Uns, Seinen demütigen Diener!

Und noch eins: Da Ihr für Uns die Werke des Herrn tut, so tut sie nicht nur mit all Eurer technischen Kunst, tut sie auch in der Schönheit, die diesen Werken angemessen ist. Die Rohre, die Ihr gießen werdet, sollen nicht nur das Entsetzen unter Unseren Feinden verbreiten wie jene, die Ihr für die englische Arche gegossen habt, sie sollen auch geschmückt sein mit aller Zierde, die ihren Auftrag, den Willen des Herren zu vollenden, angemessen erscheint!«

Ich neige den Kopf:

»Ihr befehlt, ich gehorche, Majestät.«

Mit einem Lächeln um seine dünnen Lippen erhebt sich der König:

»Kniet nieder, Herr Adam Dreyling zu Wagrain.«

Von einem blauen Samtkissen, das ihm einer der Herren reicht, nimmt König Sigismund einen Orden, geschmückt mit Schwertern und der Krone darüber, an einer schweren Kette, legt sie mir um den Hals:

»Als erstes Zeichen, daß in Polen und Schweden Ehre und Dankbarkeit anders gehandhabt werden als in England, nehme ich Euch hiermit auf unter die erlauchten Ritter des hochedlen *Ordens vom Schwert*, der auch das *gelbe Band* genannt wird. Möge er ein erstes Zeichen sein Unserer besonderen Gunst und ein Symbol noch weit höherer Ehren, die Euer in naher Zukunft harren!«

20

Klementyna und Ysabel

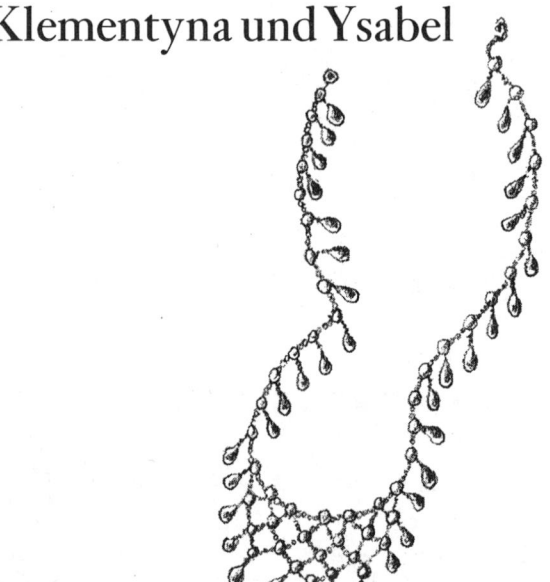

Krakau und Mogilany
1589

7. Tagebuch
Adam Dreyling

Donnerstag,
der 21. Dezember

Die Kammerzofen zwitschern nebenan freudig wie junge Spatzen, als hätte sich der *adventus* des Herrn um einige Tage verfrüht.

»Andrea! Norma! Jozefa!« ruft meine Gemahlin Klementyna die jungen Damen, die im großen Salon noch dabei sind, den Mittagstisch abzuräumen. »Bitte, wo sind die hübschen Kerzen? Stellt sie gleich wieder auf den Tisch zurück, und entzündet sie. Ohne sie werden wir dem Geburtsfest Christi, der *Sonne der Gerechtigkeit*, nie genügen. Außerdem macht Singen ohne Kerzen überhaupt keinen Spaß. Nicht wahr, mein Liebster?«

Ohne meine Antwort abzuwarten, rauscht Klementyna in ihrem blauen Brokatkleid, das ihre werdende Mutterschaft bereits erkennen läßt, an mir vorüber und beginnt am weizenfarbenen Haar von Norma zu nesteln:

»Bleib einen Augenblick ruhig stehen, Kindchen. Gleich mach ich ein Engelchen aus dir«, und damit steckt sie Norma, unserer jüngsten Kammerzofe, die kleinen versilberten Sternchen, die sie in einer Schale bereithält, über der Stirn ins Haar. »Kleine helle Sterne sind unschuldig, wie die heilige Nacht«, fügt sie hinzu, während die beiden anderen kichern müssen. »Ihr seid meine kleinen singenden Engelchen. Nur noch die weißen Kleiderchen, dann könnt Ihr zur Krippe kommen. Könnt Ihr auch alle Eure Liederlein? Euer Herr freut sich doch schon so sehr darauf. Nicht wahr, mein Liebster?«

Es hat Tradition im Hause Montelupich, daß die Kammerzofen immer drei unterschiedlichen Königreichen angehören. In diesem Jahr kommen sie aus Deutschland, Schweden und Rußland und das nur, um die neuen Postverbindungen des Hauses Montelupich zu diesen Königreichen zu betonen.

Ulrich ist an allem schuld. Er hat die Sache eingefädelt. Sein Minnegesang dröhnt mir heute noch in den Ohren:

»Mein lieber Bruder Adam!« begann er damals. »Wie die Wogen der Nordsee aufeinander folgen, so knüpft eine Verbindung an die andere. Verbindungen enden niemals. Der Vater Klementynas knüpft die Postverbindungen in Europa, und du läßt dich gefälligst mit seiner Tochter verknüpfen. So hast du doppelt ausgesorgt. Die Familie Montelupich befördert sicher und schnell die Post des Königreiches, und du beförderst Klementyna, das hübsche Kind, in den Ehestand und gründest endlich wieder eine Familie. Klementyna ist für dich in Krakau die Morgenröte der neuen Zeit. Und einer standesgemäßen Verbindung kannst du nicht ausweichen. Sie ist nun mal für uns eine Pflicht!«

Völlig unstandesgemäß ließ ich mich daher von Klementyna anhimmeln, anschwärmen und anbeten. Seitdem erhebe ich auch keinen Einspruch mehr, wie die Kammerjungfrauen, denn die haben sich ebenfalls schnell an die Art von Klementyna gewöhnt und lassen alles klaglos mit sich geschehen. Nur bei einem kann ich nicht mithalten, sie necken sich noch gegenseitig damit.

»So! Nun zieht Euch um – und vergeßt die Kronen nicht! Und wir, mein Liebster, wir setzen uns jetzt gemütlich an den Kamin, denn die Herbergssuche ist für dich noch nicht angebrochen!«

»Wie du willst, Liebste«, gebe ich mich geschlagen. Klementyna merkt, daß es mich zur Herberge Mogilany zieht, da ich dort die letzten Vorbereitungen über die Feiertage treffen möchte, so daß Mitte Januar der erste Guß der neuen polnischen Adam-Dreyling-Rohre erfolgen kann. Außerdem wird dort schon Ysabel sehnlichst auf mich warten...

Das gedankliche Hin und Her wird sanft durch die Hand meiner Gemahlin, die meine nimmt und sie auf ihren schwellenden Leib legt, beendet: »Ich habe eine Überraschung vorbereitet, Liebster.«

»Wie schön, Liebste. Was darf ich heute hören?«

»Ich habe Einzelgesänge vom großen Guillaume Dufay mit Norma und Jozefa eingeübt. Daneben gibt es *frottole* von Ottaviano de Petrucci, dargeboten von Andrea, und zum Schluß werden die drei einen Rätselkanon und einige Mehrfachgesänge vortragen. Alles Kompositionen von Orlando di Lasso und wunderschön...«

»Ein erschöpfendes Programm, Liebste. Ich freue mich sehr darauf...«

»Ich wußte, daß ich dir damit eine Freude machen werde. Genieße ihre Stimmen, denn nur in ihrer Unschuld – gleich der Morgenröte der Jungfräulichkeit – vermählen sich die Töne zum reinen, wahren

Klang. War auch nicht leicht, meine unterschiedlichen Schäfchen zu einer kleinen Herde zusammenzuführen.«
»Ich bewundere dich. Wann kommen die Jungfrauen endlich?«
»Warum drängelst du schon wieder?«
»Nein, nein, Liebste, ich drängle...«
»Doch, doch, Liebster! Und wie du drängelst.«
»Also gut, ich sage ja nichts mehr!«

Nach einer weiteren guten halben Stunde, in der wir stumm zusammensitzen, beginnen die jungen Damen, zusammen mit Jakub, der treu ergeben wie immer den Blasebalg der Orgel bedienen wird, im Salon einzutreffen. In weißen bodenlangen Gewändern, mit kleinen kerzenbestückten Kronen auf dem Kopf, kommen Norma, Andrea und Jozefa hereingeschwebt. Zusätzlich trägt jede von ihnen noch eine Kerze in der Hand. Ein Anblick der mich verzückt, sehe ich doch deutlich, daß reife junge Damen ihre Schatten über mich werfen.

»Jakub, mehr Luft! Mehr Luft!« feuert Klementyna unseren alten Hausgeist an, während sie versucht, auf der Orgel das erste Lied von Guillaume Dufay zu intonieren.

Als Norma zu singen beginnt, atmet Jozefa doppelt ein, so daß ihre Brüste unter dem weißen Überwurf mehr als deutlich hervortreten. Das heiße Wachs der Kerze tropft auf ihre Hand, was sie klaglos aushält, als müßte sie beweisen, daß sie jedem Schmerz gewachsen wäre. Damit ist meine Neigung, die Augen während der folgenden Gesangsstunde zu schließen, weggeblasen. Normas Gesang ist rein und klar, doch wenn sich unsere Blicke treffen, bemerke ich eine kleine Unsicherheit in ihrer Stimme. Dagegen läßt sie der Seitenblick hin zu Jozefa etwas unsicher auf den Beinen werden. Plötzlich faßt sie mit ihrer rechten Hand den Saum und rafft ihn straff zusammen, während ihre Linke die Kerze fest umschließt. Die hervortretenden Konturen, unaufhörlich begleitet von Jakubs erschöpftem Stöhnen am Blasebalg, lassen für einen Augenblick meinen Kragen zu eng werden. Als auch noch Andrea die maximale Biegung ihrer Rückenpartie vor mir zu testen beginnt, erscheint es mir, als entbrenne unter den Damen ein Wettbewerb um meine Aufmerksamkeit.

Meine anerkennenden Blicke lassen Gesang und Zeit schnell verstreichen. Egal wer von den Zofen singt, ich höre bei jeder von ihnen deutlich den sehnsüchtigen Ruf nach den wipfelnden Söhnen der verruchten Abendröte heraus. Mein Applaus ist großzügig, da sich die Damen gegenseitig überbieten. Erst als der Gesang hier und da, durch mein mühsam unterdrücktes Gelächter, von einem verräterischen Glucksen gestört wird, wird meine Gemahlin mißtrauisch. Mit strengen Blicken zwingt sie die Damen zur Ordnung, was bedeutet, daß nun endlich der komplizierte Rätselkanon beginnen kann. Die Übungsphase scheint noch nicht überwunden zu sein, denn ein echtes Charivari hebt an, so daß mich mein zunächst unverfängliches Dösen in einen tiefen Schlaf hinüberrettet.

Ich muß plötzlich laut aufgeschnarcht haben und unter beträchtlichem Getöse vom Sessel gerutscht sein. Noch am Boden liegend, fordere ich – völlig im Traum verhaftet – ins Dunkel hinein, den Anstich des Schmelzofens sofort vorzunehmen.

Dem Aufschrei läßt Klementyna drei Dinge folgen: Erst murmelt sie etwas von: »Ich finde es empörend...«; danach verlassen auf ihre Anweisung hin die Kammerzofen, einschließlich Jakub, im Gänsemarsch das Kaminzimmer. Klementyna kehrt allein zurück und bemerkt: »Mogilany ist wahrhaftig der Ort, wo ich dich jetzt hinwünsche!«

Ihr Gesichtsausdruck und das unterdrückte Schluchzen, das ihre letzten Worte begleitet, läßt mich erkennen, daß ich überhaupt nicht weiß, was wahre Musik ist...

Freitag,
der 22. Dezember

Ich wirkte, weiß Gott, nicht wie ein starker Tatra-Bär, auch nicht sanft und anmutig wie eine Taube auf dem Wawel, als ich Klementynas Vorschlag mit den Worten: »Freude meines Herzens, du hast recht, ich muß ja heute noch nach Mogilany«, annahm. So rang sie mit sich und ihrer Überzeugung, mich doch noch umstimmen zu müssen. Obwohl es ihr nicht recht war, konnte sie nicht mehr zurück, also schluckte sie meine Entscheidung.

Kurz darauf waren die drei Schlitten und Kapten Sven Larsson mit seiner Wikingertruppe bereit, mich an mein Ziel zu eskortieren, das in südlicher Richtung etwa zehn Meilen von Krakau entfernt liegt. Klementyna verabschiedete mich mit vielen, doch versöhnlichen Worten am Tor, was den Kapten nach Schließung des Tores zu der

Bemerkung: »*Ein schweigsames Weib ist eine Gabe Gottes.* Sirach 26, Vers 14«, verleitete.

Der Kapten begreift sein menschliches Dasein ausnahmslos als einer, der dazu berufen ist, die Schwächen des menschlichen Charakters mittels passender Bibelsprüche aufzudecken. Diese Art von Lebenshilfe schlägt mir inzwischen derart aufs Gemüt, daß ich mir schon alle erdenklichen Taktiken einfallen lasse, um ihn und seine Gesellen abzuschütteln, damit ich wenigstens ab und zu einige Schritte in Krakau allein tun kann. In Mogilany ist dies fast aussichtslos, doch ist der königlich angeordnete Schutz am Ort der Gießerei noch verständlich, da das habsburgische Reich nur wenige Meilen entfernt davon an das Königreich Polen angrenzt.

»Folgen wir der Hasenlosung, dann nehmen wir die kürzeste Strecke!« kommentiert Tadeusz, mein Schlittenknecht, die Strecke, bevor er die Peitsche knallen läßt. So strebe ich mit ihm und meiner Södermanländer-Eskorte über die Weichselbrücke hinweg der ersten Hügelkette zu, die sich dick von Schnee bedeckt zeigt und sich wie eine Sperre vor der Hohen Tatra von Ost nach West erstreckt. Nach etwa acht Meilen läßt sich die Kirche von Mogilany auf der Anhöhe ausmachen, umgeben mit einer geringen Anzahl von niedrigen Dächern schmucker Holzhäuser. Auch mein Wohnhaus, dessen Dach sich als letztes dem äußeren rechten Bergrücken anschmiegt, ist aus dieser Entfernung auszumachen.

Wenn das hügelige Land auch einladend und freundlich erscheint, so ist auf den ersten Blick kein Grund zu erkennen, warum die Bewohner der Bauden so weit von Krakau weg siedeln. Doch gleich hinter der ersten Hügelkette, unten auf der Talsohle, da wo die zahlreichen Bäche und Quellen sich zu einem See für die Wasserräder stauen, bietet der Platz Vorteile, die jeden Krakauer Bürger verlocken würde, könnte er sich ein genaueres Bild davon machen. Der gestaute See ist so tief, daß er auch in frostigen Zeiten das nötige Wasser für die Wasserräder liefert. Es ist wie in den guten Jahren von Mayfield Furnace: Die Menschen dort oben, die für mich und die Krone arbeiten, fühlen sich seit meiner Ankunft besser behandelt, versorgt und bezahlt als die meisten Zunftmitglieder direkt unterhalb des Wawel. Die drei Öfen der »Mogilany-Schmiede«, wie die meisten in Krakau sie bezeichnen, werden spätestens in zwei Wochen ihren Rauch in den klaren Himmel schicken.

Die Gußtradition Mogilanys reicht weit zurück, und manch kurioses Stück hat dort oben die Gußgruben verlassen. So sah ich, während meiner Inspektion des Arsenals von Krakau, unter den Prunkgeschützen eine im Jahre 1541 von Szymon Hauwicz in Mogilany gegossene Bastardfeldschlange von Kaliber 4 Zoll, mit dem Emblem *Kwiczol*, was soviel wie *Krammetsvogel* bedeutet, und einem Wappen darauf, das einen sechszackigen Stern in einer Mondsichel zeigt. Das Kuriose an diesem Rohr ist das Bodenstück, eine Maskarone, die als Zapfen die Miniatur eines Geschützlaufes im Maul hält. Die Inschrift allerdings dürfte dem Ruhm des Rohres weit vorauseilen und damit uneinholbar sein: DYE KRANBETVOGEL ICH WERT GNANT VELICHER VEYNT MICH PEKANT.

Wie mir berichtet wurde, stand der 1561 verstorbene Auftraggeber, Jan Amor Tarnowski, selbst nie im Feld. Dafür überbieten sich die polnischen Rohre gegenseitig im Dekor, in der Vielfalt der Groteskenmasken, Perlstäbe und Pailletten, was auch dem Feind höchste Anerkennung abnötigen würde...

Doch was es damals in Mogilany nicht gab, gibt es zum ersten Male in diesem Winter: Die besten gebackenen Gänse von Krakau, da gleichzeitig mit dem neuen Schmelzofen und der erweiterten Formerei auch ein neuer Backofen in Ysabels Küche aufgemauert wurde. Alles zusammen genommen, hat dies in Mogilany Arbeit, Brot und Segen kräftig gefördert. Mir geht es dort oben auch besser als in der Stadt; denn neben meiner uneingeschränkten Handlungsfreiheit und den willigen Menschen um mich herum genieße ich den wesentlichsten Grund meiner Aufenthalte: meine Ysabel. Möchte ich Klementyna als mein Kleinod bezeichnen, so ist Ysabel doch eindeutig die Favoritin meiner Gefühle geblieben. Sie selbst forderte mich zwar anfangs mehrmals drastisch auf, meine Gefühle zu entwirren, was in der Forderung gipfelte, ich sollte meine Absichten, in die Montelupich-Familie einzuheiraten, aufgeben. Doch ich konnte nicht zurück, und der einmal eingeschlagene Weg konnte auch nicht mehr verlassen werden.

Ysabel reagierte aufgebracht, war kaum zu beruhigen und ich in Sorge, sie könnte mich jeden Tag verlassen. Ungeachtet dessen tauschten Klementyna und ich am Himmelfahrtstag in der Kathedrale auf dem Wawel die Ringe, und meine Södermanländer achteten ab diesem Tage nicht nur auf meine Sicherheit, sondern zusätzlich auch auf mögliche Fluchtabsichten meiner Ysabel.

Etwa bis November dauerte der Wintereinbruch zwischen uns, und ich glaubte zunächst tatsächlich, daß neben den Blättern gleich unser ganzer Liebesbaum abgestorben sein könnte. Doch mir scheint, sie hat inzwischen verstanden, daß es die familiären Umstände waren, die mir die Entscheidung hinsichtlich der Vermählung mit Klementyna aufgezwungen haben.

Der Schnee reflektiert die letzten Strahlen der flach auf dem Horizont liegenden Sonne, als die Schlittenpferde die letzte Anhöhe, auf der die Kirche errichtet ist, dampfend hinaufstampfen. Ich habe still gewartet, und der Kapten erfüllt mir prompt, ohne Anweisung, auf dem Scheitelpunkt des Hügels den Wunsch:

»*Wie die Sonne aufglänzt in Gottes Himmelshöhen, so auch die Schönheit einer wackeren Frau in ihrem wohlgeordneten Haus!* Sirach 26, Vers 16.«

Ich kann ihn nicht mehr hören...

»Hör mich doch wenigstens an!«

»Was?« kreischt Ysabel auf. »Ich soll schon wieder hören? Du willst mich doch mit Absicht kränken!«

»Ich will überhaupt...«

»Jetzt wirst du *mir* zuhören!« fällt sie mir prompt ins Wort. »Man hat dich beauftragt, Polen mit Feldschlangen zu durchsuchen. Man hat dir die Gießerei von Mogilany unterstellt. Man hat dir sogar ein Ehegespons verschafft. Aber hier an diesem Ort hast du deine Arbeit, deine Frau und dein Heim. Ich frage mich, woher du die Frechheit nimmst, deine ach so schneeweiße Taube im Käfig von Krakau so zu bevorzugen! Wer bin ich denn, daß du dieser aufgenötigten Person solche Geschenke machst und mich mit einer Glaskette abspeisen willst?«

»Was fällt dir ein...?«

»Was fällt *dir* ein«, erwidert sie heftig. »Ich wette, so hoch ich kann, daß du in Krakau neben deinem Kleinod nichts zu sagen hast!«

»Und ob ich das habe!«

»Nichts hast du! Sonst würdest du die nächsten Tage hierbleiben!« ruft sie aufgebracht.

»Ach Gott, ach Gott – und das alles wegen eines einzigen venezianischen Spiegels...«

»Den bekomme *ich!* Und wage dich, ohne ihn hier aufzutauchen!«

»Ysabel, so versteh doch: Ich habe nur einen einzigen bestellt. Sollte ein zweiter vorhanden sein, bringe ich ihn dir selbstverständ-

lich mit«, versuche ich in versöhnlichem Ton ihren Zorn zu dämpfen. Sie aber rast wie eine Furie:
»Merke dir ein für alle Male: du kannst deiner polnischen Gans in Krakau die Glaskette umhängen...«
»... geschliffen auf Murano und mit kostbaren Perlen versehen«, werfe ich ein.
»Von mir aus geschliffen und sonst was! Jedenfalls bekomme *ich* den Spiegel!« Die Arme fest verschränkt, blickt sie durch das Fenster in die Dunkelheit hinaus. Mit einem tiefen Seufzer fährt sie fort: »Weißt du, ich habe mich nie beklagt. Keinen Ton hast du von mir gehört. Vielleicht war das ein Fehler, denn alles was ich in den letzten Jahren getan habe, geschah ausschließlich zu deinem Nutzen. Deine kleinen Abenteuer habe ich dir vergeben, weil sie zwischen *uns* nichts verändert haben. Aber diese Zuchtkuh hat etwas verändert! Dabei hat sie nichts aber auch gar nichts für dich getan, außer die Beine breit zu machen, zum Empfangen ehelich legitimer Kinder. Wie kannst du mich nur so demütigen!«
»Vortrefflich, Ysabel, und danke schön auch für das verzerrte Bild meiner Undankbarkeit«, und mit dem Finger nach oben deutend, behaupte ich: »Wenigstens der da oben wird verstehen, warum es so gekommen ist«, und spontan zitiere ich einen oft benutzten Bibelspruch des Kapten: »*Sand und Salz und Eisenklotz sind leichter zu tragen als ein einsichtsloser Mensch. Sirach 22, Vers 15.*«
Ysabel wird wachsweiß. Schwer keucht sie: »Ich werde es nie hinnehmen, einen Menschen, den ich liebe, teilen zu müssen. Du hast mich verraten...«
Ihre Knie knicken ein wenig ein, als würde sie ohnmächtig. Schnell stütze ich sie. Schwer geht ihr Atem. Willenlos hängt sie in meinen Armen. Ich ziehe sie an meine Brust. Seit Monaten habe ich sie nicht mehr in meine Arme geschlossen. Langsam kehrt ihre Kraft zurück. Ich spüre den zunehmenden Widerstand in ihren Händen und in ihrem Körper gegenüber meiner festen Umarmung. Im Flüsterton mache ich ihr den Vorschlag:
»Verzeih mir! Wir sollten uns endlich aussprechen, und du wirst sehen, wir finden eine Lösung, mit der du leben kannst.«
Bevor sie antworten kann, hebe ich sie auf und trage sie hinüber ins Schlafgemach. Lange rede ich sanft auf sie ein, erkläre die Umstände rauf und runter und immer wieder die Vor- und Nachteile meiner Entscheidungen. Stumm liegt sie da, den Blick starr auf die Zimmerdecke geheftet. Meine Hand, die nach ihrer tastet, greift

ins Leere. Keine Antwort kommt über ihre Lippen. Sie schließt die Augen.
Schweren Herzens entscheide ich mich:
»Ich bringe dir den Spiegel mit. Selbstverständlich!«
Minutenlanges Schweigen erfüllt den Raum... Dann schlägt sie die Augen auf und richtet sich mühsam halb auf:
»Gut, machen wir Frieden«, haucht sie. »Sei gewiß, ich werde nicht den Rest meines Lebens auf dem Bette der gebrochenen Ehre sterben.«
Schnell versuche ich sie wieder in meinen Arm zu nehmen. »Dann laß uns endlich wieder zueinander...«
»Nein!« wehrt sie mich grob ab. »Jetzt nicht!«
Mir ist als treibe sie mir die Nägel der Abwehr ins Fleisch. Dann nimmt sie zu meinem Erstaunen plötzlich meinen Kopf zwischen ihre Hände, blickt mich voll an und zischt voller Bosheit:
»*Wenn die Schlange vor der Beschwörung beißt, so hat der Beschwörer von seiner Kunst keinen Vorteil!* Prediger 10, Vers 11.« Rutscht daraufhin, als wenn nichts gewesen wäre vom Bett, zupft ihr Hauskleid zurecht, während ich versuche, den Bibelspruch aus meinem Kopf herauszubekommen. Ysabel merkt, daß ich daran kaue und setzt spöttisch hinzu: »Inzwischen habe ich meine eigene Sammlung. Ab heute seid der Kapten und du auf diesem Feld nicht mehr allein!«
Ich gehe auf ihre Bemerkung nicht ein, sondern versuche flehend zu verhindern, daß sie den Raum verläßt:
»Bitte, Ysabel, komm, setz dich noch einmal zu mir. Wir waren noch nicht fertig. Es gibt noch soviel zu...«
»Aaaah! Nichts ist so scharf wie ein sanftmütiger Mann«, geht sie sofort darauf ein. »So habe ich dich selten erlebt. Also lege los. Auf was soll ich nun wieder verzichten?«
»Nein, du verzichtest doch dabei auf nichts.«
»Ah, wie schön. Ich habe endlich verstanden. Du bleibst also ab heute bei mir.«
»Ysabel. Warum machst du mir es nur so schwer?«
»Weil du es verdienst!«
»Ich kann im Moment nicht anders handeln. Versteh das doch endlich!«
»Klementyna erwartet dein Kind! Ich verstehe alles. Also dann geh! Hinweg! Hinweg! Nur weg!«
Mir verschlägt es die Sprache. Woher weiß sie das? Schwer finde ich meine Fassung wieder:

»Ysabel, ich kann momentan nichts daran ändern. Ich verspreche dir aber, daß ich mich bemühen werde, es im nächsten Jahr, nach der Geburt des Kindes, anders einzurichten.«
»Nach der Geburt?«
»Ich werde es durchsetzen.«
Daraufhin verfällt Ysabel wieder in Schweigen und wendet sich ab. Ein Zittern läuft durch ihren Körper. Nach einer Zeitspanne, die mir wie die Ewigkeit vorkommt, fragt sie mich:
»Wer von uns ist nun deine Frau?«
»Das bist du!« antworte ich, ohne zu zögern.
»Lüge doch nicht so schamlos. Erst die Frau, dann das Kind – und das alles in Krakau.«
Ysabels Gesicht verzerrt sich:
»Du ... du ... ach!« Für einen kurzen Augenblick glaube ich zu sehen, wie sich ihre rechte Hand zur Faust ballt. Unerwartet fragt sie mich auf einmal wieder mit völlig gefaßter Stimme. »Wann läßt du dich wieder nach Krakau bringen, und wann kommst du wieder hierher zurück?«
»Wenn du es wünscht, komme ich schon am Montag wieder zurück.«
»Warum geht es nicht einen Tag früher?«
»Ich kann einfach nicht. Noch nicht...«
»Überleg es dir. Es muß doch furchtbar sein, ständig eingeengt zu sein und von Wachen umkreist zu werden. Dieser Zustand ist in meinen Augen schuld daran, denn er hat dich völlig verändert. Hier kannst du dich wenigstens frei bewegen, kannst in der herrlich frischen Luft mit dem Schlitten unterwegs sein und bist nicht angekettet wie ein scharfer Hund.«
»In Krakau bewege ich mich so frei, wie ich will!«
»Das glaube ich dir nicht. Ich wette, du schaffst keine Viertelmeile ohne deine Wikingerhorde.«
»Viertelmeile? Stunden! Stunden sage ich dir, wenn ich es will!«
»Aber nicht in Krakaus Straßen.«
»Auch in Krakaus Straßen – wenn ich es will!«
»So, so! Und wann willst du?« fragt sie geringschätzig.
»Auch wenn du es nicht glauben solltest, doch morgen nachmittag werde ich ganz allein – und ganz ohne Begleitung – bis in die Abendstunden hinein, hinüber über die Weichsel nach Kazimierz gehen, im Ghetto bei meinen Freunden Besuche machen und gleichzeitig die bestellten Geschenke einsammeln.«

Ungläubig blickt sie mich an:

»Ich wußte gar nicht, daß du im *Oppidum Judaeorum* Freunde hast. Ich dachte du besorgst dir die Sachen auf dem Stare Miasto. Ich habe gehört, daß die reichen Juden wieder Geschäfte im Zentrum betreiben und Warenlager in der Sukienice haben. Warum hast du mir nie etwas davon erzählt?«

»Woher soll ich wissen, daß dich das interessiert? Außerdem haben wir lange nicht mehr über diese Dinge geredet. Aber wenn es so ist, erzähle ich dir gern ein wenig davon.«

Langsam fängt der Eisblock an zu tauen, geht es mir durch den Kopf. Mit einem tiefen Blick antwortet sie wie ein kleines beleidigtes Mädchen: »Mir wäre es lieber, du würdest mich einmal dorthin mitnehmen.«

»Gut! Wir werden zusammen im Januar bei einigen Freunden Besuche machen.«

Ihre Augen blitzen wieder auf. »Bei allen, die du dort kennst?«

»Das wird nicht möglich sein, denn viele sind auf Reisen in alle Himmelsrichtungen.«

»Wer bringt dir die Sachen aus Venedig mit?«

»Sei nicht so neugierig.«

»Bitte. Du könntest wenigstens etwas davon erzählen.«

»Na gut! Mehr als die vollen Warenlager und das geschäftige Treiben gefallen mir an diesem Ort die vielen Menschen aus allen Ländern Europas. Allein auf der Tuchhändlerstraße, gleich beim Haupttor, hast du alle jüdischen Händler von Spanien bis Rußland versammelt. Dort lernte ich den wohlhabenden Jakubek Bogaty kennen, der mich mit dem Kaufmann Izaak Jakubowicz bekanntmachte. Dieser wiederum brachte mich mit Wolf Poper, Israel Isserles Auerbach und Levi Landau zusammen. Alles zum Teil junge, sehr erfolgreiche Kaufleute. Von ihnen erfahre ich so ziemlich alles, was um Polen herum geschieht. Auch werde ich dort immer gut unterrichtet über das, was sich in Venedig, Paris und London abspielt.«

»Und wer bringt den Spiegel mit?«

»Ach ja der Spiegel. Levi Landau hat ihn direkt aus Murano mitgebracht und nicht nur ihn. Morgen werde ich in seinem Hause außerdem Salomon Aschkanasi kennenlernen.«

»Aschkanasi ist in Krakau?«

»Ja! Gleich nach dem Empfang auf dem Wawel durch Sigismund wird er sich in Levis Haus begeben, und ich werde ihm gegenübersitzen. Da staunst du, was?«

»Und wie ich staune. Ich weiß noch aus der Zeit in Venedig, daß seine Familie von Udine bis Oderzo und von Verona bis Candia verstreut lebte. William ließ damals seine Verbindungen spielen. Aschkanasi war der Botschafter Selims II. in Venedig und unterzeichnete erst vor drei Jahren im Auftrag der Hohen Pforte einen Vertrag zwischen der Türkei und Spanien. Was sucht er in dieser Zeit in Krakau?«

»Verbindungen, denke ich. Es geht sicher nur um Verbindungen und Einfluß.«

»Hat er etwa an dir ein Interesse?«

»Keine Ahnung. Möglich ist jedoch alles.«

»Wann siehst du ihn?«

»Ich bin morgen für drei Uhr ins Landau-Haus eingeladen. Übrigens ein herrlicher Bau mit einer wunderschönen Backsteinfassade, direkt im Norden der Breiten Straße. Das Haus würde dir sicher gefallen.«

»Das heißt, du mußt morgen vormittag schon zurück«, antwortet sie voller Enttäuschung. Langsam gehe ich auf Ysabel zu, die mit gesenktem Blick immer noch am pechschwarzen Fenster steht. In der Gewißheit, ihre Zuneigung wieder gewonnen zu haben, ziehe ich sie behutsam an mich:

»Ja, leider, meine Liebste. Du siehst, es ist wichtig.« Noch steif wie ein Stock, läßt sich Ysabel an meine Schulter drücken.

»Adam, du bist ein Meister des Rotgusses und des Feuers«, antwortet sie in ungewohntem Ton, »aber kein Meister deines Glückes. Laß es nicht endgültig in der Glut deiner Öfen verbrennen!«

Samstag,
der 23. Dezember

Kapten Larsson und die Horde stehen mit den drei Schlittengespannen bereit zur Abfahrt nach Krakau. Sorgen werden mich begleiten, denn ich habe in der vergangenen Nacht nicht gesiegt...

Ysabel zog sich am Abend schnell in ihre Kammer zurück und riegelte ihre Tür zu. Es war bereits gegen Mitternacht, als ich mit den Aufzeichnungen des Tages fertig war und mich enttäuscht auf das Lager warf.

Gegen fünf Uhr morgens trieb mich die Sehnsucht an die Tür Ysabels. Sie war verschlossen.

Gereizt verteilte ich noch vor dem Frühstück unten in der Gießerei einige Anweisungen. Ysabel steht stumm neben mir am Schreibtisch meines Arbeitszimmers, während ich die letzten Zeilen schreibe.

»Übermorgen bin ich wieder zurück«, sage ich und streiche ihr sanft über die Wange.

»Vielleicht schaffst du es doch bis morgen abend...«

Ich verbiete mir selbst das Kopfschütteln und übergehe stumm ihr Hoffen.

»Bitte versuche es«, läßt sie nicht locker.

Ich umarme sie. »Ich werde es versuchen.«

Als ich sie loslassen möchte, hält sie mich fest, blickt zu mir auf und sagt:

»In manchen Ländern dieser Welt, so habe ich gehört, werden diejenigen Menschen, die Metall gießen, Dämonen gleichgesetzt. Sie alle sind Feinde der Götter. Um den Haß der Götter zu besänftigen, halten sie es deshalb für notwendig, den Öfen Menschenopfer darzubringen, um die Götter zu versöhnen und den Guß gelingen zu lassen. Dein letztes Menschenopfer war...«

»Ich verstehe nicht, was du damit sagen willst.«

»Ich will damit sagen, Adam, daß ich nicht dein nächstes Opfer sein möchte!«

Um ihren Ernst ein wenig abzuschwächen, antworte ich belustigend:

»Als Frau bist du doch von Natur aus Zauberin. Du kannst dich demnach leicht entziehen, fliegst durch die Nacht und hinterläßt nur eine kleine Feuerspur. Wogegen die Götter mich achten, da sie wissen, daß ich als Meister des Feuers das *Agens der Wandlung* beschleunigen kann. Außerdem ist die Frau des *Meisters* immer ehrwürdig, wird von den Göttern geachtet und kann daher nie das Opfer sein.«

»Ich bin sehr beunruhigt«, kommt es über ihre Lippen.

»Warum das denn?«

»Ich bin nicht deine Frau!«

Ich übergehe ihre Antwort und verabschiede mich: »Bis übermorgen.« Als ich versuche, sie auf die Stirn zu küssen, wendet sie sich ab.

21

Der venezianische Spiegel

Leutschau,
Kazimierz, Mogilany
1589

Bericht
William Davison

Schwaz,
der 2. Februar 1590

An Seine Gnaden, Sir Francis Walsingham, Erster Staatssekretär Ihrer Majestät Königin Elizabeth von England, Frankreich und Irland

Da, wie Euer Gnaden wissen, verschiedentlich Kritik an meinem Vorgehen im Falle Adam Dreyling geübt wurde, nicht zuletzt aus St. James Palace, erlaube ich mir, eine Zusammenfassung der Ereignisse seit dem Januar 1589 nebst meinen getroffenen Absprachen und Dispositionen vorzulegen.

Januar 1589

Vom Tode Adam Dreylings beim Brand von Mayfield Furnace erfuhr ich, eben nach Stepney zurückgekehrt, am 6. Januar.

Trotz jener aufrührerischen Rede Dreylings am Silvesterabend, von der Euch zu berichten ich die Ehre hatte, und dem dadurch entstandenen tiefgreifenden Bruch zwischen uns entschloß ich mich, nach Mayfield zurückzukehren, um dem Toten die letzte Ehre zu erweisen. Dies mag verständlich erscheinen, verband mich mit ihm doch eine zehnjährige gute Bekanntschaft sowie die Tatsache, daß er sich bis zu jenem Silvesterabend als treuer und unbestreitbar verdienstvoller Mann für England erwiesen hatte.

Die Beisetzung selbst, am 10. Januar auf dem Friedhof von Mayfield, fand unter großer Anteilnahme der Bevölkerung statt. Von den Gästen jenes unseligen Silvesterabends waren Master Baker samt Gattin erschienen, ferner Lady Simpson und Sir Richard Grenville. Als Vertreter des Navy und Ordnance Board waren Sir John Hawkins und Sir William Winter zugegen. Die Anwesenden waren sichtlich erschüttert, die Damen zeigten offen Tränen, die Reden auf den Verstorbenen, gehalten von Sir William, Sir John und Master Baker waren voll des Lobes auf die Verdienste des Verblichenen.

Höchst störend war nur ein Ausbruch Sir Richard Grenvilles, der sich in offensichtlich schwer betrunkenem Zustand in der wilden Prophezeiung erging, binnen fünf Jahren werde nur noch eine Handvoll der führenden Männer gegen die Armada am Leben sein, und in dem Ruf gipfelte:

»Sir Adam, diesmal seid Ihr der Admiral, wir werden Euch in den Ozean der Unendlichkeit folgen!«

Februar 1589

Am 16. Februar beorderten mich Euer Gnaden nach Barn Elms und klärten mich darüber auf, daß am Tode Dreylings gewisse Zweifel aufgekommen wären, die sich auf folgende Tatsachen stützten:

1. Die Ermordung von Richard Gibbes in der Nacht vom 3. zum 4. Januar im MIDDLE HOUSE von Mayfield.

2. Daß die Leiche Ysabels nicht unter den Trümmern der vollständig niedergebrannten Gießerei gefunden worden war.

3. Daß man die *Leiche* Adam Dreylings *im Inneren* eines der großen Schmelzöfen bis zur Unkenntlichkeit verkohlt gefunden habe.

4. Daß seit jener Nacht auch der Altgeselle Thomas Orthmann verschwunden sei.

All diese Tatsachen hatte James Hartrey, der Lieutenant von Richard Gibbes, offensichtlich von der Situation überfordert, zunächst nicht gemeldet.

Wie Euer Gnaden seinerzeit bemerkten, war damit durchaus die Möglichkeit gegeben, daß die verkohlte Leiche, die man in Mayfield feierlich beigesetzt hatte, auch die von Orthmann sein könne, wobei es immer noch ein Rätsel bleibt, wie sie in das Innere des Ofens gekommen ist. Adam Dreyling hingegen mochte zusammen mit Ysabel geflohen sein. Euer Gnaden beauftragten mich damals, diskret Nachforschungen in dieser Richtung anzustellen.

Da ich annehmen mußte, daß Dreyling, sollte er noch am Leben sein, das Land verlassen hat, richtete ich meine Aufmerksamkeit zunächst auf diesen Punkt.

Obwohl im Winter die Schiffahrt ruht, stellte ich fest, daß zwischen dem 4. und 10. Januar nicht weniger als elf Schiffe englische Häfen mit verschiedenen Zielen verlassen hatten.

Zu den erfolgversprechenden Spuren zählten zunächst die SALAMANDER und die MOONSHINE, beides Schiffe Londoner Kaufleute, sowie die SOLOMON aus Aldborough, die von Rochester, Tilbury und Queenborough mit Ziel Le Havre, Antwerpen und Amsterdam ausgelaufen waren. Der Verdacht, Matthew Baker habe aus Freundschaft Dreyling bei der Flucht geholfen, konnte nicht ausgeschlossen werden. Aussichtsreicher erschienen noch die WILLIAM aus Plymouth und die DIAMOND aus Dartmouth, die am 6. Januar nach St. Malo und am 8. nach Dublin ausgelaufen waren. Die Tatsache, daß Dreylings Pferde *Powder* und *Gun* in den Stallungen von Sir John Hawkins entdeckt wurden, ließ eine Verwicklung des Devonshire-Clans in die Flucht denkbar erscheinen. Gegen diese Annahme sprach weniger die Aussage des Stallmeisters, er habe die beiden Pferde Mitte Januar auf dem Roßmarkt in Arundel gekauft, als das Fehlen einer Gewinnaussicht für den Devonshire-Clan, wenn er Dreyling zur Flucht aus England verhalf.

Nach den heute vorliegenden Erkenntnissen hat Dreyling das Land an Bord der WITCH OF CUMBER CASTLE von Rye aus verlassen, die am 4. nach Hamburg auslief. Eine Anklage gegen Kapitän Richard Meyerholdt kann trotzdem nicht erhoben werden. Der Kapitän leugnet jede Beteiligung an der Flucht, und den zuverlässigen Aussagen unserer Späher zufolge waren Adam Dreyling oder Ysabel auch niemals in Hamburg gesehen worden.

März 1589

Bis mich Euer Gnaden am 2. Mai erneut nach Barn Elms bestellten, waren sämtliche Nachforschungen über den Verbleib Adam Dreylings und Ysabels ergebnislos geblieben, und die Meinung, sie seien eben doch bei dem Brand in Mayfield Furnace ums Leben gekommen, hatte sich erneut durchgesetzt.

An diesem Tag legten mir Euer Gnaden ein Schreiben des Botschafters Ihrer Majestät am Hof zu Krakau vor. Das Schriftstück besagte, Adam Dreyling und seine *Frau* seien am Leben und Mitte

Januar in der polnischen Residenzstadt eingetroffen. Weit schlimmer noch war, wie Euer Gnaden bemerkten, daß Dreyling offensichtlich hoch in der Gunst König Sigismunds stehe und von ihm in den vornehmen Ritterorden vom Schwert aufgenommen worden war. Als Katastrophe bezeichneten es Euer Gnaden schließlich, daß Dreyling auf Weisung des polnischen Königs eine Bronzegießerei in Mogilany übernommen habe und selbige nun mit aller Macht nach dem Vorbild von Mayfield Furnace ausbaue.

Wie mir Euer Gnaden darlegten, können die Konsequenzen daraus für England verheerend sein: Englands Flotte ist weitgehend abhängig von der Einfuhr russischen Holzes, russischen Hanfs und russischen Teers. Versiegt diese Quelle, so würde Englands Flotte binnen kürzester Zeit zur Bedeutungslosigkeit herabsinken, die Anstrengungen und Kosten des letzten Jahrzehnts zu ihrem Aufbau wären vergeblich gewesen, das Ziel einer englischen Herrschaft auf See wäre für immer zerschlagen.

Sir Walter Raleigh bemerkte einmal treffend: »Wer die See beherrscht, der beherrscht den Handel. Und wer den Handel beherrscht, der beherrscht die Schätze dieser Welt und damit die Welt selbst.« Die Herrschaft über die See kann aber nur die Flotte garantieren, und die Flotte ist abhängig vom freien Zugang zu den russischen Rohstoffen.

Durch die Vereinigung der Königreiche Polen und Schweden war ohnehin eine schwierige Situation entstanden; denn der freie Zugang nach Rußland war dadurch auf den schmalen Landstreifen zwischen Narwa- und Newamündung beschränkt. Wenn Polen-Schweden nun auch noch nicht nur die Ufer der Ostsee, sondern die Ostsee selbst dank moderner, mit Dreyling-Geschützen ebenbürtig ausgerüsteter Schiffe beherrsche, so würde England auf Gedeih und Verderb dem Wohlwollen Sigismunds ausgeliefert sein.

Diese Situation war unter allen Umständen zu verhindern!

Mai 1589

Weisungsgemäß begab ich mich am 5. Mai an Bord der THOMAS BONAVENTURE der Levant Company unter Kapitän William Aldridge. Am 7. Mai erreichte ich Amsterdam und reiste weiter über

Köln, Frankfurt, Eger, Prag, Brünn und Neusohl nach Leutschau am südlichen Abhang der Hohen Tatra, wo ich am 30. Mai eintraf.

Leutschau ist die Haupstadt des *Zips* genannten Territoriums, das zum Königreich Ungarn gehört. Im 12. Jahrhundert, auf Betreiben König Gézas II., hauptsächlich von deutschen Bergknappen besiedelt, wurde der größere Teil 1412 von Kaiser Sigismund an seinen Schwager Wladislaw Jagiello von Polen verpfändet. Während so die Mehrzahl der Städte des *Zips* polnisch wurde, blieben Leutschau und Neusohl deutsch-ungarisch, also noch auf Habsburger Territorium. Durch den Kupfer-, Silber- und Salzhandel sind einerseits die Straßen durch das Gebirge nach Polen gut ausgebaut, andererseits ist die Gegend so dicht von Bergwäldern, Schluchten und engen Tälern durchzogen, daß ein von den Posten und Soldaten unbemerkter Grenzübertritt jederzeit möglich ist. Da Leutschau zudem ein wichtiger Handelsplatz ist, mit Kontoren der Fugger und der hier eng mit ihnen zusammenarbeitenden ungarischen Magnatenfamilie der Thurzo, konnte ich in meine Rolle als Kupferhändler aus Venedig schlüpfen.

Mein wichtigstes Problem, vor dem ich schon in London gewarnt hatte, begann sich fast augenblicklich mit meinem Einritt in Leutschau bemerkbar zu machen: meine knappe Ausstattung mit Geld und Männern.

Leutschau wurde nach dem großen Brand von 1550 in den sechziger und siebziger Jahren weitgehend neu und großzügig wieder aufgebaut. Das öffentliche Leben spielt sich nun fast vollständig auf dem *Ring* genannten, etwa 100 Yard breiten und über 400 Yard langen Marktplatz ab. Rund um den Ring liegen die Häuser der Reichen und Mächtigen, prächtig mit Stuckfassaden und Bemalungen herausgeputzt. In der Mitte des Platzes erheben sich die gotische Hallenkirche St. Jakob, nördlich davon das *Arsenal*, ein aus mehreren Lagerhäusern zusammengefaßtes Kaufhaus, und im Süden das mit Laubengängen, Arkaden, Ziergiebeln und einem mächtigen Uhrturm geschmückte neue Rathaus samt einem eisernen Käfig, dem Pranger speziell für Frauen.

Als gutes Omen winkten mir die *Bürgertugenden*, die auf die Stirnseite des Rathauses gemalt sind, zu: *Iustitia*, die Gerechtigkeit mit Schwert und Waage. Sie würde nun den Verräter ereilen. *Perpetua*, die Beständigkeit mit Schaf und Hirtenstab. Ihrer würde mein weiteres Vorgehen nun bedürfen, ebenso wie ihrer Schwester *Fortitudo*, der Stärke mit der Säule auf der Schulter, und *Prudentia*, der Klugheit mit Spiegel und Schlange. *Temperantia*, das rechte Maß mit den beiden Wasserkrügen, würde die Ordnung zu Land und Meer wieder herstellen, die durch Dreyling in Unordnung zu geraten drohte.

Im Gegensatz zu Innsbruck einst – oder gar Venedig – ließen es meine Mittel jedoch nicht zu, ein Haus oder auch nur ein Stockwerk in einem der Patrizierhäuser zu mieten, sondern ich mußte im großen Stadtwirtshaus beim Arsenal absteigen, das gegenüber dem besonders prachtvollen Thurzo-Haus liegt. Auch daß ich von nur drei Männern begleitet wurde, diente nicht meiner Repräsentation. Es waren Richard Bell, Gael up Rhys und Taddeo, die alle drei schon in Venedig, Tirol und London in meinen Diensten gestanden hatten. Taddeo hatte sich freilich in Prag die Hitze geholt und konnte sich kaum noch im Sattel halten.

Juni 1589

Am 6. Juni unternahm ich eine erste Reise nach Krakau, begleitet nur von Richard Bell; denn Gael up Rhys war in Leutschau geblieben, um Taddeo zu pflegen, welcher jedoch am 18. Juni noch vor meiner Rückkehr verstarb.

Wir erreichten Krakau am 9. Juni und mieteten uns in einem unauffälligen Gasthof nahe dem St.-Florians-Tor im Norden der Stadt ein. Ein unauffälliger Spaziergang durch die Kanonicza-Straße und ein Ritt nach Mogilany bestätigten meine schlimmsten Befürchtungen: Adam Dreyling war schärfer bewacht und besser behütet als der König selbst! In seinem Haus in Krakau hielten sich beständig zwei Dutzend Soldaten auf, im Haus seines Bruders Ulrich auf der gegenüber liegenden Straßenseite kaum weniger. Die Gießerei in Mogilany, wo ich heftige Bautätigkeit feststellen konnte, glich einer Festung, besetzt mit gut ebenso vielen Söldnern, die jeden, der das Tor passieren wollte, einer gründlichen Leibesvisitation unterzogen. Mindestens ein weiteres Dutzend hielt sich ständig in dem Haus auf, das Dreyling in Mogilany bewohnte und das von Ysabel geführt wurde. Wenn er oder sie, aus welchen Grund auch immer, die Straße betraten, wurden sie von zehn bis zwölf schwerbewaffneten Männern umringt und abgeschirmt.

Ein Versuch, diesen Schutzring mit Gewalt zu durchbrechen, war aussichtslos. Ebenso aussichtslos war es, einen oder mehrere der Soldaten zu bestechen, handelte es sich doch um fanatisch protestantische Kürassiere des schwedischen Eliteregiments Södermanland unter der Führung des berüchtigt rechtschaffenen und bibelfesten Hauptmanns Sven Larsson.

Ein Anschlag mit Aussicht auf Erfolg konnte nur von einem Schützen ausgeführt werden, der einen Reiter auf eine Entfernung von 150 bis 200 Yard zu treffen vermag. Ein walisischer Langbogenschütze wäre dazu imstande, doch der einzige Waliser, der mir zur Verfügung stand, Gael up Rhys, kann zwar wie viele seines Volkes die Harfe schlagen, nicht jedoch den Langbogen spannen.

Ein weiterer Rückschlag, so wie es schien, traf meine Bemühungen am Himmelfahrtstag: In der Kathedrale auf dem Wawel heiratete mit großem Pomp und in Anwesenheit des Königs Adam Dreyling Klementyna Montelupich, die Tochter des Post-Zaren. Damit stieg er nicht nur kraft seines Könnens und durch die Gnade des Königs, sondern auch durch seine angeheiratete Familie in die gesellschaftliche Spitze des Königreiches Polen auf. Ab sofort würde es noch schwerer sein, an ihn heranzukommen...

Juni und Juli 1589

Es war nun endgültig klar, daß ich Hilfe brauchen würde, um an Dreyling heranzukommen und meinen Auftrag auszuführen. Der englische Gesandte in Krakau kam hierfür keinesfalls in Frage. Sir Mortimer Tweksbury hatte im Auftrag Ihrer Majestät der Königin Adam Dreyling zwar die Aufforderung übermittelt, sich unverzüglich wieder nach England zu begeben. Dreyling hatte, erwartungsgemäß, auf diesen Befehl nicht reagiert; es war aber anzunehmen, daß ab diesem Moment das Haus Sir Mortimers von den Södermanländern und den Polen unter Beobachtung gehalten wurde und mein Auftauchen dort nur zu weiteren Vorsichtsmaßnahmen Anlaß gegeben hätte.

Aus diesem Grund knüpfte ich meine guten Beziehungen zur jüdischen Gemeinde wieder an, die ich in Venedig bereits mit viel Erfolg und Nutzen für England gepflegt hatte. Die Situation der Juden in Polen und besonders in Krakau ist einmalig in der Welt. Zwar schützen Venedig und einige deutsche Städte ihre Juden, doch so großzügige Freiheit und Unterstützung wie durch die polnische Regierung genießen sie nirgendwo sonst. Ende des letzten Jahrhunderts wurden die Krakauer Juden zwar aus der Stadt selbst verbannt, doch erhielten sie damals ihre eigene Stadt, Kazimierz, am jenseitigen Weichselufer an der Handelsstraße, die Breslau mit Ruthenien und Ungarn verbindet. Dieses *Oppidum Judaeorum* ist nicht nur ein abgeschlossenes Stadtviertel oder wie in Venedig eine Insel, sondern eine richtige Stadt, geschützt durch die Weichselarme und seit 1553 durch Mauern mit drei Toren. Ihre Größe und Einwohnerzahl steht derjenigen Krakaus selbst nicht viel nach! Und der Zustrom von Juden vor allem aus Böhmen, Mähren, Deutschland und Italien, den *Aschkenasim*, wie sie genannt werden, hält weiter an, insbesondere jedoch, seit die Heilige Inquisition mit den strikten Judenverfolgungen der *Sephardim* auf der iberischen Halbinsel begonnen hat.

Vor allem auf letztere setzte ich große Hoffnungen, mußten sie doch verständlicherweise den Siegern über die spanische Armada größte Sympathien entgegenbringen.

So erschien es mir wie ein Fingerzeig des Himmels, als ich auf dem Krakauer Marktplatz den jüdischen Kaufherrn Levi Landau traf, den ich seinerzeit in Venedig kennengelernt hatte. Auf einem langen Spaziergang am Ufer der Weichsel entlang setzte ich ihm mein Problem auseinander, wies ihn auf die verheerenden Folgen für die Juden hin, wenn die englische Flotte verfallen, Spanien wieder erstarken würde, schilderte ihm die Gefahren, die seinen Glaubensbrüdern überall in Europa somit durch ein übermächtiges Polen drohten, bat ihn schließlich eindringlich um Rat und Unterstützung.

Levi Landau hörte sich meinen Vortrag schweigend an und versprach endlich, meine Bitte dem *Kahal*, der jüdischen Gemeinde, genauer gesagt deren Oberhäuptern, vorzutragen. Drei Wochen vergingen, ehe mich Landau nach Kazimierz bat.

Levi Landau holte mich am *Jüdischen Tor* ab. Obwohl Kazimierz eine Stadt ist, keine enge Insel wie das Ghetto in Venedig, war das Gedränge der Menschen, das Geschrei der ihre Waren anbietenden Händler, das bunte Durcheinander von Männern, Frauen, spielenden Kindern, streunenden Hunden, rumpelnden Karren, schreienden Eseln und meckernden Ziegen, das babylonische Sprachgewirr aus Deutsch, Polnisch, Italienisch, Ungarisch und Spanisch noch verwirrender als dort.

Voll Stolz wies mich Landau auf die verschiedenen wichtigen Gebäude rechts und links hin, die *Hohe Synagoge*, auf Strebepfeilern errichtet über einem Tuchhändlergeschäft, die *Alte Synagoge* an der Ecke der *Breiten Straße*, dem Hauptplatz von Kazimierz mit den Häusern der Reichen ringsum. Der Bau war bereits Ende des letzten Jahrhunderts errichtet worden und dem großen Brand von 1557 zum Opfer gefallen. Der berühmte italienische Baumeister Matteo Gucci hatte den zweischiffigen Hallenbau samt Vorbau und Frauenempore vor zehn Jahren neu errichtet. In ihrem Hof werden auch die Versammlungen der Gemeinde abgehalten, der *Kahal* gewählt und Hochzeiten abgehalten.

Gleich daneben machte mich Landau auf die kleine Synagoge *auf'n Bergel* aufmerksam:

»In ihrem obersten Zimmer brennt immer ein Licht. Es ist die Wirkungsstätte des M'galeh Amukot, des ›Enthüllers der Geheimnisse‹, Rabbi Nathan Spira, des Kabbalisten – Ihr werdet ihn kennenlernen.«

Vorbei an der *Poper-Synagoge*, genannt nach ihrem Stifter, dem Kaufmann Wolf Poper, und der *Mikweh*, dem rituellen Bad, gelangten wir zu einem stattlichen, dreistöckigen, aus rotem Ziegel errichteten Gebäude, das fast die ganze Nordfront der Breiten Straße einnimmt und dem Kastellan Wawrzyniec Spytek Jordan gehört.

Doch ehe wir eintraten, wies Landau nach der anderen Straßenseite hinüber zu einem eisernen Törchen, hinter dem sich die *Remuh-Synagoge* und ein kleiner Friedhof verbergen.

»Rabbi Moses Isserles, kurz Remuh genannt, starb vor acht Jahren. Schade, daß Ihr ihn nicht mehr erleben durftet! Er war ein Weiser, ein Heiliger und Wundertäter!«

Doch uns blieb keine Zeit zu längerem Verweilen, der *Kahal* wartete. Es war eine eindruckvolle Versammlung an Geld und Weisheit, der ich von Levi Landau vorgestellt wurde. Den Vorsitz führte Izaak Jakubowicz, ein europaweit geachteter Bankier. Neben ihm saßen sein Sohn Jakubek Bogaty, der Reiche, und Wolf Poper, Israel Isserles Auerbach und Levi Landau, alles steinreiche Kaufherren. Ferner zählten zum *Kahal* Izaak Isserles, der Bruder des berühmten Remuh, sein Schwager Joseph Kac, Rektor der Talmudischen Akademie zu Krakau, und der Kabbalist Nathan Spira.

»Reb Levi hat uns von Euren Sorgen und Nöten und Wünschen berichtet«, begann Izaak Jakubowicz ohne umständliche Einleitung. »Wir haben sie ausführlich und sorgfältig erwogen und beraten.

Und dies ist der Beschluß des *Kahal*: Ihr werdet von uns keine Unterstützung erhalten. Ihr werdet nach diesem Gespräch Kazimierz verlassen, danach sind die Tore des Oppidum Judaeorum für Euch geschlossen. Das ist unser aller Wille und Beschluß.«

Ich war wie vom Donner gerührt! Schon wollte ich ansetzen, mein Anliegen nochmals ausführlich zu erklären, doch Izaak Isserles schnitt mir das Wort ab, freilich in freundlicherem, versöhnlicherem Ton, als er eben sein Urteil verkündet hatte:

»Seht, Herr Davido – oder Davison, wie Ihr ja wohl wirklich heißt: Wir sind uns durchaus bewußt, was ein erneutes Erstarken Spaniens und damit der Heiligen Inquisition für unsere Brüder in Spanien, Italien, vielleicht in Deutschland und den habsburgischen Erblanden bedeuten kann. Glaubt mir, in den Synagogen von Kazimierz wurde im letzten Sommer Der, dessen Namen wir nicht aussprechen dürfen, mit Gebeten bestürmt, Euch und Eurer Königin den Sieg zu verleihen. Große Summen jüdischen Geldes wurden über verschiedene Kanäle nach England geleitet, um Eure Schiffe und Kanonen finanzieren zu helfen. Und wir sind bereit, dies bei drohender Gefahr wieder zu tun.

Jedoch: Polen und Kazimierz ist die größte und einzige wirklich sichere Zufluchtstätte der Juden! So verständlich Euer Anliegen sein mag, so einsichtig Eure Argumente sein mögen, wir können, wir *dürfen* uns nicht einmischen! Wir dürfen und können nicht die Sicherheit dieses einzigen verläßlichen Schutzraumes für unser Volk und unsere Religion dadurch gefährden, daß wir uns an einer ungesetzlichen Handlung gegen den erklärten Willen unseres Schutzherrn, des Königs, beteiligen! Unsere Entscheidung steht unumstößlich fest. Ich bitte Euch um Euer Verständnis.«

Was blieb mir zu sagen?

Izaak Isserles hob die Versammlung auf. Doch ehe ich mich zum Gehen wenden konnte, trat er auf mich zu, legte mir den Hand auf den Arm, sagt leise zu mir:

»Wir werden nichts tun, Herr Davison. *Gar nichts*. Auch nichts hören, nichts sehen und nichts wissen, was außerhalb der Mauern von Kazimierz geschieht...«

Auch Rabbi Nathan Spira, der Kabbalist, hatte noch ein Wort für mich:

»Jener Mann, den Ihr verfolgt: Er *wird* sterben! Ich habe es errechnet und gesehen – Ihr mögt Euch darauf verlassen.«

»*Wann?*«

»Wenn seine Stunde gekommen ist«, verkündete Rabbi Spira mit leiser Stimme, verneigte sich und entschritt.

Juli 1589

Am 5. August kehrte ich tief enttäuscht nach Leutschau zurück, wo mich Gael up Rhys mit der Nachricht vom Tode Taddeos empfing.

Zwei Tage saß ich mit meinen beiden verbliebenen Getreuen zusammen und grübelte über die Situation nach. Sie war einfach genug: Dreyling war auf Schritt und Tritt so gut bewacht, daß ein direkter Angriff keinerlei Chance auf Erfolg bot. Die jüdische Gemeinde in Kazimierz verweigerte jede Hilfe, andere Freunde in Krakau oder Polen hatte ich nicht. Die Orakel Nathan Spiras halfen mir keinen Schritt weiter. Daß Dreyling gewißlich sterben werde, mochte ja zutreffend sein – aber möglicherweise eben erst in zwanzig oder vierzig Jahren...

Meine beiden Gefährten schienen auch keine große Hilfe zu sein. Richard Bell hat seinen Verstand in den Fäusten, und Gael up Rhys zog es vor, auf seiner Harfe herumzuklimpern.

Und doch war es dann der Waliser, der den entscheidenden Denkanstoß gab:

»Weshalb wenden wir uns nicht an die Habsburger?« fragte er. »Sie können schließlich einem Adam Dreyling nicht sonderlich gewogen sein, der die Flotte eines Habsburgers mit seinen Kanonen vernichtet hat.«

Das war richtig. Wenn ich Franzose, Schotte, sogar Pole oder Türke wäre, so würden sich auf entsprechende Anfrage zweifellos die Hilfsquellen dieser Weltmacht für mein Ziel öffnen. Das Problem dabei ist nur: Ich bin *Engländer*. Von allen Nationen dieser Welt ist derzeit England genau diejenige, für die kein Habsburger auch nur einen Finger rühren wird! Trotzdem ließ mich der Gedanke nicht mehr los.

Als ich mich in der nächsten Nacht schlaflos auf meinem Lager wälzte, schließlich aufstand und ans Fenster trat, da lag die Lösung direkt vor meinen Augen: Jenseits des Rings winkte mit seinen Ziergiebeln, breiten Bogenfenstern und im Mondlicht schwarz erscheinenden Sgraffiti-Malereien das Thurzo-Haus herüber.

Thurzo – Fugger! *Fugger!*
Marx Fugger aus Schwaz!

Nicht *die* Habsburger – aber ein Untertan der Habsburger, reicher noch als die Habsburger, durch seine Freunde und Geschäftspartner, die Thurzos, hier im Zips an der polnischen Grenze wohl vertreten, mochte aus persönlichen Gründen sehr wohl Interesse haben, meinen Auftrag zu unterstützen!

Am nächsten Morgen, es war der 8. August, sattelten wir in aller Frühe die Pferde, und ritten nach Südosten davon.

August 1589

Über Neusohl, Neutra und Preßburg erreichten wir die Donau, umgingen Wien, ritten die Donau aufwärts über das Kloster Melk und Linz nach Passau ins Bayrische, folgten dem Inn über Altötting und Wasserburg, erreichten bei Kufstein wieder Habsburger Land und trafen am 18. August in Schwaz ein.

In der Umgebung der Stadt beobachtete ich erfreuliche Vorzeichen für meine Mission. Während offensichtlich nur ein einziger Schmelzofen in Betrieb war, hatten sich in den Jahren seit meinem letzten Besuch die Abraumhalden mit totem Gestein überall an den Mundlöchern der Stollen lawinenartig vergrößert. In der Stadt selbst war die gedrückte Stimmung durch den immer geringer werdenden *Bergsegen* allgegenwärtig.

Zwei Tage später saß ich Marx Fugger gegenüber. Entsprechend der zurückgehenden Ausbeute der Kupfer- und Silberminen in Tirol und damit seiner eigenen Bedeutung ist sein Bedürfnis, sich als Mittelpunkt des Welthandels darzustellen, noch gestiegen. Fast eine halbe Stunde mußte ich mir anhören, wie Herr Marx, hinter seinem überdimensionalen Schreibtisch wie ein regierenden Fürst thronend, seinem Sekretär Dionysius Bachleitner mit dröhnender Stimme Anweisungen gab, einen Millionenkredit für Philipp von Spanien vorzubereiten, dem türkischen Sultan eine Lieferung von 5000 Zentnern Schwazer Silber anzukündigen, in Neapel drei Schiffsladungen Seide und Brokate zu ordern, Papst Innozenz IX. eine Spende von 100 000 Gulden zu übermitteln, in Lissabon 2000 Zentner Zimt und Pfeffer aus Ostindien zu kaufen und eine Handelsdelegation an den Zaren in Moskau zu schicken. Dann konnte er sich »eine Minute freimachen« für mein Anliegen.

Natürlich durfte ich Fugger nicht den wahren Grund nennen,

weshalb England unter allen Umständen verhindern mußte, daß Sigismund von Polen Dreylingsche Schlangen und Kanonen in die Hände bekam. Durfte selbstverständlich dem Habsburger Untertan nicht eingestehen, daß die Lebensader von Englands Flotte durch die Ostsee nach Rußland in Gefahr ist, einer Flotte, die sich vor allem ja gegen Habsburg richtet. So beschränkte ich mich darauf, ihm die erschreckenden Möglichkeiten einer polnischen Großmacht vor Augen zu führen:

»13 Städte der Zips hat Polen bereits geschluckt. Wie lange wird es dauern, wenn König Sigismund erst über Dreyling-Kanonen verfügt, bis auch Leutschau und Neusohl samt Euren Silber- und Kupferminen in seine Hand fallen?« rief ich pathetisch aus. Ich senkte meine Stimme zu eindringlichem Flüstern ab. »Und ist es denn ein unschuldiger Handwerksmeister, in dessen Hand also das Wohl des Hauses Habsburg, die Zukunft Europas, Euer eigenes Schicksal liegt?« Langsam steigerte ich meine Lautstärke wieder. »Ist es ein ehrenwerter Mensch mit lauteren Absichten? Oder ist es vielmehr ein Wortbrüchiger? Ein Verräter? Ein Aufrührer? Eine Bestie in Menschengestalt?« Ich war aufgesprungen, donnere mit voller Lautstärke. »Ist es denn nicht jener Adam Dreyling, der sich einst wider Euch erhoben hat? Jener Adam Dreyling, der Anno 1574 die Fackel der Empörung hier in Schwaz geschwungen hat? Wollt Ihr ihm, ausgerechnet *ihm* die Macht über Europa, über Euer eigenes Schicksal anvertrauen?«

Auch Herr Marx Fugger hatte sich nun erhoben und beugte sich weit über seinen überladenen Schreibtisch, um meine Hände zu ergreifen:

»Nie und nimmer! *Nie und nimmer!*«

Ich war am Ziel – so glaubte ich. Doch kaum hatten wir uns wieder gesetzt und ich begonnen, die Schwierigkeiten in Krakau zu erläutern, als mich Marx Fugger streng unterbrach:

»Herr Davido, ich, das Haus Habsburg, die Welt schulden Euch höchsten Dank. Doch ein Fugger wird sich *nie* an einem Mordanschlag beteiligen! Die Ehre verlangt, daß dieser Bube nach Recht und Gesetz vor ein Gericht gestellt, abgeurteilt und öffentlich hingerichtet wird! Nicht Dolch und Gift sondern nur Rad und Strick des Henkers dürfen dieser Bestie das angemessene Ende bereiten! Ich werde Euch Männer und Geldmittel zur Verfügung stellen, damit Ihr diesen Adam Dreyling gefangennehmen und hierher nach Schwaz bringen könnt. Hier, wo dieses Ungeheuer seine Untaten begann, da soll es auch sein Ende finden! So ist es, und so wird es sein, so wahr ich Marx Fugger heiße.«

Mir fuhr der Schreck in die Glieder. Niemand und am wenigsten England konnte daran gelegen sein, alle Einzelheiten aus Dreylings Leben ausgebreitet zu sehen.

»Haltet Ihr es wirklich für klug«, wendete ich daher vorsichtig ein, »in aller Breite und aller Öffentlichkeit alle Taten dieses Menschen vor einem Malefizgericht ausbreiten zu lassen? Bedenkt, daß hochgestellte Persönlichkeiten und Staaten...«

Ein schlaues Funkeln trat in die Augen Fuggers, während er sich bedächtig über seinen langen Patriarchenbart strich:

»Nicht ein Malefizgericht wird über ihn urteilen. Er wird sich vor dem *Berggericht* verantworten müssen. Nicht über sein Leben, nur über seine Taten Anno '74 wird gerichtet werden, Taten, die bis heute Unruhe unter meinen Bergknappen geschaffen haben. Sein Tod wird jedem Knappen vor Augen führen, daß man sich nicht ungestraft gegen die göttlich-menschliche Ordnung erheben kann, daß auch nach fast zwanzig Jahren der Arm eines Fuggers Aufrührer zu erreichen und zu zermalmen weiß! Sorgt Euch nicht um das Gerichtsverfahren, Herr Davido. Das Urteil über Adam Dreyling *ist schon gesprochen!*«

Und dann donnerte Herr Marx nochmals los:

»Einem Fugger wirft man nicht ungestraft die Fensterscheiben ein!«

September bis Dezember 1589

Am 1. September waren wir zurück in Leutschau und quartierten uns in einem Landhaus etwas außerhalb der Stadt ein, das uns dank eines Briefes von Marx Fugger sein Geschäftspartner und Freund, der mächtige ungarische Magnat Frantisek Thurzo, zur Verfügung stellte. Das Haus hatte einen doppelten Vorteil. Zum einen konnte ich hier meine *Streitmacht* samt Pferden und Gepäck mühelos unterbringen. Dreizehn Mann umfaßte sie nun, neben Richard Bell und Gael up Rhys zehn handfeste Tiroler unter dem Kommando des Fronboten Nicklas Findler. Von dem dumpf brutalen, dem Alkohol allzu ergebenen Fronboten war ich zwar wenig begeistert, doch vielleicht gerade wegen dieser Eigenschaften hatte ihn Marx Fugger als einen seiner zuverlässigsten Leute bezeichnet. Der andere Vorzug dieses Hauses bestand darin, daß kaum jemand unser Kommen und Gehen bemerkte, so auch nicht unsere regelmäßigen Ausflüge nach Krakau, die wir einzeln oder in kleinen Gruppen unternahmen, um nach Möglichkeiten zu fahnden, Adam Dreyling in unsere Gewalt zu bringen.

Die nächsten drei Monate waren zermürbend. Zwar hatte ich nun keine Probleme mehr mit Männern und Geld, doch die Aufgabe war weit schwieriger geworden, galt es doch nicht mehr nur ein Attentat, sondern eine Entführung durchzuführen. Natürlich hätte ich nicht gezögert, auch entgegen dem Wunsch Fuggers, zuzustoßen, hätte sich eine brauchbare Gelegenheit für einen schnellen Dolchstich oder Pistolenschuß ergeben. Doch so, wie Dreyling von seinen Södermanländern abgeschirmt wurde, bot sich nicht einmal hierzu eine Möglichkeit.

Dafür mußten wir die raschen Fortschritte beim Ausbau der neuen Gießerei beobachten, mußten tatenlos zusehen, wie bereits Brennholz und Kupfer, Lehm, Pferdepisse und Zinn, Eisen und sonstiges angeliefert wurde und in den umgebauten Lagerhallen verschwand, erblickten zähneknirschend die Rauchwolken beim ersten Probeheizen aus den Schornsteinen der neu errichteten Flammöfen in den Himmel wirbeln, mußten hilflos erleben, wie im Oktober die Formerei ihre Arbeit aufnahm, und in ohnmächtiger Wut hören, daß der erste Guß für kommenden Januar angesetzt war.

Anfang Dezember waren wir schließlich der Verzweiflung nahe, und nur der sture Gehorsam Findlers seinem Herrn gegenüber verhinderte, daß die Tiroler unverrichteter Dinge abzogen.

Am 6. Dezember, dem Nikolaustag, blitzte ein erster Lichtstreif an unserem verdüsterten Horizont. Gael up Rhys kehrte nach Leutschau zurück. Fast zwei Wochen hatte er sich in der Nähe von Mogilany herumgetrieben und da er, dank seines musikalischen Gehörs, inzwischen ein wenig Polnisch verstand, einige Bemerkungen aufgeschnappt, die unter den Bewohnern des Ortes die Runde machten:

Im prächtigen Holzhaus Dreylings zu Mogilany herrschten keineswegs Glück und Freude. Seit Dreylings Hochzeit mit Klementyna Montelupich hing der Haussegen dort offenbar gründlich schief.

Die Meinung der Bevölkerung von Mogilany war geteilt. Einerseits jubelte man dem neuen Herrn zu, brachte er doch vermehrt

Arbeit und Verdienstmöglichkeiten in den Ort, zahlte gut und stiftete reichlich für wohltätige Zwecke. Auf der anderen Seite bedauerte man die schöne junge Frau, die von Woche zu Woche blasser und verhärmter aussehe und die, nach allem was man so gehört habe, es doch wohl verdient hätte, auch seine rechtmäßige Gemahlin zu werden.

Gewiß, fragte man näher nach, so wußte niemand etwas Genaueres. Zu sehen bekam man weder den einen noch die andere viel, und wenn, dann eisern abgeschirmt hinter den breiten Rücken der Södermanländer. Und das Personal des Holzhauses war für die Klatschmäuler des Dorfes verbitternd verschwiegen. Doch in einem Dorf, wo jeder jedem in den Suppentopf zu gucken pflegt, formten sich ein paar gezischte Worte im Garten, ein ärgerlich zur Gießerei hinunterstapfender Herr, das Ausbleiben einer Bestellung des natürlich längst bekannten Lieblingsweines des Herrn, eine zugeschmetterte Tür nach und nach zu einem Gesamtbild, das der Wahrheit möglicherweise so fern nicht lag.

Da wir all unserer bisherigen Erfahrung nach ansonsten ohnehin keine Chance hatten, an Dreyling heranzukommen, beschloß ich, einen letzten Versuch zu wagen. Schlug er fehl, so blieb uns die Wahl entweder eines selbstmörderischen und vermutlich trotzdem vergeblichen Gewaltangriffs oder unverrichteter Dinge abzuziehen.

Am 7. Dezember brach ich, nur von Richard Bell und Gael up Rhys begleitet, nach Mogilany auf.

Dezember 1589

Am Nachmittag des 10. Dezembers, dem zweiten Adventssonntag, stand ich vor der Tür des Holzhauses in Mogilany. Am Vormittag, als die Dorfbewohner fast vollzählig in der Kirche versammelt waren, hatte ich Gael up Rhys mit einer Botschaft vorausgeschickt:

Ich bitte um freies Geleit für eine halbe Stunde. – William.

Die Antwort war ebenso kurz gewesen:

Freies Geleit zugesichert. – Ysabel.

Die Tür wurde von einem bärbeißigen Södermanländer geöffnet, der mich mißtrauisch beäugte. Unaufgefordert lieferte ich ihm meinen Degen ab, hob ich die Arme hoch, ließ mich auf versteckte Waffen durchsuchen. Mit einem Wink wurde ich in den Wohnraum im Erdgeschoß geleitet.

Ysabel saß hinter einem schweren Tisch verschanzt. Der Schwede ließ ostentativ die Tür einen Spalt offen, so daß ich seinen schweren, trappenden Schritt den Hausflur auf und nieder deutlich hören konnte. Ein Ton von Ysabel, das war klar, und er würde wie ein Orkan in das Zimmer brechen, um seine Herrin zu verteidigen. Und ebenso klar war mir, daß in den angrenzenden Räumen weitere Leibwächter auf der Lauer lagen. Damit hatte ich rechnen müssen.

Ich wandte mich Ysabel zu. Die Leute aus dem Dorf hatten recht gehabt: Sie sah blaß aus; um ihre Mundwinkel hatten sich scharfe Falten eingegraben.

»Nun, William, was willst du? Du hast um eine halbe Stunde gebeten, fünf Minuten davon hast du bereits mit Glotzen verbraucht.«

»Weshalb so feindselig, Ysabel?« fragte ich.

»Nicht unbedingt feindselig, nur *vorsichtig!*« gab sie zurück.

»Ich verstehe das«, räumte ich ein. »Aber ich versichere dir, dein Mißtrauen ist unbegründet! Gewiß. Sir Francis Walsingham hat geschäumt, als er von deinem Verrat erfuhr. Aber wenn du glaubst, er habe mich nun als Rächer nach Krakau geschickt, dann irrst du.«

Ysabel nickte:

»Ich sollte dir wahrscheinlich sogar glauben, William. Nicht einmal für eine Rache oder Strafe Walsinghams bin ich noch interessant genug... Nun gut, William, wenn du gesehen hast, was du sehen wolltest, dann geh und lasse mich in Frieden!«

Spontan trat ich einen Schritt auf sie zu, doch sofort herrschte sie mich an:

»Bleib stehen, wo du stehst!«

Der schwere Schritt auf dem Gang stockte, hielt vor der Tür.

»Ist ja gut, ist ja gut!« versuchte ich sie zu beruhigen.

Ysabel fixierte mich mit gerunzelten Brauen. »Deine Zeit ist fast um, William. Wenn du noch etwas zu sagen hast, dann sage es schnell!«

»Sprechen deine Schweden Englisch?«

»Nein.«

Ich holte tief Luft und begann:

»Ysabel, glaube mir, ich bin nicht deinetwegen hier...«

Sie schnitt mir das Wort ab:

»Ich weiß. Du bist hier wegen Adam«, und dann kam es Schlag auf Schlag. »Du bist hier, um Adam zu töten. Und du bist zu mir gekommen, weil du hoffst, ich würde dir dabei helfen. Du hoffst es, weil ich alles getan, alles gegeben habe für ihn und er zum Dank die kleine, alberne Montelupich geheiratet hat. Du hoffst, daß meine Liebe in Haß umgeschlagen ist. Du hoffst, daß ich ihn dir ausliefere, weil du sonst niemals an ihn herankommen wirst. Das ist es doch, was dich zu mir geführt hat, William? Du und deine Leute schleichen schon seit dem Sommer hier herum – glaube nicht, Ihr wärt unbemerkt geblieben. Nein, William, du brauchst nicht zu erschrecken, weder Adam noch die Södermanländer noch die Dorfbewohner ahnen etwas. Aber *ich* habe Euch entdeckt und den richtigen Schluß daraus gezogen.«

Die ruhigen, scheinbar leidenschaftslosen Feststellungen Ysabels verschlugen mir den Atem.

»Es ist doch so, wie ich es sage?« bohrte Ysabel nach.

Ich konnte nur stumm nicken.

»Und jetzt kommst du nicht weiter, kommst an Adam nicht heran, hoffst auf meinen Haß.«

Wieder nickte ich.

Ysabel starrte mich aus schmal zusammengekniffenen Augen an: »Adam liebt mich. Und er wird mich nie verlassen.«

Ich hole tief Luft und spiele meine letzte Trumpfkarte aus.

»Und was ist mir dem Kind?«

»Welchem Kind?«

»Dem Kind, welches Klementyna Dreyling von ihrem Gatten erwartet.«

Ysabel wurde kreidebleich. Sie sank auf ihrem Stuhl zusammen, stützte sich mit den Händen auf dem Schreibtisch ab. Ihr Atem ging schwer.

»Du lügst.«

»Dann fahr doch selbst nach Krakau und schau dir ihren dicken Bauch an.«

Um Ysabels Mund zuckte es.

»Hole den Rest deiner Leute nach Krakau.«

Ich atmete ganz langsam durch. »Heißt das, du wirst mir helfen, ihn unschädlich zu machen?«

»*Vielleicht* werde ich Euch in den nächsten Tagen einen Wink geben. *Vielleicht* werde ich diese Gelegenheit sogar selbst herbeiführen.

Vielleicht werde ich es auch *nicht* tun. *Vielleicht* werde ich sogar die Södermanländer oder den König auf Euch aufmerksam machen...«
»Und wovon hängt dieses *vielleicht* oder *vielleicht* oder *vielleicht* ab?« fragte ich.
»Von nichts, was deinem Einfluß unterworfen wäre, mein lieber William. Geh jetzt. Rufe deine Leute und halte dich bereit. Noch vor Weihnachten, das verspreche ich dir, ist Adam in deiner Gewalt – oder *du* in der Gewalt der Polen...«

23. Dezember 1589

Aus der Deckung einer Baumgruppe heraus beobachte ich das Holzhaus in Mogilany.

Am späten Vormittag war der Schlitten vorgefahren, der übliche Trupp Södermanländer mit Hauptmann Sven Larsson an der Spitze wartete aufgesessen. Dreyling erschien in einen dichten Fuchspelzmantel gehüllt, gefolgt von Ysabel unter der Tür. Ein paar Worte, ein plötzliches Abwenden Ysabels, dann schwang sich Dreyling in den Schlitten. Die Pferde trabten an, in elegantem Schwung bog die Kavalkade auf die Straße nach Krakau ein.

Dreyling drehte sich nochmals um.

Ysabel war nicht mehr da. Das Portal ihres Hauses war geschlossen...

23. Dezember 1589

Als der Schlitten mit den Reitern außer Sicht war, eilte ich zum Haus. Ich klopfte. Im Haus rührte sich nichts, obwohl ich das sichere Gefühl hatte, durch eines der Fenster im oberen Stock beobachtet zu werden.

Dann fiel mein Blick auf die Eingangsstufe.

Links neben der Tür lag ein kleiner, zusammengefalteter Zettel. In den blutroten Siegellack, der ihn verschloß, war der Buchstabe ›W‹ eingekratzt.

DER VENEZIANISCHE SPIEGEL

Ich steckte das Papier ein und kehrte zu meinem Beobachtungsposten zurück. Im Schutz der Bäume erbrach ich das Siegel.
Die Nachricht bestand aus einem einzigen Satz:

Heute abend am Jüdischen Tor.

23. Dezember 1589

Schon am Nachmittag hatten wir uns rings um das *Jüdische Tor*, den Eingang zur Judenstadt Kazimierz, und zwischen den Häusern davor an der Straße bis zur Weichselbrücke nach Krakau unauffällig verteilt.

Findler und Bell hatten nahe der Brücke in einem öffentlichen Stall ein paar Boxen gemietet und beschäftigten sich nun mit den Pferden – das beste Mittel, um die beiden Männer und unsere Reittiere außer Sicht zu halten. Gael up Rhys und einer der Tiroler hatten sich in ein endloses Gefeilsche mit einem jüdischen Kleiderhändler vertieft, drei andere saßen am Fenster eines Gasthauses, zwei hatten sich auf der Brücke postiert und ließen die Schnüre von Angeln ins vorbeiziehende Wasser der Weichsel hängen, der Rest schlenderte herum, fragte hier nach dem Preis einer Hutborte und dort nach einem Päckchen getrockneter Kräuter und an einem dritten Stand nach einer warmen, noch fast neuwertigen Kaninchenpelzmütze. Im bunten Gewirr und Gemisch an Trachten und Sprachen aus mindestens zwei Dutzend Ländern in und vor Kazimierz fiel keiner von ihnen auf.

Es begann zu dämmern, als ich Dreyling entdeckte, gehüllt in seinen dicken Fuchspelzmantel und tatsächlich nur von dem Diener Jakub begleitet, als er das Jüdische Tor passierte und etliche Dutzend Schritte weiter im Haus des Kaufmanns Wolf Poper verschwand.

Unauffällig zog ich meine Leute knapp vor der Brücke zusammen, Bell und Findler hielten sich mit den Pferden in einer kleinen Nebenstraße bereit. Dann warteten wir. Mit der nun schnell hereinbrechenden Dunkelheit begann sich die Menschenmenge zu verlaufen, die Geschäfte schlossen, die fliegenden Händler verschwanden von den Straßen in den wärmenden Schutz ihrer Häuser.

Fast zwei Stunden später erschien Dreyling endlich wieder unter dem Tor, rief ein paar freundliche Worte in die Wachstube hinein.

Vergnügt vor sich hin pfeifend schritt er auf die Brücke nach Krakau zu, während der Diener Jakub, unter einer schweren, flachen Last keuchend, hinter ihm drein trottete.

Als er noch knapp fünf Schritte entfernt war, trat ich aus dem Schatten auf die Straße:

»Ein frohes Fest, Sir Adam!«

Dreyling erstarrte. Im nächsten Augenblick traf ihn der Schlag eines von Gael up Rhys geschwungenen, mit Sand gefüllten Strumpfes am Kopf. Dreyling sackte zusammen, wurde von zwei Tirolern aufgefangen. Zwei andere packten Jakub, hielten ihm den Mund zu. Sein Paket fiel auf die Straße, Spiegelglas klirrte.

Findler und Bell eilten mit den Pferden heran. Dreyling wurde schnell und fachmännisch zu einem Bündel verschnürt, das Richard Bell quer über dem Sattel eines Pferdes verzurrte.

»Was machen wir mit ihm?« fragte Rhys und deutete auf den Diener. Doch Findler nahm mir die Antwort ab, stieß dem alten Mann die Ochsenzunge in den Leib. Jakub sackte ächzend zusammen und wurde im nächsten Augenblick auf einen Wink des Fronboten über das Brückengeländer gehievt, klatschte drunten ins Wasser der Weichsel. Gleich darauf klatschte es nochmals, als Gael up Rhys das Paket hinterdrein warf. Die Spuren der Entführung waren getilgt.

Sekunden später saßen wir alle im Sattel, galoppierten in die Nacht hinaus nach Süden, der Grenze entgegen. Das Pferd, auf dessen Rücken Adam Dreyling festgebunden war, führte ich selbst am langen Zügel mit – *niemandem* hätte ich es anvertraut!

30. Dezember 1589

Morgen ist Silvester. Morgen ist es auf die Stunde ein Jahr, daß wir in Mayfield Furnace gesessen hatten. Für Adam Dreyling hatte das Jahr damit begonnen, daß er seine Freunde verprellt, sich um Kopf und Kragen geredet hatte. Doch anstatt zu stürzen, stieg er auf. Statt ihn zu strafen, trug ihn das Schicksal empor. Was immer er anfaßte, es schien zu gelingen. Er glaubte, der Stütze seiner Freunde nicht mehr zu bedürfen, er stieg auf ihre Schultern, ihre Köpfe, schwebte frei über allen.

Jetzt, zum Ende dieses Jahres sitzt er nur zwei Türen weiter in einem fensterlosen Kämmerchen, angekettet an sein Bett und scharf bewacht, hier im prachtvollen Thurzo-Palais in Neusohl.

Nach dem Gewaltritt von Krakau durch die Hohe Tatra zur Grenze waren wir nicht nach Leutschau zurückgekehrt, wo man sich vielleicht an uns erinnert hätte. Hier in Neusohl befanden wir uns mitten in Fugger-Territorium, denn vor etwa fünfzig Jahren hatte Jakob der Reiche fast alle Kupfer- und Silbergruben der Umgebung aufgekauft und mit seinem Freund Thurzo brüderlich geteilt. Hier konnten wir uns erholen und die Weiterreise nach Schwaz vorbereiten.

Ein Klopfen an der Tür riß mich aus meinen Gedanken. Gael up Rhys streckte den Kopf herein, meldete mir einen Besuch an. Einen Augenblick später stand der Besuch auch schon vor mir: Ysabel!

»Ich werde mit dir und Adam nach Schwaz kommen«, erklärte sie mir ohne Einleitung.

»Ysabel«, wehrte ich entsetzt ab, »es ist mitten im Winter! Der Ritt wird hart, und...«

»Ich bin auch mitten im Winter von Hamburg nach Krakau geritten«, schnitt sie mir das Wort ab.

»Warum willst du mit nach Schwaz? Reut es dich etwa, daß du Adam uns ausgeliefert hast?«

Ysabel antwortete mit einer Gegenfrage:

»Genügt es dir, wenn ich dir mein Wort gebe, daß ich bis Schwaz nichts tun werde, um Adam zu helfen oder ihn gar zu befreien? Ich will nur dabei sein, egal wie es ausgeht!«

»*Nein!*«

Ysabel verstand:

»Ich habe England verraten. Ich habe Adam verraten. Weshalb sollte ich also nicht dich verraten? Das ist es doch, was du denkst, William?«

»Ja, das ist es«, gab ich offen zu.

»Ich wußte das. Ich werde mir deshalb meine Reise nach Schwaz erkaufen.«

»Das müßte schon ein Preis sein, der notfalls die Flucht Adam Dreylings aufwiegt! Kannst du *solch* einen Preis zahlen, Ysabel?«

Ein spöttisches Lächeln kräuselte ihre Lippen:

»Ja, William, *ich kann!*«

Aus ihrem Mantel zog sie ein kleines, dickes Büchlein, hielt es mir hin: »Einer von mittlerweile sieben Bänden seiner Tagebücher. Er hat sie in Mogilany aufbewahrt, nicht in Krakau. Dieses erste Tagebuch sofort als Anzahlung. Die weiteren unterwegs. Das letzte in Schwaz. Bist du interessiert an dem Handel?«

»Die Tagebücher enthalten...«

»*Alles!* Sein Leben, seine Gedanken, seine Seele, seine Geheimnisse – auch die *Sieben Siegel* und damit das Geheimnis von ›A D‹-Schlangenbronze! Das ist das Buch, das du in Schwaz bekommen wirst.«

Als ich nach dem Buch griff, berührten sich unsere Hände für einen Augenblick. Die ihren waren eiskalt.

Schwaz,
der 2. Februar 1590

Über Neutra, Preßburg, Wien und Melk ritten wir nach Linz. Dann bogen wir auf die in dieser Jahreszeit weitaus unbequemere Straße nach Südwesten. Zunächst ging der Ritt nach Salzburg, weiter das Salzachtal aufwärts bis Bruck, ein Stück weit die Saalach wieder abwärts bis Lofer und dann über St. Johann nach Wörgl ins Inntal. Der Ritt war beschwerlich und zeitraubend, aber niemals mußten wir dabei Habsburger Gebiet verlassen.

Adam Dreyling pflegte allen Mühen, aller Kälte, allem Unbillen zum Trotz, die Hände auf den Rücken gefesselt, die Beine unter dem Bauch des Pferdes mit einem kräftigen Seil verbunden, hoch aufgerichtet wie ein König auf seinem Pferd zu sitzen. Während der ganzen Reise würdigte er uns keiner fünf Sätze, schien uns überhaupt nicht wahrzunehmen.

Ebenso wenig waren wir offenbar für Ysabel vorhanden. Sie hielt sich stets am Ende unserer Kavalkade, sprach ebenfalls auf dem ganzen Ritt keine fünf Sätze, lieferte nur in Preßburg, Linz, Salzburg, Lofer und Wörgl einen weiteren Tagebuch-Band bei mir ab. Den letzten erhielt ich beim Einritt in Schwaz, als ich Adam Dreyling im Fugger-Palais ablieferte.

Schwaz summt inzwischen wie ein Bienenstock. Auf allen Straßen und Gassen, in allen Wirtshäusern drängen sich die Menschen in gespannter Erwartung.

Übermorgen, am Sonntag, findet in der Liebfrauenkirche vor dem Berggericht der Prozeß gegen Adam Dreyling statt.

Das Berggericht

Schwaz
1590

Bericht
William Davison

Sonntag,
der 4. Februar, 12.00 Uhr

Marx Fugger schüttelte stumm den Kopf, als Zenon Querini, der sich genußvoll über den Bart strich, zu ihm sagte:
»Ihr dürft bemerkt haben, daß dies das Ende Eurer abenteuerlichen Strategie gewesen ist!«
 Fugger reagierte erbost: »Abenteuerlich sagt Ihr? Unsere Strategie war die einzig richtige. Aber wenn Ihr schon von Abenteuern redet, so hat Venedig deren Tausende aufzubieten. Und die meisten von diesen nagen unaufhörlich am Glanze des Palazzo Ducale!«
 »Verwechselt Venedigs glanzvolle Politik nicht mit dem drohenden Scheitern der Beseitigung eines einzigen Verräters!« antwortete Querini gelassen.
 Dagegen schwoll die Lautstärke von Fugger deutlich an:
 »Dann frage ich mich, warum Venedig seine Beseitigung vor Jahren so erfolgreich verhindert hat?«
 Querini lächelte breit. »Wir haben einfach eine Schwäche für Künstler und geniale Kanonengießer!«
 »Schwäche! Schwäche!« höhnte Fugger zurück. Dann faßte er mich ins Auge und deutete herüber. »Die Engländer haben Euch wie Maulwürfe untergraben, und sie haben die Republik auf eine Art und Weise aufs Kreuz gelegt, wie es in Eurer Geschichte nicht einmal den Türken gelang!«
 »In Venedig gibt es *naturae causa* keinen einzigen Maulwurf, Verehrtester!« winkte der Venezianer verächtlich ab.
 »Dann eben Ratten...!«
 »Die Herren sollten sich beruhigen, man hört den Disput bis hinab in die Chöre«, versuchte der Geheimrat Moser mit stockender Stimme zu schlichten.
 Löffler, der sich mit dem Rest der anderen Herren unschlüssig zwischen den Stühlen herumdrückte, goß Öl ins Feuer:

DAS BERGGERICHT

»Aber Ihr habt recht, Messer Querini. Wenn meine Vorschläge befolgt worden wären, so hätte es sein können, daß... Aber lassen wir das...« Der Blick von Marx Fugger hatte ihn gestoppt.

Freiherr von Wolkenstein erlöste die Runde mit dem Hinweis: »Drüben im Katzbeckhaus ist die Tafel gedeckt! Ich schlage vor, wir gehen direkt hinüber.«

»Dem stimme ich gern zu«, ließ sich Münzmeister Pertolph vernehmen und rieb sich seinen Wanst. Die Damen taten sich tuschelnd zusammen, um als erste Gruppe über den Bogengang, der die Liebfrauenkirche mit dem Hause der Katzbeck verband, hinüberzuwechseln. Der gewaltige Gebäudekomplex wurde vom Bergherrn Veit Jakob Tänzel vor 75 Jahren erbaut, der als besonderes Privileg den Verbindungsgang zur Empore hinüberschlagen durfte. Tänzel ging, wie so viele *Herren*, 1552 am Berg bankrott. Gekauft wurde das Palais danach von den Katzbecks. Wie ich in Erfahrung bringen konnte, hatten die neuen Besitzer, die Gebrüder Abraham und Michael Katzbeck, eine der großen Augsburger Handelsfirmen, in den Jahren 1566 bis 1574 als Teilhaber der Firma Haug-Langenauer durch den Quecksilberhandel von Idra riesige Gewinne erzielt. Die Katzbecks trieben zwar die Firma Haug-Langenauer 1574 in den Bankrott, doch wurden sie damals neben Hans Dreyling, dem Vater von Adam, und den Fuggern die einzigen Überlebenden am Falkensteiner Bergbau. Das stattliche, im gotischen Stil erbaute Haus war ein Beweis ihres Reichtums.

Monsignore Umberto d'Angelis, Kugel mit Kegelkopf, der eng neben mir ging und sehr an Atemnot litt, versuchte mühsam einen Satz herauszupressen:

»Es mußte so kommen! Vergreift sich der Ankläger doch tatsächlich an dem Todgeweihten. Das war doch ein Geschenk an den Bergrichter. Was meint England dazu?«

»Ich bin mir nicht sicher, Monsignore, ob der Bergrichter nicht lieber einen anderen Weg vorgezogen hätte. Ich vermag die Vor- und Nachteile, die sich für den weiteren Verlauf des Prozesses ergeben, nicht vorherzusehen.«

Nach ein paar Augenblicken des Hustens und des Japsens brachte er mühsam stockend hervor:

»Eine ... eine ... Antwort, die ... die ... keine ... ist!«

Er war einer von jener Sorte guter Prediger, der Anschauungen aufsaugte und seine sofort darauf spuckte. Ich konnte daher der Versuchung nicht widerstehen ihn zu reizen:

»Ihr habt schon recht! Die Zeiten für Schwaz sind so traurig wie die für Rom!«

»Aber ... aber ... immer noch besser ... als die, die für England ... erst noch kommen!«

Um einen unsinnigen, langatmigen Disput im Keim abzuwürgen, antwortete ich ihm: »Ihr habt's erraten.«

Damit versiegte zunächst unsere Unterhaltung.

An der Tafel angekommen, befanden wir uns in einem Saal, der mit absonderlichen Möbeln ausgestattet war. Außer kostbaren Sesseln, die um eine ovale Tafel in ausreichender Menge gruppiert waren, stand an allen vier Wänden Kommode an Kommode. Jede in der Form zwar unterschiedlich und von feinster handwerklicher Qualität, doch war dem Saal der Eindruck einer Abstellkammer nicht zu nehmen.

Die Plätze an der Tafel wurden zugewiesen. Fugger und d'Angelis nahmen ihre Plätze genau an den beiden Hauptscheitelpunkten der Ellipse ein. Zusehends verstrickten sich die Damen in Einzelgespräche über Mode, Witterung und Reisestrapazen entlang der Strecke Innsbruck–Schwaz, um dem sonst zusammenhanglosen Gerede etwas Glanz zu verleihen, während sich zwischen den hohen Herren entlang der Ellipse unsichtbare Linien der gegenseitigen Anziehung, Abneigung und Interessenslagen ausbildeten.

Während das Essen schnell aufgetragen wurde, galt meine Aufmerksamkeit dem linken Flügel. Dort begannen sich dicht gedrängt unsere Mitverschworenen die geringen Aussichten für eine erfolgreiche Verurteilung des Angeklagten schönzureden.

Hans Christoph Löffler war der massive Zweifel am Zustandekommen eines Todesurteils deutlich im Gesicht abzulesen. Und Marx Fugger, der besonders in Tirol dazu beitrug, daß der Bergmann zu den Elendsten und zu den Ärmsten der Armen zählte, begann nervös mit dem rechten Arm mehrmals weit ausholend über den Tisch zu scheuern, als wollte er aus diesem Abenteuer schon den Gewinn einstreichen. Die Gebärde täuschte, denn es war unverkennbar, daß auch er den dunklen Horizont eines möglichen Fehlschlages nicht übersah. Die klaglose Hinnahme einer erneuten Erhöhung der Pfennwerte durch die Knappen wäre mit einer Verurteilung Adam Dreylings für ihn so gut wie gewährleistet. Bei einem Freispruch müßte allerdings die Angelegenheit völlig neu überdacht werden...

Der als Sieger angetreten war, um dies alles zu verhindern, saß zur gleichen Stunde schon als Opferlamm drei Plätze weiter links von

DAS BERGGERICHT

mir. Wenn Bilder oft die Spiegelungen der Wirklichkeit sind, dann spiegelte sich im Gesicht Leoman von Schiller-Herderns das ganze Versagen seiner Anklagestrategie wider. Er hatte vor den Augen Fuggers, des Herrn auf Büchsenhausen, der Herren Venedigs, Roms und den meinen keinen einzigen Anklagepunkt durchgebracht. Die Ziele, die ihm gesteckt waren, hatte er nicht erreicht. Starr wie ein Fischbein saß er auf seinem Stuhl. Marx Fugger begann ohne Umschweife, die Schuld an ihm festzunageln:

»Man mag noch soviel nachdenken und man mag noch so viele juristische Schriften durchstudiert haben, man bleibt dennoch nichts als ein Stümper, wenn man übersehen hat, im großen Buch darüber nachzulesen, wie man die Gesetze entsprechend der Zweckmäßigkeit auszulegen hat... Leoman! Wir verlieren unser ganzes Ansehen allein dadurch, weil Ihr vergessen habt, dem Bergrichter rechtzeitig beizubringen, wann er der Obrigkeit Gehorsam zu leisten hat. Wir haben uns darauf verlassen, daß Euch dies gelingen würde. Es ist doch ein Gebot der Vernunft, daß ohne diese Voraussetzung ein Fall wie der von Dreyling sonst kaum zu meistern ist.«

Mit zitternder Stimme versuchte sich Schiller-Herdern zu rechtfertigen:

»Wie sollte ich Einfluß nehmen auf den Bergrichter? Und was soll eine Übereinkunft bei den vorliegenden Anklagepunkten, wenn die Berggerichtsbarkeit...«

Fugger schnitt ihm schonungslos das Wort ab: »Wenn der Hahn weder frißt noch säuft, dann hat es eben keinen Zweck, ihn nur mit Zuversicht am Leben halten zu wollen. Von Eurer falschen Zuversicht haben wir uns leiten lassen, mit dem Ausblick, daß unser Opfertier quicklebendig noch vom Altar herunterspringen wird.«

»Der letzte Anklagepunkt wird dies verhindern!« klinkte sich Geheimrat Moser ein.

Leoman faßte wieder etwas Mut und platzte hinein: »Der Bergrichter wird sich bei diesem Punkt selbst ein Bein stellen. Beim Verrat von Bergwerksgeheimnissen wird er nun von sich aus alles unternehmen müssen, um das feierliche Opfer selbst zu vollbringen! Wenn nicht, wäre endgültig erkennbar, daß er sich ebenfalls gegen Tirol verschworen hätte. Folgerichtig muß er in der nächsten Stunde Dreyling verurteilen. Die Geschworenen, wie ich schon andeutete...«

»Nichts wird er!« meldete sich lauthals Hans Christoph Löffler. »Knappen schlagen Knappen auf diese Art und Weise keine Wunden.

Warum ist mein Rat nicht befolgt worden? Ich habe es kommen sehen. Wir hätten ihm spätestens auf dem Weg zwischen Neusohl und Wien das Messer...«

»Löffler! Kein Wort weiter«, zwang ihn Fugger zum Schweigen.

»Wenn das heute nicht klappt«, warf Landrichter Strobele ein, »dann eben nächste Woche beim Malefizgericht. Wir haben noch jedes Geständnis bekommen.«

Marx Fugger warf sein Messer gereizt auf den Zinnteller zurück: »Berggericht, Malefizgericht, Femegericht, Dorfgericht, Kammergericht, Schiedsgericht, Halsgericht!? Wie viele Gerichte haben wir denn sonst noch? Soll er bis zum Überdruß jede Woche auf ein neues geschleppt werden?«

»Im Laufe der Jahre wird sich dabei schon etwas ergeben«, warf Zenon Querini spöttisch ein.

»Im Lauf der Jahre?« fragte Dr. Moser irritiert nach.

»Man hat ja offenbar Zeit«, stichelte Querini. »Tirol brauchte ein Jahrzehnt und England immerhin ein Jahr, um einen Verräter, Aufrührer oder was immer Dreyling denn nun sein soll, vor ein Gericht zu bringen. Venedig pflegt seine entlaufenen Glasbläser aus Murano binnen einer Woche unschädlich zu machen – ohne Gericht allerdings.«

»Wir *haben* aber keine Zeit!« warf Landrichter Strobele ein, und der Freiherr von Wolkenstein fügte hinzu: »Wir müssen den Fall abgeschlossen haben, ehe sich Polen einmischt. Seit bekannt ist, wohin Dreyling verschwand, ist zweifellos ein Eilkurier von Krakau unterwegs, mit dem scharfen Einspruch König Sigismunds samt der Aufforderung, seinen Mann unverzüglich wieder herauszugeben.«

Dr. Johann Dreyling versuchte sich und uns zu beruhigen: »Nein! Leoman wird recht behalten. Der Bergrichter wird nicht anders können. Er muß seine Zunft von diesem Verräter reinigen, er wird ihn zum Tode verurteilen!«

»Auf seinen Tod im Schacht!« rief Wolkenstein und hob den Becher.

»Auf den Tod Dreylings!« kam es im Chor zurück. Sogar die Weiber ließen sich zum Schluck auf den Tod verführen. Zenon Querini, der sich bis dahin mit Gelassenheit alles angehört hatte, drückte seine Ablehnung dadurch aus, indem er als einziger seinen Becher nicht anrührte. Fugger, der es bemerkte, reagierte empört:

»Venedig verzeiht wohl neuerdings großzügigst seinen Verrätern?«

Querini wich dem Angriff elegant aus: »Auf Lüge, Heimtücke, Skrupellosigkeit, Stümperei und fehlende Gegenbeweise hat Venedig noch nie sein Glas erhoben!«

»Na, dann doch hoffentlich zerbrochen?« giftete Fugger zurück.

»Venezianisches Glas? Nein, viel zu kostbar!« antwortete Querini ruhig.

Don Cristóbal Maria de Alvarez schlug sich auf die Seite Fuggers: »Ihr vertretet Eure Republik, als befände sie sich *nicht* in Auflösung! In Wahrheit besteht Venedigs Skrupellosigkeit darin, daß es Religion und Moral schon längst aufgegeben hat und diesen Zustand auch noch verteidigt. Hättet Ihr Eure Macht gegenüber Dreyling im richtigen Moment genutzt, wäre Europa heute unter dem wahren Glauben gefestigt. Doch der Serenissima geht das eigene Wohlergehen immer noch über alles. Türken, Engländern kriecht Ihr ins Gesäß, dafür macht Ihr Euch die unmittelbaren Nachbarn zu Feinden. Eine feine Moral vertretet Ihr. Solltet Ihr Eurem Dogen Bericht geben, dann vergeßt nicht zu erwähnen, daß Madrid Venedigs Handel schon in den nächsten Jahren ersticken wird. Spätestens dann werden wir Euren Pferden auf dem Markusdom die Zügel anlegen.«

Bevor ich auf sein »Gesäß« entgegnen konnte, erwiderte Querini: »Dann solltet Ihr umgekehrt Philipp ausrichten, daß wir ihn und Eure Drohungen nicht fürchten, es sei denn, er würde bei uns das Bankgeschäft erlernen. Dann bestünde eine gewisse Berechtigung, denn dann hätte er wenigstens gelernt, wie die fünfte oder sechste Zahlungsunfähigkeit Eures Armenreiches abzuwenden wäre!«

Alvarez fuhr wutentbrannt auf: »Ich verbitte mir diese Beleidigungen gegenüber dem Königreich...«

»Monsignore d'Angelis, sprecht Ihr doch bitte ein Machtwort, um diese Auseinandersetzung zu beenden«, bat Dr. Johann Dreyling den päpstlichen Nuntius. Der kaute zunächst langsam seinen Bissen hinunter, spülte mit einem großen Schluck Wein nach, ehe er kurzatmig hervorstieß:

»Mein lieber Herr. Wir verstehen den Zorn mancher der hier Anwesenden sehr wohl. Doch sollten wir auch der Bitte im Gebet Unseres Herrn eingedenk sein: *Vergib uns unsere Schuld. Wie auch wir vergeben unseren Schuldigern.*«

Völlige Ratlosigkeit ob dieses Spruches malte sich auf fast allen Gesichtern. Dr. Moser faßte sich als erster und fragte:

»Monsignore, ich fürchte, ich habe Euch nicht ganz verstanden. Ich bitte Euch höflichst um eine Erläuterung Eueres Wortes.«

D'Angelis lächelte milde. »Aber mein lieber Herr Doktor. Wißt Ihr denn nicht, daß die heilige Kirche eine Kirche der Liebe und der Vergebung ist. Wie es die Heilige Schrift befiehlt?«

»Gewiß, gewiß...«, stotterte der Geheime Rat. »Doch wenn ich Euer Eminenz erinnern darf, so waren wir uns doch alle einig...«

»Alle?« fragte der Monsignore und zog leicht die Augenbrauen hoch. »Ja. Die Mehrzahl der hier versammelten war sich in der Tat darüber einig. Daß Dreyling der Prozeß gemacht und er verurteilt werden sollte.«

»Und Ihr etwa nicht?« platzte Fugger dazwischen.

»Es ist nicht Sache der Kirche, der weltlichen Gerechtigkeit in den Arm zu fallen«, erklärte d'Angelis salbungsvoll. »Doch da es Aufgabe der Kirche ist, Gott auf Erden zu vertreten, so hat sie natürlich auch alle anderen Aspekte zu berücksichtigen.«

»Welche anderen Aspekte?« fragte Fugger lauernd nach.

»Nun, seht. Polen ist schließlich ein katholisches Land. Ein *sehr* katholisches Land, wenn ich so sagen darf. Ein Bollwerk gegen die orthodoxen Moskowiter, gegen die islamischen Türken. Muß es denn da tatsächlich gegen den Willen des Höchsten sein, daß auch Polen über jene hervorragenden Dreylingschen Kanonen...«

»Was wollt Ihr damit sagen?« fuhr Löffler auf.

»Der Monsignore will damit sagen«, erläuterte Zenon Querini mit Hohn, »daß sich unsere Mutter Kirche darauf einstellt, auf der richtigen Seite zu stehen, wenn es Tirol gelingen sollte, den Prozeß gegen Dreyling zu verpatzen.«

D'Angelis versuchte sich mühsam vom Stuhl hochzuwuchten.

»Bleibt sitzen! Um Gottes willen überanstrengt Euch nicht!« brachte Querini ihn auf den Stuhl zurück und fuhr fort: »Was nützen uns die gegenseitigen Anschuldigungen, wenn es um die Beseitigung *Eures* Verräters geht? Der Löwe muß auf die Schlingen achten, die Schlange auf den Adler, der Fuchs auf die Wölfe. Ihr mißachtet die Schlingen, den Adler und die Wölfe! Im Fall Dreyling siegt kein Gericht, nicht die offene Gewalt, sondern nur die List. Nur verwechselt List nicht mit öffentlicher Folter und gekauften Gerichten... Mehr steht mir nicht zu Euch zu raten!«

»Venedigs Ansichten gefallen mir! Ganz auf meiner Linie! Wir werden den verdammten Wagrainer zur Fäulnis bringen!« begeisterte sich Löffler an den Ansichten Querinis.

Daraufhin wurden zwischen Fleisch und Bier zügellos die zu erwartenden Todesarten durchgehechelt.

DAS BERGGERICHT

Die Scharfmacher am Tisch ließen Katharina Endorfer unbeeindruckt. Sie sprach kein Wort, verschwendete keinen einzigen Blick an die Runde, tat so, als wäre sie das einzig tugendhafte Weib an der Tafel. Doch je stärker sie sich zurücknahm, um so mehr fesselte sie meine Aufmerksamkeit. Sie ahnte nicht, daß ich hauptsächlich gekommen war, um zu *beobachten*, daß ich jede Bewegung, jeden Blick und jeden Ausdruck in ihrem Gesicht registrierte, um auszuloten, auf welcher Seite sie stand. Inmitten der Fanfarenklänge des Todes verweigerte sie den Beichtstuhl der Offenheit, an dem die anderen zu dieser Stunde ihre Haßgesänge abluden.

Sie war die einzige am Tisch, die sich so verhielt. Ich spürte, daß in ihrem Leib etwas brannte, etwas, das sie an der Tafel nicht entschlüpfen lassen konnte. Ja, ich spürte, daß sie etwas plante; doch was es auch sein mochte, ein rächendes Geheimnis hielt ich kaum für möglich, eher vermutete ich einen saugenden Abgrund, der sie mächtig anzog. Noch nie war mir in meinem Leben während eines hitzigen Disputs ein solches Desinteresse, eine solche Abkehr begegnet, wie er aus dem versiegelten Blick ihrer Augen sprach. Unterhalb der Tischkante, die Taille abwärts aber war sie voller Unruhe. Dort wetzte sie sich wahrhaftig das Hinterteil auf dem Stuhle blank. Doch davon war ihr oberhalb der Tischkante, angesichts der zahlreichen Todeswünsche ihrem ehemaligen Geliebten gegenüber, nichts anzumerken. Auch war keine einzige Regung ablesbar, die man als Zustimmung oder Widerspruch hätte deuten können.

Ein zweites Zeichen verriet mir endgültig ihren angespannten Gemütszustand, denn sie hatte, wie ein geübter Feldscher, das Fleisch auf dem Zinnteller, ohne einen Bissen davon zu nehmen, mit dem Messer fein säuberlich in seine Fasern zerlegt. Auch als sie von ihrem Gemahl Endorfer angesprochen wurde, reagierte sie verzögert, als vernähme sie davon nur ein schwaches Echo. Ihre Sprachlosigkeit und ihre völlige Abwesenheit ließen den Schluß zu: Katharina saß zwar mit am Tisch, doch kreisten ihre Gedanken um etwas, was sich außerhalb des Saales befand...

Spätestens zu diesem Zeitpunkt fingen mich die leidenschaftlichen Ausbrüche von Hans Christoph Löffler endgültig zu stören an. Mit dem Blick und der Haltung eines Bluthundes bellte er erneut in die Runde:

»Es bleibt dabei: Er ist ein Rebell und Verräter! England wäre wieder beim wahrhaftigen Glauben, wenn dieser Saukerl nicht den Guß meiner Feldschlangen den Ketzern verraten hätte.«

Fugger ließ sich ebenfalls wieder davon anstecken:

»Ihr habt völlig recht, Löffler. Er muß dafür büßen, er muß weg. Sein Tod muß dafür herhalten, daß wir die Bedingungen am Berg wieder erhärten können! Ich bin mir sicher, daß die Folgsamkeit der Knappen durch den Tod des Aufwieglers wieder gewährleistet wäre! Wir haben das Urteil dringend nötig. Berggericht hin oder her, Reisländer weiß das.«

Während der Ozean des Hasses wogte und dröhnte, schob Katharina unbemerkt den Stuhl zurück, stand katzenflink auf und verließ zielstrebig den Saal, ohne sich umzublicken. Ihr Gemahl, Alexander Endorfer, neben ihr, der mehr auf das Gezeter an der Tafel achtete, bemerkte das Verschwinden seiner Frau gar nicht.

Die Richtung, die Katharina wählte, zwang mich ebenfalls schnell vom Tisch aufzustehen. Zunächst dachte ich, sie wollte zum Abtritt hin, doch der Weg, über den Bogengang des Katzbeck-Palais zur Südempore zurück, führte in die entgegengesetzte Richtung. Mein Instinkt sagte mir, daß sie entschlossen war, etwas Entscheidendes auszuführen.

Die Mittagssonne brachte die Farben der Bänderungen der Säulen ringsherum in den Chören zum Leuchten. Dazu war die Luft in der Hallenkirche durch die geöffneten Portale frischer und der Aufenthalt somit erträglicher geworden.

Von Katharina, die eilig der Treppe zustrebte, die hinunter zum Leutechor führte, sah ich nur noch die kleine weiße Halskrause, die sie über der langen, mit kostbaren Stickereien versehenen Houppelande trug. Die Chöre waren zwar nur noch zur Hälfte gefüllt, dafür dröhnte im Gewölbe über der Empore das dumpfe Gemurmel der Menschen. Die knarzenden Schritte über den Brettern gingen gleichsam darin unter.

Katharina war schnell. Als ich die Treppe erreichte, war sie vom unteren Absatz schon verschwunden. Sie mußte geradezu hinunter geflogen sein. Ich ahnte nicht, wohin es sie zog. Nach wenigen Sprüngen war ich ebenfalls unten angekommen. Ein brodelndes Stimmengewirr empfing mich. Die Menge der Menschen, die sich unter der Westempore stauten, schien undurchdringlich.

Wohin war sie geeilt? War sie zum Südportal hinaus? Oder vor zum Knappenchor, hin zur Sakristei, wo Reisländer sich mit den

Geschworenen beriet? Oder war sie durch das vordere Westportal hinüber zum Totenhäusel gewechselt? Ich mußte mir, im wahrsten Sinne des Wortes, einen schnellen Überblick verschaffen. Ich drückte und zwängte mich durch eine Mauer von Menschenleibern bis hin zur ersten Bank. Als ich oben stand, sah ich plötzlich die Bankreihen fast menschenleer. Mein Blick fing sofort eine schneeweiße, sich schnell bewegende Halskrause ein. Das zierliche Weib, das an der Mauer entlang, dem vorderen Westportal zueilte, war ohne Zweifel Katharina Endorfer. Das Portal war von der Innenseite her unbewacht. Als sie die Klinke drückte, hatte sie gleichzeitig ihren Beweggrund verraten. Der Weg führte direkt zum Totenhäusel hinüber. Sie wollte zu Adam!

Die örtlichen Gegebenheiten um die Totenkapelle herum mitsamt den Bildern der aufs grausamste verstümmelten Bergknappen vor gut 16 Jahren waren wie ein Brandzeichen in meinem Gedächtnis zurückgeblieben. Ich vergaß die Menschen hinter mir. Rasch stieg ich über die Bank hinweg, balancierte die leeren Sitzreihen entlang, sprang über das Banktürchen und eilte im Geschwindschritt den Seitengang zurück, mich wiederum durch eine Gruppe von palavernden Menschen hindurchzwängend, hin zum Südwestportal. Als ich es hinter mir schloß, deckte mich der rechte Pfeiler, so daß ich ungesehen und ungestört vor zum Totenhäusel spähen konnte. Der Vorplatz war, wie zu erwarten, für alle Kirchgänger und Zuschauer des Prozesses gesperrt.

An der dem Südwestportal schräg gegenüberliegenden Eingangstür des Totenhäusels bewachten scheinbar nur zwei der brutalen Knechte den Gefangenen. Katharina stand genau vor dem, der an der rechten Seite postiert war. Es war Nicklas Findler. Ihr Kopf reichte knapp an seine Schulter heran. Sie zog etwas aus der Innenseite der weit geschnittenen Houppelande hervor. Kurz darauf mußte es ihr entglitten sein, denn sie bückte sich gleich mehrmals, um den rollenden Gegenstand wieder einzufangen. Beide Wächter standen aufrecht und bewegungslos wie Granitsäulen, während Katharina unaufhörlich auf Findler einredete. Kurz darauf drückte sie beiden Bewachern etwas in die Fäuste. Nicklas Findler neigte daraufhin ein wenig den Kopf, als wollte er ihr Ohr betrachten. Daraufhin legte sie noch einmal etwas in die geöffnete Pranken. Der Weg wurde freigemacht; sie verschwand in das Innere der Totenkapelle.

Mein Herz klopfte schneller. Warum und weshalb riskierte sie das alles, um an Adam heranzukommen? Sollte er befreit werden? Waren die Fronboten bestochen? Wenn eine Befreiung geplant war, schoß es mir durch den Kopf, mußte ich sie verhindern...

Vor mir lag der grob gepflasterte, dreieckige Vorplatz, der an seiner längsten Seite nach der Kirche hin offen war. Mich hielt es nicht mehr. Ich mußte wissen, was im Totenhäusel vor sich ging.

Vor Unruhe tänzelte ich auf den Beinen. Wie konnte ich herankommen? Die Lösung kam wie ein Blitz über mich: Die Oberkapelle! Ich mußte, um hinaufzukommen, zur seitlich der Totenkapelle angefügten Arkadentreppe hinüberwechseln. Die Bilder von damals, mit Pater Georg Scherer, den zerschmetterten Leichen der Knappen in der Kälte, wurden im Kopf wieder lebendig. Mich schauderte.

Unbemerkt gelang es mir, mich vom Südwestportal zu lösen. Die wenigen Schritte bis zur Mauer, die den Platz von der dahinter liegenden Straße abgrenzte, entzogen mich den Blicken der Fronboten. Wie auf Samtpfoten schlich ich zur Treppe, vor der einige Steinquader in günstiger Position gestapelt lagen, so daß ich ohne große Mühe über den ersten Arkadenbogen auf die Treppe gelangte. Behende nahm ich die wenigen Stufen, öffnete vorsichtig die Tür zur Oberkapelle und lag kurz danach flach auf dem Steinboden.

Gleich links von der Mitte fand ich das Guckloch. Als ich vom Südwestportal hinüberlauerte, erinnerte ich mich an den kleinen kreisrunden Durchbruch, der mir schon damals aufgefallen war und der sich im Scheitelpunkt des niedrigen Gewölbes befand. Er war rund und nicht größer als ein Guldiner, jedoch ausreichend groß, um zu sehen und zu hören, was unten im Totenhäusel vor sich ging.

Vorsichtig brachte ich mein rechtes Auge darüber. Ich hielt den Atem an:

Katharina und Adam standen genau unter dem Guckloch. Sie standen eng zusammen.

Als erstes vernahm ich die Stimme Katharinas:

»...hör auf zu fragen ... uns bleiben nur wenige Minuten!«

»Auf was für einen Handel soll ich eingehen?« hörte ich die rauhe Stimme Adams zurückfragen. Katharina umfaßte ihn und blickte an ihm hoch. Für einen Moment kam es mir vor, als blickte sie an ihm vorbei und mir direkt ins Auge.

»Sie beschließen gerade dein Verderben! Dein Leben ist nicht mehr viel wert!« stieß sie heiß hervor. »Ob du es jemals weiterführen kannst, liegt ganz allein bei mir!«

Adam wand und drehte sich, doch kam er nicht frei, da seine Hände vor ihm gebunden waren.

Gereizt fragte er zurück:

»Was hast du, und was willst du von mir?«

»Es ist viel für dich, wenig für mich, doch unverzichtbar für mein Wohlbefinden!«

»Was? Was, zum Teufel, ist es?«

Das Kerzenlicht redete dort unten mit Vertraulichkeit und Katharinas Hand fuhr zitternd über seinen vollen Haarschopf. Dann sah ich wie sie Adams Kopf zu sich herunterzog und ihm etwas zuflüsterte. Ich preßte mein Ohr auf die Öffnung. So sehr ich mich auch anstrengte, ihre Stimme war zu leise, die Zwiesprache für mich nicht entschlüsselbar.

»... und das für einige Locken?« hörte ich Adam wieder deutlicher, der mit Erstaunen Katharina fragte.

»Halte still, Adam!« hörte ich sie keuchen und gleich darauf. »Hol dir deins aus meinem Tappert.«

Ich traute meinem Auge nicht, doch webten sich dort unter mir Bilder zusammen, die mich an die erregende Suche nach dem nackten Fleisch einer begehrenswerten Frau erinnerten. Was darauf folgte lief in Sekundenschnelle vor meinem Ohr und Auge ab.

»Erinnere dich!« hörte ich Katharina herauf, die für einen Augenblick Metall in der Stimme hatte. Danach sah ich eine Schere in ihrer Hand, die zu meinem Entsetzen an seinem Kopf ansetzte. Schatten begannen unter mir zu tanzen. Ich war kurz davor, Alarm zu geben, als mich ein spitzer Aufschrei, der nur aus Satans Hölle entwichen sein konnte, für einen kurzen Augenblick lähmte.

Als ich aufsprang, um die Wachen zu alarmieren, hörte ich wie die Tür des Totenhäusels aufgerissen wurde. Ich stürzte zum Ausgang der Kapelle, als ich die grölende Stimme Nicklas Findlers vernahm:

»Eure Zeit ist abgelaufen, Frau Endorferin! Das Gericht wartet!«

Sonntag,
der 4. Februar, 13.00 Uhr

Der letzte Glockenschlag versenkte sich mit Ungewißheit in mein Herz. Tod oder Leben! Er war trächtig genug, und das gierige Spiel um die Lösung des Rätsels dürstete mich sehr. Meine Gedanken flirrten, doch ich konnte mir keinen schlüssigen Reim auf das Erlebte machen. So umrundete ich hastig das Kirchenschiff im Norden, um nicht gegen den Menschenstrom, der sich durch die beiden Südportale in das Innere der Kirche ergoß, ankämpfen zu müssen. Die Meinungen der Knappen, die ich unter der Empore reichlich zu hören bekam, zeichneten im Gegensatz zum Beginn des Prozesses nun ein recht widerspruchvolles Bild. Von: »Ein unverzeihlicher, abscheulicher Verrat! Der Schacht ist ihm sicher...«, bis hin zu der Stimme eines Huntenläufers: »Ich zweifle daran, er steht doch klar auf unserer Seite!« war jede Abstufung zu hören.

Die Kirche füllte sich schnell. Als ich wieder die Empore betrat, nahmen die Geschworenen gerade ihre Plätze ein.

Die hohen Herren und Damen hatten sich in den unterschiedlichsten Gemütslagen auf den Sitzgelegenheiten verteilt. Ihre Gesichter, ihre Haltungen widerspiegelten Unwillen, Abwarten, Zorn, Gelassenheit und Verkrampfung. Meine und Katharinas Abwesenheit, die ihre Blässe gegen hochrote Wangen getauscht hatte, war offensichtlich niemandem aufgefallen.

Plötzlich erklang ein Glöckchen. Das helle Gebimmel kam von der Sakristei. Es hätte auch das Totenglöckchen sein können. Alles sah wie erstarrt zur Altarebene hin, als ob gleich ein Ritter zu Pferde über die Platten jagen und dem Angeklagten mit seiner Lanze den Todesstoß versetzen würde. Das Meer der Stimmen verebbte rasch, nur das Husten und Scharren in den Bänken wollte nicht enden. Dann waren endlich auch diese Geräusche verstummt.

Die Tür der Sakristei drehte sich quietschend in ihren Angeln. Schritte hallten über die Platten. Der Ritter war abgesessen. Er kam zu Fuß. Die Lanze war seine Pergamentrolle, die er in der linken Hand trug. Das Volk erhob sich. Die Gänsbäuche und Halskrausen verweigerten wiederum dem Amt die Ehre. Sie blieben hocken.

Erasmus Reisländer trat an den Richtertisch, nahm unsere Empore für einige Sekunden in Augenschein, blickte noch etwas höher ins Kreuzrippengewölbe, als verfolge er Tauben, die dort oben verschlungene Schleifen beschrieben. Eine davon nahm wohl eine Kurslinie direkt auf den Richtertisch, denn plötzlich griff der Bergrichter nach der Keilhaue und schlug sie abermals dreimal knallend auf die Eichenplatte.

Das Volk nahm wieder Platz.

Reisländer entfernte ein Band und rollte das Pergament auf, um den fünften und letzten Anklagepunkt nun selbst zu verlesen:

»Adam Dreyling zu Wagrain! Ihr seid weiterhin angeklagt, Bergbaugeheimnisse und unsere Wasserkunst an das Königreich Polen verraten zu haben.«

»Die Pest über den Dummkopf!« kommentierte der Geheime Rat Dr. Justinian Moser neben mir die Verlesung.

»Angeklagter! Was habt Ihr in Krakau verraten?« forderte Reisländer das Wort von Adam.

Dieser stand mit gelösten Fesseln, den Rücken uns zukehrend, auf der Totenkopfplatte. Ich sah, wie er seine rechte Hand anwinkelte. Gleich darauf drehte er sich den Chören zu, so daß wir erkennen konnten, daß seine Rechte im groben Leinenhemd in der Höhe des Gürtels verweilte.

»Bergknappen, Volk von Tirol!« hob er feierlich an. »Jeder von uns weiß, daß wir Knappen wie auch Gewerken oder Bergmeister meist streng auf Geheimhaltung unseres Wissens achten. Aber manch einer, der es besser wußte, verschwieg damit gleichzeitig, daß unser Wissen schon damals längst nicht mehr als geheim gelten konnte. Ihr werdet Euch nun erneut fragen: Stimmt denn das? War es wirklich so? Wo sind die Beweise für diese Behauptungen?

So vernehmt meine Worte: Die Kunst des Bergbaues und der Erzverhüttung wird in Tirol, Kärnten, Steiermark, den Vorlanden oder in Sachsen mehr geübt als an irgendeiner anderen Stelle der Christenheit. Nirgendwo wurde mehr Wissen davon angesammelt und niedergeschrieben als in den habsburgischen Königreichen. Tatsache ist nun, daß wir in unserer Zeit diese Schriften in ganz Europa wiederfinden. Sie haben überall großen Eindruck hinterlassen. Sogar in England fand ich ein Büchlein mit dem Titel Ein nutzlich Bergbuchleyn, das der Freiberger Stadtphysikus und Bürgermeister Ulrich Rühlein von Calw bereits vor 90 Jahren niedergeschrieben hat. Er hat es zu einer Zeit niedergeschrieben, da waren wir noch nicht einmal geboren! Dazu kam von ihm 1524 noch das Probierbüchlein hinzu, das ebenfalls in England zu bekommen war. In Venedig, entdeckte ich das Buch von Vannoccio Biringuccio, dessen De la Pirotechnia von 1540 jedem Interessierten zugänglich war. Und in Polen konnte ein jeder, der des Lesens mächtig war, sich an den Büchern des Chemnitzer Stadtarztes und Bürgermeister Georgii Agricolae erfreuen. Sein Werk Bermannus sive De Re Metallica Dialogus wird zwar in Polen am meisten gelesen, doch sein wichtigstes Buch, das alle Geheimnisse des Berg- und Hüttenwesen beinhaltet, trage ich hier und jetzt unter meinem Herzen.«

Adams rechte Hand verließ den Ausschnitt seines Leinenhemdes,

SCHWAZ 1590

streckte den Arm nach oben und zeigte triumphal, wie einen Lorbeerkranz, das Buch Agricolas. Gleichzeitig drehte er sich auf der Totenkopfplatte, den Schädelknochen gleichsam unter sich zermalmend, und rief mehrmals voller Genugtuung in die Chöre hinein:

»DE RE METALLICA LIBRI XII wird in ganz Europa gelesen!«

Mein Augen fixierten Katharina Endorfer, die vor Anspannung über dem Stuhl zu schweben schien.

»Verfluchtes Weib! Auf den Scheiterhaufen mit ihr!« wollte ich am liebsten losbrüllen. Das war es also: Von ihr bekam Adam das Buch in der Totenkapelle zugesteckt. Doch was hatten sie getauscht? Locke gegen Buch? Nichts paßte zusammen... Egal, mir war im gleichen Moment klar: Unser Plan war dadurch gescheitert. Außerdem war ich mir sicher, sie wäre von ihrem Vater im gleichen Augenblick erschlagen worden, hätte er davon Kenntnis gehabt.

»Verrat! Verrat! Überall Verrat!« keuchte Löffler zu Marx Fugger, der vor ihm saß.

»Dieser durchtriebene Kerl macht mit uns, was er will...!« gab dieser entsetzt zur Antwort.

Dreyling walzte währenddessen seinen Triumph aus:

»Was soll ich also an die Polen verraten haben, wenn dort schon seit mehr als 30 Jahren alles bekannt ist? Und was konnte ich von dem Wenigen verraten, was nicht über die Handelshäuser der Fugger, der Welser, der Tänzel, der Stöckl, der Katzbecks, der Höchstetter, der Paumgartner, der Manlich oder wie sie sonst noch heißen mögen in der Welt Verbreitung fand?«

Dann ging er die Stufen zum Richtertisch hinauf und übergab Reisländer das Buch:

»Bergrichter! Ihr kennt das Buch. Nehmt es und zitiert aus den Büchern fünf und sechs, so daß klar werde, daß Bergbaugeheimnisse und Wasserkunst nur noch in Schwaz als *geheim* gelten.«

Reisländer nahm stumm das Buch entgegen. Auch er schien wie gelähmt.

Dreyling löste sich vom Tisch, trat bis zur ersten Stufe vor und griff erneut in sein Leinenhemd. Eine Pergamentrolle kam zum Vorschein. Auch diese streckte er zum Zeichen des Sieges in die Höhe:

»Meine Knappen!« begann er. »Manch einer von Euch ist immer noch im Zweifel, ob ich den Aufstand von 1574 verraten habe oder nicht. Auch mag sich der fünfzehnköpfige Knappenrat von damals an die wahren Begebenheiten wohl ungern erinnern. Einige sitzen heute als Geschworene dort in der Bank. Keine Erinnerungen mehr an jenen Tag? Schichtmeister Hans Peer, Bergmeister Thomas Hasl oder ·unser Silberbrenner Ambros Mornauer, die dort sitzen, behaupten immer noch, es existiere kein Vertrag, obwohl sie dabei waren, als mir der Reichsfreiherr von Khuen-Belasi im Namen des Fürsten die gesiegelte Urkunde auf dem freien Feld bei Hall aushändigte.

Ich aber behaupte erneut: Es gibt diesen Vertrag!
Hier ist er!«

Seine weiteren Worte gingen im Jubel und Getöse der Knappen und der Tiroler Gemeinde unter.

Von der Empörung der Gänsbäuche und Weißkrägen vor und neben mir, kann ich nur ein paar Worte wiedergeben, die ich aufschnappte:

»Katastrophe!« – »Wer hat uns verraten?« – »Sprecht leiser!« – »Wißt Ihr, daß damit der Falkenstein endgültig erledigt ist?« – »Ich will damit nichts mehr zu tun haben!« – »Der abgefeimteste Spitzbube der...« – »Raus, raus sage ich!« – »Wir hätten ihn doch wegen der Kanonen anklagen sollen!« – »Habsburg mit seinen eigenen Waffen geschlagen!« – »Er ist dem Schacht entkommen!« – »Was für ein Teufel!« – »Er ist frei!« – »Verdammtes Berggericht!«

Ohne das endgültige Urteil abzuwarten, strebte die Mehrheit der Herrschaften, mit den Damen hinterdrein, wieder dem Bogengang zu. Nur Zenon Querini wählte gleich die Treppe hinunter zu den Südportalen. Meine Aufmerksamkeit galt Katharina Endorfer. Ich wollte sie stellen, doch sie war schon im Gewühl verschwunden. Als ich zum Annenaltar hinuntersah, um das endgültige Urteil abzuwarten, zog mich jemand am Ärmel:

»Herr Davido...!« Es war die Stimme von Hans Christoph die zu mir sprach. »Herr Fugger bittet uns zu sich!«

Marx Fugger stand etwas zurückgezogen am Beginn der letzten Stuhlreihe. Um ihn herum standen Monsignore Umberto d'Angelis, Dr. Johann Dreyling zu Wagrain und Don Cristóbal Maria de Alvarez, der Beobachter der katholischen Majestät von Spanien. Als Löffler und ich hinzutraten, eröffnete der Monsignore, daß der Heilige Stuhl davon ausgehe, daß die Sache sich jetzt erledigen würde, drehte sich um und verschwand schnaufend über die Treppe. Don Cristóbal schloß sich der Meinung seines Vorredners an und wählte, ohne zu zögern, ebenfalls die Treppe.

Marx Fugger knurrte: »Hätte ich die Zwecklosigkeit dieser Verhandlung geahnt, wäre ich dem ganzen zuvorgekommen! Meine

SCHWAZ 1590

Herren, wir sind immer noch in der Pflicht. Ich erwarte Euch in einer Stunde in meinem Palais.«

Kaum waren seine Worte verklungen, als unten in beiden Chören ein unbeschreiblicher Jubel ausbrach.

Das Urteil war verkündet: Adam Dreyling war frei!

»Er war *doch* unschuldig!« bemerkte sein Halbbruder in versöhnlichem Ton. Daraufhin Hans Christoph voller Verachtung:

»Nehmt Abstand von diesem Gedanken, und folgt dem Gesetz der Notwendigkeit, von der sich keiner von uns freimachen kann.«

Sonntag,
der 4. Febraur, 14.00 Uhr,
Palais Fugger

Marx Fugger trat nah an Löffler heran:

»Glaubt Ihr, es sei unnütz, klar zu wissen, wer nun die weitere Verantwortung trägt? Meine Männer und die Männer Davidos haben Euren sauberen Neffen von Krakau sicher nach Schwaz gebracht. Nun seid Ihr an der Reihe, Euren Teil beizutragen. Ich warne Euch daher eindringlich: Ihr erledigt die Angelegenheit noch heute. Euer Neffe muß raus aus Schwaz! Keine Stunde länger dulde ich seinen Aufenthalt in meiner Bergstadt. Denkt Ihr, ich sehe zu, wie er gerade wieder Anlauf nimmt, um meine willigen Knappen erneut gegen mich aufzuwiegeln? Euch und Eurer Gießkunst hat er den größten Schaden zugefügt. Er war Euer Geselle. Ich denke, Ihr könnt Euch daher am wenigsten davon freimachen. Nehmt ihn mit nach Innsbruck, und dann...«

»Bei dieser Rechnung habe ich allein den Verlust!« versuchte sich Hans Christoph zu wehren.

»Es ist besiegelt, Löffler!« fuhr ihn Fugger scharf an. »Gott schuf Eure Familie, und er verfügt, daß Ihr Euch dieser Aufgabe weder entziehen noch entgegenstemmen sollt. Das ganze Problem Dreyling ist daher allein durch Eure Familie zu lösen!« Und an mich gerichtet fügte er hinzu: »Fast hätte ich es vergessen. Ihr seid nicht ganz allein, Löffler. England wird Euch beistehen! Nun verlaßt mein Haus. Ich habe mit der ganzen Angelegenheit ab jetzt nichts mehr zu tun!«

22

England und Tirol

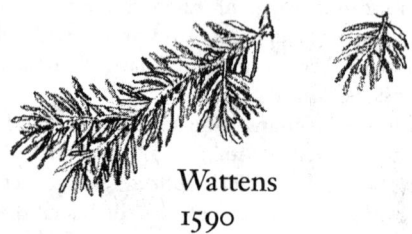

Wattens
1590

Bericht
William Davison

Sonntag,
der 4. Februar, 16.00 Uhr

Das Geld der Knappen war in diesen Zeiten noch geringer geworden, was dazu beitrug, daß der Jubel um Dreyling herum an diesem Sonntag schnell versiegte. Es fehlten einfach die vollen Gläser. Auch halfen seine großzügigen Einladungen nur über zwei Freirunden hinweg, danach machten sich Ernüchterung und Enttäuschung breit. So blieb er in der RATZENFALLE einer der wenigen, die es sich leisten konnten, sich mit Bier vollaufen zu lassen.

Als ihn sein Halbbruder dort fand, war die Kneipe leer geworden, so daß er Adam ohne große Mühen überreden konnte, in seiner Kutsche weiter nach Innsbruck zu reisen. Da die hereinbrechende Nacht eisig kalt zu werden versprach, lockten zudem das feste feudale Haus, der brennende Kamin, die warme Mahlzeit, das versprochene weiche Bett, und das alles in einer freundlichen, familiären Umgebung...

Wir befanden uns etwas hinter Wattens, südlich der Papiermühle, als die Kutsche im letzten fahlen Licht wie durch einen weißen Seidenvorhang gefahren kam. Alle Konturen verschwanden im eisigen Nebel. Ysabel kauerte vor Kälte zitternd mit mir zusammen hinter einem riesigen Fichtenstamm, den der Sturm im letzten Herbst umgeworfen hatte. Richard Bell und Gael up Rhys lagen zusammen mit Franz dem Rosenheimer und Nicklas Findler links und rechts des Weges im Gestrüpp.

Hans Christoph Löffler stand mitten auf dem Wege.

Der Knecht auf dem Bock brachte die beiden Rösser vor Löffler zum Stehen.

»Was gibt es, Herr...?« fragte er erstaunt. Hans Christoph faßte ins Geschirr, beruhigte die Pferde.

Die Männer stürzten zur Kutsche und rissen den Verschlag auf.

»Adam Dreyling wird von Reisländer in Schwaz erwartet. Er ist zu früh abgereist. Die Urkunden ... Ihr wißt! Wir werden ihn dorthin zurückbringen. Schaut geradeaus und setzt Euren Weg fort, wenn ich die Pferde freigebe!«

Ysabel und ich erhoben uns aus der Deckung.

Ich sah, wie der massige Körper von Franz – von wilden Zuckungen begleitet – mehrmals die linke Faust wuchtig in das Innere der Kutsche stieß. Wenige Sekunden später hatte er Adam mit derselben Hand beim Schopfe gepackt, um ihn daran herauszuziehen. Er blutete aus Mund und Nase.

Adam versuchte sich am Kutschenrahmen festzuhalten, doch Franz zerschlug ihm die linken Finger mit einem kurzen schweren Bronzestab, den er in seiner umwickelten Rechten hielt. Brutal zerrte er ihn an den Haaren, bis er aus dem Kutschenverschlag herausfiel, und drückte ihn zu Boden.

Adam versuchte auf die Füße zu kommen, doch sofort warf sich Richard Bell auf ihn, durchstach mit dem Messer Adams rechten Oberarm, während Gael up Rhys ihn mit einem mächtigen Sprung auf das Knie gänzlich bewegungsunfähig machte. Ich fühlte mich angesichts der Brutalität entsetzlich, doch machte mich die Bedeutung seines Sterbens zugleich reglos.

Ich wollte mich abwenden – es gelang nicht; die festgelegten Regeln trugen mich über die Bahnen des Mitleids hinweg. In Adams entsetzlichem Ende schienen sich in einer Schwindel erregenden Genauigkeit die Weissagungen des Rabbi Isaak Silbermantel aus dem Ghetto Venedigs zu erfüllen.

»Jeder Mensch stirbt seinen eigenverschuldeten Tod. Ihr werdet sterben an Euren Illusionen und Wunschträumen! Ihr werdet dem Wasser des Gefühls erlauben, das Feuer der Energie zu löschen, der Erde des materiellen Erfolges gestatten, das Schwert der Klugheit zu vergessen. Euer Griff nach den Sternen macht Euren Tod zur Notwendigkeit...!«

Nichts wird von ihm übrig bleiben, nicht einmal sein Kind. Der Bote aus Krakau hatte mir berichtet, daß bei der Nachricht der Entführung ihres Gatten Klementyna das Kind verloren hatte. Ysabel, die arme Ysabel, würde es nie erfahren.

Inzwischen hatte Nicklas Findler mit größter Eile Äxte und Säge, die pflichtgemäß an der Rückseite einer jeden Kutsche mitgeführt wurden, abgenommen.

Mit einem dumpfen Tritt gegen die Verkleidung schickte Löffler die Kutsche auf die weitere Reise.

Wir beschleunigten unsere Schritte. Als wir herankamen, stieß

Franz Adam gerade einen vorbereiteten harten Knebel in den schmerzverzerrten Mund.

»Pflockt ihn! Macht schnell!« trieb Löffler die Männer zur Eile. Der dampfende Atem gefror in den Bärten der Männer.

Adams Augen weiteten sich, als er uns erkannte. Sein Leib bog sich heftig, als hätte er Hilfe von uns erwartet.

An Händen und Füßen schleiften sie den inzwischen Halbnackten zu der tiefen Grube, die sich neben der riesigen, senkrecht stehenden Erdplatte der umgestürzten Fichte gebildet hatte. Beides paßte wie der Schlüssel zum Schloß.

Der gefrorene, tonnenschwere Schmutz drohte erbarmungslos herunter, als sie ihn in das Zentrum, dort wo der Grund etwas flacher verlief, aber eine kleine kegelförmige Steinspitze hervorragte, ablegten. Sie knieten auf seinen Armen und Beinen, während Franz einen Sack herbeischleppte, aus dem er flink vier angespitzte eiserne Rundeisen entnahm und ebenso flink vier tuchumwickelte schwere eiserne Fäustlinge an die anderen verteilte. Das kiesige Erdreich war hart gefroren, doch ohne Gnade trieben sie die Eisenpflöcke mit wuchtigen Schlägen in den frostigen Boden. Schnell waren Adams Hand- und Fußgelenke mit Lederbändern daran fixiert.

»Jetzt der Baum!« kommandierte Löffler mit einer plötzlich völlig veränderten Stimme.

»England und Tirol zugleich!« hörte ich hinter der Erdplatte erneut seine fremd gewordene Stimme.

Als die mächtig geübten Axthiebe in den trockenen Stamm fuhren, sprangen die ersten Erdbrocken von der Platte. Für einen Augenblick fühlte ich mich völlig furchtlos, ermutigt dadurch, daß ich dem Verräter angesichts seines Todes zeigen konnte, daß Ihr, Sir Walsingham, und England über ihn gesiegt hattet.

Ich fürchtete, meine Beine würden mir nicht gehorchen, aber ich trat nahe an die Grube heran, sah in die Senke; der eisige Wind schlug mir auf die Augenlider. Ich wagte einen Blick in sein Gesicht und sah für einen Moment seine herausquellenden Augen – dann wandte ich mich ab.

»Ablösung!« drang ein weiteres Kommando an mein Ohr.

Einige Fuß entfernt drehte ich mich wieder um. Von dieser Position konnte ich die letzten Arbeiten gut beobachten, ohne Einblick in die Grube zu haben.

Als die Einkerbungen am Stamm tief genug waren, ließ Löffler zur Säge wechseln. Findler und Bell waren wieder an der Reihe. Das erste Knacken kündigte den endgültigen Bruch des Stammes von der Erdplatte an.

Ysabel sprang zum Grubenrand. Ich wollte schon nachsetzen, als ich sah, daß sie eine Kette – sie war aus Glas – in die Grube warf. Schnell wandte sie sich ab und lief davon.

Mit einem gewaltigen dumpfen Grollen trennten sich wenige Augenblicke danach Stamm und Wurzelstock. Holzsplitter flogen durch die Luft, und die Erde bebte, als die gewaltige Erdplatte mit außerordentlicher Wucht die Grube verschloß! Sie mußte unter einer großen Spannung gestanden haben, da im Moment des Zurückschnellens der riesige Baumstamm weit nach oben geschleudert wurde.

Löffler umkreiste die Erdplatte und stocherte ab und zu mit einem Stab in der Erdfuge herum, als wollte er deren Dichtigkeit prüfen.

Scheinbar sehr zufrieden mit sich, stellte er sich am Ende seines Rundganges auf den Baumstumpf, stemmte wie so oft seine Fäuste in die Taille und rief triumphierend zu mir herüber:

»Sein Dünger wird einen neuen Baum wachsen lassen...!«

Ich gab ihm zur Antwort:

»Sein Dünger? Nie!

Eher schon hätte ihm irgend jemand irgendwann ein Denkmal gegossen aus der Legierung ›CL‹! Löffler! Du und ich, wir beide haben das verhindert.

Wir waren gehorsame Werkzeuge in der Hand eines Meisters!«

Epilog

König Philipp II. von Spanien nahm in jenem Herbst 1588 die bitteren Nachrichten der Niederlage seiner »Unüberwindlichen Armada« über Wochen hinweg etappenweise zur Kenntnis.

Nichts dürfte also wahr sein von all den persönlichen Reaktionen und Aussagen, die er angeblich beim Erhalt *der* Nachricht des Jahrhunderts gezeigt beziehungsweise geäußert haben soll. Würdig und gefaßt wird er wohl all die eintreffenden schlechten Berichte entgegengenommen haben. Wahr ist allerdings die Überlieferung, daß Philipp II. in Don Bernadino de Mendoza schriftliche Auslegungen über die Katastrophe der Armada die Zeile: »*So mag es wohl sein, daß er [Gott] die Kämpfer für seine Sache demütigen will, damit sie durch Demut den Weg zum Siegen erlernen...*« zum Zeichen seines Einverständnisses unterstrichen hat.

Die Niederlage im Kanal kennzeichnet allerdings für die Spanier weniger das Ende ihrer Seemacht als vielmehr den Beginn des Aufbaus ihrer Kriegsmarine. Englands hartnäckig verfolgtes Ziel, den Zustrom der Reichtümer aus der Neuen Welt nach Europa zu unterbinden, um den Verfall des spanischen Kolonialreichs einzuläuten, mißlang eindeutig. Nie floß der amerikanische Strom der edlen Metalle und Waren kräftiger als gerade in den fünfzehn Jahren nach der Niederlage von 1588. Raleighs weitsichtige Analyse über die Bedingungen einer Seeherrschaft: »*... wer immer die See beherrscht, beherrscht den Handel; wer immer den Welthandel beherrscht, beherrscht die Reichtümer der Welt und damit die Welt selbst...!*« blieben zu jener Zeit für beide Königreiche ein unerfüllter Traum. Zur Zeit Königin Elizabeths und Philipp II. beherrschte niemand die Meere. Der Sieg Englands über die Armada hat jedoch eindeutig verhindert, daß die Gegenreformation in ganz Europa triumphierte.

EPILOG

Der Sieg wurde möglich, weil Sir Francis Walsingham und Königin Elizabeth den Zeitpunkt für den Zusammenprall mit Spaniens Seemacht nicht zu früh suchten. Der Zeitpunkt war richtig gewählt. Die Elisabethanische Galeone mit ihrer starken Feldschlangen-Bestückung war rechtzeitig entwickelt und die neue Seekriegstaktik ausreichend erprobt worden. Als die »Unüberwindliche Armada« in den englischen Kanal einlief, befand sich die Flotte Englands nicht nur auf dem Höhepunkt ihrer technischen Möglichkeiten; sie verfügte auch über einen Stamm hervorragender und erfahrener Kapitäne und Admiräle, wie er nur wenige Jahre später nicht mehr zur Verfügung gestanden hätte.

Sir William Winter verstarb 1589, ein Jahr später *Thomas Fenner*.

Sir Richard Grenville wurde am 10. September 1591 vor den Azoren tödlich verwundet, als sein Schiff, die REVENGE, zwölf Stunden allein einer Übermacht von 53 spanischen Schiffen standhielt.

Sir Martin Frobisher blockierte im November 1594 den Hafen von Brest, wurde bei Fort Crozon verwundet und starb bei seiner Rückkehr nach Plymouth am 2. Dezember.

Sir John Hawkins brach 1595 zusammen mit seinem Neffen Sir Francis Drake zu einer Expedition nach Westindien auf und starb am 22. November vor Puerto Rico.

Auch *Sir Francis Drake* kehrte von dieser Expedition nicht zurück. Nach einem vergeblichen Angriff auf Nombre de Dios verstarb er am 7. Februar 1596 vor Porto Bello an der Ruhr. Sein Bleisarg wurde im Meer versenkt, während zwei eroberte spanische Schiffe als Ehrung für den Toten verbrannt wurden.

Den schwersten Schlag freilich mußte Königin Elizabeth bereits 1590 hinnehmen. Am 6. April 1590 verstarb *Sir Francis Walsingham* völlig verarmt, nachdem er sein ganzes Vermögen für Elizabeths Geheimdienst geopfert hatte, nach langer Krankheit in London. Sein Leichnam wurde in St. Paul's Cathedral beigesetzt.

Knapp acht Jahre nach dem Sieg über die Armada waren von den führenden Persönlichkeiten nur mehr Lord Howard, Lord Cumberland und Sir Walter Raleigh am Leben.

Charles Howard, Baron of Effingham, Earl of Nottingham, wurde 1598 zum Befehlshaber aller Land- und Seestreitkräfte ernannt, von James I. in seinem Amt bestätigt. 1618 legte er seinen Posten als Lord High Admiral nieder, verstarb friedlich am 24. Dezember 1624 und wurde in der Kirche von St. Mary's in Reigate beigesetzt.

EPILOG

George Clifford, Earl of Cumberland, führte 1597/98 eine Expedition nach Westindien und regierte kurzfristig als Gouverneur von San Juan. Er verstarb am 30. Oktober 1605 und hinterließ bei seinem Tod nahezu 10 000 Pfund Schulden.

Sir Walter Raleigh fiel wegen seiner Heirat mit Bess Throckmorten in Ungnade, wurde 1603 im Tower inhaftiert, zum Tode verurteilt und nach einer mißglückten Expedition ins Orinokogebiet am 7. November 1618 in London hingerichtet.

Königin Elizabeth I. verstarb am 24. März 1603.

Ihr Nachfolger auf dem Thron wurde König James V. von Schottland als James I. der Vereinten Königreiche von England, Schottland und Irland, der Sohn Maria Stuarts.

Hans Christoph Löffler, für seine Verdienste um den Geschützguß vom Kaiser zum Baron von Büchsenhausen ernannt, starb 1597.

Die Gießerei von Büchsenhausen wurde von seinem Sohn Christoph (1568–1623), der als kaiserlicher Büchsengießer nach dem Tod seines Vaters nach Wien ging, 1604 an den Landesfürsten verkauft. Mit seinem Tod 1623 war das Büchsengießerhandwerk der Familie Löffler, das über hundert Jahre dominiert hatte, erloschen. Durch den Verlust der Gußgeheimnisse und die Wirren des Dreißigjährigen Krieges sank die landesfürstliche Gießerei im Laufe des 17. Jahrhunderts zu Bedeutungslosigkeit herab.

Katharina Löffler heiratete 1594, nach dem Tod *Alexander Endorfers*, Kaspar Dreyling.

Messer Zenon Querini, Provveditore der Adriaflotte und Senator der Erhabenen Republik von Venedig, vermochte sich mit seinen Ideen zur Erneuerung der venezianischen Flotte nicht durchzusetzen. Er fiel 1609 im Kampf gegen algerische Korsaren.

Joseph Furttenbach, Admiral und Erneuerer der genuesischen Galeerenflotte, kehrte um 1620 hochbetagt in seine schwäbische Heimat zurück und verfaßte unter anderem das Werk ARCHITECTURA NAVALIS, das 1629 in Ulm erschien. Sein genaues Todesdatum ist unbekannt.

Das Verschwinden *Adam Dreylings* unmittelbar nach seinem Freispruch vor dem Berggericht in Schwaz hatte auf seine Familie kaum Einfluß.

Klementyna Dreyling-Montelupich heiratete nach Ablauf des Trauerjahres einen Herren der höfischen Gesellschaft Polens.

EPILOG

Die Gießerei von Mogilany nahm im Frühjahr 1591 ihren Betrieb auf, doch ohne die entscheidenen Gußgeheimnisse zu besitzen blieb sie ohne größere Bedeutung.

Ulrich Dreyling, Baron von Novogord Sjewersk, verblieb bis zu seinem Tod in Krakau der Erste Gießmeister des Königs von Polen.

Seine und Adams Stiefmutter, *Regina Dreyling, geb. Löffler*, lebte bis zu ihrem Tod in Schwaz. Ihre völlige Verarmung verhinderten Zuwendungen ihrer Söhne Ulrich und Kaspar und ihres Bruders Hans Christoph Löffler.

Dr. Johann Dreylings Ansehen am Innsbrucker Hof sank im gleichen Maß, wie die Schulden durch seinen aufwendigen Lebenswandel anwuchsen. Er verstarb in bitterer Armut.

Höchst unterschiedlich verlief das weitere Schicksal der drei wichtigsten Wegbegleiter Adam Dreylings.

William Davison wurde, trotz mehrerer Gesuche an die Königin, nie mehr offiziell rehabilitiert. Bis zu seinem Tod am 21. Dezember 1608 verdämmerte sein Leben in Einsamkeit und Armut in Stepney, wo er auch beigesetzt wurde.

Doktor Matthew Baker, Sieur de Rochester, blieb bis zu seinem Tod Erster Schiffsbaumeister der Königlichen Werften. Seine Konstruktionsprinzipien wurden nicht nur in ganz Europa nachgeahmt, sondern sie prägten nachhaltig den Schiffbau der nächsten zweihundert Jahre. Als er in hohem Alter als geachteter und wohlhabender Bürger seiner Heimatstadt um 1615 starb, wurde er in der Kathedrale von Rochester beigesetzt.

Doña Ysabel verschwand am Spätnachmittag des 4. Februar 1590 aus Schwaz. Ihr weiteres Schicksal ist unbekannt.

Die Gußgeheimnisse Adam Dreylings wurden von Sir Francis Walsingham an andere englische Gießer weitergegeben, zumal an die Gießerei Pitt. Ein entsprechendes Rohr, datiert von 1590, wird heute noch im *Rotunda Museum* in Woolwich aufbewahrt.

Der Sieg Englands über die »Unüberwindliche Armada« im Sommer 1588 war der Beginn der Entwicklung eines Potentials, aus dem eine große seefahrende Nation erwuchs. An Stelle des wirtschaftlichen Brennpunktes Mittelmeer, Venedig und der Lombardei traten nunmehr der Atlantik, die Niederlande und England. England rückte von der Peripherie langsam in den Mittelpunkt des Weltgeschehens. Elizabeth hatte also mit ihrer Politik eine Lage geschaffen,

EPILOG

die für Englands zukünftige Sicherheit und Größe das Fundament legte. Raleighs Hauptaxiom über die Beherrschung der Seehandelswege durch eine überlegene Kriegsflotte wurde langsam verstanden und bestimmte zunehmend das Handeln Englands.

Das British Empire, das seinen Höhepunkt im 19. Jahrhundert erreichte, gründete sich daher auf Baker-Galeonen und Dreyling-Schlangen.

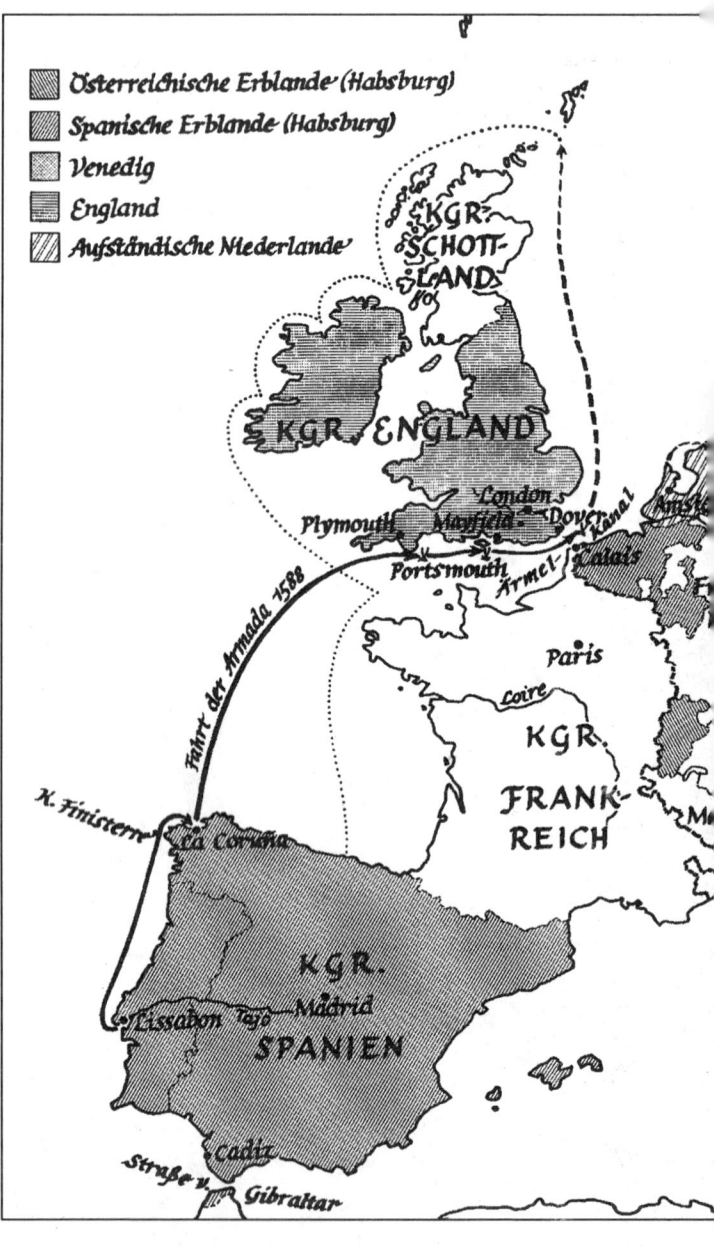

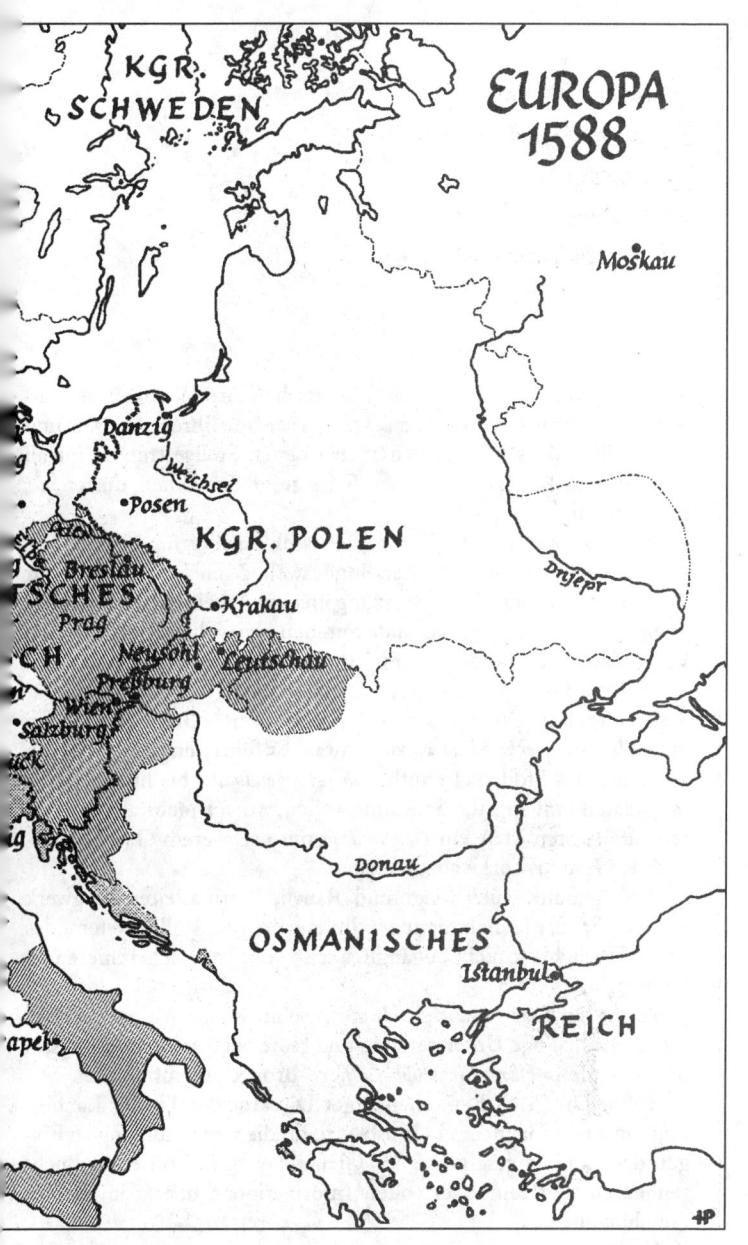

ANHANG

Danksagung

Ein Buch vom Umfang und der historischen Gründlichkeit des vorliegenden kann nur entstehen, wenn viele mit ihrem Wissen und ihrer Hilfsbereitschaft Teile dazu beitragen. Stellvertretend für all jene, die uns mit Rat und Tat zur Seite gestanden haben, dürfen wir hier nennen:

Prof. Dr. Michael Wolffsohn, Lehrstuhlinhaber für Neuere Geschichte an der Universität der Bundeswehr München, sind wir für die außerordentliche Unterstützung unserer Arbeit, die vielen Anregungen, sowie für das Zustandekommen wertvoller Kontakte und Verbindungen zu besonderem persönlichen Dank verpflichtet.

Dr. Peter Gstrein, Geologe im Landesdienst Tirol, danken wir für das unvergeßliche Abenteuer an den historischen Orten unter Tage: im *»Aller Bergwerke Mutter«* zu Schwaz. Er führte uns durch die Reviere und das Stollenlabyrinth *Raber-Liegendbaue*, bis hinein in die dunkelsten und engsten Schrämmstollen, wo vor mehr als 500 Jahren zum letzten Male ein *Herrnhäuer* mit »schwerem Gezähe« versuchte, Gesteinsstücke abzuschlagen.

Dank gebührt auch Siegmund Rauch, Betriebsleiter Bergwerk Schwaz, für die Genehmigungen im ehemaligen Stollensystem, das der Öffentlichkeit nicht zugänglich ist, »vor Ort« recherchieren zu können.

Hofrat Dr. Erich Gabriel, Heeresgeschichtliches Museum Wien, für die großzügige Unterstützung und Hilfe bei den Vermessungsarbeiten an den *»Hans-Christoph-Löffler«*-Bronzegeschützrohren.

Hofrat Dr. Erich Egg, ehemaliger Direktor des Tiroler Landesmuseums Ferdinandeum in Innsbruck, für die Unterstützung zu Fragen der Familiengeschichte der Gießer-Dynastie Löffler zu Büchsenhausen und seine wertvollen Informationen über den Tiroler Geschützguß.

ANHANG

C. B. Barone Rubin de Cervin, dem mittlerweile verstorbenen Direktor des Museo Storico Navale in Venedig, der uns schon vor Jahren umfangreichstes Material über das Arsenal, Schiffbau und Geschichte Venedigs zur Verfügung stellte.

Brian Lavery und Adrian B. Caruana von der Museumswerft in Chatham, deren Beschießungen historischer Geschütze uns erst den richtigen Eindruck von der Wirkungsweise alter Kanonen gab.

Master and Fellows des Magdalen College in Cambridge für die Überlassung einer vollständigen Kopie des Buches von Matthew Baker.

Richard Meyerholdt, unserem kenntnisreichen Führer durch Stadt und Geschichte von Krakau und Kazimierz.

Einem Mann aus Mayfield, dessen Namen wir nicht einmal wissen, der uns spontan eine alte Karte schenkte, anhand deren wir die dortigen Gießereien lokalisieren konnten.

Alexander Rabalda für seine Hilfsbereitschaft und die Vermittlung wichtiger Kontakte.

Besonders herzlich gedankt sei unserem Freund Douglas Bokovoy, der uns nicht nur in England eine unschätzbare Hilfe war, welcher uns auch später wesentliche Teile des Manuskriptes von Matthew Baker ins Deutsche übersetzte.

Und schließlich gilt unser ganz besonderer Dank Dr. Helmut W. Pesch, unserem Lektor, der mit Kompetenz und hohem Einfühlungsvermögen das Manuskript zur endgültigen Druckreife brachte.

ANHANG

Quellen

Dieses Buch ist zwar als Roman geschrieben, jedoch wie ein wissenschaftliches Werk recherchiert, so daß eine Angabe unserer Quellen durchaus berechtigt und sinnvoll sein mag.

A Short Guide to the History of Mayfield. Uckfield, East Sussex 1982.

Agricola, Georg: *Zwölf Bücher vom Berg- und Hüttenwesen.* München 1977.

Aguet, Isabelle: *Der Sklavenhandel.* Genf 1971.

Anisium, F. Michaeln: *Ein tröstliche Leychpredig.* Ingolstadt 1590.

Aufheimer, Hans: *Schiffsbewaffnung von den Anfängen bis zur Mitte des 19. Jahrhunderts.* Rostock 1983.

Avé-Lallemant, Benedict: *Das deutsche Gaunertum.* Wiesbaden 1558.

Baker, Matthew: Fragments of Ancient Shipwrightry. Chatham, ca. 1570–1600. Unveröffentlichtes Manuskript im Magdalen College, Cambridge.

Bax, Karl: *Schätze aus der Erde.* Düsseldorf 1981.

Bieniarzówna, Janina; Malecki, Jan M.: *Dzieje Krakowa.* Krakau 1984.

Biringuccio, Vanoccio: *The Pirotechnia of Vanoccio Biringuccio.* Cambridge, Mass., 1959.

Boczar, Mieczyslaw: *Galeona Zygmunta Augusta.* Warschau 1973.

Boehn, Max von: *Die Mode.* München 1976.

Brooke-Little, J. P.: *Royal Heraldry. Beasts and Badges of Britain.* Derby 1987.

Bruner, Hans: »Die Familie Dreyling und ihre Grabmäler in Nordtirol«. *Tiroler Heimatblätter* 7/8.

Calimani, Riccardo: *Die Kaufleute von Venedig.* Düsseldorf 1988.

Carel de Beer, Jr., Prof.: *The Art of Gunfounding.* Rotherfield, East Sussex, 1991.

Carr Laughton, L. G.: *Old Ship Figure-Heads and Sterns.* London 1925.

Cipolla, C. M.: *Guns and Sails in the Early Phase of European Expansion. 1400–1700.* London 1965.

Corbett, Julian S.: *Drake and the Tudor Navy.* 2 Bde. London 1899.

ANHANG

Dolleczek, Anton: *Geschichte der Österreichischen Artillerie*. Graz 1873.

Dressler, Helga: *Alexander Colin*. Inaugural-Dissertation, Karlsruhe 1973.

Dudszus, Alfred; Hemriot, Ernest; Krumley, Friedrich: *Das große Buch der Schiffstypen*. Berlin 1983.

Egg, Erich, et al.: *Von allerley Werkleuten und Gewerben*. Innsbruck 1976.

Egg, Erich: *Der Tiroler Geschützguß 1400–1600*. Tiroler Wirtschaftsstudien, 9. Folge. Innsbruck 1961.

Elton, Geoffrey R.: *England unter den Tudors*. München 1983.

Essenwein, A.: *Quellen zur Geschichte der Feuerwaffen*. F.A. Brockhaus, Leipzig 1877.

Ewe, Herbert: *Schöne Schiffe auf alten Karten*. Rostock, Bielefeld 1978.

Franaszek, Antoni: *Schloß auf dem Wawel*. Warschau 1990.

Furttenbach, Joseph: *Architectura Navalis*. Ulm 1629.

Gstrein, P.; Egg, E.; Sternad, H.: *Stadtbuch Schwaz*. Schwaz 1986.

Hampden, John: *Sir Francis Drake. Pirat im Dienste der Queen*. Tübingen/Basel 1977.

Hoeckel, R.; Jorberg, F.; Loef, R.; Szymanski, H.; Winter, H.: *Risse von Schiffen des 16./17. Jahrhunderts*. Rostock, Bielefeld 1970.

Hollaender, A.: *Ein Bergknappenaufstand in Schwaz 1525*. Tiroler Heimatblätter 1935.

Howard, David: *Die Kriegsschiffe*. Amsterdam 1979.

Howard, Dr. Frank: *Sailing Ships of War 1400–1860*. London 1979.

Innes-Smith: *An Outline of Heraldry in England and Scotland*. Derby 1990.

Jaeger, Werner: *Das Peller-Modell von 1603*. Rostock, Bielefeld 1973.

Katschthaler, H. von, et al.: *Beiträge zur Geschichte von Hötting*. Innsbruck 1974.

Katschthaler, Hans von: *Das landesfürstliche Büchsenhaus auf dem Gänsbüchel*. Tiroler Heimatblätter 1966.

Kindermann, Heinz: *Das Theaterpublikum des Mittelalters*. Salzburg 1980.

Kirsch, Peter: *Die Galeonen*. Koblenz 1988.

Klebelsberg, R., Prof.: *Schwazer Buch*. Innsbruck 1951.

Knitel, Otto: *Die Giesser zum Maximiliansgrab*. Innsbruck 1970.

Köbler, Gerhard von: *Bilder aus der deutschen Rechtsgeschichte*. München 1988.

Koch, Wilfried: *Baustilkunde*. München 1990.

Koenig, William: *Epic Sea Battles*. London 1975.

Krafft-Ebing, R. von: *Psychopathia sexualis*. München 1984.

Kroeschell, Karl: *Deutsche Rechtsgeschichte 2 (1250–1650)*. Opladen 1980.

Laughton, John Knox: *The Defeat of the Spanish Armada 1588*. State Papers. Suffolk 1987.

Lavery, Brian: *The Colonial Merchantman »Susan Constant« 1605*. London 1988.

Legner, Anton von: *Reliquien. Verehrung und Verklärung*. Köln 1989.

Leuenberger, Hans-Dieter: *Schule*

ANHANG

des Tarot. Freiburg im Breisgau 1981–84.
Lewis, Michael A.: *Armada Guns. A comparative Study of English and Spanish Armaments.* London 1961.
Lippe, Ernst August Prinz zur: *Orden und Auszeichnungen.* München 1958.
Mattingly, Garret: *The Armada.* Boston 1959.
Maus, Hans-Jörg; Mondfeld, Wolfram zu: *Alles Gold gehört Venedig.* München 1978.
Meller, Hugh, et al.: *Buckland Abbey.* The National Trust. London 1991.
Mondfeld, Wolfram zu: *Das große Piratenbuch.* München 1976.
Mondfeld, Wolfram zu: *Der sinkende Halbmond.* Würzburg 1973.
Mondfeld, Wolfram zu: *Die Galeere vom Mittelalter bis zur Neuzeit.* Rostock, Bielefeld 1972.
Mondfeld, Wolfram zu: *La Capitana.* Reutlingen 1971.
Mondfeld, Wolfram zu: *Schicksale berühmter Segelschiffe.* Herford 1984.
Mutschlechner, Georg: *Die Tiroler Bergwerksverwandten.* Innsbruck 1965.
Ogger, Günter: *Kauf dir einen Kaiser.* Die Geschichte der Fugger. München, Zürich 1978.
Oppenheim, M.: *A History of the Administration of the Royal Navy and of Merchant Shipping in Relation to the Navy from 1509 to 1660.* London 1988.
Oughton, Eve: *Hampton Court Palace.* London 1988.
Padfield, Peter: *Armada.* London 1988.
Padfield, Peter: *Waffen auf See.* Bielefeld 1973.
Paris, Edmond: *Die große Zeit der Galeeren und Galeassen.* Rostock, Bielefeld 1973.
Piekalkiewicz, Janusz: *Weltgeschichte der Spionage.* München 1988.
Pizzarello, Ugo: *Boote in Venedig.* Venedig 1984.
Pontalis, J.-B.: *Objekte des Fetischismus.* Frankfurt 1972.
Rodriguez-Salgado, M.J.: *Armada 1588–1988. An International Exhibition. The Official Catalogue.* London, Belfast 1988.
Rubin de Cervin, G.B.: *Bateaux et Batellerie de Venise.* Lausanne 1978.
Rule, Margaret: *The Mary Rose.* London 1982.
Salenty, Fernand: *Das Lexikon der Seefahrer und Entdecker.* Tübingen, Basel 1974.
Scherer, Georg: *Triumph der Wahrheit wider Lucam Osiander.* Wien 1587.
Schmidtchen, Volker, Prof.: *Bombarden, Befestigungen, Büchsenmeister.* Düsseldorf 1977.
Shakespeare, William: *The Complete Works of Shakespeare.* London o.J. (Dt. Werke in zwei Bänden. München, Zürich 1964.)
Siegel, R.: *Die Flagge.* Berlin 1912.
Soyener, Johannes K.: »Die Elisabethanische Galeone«. *Das Logbuch,* 1993/4.
Spaad, John: *Theatrum Imperii Magnae Britanniae.* London 1611–1612.
Stewart: »The REVENGE«, *Blue Peter* 11 (Nr. 108), März 1931.
Stolz, Otto: *Geschichte des Zollwesens, Verkehrs und Handels in Tirol und Vorarlberg.* Innsbruck 1953.

ANHANG

Straker, Ernest: *Wealden Iron*. Devon 1931.

Szablowski, Jerzy: *Kunstschätze des Königsschlosses Wawel*. Warschau 1990.

Tavernier, Bruno: *Seewege. Schicksalsstraßen der Menschheit*. Bielefeld 1971.

Taylor, Audrey: *People of Reigate at St. Mary's from 1500–1930*. London 1988.

Thomas, David A.: *The Illustrated Armada Handbook*. London 1988.

Thubron, Colin: *Die Venezianer*. Amsterdam 1981.

Waite, Arthur Edward: *Der Bilderschlüssel zum Tarot*. Waakirchen 1978.

Walker, Bryce: *Die Armada*. Amsterdam 1981.

Warner, Oliver: *Große Seeschlachten*. Frankfurt/Main 1973.

Weitlaner, Paul: *Georg Scherer, ein Schwazer Schriftsteller des 16. Jahrhunderts*. Innsbruck 1927.

Williamson, James A.: *Hawkins of Plymouth*. London 1946.

Wilson, Timothy: *Flags at Sea*. Greenwich 1986.

Winkelmann, Heinrich: *Schwazer Bergbuch*. Faksimile-Ausgabe d. Handschrift Codex 10.852. Graz 1989.

Wright, Louis B.: *Shakespeare und seine Zeit*. Reutlingen 1964.

Zimmerman, Werner: *Die Furttenbach-Galeere von 1571*. Herford 1985.

Zorzi, Alvise: Venedig. *Die Geschichte der Löwenrepublik*. Düsseldorf 1985.

Zysberg, André; Burlet, René: *Gloire et misère des galères*. Paris 1987.

ANHANG

Museen

Folgenden Museen und Institutionen sind wir zu besonderem Dank verpflichtet:

Antwerpen, Nationaal Scheepvaartmuseum
Barcelona, Museo Maritimo
Basel, Historisches Museum
Belfast, Ulster Museum
Berlin, Museum für Verkehr und Technik
Buckland Abby
Cambridge, Magdalen College
Chatham, Museumswerft
Coburg, Museum Veste Coburg
Genua, Museo Civico Navale
Göllnitz, Bergbaumuseum
Greenwich, National Maritime Museum
Hamburg, Wissenschaftliches Institut für Schiffahrts- und Marinegeschichte
Innsbruck, Ansitz Büchsenhausen
Innsbruck, Hofkirche
Innsbruck, Tiroler Landesmuseum Ferdinandeum
Istanbul, Deniz Müzesi Müdürlügü
Istanbul, Topkapi Museum
Krakau, Wawel
Leutschau, Zipser Museum
Lissabon, Museo de Marinha
London, British Museum
London, Hampton Court Palace
London, National Portrait Gallery
London, Science Museum
London, The Tower of London
London, Victoria and Albert Museum
Madrid, Museo Naval
Madrid, Real Armeria
Neusohl, Thurzohaus Museum
Oxford, Ashmolean Museum
Paris, Musée de l'Armée
Paris, Musée de la Marine
Plymouth, City Museum and Art Gallery
Portsmouth, Fort Nelson
Portsmouth, Royal Naval Base
Salzburg, Festungsmuseum
Sevilla, Reales Alcazáres
Venedig, Arsenal
Venedig, Museo Storico Navale
Venedig, Palazzo Ducale
Wien, Heeresgeschichtliches Museum
Wien, Kunsthistorisches Museum
Woolwich, Rotuna Museum

Band 12519

Hannes Wertheim
Der Kapuzinermönch

Deutschland 1525. In Thüringen ziehen die Bauern in einen Krieg für Freiheit und Gleichheit vor Gott. Angeführt werden sie von dem revolutionären Prediger Thomas Müntzer. Sie kämpfen im Geist der Reformation und gegen die eigene Verelendung. Der Aufstand wird blutig niedergeschlagen. Um das grausame Strafgericht der Fürsten zu beenden, schließen sich einige der letzten Rebellen zusammen, um - als Gaukler getarnt - das Morden und Plündern einzudämmen. Ein waffenkundiger Kapuziner und eine heilkundige, geheimnisvolle Frau sind die Anführer der mutigen Schar. Als gefährlichste Widersacher erweisen sich der ehrgeizige, blutrünstige Ritter von Bogenwald und sein Berater, ein teuflicher Mönch im weißen Habit. In der Reichsstadt Köln kommt es zu einem dramatischen Gefecht.

Band 12501

Ken Follet
Die Pfeiler der Macht

Das Haus Pilaster, eine der angesehensten Bankiersfamilien Londons, wird insgeheim von der schönen Augusta beherrscht. Hinter einer Fassade der Wohlanständigkeit treibt sie rücksichtslos ihre ehrgeizigen Pläne voran, die schon bald das Fundament des Finanzimperiums erschüttern und die Pfeiler seiner Macht ins Wanken bringen. Wird es Hugh Pilaster gelingen, den drohenden Ruin des Bankhauses abzuwenden und damit sein eigenes Lebensglück und das vieler anderer Menschen zu retten?